LA MER DE LA FERTILITÉ

YUKIO MISHIMA

LA MER DE LA FERTILITÉ

Neige de printemps
Chevaux échappés
Le Temple de l'aube
L'Ange en décomposition

Traduit de l'anglais par
Tanguy Kenec'hdu

Préface de
Marguerite Yourcenar

Quarto Gallimard

HARU NO YUKI
Copyright © 1969 by The Heirs of Yukio Mishima
All rights reserved

Neige de printemps
© Éditions Gallimard, 1980, pour la traduction française

HONBA
Copyright © 1969 by The Heirs of Yukio Mishima
All rights reserved

Chevaux échappés
© Éditions Gallimard, 1980, pour la traduction française

AKATSUKI NO TERA
Copyright © 1970 by The Heirs of Yukio Mishima
All rights reserved

Le Temple de l'aube
© Éditions Gallimard, 1980, pour la traduction française

TENNIN GOSUI
Copyright © 1971 by The Heirs of Yukio Mishima
All rights reserved

L'Ange en décomposition
© Éditions Gallimard, 1980, pour la traduction française

Pour le texte de Marguerite Yourcenar, tiré de *Mishima ou La vision du vide*
© Éditions Gallimard, 1980

© Éditions Gallimard, 2004, pour la présente édition

Un écrivain, une fois qu'il commence à se retourner sur ses œuvres passées, se met dans une impasse; mais qu'y a-t-il de mal à laisser autrui arranger son passé? Je n'ai fait qu'une seule suggestion: diviser mes quarante-cinq années de vie – une vie si pleine de contradictions! – en quatre fleuves, «L'Écriture», «Le Théâtre», «Le Corps» et «L'Action», qui tous finissent par se jeter dans *La Mer de la Fertilité.*

Yukio Mishima

PRÉFACE[1]

Il est toujours difficile de juger un grand écrivain contemporain : nous manquons de recul. Il est plus difficile encore de le juger s'il appartient à une autre civilisation que la nôtre, envers laquelle l'attrait de l'exotisme ou la méfiance envers l'exotisme entrent en jeu. Ces chances de malentendu grandissent lorsque, comme c'est le cas de Yukio Mishima, les éléments de sa propre culture et ceux de l'Occident, qu'il a avidement absorbés, donc pour nous le banal et pour nous l'étrange, se mélangent dans chaque œuvre en des proportions différentes et avec des effets et des bonheurs variés. C'est ce mélange, toutefois, qui fait de lui dans nombre de ses ouvrages un authentique représentant d'un Japon lui aussi violemment occidentalisé, mais marqué malgré tout par certaines caractéristiques immuables. La façon dont chez Mishima les particules traditionnellement japonaises ont remonté à la surface et explosé dans sa mort fait de lui, par contre, le témoin, et au sens étymologique du mot, le martyr, du Japon héroïque qu'il a pour ainsi dire rejoint à contre-courant.

Mais la difficulté croît encore – de quelque pays et de quelque civilisation qu'il s'agisse –, quand la vie de l'écrivain a été aussi variée, riche, impétueuse, ou parfois savamment calculée que son œuvre, qu'on distingue dans l'une comme dans l'autre les mêmes défauts, les mêmes roueries et les mêmes tares, mais aussi les mêmes vertus et finalement la même grandeur. Inévitablement, un équilibre instable s'établit entre l'intérêt que nous portons à l'homme et celui que nous portons à ses livres. Le temps n'est plus où l'on pouvait goûter *Hamlet* sans se soucier beaucoup de Shakespeare : la grossière curiosité pour l'anecdote biographique est un trait de notre époque, décuplé par les méthodes d'une presse et de médias s'adressant à un public qui sait de moins en moins lire. Nous tendons tous à tenir compte, non seulement de l'écrivain, qui, par définition, s'exprime dans ses livres, mais encore

---

1. Ces pages sont extraites d'un essai écrit par Marguerite Yourcenar et intitulé *Mishima ou La Vision du vide*, qui a paru aux Éditions Gallimard en 1980.

PRÉFACE

de l'individu, toujours forcément épars, contradictoire et changeant, caché ici et visible là, et, enfin, surtout peut-être, du *personnage*, cette ombre ou ce reflet que parfois l'individu lui-même (c'est le cas pour Mishima) contribue à projeter par défense ou par bravade, mais en deçà et au-delà desquels l'homme réel a vécu et est mort dans ce secret impénétrable qui est celui de toute vie.

Voilà bien des chances d'erreurs d'interprétation. Passons outre, mais rappelons-nous toujours que la réalité centrale est à chercher dans l'œuvre : c'est ce que l'auteur a choisi d'écrire, ou a été forcé d'écrire, qui finalement importe. Et, à coup sûr, la mort si préméditée de Mishima est l'une de ses œuvres. Néanmoins, un film comme *Patriotisme*, un récit comme la description du suicide d'Isao dans *Chevaux échappés*, jettent des lueurs sur la fin de l'écrivain et en partie l'expliquent, tandis que la mort de l'auteur tout au plus les authentifie sans les expliquer.

Certes, telles anecdotes d'enfance et de jeunesse, révélatrices, semble-t-il, valent d'être retenues dans un bref sommaire de cette vie, mais ces épisodes traumatisants nous viennent pour la plupart de *Confession d'un Masque*, et se retrouvent, éparpillés sous des formes différentes, dans des œuvres romanesques plus tardives, passés au rang d'obsessions ou de points de départ d'une obsession inverse, définitivement installés dans ce puissant plexus qui régit chez nous toutes les émotions et tous les actes. Il y a intérêt à voir ces fantasmes croître et décroître dans l'esprit d'un homme comme les phases de la lune au ciel. Et assurément, certains récits contemporains plus ou moins anecdotiques, certains jugements portés sur le vif, tout comme tel instantané imprévu, servent parfois à compléter, à vérifier ou à contredire l'autoportrait que Mishima lui-même a donné de ces incidents ou de ces moments-chocs. C'est pourtant grâce à l'écrivain seul que nous pouvons entendre leurs vibrations profondes, comme chacun de nous entend du dedans sa voix et le bruit de son sang.

Le plus curieux peut-être est que beaucoup de ces crises émotionnelles de l'enfant ou de l'adolescent Mishima naissent d'une image tirée d'un livre ou d'un film occidental auxquels le jeune Japonais né à Tokyo en 1925 a été exposé. Le petit garçon qui se déprend d'une belle illustration de son livre d'images parce que sa bonne lui a expliqué qu'il s'agissait, non d'un chevalier, comme il le croyait, mais d'une femme nommée Jeanne d'Arc, ressent le fait comme une duperie qui l'offense dans sa masculinité puérile : l'intéressant pour nous est que Jeanne lui ait inspiré cette réaction, et non pas l'une des nombreuses héroïnes du Kabuki déguisée en homme. Dans la scène

PRÉFACE

célèbre de la première éjaculation devant une photographie du saint Sébastien de Guido Reni, l'excitant emprunté à la peinture baroque italienne se comprend d'autant mieux que l'art japonais, même dans ses estampes érotiques, n'a pas connu comme le nôtre la glorification du nu. Ce corps musclé, mais à bout de forces, prostré dans l'abandon presque voluptueux de l'agonie, aucune image de samouraï livré à la mort ne l'aurait donné : les héros du Japon ancien aiment et meurent dans leur carapace de soie et d'acier.

D'autres souvenirs-chocs sont au contraire exclusivement japonais. Mishima a fait un sort à celui du beau « ramasseur de sol nocturne », euphémisme poétique qui veut dire vidangeur, figure jeune et robuste descendant la colline à la lueur du soleil couchant. « Cette image est la première qui m'a tourmenté et effrayé toute ma vie. » Et l'auteur de *Confession d'un Masque* n'a sans doute pas tort de relier l'euphémisme mal expliqué à l'enfant avec la notion d'on ne sait quelle Terre à la fois dangereuse et divinisée[2]. Mais n'importe quel enfant européen pourrait s'éprendre de la même manière d'un solide jardinier dont l'activité toute physique et le vêtement laissant deviner les formes du corps le changent d'une famille trop correcte et trop empesée. Allant dans le même sens, mais bouleversante comme la ruée qu'elle décrit, la scène de l'enfoncement des grilles du jardin, le jour d'une procession, par les jeunes porteurs de palanquins chargés de divinités shinto, chaloupées d'un côté à l'autre de la rue sur ces vigoureuses épaules ; l'enfant confiné dans l'ordre ou le désordre familial sent pour la première fois, effaré et grisé, passer sur lui le grand vent du dehors ; tout y souffle de ce qui continuera à compter pour lui, la jeunesse et la force humaines, les traditions perçues jusque-là comme un spectacle ou une routine, et qui brusquement prennent vie ; les divinités qui reparaîtront plus tard sous la forme du « Dieu Sauvage » dont l'Isao de *Chevaux échappés* devient l'incarnation, et plus tard encore dans *L'Ange pourrit*[3], jusqu'à ce que la vision du grand Vide bouddhique efface tout.

---

2. Notons qu'en anglais américain, le mot *dirt* (saleté) est aussi le mot courant pour terre végétale, humus, terre enfin au sens où l'emploie un jardinier. *Put a little more dirt in this flower pot*: Mettez un peu plus de terre dans ce pot de fleurs.
3. Le titre anglais est *The Decay of the Angel*. Le dictionnaire français donne pour *decay*: *déclin, décadence*, beaucoup trop faibles pour un mot qui veut dire aussi *pourrissement*, et auquel l'*Oxford English Dictionary* donne pour équivalent *Rot*. Un ami anglo-saxon fort lettré me suggère *L'Ange pourrit* (au présent du verbe), équivalence hardie, mais qui va exactement dans le sens du livre. Le titre de la traduction parue en 1980 aux Éditions Gallimard est : *L'Ange en décomposition*, bon lui aussi d'ailleurs.

PRÉFACE

Déjà, dans ce roman de débutant, *La Soif d'aimer*[4], dont le protagoniste est une jeune femme à demi folle de frustration sensuelle, l'amoureuse jetée au cours d'une procession orgiastique et rustique contre le torse nu du jeune jardinier trouve dans ce contact un moment de violent bonheur. Mais c'est surtout dans *Chevaux échappés* que ce souvenir reparaîtra, décanté, presque fantomal, comme ces crocus d'automne qui poussent une abondance de feuilles au printemps et reparaissent, inattendus, grêles et parfaits, dans l'arrière-saison, sous la forme de jeunes hommes tirant et poussant avec Isao les tombereaux de lys sacrés cueillis dans l'enceinte d'un sanctuaire, et que Honda, le voyeur-voyant, regarde comme Mishima lui-même, à travers une perspective de plus de vingt ans.

Entre-temps, l'écrivain avait expérimenté une fois en personne ce délire d'effort physique, de fatigue, de sueur, d'emmêlement joyeux à une foule, quand il s'était décidé à prendre lui aussi le bandeau frontal des porteurs de palanquins sacrés au cours d'une procession. Une photographie le montre très jeune encore, et pour une fois très rieur, le kimono de coton ouvert sur la poitrine, pareil en tout à ses camarades de fardeau. Seul, un jeune Sévillan d'il y a quelques années, à l'époque où le tourisme organisé n'avait pas pris le pas sur la fièvre religieuse, aurait pu connaître quelque chose de la même ivresse en affrontant l'une contre l'autre dans les blanches rues andalouses la plate-forme de la Macarena et celle de la Vierge des Gitans. De nouveau, la même image orgiastique reparaît, mais cette fois notée par un témoin, celle de Mishima durant l'un de ses premiers grands voyages, hésitant deux nuits devant le magma humain du Carnaval de Rio, et ne se décidant que le troisième soir à plonger dans cette masse lovée et malaxée par la danse. Mais important surtout est ce moment initial de refus ou de peur, qui sera aussi celui de Honda et de Kiyoaki fuyant les cris sauvages des escrimeurs du kendo, qu'Isao et Mishima lui-même pousseront plus tard à pleins poumons. Dans tous les cas, repliement ou crainte précède l'abandon désordonné ou la discipline exacerbée, qui est la même chose [...].

Il ne s'agit pas d'épuiser un à un les quelques romans, de types variés, mais pour la plupart d'une qualité ou d'un intérêt indéniable, qui s'intercalent entre *Confession d'un Masque* et les débuts de ce « grand dessein » qu'a été pour Mishima *La Mer de la Fertilité*. Le

---

4. Paru aux Éditions Gallimard en 1982 sous le titre : *Une soif d'amour.*

PRÉFACE

théâtre aussi ne sera que brièvement traité ; et le seul roman littéraire de Mishima qui ait été un échec, *La Maison de Kyoko*, sera passé sous silence, par la force des choses, puisqu'il n'a été traduit dans aucune langue européenne. Ces œuvres en apparence disparates, qui auraient suffi à faire à leur auteur une place élevée dans la production de son temps, jalonnent les chemins par lesquels un grand écrivain passe avant d'affronter uniquement, et d'exprimer avec l'ampleur nécessaire, ses quelques thèmes essentiels, qui d'ailleurs, à y regarder de près, perçaient déjà dans ses premières œuvres.

Par le souci d'accrocher le tableau à un fait divers contemporain à peine modifié, certains de ces récits du jeune Mishima appartiennent à la catégorie très rare du présent happé à l'instant même : on retrouvera jusqu'au bout chez lui ce besoin de fixer sur-le-champ l'actualité qui passe. D'autres glissent parfois au reportage, ou, ce qui est pis, à l'élaboration romanesque accomplie trop vite. Dans presque tous, la facture européenne domine, qu'il s'agisse du réalisme lyrique de *La Soif d'aimer* ou du *Pavillon d'or* ou de ce dessin à l'emporte-pièce qu'est *Le Marin rejeté par la mer* [...].

Avec *La Mer de la Fertilité*, tout change. Le rythme d'abord. Les romans que nous avons entrevus s'égrènent entre 1954 et 1963 ; la composition des quatre volumes de la tétralogie se ramasse entre les années fatales 1965-1970. La légende, si l'on peut déjà parler de légende, veut que les dernières pages du quatrième volume, *L'Ange pourrit*, aient été écrites par Mishima le matin même du 25 novembre 1970, c'est-à-dire peu d'heures avant sa fin. On a nié le fait : un biographe assure que le roman fut terminé à Shimoda, plage où chaque année l'écrivain passait le mois d'août avec sa femme et ses deux enfants. Mais terminer la dernière page d'un roman n'est pas nécessairement achever celui-ci : un livre n'est fini que le jour où il est mis sous enveloppe au nom de l'éditeur, comme le fit Mishima ce matin du 25 novembre, moment où un ouvrage sort définitivement du placenta vital où s'élaborent les livres. Si les dernières pages n'ont pas été écrites, ou du moins retouchées ce matin-là, elles témoignent néanmoins d'un dernier état de pensée qui, par ailleurs, antidate de beaucoup les vacances à Shimoda, durant lesquelles fut fixée, semble-t-il, la date du suicide rituel, autrement dit du seppuku. *La Mer de la Fertilité* tout entière est un testament. Son titre, tout d'abord, prouve que cet homme si violemment vivant a pris ses distances avec la vie. Ce titre est emprunté à l'ancienne sélénographie des astrologues-astronomes du temps de Kepler et de

PRÉFACE

Tycho Brahe. « La mer de Fertilité » fut le nom donné à la vaste plaine visible au centre du globe lunaire, et dont nous savons maintenant qu'elle est, comme notre satellite tout entier, un désert sans vie, sans eau, et sans air. On ne peut mieux marquer dès le début que, de ce bouillonnement qui soulève tour à tour quatre générations successives, de tant d'entreprises et de contre-entreprises, de faux succès et de vrais désastres, ce qui finalement ressort c'est Rien, le Rien. Reste à savoir si ce rien, qui se rapproche peut-être du *Nada* des mystiques espagnols, coïncide tout à fait avec ce que nous appelons en français rien.

Ensuite, et ce qui importe presque plus encore, composition et style ont changé. Au lieu d'ouvrages nés séparément de l'imagination de l'auteur, quels que fussent les rapports qu'on pût voir ou présumer entre eux, quatre volumes composent une suite, évidemment dirigée dès le début vers certaines fins. Au lieu d'une prose telle qu'un écrivain occidental, inspiré de la sorte, eût pu, dirait-on, l'écrire, qu'il s'agisse du style relâché de *Couleurs interdites*, du subjectivisme de *Confession d'un Masque*, du sobre équilibre du *Tumulte des flots*, du luxuriant *Pavillon d'or* ou du sec *Marin*, nous nous trouvons devant un style dénudé, parfois presque plat, contenu même dans les moments de lyrisme, strié de crevasses destinées, semble-t-il, à faire intentionnellement trébucher. Même dans l'excellente traduction anglaise, des solutions de continuité déconcertent, et peut-être dans l'original aussi laissent-elles le lecteur perplexe. Aux perspectives de la peinture européenne font place celles, plongeantes, de la peinture chinoise, ou le dessin étalé à plat des estampes japonaises, dans lesquelles des bandes horizontales, figurant conventionnellement d'envahissants stratus nuageux, coupent les objets et segmentent l'espace. Comme c'est le cas pour toute écriture ou pensée très volontaire, le livre irrite ou déçoit tant qu'on n'a pas accepté l'originalité de l'œuvre comme telle [...].

Neige de printemps, le premier volume de la tétralogie, s'ouvre par un long regard jeté sur une photographie, récente encore quand les deux adolescents, Honda et Kiyoaki, se penchent sur elle, mais qui un jour paraîtra à Honda aussi fantomale et prophétique qu'elle l'est devenue pour nous. Un terre-plein autour d'un autel à ciel ouvert, et des troupes massées de côté et d'autre par centaines : rien qu'un moment de la guerre russo-japonaise déjà terminée à l'époque où commence ce livre, mais où les oncles de Kiyoaki sont morts, et qui inaugurera la montée d'un impérialisme destiné à mener le Japon en Manchukuo, à la guerre du Pacifique, à Hiroshima, et finalement à l'agressif impé-

PRÉFACE

rialisme industriel d'une nouvelle période de paix, c'est-à-dire aux Japons successifs où se meuvent et qu'incarnent les personnages de ce long roman. Photographie aux tons rougeâtres, typique de celles qu'on prenait au tournant du siècle, et dont la teinte d'orage et d'éclipse semble assortie aux fantômes. Fantômes, de toute façon, ces soldats debout dans cette aura roussâtre le sont déjà ou le seront un jour ou l'autre, même s'ils ne sont pas tombés entre-temps sur le champ de bataille, bien avant que se soit achevée la longue vie de celui qui est à ce moment l'adolescent Honda; et le culte de la dynastie solaire qui se célèbre sur cet autel prendra fin avant certains d'entre eux. Mais, en 1912, Kiyoaki et Honda sont aussi indifférents devant cette image d'une guerre victorieuse que Mishima lui-même en 1945 le sera en présence d'une guerre perdue. Ils n'y participent pas plus qu'ils ne le font aux hurlements du kendo, ou qu'ils ne laissent s'enfoncer en eux les admonitions patriotiques de l'École des Pairs. Non que ces étudiants nantis soient à proprement parler des révoltés, mais parce qu'ils sont à l'âge où, par bonheur peut-être, un cocon de rêves, d'émotions et d'ambitions personnelles enveloppe la plupart des jeunes êtres et amortit pour eux les chocs de l'actualité. Durant tout ce livre, Honda, bon camarade, élève bûcheur, paraîtra l'ombre grise du romanesque Kiyoaki. En fait, il est l'œil qui voit. Entre Kiyoaki et Satoko, l'amant et l'amante qu'il s'évertue à servir, il inaugure en toute innocence son rôle de futur voyeur. Non seulement ces deux jeunes gens réfléchis sont peu marqués par les faits décisifs de leur temps, mais encore se disent-ils avec mélancolie que l'histoire, qui ne tient compte que des grands nombres, les confondra un jour avec la foule de ceux qui n'ont pas pensé ou songé comme eux. Partout, indéchiffrables comme toujours au seul moment où ils pourraient être utiles, abondent autour d'eux les présages: tortues happeuses cachées sous la boue de l'étang du parc des Matsugae, bestiole morte près d'un champ de sport du collège, chien crevé pris dans les rocs de la cascade artificielle que la marquise montre aux visiteurs, et sur lequel prie une digne abbesse bouddhique exagérément diserte. Au sein de ce filet d'apparences, se situe le journal de ses rêves tenu par Kiyoaki Matsugae, dont certains se réaliseront après la mort du jeune homme sans cesser d'être des songes. Entre Honda, qui a quatre-vingts ans à vivre, et Kiyoaki mort à vingt ans, la différence d'acquis va à la longue se révéler inexistante: la vie de l'un s'émiettera comme s'est dissipée la vie de l'autre.

Autour de ces deux jeunesses, une société déjà très fortement occidentalisée, mais à l'anglaise, et dans les hautes classes. L'américanisation des masses est encore lointaine, et Paris se résume pour le marquis Matsugae et le comte Ayakura dans les flots de champagne où trempent les baigneuses des Folies Bergère. Le père de Honda, homme de loi, vit dans une maison tapissée d'ouvrages européens de jurisprudence. Les Matsugae ont accoté une somptueuse maison à l'occidentale à leur élégante demeure japonaise; les hommes et les femmes se séparent à la mode victorienne à la fin des dîners; et à l'occasion de la fête des cerisiers un accablant programme de réceptions comporte des geishas, un film anglais tiré de Dickens, et un monumental repas dont le menu rédigé en français se termine par une crème au caramel. Nouveaux nobles, les Matsugae ont confié Kiyoaki aux Ayakura, aristocrates appauvris, pour l'initier aux manières de cour. C'est vêtu de culottes de velours et d'une blouse à collerette de dentelle que l'enfant portera dans une cérémonie la traîne d'une princesse, mais son premier émoi érotique sera typiquement japonais, et tel que l'ont ressenti les Utamaro et les Eisen des estampes : une nuque féminine aperçue à travers l'échancrure du col du kimono, émouvante là-bas comme pour les peintres européens la naissance des seins.

Autour de Satoko, la compagne de jeu et d'étude qui devient peu à peu l'amante, flotte malgré tout une atmosphère de Nippon ancien. Non loin du palais familial vieillot et quasi rustique, nous commençons à voir, au bas d'une ruelle, l'humble bâtiment à deux étages, un peu bordel, un peu logement à bon marché pour officiers d'une caserne toute proche, tenu dès le début par un homme déjà sur l'âge. C'est là, par un jour de pluie, que le comte Ayakura feuillettera un de ces rouleaux de peintures anciennes, dans lesquels le goût de l'érotisme et du burlesque poussé au sinistre, d'une part, et de l'autre le dédain bouddhique pour le mirage de la carnalité, s'unissent pour dépeindre les bas-fonds d'un enfer charnel. C'est là qu'excité par ces images il jouira des charmes fort éventés de la vieille geisha chargée d'élever sa fillette, et donnera à sa servile partenaire d'étranges conseils paternels sur l'éducation de l'enfant encore impubère, et à qui il s'agit d'apprendre, non seulement, recette banale, à paraître vierge quand elle ne l'est plus, mais encore, pour le cas où un séducteur risquerait de se vanter de l'avoir eue le premier, à ne pas paraître vierge quand elle l'est. Plus tard, quand Kiyoaki, après un ballet d'hésitations, de dérobades et de mensonges, veut presque sacrilègement cette fille, maintenant fiancée à un prince impérial, c'est dans ce lieu quasi magique qu'elle se donne à lui dans un désarroi d'étoffes rejetées et de ceintures dérou-

PRÉFACE

lées sur le sol. L'auteur a voulu faire l'équivalent d'un *shunga*, « peinture printanière », autrement dit d'une estampe érotique de la grande époque. Il y a pleinement réussi.

La vie à l'École des Pairs n'est cernée que d'un vague contour. Aucun condisciple, sauf pour une brève rencontre avec un élève infirme lisant Leopardi, où nous reconnaissons, en plus émouvant, l'équivalent du pied-bot du *Pavillon d'or*. La platitude de la vie sociale et mondaine est telle que l'auteur ne fait pas l'effort, traditionnel en France, et constant chez Proust, de l'assaisonner ici de drôlerie et là d'ironie. Son insipidité totale en quelque sorte la réduit à rien. Les vacances durant lesquelles Kiyoaki fait les honneurs de la villa de ses parents aux deux jeunes princes siamois, ses condisciples, participent de la même insignifiance, et le lecteur ne se doute pas à quel point cet épisode quasi nul va compter plus tard dans l'économie du livre. Mais sous cette surface d'aménités banales, le jeune amour poursuit sa course au désastre. Kiyoaki persuade la jeune femme de venir passer la nuit avec lui sur la plage, nous offrant ainsi, par un éclatant clair de lune, l'image des amants nus couchés dans l'ombre mince d'une carène amarrée sur le sable, et leur sensation de prendre le large avec l'embarcation qui semble les entraîner vers la mer. Après ce moment où la vie dans son exultation et sa plénitude est sentie néanmoins comme le perpétuel départ qu'elle est, Honda, qui a conduit Satoko à son rendez-vous, la ramène par ce moyen de locomotion rare encore qu'est l'automobile, et n'aura pour sa part que la présence à son côté d'une jeune femme en robe de piqué blanc, à l'européenne, enlevant discrètement ses souliers pour en faire couler le sable.

La neige de printemps pénétrant à travers la bâche d'une archaïque voiture traînée par deux hommes, dans laquelle naguère le garçon et la fille encore indécis se faisaient promener dans la banlieue de Tokyo, ne laissait sur leurs visages et leurs mains qu'une sorte de molle et humide fraîcheur. Mais la neige de bénéfique devient néfaste. Après que la famille a décidé de faire avorter Satoko, toujours destinée à un prince du sang, la jeune femme profite des quelques jours passés dans un monastère aux environs de Nara, où sa mère l'a conduite afin de camoufler son séjour dans une clinique du voisinage, pour couper son abondante chevelure sombre et demander la tonsure des nonnes bouddhiques. Pour la première fois, son crâne rasé sent le froid vif de l'air automnal ; ses torsades si belles rampent sur le sol, rappelant inévitablement au lecteur les ceintures dénouées traînant à terre dans l'amour, et prennent

PRÉFACE

presque aussitôt l'aspect répugnant des choses mortes. Mais la famille n'est pas découragée pour si peu. Il n'est question que de savoir quand et par qui on fera faire, dans le plus grand secret, la perruque, ou plutôt les deux perruques, l'une japonaise, l'autre à l'européenne, qui serviront à Satoko lors des fêtes de son mariage. Tandis que ces futiles bavardages se poursuivent, toutes portes closes, dans un salon de Tokyo, Satoko a franchi un seuil. Tout se passe comme si la satisfaction une fois pour toutes obtenue, l'arrachement subi jusque dans ses viscères, l'au-revoir contraint fait à Kiyoaki en présence de parents mondains jusqu'au bout, avaient consommé une totale rupture. Ce n'est plus seulement à son amant qu'elle renonce, c'est à elle-même. « Il y a eu assez d'adieux. » Mais Kiyoaki, surveillé de près par les siens, talonné par l'amour depuis que celui-ci est devenu l'amour de l'impossible, quitte Tokyo grâce au peu d'argent que lui a prêté Honda, descend près de Nara dans une misérable auberge, et fait et refait à pied, sous la neige d'une froide fin d'automne, l'épuisante montée qui conduit au monastère. Chaque fois, l'entrée lui est refusée, et chaque fois il s'obstine, repoussant les offres d'un voiturier, superstitieusement sûr que plus sera grand l'effort demandé à ses poumons secoués par une mauvaise toux, plus grande sera sa chance de revoir cette Satoko qu'il a d'abord peu, puis follement aimée.

Finalement terrassé dans une pauvre chambre de l'auberge, il fait appel à Honda, et les parents de celui-ci lui permettent de rejoindre son ami en dépit des examens tout proches, ne fût-ce que pour lui apprendre qu'un service rendu à un camarade passe avant les soucis et les obligations d'une carrière. Honda, chargé du rôle de suppliant et d'interprète, monte à son tour la colline enneigée, mais ne sera reçu que pour entendre le *non* définitif de l'abbesse, même si ce *non* rompt le dernier fil qui rattachait Kiyoaki à la vie. Kiyoaki et Honda prennent l'express pour Tokyo, et Honda, dans la voiture Pullman, son éternel manuel de jurisprudence à la main, éclairé par la lueur d'une faible lampe, se penche d'assez près sur son fiévreux compagnon pour l'entendre chuchoter qu'ils se reverront un jour « sous une cascade ». Rien de plus fréquent dans la littérature ou même dans la conversation japonaise que ces allusions à l'arbre dans l'ombre duquel on s'est une fois assis, à l'eau qu'on a bue ensemble au cours d'une autre existence. Ici, il semble que la cascade, cette cascade dont l'ancienne peinture nippone nous offre souvent une image verticale, aux filets tendus comme les cordes d'un instrument de musique ou d'un arc, ne soit pas seulement la cascade artificielle

PRÉFACE

des Matsugae, ni même celle, plus sacrée, que Honda ira voir un jour, mais la vie elle-même.

La pierre d'achoppement, pour le lecteur moyen, mais aussi, pour des raisons qu'on verra, la prenante vertu de cette tétralogie tient en la notion de réincarnation qui sous-tend toute l'œuvre. Ici, il faudrait d'abord s'entendre. Éliminons pour commencer les superstitions populaires auxquelles Mishima a fait malheureusement une grande place, peut-être parce que le procédé lui paraît commode, peut-être parce que, ces superstitions ayant eu cours dans le Japon traditionnel, elles ne gênent pas plus là-bas qu'une allusion à un vendredi treize ou à une salière renversée ne gênerait un lecteur européen. L'insistance au long des quatre volumes de *La Mer de la Fertilité* sur les trois grains de beauté qui marquent à la même place l'épiderme pâle de Kiyoaki, la peau hâlée d'Isao et la peau dorée de la princesse thaïlandaise irrite plus qu'elle ne convainc[5]. On finit par se demander s'il n'y a pas là une sorte d'obscur excitant sensuel, soit que l'odieux précepteur de Kiyoaki nie avoir vu ce signe, « parce qu'il n'osait poser les yeux sur le corps du jeune maître », ou que Honda au contraire le cherche indiscrètement sur le flanc nu de l'exotique petite princesse. La simplification des dogmes gêne encore plus que ces résidus de folklore. Elle témoigne d'une ignorance des religions à l'intérieur desquelles on a grandi qui, à notre époque, n'est certes pas que japonaise. La théorie de la réincarnation, dont Honda commence à s'instruire lorsqu'il a été envahi et comme suffoqué par ce qui lui semble sa vivante évidence, ne figure dans le second volume de la tétralogie que sous forme d'on ne sait quel résumé scolaire citant pêle-mêle Pythagore, Empédocle et Campanella. En fait, sur ce point comme sur tant d'autres, le bouddhisme est d'une subtilité telle que les doctrines elles-mêmes en sont difficiles à appréhender, et plus difficiles encore à garder dans l'esprit sans leur faire inconsciemment subir cette transformation vite infligée par nous aux idées trop éloignées des nôtres [...].

Quelles qu'aient été sur ce point les croyances de Mishima, ou l'absence de celles-ci, nous percevons que, bien que Kiyoaki ne soit pas Isao, et ni l'un ni l'autre la princesse siamoise, une sorte de pulsion les traverse qui est la vie elle-même, ou peut-être simplement la jeunesse incarnée successivement sous la plus ardente, la plus dure,

---

5. Les récits japonais de Lafcadio Hearn contiennent des exemples de cas de réincarnation confirmés par une marque corporelle, qui semblent indiquer que ce genre de folklore a été courant dans le Japon du XIXe siècle.

ou la plus séduisante des formes. Plus profondément, plus subjectivement aussi, nous nous sentons devant un phénomène comparable à celui de l'amour, et cela bien qu'on ne puisse à proprement parler donner le nom d'amour au dévouement total de Honda envers les deux jeunes hommes, ou que, si quelque chose qui ressemblait aux émotions de l'amour l'a pourtant effleuré, l'auteur ne nous l'a pas dit. D'autre part, l'obscur besoin quasi sénile qui lui fait désirer posséder, ou plutôt *voir*, la jeune Siamoise ressemble peut-être encore moins à de l'amour. Mais dans les trois cas, le prodige amoureux par excellence s'est produit: par l'effet d'un mécanisme mental commun à nous tous, les parents de Honda, ses condisciples, sa femme, ses collègues, les inculpés sur lesquels, en tant que juge, il disposait d'un droit de vie et de mort, les milliers de passants rencontrés par lui dans les rues ou les trolleys de Tokyo et d'Osaka n'ont existé pour lui que perçus et ressentis à des degrés d'indifférence plus ou moins complète, de vague antipathie ou de molle bienveillance, et de plus ou moins distraite attention. Même les médiocres objets sur lesquels se poseront ses regards de voyeur ne seront pas des *personnes*. Trois fois seulement dans son cas – car Satoko ne reste à l'intérieur du cercle que parce que Kiyoaki l'a aimée –, trois êtres vivront pour lui avec cette intensité qui est celle de toutes les créatures vivantes, mais que nous ne percevons guère que chez ceux qui, pour une raison ou une autre, nous ont bouleversés. Une série s'est formée de personnes différentes les unes des autres, mais que réunit pourtant, incompréhensiblement, le choix que nous faisons d'elles.

Chevaux échappés, le second volume de la tétralogie, s'ouvre sur la morne existence d'un Honda d'environ quarante ans, si plate et si neutre que l'adjectif morne semble même exagéré. Réussite pourtant du point de vue social, puisque ce juge, jeune pour un juge, a son poste au tribunal d'Osaka, sa docile épouse, un peu maladive, qui tient à la perfection une très convenable demeure, et qu'il se contente sans plus, quasi anormalement, de ce qu'il a et de ce qu'il est. Mais une étrange image symbolique se place tout au début de cette présentation d'une vie comme une autre: par désœuvrement, un jour où, sans presque s'en apercevoir, il a entendu dans la prison attenante au tribunal le bruit d'une trappe s'ouvrant sous les pieds d'un condamné («Pourquoi a-t-on mis la potence si près de nos bureaux?»), Honda obtient la clef d'une tour de construction récente, comme évidée à l'intérieur, qu'un architecte ambitieux a ajoutée, sans doute pour en rehausser le prestige, au palais de justice à l'européenne. Un poussiéreux et quelque peu précaire escalier en spirale le conduit au sommet, d'où il n'aura d'ailleurs qu'une banale vue de ville par temps gris. Mais, dès ces premières pages, un leitmotiv entre, de façon lancinante, dans notre appareil auditif: cette montée sans but nous rappelle la montée courageuse et vaine de Honda vers le monastère, ses pas sur la neige suivant les traces de Kiyoaki. On ne peut s'empêcher de songer à Proust notant chez Stendhal ce même motif de la hauteur, qu'il s'agisse du clocher de l'abbé Blanès, de la forteresse où Fabrice est enfermé, ou de celle qui servira de prison à Julien Sorel. Bientôt, en effet, une nouvelle ascension suivra, sentie par cet homme pourtant curieux de tout comme digne seulement d'un intérêt mitigé, puisqu'il s'agit d'une colline sacrée et qu'il n'a pas la foi.

Le président du tribunal a prié Honda de le représenter à un tournoi de kendo donné dans un temple shinto en l'honneur du «Dieu Sauvage», et le magistrat quasi quadragénaire accepte sans enthousiasme de se rendre à l'une de ces parades violentes qu'il détestait autrefois. Ce jour-là, le jeu éblouissant d'un jeune kendoïste dans la robe noire traditionnelle, voilé, pieds nus, et le visage masqué d'une grille, éveille l'intérêt du tiède spectateur. Cet Isao, car c'est d'Isao qu'il s'agit, le juge le reverra, dans l'après-midi de cette même journée torride, nu sous une cascade, occupé à accomplir les ablutions rituelles au cours de l'ascension de la colline sainte; Honda envahi par le souvenir de Kiyoaki n'hésite pas à reconnaître, dans ce jeune athlète beau seulement de la vigueur et de la simplicité de la jeunesse, le délicat Kiyoaki mort depuis vingt ans: tout se passe comme si l'ardeur de l'un était devenue la force de l'autre.

Cette conviction absurde, née d'un émoi subjectif, le roule comme une vague; il sortira de sa nuit d'hôtel à Nara ébranlé dans toutes ses fibres d'homme raisonnable et de juge. Bientôt, ses collègues, ne retrouvant plus le magistrat perspicace et diligent d'autrefois, hochant la tête, le supposeront, comme c'est l'usage, enfoncé pour son plus grand détriment dans quelque banale aventure d'amour. Bientôt aussi, en un geste d'abnégation qui lui semble tout simple, Honda renonce à son poste dans la magistrature assise pour s'inscrire de nouveau au barreau de Tokyo, et se donner ainsi la possibilité de défendre Isao, convaincu d'avoir comploté contre les membres de l'établissement industriel, le zaibatsu, et d'avoir prémédité l'assassinat d'une douzaine d'entre eux. Honda obtiendra l'acquittement du jeune homme, sans pour cela le sauver, car Isao aussitôt libéré accomplira au moins l'un de ses projets de meurtre et, tout de suite après, le suicide rituel qui était une partie de son plan.

PRÉFACE

C'est dans ce livre dur que se place peut-être le plus étrange et le plus doux passage de toute l'œuvre. En s'efforçant de préparer son coup, Isao s'est cherché des appuis chez les militaires, en particulier chez un officier habitant l'ancienne baraque au bas de la ruelle, non loin de sa caserne. Cet homme à son tour le présente à son chef, le prince impérial autrefois fiancé à Satoko. Un instant, à peine perçu à travers l'alcool, les cigarettes et les politesses d'usage, une baisse de température, un recul inexplicable se sont produits, sur lesquels l'auteur insiste à peine. Mais, en entrant dans le jardinet de la vieille baraque au fond de la ruelle en pente, le dur Isao, qu'aucune émotion de ce genre n'a jamais effleuré, se sent brusquement défaillir de délices, comme si quelque chose du bonheur jadis ressenti là par Kiyoaki possédant Satoko avait pénétré en lui à travers le temps. Il n'y songera plus, et en ignorera toujours la cause. Mais tout le trahit, l'officier qui, au moment dangereux, se fait envoyer en Manchukuo, le prince qui craint que son nom ne soit divulgué, la jeune femme, brillante et mondaine poétesse, pour laquelle il éprouve un vague attachement et qu'il considère comme la mascotte du groupe, mais qui au procès ment pour l'innocenter, sans s'inquiéter que ses mensonges ravalent le jeune homme au rang d'un velléitaire et le déshonorent aux yeux de ses affiliés. Isao n'est pas moins « donné » par un vieil étudiant, assistant de son père, sorte de bohème qui n'était qu'un agent provocateur, par son père lui-même, fanatique de droite, qui dirige un petit collège selon les meilleurs principes de loyauté aux traditions dynastiques, mais en fait est secrètement subventionné par les membres du zaibatsu, qu'Isao veut détruire comme néfastes à la fois au Japon et à l'Empereur. Durant le procès, le nombre et les dates exactes des conciliabules du jeune homme avec l'officier parti ensuite pour le Manchukuo deviennent d'une grande importance pour l'accusation. Le vieux tenancier de la baraque est convoqué pour voir s'il ne reconnaîtra pas Isao au banc des accusés. Le vieillard tout cassé, appuyé sur une canne, s'approche du jeune homme, l'examine, et répond de sa voix usée : « Oui, il est venu chez moi avec une femme il y a vingt ans. » Vingt ans, c'est l'âge d'Isao : le gâteux quitte la salle sous les rires. Seule, la main de Honda, assis au banc des avocats, a tremblé sur les feuillets étalés devant lui. Ce vieil homme si près de la mort a senti comme une seule chaleur deux jeunesses ardentes.

On voit déjà comment, quelle que puisse être sa valeur psychologique, ou métaphysique, cette notion de la transmigration permet à Mishima de présenter le Japon entre 1912 et 1970 sous un nouvel angle. Tous les grands romans qui couvrent quatre générations successives (*Les Buddenbrooks* de Thomas Mann est sans doute le plus accompli) prennent pour base la famille, et pour modèles une série d'êtres brillants ou médiocres, mais tous unis par le sang ou par des alliances, fonctionnant à l'intérieur d'un même groupe génétique. Ici, ces resurgies successives autorisent le brusque passage d'un plan à un autre, ce qui était d'abord tangentiel se trouvant plus tard situé au centre. Isao est fils de l'ignoble Iinuma, précepteur chez les Matsugae, et d'une bonne de la même maison. Dans *Le Temple de l'Aube*, le troisième volume de la tétralogie et de beaucoup le plus difficile à juger, l'apparition de Ying Chan, la petite princesse siamoise, a été de longue date préparée par l'histoire assez terne des deux princes siamois, amis de Kiyoaki, et par l'incident de la bague à chaton d'émeraude, perdue, ou peut-être volée à l'un d'eux. Dans son *Journal de rêves*, Kiyoaki avait noté un songe où il portait au doigt cette pierre, et y contemplait un visage de jeune fille au front ceint d'une tiare. L'émeraude retrouvée après-guerre chez un antiquaire nouveau pauvre sera donnée par Honda à Ying Chan devenue étudiante à Tokyo, puis sera calcinée dans l'incendie de la luxueuse villa du vieil avocat, maintenant riche conseiller de l'un des puissants trusts du zaibatsu contre lequel avait lutté Isao. Après cette conflagration bourgeoise, mais rappelant de près les bûchers que Honda était allé contempler à Bénarès à la veille de la guerre du Pacifique, il ne sera plus guère question de Chan elle-même. C'est par raccroc que nous apprendrons sa mort, à une date indécise, dans son pays natal. Mais Chan, fille de l'un des deux princes reçus jadis par Kiyoaki, rejoint aussi quasi mythiquement la fiancée de l'un des deux jeunes gens et la sœur de l'autre, morte également très jeune.

D'autre part, en prison, le dur et vierge Isao rêve d'une jeune inconnue sommeillant par un jour de brûlante chaleur, et rappelant quelque peu, ne fût-ce que par l'émoi qu'elle lui cause, Makiko, la jeune femme qui s'apprête à le trahir. Puis, par un de ces brusques changements de clef habituels au rêve, il s'est lui-même senti femme. Il lui avait semblé que sa vision du monde se rétrécissait, cessait de former de grands plans abstraits pour entrer en contact plus mollement, plus intimement, avec les choses, et qu'au lieu de pénétrer cette jeune inconnue, il devenait elle, son plaisir naissant de cette métamorphose. Honda n'ignore pas non plus que, peu avant sa fin, Isao, qui pour la première fois s'est grisé par dégoût du bourbier de corruption et de faux témoignages dans lequel il se sent

PRÉFACE

pris, a murmuré dans son sommeil ivre on ne sait quoi au sujet d'un chaud pays du Sud et d'une nouvelle aurore.

Lorsqu'un voyage d'affaires l'amène à Bangkok en 1939, Honda ne sera donc pas surpris qu'une petite princesse de six ans s'accroche à lui en pleurant, se prétende japonaise, et demande à être emmenée par l'étranger. Scène incroyable pour tout lecteur européen, ou simplement «moderne», et, dirait-on, gauchement soulignée. Toutefois, n'oublions pas que certains sérieux spécialistes des recherches parapsychiques[6], tel Ian Stevenson[7], affirment que c'est dans les divagations de très jeunes enfants que se retrouvent le mieux les pistes menant avant la vie, à supposer toutefois qu'il existe de telles pistes, et que nous puissions les suivre. Chan en tout cas se conforme au modèle du parapsychologue; elle oublie complètement cette lubie d'enfant ou ne s'en souvient que par de vagues allusions qu'y font des gouvernantes. Venue au Japon d'après-guerre en qualité d'étudiante, elle semble s'y déplaire, mais les sentiments forts en aucun cas ne paraissent son fait.

L'exquise Chan, chez laquelle Honda, en un moment de lucidité, découvre pourtant un soupçon «de geignante afféterie chinoise», mène à Tokyo sans grand élan la vie dissipée des beaux jours de l'occupation américaine et de l'argent facile. La jeune fille repousse les gauches avances du vieux Honda et évite de justesse le viol qu'un garçon du groupe s'efforçait de lui faire subir avec l'approbation et à la vue du vieillard. Plus tard, par une ouverture savamment pratiquée dans la boiserie d'une bibliothèque, il contemplera les jeux de Chan, «beauté frêle», avec cette «beauté forte» qu'est une experte et mûre Japonaise. Des symboles nouveaux nous poursuivent, pas plus décodables qu'ils ne le sont dans nos rêves : la boîte de nuit où Keiko, ample séductrice, Honda, Chan, et son jeune et désinvolte agresseur, dînent ensemble dans la quasi rituelle obscurité de ce genre de lieu, et Honda, coupant son bifteck à point pour le porter à ses fausses dents, voit couler dans l'assiette un sang devenu couleur de nuit. Ou encore, dans *Chevaux échappés*, plus incompréhensible et menant l'esprit on ne sait trop où, le tonnelet d'huîtres venu

---

6. Ici, l'adjectif «sérieux» pose toujours un problème. Mais gardons-nous d'opposer à l'ensemble des phénomènes parapsychiques un *non* de lâcheté ou d'inertie, aussi conventionnel que le *oui* du croyant à l'égard de dogmes qu'il ne peut ni prouver ni expliquer. Seule, une observation attentive peut faire reculer ici le «mystère», qui se confond avec notre ignorance.
7. Ian Stevenson, M.D., *Twenty cases suggestive of reincarnation*, New York, Society for Psychical Research, 1966.

PRÉFACE

d'Hiroshima qu'Isao se décide à apporter à Makiko en cadeau d'adieu, et où clapotent et s'entrechoquent dans le récipient plein d'eau noire des mollusques prisonniers.

C'est à partir du *Temple de l'Aube* que Honda, observateur et visionnaire, tombe décidément au niveau du simple voyeur. Évolution pénible, mais point trop étrange, puisque ces misérables contacts du regard avec la chair nue deviennent sans doute pour le vieillard le seul rapport avec le monde des sens, dont il est resté éloigné toute sa vie, et avec la réalité qui lui échappe de plus en plus dans son milieu d'homme éminent et millionnaire. Déjà, un enfant voyeur amorçant un crime avait figuré dans *Le Marin rejeté par la mer*, et l'on n'oublie pas, dans *Le Pavillon d'or*, un pathétique traitement du même thème : le futur séminariste incendiaire, couché dans la pièce unique des maisons japonaises, sentant s'agiter la moustiquaire, s'aperçoit que sa mère étendue tout près se donne à un vague parent venu passer la nuit. Mais l'enfant, qui regarde sans comprendre, sent tout à coup un « mur de chair » s'interposer entre ce spectacle et ses yeux : les mains de son père, qui lui aussi a vu et ne veut pas que l'enfant voie. Ici, au contraire, le thème du voyeur est associé à l'impuissance et à l'âge. Honda à Bangkok rêve de voir uriner la petite fille ; plus tard, sur le terrain infesté de serpents de sa ville toute neuve, il construit une piscine dans l'unique espoir d'y voir plonger une Chan la plus dévêtue possible, et l'inauguration nous vaut une de ces scènes d'inanité mondaine auxquelles Mishima excelle au point de paraître y participer.

Un prince, voisin de campagne, joue dans l'eau avec un ballon ; une aigre et richissime grand-mère, voisine elle aussi, surveille de la margelle sa tapée de petits-enfants ; un littérateur aux propos surréalistement sadiques montre sa flasque anatomie à côté de celle d'une déplaisante maîtresse, littératrice elle aussi, qui répète en pleurant, en guise d'excitant érotique, le nom de son fils tué à la guerre. Le voyeurisme sans doute se gagne comme une grippe, car Makiko, qui, dans *Chevaux échappés*, se parjurait et mentait, peut-être par amour, regarde d'un œil froid les veules ébats de ce couple. Les fantasmes de cannibalisme servis après dîner par le littérateur pique-assiette font ignoblement écho aux rêveries sanglantes du jeune homme dans la déjà lointaine *Confession d'un Masque*. Quand ce couple trop drogué pour fuir périt dans l'embrasement de la villa, on a l'impression que Mishima empile des charbons ardents sur ce qu'il aurait pu devenir. Keiko, elle, robuste partenaire de Chan, a pour amant un simple et solide officier américain qui aide à servir les cocktails et à laver les verres, et elle tire parti de cette liaison pour faire ses achats dans une boutique réservée à l'occupant et brancher son électricité sur celle du camp. Le dernier bruit qu'on entendra de Chan, rentrée dans son pays et tuée par une morsure de serpent, sera son inane petit rire, comme si cette vaine Ève avait joué amoureusement avec le reptile.

Dans *Le Temple de l'Aube*, la vie facile semble déliter les personnages, et même les intentions de l'auteur : à côté de ce Tokyo de plaisirs et d'affaires, le Tokyo dévasté de 1945, où Honda avait retrouvé parmi les ruines la geisha presque centenaire, contenait encore des restes d'espérance. Dans le dernier volume, *L'Ange pourrit*[8], l'espérance et avec elle les incarnations successives du raffinement, de l'enthousiasme ou de la beauté sont mortes. On a même parfois l'impression de voir les os secs et blancs percer sous la pourriture. Le titre, *Tennin Gosui*, évoque une légende du bouddhisme d'après laquelle les Tennin, qui ne sont autres que des essences divines personnifiées, des Génies ou des Anges, au lieu d'être immortels, ou plutôt éternels, sont limités à mille années d'existence sous cette forme, après quoi ils voient se faner les fleurs de leurs guirlandes, se ternir leurs joyaux, et sentent une sueur fétide découler de leurs corps. Cet Ange, quel que soit l'aspect humain qu'il prend ici, semble bien le Japon lui-même, et, par extension, pour nous, lecteurs, le symbole de la catastrophe contemporaine où qu'elle se produise. Mais réservons ces commentaires. Honda très vieilli fait ce que fait de nos jours un Japonais qui en a les moyens : il voyage. Le temps, récent encore, n'est plus, où il se sentait dans l'Inde anglaise un touriste de seconde catégorie. Keiko, imposante septuagénaire qui çà et là lève encore des partenaires de plaisir, l'accompagne, et s'amuse de voir le vieillard rester lié au passé par l'objet qu'on attendrait le moins : la tablette funéraire de sa femme soigneusement placée dans sa valise, bien que sa femme elle-même ait peut compté pour lui. Mais Honda n'a plus ses anciens dons de visionnaire.

Les deux vieux compagnons dînent ensemble dans les ambassades (c'est ainsi qu'il leur arrive d'apprendre la mort de Chan), et dégustent ensemble leur alcool du soir. Keiko entraîne son vieil ami dans des excursions sur les grands sites de l'ancien Japon, auxquels, par une sorte de snobisme à rebours, cette Japonaise américanisée déclare maintenant s'intéresser. Ils se rendent ainsi au bord de la mer, à l'endroit où se situe l'histoire du nô illustre entre tous,

---

8. Voir *supra* note 3.

PRÉFACE

Hagoromo, et où l'Ange de l'antique poème a exécuté pour des pêcheurs éblouis sa danse d'ange avant de remonter au ciel. Mais tout pourrit: des détritus jonchent le sable; le vénérable vieux pin qui vit la danse de l'Ange, plus qu'à moitié sec, montre moins d'écorce que de ciment coulé dans les cicatrices des branches tombées. La rue qui mène à ce site célèbre est une sorte d'allée de parc d'attractions, avec boutiques foraines, marchands de souvenirs, photographes faisant poser leurs clients dans des décors factices ou burlesques. Le correct monsieur et la dame trop pittoresquement vêtue, à l'américaine, de pantalons d'un bon faiseur et coiffée d'un feutre cow-boy, sont suivis par une marmaille admirative, qui croit reconnaître en eux d'anciennes vedettes de films[9].

Le lendemain les trouve dans une région côtière adonnée à la production en masse des fraises sous des cloches de plastique. Là, Honda accomplit l'avant-dernière de ses montées symboliques, proportionnée celle-ci à ses jambes de vieillard. Au bord d'un rivage pollué par les déchets de marées presque sinistres, une tour d'observation a été construite, d'où l'on prévient par téléphone les autorités portuaires de l'arrivée, du nom, du tonnage approximatif et de la nationalité de navires aperçus encore en haute mer. Le très jeune fonctionnaire qui braque son télescope sur les cargos se rapprochant de la côte, et en transmet la signalisation, est un adolescent à peine sorti du lycée, orphelin de père et de mère, travailleur appliqué, aux yeux intelligents et froids, mais sur le visage de qui Honda voit passer, à peine perceptible, réminiscence plutôt que présence, l'indéchiffrable sourire de Chan. Cette fois pourtant le flair du vieil homme le trahit. Honda veut, inconsciemment, que le miracle se reproduise, et, qui plus est, de vagues motifs intéressés se mêlent à ceux, purement affectifs, de l'antique quête, et pour ainsi dire en embrouillent les fils. Comme il est immensément riche, ses hommes d'affaires lui conseillent sans cesse de ne pas retarder plus longtemps le choix d'un héritier. Pourquoi pas ce garçon discipliné, travailleur, et point encombré d'une famille?

À l'heure du whisky, il fait part de sa décision à Keiko qui se récrie, et pour lui prouver qu'il ne s'agit pas, comme elle est tentée de le croire, d'un soudain désir de vieillard vite séduit par un jeune garçon, encore moins d'une lubie pure et simple, lentement, maladroitement,

---

9. Cette fois, on accuserait volontiers Mishima de voir ce décor en noir. Aperçu, il est vrai, hors saison, il m'a paru au moins garder quelque chose de la beauté presque inaltérable de la plage, des vieux pins, et du Fuji à l'horizon.

il déroule devant elle ce tissu de rêves et de faits associés à des rêves qui a constitué en quelque sorte l'envers secret de sa vie. Keiko a beau être la plus matérialiste et la moins imaginative des femmes, quelque chose dans ce récit triomphe de son incrédulité, ou du moins lui montre pour la première fois l'existence passée de son vieil ami (et peut-être même toute vie humaine) sur d'autres plans et sous un autre éclairage. Pour la première fois aussi, l'informe réalité semble prendre un sens, si absurde ou si délirant qu'il soit. Des enquêtes de détectives privés attestent la parfaite honnêteté, les bonnes mœurs, les bonnes notes scolaires du jeune homme qui se partage entre le travail et la lecture; on s'attendrit même sur le temps qu'il consacre, par bonté sans doute, à une fille de son âge, plus qu'à demi privée de raison, et que sa laideur met en butte aux plaisanteries du village. Tōru – c'est de lui qu'il s'agit – est adopté, inscrit à l'université de Tokyo, et prend le nom de famille de son père adoptif. Imprudent pour la première fois, Honda néglige même le fait que la date de naissance du garçon, attestée seulement par des voisins, est incertaine, et incertaine aussi la date du décès de Chan. L'adolescent, sur le côté duquel, à travers les larges échancrures de la chemise, Honda a cru repérer les trois grains de beauté fatidiques, sera définitivement le dernier choix de sa vie.

Tōru est un monstre, rendu plus monstrueux encore par son inhumaine intelligence. Ce robot créé par une société mécanisée saura profiter de sa chance. Sans goût véritable pour s'instruire, il fait ses études; il accepte même les leçons de bonnes manières que lui donne Honda qui lui apprend à se tenir à table à l'européenne[10]. Mais le vieillard ne lui inspire que dégoût, mépris et haine. Honda de son côté pénètre avec une froide lucidité les motifs de Tōru, mais l'énergie désormais lui manque pour défaire ce qu'il a fait. Au cours d'une promenade à Yokohama, Tōru est tenté de pousser le vieux précairement debout à l'extrême bord d'un quai; la prudence seule l'en empêche. Il abuse brutalement des bonnes de la maison; il coupe le bel arbuste qui faisait les délices de Honda; il divulgue les confidences politiques de son précepteur, communiste à qui Honda n'eût pas confié son fils adoptif, s'il avait su ses opinions. Comme Kiyoaki naguère écrivait à Satoko, avant leur amour, pour se faire valoir, le récit d'aventures éro-

---

10. Il est curieux de noter que dans les derniers temps de sa vie Mishima emmenait sa femme et son jeune compagnon Morita, qui avait fait avec lui un pacte de mort, tenu quelques mois plus tard, dîner au restaurant à Tokyo pour apprendre à celui-ci les bonnes manières de table européennes. Nous retrouvons ici Honda, strict sur ce point avec Tōru.

tiques qu'il n'avait pas eues, Tōru dicte à la malheureuse sotte, qu'un arrangement fait par Honda lui donne pour fiancée, une lettre qu'elle copie sans voir que le contenu la déshonore, et avec elle l'ennuyeuse famille de magistrats dont elle est sortie. Mais aux feintes non sans grâces d'autrefois a succédé la malignité pure. Quand le chagrin et la solitude ont réveillé chez Honda de vagues besoins sensuels, et que le vieux voyeur se fait ramasser au cours d'une rafle dans un parc public, Tōru orchestre le scandale et en profite pour demander la mise en tutelle du vieux devenu sénile.

Une pensée parfois traverse Honda: les trois membres de l'éclatante lignée sont morts jeunes; si Tōru est un maillon de la chaîne, sans doute en sera-t-il de même pour lui. Cette curieuse notion, tirée peut-être d'une superstition populaire japonaise, aide Honda à prendre patience, mais rien n'indique chez Tōru la moindre velléité de mourir à vingt ans. Assurément, Honda s'est trompé. « Les mouvements des corps célestes se poursuivaient loin de lui. Une légère erreur de calcul avait placé Ying Chan et Honda en des univers séparés. Trois réincarnations avaient occupé Honda toute sa vie (cela aussi avait été une chance inouïe), et après avoir jeté leur rai de lumière sur sa route, étaient parties en un autre éclair de lumière dans quelque coin inconnu du ciel. Peut-être, un jour, quelque part, Honda rencontrerait-il la centième, la dix millième, ou la cent millionième incarnation. » On voit que Honda est sorti du temps; les générations et les siècles ne comptent plus. Il est déjà tout près de l'affranchissement final.

L'affranchissement immédiat de Honda sera le fruit d'une décision de Keiko. Comme Kazu, dans *Après le Banquet*, soutient de son argent et de son énergie l'homme politique qu'elle a épousé, Noguchi; comme Satoko, dans *Neige de printemps*, prend le parti extrême de se retirer du monde, Kiyoaki dût-il en mourir; comme Madame de Sade, dans la pièce de ce nom, par son refus de revoir son mari fait tomber le rideau sur l'insupportable drame, cette mondaine amorale, mais sage, est une *dea ex machina*. Il faut noter chez Mishima ce goût pour les femmes douées à la fois de sagacité et de force. Sous prétexte d'un grand dîner de Noël auquel elle aurait invité l'élite de Tokyo, Keiko reçoit en tête à tête Tōru, qui s'était fait faire un smoking pour la circonstance. Le dîner de Noël à l'américaine est servi pour deux dans la somptueuse salle à manger de Keiko aux tapisseries d'Aubusson; la vieille femme en splendide kimono et le jeune homme en vêtements européens étriqués prennent part à ces nourritures étrangères achetées frigorifiées ou en boîtes de conserve, symboles culinaires d'une fête liturgique qui n'en est pas une pour eux.

PRÉFACE

Après le dîner, Keiko raconte à Toru ce qu'il ignorait de la vie de Honda, et en particulier la raison du choix fait de lui.

Il semble que cette extraordinaire fantasmagorie eût dû laisser indifférent un Toru : il en est, au contraire, bouleversé. Tout ce dont il se croyait sûr – son adoption due à ses qualités réelles et factices, son pouvoir de manipuler les circonstances – s'abat sur lui comme un château de cartes. Il réclame des preuves : Keiko lui conseille de se faire prêter par Honda le *Journal des rêves* de Kiyoaki, où tant d'incidents et d'événements ont pris place, d'abord futurs, puis présents, ensuite passés, et sans cesser pour autant de ressembler à des songes. Toru brûle ce journal, « parce que, lui, il n'a jamais rêvé », et fait sur-le-champ une tentative de suicide.

Pour un homme qui, au moment où il écrivait ceci, préparait minutieusement, à deux ou trois mois de distance, son propre seppuku, le suicide manqué de Toru était sans doute la pire disgrâce qu'il pût infliger à son personnage. Déjà, en nous montrant Iinuma, qui, après avoir abusé du whisky de Honda, exhibait à celui-ci, sous les poils blancs de sa poitrine, la cicatrice d'un coup de couteau qu'il se serait donné après la mort de son fils, sans pourtant cesser de justifier son acte de délation, Mishima témoignait son dégoût des suicidés velléitaires. Le lecteur toutefois se demande si, au contraire, cette tentative de suicide, motivée chez Toru par le regret de n'avoir pas été l'arriviste ayant réussi par ses propres moyens qu'il s'imaginait être, n'est pas le seul titre du piètre jeune homme à appartenir à la lignée idéale dont Honda l'avait cru le dernier représentant. Mishima lui refuse cette prérogative, comme il lui refuse pour en venir à ses fins l'emploi viril d'une lame de couteau. L'eau-forte que Toru a essayé d'absorber ne le tue pas ; mais ses exhalaisons le rendent aveugle, symbolisme qui crève les yeux. Désormais, Honda redevient maître de sa demeure et de sa vie. Toru, au contraire, éliminé de la course au plaisir, à l'argent, au succès, et privé par la cécité de sa capacité de nuire, demeure sur place, confiné dans le pavillon dont il ne veut plus sortir. Il y a pour seule compagnie la démente aux traits hideux, mais idiotement sûre d'être belle, que son goût de régner sur un être humain lui faisait protéger autrefois. Par surcroît, ce monstre femelle est devenu obèse, et une grossesse la gonfle encore. L'Ange pourri se néglige, refuse de changer de linge et de vêtements, couché tout le jour, près de la folle, par le chaud été, dans la chambre empuantie de sueur et de fleurs fanées. Honda, venu jeter sur le couple ce qui sera un dernier regard, songe avec un amer plaisir que ses biens à lui, l'homme de raison et d'intelligence, seront un jour dévolus à des imbéciles.

PRÉFACE

Car Honda octogénaire est malade : des examens ont décelé un cancer. Mais il lui reste un dernier désir : celui de revoir Satoko, avec qui, soixante ans plus tôt, après la nuit passée par la jeune femme sur la plage avec Kiyoaki, il a partagé l'intimité du retour en limousine, tandis que Satoko lui parlait de ses amours en laissant discrètement de son soulier s'écouler du sable. Satoko est maintenant abbesse du monastère où elle a jadis pris l'habit ; Honda décide d'employer ses dernières forces à s'y rendre. Descendu dans un hôtel de Kyoto, il constate durant le trajet en automobile vers Nara le pullulement des constructions à bon marché, les pylônes de télévision meurtrissant l'ancien et pur paysage, les stations d'essence et les cimetières d'automobiles abandonnées, les débits de glaces et de Coca-Cola, les stations d'autobus à côté de petites usines dévorées de soleil. Puis, à Nara, dans ce lieu préservé, il retrouve un instant l'ancienne douceur nippone. Au pied de la colline, il laisse la voiture, bien que la route maintenant monte presque jusqu'au sommet. Ce sera sa dernière ascension. Suivi par le regard désapprobateur du chauffeur, le vieil homme s'engage dans le rude sentier bordé de cryptomérias, au sol strié par des bandes blanches de soleil et des bandes d'ombre noire jetées par les troncs d'arbres. À chaque banc, il se laisse tomber, épuisé. Mais quelque chose lui dit qu'il convient de refaire par cette chaude après-midi non seulement l'ascension qu'il avait faite autrefois pour Kiyoaki sous la neige, mais encore la montée plusieurs fois renouvelée de Kiyoaki lui-même à bout de forces. Reçu au monastère avec une exquise politesse, il a bientôt devant lui une Satoko octogénaire, mais restée étonnamment jeune, malgré des rides propres et comme lavées. « C'était son visage d'autrefois, mais ayant passé du soleil à l'ombre. Ces soixante ans vécus dans l'intervalle par Honda n'avaient été pour elle que le temps qu'il faut pour passer du soleil à l'ombre. »

Il s'enhardit à lui parler de Kiyoaki, mais l'abbesse paraît ne pas connaître ce nom. Est-elle sourde[11] ? Non, elle répète que Kiyoaki

---

11. Un ami européen de Mishima m'assure que l'écrivain, peu de temps avant sa mort, l'emmena près de Nara rendre visite à l'abbesse octogénaire d'un couvent, et que celle-ci était en effet très sourde. Il y a évidemment erreur. L'abbesse, encore vivante et régnante aujourd'hui, avait une cinquantaine d'années à peine à l'époque où Mishima lui rendit plusieurs visites pour s'instruire de la vie du monastère où il a placé le renoncement de Satoko et l'illumination finale d'Honda. Très vive, encore sans aucune infirmité, elle n'a guère fait depuis, comme Satoko, que « passer du soleil à l'ombre ». Si je corrige cette note au lieu de la supprimer, c'est pour donner une preuve de plus de la prolifération des légendes.

PRÉFACE

Matsugae lui est inconnu. Honda lui reproche cette dénégation comme une hypocrisie.

« Non, Monsieur Honda. Je n'ai rien oublié des grâces que j'ai reçues dans "l'autre monde". Mais je crains bien de n'avoir jamais connu le nom de Kiyoaki Matsugae. Êtes-vous sûr qu'une telle personne ait existé ?

– ... Mais comment alors nous connaissons-nous ? Et les Ayakura et les Matsugae ont sûrement laissé des documents, des archives.

– Oui, de tels documents pourraient résoudre tous les problèmes dans "l'autre monde". Mais êtes-vous vraiment sûr d'avoir connu quelqu'un qui s'appelait Kiyoaki ? Et pouvez-vous assurer que nous nous soyons rencontrés déjà ?

– Je suis venu ici il y a soixante ans.

– La mémoire est un miroir à fantômes. Elle montre parfois des objets trop lointains pour être vus, et parfois les fait paraître tout proches.

– ... Mais s'il n'y a pas eu de Kiyoaki, alors, il n'y a pas eu d'Isao. Ni de Ying Chan. Et qui sait ? Peut-être moi-même n'ai-je pas existé.

– C'est à chacun de nous d'en décider selon son cœur », dit l'abbesse.

Et avant de lui donner congé, elle mène le vieillard dans la cour intérieure du monastère, brûlante de soleil, et dont les murs n'enferment qu'un merveilleux ciel vide. Ainsi finit *La Mer de la Fertilité*.

Marguerite Yourcenar
de l'Académie française

NEIGE DE PRINTEMPS

1

*L*a conversation, à l'école, étant tombée sur la guerre russo-japonaise, Kiyoaki Matsugae demanda à son ami le plus intime, Shigekuni Honda, ce qu'au juste il s'en rappelait. Les souvenirs de Shigekuni étaient vagues ; tout au plus se souvenait-il qu'une fois, on l'avait mené au portail d'entrée voir passer une retraite aux flambeaux. L'année où la guerre avait pris fin, tous deux avaient onze ans et il sembla à Kiyoaki qu'ils auraient dû pouvoir se la remémorer avec un peu plus de précision. Leurs camarades de classe qui causaient de la guerre en connaisseurs ne faisaient pour la plupart qu'enjoliver la brume des souvenirs au moyen d'épisodes récoltés auprès des grandes personnes.

Deux membres de la famille Matsugae, les oncles de Kiyoaki, y avaient été tués. Sa grand-mère recevait encore une pension du gouvernement grâce à ces deux fils qu'elle avait perdus, mais jamais elle n'utilisa cet argent ; elle laissait les enveloppes intactes sur le bord de l'autel des aïeux. Peut-être était-ce pourquoi la photographie qui, de toute la collection de photos de guerre, impressionnait le plus Kiyoaki était celle intitulée «Abords du temple de Tokuri : cérémonies commémoratives des morts de la guerre», datée du 26 juin 1904, l'An trente-septième de l'ère Meiji. Cette photo, tirée en couleur sépia, n'avait rien de commun avec le fatras ordinaire des souvenirs de guerre. Elle avait été composée d'un œil d'artiste habile à agencer les volumes : on aurait cru réellement que les milliers de soldats présents avaient été disposés de propos délibéré, comme les personnages d'un tableau, pour concentrer, entre eux, toute l'attention sur le haut cénotaphe de bois naturel. Au loin, les montagnes inclinaient leurs pentes paisibles dans la brume, s'élevant doucement par degrés sur la gauche de l'image en s'écartant de la large plaine qui s'étalait à leur pied ; sur la droite, elles se fondaient au loin avec des bosquets épars avant de s'évanouir dans la poussière blonde de l'horizon. Ailleurs, au lieu des montagnes, on apercevait une rangée d'arbres grandissant à mesure que le regard se déplaçait à droite, tandis qu'entre leurs fûts perçait l'ocre du ciel. Au premier plan, agréablement espacés, s'élevaient six arbres très grands dont chacun venait parfaire l'harmonie générale du paysage. On n'aurait pu dire à quelle espèce ils appartenaient, mais leurs lourdes branches faîtières semblaient se courber dans le vent avec une tragique majesté.

La lointaine étendue des plaines s'embrasait en nuances délicates ; de ce côté-ci des montagnes, la végétation poussait plate et désolée. Au centre de l'image se dressait, minuscule, le simple cénotaphe de bois avec l'autel où reposaient des fleurs, sa nappe blanche retournée par le vent.

Pour le reste, on ne voyait que des soldats, par milliers. Au premier plan, ils tournaient le dos à l'appareil, laissant apercevoir les protège-nuques blancs qui pendaient des casquettes et les diagonales des courroies de cuir en travers des épaules. Ils n'avaient pas formé les rangs mais se rassemblaient par groupes, la tête inclinée. Une poignée seulement, en bas dans le coin gauche, tournaient à demi leurs visages sombres vers le photographe, tels les personnages d'un tableau de la Renaissance. Au-delà, une armée de soldats s'étendait en un immense demi-cercle jusqu'aux confins de la plaine, des hommes en si grand nombre qu'il était tout à fait impossible de les distinguer l'un de l'autre, et d'autres groupes se formaient encore très loin parmi les arbres.

Les silhouettes de ces soldats, au premier comme à l'arrière-plan, baignaient dans une lumière étrange et indécise qui soulignait le contour des bottes et des jambières, faisant ressortir la courbure des épaules et des nuques. Cet éclairage imprégnait toute la photo d'un sentiment de chagrin ineffable.

Il émanait de ces hommes une émotion tangible dont le flot brisait contre le petit autel blanc, les fleurs, le cénotaphe au milieu. De cette masse énorme, étirée jusqu'aux bords de la plaine, une pensée unique qu'aucun langage humain n'aurait pu exprimer, tel un grand et lourd anneau de fer, se rabattait sur le centre.

Son âge et la nuance sépia de son encre teintaient cette photographie d'une atmosphère infiniment poignante.

Kiyoaki avait dix-huit ans. Rien dans la famille où il était né n'aurait pu expliquer qu'il fût aussi sensible, si enclin à la mélancolie. On aurait eu grand-peine à trouver dans cette demeure irrégulière, bâtie sur une hauteur non loin de Shibuya, quelqu'un qui, d'aucune façon, eût part à ses susceptibilités. C'était une ancienne famille de samou-

CHAPITRE 1

raïs, mais le père de Kiyoaki, le marquis Matsugae, gêné par la position très modeste que ses ancêtres avaient occupée en des temps aussi proches que la fin du shogunat, un demi-siècle auparavant, avait confié l'éducation du garçon, encore tout petit, à une famille de noblesse de cour. Eût-il agi autrement, Kiyoaki ne serait sans doute pas devenu en grandissant un adolescent aussi émotif.

La résidence du marquis Matsugae occupait un grand domaine au-delà de Shibuya, à la périphérie de Tokyo. Les nombreux bâtiments s'étendaient sur plus de quarante hectares, étageant leurs toitures en équilibre impressionnant. Le logis principal était d'architecture japonaise, mais au coin du parc s'élevait une demeure imposante de style occidental conçue par un Anglais. C'était, disait-on, l'une des quatre résidences du Japon – celle du maréchal Oyama venant en premier – où l'on pouvait entrer sans se déchausser.

Au milieu du parc, une grande pièce d'eau s'allongeait au revers d'une colline couverte d'érables. Ses dimensions permettaient d'y canoter ; on voyait en son centre une île, des nénuphars en fleur et même des cabombas que l'on cueillait pour la cuisine. Le salon du logis principal donnait sur la pièce d'eau, de même la salle des banquets de la maison européenne.

Quelque deux cents lanternes de pierre en parsemaient, çà et là, tant les rives que l'île, qu'ornaient aussi trois grues en fonte dont deux étiraient leur long cou vers le ciel tandis que l'autre portait la tête basse.

L'eau jaillissait de sa source à la crête de la colline d'érables puis dévalait les pentes en plusieurs cascades ; le flot passait alors sous un pont de pierre, chutait dans une nappe masquée par des roches rouges de l'île de Sado, avant de s'écouler dans le lac en un point où, à la saison, s'épanouissait une tache admirable d'iris. La pièce d'eau regorgeait de carpes et de carassins. Deux fois l'an, le marquis autorisait les enfants des écoles à venir y pique-niquer.

Quand Kiyoaki était enfant, les domestiques lui avaient fait peur avec leurs histoires de tortues féroces. Il y avait longtemps, quand son grand-père était malade, un ami lui avait offert une centaine de ces tortues dans l'espoir que leur chair lui redonnerait des forces. Lâchées dans le lac, elles s'étaient rapidement multipliées. Une fois qu'une tortue féroce vous avait attrapé le doigt entre ses mâchoires, lui avaient raconté les domestiques, vous pouviez lui dire adieu.

Plusieurs pavillons étaient destinés à la cérémonie du thé et il y avait également une spacieuse salle de billard. Derrière le logis principal, des ignames sauvages poussaient dru alentour et dans un boqueteau de cyprès planté par le grand-père de Kiyoaki se croisaient deux sentiers. L'un conduisait au portail de derrière; l'autre escaladait une butte pour aboutir au sommet à un plateau où se dressait un mausolée à l'un des angles d'une vaste étendue de gazon. C'était là qu'étaient inhumés son grand-père et ses deux oncles. Les marches, les lanternes et le *torii*[1], tout en pierre, sacrifiaient à la tradition, mais de chaque côté des marches, au lieu des chiens-lions habituels, on avait peint en blanc et enfoncé dans le sol un couple d'obus de la guerre russo-japonaise. Un peu en contrebas, on avait élevé un sanctuaire à Inari, le dieu de la moisson, derrière un superbe treillis de glycine. L'anniversaire de la mort du grand-père tombait fin mai; aussi la glycine se trouvait-elle toujours dans toute sa gloire lorsque la famille se rassemblait ici pour les cérémonies et les femmes se tenaient dans son ombrage pour éviter l'éclat du soleil. Leurs visages blêmes, poudrés plus méticuleusement encore qu'à l'habitude pour l'occasion, se diapraient de violet comme si quelque furtive ombre de mort s'était répandue par leurs joues.

    Les femmes. Nul n'aurait pu dénombrer au juste la multitude de femmes qui habitaient le domaine des Matsugae. La grand-mère de Kiyoaki avait naturellement le pas sur toute autre, quoiqu'elle préférât vivre retirée, à quelque distance du logis principal, avec huit servantes attachées à sa personne. Chaque matin, qu'il pleuve ou qu'il vente, la mère de Kiyoaki n'avait pas plutôt achevé sa toilette qu'elle partait avec deux femmes de sa suite offrir ses respects à la vieille dame. Et quotidiennement, la vieille dame dévisageait sa belle-fille des pieds à la tête.

    « Voilà une coiffure qui ne vous sied guère. Pourquoi, demain, n'essaieriez-vous pas une coiffure haute? Je suis sûre que cela vous irait mieux », disait-elle en faisant ses petits yeux tendus. Mais quand, le lendemain matin, la chevelure avait été peignée à l'européenne, la vieille dame y allait de son commentaire: « Vraiment, Trujiko, il n'y a pas à dire, une coiffure haute pour col montant ne saurait aller à une beauté japonaise classique comme vous. J'aimerais que demain vous essayiez le style Marumage. » Si bien que, d'aussi loin que Kiyoaki se souvînt, la coiffure de sa mère n'avait cessé de varier.

    Les coiffeurs et leurs apprentis étaient constamment sur la brèche. Non seulement la coiffure de sa mère exigeait leurs services, mais il leur fallait s'occuper de plus de quarante servantes. Toutefois, ils ne

---

1. Portique de cérémonie, en usage dans le culte shinto. (*N.d.T.*)

CHAPITRE 1

s'étaient souciés des cheveux d'un membre masculin de la maisonnée qu'en une seule occasion. Ce fut lorsque Kiyoaki était élève de première année au cours moyen rattaché au collège des Pairs. L'honneur lui était échu d'être choisi comme page lors des fêtes du Nouvel An au palais impérial.

« Je sais qu'à l'école on veut que vous ayez l'air d'un petit moine, dit l'un des coiffeurs, mais la tête rasée ne peut pas aller avec votre beau costume aujourd'hui.

– Mais on va m'attraper si j'ai les cheveux longs.

– Bon, bon, dit le coiffeur. Voyons comment je vais pouvoir arranger ça. De toute manière, vous allez porter un chapeau, mais je crois que nous pouvons nous y prendre de telle façon que, même en l'ôtant, vous éclipserez tous les autres jeunes messieurs. »

Il avait eu beau dire, Kiyoaki s'était trouvé à treize ans la tête tondue de si près qu'elle en paraissait bleue. Quand le coiffeur lui dessina une raie, le peigne fit mal et l'huile capillaire piquait la peau.

Malgré le savoir-faire qu'affichait le coiffeur, la tête que réfléchissait le miroir ne différait en rien de celle d'aucun des autres garçons ; malgré cela, au banquet, Kiyoaki reçut des éloges pour sa beauté peu commune.

L'empereur Meiji en personne avait une fois honoré de sa présence la demeure des Matsugae. Afin de distraire Sa Majesté Impériale, on avait organisé une démonstration de lutte sumo sous un immense ginkgo autour duquel un espace avait été délimité par des rideaux. L'Empereur y assistait d'un balcon, au deuxième étage de cette maison construite à l'occidentale. Kiyoaki confia au coiffeur qu'à cette occasion on lui avait permis de paraître devant l'Empereur et que Sa Majesté avait daigné lui tapoter la tête. Cela s'était passé voici quatre ans, mais il se pouvait fort bien que l'Empereur se rappelât la tête d'un simple page aux fêtes du Nouvel An.

« Vraiment ? s'écria le coiffeur, au comble de l'émotion. Notre jeune maître, à ce que vous racontez, vous avez été caressé par l'Empereur lui-même ! » Ce disant, il recula d'une glissade sur le parquet de tatami, battant des mains en signe de sincère hommage envers le jeune garçon.

Le costume d'un page de la suite d'une dame de la cour se composait d'une tunique et d'une culotte assorties en velours bleu, cette dernière dépassant à peine le genou. De chaque côté de la tunique pendait un rang de quatre grands pompons blancs en peluche comme en comportaient aussi les manchettes et la culotte. Le page portait une épée au côté, des bas blancs, et ses pieds chaussaient des souliers boutonnés d'émail noir. Une cravate de soie blanche se nouait au milieu d'une collerette de dentelle et un tricorne orné d'une grande plume lui pendait dans le dos, retenu par un cordonnet de soie. Chaque année, pour le Nouvel An, une vingtaine de garçons de la noblesse qui avaient obtenu de brillants résultats scolaires étaient choisis en vue de porter à tour de rôle, par groupes de quatre, la traîne de l'Impératrice ou, par couples, celle d'une princesse impériale pendant les trois journées que duraient les réjouissances. Kiyoaki porta une fois la traîne de l'Impératrice et, de même, celle de la princesse Kasuga. Quand vint son tour de porter la traîne de l'Impératrice, celle-ci parcourut, l'air digne et solennel, des couloirs où flottait l'odeur musquée de l'encens qu'allumaient les huissiers du palais ; pendant toute l'audience, il avait été de service, debout derrière elle. C'était une femme d'une grande élégance et fort intelligente, mais elle se trouvait avoir déjà dépassé l'âge mûr, approchant la soixantaine. La princesse Kasuga, quant à elle, n'avait guère plus de trente ans. Belle, élégante, l'air important, on eût dit une fleur à l'instant de sa perfection.

Aujourd'hui encore, Kiyoaki se rappelait moins la traîne assez sobre qu'affectionnait l'Impératrice que l'ample cintre de blanche hermine de la princesse, avec son semis de taches noires et sa bordure de perles. La traîne de l'Impératrice avait quatre anneaux pour la porter, celle de la princesse, deux. Kiyoaki et les autres avaient été si parfaitement exercés qu'ils n'eurent aucune peine à les tenir fermes tout en marchant d'un pas égal.

La chevelure de la princesse Kasuga avait l'ébène lustré d'une laque fine. Vue de dos, sa coiffure compliquée semblait se dissoudre dans l'épiderme de sa nuque, éclatant de blancheur, laissant échapper des mèches isolées sur ses épaules dont son décolleté soulignait les reflets légers.

Elle se redressait, allant droit devant elle d'une démarche assurée sans que ceux qui portaient sa traîne la sentissent trahir aucun frémissement, mais aux yeux de Kiyoaki, ce large éventail de fourrure blanche semblait étinceler puis s'évanouir au son d'une musique, comme un sommet neigeux tantôt caché, tantôt découvert par le canevas ondoyant des nuages. En cet instant, pour la première fois de sa vie, il reçut le choc de la beauté féminine dans sa plénitude – jaillissement d'élégance éblouissant qui lui donna le vertige.

La prodigalité avec laquelle la princesse Kasuga faisait usage de parfum français se communiquait à sa traîne et son arôme dominait l'odeur musquée de l'encens. Quelque part dans le couloir, Kiyoaki

CHAPITRE 1

trébucha un instant, tirant sur la traîne par mégarde. La princesse détourna légèrement la tête et, pour faire comprendre qu'elle ne lui en voulait nullement, elle fit un gentil sourire au jeune coupable. Nul ne remarqua son geste ; gardant le corps parfaitement droit tout en tournant à peine son visage, elle avait laissé entrevoir à Kiyoaki un pli de sa bouche. Au même instant, une mèche folle glissa le long de sa joue d'un blanc si lumineux, tandis que du coin de l'œil finement dessiné jaillissait un sourire en noire étincelle de feu. Mais la ligne pure du nez n'avait pas bougé. Ce fut comme si rien ne s'était passé... cet oblique fugace du visage de la princesse – si peu esquissé qu'on n'aurait pu l'appeler profil – donna le sentiment à Kiyoaki qu'il avait vu comme un arc-en-ciel cligner un instant à travers un prisme de pur cristal.

Son père, le marquis Matsugae, était témoin du rôle tenu par son fils dans les festivités, se délectant de l'allure superbe du garçon dans ses magnifiques vêtements de cérémonie et savourant le contentement d'un homme qui voit réalisé le rêve de toute une vie. Ce triomphe dissipait entièrement sa crainte lancinante d'apparaître encore comme un imposteur en dépit de tous ses efforts pour se fonder en dignité comme apte à recevoir l'Empereur sous son toit. Car voici qu'en la personne de son propre fils, le marquis avait vu consacrer la fusion des traditions de l'aristocratie et des samouraïs, convergence parfaite de l'ancienne noblesse de cour et des nouveaux dignitaires.

Pourtant, à mesure que se poursuivaient les cérémonies, la satisfaction du marquis, à écouter les éloges que l'on prodiguait au garçon pour sa fière mine, se changea en sentiment d'inquiétude. À treize ans, Kiyoaki était vraiment trop beau garçon. Laissant de côté l'affection naturelle qu'il portait à son fils, le marquis ne pouvait pas ne pas remarquer combien il l'emportait même par comparaison avec les autres pages : ses joues pâles qui s'empourpraient dès qu'il se passionnait, ses sourcils au dessin si net, ses grands yeux qui conservaient encore le sérieux de l'enfance et qu'encadraient de longs cils, des yeux sombres luisants de séduction. Ainsi le flot des compliments incitait le marquis à apprécier l'exceptionnelle beauté de son héritier non sans y déceler quelque chose d'inquiétant, comme un présage qui le mettait mal à l'aise. Mais le marquis Matsugae était un optimiste à tout crin et il chassa sa contrariété dès la fin des cérémonies.

Des appréhensions similaires préoccupèrent plus durablement le jeune Iinuma, venu habiter la demeure des Matsugae à l'âge de dix-sept ans, l'année précédant celle où Kiyoaki avait servi comme page. Iinuma avait été recommandé comme précepteur par l'école secondaire de sa commune de Kagoshima et adressé aux Matsugae muni de certificats d'aptitudes intellectuelle et physique. À Kagoshima, le père de l'actuel marquis était vénéré comme un dieu terrible et puissant, et Iinuma avait envisagé son existence dans la maison des Matsugae en complète harmonie avec ce qu'il avait entendu raconter chez lui ou au collège des hauts faits de l'ancien marquis. Cependant, au cours de l'année qu'il avait passée chez eux, le luxe de leur train de vie avait dissipé cette attente, blessant sa susceptibilité puritaine et juvénile.

Il pouvait fermer les yeux sur le reste, mais non sur Kiyoaki lui-même qui était sa responsabilité personnelle. Tout chez Kiyoaki agaçait Iinuma : sa beauté physique, sa délicatesse, sa sensibilité, ses façons de voir, ses goûts. Et, non moins désolante, l'attitude générale du marquis et de la marquise quant à l'éducation de leur fils. «Jamais, je n'élèverai mon fils de cette façon, dût-on me faire marquis. Peut-on me dire l'importance qu'accorde le marquis aux principes de son propre père ? »

Le marquis observait à la lettre, chaque année, les rites funèbres dédiés à son père, mais ne parlait presque jamais de lui. Au début, Iinuma avait rêvé que le marquis se mettrait à parler plus souvent de son père et que ses réminiscences pourraient en partie révéler son attachement à sa mémoire, mais dans l'année qui suivit, ses espérances vacillèrent puis s'évanouirent.

Le soir où Kiyoaki rentra chez lui, ayant accompli ses tâches comme page de l'Empereur, le marquis et son épouse donnèrent en privé un dîner de famille pour célébrer l'occasion. Quand l'heure vint pour Kiyoaki de se hâter d'aller au lit, Iinuma l'aida à regagner sa chambre. Les joues de ce garçon de treize ans s'empourpraient du vin que son père, à moitié par plaisanterie, l'avait forcé à boire. Il s'enfouit sous la soie des couvertures, avant de laisser retomber sa tête sur l'oreiller, l'haleine lourde et tiède. On voyait palpiter le réseau bleu des veines autour des lobes sous ses cheveux tondus, et son épiderme était si étonnamment transparent que l'on croyait apercevoir les frêles mécanismes internes. Même dans la pénombre de la pièce, ses lèvres rougeoyaient. Chez ce jeune garçon qui paraissait n'avoir jamais connu la douleur, le souffle de la respiration semblait l'écho moqueur d'une cantilène.

Iinuma regardait son visage, les yeux aux cils si longs, prompts à tout ressentir – des yeux de loutre – et il comprit qu'il était vain

CHAPITRE 2

d'attendre de lui qu'il proférât les serments de loyalisme envers l'Empereur qu'une telle soirée aurait provoqués chez tout garçon japonais normal, en proie aux naissantes ardeurs viriles, s'il avait eu le privilège d'accomplir un devoir aussi glorieux.

Les yeux de Kiyoaki étaient grands ouverts tandis qu'allongé sur le dos il contemplait le plafond, et ils s'emplissaient de larmes. Quand ce regard luisant se tourna vers lui, Iinuma sentit grandir sa répulsion, encore que celle-ci lui commandât d'avoir foi d'autant plus en son propre loyalisme. Ayant trop chaud apparemment, Kiyoaki sortit ses bras nus, légèrement rougis, de sous la couverture pour les croiser sous sa tête; Iinuma le reprit en refermant le col de sa robe de chambre: «Vous allez attraper froid. Allons, il est temps de vous endormir.

– Iinuma, tu sais... J'ai fait une bêtise aujourd'hui. Si tu promets de ne pas le rapporter à mon père ou à ma mère, je vais te dire ce que c'était.

– Qu'est-ce que c'était?

– Aujourd'hui, en portant la traîne de la princesse, j'ai presque fait un faux pas. Mais la princesse s'est contentée de sourire et elle m'a pardonné.»

Iinuma fut choqué de ces réflexions frivoles, du manque d'un sens quelconque des responsabilités, du regard embué d'enchantement de ces yeux – tout le choquait.

2

*I*l n'était donc guère surprenant qu'au moment d'atteindre ses dix-huit ans, les préoccupations de Kiyoaki eussent abouti à l'isoler de plus en plus de son entourage. Il avait grandi à l'écart, et pas seulement de sa famille. Ses maîtres au collège des Pairs avaient inculqué à leurs élèves la noblesse hautement exemplaire du directeur, le général Nogi, qui s'était suicidé pour suivre son empereur dans la mort; et depuis qu'ils s'étaient mis à souligner la signification de son geste, laissant entendre que les traditions de l'école auraient pâti si le général était mort dans son lit, une ambiance de simplicité spartiate s'était répandue par tout le collège. Kiyoaki, qui avait une aversion pour tout ce qui sentait le militarisme, en était arrivé de ce fait à détester l'école.

Son seul ami était son camarade de classe Shigekuni Honda. Bien d'autres, naturellement, auraient été trop heureux de compter parmi ses amis, mais il n'aimait pas la puérilité mal dégrossie de ses contemporains; il évitait leurs brusqueries de jeunes poulains et leur sentimentalité fruste l'éloignait davantage encore quand, sans y penser le moins du monde, ils se mettaient à brailler le refrain de l'école. Kiyoaki ne se sentait attiré que par Honda, avec son caractère paisible, équilibré, rationnel, peu banal chez un garçon de son âge. Pourtant, tous deux n'avaient guère de choses en commun dans l'allure ou le tempérament.

Honda paraissait plus vieux que son âge. Bien que ses traits fussent des plus ordinaires, il se donnait volontiers un air un peu solennel. Il s'intéressait à ses études de droit et il était doué d'une fine intuition, faculté qu'il tendait à dissimuler. À le regarder, on aurait cru qu'il restait indifférent aux plaisirs sensuels, mais à certains moments, il paraissait enflammé d'une passion profonde; en de telles occasions, bien qu'il tînt toujours ses lèvres serrées, tout comme il gardait mi-clos ses yeux presque myopes et son front plissé, on pouvait le surprendre les lèvres quasiment entrouvertes.

Kiyoaki et Honda étaient peut-être aussi différents de nature que la fleur et la feuille d'un même végétal. Kiyoaki était incapable de dissimuler son tempérament véritable et il restait sans défense contre le pouvoir qu'a la société de vous faire mal. En lui, sommeillait une sensualité que nul n'avait éveillée, le laissant aussi démuni qu'un chaton sous une giboulée de mars, corps grelottant, yeux et museau criblés sous l'ondée. De son côté, très tôt dans la vie, Honda avait compris où se tenait le danger et avait choisi de s'abriter de tous les orages, si attrayants qu'ils fussent.

Malgré cela, ils étaient inséparables. Non contents de se voir au collège, ils passaient encore les dimanches chez l'un ou chez l'autre. Mais le domaine des Matsugae ayant davantage à offrir en fait de promenades et autres distractions, c'était généralement Honda qui venait chez Kiyoaki.

Un dimanche d'octobre 1912, l'An premier de l'ère Taisho, par un après-midi où le feuillage des érables était encore dans toute sa fraîcheur, Honda, en arrivant à la chambre de Kiyoaki, suggéra de faire un tour de barque sur le lac. Toute autre année, il y aurait eu de plus en plus de visiteurs venus admirer le feuillage des érables, mais,

CHAPITRE 2

depuis le décès de l'Empereur, l'été précédent, le deuil des Matsugae leur avait fait suspendre les occasions mondaines habituelles. Un calme extraordinaire enveloppait le parc.

« Ma foi, si tu veux. La barque peut contenir trois personnes. Nous allons demander à Iinuma de ramer.

– Pourquoi avons-nous besoin de quelqu'un pour ramer ? Je m'en charge », dit Honda, se rappelant l'air renfrogné du jeune homme qui venait inutilement de l'accompagner, avec un air de cérémonie silencieux mais imperturbable, jusqu'à la chambre de Kiyoaki.

Kiyoaki sourit : « Honda, dis plutôt que tu ne l'aimes pas !

– Ce n'est pas que je ne l'aime pas. C'est simplement que depuis le temps que je le connais, je serais bien incapable de dire ce qui lui passe par la tête.

– Voilà six ans qu'il est ici, si bien que maintenant je n'y pense pas plus qu'à l'air qu'on respire. Certes, nous ne voyons pas les choses du même œil, mais malgré tout il m'est dévoué. Il est loyal, c'est un bûcheur, et on peut compter sur lui. »

La chambre de Kiyoaki se trouvait au second étage, face au bassin. À l'origine, elle avait été de style japonais, puis on l'avait décorée à l'occidentale, avec un tapis et des meubles européens. Honda s'assit sur le rebord de la fenêtre. Par-dessus son épaule, il embrassait du regard tout le contour du lac, l'île et, au-delà, la colline aux érables. L'eau était lisse sous le soleil de l'après-midi. Juste au-dessous de lui, il apercevait les barques amarrées dans une petite anse.

Dans le même temps, il repassait en esprit le manque d'enthousiasme de son ami. Kiyoaki ne prenait jamais les devants, bien que parfois il se joignît aux autres d'un air d'ennui profond, ne trouvant son plaisir qu'à sa guise. Alors, il revenait toujours à Honda de proposer et de frayer la voie si l'on voulait faire quoi que ce fût ensemble.

« Tu vois les barques, n'est-ce pas ? demanda Kiyoaki.

– Naturellement, je les vois », répondit Honda en jetant derrière lui un coup d'œil mal assuré.

À quoi rimait cette question de Kiyoaki ? Si l'on devait hasarder une hypothèse, ce serait qu'il s'efforçait d'exprimer qu'il ne trouvait d'intérêt à rien. Il se considérait comme une épine, vénéneuse malgré sa petitesse, enfoncée dans la main industrieuse de sa famille. Son sort était tel, simplement parce qu'il avait acquis quelque raffinement. À peine cinquante ans plus tôt, les Matsugae avaient été, sans plus, une intègre et robuste famille de samouraïs qui menait non sans peine, en province, une existence frugale. Puis, en un court laps de temps, leur fortune avait pris son essor. À l'époque de Kiyoaki, les premières traces de raffinement menaçaient de s'emparer d'une famille qui, contrairement à la noblesse de cour, avait pendant des siècles été immunisée contre le virus des belles manières. Comme une fourmi qui sent venir l'inondation, Kiyoaki percevait les premiers signes de l'écroulement rapide de sa famille.

L'épine, c'était ses belles manières. Il comprenait fort bien la futilité de sa répugnance pour les choses grossières, du plaisir que, plante sans racines, il prenait à ce qui était raffiné. Sans chercher à miner la position de sa famille, sans vouloir violer ses traditions, il y était condamné par sa nature même. Poison qui, tout en détruisant sa famille, l'empêcherait, lui, de se développer. Le bel adolescent sentait que cette futilité symbolisait son existence.

Sa conviction de n'avoir d'autre objet dans la vie que de distiller le poison relevait de l'ego d'un garçon de dix-huit ans. Il avait résolu que ses belles mains blanches ne connaîtraient jamais la saleté ou les callosités. Il voulait être un fanion en butte aux coups de vent. Seule lui semblait mériter d'être vécue une existence passionnée, gratuite et jamais fixée, qui ne meurt que pour se ranimer, qui tour à tour vacille et flamboie sans objet et sans but.

En cet instant, rien ne l'intéressait. Canoter? Son père avait pensé que la petite barque vert et blanc qu'il avait importée de l'étranger avait du chic. Pour son père, ce bateau était signe de culture ; une culture qu'on pouvait toucher du doigt. Mais quoi? Qui donc se souciait d'un bateau?

Honda, avec son intuition innée, comprit le silence soudain de Kiyoaki. Bien qu'ils eussent le même âge, Honda avait plus de maturité. C'était, en fait, un garçon qui voulait mener une vie constructive et il avait décidé de son rôle à venir. Cependant, avec Kiyoaki, il prenait toujours soin de paraître moins réceptif et moins subtil qu'il n'était. Il n'ignorait pas avec quelle promptitude son ami ressentait ses incompréhensions étudiées, la seule amorce qui semblât provoquer une réaction chez Kiyoaki. Cette veine de supercherie courait tout au long de leur amitié.

« Cela te ferait du bien de prendre un peu d'exercice, dit Honda brusquement. Je sais que ce n'est pas que tu aies pu lire tant que cela, mais on dirait que tu as dévoré toute une bibliothèque.»

Kiyoaki se contenta de sourire. Honda avait raison. Ce n'était pas ses livres qui avaient pompé son énergie, mais ses rêves. Une biblio-

CHAPITRE 2

thèque entière ne l'aurait pas épuisé autant que ses rêveries continuelles, nuit après nuit.

La veille même, il avait vu en songe son propre cercueil, en bois naturel. Il occupait le milieu d'une pièce vide avec de larges baies tandis qu'au-dehors, annonçant l'aube, l'obscurité virait au bleu sombre et s'emplissait de chants d'oiseaux. Une jeune femme s'agrippait au cercueil, sa longue chevelure noire dans le sillage de sa tête inclinée, ses frêles épaules secouées de sanglots. Il aurait voulu voir son visage mais ne pouvait distinguer que son front pâle et gracieux avec sa fine couronne de cheveux noirs. Le cercueil était à demi recouvert d'une peau de léopard bordée de perles. Les premiers rougeoiements pâles de l'aube clignaient sur la rangée de joyaux. Au lieu d'encens funèbre, une odeur de parfum d'Occident se répandait dans la pièce, émettant des senteurs de fruit mûri au soleil. Il semblait à Kiyoaki qu'il regardait ce spectacle de très haut, tout convaincu qu'il fût que son corps reposait au-dedans du cercueil. Malgré son assurance, il éprouvait le besoin de l'y voir pour en avoir confirmation. Pourtant, tel un moustique dans la lumière matinale, ses ailes perdirent tout pouvoir, cessant de battre en plein vol ; il devint tout à fait incapable de regarder à travers le couvercle cloué du cercueil. Alors, tandis que s'accentuait son désenchantement, il s'éveilla. Kiyoaki sortit son journal intime et y consigna tout cela.

Finalement, les deux amis descendirent vers l'embarcadère et dénouèrent l'amarre. La surface paisible des eaux renvoyait l'écarlate enflammée des érables qui, là-bas, commençaient à virer au flanc de la colline. En y mettant le pied, les mouvements désordonnés de l'embarcation évoquèrent pour Kiyoaki ses impressions favorites sur la précarité de la vie. En cet instant, ses pensées intérieures lui parurent décrire un arc immense que réfléchissait nettement la fraîche peinture blanche du bateau. Il reprit courage.

Prenant appui avec une rame contre le quai de pierre, Honda éloigna la barque. Sous la proue qui faisait frissonner le rouge éclatant de la nappe d'eau, les timides vaguelettes vinrent renforcer chez Kiyoaki un sentiment de libération. L'eau sombre semblait lui parler d'un ton profond et solennel : « Mon dix-huitième automne, en ce jour, cet après-midi, à cet instant – qui jamais plus ne reviendra, pensait-il, quelque chose qui déjà s'enfuit irrévocablement. »

« Si nous allions jeter un coup d'œil dans l'île ?
– À quoi bon ? Il n'y a rien à voir.

47

– Ne gâche pas le plaisir. Allons, viens y faire un tour», insista son ami, dont la voix résonnait dans sa poitrine, tout en ramant avec l'ardeur qui convenait à son âge.

Tandis que son regard plongeait dans le bassin, Kiyoaki entendait le bruit amorti de la cascade au loin, de l'autre côté de l'île; il ne pouvait pas apercevoir grand-chose à cause du trouble de l'eau et du reflet rouge des érables. Il savait que des carpes nageaient dans ces eaux et que, tout au fond, des tortues féroces se tenaient aux aguets à l'abri des rochers. Les peurs de son enfance resurgirent un instant avant de disparaître.

Le soleil chaud tombait sur leurs nuques rasées. C'était un après-midi de dimanche serein, paisible, magnifique. Pourtant, Kiyoaki demeurait convaincu qu'au tréfonds de ce monde pareil à une outre de cuir remplie d'eau, il y avait un petit trou, et il lui sembla qu'il entendait le temps s'en échapper goutte à goutte.

Ils touchèrent l'île en un lieu où, parmi les pins, poussait un seul érable et ils gravirent les marches de pierre jusqu'à un sommet découvert et gazonné où l'on voyait les trois grues de fonte. Les deux garçons s'assirent au pied des deux oiseaux qui allongeaient leur cou vers le ciel dans un cri muet et éternel, puis ils s'étendirent sur l'herbe pour contempler ce ciel de fin d'automne. L'herbe rêche les piquait à travers leurs kimonos, mettant Kiyoaki mal à l'aise. À Honda, en revanche, cela donnait la sensation d'avoir à supporter une douleur aiguë mais rafraîchissante, éparpillée sous son dos. Du coin de l'œil, ils apercevaient les deux grues, en butte aux vents et à la pluie, aux salissures blanc de craie des oiseaux. Leur cou souple et courbé se tendait, découpé sur le ciel, se déplaçant lentement au rythme des bancs de nuages.

«C'est une admirable journée. De toute notre vie, il se peut que nous n'en ayons guère d'aussi parfaite, dit Honda, ému de quelque présage.

– Veux-tu parler de bonheur? demanda Kiyoaki.

– Je ne me souviens pas d'avoir rien dit du bonheur.

– En ce cas, c'est parfait. Je serais épouvanté de parler de ces choses comme toi. Je n'ai pas cette sorte de courage.

– Je suis convaincu que, chez toi, ce qui ne va pas, c'est que tu es horriblement gourmand. Les individus gourmands ont tendance à sembler malheureux. Dis-moi, que veux-tu de plus qu'une journée comme celle-ci?

– Quelque chose qui ait un sens. Mais quoi, je n'en ai pas la moindre idée», répondit d'un ton las le jeune homme dont la beauté physique n'avait d'égale que l'irrésolution. En dépit de son amitié

CHAPITRE 3

pour Honda, il y avait des moments où Kiyoaki trouvait que l'esprit d'analyse subtil de ce dernier et ses façons de dire si assurées – l'image même des promesses juvéniles – mettaient à rude épreuve son tempérament capricieux.

Tout à coup, il roula sur le ventre dans l'herbe en levant la tête, fixant son regard en un point assez éloigné de l'autre côté de l'eau, vers le jardin où donnait le salon du logis principal. De là, des dalles serties dans le sable blanc menaient au bord du lac dont la dentelle d'anses menues était traversée d'un réseau de ponts de pierre. Il y avait aperçu un groupe de femmes.

3

*I*l toucha l'épaule de Honda et pointa l'index dans cette direction. Honda leva la tête et scruta l'autre bord jusqu'à ce qu'il eût, lui aussi, distingué les femmes. De leur cachette, ils fouillèrent l'horizon comme deux jeunes tireurs à l'affût. Sa mère faisait sa promenade quotidienne quand l'envie la prenait; mais aujourd'hui, sa compagnie ne se limitait pas à sa suite personnelle; deux invitées, l'une âgée, l'autre jeune, marchaient juste derrière elle. Toutes, sauf la jeune fille, portaient des kimonos aux tons sobres, discrets. Bien que cette dernière fût en bleu clair, l'étoffe était richement brodée. Tandis qu'elle traversait le sable blanc pour suivre le bord de l'eau, son vêtement brillait d'un éclat pâle et soyeux comme un ciel d'aurore. Les rires féminins, portés par l'air automnal, trahissaient son pas mal assuré sur les dalles irrégulières, mais l'écho en était trop cristallin pour ne pas paraître un peu artificiel. Cela agaçait toujours Kiyoaki d'entendre chez lui les femmes rire ainsi, mais il n'ignorait pas l'effet que cela produisait chez Honda dont l'œil luisait comme un coq alerté par le gloussement des poules. Les tiges frêles de l'herbe sèche de l'automne cédaient sous leurs poitrines.

Kiyoaki était sûr que la jeune fille au kimono bleu pâle ne rirait jamais de cette façon. Avec force démonstrations de gaieté, les suivantes de sa mère conduisaient leur maîtresse et ses hôtes par la main de la rive du lac à la colline aux érables, le long d'un sentier que compliquait délibérément un labyrinthe de ponts de pierre entrelacés à travers les anses. Kiyoaki et Honda les eurent bientôt perdues de vue derrière l'herbe haute où ils se trouvaient.

« À coup sûr, vous ne manquez pas de femmes au logis. Chez nous, il n'y a que des hommes », dit Honda, faisant bonne contenance pour masquer sa curiosité, laquelle était suffisamment éveillée pour le faire se lever et se diriger vers l'autre côté de l'île. Là, à l'abri des pins, il pouvait suivre la progression malaisée du groupe de femmes. À sa gauche, un creux dans la pente contenait les quatre premières des neuf cascades. Le courant suivait alors la courbure du coteau pour finalement s'écraser en gerbe dans la nappe située en avant, sous les rochers rouges de Sado. À présent, les femmes cheminaient au-dessous des dernières cascades, tâtant les dalles du pied. Le feuillage des érables y était tout particulièrement superbe, si épais qu'il effaçait le ruban blanc des cascades et qu'au bord du bassin, l'eau se teintait de pourpre. Les suivantes aidaient la jeune femme en kimono azur à franchir le gué de pierres ; sa tête se penchait en avant et, même de si loin, Kiyoaki pouvait distinguer la blancheur de sa nuque. Cela lui rappela la princesse Kasuga et son cou d'un blanc crémeux, une chose qui ne quittait guère son esprit.

Après avoir passé sous les chutes, le sentier s'aplanissait un moment, suivant le niveau de l'eau à mesure que le rivage se rapprochait de l'île. Kiyoaki avait suivi le cortège des femmes, l'air concentré. Mais à présent il distingua de profil celle qui portait le kimono azur et reconnut Satoko. Ses songes volèrent en éclats. Pourquoi ne l'avait-il pas reconnue plus tôt ? Sans doute son idée que la jeune beauté devait être une parfaite étrangère.

Maintenant qu'elle avait dissipé ses illusions, il n'y avait aucune raison de rester caché. Brossant les brindilles de son kimono, Kiyoaki se mit debout et écarta les branches basses des pins qui l'avaient abrité.

« Ho ! Ho ! » s'écria-t-il.

Cette joie soudaine prit Honda par surprise et il allongea le cou pour mieux voir. Comprenant que la bonne humeur de Kiyoaki constituait à cette heure un réflexe correspondant à l'interruption de sa rêverie, il lui était égal que son ami reprît l'initiative.

« Qui est-ce ?

— Oh ! c'est Satoko. Ne t'ai-je jamais montré son portrait ? » répondit Kiyoaki en prononçant son nom d'un ton neutre d'indifférence. Satoko, la jeune fille qu'on avait vue suivre la rive, était certes une beauté. Pourtant, Kiyoaki semblait décidé à n'en pas tenir compte. Car il savait que Satoko était amoureuse de lui.

CHAPITRE 3

Ce rejet instinctif de quiconque lui montrait de l'affection, ce besoin de réagir d'un air froidement dédaigneux, étaient chez Kiyoaki une faiblesse que nul n'aurait pu mieux connaître que Honda, lequel voyait dans cet orgueil une sorte de tumeur qui s'était emparée de Kiyoaki quand il n'avait pas plus de treize ans et que, pour la première fois, il avait dû supporter qu'on fît tant d'histoires en le trouvant si beau. Telle une moisissure argentée, elle s'étendait au moindre contact.

De fait, peut-être l'attrait dangereux que trouvait Honda à l'amitié de Kiyoaki prenait-il son origine dans la même impulsion. Tant d'autres avaient essayé des attitudes amicales envers Kiyoaki pour n'être payés de leur peine qu'en sarcasmes et mépris. En défiant la réserve ombrageuse de Kiyoaki, seul Honda avait été assez habile pour échapper au désastre. Il pouvait se tromper, mais il se demandait si la profonde aversion que lui-même ressentait pour le précepteur au visage morne de Kiyoaki était due à son air de perpétuel vaincu.

Bien que Honda n'eût jamais rencontré Satoko, Kiyoaki ne tarissait pas à son propos. La famille Ayakura, l'une des vingt-huit familles de l'aristocratie qui eût droit au titre éminent de garde noble, descendait d'un ancêtre appelé Namba Yarisuke, habile joueur de *kemari*, genre de football en honneur à la cour impériale à l'époque des Fujiwara. Le chef de la famille fut nommé chambellan à la cour quand celle-ci établit sa résidence à Tokyo au temps de la restauration Meiji. Les Ayakura déménagèrent dans la capitale où ils habitèrent à Azabu une demeure qui avait été jadis occupée par l'un des courtisans du shogun. Les membres de la famille se distinguaient au jeu de *kemari* et dans la composition de *wakas*. Et puisque l'Empereur avait bien voulu conférer au jeune héritier du nom le titre de «cinquième degré, junior», le poste de Grand Conseiller d'État semblait désormais à portée.

Le marquis Matsugae, conscient du manque d'urbanité de sa famille, et qui espérait donner à la génération suivante au moins un cachet d'élégance, avait confié Kiyoaki dès sa tendre enfance aux Ayakura après avoir obtenu le consentement de son propre père. Si bien que Kiyoaki avait été élevé dans une atmosphère de noblesse de cour avec Satoko qui était de deux ans son aînée et lui prodiguait son affection; tant qu'il n'alla pas à l'école, elle avait été sa seule compagne et amie. Le comte Ayakura, homme imaginatif, bien de sa personne et qui avait gardé son accent chantant de Kyoto, apprit lui-même au jeune Kiyoaki la calligraphie et les *wakas*. En famille, ils jouaient au *sugoroku*, une forme ancienne de jacquet, tard dans la soirée, comme il était de coutume à l'époque de Heian, et les heureux gagnants recevaient des prix traditionnels, y compris des bonbons moulés comme ceux que distribuait l'Impératrice.

En outre, le comte Ayakura fit en sorte que Kiyoaki pût poursuivre son premier enseignement culturel en allant au palais, à chaque Nouvel An, assister à la Séance Impériale de Lecture poétique où lui-même tenait un rang éminent. Au début, Kiyoaki y avait vu une corvée, mais avec les années, sa participation à ces rites anciens et cérémonieux acquit pour lui un certain charme.

Satoko avait aujourd'hui vingt ans. En feuilletant l'album de photos de Kiyoaki, on pouvait noter les changements qui s'étaient produits en elle avec l'âge, depuis son enfance où on la voyait la joue pressée affectueusement contre celle de Kiyoaki, jusqu'au mois de mai précédent où elle avait pris part chez les Matsugae à la fête de l'Omiyasama. À vingt ans, elle avait dépassé le stade que l'on suppose couramment marquer la plus grande beauté d'une jeune femme, mais elle n'était pas encore mariée.

« Voilà donc Satoko. Et l'autre, cette personne en tunique grise auprès de qui chacun s'empresse, qui est-ce ?

– Celle-là ? Ah ! oui ; c'est la grand-tante de Satoko, l'abbesse de Gesshu. Je ne l'ai pas reconnue tout d'abord à cause de ce curieux capuchon. »

La Révérende Mère abbesse était en vérité un hôte inattendu. C'était là sa première visite aux Matsugae, d'où le tour du jardin, chose que la mère de Kiyoaki n'aurait pas entreprise pour Satoko seule, mais qu'elle était très heureuse de faire pour l'abbesse. Sa grand-tante venant si rarement à Tokyo, nul doute que Satoko l'ait amenée voir les érables. L'abbesse avait fort apprécié Kiyoaki quand il était venu vivre chez les Ayakura, mais il ne parvenait pas à retrouver d'aussi lointains souvenirs. Plus tard, se trouvant au collège quand l'abbesse était venue à Tokyo, on l'avait invité chez les Ayakura, mais il n'avait rien pu faire d'autre que de présenter ses hommages. Néanmoins, le visage blême de l'abbesse, son air de dignité tranquille et le ton de calme autorité de sa voix avaient produit sur lui une impression durable.

En entendant Kiyoaki, les personnes aperçues sur le rivage s'étaient brusquement arrêtées. Toutes surprises, leurs regards se dirigeaient vers l'île comme si, sous leurs yeux, des pirates avaient surgi de l'herbe haute proche des grues en fonte ornementales.

Tirant un petit éventail de son obi, la mère de Kiyoaki désigna l'abbesse pour indiquer qu'il convenait de lui adresser ses hom-

CHAPITRE 3

mages. En conséquence, Kiyoaki, de l'endroit où il se tenait sur l'île, salua profondément. Honda s'empressa de l'imiter et Sa Révérence leur répondit à tous deux. Puis sa mère déploya son éventail et l'agita avec autorité, son chatoiement doré émettant soudain des reflets écarlates. Kiyoaki incita Honda à se dépêcher, sachant qu'il leur fallait s'en retourner aussitôt.

« Satoko ne manque jamais une occasion de venir ici. Elle a mis à profit la visite de sa grand-tante », grommela Kiyoaki dans un accès de mauvaise humeur, tout en aidant Honda à se hâter de larguer les amarres. La hâte et les protestations de Kiyoaki laissaient cependant Honda quelque peu sceptique. La façon dont ce dernier s'était énervé des gestes réguliers et méthodiques de Honda et avait saisi la corde rugueuse dans ses mains blanches inexpérimentées, tâchant de participer à ce travail désagréable et de défaire les nœuds, suffisait à faire douter que l'abbesse fût la cause de son empressement.

Tandis que Honda ramait vers la rive, Kiyoaki semblait perdu, le visage empourpré par le reflet des feuilles d'érable qui flottaient sur l'eau. Il s'efforçait d'éviter le regard de Honda, comme pour démentir que Satoko pût l'impressionner. Car chaque instant le rapprochait de cette jeune femme qui n'en savait que trop à son sujet, sur son enfance, voire sur les détails les plus intimes de son corps et à laquelle il semblait tenir par des liens émotifs presque irrésistibles.

« Eh bien, M. Honda ! Voilà qui s'appelle savoir ramer ! » dit la mère de Kiyoaki d'un ton admiratif lorsqu'ils touchèrent la rive. Sa physionomie pâle et traditionnelle portait une expression de constante mélancolie, même quand elle riait. Cependant, c'était chez elle une attitude extérieure plutôt qu'un signe véritable de sentiments profonds. En fait, elle se montrait presque toujours dépourvue d'émotion. Kiyoaki avait été éduqué par elle dans la tolérance des dissipations et de l'énergie primitive de son père, mais elle était fort incapable de rien comprendre aux complexités du tempérament de son fils.

Les yeux de Satoko furent rivés sur Kiyoaki dès le moment où il sortit du bateau. Forts et sereins, parfois affectueux, ils ne manquaient jamais de lui faire perdre son sang-froid. Il sentait, non sans raison, qu'il pouvait lire des reproches dans leur regard.

« Sa Révérence a bien voulu nous honorer de sa visite aujourd'hui et tout à l'heure nous aurons le plaisir de l'entendre nous adresser la parole. Mais nous voulions d'abord lui montrer les érables. Et voilà que tu nous as fait une telle peur en poussant ce cri de sauvage. D'ailleurs, qu'étais-tu en train de faire dans l'île ?

– Oh, rien, je regardais le ciel, répondit Kiyoaki, s'efforçant d'être aussi énigmatique que possible pour sa mère.
– En train de regarder le ciel. Et qu'y a-t-il donc à voir dans le ciel ?»
Sa mère ne ressentait aucune gêne à se montrer inapte à saisir l'impalpable, et cela lui apparaissait chez elle comme la seule caractéristique digne d'admiration. Il trouvait comique qu'elle pût prendre une expression si pieuse lors des sermons de l'abbesse. Pendant tout cet échange de mots, celle-ci ne se départit pas de son rôle d'hôte, conservant un vague sourire. Kiyoaki détournait son regard de Satoko qui ne quittait pas des yeux les cheveux noirs épais, lustrés, en désordre qui frôlaient ses joues glabres.

Le groupe reprit sa marche le long du raidillon, admirant les érables au passage et s'amusant à tenter d'identifier les oiseaux qui chantaient dans les branches au-dessus de leurs têtes. Les deux garçons avaient beau s'efforcer de ralentir le pas, ils ne pouvaient éviter de prendre du champ, à quelque distance en avant des femmes qui entouraient l'abbesse. Honda en profita pour parler de Satoko pour la première fois, et vanter sa beauté.

«Tu trouves?» répondit Kiyoaki, bien conscient qu'alors même que si Honda avait trouvé Satoko peu séduisante, cela aurait cruellement blessé sa fierté, il lui fallait affecter une froide indifférence. Il était fermement convaincu que toute jeune femme susceptible d'avoir la relation que Satoko entretenait avec lui ne pouvait qu'être belle, qu'il choisisse ou non de la reconnaître.

Leur escalade prit fin au pont situé au-dessous de la cascade supérieure, dont ils se mirent à regarder le bord. Sa mère venait de savourer les éloges de l'abbesse qui jamais auparavant n'avait vu les cascades, lorsque Kiyoaki fit une découverte de mauvais augure qui tranchait sur le ton enjoué de cette journée.

«Qu'y a-t-il donc là-haut? Qu'est-ce qui arrête l'eau comme cela?»

Sa mère réagit aussitôt. S'aidant de son éventail pour abriter ses yeux de l'éclat du soleil à travers les branches, elle y dirigea son regard. L'artiste paysager avait pris grand soin de bâtir des murs de rocher de part et d'autre du bord de la cascade afin de ménager une chute gracieuse de l'eau et jamais il n'aurait permis au courant d'être si gauchement détourné au milieu de la crête. Un simple rocher coincé là-haut n'aurait pu y causer une telle dislocation.

«Je me demande ce que ça peut bien être. Il semble que quelque chose soit venu s'y loger», dit sa mère à l'abbesse, manifestant son étonnement.

CHAPITRE 3

L'abbesse, bien qu'elle semblât comprendre que quelque chose n'allait pas, ne disait mot, continuant à sourire. Si quelqu'un devait parler ouvertement, sans égard pour les conséquences, ce devrait être Kiyoaki. Mais il reculait, craignant le choc des mots sur l'entrain de leur groupe. Il se rendait compte que chacun, à présent, devait avoir reconnu ce dont il s'agissait.

« N'est-ce pas un chien noir ? Avec la tête qui pend ? » dit Satoko tout simplement. Et ces dames eurent un sursaut comme si elles avaient aperçu le chien pour la première fois.

Kiyoaki était blessé dans sa vanité. Satoko, avec une audace où l'on aurait pu voir un trait peu féminin, avait signalé le cadavre du chien, négligeant ses implications menaçantes. Elle avait adopté le ton agréable et direct qui convenait, signe de son éducation raffinée ; elle avait la fraîcheur de fruits mûrs dans une coupe de cristal. Kiyoaki eut honte de son hésitation et se sentit intimidé par l'aptitude de Satoko à aller droit au but.

Sa mère lança brièvement des ordres aux suivantes qui s'en furent aussitôt à la recherche des jardiniers négligents. Mais alors qu'elle se confondait en excuses auprès de l'abbesse pour un spectacle si inconvenant, Sa Révérence l'interrompit par une offre compatissante tout à fait inattendue.

« Il semble que ma présence ici soit providentielle. Si l'on veut bien enterrer le chien sous un tumulus, j'offrirai une prière pour lui. »

Sans doute le chien était-il malade ou blessé à mort quand il était venu boire au ruisseau et il y était tombé. La force du courant avait coincé le cadavre dans la faille des rochers en haut des cascades. Le courage de Satoko avait suscité l'admiration de Honda, mais en même temps il se sentait oppressé de voir le corps sans vie du chien pendre dans la cascade sous un ciel éclatant que jaspaient seulement de légères nuées. Le pelage noir de l'animal luisait dans l'écume claire, ses crocs blancs brillant dans les mâchoires grandes ouvertes, rouge sombre, caverneuses.

Chacun eut tôt fait de s'adapter au changement de scène, du feuillage rouge des érables à l'enterrement du chien. Et les suivantes s'animèrent soudain, devinrent presque insouciantes. Tout le monde avait traversé le pont et on se reposait sous la tonnelle aménagée à l'endroit d'où l'on pouvait le mieux apercevoir les cascades, quand le jardinier arriva en courant, en débitant pour s'excuser tous les lieux communs de son répertoire. C'est ensuite seulement qu'il escalada la face à pic et traîtresse du rocher pour retirer le corps noir ruisselant et l'enterrer en un lieu approprié.

« Je m'en vais cueillir des fleurs, Kiyo, viens-tu m'aider ? demanda Satoko, écartant à propos toute assistance des servantes.
– Quelles sortes de fleurs doit-on cueillir pour un chien ? » rétorqua Kiyoaki, son manque évident d'empressement causant un éclat de rire parmi les femmes.

Pendant ce temps, l'abbesse avait ôté sa tunique grise, dévoilant aux regards l'habit violet par-dessous et la petite étole autour de son cou. Elle avait une présence dont la grâce rayonnait sur tous ceux qui l'entouraient, son éclat venant dissiper l'atmosphère de mauvais augure.

« Bonté divine, quelle bénédiction pour ce chien que Votre Révérence offre une prière pour son repos. Aucun doute, il va renaître dans un corps humain », dit en souriant la mère de Kiyoaki.

Satoko, sans se soucier d'attendre ce dernier, commença à gravir le sentier, se baissant de temps à autre pour cueillir une fleur de gentiane attardée qu'elle avait aperçue. Kiyoaki ne trouva rien d'autre que quelques camomilles flétries. Chaque fois qu'elle s'inclinait pour cueillir une fleur, le kimono azur de Satoko ne parvenait guère à masquer la rondeur de ses hanches, étonnamment généreuses pour une silhouette aussi mince. Subitement Kiyoaki se sentit agité, son esprit devenu un lac lointain d'eau claire soudain troublé par quelque ébranlement en profondeur.

Après qu'elle eut cueilli les gentianes nécessaires pour achever son bouquet, Satoko se releva d'un coup et s'arrêta brusquement dans le sentier devant Kiyoaki tandis qu'il faisait de son mieux pour regarder ailleurs. Son nez finement ciselé et ses grands yeux brillants, où jamais encore il n'avait osé plonger son regard, étaient là qui affrontaient sa vue à portée étroitement inconfortable, fantôme menaçant.

« Kiyo, que ferais-tu si tout à coup je n'étais plus là ? » demanda Satoko, murmurant les mots d'un ton précipité.

4

C'était là, de longue date, une ruse qu'employait Satoko pour démonter les gens. Peut-être accomplissait-elle ses effets sans effort conscient, du moins le ton ne trahissait-il aucune intention de nuire

CHAPITRE 4

qui eût mis sa victime à l'aise. En pareille occasion, sa voix se chargeait d'émotion comme pour confier le plus grave des secrets.

Bien qu'il eût dû à cette heure être rompu à ces façons, Kiyoaki ne put s'empêcher d'interroger : « Plus être ici ? Pour quelle raison ? »

En dépit de tous ses efforts pour manifester un désintérêt étudié, la réponse de Kiyoaki trahissait sa gêne. C'est ce que désirait Satoko.

« Je ne puis te dire pourquoi », répliqua-t-elle, versant adroitement une goutte d'encre dans l'onde pure du cœur de Kiyoaki. Elle ne lui laissa pas le temps d'ériger ses défenses.

Il durcit son regard. Toujours, il en avait été ainsi. C'est pourquoi il la détestait. Sans le moindre avertissement, elle pouvait le plonger dans des inquiétudes sans nom. Et la goutte d'encre se propageait, morne et grise, jetant le trouble dans son cœur qui, voici un instant, avait été limpide.

Satoko continuait à l'observer attentivement, et ses yeux où on lisait de la tristesse pétillèrent soudain.

Quand ils s'en retournèrent, la mauvaise humeur de Kiyoaki surprit tout un chacun et fournit aux femmes du personnel des Matsugae une occasion de commérages.

Kiyoaki était si capricieux qu'il avait tendance à exacerber jusqu'aux soucis qui le tenaillaient. Si elle s'était appliquée à des affaires de cœur, son insistance têtue eût été celle d'à peu près tous les jeunes hommes. Mais, dans son cas, c'était différent. Peut-être était-ce pourquoi Satoko semait de propos délibéré des graines de fleurs sombres et garnies d'épines, plutôt que celles aux coloris brillants, sachant quelle fascination malsaine elles avaient pour Kiyoaki. À la vérité, il avait toujours offert un terrain fertile à de telles semences. Il s'adonnait, à l'exclusion de quoi que ce soit d'autre, à la culture de son tourment.

Satoko avait captivé son intérêt. Quoique prisonnier consentant de son insatisfaction, il en voulait encore à Satoko de tenir toujours prête une nouvelle provision d'équivoques et d'énigmes propres à le déconcerter. Et il s'irritait également de sa propre indécision quand il se heurtait à la difficulté de trouver un remède à ses taquineries.

Lorsque lui et Honda étaient à se reposer dans l'herbe sur l'île, il avait certes déclaré qu'il cherchait « quelque chose qui eût un sens absolu ». Ce que c'était, il ne le savait pas, mais chaque fois que cette certitude lumineuse semblait briller à portée de sa main, les manches flottantes du kimono azur de Satoko venaient s'interposer, le piégeant une fois de plus dans les sables mouvants de l'indécision. Quand bien même il avait pressenti une chose chargée de sens, un éclair d'intuition, lointain, inaccessible, il préférait croire que Satoko était l'obstacle qui l'empêchait de faire le moindre pas dans cette direction.

Il était encore plus exaspérant de devoir admettre que son orgueil même, par définition, le coupait de tout moyen possible de s'attaquer aux énigmes de Satoko et à l'inquiétude qu'elles provoquaient. Si, par exemple, il allait maintenant demander à quelqu'un : que veut dire Satoko par « ne plus être ici désormais » ? cela ne ferait que trahir combien son intérêt à son égard était profond. « Qu'y puis-je ? pensait-il. Malgré tout ce que je pourrais faire pour les convaincre que ce n'est pas Satoko qui m'intéresse, mais uniquement une inquiétude abstraite que je porte en moi, personne ne me croirait. » Une foule de pensées semblables lui trottaient par la tête.

Dans ces circonstances, l'école qu'il trouvait d'ordinaire assommante lui procurait un soulagement. Il passait toujours les heures du déjeuner avec Honda, encore que, ces temps-ci, la conversation de ce dernier eût pris un tour fastidieux. Le jour de la visite de l'abbesse, Honda avait accompagné les autres au logis principal. Sa Révérence leur avait adressé là une homélie qui s'était emparée de son imagination. Depuis lors, il n'avait de cesse qu'il n'eût accablé les oreilles distraites de Kiyoaki de sa propre exégèse sur chacun des points.

Il était curieux que, laissant le rêveur Kiyoaki fort indifférent, ce sermon eût frappé Honda le rationaliste de sa force convaincante.

Le temple de Gesshu, situé dans les faubourgs de Nara, était un couvent, chose très rare dans le bouddhisme Hosso. Le point fort de l'homélie avait beaucoup plu à Honda, et l'abbesse avait eu soin de présenter à ses auditeurs la doctrine de Yuishiki[2] à l'aide d'exemples simples sans le moindre artifice.

« C'est alors qu'elle a cité la parabole que Sa Révérence dit lui avoir été suggérée à la vue du cadavre du chien suspendu au-dessus des cascades, dit Honda, l'esprit complètement absorbé. Je ne pense pas qu'on puisse aucunement douter que le fait d'utiliser cette idée montre combien elle est attachée à votre famille. Et aussi sa façon de la raconter en langage de cour entremêlé de vieux patois de Kyoto. C'est un style insaisissable, plein de toutes sortes de nuances subtiles. Cela en a certainement beaucoup accentué la force persuasive.

Tu te rappelles que l'histoire se passe dans la Chine des Tang. Un personnage appelé Yuan Hsaio s'en allait vers le célèbre mont Kaoyu

---

2. La doctrine fondamentale du bouddhisme Hosso : toute l'existence est fondée sur la conscience subjective. *(N.d.T.)*

CHAPITRE 4

afin d'étudier les enseignements du Bouddha. Quand tomba la nuit, il se trouva côtoyer un cimetière, si bien qu'il s'allongea pour dormir parmi les tumulus funéraires. Au milieu de la nuit, il s'éveilla, ayant terriblement soif. Étendant la main, il y recueillit de l'eau dans un trou à côté de lui. Se reprenant à sommeiller, il songeait que jamais eau n'avait semblé si pure, ni si agréablement froide. Mais au matin, il aperçut ce dans quoi il avait bu dans le noir. Si incroyable que cela parût, ce que son goût avait trouvé si délicieux était l'eau recueillie dans un crâne humain. Il eut un haut-le-cœur et vomit. Pourtant, cette aventure comporta un enseignement pour Yuan Hsaio. Il comprit qu'aussi longtemps que le désir conscient est à l'œuvre, il permet aux distinctions d'exister. Mais si on peut le supprimer, ces distinctions se dissolvent et l'on peut aussi bien se satisfaire d'un crâne que de toute autre chose.

Or, ce qui m'intéresse est ceci : si Yuan Hsaio avait été ainsi éclairé, aurait-il pu boire à nouveau de cette eau, fort de savoir qu'elle était pure et délicieuse? Et ne crois-tu pas qu'il en irait de même de la chasteté? Si un garçon est naïf, bien entendu, il peut adorer une prostituée en toute innocence. Mais une fois qu'il a compris que son amie est une traînée, et qu'il a vécu dans une illusion qui ne sert qu'à réfléchir l'image de sa propre pureté, va-t-il pouvoir aimer à nouveau cette femme de la même façon? Si oui, ne crois-tu pas que ce serait merveilleux de prendre son idéal à soi et de ployer ainsi le monde à sa forme? Ne serait-ce pas là une puissance remarquable? Ce serait, en somme, tenir la clé de la vie, là, dans sa main, tu ne crois pas?»

L'innocence sexuelle de Honda n'avait d'égale que celle de Kiyoaki, lequel, en conséquence, était incapable de réfuter son étrange idéal. Néanmoins, obstiné qu'il était, il se sentait différent de Honda, il avait déjà la clé de l'existence à portée de sa main, par droit de naissance en quelque sorte. Il ignorait d'où il tirait cette confiance. D'une beauté inquiétante, esprit rêveur, tellement insolent et pourtant tellement en proie à l'inquiétude, il était sûr que, de quelque façon, il se trouvait dépositaire d'un trésor de jeunesse sans égal. Du fait que parfois il semblait revêtu d'un rayonnement tout entier corporel, il se comportait avec l'orgueil d'un homme distingué par une maladie très rare, bien qu'il ne souffrît nul mal ni enflures douloureuses.

Kiyoaki ne savait rien de l'histoire du temple de Gesshu et il ne ressentait nul besoin de remédier à cette ignorance. Honda, en revanche, sans avoir avec ces lieux aucun lien personnel, avait pris la peine de faire des recherches dans la bibliothèque. Il découvrit que Gesshu était un temple relativement récent, bâti au début du XVIIIe siècle. Une fille de l'empereur Higashiyama, désirant observer un temps de deuil pour son père qui était mort dans la fleur de l'âge, se voua au culte de Kannon, la déesse de la Merci, au temple de Kiomizu. Peu après, elle se trouva fort impressionnée par les commentaires d'un vieux prêtre du temple Joju sur la conception de l'existence selon la secte Hosso à laquelle, en conséquence, elle se convertit avec ferveur. Après la tonsure rituelle, elle déclina l'offre d'un des bénéfices réservés aux princesses impériales, décidant plutôt de fonder un nouveau temple dont les moniales se consacreraient à l'étude des textes sacrés. Et ce temple avait conservé sa place unique comme couvent de la secte Hosso. La grand-tante de Satoko, cependant, bien que de naissance aristocratique, avait cette distinction d'être la première abbesse qui ne fût pas princesse impériale.

Honda se tourna tout à coup vers Kiyoaki.

« Matsugae ! Qu'est-ce qu'il y a ces jours-ci ? Tu n'as pas porté la moindre attention à tout ce que je viens de dire, hein ?

– Il n'y a rien », répliqua Kiyoaki pour se défendre, pour une fois pris au dépourvu. Son beau regard clair se tournait à son tour vers son ami. Si Honda le trouvait insolent, Kiyoaki n'en avait nul souci. Ce qu'il craignait, c'était que son ami s'aperçût de son angoisse. Il savait que s'il donnait à Honda le moindre encouragement dans cette direction, bientôt il ne resterait en lui rien que Honda ne sût. Et comme cela constituerait une profanation impardonnable, il aurait perdu son seul ami.

Honda mesura immédiatement le désarroi de Kiyoaki. Il savait qu'afin de conserver son affection, il devait résister à la brusquerie irréfléchie que l'amitié autorise d'habitude. Il lui fallait le traiter avec autant de précaution qu'une paroi fraîchement peinte où le moindre attouchement laisserait par négligence une empreinte indélébile. Au cas où les circonstances l'exigeraient, il lui faudrait aller jusqu'à faire semblant de ne pas remarquer l'angoisse mortelle de Kiyoaki. Surtout si cette feinte stupidité servait à faire ressortir l'exquise distinction qui, au dernier stade, marquerait sûrement la souffrance de Kiyoaki.

En pareil instant, Honda pouvait aller jusqu'à aimer Kiyoaki pour cet appel muet dans ses yeux. Leur beau regard ardent semblait supplier : laissons les choses comme elles sont, aussi magnifiquement imprécises que la ligne du rivage. Pour la première fois dans leurs relations – longue négociation conclue avec prudence dans la

CHAPITRE 5

monnaie de l'amitié – le sang-froid de Kiyoaki fut sur le point de s'effondrer : il appelait à l'aide. Honda se trouva transformé en témoin de moralité esthétique. Ceux qui voyaient en Kiyoaki et Honda deux amis ne se trompaient point, car tel qu'il était, leur commerce rapportait à chacun exactement ce qu'il désirait.

5

Un soir, à une dizaine de jours de là, le marquis Matsugae se trouva rentrer beaucoup plus tôt qu'à l'ordinaire, si bien que Kiyoaki dîna avec ses parents, ce qui ne se produisait que très rarement. Le marquis aimant la cuisine européenne, on servit dans la petite salle à manger de la maison de style occidental et il était lui-même descendu à la cave choisir le vin. Accompagné de Kiyoaki, il s'était lancé dans de grandes explications sur les caractéristiques des divers crus qu'abritaient les casiers qui remplissaient la cave. Il avait poursuivi en exposant lequel convenait, selon quels mets, quel vin ne devait être servi qu'à l'occasion de la visite d'un membre de la famille impériale, et ainsi de suite, l'air radieux tout ce temps. Le marquis ne semblait jamais si heureux que lorsqu'il faisait montre d'un savoir pareillement inutile.

Tandis qu'il dégustait l'apéritif, sa mère que, deux jours auparavant, son jeune cocher avait conduite à Yokohama, décrivit cette expédition dans les magasins comme si c'eût été un événement d'une grande portée.

« J'ai été simplement stupéfaite de la façon dont les gens examinaient mes vêtements européens, et à Yokohama qui plus est ! Si je vous disais que des gamins crasseux ont couru derrière la voiture en criant : Eh ! L'étrangère ! »

Son père eut l'air de vouloir dire qu'il songeait à emmener Kiyoaki au lancement du cuirassé *Hie*, tout en laissant entendre qu'on savait d'avance que cela n'intéresserait pas son fils.

À partir de là, ses parents furent l'un et l'autre en peine de sujets de conversation et commencèrent à perdre pied, sans pouvoir dissimuler leur embarras, même à Kiyoaki. Cependant, tant bien que mal, ils finirent par trouver un sujet commode, l'Otachimachi de Kiyoaki, rite divinatoire qui avait eu lieu trois ans auparavant, lorsqu'il avait quinze ans.

Cette antique cérémonie tombait le 17 août selon le calendrier lunaire. On avait placé dans le jardin une grande vasque de bois remplie d'eau afin de capter les reflets de la lune, et l'on avait fait les offrandes prescrites. Si le ciel demeurait couvert cette nuit d'août de sa quinzième année, la mauvaise fortune poursuivrait le garçon debout devant la vasque le restant de ses jours.

Pendant que ses parents causaient, cette scène revint vivement à l'esprit de Kiyoaki. Flanqué de son père et de sa mère, vêtu de son *hakama*, une jupe-culotte, et d'un kimono aux armoiries de sa famille, il se revoyait debout au milieu de la pelouse détrempée de rosée, devant la vasque neuve remplie d'eau, le grésillement de chœurs d'insectes tintant à ses oreilles.

Les arbres qui entouraient le jardin maintenant assombri, plus loin les toits de tuile de la maison, et même la colline aux érables, le reflet de tout cela et de bien d'autres choses s'était trouvé fixé, comprimé au-dedans du cercle que dessinait l'arête de la vasque.

L'arête blonde du bois de cyprès marquait dès lors une frontière entre la fin d'un monde et la naissance d'un autre. Puisque cette cérémonie de sa quinzième année allait décider du destin de sa vie, Kiyoaki avait eu l'impression que c'était en vérité son âme, toute nue, qu'on avait posée là sur l'herbe mouillée. Les flancs de bois de la vasque exprimaient son moi extérieur ; le disque d'eau qu'à leur tour ils dessinaient exprimait son moi intime.

Chacun était silencieux, si bien que les bruissements d'insectes qui emplissaient le jardin résonnaient à ses oreilles plus que jamais. Il contempla longuement l'intérieur de la vasque. L'eau qu'elle contenait demeura dans l'obscurité tout d'abord, ombrée de nuages aussi épais qu'une masse de goémon. L'instant d'après, il sembla que les algues bougeaient et il crut voir une pâle clarté se répandre sur l'eau, mais elle s'éteignit. Il ne se rappelait plus combien il avait attendu ensuite. Puis soudain, l'eau noire de la vasque, qui avait paru d'une insondable opacité, s'éclaira et là, juste au centre, brilla l'image en miniature de la pleine lune.

Chacun fit entendre des exclamations de joie. Sa mère, jusque-là impassible, se sentit grandement soulagée et se mit à manier son éventail pour chasser les moustiques qui tournoyaient autour de sa robe.

« Oh, comme je suis contente ! Désormais, on sait que le petit aura une vie heureuse, n'est-ce pas ? » dit-elle.

CHAPITRE 5

Et Kiyoaki reçut les compliments de tous les assistants.
Mais il ne s'était pas senti complètement rassuré. Il n'osait pas se décider à lever les yeux au ciel pour regarder la lune dont l'image s'était reflétée dans l'eau. Il préférait continuer à les tenir baissés vers la vasque, vers l'eau enclose dans ses flancs incurvés, réflexion de son moi le plus intime, au plus profond de quoi, coquille d'or, la lune s'était engloutie. Car, en cet instant, il avait capté l'élément céleste, papillon doré qui étincelait, pris dans les mailles de son âme.

Et pourtant, pensait-il, ces mailles étaient-elles assez fines pour le retenir ? Une fois attrapé, le papillon n'allait-il pas s'échapper bientôt et prendre son vol ? Dès ses quinze ans, il craignait de le perdre. Son caractère était déjà formé et chacune de ses victoires amènerait cette crainte dans son sillage. Ayant eu la lune en partage, combien il appréhenderait de vivre dans un monde qui en serait privé ! Combien cette peur lui pesait ! Quand bien même cette lune-ci n'éveillait en lui que la haine.

Car il n'est pas jusqu'au fait banal qu'une seule carte manque dans le jeu qui ne signifie inévitablement une distorsion du monde. Pour quelqu'un comme Kiyoaki, la moindre dissonance prenait les proportions d'une montre à laquelle manquerait une roue dentée. L'ordre de son univers s'effondrait et il se retrouvait pris au piège de terrifiantes ténèbres. La carte à jouer perdue, quoique sans valeur intrinsèque, signifiait à ses yeux la couronne disputée entre plusieurs prétendants dont la lutte plongerait le monde dans la crise. Ainsi sa sensibilité était à la merci de tout imprévu, si banal qu'il dût être, devant lequel il restait sans défense.

En revoyant en esprit son Otachimachi, cette soirée du 17 août trois ans plus tôt, il frémit tout à coup à la pensée que Satoko s'était en quelque sorte insinuée dans ses pensées.

À ce moment, à son grand soulagement, le maître d'hôtel, habillé d'un *hakama* léger, entra dans un froissement de soie de Sendai et annonça que la table était servie. Kiyoaki suivit ses parents dans la salle à manger, chacun s'asseyant à une place où avait été disposée une belle porcelaine anglaise ornée du blason de leur famille. Depuis sa tendre enfance, il avait dû endurer l'ennui des leçons de son père sur les façons occidentales de se tenir à table. En fait, sa mère n'avait jamais pu s'habituer aux manières européennes de manger, et comme son père persistait à s'afficher comme quelqu'un qui brûle de montrer combien il est à l'aise à l'étranger, Kiyoaki restait le seul qui prît sa nourriture avec naturel et sans se contraindre.

Tandis qu'on servait le potage, sa mère ne perdit pas de temps pour entamer de sa voix calme un nouveau sujet.

« Il n'y a pas à dire, Satoko est quelquefois bien agaçante. Pas plus tard que ce matin, j'ai découvert que les Ayakura ont envoyé un messager porter son refus. Alors qu'à un moment elle avait vraiment donné à tout le monde l'impression qu'elle était décidée à dire oui.

– Elle a eu ses vingt ans, n'est-ce pas ? repartit son père. Si elle continue à être aussi exigeante, elle finira par se retrouver vieille fille. Moi-même, je me suis fait du souci pour elle, mais que peut-on y changer ? »

Kiyoaki était tout oreilles tandis que son père reprenait d'un ton détaché : « Je me demande ce qu'elle a. Ou bien ont-ils pensé qu'il était trop au-dessous de sa position à elle ? Mais, d'aussi haute noblesse qu'aient pu être jadis les Ayakura, leur situation à l'heure actuelle ne les autorise guère à refuser ce jeune homme qui a un bel avenir devant lui au ministère de l'Intérieur. Ils auraient dû s'en montrer fort satisfaits, vous ne croyez pas, sans s'inquiéter de savoir de quelle famille il sortait ?

– C'est exactement ce que je pense. Aussi, je n'ai plus aucune envie de chercher à lui être utile.

– Cela dit, nous leur sommes obligés à cause de ce qu'ils ont fait pour Kiyoaki. Je me sens tenu de faire tout mon possible pour les aider à restaurer la position de leur famille. Mais que pourrions-nous faire pour trouver un soupirant à son goût ?

– Je doute qu'un tel homme existe. »

À écouter cet entretien, Kiyoaki reprenait courage. L'énigme était résolue. « Kiyo, que ferais-tu si, tout à coup, je n'étais plus là ? » lui avait demandé Satoko. Tout simplement, elle faisait allusion à la demande en mariage qui était en instance. Elle s'était trouvée alors disposée à l'agréer mais en avait ainsi parlé à mots couverts, pour connaître la réaction de Kiyoaki. Et voilà que, dix jours plus tard, il semblait, à ce que disait sa mère, qu'elle eût fait connaître son refus.

La raison qu'elle avait pour agir de la sorte lui apparaissait clairement. Elle l'avait fait parce qu'elle l'aimait, lui, Kiyoaki.

Sur quoi, les nuages s'évanouirent de son horizon. Il cessa d'être assailli de soucis. L'eau redevint claire dans le verre. Pendant dix jours il avait été exclu du petit sanctuaire paisible qui constituait son seul refuge. Maintenant, il pouvait y rentrer, il respirait enfin.

Kiyoaki jouissait d'un de ces rares instants de bonheur intense, un bonheur qui, sans nul doute, trouvait sa source dans l'acuité retrouvée de sa vision. La carte que l'on avait tenue cachée avait reparu dans son

CHAPITRE 5

jeu. Le paquet était au complet, redevenant un simple jeu de cartes. Son bonheur resplendissait sans aucune tache. La durée d'un instant du moins, Kiyoaki avait réussi à briser l'étreinte de ses humeurs.

Le marquis et la marquise Matsugae, cependant, continuaient à se regarder par-dessus la table, rendus aveugles par leur insensibilité à une chose aussi évidente que l'accès de bonheur soudain de leur fils. Le marquis avait, en face de lui, le visage classiquement mélancolique de sa femme, et celle-ci, à son tour, la vulgarité du sien. Les traits de l'homme d'action s'étaient estompés dans le laisser-aller de la vie dont les ravages s'étendaient sous la peau.

En dépit du cours apparemment désordonné de la conversation de ses parents, Kiyoaki savait depuis toujours qu'elle se conformait à des rites précis, aussi réglés que, dans la secte shinto, l'offrande aux dieux d'une branche de sakaki, l'arbre sacré, cérémonie où chaque syllabe de l'incantation est prononcée méticuleusement et chaque branche satinée choisie avec soin.

Kiyoaki avait observé ces rites maintes et maintes fois depuis sa petite enfance. Pas de crises incendiaires, pas de passions déchaînées. Sa mère savait exactement ce qui allait suivre. Le marquis savait que sa femme savait. Sans rien laisser paraître, l'air innocent de toute connaissance préalable, ils se laissaient porter par le courant comme vont des brindilles entrelacées au fil de l'onde claire où se reflètent l'azur du ciel et les nuages, jusqu'au plongeon inévitable par-dessus la crête des cascades.

Comme on aurait pu le prédire, le marquis laissa sa tasse de café inachevée et se tourna vers son fils : « Et maintenant, Kiyoaki, que dirais-tu d'une partie de billard ?

– En ce cas, vous voudrez bien m'excuser », dit la marquise.

Kiyoaki était pourtant si heureux ce soir qu'il ne ressentit pas le moindre agacement de cette espèce de devinette. Sa mère s'en retourna vers le grand logis et il pénétra avec son père dans la salle de billard. Avec ses panneaux de chêne à l'anglaise, son portrait du grand-père de Kiyoaki, et sa grande carte peinte à l'huile où étaient reproduits les combats navals de la guerre russo-japonaise, cette pièce était fort admirée des visiteurs. Un disciple de Sir John Millais, célèbre pour son portrait de Gladstone, avait peint ce vaste portrait du grand-père pendant un séjour au Japon. Depuis lors, la silhouette de l'aïeul en habit de cérémonie sortait de l'ombre à l'arrière-plan.

Malgré la simplicité de la composition, l'artiste avait fait preuve d'une très grande habileté, associant judicieusement l'idée abstraite et l'austère vérité, pour aboutir à une ressemblance où s'exprimaient non seulement l'air indomptable qu'on attendait chez un noble seigneur de la Restauration mais encore des traits plus personnels et chers à tous les siens, jusqu'aux verrues de la joue. Suivant une coutume familiale, chaque fois qu'une nouvelle servante arrivait de la province ancestrale de Kagoshima, on l'amenait devant le portrait afin de lui offrir ses hommages. Quelques heures avant la mort du grand-père, quoique la salle de billard fût vide et qu'il fût peu probable que le cordon du tableau eût été si usé, le portrait tomba sur le plancher dans un fracas qui résonna par tout le bâtiment.

La pièce contenait trois tables de billard, recouvertes de plaques de marbre italien. Bien que le jeu à trois boules eût été introduit au temps du conflit avec la Chine, personne n'y jouait jamais chez les Matsugae; Kiyoaki et son père en utilisaient quatre. Le maître d'hôtel avait déjà mis en place les boules rouges et blanches sur le billard et maintenant, il tendait une queue au marquis et à son fils. Kiyoaki jeta les yeux sur la table de billard tout en frottant la pointe de la queue de craie italienne en cendre volcanique compressée. Les boules d'ivoire rouges et blanches restaient immobiles sur le tapis vert et l'ombre de chacune s'arrondissait comme un coquillage hésitant à faire une incursion au-dehors. Elles n'éveillaient pas le moindre intérêt en lui. Il lui semblait se trouver seul dans une rue inconnue en plein midi puis, tout à coup, rencontrer face à face ces formes bizarres dépourvues de toute signification.

Le marquis ressentait toujours une gêne face à l'ennui qui imprégnait le beau visage de son fils. Si heureux que Kiyoaki se sentît ce soir, ses yeux demeuraient ternes.

«Sais-tu, lui dit son père pour engager la conversation, que deux princes siamois arrivent au Japon et vont entrer au collège des Pairs.

– Non.

– Comme ils vont être dans ta classe, nous pourrions les inviter à venir passer quelques jours à la maison. J'en ai dit un mot aux Affaires étrangères. C'est un pays qui a fait de très grands progrès récemment. Ils ont aboli l'esclavage, ils construisent des chemins de fer, etc. Ne l'oublie pas quand tu auras affaire à eux.»

Son père ajusta son coup. Kiyoaki, qui se tenait derrière lui, le vit s'accroupir comme un gros léopard, tordant la queue de billard d'un air féroce. Il ne put, sur le coup, réprimer un sourire. Le sentiment d'être heureux et l'image d'une contrée mystérieuse sous les tropiques se confondirent dans son esprit avec un léger déclic, aussi attrayant pour lui que le choc des boules rouges et blanches sur le

CHAPITRE 5

tapis. Soudain sa joie, jusque-là aussi abstraite que pur cristal, revêtit la verte exubérance de la jungle tropicale.

Le marquis était passé maître au billard et Kiyoaki ne lui arrivait pas à la cheville. Après qu'ils eurent chacun joué cinq fois, son père se détourna brusquement et suggéra ce que Kiyoaki attendait depuis longtemps.

« Je crois que je vais aller faire un bout de promenade. Qu'est-ce que tu en dis ? »

Kiyoaki ne répondit pas. Son père lui fit alors une proposition totalement inattendue : « Tu peux bien venir jusqu'au portail ? Comme tu faisais quand tu étais petit. »

Interdit, Kiyoaki tourna vers son père l'éclat de ses yeux sombres. En tout cas, pour ce qui était de l'effet de surprise, le marquis avait marqué un point sur son fils.

La maîtresse de son père était installée dans l'une des maisons juste au-delà du portail. Des familles européennes louaient les deux autres. Chaque maison avait sa porte de derrière dans la palissade qui la séparait du domaine des Matsugae. Les enfants européens avaient tout loisir d'user de cette facilité et, tous les jours, ils jouaient à l'intérieur du domaine. La seule porte qui comportât une serrure – et celle-ci toute rouillée – était la porte à l'arrière de la maison de sa maîtresse.

De la porte d'entrée du logis principal au grand portail, on comptait près d'un kilomètre. Quand Kiyoaki était enfant, son père le prenait par la main et l'emmenait se promener jusqu'au portail en allant retrouver sa maîtresse. Là, ils se séparaient et un serviteur remmenait Kiyoaki.

Lorsque son père sortait pour affaires, il ne manquait jamais d'utiliser la voiture. Quand il quittait à pied sa demeure, sa destination ne pouvait par conséquent échapper à personne. En ces occasions, Kiyoaki avait toujours souffert d'accompagner son père. Tandis qu'un instinct naïf de l'adolescence lui intimait de retenir son père par égard pour sa mère, le sentiment de son impuissance excitait en lui d'amers regrets. Certes, cela ne plaisait nullement à sa mère de voir Kiyoaki accompagner son mari pour ces promenades du soir. Mais plus elle s'en irritait, plus son mari persistait à prendre Kiyoaki par la main. Ce dernier eut bientôt fait de déceler le désir inavoué de son père de s'en faire un complice pour trahir sa mère.

La promenade, cette fois-ci, par une froide soirée de novembre, avait toutefois quelque chose de nouveau. Pendant que son père enfilait le pardessus que présentait le maître d'hôtel, Kiyoaki sortit de la salle de billard pour aller chercher le manteau d'uniforme à boutons de métal qu'il portait au collège. Comme toujours, le maître d'hôtel attendait à la porte avec le cadeau habituel enveloppé de papier gaufré ; puis il suivit son maître, selon la coutume, à dix pas en arrière.

La lune brillait et le vent gémissait à travers les branches. Bien que son père ne se donnât pas la peine de regarder derrière lui le personnage spectral de Yamada, le maître d'hôtel, Kiyoaki s'en souciait suffisamment pour tourner la tête plus d'une fois par-dessus son épaule. Sans même avoir passé une pèlerine sur son *hakama*, Yamada les suivait, balançant un peu sur ses jambes chancelantes, ses mains toujours gantées de blanc, abritant précieusement le paquet dans son emballage mauve. Ses lunettes prenaient un éclat givré au clair de lune. Kiyoaki pensa à cet homme, loyal au-delà de tout soupçon, aux lèvres closes à presque toute confidence. Combien de passions gisaient, épuisées, dans ce corps, tel un écheveau de ressorts rouillés ? Bien davantage que le marquis, jovial et expansif, son fils si réservé, apparemment indifférent, se montrait capable de percevoir chez autrui la profondeur des sentiments.

Le hululement des chouettes, la brise entre les arbres rappelèrent à Kiyoaki, que le vin exaltait encore, les branches agitées par le vent dans la photo commémorative. Tout en avançant par cette morne nuit d'hiver, son père entrevoyait la tiédeur moite, intime, des chairs rosées qui l'attendaient, tandis que les pensées du fils se tournaient vers la mort.

Le marquis allait d'un bon pas, mis en train par le vin, dispersant les cailloux du bout de sa canne, lorsqu'il se tourna soudain vers Kiyoaki : « Tu n'es guère de ceux qui aiment se donner du bon temps, hein ? Moi, je ne pourrais pas te dire combien de femmes j'avais possédées à ton âge. Écoute, si je te proposais de t'emmener la prochaine fois ? Je m'arrangerai pour qu'il ne manque pas de geishas et, pour une fois, tu pourras t'en donner à cœur joie. Et amène des camarades du collège, si ça te dit.

– Non, je vous remercie. »

Kiyoaki eut un frisson en laissant échapper ces mots. Il sentit soudain ses pieds coller au sol. Il avait suffi de ces propos de son père pour que sa joie volât en éclats comme un vase s'abattant sur le parquet.

« Qu'est-ce qui te prend ?

– Puis-je vous prier de m'excuser ? Bonsoir. »

Kiyoaki fit demi-tour et s'en retourna rapidement, passant devant l'entrée faiblement éclairée de la maison occidentale en direction de la résidence principale dont les lumières, au loin, allumées à la porte d'entrée, luisaient doucement à travers les arbres.

CHAPITRE 5

Kiyoaki ne put dormir cette nuit-là. Mais ce n'était pas en songeant à sa mère ou à son père qu'il se tourmentait. Au contraire, il méditait de se venger de Satoko : « Elle a eu la cruauté de m'attirer dans un piège mesquin. Pendant dix jours, elle m'a laissé souffrir. Elle ne pensait qu'à une chose : me mettre au supplice. Je ne puis la laisser s'en tirer comme cela. Seulement, je ne suis pas de taille à lutter avec elle quand il s'agit de tourmenter les gens. Que puis-je faire ? Le mieux serait de la convaincre que je ne respecte pas davantage que mon père la dignité de la femme, si seulement je pouvais lui dire ou lui écrire quelque chose d'atroce qui lui ferait comprendre. L'ennui avec moi, c'est que je suis toujours désavantagé puisque je recule quand il s'agit de dire carrément aux gens ce que je ressens au fond. Il ne suffirait pas de lui dire qu'elle ne m'intéresse pas le moins du monde. Cela lui laisserait encore trop d'espace pour manœuvrer. Il faut qu'elle se sente insultée. Je dois l'humilier si complètement qu'elle n'y reviendra plus jamais. Voilà ce qu'il faut que je fasse. Pour la première fois de sa vie, je vais lui faire regretter ce qu'elle a fait. »

Malgré tout, c'étaient là des résolutions sans consistance. Kiyoaki n'avait encore imaginé aucun projet précis. Il y avait de part et d'autre de son lit deux paravents à trois volets ornés de poèmes de Han Shan. Au pied du lit, un perroquet de jade sculpté regardait de son perchoir une vitrine en bois de santal. Kiyoaki ne s'intéressait guère à des œuvres aussi à la mode qu'un Rodin ou un Cézanne. Ses goûts étaient plutôt classiques. Ne trouvant pas le sommeil, il examinait le perroquet. Tous les détails de la jade verte et mouchetée, jusqu'aux fines ciselures du plumage des ailes, en paraissaient plus chatoyants. Si bien que la forme de l'oiseau semblait planer, désincarnée, dans l'obscurité, image spectrale qui mit Kiyoaki mal à l'aise. Comprenant que ce phénomène était dû à une coulée de lune entrant par la fenêtre, il tira complètement le rideau d'un mouvement brusque. La lune était haute dans le firmament et le lit fut inondé de sa lumière.

Spectacle assez éblouissant pour évoquer des choses plus frivoles que solennelles. Il pensa à la soie fraîche et luisante du kimono de Satoko. Avec une clarté immatérielle, il aperçut ses yeux, là dans la lune, ces grands yeux magnifiques qu'il avait vus si étonnamment proches, à le troubler. Le vent s'était tu.

La chaleur brûlante du corps de Kiyoaki ne pouvait s'expliquer seulement par la température de la pièce, et une sorte de fièvre semblait picoter ses oreilles. Il rejeta la couverture et ouvrit le col de sa chemise de nuit. Un feu le brûlait encore en bouillonnant sous la peau et il sentit qu'il ne serait soulagé qu'en ôtant sa chemise, exposant son corps à la fraîcheur du clair de lune. À la fin, las de penser, il se tourna sur le ventre et reposa la tête enfouie dans l'oreiller, son dos nu tourné vers la lune, le sang échauffé battant encore à ses tempes.

Il reposa ainsi, la clarté de la lune inondant le blanc lisse incomparable de son dos dont l'éclat accentuait le contour gracieux du corps, révélant les indices subtils et diffus d'une virilité affirmée; c'était là clairement non pas chair féminine mais chair d'adolescent au seuil de l'âge adulte.

La lune brillait avec une intensité éblouissante du côté gauche de Kiyoaki, là où la chair pâle se soulevait au rythme de son cœur. S'y trouvaient trois grains de beauté, petits, presque invisibles. Et tout comme les trois étoiles du baudrier d'Orion s'affadissent sous une lune radieuse, ces trois grains minuscules étaient presque oblitérés par ses rayons.

6

En 1910, Sa Majesté le roi Rahma VI avait succédé à son père, feu Rahma V, sur le trône de Siam. L'un des princes qui venaient faire leurs études au Japon était son frère cadet, le prince Pattanadid dont le nom officiel était Praong Chao. Son compagnon, âgé comme lui de dix-huit ans, et son meilleur ami, était son cousin le prince Kridsada, petit-fils du roi Rahma IV, et qui, officiellement, se nommait Mon Chao. Le prince Pattanadid le surnommait Kri. Mais le prince Kridsada, par déférence pour le rang de Pattanadid dans l'ordre de succession, l'appelait avec plus de respect Chao P. en s'adressant à lui.

Tous deux étaient des bouddhistes fervents. Non seulement ils s'habillaient pour l'essentiel comme de jeunes Anglais de bonne famille, mais encore ils parlaient cette langue tout à fait couramment. Au vrai, c'était précisément parce que le nouveau roi s'inquiétait de ce qu'ils devinssent trop européanisés qu'il avait choisi le Japon pour leurs études universitaires. Ni l'un ni l'autre n'avait élevé d'objection, bien qu'il y eût un côté déplaisant à l'affaire. Quitter le Siam entraînait la séparation de Chao P. et de la sœur cadette de Kri.

CHAPITRE 6

L'amour que se portaient ces deux jeunes gens faisait les délices de la Cour, car leurs fiançailles, quand Chao P. aurait achevé ses études, étaient chose convenue, leur avenir étant assuré à tous égards. Pourtant, quand le bateau l'emporta, le chagrin de Chao P. fut profond au point de jeter l'émoi dans un pays où les coutumes ne favorisaient pas l'expression aussi directe des sentiments.

La traversée et l'affection de son cousin aidèrent considérablement à adoucir la peine du jeune prince et, quand ils vinrent séjourner chez les Matsugae, Kiyoaki trouva leurs visages basanés rayonnants de satisfaction.

Les princes étaient autorisés à s'accommoder du règlement du collège à leur gré jusqu'au début des vacances d'hiver. Quoiqu'ils dussent commencer à suivre des cours en janvier, on décida qu'ils ne seraient inscrits officiellement qu'au début du trimestre de printemps, époque où ils auraient eu tout loisir de s'acclimater et aussi de se consacrer à l'étude de la langue.

Durant leur séjour chez les Matsugae, les princes occuperaient deux chambres d'hôtes contiguës au second étage de la maison occidentale où l'on avait installé un système de chauffage à vapeur importé de Chicago. Le temps qui s'écoula avant le dîner en famille avec les Matsugae fut embarrassant pour Kiyoaki et ses invités, mais quand les trois jeunes gens furent laissés à eux-mêmes après le repas, la rigueur des convenances se détendit, les princes entreprenant de montrer à Kiyoaki des photographies des temples dorés et des paysages exotiques de Bangkok. Kiyoaki remarqua que le prince Kridsada, sans être plus jeune que son cousin, conservait quelque humeur capricieuse de l'enfance, mais il se sentit attiré par le prince Pattanadid chez lequel il pressentit un tempérament rêveur semblable au sien.

L'une des photographies montrait une vue générale du monastère de Wat Po, célèbre pour sa statue géante du Bouddha couché. Une main d'artiste avait habilement passé des teintes légères sur la photo et il semblait presque qu'on eût le temple lui-même sous les yeux. Des palmiers s'agitaient avec grâce, chaque détail de leur feuillage se détachant en couleur sur un fond de ciel tropical dont le bleu éclatant contrastait avec le blanc pur des nuages. Les bâtiments du monastère étaient d'une beauté incomparable; ils accablaient le spectateur d'une féerie d'or, de carmin et de blancheur. Une paire de dieux guerriers dorés montaient la garde de chaque côté d'un portail écarlate frangé d'or. La dorure d'un bas-relief délicatement ciselé grimpait au long des murs et des colonnes du temple pour former une sorte de frise au sommet. Enfin l'on voyait le toit avec son alignement de clochetons

dont chacun se couvrait d'un bas-relief compliqué rouge et or ; du trésor du monastère qu'ils encerclaient, les flèches de la triple tour s'élançaient en miroitant vers l'azur brillant du ciel.
Les princes étaient ravis de l'admiration non feinte de Kiyoaki. Alors le prince Pattanadid se prit à parler ; il y avait un regard lointain dans l'oblique de ses beaux grands yeux dont la vivacité contrastait fortement avec la douceur et la rondeur de son visage.
« Ce n'est pas un temple comme un autre pour moi. Sur le bateau, en venant au Japon, j'en ai souvent rêvé. L'or de ses toits semblait porté par le flot dans la nuit océane. Le navire continuait sa marche et même quand on put apercevoir le temple tout entier, il était encore bien éloigné de moi. S'étant élevé au-dessus des flots, on le voyait luire sous les étoiles, tout comme la clarté de la nouvelle lune brille à la surface des eaux. Debout sur le pont du navire, je joignis les mains et lui fis une profonde révérence. Comme il arrive dans les rêves, bien que ce fût la nuit et que le temple fût si loin, je pouvais distinguer les moindres détails du décor rouge et or.
J'ai raconté ce rêve à Kri en lui disant que le temple paraissait nous suivre au Japon. Mais il s'est mis à rire en disant que ce qui me suivait au Japon ce n'était pas le temple mais le souvenir d'autre chose. Il m'a irrité sur le moment, mais maintenant je suis porté à lui donner raison. Car tout ce qui est sacré est de l'essence des rêves et des souvenirs, c'est pourquoi nous sommes témoins du miracle que ce qui nous sépare par le temps ou l'éloignement nous devient tout à coup sensible. Rêves, souvenirs, le sacré – ils se ressemblent tous en ce que nous ne pouvons les saisir. Une fois que, si peu que ce soit, nous sommes séparés de ce que nous pouvons toucher, cet objet en est sanctifié ; il acquiert la beauté de l'inaccessible, la qualité du miraculeux. Toute chose, en vérité, a l'essence du sacré, mais nous pouvons la profaner rien qu'en y portant la main. Quelle étrange créature que l'homme ! Il profane une chose en la touchant et cependant il porte en lui une source de miracles.
– Il vous raconte cela d'une façon bien compliquée, en tournant autour, dit le prince Kridsada, interrompant ces propos, mais ce à quoi il pense réellement c'est à l'élue de son cœur, là-bas à Bangkok. Chao P., montre sa photo à Kiyoaki. »
Le prince Pattanadid rougit, mais sa peau hâlée dissimula le sang qui affluait à ses joues. Voyant la gêne de son hôte, Kiyoaki ramena la conversation sur le sujet précédent.
« Est-ce que vous rêvez souvent comme cela ? demanda-t-il. Moi, je tiens un journal de mes rêves. » Un regard d'intérêt s'alluma dans les

CHAPITRE 6

yeux de Chao P. tandis qu'il répondait : « Je voudrais que mon japonais fût assez bon pour que je puisse le lire. »
Kiyoaki se rendit compte que bien qu'il dût s'exprimer en anglais, il venait de réussir à faire comprendre à Chao P. combien les rêves le fascinaient, chose qu'il n'avait jamais osé révéler même à Honda. Il sentit croître son amitié pour Chao P. Pourtant, à partir de là, leur conversation languit et Kiyoaki, remarquant la malice qui pétillait dans les yeux du prince Kridsada, comprit soudain la difficulté : il n'avait pas insisté pour voir la photo, et c'était ce que Chao P. désirait lui voir faire.
« Montrez-moi donc, je vous prie, la photo du rêve qui vous suit depuis le Siam, s'empressa-t-il de demander.
– Vous voulez dire le temple ou la jeune personne ? » lança Kridsada, d'un ton plus enjoué que jamais. Et bien que Chao P. lui reprochât de se montrer malappris et léger, il ne manifesta aucun repentir. Quand son cousin finit par sortir la photographie, il se hâta de la désigner de la main.
« La princesse Chantrapa est ma jeune sœur. Son nom signifie "clair de lune". Mais, habituellement, nous l'appelons Ying Chan. »
Ayant jeté les yeux sur la photo, Kiyoaki fut assez déçu d'apercevoir une jeune fille beaucoup plus ordinaire qu'il n'avait imaginé. Elle était vêtue à l'européenne d'une robe de dentelle blanche. Ses cheveux se nouaient d'un ruban blanc et elle portait un collier de perles. Elle avait l'air réservé et très simple. Au collège des Pairs, n'importe quel élève aurait sans doute pu montrer une photo semblable. Sa chevelure, qui retombait en superbes ondulations sur ses épaules, témoignait du souci qu'on en prenait. Mais les sourcils assez épais au-dessus des grands yeux craintifs, les lèvres légèrement entrouvertes comme les pétales d'une fleur exotique avant la mousson, tous ses traits donnaient, à n'en pas douter, l'impression de l'enfance innocente encore inconsciente de sa beauté. Certes, cela avait son charme, mais tout comme l'oisillon oublieux de son aptitude à voler, elle était trop aisément satisfaite.
« Comparée à cette fille, songea Kiyoaki, Satoko est cent fois, mille fois plus femme. Et n'est-ce pas là ce qui fait que je la trouve si souvent détestable – qu'elle soit tellement femme ? D'ailleurs, elle est bien plus belle que cette jeune fille. Et elle sait combien elle est belle. Il n'y a rien qu'elle ne sache, y compris, malheureusement, ce qui me manque encore pour être tout à fait homme. »
Chao P., voyant comme Kiyoaki dévisageait l'image de sa bien-aimée et craignant peut-être un peu qu'il ne se sentît trop attiré par elle, tendit soudain une main finement charpentée, couleur d'ambre,

pour la reprendre. Ce geste permit à Kiyoaki de saisir un reflet vert fulgurant, remarquant ainsi pour la première fois la magnifique bague de Chao P. La pierre en était une émeraude, aux tons profonds, taillée en carré. De part et d'autre, on avait finement gravé dans l'or les têtes d'animal féroce d'une paire de yakshas, les dieux guerriers. L'un dans l'autre, c'était une bague énorme d'une telle qualité que le fait pour Kiyoaki de ne pas l'avoir remarquée jusqu'à présent prouvait combien il était peu porté à se soucier d'autrui.

«Je suis né en mai. C'est ma pierre de naissance, expliqua le prince Pattanadid, de nouveau un peu embarrassé. Ying Chan me l'a donnée comme cadeau d'adieu.

– Mais si vous alliez porter une chose aussi magnifique au collège, je craindrais qu'on ne vous le défendît», l'avertit Kiyoaki.

Interloqués, les deux princes se mirent à s'entretenir avec grand sérieux dans leur propre langue, mais, bien vite, se rendant compte de leur impolitesse involontaire, ils revinrent à l'anglais, par égard pour Kiyoaki. Ce dernier leur dit qu'il parlerait à son père pour faire en sorte qu'il pût la mettre en sûreté à la banque. Cela étant réglé et l'atmosphère rendue encore plus sympathique, le prince Kridsada sortit une petite photo de sa bonne amie. Puis les deux princes pressèrent Kiyoaki d'en faire autant.

«Au Japon, nous n'avons pas l'habitude d'échanger des photos, s'empressa-t-il de dire, poussé par une vanité de jeune homme. Mais je ne manquerai pas de vous la présenter sans tarder.» Il n'eut pas le courage de leur montrer les photos de Satoko qui emplissaient l'album qu'il conservait depuis sa petite enfance.

Kiyoaki entrevit soudain qu'en dépit des louanges et de l'admiration que ses avantages physiques avaient suscitées toute sa vie, il avait presque atteint l'âge de dix-huit ans dans l'enceinte austère du domaine familial sans aucune amitié féminine autre que Satoko.

Encore Satoko apportait-elle autant d'inimité qu'autre chose; elle était loin de représenter l'idéal féminin, la douceur et la tendresse incarnées qu'admireraient les deux princes. Kiyoaki sentit monter sa colère contre tout ce qui lui manquait dans ce monde où il était enserré. Ce que son père, un peu éméché, lui avait dit ce soir-là au cours de leur «petite promenade» – bien qu'il l'eût dit d'un ton très aimable – lui semblait, maintenant qu'il y repensait, avoir contenu une ironie voilée.

Ces choses mêmes que son sens de la dignité lui avait commandé de négliger jusqu'à présent avaient subitement acquis le pouvoir de l'humilier. Tout ce qui concernait ces jeunes princes pleins d'entrain

CHAPITRE 6

arrivés des tropiques – leur peau brune, les éclairs de virilité dans leurs yeux, leurs longs doigts d'ambre fuselés, qui déjà connaissaient si bien les caresses, tout cela semblait provoquer Kiyoaki : « Quoi ? À ton âge, pas même une amourette ? »

Sentant que son égalité d'humeur allait se volatiliser, Kiyoaki, utilisant les dernières ressources de son détachement et de ses belles manières, s'empressa de dire : « Je vous la présenterai sans tarder. » Mais comment allait-il arranger les choses ? Comment mettre en valeur la beauté de Satoko devant ses amis étrangers ? Puisque la veille même, après avoir longuement hésité, Kiyoaki s'était décidé à adresser une lettre extravagante d'insolence à Satoko.

Chaque expression de cette lettre, une lettre dont il avait travaillé et retravaillé les insolences préméditées avec une industrie appliquée, était encore toute fraîche dans son esprit. Il avait tout d'abord écrit : « Je suis au grand regret de dire que votre désinvolture à mon égard me contraint d'écrire cette lettre. » Après cette sèche entrée en matière, il poursuivait :

> *Quand je pense combien de fois vous m'avez offert ces énigmes insensées, gardant par-devers vous toutes explications afin de les faire paraître plus sérieuses qu'elles n'étaient, ma main qui tient le pinceau est engourdie au point de me paralyser. Je ne puis douter que ce soient vos caprices qui vous aient conduite à me traiter ainsi. Il n'y a eu aucune gentillesse dans vos façons de faire, à l'évidence aucune affection ni trace d'amitié. À cette conduite mesquine, il existe des motivations profondes que vous ne savez pas voir mais qui vous entraînent vers un but qui n'est que trop évident. Mais la décence m'interdit d'en dire davantage.*
>
> *Pourtant, tous vos efforts et toutes vos combinaisons ne sont plus désormais qu'écume sur les flots. En effet, si malheureux que j'aie pu être, j'ai maintenant dépassé une des bornes de la vie, passage dont je vous suis quelque peu obligé, fût-ce indirectement. Mon père m'a invité à l'accompagner dans une de ses sorties au quartier du Plaisir et j'ai franchi maintenant la barrière que tout homme doit traverser. Pour parler carrément, j'ai passé la nuit avec une geisha que mon père avait choisie à mon intention. Rien sinon un de ces agréables passe-temps que la société autorise aux hommes.*
>
> *Fort heureusement, une seule nuit a suffi à déterminer chez moi un changement total. L'idée que je me faisais des femmes a été anéantie. J'ai appris à ne voir chez une fille rien d'autre qu'un petit*

animal replet et impudique, une compagne de jeux méprisable. Voilà ce qu'on trouve merveilleusement révélé dans le genre de compagnie que fréquente mon père. Et alors que je n'éprouvais aucune sympathie pour son attitude envers les femmes jusqu'à ce soir-là, maintenant je l'approuve sans réserve. Toutes les fibres de mon corps me disent que je suis bien le fils de mon père.

Ici, peut-être allez-vous vous dire qu'il convient de me féliciter d'avoir enfin, avec l'âge, abandonné les conceptions vieillottes et défuntes de l'époque Meiji au profit d'idées plus éclairées. Peut-être allez-vous avoir un sourire dédaigneux, forte de votre conviction que le désir que m'inspirent les femmes vénales ne fera que rehausser mon estime à l'égard de chastes personnes comme vous. Eh bien, non! Je veux vous détromper sur ce point. Depuis cette nuit (le terme «éclairer» représentant exactement ce qu'il dit) j'ai brisé toutes ces conventions, pénétrant sur un territoire où il n'y a plus de restrictions. Geisha ou princesse, vierge ou prostituée, ouvrière ou artiste – il n'y a plus aucune distinction. Toutes les femmes sans exception sont des menteuses et «rien d'autre que de petits animaux replets et impudiques». Tout le reste est maquillage et déguisement. Et je dois dire que pour moi vous êtes pareille à toutes les autres. Veuillez croire que le gentil Kiyo que vous estimiez si mignon, si innocent, si malléable, s'en est allé à jamais.

Les deux princes durent être quelque peu décontenancés quand Kiyoaki leur souhaita brusquement bonsoir et sortit prestement de leur chambre encore tôt dans la soirée, bien qu'il observât en souriant toutes les convenances habituelles que l'on attend d'un homme bien élevé, comme de s'assurer que leur lit était fait correctement, en s'enquérant de leurs besoins éventuels avant de se retirer avec les politesses rituelles.

«Pourquoi faut-il qu'en de pareilles occasions, il n'y ait jamais personne sur qui compter», grommelait-il en lui-même en se sauvant par le long couloir qui conduisait de la maison occidentale au logis principal. Il songea à Honda, mais sa conception rigoureuse de l'amitié lui fit écarter cette possibilité.

Le vent du soir hurlait contre les fenêtres du couloir avec son alignement de lanternes falotes qui s'allongeaient au loin. Craignant tout à coup que quelqu'un, en le voyant, s'étonnât qu'il courût ainsi à perdre haleine, il s'arrêta, et, tout en appuyant les coudes sur le châssis sculpté de la fenêtre en ayant l'air de braquer les yeux vers le jardin, il tenta désespérément de mettre de l'ordre dans ses pen-

CHAPITRE 6

sées. À la différence des rêves, la réalité ne se manipulait pas si facilement. Il lui fallait concevoir un plan. Il ne faudrait pas que celui-ci fût vague et imprécis ; il devrait être aussi serré qu'une pilule et ses conséquences aussi sûres et aussi immédiates. Le sentiment de sa faiblesse l'oppressait et, après la chaleur de la pièce qu'il venait de quitter, la fraîcheur du couloir le fit frissonner.

Il appuya le front contre les carreaux battus par le vent et fouilla des yeux le jardin. C'était une soirée sans lune. L'île et la colline aux érables ne formaient qu'une masse dans l'ombre. À la faible lueur des lampes du couloir, il distinguait la surface du lac ridée sous la brise. Subitement, l'idée lui vint que les tortues féroces sortaient la tête de l'eau et le regardaient. Cette pensée le fit frémir.

Au moment où il arrivait au logis principal et s'apprêtait à grimper l'escalier pour se rendre à sa chambre, il rencontra Iinuma, son précepteur, et lui jeta son regard froid.

« Monsieur, Leurs Altesses sont-elles déjà rentrées se coucher ?
– Oui.
– Et notre jeune maître va lui aussi se coucher ?
– Il faut que je travaille un peu. »

Iinuma avait vingt-trois ans et était dans sa dernière année au cours du soir. De fait, il venait sans doute de rentrer de l'école car il portait des livres sous le bras. Être jeune et à la fleur de l'âge semblait n'avoir d'autre effet sur lui que d'accentuer l'air mélancolique qui le caractérisait. Kiyoaki se sentait démonté, dans l'ombre, par cette épaisse carrure.

Quand le jeune homme rentra dans sa chambre, il ne prit pas la peine d'allumer le poêle, mais se mit à marcher de long en large, l'air soucieux, roulant dans sa tête projet sur projet.

« Quoi que je fasse, il faut le faire sans perdre de temps, pensait-il. N'est-il pas déjà trop tard ? D'une façon ou d'une autre, dans très peu de temps, il faut que je présente aux princes une jeune fille comme étant liée avec moi de la plus tendre amitié, au moment où je viens de lui adresser cette lettre. Qui plus est, il faut que je le fasse de manière à ne pas faire jaser. »

Le journal du soir qu'il n'avait pas eu le temps de lire était sur la chaise. Sans savoir pourquoi, Kiyoaki s'en saisit et l'ouvrit. L'annonce d'une pièce du répertoire kabuki au Théâtre impérial attira son regard et soudain son cœur se mit à battre.

« C'est cela, je vais emmener les princes au Théâtre impérial. Quant à la lettre, elle n'a pas pu encore arriver puisque je ne l'ai envoyée qu'hier. Il y a encore de l'espoir. Mes parents ne permettront pas à Satoko d'aller au théâtre avec moi, mais si nous nous rencontrions par hasard, il n'y aurait rien à redire. »

Kiyoaki se précipita hors de la chambre, dévalant l'escalier jusqu'à la pièce près de l'entrée où se trouvait le téléphone. Avant d'entrer, cependant, il prit la précaution de regarder en direction de la chambre d'Iinuma d'où sortaient des rais de lumière. Il devait être en train d'étudier.

Kiyoaki décrocha le récepteur et donna le numéro à l'employé. Son cœur cognait dans sa poitrine; tous les soucis qui le hantaient avaient été balayés.

« Allô, je suis bien chez la comtesse Ayakura ? Pourrais-je parler à mademoiselle Satoko ? s'enquit Kiyoaki en entendant la voix familière d'une vieille personne dont le ton, du lointain quartier d'Azabu, exprimait un certain mécontentement tout en restant d'une politesse exaspérante.

– C'est le jeune monsieur Matsugae, n'est-ce pas ? Je regrette beaucoup, mais il est bien tard, je le crains.

– Mademoiselle Satoko est-elle couchée ?

– Ma foi, non, je ne crois pas qu'elle soit déjà au lit. »

Après que Kiyoaki eut insisté, Satoko finit par venir au téléphone. Le son de sa voix claire et chaleureuse lui fut un puissant réconfort.

« Kiyo, qu'est-ce que tu peux bien vouloir à une heure pareille ?

– Eh bien, pour dire la vérité, hier, je t'ai envoyé une lettre. Or, j'ai quelque chose à te demander. Quand elle arrivera, je te prie, en tout cas, ne l'ouvre pas. Je voudrais que tu promettes de la jeter au feu aussitôt.

– Écoute, Kiyo, vraiment je ne comprends pas ce que tu racontes... »

Dans le ton de Satoko, malgré son calme apparent, il y avait quelque chose qui disait à Kiyoaki qu'elle recommençait à tresser comme à l'habitude un réseau d'équivoques. Sa voix en cette froide nuit d'hiver était aussi chaude, aussi mûre qu'un abricot de juin. Il s'impatienta :

« Je sais que tu ne comprends pas. C'est pourquoi je te prie d'écouter et de promettre. Quand ma lettre arrivera, jette-la tout de suite au feu sans l'ouvrir, tu veux ?

– Je comprends.

– C'est promis ?

– Très bien.

– Et il y a autre chose que je voudrais te demander...

– On dirait vraiment que c'est la soirée des demandes, n'est-ce pas, Kiyo ?...

CHAPITRE 7

– Pourrais-tu faire ceci pour moi : prendre des billets pour la pièce du Théâtre impérial après-demain, pour toi et ta gouvernante.
– Une pièce de théâtre... ! »
Le brusque silence qui s'ensuivit à l'autre bout du fil fit craindre à Kiyo un refus possible de Satoko, puis il réfléchit que, dans sa hâte, il avait oublié quelque chose. Étant donné la situation actuelle des Ayakura, le prix de deux billets à deux yens cinquante chacun paraîtrait un gaspillage.
« Non, attends, excuse-moi. Je vais t'envoyer les billets. Si vos places étaient tout à côté des nôtres, on pourrait jaser, mais je vais m'arranger pour qu'elles ne soient pas loin. À propos, j'y vais avec les deux princes siamois.
– Comme c'est gentil, Kiyo ! Tadeshina va être si contente, j'en suis sûre. Et moi, je serai enchantée », dit Satoko, sans chercher à dissimuler son plaisir.

7

Le jour suivant, au collège, Kiyoaki demanda à Honda de se joindre à lui et aux princes siamois pour aller au Théâtre impérial le lendemain soir ; Honda en fut fort satisfait et accepta d'emblée, non pourtant sans en ressentir quelque gêne. Bien entendu, Kiyoaki préféra ne pas communiquer à son ami la partie de ce plan qui prévoyait la rencontre fortuite avec Satoko.

Chez lui, le soir, au cours du dîner, Honda fit part à ses parents de l'invitation de Kiyoaki. Son père fit bien quelques réserves à propos du théâtre, mais il lui semblait qu'il ne devait pas restreindre la liberté d'un garçon de dix-huit ans en pareil domaine.

Son père était juge à la Cour Suprême. Il veillait à ce que le décorum fût respecté en famille. Celle-ci habitait un vaste hôtel particulier à Hongo qui comportait de nombreuses pièces, dont plusieurs étaient décorées dans le style occidental si pesant qui avait été populaire à l'époque Meiji. Parmi les serviteurs figuraient de nombreux étudiants et l'on trouvait des livres partout. Ils remplissaient la bibliothèque et le cabinet de travail, tapissant même à perte de vue les couloirs de cuir marron et de titres dorés.

Sa mère, elle aussi, était le contraire de l'insouciance. Elle occupait des fonctions à la Ligue Patriotique Féminine, regrettant parfois que son fils fût devenu l'ami intime du fils de la marquise Matsugae, dame qui ne se sentait aucun goût pour des activités aussi méritoires. À part cela, cependant, les résultats scolaires de Shigekuni Honda, son application, sa santé et son savoir-vivre qui ne se démentait jamais, étaient une source constante de fierté pour sa mère qui ne se lassait pas de chanter ses louanges à tout un chacun.

Il n'était rien chez les Honda qui ne dût satisfaire à des règles rigoureuses, y compris l'ustensile le plus banal. Depuis le bonsaï dans le vestibule, le paravent derrière, avec, par souci d'harmonie, l'idéogramme peint en caractères chinois, l'étui à cigarettes et le cendrier disposés dans le grand salon, le tapis de table orné de glands, jusqu'au coffre à riz de la cuisine, le porte-serviettes du lavabo, les porte-plume et même les divers presse-papiers du bureau, chaque objet était parfait à sa façon.

Des préoccupations analogues présidaient aux conversations de la maisonnée. Chez les amis des Honda, on pouvait toujours compter qu'une ou deux vieilles personnes se mettraient à raconter des contes absurdes. Par exemple, le plus sérieusement du monde, ils allaient se rappeler la nuit où deux lunes étaient apparues à la fenêtre, dont l'une était un blaireau déguisé, lequel, après qu'on lui eut jeté des insultes à la tête, avait repris dare-dare son apparence ordinaire et disparu de son air balourd. Il se trouvait toujours un auditoire pour apprécier. Mais chez lui, un coup d'œil sévère de son père faisait comprendre sans ambages même à la plus vieille servante qu'il n'était pas question de se complaire dans une ignorance aussi sotte.

Dans sa jeunesse, son père avait passé quelques années en Allemagne à faire son droit et il rendait hommage au respect de la logique des Allemands.

Lorsque Shigekuni Honda comparait leur demeure avec celle de Kiyoaki, il y avait dans ce contraste un aspect qu'il trouvait particulièrement amusant. Bien que les Matsugae eussent l'air de vivre à l'européenne et que leur maison fût pleine d'objets venus de l'étranger, l'atmosphère du foyer y était étonnamment et traditionnellement japonaise. Chez lui, en revanche, le train-train quotidien pouvait bien être japonais, mais l'ambiance était tout imprégnée d'esprit occidental. En outre, l'attention que son père portait aux études de la domesticité estudiantine contrastait fortement avec l'attitude du marquis Matsugae envers cette catégorie de serviteurs.

CHAPITRE 7

Selon son habitude, une fois qu'il eut fini ses devoirs qui étaient ce soir-là du français deuxième langue, Honda se mit à compulser des recueils de droit. Ils étaient écrits en allemand, français et anglais et il avait dû les commander à la librairie Maruzen. Il en lisait chaque soir, allant au-devant des futures exigences du travail universitaire, mais aussi, ce qui était plus significatif, parce qu'il avait un penchant naturel en toutes choses à remonter vers la source. Ces derniers temps, il avait commencé à se désintéresser du droit naturel européen qui avait exercé sur lui une telle fascination. Depuis le jour du sermon de l'abbesse de Gesshu, il était devenu de plus en plus conscient des imperfections d'un tel système.

Il concevait, pourtant, que bien que le droit naturel eût été relativement négligé ces dernières années, nul autre système de pensée ne faisait preuve d'une telle aptitude à survivre : il s'était épanoui sous différentes formes adaptées à chacune des nombreuses époques de deux mille ans d'histoire – depuis ses origines apparentes chez Socrate et son influence considérable sur la formulation de la loi, à l'époque romaine, à travers les œuvres d'Aristote jusqu'à son évolution complexe et sa codification au cours du Moyen Âge chrétien et sa popularité renouvelée sous la Renaissance ; en vérité, celle-ci atteignit alors un tel sommet que cette période pourrait s'appeler le siècle du droit naturel. Selon toute probabilité, c'était cette philosophie sans cesse ranimée qui maintenait la foi traditionnelle en Europe dans le pouvoir de la raison. Pourtant, Honda ne pouvait s'empêcher de penser qu'en dépit de sa ténacité, deux millénaires de cet humanisme puissant, rayonnant, apollinien, avaient à peine suffi à repousser les assauts des forces de l'obscurité et de la barbarie.

Encore l'assaut ne se limitait-il pas à ces forces. Une autre lumière, plus aveuglante, l'avait également menacé, puisque la loi naturelle devait exclure strictement un concept d'existence fondé sur le romantisme irrationnel du nationalisme.

Quoi qu'il en soit, Honda ne s'en tenait pas nécessairement à l'école historique du droit influencée par le romantisme du XIXe siècle, ni à l'école ethnique. Le Japon de l'ère Meiji avait, assurément, eu besoin d'un système juridique nationaliste qui plongeât ses racines dans la philosophie de l'école historique. Mais Honda s'intéressait à tout autre chose. Il s'était d'abord attaché à isoler le principe essentiel à la base de toute loi, principe qu'il sentait devoir exister. Et c'est pourquoi le concept de droit naturel l'avait fasciné pendant quelque temps. Mais, désormais, il s'intéressait davantage à définir les limites extérieures du droit naturel que soulignait comme en passant sa prétention à l'universalité. Il se plaisait à donner libre cours à son imagination dans cette direction. Si le droit, pensait-il, devait abolir les restrictions que le droit naturel et la philosophie avaient imposées à la conception humaine du monde depuis l'Antiquité, et s'il devait se frayer un passage pour atteindre à un principe plus universel (à supposer qu'existât rien de tel), ne parviendrait-il pas au stade où le droit lui-même, comme nous le connaissons, cesserait d'exister ?

C'était là, bien entendu, l'espèce de réflexion dangereuse à laquelle se complaît la jeunesse. Et, étant donné la situation de Honda, la structure géométrique du droit romain, dominant à l'arrière-plan de façon si redoutable et couvrant de son ombre la loi moderne exécutoire qui était à son programme, il n'y avait rien d'étonnant à ce que son orthodoxie lui parût bien ennuyeuse ; aussi, de temps à autre, laissait-il de côté les codes juridiques du Japon de l'ère Meiji, fondés si scrupuleusement sur les modèles occidentaux, et tournait-il les yeux dans une autre direction, les traditions juridiques plus anciennes et plus libres de l'Asie.

Dans l'état d'esprit sceptique où il se trouvait à présent, une traduction française des Lois de Manu par Deslongchamps, qui était arrivée de chez Maruzen au moment opportun, renfermait nombre d'enseignements qui l'attiraient fortement.

Les Lois de Manu, compilation datant probablement de la période comprise entre 200 av. J.-C. et 200 ap. J.-C., étaient le fondement de la loi hindoue. Pour les hindous croyants, elle avait conservé son autorité en tant que code juridique jusqu'à nos jours. Ses douze chapitres et ses deux mille six cent quatre-vingt-quatre articles rassemblaient un immense corps de préceptes tirés de la religion, de la coutume, de la morale et du droit. Cela allait de l'origine du cosmos aux peines infligées aux voleurs et aux règles relatives au partage des successions. Il était imprégné de philosophie asiatique où toutes choses se ramenaient en somme à l'unité, en opposition frappante avec le droit naturel et l'idée du monde selon le christianisme avec son besoin passionné d'opérer des distinctions fondées sur une nette correspondance entre le macrocosme et le microcosme.

Toutefois, le droit d'agir selon la loi romaine comportait un principe qui contredisait l'idée contemporaine des droits. Tout comme la loi romaine édictait que les droits tombent lorsqu'il n'est pas possible d'obtenir réparation, de même les Lois de Manu, suivant les règles de procédure appliquées devant les tribunaux supérieurs des rajahs et des brahmanes, ramenaient les procès qui pouvaient être

CHAPITRE 7

jugés aux cas de non-remboursement d'une dette et d'une douzaine et demie d'autres cas.

Honda s'émerveillait du style de ces lois dans leur incomparable spontanéité. De simples détails aussi prosaïques que la procédure à respecter se trouvaient exposés par des métaphores et des comparaisons riches en couleur. Au cours de la conduite d'un procès, par exemple, il était prescrit au rajah de distinguer le vrai d'avec le faux dans les faits exposés devant lui «comme le chasseur cherche à découvrir le repaire du cerf blessé en suivant le sang à la trace». Et en énumérant ses devoirs, on l'exhortait à dispenser des faveurs à son peuple «de même qu'Indra fait tomber la pluie vivifiante d'avril». Honda lut jusqu'au bout, y compris le chapitre final, lequel traitait de questions sibyllines qui défiaient toute classification comme lois ou comme proclamations.

L'impératif que postulait la loi occidentale se fondait inéluctablement sur le pouvoir de raisonner de l'homme. Les Lois de Manu, de leur côté, trouvaient leur source dans une loi cosmique inaccessible à la raison : la doctrine de la transmigration des âmes. Les lois l'exposaient comme allant de soi :

«Les actions procèdent du corps, de la parole et de l'esprit et il en résulte le bien ou le mal.

En ce monde, l'âme unie au corps accomplit trois sortes d'actions : bonnes, indifférentes ou mauvaises.

Ce qui procède de l'âme de l'homme façonnera son âme ; ce qui procède de sa parole façonnera sa parole, et les actions qui procéderont de son corps façonneront son corps.

Celui qui pèche dans son corps sera arbre ou herbe dans l'autre vie, celui qui pèche en parole sera animal ou oiseau, et celui qui pèche dans son âme renaîtra au niveau inférieur des castes.

L'homme qui sait contenir sa parole, son esprit et son corps eu égard à tout ce qui vit, l'homme qui met un frein à ses désirs et à sa colère, celui-là atteindra l'accomplissement. À lui l'entière libération.

Il convient que tout homme emploie la sagesse qui est en lui à discerner comment le destin de son âme dépend de son obéissance ou de sa non-obéissance à la loi et qu'il s'applique de tout son cœur à l'observance exacte de la loi.»

Ici, tout comme dans la loi naturelle, observer la loi et accomplir de bonnes actions étaient entendus comme étant une seule et même chose. Mais ici la loi était fondée sur le principe de la transmigration des âmes, doctrine qui court-circuitait toute recherche normale rationnelle. Plutôt que d'en appeler à la raison humaine, ces lois semblaient jouer de la menace d'une rétribution. De sorte qu'en tant que doctrine juridique, elles accordaient une confiance plutôt moindre à la nature humaine que la loi romaine fondée sur le pouvoir de la raison.

Honda n'avait nul désir de passer son temps à ruminer ainsi ce problème ou de se plonger dans la sagesse des Anciens. Étudiant en droit, il avait tendance à soutenir l'édifice juridique, mais il était constamment assailli de doutes et d'inquiétudes quant à la mise en œuvre du système qui faisait l'objet de ses études. Les difficultés qu'il rencontrait dans cette architecture enchevêtrée, sa complexité laborieuse, lui avaient enseigné la nécessité d'adopter parfois des voies plus ouvertes; celles-ci se trouvaient non seulement dans la loi naturelle avec son apothéose de la raison qui était au cœur de la loi exécutoire, mais encore dans la sagesse fondamentale des Lois de Manu. Dans cette position avantageuse, il pouvait jouir du meilleur de deux mondes, le bleu pur du midi ou la nuit étoilée.

Étrange discipline, certes, que l'étude du droit. Filet aux mailles si fines qu'elles attrapent les incidents les plus banals de la vie quotidienne, et pourtant, elle s'étend dans le temps et l'espace pour circonscrire jusqu'aux mouvements éternels du soleil et des étoiles. Nul pêcheur cherchant à accroître sa prise ne pourrait être plus insatiable que quiconque étudie la loi.

Perdu depuis si longtemps dans sa lecture sans remarquer que le temps passait, Honda se rendit compte à la fin, non sans inquiétude, qu'il ferait mieux d'aller au lit s'il ne voulait pas tomber de fatigue le lendemain soir en retrouvant Kiyoaki au Théâtre impérial. Songeant à son ami, si bien tourné et si difficile à sonder, puis considérant combien il était peu probable que son propre avenir fût rien d'autre qu'ordinaire et prévisible, il ne put réprimer un léger frisson.

Son esprit distrait repassait les victoires dont ses camarades se faisaient gloire auprès de lui, comme d'avoir joué au rugby avec un coussin mis en boule dans une maison de thé de Gion, en compagnie d'un essaim de jeunes geishas.

C'est alors qu'il pensa à un épisode qui s'était déroulé chez lui au printemps dernier et qui, dépourvu de signification dans un milieu plus ouvert, avait déclenché des répercussions considérables au sein de sa famille. Un service commémoratif pour le dixième anniversaire du décès de sa grand-mère avait eu lieu au temple de Nippori où étaient enterrés les siens, et les parents les plus proches avaient ensuite été conviés à la maison. Fusako, petite cousine de

CHAPITRE 7

Shigekuni, était à la fois la plus jeune invitée, la plus jolie et la plus en train. Dans cette demeure si sérieuse, ses grands éclats de rire provoquaient la levée de quelques sourcils.

En dépit du ton religieux de cette journée, la conscience de la mort ne suffisait pas à arrêter le babil heureux des conversations entre parents qui ne s'étaient pas vus depuis si longtemps. Et l'on continua à causer, peut-être de temps à autre en faisant allusion à la grand-mère, mais bien plus enclin à parler des enfants qui étaient l'orgueil de chaque famille.

Les trente et quelque invités parcoururent la maison de pièce en pièce, stupéfaits de se heurter à des livres à chaque tournant. Certains voulurent voir le bureau de Shigekuni et furetèrent autour de la table pendant un moment, puis ils sortirent l'un après l'autre, jusqu'à ce que Fusako se trouvât seule avec lui.

Tous deux s'assirent sur un divan en cuir près du mur. Shigekuni portait l'uniforme du collège et Fusako un kimono de cérémonie violet. Quand ils s'aperçurent qu'on les avait laissés seuls, ils se sentirent un peu embarrassés et l'on n'entendit plus les éclats de rire de Fusako.

Shigekuni était en train de se demander s'il conviendrait de montrer à Fusako un album de photos ou quelque chose de ce genre, malheureusement il n'avait rien de semblable sous la main. Pour comble de malheur, Fusako eut l'air de se renfrogner tout à coup. Jusqu'à présent, il ne s'était pas senti particulièrement attiré vers elle, avec son trop-plein d'énergie, son rire sonore qui n'en finissait pas, son habitude de le taquiner bien qu'il eût un an de plus qu'elle et son incessant besoin de s'agiter. Certes, elle avait les tons chauds d'une fleur de juillet, mais dans son quant-à-soi, Shigekuni était déjà parvenu à une décision : il aimerait mieux ne pas avoir pour épouse ce genre de personne.

« Je me sens très lasse, sais-tu ? Et toi Shige, tu n'es pas fatigué ? »

Avant qu'il pût répondre, elle sembla se plier en deux à la taille et tomber vers lui avec son grand obi, comme une muraille qui s'écroulerait. L'instant d'après, sa tête était blottie dans son giron et il se trouva contempler ce poids tiède et odorant allongé sur ses genoux.

Il était complètement désemparé. Il regardait le souple fardeau installé contre lui et les choses restèrent en l'état pendant ce qui lui parut un très long moment. Il se sentait impuissant à remuer un seul muscle, et une fois qu'elle eut, l'air ravi, enfoui sa tête dans la serge bleue de l'uniforme de son cousin, Fusako, de son côté, ne donna plus aucun signe de vouloir l'en retirer.

Mais la porte s'ouvrit tout à coup, laissant paraître sa mère avec un oncle et une tante. Sa mère pâlit et le cœur de Shigekuni battit un grand coup. Fusako, quant à elle, se contenta de tourner la tête lentement en direction des arrivants, l'air tout alangui.
«Je me sens si fatiguée. Et en plus j'ai mal à la tête.
– Mon Dieu, il ne faut pas rester comme cela. Si j'allais vous chercher quelque chose?»

Ce n'est pas pour rien que sa mère occupait des fonctions à la Ligue Patriotique Féminine, elle était prête à colmater la brèche comme infirmière volontaire.
«Non, merci, je ne crois pas que ce soit sérieux à ce point.»

Cet épisode ajouta beaucoup de piment aux conversations de la famille, et bien qu'heureusement il ne parvînt pas aux oreilles de son père, sa mère le chapitra sévèrement à ce propos. Quant à Fusako, bien qu'elle fût sa cousine, on ne l'invita plus jamais. Honda, cependant, ne devait jamais oublier ces quelques instants où il avait senti cette charge et cette chaleur peser sur ses genoux.

Encore qu'il eût soutenu tout le haut de son corps en kimono et obi, c'est la beauté subtile et confuse de son visage et de sa chevelure qui avait eu le plus d'attrait pour lui. Sa masse luxuriante s'était pressée contre lui, lourde et tenace comme un encens qui se consume. La serge bleue de son pantalon ne pouvait dissimuler sa tiédeur opiniâtre et pénétrante. C'était comme l'ardent foyer d'un feu lointain et il se demandait quelle en était la cause. Ses rayons émanaient d'elle comme d'une braise dans un beau vase de porcelaine. Cela voulait dire que l'affection qu'elle lui portait était excessive. Sa tête qui pressait contre lui, n'avait-ce pas été aussi un reproche brûlant?

Et les yeux de Fusako! Pendant que sa joue était tout contre ses genoux, il avait pu abaisser son regard vers ses grands yeux sombres. Ceux-ci étaient menus et vulnérables, aussi luisants que gouttelettes de pluie, papillons voltigeurs un moment au repos. Ses longs cils palpitaient comme battaient leurs ailes aussi magnifiquement mouchetées que la pupille de ses yeux.

Si peu sincères, si proches de lui et pourtant si indifférents, si prompts à s'éloigner d'un trait – il n'avait jamais vu des yeux comme ceux-ci, vagabonds, perpétuellement insatisfaits. Yeux tantôt fixes, tantôt vagues, aussi incertains que la bulle du niveau à alcool.

Mais elle ne flirtait pas. Son regard en disait même moins qu'il n'avait fait quelques minutes auparavant alors qu'elle bavardait gaiement. Ses yeux semblaient n'exprimer rien de plus que la passion obstinée qui se soulevait en elle. Charme et senteurs dont la

CHAPITRE 8

force épuisante jaillissait d'une chose bien plus primitive qu'un désir de flirter.
Quelle était donc l'humeur dont s'imprégnaient ces instants de contact physique qui avaient paru rejoindre l'éternité ?

8

*L*a principale production au Théâtre impérial de la mi-novembre au 10 décembre était, non une œuvre populaire contemporaine faisant appel à des actrices, mais deux pièces du répertoire Kabuki où se produisaient des artistes aussi éminents que Baiko et Kojiro. Kiyoaki avait choisi le théâtre classique parce qu'il était persuadé que ce genre de distraction serait davantage du goût de ses hôtes étrangers. Mais comme il n'était pas très ferré sur le théâtre Kabuki, les deux titres de la soirée, *Grandeur et Décadence des Taira* et *La Danse du Lion*, ne lui disaient rien, si bien qu'il convainquit Honda de passer l'heure du déjeuner à la bibliothèque pour consulter ces œuvres afin de les expliquer aux deux princes avant les représentations.

Ces derniers tendaient à ne prêter qu'une curiosité distraite à des pièces étrangères. Kiyoaki les avait présentés à Honda qui était rentré de l'école avec lui. Maintenant, après dîner, il remarqua qu'ils ne faisaient guère attention au résumé en anglais que faisait son ami du programme de la soirée.

En pareilles circonstances, la loyauté et le parfait sérieux de Honda suscitaient chez Kiyoaki des sentiments de culpabilité et de pitié mêlés. À coup sûr aucun de ceux qui allaient au théâtre ce soir-là ne se souciait guère de ce qu'on y jouait. Kiyoaki, pour sa part, était préoccupé ; Satoko pouvait bien avoir lu la lettre après tout et en conséquence ne pas tenir sa promesse de venir.

Le maître d'hôtel entra annoncer que la voiture attendait. Les chevaux hennissaient et leur haleine sortait toute blanche de leurs naseaux, montant en spirale dans les ténèbres d'un ciel hivernal. Kiyoaki aimait, l'hiver, voir les chevaux déployer fièrement leur puissance alors que leur odeur musquée habituelle s'atténue et que leurs sabots rendent un son clair sur le sol glacé. Par une chaude journée de printemps, un cheval au galop n'est que trop évidemment qu'un animal qui sue sang et eau. Mais un cheval lancé dans une tempête de neige ne faisait plus qu'un avec les éléments ; la bête enveloppée dans les tourbillons de l'aquilon incarnait le souffle glacial de l'hiver.

Kiyoaki se plaisait à aller en voiture, surtout quand un souci l'assaillait. Car les cahots le jetaient hors du rythme régulier, tenace, de ses ennuis. Les queues qui s'arquaient aux croupes dénudées proches de la voiture, les crinières qui flottaient furieuses dans le vent, la salive tombant en ruban luisant des dents grinçantes – il lui plaisait de goûter le contraste entre cette force brutale des animaux et les élégantes décorations intérieures du véhicule.

Kiyoaki et Honda portaient des pardessus sur l'uniforme du collège. Les princes, quoiqu'ils fussent emmitouflés dans d'immenses manteaux à col de fourrure, grelottaient misérablement.

« Nous ne sommes pas habitués au froid, dit le prince Pattanadid, le regard malheureux. Des cousins à nous ont fait des études en Suisse et nous ont avertis qu'il y faisait froid. Mais personne n'a rien dit du froid qu'il faisait au Japon.

– Bah ! vous ne mettrez pas longtemps à vous y habituer », dit Honda pour les consoler ; ils étaient déjà en bons termes bien qu'ayant fait connaissance si peu de temps auparavant.

Comme c'était décembre, saison des ventes traditionnelles de fin d'année, les rues étincelaient de bannières publicitaires, encombrées d'une clientèle en manteaux épais, ce qui incita les princes à demander quelle fête on célébrait.

Depuis deux ou trois jours, tant le prince Pattanadid que cet étourdi de Kridsada avaient l'air de plus en plus abattus, preuve indubitable du mal du pays. Bien entendu, ils prenaient soin de ne pas trop l'avouer, car ils n'auraient pas voulu offenser l'hospitalité de Kiyoaki. Celui-ci savait cependant que leurs pensées étaient ailleurs, entraînées sur un immense océan. Mais cela n'était pas pour lui déplaire, car, à ses yeux, il était insupportable, accablant, de penser que les émotions humaines pouvaient rester fixées, ancrées inextricablement dans le corps, dans le train-train des habitudes.

Quand ils eurent dépassé le parc Hibiya et qu'ils approchèrent des douves du palais impérial, on commença à distinguer les trois étages blancs du théâtre dans l'obscurité précoce de cette soirée d'hiver.

Au moment où ils entrèrent dans le théâtre, la nouvelle pièce qui venait en premier au programme était déjà commencée. Kiyoaki repéra Satoko assise à côté de sa vieille domestique, Tadeshina. Elles occupaient des places à deux ou trois rangs en arrière et un

CHAPITRE 8

peu de côté par rapport aux jeunes gens. En l'y voyant et en rencontrant, dans un éclair, l'esquisse d'un sourire, Kiyoaki fut prêt à tout lui pardonner.

Durant le reste de la première pièce, tandis que deux généraux rivaux de l'époque Kamakura disposaient leurs troupes antagonistes sur la scène, Kiyoaki regardait le spectacle comme hébété. Toute cette représentation pâlissait auprès de son amour-propre, maintenant que ce dernier n'était plus menacé.

« Ce soir, Satoko est plus belle que jamais, pensa-t-il. Elle a soigné particulièrement sa toilette. Là, elle a tout juste l'allure que j'espérais lui voir. »

Kiyoaki était enchanté de la façon dont les choses avaient tourné. Il ne cessait de se féliciter, se sentant affermi et à l'aise, sans pouvoir se détourner pour jeter un regard en direction de Satoko, mais réchauffé par sa beauté qu'il savait si proche. Il n'en pouvait souhaiter davantage.

Ce soir, ce qu'il avait réclamé de sa part c'était une présence de beauté, requête qu'auparavant il ne lui avait jamais présentée. En y réfléchissant, il se rendit compte qu'il n'avait jamais eu pour habitude de penser à Satoko en terme de beauté. Bien qu'il n'eût jamais vu en elle un adversaire déclaré, elle ressemblait néanmoins à de la fine soie où se dissimulerait une aiguille acérée ou à un riche brocart cachant un envers râpeux. Avant tout, elle était la femme qui était amoureuse de lui sans avoir pris la peine de le consulter du tout à cet égard. Voilà ce que Kiyoaki ne pouvait supporter. Il n'était pas homme à accepter humblement les bonnes grâces. Il avait toujours cadenassé son cœur contre le soleil levant, de crainte qu'un seul rayon de sa lumière âpre et mordante parvînt à s'y introduire.

Arriva l'entracte. Tout se passa naturellement. Tout d'abord, Kiyoaki se tourna vers Honda et lui chuchota que par une remarquable coïncidence, Satoko se trouvait là ! Et quoique au regard que lui lança son ami après avoir jeté vivement un coup d'œil vers l'arrière, on ne pût nullement douter qu'il savait que le hasard n'avait pas agi seul, cela, assez étonnamment, n'ébranla pas le moins du monde la présomption de Kiyoaki. Car le regard de Honda était preuve éloquente de la façon dont Kiyoaki concevait l'amitié, sans jamais réclamer par trop d'honnêteté.

Il se fit un brouhaha de conversations et de mouvements tandis que chacun se dirigeait vers le promenoir. Kiyoaki et ses amis déambulèrent sous les lustres pour aller trouver Satoko et sa suivante devant une fenêtre qui donnait sur la douve du château et sur les vieilles murailles de pierre de la forteresse du Shogun. Dans son émoi inaccoutumé, les oreilles lui brûlaient quand il présenta Satoko aux deux princes. Comprenant combien les cérémonies glacées seraient peu de mise, il observa soigneusement l'étiquette mais fit montre du même enthousiasme naïf qu'il avait manifesté en mentionnant Satoko aux princes pour la première fois.

Il savait que cet épanchement d'émotion, le pouvoir libérateur de son sentiment de sécurité fraîchement acquis, lui permettaient d'adopter un air de maturité qui lui était étranger. Laissant le vague à l'âme qui le caractérisait, il s'enivrait de sa liberté. Car Kiyoaki savait qu'il n'était nullement amoureux de Satoko.

Tadeshina s'était retirée à l'abri d'une colonne avec toutes sortes de gestes désapprobateurs. À en juger par la raideur du col brodé, couleur prune, de son kimono, on pouvait en déduire qu'elle était résolue à se montrer circonspecte envers ces étrangers. Son attitude plut à Kiyoaki qui se voyait ainsi épargné sa voix criarde lors des présentations.

Quoique les deux princes fussent ravis d'être en compagnie d'une jeune femme aussi belle, Chao P. conservait assez de discernement pour noter le changement remarquable dans l'attitude de Kiyoaki quand il présenta Satoko. Ne pouvant imaginer que ce dernier prenait en fait modèle sur sa propre ferveur d'adolescent, le prince se prit à ressentir une véritable amitié pour Kiyoaki, croyant qu'il le voyait pour la première fois se conduire comme on s'y attend d'un jeune homme.

Honda, pendant ce temps, était éperdu d'admiration pour Satoko qui, quoiqu'elle ne sût pas un mot d'anglais, conservait tout juste le maintien qu'il fallait devant les deux princes. Entourée de ces quatre jeunes gens, vêtue d'un kimono de cérémonie ouvragé, elle se comportait néanmoins sans le moindre embarras; sa beauté et sa distinction éclataient aux yeux.

Tandis que Kiyoaki traduisait ce que disaient les princes, qui, à tour de rôle, assaillaient Satoko de leurs questions, elle lui sourit comme pour solliciter son approbation. Sourire qui semblait impliquer bien davantage que ne l'exigeaient les circonstances. Kiyoaki se sentit mal à l'aise.

«Elle a lu la lettre», pensa-t-il. Mais non, si elle avait lu la lettre, elle n'adopterait pas ce soir pareille conduite envers lui. En fait, elle ne serait pas venue du tout. Assurément, elle n'avait pas pu recevoir la lettre avant qu'il téléphone. Mais il n'y avait aucun moyen de savoir si elle l'avait lue ou non après qu'il l'eut appelée. Il ne servirait à rien de la questionner à brûle-pourpoint car elle s'empresse-

CHAPITRE 8

rait de nier. Malgré tout, il était furieux contre lui-même de ne pas oser s'y résoudre.

S'efforçant de parler d'un ton aussi détaché que possible, il fit de son mieux pour découvrir si le ton de sa voix ne différait pas quelque peu de l'élan joyeux de l'avant-veille, ou quelque changement suggestif dans sa façon de parler. Une fois de plus, la claire image de sa maîtrise de soi commençait à se brouiller.

Elle avait le nez aussi finement modelé que celui d'une poupée d'ivoire, sans que son dessin fût net au point de lui donner un profil hautain. Son visage, tour à tour, s'irradiait et sombrait doucement, alternant la vivacité et l'animation de ses yeux. On considère habituellement un regard alerte comme un trait de vulgarité chez les femmes, mais la façon qu'avait Satoko de lancer un coup d'œil en coulisse possédait un charme irrésistible. Son sourire suivait de près ses paroles, suivi pareillement de ce regard – enchaînement gracieux qui rehaussait la distinction enchanteresse de son langage. Ses lèvres, quoique assez minces, renfermaient en elles une subtile volupté. Quand elle riait, elle était toujours prompte à cacher d'une main aux doigts effilés, délicats, ses dents étincelantes, mais pas avant que les jeunes gens eussent aperçu une éclatante blancheur qui le disputait à celle des lustres au-dessus d'eux.

Tout en traduisant à Satoko les compliments outrés des deux princes, Kiyoaki distingua une rougeur qui englobait les lobes de ses oreilles. Presque cachés par ses cheveux, leur forme avait la grâce fluide de gouttes de pluie, et il eut beau y attacher son regard, il ne put décider s'ils devaient leur surcroît de couleur à quelque cosmétique ou à la confusion.

Il était cependant une chose chez Satoko qui surpassait tout artifice. C'était l'énergie de ses yeux lumineux. Il en perdait son sang-froid comme toujours. Il se sentait transpercé de son étrange pénétration ; son pouvoir jaillissait du plus profond d'elle-même.

La sonnerie annonça le début de *Grandeur et Décadence des Taira* et les spectateurs commencèrent à regagner leurs sièges.

« C'est la femme la plus belle que j'aie vue depuis mon arrivée au Japon. Comme vous avez de la chance ! » dit Chao P. à voix basse alors que Kiyoaki et lui descendaient les bas-côtés. À en juger par l'expression de ses yeux, on pouvait conclure qu'il était guéri de son accès de mal du pays.

9

Iinuma, le précepteur de Kiyoaki, se rendait compte aujourd'hui que les six ans de service et plus qu'il avait passés auprès de la famille Matsugae avaient non seulement flétri les espoirs de sa jeunesse, mais dissipé l'indignation qu'en conséquence il avait ressentie tout d'abord. Quand il remâchait les déboires de sa situation, c'était avec une rancune refroidie bien différente de l'ardente colère qu'il avait naguère ressentie. Certes, l'ambiance chez les Matsugae, qui lui était si peu familière, avait été pour beaucoup dans les changements survenus en lui. Pourtant, dès le début, la principale source de contamination avait été Kiyoaki, âgé maintenant de dix-huit ans.

Ce garçon allait avoir dix-neuf ans l'année suivante. Si Iinuma pouvait seulement faire qu'il sortît diplômé du collège des Pairs avec de bonnes notes, puis qu'il s'inscrivît à la faculté de droit de l'Université impériale de Tokyo quand arriverait l'automne de sa vingt et unième année, il pourrait alors avoir conscience de s'être acquitté convenablement de ses responsabilités. Cependant, pour une raison qu'Iinuma ne pouvait sonder, le marquis Matsugae n'avait jamais jugé à propos de faire des remontrances à son fils pour son travail scolaire. Et au point où en étaient les choses, il semblait qu'il y eût peu de chance que Kiyoaki pût entrer à l'université de Tokyo. Une fois diplômé du collège, la seule voie qui paraissait lui être ouverte était de profiter des privilèges dont il jouissait du fait de son appartenance à la noblesse et d'intégrer l'Université impériale, soit de Kyoto, soit de Tohoku, sans avoir à subir d'examen d'entrée. Les résultats de Kiyoaki à l'école avaient été quelconques ; il ne se donnait aucun mal pour ses études et il ne compensait pas cela le moins du monde en essayant à la place de briller dans les jeux athlétiques. S'il avait été un élève remarquable, Iinuma aurait eu part à sa renommée, en donnant à ses amis et à sa parenté à Kagoshima des raisons d'être fiers de lui. Mais désormais, Iinuma ne se rappelait plus que vaguement les espoirs fervents qu'il avait naguère caressés. D'ailleurs, il se rendait compte avec amertume que, si loin du compte que dût être finalement Kiyoaki, il était de toute manière certain d'occuper un siège à la chambre des Pairs.

CHAPITRE 9

L'amitié entre Kiyoaki et Honda lui était une autre source d'irritation. Honda était proche du sommet de sa classe, mais il n'essayait nullement d'avoir une bonne influence sur son ami, malgré la considération que lui portait Kiyoaki ; tout au contraire, en fait. Aux yeux d'Iinuma, il se comportait en admirateur dépourvu de sens critique, aveugle à toutes les déficiences de Kiyoaki.

La jalousie avait bien entendu sa part dans le ressentiment d'Iinuma. Ami et camarade de classe, Honda était à même d'accepter Kiyoaki tel qu'il était, tandis que pour Iinuma, il figurait le mémorial éternel de son propre échec.

L'allure de Kiyoaki, sa distinction, son manque de confiance en soi, sa complexité, son peu de goût pour l'effort, ses songeries languissantes, son corps magnifique, sa peau délicate, ses longs cils au-dessus des yeux rêveurs – tous les attributs de Kiyoaki conspiraient à trahir les espoirs d'Iinuma avec l'air gracieux, nonchalant et distingué qui leur était propre. Iinuma voyait en son maître un reproche incessant et moqueur.

Une désillusion aussi amère, un sentiment d'échec d'une intensité aussi corrosive, peuvent, à la longue, se transformer en culte religieux envers l'objet qui en est cause. Iinuma s'exaspérait de quiconque tentait de déprécier Kiyoaki. Par une sorte d'intuition confuse dont il n'était pas même conscient, il saisissait en partie ce qu'était l'isolement quasi impénétrable de Kiyoaki. À son tour, la détermination de ce dernier à garder ses distances avec Iinuma prenait sa source sans aucun doute dans le fait qu'il ne percevait que trop clairement la nature de l'ardent fanatisme de son précepteur.

De tous les gens au service des Matsugae, seul Iinuma était pénétré de cette ferveur, chose impondérable et pourtant fort apparente dès qu'on avait regardé ses yeux. Un jour, un invité avait demandé : « Veuillez m'excuser, mais ce garçon que vous avez, ne serait-il pas socialiste ? » Le marquis et son épouse ne purent s'empêcher d'éclater de rire, car ils connaissaient fort bien les antécédents d'Iinuma, sa conduite présente, et, par-dessus tout, le zèle avec lequel, jour après jour, il pratiquait ses dévotions au mausolée de l'Omiyasama. Il était coutumier pour ce jeune homme taciturne, qui n'avait de paroles à perdre envers quiconque, de se rendre tôt chaque matin au sanctuaire de la famille ; et là, il ouvrait son cœur à l'illustre père du marquis Matsugae, qu'il n'avait pas connu de son vivant. Au début, ses plaidoyers manifestaient une indignation foncière, mais, avec l'âge, ils prirent un tour de mécontentement généralisé qui avait fini par englober tous les aspects du monde alentour.

Il se levait le premier chaque matin. Il se lavait le visage et se rinçait la bouche, puis, enfilant son kimono à rayures indigo et son *Okura hakama*, il partait en direction du mausolée.

Il suivait l'allée qui conduisait au-delà du bâtiment des servantes à l'arrière du logis principal et traversait le bosquet de cyprès du Japon. Par temps froid, comme en cette matinée, la gelée tourmentait la boue de l'allée en petits tas spiralés qui, lorsque les écrasait le choc brutal des socques de bois d'Iinuma, volaient en éclats purs et lumineux. Les rayons diaphanes du soleil matinal se posaient sur le vert et le brun des feuilles flétries encore accrochées aux cyprès, faisant briller son haleine glacée qui s'élevait dans l'air hivernal. Il se sentait complètement purifié. Des chants d'oiseaux emplissaient le ciel bleu pâle du matin. Pourtant, malgré l'air froid dont l'aiguillon venait piquer sa peau nue sous le kimono décolleté, quelque chose lui tordait le cœur d'un regret amer : « Si seulement le jeune maître voulait bien venir avec moi, rien qu'une fois ! »

Il n'avait jamais réussi à faire partager ce sentiment mâle et vigoureux de bien-être à Kiyoaki. Personne ne pouvait le tenir responsable de cet échec. Forcer ce garçon à l'accompagner dans ces promenades matinales était hors de question, pourtant Iinuma continuait à s'en attribuer le blâme. En six ans, il n'avait pu convaincre Kiyoaki de participer, fût-ce une fois, à cet « exercice de vertu ».

Au sommet plat du coteau, les arbres cédaient la place à une assez vaste étendue d'herbe, maintenant brune et sèche, que traversait une allée de gravier menant au mausolée. Comme Iinuma contemplait celui-ci au moment où le soleil du matin dans toute sa force frappait le *torii* de granit par-devant et les deux obus de part et d'autre des marches de pierre, un sentiment de maîtrise de soi s'empara de lui. Ici, en cette aurore, il trouvait un air de pureté tonifiant, exempt du luxe étouffant qui imprégnait le cadre de vie des Matsugae. Il eut l'impression de respirer dans un cercueil neuf de bois blanc, fraîchement taillé. Depuis sa petite enfance, tout ce qu'on lui avait appris à vénérer comme honorable et beau se situait, autant que cela concernait les Matsugae, au voisinage de la mort.

Après qu'Iinuma eut gravi les marches et pris place devant l'autel, il aperçut un petit oiseau, l'éclair de sa gorge rouge sombre, qui sautillait dans les branches d'un sakaki, froissant les feuilles luisantes. Puis, poussant un cri perçant, il s'envola. Un gobe-mouches, pensa-t-il.

Il pressa ses paumes l'une contre l'autre et, comme toujours, invoqua le grand-père de Kiyoaki en l'appelant : « Ancêtre Vénéré. » Alors il se mit à prier en silence : « Pourquoi vivons-nous une époque de

CHAPITRE 9

décadence ? Pourquoi faut-il que le monde dédaigne la vigueur, la jeunesse, l'honnête ambition et la droiture ? Jadis vous avez abattu des hommes de votre épée, l'épée des autres vous a causé des blessures, vous avez encouru les plus terribles dangers – tout cela pour fonder un nouveau Japon. Et enfin, ayant rempli les plus hautes fonctions et mérité l'estime de chacun, vous êtes mort, le plus grand des héros d'un âge héroïque. Pourquoi ne pouvons-nous retrouver la gloire de votre époque ? Combien va-t-il durer ce temps de mépris et de vertu tarie ? Ou bien n'a-t-on pas vu le pire ? Les hommes ne pensent qu'à l'argent et aux femmes. Les hommes ont oublié tout ce qui serait digne d'un homme. La grande et brillante époque des dieux et des héros est morte avec l'empereur Meiji. En reverrons-nous jamais la pareille ? Un temps où la vigueur de la jeunesse pourra se dépenser à nouveau, généreuse ?

De notre temps – où surgissent partout des lieux appelés cafés, attirant des milliers d'oisifs qui ont de l'argent à gaspiller, où les étudiants des deux sexes ont une attitude si scandaleuse dans les tramways qu'il a fallu les séparer – les hommes ont perdu toute trace de la ferveur qui conduisit leurs ancêtres à braver les défis les plus effrayants. Aujourd'hui, ils ne sont plus bons qu'à gesticuler de leurs mains efféminées comme feuilles desséchées et frêles qu'agite le moindre souffle d'air.

Oui, pourquoi tout cela ? Comment en est-on venu là, en ce temps qui a souillé tout ce qui fut sacré ? Hélas, Ancêtre Vénéré, votre propre petit-fils, que j'ai l'honneur de servir, est à tous égards un enfant de notre époque décadente, et je suis impuissant à y faire quoi que ce soit. Faudrait-il que je meure pour expier mon échec ? Ou bien les choses vont-elles de ce train selon un grand dessein de votre esprit ? »

Sans prendre garde au froid dans la ferveur de sa dévotion, Iinuma était debout, silhouette virile avec sa poitrine velue qu'on apercevait par son kimono entrouvert. Au vrai, il regrettait en lui-même que son corps ne répondît point à la pureté de son zèle. Par ailleurs, Kiyoaki, dont le corps lui semblait un vase sacré, manquait de cette rectitude et de cette pureté exigées de tout homme authentique.

Puis tout à coup, au comble de ses ardentes effusions, tandis que la chaleur le gagnait en dépit de l'air glacé du matin qui tournoyait sous la jupe de son *hakama*, il ressentit une pulsion sexuelle. Aussitôt, il s'empara d'un balai qui était à son emplacement sous le plancher et commença à balayer le mausolée avec une fureur frénétique.

10

Peu après le Nouvel An, Iinuma fut mandé à la chambre de Kiyoaki. Il y trouva la vieille dame, Tadeshina, qu'il savait être la suivante de Satoko.

Satoko elle-même était allée déjà au domicile des Matsugae pour échanger les vœux de Nouvel An et, aujourd'hui, ayant l'occasion d'apporter, selon la tradition, du gruau de Kyoto comme cadeau personnel de Nouvel An, Tadeshina s'était dirigée discrètement vers l'habitation de Kiyoaki. Quoique Iinuma n'ignorât pas qui était Tadeshina, c'était la première fois qu'on la lui faisait rencontrer intentionnellement, et la raison ne lui en apparaissait pas encore clairement.

Le Nouvel An se célébrait toujours avec faste dans la famille Matsugae. Une vingtaine de personnes ou davantage venaient de Kagoshima, et après s'être rendues à la résidence du chef de clan traditionnel pour lui offrir leurs hommages, elles étaient invitées chez les Matsugae. Les repas de Nouvel An, préparés à la mode de Hoshigaoka et servis dans la grande salle à manger aux poutres noircies, étaient célèbres, en grande partie pour ses desserts, comme la bombe glacée et le melon, friandises qu'on n'avait guère l'occasion de goûter dans les campagnes. Pourtant, cette année-là, du fait que la période de deuil pour l'empereur Meiji durait encore, trois invités seulement arrivèrent de Kagoshima ; parmi eux, le principal du collège où avait été Iinuma, personne qui avait eu l'honneur de connaître le grand-père de Kiyoaki.

Le marquis Matsugae avait mis au point une sorte de cérémonial avec le vieux professeur. Comme c'était Iinuma qui le servait lors du banquet, le marquis ne manquait pas de déclarer aimablement au vieux monsieur : « Iinuma s'est fort bien comporté parmi nous. » Cette année, également, on avait eu recours à cette formule, et le principal avait murmuré, comme à l'accoutumée, les paroles de confusion polie, tout aussi prévisibles que le tampon que quelqu'un appose sur une pièce administrative. Mais cette année, peut-être parce que seule une poignée d'invités étaient présents, cette cérémonie avait frappé Iinuma par son manque de sincérité, pure et simple formalité.

Bien entendu Iinuma ne s'était jamais présenté à aucune des dames de la haute société qui venaient rendre visite à la marquise, aussi fut-il tout surpris de se trouver, dans le bureau du jeune

CHAPITRE 10

maître, en présence d'un hôte de Nouvel An qui se trouvait être une femme, si âgée fût-elle.

Tadeshina portait un kimono noir orné de blasons et bien qu'elle se tînt droite sur sa chaise avec toutes les marques de la bienséance, le whisky que Kiyoaki lui avait fait prendre avait de toute évidence produit quelque effet. Sous les cheveux grisonnants, noués avec soin et encore apprêtés, l'épiderme de son front, à travers la couche de maquillage blanc, se nuançait de l'éclat de fleurs de prunier sous la neige.

Après avoir adressé un bref regard à Iinuma, elle reprit l'histoire qu'elle était en train de raconter au sujet du prince Saionji.

« Tout le monde s'accordait à dire que le prince s'était adonné à l'alcool et au tabac depuis l'âge de cinq ans. Les familles de samouraïs attachent toujours tant d'importance à élever leurs enfants impeccablement. Mais dans les familles de la noblesse – vous voyez ce que je veux dire, jeune maître –, les parents ne soumettent leurs enfants à aucune discipline dès l'instant qu'ils sont nés ; ne croyez-vous pas ? Car, après tout, leurs enfants reçoivent dès leur naissance le cinquième degré des honneurs de la Cour, ce qui leur donne qualité pour devenir gentilshommes de Sa Majesté Impériale, si bien que par respect pour l'Empereur, leurs parents n'osent pas user de sévérité envers eux. Et dans une famille de la Cour, personne ne parle de Sa Majesté Impériale sinon avec la plus grande circonspection. De même que personne, appartenant à la maison d'un grand seigneur, ne se risquerait jamais à jaser ouvertement de son maître. C'est comme cela. Et ma maîtresse tient également Sa Majesté Impériale en semblable et profonde vénération, mais il va de soi que cela ne s'étend pas aux grands seigneurs étrangers. » Ce dernier propos était un trait ironique qui visait l'hospitalité offerte aux princes siamois par les Matsugae. Tadeshina se hâta du reste de faire amende honorable : « Cela dit, grâce à votre bienveillance, j'ai eu le grand plaisir de revoir une pièce de théâtre après je ne sais combien de temps. Je suis sûre que cela aura été un bain de jouvence. »

Kiyoaki laissait Tadeshina bavarder à son gré. En lui demandant de venir à son bureau, il avait une intention bien déterminée. Il voulait se libérer du doute crispant qui n'avait cessé de le hanter depuis ce soir-là. Aussi, maintenant, après avoir versé à Tadeshina une autre rasade de whisky, il lui demanda à brûle-pourpoint si Satoko en recevant sa lettre l'avait réellement jetée au feu sans l'ouvrir comme il l'en avait priée.

Elle répondit avec plus d'empressement qu'il n'en aurait attendu :
« Pour sûr ! Mademoiselle m'a fait part aussitôt de votre conversation

au téléphone. Si bien que quand la lettre arriva le lendemain, je la pris et la fis brûler sans l'ouvrir. Tout a été fait soigneusement. Vous n'avez aucun souci à vous faire.»

En l'entendant, Kiyoaki se sentit comme quelqu'un qui a lutté pendant des heures à travers un enchevêtrement de broussailles et qui, à force, débouche enfin à l'air libre. Une foule de paysages délicieux se déroulèrent devant ses yeux. Le fait que Satoko n'avait pas lu la lettre entraînait deux choses : non seulement cela rétablissait l'équilibre antérieur, mais, dans son bonheur, Kiyoaki était maintenant persuadé de s'être ouvert de nouvelles perspectives dans la vie.

Déjà, Satoko avait fait des ouvertures dont les implications étaient éblouissantes. La visite de Nouvel An qu'elle accomplissait chaque année pour échanger des vœux tombait un jour que, traditionnellement, le marquis réservait aux enfants de sa parenté. Ils se rassemblaient chez lui, âgés de trois à vingt ans. C'était l'unique jour où il assumait le rôle de père affectionné, prêtant l'oreille avec bonté à ce que chacun d'eux avait à dire et donnant des conseils, quand on lui en demandait. Cette année, Satoko avait amené des enfants voir les chevaux.

Kiyoaki les conduisit à l'écurie où les Matsugae tenaient leurs quatre chevaux. On la décorait pendant les fêtes de corde tressée, traditionnelle dans le culte shinto. Il sembla à Kiyoaki que les chevaux, corps puissants aux muscles lisses, qui soudain se cachaient ou ruaient contre les bat-flanc, étaient pleins d'une vie frémissante qui s'accordait au Nouvel An. Les enfants étaient captivés. Ils s'enquirent auprès du palefrenier du nom de chaque cheval. Ensuite, visant les grosses dents jaunies, ils tirèrent des salves avec les miettes de bonbons qu'ils avaient écrasés en boulettes dans leurs poings. Les bêtes nerveuses regardaient de côté leurs persécuteurs d'un œil furibond, injecté de sang. Les enfants en étaient d'autant plus ravis que ces regards maléfiques étaient la preuve que les chevaux les considéraient comme des grandes personnes.

Satoko, cependant, eut peur de la salive qui ruisselait des bouches béantes et elle se retira à l'abri d'un conifère à quelque distance. Kiyoaki alla l'y rejoindre, laissant les enfants au palefrenier.

Ses yeux se ressentaient du saké aromatisé qu'on servait traditionnellement lors des fêtes du Nouvel An. Ce qu'elle dit, par conséquent, accompagné par les cris de joie des enfants, aurait pu être attribué à ce stimulant. Toujours est-il que quand Kiyoaki se fut approché d'elle, elle lui lança un regard dénué de réserve et se mit à parler avec une note d'exaltation dans la voix.

CHAPITRE 10

« J'étais si heureuse l'autre soir, tu sais. Tu m'as présentée comme si j'étais ta fiancée. Je suis sûre que Leurs Altesses étaient toutes surprises que je sois si âgée. Mais sais-tu ce que moi j'ai senti ? Si j'avais dû mourir juste à ce moment, je n'en aurais eu aucun regret. Mon bonheur est entre tes mains. Fais-y bien attention, n'est-ce pas ? Je n'ai jamais été si heureuse pour un Nouvel An qu'en ce moment. Jamais je n'ai tant vécu dans l'attente de ce que cette année peut apporter. »

Kiyoaki ne savait que répondre. « Pourquoi me dis-tu tout cela ? demanda-t-il à la fin, d'une voix tendue.

– Oh, Kiyo, quand je suis si heureuse, les mots se bousculent comme les colombes qu'on lâche et qui s'envolent dans des salves de confettis. Kiyo, tu comprendras assez tôt. » Pour aggraver les choses, Satoko avait fini par cette expression calculée pour agacer Kiyoaki : « Tu comprendras assez tôt. »

« Comme la voilà toute fière et contente de soi ! pensa Kiyoaki. Tellement plus âgée, plus réfléchie. »

Tout cela s'était passé quelques jours auparavant. Et, à présent, après que Tadeshina eut raconté ce qu'il était advenu de la lettre, les inquiétudes qui subsistaient chez Kiyoaki se dissipèrent, confiant désormais qu'il s'embarquait pour la nouvelle année sous les auspices les plus favorables. Il allait être débarrassé des rêves mélancoliques qui avaient empoisonné ses nuits. Il était résolu à n'avoir à l'avenir que des rêves heureux. Il se comporterait de façon immanquablement ouverte et, étant lui-même dégagé de son abattement et des tracas, il essaierait de communiquer à autrui ses bonnes dispositions. Pourtant, faire partager sa bonne volonté aux hommes est, au mieux, une entreprise hasardeuse et qui requiert à un degré éminent sagesse et maturité d'esprit. Néanmoins, Kiyoaki se sentait poussé par une nécessité impérieuse.

Quoi qu'il en fût de son sentiment d'accomplir une mission, il n'avait pas fait venir Iinuma à sa chambre uniquement avec le vif désir de dissiper les idées noires de son précepteur et de voir son visage transporté d'allégresse.

Le saké qu'il avait bu se mêlait à autre chose pour susciter en lui de l'audace. Chez Tadeshina, en dépit de sa confusion apparente et de ses exaspérantes civilités, quelque chose rappelait une maîtresse de bordel qui aurait joui d'une ancienne et honorable réputation. Indubitablement, quelque sensualité raffinée semblait coller jusqu'aux rides de son visage. De la sentir à portée de la main réveillait chez Kiyoaki un entêtement qui lui était naturel.

« Pour ce qui est du travail scolaire, Iinuma m'a appris toutes sortes de choses, dit Kiyoaki, adressant tout exprès ses observations à la seule Tadeshina. Pourtant, il reste bien des choses qu'il ne m'a pas apprises. Pour dire toute la vérité, c'est qu'il y a beaucoup de choses qu'Iinuma ne sait pas. Et c'est justement à cause de cela que, désormais, c'est vous, Tadeshina, qui allez devoir être le professeur d'Iinuma, vous comprenez.

– Par exemple, notre jeune maître, que peut bien signifier ce que vous dites là ? dit Tadeshina avec une déférence appuyée. Monsieur que voici est déjà étudiant à l'université. Et c'est une pauvre ignorante comme moi...

– Précisément. Parce que ce dont je veux parler n'a rien à voir avec ce qu'on enseigne à l'école.

– Tss, tss, ce n'est pas bien de se moquer d'une vieille femme ! »

L'entretien se poursuivit ainsi, Iinuma continuant à en être écarté. Kiyoaki ne lui ayant pas fait signe de prendre un siège, il restait debout, fixant ses regards vers le lac. Le ciel était couvert et une bande de canards nageait en côtoyant l'île où se dressaient les cimes vert sombre des pins, l'air froid et sinistre. L'herbe rêche et brunie dont l'île était couverte rappelait à Iinuma le paletot de paille des paysans.

À la fin, sur un mot de Kiyoaki, Iinuma s'assit avec raideur sur une chaise. Jusqu'alors, Kiyoaki n'avait pas semblé le remarquer, debout près de la porte, ce qui lui avait paru extrêmement singulier. Son maître, se disait-il, faisait peut-être étalage de son autorité devant Tadeshina. En ce cas, c'était chez Kiyoaki chose nouvelle et qui n'était pas pour lui déplaire.

« Et maintenant, Iinuma, voyons un peu. Tadeshina que voici vient de bavarder avec nos servantes. Et tout à fait par hasard, elle a entendu dire...

– Jeune maître, je vous en conjure ! Ne dites rien. » Agitant les bras frénétiquement en signe de désespoir, Tadeshina essaya de l'arrêter, mais en vain.

« Elle a entendu dire que les servantes sont convaincues que quand tu vas au sanctuaire tous les matins, tu n'as pas seulement en tête la simple dévotion.

– Pas seulement en tête, maître ? » Les muscles du visage d'Iinuma se contractaient et ses mains crispées qui reposaient sur ses genoux se mirent à trembler.

« Je vous en prie, jeune maître, gémit Tadeshina, n'allez pas lui raconter cela. » Elle s'affaissa sur sa chaise comme une poupée de

CHAPITRE 10

porcelaine qu'on a laissée tomber par mégarde, mais en dépit de ses airs d'extrême embarras, ses yeux profondément creusés brillaient d'un éclat à peine perceptible mais qui ne trompait pas. Et, autour de sa bouche, avec ses fausses dents mal ajustées, des plis flasques témoignaient d'une sensualité ancienne.

«Pour aller au sanctuaire, tu dois dépasser l'aile sud de la maison, n'est-il pas vrai? Ce qui veut dire, bien entendu, que tu longes les fenêtres du bâtiment des servantes. Si bien qu'en passant chaque matin, tu as échangé des œillades avec Mine. En fin de compte, l'autre jour, tu lui as glissé un message à travers le grillage. Du moins, c'est ce qu'on dit. Vrai ou pas vrai?»

Avant que Kiyoaki eût achevé, Iinuma s'était dressé. Ses traits pâles se contractaient tandis que, poussé à bout, il tentait de se dominer. On eût dit qu'une chaleur incandescente s'amoncelait en lui, prête à vomir sa terreur infernale. Kiyoaki était ravi de le voir transfiguré, habitué qu'il était à son air morne et impassible. Quoique Iinuma fût de toute évidence dans l'angoisse, son visage crispé devenu un masque grimaçant parut à Kiyoaki empreint de contentement.

«Si le maître veut bien avoir la bonté de m'excuser maintenant...», dit Iinuma en faisant brusquement demi-tour vers la porte. Mais avant qu'il pût avancer d'un pas, Tadeshina se précipita de sa chaise avec une rapidité qui stupéfia Kiyoaki. En un instant, elle s'était transformée de vieille femme décrépite en léopard mettant à mort sa proie.

«Il ne faut pas que vous partiez! Ne voyez-vous pas ce qui va m'arriver si vous partez? Je suis au service des Ayakura depuis quarante ans, mais s'ils découvrent que c'est à cause de moi que les Matsugae ont congédié quelqu'un à la suite d'une indiscrétion de ma part, ils me feront subir le même sort. Je vous en prie, ayez un peu pitié de moi. Vous devez penser aux conséquences. Comprenez-vous ce que je dis? Les jeunes gens se laissent emporter! Mais que peut-on y faire? C'est l'un des attraits de la jeunesse.»

Ainsi Tadeshina s'agrippait à la manche d'Iinuma tout en parlant simplement et fort à propos, discutant avec douceur, forte de l'autorité qui vient avec l'âge.

Au fil des années pendant lesquelles elle s'était persuadée être indispensable à la marche du monde, elle avait perfectionné son attitude assurée. Son visage s'était rasséréné, et il en émanait la confiance de quelqu'un qui, des coulisses, a coutume de surveiller le fonctionnement sans à-coups des affaires. Il se pouvait qu'au beau milieu d'une cérémonie solennelle, un kimono se découse sans crier gare ; que quelqu'un oublie le texte du discours de félicitations qu'il avait eu tant de peine à rédiger ; l'assurance de Tadeshina était née de son aptitude éprouvée à traiter ces malheurs et mille autres semblables avec une compétence imperturbable. Telles choses qui pour la plupart des gens étaient autant de coups de tonnerre dans un ciel serein faisaient partie de ses tâches quotidiennes. Si bien que grâce à la promptitude et à l'adresse avec lesquelles elle écartait les menaces de soudaine catastrophe, elle avait maintes fois justifié son rôle dans la vie. Cette paisible vieille dame savait que, dans les affaires humaines, il ne faut jamais compter que rien se passe exactement comme prévu. Il se pouvait bien qu'une hirondelle solitaire voletant dans l'azur d'un ciel sans nuages fût la messagère d'un orage soudain. Aussi Tadeshina, avec ses trésors d'expérience, pouvait-elle être sans inquiétude quant à sa propre valeur.

Iinuma eut tout le temps de réfléchir plus tard, mais il arrive très souvent que l'existence entière de quelqu'un change de cap pour un moment d'hésitation. Cet instant ressemble au pli qu'on pratique au milieu d'une feuille de papier. L'envers devient le dessus, tandis que ce qui était visible se trouve à jamais caché.

Debout à la porte du bureau de Kiyoaki, Tadeshina s'accrochant à lui, Iinuma en fit l'expérience et, du même coup, l'affaire fut conclue. Tout jeune et tout inexpérimenté qu'il était, il sentit le doute se glisser en lui comme la nageoire d'un requin fend la surface des eaux. Mine s'était-elle moquée de son message en le montrant à tout le monde? Ou bien celui-ci s'était-il découvert de quelque autre façon, faisant grand-honte à la destinatrice? Il voulait le savoir à tout prix.

Kiyoaki l'observa tandis qu'il se rasseyait. Il avait remporté une victoire dont il n'avait guère de raison de s'enorgueillir. Il renonça à toute velléité d'étendre à Iinuma ses bonnes dispositions. Il comprit qu'il n'y avait rien d'autre à faire que de donner libre cours au sentiment de bonheur qui était en lui et de régler les détails au fur et à mesure. Il ressentait une puissance nouvelle et une aptitude à se comporter avec les subtilités de l'âge mûr.

« Je n'ai pas évoqué cette affaire pour te causer du chagrin ou t'exposer au ridicule. Ne vois-tu pas que Tadeshina et moi-même sommes en train d'essayer de combiner ce qui vaudra le mieux pour toi? Je ne vais pas en dire un seul mot à mon père et je m'assurerai que cela ne parvienne pas à ses oreilles d'autre façon. Pour ce qui est de ce qu'il convient de faire dans l'immédiat, je suis certain que la

CHAPITRE 10

science et l'immense expérience de Tadeshina en ce domaine nous seront d'un grand secours, n'est-ce pas Tadeshina ? Mine, c'est vrai, est une des plus jolies soubrettes, ce qui va poser un petit problème. Mais laisse-moi faire tout simplement. »

Les yeux d'Iinuma étincelaient comme ceux d'un espion pris au piège ; il était pendu à chaque mot de Kiyoaki, craignant de proférer le moindre son. Quand il tentait de pénétrer la substance des paroles de Kiyoaki, il lui semblait libérer en lui-même un flot montant d'inquiétudes. D'un autre côté, s'il se contentait de rester passif sur sa chaise, les mots de Kiyoaki paraissaient creuser son âme jusqu'au tréfonds.

Iinuma n'avait jamais vu une expression aussi autoritaire sur le visage de son benjamin, lequel continuait à parler d'un cœur généreux qui ne s'accordait aucunement à son tempérament. Certes, son grand espoir avait été que le jour viendrait où Kiyoaki acquerrait cette pondération et cet équilibre. Mais l'idée ne lui était pas venue que cela se produirait en de telles circonstances. En perdant la partie comme cela devant Kiyoaki, il se demandait si ce n'était pas sa convoitise qui l'avait vaincu. Et après avoir brièvement hésité l'instant d'avant, n'avait-il pas senti que ce honteux appétit de plaisir était désormais lié inextricablement à sa fidélité et à ses devoirs envers son maître ? C'était là le piège qu'on lui avait si habilement tendu. Cependant, jusque dans les profondeurs de cette insupportable humiliation, on lui ouvrait une petite porte d'or, accomplissant le marché tacitement conclu.

Après que Kiyoaki eut terminé, Tadeshina prit la parole d'une voix aussi suave qu'échalote pelée : « C'est exactement comme vient de dire le jeune maître. Il est d'une sagesse qui outrepasse son âge. »

Iinuma avait toujours considéré que la sagesse de Kiyoaki était tout à l'opposé, mais à présent, il écoutait Tadeshina sans surprise.

« Et maintenant, Iinuma, en retour, reprit Kiyoaki, tu devras cesser de me sermonner et te joindre à Tadeshina pour me venir en aide. Si tu agis de la sorte, je ferai de même pour ton idylle. Tous trois, nous pourrions devenir très bons amis. »

11

Kiyoaki sortit le journal qu'il tenait de ses rêves et écrivit:

Encore que je ne connaisse pas les princes siamois depuis bien longtemps, j'ai rêvé du Siam ces jours-ci. J'étais assis sur une chaise splendide au milieu d'une pièce. Je paraissais y être maintenu, incapable de bouger. À travers tout le rêve, j'eus l'impression d'avoir mal à la tête. Cela venait de ce que je portais une couronne d'or pointue sertie de toutes sortes de pierres précieuses. Au-dessus de ma tête, une troupe nombreuse de paons perchait sur un dédale de poutres juste sous la toiture. De temps à autre, des fientes blanches tombaient sur ma couronne.

Dehors, il faisait un soleil brûlant qui tombait à plomb sur un jardin désolé redevenu sauvage. Tout était silencieux, hormis le vague bourdonnement des mouches et parfois le son mat que faisaient les pattes des paons au-dessus de moi, ou encore le froissement de leurs ailes. Le jardin était entouré d'un grand mur en pierre, mais on y avait pratiqué des ouvertures semblables à des fenêtres. Au travers, j'apercevais des troncs de palmiers et, au-delà, des nuages blancs entassés, éblouissants et immobiles.

Alors je jetai les yeux sur ma main et vis que je portais un anneau d'émeraude. C'était, bien entendu, celui de Chao P. mais, je ne sais comment, on me l'avait passé au doigt. C'était à coup sûr le même dessin – les deux faces étranges des dieux tutélaires, les yakshas, gravés dans l'or de part et d'autre de la pierre.

Mes yeux restaient fixés sur cette bague où luisait le soleil qui se déversait dans la pièce, captivés par la blancheur d'une lumière pure, impeccable, qui étincelait comme des cristaux de givre au centre de l'émeraude. Et au bout d'un moment, je distinguai les traits d'une femme, jeune et belle, qui s'y étaient formés peu à peu. Je tournai la tête, pensant que c'était le reflet de quelqu'un derrière moi, mais il n'y avait personne. Et voici que le visage apparu dans l'émeraude bougeait légèrement et que son expression changeait. Au sérieux qu'il avait eu, succédait un air souriant. Au même instant, le dos de ma main se mit à me démanger, l'une des mouches de l'essaim qui tournoyait au-dessus de moi s'y étant posée. Agacé, je secouai la main pour m'en débarrasser puis, de nouveau, regardai la bague. Mais le

CHAPITRE 11

visage de la femme s'était évanoui. Et alors, comme m'envahissait le sentiment amer, indescriptible, d'avoir subi une perte, je m'éveillai...

Kiyoaki ne prenait jamais la peine d'ajouter une interprétation personnelle à ces récits de ses rêves. Il faisait de son mieux pour rappeler exactement ce qui s'était produit, et il le transcrivait aussi complètement que possible, consignant les rêves, heureux ou de mauvais augure, tels qu'ils se présentaient. Peut-être ce refus de reconnaître aucune signification particulière aux rêves et ce souci de les décrire avec précision correspondaient-ils, chez lui, à de profondes inquiétudes quant à l'existence elle-même. Par rapport à l'instabilité des émotions qu'il ressentait à l'état de veille, l'univers de ses rêves paraissait beaucoup plus authentique. Il n'était jamais sûr que ces émotions au jour le jour fissent partie de son moi véritable, mais il connaissait du moins la réalité du Kiyoaki de ses rêves. Le premier résistait à toute tentative de le définir, tandis que ce dernier possédait une forme et des caractères reconnaissables. Pour lui, son journal n'était pas non plus un moyen de déverser sa bile en raison des contrariétés du monde alentour. Là, au contraire, pour la première fois de sa vie, la réalité immédiate correspondait exactement à ses vœux.

Iinuma, sa résistance anéantie, observait une obéissance aveugle envers son maître. De concert avec Tadeshina, il servait fréquemment d'intermédiaire pour organiser des rencontres entre celui-ci et Satoko. Ce genre de dévouement suffisait à satisfaire Kiyoaki et, qui plus est, l'amenait à se demander si une chose telle que l'amitié était réellement si importante. Et pendant ce temps, sans tout à fait s'en rendre compte, il s'éloignait de Honda. Ce dernier s'en attristait, mais il n'avait jamais douté le moins du monde que dans la vie de Kiyoaki il ne remplissait qu'un besoin marginal. Il savait donc qu'un élément essentiel avait toujours manqué à leurs relations amicales. Le temps qu'il aurait passé à ne rien faire avec Kiyoaki, il le passait donc maintenant sur ses livres. Outre son étude du droit en allemand, français et anglais, il lisait beaucoup de littérature et de philosophie. Et bien qu'il ne comptât pas parmi les disciples du grand penseur chrétien, Kanzo Uchimura, il lut et admira le *Sartor Resartus* de Carlyle.

Un matin qu'il neigeait, alors que Kiyoaki allait partir pour le collège, Iinuma arriva à son cabinet empreint d'une évidente circonspection. Son air et son attitude mélancolique n'avaient en rien changé, mais l'obséquiosité qu'il manifestait à présent leur ôtait tout pouvoir d'agacer Kiyoaki.

Il venait juste, dit-il, de recevoir un coup de téléphone de Tadeshina avec, simplement, ce message : Satoko était si ravie de voir la neige qu'elle priait Kiyoaki de ne pas aller au collège et, à la place, de venir faire avec elle une promenade en pousse-pousse.

Nul n'avait jamais prié Kiyoaki d'accéder à un caprice si étonnant. Prêt à se rendre au collège, il demeurait là, son cartable à la main, tout décontenancé, dévisageant Iinuma.

« Pardon ? Mademoiselle Satoko a vraiment fait pareille suggestion ?

– Oui, monsieur. C'est ce que vient de dire mademoiselle Tadeshina en personne. Il n'y a pas d'erreur possible. »

Chose étrange, en confirmant ce message, Iinuma ressemblait davantage au personnage indépendant qu'il avait été et il semblait prêt à sermonner Kiyoaki si l'on mettait sa parole en doute. Par-dessus son épaule, Kiyoaki jeta un rapide coup d'œil sur le jardin où tombait la neige. Cette fois, sa vanité n'était pas blessée par les façons énergiques de Satoko. Au contraire, il se sentait soulagé, comme si son scalpel avait habilement retranché la tumeur maligne de son outrecuidance. Cette chirurgie étant achevée avant même qu'il le sût, cette manière de laisser de côté ce qu'il pouvait souhaiter lui causait comme un plaisir piquant.

« Je ferai comme elle veut », dit-il en contemplant d'un œil pensif les gros flocons qui tombaient. Bien qu'il n'y en eût pas encore une couche épaisse, ils avaient déjà communiqué à l'île et au-delà, à la colline aux érables, leur éclatante blancheur.

« Très bien, tu vas téléphoner pour moi au collège. Dis-leur que j'ai attrapé un rhume et que je serai absent aujourd'hui. Assure-toi que rien de tout cela ne parvienne aux oreilles de ma mère ou de mon père. Ensuite, tu iras à la station de pousse-pousse et tu loueras un grand modèle, tiré par deux hommes. Vérifie qu'ils soient de confiance. Je m'y rendrai à pied.

– Quoi, par cette neige ? »

Iinuma regardait le visage de son jeune maître s'empourprer. Kiyoaki tournant le dos à la fenêtre qui donnait sur la tempête de neige, son visage était dans l'ombre, mais sa rougeur n'en était pas moins visible. Ce jeune homme, à l'éducation duquel il avait participé, n'inclinait nullement à l'héroïsme ; malgré tout, il fut tout étonné de se surprendre à se réjouir du reflet ardent des yeux de Kiyoaki, quelles que fussent ses intentions. Naguère, Iinuma n'avait senti que mépris pour son jeune maître et son comportement, mais quoi qu'il eût en tête à cette heure, et malgré son sybaritisme, il semblait y avoir chez lui une résolution cachée qui ne s'était jamais manifestée jusque-là.

CHAPITRE 12

12

*L*a résidence des Ayakura à Azabu était une vieille demeure féodale, et de chaque côté du large portail principal, les fenêtres à treillage de postes de garde faisaient saillie hors des murs. Habitée aujourd'hui par une famille qui recevait fort peu de visites, rien n'indiquait que les postes eussent été occupés à une époque récente. La neige n'avait pas effacé les faîtes enchevêtrées des toits de tuile, mais semblait plutôt, en tombant, avoir épousé fidèlement le moule de chacune.

Une silhouette sombre portant un parapluie, Tadeshina selon toute apparence, se tenait devant la petite porte qui jouxtait le portail, mais en voyant approcher le pousse-pousse de Kiyoaki, elle disparut subitement. Quand il fut arrêté, face au portail, Kiyoaki regarda par celui-ci, sans rien voir dans le jardin que voilait la neige.

Enfin, abritée sous le parapluie entrouvert de Tadeshina, Satoko apparut par le portail, vêtue d'une longue robe mauve, et lorsqu'elle inclina la tête en sortant, ses mains ramenées sur son cœur, Kiyoaki sentit sa poitrine se serrer devant la brusque apparition de cette beauté exubérante, comme si une coulée de nuages violacés avait jailli de l'étroit passage, teintant le rideau de neige.

Aidée par Tadeshina et les deux hommes, Satoko sembla portée à la rencontre de Kiyoaki qui se penchait pour repousser la capote du pousse-pousse, mais quand, tout à coup, il trouva devant lui l'éclat et la chaleur de son sourire dans le tournoiement des flocons collant à ses cheveux et au col de son vêtement, il eut un sursaut, comme si un corps nébuleux l'avait assailli dans la torpeur de ses rêves. L'embardée soudaine que fit le léger véhicule lorsque Satoko y monta vint sans nul doute renforcer cette impression, et de même, le fouillis pourpre des plis de sa longue robe amoncelés auprès de lui, son parfum capiteux dont l'arôme paraissait attirer jusqu'aux flocons qui entraient en tourbillonnant, pour venir frapper ses joues froides. Quand Satoko entra dans le pousse-pousse, l'élan rapprocha sa joue de celle de Kiyoaki l'espace d'une seconde, et lorsque, un peu déconcertée, elle ramena la tête en arrière en se redressant, Kiyoaki fut surpris de la souplesse vigoureuse de son cou. Cela lui fit songer au col blanc d'un cygne.

« Qu'est-ce qui t'a pris tout à coup ? demanda-t-il, en essayant désespérément de garder un ton assuré.

– Ma mère et mon père ont pris le train pour Kyoto hier soir. Un de nos parents est gravement malade. Je suis restée et je me suis rendu compte à quel point j'aurais voulu te voir, Kiyo. Après y avoir songé toute la nuit, j'ai aperçu la neige ce matin, et plus que tout au monde je voulais me promener en voiture dans la neige avec toi. De ma vie, je n'ai fait une chose aussi impulsive. Tu me pardonnes, dis, Kiyo ? » Satoko s'exprimait comme à bout de souffle d'un ton enfantin fort étranger à sa nature.

Ils avaient déjà commencé à rouler. Ils entendaient les cris des deux hommes, l'un tirant, l'autre poussant. En s'écrasant, la neige formait des motifs qui viraient du blanc au jaune, comprimés dans l'étroit espace de la fenêtre minuscule à l'avant de la cabine close. À l'intérieur, la clarté indistincte vacillait au rythme du balancement continuel.

Kiyoaki avait apporté une couverture verte en tartan qu'ils avaient étalée sur leurs genoux. Depuis ces jours oubliés de leur enfance, c'était la première fois qu'ils s'étaient jamais trouvés aussi rapprochés, mais l'esprit de Kiyoaki était distrait par la lumière pâle pénétrant par les fentes du châssis avant, resserrées puis élargies à cause du filet de neige qui s'y infiltrait, par la neige même fondant sur la couverture verte, par le crissement dur de la neige qui criblait la capote comme des feuilles de bananier séchées.

« Allez où vous voudrez. Emmenez-nous où ça vous est possible », répondit Kiyoaki à la question du conducteur. Il savait que Satoko était à l'unisson.

Tandis que les hommes levaient les brancards, prêts au départ, tous deux s'enfoncèrent dans leur siège, le corps légèrement tendu. Jusque-là, ils n'avaient pas encore tenté, ni l'un ni l'autre, de se prendre la main. Mais le contact inévitable de leurs genoux sous la couverture était comme une étincelle jaillissant en secret sous la neige.

Kiyoaki persistait à être rongé d'un doute. Satoko n'avait-elle vraiment pas lu la lettre ? « Tadeshina l'a nié si énergiquement que ce n'est pas possible, pensa-t-il. Mais, en ce cas, Satoko est-elle donc simplement en train de s'amuser de moi, convaincue que je n'ai aucune expérience des femmes ? Comment pourrais-je tolérer pareille injure ? Je me faisais un tel souci pour qu'elle ne lise pas ma lettre, mais maintenant je souhaiterais qu'elle l'ait lue, car alors me rencontrer d'une façon aussi insensée par ce matin de neige ne pourrait avoir qu'une signification : ce serait jeter le gant à un homme du monde. Et là, j'y trouverais avantage. Le seul problème,

CHAPITRE 12

c'est qu'en fait je manque d'expérience, et je suppose qu'il n'y a pas moyen de le dissimuler. »

Kiyoaki tournait et retournait ces pensées, assis dans le demi-jour de l'étroit carré bringuebalant du pousse-pousse. Ne voulant pas regarder Satoko, il n'y avait rien d'autre à faire que de contempler la neige dont la clarté jaillissait par la minuscule fenêtre de celluloïd jauni. Pourtant, à la fin, il passa la main sous la couverture où celle de Satoko attendait, à l'étroit dans la tiédeur du seul refuge disponible.

Un flocon, en entrant, vint se loger dans un sourcil de Kiyoaki. Cela fit s'écrier Satoko et, sans y penser, Kiyoaki se tourna vers elle en sentant les gouttes froides sur sa paupière. Elle ferma les yeux brusquement. Kiyoaki considérait son visage aux paupières closes ; on ne voyait luire dans la pénombre que ses lèvres légèrement empourprées, et à cause du balancement du pousse-pousse, ses traits se brouillaient un peu, telle une fleur qu'on tient entre des doigts qui tremblent.

Le cœur de Kiyoaki battait sourdement. Il se sentait comme étouffé par le col haut et serré de sa tunique d'uniforme. Jamais il n'avait été en présence de rien d'aussi impénétrable que le visage blanc de Satoko, ses yeux clos, dans l'attente. Sous la couverture, il sentit que, sur sa main, la pression se faisait plus insistante. Il comprit qu'elle lui disait quelque chose, si bien que tout en se sachant si effroyablement vulnérable, il sentit que l'attirait une force douce mais irrésistible. Il pressa sur ses lèvres un baiser.

L'instant d'après, une secousse du véhicule allait séparer leurs lèvres, mais Kiyoaki, d'instinct, résista au mouvement, si bien que tout son corps parut en équilibre sur ce baiser, et il eut la sensation qu'un vaste éventail invisible et parfumé se dépliait autour de leurs lèvres unies.

En cet instant, si absorbé qu'il fût, il n'en avait pas moins conscience d'être très beau garçon. La beauté de Satoko et la sienne : il vit que c'était précisément leur étroite correspondance qui dissipait toute contrainte, les laissant s'écouler de concert et se confondre aussi aisément que mesures de vif-argent. Tout ferment de désunion, tout désenchantement naissaient de choses étrangères à la beauté. Kiyoaki comprenait maintenant que vouloir à toute force rester complètement indépendant était maladie, non de la chair, mais de l'esprit.

Une fois son inquiétude dissipée, une fois qu'il eût de plus en plus confiance en celle qui était la source de son bonheur, leur baiser se fit de plus en plus passionné et fervent ; les lèvres de Satoko devenaient plus dociles et alors qu'il commençait à craindre que tout son être se fondît, aspiré, dans le doux parfum de sa bouche, il ressentit sous ses doigts passer le désir de toucher son corps. Il retira la main de sous la couverture et en entoura ses épaules pour lui prendre le menton. Il sentit au bout des doigts les petits os fragiles de la mâchoire féminine et acquit ainsi une conscience renouvelée d'une présence physique tout extérieure à lui-même. En avoir conscience ne fit cependant qu'exalter la passion de son baiser. Il comprit que Satoko s'était mise à pleurer lorsque ses larmes vinrent mouiller ses joues. Il sentit en lui un élan d'orgueil qui ne devait rien à sa récente humeur altruiste, au désir satisfait de servir l'humanité qui s'était emparé de lui ; pareillement, l'attitude de Satoko avait perdu toute trace de sa condescendance passée, toute semblable à une sévérité de sœur aînée. Tandis que ses mains frôlaient son corps, effleurant d'abord le lobe de ses oreilles, puis son sein, la douceur que rencontraient ses doigts le stimulait. Telle doit être la nature vraie des caresses, pensa-t-il. Sa sensualité, si encline à errer comme une traînée de brume, avait enfin rencontré un objet tangible. Maintenant, rien d'autre que sa joie n'emplissait son esprit. Et c'était là, pour Kiyoaki, le comble du renoncement.

Instant où le baiser s'achève – pareil à cet instant où l'on s'éveille à contrecœur, luttant dans un demi-sommeil contre le grand soleil matinal venu frapper les paupières, où l'on voudrait tant retenir cette parcelle d'oubli qui demeure. C'est le moment où le sommeil paraît le plus doux.

Quand leurs lèvres se séparèrent, un silence inquiétant sembla s'appesantir, comme si les oiseaux avaient soudain arrêté leurs chants joyeux. Leurs visages se détournèrent l'un de l'autre, et ils regardèrent fixement l'horizon. Cependant, le mouvement du pousse-pousse empêchait que le silence se fît trop oppressant. Au moins, ils se sentaient impliqués dans une autre activité.

Kiyoaki baissa les yeux. Au bas de la couverture verte, se risquait à sortir le bout d'un *tabi* blanc de femme, telle une souris blanche craintive qui jette hors de son trou d'herbe un coup d'œil furtif. Il était déjà recouvert d'une légère poudre neigeuse. Ses propres joues lui brûlaient et, du geste instinctif d'un enfant, il étendit la main pour tâter sa joue, heureux de découvrir en elle une chaleur égale. On eût dit la promesse naissante de l'été.

« Je vais l'ouvrir. »

Elle acquiesça de la tête. Il avança le bras pour détacher le rabat de devant du véhicule. La couche de neige qui s'y était amassée, formant momentanément un cube blanc massif, s'émietta sans bruit.

CHAPITRE 12

Les hommes, notant du mouvement à l'intérieur, avaient soudain abaissé les bras.
« Non, non ! Allez ! » leur cria Kiyoaki. Incités par le ton du jeune homme, ils se remirent à trotter.
« Continuez ! Aussi vite que vous pourrez ! »
Le véhicule fendait la neige, les conducteurs s'encourageant l'un l'autre de la voix.
« Quelqu'un pourrait nous voir, dit Satoko en se renversant à sa place pour qu'on n'aperçût point ses yeux encore embués de larmes.
– Peu importe. »
Le ton tranchant de sa propre voix surprit Kiyoaki. Tout à coup il comprit. Ce qu'en vérité il voulait faire, c'était porter un défi au monde.
Quand il releva les yeux, le ciel au-dessus d'eux parut se déchaîner dans un bouillonnement de blancheur. Maintenant, la neige venait fouetter leurs visages. S'ils ouvraient la bouche, il leur en tombait sur la langue. Être ensevelis sous ces rafales... cela semblait le paradis.
« Voilà que la neige tombe ici », dit-elle d'un ton rêveur. Sans doute voulait-elle dire qu'en fondant, elle avait coulé de son cou dans son sein. Aucune anarchie, pourtant, dans cette neige qui tombait avec la rigueur solennelle d'un rite préétabli. Il sentit ses joues refroidir et, peu à peu, prit conscience que dans sa poitrine, son cœur battait moins fort.
Le pousse-pousse, à présent, avait grimpé au sommet d'une hauteur de Kasumi, quartier élégant d'Azabu. Un champ longeait le bord de la colline, permettant d'apercevoir distinctement en contrebas le terrain d'exercice et la caserne du Troisième Régiment d'Azabu. Sur toute l'étendue blanche du terrain, on n'apercevait pas un soldat. Soudain Kiyoaki eut l'illusion de voir une multitude de troupes alignées, tout comme dans l'image familière de la cérémonie commémorative des morts de la guerre russo-japonaise, près du temple de Tokuri. La tête inclinée, des milliers de soldats entouraient par groupes un cénotaphe blanc en bois et un autel recouvert d'étoffes blanches agitées par le vent. Cette scène ne différait de la photo que dans la mesure où les épaules des soldats étaient couvertes de neige, laquelle blanchissait aussi les visières de leurs casquettes. Dès l'instant où il vit ces fantômes, Kiyoaki comprit que tous étaient morts au combat. Les milliers de soldats que l'on voyait là-bas s'étaient rassemblés, non seulement pour prier à la mémoire des camarades tombés en combattant, mais aussi pour pleurer leurs propres vies.

L'instant d'après, les ombres avaient disparu. À travers un rideau de neige, les tableaux se succédaient à leurs yeux. Les épaisses cordes couleur paille qui maintenaient les pins sur le flanc escarpé des douves extérieures supportaient un poids de neige dangereux. Et derrière les fenêtres hermétiquement closes des petites maisons, les lampes brûlaient faiblement, bien qu'on fût au milieu de la matinée.

« Attache-le », dit Satoko.

Kiyoaki referma le rabat, et ils se retrouvèrent une fois de plus dans la pénombre familière. Cependant, il n'était pas si commode de ressusciter leur joie délirante de tout à l'heure. Comme à son habitude, Kiyoaki était en proie à l'inquiétude. « Je me demande ce qu'elle ressentait au moment où je l'embrassais, pensa-t-il. Sans doute est-elle fâchée de la façon dont je m'y suis pris. Elle sait que je me laisse trop entraîner, que j'étais replié sur moi-même, comme un enfant. Et c'est vrai. J'étais incapable de penser à rien sinon combien, pour moi, c'était merveilleux. »

Puis, la voix de Satoko vint interrompre ses réflexions.

« Ne faudrait-il pas rentrer? » dit-elle d'un ton un peu trop étudié.

« La voilà encore, pensa-t-il, qui va me mener par le bout du nez. » Mais tout en grommelant en lui-même, il se savait en train de laisser passer l'instant où il avait une chance de changer la face des choses. Il pouvait dire: « Non, ne rentrons pas. » Mais pour cela, il aurait fallu allonger le bras et ramasser les dés. Et sa main inexperte se serait glacée rien qu'à les toucher. Il n'était pas prêt.

13

Il rentra chez lui et inventa une histoire comme quoi il avait quitté le collège de bonne heure parce qu'il s'était senti pris d'un frisson soudain. Sa mère se précipita dans sa chambre pour prendre sa température. Au milieu de cette agitation, Iinuma vint annoncer que Honda appelait au téléphone. Kiyoaki eut la plus grande difficulté à convaincre sa mère de ne pas répondre à sa place, et quand il finit par avoir gain de cause et descendit au téléphone, il était enveloppé d'une couverture de cachemire, à l'insistance de sa mère.

CHAPITRE 13

« C'est tout simple : j'ai raconté que j'étais bien allé au collège aujourd'hui mais que j'étais rentré de bonne heure. Ici personne ne sait rien d'autre. Mon rhume ?... » Gêné par la porte vitrée derrière lui, il poursuivit à voix basse, assourdie : « Ne t'inquiète pas de cela. Je serai au collège demain et nous pourrons en parler. Tu ne vas pas commencer à téléphoner simplement parce que j'étais absent – vraiment, tu exagères ! »

En raccrochant, Honda tremblait de rage devant la façon glaciale dont Kiyoaki avait accueilli l'inquiétude qu'il manifestait, mais il ne s'agissait pas seulement de ce ton inamical ou discourtois ; Honda n'avait jamais fait en sorte que Kiyoaki fût amené à partager un secret.

Une fois qu'il se fut ressaisi, cependant, il se prit à penser : téléphoner simplement parce qu'il n'était pas aujourd'hui au collège, cela ne me ressemble guère. Et à la vérité, ce n'était pas seulement une préoccupation amicale qui l'avait incité à se hâter au téléphone. Lorsque, pendant la récréation, il s'était élancé à travers la cour couverte de neige vers le secrétariat pour téléphoner, il était poussé par un pressentiment qu'il ne pouvait définir.

Le pupitre de Kiyoaki avait été vide toute la matinée. En le regardant, Honda ressentait l'appréhension de quelqu'un dont les pires craintes se confirment. Avec ses cicatrices sous le nouveau vernis, le vieux pupitre réfléchissait en plein l'éblouissement de la neige à travers les carreaux. Cela lui faisait penser à un cercueil dressé, drapé de blanc, comme ceux qu'on employait jadis pour ensevelir les guerriers en position assise.

Son humeur sombre persista même après son retour à la maison. Puis on l'appela au téléphone ; c'était Iinuma avec un message de Kiyoaki : celui-ci regrettait d'avoir ainsi répondu à Honda. S'il lui envoyait ce soir un pousse-pousse chez lui, voudrait-il bien venir le voir ? Le ton pesant, sépulcral d'Iinuma ne fit que le déprimer davantage. Il refusa sèchement, disant qu'ils pourraient reparler de tout cela quand Kiyoaki se sentirait assez bien portant pour retourner au collège.

Lorsque Iinuma lui apporta ce message, Kiyoaki se sentit véritablement mal au cœur. Ensuite, tard dans la soirée, il fit venir Iinuma dans sa chambre, mais au lieu de lui donner quelque chose à faire, il étonna ce dernier en se soulageant du fardeau de ses contrariétés.

« Satoko ne fait que causer des ennuis. C'est vrai, n'est-ce pas, ce qu'on dit ? Que la femme détruit l'amitié entre les hommes. Si Satoko ne s'était pas montrée aussi capricieuse ce matin, je n'aurais pas donné à Honda motif à se mettre dans une telle colère. »

Durant la nuit, la neige cessa de tomber et la journée du lendemain fut claire et agréable. Persuadant sa mère et tout un chacun, Kiyoaki s'en fut au collège. Son intention était d'y arriver avant Honda et de dire bonjour le premier. Mais à mesure que le soleil s'élevait dans le ciel, la splendeur éblouissante de ce matin d'hiver opéra un changement d'humeur. Il ressentit un contentement profond, irrépressible qui le transforma. Lorsque ensuite Honda entra dans la classe et répondit à son sourire par un sourire nonchalant qui n'appartenait qu'à lui, Kiyoaki fit soudain marche arrière en lui-même, abandonnant son intention de tout lui raconter de ce qui s'était passé la veille.

Honda avait certes souri, mais sans dire un mot. Ayant posé son cartable sur son pupitre, il s'accouda un moment au rebord de la fenêtre et considéra la neige. Puis, après un coup d'œil rapide à sa montre qui, sans doute, lui apprit qu'il restait une trentaine de minutes avant le cours, il se retourna sans prononcer une parole et sortit. Kiyoaki ressentit le besoin de le suivre.

De nombreuses petites plates-bandes étaient disposées géométriquement le long des deux étages en bois des bâtiments scolaires. En leur milieu, il y avait une tonnelle. Non loin du bord des plates-bandes, le sol descendait en pente rapide et une étroite allée conduisait à une pièce d'eau entourée d'un bouquet d'arbres. Kiyoaki avait toutes les raisons de croire que Honda ne se dirigerait pas vers la pièce d'eau, car la neige qui fondait eût rendu la marche très difficile. Selon ce qu'il avait deviné, Honda s'arrêta sous la tonnelle et balaya la neige sur un des bancs pour s'y asseoir. Kiyoaki, se frayant un chemin à travers les congères dans le jardin floral, s'approcha de lui.

« Pourquoi m'as-tu suivi ? demanda Honda, levant la tête en louchant dans la clarté lumineuse.

– Hier, je me suis très mal conduit envers toi, dit Kiyoaki d'un ton égal, pour s'excuser.

– Ce n'est rien. Ton rhume était simplement une excuse, n'est-ce pas ?

– Oui. »

À l'exemple de Honda, Kiyoaki balaya la neige de la main sur le banc puis s'assit à ses côtés. La réverbération les obligeait à loucher péniblement quand ils se regardaient, ce qui diminua beaucoup l'émotion dont l'atmosphère était chargée. Au-dessous d'eux, la pièce d'eau était cachée à la vue, bien qu'il leur suffît de se mettre debout pour l'apercevoir à travers les rameaux recouverts de neige. On entendait l'eau ruisseler, preuve que la neige accumulée sur les toits de l'école, la tonnelle et les arbres était en train de fondre. La croûte glacée qui recouvrait les plates-bandes s'était affaissée çà et

CHAPITRE 13

là, laissant derrière elle des couches de glaçons mal taillés qui luisaient comme du granit fendu.

Honda s'attendait à ce que Kiyoaki divulguât quelque secret prodigieux, sans toutefois vouloir s'avouer que sa curiosité était éveillée, ce qui lui faisait presque espérer que Kiyoaki ne dirait rien du tout. Toute confidence qui, même de loin, aurait senti la condescendance lui aurait causé un déplaisir amer.

Ce fut donc Honda qui parla le premier, soucieux seulement de trouver un sujet sans rapport avec la question qui se posait entre eux.

« Vois-tu, ces temps-ci j'ai beaucoup réfléchi à la personnalité. Regarde l'époque où nous vivons, ce collège, la société – je me sens étranger à tout cela. Du moins, je voudrais pouvoir penser qu'il en est ainsi. Et on peut en dire tout autant de toi.

– Oui, bien sûr, répliqua Kiyoaki d'un ton aussi indifférent et distant que jamais, quoique avec une gentillesse fort à propos.

– Mais si je te demandais : qu'est-ce qui se passera dans cent ans ? Sans que personne nous demande notre avis, toutes nos idées seront ramassées en bloc sous la rubrique "La philosophie du siècle". Regarde l'histoire de l'art, par exemple : c'est la preuve irréfutable de ce que j'avance, qu'on le veuille ou non. Chaque période a son style et nul artiste ayant vécu en un temps donné ne peut entièrement échapper au style de ce temps-là, quelles que soient ses façons de voir personnelles.

– Crois-tu que notre siècle a aussi son style ?

– Je crois que je serais plutôt enclin à dire que le style de l'époque Meiji n'en finit pas de mourir. Mais comment le savoir ? Vivre une époque, c'est être incapable d'en comprendre le style. Toi et moi, vois-tu, sommes certainement plongés dans un style de vie ou un autre, mais nous ressemblons à des poissons rouges qui nagent autour du bocal sans jamais l'apercevoir. Regarde-toi, par exemple : tu vis dans un monde de sentiments. Tu parais différent de la plupart des gens. Et toi-même, tu es absolument certain que tu n'as jamais engagé ta personnalité dans une compromission. Cependant, il n'existe aucun moyen de le prouver. Le témoignage de tes contemporains ne possède aucune valeur. Qui sait ? Il se peut que ton monde de sentiments représente le style de notre époque sous sa forme la plus pure. Mais je le répète, il n'y a pas moyen de le savoir.

– Soit, mais en ce cas qui va décider ?

– Le temps. C'est le temps qui importe. À mesure que le temps s'écoule, toi et moi serons emportés inexorablement dans le courant de notre époque, même si nous ignorons ce qu'il est. Et plus tard, quand on dira qu'au début de l'ère Taisho, les jeunes gens pensaient, s'habillaient, parlaient de telle et telle façon, on parlera aussi de toi et moi. On nous considérera tous en bloc. Tu détestes ceux qui font partie de l'équipe de kendo[3], n'est-ce pas ? Tu les méprises ?

– Oui », dit Kiyoaki, qui avait la sensation désagréable que le froid commençait à pénétrer le fond de son pantalon mais qui, néanmoins, contemplait les feuilles vertes d'un camélia tout près de l'armature de la tonnelle. Fraîchement découvertes par la neige en fondant, elles brillaient d'un vif éclat. « Oui, non seulement je ne les aime pas, mais je les méprise. »

Faisant son affaire de cette réponse à l'emporte-pièce, Honda poursuivit : « Parfait, en ce cas, essaie d'imaginer ceci. Dans quelques décennies, les gens ne verront aucune différence entre toi et ceux que tu méprises, vous formerez une seule et même entité. Tes camarades un peu lourdauds – avec leur sentimentalité, leur esprit malveillant et mesquin qui condamne comme efféminé quiconque ne leur ressemble pas, leurs vexations envers les étudiants moins doués, leur culte fanatique du général Nogi, cet état d'esprit qui fait qu'ils éprouvent une satisfaction aussi incroyable à balayer tous les matins autour du sakaki planté par l'empereur Meiji –, toi, avec toute ta sensibilité, tu seras mis dans le même sac que tous ceux-là quand, à l'avenir, on se mettra en devoir de penser à notre époque. Tu vois, la manière la plus commode de définir le caractère profond de notre époque, c'est de prendre le plus petit dénominateur commun. Une fois que l'eau a cessé de bouillonner et s'est calmée en surface, on voit flotter la traînée de pétrole irisée. Et voilà comment cela se passera. Quand nous serons tous morts, il sera facile de nous analyser et d'exposer nos éléments essentiels à la vue de chacun. Et bien entendu, ce caractère profond, la pensée sur quoi repose notre époque, seront, dans une centaine d'années, considérés comme de l'obscurantisme. Et ni toi ni moi n'avons aucun moyen d'échapper à ce verdict, aucun moyen de prouver que nous ne partagions pas les vues discréditées de nos contemporains. Et quel critère l'Histoire appliquera-t-elle à cette analyse ? Qu'est-ce que tu crois ? Les pensées des génies de notre siècle ? Des grands hommes ? Nullement. Ceux qui nous succéderont et décideront de ce qui se passait dans notre esprit adopteront comme critère la psychologie toute faite de tes amis de l'équipe de kendo. En d'autres termes, ils

---

3. Escrime japonaise. *(N.d.T.)*

CHAPITRE 13

s'empareront des credo les plus primitifs et les plus vulgaires de notre temps. Chaque époque, vois-tu, n'a jamais été définie que par rapport à pareilles sottises. »

Kiyoaki ne voyait pas bien où cela menait Honda, mais en l'écoutant, une pensée commença à germer et croître dans son esprit. On apercevait maintenant plusieurs de leurs condisciples aux fenêtres ouvertes de leur classe, au second étage. Les fenêtres des autres pièces étaient fermées, renvoyant l'éclat du soleil matinal et l'azur brillant du ciel. Tableau familier du matin. En repensant aux événements de la veille, à cette matinée de tempête de neige, il lui sembla que, contre son gré, on l'amenait des ténèbres d'un monde de passion sensuelle devant le tribunal clair et lumineux de la raison.

« Eh oui, c'est cela l'Histoire », dit-il. Contrastant avec ceux de Honda, la naïveté de ses propos l'embarrassait mais il fit effort sur la fin pour être à la hauteur des réflexions de ce dernier. « Autrement dit, qu'importent nos pensées, nos espoirs ou nos sentiments – rien de tout cela n'a la moindre influence sur le déroulement de l'Histoire ? Est-ce là ce que tu veux dire ?

– C'est cela, exactement. Les Européens croient qu'un homme comme Napoléon peut imposer sa volonté à l'Histoire. Nous autres, Japonais, pensons de même des hommes comme ton grand-père et ses contemporains qui ont provoqué la Restauration Meiji. Mais cela est-il réellement vrai ? L'Histoire obéit-elle jamais à la volonté des hommes ? En te regardant, je suis toujours amené à me poser la question. Tu n'es pas un grand homme, ni davantage un génie. Mais, néanmoins, tu possèdes une caractéristique qui te classe tout à fait à part : tu n'as pas la moindre trace de volonté. Si bien que je ne cesse d'être fasciné en te considérant par rapport à l'Histoire.

– Est-ce de l'ironie ?

– Non, pas le moins du monde. Je pense dans les termes d'une participation inconsciente à l'Histoire. Par exemple, disons que j'ai de la volonté...

– Cela ne fait aucun doute.

– Et disons que je veux changer le cours de l'Histoire. Je consacre toutes les ressources de mon énergie à cette fin. J'emploie chaque once de vigueur qui est en moi pour plier l'Histoire à ma volonté. Disons que je possède le prestige et l'autorité qu'il faut pour y parvenir. Rien de tout cela ne garantit que l'Histoire se déroulerait selon mes désirs. Et puis, par ailleurs, cent ans peut-être, ou deux cents voire trois cents ans plus tard, il se pourrait que l'Histoire prît soudain un tournant dans une direction conforme à mon idée ou à mon idéal sans que j'y aie été pour quoi que ce soit. Peut-être la société prendrait-elle une forme qui serait la réplique exacte de mes rêves d'un ou deux siècles auparavant ; l'Histoire, nimbée de cette gloire nouvelle qui avait été jadis ce que j'envisageais, me considérerait avec un sourire détaché et condescendant, raillant mes ambitions. Et l'on dirait : "Ainsi va l'Histoire."

– Mais n'est-il pas vrai que pour toutes choses il faut le temps qu'elles mûrissent ? demanda Kiyoaki. Le temps pour tes idées de s'accomplir serait finalement venu, voilà tout. Peut-être même que cela ne prendra pas tout un siècle ; peut-être trente ou cinquante ans. C'est une chose qui se produit souvent. Peut-être que même après ta mort, ta volonté servira de guide invisible, sans que personne en sache rien, qui aidera à réaliser ce que tu voulais accomplir pendant ta vie. Peut-être que si quelqu'un comme toi n'avait jamais vécu, l'Histoire n'aurait jamais pris un tel tournant, quelle qu'en fût la durée. »

En dépit de l'effort que lui imposait la froideur de ces ingrates abstractions, Kiyoaki ressentait les effets d'une certaine chaleur, d'une émotion dont il se savait redevable envers Honda. Il lui en coûtait, venant d'une telle origine, d'éprouver de la satisfaction. Mais tout en laissant errer son regard sur le tapis blanc des jardins du collège où les rameaux dénudés des arbres ombraient les plates-bandes enneigées et en écoutant le son cristallin de l'eau qui ruisselait, il se savait heureux que Honda eût entamé cette discussion. Bien qu'il ait dû savoir que Kiyoaki était encore absorbé dans le souvenir du bonheur enchanté de la veille, Honda avait fait en sorte de l'ignorer, choix qui semblait s'accorder à la pureté de la neige alentour. À ce moment, il en glissa un paquet au bas du toit, dénudant quelques mètres carrés de tuile mouillée, aux reflets noirs.

« Ainsi, poursuivit Honda, si, au bout d'un siècle, la société présentait une image correspondant à mes vues, tu dirais que c'est là leur accomplissement ?

– Nécessairement.

– L'accomplissement de quoi ?

– De ta volonté.

– Tu plaisantes. Moi, je serai mort. Comme je viens de te le dire, tout cela serait arrivé sans que j'y sois pour rien.

– Bon, en ce cas, ne peut-on dire que la volonté de l'Histoire s'est accomplie ?

– Parce que l'Histoire a une volonté ? Il est toujours dangereux de tenter de personnifier l'Histoire. À mon avis, l'Histoire ne possède aucune volonté propre et, qui plus est, elle n'accorde pas non plus le

CHAPITRE 13

moindre intérêt à ma volonté à moi, si bien que si aucun acte volontaire n'entre dans ce processus, tu ne peux pas parler d'accomplissement. Et pour preuve tous les prétendus accomplissements de l'Histoire. Ils ne sont pas plus tôt menés à terme qu'ils commencent à tomber en miettes. L'Histoire est un registre de démolitions. Il faut sans cesse faire place à la prochaine et éphémère boule de cristal. Pour l'Histoire, construire et détruire sont une seule et même chose.

Tout cela, je le sais parfaitement. Bien que je le comprenne, je ne puis comme toi cesser d'être un homme empreint de détermination. Je suppose que j'y suis probablement poussé par mon tempérament. Nul ne peut se prononcer, du moins puis-je affirmer ceci : toute volonté porte en soi le désir d'influencer l'Histoire. Je ne veux pas dire que les désirs des hommes influent sur l'Histoire, seulement qu'ils essaient. Et aussi, il existe certaines formes de volonté qui sont liées à la destinée, quand bien même cette idée est anathème pour la volonté.

Mais au bout du compte, toute volonté humaine est vouée à l'échec. Il est clair que les choses arrivent à l'inverse de ce qu'on envisageait. Et quelle conclusion un Occidental en tire-t-il ? Il dit : "Ma volonté était l'unique force rationnelle qui s'y trouvait impliquée. C'est le hasard qui a causé l'insuccès."

Parler du hasard, c'est nier la possibilité de toute loi de cause à effet. Le hasard est finalement l'unique élément irrationnel que peut accepter le libre arbitre.

Sans le concept du hasard, vois-tu, la philosophie occidentale du libre arbitre n'aurait jamais pu prendre naissance. Le hasard est le refuge crucial de la volonté. Et sans lui, l'idée même du jeu serait inconcevable, tout comme l'Occidental n'a pas d'autre moyen de rationaliser les nombreux revers et déceptions qu'il doit subir. C'est ma conviction que ce concept du hasard, de la chance, constitue la substance même du Dieu des Européens ; ils possèdent là une divinité qui tire ses caractéristiques de ce refuge si essentiel au libre arbitre, à savoir le hasard, l'unique sorte de Dieu qui puisse inspirer la liberté de la volonté humaine.

Mais que se passerait-il si nous allions nier complètement l'existence du hasard ? Que se passerait-il – défaite ou victoire, peu importe – si l'on devait en exclure absolument toute intervention possible du hasard ? Auquel cas, ce serait détruire tout refuge du libre arbitre. Élimine le hasard et tu sapes les piliers qui soutiennent le concept de la volonté.

Imagine la scène suivante : une place à midi. La volonté s'y trouve toute seule. Elle prétend qu'elle reste debout en vertu de sa propre force, et donc continue à s'illusionner. Un soleil de plomb. Pas un arbre, pas une herbe. Pas la moindre chose sur le vaste rond-point pour lui tenir compagnie, rien que son ombre. À ce moment, une voix tonnante descend des cieux limpides : "Le hasard est mort. Le hasard n'existe pas. Entends ma parole, ô volonté ; tu as perdu ton avocat à jamais." Sur ce, la volonté sent tout son être partir en miettes et se dissoudre. Sa chair retombe corrompue. En un instant son squelette est mis à nu, un liquide clair s'en échappe et les os eux-mêmes perdent leur rigidité, commencent à se désintégrer. La volonté est encore debout, les pieds fermement campés sur le sol, mais cet ultime effort est vain. Car à cet instant même, le ciel éclatant se déchire dans un rugissement terrible et l'œil du Dieu de l'Inévitable regarde à travers l'abîme.

Mais je ne puis me représenter ce Dieu d'épouvante avec un visage odieux, faiblesse due sans aucun doute à ma propre tendance au volontarisme. Car si le hasard n'existe plus, alors la volonté ne signifie plus rien – n'a pas plus de sens que, sur la chaîne immense des causes et des effets, le point de rouille que nous n'apercevons que de loin en loin. Dès lors, il n'y a qu'un moyen de participer à l'Histoire, c'est de n'avoir aucune volonté, de fonctionner uniquement en tant que brillant et splendide atome, éternel et immuable. Que nul ne cherche d'autre sens à l'existence humaine.

Il n'est guère probable que tu envisages les choses de cette façon. Je ne te vois pas souscrivant à pareille philosophie. Les seules choses auxquelles tu crois vraiment – et cela sans trop y réfléchir –, ce sont tes allures de beau garçon, tes changements d'humeur, ta personne et, non pas ta fermeté de caractère mais, au contraire, son absence. N'ai-je pas raison ?»

Kiyoaki ne trouva rien à répondre. Faute de mieux, il sourit, sachant que Honda n'entendait pas l'offenser.

«Et pour moi, c'est la plus grande énigme», dit Honda, en soupirant d'un air si sérieux que cela semblait presque comique. Son haleine devint une buée glacée qu'on vit planer une seconde dans l'air transparent du matin et qui parut à Kiyoaki la manifestation secrète de sa sollicitude. Au plus profond, il sentit croître en lui la félicité.

La cloche sonna, annonçant que les cours allaient commencer, et les deux jeunes gens se levèrent. À ce moment, quelqu'un fit une boule de la neige entassée sur le rebord des fenêtres du second étage et la leur lança. Elle vint frapper l'allée à leurs pieds dans un jaillissement de débris étincelants.

CHAPITRE 14

14

Son père avait confié à Kiyoaki la clé de la bibliothèque; celle-ci occupait un angle au côté nord du grand logis et c'était, chez les Matsugae, une pièce dont on ne s'occupait guère. Le marquis n'était pas homme à consacrer beaucoup de temps aux livres. Mais là se trouvaient rassemblés les classiques chinois qui avaient appartenu au grand-père de Kiyoaki, les livres européens que le marquis avait commandés chez Maruzen par désir de paraître intellectuel et bien d'autres dont on lui avait fait cadeau. Quand Kiyoaki était entré au lycée, son père lui avait remis la clé avec la solennité de quelqu'un qui l'aurait institué gardien d'un trésor de sagesse. En conséquence, il jouissait seul du privilège d'y aller à sa guise. Au nombre des ouvrages de la bibliothèque qui avaient le moins de chance de susciter l'intérêt du marquis, figuraient de nombreuses collections de classiques japonais et de livres d'enfants. Préalablement à leur publication, chacun des éditeurs avait sollicité une brève recommandation du marquis accompagnée de sa photographie en grand uniforme; aussi, en échange du privilège de pouvoir imprimer «Recommandé par Son Excellence le marquis Matsugae» en lettres d'or sur la reliure de chacun des ouvrages, ils lui faisaient présent de la collection.

Kiyoaki lui-même n'était pas porté à faire fréquemment usage de la bibliothèque. Aux livres, il préférait ses songes. En revanche, aux yeux d'Iinuma, auquel Kiyoaki donnait la clé une fois par mois afin qu'il pût nettoyer la pièce, la bibliothèque était, entre tous, le lieu saint de la maison, sanctifié qu'il était par les classiques chinois chers au grand-père de Kiyoaki. Quand il en parlait, ce n'était jamais seulement en référence à la bibliothèque, mais bien à «la bibliothèque du défunt marquis», et, en prononçant ces paroles, sa voix s'étranglait d'émotion.

Le lendemain du jour où Kiyoaki s'était réconcilié avec Honda, il fit venir chez lui son précepteur, juste au moment où Iinuma s'apprêtait à partir pour ses cours du soir, et, sans un mot, il laissa tomber dans sa main la clé de la bibliothèque. Le nettoyage mensuel avait lieu à date fixe. D'ailleurs, c'était un travail qu'Iinuma ne faisait jamais le soir. Pour quelle raison, se demandait-il, lui donner la clé maintenant, quand ce n'était pas la date, et dans la soirée qui plus est ? Sur la paume de sa grosse main trapue, la clé reposait, d'un bleu métallique de libellule dont on aurait arraché les ailes.

Par la suite, Iinuma ne devait jamais oublier cet instant. Comme elle semblait vieille et nue, tel un corps meurtri, cette clé, là, dans sa main ! Il resta un moment à essayer de trouver ce que cela signifiait, sans y parvenir. Quand, à la fin, Kiyoaki le lui eut expliqué, il se sentit bouillir d'indignation, non pas tant à l'encontre de son maître qu'envers lui-même, de se trouver ainsi à sa merci.

« Hier matin, je ne suis pas allé au collège et tu as fermé les yeux. Ce soir, à mon tour de te rendre service. Tu vas sortir comme si tu allais au cours. Alors, fais le tour par l'arrière et rentre par la porte en face de la bibliothèque. Cette clé en ouvre l'entrée et tu peux attendre à l'intérieur. Mais n'allume pas. Et il serait plus prudent de pousser le verrou de l'intérieur.

Tadeshina a donné à Mine toutes les instructions. Elle va téléphoner ici avec un message pour elle, pour demander quand la bourse de mademoiselle Satoko sera terminée. Ce sera le signal. Mine est habile à ces ouvrages délicats et on lui en demande constamment. Mademoiselle Satoko elle-même lui a commandé un petit sac en brocart d'or, si bien que cette communication n'éveillera pas le moindre soupçon.

Dès que Mine aura reçu ce message, elle attendra l'heure où tu es supposé partir pour l'école, alors elle se dirigera vers la bibliothèque et frappera doucement à la porte, espérant que tu lui ouvriras. Et comme ce sera aussitôt après dîner, quand tout le monde a fort à faire, personne ne remarquera son absence pendant trente à quarante minutes.

Tadeshina estime que vous retrouver tous les deux à l'extérieur serait trop dangereux et difficile à arranger. Il faudrait toutes sortes de prétextes pour qu'une servante puisse sortir seule sans que chacun y trouve à redire.

Quoi qu'il en soit, j'ai pris la liberté de décider à ce sujet sans te consulter. Tadeshina va appeler Mine ce soir. Il faut donc que tu ailles à la bibliothèque, sinon, Mine sera dans tous ses états. »

En écoutant cela, l'air d'un ours aux abois, la main d'Iinuma tremblait si violemment qu'il faillit laisser tomber la clé.

La bibliothèque était glacée. Les lourdes tentures de fil d'or laissaient filtrer un peu de la lumière des lanternes allumées dans le jardin, derrière la maison. Mais pas assez pour permettre de déchif-

CHAPITRE 14

frer les titres des ouvrages. Une odeur de moisi emplissait la pièce, comme les effluves émanant l'hiver d'une canalisation bouchée.

L'obscurité ne constituait pas un obstacle pour Iinuma. Il avait retenu l'emplacement de presque tous les livres de la bibliothèque. Des livres comme les œuvres de Han-Fei-Tzu, *Le Témoignage de Seiken* et *Les Dix-huit Histoires*, garnissaient les rayons, y compris une édition reliée au Japon des *Commentaires des quatre classiques* qui avait perdu la couverture qui la protégeait. C'était un ouvrage que le grand-père de Kiyoaki avait feuilleté si souvent que la reliure en était tout usée.

Un jour qu'Iinuma tournait les pages d'un des volumes qu'il était en train d'épousseter, un poème de Kayo Honen avait attiré son regard. Il faisait partie d'une collection d'œuvres japonaises et chinoises célèbres et Iinuma avait pris soin d'en noter l'emplacement. Il avait pour titre «Chant d'un noble cœur». Tout en se consacrant au nettoyage de la bibliothèque, il éprouvait une consolation particulière à lire l'une des strophes :

Aujourd'hui, je balaie une petite chambre,
Mais balayer point ne ferai toujours.
À Kyushu, mon ambition a-t-elle libre cours?
Peuvent-elles ces bandes de moineaux bavards
Partager de l'aiglon la sente solitaire?

Iinuma comprenait à présent. Sachant à quel point il vénérait «la bibliothèque du défunt marquis», Kiyoaki l'avait délibérément choisie pour ses amours. Là-dessus, aucun doute. Lors de ses explications concernant le plan qu'il avait si délicatement mis au point, son attitude froidement satisfaite suffisait à prouver qu'il saisissait toutes ses implications. Il voulait que les choses se déroulent de telle manière qu'Iinuma en personne commette un sacrilège dans les lieux qu'il vénérait.

En y repensant, il y avait toujours eu une menace muette chez Kiyoaki depuis le temps où c'était un si bel enfant. Jouissance dans le sacrilège. Et quand Iinuma aurait ainsi souillé ce qui lui était si précieux, Kiyoaki en éprouverait autant de contentement que s'il avait pris une boulette de viande crue pour la placer dans une médaille sacrée du culte shinto. Aux temps légendaires, Susano, le dieu cruel, frère de la déesse Soleil, avait trouvé plaisir à semblables actions.

Dès l'instant qu'Iinuma s'était perdu pour une femme, le pouvoir de Kiyoaki sur lui s'était accru considérablement. En outre – injustice qui déconcertait Iinuma – le monde jugerait toujours les plaisirs de Kiyoaki charmants et naturels tandis qu'il condamnerait les siens avec une sévérité inflexible, les trouvant vils pour ne pas dire coupables. En ressassant ces pensées, Iinuma sentait grandir à mesure sa détestation de soi-même.

Du plafond de la bibliothèque parvenait la rumeur de la galopade des rats et parfois un petit cri aigu. Lors du nettoyage, le mois précédent, il avait semé quantité de châtaignes empoisonnées, apparemment en vain. Tout à coup il eut un frisson en se rappelant ce qu'il voulait plus que tout oublier.

Toutes les fois qu'il voyait le visage de Mine, il avait beau tenter de la refouler, la même vilaine pensée agitait son esprit. En ce moment même où la tiédeur de son corps allait venir à sa rencontre dans les ténèbres du soir, il y avait entre eux cette pensée. Elle se rapportait à une chose que Kiyoaki savait sans doute déjà; mais puisque ce dernier ne lui en avait jamais rien dit, Iinuma, de son côté, sans l'oublier un seul instant, n'en avait soufflé mot. À la vérité, c'était presque un secret de Polichinelle, ce qui ne faisait qu'accroître le tourment d'Iinuma. Cela le mettait au supplice comme si une meute immonde de rats s'était jetée sur lui. Le marquis avait couché avec Mine et cela lui arrivait encore. Son imagination s'était mise en branle avec les rats, aux yeux injectés de sang, aux corps hideux...

Il faisait un froid mordant. Iinuma avait beau faire bonne figure lorsqu'il sortait pour ses dévotions quotidiennes, il grelottait à cette heure sous le froid qui lui piquait le dos, s'insinuant en lui jusqu'à coller à sa peau comme une compresse glacée. Mine avait dû être retardée, attendant une occasion de quitter la table sans attirer l'attention.

Dans l'attente, son désir grandit, plus âpre et plus pressant. Puis une masse de sentiments déplaisants s'associèrent au froid glacial et à l'odeur de pourriture pour assaillir ses nerfs déjà tendus. Il eut la sensation de s'enliser, comme si l'eau croupie d'une tranchée d'écoulement s'élevait le long de ses jambes, salissant la soie de son beau *hakama*.

« Est-ce donc à cela que je trouve plaisir, pensa-t-il, à vingt-quatre ans, moi si vaillant, apte aux plus hautes dignités ? »

On entendit heurter doucement à la porte. Iinuma réagit si promptement qu'il se fit mal en allant cogner contre un meuble. À la fin, cependant, il parvint à tourner la clé dans la serrure. Mine se faufila légèrement de biais par la porte. Quand Iinuma eut refermé derrière elle, il la prit par les épaules et la poussa sans cérémonie vers le fond de la bibliothèque. Pour quelque raison, son esprit se fixait sur la

CHAPITRE 14

neige sale et grise qu'en venant il avait vue mise en tas le long du mur extérieur de la bibliothèque. Bien qu'il n'eût ni le temps ni l'envie d'en délibérer, le besoin le tenaillait de violer Mine dans le coin le plus proche de la neige souillée.

Rendu furieux par ses fantasmes, il fut brutal avec la jeune femme. Sa compassion pour elle ne l'incitait qu'à plus de cruauté. Et quand, parmi tout cela, il comprit que sa méchanceté n'était que rage vengeresse envers Kiyoaki, il se sentit submergé par une détresse indescriptible. Les délais étant si brefs et le silence de rigueur, Mine laissa faire Iinuma sans offrir aucune résistance. Mais sa soumission résignée ne fit que tourmenter Iinuma davantage, car sa gentillesse disait assez sa muette compréhension, voyant en lui quelqu'un qui lui ressemblait beaucoup.

Malgré tout, telle n'était pas, tant s'en faut, la seule raison de son aimable docilité. Mine était d'un naturel joyeux et peu farouche. À ses yeux, chez Iinuma, l'absolue gaucherie des façons, son mutisme par lequel il tentait de l'intimider, les tâtonnements malhabiles de ses mains, tout prouvait la réalité de son désir. Il ne lui venait pas à l'esprit que, pour lui, elle pût être un objet de pitié.

Étendue dans l'obscurité, Mine sentit tout à coup le froid comme un coup d'épée sous la jupe étalée de son kimono. Perçant des yeux les ténèbres, elle vit des rayons chargés de livres, chacun rentré dans son étui, l'or des titres terni avec le temps. Ils semblaient l'encercler de toutes parts. Il fallait faire vite. Tadeshina lui avait tout expliqué jusqu'au moindre détail afin qu'aucun point ne restât dans l'ombre ; tout ce qu'on réclamait d'elle en cet instant, c'était d'agir sans hésiter. Son rôle dans la vie lui apparaissait comme celui d'une personne prête à offrir son corps généreusement, apportant paix et consolation. Elle n'en demandait pas davantage. Et de ce corps, dans la maturité de sa chair ferme et lisse, au grain impeccable, elle était heureuse de donner du plaisir.

Il ne serait pas exagéré de dire qu'elle aimait bien Iinuma. Chaque fois qu'elle se sentait désirée, Mine avait au plus haut degré l'art de découvrir les bons côtés de son soupirant. Jamais elle ne s'était jointe aux autres servantes pour tourner Iinuma en dérision, de sorte que son ardeur virile, si longtemps en butte aux tracasseries et au ridicule, reçut enfin son dû dans ce cœur de femme.

Mine eut soudain la vision d'un jour de grande fête religieuse avec toutes ses attractions tapageuses : les lumières à acétylène âcres et éblouissantes, les ballons et les gerbes des feux d'artifice, les bonbons bariolés...

Elle ouvrit les yeux dans l'obscurité.

« Qu'est-ce que tu regardes ? » fit Iinuma, d'une voix irritée.

Les rats avaient repris leur galopade au plafond. Leur course s'entendait à peine et, pourtant, elle semblait animée d'un élan furieux. On eût dit qu'ils se ruaient avec une rage qui les lançait d'un bout à l'autre de leur royaume ténébreux.

15

Tout le courrier distribué à l'adresse des Matsugae était acheminé suivant une règle établie : Yamada, le maître d'hôtel, le prenait en charge, l'empilant avec soin sur un plateau laqué d'or gravé aux armes de la famille. Celui-ci était ensuite présenté au marquis et à la marquise. Comme Satoko était au courant de ces errements, elle avait pris la précaution de confier son message à Tadeshina qui, à son tour, devait le donner à Iinuma.

C'est pourquoi Iinuma dut employer une partie du temps qu'il consacrait à ses examens de fin d'année, d'abord à se rendre au-devant de Tadeshina, puis à remettre à Kiyoaki la lettre d'amour de Satoko :

> *Bien qu'au lendemain de la tempête de neige, la matinée fût claire et lumineuse, je n'ai pu pour autant m'empêcher de repenser à ce qui s'était passé la veille. Dans mon cœur il semblait que la neige n'eût pas cessé mais tombât encore. Et des flocons confondus émergeait le visage de Kiyo. Comme je voudrais pouvoir vivre quelque part où il neigeât tous les jours de l'année afin de ne jamais cesser de penser à toi, Kiyo.*
>
> *Si nous vivions à l'époque de Heian, tu aurais composé un poème pour moi, dis ? Et moi j'aurais dû, en réponse, en écrire un à mon tour. J'ai honte de penser que, bien que toute petite j'aie appris le waka, je ne puis, en un pareil moment, écrire un seul poème pour exprimer mes sentiments. N'aurais-je donc pas assez de talent ?*
>
> *Pourquoi, crois-tu, suis-je si heureuse ? Simplement parce que j'ai trouvé quelqu'un d'assez bon pour ne pas se laisser démonter par ce*

CHAPITRE 15

que je dis ou ce que je fais, si fantasque qu'il paraisse ? Cela reviendrait à penser que je prends plaisir à traiter Kiyo à ma guise, et rien ne pourrait me peiner davantage que de savoir que tu crois cela.

Non, vraiment, ce qui me rend heureuse, c'est ta gentillesse. Tu n'as pas été dupe de mon caprice l'autre jour. Tu as compris combien, en secret, j'étais bouleversée. Et sans reproche, tu es venu avec moi te promener dans la neige, accomplissant le rêve que j'avais enfoui en moi sans vouloir me l'avouer. C'est là ce que j'appelle ta gentillesse.

Kiyo, maintenant encore, au souvenir de ce qui s'est passé, je sens mon corps trembler de joie et de confusion. Chez nous, au Japon, nous nous représentons l'esprit de la neige sous les traits d'une femme, la fée des neiges. Mais je me rappelle que dans les contes de fées d'Occident, c'est toujours un beau jeune homme. Voilà pourquoi je pense à Kiyo comme étant l'esprit des neiges, si mâle dans son uniforme. Je pense à toi comme à celui qui m'a comblée. Me sentir fondre en ta beauté et sentir que la mort me glace dans la neige – nul sort ne pourrait être plus doux.

À la fin, Satoko avait écrit : « Veuille être assez aimable pour ne pas oublier de jeter cette lettre au feu. »

Jusqu'à cette ligne finale, le style coulait, gracieux, car Satoko ne s'exprimait jamais autrement qu'avec distinction. Néanmoins, Kiyoaki fut effrayé de la force sensuelle qui paraissait jaillir ici et là.

Après l'avoir lue, sa première réaction fut que c'était la sorte de message qui devrait transporter un homme de joie. Pourtant, à la réflexion, cela ressemblait davantage à un devoir d'école du temps où Satoko apprenait l'art de se comporter avec grâce. Il lui parut qu'elle voulait lui apprendre que la distinction transcende toute question de convenances.

Si tous deux étaient réellement tombés amoureux l'un de l'autre en ce matin de neige, comment pouvaient-ils supporter de laisser passer un seul jour sans se revoir, ne serait-ce qu'un instant ou deux ? Quoi de plus naturel ? Pourtant, Kiyoaki n'était pas enclin à suivre pareillement son impulsion. Si bizarre que cela paraisse, ne vivre que pour ses passions, tel le fanion obéissant à la brise, exige un style de vie qui vous fait reculer devant le cours naturel des choses, car cela implique une totale subordination à la nature. La vie des passions répugne à toute contrainte, d'où qu'elle vienne, si bien que, non sans ironie, elle tend en définitive à gêner son propre instinct de liberté.

Kiyoaki différa de revoir Satoko, mais non par abnégation. Encore moins était-il guidé par la connaissance profonde des subtilités de la passion qui ne se dévoilent qu'à ceux qui possèdent déjà l'expérience de l'amour. Sa conduite s'expliquait simplement par le fait qu'il maîtrisait imparfaitement l'art de se comporter avec grâce, et elle était encore si immature, confinant à la vanité, qu'il enviait à Satoko sa liberté sereine, voire son sans-gêne qui lui donnait un sentiment d'infériorité.

Tout comme un fleuve reprend son cours normal après une inondation, la prédilection de Kiyoaki pour la souffrance commença à reprendre le dessus. Son naturel rêveur pouvait être aussi exigeant qu'il était capricieux, au point, en vérité, de se sentir courroucé et déçu par l'absence d'obstacles à son amour. Le concours officieux de Tadeshina et d'Iinuma offrait une cible toute prête et il en vint à considérer leurs manœuvres comme contraires à la pureté de ses sentiments.

Il était blessé dans son orgueil en se rendant compte qu'il ne pouvait faire fond sur rien d'autre alors que le paroxysme et la souffrance de l'amour tissaient leur toile. Pareille douleur aurait pu constituer la matière d'une tapisserie magnifique, mais Kiyoaki n'avait qu'un modeste métier artisanal et disposait seulement d'un fil blanc pur.

« Où vont-ils me conduire, se demandait-il, en ce moment précis où peu à peu, sincèrement, je vais aimer d'amour ? »

Mais alors même qu'il se décidait à appeler amour ce qu'il ressentait, son humeur contraire se réaffirmait.

Pour tout jeune homme ordinaire, le souvenir du baiser de Satoko aurait suffi à l'élever au comble de la joie et du contentement. Mais à celui-ci, déjà trop enclin à se montrer présomptueux, quand il se le rappelait, chaque jour qui passait causait une souffrance plus grande au cœur.

Qu'importait ce qu'autre chose pouvait contenir de vérité, la félicité ressentie en cet instant brillait des feux d'un superbe joyau. À cela, aucun doute. Elle était gravée dans sa mémoire. Au milieu d'un désert de neige incolore et informe, dans le tumulte de sa passion, ne sachant ni comment il s'était embarqué pour cette traversée, ni comment elle pourrait finir, l'ardent éclat de ce joyau avait été comme la pointe du compas.

Le sentiment qu'il avait d'un écart entre le souvenir de ce bonheur et son chagrin actuel ne cessait de grandir, produisant sur lui un effet de plus en plus profond; et il finit par retomber dans la noire mélancolie qui, auparavant, lui avait été si coutumière. Ce baiser ne

CHAPITRE 16

fut qu'une occasion de plus de se rappeler les humiliantes moqueries de Satoko.

Il résolut de répondre à sa lettre de son ton le plus glacé. Il déchira plusieurs feuilles de correspondance en s'y essayant, prenant chaque fois un nouveau départ. Quand il eut enfin composé ce qu'il jugea le fin du fin de l'indifférence en fait de billet doux et eut reposé son pinceau, il se rendit compte tout à coup à quel point il avait réussi. Sans le vouloir, il avait trouvé le style d'un homme doué d'une grande expérience du monde, fort de la lettre d'accusation qu'il lui avait naguère adressée. Cette fois-ci, rien que de penser à une supercherie si éhontée lui fut tellement pénible qu'il recommença une autre lettre. Sans aucunement tenter de le déguiser, il y disait sa joie d'avoir connu le baiser pour la première fois. Elle était pleine de passion juvénile. Il ferma les yeux en la glissant dans l'enveloppe et passa le bout de sa langue sur le rabat. La colle avait un goût vaguement sucré, comme un remède.

16

Si l'on célébrait à l'envi le domaine des Matsugae pour la parure automnale des érables, la floraison de ses cerisiers trouvait également nombre d'admirateurs. Les cerisiers s'intercalaient entre les pins dans les longues rangées d'arbres de chaque côté de l'avenue qui conduisait au grand portail sur près d'un kilomètre. L'endroit d'où on les voyait le mieux était le balcon du second étage de la maison de style européen. De là, on pouvait embrasser le spectacle des cerisiers en fleur sur tout le domaine des Matsugae d'un seul coup d'œil circulaire ; certains s'épanouissaient le long de l'avenue, ou encore parmi les énormes ginkgos du jardin de devant, d'autres entouraient le petit tertre gazonné où les rites de l'Otachimachi de Kiyoaki s'étaient déroulés, quelques-uns enfin s'élevaient sur la colline aux érables, au-delà du lac. Beaucoup d'amateurs délicats préféraient cette disposition au spectacle accablant de masses de fleurs au milieu d'un jardin.

Du printemps au début de l'été, les trois principaux événements chez les Matsugae étaient la fête des poupées en mars, les cerisiers en fleur en avril et la solennité shinto en mai. Cependant, l'année de deuil réglementaire à la suite du décès de Sa Majesté Impériale n'étant pas encore écoulée, il fut décidé que, cette année, les fêtes des mois de mars et d'avril seraient réduites strictement au cercle de famille, à la grande déception de la gent féminine de la maisonnée. Car durant tout l'hiver, comme il arrivait chaque année, toutes sortes de bruits avaient filtré depuis le logis du haut personnel, à propos de ce qu'on projetait pour la fête des poupées et des cerisiers en fleur, telle cette histoire qu'on allait faire appel à une troupe de comédiens professionnels. Il ne cessait de circuler de pareilles inventions, dont l'idée mettait en émoi des âmes simples accoutumées à se faire un monde de la venue du printemps. À flétrir ainsi leur attente, il semblait qu'on dût flétrir le printemps même.

Les fastes de la fête des poupées chez les Matsugae, à la mode de Kagoshima, étaient réputés ; grâce aux invités étrangers qui l'avaient appréciée jadis, sa renommée s'était également répandue à l'étranger, à tel point que, tous les ans, nombre d'Américains et d'Européens qui se trouvaient au Japon à la période où on la célébrait employaient toute l'influence dont ils pouvaient disposer pour tâcher d'obtenir des invitations.

Les joues blêmes des deux poupées d'ivoire représentant l'Empereur et l'Impératrice luisaient d'un éclat glacé dans la lumière de ce début de printemps, malgré l'éclairage des bougies alentour et les reflets du tapis écarlate sur lequel elles reposaient. La poupée représentant l'Empereur était revêtue des robes de cérémonie magnifiques d'un grand prêtre shinto et celle de l'Impératrice du costume de cour prodigieusement orné de l'époque Heian. Malgré le volume de leurs jupes innombrables, les robes s'abaissaient avec grâce dans le dos, révélant la pâleur diaphane des nuques. Le tapis écarlate recouvrait tout le parquet du vaste salon de réception. Encloses dans des étoffes richement brodées, des boucles de bois pendaient en grand nombre du plafond aux poutres apparentes, et les murs étaient garnis de reproductions en bas-relief de toutes sortes de poupées populaires. Une vieille femme du nom de Tsuru, renommée pour son habileté à composer ces illustrations, venait à Tokyo chaque année en février pour se consacrer de toute son âme à ces préparatifs, tout en marmonnant sa rengaine : « Ce sera comme veut Madame. »

Même si l'allégresse habituelle manquait, cette année, à la fête des poupées, les femmes se réjouissaient néanmoins en voyant venir la saison des cerisiers en fleur ; il n'y aurait pas de célébration publique,

CHAPITRE 16

mais on l'observerait cependant avec infiniment plus d'éclat qu'on ne leur avait fait croire tout d'abord. Cet espoir se trouva justifié par un message de Son Altesse le prince Toin annonçant qu'il daignerait être présent bien qu'à titre privé.

De cela le marquis s'était lui aussi grandement réjoui. Il n'était jamais plus heureux que dans les prodigalités, l'apparat et les contraintes de bonne compagnie pesaient lourdement à son tempérament exubérant. Si le cousin même de l'Empereur jugeait à propos de relâcher l'observance du deuil, personne dès lors ne se hasarderait à médire de la façon dont le marquis entendait les convenances.

Du fait que Son Altesse Haruhisa Toin avait été le représentant personnel de l'Empereur au couronnement de Rahma VI et était ainsi connu en personne de la famille royale de Siam, le marquis décida qu'il conviendrait d'inclure les deux jeunes princes au nombre des invités.

Des années auparavant, à Paris, pendant les jeux Olympiques de 1900, le marquis était devenu quelque peu intime avec le prince en lui rendant grand service comme guide dans la vie nocturne de la capitale. Aujourd'hui encore, le prince aimait à rappeler ce temps-là avec des sous-entendus que seul le marquis pouvait comprendre : «Matsugae, disait-il, vous vous rappelez cet endroit où le champagne coulait à flots de la fontaine? Ça, c'est une soirée dont on se souvient!»

Le 6 avril était le jour fixé pour la fête solennelle des cerisiers en fleur, et sitôt achevée la célébration assez discrète de la fête des poupées, le rythme de l'existence de chacun dans la maison s'anima à mesure que les préparatifs avançaient.

Pourtant, Kiyoaki ne fit rien du tout au cours des vacances de printemps. Ses parents l'engagèrent à partir en voyage quelque part, mais alors même qu'il ne voyait pas Satoko très souvent, il ne se sentait pas enclin à quitter Tokyo tant qu'elle s'y trouvait.

Alors que de jour en jour, malgré le froid piquant, le printemps approchait, Kiyoaki se trouva aux prises avec une suite de pressentiments troublants. À la fin, quand il ne put davantage supporter son tourment, il résolut de faire une chose qu'il n'accomplissait que rarement : il alla rendre visite à sa grand-mère qui demeurait sur le domaine. Elle paraissait ne pouvoir se débarrasser de son habitude chronique de le traiter comme un bébé, ce qui, s'ajoutant au plaisir qu'elle prenait à dresser la liste des défauts de sa mère, était une raison suffisante d'hésiter à aller la voir. Depuis la mort du grand-père, sa grand-mère, avec ses épaules masculines et son visage austère, s'était tout à fait détournée du monde, ne mangeant guère quotidiennement qu'une poignée de riz, comme si elle vivait dans l'anticipation de la mort dont elle espérait qu'elle ne tarderait pas. En l'occurrence, cependant, ce régime lui réussissait à merveille.

Quand des gens venaient de Kagoshima lui rendre visite, elle leur causait en patois de son pays, sans se soucier du qu'en-dira-t-on. Pourtant, avec Kiyoaki et sa mère, elle parlait à la manière de Tokyo, tout gauche et guindé que cela parût, d'autant que, n'ayant nullement le ton nasal du parler de la capitale, la vigueur toute militaire de sa voix n'en était que plus apparente. Il était convaincu que si elle prenait grand soin de conserver l'accent de Kagoshima, c'était pour condamner implicitement son débit aisé aux inflexions de Tokyo.

« À ce qu'il paraît, le prince Toin doit venir voir les fleurs, hein ? dit-elle, sans préambule, à son arrivée ; elle se chauffait les pieds dans le *kotatsu*[4].

– Oui, à ce qu'on dit.

– Je n'irai pas. Ta mère m'en a priée, mais je préfère rester ici, sans gêner tout ce monde. »

Puis, se préoccupant de ce qu'il était désœuvré, elle poursuivit en lui demandant s'il n'avait pas envie d'apprendre le judo ou l'escrime. Jadis, il y avait eu une salle de culture physique sur le domaine, mais on l'avait démolie pour faire place à la maison européenne. Elle observa avec ironie que sa destruction avait marqué le début de la décadence de la famille. C'était là une opinion, cependant, qui correspondait à sa propre façon de penser. Le mot « décadence » lui plaisait.

« Si tes deux oncles étaient encore de ce monde, ton père ne se conduirait pas comme il fait. De mon point de vue, cette façon d'être en termes familiers avec la famille impériale et tout cet argent gaspillé en réceptions, c'est simplement pour se faire valoir. Chaque fois que je pense à mes deux fils morts à la guerre sans avoir jamais connu le luxe, je sens que je ne veux plus avoir rien à faire avec ton père et ses semblables, qui se laissent couler dans l'existence sans penser à autre chose qu'à se donner du bon temps. Quant à la pension que je reçois pour mes deux garçons, voilà pourquoi je la pose là, sur l'étagère, près de l'autel des ancêtres, sans jamais y toucher. J'ai dans l'idée que Sa Majesté Impériale me l'a donnée à cause de mes deux fils et du sang qu'ils ont si courageusement versé. Ce serait mal de jamais l'utiliser. »

---

4. Foyer de cheminée recouvert d'une couverture. *(N.d.T.)*

CHAPITRE 16

Sa grand-mère aimait à se soulager par de petits sermons de ce genre, mais, à la vérité, le marquis était d'une générosité sans pareille à son égard, comblant tous ses désirs en matière de vêtements, cuisine, argent de poche ou service domestique. Souvent, Kiyoaki se demandait si elle ne ressentait pas une gêne foncière de ses origines campagnardes, essayant en conséquence d'éviter toute espèce de vie sociale à l'occidentale.

Cela dit, à chacune de ses visites et alors seulement, il sentait qu'il échappait à lui-même et à l'ambiance artificielle qui l'étouffait. Il aimait ce contact avec une personne qui lui était si proche tout en conservant la vigueur terrienne de ses ancêtres. Plaisir qui n'était pas dénué d'ironie.

Tout en sa grand-mère s'harmonisait physiquement avec l'idée qu'il se faisait de son personnage : ses grandes mains aux doigts carrés, les rides de son visage qui semblaient y avoir été dessinées d'une main sûre à coups de pinceau de calligraphie, ses lèvres empreintes de ferme résolution.

De temps à autre, pourtant, elle consentait qu'une note légère vînt se glisser dans leurs entretiens. Cette fois-ci par exemple, elle tapota le genou de son petit-fils sous la table basse qui recouvrait la chaufferette en le taquinant :

« Chaque fois que tu viens ici, sais-tu que mes servantes se mettent à s'agiter et que je ne sais plus quoi en faire ? Pour moi, j'en ai peur, tu n'es encore qu'un petit bonhomme avec la goutte au nez, mais je suppose que ces demoiselles voient les choses différemment. »

Kiyoaki leva les yeux vers la photo défraîchie de ses deux oncles en uniforme accrochée au mur. Leur tenue militaire lui parut écarter tout lien possible entre eux et lui. La guerre n'avait pris fin que huit ans auparavant et malgré tout, un fossé incommensurable semblait les séparer.

« Je ne répandrai jamais le sang pour de vrai. Je ne blesserai que les cœurs », se glorifiait-il non sans une légère inquiétude.

Au-dehors, l'écran de *shoji* brillait au soleil. La petite chambre s'enveloppait d'une douce chaleur, lui donnant le sentiment d'être enveloppé dans un vaste cocon opaque d'un blanc étincelant. Il lui semblait qu'il se chauffait voluptueusement en plein soleil. Sa grand-mère se mit à sommeiller. Dans le silence de la pièce, il eut conscience du tic-tac de la grande horloge ancienne. Sa grand-mère dodelina de la tête. Son front faisait saillie sous la ligne des cheveux courts qu'elle portait noués et saupoudrés d'une teinture noire. Il remarqua le bel éclat de sa peau. Plus d'un demi-siècle auparavant, pensa-t-il, l'ardent soleil de Kagoshima avait dû lui donner, chaque été de sa jeunesse, ce hâle cuivré dont, maintenant encore, elle semblait avoir gardé la marque.

Il rêvait éveillé et ses pensées, mouvantes comme la mer, tournèrent peu à peu du rythme des flots au rythme du temps qui passe, longuement, lentement, puis à la vieillesse inéluctable, et, soudain, le souffle lui manqua. Il n'avait jamais envisagé avec joie la sagesse et autres avantages tant vantés des vieillards. Pourrait-il mourir jeune – et si possible sans douleur? Mourir avec grâce – kimono aux riches motifs qu'on a jeté négligemment sur la table polie et qui glisse discrètement, absorbé dans l'ombre du parquet. Mourir avec élégance.

L'idée de la mort l'enflamma subitement du désir de revoir Satoko, ne fût-ce qu'un instant.

Il téléphona à Tadeshina puis se hâta de quitter la maison. Aucun doute que Satoko débordât de vie et de beauté comme lui-même – ces deux faits semblaient un tour curieux de la fortune, quelque chose à quoi se cramponner au moment du danger.

Suivant ce qu'avait combiné Tadeshina, Satoko prétendit qu'elle sortait faire un tour et vint à la rencontre de Kiyoaki à une petite chapelle shinto non loin de chez elle. Tout d'abord, elle le remercia pour l'invitation à la fête des cerisiers. À l'évidence, elle croyait qu'il avait persuadé le marquis de la lui envoyer. À la vérité, c'était la première fois qu'il en entendait parler, mais à sa manière détournée habituelle, il se garda de la détromper, acceptant ses remerciements, l'air vague et circonspect.

17

Après en avoir longuement débattu, le marquis Matsugae réussit à dresser une liste sévèrement réduite des invités à la fête des cerisiers. Il s'était donné pour règle d'y convier les personnes appropriées qui s'accordaient le mieux à la circonstance, le banquet qui suivrait devant être honoré de l'auguste présence du prince impérial et de son épouse. Outre Satoko et ses parents, le comte et la comtesse Ayakura, il n'inclut donc que les deux princes siamois et le baron

CHAPITRE 17

Shinkawa et sa femme, grands amis des Matsugae chez qui ils fréquentaient assidûment. Le baron était le chef du *zaibatsu* Shinkawa. Sa manière de vivre copiait celle du parfait gentleman anglais qu'il s'attachait à reproduire dans tous ses détails. La baronne, de son côté, était très liée à des personnes comme la féministe bien connue Raicho Hiratsuka et son groupe, et elle figurait aussi parmi les dames patronnesses des «Femmes de demain». On pouvait donc être sûr qu'elle ajouterait de la couleur à cette réunion.

Le prince Toin et son épouse devaient arriver à trois heures de l'après-midi et faire le tour des jardins, après s'être brièvement reposés dans un des salons de réception du grand logis. Ensuite, ils assisteraient jusqu'à cinq heures à une garden-party offerte en leur honneur, où des geishas présenteraient une sélection de danses des fleurs de cerisier datant de l'époque Genroku.

À la tombée du jour, le couple impérial rentrerait à la maison européenne pour l'apéritif. Après le banquet, se déroulerait la dernière attraction: on avait engagé un opérateur pour montrer un nouveau film étranger. Tel était le programme conçu par le marquis avec l'assistance de Yamada, l'intendant, en tenant compte des goûts divers de ses hôtes.

Le choix définitif d'un film mit le marquis à la torture. Il y avait celui de chez Pathé qui avait pour vedette Gabrielle Robin, la célèbre actrice de la Comédie-Française, un indiscutable chef-d'œuvre. Le marquis l'écarta néanmoins, de crainte qu'il ne détruise l'atmosphère de la féerie des fleurs si soigneusement élaborée. Au début de mars, le Théâtre Électrique d'Asakusa avait commencé à projeter des films européens, dont le premier, *Le Paradis perdu*, connaissait déjà une folle popularité. Mais on ne pouvait guère envisager de présenter un film offert au grand public en un lieu pareil. Il y avait bien un autre film, un mélodrame allemand plein d'action violente, mais il avait peu de chance d'obtenir les suffrages de la princesse et des dames de sa suite. Le marquis conclut finalement que le film qui plairait probablement davantage à ses invités était une production anglaise en cinq bobines fondée sur un roman de Dickens. Peut-être était-ce un peu morose, mais il y avait une certaine recherche, cela s'adressait au plus grand nombre et les sous-titres anglais viendraient en aide à chacun de ses hôtes.

Mais à supposer qu'il pleuve? En ce cas, le vaste salon de réception du grand logis ne permettrait pas d'apprécier suffisamment le déploiement varié des fleurs, la seule solution étant alors de jouir de la vue qu'offrait le second étage de la maison européenne. Les geishas pourraient ensuite y exécuter leurs danses tandis que l'apéritif et le banquet solennel suivraient comme prévu.

Les préparatifs commencèrent par l'édification d'une scène provisoire à un endroit proche de la pièce d'eau, juste au pied du tertre de gazon. Si le temps se trouvait au beau, le prince et sa suite ne manqueraient pas de faire le tour complet du domaine afin de ne manquer aucune floraison. Les draperies traditionnelles rouges et blanches qu'il fallait tendre le long de l'itinéraire étaient beaucoup plus grandes que celles requises en des occasions plus ordinaires. La tâche qui consistait à orner l'intérieur de la maison européenne de fleurs de cerisier et à y décorer la table du banquet en vue de suggérer une scène champêtre et printanière exigeait l'attention d'un important groupe d'assistants. En dernier lieu, la veille de la fête, les coiffeurs et leurs aides durent faire preuve d'une activité frénétique.

Heureusement, le 6 avril, le temps était dégagé, encore que le soleil laissât quelque peu à désirer. On ne faisait que l'entrevoir par moments et, le matin, le fond de l'air était même glacé.

Une pièce inutilisée du grand logis fut réservée comme salon d'habillage pour les geishas et garnie de toutes les glaces disponibles. Sa curiosité étant éveillée, Kiyoaki alla y jeter un coup d'œil, mais la servante qui en avait la charge s'empressa de le faire déguerpir. Malgré tout, son imagination fut captivée par cette pièce, récurée et balayée, dans l'attente des femmes qui allaient bientôt arriver. On installait des paravents, on disposait partout des coussins, et les glaces miroitaient à travers leurs gaines en mousseline imprimée de yuzen, aux brillants coloris. En cet instant, il n'y avait pas trace d'odeur de cosmétique dans l'air. Mais dans une demi-heure, tout au plus, une transformation s'opérerait; cet endroit s'emplirait de la voix charmante des femmes assemblées devant les glaces, revêtant et ôtant leurs costumes avec flegme et sérénité. Kiyoaki était fasciné par cette perspective. Il subissait la séduction de cet enchantement fortuit qui n'émanait pas de l'estrade rudimentaire qu'on venait de bâtir dans les jardins, mais se concentrait ici dans cette pièce avec sa promesse prochaine de parfums enivrants.

Comme les princes siamois ne se rendaient guère compte de l'heure, Kiyoaki leur avait demandé de venir sitôt après déjeuner. Ils arrivèrent vers une heure et demie. Il les invita à monter à son bureau pour patienter, ébahi de voir qu'ils portaient la tenue du collège.

CHAPITRE 17

« Est-ce que votre belle amie va venir ? » demanda en anglais d'une voix forte le prince Kridsada avant d'avoir passé la porte.

Le prince Pattanadid, gentiment réservé comme toujours, en eut honte ; il gourmanda son cousin de se montrer si étourdi et si malappris, s'en excusant auprès de Kiyoaki dans un japonais hésitant.

Kiyoaki les assura qu'elle viendrait, mais il provoqua des regards étonnés en les priant de s'abstenir de parler de lui et de Satoko devant leurs hôtes impériaux de même que devant les Matsugae ou les Ayakura. Selon toute apparence, les princes avaient présumé que leurs relations étaient connues de tous.

Désormais, les deux princes ne donnaient plus aucun signe de mal du pays et paraissaient s'être faits au rythme de la vie japonaise. Kiyoaki avait l'impression que, sous l'uniforme du collège, ils se distingueraient à peine de ses autres camarades. Le prince Kridsada, qui avait des dons de mime, se lança dans une imitation du doyen dont la qualité suffit à déchaîner les rires de Chao P. et de Kiyoaki.

Chao P. alla à la fenêtre et parcourut des yeux l'ensemble du domaine où la scène se montrait fort différente de ce qu'on y voyait d'ordinaire. La tenture rouge et blanche qui s'y déroulait ondulait dans la brise.

« Dorénavant, il va sûrement faire plus chaud », dit-il l'air désolé, d'une voix pleine de la nostalgie de l'ardent soleil d'été.

Kiyoaki apprécia fort cette pointe de mélancolie. Il se leva, afin de se diriger lui-même vers la fenêtre quand, au moment où il se mettait debout, Chao P. poussa soudain un cri juvénile qui éveilla la curiosité de son cousin et lui fit quitter sa chaise.

« La voilà ! s'exclama-t-il, retombant dans l'anglais. Voilà la belle personne dont nous ne devons pas parler aujourd'hui. »

De fait, c'était Satoko, on ne pouvait s'y méprendre en la voyant approcher du grand logis, dans son kimono à longues manches, en compagnie de ses parents, par l'allée qui longeait la pièce d'eau. Même de loin, Kiyoaki distinguait le magnifique rose, fleur de cerisier, du kimono dont le motif évoquait l'abondance de verdure fraîchement éclose dans un pré au printemps. À un moment, elle tourna la tête, désignant l'île, et il put apercevoir son profil où la pâleur délicate de la joue se rehaussait de l'éclat des cheveux noirs.

Dans l'île, on n'avait pas suspendu de tentures rouges et blanches. Il était encore trop tôt pour voir les premières teintes de vert printanier, mais, derrière l'île, les tentures qui jalonnaient les lacets, du sentier au flanc de la colline aux érables, projetaient des reflets ondoyants à la surface des eaux et leurs coloris rappelaient à Kiyoaki les rayures des gâteaux secs. Bien que la fenêtre fût fermée, il lui semblait entendre la voix chaude et claire de Satoko.

Deux jeunes Siamois et un Japonais... ils étaient là, tous trois à la fenêtre, retenant chacun sa respiration. Comme c'est bizarre, pensa Kiyoaki. Quand il était en compagnie des deux princes, se pouvait-il qu'il trouvât leur tempérament passionné communicatif au point de se croire tout pareil et à même de n'en rien cacher? En cet instant, il pouvait s'avouer sans scrupules: «Je l'aime. Je l'aime à la folie.»

Six ans auparavant, il n'avait fait qu'entrevoir très brièvement le beau profil de la princesse impériale Kasuga quand elle s'était retournée pour lui lancer un coup d'œil; son cœur s'en était trouvé rempli d'un désir persistant sans espoir, mais au moment où Satoko s'éloigna du lac, son visage se tourna vers le grand logis d'un mouvement de tête gracieux, et bien qu'elle ne regardât pas en plein sa fenêtre, Kiyoaki se sentit brusquement libéré de cette obsession antérieure. En un instant, il avait ressenti quelque chose qui la dépassait. À six ans de distance, il sentait qu'aujourd'hui, il venait de récupérer un fragment de temps retrouvé, au scintillement de cristal, vu dans une perspective différente.

Tandis qu'il la regardait s'avancer dans le soleil pâle et noyé du printemps, elle se mit à rire tout à coup et, dans le même temps, il la vit lever les bras d'un geste dégagé pour dissimuler sa bouche derrière l'arc gracieux d'une main blanche. Son corps svelte paraissait vibrer tel un admirable instrument à cordes.

18

Le baron Shinkawa et son épouse formaient un couple unique en son genre: l'air absent et détaché s'y trouvait littéralement marié à la frénésie. Le baron n'accordait pas la moindre attention à quoi que sa femme pût dire ou faire, tandis que la baronne, n'ayant cure de l'effet qu'elle produisait sur autrui, ne cessait de déverser son flot de paroles. Telle était leur attitude habituelle, en privé comme en public. En dépit de son air absent, le baron était parfaitement capable,

CHAPITRE 18

à l'occasion, d'épingler sans pitié le caractère de quelqu'un, d'un seul trait incisif et laconique, dédaignant toutefois d'entrer dans les détails. Sa femme, par ailleurs, malgré le torrent de paroles qu'elle pouvait consacrer au même individu, ne réussissait jamais à lui donner vie.

Ils possédaient une Rolls Royce, la seconde jamais achetée au Japon; c'était une marque de distinction qui témoignait à leurs yeux de leur rang social. Le baron avait coutume d'endosser un smoking de soie après dîner, et, ainsi accoutré, de passer le reste de la soirée à négliger les bavardages intarissables de son épouse.

Invité par la baronne, le groupe Raicho Hiratsuka se réunissait dans la demeure des Shinkawa une fois par mois; ils se faisaient appeler le club du Feu Céleste d'après un célèbre poème de madame Sanunochigami, mais du fait qu'invariablement il pleuvait le jour dit, les journaux se divertissaient à en parler comme du club du Jour de Pluie. Toute pensée sérieuse dépassait la baronne qui s'ébahissait de l'éveil intellectuel des femmes japonaises. Elle l'observait avec la même curiosité passionnée qu'auraient pu provoquer chez elle des poules qui auraient pondu des œufs d'une forme nouvelle, pyramidale par exemple.

Les Shinkawa étaient agacés et flattés à la fois d'avoir été invités par les Matsugae à la fête des fleurs. Agacés parce qu'ils se rendaient compte qu'ils allaient s'y ennuyer mortellement. Flattés parce que cela leur donnerait l'occasion d'étaler en public leurs façons authentiquement européennes. Les Shinkawa appartenaient à une ancienne et riche famille de négociants, et s'il était, bien entendu, indispensable de maintenir les liens mutuellement profitables qui avaient été noués avec les gens venus de Satsuma et de Choshu, lesquels étaient parvenus à de si hautes fonctions au sein du gouvernement, le baron et son épouse ressentaient envers eux un secret mépris en raison de leurs origines paysannes. Attitude que leur avaient léguée leurs parents et qui figurait au cœur même de leur distinction fraîchement acquise mais imperturbable.

«Eh bien! maintenant que le marquis invite le prince Toin chez lui, fit le baron, peut-être va-t-il mettre une fanfare pour l'accueillir. Cette famille regarde la visite d'un prince impérial comme une sorte d'événement théâtral.

– Je crains qu'il nous faille garder pour nous-mêmes nos opinions éclairées, répondit sa femme. Je trouve que cela ne manque pas de *chic* de se tenir *au courant* comme nous faisons sans en avoir l'air, tu ne crois pas? En somme, il est assez amusant – n'est-ce pas ton avis?

– de se mêler discrètement à des gens comme eux, vieux jeu. Par exemple, ça me paraît terriblement amusant la façon dont, à certains moments, le marquis se répand en politesses devant le prince Toin pour, l'instant d'après, faire mine de se conduire à son égard comme s'ils étaient de vieux amis. Cela dit, je me demande ce que je dois mettre? Nous partirons tôt dans l'après-midi, je pense donc qu'il ne conviendrait pas tout à fait de s'habiller en vraie tenue de soirée. Tout bien pesé, je suppose qu'un kimono serait plus approprié. Il vaudrait peut-être mieux que je me presse de passer commande chez Kitaide à Kyoto pour qu'on me fasse quelque chose, tiens, avec cet adorable motif de "fleurs-au-reflet-du-feu"? Mais, je ne sais pourquoi, je ne suis jamais à mon avantage dans un modèle de Suso. Je ne sais jamais si je suis la seule à trouver qu'un modèle de Suso ne me va pas du tout, alors qu'au fond c'est ce qui me convient, ou bien si les gens trouvent eux aussi que ça ne me va pas. Si bien que je suis incapable de me décider – et toi, qu'est-ce que tu en penses?»

Le jour de la fête, les Shinkawa reçurent un billet des Matsugae les priant instamment d'être là un peu avant l'heure fixée pour l'arrivée du couple princier, et bien qu'ils s'arrangeassent, de propos délibéré, pour faire leur apparition cinq ou six minutes après l'heure où l'on attendait les Toinnomiya, ils furent dépités de découvrir qu'ils étaient encore en avance. Selon toute apparence, le marquis avait tenu compte de ce genre de manigances. Ces manières rustiques froissèrent le baron.

«Serait-ce que les chevaux de Son Altesse Impériale auraient eu une attaque en chemin?» fit-il en guise de salutation. Mais si mordante que fût l'ironie du baron, il parlait entre ses dents, et son visage était, à l'anglaise, tellement dépourvu d'expression que personne ne l'entendit.

Un message du grand portail, au loin, vint annoncer l'apparition de la calèche impériale; aussitôt l'hôte et ses invités prirent position à l'entrée du grand logis pour accueillir le prince.

Sa voiture était éclaboussée ici et là de boue printanière, tandis que les chevaux, faisant jaillir les graviers sous leurs sabots, passaient au trot sous le pin qui s'élevait dans l'avenue, face à la maison. Ils renâclaient, irrités, hochant la tête et, l'espace d'un instant, leurs crinières grises qui flottaient rappelèrent à Kiyoaki la crête bouillonnante d'une énorme vague qui s'en va déferler sur la grève. Au même moment, on vit le chrysanthème impérial de la portière passer dans le brouillard d'un tourbillon d'or avant de s'immobiliser avec la voiture.

CHAPITRE 18

La fine moustache grise du prince Toin était joliment soulignée par un chapeau melon noir. La princesse pénétra derrière son mari sous le porche, franchissant le seuil en marchant sur les tapis blancs que l'on avait disposés le matin sur les parquets du grand logis pour éviter d'avoir à chausser des babouches. Le couple princier fit naturellement un bref signe de tête avant d'entrer dans la maison, mais l'accueil officiel devait se dérouler dans le salon de réception.

Quand la princesse passa près de lui, le regard de Kiyoaki fut attiré par l'éclair des pointes noires de ses chaussures sous le ruché blanc de sa jupe. On aurait dit, pensa-t-il, des cosses d'algues marines, ballottées dans un remous de vaguelettes. Ce trait d'élégance le fascina tellement qu'il en hésita davantage à lever les yeux vers son visage où déjà se montraient des signes de vieillissement.

Dans le salon de réception, le marquis Matsugae présenta les autres invités aux Toinnomiya. La seule personne qui fût nouvelle pour eux était Satoko.

« Qu'est-ce qui vous a pris, Ayakura, fit le prince en houspillant son père, de m'avoir caché cette jeune beauté ? »

Kiyoaki, qui se tenait de côté, sentit passer en lui un frisson, sans pouvoir se l'expliquer. Il lui semblait que Satoko était soudain devenue un objet d'art rare que l'on exposait au public.

L'intimité du prince avec la Cour de Siam avait conduit à lui présenter les deux princes dès leur arrivée au Japon. Il s'était mis à bavarder avec eux sur un ton familier, demandant si leurs camarades du collège des Pairs leur plaisaient ou non. Chao P. eut un sourire épanoui et sa réponse était un modèle de déférence courtoise : « C'est à qui nous facilitera les choses à tous égards ; on dirait que nous sommes amis depuis des années. On ne nous laisse manquer de rien. »

Le prince ayant jusqu'à présent à peine fait une apparition au collège et ne paraissant y avoir aucun autre ami que lui-même, Kiyoaki trouva très drôle ce témoignage enthousiaste.

Le baron Shinkawa se plaisait à considérer que sa sensibilité ressemblait à un objet d'argent bruni. Rien ne venait en troubler le lustre dans l'atmosphère harmonieuse de son foyer, mais il n'était pas plutôt plongé dans la fréquentation vulgaire du monde extérieur que sa surface soigneusement polie commençait à se ternir. Souffrir une seule conjoncture comme celle-ci suffisait à l'enrober d'une fine pellicule.

Sous la conduite du marquis, les invités sortaient, sur les talons du prince et de la princesse, voir la floraison. Cependant, étant japonais, les couples ne se permettaient pas de se mêler librement ; chaque femme restait derrière son époux. Le baron Shinkawa était déjà tombé dans une songerie que chacun pouvait remarquer. Néanmoins, sitôt que lui et sa femme eurent mis une distance convenable entre eux et les autres invités, il sortit de sa torpeur pour remarquer à son adresse: «Quand le marquis est allé poursuivre ses études en Europe, il a pris certaines habitudes étrangères. Avant, il logeait sa maîtresse sous le même toit que sa femme, mais par la suite, il l'a installée dans une maison qu'il a louée de l'autre côté du portail d'entrée, c'est-à-dire à environ un kilomètre de la maison. Soit, autant dire, un kilomètre d'européanisation. C'est ce qu'on appelle, je crois, "six de l'un et demi-douzaine de l'autre".

– Pour être à la page, repartit sa femme, entamant une de ses sorties, il faut être à la page tout du long. Il ne peut être question de demi-mesures. Si l'on veut mener la maison à l'européenne, alors, qu'il s'agisse de répondre à une invitation en bonne et dûe forme ou simplement de sortir faire un petit tour le soir, il faut que mari et femme en décident ensemble comme c'est le cas pour nous, sans s'occuper du qu'en-dira-t-on. Oh, regarde là-bas! Tu vois le reflet de la colline dans le lac, avec deux ou trois cerisiers et la tenture rouge et blanc? N'est-ce pas joli? Et comment trouves-tu mon kimono? Si j'en juge par ce que portent les autres dames, c'est le mien qui me paraît avoir le motif le plus travaillé, le plus audacieux, le plus moderne de tous. Quelle merveille il paraîtrait à quelqu'un qui le verrait, de l'autre rive, se refléter dans l'eau, ne crois-tu pas? Comme c'est ennuyeux de ne pouvoir être à la fois des deux côtés du lac! On est terriblement limité, au fond, tu ne crois pas?»

Faire que chaque mari forme un couple avec sa femme constituait un supplice raffiné que le baron endurait avec une joyeuse sérénité. Après tout, c'était celui qui avait ses préférences et de fait, il s'en était fait l'apôtre. Il y voyait la sorte d'épreuve qui avait toute chance de devenir la pratique universelle de l'humanité civilisée dans une centaine d'années. Le baron n'était pas homme à désirer entretenir avec la vie des rapports passionnés et il était prêt à admettre toute espèce de comportement qui les rendrait impossibles, si insupportable ou si assommant qu'il puisse paraître à des esprits inférieurs; il recevait sa part avec un air raffiné, tout anglais, de *noblesse oblige*.

Quand les invités eurent enfin gravi le haut de la colline d'où ils devaient voir le spectacle, ils furent salués par les geishas de Yanagibashi, déjà costumées en personnages traditionnels des danses de fleurs de cerisier de l'époque Genroku. Ils se trouvèrent aussitôt mêlés au samouraï en vêtement capitonné, au Robin des Bois

CHAPITRE 18

féminin, au clown, à l'aède aveugle, à la vendeuse de bouquets, au charpentier, au marchand de bois gravés, au jeune premier, aux jouvencelles des villes et hameaux, au maître de haïku et ainsi de suite. Le prince Toin daigna s'en divertir, souriant de plaisir au marquis qui se tenait à ses côtés, et les princes siamois, d'allégresse, donnèrent des tapes sur l'épaule de Kiyoaki.

Son père et sa mère étant occupés à converser respectivement avec le prince et la princesse, Kiyoaki se trouvait plus ou moins laissé à lui-même avec les deux jeunes Siamois; il avait fort à faire pour repousser les geishas qui s'attroupaient autour de lui tandis qu'il avait soin des princes encore peu à l'aise en japonais, sans guère d'occasion de se soucier de Satoko.

« Jeune maître, dit la vieille geisha qui jouait le rôle du poète, n'allez-vous pas, je vous prie, venir nous voir sans tarder? Tant de ces demoiselles sont tombées éperdument amoureuses de vous aujourd'hui; ne seront-elles point payées de retour? »

Les jeunes geishas, même celles qui tenaient des rôles masculins, avaient un soupçon de rouge autour des yeux, ce qui donnait à leur visage rieur une expression de légère ivresse. Bien que le fond de l'air commençât à fraîchir, avertissant Kiyoaki que la soirée approchait, il avait néanmoins l'impression d'être abrité du vrai vent du soir, entouré qu'il était d'un paravent de soie, de broderies, et de peau poudrée de blanc.

Il se demandait comment ces femmes pouvaient rire et jouer, d'un air aussi heureux que si elles se baignaient dans une eau chauffée selon leur goût. Il les observait de près – leurs gestes quand elles racontaient des histoires, leur façon toute semblable de hocher la tête, comme si chacune avait eu dans son cou blanc et lisse une charnière d'or finement ouvragée, leur façon de permettre qu'on les taquine, l'éclair d'une feinte colère illuminant un instant leurs yeux sans cesser de sourire, leur façon de prendre sur-le-champ un air grave pour s'accorder au ton sentencieux qu'adoptait soudain un invité, leur attitude de complet détachement lorsque, un instant, elles ajustaient leur coiffure d'une main légère; entre tous ces artifices, celui qui l'intéressait le plus était leur façon de rouler les yeux sans arrêt. Sans trop savoir ce qu'il faisait, il la comparait à l'habitude caractéristique qu'avait Satoko de lancer des regards en coulisse. Certes, les yeux des geishas débordaient de vie et de gaieté, la seule indépendance qui leur restât, mais malgré tout, ils n'étaient pas du goût de Kiyoaki. Ils voltigeaient sans but telles des mouches bourdonnantes, contrastant avec leurs expressions. Il n'était rien en eux des harmonies délicates de Satoko que seule peut donner une élégance innée.

Tandis qu'il la voyait s'entretenir avec le prince, Kiyoaki observait son profil. Sa figure s'éclairait de lueurs colorées au coucher du soleil et, tout en continuant à regarder de l'autre côté du groupe, cela lui fit penser à un cristal qui au loin étincelle, à la note affaiblie d'un *koto*, à un vallon de montagnes lointaines – tous également imprégnés du charme particulier de l'inaccessible. En outre, à mesure que s'assombrissait le décor des arbres et du ciel, son profil se découpa plus nettement encore, comme les contours du mont Fuji, quand le cerne le soleil couchant.

Pendant ce temps, le baron Shinkawa et le comte Ayakura échangeaient des remarques laconiques sans s'embarrasser d'une geisha toute proche dont ils accueillaient les attentions avec une froide indifférence. La pelouse, sous leurs pieds, était jonchée d'un épais tapis de fleurs, et le baron était fasciné par l'un de ces pétales, collé au bout verni d'un des souliers du comte où luisaient les rayons du soleil déclinant. Assez petits pour être des souliers de femme, pensa-t-il. En vérité, en regardant le comte tenir une tasse de saké, sa main si menue et si blanche rappelait une menotte de poupée. Devant cette preuve manifeste de la décadence distinguée d'une noble race, le baron se sentit pincé de jalousie. Néanmoins, il était persuadé que le jeu de son détachement très «britannique» soigneusement entretenu et de ce qui était chez le comte un état naturel de distraction béate donnait à leur entretien une qualité distinctive qu'aucun autre couple d'interlocuteurs n'aurait pu égaler.

«Quant aux animaux, dit le comte de but en blanc, on a beau dire, je maintiens que la famille des rongeurs possède un certain charme.

– La famille des rongeurs...? répliqua le baron, ne voyant pas où il voulait en venir.

– Oui, les lapins, les marmottes, les écureuils, et ainsi de suite.

– Cher monsieur, vous avez chez vous de ces animaux?

– Non point, cher monsieur, point du tout. Trop d'odeur. Ça se sentirait dans toute la maison.

– Ah, je comprends. Des bêtes adorables, mais que vous ne tenez pas à avoir chez vous, c'est bien cela?

– Cher monsieur, pour commencer, elles ne semblent pas avoir inspiré les poètes, voyez-vous! Et ce qui ne se trouve pas en poésie ne se trouve pas non plus chez moi. C'est une règle dans ma famille.

– Très bien.

CHAPITRE 18

– Non, je n'ai pas de ces animaux chez moi. Mais ces petits êtres tout frisottés, tout craintifs, je ne puis m'empêcher de penser qu'il n'y a pas d'animaux plus charmants.
 – Je suis tout à fait d'accord, mon cher comte.
 – En fait, cher monsieur, il semble que toute créature douée de charme, quelle qu'elle soit, répande une odeur forte.
 – Eh! monsieur, c'est vrai, je suis prêt à le croire.
 – Il paraît, mon cher baron, que vous avez passé beaucoup de temps à Londres.
 – C'est exact, et à Londres, à l'heure du thé, l'hôtesse a grand soin de demander à chacun : "Le lait ou le thé d'abord?" Bien qu'au bout du compte, cela revienne au même, que le thé et le lait se mêlent dans la tasse, les Anglais accordent une énorme importance à votre préférence pour verser l'un ou l'autre en premier. Chez eux, il semble qu'ils prennent cette affaire beaucoup plus au sérieux que la dernière crise gouvernementale.
 – Très intéressant. Voilà qui est très intéressant, cher monsieur.»

Avec eux, la geisha n'avait aucune chance de prononcer un seul mot, et, bien que ce fût le thème central de la journée, ils ne paraissaient pas davantage s'intéresser le moins du monde aux fleurs de cerisier.

La marquise Matsugae causait avec la princesse Toin, laquelle était passionnée de *nagauta*[5] tout en jouant du samisen avec beaucoup d'adresse. À côté d'elles, la vieille geisha, qui était la meilleure chanteuse de Yanagibashi, prenait part à la conversation. La marquise leur racontait que, quelque temps auparavant, à l'occasion des fiançailles d'un de leurs parents, elle avait joué *Les Sapins verts* au piano, avec accompagnement de koto et de samisen, un ensemble, dit-elle, que tous les invités avaient trouvé charmant. La princesse suivit cette histoire avec grand intérêt, regrettant tout haut de ne pas avoir été là pour y participer.

On entendait fréquemment le marquis Matsugae s'esclaffer bruyamment. De son côté, le prince Toin aimait à rire de temps à autre, mais c'était avec la modération qui convenait, en portant la main devant sa moustache joliment soignée. La vieille geisha qui jouait l'aède aveugle murmura quelque chose à l'oreille du marquis et, tout aussitôt, il héla ses hôtes de sa voix chaleureuse :

«Et maintenant, c'est l'heure des danses de fleurs de cerisier. Voulez-vous être assez aimables pour vous approcher de la scène?»

---

5. Chant traditionnel. *(N.d.T.)*

Cette sorte de proclamation relevait de la compétence de Yamada, l'intendant. Indigné de voir son maître s'emparer de son rôle sans le prévenir, le vieil homme se mit à cligner des yeux rapidement derrière ses lunettes. Cette réaction qu'il dissimulait à chacun lui était habituelle quand il lui fallait se mesurer avec quelque chose d'inattendu.

Yamada n'aurait jamais touché du doigt quoi que ce fût qui appartînt au marquis et, en retour, il attendait que son maître fît preuve à son égard d'une semblable discrétion. Ainsi, il y avait eu un incident l'automne précédent. Les enfants des familles étrangères, qui habitaient les maisons situées au-delà du portail, avaient ramassé des glands en jouant à l'intérieur du domaine. Les enfants de Yamada étaient sortis les rejoindre, mais quand les enfants étrangers leur avaient offert une part des glands, ils les avaient refusés, l'air horrifié. Leur père les avait sévèrement prévenus de ne rien toucher de ce qui appartenait au maître. Cependant, les enfants étrangers ne comprirent pas leur réaction, à la suite de quoi le père de l'un d'eux était venu se plaindre à Yamada. Quand ce dernier apprit alors ce qui s'était passé, il fit venir ses enfants à la mine solennelle et pincée, dont la bouche s'abaissait perpétuellement en signe de respect obséquieux, et il leur fit de grands compliments pour la façon dont ils s'étaient conduits.

Tout en remâchant ces pensées, il se précipita parmi les invités avec une résolution touchante, les basques de son *hakama* battant contre ses jambes mal assurées, et les dirigea fébrilement vers la scène.

Au même instant, de derrière le rideau rouge et blanc tiré en demi-cercle au fond de la scène, parvint le claquement sec des deux bâtonnets qui annonçait le début de la représentation ; le son, fendant l'air vespéral, parut, l'espace d'un instant, faire danser la sciure fraîche répandue sur les planches.

19

Kiyoaki et Satoko n'eurent aucune occasion d'être seuls avant le court entracte qui suivit les danses, au moment où l'obscurité commençait à tout envahir. C'était le temps accordé aux invités pour

CHAPITRE 19

se rendre à la demeure de style occidental où devait se tenir le banquet. Les geishas se mêlèrent à eux de nouveau, recevant force compliments pour leur talent, cependant que les boissons coulaient généreusement. C'était l'heure étrange, suspendue aux confins du soir, où l'on peut encore se passer des lumières et où, même au sein d'une joyeuse compagnie, on peut être surpris par un vague sentiment de la fragilité des choses.

Kiyoaki se retourna délibérément pour regarder en direction de Satoko et il vit qu'elle prenait soin de le suivre à distance convenable. À un endroit où le sentier qui descendait la colline bifurquait – l'une des branches menant à la pièce d'eau, l'autre au portail d'entrée – il y avait une ouverture dans la tenture rouge et blanc. S'y dressait un grand cerisier au tronc assez épais pour offrir quelque protection contre des regards indiscrets. Kiyoaki passa de l'autre côté du rideau et attendit derrière l'arbre. Avant que Satoko pût le rejoindre cependant, elle se trouva prise dans un groupe de dames de la Cour, de la suite de la princesse Toin, revenant du lac après avoir fait le tour de la colline aux érables. Kiyoaki ne pouvant sortir de sa cachette à ce moment, il ne lui restait rien d'autre à faire que d'attendre à l'abri de l'arbre jusqu'à ce que Satoko pût trouver un prétexte pour s'échapper.

Laissé à lui-même, Kiyoaki leva les yeux vers l'arbre au-dessus de lui et, pour la première fois en cette journée, il eut une pensée pour les fleurs de cerisier. Elles pendaient par grappes énormes dans le noir austère des rameaux comme un monceau de coquillages blancs au travers d'un récif. Le vent du soir faisait onduler les rideaux le long du sentier et, quand il atteignait l'extrémité des branches, celles-ci s'inclinaient avec grâce dans un frou-frou de fleurs. Puis les grands rameaux déployés se mettaient eux-mêmes à osciller avec une naturelle majesté sous leur fardeau de blancheur. La teinte pâle des fleurs se nuançait ici et là des bouquets roses des bourgeons. Avec une délicatesse à peine visible, le cœur en étoile de chaque fleur était souligné de rose en traits ténus et grêles, tels les points de couture qui attachent un bouton.

Le ciel s'était obscurci et le contour des nuages commença de s'estomper tandis qu'ils s'absorbaient en lui; les fleurs mêmes, déjà fondues en une masse unique, perdirent bientôt leurs coloris distincts, pour acquérir une teinte qui se distinguait à peine du ciel au crépuscule. Pendant qu'il regardait, le noir du tronc de l'arbre et des branches lui parut se faire toujours plus épais et plus sombre.

À chaque minute, chaque seconde qui passait, les fleurs de cerisier s'abîmaient dans l'intimité plus profonde, plus opaque du ciel nocturne. Kiyoaki se sentit envahi de pressentiments.

Du coin de l'œil, il crut voir le rideau se gonfler de nouveau dans le vent, mais c'était Satoko qui le frôlait en se glissant par l'ouverture. Il lui prit la main, qu'il sentit toute refroidie par la fraîche brise du soir.

Elle lui résista, regardant avec anxiété alentour, quand il chercha ses lèvres mais, comme elle essayait en même temps de protéger son kimono de la mousse zébrée de poussière du tronc de l'arbre, il n'eut aucune peine à la prendre dans ses bras.

«Cela me brise le cœur. Je t'en prie, lâche-moi, Kiyo.» Satoko parlait à voix basse, de peur qu'on pût l'entendre. Kiyoaki s'irritait qu'elle restât maîtresse d'elle-même, car il était résolu à rien moins qu'à atteindre l'extase, la consommation suprême en cet instant et en ce lieu, parmi les fleurs. Son malaise empirait à mesure qu'on entendait, plus proche, gémir le vent du soir; et voilà que, par désespoir, il avait cru devoir saisir la certitude d'un bonheur un instant partagé, exclusif de tout le reste. Quel dépit de découvrir que ses pensées à elle, à l'évidence, s'en détournaient! Il ressemblait à ces maris jaloux qui voudraient que leurs femmes eussent des rêves semblables aux leurs.

Satoko n'avait jamais paru plus belle qu'en ce moment où, les yeux fermés, elle se débattait encore dans ses bras. Mais bien qu'aucun de ses traits, aucun dessin ne vînt gâter la délicatesse de son visage, on y voyait passer parfois la marque subtile d'une expression volontaire. Les commissures de ses lèvres se retroussaient légèrement. L'envie lui prit de tenter d'apercevoir un sourire ou des larmes, mais sa figure était déjà plongée dans l'obscurité, signe avant-coureur des ténèbres qui menaçaient de les recouvrir. Il regarda son oreille, à demi cachée par ses cheveux. Teintée de rose et son ovale finement dessiné, cette merveille lui fit penser à une douce niche de corail, telle qu'on pourrait la voir en rêve, et qui contiendrait une statuette admirablement sculptée du Bouddha. Il y avait du mystère dans le creux de son oreille qui maintenant disparaissait dans l'ombre. Il se demandait si c'était là qu'était caché son cœur, ou bien s'il se dissimulait derrière ses lèvres un peu minces et ses dents étincelantes.

Crispé par sa déconvenue, il tâchait de trouver comment pouvoir jamais pénétrer les défenses de Satoko. C'est alors que, soudain, comme incapable de supporter plus longtemps son regard, elle avança la tête et lui donna un baiser. Il avait passé un bras autour de sa taille. Il perçut une chaleur qui s'insinuait sous les doigts qu'il avait posés sur sa hanche et cela lui rappelait un peu l'atmosphère étouffante et douce d'une serre où les fleurs se mouraient.

CHAPITRE 19

S'y mêlait un parfum qui vint frapper ses narines, lui donnant la sensation délicieuse de suffoquer. Bien qu'elle n'eût pas prononcé un mot, il était happé par ses propres images et tout à fait convaincu d'être au seuil d'un instant d'incomparable beauté.

Elle retira ses lèvres, laissant toutefois sa volumineuse chevelure pressée contre le devant de sa tunique d'uniforme. Observant, par-dessus sa tête à elle, les cerisiers qui, à quelque distance au-delà du rideau, se bordaient d'un ourlet argenté, le parfum de l'huile capillaire qu'on ne distinguait plus de l'odeur même des fleurs lui tournait la tête; elles se détachaient aux derniers feux du soleil comme une laine blanche, épaisse et ébouriffée, mais leur teinte poudreuse, virant presque au gris argenté, ne pouvait effacer complètement une légère nuance rosée, de mauvais augure aux yeux de Kiyoaki. Cela lui fit penser aux cosmétiques des pompes funèbres.

Dans le même temps, il se rendit compte soudain que des larmes ruisselaient le long des joues de Satoko. Tourmenté par un pur esprit de curiosité, il aurait voulu savoir s'il s'agissait de larmes de joie ou de chagrin, mais elle le gagna de vitesse.

Elle se dégagea d'une secousse, puis, sans même s'arrêter pour s'essuyer les yeux, elle le dévisagea, et, son attitude entièrement transformée, se mit à proférer des paroles cinglantes dénuées de toute compassion: «Tu n'es qu'un enfant, Kiyo! Rien qu'un enfant! Tu ne comprends rien à rien. Tu n'essaies même pas de comprendre. Pourquoi me suis-je tant retenue? Comme je voudrais t'avoir appris ce que tu sais de l'amour. Tu as si bonne opinion de toi-même, n'est-ce pas? Mais la vérité, Kiyo, c'est que tu n'es qu'un bébé. Oh, si seulement je m'en étais rendu compte! Si seulement j'avais davantage essayé de t'aider! Maintenant, c'est trop tard.»

Cette explosion terminée, elle disparut par le rideau, laissant le jeune homme à lui-même, anéanti.

Qu'était-il arrivé? D'une main sûre, elle avait assemblé exactement les mots qu'il fallait pour le blesser au plus profond, en ses points faibles, telles des flèches bien ajustées. Elle les avait trempées dans un poison extrait des doutes dont il était davantage la proie. Il aurait dû prendre le temps de réfléchir à l'efficacité extraordinaire de ce poison. Il aurait dû essayer de découvrir les motifs d'une telle cristallisation de malignité pure et simple.

Mais son cœur battait dans sa poitrine, ses mains tremblaient. Il était tellement accablé d'amère indignation qu'il était au bord des larmes. Il lui était impossible d'en juger avec objectivité, d'analyser froidement les émotions qui causaient son tourment. Bien pire, il lui fallait rejoindre les invités. Et plus tard dans la soirée, pas moyen d'y échapper ; il lui faudrait s'entretenir avec eux aimablement comme s'il ne ressentait aucun ennui. Il ne pouvait imaginer aucune tâche à laquelle il se sentît plus mal disposé.

20

Quant au banquet, tout se déroula comme prévu et il fut finalement couronné de succès sans que les invités remarquassent aucune fausse note. L'optimisme rudimentaire du marquis était à l'épreuve des appréhensions les plus subtiles. Lui-même était fort satisfait et il ne lui venait pas à l'esprit qu'il pouvait en aller autrement de ses hôtes. C'est en de tels moments qu'il prenait conscience des éclatantes qualités de son épouse, comme il ressort de la conversation qu'ils eurent ensuite.

« Il semble que cela ait plu au prince et à la princesse du début à la fin, n'est-ce pas ton impression ? commença le marquis. Je crois qu'ils étaient contents en partant, qu'en penses-tu ?

– Cela va sans dire, répondit la marquise. Son Altesse n'a-t-il pas daigné remarquer qu'il n'avait pas passé d'aussi agréable journée depuis la mort de l'Empereur ?

– Ce n'est pas la meilleure façon qu'il pouvait avoir de le dire, mais je vois ce qu'il a voulu dire. Pourtant, depuis le milieu de l'après-midi jusque tard dans la soirée, tu ne penses pas que pour certains, cela pourrait avoir été un peu lassant ?

– Mais non, pas du tout. Tu avais organisé les choses si adroitement, avec toutes sortes de divertissements successifs, que tout s'est déroulé merveilleusement. Pas un moment, j'en suis sûre, nos invités n'ont trouvé le temps de s'ennuyer.

– Personne ne s'est endormi pendant le film ?

– Bien sûr que non. Tout le monde regardait, les yeux écarquillés, d'un bout à l'autre, et on était trop curieux de connaître la suite.

– Sais-tu que Satoko est vraiment bien sensible ? Certes, le film était très émouvant, néanmoins c'est la seule qui n'ait pu s'empêcher de pleurer. »

CHAPITRE 20

Il est vrai que, tout au long de la séance, Satoko n'avait pu retenir ses larmes. Le marquis les avait remarquées quand on avait rallumé. Kiyoaki regagna sa chambre, épuisé. Il était fort éveillé, incapable de trouver le sommeil. Il ouvrit la fenêtre et son imagination lui fit voir les tortues féroces rassemblées juste à ce moment et levant leur tête d'un vert métallique au-dessus de la surface sombre du lac pour le dévorer des yeux. Il finit par sonner Iinuma, lequel, depuis qu'il avait obtenu son diplôme aux cours du soir, ne quittait plus la maison après dîner.

Dès qu'il eut franchi le seuil, un coup d'œil suffit à Iinuma pour se rendre compte que la colère et le dépit contractaient les traits de son jeune maître. Depuis quelques semaines, il avait mûri peu à peu un certain talent pour lire l'expression du visage, qualité qui jusque-là lui était demeurée étrangère. Il y était devenu particulièrement habile avec Kiyoaki, avec qui il était quotidiennement en contact et dont les expressions lui rappelaient le tourbillon des fragments de verre coloré qui, lorsqu'il s'arrêtait dans un kaléidoscope, composait des motifs sans cesse renouvelés.

Il en résultait que son attitude et sa façon de voir se modifièrent. Il n'y a pas si longtemps, la vue du visage de son jeune maître ainsi ravagé par l'angoisse et le chagrin lui aurait fait détester ce qu'il aurait jugé être sa nonchalance paresseuse. Désormais, il était à même d'y trouver de la délicatesse.

De fait, la joie et l'exubérance n'allaient pas à Kiyoaki. Sa beauté exprimait une mélancolie qui la rendait plus attrayante sous l'empire de la colère ou du chagrin et toujours s'y associait, comme une ombre portée, l'image désolée de l'enfant gâté. Dans ces moments-là, la pâleur de ses joues s'accentuait, ses beaux yeux s'injectaient de sang, l'arc ciselé de ses sourcils se tordait en froncement, tout son courage semblait défaillir comme si son monde intérieur avait volé en éclats. Il paraissait avoir désespérément besoin de s'accrocher à quelque chose. Si bien qu'au milieu de cette désolation subsistaient des traces de gentillesse, comme l'écho d'un chant à travers l'étendue aride.

Comme Kiyoaki se taisait, Iinuma s'assit sur la chaise qu'il avait pris l'habitude d'utiliser ces temps-ci, même quand il n'y était pas invité. Puis, allongeant le bras, il prit le menu du banquet que Kiyoaki avait jeté sur la table et se mit à le lire. Les plats énumérés composaient un festin dont Iinuma savait qu'il n'en goûterait jamais de pareils, si longtemps qu'il dût rester au service des Matsugae.

NEIGE DE PRINTEMPS

Banquet de la Fête des Cerisiers en Fleur

Soirée du 6 avril 1913
L'An Second de l'Ère Taisho

POTAGES
Soupe à la Tortue   *Chair de tortue hachée menue dans un bouillon*
Bouillon de poulet   *Bouillon avec émincé de poulet*

ENTRÉES
Truite pochée   *Au vin blanc et au lait*
Filet de Bœuf rôti   *Aux champignons à l'étuvée*
Caille rôtie   *Truffée aux champignons*
Filet de mouton grillé   *Garni de céleris*
Pâté de Foie Gras   *Servi avec assortiment froid de volaille
et tranches d'ananas au vin frappé*
Coq de bruyère rôti   *Farci aux champignons*

SALADES INDIVIDUELLES

LÉGUMES
Asperges   Flageolets
Au fromage

DESSERTS
Crème renversée   Petits Fours
Glaces   *Assorties*

Pendant qu'Iinuma lisait le menu, Kiyoaki garda les yeux fixés sur lui, son visage ne cessant de changer d'expression. Tantôt ses yeux semblaient pleins de mépris, l'instant d'après ils débordaient d'une prière poignante. Il s'irritait qu'Iinuma fût assis là, déférent et insensible, attendant qu'il rompît le silence. Si seulement, en cet instant, Iinuma avait pu oublier le rapport de maître à serviteur et poser la main sur l'épaule de Kiyoaki en frère aîné, combien il lui eût été facile de se mettre à parler.

Il n'imaginait pas que le jeune homme assis devant lui était différent de l'Iinuma auquel il était habitué. Ce dont il ne se rendait pas compte, c'était que l'Iinuma qu'avait jadis obsédé le retranchement brutal de ses propres passions manifestait dorénavant une indulgence complaisante à son égard, et, tout inexpérimenté qu'il fût,

CHAPITRE 20

avait accompli ses premiers pas encore hésitants dans le monde délicat des sentiments.

« J'imagine bien que tu n'as pas la moindre idée de ce qui me préoccupe, dit enfin Kiyoaki. Mademoiselle Satoko m'a terriblement insulté. Elle m'a parlé comme si j'avais été un petit enfant. Cela revenait à dire que toute ma conduite jusqu'à présent avait été celle d'un petit sot. D'ailleurs, c'est bien ce qu'elle a dit, sans mâcher ses mots. Elle m'a lancé tout ce qui pouvait me blesser le plus, comme si ç'avait été de sa part un projet soigneusement calculé. Je n'arrive pas à comprendre comment elle a pu en arriver là. Maintenant je comprends que le matin de notre promenade sous la neige – une idée à elle –, maintenant je sais que je n'étais qu'un jouet avec lequel cela lui disait de s'amuser. »

Kiyoaki s'arrêta un instant : « Enfin, est-ce que tu ne te doutais nullement de ce qu'il en était au juste ? Tadeshina, par exemple, n'a-t-elle jamais rien dit qui ait pu te donner des soupçons ? »

Iinuma réfléchit un bon moment avant de répondre.

« Ma foi, non Monsieur. Je n'ai rien entendu dire. » Mais son silence embarrassé s'agrippait à Kiyoaki comme une plante grimpante.

« Tu mens. Si, tu sais quelque chose.

– Mais non, Monsieur, je ne sais rien. »

À la fin, cependant, pressé de questions par Kiyoaki, Iinuma donna libre cours à ce qu'il avait résolu de ne jamais révéler. Une chose d'être en mesure d'apprécier l'état d'esprit de quelqu'un, tout autre chose de pressentir sa réaction probable. Il ne conçut pas que ses paroles allaient s'abattre sur Kiyoaki de toute la force d'une hache.

« Voici ce que m'a dit Mine, Monsieur. Elle ne l'a dit qu'à moi et j'ai fidèlement promis de n'en souffler mot à quiconque. Mais puisqu'il s'agit de notre jeune maître, je crois qu'il vaut mieux que je le dise. C'était le jour de la réunion de famille pour le Nouvel An, quand mademoiselle Ayakura est venue à la maison. C'est ce jour-là que votre père le marquis a la bonté d'inviter chez lui les enfants de tous vos parents pour les distraire, causer avec eux et écouter leurs petits problèmes, vous savez bien. Et comme cela, il s'est trouvé que votre père, pour plaisanter, a demandé à mademoiselle Ayakura si elle n'avait pas de petits problèmes à lui soumettre.

Et elle a répondu, elle aussi en plaisantant, semblait-il : "Si, justement, il y a quelque chose de très sérieux que je voudrais vous soumettre, monsieur le marquis. Puis-je m'enquérir de vos idées en matière d'éducation ?"

Rendu à ce point, je dois vous dire, Monsieur, que tout cet incident a été relaté à Mine par le marquis comme... disons, "un conte sur l'oreiller" – cette expression causa à Iinuma une douleur indicible –, aussi lui a-t-il tout raconté dans les détails, à la manière des "contes sur l'oreiller", sans s'arrêter de rire en le disant. Et elle me l'a répété tel qu'elle le lui avait entendu rapporter. En tout cas, mademoiselle Ayakura avait piqué la curiosité du marquis votre père et il lui demanda : "Mes idées sur l'éducation, dites-vous ?"

Alors, mademoiselle Ayakura poursuivit : "Voilà, si j'en crois ce que m'en a dit Kiyo, son père semble se faire l'avocat de la méthode empirique. Il m'a raconté que vous lui aviez offert un tour accompagné du quartier des geishas pour lui apprendre la meilleure façon de s'y comporter. Et Kiyo paraît très satisfait des résultats, conscient que désormais, le voilà devenu un homme. Cela dit, monsieur le marquis, est-il donc exact que vous préconisez la méthode empirique, fût-ce aux dépens de la morale ?"

Il paraît que la jeune demoiselle était, comme à son habitude, très à l'aise en posant cette question embarrassante. Le marquis éclata de rire avant de répondre : "Voilà une question peu commode ! C'est juste le genre de choses que les groupements de défense de la morale demandent dans les pétitions qu'ils adressent à la Diète. Ma foi, si Kiyoaki avait dit vrai, je pourrais encore trouver quelque chose pour me défendre. Mais la vérité est la suivante : c'est Kiyo lui-même qui a repoussé cette excellente occasion de s'instruire. Vous n'ignorez pas qu'il n'est pas des plus précoces à s'épanouir – il est si difficile à contenter, on ne croirait pas que c'est mon fils. Certes, je lui ai demandé de venir avec moi, mais à peine avais-je ouvert la bouche qu'il s'est hérissé et est reparti furieux en se drapant dans sa dignité. Mais comme c'est drôle ! Bien que ce soit là ce qui s'est passé, il a été inventer une histoire qui lui donne l'occasion de se mettre en valeur auprès de vous. Malgré tout, je suis fâché de penser que j'ai élevé un garçon qui se permet de mentionner le quartier aux lanternes rouges à une personne de l'aristocratie, si bons amis qu'ils soient. Je vais l'appeler sur-le-champ et lui faire savoir que je peux être fier de ses façons d'agir. Cela le convaincra peut-être d'aller profiter de la vie chez les geishas."

Mais mademoiselle Ayakura s'entremit auprès du marquis votre père, qu'elle finit par convaincre de ne pas donner suite à une idée aussi inconsidérée. De plus, elle lui fit promettre d'oublier ce qu'elle lui avait dit. De sorte qu'il s'est abstenu, par respect pour la parole

CHAPITRE 20

donnée, d'en parler à quiconque. Pourtant, il a fini par le dire à Mine en riant de bon cœur, trouvant de toute évidence tout cela très drôle. Mais il l'a avertie de n'en toucher mot à personne. Mine, étant femme, n'a pu, naturellement, le garder pour soi, si bien qu'elle me l'a raconté, rien qu'à moi. Il m'est apparu qu'il y allait de l'honneur du jeune maître, aussi l'ai-je menacée sans ménagement, en lui disant que si cette histoire allait plus loin, je cesserais aussitôt de la voir. Elle a été tellement bouleversée par le ton que je prenais qu'il n'y a aucun danger, à mon sens, que l'affaire se répande.»

En écoutant ce récit, Kiyoaki pâlissait davantage. On eût dit quelqu'un qui, après avoir tâtonné comme un fou dans un brouillard épais, se cognant la tête à un obstacle après l'autre, voit soudain la brume se lever alentour, laissant apparaître une rangée de colonnes en marbre blanc. L'obscur tourment qui l'enveloppait venait de revêtir une forme parfaitement claire.

En dépit de ses dénégations, Satoko avait donc lu sa lettre. Assurément, elle en avait été quelque peu déconcertée, mais quand, à la réception du Nouvel An, le marquis en personne lui eut découvert que c'était un mensonge, elle ne s'était plus tenue de joie et avait déclaré, ravie, que «jamais au Nouvel An, elle ne s'était sentie si heureuse». Il comprenait maintenant pourquoi elle lui avait ouvert son cœur avec une passion si soudaine aux écuries, ce jour-là. C'est pourquoi, à la fin, sa confiance au zénith, elle s'était crue assez d'audace pour l'inviter à cette promenade dans la neige de février.

Ces révélations n'expliquaient pas les larmes que Satoko avait versées aujourd'hui, ni l'algarade qu'elle lui avait fait subir. Ce qui lui apparaissait extrêmement clair, c'est qu'elle avait menti d'un bout à l'autre et qu'elle s'était moquée de lui en cachette du début à la fin. On avait beau essayer de la défendre, il était indéniable qu'elle avait pris un plaisir sadique à sa déconfiture.

«D'un côté, pensait-il amèrement, elle m'accuse de me conduire comme un enfant, et de l'autre, il saute aux yeux qu'elle-même se conduit comme si elle voulait me voir toujours le rester. Ah! elle sait s'y prendre! Elle donne l'apparence d'une femme qui prétend avoir besoin de votre soutien au moment même où elle est en train de vous jouer un de ses tours malhonnêtes. Elle avait l'air de m'adorer, alors qu'en réalité, elle pouponnait un bébé.»

Accablé par son ressentiment, il ne considéra pas le fait que c'était sa lettre qui avait été cause de tout, que c'était son mensonge à lui qui avait déclenché ces péripéties. Tout ce qu'il voyait, c'est que chacun de ses malheurs était dû à la perfidie de Satoko.

Elle avait blessé son orgueil à une période de sa vie – le douloureux passage de l'adolescence à l'âge d'homme – où rien ne lui était plus précieux. Bien qu'en elle-même cette affaire pût sembler être une vétille à une personne d'âge mûr – comme les éclats de rire de son père l'avaient si clairement montré –, c'était néanmoins une vétille qui avait trait à son amour-propre, et pour Kiyoaki, à dix-neuf ans, rien qui fût plus ombrageux et plus vulnérable. Qu'elle s'en rendît compte ou non, elle l'avait piétiné avec un manque incroyable de délicatesse. Il en était malade de honte.

Iinuma observait avec pitié son visage blême dans le silence qui se prolongeait, sans pourtant concevoir la violence du coup qu'il venait de porter. Ce beau garçon n'avait jamais manqué une occasion de le dérouter et voilà que sans nulle trace d'esprit de vengeance, il venait de terrasser Kiyoaki. Pourtant, il n'avait jamais rien ressenti qui fût si proche de l'affection comme à cette heure où il le voyait assis, la tête courbée.

En pensée, il se fit encore plus aimable, plus affectueux : il allait aider Kiyoaki à se mettre debout pour aller au lit et, s'il se mettait à pleurer, il pleurerait avec lui. Mais quand Kiyoaki leva la tête, ses traits étaient durs et figés. Ils ne portaient pas trace de larmes. Son regard froid et perçant mit fin à tous les rêves d'Iinuma.

« C'est bon, dit-il. Tu peux partir. Je vais me coucher. » Il se mit debout seul et poussa Iinuma vers la porte.

21

Le lendemain, Tadeshina téléphona à plusieurs reprises, mais Kiyoaki ne voulut pas prendre la communication. Alors, elle demanda à parler à Iinuma et lui dit que mademoiselle Satoko voulait à tout prix parler directement au jeune maître, et elle priait Iinuma de bien vouloir le lui faire savoir. Toutefois, Kiyoaki lui ayant donné des instructions très strictes, il ne put servir d'intermédiaire. À la fin, après maints essais, ce fut Satoko elle-même qui téléphona à Iinuma, sans cependant aboutir à un autre résultat : un refus sans ambages.

CHAPITRE 21

Les appels se répétèrent pendant quelques jours, ce qui n'alla pas sans créer quelque émoi parmi les servantes. Kiyoaki ne varia jamais dans sa réponse. À la longue, Tadeshina arriva en personne. Iinuma la reçut à une entrée latérale mal éclairée. Il s'accroupit sur la terrasse du vestibule, tous les plis de son *hakama* de coton bien en place, résolu à ne pas laisser Tadeshina franchir le seuil de la maison.

« Le jeune maître n'y est pas et se trouve donc empêché de vous accueillir.

– Je ne crois pas que telle soit l'exacte vérité. Cependant, si vous le maintenez, veuillez, je vous prie, appeler monsieur Yamada.

– À supposer que vous puissiez voir monsieur Yamada, je crains que cela ne fasse aucune différence. Le jeune maître ne veut pas vous voir.

– Parfait, si tel est votre sentiment. Simplement, je vais prendre la liberté d'entrer sans y être invitée et je m'entretiendrai de ce qui m'amène directement avec le jeune maître.

– Vous êtes tout à fait libre, bien entendu, d'entrer à votre gré. Mais il s'est enfermé dans sa chambre et il n'y a pas moyen de l'approcher. Et puis, je présume que votre commission est de nature assez confidentielle. Si vous alliez la dévoiler à Yamada, cela pourrait bien faire jaser dans la maison et venir, sait-on jamais, aux oreilles de Son Excellence le marquis. Cela dit, si cette éventualité ne vous préoccupe pas outre mesure... »

Tadeshina ne dit mot. Les regards chargés d'aversion qu'elle lançait à Iinuma lui firent noter qu'on voyait distinctement les boutons du visage de ce dernier, même dans la pénombre de l'entrée. Elle-même s'encadrait dans une belle journée de printemps où l'extrémité vert pâle des branches de pin étincelait au soleil. Sa figure âgée, dont la couche de poudre blanche qui la recouvrait atténuait à peine les rides, rappelait à Iinuma un portrait peint sur crêpe. Une malice acerbe luisait dans ses yeux profondément nichés dans les plis de sa peau.

« Je vous remercie beaucoup. Je présume que, tout en ne faisant qu'obéir aux ordres du jeune maître lui-même, vous devez vous attendre à supporter les conséquences de votre attitude à mon égard. Jusqu'à maintenant, je me suis donné bien du mal pour vous rendre aussi service à vous-même. Il serait peu sage de trop y compter dorénavant. Veuillez avoir la bonté de présenter mes respects au jeune maître. »

Environ à quatre ou cinq jours de là, arriva une épaisse missive envoyée par Satoko. D'habitude, Tadeshina donnait les lettres destinées à Kiyoaki directement à Iinuma afin d'éviter Yamada ; mais cette fois, la lettre fut posée sur un plateau laqué d'or aux armes de la famille et remise ouvertement par Yamada à la chambre de Kiyoaki.

Ce dernier eut grand soin de faire venir Iinuma et de lui montrer la lettre non ouverte. Puis il lui dit d'ouvrir la fenêtre. En sa présence, il mit la lettre dans le foyer de son *hibachi*. Iinuma vit sa main blanche s'agiter dans le *hibachi* qu'enserrait du bois de paulownia, pour échapper aux flammèches qu'on voyait flamboyer de temps à autre, remuant le feu lorsque le poids de la lettre risquait de l'étouffer. Iinuma avait le sentiment qu'une sorte de crime raffiné était en train de se commettre sous ses yeux. S'il avait pu prêter la main, il était sûr qu'il aurait mieux su s'y prendre, mais il ne se proposa pas, de crainte d'un refus. Kiyoaki avait voulu l'avoir comme témoin.

Kiyoaki ne pouvait éviter la fumée que dégageait la combustion du papier et une larme coula sur sa joue. Naguère, Iinuma avait espéré qu'une discipline sévère et des larmes aideraient Kiyoaki à adopter l'attitude qui convenait envers la vie. Aujourd'hui, assis là, il regardait les larmes qui ornaient les joues de Kiyoaki rougies à la chaleur du feu, larmes qui ne devaient rien à un effort quelconque de sa part. Pourquoi donc, se demanda-t-il, se sentait-il toujours impuissant en présence de Kiyoaki ?

À peu près une semaine plus tard, un jour où son père était rentré plus tôt qu'à l'habitude, Kiyoaki dîna pour la première fois depuis plusieurs semaines en compagnie de ses parents, dans le salon japonais du grand logis.

« Comme le temps passe ! dit le marquis d'un ton exubérant. C'est l'an prochain que tu seras nommé au premier grade du cinquième degré. Quand ce sera chose faite, j'ordonnerai à tous les serviteurs de te donner ce titre. »

Kiyoaki appréhendait sa majorité à laquelle il ne pourrait échapper l'année suivante. Qu'à dix-neuf ans, il ressentît une indifférence lassée à l'idée d'atteindre l'âge adulte témoignait peut-être, en profondeur, de quelque influence de Satoko. Il était sorti de cet état d'esprit naturel à l'enfance qui fait qu'un garçon compte sur ses doigts le temps qui le sépare de la nouvelle année, brûlant d'impatience de devenir un homme. Il était d'humeur sombre et glaciale en entendant son père.

Le repas se déroula selon les rites : sa mère, aux manières de grande dame derrière le masque classique de mélancolie, son père avec sa face rougeaude et son mépris affiché des grâces délicates. Pourtant, prompt à sentir, il eut tôt fait de noter une chose qui le sur-

CHAPITRE 21

prit: les yeux de ses parents s'étaient rencontrés à un moment, encore que nul n'aurait pu dire qu'ils eussent échangé un regard. Il semblait qu'il n'y eût rien d'autre dans l'air que le complot muet habituel chez ce couple. Alors que Kiyoaki regardait droit sa mère, elle parut hésiter un peu avant de bredouiller une seconde en parlant.

«Hum... Kiyoaki... il y a quelque chose que je voudrais te demander, même si ça ne doit pas être très agréable. Encore que ce serait exagéré de dire que c'est désagréable. Mais j'aimerais savoir ce que tu en penses.

– De quoi s'agit-il?

– Eh bien, le fait est que mademoiselle Satoko a reçu une nouvelle demande en mariage. Et cette fois, les circonstances font que c'est extrêmement complexe et délicat. Si cela va beaucoup plus loin, il ne saurait être question de se permettre ensuite de se dégager aussi facilement. Comme toujours, mademoiselle Satoko ne tient pas à ce que quiconque sache ce qu'elle en pense réellement, mais, cette fois-ci, je doute qu'elle soit disposée à opposer un refus pur et simple, comme elle a fait par le passé. Quant à ses parents, ils y sont favorables. Cela dit, parlons de toi. Toi et mademoiselle Satoko avez été très grands amis depuis votre tendre enfance. Maintenant, s'agissant de son mariage, as-tu quelque chose à y redire? Tout ce que nous te demandons, c'est de nous dire ce que tu en penses. Car si tu y as une objection, je crois qu'il serait très utile que ton père sache au juste pourquoi.»

Kiyoaki répondit, le visage impassible et sans hésitation, sans même cesser de manger avec ses baguettes: «Je n'ai aucune objection. C'est quelque chose qui ne me concerne pas le moins du monde.»

Un bref silence s'ensuivit, après quoi le marquis prit la parole sur un ton qui témoignait de sa bonne humeur imperturbable: «Écoute, au point où en sont les choses, il est encore possible de se dégager. Si, soit dit pour le plaisir d'en discuter, nous avions des raisons de penser que cela t'intéresse d'une façon ou d'une autre, même rien qu'un petit peu, qu'est-ce que tu dirais?

– Ça ne me concerne pas le moins du monde.

– J'ai dit que c'était pour le plaisir d'en discuter, pas vrai? Mais s'il en est ainsi, c'est parfait. Nous sommes obligés envers cette famille de longue date, aussi je compte faire tout ce qui sera en mon pouvoir pour aider en l'occurrence et ne rien épargner afin d'aboutir à une heureuse conclusion. Voilà, du moins, comment se présentent les choses. Le mois prochain, on célébrera l'Omiyasama mais, si les choses continuent à progresser à ce rythme, j'imagine que Satoko va se trouver fort occupée et ne pourra pas y participer cette année.

— En ce cas, ce serait peut-être une bonne idée de ne pas se donner la peine de l'inviter.

— Eh bien, pour une surprise, c'est une surprise, s'exclama le marquis avec un gros rire. Je n'imaginais pas que vous étiez à couteaux tirés.»

Et ce rire mit un point final à la discussion.

En dernière analyse, Kiyoaki était un mystère pour ses parents. Ses réactions émotives différaient profondément des leurs. Chaque fois qu'ils avaient tenté de sonder ses pensées, leurs efforts avaient toujours été déçus. Si bien qu'à la fin, ils avaient abandonné. Eu égard à cette affaire-ci, ils en voulaient même un peu aux Ayakura de l'éducation qu'ils avaient donnée à leur fils, bien qu'ils le leur eussent eux-mêmes confié. Ils se demandaient si la distinction aristocratique que tous deux avaient ardemment souhaitée n'était pas faite, précisément, de ces humeurs changeantes qui rendaient leur fils si difficile à comprendre. De loin, pareille distinction avait un attrait indéniable, mais quand ils se trouvaient nez à nez avec elle en la personne de leur propre fils, c'était effectivement une énigme.

Le marquis et la marquise, quelles que fussent leurs petites manœuvres, portaient leurs sentiments comme des habits teints aux couleurs simples et éclatantes des tropiques. Les sentiments de Kiyoaki, quant à eux, revêtaient la complexité délicate des coloris superposés qu'on voit aux robes des dames de la cour; ils ne cessaient de se confondre; le brun mat des feuilles d'automne tournant au pourpre, le pourpre se fondant dans un vert de bambou. Son père s'épuisait rien qu'à tenter de déchiffrer le rébus des humeurs de son fils. Il se sentait épuisé rien qu'à voir l'indifférence ennuyée de son beau garçon de fils et son silence glacial. Il avait beau fouiller dans les souvenirs de sa propre jeunesse, il ne pouvait se rappeler aucun souci qui ait engendré le genre d'instabilité auquel son fils était soumis. C'était Kiyoaki, lac dont l'eau limpide laisse voir un moment jusqu'aux galets de son lit pour se troubler l'instant d'après sous l'orage subit.

Au bout d'un moment, le marquis lui adressa de nouveau la parole : «À propos, j'ai pensé rendre sa liberté à Iinuma un de ces jours.

— Et pourquoi donc?» demanda Kiyoaki, l'air sincèrement surpris pour la première fois de la soirée. Voilà qui était vraiment inattendu.

«Eh bien, cela fait longtemps maintenant qu'il t'est fidèlement attaché, mais l'an prochain tu vas être majeur. Par ailleurs, il vient

CHAPITRE 21

d'être diplômé, de sorte que le moment me paraît propice. Et puis, il y a une raison plus particulière. Il m'est revenu que des bruits déplaisants circulent à son sujet.

– Quelle sorte de bruits ?

– Il semble que son comportement chez nous n'est plus tout à fait orthodoxe. Pour appeler les choses par leur nom, on dit qu'il fréquenterait une des servantes, Mine. Jadis, cela aurait mérité que je le sabre de mes propres mains. »

En écoutant parler son mari, l'attitude de la marquise était admirable, toute de réserve et de sérénité. En toutes circonstances, dans cette affaire, elle serait, à ses côtés, une alliée à toute épreuve.

« Qui vous a fait part de ces bruits, mon père ? insista Kiyoaki.

– Là n'est pas la question. »

Kiyoaki vit passer l'image soudaine de Tadeshina.

« Eh oui, jadis, il m'aurait fallu le tailler en pièces. Mais les temps ont changé. Et puis, il nous est arrivé chaudement recommandé par les gens de Kagoshima, et je connais le vieux principal de son collège qui vient chaque année nous offrir ses vœux de Nouvel An. Il est préférable de s'en séparer sans créer la moindre histoire qui pourrait compromettre son avenir. Non seulement cela, mais je veux m'y prendre avec assez d'adresse pour lui faciliter les choses. Je compte également renvoyer Mine de son côté. Et alors, s'ils sont toujours dans les mêmes sentiments et veulent se marier, parfait. Je veux bien lui trouver un emploi. L'essentiel est qu'il quitte la maison, de sorte qu'il faudrait s'arranger de manière qu'il ne nous garde pas rancune. C'est le mieux. Après tout, il a été depuis si longtemps fidèle à ton service et, de ce point de vue, nous n'avons pas à nous en plaindre.

– Comme tu es compatissant ! Et quelle générosité ! » s'exclama la marquise.

Kiyoaki croisa Iinuma dans le couloir ce soir-là, mais il ne lui souffla mot.

Tandis qu'il reposait sur l'oreiller, un monde d'images tournoyait dans sa tête. Il se rendait parfaitement compte que, dorénavant, il allait être seul. Il n'avait d'autre ami que Honda et il n'avait rien dit à ce dernier du problème qui se posait à lui dans l'immédiat.

Il eut un rêve et, au beau milieu, l'idée lui vint qu'il ne pourrait jamais le transcrire dans son journal. C'était une suite d'événements bien trop complexe et trop irrationnelle.

Toutes sortes de visages y apparaissaient. On aurait dit que le terrain d'exercice, enneigé, du Troisième Régiment, s'étalait devant lui.

Honda s'y tenait, habillé en officier. Puis il lui sembla voir une troupe de paons se poser sur la neige. Il aperçut Satoko. Elle portait un collier serti de joyaux et, de chaque côté, on voyait les deux princes siamois porteurs d'une couronne d'or dont ils allaient ceindre son front. Dans un autre coin, Iinuma et Tadeshina se disputaient chaudement. Puis il vit leurs corps emmêlés tomber par-dessus bord dans un énorme gouffre béant. Mine arrivait en voiture et le père et la mère de Kiyoaki allaient au-devant d'elle avec des sourires obséquieux. Quant à lui, il paraissait naviguer au milieu d'un vaste océan sur un radeau qui tanguait.

Cependant qu'il était encore plongé dans ce dernier songe, il se disait : « J'ai trop de part au monde de mes rêves. Ils débordent à présent dans le monde réel. C'est un flot qui va m'emporter. »

22

Le prince Harunori, troisième fils de Son Altesse Impériale le prince Toin, venait d'atteindre sa vingt-cinquième année et le grade de général dans les gardes à cheval de l'Empereur. D'un naturel généreux et robuste, c'est sur lui que reposaient, pour l'essentiel, les espoirs paternels. Pour choisir une fiancée à cette perle, son père n'avait besoin d'aucun médiateur ; aussi avait-on attiré directement l'attention du jeune homme sur tout un éventail de candidates. Nulle d'entre elles, cependant, n'avait été de son goût impérial. Des années passèrent, et c'est au moment même où les parents du prince se trouvaient à court d'idées que le marquis Matsugae se risqua à les inviter à la fête des fleurs de cerisier sur son domaine. C'est là que Satoko Ayakura leur fut présentée en passant. Elle fit très bonne impression au couple princier, si bien que quand les Ayakura reçurent par la suite une demande confidentielle de photographie, ils se hâtèrent d'envoyer son portrait en kimono de cérémonie. Quand les parents du prince Harunori la lui montrèrent, il s'abstint de ses remarques péjoratives habituelles et se prit à la considérer fort longuement. Bien qu'elle eût déjà vingt et un ans, l'âge de Satoko n'avait, dès lors, plus aucune importance.

CHAPITRE 22

Le marquis Matsugae savait bien tout ce qu'il devait aux Ayakura pour le soin que, dans son enfance, ils avaient pris de Kiyoaki et, depuis longtemps, il souhaitait vivement pouvoir faire quelque chose qui aiderait la famille du comte à retrouver un peu de sa grandeur passée. En vue d'y parvenir, le mieux, à défaut de mariage dans la famille immédiate de l'Empereur, était d'unir par ce lien les Ayakura à l'un des princes, et la lignée irréprochable de cette éminente famille de garde-nobles écartait toute objection tenant au rang social. Ce qui manquait aux Ayakura, en revanche, c'était les moyens financiers de faire face aux dépenses incroyables que leur ferait encourir leur nouvelle situation. Celles-ci allaient d'une dot fort importante à l'argent qu'il faudrait débourser à longueur de temps pour satisfaire à la tradition de présents saisonniers à tous les membres de la maison de l'Empereur, somme effroyable rien que d'y penser. Néanmoins, le marquis était prêt à prendre à son compte toute espèce de frais.

Avec une grande égalité d'humeur, Satoko observait le remue-ménage que la marche de ces affaires provoquait autour d'elle. Il n'y eut guère de soleil en avril cette année-là et, tandis qu'un jour gris succédait au précédent sous un ciel assombri, la fraîche empreinte du printemps se perdit, remplacée par les signes avant-coureurs de l'été. Satoko parcourait des yeux le grand jardin mal tenu, d'une baie de la chambre austère qu'elle occupait dans la belle demeure à l'ancienne dont la splendeur ne subsistait plus que dans son imposant portail. Elle vit que les fleurs du camélia étaient déjà tombées et que de nouveaux bourgeons se faisaient jour à travers l'épaisseur des bouquets de feuilles. La dentelle compliquée des branches et les feuilles pointues de la grenade, hérissée d'épines, montraient, elles aussi, des bourgeons rougeoyants qu'on sentait prêts à éclater. Il n'était pas de bourgeon nouveau qui ne poussât vertical, si bien que le jardin tout entier semblait se dresser sur la pointe des pieds et s'étirer vers le haut à la poursuite du ciel. En vérité, chaque journée paraissait l'acheminer vers ce but.

Tadeshina ressentait une profonde inquiétude à voir Satoko si alanguie, si souvent perdue apparemment dans ses pensées. Par ailleurs, elle prêtait une oreille attentive à tout ce qu'avaient à lui dire ses parents dont elle suivait les désirs, tel un ruisseau paisible les rives qui le bornent. Désormais, elle acceptait tout avec un vague sourire, sans que rien ne subsistât de son entêtement de naguère. Toutefois, cet écran de soumission débonnaire dissimulait chez elle une indifférence aussi vaste que ce ciel gris d'avril.

Un des premiers jours de mai, Satoko fut invitée à prendre le thé à la villa d'été de Leurs Altesses Impériales, le prince et la princesse Toin. D'ordinaire, à cette époque de l'année, aurait dû arriver, de la part des Matsugae, une invitation à célébrer chez eux la fête de l'Omiyasama, mais alors que cette invitation était au centre de toutes ses espérances, elle n'y fut pas conviée. À la place, arriva un fonctionnaire de la maison du prince, porteur d'une invitation à venir prendre le thé qu'il tendit négligemment à un serviteur des Ayakura avant de s'en retourner.

En dépit des apparences parfaitement naturelles que revêtaient ce genre d'incident et d'autres semblables, ils étaient en fait soigneusement tramés dans le plus profond secret et, tout en se montrant très discrets, les parents de Satoko étaient de connivence avec les auteurs du complot qui tentaient de la faire succomber au charme compliqué que, furtivement, on tissait autour d'elle.

Le comte et la comtesse furent, bien entendu, également invités à venir prendre le thé à la villa Toinnomiya. Comme il apparut qu'y aller dans une voiture qu'enverrait le prince, avec tous les harnachements appropriés, serait trop spectaculaire, les Ayakura décidèrent qu'ils s'y rendraient de préférence dans celle que leur prêta aimablement le marquis Matsugae. La villa, construite peu d'années auparavant, vers la fin de l'ère Meiji, était située dans les faubourgs de Yokohama. N'eût été le but de l'excursion, celle-ci aurait revêtu l'allure heureuse et insouciante de leurs trop rares promenades familiales à la campagne.

Pour la première fois depuis des jours et des jours, il faisait un temps agréable, signe d'heureux augure dont le comte et sa femme firent joyeusement la remarque. La fête des garçons étant proche, presque toutes les maisons qu'ils passaient en chemin arboraient leurs carpes de papier ou de tissu, une pour chaque fils, et on les voyait claquer avec force dans la brise fraîche du sud. Leur taille allait de la grosse carpe noire à celles, vermeilles et petiotes, qui ressemblaient à des poissons rouges. S'il en pendait cinq ou davantage à la même hampe, on eût dit qu'elles se pelotonnaient, toutes gauches, incapables de nager à l'aise dans le vent puissant qui soufflait. Au moment où la voiture passa devant une ferme aux confins des montagnes, le banc de carpes par-dessus le toit était si nourri que le comte ressentit le besoin de lever son index blanc pour les compter par la vitre. Il y en avait dix en tout.

«Mazette, voilà un fameux gaillard!» dit le comte en souriant. Satoko trouva à cette plaisanterie des relents de vulgarité fort étrangers à son père.

CHAPITRE 22

Au bord de la route, les arbres portaient témoignage d'une remarquable poussée de sève avec leurs bouquets de feuilles et de branches fraîches écloses. La masse de verdure des montagnes allait de tons presque jaunes à une nuance foncée tirant sur le noir. Les feuilles nouvelles des érables brillaient en se détachant entre toutes sur ce foisonnement de verdure qui faisait scintiller la campagne tout entière.

« Oh, un grain de poussière... » s'exclama la comtesse en regardant la joue de Satoko. Mais, alors qu'étendant le bras, elle allait l'essuyer de son mouchoir, Satoko recula vivement et le grain de poussière s'évanouit. Sa mère se rendit compte alors que la poussière sur la joue de sa fille n'était que l'ombre d'une tache sur les carreaux. Satoko eut un pâle sourire ; la méprise de sa mère ne lui semblait pas spécialement amusante. Il lui déplaisait d'être ce jour-là l'objet d'une inspection particulière, comme si elle eût été une pièce de soie à offrir.

On avait gardé les vitres fermées pour éviter que la brise ne vînt déranger la coiffure de Satoko et, en conséquence, il commençait à faire une chaleur désagréable à l'intérieur de la voiture. Dans le balancement continuel et les éclairs de verdure des montagnes que reflétaient les rizières inondées de chaque côté de la route, Satoko n'arrivait pas à retrouver ce vers quoi pouvaient bien tendre tous ses désirs. D'une part, elle se laissait entraîner par un coup de tête d'une terrible audace dans une ligne de conduite sur laquelle on ne pourrait plus revenir. D'autre part, elle attendait que quelque chose intervienne. Pour l'instant, il était encore temps. Il était encore temps. Jusqu'à la dernière minute pouvait venir une lettre d'absolution – du moins elle l'espérait. Et pourtant, elle n'avait que mépris pour l'idée même d'un espoir.

La villa Toinnomiya, grandiose maison de style européen, était située sur une haute colline dominant la mer. Des degrés taillés dans le marbre conduisaient à l'entrée de la façade. Tandis qu'un valet s'occupait des chevaux, les Ayakura descendirent de voiture en échangeant des réflexions admiratives sur la vue du port au-dessous d'eux où se pressaient toutes sortes de navires. Le thé était servi dans une véranda spacieuse orientée au midi et surplombant le rivage. Elle était ornée d'un grand nombre de plantes tropicales luxuriantes et, de part et d'autre de la porte qui y donnait accès, étaient accrochées deux énormes défenses recourbées, don de la cour royale du Siam.

C'est là que le couple princier accueillit ses hôtes et les invita cordialement à s'asseoir. Le thé, naturellement, était servi à l'anglaise –

n'y manquaient ni les minces petits sandwiches, ni les galettes et les biscuits – le tout disposé avec soin sur une table à thé garnie d'argenterie qui portait gravé le chrysanthème impérial.

La princesse observa combien la fête des cerisiers qui venait d'avoir lieu chez les Matsugae avait été ravissante, puis elle en vint à parler de mah-jong et de *nagauta*.

« Pour nous, Satoko nous paraît toujours une enfant et nous ne l'avons pas encore laissée jouer au mah-jong, dit le comte, voulant sortir d'embarras sa fille qui ne disait mot.

– Pas possible! fit la princesse avec un rire aimable. Nous autres, nous ne jouons parfois à rien d'autre de toute la journée, quand nous avons le temps. »

Il n'était plus possible à Satoko d'évoquer un sujet comme le *sugoroku*, un peu désuet avec son jeu de douze pièces noires et blanches, auquel ils jouaient souvent.

Le prince Toïn était pour l'occasion à l'aise et sans cérémonie, vêtu d'un complet à l'européenne. Ayant appelé le comte à la fenêtre près de lui, il désigna les bateaux dans le port, faisant étalage de sa connaissance des choses de la marine comme s'il instruisait un enfant : voilà un cargo anglais, celui-là, c'est un navire à pont ras, l'autre un cargo français, regardez le pont-abri sur cet autre là-bas, et ainsi de suite.

À en juger par l'ambiance qui régnait, on aurait volontiers conclu que le couple princier faisait tous ses efforts pour trouver un sujet de conversation qui convînt à leurs hôtes. N'importe quoi eût fait l'affaire pourvu que cela fît jaillir un intérêt mutuel, aussi bien les sports que le vin ou toute autre chose. Cependant, le comte Ayakura ne prêtait aux sujets abordés, quels qu'ils fussent, qu'une curiosité affable mais passive. Quant à Satoko, jamais autant qu'en cet après-midi elle n'avait eu pareillement conscience de l'inutilité des manières élégantes que lui avait inculquées l'exemple paternel. Il arrivait que le comte sortît sottement une bonne plaisanterie qui n'avait rien à voir avec ce qu'on disait, mais aujourd'hui, de toute évidence, il était sur ses gardes.

Au bout d'un moment, le prince Toïn jeta un regard à l'horloge et fit une remarque en passant, comme s'il venait de se rappeler quelque chose.

« Par une heureuse coïncidence, Harunori doit aujourd'hui venir en congé de son régiment. Bien que ce soit mon fils, il a des allures un peu brusques. Mais ne vous en inquiétez pas. Malgré les apparences, c'est un très gentil garçon. »

CHAPITRE 22

Il avait à peine cessé de parler qu'on entendit les serviteurs à l'entrée principale qui s'affairaient à l'arrivée du jeune prince.

Quelques instants plus tard, dans un cliquetis d'épée et un grincement de bottes, apparut sur la terrasse la silhouette martiale de Son Altesse Impériale le prince Harunori. Il adressa à son père un salut militaire et, immédiatement, il donna à Satoko une impression de creuse dignité. Mais comme cet étalage de splendeur militaire soulignait la fierté paternelle du prince Toin! et combien manifeste était la conviction du jeune prince qu'il répondait en tout point à l'image que son père se faisait de lui! Il faut dire que ses deux aînés étaient, en fait, fort différents. Singulièrement efféminés et souffreteux, ils avaient fait le désespoir de leur impérial parent.

Toutefois, en ce jour, peut-être un léger embarras à se trouver pour la première fois en présence de la beauté de Satoko avait-il eu quelque effet sur le comportement ultérieur du prince Harunori. En tout cas, ni quand on la lui présenta, ni à aucun moment par la suite, il ne la regarda en face.

Quoique le jeune prince ne fût pas particulièrement haut de taille, son physique était impressionnant. En toute occasion, il allait d'une allure assurée, d'un air important et décidé qui lui donnait une apparence de gravité, extraordinaire chez quelqu'un d'aussi jeune – ce que son père observait sans se lasser, d'un air béat et satisfait, les yeux mi-clos de plaisir. Ce contentement paternel n'était cependant pas sans susciter de plus en plus chez beaucoup l'impression que, sous des dehors de grandeur impressionnante, se dissimulait, chez le prince Toin lui-même, une certaine faiblesse de la volonté.

Comme violon d'Ingres, Son Altesse Impériale le prince Harunori nourrissait une prédilection pour sa collection de disques de musique occidentale. C'était, semblait-il, l'unique sujet sur lequel il avait des idées personnelles. Quand sa mère lui demanda: «Est-ce que vous n'allez pas nous jouer quelque chose, Harunori?», il acquiesça aussitôt et se tourna vers le salon où était le phonographe.

Tandis qu'il s'y dirigeait, Satoko ne put s'empêcher de l'accompagner des yeux. Il couvrit la distance qui le séparait de la porte en longues enjambées, ses bottes noires bien cirées reluisant au soleil qui entrait à flots par les baies de la véranda. Elles étaient si éblouissantes qu'elle crut même voir des morceaux de firmament s'y refléter tels des fragments de porcelaine bleue. Elle ferma les yeux, attendant que commence la musique. Pour la première fois lui vint le sentiment de quelque chose qui ne présageait rien de bon et le bruit léger que faisait l'aiguille du phonographe en se mettant en place résonna comme le tonnerre à son oreille.

Par la suite, le jeune prince ne prit guère part à la conversation à bâtons rompus qui succéda à l'intermède musical. Comme la soirée approchait, les Ayakura prirent congé de leurs hôtes.

Une semaine plus tard, l'intendant de la maison du prince Toin vint à la résidence des Ayakura ; il eut avec le comte un long et minutieux entretien, à l'issue duquel il fut décidé de mettre en route la procédure officielle afin d'obtenir l'autorisation de l'Empereur pour le mariage. On montra à Satoko elle-même ce document où l'on pouvait lire :

> *Veuille Son Excellence le Ministre de la Maison de l'Empereur trouver ci-joint l'humble supplique relative au projet de mariage en cours entre*
>
> *Son Altesse Impériale le Prince Harunori Toin et Satoko, fille de Son Excellence le Comte Korebumi Ayakura, Deuxième classe, Premier grade, Chevalier de l'Ordre du Mérite de Troisième classe*
>
> *Afin d'obtenir que soit présentée au Trône Impérial une requête en vue de poursuivre les préliminaires du projet énoncé ci-dessus selon le bon plaisir de Sa Majesté.*
>
> *Présentée en ce jour, douzième du Cinquième Mois de l'Ère de Taisho.*
>
> *Saburo Yamauchi*
> *Intendant de la Maison de*
> *Son Altesse Impériale le Prince Toin.*

Trois jours plus tard, parvint la réponse du ministre de la Maison de l'Empereur :

> *À l'Intendant de la Maison de*
> *Son Altesse Impériale le Prince Toin :*
>
> *Eu égard à la requête adressée aux Dignitaires de la Maison de l'Empereur au sujet du mariage de Son Altesse Impériale le Prince Harunori et de Satoko, fille de Son Excellence le Comte Korebumi Ayakura, Deuxième classe, Premier grade, Chevalier de l'Ordre du Mérite de Troisième classe ;*

CHAPITRE 23

Acte est donné par la présente qu'une requête présentée au Trône Impérial en vue de poursuivre les préliminaires du projet ci-dessus selon le bon plaisir de Sa Majesté a été enregistrée en bonne et due forme.
Donné ce quinzième jour du Cinquième Mois de l'Ère de Taisho.
Le Ministre de la Maison de l'Empereur.

Les formalités préliminaires ayant été ainsi observées, la requête en vue d'obtenir la sanction impériale pouvait être présentée à l'Empereur à n'importe quel moment.

23

Kiyoaki était maintenant en classe de terminale au collège des Pairs. Il devait commencer ses études universitaires à l'automne suivant, et il en était dans sa classe qui se consacraient à préparer l'examen d'entrée depuis plus d'une année et demie. Honda, quant à lui, n'affichait aucun souci de ce genre, chose qui n'était pas pour déplaire à Kiyoaki.

L'esprit du général Nogi survivait dans le régime obligatoire des pensionnaires du collège dont, néanmoins, les dispositions rigoureuses faisaient preuve de tolérance envers ceux dont la santé ne répondait pas à ces exigences. Les élèves comme Honda et Kiyoaki, dont la famille avait pour ligne de conduite de ne pas les laisser dormir dans les dortoirs, présentaient des certificats médicaux appropriés de leur médecin. La maladie de circonstance de Honda était décrite comme une insuffisance cardiaque et celle de Kiyoaki comme de la bronchite chronique. Leurs maux inexistants étaient la source de maints divertissements, Honda faisant semblant d'étouffer en respirant tandis que Kiyoaki affectait une petite toux sèche.

Il était bien inutile de simuler, car personne n'ajoutait foi à leur maladie. Pourtant, les sous-officiers de la section de préparation militaire, tous anciens combattants de la guerre russo-japonaise, déchargeaient leur hostilité en se faisant un point d'honneur de les traiter en infirmes. Ainsi, au cours de l'exercice, les sergents se plaisaient à mêler à leur éloquence des coups de patte à l'adresse des tire-au-flanc, demandant en quoi ils pouvaient bien se rendre utiles à la patrie s'ils étaient trop faibles pour vivre en dortoir, et autres questions du même ordre.

Kiyoaki ressentit une profonde compassion pour les princes siamois en apprenant qu'ils logeraient en dortoir. Il leur rendait fréquemment visite dans leur bâtiment, leur apportant de menus cadeaux. Eux-mêmes se sentaient très proches de lui, si bien qu'à tour de rôle, ils se répandaient en lamentations, se plaignant notamment des entraves apportées à leur liberté de mouvement. En outre, les autres élèves du dortoir, peu sensibles et chahuteurs, n'étaient pas de ceux qui pouvaient se lier avec eux.

Bien que Honda eût été négligé par Kiyoaki depuis un bon moment, il l'accueillit d'un air détaché quand ce dernier revint vers lui en frétillant, effronté comme un moineau. Il semblait avoir complètement oublié le peu de cas qu'il avait fait de Honda ces derniers temps. En ce début de trimestre scolaire, on aurait dit qu'il avait changé de caractère, qu'il s'appliquait à la bonne humeur, du moins à ce qu'il parut à Honda. Naturellement, il ne fit là-dessus aucun commentaire, et non moins naturellement, Kiyoaki, pour sa part, ne fournit aucune explication.

Ce dernier pouvait se féliciter d'avoir du moins fait preuve de sagesse une fois, en n'ayant jamais fait part à son ami de ses sentiments les plus intimes. Cela lui épargnait aujourd'hui toute inquiétude d'avoir pu paraître laisser une femme se jouer de lui comme d'un enfant sans cervelle. Il se rendait compte qu'il en retirait assez de sérénité pour faire preuve envers Honda d'une gaieté insouciante. Pour lui, la preuve fondamentale de son amitié était le désir qu'il avait de désabuser Honda, de se sentir en sa présence à l'aise, nullement préoccupé – désir qui devait, selon lui, faire mieux que compenser ses innombrables moments de réticence.

En fait, il était si joyeux qu'il allait jusqu'à se surprendre lui-même. C'est à peu près vers cette époque que ses parents avaient commencé à causer tout à fait ouvertement et comme d'une chose allant de soi des affaires en cours entre les Ayakura et les Toinnomiya. Ils semblaient prendre grand plaisir à relater des incidents comme celui où «même cette demoiselle qui n'en faisait qu'à sa tête» avait ressenti une telle émotion qu'elle n'avait pu dire un mot au cours de la rencontre soigneusement ménagée avec le jeune prince. Kiyoaki n'avait évidemment aucune raison de soupçonner le chagrin que cet incident avait causé à Satoko. Quiconque manque

CHAPITRE 23

d'imagination n'a d'autre choix que de fonder ses conclusions sur la réalité qu'il voit autour de lui. Mais, d'autre part, ceux qui sont doués d'imagination ont tendance à bâtir des châteaux forts dont ils ont eux-mêmes tracé le plan et à en condamner toutes les ouvertures. Tel était bien le cas de Kiyoaki.

« Eh bien, une fois obtenue la sanction impériale, tout cela devrait être réglé », dit sa mère.

Sans qu'il sût pourquoi, ses paroles l'affectèrent, surtout l'expression « sanction impériale ». Cela le fit penser à un long et large couloir envahi par l'obscurité, avec au bout une porte que fermait, tout petit mais inviolable, un cadenas en or massif. Et voilà que, soudain, dans un bruit de dents qui grincent, elle s'ouvrait d'elle-même, et son crissement métallique tintait distinctement à ses oreilles.

Il n'était pas peu fier de pouvoir garder tout son calme pendant que ses parents se racontaient ces histoires. Ayant surmonté sa fureur et son désespoir, il goûtait un sentiment d'immortalité. « Jamais je n'aurais imaginé que je pouvais avoir tant de ressort », se disait-il, plus confiant qu'il n'avait jamais été.

Naguère, il s'était convaincu que le défaut de sensibilité et de finesse chez ses parents lui était totalement étranger, mais à présent, il avait plaisir à penser qu'après tout, il n'avait pas échappé à ses origines. Il avait sa place, non parmi les victimes, mais chez les vainqueurs.

Il prenait un plaisir extrême à penser que jour après jour, l'existence de Satoko s'éloignerait davantage de son esprit jusqu'à finalement se perdre sans retour. Ceux qui confient une lanterne votive à la marée du soir, debout sur le rivage, voient sa lumière faiblir à la surface enténébrée des eaux, priant pour que leur offrande, en voguant au plus loin, obtienne ainsi une abondance de grâce pour les défunts. Pareillement, le souvenir de Satoko, en s'éloignant, apparaissait à Kiyoaki comme la confirmation la plus certaine de sa propre force.

Il ne restait plus personne au monde qui fût dans le secret de ses sentiments intimes. Plus aucun obstacle pour l'empêcher de déguiser ses émotions. On avait retiré les dévoués serviteurs, toujours à ses côtés, qui ne cessaient de dire : « Veuillez nous laisser faire. Nous savons très bien ce que pense le jeune maître. » Non seulement il était heureux d'être libéré de ce maître comploteur, Tadeshina, mais aussi d'Iinuma, dont le loyalisme s'était exacerbé au point de menacer de l'étouffer. Avec lui, sa dernière contrariété s'en était allée.

En ce qui concernait ce dernier, renvoyé par son père, certes avec toutes sortes de prévenances, Kiyoaki trouva des raisons de demeurer indifférent en se disant qu'Iinuma avait été l'artisan de ses propres malheurs. Il mit le comble à sa satisfaction de soi-même en faisant le serment, fidèlement tenu grâce à Tadeshina, de ne jamais raconter à son père ce qui s'était passé. Ainsi donc, son cœur froid et sec lui avait permis de mener à bonne fin toutes choses.

Vint le jour du départ d'Iinuma. En allant faire ses adieux à Kiyoaki dans sa chambre, il était en larmes. Même un pareil chagrin ne pouvait être estimé par Kiyoaki à sa juste valeur. Il ne trouvait aucun plaisir à la pensée qu'Iinuma soulignait ainsi son attachement fervent, exclusif envers lui.

Plus incapable que jamais de s'exprimer, Iinuma restait seulement là, éploré. Par son silence même, il essayait de communiquer quelque chose à Kiyoaki. Ils avaient vécu côte à côte pendant environ sept ans, depuis ce printemps où Kiyoaki avait accompli sa douzième année. Les souvenirs qu'il avait conservés de ses pensées et de ses sentiments à cet âge étant assez vagues, il avait l'impression, en gros, d'avoir toujours connu Iinuma à ses côtés. Si, jeune garçon puis adolescent, il avait projeté une ombre, cette ombre était Iinuma en kimono bleu foncé, bariolé, moite de sueur. Son insatisfaction, impitoyable, son aigreur, son attitude négative envers la vie, cela avait pesé de tout son poids sur Kiyoaki, si préservé qu'il prétendît être. Pourtant, d'un autre côté, la sombre affliction qui se lisait dans les yeux d'Iinuma avait eu pour effet de le mettre en garde lui-même contre de semblables attitudes, encore que ce fût assez l'apanage de la jeunesse. Les démons particuliers d'Iinuma l'avaient tourmenté avec une violence manifeste, et plus il voulait que son jeune maître prît modèle sur lui, et plus Kiyoaki s'était dérobé dans la direction opposée, comme il était à prévoir.

Psychologiquement, sans doute Kiyoaki avait-il fait le premier pas vers la séparation d'aujourd'hui quand il avait rompu la force qui, si longtemps, l'avait dominé et qu'il avait fait d'Iinuma son confident. La compréhension mutuelle était probablement trop profonde de maître à serviteur.

Debout devant lui, Iinuma baissait la tête, et, en s'échappant par le col de son kimono bleu, les poils de sa poitrine avaient un reflet léger aux rayons du soleil couchant. Kiyoaki, l'air sombre, remarquait leur enchevêtrement, écœuré de voir quel vase déplaisant, lourd et grossier, le corps d'Iinuma offrait à l'élan puissant de sa fidélité. C'était là insulter physiquement Kiyoaki. Il n'était pas jusqu'à cette lueur, mouchetée et malsaine, des joues rugueuses d'Iinuma, pleines de boutons, qui ne parût comporter quelque chose d'éhonté. Elle sem-

CHAPITRE 23

blait jeter à la face de Kiyoaki l'attachement de Mine – Mine qui partait avec Iinuma, prête à partager son sort. Rien ne pouvait l'offenser davantage: le jeune maître trahi par une femme, abandonné à son chagrin; le serviteur qui croyait à la fidélité d'une femme et qui s'en allait vainqueur. En outre, Iinuma était fermement convaincu que ces adieux, en ce jour, se trouvaient faire partie de ses devoirs – présomption où Kiyoaki voyait une vexation.

Néanmoins, jugeant que «noblesse oblige» était le meilleur parti à prendre, il lui parla sur un ton bienveillant, encore que non dénué de brusquerie.

«Eh bien, maintenant que tu vas être libre, j'imagine que tu vas épouser Mine?

– Certainement, monsieur. Votre père ayant daigné le suggérer, c'est ce que je m'apprête à faire.

– Bon, ne manque pas de me faire connaître la date. Il faudra que je t'envoie un cadeau.

– Je vous remercie beaucoup, monsieur.

– Une fois que vous serez établis, écris-moi pour me donner votre adresse. Qui sait, peut-être irai-je vous rendre visite un jour.

– Je ne puis rien imaginer qui me ferait autant plaisir qu'une visite du jeune maître. Mais, où que j'habite, ce sera un endroit trop exigu et trop malpropre pour être digne de vous recevoir.

– Ne t'inquiète pas de cela.

– Comme vous êtes bon de parler ainsi...»

Et Iinuma, à nouveau, fondit en larmes. Il tira de son kimono un morceau de papier de soie épais avec lequel il se moucha.

Pendant cet entretien, Kiyoaki avait eu soin de choisir chaque mot, compte tenu des circonstances, avant de les énoncer tout uniment. Il apportait ainsi la preuve qu'en pareille occasion, les paroles les plus vaines sont aussi celles qui suscitent l'émotion la plus forte. Tout en professant ne vivre pour rien d'autre que le sentiment, l'occasion le contraignait à apprendre la politique de l'intellect. C'était une éducation qu'il appliquerait de temps à autre avec fruit à sa vie personnelle. Il apprenait à se faire des sentiments une armure protectrice et à la fourbir en vue du meilleur usage.

N'ayant ni souci ni contrariété, libre de toute inquiétude, Kiyoaki, à dix-neuf ans, aimait à se considérer comme un jeune homme impassible et capable des plus grandes choses. Il avait le sentiment d'avoir franchi une étape importante dans le cours de son existence.

Quand Iinuma fut sorti, il resta devant la fenêtre ouverte à regarder, flottant sur l'eau du lac, le reflet admirable de la colline aux érables nouvellement parée de la verdure des feuilles fraîchement écloses. Tout près de la fenêtre, le feuillage du zelkova était si dense qu'il lui fallait se pencher pour apercevoir l'endroit au pied de la colline où la dernière des neuf chutes d'eau plongeait dans son bassin. Le long des bords de la pièce d'eau, la surface était recouverte de touffes vert pâle de cabombas. Les nénuphars jaunes n'avaient pas encore fleuri ; mais aux angles du pont de pierre qui enjambait en zigzag une allée proche du salon de réception, des iris poussaient leurs inflorescences blanc et violacé hors du fourreau pointu de leur feuillage vert.

Son œil fut attiré par le dos irisé d'un scarabée qui, après s'être tenu sur le rebord de la fenêtre, s'avançait maintenant carrément dans la chambre. Deux raies d'un rouge cramoisi couraient le long de sa carapace ovale où brillaient le vert et l'or. On le voyait agiter prudemment ses antennes avant de poursuivre sa marche en avant sur les petites dents de scie de ses pattes qui rappelaient à Kiyoaki de minuscules outils de bijoutier. Au milieu des remous dissolvants du temps, n'était-il pas absurde que cette tache minuscule de couleur richement concentrée demeurât en sécurité dans un monde à elle ? Peu à peu, cette scène le fascina. Petit à petit, le scarabée continuait à se faufiler, corps chatoyant qui s'approchait de lui comme si son cheminement sans but avait enseigné que, dans la traversée d'un monde en changement perpétuel, l'unique chose qui importe était de rayonner de beauté. Et si lui-même allait mesurer selon ces données la valeur de l'armure protectrice de ses sentiments ? D'un point de vue esthétique, était-elle aussi impressionnante que celle de ce scarabée ? Et était-elle assez solide pour offrir un bouclier aussi bon que le sien ?

En cet instant, il fut près de se convaincre que tout ce qui entourait ce scarabée – les feuillages, l'azur du ciel, les nuages, les tuiles des toits – n'était là que pour servir cet insecte qui était lui-même le pivot, le noyau de l'univers.

L'ambiance de la fête de l'Omiyasama n'était pas la même que les années passées. D'une part, Iinuma n'était plus là ; chaque année, bien avant le jour de la célébration, il se mettait en devoir de procéder tout seul au nettoyage général, d'arranger l'autel et de disposer les chaises. C'était maintenant la besogne de Yamada, d'autant moins bien accueillie qu'il n'existait aucun précédent. En outre, c'était un travail qui eût mieux convenu à un homme plus jeune.

CHAPITRE 23

Qui plus est, Satoko n'avait pas été invitée. On avait ainsi le sentiment qu'il manquait quelqu'un au nombre des parents qui étaient présents d'habitude, mais, et cela était bien plus significatif – car Satoko n'était pas de la famille après tout –, aucune des autres femmes ne l'égalait, et de loin, en beauté.

Les dieux eux-mêmes paraissaient mécontents à la vue de ces changements. Vers le milieu de la cérémonie, le ciel s'obscurcit et le tonnerre gronda dans les lointains. Les femmes, qui suivaient les oraisons du prêtre, furent en émoi, inquiètes, à l'idée d'être surprises par l'ondée. Fort heureusement, cependant, quand vint le moment pour les jeunes prêtresses en *hakama* écarlate de distribuer à chacun les offrandes sacrées de vin, le ciel s'éclaircit à nouveau et, tandis que les femmes inclinaient la tête, un brillant soleil tombant sur leur nuque y fit perler des gouttes de sueur malgré la couche compacte de poudre blanche. À cet instant, les grappes de glycine en fleur du treillis projetèrent des ombres épaisses qui pleuvaient en bénédiction sur les derniers rangs.

Si Iinuma avait été là, l'ambiance de la fête, cette année, l'aurait irrité à coup sûr. Car, à chaque fois, on notait de moins en moins de respect et d'affliction pour l'aïeul de Kiyoaki. Il semblait désormais qu'on l'eût relégué à une époque révolue, surtout depuis la mort de l'empereur Meiji lui-même. De sorte qu'il était devenu un dieu lointain sans aucun rapport avec le monde contemporain. Certes, sa veuve, la grand-mère de Kiyoaki, prenait part à la cérémonie, de même que beaucoup de vieilles gens ; néanmoins, il semblait que leurs larmes eussent séché depuis longtemps.

Chaque année, tandis que se poursuivait la cérémonie péniblement longue, les chuchotements des femmes ne cessaient de gagner en intensité. Le marquis ne se donnait pas la peine de manifester sa désapprobation. Lui-même trouvait ces pratiques de plus en plus fastidieuses d'année en année, et il comptait bien trouver quelque moyen de les rendre un peu plus gaies et moins déprimantes. Au cours de la cérémonie, son regard fut attiré par une jeune prêtresse dont les traits, attestant fortement ses origines d'Okinawa, étaient d'autant plus frappants, sous la blancheur de son lourd maquillage. À la voir tenir le vase d'argile rempli de vin sacré, il fut fasciné par le reflet de ses yeux sombres et hardis à la surface du liquide. La cérémonie n'était pas plutôt finie qu'il se précipita vers son cousin, qui joignait à sa qualité d'amiral celle de buveur fort en renom, et il dut émettre une plaisanterie vulgaire à propos de la prêtresse, car l'amiral éclata d'un rire si inconvenant qu'il s'attira de nombreux regards. Quant à la marquise, sachant combien son masque de mélancolie classique s'accordait à ravir à la cérémonie d'aujourd'hui, elle ne modifia pas son expression le moins du monde.

Cependant, Kiyoaki avait l'esprit ailleurs. Les femmes du domaine, leur cohorte tout entière déployée, et dont, pour beaucoup, il ne connaissait pas même le nom, étaient rassemblées à l'ombre luxuriante de la glycine en cette fin du printemps. Elles chuchotaient entre elles, leur expression déférente se dissipant au fil des instants qui passaient. Les visages vides d'expression, dépourvus même de tristesse, leur groupe se tenait debout, docile aux instructions qu'elles avaient reçues, attendant de pouvoir s'égailler, respirant l'inertie massive et nonchalante. L'atmosphère pesante qui environnait ces femmes aux figures pâles comme la lune en plein midi eut un effet profond sur Kiyoaki. Sans nul doute, c'était, dans une large mesure, en raison de leurs parfums, sans pouvoir exclure de cette influence Satoko elle-même. C'était là quelque chose que même le prêtre du culte shinto, armé de la branche de sakaki sacré chargée de feuilles vert sombre luisantes et d'un chapelet de pendeloques en papier blanc, aurait eu grand-peine à exorciser.

24

Kiyoaki trouvait un soulagement dans la tranquillité d'esprit qu'engendre une perte. Au fond de lui-même, à l'appréhension de subir une perte, il préférait toujours que la perte fût accomplie.

Satoko était perdue pour lui. Et il s'en accommodait. En effet, il savait désormais apaiser jusqu'au ressentiment que cela provoquait chez lui. Il était devenu prodigieusement économe dans sa façon d'afficher ses sentiments. Si une bougie a brillé d'un vif éclat, mais, une fois sa flamme éteinte, reste seule dans l'obscurité, elle n'a plus à craindre de voir sa substance se dissoudre en cire brûlante. Pour la première fois de sa vie, Kiyoaki en venait à comprendre le pouvoir guérisseur de la solitude.

CHAPITRE 24

La saison des pluies avait commencé. Tel un malade en voie de guérison qui, malgré ses craintes, ne peut s'empêcher de risquer sa santé, Kiyoaki voulut mettre à l'épreuve son équilibre sentimental en évoquant à dessein des souvenirs de Satoko. Il ouvrait son album pour regarder les anciennes photos. Il se revoyait tout petit, debout près d'elle sous le sophora à la résidence des Ayakura. On les avait revêtus tous deux de sarraus blancs d'enfant, mais il eut plaisir à voir que déjà à cet âge, il était plus grand qu'elle. Le comte Ayakura, qui possédait fort bien la calligraphie, s'était donné beaucoup de mal pour instruire les deux enfants selon les préceptes de l'école d'écriture du temple Hosso de Tadamichi Fujuwara. Parfois, quand ils étaient las des exercices habituels, il avait ranimé leur curiosité en les laissant, chacun son tour, copier sur un rouleau de parchemin des stances empruntées au jeu de cartes des Cent Poètes d'Okura.

Kiyoaki avait écrit une poésie de Shigeyuki Minamoto:

Je sens du vent le souffle rude
Quand les flots brisent aux rochers.
Épuisé par la solitude,
Alors je rêve aux jours passés.

Au-dessous, Satoko avait transcrit un poème de Yoshinobu Onakatomi:

Quand le jour le cède à la nuit,
Que luit le feu des sentinelles,
Le souvenir des jours enfuis
Trouve en moi une vie nouvelle.

Il avait une écriture enfantine que l'on jugeait d'un coup d'œil. Mais celle de Satoko était aisée et précise, à tel point qu'on avait peine à croire que le pinceau eût été manié par une petite fille. De fait, il n'ouvrait que rarement ce rouleau, simplement parce qu'il lui déplaisait d'avoir sous les yeux le témoignage fâcheux que Satoko, de deux ans son aînée, le devançait dès ce temps-là. Et pourtant, aujourd'hui, regardant de près l'écriture en tâchant de rester objectif, il sentait que ses griffonnages étaient d'une main vigoureuse de garçon, contrastant agréablement avec l'élégance raffinée de l'écriture unie et gracieuse de Satoko.

Mais cela lui rappelait bien autre chose. Se revoir en pensée ce jour-là, amenant bravement la pointe de ses pinceaux de calligraphie, chargés d'encre, au contact du beau papier sablé d'or du parchemin, suffisait à lui faire revivre toute cette scène avec une intense intimité. À cette époque, la longue chevelure, épaisse et noire, de Satoko était taillée net en travers du front. Penchée sur le rouleau, elle serrait le manche du pinceau dans ses doigts fins et délicats, si concentrée dans son attention qu'elle en oubliait l'opulente chevelure qui se déversait dans son dos en cascade noire de jais, risquant d'inonder jusqu'au parchemin. Ses menues dents blanches mordillaient sans merci sa lèvre inférieure et, toute petite fille qu'elle était, son nez apparaissait déjà bien formé dans son profil qui se détachait, à la fois tendre et volontaire, contre la pluie torrentielle des cheveux. Kiyoaki la contemplait comme dans un rêve. Puis c'était l'encre aux senteurs obscures et solennelles, et le son que rendait la pointe du pinceau en courant à la surface du parchemin, comme le vent bruissant parmi les bambous. Et enfin, il y avait l'océan – le godet qui contenait la pierre d'encre était l'océan au-dessus duquel s'élevait la colline au nom bizarre. L'océan retombait si brusquement près du rivage qu'on ne pouvait pas même en entrevoir le fond sans profondeur. Cette mer calme et noire, sans une vague, une mer pailletée de la poudre d'or tombée du bâtonnet à encre, tournait sans cesse sa pensée vers les rayons de la lune brisée sur l'océan nocturne de l'éternité.

« Je puis même goûter mes souvenirs du passé sans y trouver la moindre gêne », pensa-t-il, se glorifiant en silence. Satoko n'apparaissait même pas dans ses rêves. Si, pendant son sommeil, il apercevait une personne qui pût lui ressembler, cette femme se détournait bien vite avant de disparaître. D'ailleurs, le décor en était le plus souvent un grand carrefour à midi où on ne voyait âme qui vive.

Un beau jour, au collège, le prince Pattanadid demanda un service à Kiyoaki : voudrait-il bien lui rendre la bague que le marquis avait placée pour lui en dépôt ?

Le bruit courait que les deux princes n'avaient pas fait une impression très favorable à l'école. La barrière du langage présentait, on le conçoit, un obstacle pour leurs études ; qui plus est, rien qui rappelât le ton d'amicale plaisanterie n'existant entre eux et les autres élèves, ceux-ci finirent par trouver les princes insupportables et par les tenir à distance respectueuse. En outre, simples et mal dégrossis, leurs camarades étaient, semble-t-il, déconcertés par les sourires que les princes arboraient en toute occasion.

CHAPITRE 24

C'était le ministre des Affaires étrangères qui avait eu l'idée de les loger dans le dortoir des élèves, décision qui, à ce que Kiyoaki entendit rapporter, avait causé bien du souci au préfet de discipline auquel incombait d'organiser, en l'espèce, les conditions de leur séjour. Il leur donna une chambre particulière, meublée des meilleurs lits à sa disposition, comme il convenait à des personnes royales. Il fit alors tous ses efforts pour établir de bonnes relations entre eux et les autres élèves, mais, à mesure que les jours passaient, les princes avaient tendance à s'isoler de plus en plus dans leur petit donjon, manquant fréquemment des exercices tels que le réveil et la gymnastique collective. De ce fait, la distance entre eux et les autres ne fit que s'accroître. À cela, il y avait une bonne raison. La période préparatoire, inférieure à un semestre, qui avait suivi leur arrivée, était insuffisante pour que les princes aient pu apprendre le japonais, à supposer qu'ils s'y fussent appliqués bien plus sérieusement que ce n'avait été le cas. De plus, en classe d'anglais, où ils auraient dû briller par leurs connaissances, la méthode consistant à traduire de l'anglais en japonais et du japonais en anglais les embrouillait du tout au tout.

Le marquis Matsugae ayant fait en sorte de déposer la bague de Pattanadid dans son coffre personnel à la banque Itsu, Kiyoaki dut rentrer chez lui pour obtenir l'autorisation de son père avant de passer reprendre la bague à la banque. C'était bientôt le soir quand il put revenir au collège et se rendre à la chambre des princes.

C'était une journée typiquement «sèche» au milieu de la saison des pluies, couverte et moite, en parfaite harmonie avec l'attente déçue des deux princes qui aspiraient aux jours d'été étincelants encore hors de portée quoiqu'on parût s'en approcher. Il n'était pas jusqu'au dortoir, bâtiment d'un étage à charpente sommaire, qui ne semblât enclos dans une tristesse *sui generis.*

Les cris qui parvenaient du côté du terrain de sport indiquaient que l'entraînement de rugby y battait encore son plein. Kiyoaki détestait les acclamations passionnées que poussaient ces jeunes gosiers. Les amitiés sans grâce de ses camarades, leur humanisme naïf, leur manie de faire des plaisanteries et des calembours, le respect qu'ils affichaient pour le talent de Rodin et la perfection de Cézanne – ce n'était là que l'équivalent contemporain des vieux cris traditionnels du kendo. Si bien qu'on les voyait partout, la voix éraillée, exhaler leur jeunesse comme feuilles vertes de paulownia, arborant leur arrogance comme les courtisans de jadis leurs hautes coiffures.

Pour les deux princes, la vie était des plus difficiles, ayant à naviguer dans ces remous où se mêlaient l'ancien et le nouveau. Lorsque Kiyoaki se prenait à y penser, il s'élevait au-dessus de ses préoccupations personnelles, capable maintenant, en raison de sa générosité nouvelle, de sympathiser avec eux. Il enfila un couloir sombre du dortoir, terminé à la diable et qui, au bout, conduisait à la chambre des princes, choisie avec tant de soin. S'arrêtant devant une vieille porte délabrée, où était accroché un rectangle de bois portant leurs noms, il frappa légèrement.

Les princes furent ravis de le voir comme s'il était venu pour les sauver. Il s'était toujours senti plus proche de Pattanadid, Chao P., sérieux et un peu rêveur, mais depuis quelques mois, Kridsada, naguère si léger, si insouciant, était, lui aussi, devenu plus réservé. Désormais, tous deux passaient une grande partie de leur temps dans leur chambre, échangeant des propos à voix basse dans leur langue maternelle.

La pièce, vierge de toute décoration, était meublée avec austérité de deux lits, deux bureaux et deux armoires pour leurs vêtements. Le bâtiment lui-même respirait l'atmosphère de caserne si prisée du général Nogi. Sa surface murale blanche et nue au-dessus des panneaux s'allégeait, cependant, d'une petite étagère portant un Bouddha en or, devant lequel les princes faisaient leurs dévotions soir et matin. L'autel donnait un certain air exotique à la pièce. Des rideaux de mousseline froissés, tachés de pluie, pendaient aux fenêtres.

Aux approches du soir, on voyait, à travers le sourire des princes, leurs dents luire toutes blanches sur le fond noirâtre de leur peau et de leur teint basané. Ils offrirent à Kiyoaki de s'asseoir au bord d'un des lits puis s'empressèrent de demander à voir la bague.

Gardée de part et d'autre par les têtes d'animaux féroces des yakshas, l'émeraude d'un vert brillant avait des reflets chauds en contraste absolu avec l'atmosphère de la chambre.

Jetant un cri de joie, Chao P. prit la bague qu'il fit glisser à son doigt brun et fluet. Sa minceur, sa souplesse, la main à laquelle il appartenait, qui semblait faite pour les caresses, évoquaient pour Kiyoaki un chaud rayon de lune sous les tropiques, passant un doigt délicat par la fente d'une porte et venant frapper la mosaïque du parquet.

« Enfin voilà Ying Chan qui revient tout près de moi », dit Chao P. en poussant un soupir mélancolique.

Quelques mois auparavant, cette réaction aurait amené le prince Kridsada à se moquer de son cousin, mais, à présent, il se mit à cher-

CHAPITRE 24

cher dans le tiroir de son armoire et il sortit une photo de sa sœur qu'il avait soigneusement cachée entre des piles de chemises.

« Ici, dans cette école, dit-il, au bord des larmes, même si vous leur dites que c'est un portrait de votre sœur, ils lancent des plaisanteries quand on la met sur son bureau. C'est pourquoi nous cachons la photo de Ying Chan là-dedans. »

Chao P. put bientôt expliquer à Kiyoaki qu'il n'y avait pas eu de lettre de la princesse Ying Chan depuis plus de deux mois. Il s'en était enquis auprès de la légation de Siam mais n'en avait pas encore reçu de réponse satisfaisante. De plus, le frère de la princesse lui-même, le prince Kridsada, n'avait aucune nouvelle d'elle. Si quelque chose lui était arrivé, si elle était tombée malade, il aurait normalement été informé par télégramme. L'imagination de Chao P. s'exacerbait à la pensée de ce que la famille de la princesse pouvait dissimuler même à son frère. Il était fort possible qu'on la poussât à un autre mariage d'où résulteraient de plus grands avantages politiques. Rien que d'y penser suffisait à le plonger dans la mélancolie. Demain, se disait-il, il y aurait peut-être une lettre, mais même en ce cas, quel chagrin ne contiendrait-elle pas? En proie à de telles pensées, il n'était pas en état d'étudier. N'ayant pas d'autre consolation, tout ce qu'il avait pu imaginer, c'était de retrouver la bague, cadeau d'adieu de la princesse, et l'entière puissance de son désir venait se concentrer sur cette émeraude toute brillante du vert lumineux de la jungle à la naissance du jour.

On aurait dit que Chao P. en avait oublié Kiyoaki tandis qu'il tendait le doigt qui portait l'anneau d'émeraude pour le poser sur le bureau auprès de la photo de Ying Chan que le prince Kridsada y avait placée. On eût dit qu'il s'apprêtait à faire un effort de volonté qui, non seulement ferait fondre les obstacles du temps et de l'espace, mais qui confondrait en une seule ces deux vies séparées.

Lorsque le prince Kridsada alluma la lumière suspendue au plafond, on vit le verre de la photo refléter l'émeraude au doigt de Chao P. et un carré d'un vert éclatant éclairer la dentelle blanche du corsage de la princesse.

« Regardez, ne trouvez-vous pas cela extraordinaire? demanda Chao P. en anglais, d'un ton éperdu. Ne dirait-on pas que son cœur ressemble à une flamme verte? Qui sait si ce n'est pas le cœur vert et glacé d'un petit serpent vert, portant une infime lésion, l'espèce de petit serpent vert qui se coule de branche en branche dans la jungle, se faisant passer pour une plante grimpante. D'ailleurs, peut-être qu'en me donnant cette bague d'un air aussi gentil, aussi tendre, elle voulait qu'un jour j'en tire cette leçon.

– Non, Chao P., tu dis des sottises, intervint le prince Kridsada d'un ton sec.

– Ne te fâche pas, Kri. Loin de moi l'idée de vouloir offenser ta sœur. Tout ce que j'essaie, c'est de trouver les mots qui expriment l'étrange existence d'un amoureux. Voyons, je m'explique : bien qu'on la voie là, sur cette image, elle s'y montre seulement comme elle était à un moment donné dans le passé. Tandis qu'ici, dans cette émeraude qu'elle m'a offerte quand nous nous sommes quittés, je sens qu'il y a son âme, telle qu'elle est en ce moment même. Dans mon esprit, l'émeraude et le portrait – son corps et son âme – étaient distincts. Mais regardez : les voilà à nouveau unis.

Même quand on est avec quelqu'un qu'on aime, on est assez fou pour croire que son corps et son âme sont distincts. Bien que je sois éloigné d'elle à présent, je puis être en bien meilleure situation qu'auparavant pour apprécier de quoi se compose ce cristal unique qu'est Ying Chan. Il en coûte d'être séparés, mais il en va de même du contraire. Et s'il y a de la joie à être ensemble, ce n'est que justice que la séparation en procure également, à sa façon.

Mais qu'en pensez-vous, Matsugae ? Pour moi, j'ai toujours voulu connaître le secret qui permet à l'amour d'échapper aux liens du temps et de l'espace comme par magie. Se trouver devant la personne qu'on aime ne revient pas au même que d'aimer son être véritable, car on a tendance à considérer sa beauté physique comme le mode indispensable de son existence. Lorsque le temps et l'espace interviennent, tous les deux peuvent nous tromper, mais d'un autre côté, il est également possible d'approcher deux fois plus près de son être essentiel. »

Kiyoaki n'aurait pu dire à quelle profondeur pensait atteindre le prince en philosophant, mais il écoutait attentivement. De fait, nombre de ses paroles tombaient juste. En ce qui concernait Satoko, Kiyoaki était sûr qu'à présent, il n'était plus très éloigné de connaître son moi véritable. Il voyait distinctement que l'objet de son amour n'avait pas été la véritable Satoko. Mais quelle preuve en avait-il ? Ne pouvait-il pas se tromper deux fois de suite ? Et la Satoko qu'il avait aimée naguère n'était-elle pas redevenue la véritable Satoko, après tout ? Il secoua légèrement la tête, presque inconsciemment. Puis, tout à coup, il se rappela le rêve où le visage d'une jeune femme étrangement belle était soudain apparu dans l'anneau d'émeraude de Chao P. Quelle était cette femme ? Satoko ? Ying Chan qu'il n'avait jamais vue ? Quelqu'un d'autre peut-être ?

CHAPITRE 24

« Cela dit, l'été viendra-t-il jamais ? » dit tristement le prince Kridsada, jetant les yeux par la fenêtre vers le bosquet qui entourait le dortoir.

Les trois jeunes gens apercevaient dans les autres dortoirs les lumières allumées qui scintillaient à travers les arbres, et ils entendaient des cris et des conversations bruyantes venant de divers côtés. C'était l'heure où l'on ouvrait le réfectoire pour le dîner. Un élève qui marchait dans l'allée à travers le bosquet était en train de parodier une chanson d'autrefois tandis que ses compagnons s'esclaffaient d'une voix éraillée. Les princes écarquillèrent les yeux, comme s'ils avaient craint que, d'un moment à l'autre, des monstres des montagnes ou des fleuves surgissent des ténèbres.

En rendant la bague en cette occasion, Kiyoaki allait amener un épisode désagréable.

À quelques jours de là, il y eut un coup de téléphone de Tadeshina. La servante en fit part à Kiyoaki mais il n'alla pas prendre l'appareil. On appela à nouveau le lendemain. Pas davantage il n'accepta la communication.

Ces appels le troublaient quelque peu, mais il s'en tint à la règle qu'il avait établie : il avait banni Satoko de son esprit et il ne voyait que la colère que suscitait en lui le sans-gêne de Tadeshina. Il lui suffisait de penser à la malignité de cette vieille menteuse qui l'avait si atrocement trompé à maintes reprises, et alors il était pris d'une telle furie qu'elle emportait les légers doutes qui pouvaient l'assaillir en n'allant pas répondre au téléphone.

Trois jours passèrent. La saison des pluies était fort avancée et il pleuvait sans relâche. Quand Kiyoaki rentra du collège, Yamada vint vers lui, portant un plateau laqué, et lui présenta respectueusement une lettre qui y reposait, l'enveloppe retournée. En y jetant les yeux, il vit que Tadeshina avait eu l'audace d'y mettre son propre nom. C'était une enveloppe épaisse, de grandes dimensions, qu'on avait cachetée avec soin, et à en juger en passant la main on en avait fait autant pour la lettre qu'elle contenait. Il eut peur, s'il était laissé à lui-même, de ne pouvoir s'empêcher d'ouvrir la lettre. De sorte que, s'armant de courage pour agir de sang-froid, il fit exprès de la déchirer en morceaux devant Yamada auquel il ordonna de disperser ce qui en restait. Il savait que s'il la jetait dans la corbeille de sa chambre, il serait tenté de la ressortir pour en rassembler les fragments. Les yeux de Yamada clignèrent d'étonnement derrière ses lunettes, mais il ne prononça pas une parole.

Il se passa de nouveau quelques jours. L'affaire de la lettre déchirée commença à peser à Kiyoaki et sa réaction prit l'aspect de la colère. C'était plus qu'une simple irritation à l'idée qu'une lettre estimée banale eût ainsi le pouvoir de le troubler à ce point. Ce qui le mettait au supplice, c'était d'admettre, comme il ne pouvait l'éviter, qu'il regrettait maintenant sa décision de ne pas l'ouvrir. Tout d'abord, il avait pu considérer la destruction de cette lettre comme une preuve de sa force de volonté, mais en s'y reportant, le sentiment l'assaillait à présent qu'au contraire il n'avait agi que par pure lâcheté.

Au moment où il avait mis en morceaux cette épaisse enveloppe, d'un blanc uni, ses doigts avaient rencontré une résistance rigide, comme si, peut-être, la lettre avait été écrite sur du papier renforcé par de la fibre de lin solide. Mais ce n'était pas la composition du papier qui importait. Il se rendait compte aujourd'hui que, sans un brusque sursaut de volonté, il lui aurait été impossible de la déchirer. Pourquoi avait-il eu peur ? Il n'avait aucune envie de renouer un lien douloureux avec Satoko. Il haïssait jusqu'à l'idée de se trouver de nouveau enveloppé du parfum de ces brumes maléfiques qu'elle suscitait à volonté, surtout maintenant qu'il avait enfin repris possession de lui-même. Mais, malgré tout, au moment où il avait déchiqueté l'épaisse missive, il avait eu le sentiment d'ouvrir une plaie dans l'épiderme au doux reflet blanc de Satoko.

Alors qu'il revenait du collège un samedi par un après-midi torride, la saison humide s'étant interrompue de façon inaccoutumée, il remarqua qu'on s'affairait à l'entrée du grand logis. Les valets avaient apprêté une des voitures et étaient en train d'y charger un volumineux colis que son emballage de soie violette identifiait aussitôt comme un présent. Les chevaux contractaient les oreilles et des jets de salive brillaient en tombant de leurs bouches grandes ouvertes où se montraient des dents jaunies. Leurs robes sombres luisaient sous le soleil brûlant comme s'ils avaient été enduits de graisse et leurs veines saillaient aux encolures en palpitant sous le pelage fin et doux.

Il s'apprêtait à gravir le perron pour entrer dans la maison quand sa mère fit son apparition, habillée de vêtements de cérémonie encombrants ornés des armoiries de la famille.

CHAPITRE 24

« Bonsoir, dit-il.
— Oh, te voilà qui rentre. J'allais partir chez les Ayakura leur présenter nos félicitations.
— Des félicitations, à quel sujet ? »
Sa mère n'aimant pas discuter de choses importantes en présence des serviteurs, elle ne répondit pas aussitôt, mais attira Kiyoaki dans un coin sombre de la grande entrée, près d'un porte-parapluies, avant de se mettre à parler à voix basse.
« Ce matin, on a enfin daigné accorder la sanction impériale. Te plairait-il de m'accompagner ? »
Avant que son fils pût répliquer, la marquise remarqua que ses paroles avaient provoqué une étincelle d'amer plaisir dans ses yeux. Bien entendu, elle n'eut pas le temps de réfléchir à ce que cela signifiait. D'ailleurs la suite de ses paroles, là, près de l'entrée, prouva assez qu'elle avait appris bien peu en l'occurrence.
« Après tout, une joyeuse nouvelle est une joyeuse nouvelle, dit-elle, le visage empreint de son masque de classique mélancolie. Aussi, qu'importe si vous êtes brouillés tous les deux, la seule chose à faire en pareille circonstance est d'être poli et d'offrir tes félicitations.
— Veuillez transmettre mes salutations. Je n'irai pas. »
Il resta près de l'entrée à regarder le départ de sa mère. Les sabots des chevaux firent voler le gravier avec le bruit d'un orage subit et le blason doré des Matsugae peint sur la voiture sembla frémir dans l'air en traversant d'un trait les pins situés devant la maison tandis que disparaissait le véhicule.
Leur maîtresse partie, Kiyoaki put mesurer la détente qui s'ensuivait chez les domestiques. La tension de leurs muscles fondit, tombant d'un coup sans bruit comme une coulée de neige.
Il se retourna vers la maison, tellement vide sans maître ni maîtresse. Les domestiques, les yeux baissés, attendaient qu'il voulût bien entrer. À cet instant, il était certain de posséder les semences d'un problème assez vaste pour remplir tout entier le vide du bâtiment. Sans s'arrêter à observer les domestiques, il entra et enfila le couloir, soucieux de ne pas perdre un seul instant pour atteindre sa chambre où il pouvait s'enfermer à l'écart du reste du monde.
Son cœur battait avec une étrange émotion et il sentait en lui une chaleur fébrile. Les vocables solennels « la sanction impériale » semblaient suspendus devant ses yeux. On avait daigné accorder la sanction impériale. Les appels répétés de Tadeshina au téléphone, l'épaisse missive — cela devait avoir été la manifestation d'une ultime agitation

panique avant qu'elle ne parvînt. À coup sûr, cela avait eu pour objet d'obtenir son pardon, d'être soulagé d'un sentiment de culpabilité.

Pendant toute la journée, il donna libre cours à son imagination. Il en oubliait le monde extérieur. Le clair, le paisible miroir de son âme venait d'être fracassé. Il se faisait en son cœur un tumulte qui bouillonnait avec toute la puissance d'un orage tropical. À présent, une violente passion le secouait qui ne portait pas trace de ce vague à l'âme où naguère avaient tant puisé ses sentiments débiles. Mais quelle émotion l'étreignait maintenant ? Il fallait bien l'appeler bonheur. Mais un bonheur tellement irrationnel, tellement passionné qu'il appartenait presque à un autre monde.

Si l'on allait demander quelle en était la cause, la seule réponse possible serait qu'il trouvait sa source dans l'impossible, l'impossible pur et simple. Tout comme la corde d'un *koto* que tranche une lame aiguë rend l'âme brusquement sur une note poignante, de même le lien qui l'attachait à Satoko avait été tranché par la lame brillante de la sanction impériale. Au milieu de ses hésitations inconsistantes, c'était là quelque chose dont il avait rêvé, qu'il avait espéré en secret dès le moment où il commençait à sortir de l'adolescence.

Pour être plus précis, le rêve s'était ébauché en cet instant où, levant les yeux de sur la traîne de la princesse, il avait été ébloui par la nuque blanche d'une beauté sans égale, à jamais inaccessible. Cet instant avait assurément préfiguré l'accomplissement de ses espoirs en ce jour. Une impossibilité absolue – Kiyoaki lui-même en avait été en partie l'artisan par sa façon de modeler les événements suivant une direction unique, au gré de ses caprices et des méandres de son cœur.

Mais de quelle joie s'agissait-il ? Il y avait en elle quelque chose qui l'obsédait, quelque chose de sinistre, une menace de mauvais augure. Depuis longtemps, il avait résolu de reconnaître ses passions pour seul mentor de vérité et d'y conformer sa vie, cela dût-il, délibérément, ne conduire nulle part. C'était là le principe qui l'avait amené vers la joie funeste qu'il ressentait à cette heure et qui lui donnait le sentiment de se trouver au bord d'un tourbillon impétueux qui l'emporterait vers le fond. Il semblait qu'il n'y eût rien à faire sinon de s'y lancer.

Une fois encore, il repensa à lui et à Satoko, au cours de toutes ces années où ils copiaient des strophes tirées des Cent Poètes pendant leurs exercices d'écriture. Il se pencha sur le parchemin, essayant d'inhaler une trace du parfum de Satoko qui aurait pu demeurer depuis ce jour, quatorze années auparavant. Ce faisant, il perçut une odeur d'encens qui rappelait presque le moisi et ce quelque chose de vague et de si lointain provoquait encore une nostalgie si intense qu'il sut avoir découvert la source même de sa passion sans objet et cependant si impétueuse.

Chacun des bonbons de l'Impératrice qu'on recevait en prix au jeu de *sugoroku* était moulé en forme de blason impérial. Chaque fois que ses petites dents mordaient un chrysanthème rouge, la couleur des pétales devenait plus franche avant de se dissoudre et, sous sa langue, le dessin finement gravé d'un chrysanthème blanc plein de fraîcheur s'était brouillé pour fondre en liquide sucré. Chaque chose lui revenait – les pièces sombres de l'hôtel Ayakura, les paravents de cour ramenés de Kyoto avec leurs motifs de fleurs d'automne, la paix majestueuse des soirs, la bouche de Satoko s'ouvrant en léger bâillement à demi caché derrière le flot de ses cheveux – chaque chose lui revenait telle qu'il l'avait alors vécue, dans toute sa distinction solitaire. Mais il se rendait compte que, lentement, il était en train d'admettre une idée que jamais, auparavant, il n'avait osé concevoir.

25

Quelque chose résonnait en Kiyoaki comme une sonnerie de trompette : *J'aime Satoko.* Et il avait beau examiner ce sentiment en tous sens, il n'arrivait pas à en incriminer la justesse, bien que jamais auparavant il n'eût connu rien de semblable.

Puis une autre révélation vint libérer le flot de désir que, si longtemps, il avait contenu : un esprit raffiné n'a que faire des interdits, même les plus sévères. À ses élans sexuels, jusque-là si timides, avait précisément manqué cette impulsion vigoureuse. Il avait fallu si longtemps, un tel effort pour découvrir son rôle dans la vie.

«Maintenant enfin, je suis sûr en vérité que je l'aime», se dit-il. Et l'impossibilité d'accomplir cet amour suffisait à prouver qu'il avait raison de le croire.

Il ne pouvait pas rester en place. Il quittait sa chaise puis se rasseyait. Ses pensées avaient toujours été essentiellement moroses et inquiètes, mais à présent il était entraîné par un courant d'énergie juvénile. Il sentait qu'avant cela tout n'avait été qu'illusion. Il avait laissé sa sensibilité et sa mélancolie le dominer, l'étouffer.

Ouvrant la fenêtre, il prit une profonde inspiration en regardant vers le lac dont la surface miroitait au grand soleil. Il sentit l'odeur fraîche et puissante des zelkovas. Parmi les nuages amoncelés d'un côté de la colline aux érables, il aperçut comme une clarté qui lui annonçait que l'été était enfin venu. Ses joues étaient brûlantes, ses yeux brillaient. Il n'était plus le même. Quoi que cela pût lui réserver pour l'avenir, en tout cas, il avait dix-neuf ans.

26

Il s'abandonna à des songeries passionnées en attendant avec impatience que sa mère rentre de chez les Ayakura. Sa présence là-bas ne s'accordait nullement avec ses projets. À la fin, il fut incapable d'attendre plus longtemps et, ôtant son uniforme du collège, il revêtit un kimono aux couleurs bariolées de Satsuma et un *hakama*. Puis, appelant un des domestiques, il lui demanda de commander un pousse-pousse.

Suivant ce qu'il avait projeté, il laissa le pousse-pousse à Aoyama, dans le sixième arrondissement, où se trouvait le terminus du tramway qui allait à Roppongi. Il y monta et fit tout le trajet. Au coin de Roppongi, au tournant de Toriizaka, il restait trois énormes zelkovas sur les six qui avaient donné son nom au quartier de Roppongi ou «Les Six Arbres». Au-dessous, juste comme dans l'ancien temps, avant qu'il y eût des tramways à Tokyo, un grand écriteau sur lequel on avait griffonné «Station de pousse-pousse» était accroché à un poteau, et un groupe de conducteurs avec leurs coiffures coniques tressées, leurs vestes courtes et des culottes bleues attendaient la clientèle.

Kiyoaki héla l'un d'entre eux, lui tendit sur-le-champ un pourboire exorbitant en lui disant de le conduire tout de suite à la résidence Ayakura qui n'était guère qu'à quelques minutes à pied. Le portail à l'ancienne des Ayakura ne permettait pas le passage à la voiture anglaise des Matsugae, de sorte que si la voiture attendait encore à l'extérieur du portail ouvert, il saurait que sa mère était

CHAPITRE 26

encore là. Si, cependant, la voiture n'y était plus et si le portail était fermé, il pourrait tenir pour assuré qu'elle était repartie après avoir rempli ses obligations protocolaires.

Quand le pousse-pousse passa à hauteur du portail, il vit qu'il était clos et, devant, sur la route, il reconnut les traces laissées par une voiture.

Il manda au conducteur de le ramener en haut de Toriizaka. Une fois arrivé, il le renvoya à pied chercher Tadeshina, lui-même restant sur place, profitant de la bâche du pousse-pousse pour se dissimuler.

Il dut attendre longtemps. Par une ouverture latérale, il vit le soleil couchant de l'été inonder de ses rayons les feuilles fraîchement écloses qui couronnaient l'extrémité des rameaux. On eût dit que, lentement, il les submergeait de son éclat fluide. Un marronnier géant dominait la muraille de brique rouge qui bordait tout du long la montée de Toriizaka. Ses feuilles, tout là-haut, le firent penser au nid d'un oiseau blanc orné d'une couronne vaguement tressée de fleurs blanches pointées de rose. Alors, tout à coup, la pensée lui revint de ce matin neigeux de février et, sans motif apparent, il fut parcouru d'un courant furieux qui l'exaltait. Néanmoins, il n'entrait pas dans ses intentions de brusquer dans l'immédiat une rencontre avec Satoko car, sa passion ayant maintenant trouvé clairement sa voie, il n'avait plus à craindre chaque nouvel assaut de ses humeurs.

Tadeshina sortit par une porte latérale, suivie du conducteur. Quand elle arriva à hauteur du pousse-pousse, Kiyoaki en repoussa la bâche, laissant apparaître son visage ; elle se trouva si interdite qu'elle en resta bouche bée à le regarder. Il allongea le bras, lui saisit la main et l'attira d'un coup dans le véhicule.

« J'ai quelque chose à vous dire. Allons quelque part où nous pourrons parler en sécurité.

– Mais, maître... c'est tellement imprévu ! Madame votre mère est partie voici seulement quelques minutes. Et puis, ce soir, nous préparons une petite fête intime... j'ai tant à faire, vraiment.

– N'importe. Dépêchez-vous de dire à ce garçon où aller. »

Kiyoaki maintenant son étreinte, il ne lui restait qu'à obéir.

« Allez du côté de Kasumi-cho, dit-elle au conducteur. En arrivant près du numéro trois, on trouve dans la descente une route qui tourne vers l'entrée principale de la caserne du Troisième Régiment. Veuillez nous emmener juste au bas de la descente. »

Le pousse-pousse s'élança et Tadeshina s'appliquait désespérément à fixer les yeux droit devant elle, replaçant d'un geste nerveux un cheveu égaré. C'était la première fois qu'il avait été aussi proche de cette vieille femme au masque épais de poudre blanche, et la chose était loin de lui plaire. Pourtant, il ne put faire autrement que de remarquer qu'elle était encore plus menue qu'il n'avait imaginé, à la vérité à peine plus haute qu'un nain. Ballottée par les secousses du véhicule, elle ne cessait de bredouiller un chapelet de récriminations qu'il comprenait à grand-peine.

«C'est trop tard, trop tard... qu'on le veuille ou non, c'est trop tard, voilà tout. Et puis : si seulement vous aviez répondu un seul mot... avant que cette chose n'arrive – oh, pourquoi...?»

Kiyoaki restait muet, si bien qu'à la fin elle parla de leur destination juste au moment d'y arriver :

«Un de mes parents éloignés tient une auberge pour les soldats, par ici. Ce n'est pas un endroit très présentable, mais ils disposent d'une annexe, et cela me permettrait d'entendre ce que le jeune maître souhaite me dire en confidence.»

C'était le lendemain dimanche et Roppongi se transformerait soudain en ville de garnison des plus animées, les rues pleines de soldats en tenue kaki dont beaucoup se promenaient avec leur famille venue les voir. Mais c'était encore samedi après-midi et cette métamorphose n'avait pas encore eu lieu. Tandis que le pousse-pousse l'emportait par les rues vers la destination que Tadeshina avait indiquée, il eut le sentiment qu'en ce matin de neige également, lui et Satoko avaient passé devant tel endroit, puis tel autre. Au moment où il était persuadé se rappeler la descente qu'ils empruntaient, Tadeshina dit au conducteur de s'arrêter.

Ils se trouvaient devant une auberge au bas de la descente. Le corps du logis avait deux étages, et bien qu'il n'eût ni portail, ni entrée, il était entouré d'un jardin de bonnes dimensions enclos par une large palissade.

Se tenant en deçà de la clôture, Tadeshina jeta les yeux vers le second étage de cette bâtisse rudimentaire en bois. On n'y voyait aucun signe de vie. Les six portes vitrées de la façade étaient fermées, et rien de ce qui se passait à l'intérieur n'était visible. Les carreaux de médiocre qualité des portes à croisillons reflétaient à leur façon, en le déformant, ce ciel de fin de journée ; jusqu'à un charpentier travaillant sur un toit voisin qui s'y réfléchissait et dont l'image faussée semblait vue à travers une épaisseur d'eau. Le ciel lui-même y avait une représentation aqueuse, teintée de la mélancolie d'un lac au crépuscule.

«Bien entendu, ce serait embarrassant si les soldats étaient rentrés, mais il ne loge ici que des officiers», dit Tadeshina en poussant une

CHAPITRE 26

porte à croisillons serrés près de laquelle on voyait un médaillon de la déesse de l'enfance. Elle se mit à appeler pour signaler leur présence.

Un homme de haute taille, aux cheveux blancs et qui était aux approches de la vieillesse, fit son apparition.

« Ah, mademoiselle Tadeshina ! Donnez-vous la peine d'entrer, dit-il d'une voix quelque peu haut perchée.

– L'annexe est-elle disponible ?

– Mais oui, mais oui, bien sûr. »

Tous trois prirent le couloir qui conduisait à l'arrière de l'auberge et entrèrent dans une petite pièce qui pouvait avoir neuf mètres carrés, du genre de celles qu'on utilise pour des rendez-vous.

« Malgré tout, je ne peux pas rester très longtemps, dit Tadeshina. D'ailleurs, rester seule comme cela avec un si beau garçon, je ne sais pas ce que les gens diraient. » Soudain, elle s'était mise à parler d'un ton détaché, en minaudant, s'adressant à la fois à Kiyoaki et au vieil aubergiste.

La chambre était d'une netteté équivoque. Dans une niche, un petit rouleau était suspendu pour servir à la cérémonie du thé et il y avait même un paravent de Genji à glissières. L'ambiance était toute différente de ce que l'on aurait attendu de l'extérieur, celle d'une auberge quelconque fréquentée par la troupe.

« Et maintenant, puis-je avoir l'honneur de savoir ce que vous souhaitez me dire ? » s'enquit Tadeshina dès que l'hôtelier se fut retiré. Kiyoaki ne répondant pas, elle répéta sa question, sans plus faire effort pour dissimuler son irritation.

« De quoi peut-il bien s'agir ? Et pourquoi choisir pareil jour... ?

– Parce que justement, c'était le jour ou jamais. Je veux que vous organisiez une rencontre entre moi et Satoko.

– Que voulez-vous dire, jeune maître ? C'est trop tard. Après ce qui est arrivé, comment pouvez-vous réclamer une chose pareille ? Désormais, il n'y a plus rien à faire. Tout doit être subordonné au bon plaisir de l'Empereur. Et vous voilà à présent – après tous ces coups de téléphone et les lettres que je vous ai adressées ! Vous n'avez pas cru devoir nous donner une quelconque réponse. Et aujourd'hui voilà ce que vous réclamez ! Il n'y a pas lieu de plaisanter.

– Rappelez-vous simplement ceci : tout ce qui est arrivé l'a été par votre faute », dit Kiyoaki avec toute la dignité dont il était capable, en observant les veines qui palpitaient sous la croûte de poudre blanche au front de Tadeshina. D'un ton courroucé, il l'accusa d'avoir laissé Satoko lire sa lettre puis mentir effrontément à ce sujet, et aussi de s'être répandue en commérages malveillants qui lui avaient fait perdre son fidèle serviteur, Iinuma. À la fin, Tadeshina trouva moyen de fondre en larmes et elle s'excusa bassement à genoux.

Puis elle tira du papier de soie de la manche de son kimono et se mit à s'essuyer les yeux, effaçant la poudre blanche qui les encerclait et laissant paraître le lacis rosé des rides à ses pommettes, signe indubitable de mortalité. Il n'y avait guère de différence entre le tissu de cette peau ridée et le papier de soie froissé, taché de rouge à lèvres. Finalement, les yeux au ciel, elle se mit à parler :

« C'est vrai. C'est entièrement ma faute. Je sais qu'il n'est pas d'excuse qui puisse compenser ce que j'ai fait. Mais c'est à ma maîtresse que je devrais demander pardon plus qu'à vous. L'erreur impardonnable de Tadeshina fut de ne pas faire savoir au jeune maître les sentiments réels de mademoiselle Satoko. Tout ce que j'avais disposé avec tant de soin, pensant faire pour le mieux, a échoué misérablement. Soyez assez bon pour m'écouter un instant, jeune maître. Imaginez la peine de mademoiselle Satoko après avoir lu votre lettre. Et songez à ce qu'il lui en a coûté de courage pour ne rien en laisser deviner quand elle vous a revu. Et puis, après avoir résolu de suivre mon conseil et de poser la question directement à Son Excellence votre père, imaginez son profond soulagement d'apprendre la vérité de sa bouche lors de la réunion de famille du Nouvel An. Après cela, matin, midi et soir, elle ne pensait plus à rien qu'au jeune maître, au point, finalement, de lui adresser cette invitation à aller se promener sous la neige ce matin-là, quelque gêne qu'elle dût en ressentir en tant que femme. Pendant quelque temps, après cela, elle ne connut que des jours heureux, jusqu'à murmurer votre nom la nuit, dans son sommeil. C'est alors qu'elle comprit que, grâce à la bienveillance de Son Excellence le marquis, elle allait recevoir une proposition de la famille impériale elle-même, et bien qu'elle comptât sur une décision courageuse de votre part, y faisant reposer tous ses espoirs, vous n'avez pas dit un seul mot, jeune maître, vous contentant de laisser aller les choses. Mademoiselle Satoko fut dès lors en proie à une angoisse et à un chagrin indicibles. À la fin, quand on sut que la sanction impériale allait intervenir, elle dit qu'en dernier recours, elle voulait faire part de ses sentiments au jeune maître. J'eus beau plaider, elle décida d'écrire une lettre sous mon nom. Mais maintenant, cette espérance est morte, elle aussi. Mademoiselle Satoko était sur le point de regarder tout cela comme appartenant au passé. C'est pourquoi ce que vous réclamez aujourd'hui est une cruauté. Comme vous savez, ma maî-

CHAPITRE 26

tresse a été élevée depuis son enfance dans le respect des désirs de Sa Majesté Impériale, l'Empereur. Nous ne pouvons pas espérer que, maintenant, elle revienne sur sa parole. Il est trop tard... tout simplement trop tard. Si votre colère n'est pas assouvie, battez Tadeshina, à coups de pied si vous voulez – tout ce que vous voudrez qui pourrait apaiser votre cœur. Mais il n'est point d'autre solution – c'est simplement trop tard.»

En écoutant Tadeshina discourir, un frisson de joie le parcourut comme un glaive. Pourtant, en même temps, il avait l'impression de savoir déjà tout cela, d'entendre répéter des choses qui dans son cœur étaient fort claires. Il découvrait aujourd'hui en lui-même une sagesse, une pénétration qu'auparavant il n'avait jamais soupçonnées. Ainsi aimé, il se sentait assez fort pour triompher de tout obstacle que le monde pouvait dresser devant lui. Ses yeux étaient remplis du feu de la jeunesse. «Elle a lu la lettre que je lui avais demandé de détruire, se dit-il, pourquoi donc ne rappellerais-je pas à la vie cette lettre d'elle que j'ai détruite?»

Il regardait fixement sans dire un mot la vieille petite femme au visage poudré. Une fois encore, elle tamponnait ses yeux rougis avec du papier de soie. L'obscurité gagnait la pièce aux approches du soir. Ses épaules voûtées semblaient si frêles qu'il était sûr que si, brusquement, il les empoignait, les os allaient se rompre et craquer en sonnant le creux.

«Il n'est pas trop tard.
– Mais si.
– Pas du tout. Je me demande ce qui arriverait si j'allais montrer la dernière lettre de mademoiselle Satoko à la famille du prince? Surtout si l'on considère qu'elle a été écrite après avoir sollicité officiellement la sanction impériale.»

À ces mots, le visage de Tadeshina parut tout à coup exsangue.

Ils ne dirent rien, ni l'un ni l'autre, pendant longtemps. Ce n'étaient plus les rayons du soleil couchant qui éclairaient la croisée, mais la lumière dans les chambres au second étage de l'aile principale. Les locataires rentraient et l'on apercevait parfois l'éclair d'un uniforme kaki à une fenêtre. Au-delà de la palissade, on entendait la corne d'un marchand de caillé. Ce qui distinguait l'air du soir, c'était la douceur tiède, comme d'une flanelle, des quelques jours d'été qui viennent avant que s'achève enfin la saison des pluies.

De temps à autre, Tadeshina marmottait quelque chose que Kiyoaki ne saisissait que par bribes: «C'est pour ça que j'ai tenté de la dissuader... voilà pourquoi je lui avais bien dit de ne pas le faire.»

De toute évidence, elle marmonnait qu'elle était opposée à ce que Satoko écrivît cette dernière lettre.

Il demeura silencieux, de plus en plus convaincu qu'il tenait en main une carte maîtresse. En lui, un animal sauvage semblait peu à peu, quoique invisiblement, dresser la tête.

« C'est bien, dit Tadeshina. Je vais arranger une seule rencontre. Et maintenant, le jeune maître voudra bien, je pense, avoir l'obligeance de rendre la lettre.

– Magnifique. Mais il ne suffit pas, en soi, de se rencontrer, répliqua-t-il. Je veux que nous soyons seuls ensemble, tous les deux – sans que vous y soyez. Quant à la lettre, je la rendrai après. »

27

Trois jours s'écoulèrent. La pluie ne cessa de tomber. Au sortir du collège, Kiyoaki se rendit au meublé de Kasumi-cho, son uniforme caché sous un imperméable. Tadeshina lui avait fait savoir qu'aujourd'hui serait l'unique occasion qu'aurait Satoko de s'échapper de chez elle, ses parents étant absents.

Même après que l'hôtelier l'eut conduit à la chambre située à l'arrière de la pension, Kiyoaki ressentait quelque hésitation à ôter son manteau de pluie. L'ayant remarqué pendant qu'il lui servait le thé, le vieil aubergiste le rassura : « Que Monsieur se sente tout à fait à l'aise. Il n'y a pas de raison de s'inquiéter de quelqu'un comme moi qui a renoncé au monde. »

L'hôtelier le laissa seul. Il jeta les yeux autour de la pièce et remarqua qu'une jalousie de bambou recouvrait maintenant la fenêtre par laquelle, la dernière fois, il avait regardé vers le second étage de l'aile principale. On avait fermé les fenêtres pour se protéger de la pluie et une chaleur moite, accablante emplissait la pièce. En ouvrant machinalement une boîte laquée qui était sur le bureau, il vit l'intérieur couvert de gouttelettes d'humidité.

Il sut que Satoko était arrivée en entendant des frous-frous de vêtements et des paroles murmurées venant de l'autre côté de la porte Genji à glissières.

CHAPITRE 27

Le panneau coulissant s'ouvrit et Tadeshina lui adressa un profond salut. Puis, sans dire un mot, elle laissa Satoko dans la chambre et referma bien vite le panneau. Avant que ce dernier eût repris sa place, on put voir, dans l'ombre de ce midi suffocant, passer l'éclair blanchâtre de ses yeux révulsés, telle une seiche.

Satoko s'assit sur le parquet de tatami devant Kiyoaki, les genoux scrupuleusement serrés. Elle inclinait la tête et cachait son visage derrière un mouchoir, l'autre main reposant sur le plancher. Elle avait le corps tourné de côté, si bien que sa nuque éclatante avait la blancheur d'un de ces petits lacs que, parfois, on rencontre en montagne.

Il était assis, silencieux, en face d'elle et il lui semblait que la pluie qui s'abattait sur le toit les submergeait tous deux. Il avait peine à croire qu'un tel moment était enfin venu.

Satoko ne trouvait pas de mots pour s'exprimer et c'était lui qui l'avait amenée à cette situation. Ç'avait été son plus fervent espoir de la voir réduite à cet état, dépouillée du pouvoir que lui donnait son âge de laisser échapper ces petits sermons qu'elle aimait tant, sans pouvoir rien faire que verser des larmes en silence. En cet instant, elle avait pour lui un attrait irrésistible, dans son kimono couleur de glycine blanche, mais ce n'était pas seulement celui d'un prix superbe enfin à sa portée ; c'était l'attrait du fruit défendu, de l'inaccessible absolu, de l'interdit. C'est ainsi qu'il la désirait, pas autrement. Cependant qu'elle-même avait toujours voulu le mettre en défaut en se jouant de lui. Combien les choses étaient changées ! À tout moment, elle aurait pu choisir de se poser ainsi, belle, sacrée, inviolable, mais elle avait constamment préféré une fausse attitude de sœur aînée, lui prodiguant sa tendresse avec cette affectueuse condescendance qu'il détestait tellement. Tout comme on discerne les mouvements d'une chrysalide vert foncé dans le cocon, il avait toujours pressenti qu'en Satoko se distillerait peu à peu une essence sacrée, ineffable. Et c'est à cette essence-là seule qu'il pouvait faire don de sa pureté. Dès lors, une aube à l'éclat inimaginable commencerait à inonder ce monde enténébré de mélancolie primitive où il s'était emprisonné.

Les bonnes manières qui lui avaient été inculquées dès sa petite enfance sous le parrainage du comte Ayakura devenaient aujourd'hui entre ses mains un cordonnet de soie, un lacet où prendre sa propre innocence et la vertu de Satoko. Voici qu'il avait enfin trouvé l'emploi de cette cordelette brillante dont l'usage l'avait intrigué si longtemps.

Il était certain d'aimer Satoko. Aussi, il se rapprocha d'elle doucement, à genoux, pour la prendre par les épaules. Il les sentit se raidir en lui résistant. Ce refus opposé à ses doigts le ravit. C'était une résistance solennelle, un rituel de résistance, d'une portée cosmique. Les douces épaules qui éveillaient en lui un tel désir tiraient la force qu'elles lui opposaient de l'autorité de la sanction impériale. Pour cette raison même, elle avait le pouvoir remarquable de le rendre fou, d'énerver ses doigts d'un désir fébrile. Il y avait un lustre capiteux dans sa chevelure embaumée, noir de jais, apprêtée avec soin et légèrement ramenée au-dessus de son front; rien qu'à l'entrevoir de si près, la pensée lui venait qu'il était perdu en forêt, la nuit, par un brillant clair de lune.

Il approcha son visage d'une joue humide qui avait échappé à la protection du mouchoir. Toujours sans rien dire, elle se mit à secouer la tête en essayant de l'écarter, mais ses efforts étaient si automatiques qu'il sut qu'ils ne lui étaient pas dictés par son cœur, mais par une autorité extérieure. Il détourna le mouchoir et essaya de l'embrasser, mais alors que ses lèvres avaient été consentantes en ce matin neigeux de février, elles lui résistaient farouchement à cette heure; à la fin, elle baissa la tête et, tel un oisillon endormi, elle se figea, le menton enfoui dans le col de son kimono.

Le martèlement de la pluie se faisait plus fort. Sans relâcher son étreinte, il s'arrêta pour estimer sa force défensive. Son kimono, dont le collet portait brodé un motif de chardons d'été, était chastement ramené sur la gorge, laissant apparaître un tout petit triangle de peau. Son large obi ajusté était froid et rigide au toucher, comme l'huis qui défend l'entrée d'un sanctuaire, et au centre brillait une agrafe d'or comme le haut décoré d'une pique sur le pilier d'une cour de monastère. Malgré tout, il émanait de son corps une odeur tiède de chair, qui passait par les ouvertures intérieures aux épaules, s'échappant des manches amples du kimono en brise tiède qui venait frapper sa joue.

Il ôta une main de son dos et lui prit fermement le menton. Il s'y moulait aussi aisément qu'une petite pièce ronde en ivoire du jeu d'échecs. Elle avait le nez mouillé de larmes et ses narines délicates se dilataient. Il put ainsi vraiment l'embrasser.

Tout à coup, un feu impétueux sembla la consumer, tout comme la flamme d'un poêle brûle avec plus d'énergie quand la porte est ouverte. Elle avait maintenant les deux mains libres et elle les pressait contre les joues de Kiyoaki, poussant de toutes ses forces mais gardant ses lèvres contre les siennes, alors même qu'elle tentait de le repousser. Pourtant, en raison de sa résistance, ses lèvres, avec une douceur fluide incroyable qui l'enivrait, tournaient et retour-

CHAPITRE 27

naient contre les siennes. Sa ferme résolution fondait rapidement tel un morceau de sucre dans du thé brûlant, et voici que commençait une dissolution d'une douceur merveilleuse.

Il n'avait pas la moindre idée de la façon de dégrafer un obi de femme. Son nœud évasé fortement serré dans le dos défiait les efforts de ses doigts. Mais tandis qu'il tâtonnait à l'aveuglette, en essayant de le défaire de force, elle passa la main par-derrière et tout en donnant tous les signes d'une tentative désespérée pour déjouer ses efforts maladroits, elle les orienta délicatement dans une direction plus profitable. Leurs doigts restèrent emmêlés quelques instants dans ses plis, puis, son agrafe s'étant soudain détachée, l'obi se déroula dans un bruissement de soie et jaillit loin d'elle comme s'il avait été doué d'une vie personnelle. Ce fut le début d'un tumulte confus de gestes incontrôlables. Tout son kimono se révoltait, tournoyant tandis qu'il essayait d'arracher les replis soyeux qui ceignaient ses seins, refoulé à chaque instant par tout un réseau de rubans qui se serraient à mesure que d'autres se dénouaient. Alors, offert à son regard, il vit le minuscule triangle blanc si bien protégé au-dessous de sa gorge s'agrandir en une généreuse et odorante étendue de chair.

À la vérité, elle ne fit entendre aucun mot pour protester. Il n'y avait aucune preuve que ce fût résistance muette ou séduction silencieuse. Elle semblait l'attirer à elle en même temps qu'elle luttait contre son emprise. Pourtant, il eut l'intuition que la force sous-jacente à ses entreprises contre son inviolabilité sacrée n'émanait pas de lui seul.

Où donc trouvait-elle sa source ? Il regarda son visage s'empourprer peu à peu d'un désir qui ne pouvait tromper. Une de ses mains la soutenait derrière son dos et il la sentit qui s'y appuyait plus fortement, non sans légère hésitation, jusqu'à ce que, semblant abandonner tout espoir de résistance, elle retomba sur le parquet.

Il sépara les jupes de son kimono et entreprit d'écarter l'imprimé de Yuzen des jupons de soie, formant un enchevêtrement éblouissant de dessins éraillés et de phénix resplendissants qui s'élevaient au-dessus de nuées stylisées. La vision lointaine de ses cuisses enrobées de soie, pli après pli, fut un nouvel appât à mesure qu'il se frayait une voie entre des couches de nuages superposées. Cachée au cœur de ces assemblages, une combinaison secrète en maintenait malicieusement la complexité tandis qu'il s'évertuait, et sa clé continuait à lui échapper cependant que son haleine se faisait plus rauque et plus saccadée.

Il finissait pourtant par se rapprocher de son corps et, lentement, s'abaissait sur ses cuisses aux reflets légers d'un horizon d'aube pâle, quand, levant les mains, elle l'aida doucement ; cette gentillesse voulue vint tout gâcher, car, à l'instant où l'aube et lui ne faisaient plus qu'un – qu'il la touchât ou non –, tout prit fin brusquement.

Ils reposaient l'un à côté de l'autre sur le parquet de tatami, les yeux fixés au plafond. La pluie, de nouveau torrentielle, crépitait sur le toit. Les coups sourds de leurs cœurs n'avaient guère diminué. Kiyoaki ressentait une exaltation qui outrepassait, non seulement son épuisement momentané, mais même son intuition que quelque chose venait de finir. Pourtant, le sentiment subsistait encore, suspendu au-dessus d'eux, d'un regret partagé, aussi tangible que les ombres qui se formaient peu à peu maintenant dans la pièce obscurcie. Il leur parut entendre le bruit léger que faisait une vieille femme en s'éclaircissant la voix de l'autre côté de la cloison mobile. Il allait se redresser quand, cependant, Satoko étendit la main pour l'arrêter en le saisissant doucement par l'épaule.

Alors, sans un mot, elle dissipa tout soupçon de regret. Il était ravi de se laisser conduire. À partir de ce moment, il n'était rien qu'il ne pût lui pardonner.

Il était jeune ; son désir bientôt se ranima ; cette fois, elle était offerte et tout se passa sans à-coup. Sous sa conduite sûre, féminine, il sentit que pour la première fois, tous les obstacles étaient levés et qu'il se trouvait dans un monde nouveau, regorgeant de richesses. Dans la chaleur de la pièce, il avait déjà dépouillé le dernier de ses vêtements et il sentait à présent une intimité, chair contre chair, empreinte de fermeté tout en s'abandonnant, comme le flot ou l'algue qui résistent à la proue d'un vaisseau qui s'avance. Il vit qu'il ne restait en elle nulle trace de chagrin. Elle allait jusqu'à sourire doucement mais maintenant il n'en concevait aucune inquiétude. Son cœur à lui était complètement en repos.

Plus tard, il la prit dans ses bras, tout ébouriffée, et, appuyant sa joue contre la sienne, il sentit de nouvelles larmes. C'étaient des larmes de joie, il le savait, et pourtant, rien ne pouvait mieux faire comprendre silencieusement qu'ils avaient conscience tous deux d'avoir commis un impardonnable péché que ces larmes qui coulaient doucement le long de leur joue à l'un et à l'autre. Chez

CHAPITRE 27

Kiyoaki, néanmoins, ce sens du péché accrut un courage qui commençait à naître.

« Là, dit-elle, en ramassant sa chemise, ce n'est pas le moment d'attraper froid. »

Il allait l'attraper d'un geste brusque lorsqu'elle l'arrêta un instant et porta la chemise à son visage avec un profond soupir. Quand elle la lui tendit, elle était mouillée de larmes.

Après qu'il eut revêtu sa tenue d'école et fini de s'habiller, il sursauta en l'entendant soudain frapper dans ses mains. Alors, après un intervalle significatif, le panneau de Genji s'entrouvrit légèrement et l'on vit paraître la tête de Tadeshina.

« Vous m'avez appelée, mademoiselle ? »

Satoko hocha la tête affirmativement et d'un vif coup d'œil désigna son obi, qui reposait tout emmêlé autour d'elle sur le plancher. Tadeshina fit glisser le panneau derrière elle et traversa avec précaution le parquet de tatami, s'approchant de Satoko sans regarder en direction de Kiyoaki. Elle aida sa maîtresse à s'habiller et attacha son obi. Puis, allant chercher une glace dans un coin de la chambre, elle se mit à arranger les cheveux de Satoko. Pendant ce temps, Kiyoaki était cruellement embarrassé, ne sachant pas du tout ce qu'il devait faire ; il se sentait de trop dans la chambre où l'on avait rallumé pendant que les deux femmes procédaient à leur cérémonial prolongé.

Lorsque tout fut enfin rentré dans l'ordre, Satoko, plus belle que jamais, resta assise, la tête inclinée.

« Je crains, jeune maître, qu'il nous faille partir, commença la vieille femme. La promesse que j'avais faite a été tenue. Dorénavant, veuillez, je vous en supplie, essayez d'oublier mademoiselle Satoko. Et maintenant, puis-je vous prier d'avoir l'amabilité de rendre la lettre comme vous l'avez promis ? »

Kiyoaki, assis, en silence, les jambes croisées, ne répondit pas.

« Comme vous l'avez promis, voudriez-vous retourner la lettre ? » demanda de nouveau Tadeshina.

Kiyoaki restait silencieux, comme s'il avait été sourd. Il avait les yeux fixés sur Satoko, assise paisiblement sans qu'un seul de ses cheveux fût dérangé, son magnifique kimono parfaitement en ordre. Tout à coup, elle leva les yeux. Ils rencontrèrent ceux de Kiyoaki. La lueur brillante d'un éclair passa entre eux, et à l'instant, il sut au juste ce qu'elle ressentait.

« Je ne vais pas rendre la lettre. Parce que je veux la rencontrer à nouveau, juste comme aujourd'hui, dit-il, en faisant fond sur son courage nouveau-né.

– Jeune maître ! Tadeshina n'essaya pas de dissimuler son courroux. Et que va-t-il arriver, croyez-vous ? Il n'y a qu'un enfant gâté pour dire des choses pareilles ! Vous savez quelles choses terribles vont se produire, n'est-ce pas ? Et il n'y a pas que Tadeshina qui ira à sa perte. »

Ce fut Satoko qui la fit s'arrêter, d'une voix si calme, si détachée de ce monde qu'à l'entendre, il sentit un frisson lui passer dans le dos.

« C'est bien, Tadeshina. Tant que monsieur Kiyo ne voudra pas retourner la lettre, nous ne pouvons rien faire sinon accepter de le revoir. Il n'y a pas d'autre moyen de nous sauver toi et moi, si, du moins, tu entends me sauver, moi aussi. »

28

C'était chose si rare que Kiyoaki vînt chez lui tout lui raconter par le menu que, non seulement Honda demanda à sa mère de l'inviter à rester dîner, mais alla jusqu'à laisser de côté la préparation des examens d'entrée à l'université qui, normalement, occupait la soirée entière. Savoir que Kiyoaki allait arriver suffisait à charger l'atmosphère paisible de la maison d'une sorte d'attente.

Toute la journée, le soleil, abîmé dans les nuages, avait brillé comme l'or blanc et, le soir venu, la chaleur lourde qu'il laissait derrière lui n'avait pas sensiblement diminué. Assis à bavarder, les deux jeunes gens portaient des kimonos légers d'été aux dessins de Kasuri.

Honda avait eu comme un pressentiment au sujet de la visite de Kiyoaki, mais sans pour autant être préparé à entendre ce qui allait suivre. Dès que ce dernier se mit à parler, Honda fut abasourdi de voir que le jeune homme assis à ses côtés sur le vieux canapé de cuir contre la paroi du salon était un être foncièrement différent du Kiyoaki qu'il avait connu auparavant. Jamais il n'avait vu des yeux flamboyer si ouvertement. C'était à n'en pas douter les yeux adultes de quelqu'un formé aux usages du monde, mais Honda regrettait un peu l'air mélancolique et les yeux abattus auxquels il s'était habitué chez son ami. Cela ne l'empêchait pas, malgré tout, d'être enchanté que Kiyoaki ait bien voulu lui confier sans réserve ce qui était un

CHAPITRE 28

secret de la plus grave importance. Il y avait longtemps que Honda avait espéré une telle démarche et c'était arrivé sans le moindre encouragement de sa part. À la réflexion, il comprit que Kiyoaki avait gardé ses secrets, même à l'égard de son ami, aussi longtemps qu'ils se rapportaient seulement à ses conflits intérieurs, mais, à présent qu'il s'agissait de sa réputation et de sérieux écarts de conduite, il s'était épanché dans un torrent de paroles. Compte tenu de la gravité de cette confession et de la confiance illimitée qu'elle impliquait, Kiyoaki pouvait difficilement lui donner de meilleures raisons d'être satisfait. En considérant son ami, il le trouva visiblement plus mûr, un peu de la beauté que comportait le visage de l'adolescent indécis avait désormais disparu de ses traits. Ceux-ci reflétaient maintenant la détermination d'un jeune amant passionné dont les paroles et les gestes ne portaient plus trace d'un refus ou d'une hésitation.

Il était l'image même d'un homme fier de sa conquête. En racontant son histoire à Honda, ses joues s'enflammaient, ses dents luisaient, sa voix était claire et assurée même s'il lui arrivait, par modestie, de marquer un temps d'arrêt, et l'on distinguait à l'évidence une vaillance nouvelle jusque dans la disposition de ses sourcils. Presque rien ne semblait lui être plus étranger que l'introspection, ce fut du moins l'impression de Honda, soit du fait que l'histoire se terminait si brusquement, soit à cause de l'incohérence de ses effusions.

«En t'écoutant, une idée des plus bizarres m'est venue à l'esprit – pourquoi, je l'ignore, dit Honda. Un jour que nous bavardions – je ne me rappelle plus bien quand c'était – tu m'as demandé si je pouvais me rappeler quelque chose de la guerre russo-japonaise. Par la suite, nous étions chez toi, tu m'as montré une collection de photos de la guerre. Et je me souviens que tu m'as dit que celle que tu préférais portait écrit au-dessous "Environs du temple de Tokuri : Cérémonies commémoratives pour les morts de la guerre" – une curieuse image où il semblait que les soldats fussent rassemblés comme des acteurs participant à un vaste spectacle historique. À l'époque, j'ai trouvé que c'était là une étrange préférence de ta part, alors que tu avais si peu de goût pour tout ce qui sentait la vie militaire.

Quoi qu'il en soit, en t'écoutant tout à l'heure, le souvenir de cette plaine poussiéreuse sur la photographie m'est revenue à l'esprit et, je ne sais comment, a semblé se fondre dans ta belle histoire d'amour.»

Honda avait réussi à se surprendre lui-même. Il était tout étonné non seulement de l'obscurité de ce qu'il avait dit et de la chaleur

qu'il y avait mis, mais de son admiration pour l'insouciance avec laquelle Kiyoaki dédaignait règles et préceptes – lui, Honda, qui depuis longtemps avait décidé de devenir l'homme de la loi !
Deux serviteurs entrèrent avec de petites tables où l'on avait disposé leur repas. Sa mère avait arrangé les choses de telle manière qu'ils pussent tous les deux manger et causer entre amis sans aucune contrainte. Il y avait une bouteille de saké sur chaque table, et Honda lui en offrit.
« Ma mère était un peu embarrassée. Elle ne savait pas si les mets que nous servons te plairaient, du fait que tu es habitué à de telles délicatesses », fit-il, détournant la conversation vers des choses plus banales.
Il fut content de voir que Kiyoaki se mettait à manger comme si, de fait, la nourriture était fort à son goût. Si bien que, pendant quelque temps, les deux jeunes gens s'arrêtèrent de causer et s'adonnèrent aux plaisirs sains de la table.

Savourant ensuite le court silence qui succède d'ordinaire à un bon repas, Honda se demanda pourquoi, après avoir entendu son camarade avouer un exploit aussi romantique, il en avait éprouvé un tel contentement, sans une ombre de jalousie ou d'envie. Il en était rafraîchi de même qu'imperceptiblement, un jardin au bord d'un lac s'imprègne de moiteur à la saison des pluies.
« Cela dit, qu'as-tu l'intention de faire ? demanda-t-il, rompant le silence.
– Je n'en ai pas la moindre idée. Je suis lent à démarrer, mais une fois parti, je ne suis pas de ceux qui s'arrêtent à mi-course. »
Honda le regarda tout ébaubi. Jamais il n'avait imaginé entendre un jour Kiyoaki dire une chose pareille.
« Tu veux dire que tu veux épouser mademoiselle Satoko ?
– Cela est hors de question. La Sanction a déjà été accordée.
– Mais vous avez déjà violé la Sanction. Par conséquent, pourquoi ne peux-tu l'épouser ? Ne pourriez-vous partir ensemble, tous les deux – aller à l'étranger et vous y marier ?
– Tu ne peux pas comprendre », répondit-il. Puis il retomba dans le silence, et pour la toute première fois, ce jour-là, Honda nota une trace du vague à l'âme de naguère dans les rides qui soudain apparurent entre ses sourcils.
Peut-être s'y était-il attendu, mais maintenant qu'il en avait été témoin, il sentit qu'une certaine gêne jetait une ombre sur sa propre

CHAPITRE 28

allégresse. Tandis qu'il considérait le beau profil de son ami, dont le dessin nuancé et délicat aurait désespéré tout autre qu'un artiste accompli, il se demanda ce qu'au juste Kiyoaki espérait retirer de la vie. Il se sentit parcouru d'un frisson.

Kiyoaki prit ses fraises, se leva du canapé et alla s'asseoir devant le bureau méticuleusement propre où travaillait Honda. Il s'appuya des coudes sur sa surface sévère et se mit distraitement à faire aller la chaise pivotante d'un côté à l'autre. En même temps, la pesée qu'il exerçait sur ses coudes fit tant que la tête et le torse en acquirent une aisance nouvelle et l'on apercevait sa poitrine nue par l'encolure de son ample kimono. S'armant alors d'un cure-dents, il se mit à piquer délicatement les fraises et à les gober une par une. Ces façons de se tenir à la bonne franquette montraient combien il était heureux d'échapper au décorum étroit du foyer familial. Il renversa du sucre qui tomba sur sa poitrine claire, mais il l'époussetait sans le moindre embarras.

« Tu vas attirer les fourmis, sais-tu ? » dit Honda en riant, la bouche pleine de fraises.

Les paupières délicates de Kiyoaki, trop pâles d'habitude, se coloraient à présent d'une teinte diffuse, en raison du saké qu'il avait bu. Comme il continuait à manœuvrer la chaise tournante d'un bord à l'autre, ses avant-bras nus et rougis toujours appuyés sur le bureau, il arriva qu'il alla trop loin dans un sens et son corps en subit une distorsion singulière. On aurait dit qu'une vague douleur inconnue de lui l'avait soudain frappé.

On ne pouvait méconnaître le regard perdu de ces yeux sous leurs sourcils gracieusement dessinés, mais Honda n'ignorait nullement que l'éclair de leur vision n'était pas tourné vers l'avenir. Contrairement à sa nature, il sentait en lui une cruelle envie d'infliger à son ami son malaise croissant – une force qui le poussait à feindre de lever le bras pour abattre la satisfaction par trop récente de Kiyoaki.

« Et alors, maintenant, que vas-tu faire ? As-tu seulement pensé aux conséquences qui allaient s'ensuivre ? »

Kiyoaki leva les yeux et le regarda fixement. Honda n'avait jamais vu dans un regard brûler une telle ardeur avec autant de mélancolie.

« Pourquoi faut-il que j'y pense ?

– Parce que tous ceux qui t'entourent et mademoiselle Satoko avancent lentement mais inexorablement vers un dénouement. Tu ne crois pas que vous pouvez, tous les deux, planer sans fin dans l'atmosphère comme deux libellules à la saison des amours ?

– Je sais bien que ce n'est pas possible», répliqua Kiyoaki, rompant là en détournant distraitement son regard. Il se mit à examiner les parties ombrées des coins et recoins de la pièce, ainsi les dessins compliqués au-dessous des bibliothèques et celles qui avoisinaient la corbeille à papier en osier – ces ombres menues et fugitives qui se glissaient, soir après soir, dans le bureau simple et fonctionnel de Honda, insidieuses comme les passions humaines, cherchant à se cacher partout où elles pouvaient trouver refuge.

En l'observant, Honda fut frappé de la proéminence de ses sourcils pleins de charme. Ils étaient eux-mêmes pareils à des ombres élégamment arquées. Ils paraissaient une passion incarnée tout en possédant assez de vigueur pour en contenir l'expression. Il les imaginait, veillant sur les yeux sombres et songeurs au-dessous, suivant fidèlement le regard de leur maître en tous lieux, tels des serviteurs zélés, impeccablement stylés.

Honda résolut d'aller droit au but en disant quelque chose qui avait peu à peu pris forme dans un coin de son esprit.

«Tout à l'heure, commença-t-il, j'ai dit une chose très curieuse. Je veux dire, en pensant à la photo de la guerre russo-japonaise au moment où tu me parlais de toi et de mademoiselle Satoko. Je me demandais pourquoi cela m'était venu et, maintenant que j'y ai un peu repensé, je crois tenir la réponse. Le temps des guerres glorieuses a pris fin avec l'époque Meiji. Aujourd'hui, toutes les histoires des guerres passées sont tombées au niveau de ces récits édifiants, que nous entendons dans la bouche de sous-officiers d'un certain âge à la section des sciences militaires, ou des vantardises de paysans autour d'un bon poêle. Désormais, il n'y a guère de chance de trouver la mort sur un champ de bataille.

Mais alors que les anciennes guerres ont pris fin, une espèce nouvelle de combats vient de commencer; nous voici à l'époque de la guerre des passions. Une sorte de conflit que nul ne peut voir, qu'on sent seulement – une guerre, par conséquent, que les esprits ternes et peu sensibles ne remarqueront même pas. Mais elle a commencé pour de bon. Les jeunes hommes qui ont été choisis pour y prendre part sont déjà au combat. Et toi, tu es l'un d'entre eux – il n'y a pas à en douter.

Et tout comme dans les guerres de jadis, la guerre des passions aura ses morts et ses blessés, je le crois. C'est le sort de notre époque – et tu es l'un de nos représentants. Eh bien, qu'est-ce que tu en dis? Tu es bien résolu à mourir dans cette nouvelle guerre – n'ai-je pas raison?»

Pour toute réponse, un sourire voltigea sur les lèvres de Kiyoaki. À ce moment, une bouffée de vent, lourde des moiteurs de la pluie, se fraya un chemin par la fenêtre et, au passage, vint rafraîchir leurs fronts que recouvrait une fine pellicule de sueur. Honda ne savait que penser du silence de Kiyoaki. Son explication était-elle si évidente qu'il était inutile d'y répondre ? Ou bien ses paroles avaient-elles, chez son ami, plaqué un accord harmonique bien que sa façon de s'exprimer ait été si outrée qu'il n'y avait pas moyen pour lui de répondre ouvertement ? Selon lui, il fallait bien que ce fût l'un ou l'autre.

29

À trois jours de là, l'annulation de deux cours ayant donné à Honda un après-midi de liberté, il s'en fut assister à une séance du tribunal de district, en compagnie d'un étudiant en droit qui était au service de la famille. Il avait plu toute la matinée.

Le père de Honda était juge à la Cour Suprême et, jusque dans sa famille, il était très strict sur les principes. Il se montrait fort satisfait des résultats prometteurs de son fils de dix-neuf ans qui s'était intéressé au droit avant même d'entrer à la faculté. Son père avait donc toute raison de penser que, le moment venu, son fils lui succéderait. Jusqu'à cette année, les juges étaient nommés à vie, mais au mois d'avril précédent, une refonte à grande échelle de l'appareil judiciaire avait été mise en application. En conséquence, plus de deux cents juges avaient été écartés ou priés d'envoyer leur démission. Le juge Honda, voulant se montrer solidaire de ses vieux amis malchanceux, avait offert lui aussi sa démission, mais on ne l'avait pas acceptée.

Cet événement semblait pourtant avoir marqué un tournant dans ses façons d'envisager l'existence, lesquelles, à leur tour, influèrent sur ce qui avait été jusque-là des rapports assez conventionnels avec son fils. Dès lors, il y mit une générosité chaleureuse qui rappelait l'affection dont fait preuve un haut dignitaire envers le subordonné qu'il a choisi pour lui succéder. Honda, de son côté, était résolu à se consacrer plus que jamais à ses études afin d'essayer d'être digne de ce traitement de faveur sans précédent.

Une des conséquences des nouvelles façons de voir de son père fut que celui-ci l'autorisa à assister aux audiences du tribunal sans attendre sa majorité. Il n'alla pas, bien entendu, jusqu'à lui permettre de venir à sa propre cour, mais il eut la permission d'assister à son gré à n'importe quel procès civil ou criminel, à condition d'y être accompagné par le jeune serviteur qui était aussi étudiant en droit.

Son père expliqua à Shigekuni que, n'étant familier du droit qu'à travers les livres, il lui serait extrêmement utile d'entrer en contact avec les usages juridiques en honneur au Japon et de connaître les applications pratiques de la loi. Toutefois, le juge Honda n'avait pas que cette idée en tête. À dire vrai, son principal souci était de mettre ce fils de dix-neuf ans, encore impressionnable, face aux aspects de l'existence humaine qu'une cour criminelle drague dans toute leur réalité affreusement sordide. Il voulait se rendre compte de ce que Shigekuni pourrait retirer de pareille expérience.

C'était là une espèce dangereuse d'éducation. Pourtant, à considérer le danger plus grand qui consiste à autoriser un jeune homme à se former le caractère à partir de tout ce qui peut lui plaire ou flatter son goût encore peu mûri – comportement désordonné de la multitude, amusements médiocres, etc. – le magistrat estimait avantageuse cette expérience pédagogique.

À tout le moins, il y avait grande chance qu'ainsi Shigekuni se pénétrerait de la sévérité et de la vigilance de l'œil de la loi. Il verrait tous les déchets informes, fumants, infects des passions humaines traités séance tenante suivant les recettes impersonnelles du droit. Être présent dans une cuisine comme celle-là devrait lui apprendre bien des choses d'ordre technique.

Honda se hâta de traverser les sombres couloirs du palais de justice pour se rendre à la chambre criminelle du 8e district, itinéraire qu'éclairait seulement la lumière pâle filtrant à travers la pluie qui abîmait le gazon détrempé de la cour d'honneur. L'atmosphère pénétrante du bâtiment avait absorbé une quintessence de criminalité ; ce lieu lui parut bien trop sinistre pour être le temple de la raison que l'on supposait.

Il se ressentait encore de cet abattement après que lui-même et son compagnon eurent pris place dans la salle. Il jeta un coup d'œil à l'étudiant en droit très nerveux qui, en l'amenant ici, se souciait tant de se dépêcher et qui, à cette heure, était plongé dans le traité de jurisprudence qu'il avait emporté, comme s'il avait complète-

CHAPITRE 29

ment oublié le fils de son maître. Puis il tourna le même regard nonchalant vers le siège du juge encore vide, le bureau de l'avocat général, la barre des témoins, la place du défenseur, et ainsi de suite. Ce vide universel lui sembla exprimer fidèlement sa propre philosophie en cet après-midi d'humidité moite.

Si jeune et si indolent! Comme s'il avait été mis au monde pour rester là, à écarquiller les yeux. Depuis le jour où Kiyoaki s'était confié à lui, alors qu'il aurait dû être plein d'allant et de confiance, comme il convenait à un jeune homme si bien doué, un changement s'était opéré en Shigekuni. Ou plutôt, l'amitié entre lui et Kiyoaki s'était curieusement inversée. Pendant des années, chacun d'eux avait pris grand soin de n'empiéter d'aucune façon sur la vie personnelle de l'autre. Et voici qu'il y avait tout juste trois jours, Kiyoaki était tout à coup venu le trouver et, tel un malade nouvellement guéri qui transmettrait sa maladie à une autre personne, il avait passé à son ami le virus de l'introspection. Celui-ci s'était si bien emparé de lui que le tempérament de Honda paraissait lui convenir bien mieux que celui de Kiyoaki. Le premier symptôme majeur de la maladie était de ressentir comme une appréhension.

Que devait faire Kiyoaki, se demandait-il. Était-il juste que lui-même, en tant qu'ami de Kiyoaki, ne fît rien d'autre que demeurer là sans bouger, laissant les choses aller leur train?

En attendant que l'audience de la cour ouvrît à une heure et demie, il fut absorbé par les réflexions qu'engendrait son inquiétude, l'esprit à cent lieues de la séance à laquelle il était venu assister.

«Si réellement j'agissais en véritable ami, songeait-il, ne vaudrait-il pas mieux le convaincre de tenter d'oublier mademoiselle Satoko? Jusqu'à présent, j'ai pensé qu'étant son ami, il était préférable de faire semblant de ne rien voir, même s'il était à l'article de la mort, par déférence pour ses manières délicates. Mais maintenant qu'il m'a tout raconté l'autre jour, ne devrais-je pas intervenir, comme l'amitié en donne couramment le droit, et faire de mon mieux pour le sauver du danger manifeste qui le menace? Qui plus est, je ne devrais pas hésiter, même s'il devait le prendre en si mauvaise part que cela brise notre amitié. Dans dix ou vingt ans, il comprendra pourquoi j'ai agi ainsi. Et dût-il ne jamais le comprendre, cela ne devrait faire aucune différence pour moi.

Il ne fait aucun doute qu'il va tout droit au drame. Ce sera de toute beauté, certes, mais faut-il qu'il gâche sa vie entière pour l'offrir en sacrifice à une esthétique éphémère – comme, d'une fenêtre, on surprend l'oiseau en plein vol?

Je sais ce qui me reste à faire. Dorénavant, je dois laisser de côté les vétilles et me comporter en ami impassible, dénué de sensibilité. Et qu'il lui plaise ou non, il faut que je fasse en sorte de verser l'eau froide sur cette passion déchaînée. Il faut que je m'emploie de toutes mes forces à l'empêcher d'accomplir sa destinée.»

Ces pensées fébrilement agitées lui donnèrent mal à la tête en raison de l'effort qu'elles lui avaient coûté. Il ne se sentait plus capable de rester là, patiemment assis à attendre le début de l'audience qui, pour lui, avait perdu tout intérêt. Il aurait voulu partir tout de suite, se précipiter chez Kiyoaki et y débiter tous les arguments en son pouvoir pour le convaincre de changer d'avis. Dépité de se rendre compte que cela était impossible, il en conçut une inquiétude renouvelée qui ajouta à sa déconvenue.

Jetant un coup d'œil circulaire, il vit que toutes les places étaient maintenant occupées et il comprit pourquoi son compagnon l'avait amené ici d'aussi bonne heure. Parmi le public, il y avait des jeunes gens à l'allure d'étudiants, une grisaille d'hommes et de femmes d'âge moyen et des journalistes portant brassard dont les allées et venues leur donnaient l'air très affairé. Il observa la façon dont ceux que seule attirait une vile curiosité dissimulaient leur intérêt sous un masque d'honnête bienséance, lissant leur moustache, passant le temps à manier leur éventail d'un geste élégant, ou encore s'aidant de l'ongle allongé du petit doigt pour curer le fond de l'oreille d'un dépôt couleur soufre. C'était un spectacle instructif, lequel, plus qu'aucun de ceux qu'il avait déjà vus, lui ouvrait les yeux sur la laideur morale qu'il y a à croire : «Oh, pas de danger que je commette jamais le péché.» Quoi que l'avenir pût lui réserver, il était résolu à ne jamais devenir la proie d'une telle attitude.

On avait fermé les fenêtres à cause de la pluie, et elles laissaient passer une lumière terne, sans relief qui venait se poser indifféremment sur tous les spectateurs telle une couche de poussière grise; seules en étaient exemptes les visières noires, luisantes de la casquette des gardes.

L'entrée de l'accusée déchaîna les commentaires. Encadrée par deux gardes, vêtue de l'uniforme bleu de la prison, elle se dirigea vers le banc des prévenus. Il essaya de la regarder au passage, mais, dans le public, on jouait tellement des coudes en allongeant le cou qu'il ne put guère apercevoir que la blancheur d'un visage joufflu aux fossettes apparentes. Lorsqu'elle fut entrée dans le box, il vit seu-

CHAPITRE 29

lement que ses cheveux étaient tirés en chignon cylindrique comme en portent les prisonnières. Bien qu'elle se tînt le dos courbé en signe de déférence, il remarqua qu'on distinguait comme une tension nerveuse dans la forme de ses épaules rondelettes sous l'uniforme.

Le défenseur était déjà arrivé et, maintenant, chacun n'attendait plus que l'avocat général et le juge lui-même.

« Regardez-la donc, jeune maître. Pourrait-on croire qu'elle a tué ? lui murmura à l'oreille l'étudiant en droit. On a bien raison de dire qu'on ne saurait connaître un livre par sa couverture. »

Selon les rites du tribunal, le président commença par poser les questions habituelles concernant ses nom, adresse, âge et position sociale. Il s'était fait un tel silence dans la salle que Honda imagina qu'il entendait le crissement du pinceau du greffier.

« Vingt-cinq, quartier de Nihonbashi, Tokyo – ouvrière. Tomi Masuda », répondit la femme d'une voix claire et assurée, mais si basse que la foule des spectateurs tendit l'oreille et se pencha comme un seul homme, craignant de manquer quelque chose quand la déposition en arriverait à l'essentiel. Les réponses étaient données assez uniment jusqu'à ce que l'accusée en vînt à son âge, et là, volontairement ou non, elle marqua une hésitation. Puis, encouragée par son avocat, elle se reprit et déclara d'une voix plus forte : « J'ai trente et un ans. »

À cet instant, elle tourna la tête vers son avocat et Honda put apercevoir son profil, de grands yeux clairs et quelques cheveux égarés qui frôlaient sa joue.

Le public fasciné n'avait d'yeux que pour ce bout de femme, comme si elle avait été douée d'un corps translucide de ver luisant qui eût sécrété un fil incroyablement complexe et pervers. Au moindre de ses mouvements, il s'imaginait l'uniforme taché de sueur aux aisselles, ses mamelons raidis de peur, le contour des fesses, un peu trop pleines, quelconques, sans guère de chaleur. Ce corps-là avait tissé des fils innombrables jusqu'à l'envelopper, elle, à la fin, de leur cocon sinistre. Pour le public, il fallait qu'il y eût une correspondance particulièrement intime entre son corps et le crime qu'elle avait commis. Ils ne s'estimeraient satisfaits de rien moins. Pour le commun des mortels, poussés qu'ils sont par des fantasmes tragiques, il n'est guère de sensation plus délicieusement émoustillante que la contemplation, à bonne distance, du mal vu dans l'enchaînement de la cause et de l'effet. Si cette femme avait été mince, sa minceur même aurait, à leurs yeux, personnifié ce principe. Du fait qu'elle était rondelette, sa rondeur faisait pareillement l'affaire. Aussi, convaincus qu'elle ne pouvait être que le mal incarné, ils exerçaient avidement leur imagination sans malice, s'attachant avec empressement à chaque détail, jusqu'aux gouttelettes de sueur dont ils étaient persuadés que ses seins devaient être couverts.

Les scrupules de Honda lui interdisaient de s'en tenir aux pensées de la foule, encore que, malgré sa jeunesse, il en eût la claire notion ; toute son attention se concentrait sur le témoignage de l'accusée pendant qu'elle répondait à l'interrogatoire du juge. Elle en était venue à raconter les circonstances de cette affaire.

Elle disait les choses de façon fastidieuse et confuse, mais il apparaissait clairement que la suite d'événements qui avait fini par conduire à ce crime passionnel s'était déroulée si implacablement qu'elle devait inévitablement provoquer le drame.

« Quand avez-vous commencé à habiter avec Matsukichi Hijikata ?
– Je... C'était l'année dernière, Votre Honneur. Je me le rappelle très bien. Le 5 juin. »

Une mémoire si fidèle suscita des rires dans l'assistance, mais aussitôt les gardes rétablirent le calme.

Tomi Masuda, serveuse de son état, était tombée amoureuse d'un cuisinier du nom de Matsukichi Hijikata qui travaillait dans le même restaurant. L'homme était veuf, venant tout récemment de perdre sa femme. N'écoutant que son affection, elle avait été aux petits soins pour lui et, l'année précédente, ils avaient commencé à vivre ensemble. Cependant, Hijikata ne donnait nul signe de vouloir officialiser la chose et, de fait, après s'être mis en ménage, il mit de plus en plus d'énergie à courir après d'autres femmes. Puis, vers la fin de l'année précédente, il s'était mis à fréquenter une serveuse appelée Kishimoto, employée dans une auberge du même quartier de Hama. Bien que cette fille, Hide, n'eût que vingt ans, elle n'avait plus grand-chose à apprendre sur les hommes. En conséquence, Hijikata se mit à découcher de plus en plus fréquemment. Au bout du compte, au printemps, Tomi avait demandé une entrevue à Hide et l'avait suppliée de laisser son homme tranquille. Hide l'avait traitée avec mépris et, impuissante à contenir sa furie, Tomi l'avait tuée.

C'était, en bref, un triangle qui se terminait dans la violence, affaire banale qu'aucun trait ne distinguait particulièrement. Pourtant, à la lumière de l'investigation minutieuse de l'audience, bien des éléments, à coup sûr véritables et tout à fait imprévisibles, se firent jour.

L'accusée s'était trouvée avoir eu un enfant dont on ignorait le père ; âgé aujourd'hui de huit ans, on l'avait confié à des parents

CHAPITRE 29

dans son village natal, mais elle leur avait demandé de l'envoyer à Tokyo afin qu'il pût y bénéficier de meilleures écoles. Mais, malgré son espoir que ce garçon pût encourager Hijikata à se ranger, Tomi, toute mère qu'elle fût, avait déjà emprunté une voie qui allait fatalement la conduire au meurtre.

Son témoignage en arrivait à ce qui s'était passé ce soir-là.

«Non, Votre Honneur. Si seulement Hide n'avait pas été là ce soir-là, il ne se serait rien passé. Je suis certaine que rien de tout cela ne serait arrivé. Si seulement elle avait eu un rhume ou quelque chose ce soir-là et avait été au lit quand je suis allée la voir au Kishimoto, rien ne se serait passé non plus.

Le couteau que j'ai utilisé est celui dont Matsukichi se sert pour couper le *sashimi*. C'est un homme qui a la fierté de son ouvrage et il a tout un attirail de bons couteaux. "Pour moi, mes couteaux sont comme l'épée pour le samouraï", dit-il souvent, et jamais, au travail, il ne permet à aucune femme d'y toucher car il les aiguise soigneusement lui-même. Mais vers le moment où j'ai commencé à être jalouse de Hide, il les a tous cachés quelque part, car il pensait que c'était dangereux.

Quand je me suis rendu compte de ce qui se passait dans son esprit, je me suis fâchée. Après, il m'arrivait de plaisanter à ce sujet, en faisant comme si je le menaçais. Je lui disais : "Tes couteaux, je n'en ai pas besoin. Il n'en manque pas ; je peux m'en procurer partout, tu sais." Et, un beau jour, alors que Matsukichi n'était pas rentré depuis longtemps, je nettoyais un débarras quand, tout d'un coup, je tombe sur un paquet où il y avait tous ses couteaux dans un endroit auquel on n'aurait jamais pensé. Et ce qui m'a le plus étonné, Votre Honneur, c'est qu'ils étaient presque tous couverts de rouille. En voyant cette rouille, j'ai compris à quel point il s'était compromis avec Hide et, du coup, je me suis mise à trembler avec un des couteaux, là, dans ma main. Juste à ce moment, mon garçon est rentré de l'école et, peu à peu, je me suis calmée. Alors, je me suis dit que peut-être si je prenais son couteau favori, celui dont il se sert pour couper le *sashimi*, pour le faire aiguiser, Matsukichi serait content – j'essayais de me convaincre que j'étais vraiment sa femme. Je l'enveloppai dans un linge et, au moment de sortir, mon garçon me demanda où j'allais et je lui dis que j'avais une petite course à faire, mais que je serais bientôt rentrée et qu'il soit sage à garder la maison. Alors, il me dit : "Ça m'est égal si tu ne reviens jamais. Comme ça, je pourrai retourner à l'autre école, au village." Ça, ça m'a donné un coup, et quand je me suis arrêtée pour lui demander ce qu'il voulait dire, j'ai découvert que les enfants du voisinage se moquaient de lui en disant : "Ton vieux s'est sauvé pour ne plus avoir ta mère sur le dos." Sans doute que les enfants avaient retenu ça en entendant les cancans de leurs parents à notre sujet. Voilà que maintenant, mon fils voulait quitter sa mère parce que tout le monde se moquait d'elle et qu'il parlait de retourner à la campagne chez ses parents adoptifs. La colère me saisit tout d'un coup et, sans même y penser, je lui donnai une claque. Quand je partis en courant, je l'entendis qui pleurait derrière moi. »

À ce qu'elle dit ensuite dans son témoignage, à ce moment Tomi ne pensait pas à Hide, mais elle se hâtait par les rues, ayant une seule chose en tête : faire aiguiser le couteau afin de se sentir plus à l'aise. Le rémouleur avait bien d'autres ouvrages à faire, mais elle insista pour rester. Après qu'elle eut attendu plus d'une heure, il lui aiguisa finalement son couteau. En quittant sa boutique, elle n'avait pas du tout envie de retourner à la maison et, à la fin, elle avait presque involontairement pris la direction de l'auberge Kishimoto.

Peu auparavant, Hide y était rentrée après une nuit de dissipation avec Matsukichi et la patronne l'avait chapitrée pour avoir quitté son travail. Elle avait demandé pardon à cette femme en pleurnichant, comme Matsukichi lui avait recommandé de faire. C'est seulement quelques minutes après cette scène que Tomi était arrivée à l'auberge et avait demandé à parler un moment à Hide au-dehors. Hide sortit à sa rencontre et se montra étonnamment cordiale. Elle venait d'endosser un coquet kimono pour son service et, en accompagnant Tomi le long de la rue, elle traînait ses socques dénouées d'un air langoureux sur le sol, de la façon que prennent les catins de haut vol.

« Je viens de faire une promesse à la patronne tout à l'heure. "Désormais, je ne veux plus rien avoir à faire avec les hommes" », lui ai-je dit.

Tomi se sentit envahie d'un flot de joie en l'entendant, mais l'instant d'après, Hide, avec un sourire épanoui, ôta toute signification à ses paroles en ajoutant : « Reste à savoir maintenant si je peux seulement tenir bon trois jours. »

Faisant grand effort pour se contenir, Tomi l'invita à aller se rafraîchir dans une buvette au bord de la Sumida. Une fois installées, Tomi fit de son mieux pour lui parler comme si elle s'était adressée à sa sœur aînée, mais Hide ne s'y laissa pas prendre ; elle ne réagit que par un sourire ironique. À la fin, sans doute poussée à des extrémités mélodramatiques par le saké, Tomi baissa la tête pour supplier, mais la jeune femme, de mépris, détourna brutalement son visage. Maintenant, elles étaient là depuis plus d'une heure et dehors, il fai-

CHAPITRE 29

sait noir. Hide se leva pour partir en disant que la patronne s'emporterait à nouveau contre elle si elle ne rentrait pas tout de suite.

Après qu'elles eurent quitté la buvette, Tomi prétendit ne pas savoir pourquoi elles s'étaient écartées de leur route, du côté de Hama, à travers un terrain vague mal éclairé, le long du fleuve. Elle dit que, peut-être, lorsqu'elle avait tiré Hide par le kimono, essayant de la faire rester à causer, celle-ci s'était trouvée tournée dans cette direction en se dégageant. En tout cas, Tomi nia toute intention de l'avoir menée de ce côté afin de la tuer.

Après avoir marché un petit moment, Tomi recommença à discuter, mais Hide ne fit qu'en rire ; ce faisant, ses dents si régulières s'illuminaient de blancheur bien que seule une lueur à la surface de la Sumida vînt rompre les ténèbres où toutes deux étaient plongées.

« Ce n'est pas la peine que vous continuiez comme ça, répliqua Hide à la fin. Ça ne m'étonne pas que Matsukichi en ait eu tellement marre de vous. »

Ce fut là le moment décisif, selon Tomi, qui continua à décrire ses réactions.

« Quand j'ai entendu ça, le sang m'est monté à la tête. Je ne sais comment dire au juste... tout d'un coup, je me suis sentie comme un bébé qui pleure de désespoir dans le noir, en agitant bras et jambes parce qu'il lui manque les mots pour dire ce qu'il voudrait – ou bien parce qu'il a mal quelque part. Alors, je me suis mise à jeter les bras dans tous les sens et, je ne sais comment, le linge s'est défait, je me suis trouvée tenir le couteau et pendant que mes bras continuaient à l'agiter en tous sens, Hide est venue donner juste dessus dans le noir – je ne peux pas dire autrement. »

Il y avait eu tant de véhémence dans ses paroles que le public, dans la salle, et Honda avec lui, pouvait distinguer clairement le bébé fantôme agiter lamentablement bras et jambes.

Quand elle eut fini, Tomi Masuda se couvrit le visage des mains et se mit à sangloter. Sous l'uniforme pénitentiaire, la rondeur de ses épaules en soulignait l'aspect pitoyable. L'état d'esprit du public semblait maintenant passer peu à peu d'une curiosité non déguisée à autre chose.

La pluie continuait à tomber derrière les vitres, voilant la salle du tribunal d'une lumière morne qui semblait se concentrer sur Tomi Masuda. Debout à sa place, on eût dit qu'à elle seule elle représentait dans leur complexité toutes les passions humaines, qui vivaient, respiraient, désolées et clamant leur douleur. Elle seule était douée du privilège d'un sentiment passionné. Jusque-là, quelques instants auparavant, les assistants n'avaient rien vu qu'une femme de trente et un ans, grassouillette et en sueur. Mais à présent, retenant leur souffle, et la fixant, ils regardaient un être humain que torturait l'émotion, qui se tordait comme un poisson qu'on eût découpé vivant pour le servir à table.

Rien ne pouvait la protéger de leurs regards. Le crime que, naguère, elle avait commis dans l'ombre, aujourd'hui s'était emparé d'elle, se révélant aux yeux de tous. Car c'était le caractère éclatant du crime même, plutôt qu'aucune considération de bonnes intentions ou de scrupules de moralité, qu'elle avait gravé avec une force si convaincante dans le public.

En révélant sa personnalité, Tomi Masuda avait de loin surpassé l'œuvre de l'actrice même la plus accomplie, laquelle, après tout, n'aurait révélé rien de plus que ce dont elle aurait formé le projet. Cela équivalait à faire face au monde entier et à en faire un auditoire gigantesque. Son avocat, à ses côtés, paraissait, dans sa médiocrité, incapable de lui venir en aide. On la voyait, courte et ronde silhouette, si quelconque et sans rien pour y porter remède, pas de peigne dans les cheveux, aucun bijou, sans joli kimono pour attirer le regard d'un homme – mais d'être une criminelle suffisait à ce qu'on voie en elle une femme.

« Si nous avions institué le jury chez nous, au Japon, voilà le genre de procès où il se pourrait qu'elle arrive à s'en tirer, dit l'étudiant en droit, chuchotant de nouveau à l'oreille de Shigekuni. Que voulez-vous faire avec une femme qui a la langue si bien pendue ? »

Shigekuni restait plongé dans ses pensées. Une fois que la passion était mise en mouvement suivant ses lois propres, elle devenait irrésistible. C'était là une théorie que le droit contemporain n'accepterait jamais, posant comme allant de soi que l'homme était gouverné par la conscience et la raison.

Ses pensées se tournèrent alors vers des choses plus personnelles. Bien qu'il fût venu assister à ce jugement en spectateur totalement désintéressé, il en avait éprouvé la fascination. Toutefois, en même temps, cela lui avait fait comprendre autre chose : jamais il ne se plongerait dans le genre de passion chauffée à blanc qui jaillissait de Tomi Masuda en flot torrentiel.

Au-dehors, le ciel couvert s'était encore éclairci et il ne pleuvait plus que par intervalles, en brèves ondées. Les gouttes de pluie qui couvraient la fenêtre brillaient étrangement dans le soleil.

Il espérait que sa raison serait toujours semblable à ce soleil. Mais une partie de son être était attirée irrésistiblement vers les ténèbres des passions humaines. Cette noirceur le fascinait, sans plus. Et Kiyoaki, lui aussi, avait une fascination dont le flot semblait venir ébranler la substance même de la vie, mais au lieu d'être porteuse de vie, elle contenait les germes d'une fin fatidique.

C'est dans cet état d'esprit, par conséquent, que Honda décida de ne pas s'immiscer, pour le moment, dans les affaires de Kiyoaki.

30

À l'approche des grandes vacances, il arriva quelque chose qui vint troubler l'atmosphère du collège. Le prince Pattanadid perdit sa bague d'émeraude. L'affaire prit un tour très sérieux quand le bruit se répandit que dans son irritation, le prince Kridsada s'était plaint que la bague avait été volée. Avant tout, le prince Pattanadid désirait que la chose s'arrangeât le plus discrètement possible et il tança son cousin d'être un malappris. Néanmoins, il était évident que, dans son for intérieur, il pensait, lui aussi, qu'on l'avait dérobée.

L'accusation portée par le prince Kridsada dans un mouvement de colère provoqua, de la part de l'administration de l'école, la réponse qu'on pouvait attendre. Elle déclara qu'un vol était chose impensable au collège des Pairs. L'agitation qui s'ensuivit allait finalement prendre de telles proportions que les princes, en proie de plus en plus au mal du pays, devaient décider, au bout du compte, qu'ils voulaient retourner au Siam. La série d'événements qui allait les faire entrer en conflit avec l'école débuta quand le préfet de discipline, s'efforçant de son mieux de se rendre utile, les pria d'expliquer ce qui s'était passé immédiatement avant la disparition de la bague.

À mesure qu'il les interrogeait, leurs récits commencèrent à diverger. Tous deux étaient d'accord qu'ils étaient allés se promener dans l'enceinte du collège au début de la soirée, qu'ils étaient retournés au dortoir au moment du dîner et qu'ils avaient alors découvert la perte de la bague en rentrant ensuite dans leur chambre. Le prince Kridsada affirmait que son cousin avait eu la bague au doigt pendant leur promenade, puis l'avait laissée dans la chambre avant le dîner, soutenant, par conséquent, qu'on avait dû la dérober pendant le dîner.

Le prince Pattanadid, quant à lui, en était moins sûr, comme cela était évident d'après le vague de son témoignage. Il était certain d'avoir porté la bague en sortant se promener mais avouait ne pouvoir se rappeler s'il l'avait ou non laissée dans la chambre pendant le repas.

Ce point était bien entendu essentiel en vue de décider si l'anneau avait été volé ou perdu. Ensuite, lorsque le préfet demanda où ils étaient allés au cours de leur promenade, il découvrit que les deux princes, cédant à l'attrait de cette agréable soirée, avaient franchi la palissade qui entourait la Butte impériale et s'y étaient étendus un moment sur l'herbe au sommet, chose défendue par le règlement. Ce n'est que le lendemain, par un après-midi lourd, coupé d'averses, que le préfet les avait entendus raconter ce qui s'était passé. Néanmoins, il décida qu'il n'y avait qu'une chose à faire, et il demanda aux princes de l'accompagner immédiatement afin que tous les trois, ils puissent explorer en entier le haut de la butte.

La Butte impériale occupait un coin du terrain d'exercice. Quoiqu'elle fût de faible hauteur et sans caractère, l'empereur Meiji avait un jour daigné passer en revue un défilé des élèves de son sommet aplati et herbeux. De sorte que par la suite, on l'avait convertie en monument commémoratif de l'événement, et plusieurs sakakis, arbres sacrés du shintoïsme, y avaient été plantés sur le haut, dont l'un par l'Empereur en personne. Ce lieu était regardé comme le plus vénérable du collège, tout de suite après le sanctuaire où l'empereur Meiji avait planté un autre sakaki.

En compagnie du préfet, les deux princes retraversèrent la palissade, cette fois en plein jour, et ils grimpèrent au faîte de la butte. L'herbe avait été détrempée par la bruine et la tâche qui les attendait, explorer près de deux cents mètres carrés du sol de la butte, n'allait certes pas être de tout repos. Comme il ne semblait pas, en l'occurrence, qu'il suffît de regarder à l'endroit où ils étaient restés étendus, le préfet résolut de partager la surface en trois portions, dont chacune serait passée au peigne fin par l'un d'eux. Et sous la pluie qui semblait tomber plus dru sur leur dos, ils se mirent à scruter l'herbe avec précaution, brin par brin.

Le prince Kridsada n'essayait guère de dissimuler son peu d'empressement, s'acquittant de sa tâche non sans grogner parfois. Cependant, le prince Pattanadid, ayant un bon naturel, mit davantage de bonne volonté à chercher, admettant qu'après tout, il s'agissait de sa propre bague. Il commença au bas de la pente de son côté et avança vers le haut en fouillant l'herbe minutieusement.

CHAPITRE 30

Jamais il n'avait regardé d'aussi près chaque brin d'herbe. Il ne fallait rien moins que le soin le plus appliqué car, malgré la monture d'or de la bague, sa grosse émeraude serait presque invisible dans l'herbe. La bruine se mua en gouttes de pluie derrière son cou puis finit par se glisser sous le col serré pour couler le long du dos et cette sensation fit naître le désir des chaudes moussons du Siam. Le vert clair aux racines de l'herbe donnait l'illusion qu'un rayon de soleil avait réussi à percer, pourtant le ciel demeurait couvert. Ici et là, il y avait de petites fleurs sauvages toutes blanches dans l'herbe, la tête inclinée sous le poids de la pluie, mais la blancheur poudreuse de leurs pétales restait aussi brillante que jamais. À un moment, l'œil du prince Pattanadid fut attiré par une tache d'un vif éclat sous la feuille en dents de scie d'une herbe haute. Certain que sa bague n'aurait pu y loger, il retourna néanmoins la feuille et trouva un petit scarabée brillamment coloré accroché au revers pour échapper à la pluie.

D'examiner l'herbe de si près la faisait paraître pousser sous son nez, immense et verte, lui rappelant les jungles de son pays à la saison des pluies. Les yeux ainsi rivés sur l'herbe, il pouvait s'imaginer les cumulus qui s'amoncelaient, brillant d'un blanc si intense, le ciel d'un azur profond d'un côté, mais sombre et menaçant de l'autre, et même, il entendait les roulements furieux du tonnerre.

Ce n'était pas vraiment la bague qui le faisait se soumettre volontiers à cet effort pénible. S'il s'épuisait à chercher dans cette herbe qui rendait vaine sa tentative, c'était dans le but de retrouver l'image de la princesse Chan, aussi mince que fût l'espoir d'y réussir. Il était prêt à fondre en larmes.

Un groupe d'élèves qui se dirigeaient vers la salle de gymnastique vint à passer portant des parapluies, leurs maillots jetés par-dessus leur tenue de sport. Voyant qu'on s'activait au haut de la butte, ils s'arrêtèrent pour regarder.

Le bruit que la bague avait été perdue s'était déjà répandu dans le collège, mais comme les élèves considéraient qu'il était efféminé pour un homme de porter une bague, peu nombreux étaient ceux qui ressentaient la moindre compassion ou le moindre intérêt pour cette perte ou pour cette recherche désespérée. Naturellement, ils comprirent de quoi il s'agissait dès qu'ils virent les deux princes avancer péniblement à quatre pattes dans l'herbe mouillée. Assurément, il était venu à leurs oreilles que le prince Kridsada avait lancé l'accusation de vol et, à présent, l'occasion était belle d'exprimer leur ressentiment en proférant des railleries amères à l'adresse des deux princes. Mais quand ils aperçurent le préfet qui se dressait pour regarder dans leur direction, ils se trouvèrent tout interdits, et lorsqu'il les invita d'un ton calme à se joindre à l'expédition, ils restèrent muets et tournèrent le dos en s'égaillant dans tous les sens.

Les deux princes et le préfet, partis chacun de points différents, étaient presque parvenus à se rejoindre au milieu de la butte, si bien qu'il était difficile de ne pas admettre qu'ils s'étaient probablement dépensés en vain. Les averses avaient cessé et un soleil de fin d'après-midi avait enfin percé entre les nuages. L'herbe mouillée scintillait sous les rayons à l'oblique déclinante, et, à sa surface, l'ombre portée des feuilles formait des dessins compliqués.

Le prince Pattanadid crut voir une émeraude luire, à n'en pas douter, dans une touffe d'herbe, mais en y plongeant ses mains mouillées, il ne trouva qu'un reflet pâle et tremblant, terni par la saleté, simple écheveau d'herbe trempée avec des lueurs dorées vers les racines, sans nulle ressemblance avec la bague.

Par la suite, on raconta à Kiyoaki l'histoire de cette vaine prospection. Le préfet avait certes témoigné de sa bonne volonté en aidant de son mieux, mais il était indéniable que cette exploration avait été, pour les deux princes, une humiliation inutile. Nul ne fut vraiment surpris quand, en faisant une question de principe, ils y trouvèrent une bonne excuse pour boucler leurs valises et déménager à l'Hôtel impérial. Ils avouèrent à Kiyoaki qu'ils avaient résolu de rentrer au Siam le plus tôt possible.

En entendant son fils lui annoncer cette nouvelle, le marquis Matsugae fut consterné. Il se rendait compte que permettre aux deux princes de rentrer chez eux dans ce qui était présentement leur état d'esprit, c'était y laisser une cicatrice durable. Pour tout le restant de leurs jours, leur attitude envers le Japon se teinterait de souvenirs amers. Il tenta d'abord d'atténuer l'antagonisme qui existait entre eux et le collège, mais il découvrit que l'attitude des princes s'était durcie au point qu'il n'y avait, à présent, guère d'espoir de mener à bien une quelconque médiation. Pour le moment, il attendit donc que l'heure fût venue, ayant décidé que la première chose à faire était de persuader les princes de ne pas rentrer au pays, puis d'échafauder le meilleur plan en vue de modérer leur hostilité.

Cependant, les vacances d'été approchaient. Après en avoir discuté avec Kiyoaki, le marquis résolut d'inviter les princes à la villa familiale au bord de la mer, une fois les vacances commencées. Kiyoaki devait les y accompagner.

31

Le marquis avait déjà donné à Kiyoaki la permission d'inviter Honda à la villa, si bien que, le lendemain de la fin des classes, les quatre jeunes gens prirent le train à la gare de Tokyo.

Chaque fois que le marquis lui-même se rendait à la villa de Kamakura, il fallait qu'une grande délégation, ayant à sa tête le maire et le chef de la police, se trouvât à la gare pour le saluer avec tout le cérémonial approprié. En outre, on amenait du sable blanc de la plage pour le répandre le long du chemin de la gare de Kamakura jusqu'à la villa, à Hase. Cependant, le marquis ayant averti le conseil municipal qu'il voulait voir traiter les quatre jeunes gens comme de simples étudiants sans aucun comité de réception, en dépit de la position des princes, ils purent prendre des pousse-pousse à la gare et jouir en paix du trajet jusqu'à la villa.

La route étroite serpentait sous une voûte de rameaux chargés de verdure. En approchant du sommet d'une colline escarpée, ils aperçurent à l'horizon le portail de pierre de la villa dont le nom était gravé en caractères chinois sur le pilier de droite. Elle s'appelait Chung-nan, titre d'une œuvre du poète Tang, Wang Wei.

Le domaine dont dépendait ce Chung-nan japonais couvrait plus de trois hectares et comprenait toute une ravine boisée qui débouchait sur la grève. Le grand-père de Kiyoaki y avait bâti jadis une simple maisonnette couverte d'un toit de roseaux, mais, après qu'elle eut disparu dans un incendie quelques années auparavant, son père avait aussitôt saisi l'occasion d'édifier une résidence d'été cossue avec douze chambres d'amis, de style composite japonais et européen. Cependant, le jardin, qui s'étalait à partir de la terrasse du côté sud de la maison, avait été dessiné entièrement à l'occidentale. De cette même terrasse, on voyait l'île d'Oshima dont le volcan rutilait la nuit au loin comme un feu de joie. Cinq ou six minutes de marche tout au plus à travers le jardin conduisaient à la plage de Yuigahama. De fait, le marquis, à l'aide de jumelles, pouvait, assis sur la terrasse, regarder la marquise s'ébattre dans les vagues près du rivage, distraction occasionnelle qui l'amusait fort. Néanmoins, un étroit champ potager s'insérait entre le jardin et la grève, et afin de supprimer cette discordance, on avait planté une rangée de pins le long du bord méridional du jardin. Le jour où les arbres auraient complètement poussé, ils détruiraient la vue qui s'étendait ininterrompue du jardin jusqu'à la mer, et le marquis ne serait plus à même de se distraire avec ses jumelles.

Par une claire journée d'été, la beauté du cadre de la villa était à son apogée. La ravine s'étalait en éventail avec la maison à sa pointe, ses deux crêtes bornant le jardin de chaque côté : celle de droite s'achevait par un promontoire appelé cap Inamuragazaki, celle de gauche était dirigée vers l'île d'Iijima.

Rien ne venait s'interposer dans le vaste horizon et l'on avait l'impression que tout ce qu'il embrassait – le ciel, la terre et l'océan entre les caps – faisait partie du domaine des Matsugae. Nulle image ne troublait sa souveraineté, hormis celle des nuages ondoyants et fantasques, parfois un oiseau, ou un lointain navire qui passait au large. En été, quand les formations nuageuses étaient au zénith, tout cet ensemble paraissait transformé en un immense théâtre, la villa abritant les spectateurs et l'étendue plane de la baie devenant l'immense scène où les nuages exécutaient leurs ballets fantastiques.

Le sol de la terrasse extérieure était en bois de teck épais, disposé en damier. L'architecte était d'avis qu'il ne fallait pas exposer un plancher de bois aux intempéries, mais il dut céder quand le marquis lui rappela sèchement que le pont des bateaux était en bois. Du point de vue privilégié qu'offrait la terrasse, Kiyoaki avait, l'été précédent, passé des journées entières à observer attentivement la variété subtile des nuages changeants. Le soleil devenait terrifiant quand, brillant sur les cumulus qui dominaient la pleine mer en masses énormes semblables à de la crème fouettée, il pénétrait jusqu'au fond de leurs creux recourbés. Tandis que les zones restées dans l'ombre s'opposaient à l'incursion solaire, les rayons éclatants sculptaient le relief vigoureux de leurs silhouettes. Dans son imagination, les parties soustraites à l'éclairage direct différaient du tout au tout de celles qui étaient soumises à cette exposition éblouissante. Elles étaient plongées dans un sommeil paisible cependant que, par contraste, leurs lumineux homologues jouaient un drame brutal dont le déroulement rapide atteignait une dimension tragique. Mais il n'y avait pas place pour l'élément humain, de sorte que sommeil et tragédie aboutissaient à la même chose, au mieux à un jeu futile.

Si son regard s'arrêtait sur les nuages, il ne remarquait aucune modification, mais s'il se détournait un instant, il découvrait qu'ils avaient changé. Sans qu'il s'en rendît compte, leur crinière héroïque s'ébouriffait telle, en dormant, une coiffure échevelée. Et aussi long-

CHAPITRE 31

temps qu'il y tenait les yeux fixés, ce nouveau désordre persistait, toujours aussi lent à se mouvoir.

Quoi donc s'était désintégré ? Un instant, leurs formes blanches éclatantes dominaient le ciel, mais l'instant d'après, ils s'étaient dissous en une chose quelconque, en banalité aveulie. Et pourtant, en se dissolvant, ils apportaient comme une libération. Car, sous ses yeux, leurs restes épars se reformaient peu à peu et, ce faisant, ils projetaient sur tout le jardin des ombres étranges, comme si une armée alignait ses forces dans le firmament. De toute sa puissance, d'abord elle ombrait la grève et le champ potager, puis, remontant vers la maison, elle envahissait la bordure méridionale du jardin. Les couleurs vives des feuilles et des fleurs qui en couvraient la pente, dessinée à l'image du palais de Shugakuin, rutilaient comme une mosaïque sous le soleil éblouissant – érables, sakakis, arbustes à thé, cèdres nains, daphnés, azalées, camélias, pins, buis, pins noirs de Chine et ainsi de suite – puis, brusquement, tout était plongé dans l'ombre ; la cigale elle-même cessait son chant, comme endeuillée.

Les couchers de soleil, surtout, étaient magnifiques. Il imaginait qu'à l'approche de chacun de ceux-ci, tous les nuages savaient par avance quel coloris ils allaient prendre – rouge écarlate, violacé, orange, vert clair ou tout autre – et puis que l'effort même de cet instant les faisait pâlir avant que de virer à leur nuance nouvelle.

«Quel superbe jardin ! Je n'avais pas idée qu'au Japon, l'été pût être si radieux», dit Chao P., l'œil brillant.

Tandis que les deux princes se tenaient sur la terrasse inondée de soleil, Kiyoaki ne pouvait imaginer personne qui, davantage, parût dans son élément. En ce jour, il était clair que leur humeur maussade avait disparu.

Bien que Honda et lui-même trouvassent tous deux le soleil excessif, pour les princes c'était simplement une température agréable, tout à fait de leur goût. Debout sur la terrasse, ils s'en imprégnaient, comme s'ils ne pouvaient jamais avoir assez de cette chaleur.

«Quand vous vous serez rafraîchis et un peu reposés, leur dit Kiyoaki, je vous ferai faire le tour du jardin.

– À quoi bon se reposer ? Ne sommes-nous pas tous les quatre jeunes et pleins d'énergie ?» repartit Kridsada.

Plus que toute autre chose, pensa Kiyoaki, plus que la princesse Chan, l'anneau d'émeraude, leurs amis, leur collège, ce qu'il aurait peut-être fallu aux princes, c'était le soleil. Il semblait que l'été eût le pouvoir de guérir tous les regrets, d'apaiser tous les chagrins, de leur rendre le bonheur perdu.

Tout en ruminant ainsi ces pensées à propos de la chaleur torride du Siam dont il n'avait jamais eu l'expérience, il observa en lui-même également une certaine ivresse due à l'été qui leur était apparu si soudainement. Il entendit le chant des cigales dans le jardin. La froide saison s'était évaporée comme une fraîche sueur à son front.

Tous les quatre, ils descendirent de la terrasse et entourèrent un vieux cadran solaire dressé au centre d'une vaste pelouse.

Il portait par-devant, gravée en anglais, la légende: «1716 – Ombres Qui Passent». Son aiguille de bronze verticale dessinait, en arabesque fantaisiste, une sorte d'oiseau dont le bec tendu pointait en direction du nombre douze, en chiffres romains, à mi-chemin des marques qui désignaient le nord-ouest et le nord-est. L'ombre portée allait indiquer trois heures.

En passant le doigt sur la lettre «S» de l'inscription, Honda songea à demander aux princes dans quelle direction se trouvait le Siam, mais il décida de ne pas courir le risque inutile de réveiller leur nostalgie. En même temps, sans le vouloir, il changea légèrement de position et intercepta le soleil de sorte que son ombre à lui se superposait à celle qui allait marquer trois heures.

«Voilà. Voilà le secret, dit Chao P. en voyant ce que Honda venait de faire. Si vous faisiez cela toute la journée, le temps devrait s'arrêter. Quand je serai rentré, je vais faire installer un cadran solaire dans le jardin. Alors, les jours où je serai très, très heureux, je laisserai un serviteur se tenir tout à côté du matin au soir et le couvrir de son ombre. J'arrêterai la marche du temps.

– Mais il mourra d'une insolation, fit Honda en s'écartant pour que le violent soleil rendît l'heure au cadran.

– Non, non, répliqua Kridsada, nos domestiques peuvent rester toute la journée au soleil, cela ne les gêne pas le moins du monde. Et encore, le soleil, chez nous, est-il sans doute trois fois plus fort que celui-ci.»

L'épiderme du prince aux tons brun chaud, si généreux sous le soleil, séduisait l'imagination de Kiyoaki. Il lui semblait que cette peau devait certainement enclore une nuit apaisante qui ne cessait de rafraîchir ces jeunes gens, telle une luxuriante essence d'ombre.

Il lui avait suffi de mentionner en passant le plaisir qu'il avait goûté à parcourir les pistes des montagnes derrière la villa pour

CHAPITRE 31

qu'aussitôt, il fallût que tous les quatre partent en exploration, avant même que Honda puisse essuyer la sueur due à la chaleur du jardin. Au surplus, ce dernier était stupéfait de voir Kiyoaki, naguère si indolent, prendre la tête de cette expédition avec tant d'énergie. Cependant, en dépit de ses inquiétudes, quand ils eurent grimpé au sommet de la crête, ils y furent accueillis par une brise de mer délicieusement fraîche qui soufflait par les ombrages de la forêt de pins et ils en oublièrent la sueur de la montée tout en jouissant de la vue panoramique de la grève de Yuigahama.

Kiyoaki les emmena le long de la piste qui suivait la ligne de crête et, en cheminant d'un pas ferme à travers les feuilles tombées de l'année précédente, écrasant sur leur passage les fougères et les bambous qui obstruaient presque le sentier, ils sentaient en eux-mêmes toute la vigueur de la jeunesse. Tout à coup, Kiyoaki s'arrêta et désigna du doigt le nord-ouest.

« Regardez là-bas, leur cria-t-il, c'est ici le seul endroit d'où on peut le voir. »

Il y avait un groupe de pauvres habitations insignifiantes dans un vallon qui s'étendait au-dessous d'eux, mais au-delà et les dominant de sa masse, les quatre jeunes gens aperçurent la silhouette du Grand Bouddha de Kamakura.

Tout ce qui avait trait à ce Bouddha, depuis les épaules arrondies jusqu'aux plis de sa robe, était à grande échelle. Le visage était de profil et la poitrine, en partie visible, légèrement saillante par-delà le contour gracieux de la manche qui tombait en flot uni depuis l'épaule. Le soleil éclatant venait frapper le bronze étincelant de l'épaule arrondie et faisait jaillir des éclats lumineux de l'ample poitrine d'airain. Le soleil allait bientôt se coucher et, dardant ses rayons sur les escargots de bronze torsadés comme une chevelure sur la tête du Seigneur Bouddha, chacun d'eux se découpait en relief. Le lobe allongé semblait pendre comme un fruit desséché d'un arbre tropical.

Honda et Kiyoaki furent stupéfaits de voir les princes tomber à genoux sitôt qu'ils aperçurent la statue. Sans accorder une seule pensée au pli tout neuf de leurs pantalons de coutil blanc, ils s'agenouillèrent sans hésiter sur les feuilles mouillées, en décomposition, qui recouvraient le sentier et ils pressèrent leurs paumes l'une contre l'autre par révérence pour le lointain personnage que baignait le soleil d'été.

Les deux autres eurent assez d'irrévérence pour échanger un bref coup d'œil. Pareille foi était si éloignée de leur expérience qu'ils n'avaient même jamais pensé qu'elle pût se manifester dans leur vie. Non pas qu'ils ressentissent la moindre inclination à railler la dévotion exemplaire des princes, mais ils avaient l'impression que ces deux jeunes gens, qu'ils considéraient désormais comme des étudiants fort semblables à eux-mêmes, venaient tout à coup de prendre leur essor vers un monde dont les idéaux et la foi leur étaient tout à fait étrangers.

32

À la promenade en montagne derrière la maison succéda un tour complet du jardin. Tous ces efforts avaient mis leur énergie à rude épreuve, si bien qu'à la fin, tous quatre furent très contents de se reposer un moment dans la salle de séjour de la villa. Ils y goûtaient la brise marine venant de la terrasse tout en dégustant de la limonade qu'on avait apportée de Yokohama et mise à rafraîchir dans le puits. Bientôt, cependant, ils furent prêts à repartir. Cette fois, ils cédèrent à l'envie d'aller se baigner rapidement avant le coucher du soleil, et ils se dépêchèrent de monter dans leurs chambres s'habiller pour l'occasion, chacun selon son goût. Kiyoaki et Honda ceignirent les pagnes rouges qui servaient au collège pour la natation et ils enfilèrent par-dessus les tuniques légères de coton ornées au point d'épine qui complétaient l'uniforme. Enfin ils mirent des chapeaux de paille et se seraient dirigés vers la plage si les deux princes ne les avaient pas retardés. Quand, finalement, tous deux apparurent, ils avaient revêtu des maillots de bain anglais à rayures qui mettaient en valeur leurs épaules brunes.

Kiyoaki et Honda étaient amis depuis longtemps, mais jamais auparavant Kiyoaki n'avait invité celui-ci à la villa familiale durant l'été; il y était venu pourtant une fois à l'automne ramasser des châtaignes. C'était donc aujourd'hui la première fois qu'il allait se baigner avec Kiyoaki depuis le temps où, jeunes garçons, ils étaient ensemble à la villa que possédait l'école à la plage de Katase et où leur amitié présente avait à peine commencé.

CHAPITRE 32

Tous quatre dévalèrent la pente jusqu'au bas du jardin, se frayèrent un passage à travers la bordure de jeunes pins et s'élancèrent par l'étroit potager vers la plage.

Là, Honda et Kiyoaki marquèrent une pause pour se livrer, comme il était prescrit, à une gymnastique préparatoire à la natation, rite qui fit se tordre de rire les deux princes. Peut-être était-ce en guise de représailles innocentes contre les deux Japonais pour ne s'être pas agenouillés en même temps qu'eux en apercevant au loin le Grand Bouddha. Aux yeux des princes, rien au monde n'était plus divertissant que cette forme moderne de pénitence, parfaitement égocentrique.

Pourtant, la nature même de leur rire décelait qu'ils se sentaient plus à l'aise que jamais auparavant ; il y avait longtemps qu'ils n'avaient eu l'air si joyeux. Après qu'ils se furent égayés dans l'eau à cœur joie, Kiyoaki estima qu'il pouvait oublier sa qualité d'hôte pendant quelque temps ; les princes allèrent de leur côté pour causer dans leur langue tandis que lui et Honda s'entretenaient en japonais jusqu'à ce que, tous les quatre, ils s'endormissent sur la plage.

Le soleil, au couchant, se voilait d'une fine pellicule de nuage. Il avait, depuis tout à l'heure, beaucoup perdu de sa chaleur, mais maintenant, il faisait bon y être étendu, surtout quand on avait une peau aussi blanche que celle de Kiyoaki. N'ayant d'autre vêtement que son pagne rouge, il se jeta tout mouillé à même le sable, et reposa, couché sur le dos, les yeux fermés.

À sa gauche, Honda s'assit sur le sable, jambes croisées, les yeux fixés sur les flots de la baie. Malgré le calme de la mer, le mouvement des vagues le fascinait. Il vit que la crête de l'océan paraissait de niveau avec ses yeux. Comme il était étrange, pensa-t-il, que celui-ci vînt mourir ainsi brusquement, le cédant à la terre, là, devant lui.

Il se mit à faire passer du sable sec d'une main dans l'autre. Quand, ce faisant, une bonne partie s'en fut répandue, il allongea le bras machinalement et recommença avec une nouvelle poignée, ses pensées entièrement accaparées par la mer.

Elle venait mourir à quelques pas d'où il était assis. Le vaste, immense océan, malgré sa toute-puissance, s'achevait là, droit devant ses yeux. Qu'il s'agisse des limites du temps ou de l'espace, rien n'est plus terrifiant qu'une frontière. D'être ici en ce lieu avec ses trois compagnons, à cette merveilleuse frontière entre la terre et l'océan, le frappait tout comme s'il était en train de vivre une fin de siècle et le début du suivant, comme s'il participait à un moment privilégié de l'histoire. De même, le flot de leur époque, cette époque où il vivait ainsi que Kiyoaki, devait, lui aussi, avoir son heure fixée pour monter, un rivage où se briser, une limite qu'il ne pouvait enfreindre.

L'océan venait mourir là, droit devant ses yeux. Tandis qu'il regardait l'ultime élan de chaque vague qui s'égouttait à travers le sable, l'ultime choc de cette puissance souveraine venue du fond des âges, il était frappé du pathétique de toutes ces choses. Parvenu à ce point, une grande aventure panocéane qui enjambait le monde soudain déraillait et s'achevait dans le néant.

Pourtant, pensait-il, cet ultime échec n'allait pas sans douceur apaisante. Une même collerette de dentelle, dernier adieu des flots, échappait au dernier moment à la désintégration avant de se fondre dans le sable humide et luisant quand la vague elle-même se retirait et disparaissait dans l'océan.

Depuis leur départ, assez loin au large, là où se dissipaient les moutons, les flots s'avançaient en quatre ou cinq étapes, chacune d'elles visible à tout moment – d'abord une houle qui grossissait jusqu'à sa crête puis venait se briser, ses forces épuisées, juste avant le reflux – perpétuel recommencement.

La vague en se brisant poussait un rugissement furieux en découvrant son ventre lisse, vert sombre. Le rugissement s'achevait en un cri et le cri en murmure. L'assaut des grands destriers blancs faisait place à un front de coursiers plus petits jusqu'à ce que la folle chevauchée peu à peu disparût tout entière, sans rien laisser que ces empreintes du choc des sabots sur la grève.

Deux ruisselets coulant de gauche et de droite se heurtèrent brutalement, s'étalant en éventail avant de s'absorber dans l'éclatant miroir de la surface du sable. Au même instant, la réflexion du miroir s'anima, saisissant la vague suivante à crête blanche au moment précis où elle allait s'abattre, pure image verticale qui scintillait telle un alignement de glaçons.

Au-delà du reflux où d'autres vagues, l'une après l'autre, arrivaient en roulant, aucune ne formait de crêtes blanches et lisses. De toutes leurs forces, elles donnaient l'assaut, et puis recommençaient, entêtées à atteindre leur but. Mais, regardant au loin vers la pleine mer, Honda ne put se défendre du sentiment que l'apparente énergie de ces flots qui battaient le rivage n'était rien de plus, en réalité, diluée et affaiblie, qu'une ultime dispersion.

Plus on regardait au loin, plus sombre était la couleur des eaux, jusqu'à finalement devenir d'un profond bleu émeraude. On eût dit que les ingrédients anodins de l'eau au-delà de la laisse de basse

CHAPITRE 32

mer se condensaient à mesure sous la pression croissante en eau profonde, son vert se concentrant de plus en plus pour produire à la fin une matière bleu émeraude éternelle, aussi pure et impénétrable qu'un fin jade et qui emplissait l'horizon.

Bien que la mer pût paraître vaste et profonde, cette matière en constituait l'étoffe même. Quelque chose qui se cristallisait en bleu par-delà le chevauchement sans profondeur et futile des vagues – tel était l'océan.

D'avoir les yeux fixés et de penser suffit à lui fatiguer aussi bien la vue que l'esprit et il se tourna pour regarder Kiyoaki qui, à coup sûr, dormait à cette heure d'un profond sommeil. Sur son corps empreint de grâce et de beauté, la clarté de l'épiderme semblait plus blanche encore par contraste avec le pagne rouge qui constituait tout son vêtement. Juste au-dessus du pagne, sur son pâle abdomen que sa respiration soulevait et laissait retomber doucement, étaient venus se loger un peu de sable qui avait séché et de minuscules fragments de coquillages. Ayant levé le bras gauche pour y reposer sa tête, son flanc gauche, généralement caché, se révélait à Honda, et derrière le mamelon gauche qui lui fit penser à un menu bouton de fleur de cerisier, une constellation de trois petits grains de beauté noirs attira son regard. Il lui sembla qu'ils avaient quelque chose d'étrange. Pourquoi fallait-il que la chair de Kiyoaki fût ainsi marquée ? Quoique leur amitié fût si ancienne, il ne les avait jamais vus auparavant, et aujourd'hui ils lui causaient trop de gêne pour qu'il restât à les regarder, comme si Kiyoaki avait tout à coup avoué un secret dont il eût mieux valu ne rien dire. Mais en fermant les yeux, il aperçut l'image des trois grains noirs contre ses paupières, aussi clairement que les silhouettes de trois oiseaux volant au loin, à la tombée du jour, à travers le ciel, si brillamment illuminé au soleil couchant. Il s'imagina qu'ils approchaient, qu'il voyait maintenant leurs battements d'ailes avant qu'ils passent au-dessus de leurs têtes.

Quand il rouvrit les yeux, un léger bruit sortait du nez bien conformé de Kiyoaki et l'on voyait ses dents humides, d'un blanc pur, luire entre ses lèvres entrouvertes. Malgré lui, le regard de Honda retomba sur les grains de beauté de Kiyoaki. Cette fois-ci il pensa qu'ils ressemblaient à des grains de sable qui s'étaient incrustés dans sa peau blanche.

La partie sèche de la plage finissait à leurs pieds, et, ici et là, les vagues avaient passé outre leur limite habituelle, éclaboussant d'étroites langues de sable qu'elles laissaient mouillées derrière elles, sorte de bas-relief qui gardait trace de la vague. Des pierres, des coquillages, des feuilles flétries s'y étaient également incrustés, qu'on eût juré être d'anciens fossiles, et le moindre caillou était adossé à un filet de sable mouillé, preuve du combat qu'il avait mené contre la vague en retraite.

Et il n'y avait pas que des pierres, des coquillages et des feuilles flétries. Des enchevêtrements d'algues brunes, des morceaux de bois, des fétus de paille et jusqu'à des pelures d'oranges s'y étaient échoués et fixés dans le sable. Il pensa qu'il était possible que des grains fins et humides eussent réussi à pénétrer jusque sous la peau blanche et tendue qui enveloppait le flanc de Kiyoaki.

Trouvant que cette idée le troublait beaucoup, il essaya d'imaginer quelque moyen de balayer les grains sans réveiller Kiyoaki. Mais, poursuivant son observation, il se rendit compte que les marques noires bougeaient si librement, si naturellement au rythme de sa poitrine que ce ne pouvaient pas être des corps étrangers. Elles lui appartenaient et ne pouvaient donc être rien d'autre que les grains de beauté noirs qu'il y avait vus en premier.

Il estima qu'en quelque sorte, c'était là trahir l'élégance corporelle de Kiyoaki.

Peut-être ce dernier eut-il l'intuition de ce regard pénétrant, car soudain il ouvrit les yeux, rencontrant aussitôt ceux de Honda. Puis il leva la tête et se mit à parler brusquement, comme pour empêcher son ami un peu embarrassé de lui échapper.

« Veux-tu faire quelque chose pour moi ?

– Oui.

– À dire vrai, je ne suis pas venu ici pour servir de chaperon aux princes. C'est là une bonne excuse, mais en fait je veux donner à tout le monde l'impression que je ne suis pas à Tokyo. Tu vois ce que je veux dire ?

– J'avais deviné que tu avais dans l'idée quelque chose de ce genre.

– Ce que je voudrais faire, ce serait de vous laisser ici de temps à autre, toi et les princes, et d'y retourner sans que personne le sache. Je ne puis me passer d'elle plus de trois jours au maximum. De sorte que ce sera à toi d'arranger les choses avec les princes pendant mon absence, et aussi de savoir quoi dire au cas peu probable où quelqu'un téléphonerait de Tokyo. Je vais partir ce soir par le dernier train, en troisième classe, et je serai de retour par le premier demain matin. Veux-tu bien faire cela pour moi ?

– C'est entendu », dit Honda d'un ton assuré.

CHAPITRE 33

Tout heureux que son ami ait accepté si volontiers, Kiyoaki étendit le bras et lui donna une poignée de main avant de continuer.
«Je suppose que ton père assistera aux obsèques officielles du prince Arisugawa.
– Oui, c'est probable.
– Quelle bonne idée le prince a eue de mourir en ce moment! À ce que j'ai entendu dire hier, les Toinnomiya ne peuvent faire autrement que d'ajourner quelque temps la cérémonie des fiançailles.»
Cette remarque rappela à Honda que l'amour de Kiyoaki pour Satoko se mêlait de façon inextricable aux intérêts de la nation dans son ensemble, et pareil danger le fit frissonner tout entier.
À cet instant, leur entretien fut interrompu par les deux princes qui arrivèrent en courant, mettant tant d'enthousiasme dans leur hâte qu'ils faillirent culbuter. Kridsada parla le premier, faisant effort tant pour reprendre haleine que pour s'exprimer dans son japonais très limité.
«Savez-vous ce dont Chao P. et moi étions en train de causer à l'instant? demanda-t-il. Nous étions en train de discuter de la transmigration des âmes.»

33

*E*n entendant cela, les deux jeunes Japonais se lancèrent un coup d'œil involontaire, réaction instinctive dont la signification fut perdue pour Kridsada, impétueux de tempérament et peu enclin à sonder la physionomie de ses interlocuteurs. Chao P., quant à lui, avait beaucoup appris durant les six mois où il avait dû affronter les tensions provoquées par la vie en milieu étranger. C'est pourquoi, en ce moment, bien que sa peau fût trop foncée pour rien trahir d'aussi manifeste qu'une rougeur, il hésitait visiblement à poursuivre ce genre de conversation. Il s'y résolut cependant, s'exprimant dans son très bon anglais, peut-être parce qu'il souhaitait avoir l'air raffiné.
«Voyez-vous, quand Kri et moi étions enfants, on nous racontait toutes sortes d'histoires tirées du *Jataka Sutra*. Nos nourrices nous contaient même comment le Seigneur Bouddha lui-même s'était

réincarné à maintes reprises quand il était encore bodhisattva – tantôt cygne d'or, tantôt caille, singe, grand cerf et ainsi de suite. Nous étions donc en train de nous demander tout à l'heure ce que nous avions bien pu être dans les existences antérieures. Cependant, je crains que nous n'ayons pas été du tout d'accord. Lui soutenait qu'il avait été un daim et moi un singe, tandis que je prétendais que c'était tout juste le contraire : lui le singe et moi le daim. Qu'en dites-vous ? Nous allons nous en remettre à vous. »

Quelle que fût leur réponse, ils risquaient de fâcher l'un ou l'autre, si bien qu'ils se contentèrent de sourire, espérant que cela servirait de réplique. Puis Kiyoaki, voulant détourner la conversation, dit qu'il ignorait tout du *Jataka Sutra* et demanda aux princes s'ils auraient l'obligeance de leur raconter une des histoires qui s'y trouvaient.

« Mais très volontiers, dit Chao P. Il y a, par exemple, celle du cygne d'or. Cela se passait quand le Seigneur Gautama était bodhisattva, au cours de sa seconde réincarnation. Comme vous savez, un bodhisattva est quelqu'un qui emprunte volontairement la voie de la mortification et de la souffrance avant d'entrer dans la complète illumination de l'état de bouddha. Et dans son existence antérieure, le Seigneur Gautama lui-même avait été bodhisattva. Les austérités qu'il pratique sont des œuvres de *paramita*, les bonnes actions envers autrui, grâce auxquelles on passe de cet état à l'état de complète illumination. Comme bodhisattva, on dit que Bouddha a prodigué aux hommes de la grâce en abondance. Il s'est réincarné de maintes façons et il existe toutes sortes d'histoires sur les bonnes œuvres qu'il a accomplies.

Par exemple, en des temps très anciens, il naquit dans une famille de brahmanes. Il épousa une femme d'une autre famille brahmane dont il eut trois filles, après quoi, il mourut, forçant ainsi son épouse endeuillée à aller demeurer chez des étrangers.

Mais, après sa mort comme brahmane, le bodhisattva revêtit une autre vie dans le sein d'un cygne d'or. Et il portait en lui la connaissance qui, le temps venu, lui rendrait pleine conscience de son existence antérieure. Ainsi, le bodhisattva devint cygne adulte, couvert de plumes d'or et d'une beauté sans égale. Quand il glissait à la surface des eaux, il resplendissait telle la pleine lune à son lever. Quand il volait par la forêt, les feuilles mêmes qu'il avait frôlées ressemblaient à un panier d'or. Et quand il reposait sur une branche, on aurait dit que l'arbre avait mûri un fruit d'or fabuleux.

Il arriva que le cygne connut qu'il avait été homme dans sa vie antérieure, et aussi que son épouse et ses enfants étaient contraints

CHAPITRE 33

d'habiter chez des étrangers, gagnant une chiche existence en se livrant à toute besogne qu'ils pouvaient trouver.
"De l'une quelconque de mes plumes, se dit-il un jour, on pourrait forger une feuille d'or pour la vendre. Aussi, de temps à autre, je m'en vais donner une plume à mes malheureuses compagnes que j'ai laissées après moi et qui mènent une vie si dure sur la terre des hommes."
Et voilà que le cygne parut à la fenêtre du logis où habitaient sa femme et ses filles du temps jadis. En voyant leur état misérable, il se sentit saisi de pitié.
Cependant, sa femme et ses filles furent stupéfaites de voir l'image étincelante du cygne sur le rebord de leur fenêtre.
"Quel oiseau magnifique! s'écrièrent-elles. D'où viens-tu donc?
— Jadis, j'étais votre mari et votre père. Après ma mort, je suis ressuscité dans le sein d'un cygne d'or. Et me voici venu pour transformer votre chétive existence en une vie de bonheur et d'abondance."
Ce disant, le cygne laissa tomber une de ses plumes et s'envola. Par la suite, il revint à intervalles réguliers et leur laissa pareillement une plume, et bientôt la vie se trouva fort améliorée pour la mère et ses trois filles.
Un beau jour, cependant, la mère s'adressa à ses filles.
"Nous ne pouvons pas nous fier à ce cygne, leur dit-elle. À supposer qu'il soit véritablement votre père, qui sait s'il ne va pas cesser de venir ici un de ces jours? Aussi, à sa prochaine visite, nous allons le plumer tout entier.
— Ma mère, quelle cruauté!" dirent ses filles, fort hostiles à ce projet.
Néanmoins, lorsque, la fois suivante, le cygne parut à la fenêtre, cette femme cupide s'en saisit, le prit entre ses mains et arracha jusqu'à la dernière plume. Mais, chose étrange, à mesure qu'elle l'arrachait, chaque plume d'or devenait aussi blanche que plume de héron. Celle qui avait été son épouse eut alors l'audace, prenant le cygne sans défense, de le jeter dans une grande jarre vide où elle le nourrit, s'entêtant à attendre que repousse son plumage d'or. Mais quand, en effet, les plumes réapparurent, elles étaient de l'espèce blanche ordinaire. Et quand elles eurent poussées, il prit son vol et on vit sa silhouette rapetisser au firmament jusqu'à ne plus être qu'un point blanc qui alla se perdre dans les nuées pour ne plus revenir.
Voilà une des histoires du *Jataka Sutra* que nous racontaient nos nourrices.»
Honda et Kiyoaki furent étonnés de voir que nombre des contes de fées qu'on leur avait racontés ressemblaient tout à fait à l'histoire du prince. La conversation en vint alors à la réincarnation elle-

même pour savoir si, oui ou non, elle méritait créance du point de vue doctrinal.

N'ayant jamais causé de rien de semblable, Kiyoaki et Honda étaient naturellement perplexes. Kiyoaki lança un coup d'œil à Honda d'un air inquisiteur. Sachant à l'ordinaire ce qu'il voulait, il paraissait toujours perdu quand il s'agissait de discussions abstraites. Il regardait Honda pour l'inciter à faire quelque chose, comme pour forcer légèrement son allure avec des étriers d'argent.

« S'il existe une chose telle que la réincarnation, commença Honda en y mettant une certaine ardeur, j'en serais très partisan si elle était du genre de celle de votre histoire, où c'est l'homme lui-même qui a conscience de son existence antérieure. Mais si l'on veut dire que la personnalité de quelqu'un cesse d'exister et que la conscience qu'il a de soi-même se perd, au point qu'il n'en subsiste plus nulle trace dans son existence ultérieure, si une personnalité entièrement nouvelle et une conscience de soi totalement différente naissent à la vie, eh bien, en ce cas, je crois que des réincarnations diverses, s'étendant sur une longue période, ne sont pas reliées l'une à l'autre de façon plus significative que les existences de tous les individus qui se trouvent vivre ensemble à une époque donnée. En d'autres termes, j'estime qu'en pareil cas, le concept de la réincarnation serait pratiquement dépourvu de sens. Dans la transmigration il faut que quelque chose soit transmis, mais je ne vois pas comment l'on peut prendre un nombre quelconque d'existences séparées et distinctes, chacune ayant conscience d'exister, et les faire entrer comme un seul homme dans une parenthèse, en affirmant qu'elles sont unies par une conscience unique. En ce moment même, nul d'entre nous n'a le moindre souvenir d'une quelconque existence antérieure. Si bien qu'à l'évidence, il serait vain d'essayer d'apporter aucune preuve de la transmigration. Il n'y aurait qu'une façon de la prouver : ce serait de posséder une conscience de soi tellement autonome que, se tenant à la fois hors de cette vie et des vies antérieures, elle pourrait les considérer d'un point de vue objectif. Mais en l'occurrence, la conscience de chacun se limite au passé, au présent ou à l'avenir de cette vie unique. Parmi le tumulte de l'Histoire, chacun d'entre nous se bâtit son petit abri pour la conscience qu'il a de soi et on ne peut plus jamais en sortir. Le bouddhisme paraît offrir une voie moyenne, mais je reste sceptique : cette voie moyenne est-elle un concept organique que l'être humain est apte à comprendre ?

Cela dit, revenons un peu en arrière... Étant admis que tous les concepts humains ne sont qu'illusion, si l'on veut distinguer les

CHAPITRE 33

diverses illusions se rapportant à d'autres réincarnations de l'illusion de la réincarnation actuelle de cette vie unique, il faut que l'on soit malgré tout capable de les observer toutes d'un point de vue complètement autonome. Ce n'est qu'en se tenant ainsi à part que la réalité de la réincarnation deviendrait apparente. Mais quand on se trouve soi-même au milieu d'une existence réincarnée, l'ensemble doit demeurer une éternelle énigme. En outre, du fait que ce point de vue autonome est sans doute ce qu'on appelle la pleine illumination, c'est celui-là seul qui a transcendé la réincarnation qui peut en saisir la réalité. Ne se trouverait-on pas alors dans le cas de la comprendre finalement au moment où elle n'aurait plus d'intérêt?

Il y a dans nos vies abondance de mort. Les choses ne manquent pas pour nous le rappeler – les obsèques, les cimetières, les bouquets funèbres flétris, le souvenir des défunts, le décès de nos amis, et puis, la considération de notre propre mort. Qui sait? Il se peut qu'à leur manière, les morts fassent grand cas de la vie. Peut-être, de leur séjour, ont-ils sans cesse leurs regards tournés vers nous, vers nos cités, nos écoles, nos cheminées d'usines, vers chacun de ceux d'entre nous qui, un à un, sont revenus de la mort dans le monde des vivants.

Ce que je veux dire, c'est que la réincarnation n'est peut-être rien d'autre qu'un concept qui inverse la façon dont nous autres, les vivants, considérons la mort habituellement, un concept qui rend compte de la vie envisagée du point de vue de ceux qui sont morts. Me comprenez-vous?

– Mais comment se fait-il, répliqua tranquillement Chao P., que certaines pensées, certains idéaux soient communiqués au monde après le mort de quelqu'un?

– C'est là un problème différent de la réincarnation, fit Honda vivement, de ce ton un peu impatient qu'adoptent parfois les jeunes gens intelligents.

– En quoi est-il différent? demanda Chao P. de la même voix paisible. Il semble que vous soyez prêt à admettre qu'une même conscience de notre propre existence puisse loger dans des corps successifs au cours d'une période donnée. Dès lors, pourquoi être si fortement opposé à ce que divers états de la conscience de soi puissent occuper le même corps au cours d'un laps de temps similaire?

– Le même corps pour un chat et un être humain? Suivant ce que vous disiez tout à l'heure, il était question de devenir un homme, un cygne, une caille, un daim, et ainsi de suite.

– Oui, selon le concept de la réincarnation, c'est le même corps. Quand bien même la chair peut être différente. Aussi longtemps que persiste la même illusion, il n'y a aucune difficulté à l'appeler le même corps. Cependant, plutôt que d'employer ce langage, mieux vaudrait, peut-être, l'appeler le même courant vital.

J'ai perdu cette bague d'émeraude qui était si riche de souvenirs pour moi. Bien sûr, ce n'était pas une chose vivante et par conséquent, elle ne pourra renaître. Mais pourtant, perdre quelque chose a un sens et je pense que cette perte est la source nécessaire d'une manifestation nouvelle. Qui sait si un soir, je ne vais pas voir mon anneau d'émeraude, changé en étoile verte, apparaître dans le ciel.»

Le prince, envahi par la tristesse, abandonna brusquement ce problème.

«Chao P., il se peut que la bague ait été vraiment une chose vivante qui a subi en secret une transformation, rétorqua Kridsada avec le plus grand sérieux dans son ingénuité, alors, elle s'est enfuie quelque part sur ses pattes.

– Aussi, à cette heure, la bague a pu renaître en quelqu'un d'aussi beau que la princesse Chan, dit Chao P., complètement absorbé qu'il était maintenant dans la pensée de sa bien-aimée. On continue à me dire dans les lettres qu'elle va bien, mais pourquoi elle-même ne m'écrit-elle jamais ? Peut-être sont-ils tous à vouloir me protéger de quelque chose.»

Honda, cependant, n'avait pas relevé les dernières paroles du prince, perdu dans ses pensées à propos de l'étrange paradoxe énoncé par Chao P., quelques minutes auparavant. Certes, on pouvait songer à quelqu'un, non en se référant à un corps, mais à un courant vital unique. Cela permettrait de concevoir l'existence comme dynamique et continue plutôt que statique. Ainsi qu'il avait dit, il n'y avait aucune différence entre un état conscient unique possédant successivement plusieurs courants vitaux et un courant vital unique animant successivement plusieurs états conscients – car la vie et la conscience de soi fusionneraient en un tout. Et si alors on se mettait en devoir d'extrapoler cette théorie de l'unité de la vie et de la conscience de soi, l'océan tout entier de la vie avec ses courants infinis – tout le vaste mouvement de transmigration appelé samsara en sanscrit – serait l'apanage d'une conscience unique.

Tandis que Honda mettait de l'ordre dans ses idées, la grève s'était peu à peu assombrie et Kiyoaki s'absorbait dans la construction d'un temple de sable avec Kridsada. Le sable ne se prêtait guère à modeler les hautes tours pointues et les bords recourbés des toits de tuile qui distinguaient les temples siamois. Pourtant, Kridsada ajouta adroitement du sable humide et bâtit les flèches élancées, modelant

CHAPITRE 33

soigneusement l'angle de la toiture comme s'il avait tiré de la manche d'une femme ses doigts fluets et sombres.

L'espace d'un instant, ils s'incurvaient en l'air, puis, sitôt devenus secs, on voyait les noirs doigts de sable se tordre convulsivement et s'émietter en croulant.

Honda et Chao P. cessèrent de causer pour regarder les autres jouer avec le sable, pleins d'une joie enfantine. Leur temple de sable avait besoin de lanternes. Tout le soin qu'ils avaient prodigué à la finesse du détail des façades et des hautes fenêtres comptait désormais pour rien, car l'ombre avait déjà réduit le temple à une menue et vague silhouette qui se découpait sur l'écume blanche du ressac et semblait réfléchir ce qui subsistait de lumière, tout comme on voit les dernières lueurs tremblantes de vie aux yeux d'un mourant.

Sans qu'on s'en aperçût, le ciel au-dessus d'eux s'était rempli d'étoiles que dominait le lustre brillant de la Voie lactée. Honda ne s'y connaissait guère, mais même lui pouvait distinguer la Vierge et son amoureux le Bouvier, séparés par l'ample fleuve de la Voie lactée, et encore la Croix du Nord dans la constellation du Cygne qui étendait en vol ses vastes ailes pour servir de messager entre les deux amants.

Le mugissement des flots semblait beaucoup plus fort qu'il n'avait paru pendant la journée. La grève et l'eau, chacune de leur côté, appartenaient à un monde à part tant qu'il avait fait jour, mais à présent on eût dit qu'elles s'étaient confondues à la faveur des ténèbres. La féerie incroyable des étoiles au firmament accablait les quatre jeunes gens. Sentir autour de soi tant de puissance majestueuse, c'était comme d'être enfermé dans un immense *koto*.

En vérité, c'était cela précisément. On eût dit qu'ils étaient quatre grains de sable qui avaient trouvé moyen de se loger à sa base, monde énorme de ténèbres, hors duquel il n'était que lumière. Au-dessus d'eux, treize cordes étaient tendues d'un bout à l'autre et des doigts d'une blancheur qui défiait les mots pinçaient ces cordes, communiquant au *koto* la vie grandiose et solennelle de la musique des sphères, dont les vibrations immenses venaient ébranler en lui les quatre grains de sable.

Un souffle parvint de la nuit océane. L'arôme salé du flot montant et l'odeur du goémon jeté au rivage faisaient vibrer d'émotion leurs corps exposés à la fraîcheur nocturne. La brise de mer, lourde de l'odeur du sel, se lovait contre leur chair nue, sensation brûlante plutôt que frisson.

« Allons, il est temps de rentrer », dit brusquement Kiyoaki. C'était, bien entendu, leur rappeler qu'il était l'heure que chacun s'apprête pour dîner. Honda, cependant, savait que l'esprit de Kiyoaki était fixé sur le départ du dernier train pour Tokyo.

34

Kiyoaki se rendait en secret à Tokyo au moins tous les trois jours, et au retour, il racontait par le menu à Honda ce qui s'était passé. Les Toinnomiya avaient bien ajourné la cérémonie des fiançailles, mais cela ne signifiait nullement que rien d'important s'opposât au mariage de Satoko avec le jeune prince. En fait, elle était souvent invitée chez eux et le père du prince, Son Altesse Impériale elle-même, commençait à la traiter avec une cordialité affectueuse.

Kiyoaki n'était nullement satisfait de cet état de choses. À présent, il avait dans l'esprit de faire venir Satoko à Kamakura passer la nuit à la villa, et il demanda à Honda s'il avait idée de la façon de mener à bien ce projet. Mais il n'était pas besoin d'y réfléchir longuement pour voir surgir, l'une après l'autre, de graves difficultés.

Un soir, par une chaleur étouffante, alors que Kiyoaki commençait à trouver difficilement le sommeil, il se mit à rêver. Cela ne ressemblait à rien de ce qu'il avait expérimenté précédemment. À tituber au seuil du sommeil, marchant dans une eau tiède, remplie d'épaves multiples remontées des profondeurs et s'enchevêtrant en tas avec les débris de la terre ferme, il arrive que le pied se fasse une entaille.

Kiyoaki était au milieu d'un chemin qui conduisait à travers champs. Dieu sait pourquoi, il portait un kimono de coton blanc avec un *hakama* assorti, accoutrement qu'il n'avait jamais revêtu, et il était armé d'une carabine de chasse. La contrée alentour était quelque peu accidentée, mais non point déserte. Devant lui, il apercevait des fermes groupées en hameau et un cycliste le dépassa. Une étrange lumière, sombre, baignait toute la scène. Elle n'éclairait pas davantage que les dernières traînées du jour. Elle était si diffuse qu'elle paraissait plutôt jaillir du sol que du ciel car l'herbe, sur les pentes ondulées des champs, reflétait une lueur verte qui montait de

CHAPITRE 34

ses racines, baignant d'une brume argentée la bicyclette à mesure qu'elle se perdait à la vue. En abaissant son regard, il vit que les épaisses lanières de ses socques et les veines de ses pieds nus ressortaient avec une vive et troublante clarté.

C'est alors que la lumière se voila et qu'un immense vol d'oiseaux apparut dans le ciel. Quand ils atteignirent un point situé juste au-dessus de sa tête, emplissant l'air de leurs cris rauques, il ajusta sa carabine et pressa la détente. Il ne fit pas feu de sang-froid. Bien plutôt, il fut envahi d'un courroux, d'un chagrin insondables et il tira en visant non pas tant les oiseaux que le grand œil du firmament.

La troupe entière tomba vers le sol comme une masse, dans une tornade de cris aigus et de sang qui joignait le ciel à la terre. Des oiseaux innombrables dont le sang giclait se mirent à hurler, culbutant en chute infinie, épaisse colonne qui formait le cône du tourbillon. Rien ne vint ralentir la furieuse cascade ensanglantée.

Il continuait à regarder quand, soudain, le tourbillon se solidifia sous ses yeux, devenant un arbre géant qui atteignait jusqu'aux cieux. Le tronc en était d'une couleur rouille rebutante, sans feuilles ni branches. Sitôt qu'eut pris forme l'arbre géant et qu'on n'entendit plus les cris, s'épandit à nouveau sur les champs la même lueur sombre qui les éclairait avant la tempête. On vit arriver par la route, sans que personne la montât, une nouvelle bicyclette argentée qui se dirigeait vers lui dans sa course mal assurée.

Il était fier d'être celui qui avait balayé l'obstacle qui interceptait la lumière du soleil. Alors il distingua au loin un groupe de gens qui s'en venaient par le chemin. Tous étaient habillés de blanc comme lui. Arrivés à quelques mètres, ils s'arrêtèrent dans leur marche solennelle et cadencée. Il vit que chacun d'eux portait à la main un rameau brillant de sakaki.

Ils inclinèrent leurs rameaux dans sa direction, se mirent à les agiter comme dans le rite de la purification, et le froissement des feuilles tintait distinctement à ses oreilles. Cependant, il fut saisi de reconnaître parmi eux le visage de son ancien serviteur, Iinuma. Ce dernier s'adressa à lui :

« Vous êtes insouciant et obstiné. Vous l'avez prouvé au-delà de toute incertitude. »

Tout en écoutant Iinuma, il baissa les yeux sur sa propre poitrine. Il portait maintenant au cou un collier de pierres en forme de croissant, de couleur marron foncé et violet. Les pierres étaient glacées et quand elles touchaient sa peau, il en ressentait un frisson à travers tout le corps. Il lui semblait que sa poitrine était un roc plat et pesant.

Puis le groupe vêtu de blanc désigna l'arbre et, y jetant les yeux, il vit que le tronc massif fait d'oiseaux morts se couvrait maintenant de branches dont chacune était pleine de feuilles vertes et luisantes. L'arbre tout entier était d'un vert vif, jusqu'aux rameaux les plus bas.
À ce moment il s'éveilla.

Ce rêve avait été si extraordinaire qu'il allongea le bras pour prendre le journal où il consignait ses rêves et qu'il négligeait depuis quelque temps. Il se mit à écrire, s'efforçant de transcrire ce qui s'était passé avec autant d'exactitude et d'objectivité que possible. Pourtant, alors même que, maintenant, il était éveillé, la véhémence, la violence de ce rêve le bouleversaient. Il lui sembla qu'il venait de rentrer d'une bataille.

Le problème qui se posait à Kiyoaki était de faire venir Satoko de Tokyo en pleine nuit et de la reconduire avant l'aube. Pas question d'une calèche. Ni du train. Un pousse-pousse était tout à fait hors de propos. D'une manière ou d'une autre, il devait pouvoir disposer d'une automobile.

Évidemment, il ne fallait pas qu'elle appartînt à quelqu'un qui connût les Matsugae. Chose plus importante même, quiconque appartenait au milieu des Ayakura était à proscrire. En outre, l'auto devrait être conduite par une personne complètement ignorante de la situation et des gens en cause.

La villa étaient assez spacieuse, mais cependant, il y avait des précautions à prendre pour éviter toute rencontre fortuite entre Satoko et les princes. Kiyoaki et Honda n'avaient aucune idée de ce que ces derniers pouvaient savoir ou non des modalités de ses fiançailles, mais à supposer qu'ils n'en sachent rien, le fait de la rencontrer ne pouvait qu'engendrer un désastre.

Sans qu'il eût la moindre expérience de ce genre d'affaires, il fallait que Honda s'arrangeât pour surmonter ces difficultés. Il avait en effet promis à Kiyoaki de faire en sorte que Satoko pût venir de Tokyo et y retourner en toute sécurité.

Quand il se mit à faire le tour du problème, il pensa à un de ses amis appelé Itsui, fils aîné d'une famille de riches négociants. Itsui était le seul dans sa classe au collège à disposer d'une voiture à son gré, si bien que Honda n'eut d'autre choix que de se rendre à Tokyo et d'aller le voir à Kojimachi pour lui demander s'il accepterait de lui prêter la Ford et un chauffeur pour la nuit.

Habitué à la bonne vie, ses études au collège ne cessant de virer vers les bas-fonds des naufrages académiques, Itsui fut abasourdi.

CHAPITRE 34

Dire que le génie de sa classe, bien connu, qui plus est, pour sa tempérance et son application, venait lui présenter pareille requête ! Quand il eut quelque peu repris ses esprits, il résolut de tirer le maximum de cette occasion et, sans plus d'impertinences qu'il ne convenait, il répondit que si Honda voulait bien lui dire en toute sincérité pourquoi il voulait la voiture, il pourrait peut-être envisager de la lui prêter.

Là-dessus, Honda se mit à débiter d'une voix hésitante l'aveu qu'il avait concocté à l'adresse de ce pataud d'Itsui et, ce disant, il ressentit comme un plaisir inhabituel. Un plaisir provoqué par l'air béat de totale confiance que reflétait le visage d'Itsui ; à l'évidence, celui-ci prenait les hésitations de Honda, non comme signe de mensonge éhonté, mais comme témoignage de la honte qui submergeait son camarade.

Il est parfois difficile de convaincre quelqu'un par une argumentation rationnelle, alors qu'il se laisse aisément entraîner par la passion, même feinte. Honda prenait plaisir à ce jeu, non sans que s'y mêlât quelque dégoût. Il se demandait si Kiyoaki en avait usé envers lui à peu près comme lui-même en usait à présent à l'égard d'Itsui.

« Ma foi, tu te révèles bien différent de ce que j'imaginais. Je n'aurais jamais pensé voir ce côté de ton personnage. Mais tu me caches encore quelque chose. Ne pourrais-tu au moins me dire le nom de la demoiselle ?

– Fusako, dit Honda, trouvant automatiquement le nom de la petite cousine qu'il n'avait pas revue depuis des mois.

– Je comprends. De sorte que Matsugae va fournir le local où passer la nuit et moi, je fournis la voiture. À charge de revanche, quand ce sera le tour des examens, tu te rappelleras ce vieil Itsui, pas vrai ? » dit-il en inclinant la tête avec un air de supplication qui n'était pas entièrement simulé.

L'éclat de l'amitié luisait dans son regard. Malgré le respect que lui inspirait l'intelligence de Honda, Itsui se sentait à présent son égal à bien des égards. Il se sentait conforté dans l'opinion peu imaginative qu'il avait de la nature humaine.

« Au fond, tout le monde se ressemble », dit-il en la résumant ; sa voix exprimait combien il se sentait d'accord avec le monde, et tel était précisément l'état d'esprit que Honda avait voulu provoquer dès le début.

Ainsi, grâce à Kiyoaki, Honda allait se trouver jouir d'une renommée romanesque dont serait jaloux tout jeune homme de dix-neuf ans. L'un dans l'autre, cet arrangement profiterait à chacun : Kiyoaki, Honda et Itsui lui-même.

L'automobile d'Itsui était une Ford 1912, dernier modèle. C'était l'une des premières pourvues d'un démarreur, invention récente qui évitait au conducteur l'ennui d'avoir à sortir chaque fois que le moteur calait : c'était le modèle T ordinaire, avec transmission à double vitesse, de couleur noire, un liseré rouge vif encadrant les portières. Le siège du chauffeur se trouvait à l'extérieur, l'arrière était carrossé et, de cette façon, l'ensemble conservait un peu l'allure d'une voiture traditionnelle. À l'arrière, un tuyau acoustique se terminait par une sorte de trompette proche de l'oreille du chauffeur. Attachée au toit, une galerie pouvait contenir, en plus du pneu de rechange, des bagages. C'était une auto qui paraissait parfaitement adaptée pour faire un long voyage.

Mori, le chauffeur, avait été naguère le cocher des Itsui et s'était initié à son nouveau métier auprès d'un professeur de conduite. Il s'était opportunément arrangé pour que ce dernier l'accompagnât au commissariat de police pour obtenir son permis. Chaque fois que Mori butait sur une question épineuse au cours de l'examen écrit, il sortait dans le couloir consulter son professeur avant de rentrer dans la salle d'examen continuer son devoir.

Honda se rendit chez Itsui très tard dans la soirée pour emprunter la voiture. Afin de cacher autant que possible à Mori tout ce qui touchait à Satoko, il lui fit garer la voiture près d'une pension pour officiers où ils attendirent que Satoko et Tadeshina apparaissent, arrivant discrètement en pousse-pousse. Kiyoaki espérait bien que Tadeshina ne serait pas du voyage mais, l'eût-elle voulu, elle n'aurait pu venir, car il lui incombait de rester à la maison et de faire comme si Satoko dormait d'un profond sommeil dans sa chambre cette nuit-là, point d'une extrême importance. Son visage trahissait la gêne qu'elle ressentait. Elle fit de grandes recommandations à Satoko avant de la confier enfin aux bons soins de Honda.

« Je vous appellerai Fusako devant le chauffeur », lui murmura ce dernier à l'oreille.

Mori mit la Ford en marche avec un coup de trompe qui ébranla le silence nocturne de ce quartier résidentiel. Honda fut surpris du calme résolu de Satoko. Elle était habillée à l'européenne et la robe blanche qu'elle avait choisie semblait rehausser son air tranquillement décidé.

Voyager ainsi de nuit aux côtés de la femme à laquelle prétendait un ami était pour Honda une curieuse expérience. Tandis que l'auto

CHAPITRE 34

cahotait sur la route raboteuse, il était là, l'image même de l'amitié, tandis que le parfum de Satoko s'exhalait alentour dans la nuit d'été.

Elle appartenait à un autre. Il n'était pas jusqu'à sa féminité qui ne semblât le narguer. La confiance sans précédent dont Kiyoaki faisait preuve à son égard le rendait plus conscient que jamais auparavant du poison froid et subtil qui imprégnait leurs rapports. Chez son ami, mépris et confiance étaient aussi intimement liés qu'un gant de cuir fin et la main qu'il recouvre. Mais il y avait chez Kiyoaki ce je-ne-sais-quoi rayonnant qui lui obtenait le pardon de Honda.

La seule façon pour ce dernier de s'accommoder de pareil mépris était de se raccrocher à sa foi en sa propre noblesse d'âme, et c'est ce qu'il faisait avec modération plutôt que dans l'esprit aveuglément traditionnel de tant de jeunes gens. Cela signifiait que jamais il n'en viendrait, comme Iinuma, à avoir le sentiment de sa vilenie. Car si cela devait se produire, il n'aurait plus d'autre ressource que de se faire l'esclave de Kiyoaki.

Bien que la brise qui entrait par la fenêtre agitât naturellement ses cheveux, Satoko ne cessa durant tout le voyage de garder son maintien. Entre eux, le nom de Kiyoaki était devenu, tout à fait de soi-même, une sorte de mot tabou. Et le nom de Fusako servait d'aimable et imaginaire terme d'affection.

Le retour fut tout différent. « Oh, il y a une chose que j'ai oublié de dire à Kiyo », dit-elle, peu après leur départ de la villa. Mais s'ils faisaient demi-tour, il n'y aurait aucun espoir qu'elle pût rentrer avant l'aube précoce de l'été.

« Pourrais-je le lui dire de votre part ? demanda Honda.

– Eh bien... » Satoko hésita. Puis elle parut se décider et lui transmit le message. « Veuillez lui dire ceci : Tadeshina a causé avec Yamada, l'intendant des Matsugae, ces temps-ci, et elle a découvert que Kiyo avait menti. Elle a su qu'en fait il avait déchiré depuis longtemps, en présence de Yamada, la lettre qu'il prétendait avoir encore. Mais... dites-lui de ne pas s'en inquiéter. Tadeshina s'est résignée à tout. Elle a dit qu'elle fermerait les yeux. Voulez-vous, je vous prie, répéter cela à Kiyo ? »

Honda se le répéta en l'écoutant et ne posa aucune question sur son sens caché. À partir de ce moment, peut-être impressionnée par ses bonnes manières, elle devint très bavarde.

« Vous avez fait tout cela pour lui, n'est-ce pas, monsieur Honda ? Kiyo devrait s'estimer l'homme le plus heureux du monde de posséder un ami comme vous. Voyez-vous, nous autres femmes, nous n'avons pas vraiment d'amies.»

Les yeux de Satoko brillaient encore de passion, mais sa coiffure était parfaitement ordonnée, jusqu'au dernier cheveu. Comme il ne répondait pas, elle inclina la tête et, au bout d'un moment, elle reprit à mi-voix :

«Mais, monsieur Honda... je sais ce que vous devez penser de moi... que suis-je d'autre qu'une fille perdue?

– Ne dites pas cela», répliqua-t-il avec beaucoup de conviction. Certes, il n'avait pas été si méprisant en pensant à elle, mais malgré tout, ses paroles s'étaient trouvées heurter un point sensible avec une précision angoissante.

Il avait passé une nuit sans sommeil pour être loyal et s'acquitter de la tâche qui lui avait été confiée d'amener Satoko de Tokyo, de la remettre entre les mains de Kiyoaki et, maintenant, de la reprendre en charge pour la reconduire. Mais, à la vérité, sa fierté découlait du fait que personnellement il s'était tenu à l'écart de toute passion. Pareille chose ne conduisait à rien de bon. C'était une situation profondément dangereuse où sa responsabilité était déjà suffisamment engagée.

Alors qu'il regardait Kiyoaki prendre Satoko par la main pour courir vers la plage par les ombres du jardin sous la lune, il avait senti qu'en les aidant il péchait, lui aussi. Mais, si c'était là pécher, c'était aussi d'une beauté ineffable; et revenait l'image de cette beauté qui s'enfuyait loin de lui pour disparaître à la vue.

«Vous avez raison, dit Satoko. Je ne devrais pas du tout parler ainsi. Je ne puis penser à ce que j'ai fait comme à quelque chose de mal. Pourquoi donc? Kiyo et moi avons commis un terrible péché, et pourtant, je ne me sens aucunement salie. En fait, je me sens comme purifiée. Savez-vous, en voyant ces pins proches de la plage cette nuit, je savais que jamais plus je ne les reverrais, si longtemps que je vive. Et en entendant la brise souffler parmi les pins, je savais que jamais plus je ne l'entendrais, si longtemps que je vive. Mais chaque instant que j'y ai passé m'a paru si pur qu'à présent je ne regrette absolument rien.»

Ce disant, elle tentait de transmettre quelque chose à Honda, quelque élément essentiel de tout ce qui se passait entre elle et son amant au cours de leurs rencontres, dont chacune avait paru devoir être la dernière – elle aurait tant voulu rejeter toute discrétion afin que Honda comprît, en lui disant comment, en cette dernière nuit, parmi ce décor si paisible, si naturel, elle et Kiyoaki avaient pris leur essor vers des sommets éblouissants au point d'inspirer presque la

CHAPITRE 34

terreur. Mais c'était la sorte d'expérience – telle la mort, tel l'éclat d'un bijou, telle la beauté du soleil couchant – qu'il n'est guère possible de faire partager à autrui.

Kiyoaki et Satoko parcoururent la grève, essayant d'éviter l'éblouissante mais incommode clarté de la lune. À présent, au milieu de la nuit, nulle trace de vie humaine ne demeurait au long du rivage désert, hormis une barque de pêche échouée qui projetait sur le sable l'ombre noire de sa haute proue. À cause de l'éclatant clair de lune alentour, elle paraissait offrir une obscurité rassurante. Les rayons de la lune baignaient l'embarcation dont les planches luisaient tels des ossements blanchis. Kiyoaki posa la main un instant sur la coque et sa peau parut devenir translucide sous la lune.
Ils s'étreignirent immédiatement dans l'ombre du bateau tandis qu'autour d'eux tourbillonnait la brise de mer. Elle s'habillait rarement à l'européenne et en ce moment, le blanc cru de sa robe lui sembla détestable. Sans songer à la blancheur de sa peau, elle n'avait qu'une idée : se dépouiller de sa robe le plus vite possible et se cacher dans les ténèbres.
Il était improbable que quiconque les vît, mais les rayons de lune, émiettés à l'infini à la surface des flots, étaient comme des millions d'yeux. Son regard se porta vers les nuages suspendus dans le ciel et vers les étoiles qui paraissaient en brouter les contours. Elle éprouvait le contact des mamelons, menus et fermes, de Kiyoaki contre les siens, leur frôlement joyeux, puis, à la fin, leur pesée pour plonger dans l'opulence de sa poitrine à elle. Rapprochement bien plus intime qu'un baiser, quelque chose comme une caresse joyeuse de jeune animal. Une intense douceur errait aux confins de sa conscience. Et quand la frange, les extrémités de leurs corps se frôlaient, cette familiarité inattendue lui faisait penser, malgré ses yeux fermés, aux étoiles qui scintillaient entre les nuages.
Dès lors, ils s'en furent tout droit vers une allégresse profonde comme l'océan. Mais tout en se sentant peu à peu absorbée par cette obscurité, elle avait peur que ce ne fût rien d'autre qu'une ombre qui, à son tour, dépendait de la barque du pêcheur près de laquelle ils reposaient. Ils n'étaient pas protégés par une solide charpente ou une crête rocheuse, mais par une chose fortuite qui dans quelques heures, bientôt venues, serait peut-être loin au large. Si la barque ne s'était pas trouvée échouée là, à ce moment, son ombre épaisse n'aurait pas eu plus de réalité qu'un fantôme. Elle craignait que ce

vieux gros bateau ne se mît sur l'heure à glisser sans bruit sur le sable, prenant la mer pour s'éloigner à toutes voiles. Pour le suivre dans son ombre et pour toujours y demeurer, il lui faudrait elle-même devenir l'océan. Et ce fut à cet instant que, portée par l'unique et immense houle, elle fut l'océan.

Tout ce qui les entourait tous deux – le ciel au clair de lune, l'eau qui miroitait, la brise soufflant sur la grève et agitant les pins à son extrémité –, tout cela présageait la ruine. À peine franchie la lueur tremblante du temps, en entendant mugir la clameur monstre du «Non» dont le message résonnait parmi les pins, elle sentait qu'elle et Kiyoaki étaient encerclés, observés, surveillés par un esprit implacable, tout comme la goutte d'huile balsamique tombée dans un bol d'eau n'a que celle-ci pour la porter. Leur eau était noire, immense et silencieuse, et l'unique goutte de baume flottait dans un monde de complet isolement.

Ce «Non» embrassait toutes choses. Était-il créature de la nuit – ou approche de l'aube? À eux, il semblait incompréhensible. Mais, même s'il planait, menaçant, au-dessus de leurs têtes à chaque instant qui passait, il ne les avait pas encore frappés directement.

Ils se redressèrent. Leurs têtes émergeaient tout juste de l'ombre et la lune à son déclin vint éclairer leurs visages. Elle lui parut pouvoir figurer l'emblème de leur infraction, suspendue là-haut si brillante, si pleine, si visible au firmament.

La plage était encore déserte. Ils se levèrent pour prendre leurs vêtements qu'ils avaient placés au fond du bateau. Chacun regardait l'autre et ce restant de ténèbres que figurait la zone sombre juste au-dessous de leurs ventres blancs si brillamment éclairés par la lune. Bien que cela durât l'espace d'un instant, leurs regards s'y concentrèrent.

Une fois rhabillés, Kiyoaki s'assit sur le bord du bateau, les jambes ballantes.

«Sais-tu, dit-il, que si nous avions la bénédiction de tout le monde, nous n'oserions sans doute jamais faire ce que nous avons fait.

– Tu es abominable, Kiyo. Voilà donc ce qui t'intéresse réellement!» rétorqua-t-elle, faisant mine de s'offenser. Ils badinaient d'un ton assez tendre qui comportait pourtant un goût de cendre indéfinissable. Ils sentaient que leur bonheur allait bientôt prendre fin, irrévocablement. Elle s'était de nouveau assise sur le sable, cachée dans l'ombre du bateau. Devant elle, en l'air, son pied à lui brillait au clair de lune. Elle étendit le bras, le prit dans sa main et déposa un baiser sur ses orteils.

CHAPITRE 34

« Je suppose qu'il est déplacé que je vous raconte tout cela. Mais, voyez-vous, il n'y a personne d'autre à qui je pourrais même songer à le dire. Je sais que je suis en train de faire quelque chose de terrible. Pourtant, je vous en prie, ne m'en blâmez pas, parce que je me rends bien compte qu'un jour cela va finir. Mais jusque-là, je veux vivre chaque jour comme il vient. Parce qu'il n'y a rien d'autre à faire.

– Ainsi, vous êtes tout à fait prête à accepter tout ce qui peut survenir ? demanda Honda, d'une voix qui ne pouvait dissimuler sa pitié profonde.

– Oui, je suis toute prête.

– Il en va de même pour Matsugae, je crois.

– C'est pourquoi ce n'est pas bien du tout de sa part de tellement vous mêler à nos problèmes. »

Honda sentit soudain le désir inexplicable de comprendre cette femme. C'était la forme subtile que prenait sa vengeance. Si elle avait l'intention de lui assigner le rôle d'ami véritablement compréhensif plutôt que simplement celui d'auxiliaire attendri, cela ne lui donnait-il pas le droit de tout savoir ? Mais quelle effrayante responsabilité que d'essayer de la comprendre, cette charmante femme éperdue d'amour assise à ses côtés, et dont le cœur était ailleurs ! Néanmoins, son penchant pour les enquêtes rationnelles prit bientôt le dessus.

L'auto faisait de nombreux cahots, menaçant de les jeter l'un contre l'autre, mais elle mettait tant d'adresse à s'en empêcher que leurs genoux ne se frôlaient même pas, et cet exercice de souplesse lui rappelait les écureuils familiers qui font tourner une roue. Il en ressentait quelque gêne. Si ç'avait été Kiyoaki qui fût près d'elle, pensa-t-il, elle ne serait pas si agile.

« Vous venez de dire que vous étiez prête à tout accepter, n'est-ce pas ? demanda-t-il, sans la regarder. En ce cas, je me demande comment cette acceptation des conséquences peut aller de pair avec le sentiment que cela devra finir un jour. Quand cette fin se produira, ne sera-t-il pas trop tard pour se prononcer sur les conséquences ? Ou bien le fait que vous acceptiez les conséquences va-t-il, en quelque manière, peu à peu, amener tout naturellement la fin ? Je sais que je vous pose là une question cruelle.

– Je suis heureuse que vous le fassiez », répondit-elle calmement.

Malgré lui, il la regarda avec attention. De profil, elle paraissait admirablement à son aise, sans aucun signe d'affliction. Tandis qu'il la considérait, elle ferma soudain les yeux et les longs cils de son œil gauche allongèrent leur ombre sur sa joue à la lumière incertaine de la lampe du plafond. Les arbres et les massifs d'arbustes défilaient dans l'ombre aux approches de l'aube, tel un ballet de nuages noirs de part et d'autre de la voiture.

On voyait le dos respectable de Mori le chauffeur, tout entier appliqué à conduire. Derrière lui, l'épaisse vitre à glissières était close. À moins de faire exprès d'approcher leur bouche du tuyau acoustique, il n'y avait aucun risque qu'il entendît.

« Vous dites que c'est moi qui devrais pouvoir en finir un jour. Comme vous êtes le meilleur ami de Kiyoaki, vous avez le droit de le dire. Si je ne puis en finir tout en restant en vie, alors la mort... »

Peut-être voulait-elle donner un choc à Honda afin qu'il l'interrompît pour lui enjoindre de cesser de dire pareilles choses, mais il s'obstina dans son silence, attendant qu'elle poursuive.

« ... mais le moment viendra un jour – et ce jour n'est pas très éloigné. Et quand il arrivera – je puis vous le promettre dès cet instant – je ne reculerai pas. J'ai connu le bonheur suprême et je ne suis pas assez gourmande pour vouloir que ce que je possède dure éternellement. Tout rêve doit finir. Ne serait-ce pas folie, sachant que rien ne dure éternellement, de vouloir à toute force avoir le droit de faire exception? Je n'ai rien de commun avec "la femme moderne". Mais... s'il y avait une éternité, ce serait en cet instant. Peut-être que vous-même, monsieur Honda, un jour, vous serez amené à voir ainsi les choses. »

Honda commença enfin à comprendre pourquoi Kiyoaki avait naguère ressenti une telle crainte de Satoko.

« Vous avez dit que ce n'était pas bien pour Matsugae de me mêler à vos problèmes. Et pourquoi non ?

– Vous êtes un jeune homme qui s'est fixé des buts qui valent la peine. C'est mal de vous entraîner dans nos complications. Kiyo n'en a aucunement le droit.

– De grâce, ne me considérez pas ainsi comme un saint. Vous trouveriez difficilement une famille plus stricte que la mienne dans sa moralité. Malgré cela, j'ai déjà fait quelque chose qui me rend complice du péché.

– Ne dites pas cela. Ce n'est pas vrai, fit-elle d'un ton courroucé. C'est là notre péché, à Kiyo et à moi... à personne d'autre. »

Certes, elle voulait seulement lui faire comprendre qu'elle désirait le protéger, mais ses paroles reflétaient une fierté glacée qui ne pouvait tolérer l'intrusion d'un tiers. Dans son esprit, elle avait façonné de leur péché un tout petit palais de cristal lumineux où elle et Kiyoaki pouvaient vivre en toute liberté, loin du monde. Un palais de cristal si petit qu'on pouvait le tenir dans le creux de sa main, si

CHAPITRE 35

petit qu'il ne convenait à nul autre. Métamorphosés l'espace éphémère d'un instant, elle et Kiyoaki avaient pu y entrer et ils s'y trouvaient passer les tout derniers moments de leur séjour, dont quelqu'un placé tout proche, mais au-dehors, observait les moindres détails avec une extraordinaire lucidité.

Tout à coup, elle se pencha en avant en baissant la tête. Il allongea le bras pour la soutenir et sa main frôla ses cheveux.

« Pardonnez-moi, dit-elle pour s'excuser, mais je viens de sentir du sable dans mon soulier, malgré toutes mes précautions. Tadeshina ne s'occupe pas de mes souliers, de sorte que si je les retirais à la maison, contenant du sable que je n'aurais pas vu, j'aurais peur de ce que pourrait dire une servante dans son étonnement. »

Il n'avait aucune idée de la conduite à tenir pendant qu'une femme inspectait ses souliers, si bien qu'il détourna la tête et se mit à regarder à travers la vitre avec une attention soutenue.

Ils atteignaient déjà les faubourgs de Tokyo. Le ciel nocturne avait viré à un intense bleu foncé. Dans l'aube, on voyait les nuages bas s'étendre au-dessus des toits. Malgré son désir de la reconduire au plus tôt, il ressentait un regret que la clarté matinale vînt mettre un terme à ce qui était sans doute la nuit la plus extraordinaire de sa vie. Dans son dos, il entendit – si léger que d'abord il crut l'avoir imaginé – le bruit que faisait Satoko en versant le sable du soulier qu'elle avait retiré. Aux oreilles de Honda, cela sembla le sablier le plus ravissant du monde.

35

*L*es princes siamois goûtaient fort leur séjour à la villa Chungnan. Un soir, peu avant le dîner, les quatre jeunes gens firent apporter et installer des sièges en rotin sur la pelouse afin de pouvoir jouir de la brise fraîche de cette fin de journée avant de passer à table. Les princes bavardaient dans leur langue maternelle, Kiyoaki se perdait dans ses pensées et Honda avait un livre ouvert sur les genoux.

« Voulez-vous une sèche ? » demanda Kridsada en japonais, s'approchant de Honda et de Kiyoaki en tendant un paquet de cigarettes

Westminster à bout doré. Les princes n'avaient pas été longs à comprendre le mot «sèche», l'argot du collège pour cigarette. Le règlement interdisait d'y fumer, mais la direction se relâchait quelque peu en faveur des élèves des classes supérieures, à condition qu'ils n'aillent pas jusqu'à fumer en public. De ce fait, la chaufferie, au sous-sol, était devenue le refuge des fumeurs et on la connaissait sous le nom de «la Sècherie».

En ce moment même où, tous les quatre, ils tiraient sur leurs cigarettes, à ciel ouvert, sans crainte qu'on les observe, subsistait en eux quelque chose du plaisir secret qui accompagnait le fait d'aller fumer dans la Sècherie. L'odeur de poussière de charbon qui emplissait la chaufferie, la blancheur éclatante des yeux dans la pénombre où leurs camarades montaient une garde vigilante, les longues, exubérantes bouffées, le rougeoiement des bouts de cigarette sans cesse renaissant, ces impressions et tant d'autres venaient aujourd'hui enrichir la saveur délicate de leurs cigarettes anglaises.

Kiyoaki détourna la tête, regardant la fumée qui allait se perdre dans le ciel, et il observa au-dessus de la mer les formations nuageuses qui commençaient à se dissoudre, leurs contours si nets se voilant à cette heure d'une nuance d'or pâle. Tout aussitôt, il pensa à Satoko. Son image, son parfum se mêlaient à tant de choses. Il n'était changement si mince dans la nature qui ne l'évoquât à son esprit. La brise cessait-elle soudain, laissant l'air chaud de l'été presser contre sa poitrine, il sentait Satoko frôler, nue, sa propre nudité. Il n'était pas jusqu'à l'ombre du feuillage vert et dense du mûrier s'étendant peu à peu sur la pelouse qui ne contînt quelque chose d'elle.

Quant à Honda, il n'était jamais si à l'aise que quand il avait des livres à portée de la main. Au nombre de ceux qui s'offraient à lui maintenant, il y en avait un que lui avait prêté en secret un de leurs étudiants au pair, livre interdit par le gouvernement. Il s'intitulait *Nationalisme et Socialisme authentique* et était l'œuvre d'un jeune homme nommé Terujiro Kita qu'on considérait, à vingt-trois ans, comme l'Otto Weininger japonais. Cependant, il présentait ses opinions extrémistes sous des couleurs un peu trop vives, ce qui suscitait une certaine prudence dans l'esprit serein et raisonnable de Honda. Non qu'il fût particulièrement hostile à une pensée politique avancée. Mais lui-même n'ayant jamais été réellement en colère, il avait tendance à considérer une violente colère chez les autres comme une horrible maladie infectieuse. La trouver dans leurs ouvrages était un stimulant pour l'intellect, mais un plaisir de cette nature lui donnait un sentiment de culpabilité.

CHAPITRE 35

Afin d'être prêt à toute nouvelle discussion avec les princes sur la réincarnation, il s'était arrêté chez lui le matin où il avait reconduit Satoko à Tokyo pour emprunter un livre à la bibliothèque paternelle, le *Précis de la pensée bouddhiste* de Tadonobu Saito. Là, pour la première fois, s'offrait à lui un remarquable exposé des origines diverses de la doctrine du Karma et cela lui rappela les Lois de Manu où il s'était plongé au début de l'hiver. Mais alors, les examens qu'il avait en vue l'avaient forcé à remettre à plus tard une étude plus poussée du livre de Saito.

Cet ouvrage s'étalait avec plusieurs autres sur les bras de son fauteuil en rotin. Après les avoir feuilletés au hasard, Honda leva enfin son regard de celui qui était ouvert sur ses genoux, ses yeux légèrement myopes s'étrécissant un peu. Il se tourna pour regarder la pente raide qui délimitait le jardin vers l'ouest. Le ciel resplendissait encore, pourtant, une ombre épaisse recouvrait la pente et, au sommet, les massifs d'arbres et d'arbustes se découpaient en noir sur la blanche clarté céleste. Néanmoins, des rais de lumière perçaient çà et là, tel un fil d'argent habilement tissé dans une tapisserie par ailleurs toute sombre. Derrière les arbres, à l'occident, le ciel ressemblait à une feuille de mica. L'éclatante journée d'été avait été un parchemin enluminé qui s'était peu à peu affiné jusqu'à finir en feuille blanche.

Les jeunes gens goûtaient le soupçon délicieux de culpabilité qui pimentait leurs cigarettes, tandis qu'un essaim de moustiques s'élevait au couchant dans un coin du jardin. Ils ressentaient la délicieuse torpeur qu'engendre une journée passée à nager, où la peau garde encore la chaleur du soleil de midi... Tout silencieux qu'il fût à sa place, Honda eut le sentiment que cette journée compterait parmi les plus heureuses de leur jeunesse.

Les princes semblaient pareillement satisfaits. Ils faisaient à l'évidence semblant de ne prêter aucune attention aux amours de Kiyoaki. De leur côté, Kiyoaki et Honda avaient l'air de ne rien savoir des incursions espiègles des princes parmi les filles de pêcheurs le long des grèves, mais, en compensation, Kiyoaki prenait soin de se montrer aussi généreux qu'il convenait envers leurs pères. Ainsi, sous l'œil protecteur du Grand Bouddha auquel les princes adressaient leurs prières chaque matin au sommet de la crête, l'été allait vers son déclin avec une langoureuse beauté.

Kridsada fut le premier à remarquer le serviteur qui descendait de la terrasse vers la pelouse, apportant une lettre sur le plateau d'argent brillant qu'il passait sans doute le plus clair de son temps à frotter, non sans déplorer tout ce temps d'avoir si peu d'occasions de l'utiliser à la villa par comparaison avec la maison de Shibuya.

Kridsada bondit pour aller à sa rencontre et prendre la lettre. Puis, s'apercevant qu'elle était adressée personnellement à Chao P. par sa mère, la reine douairière, il s'approcha de l'endroit où ce dernier était assis et pour plaisanter la lui présenta en grande cérémonie.

Kiyoaki et Honda avaient, bien entendu, remarqué cette scène, mais ils retinrent leur curiosité, attendant que les princes viennent les mettre au courant, dans un élan de bonheur mélancolique. Chao P. sortit l'épaisse missive de son enveloppe, faisant entendre le froissement du papier dont la blancheur jaillit comme l'empennage d'une flèche qui vole dans les ténèbres. Brusquement, ils furent debout, les yeux fixés sur Chao P. qui, après avoir jeté un cri d'angoisse, était tombé évanoui.

Kridsada, l'air ébahi, regardait son cousin, tandis que Kiyoaki et Honda s'élançaient à son secours. Puis il se baissa pour ramasser la lettre tombée sur l'herbe et, à peine avait-il commencé à lire qu'il éclata en sanglots en se jetant sur le sol. Les deux jeunes Japonais ne comprenaient rien de ce que Kridsada, sur un ton précipité, se disait à lui-même en siamois, à travers ses larmes ; comme la lettre que Honda venait de ramasser était écrite dans cette langue, elle ne leur fournissait pas plus d'indication, hormis, en haut, le sceau doré étincelant de la famille royale de Siam, avec son motif compliqué de pagodes, d'animaux fabuleux, de roses, d'épées, de sceptres et autres emblèmes groupés autour de trois éléphants blancs.

Chao P. revint à lui pendant que des serviteurs le ramenaient à sa chambre, mais on voyait qu'il n'avait pas encore repris ses esprits. Kridsada le suivit à grand-peine sans cesser de se lamenter.

Tout ignorants qu'ils fussent de ce qui était arrivé, il était évident pour Kiyoaki et Honda qu'une terrible nouvelle leur était parvenue. Chao P. reposait sans rien dire, la tête sur l'oreiller et ses yeux, flous comme deux perles, contemplaient le plafond. L'expression de son visage basané devint moins perceptible de minute en minute, à mesure que, rapidement, l'obscurité gagnait la pièce. Au bout d'un moment, ce fut Kridsada qui put enfin expliquer en anglais :

« La princesse Chan est morte. La fiancée de Chao P., ma sœur... Si je l'avais su le premier, j'aurais pu guetter l'occasion de le lui annoncer de façon à lui épargner un tel choc, mais j'imagine que sa mère, la reine douairière, craignait davantage que je sois bouleversé et c'est pourquoi elle a écrit à Chao P. Si c'est cela, elle a fait un mauvais

CHAPITRE 35

calcul. Mais il se peut aussi qu'elle ait vu plus loin... Qu'elle ait voulu raffermir son courage en le mettant face à son chagrin.»

Cela était plus réfléchi que ce que leur racontait Kridsada la plupart du temps. Kiyoaki et Honda se montraient profondément affectés par la douleur poignante des princes, brutale comme un orage tropical. Mais ils sentaient que passés le tonnerre, l'éclair et la pluie, leur chagrin allait être une jungle luisante d'humidité qui reprendrait vie, d'autant plus prompte et luxuriante.

Ce soir-là, on porta à dîner aux princes dans leur chambre, mais ils ne touchèrent pas à la nourriture. Un peu plus tard, cependant, Kridsada se rappela manifestement qu'il importait de se montrer courtois envers leur hôte, et il pria Kiyoaki et Honda de revenir afin de leur traduire en anglais la lettre tout entière.

À la vérité, la princesse Chan était tombée malade au printemps et, bien que trop souffrante pour écrire, elle avait supplié tout un chacun de ne rien dire à son frère ni à son cousin. Sa jolie main blanche devint de plus en plus émaciée jusqu'à ne plus pouvoir bouger. Elle reposait froide et inerte tel un unique rayon de lune entrant par la fenêtre.

Le médecin anglais qui la soignait mit en œuvre toute sa science sans pouvoir empêcher l'implacable paralysie de tout le corps. À la fin, elle avait même beaucoup de mal à parler. Mais, afin peut-être de léguer à Chao P. son image rayonnante de santé telle qu'elle était lors de leur séparation, elle insista à maintes reprises auprès de tous pour qu'on ne lui dise rien de sa maladie. En entendant cela, les larmes leur venaient aux yeux.

La reine douairière lui rendait très souvent visite et ne pouvait s'empêcher de pleurer à la vue de la jeune princesse. Quand on fit part à Sa Majesté du décès de Chan, elle retint tous autres et dit aussitôt: «C'est moi qui le ferai savoir à Pattanadid.»

«Ce que j'ai à vous dire est bien triste», ainsi débutait la lettre.

> *Veuillez le supporter de tout votre courage. Votre bien-aimée Chantrapa n'est plus. Plus tard, je vous dirai combien, à la fin, ses pensées se tournaient vers vous. Étant votre mère, ce que, sans attendre, je voudrais par-dessus tout vous faire comprendre est qu'il faut vous résigner à tout cela comme étant la volonté du Seigneur Bouddha. Je prie que toujours vous gardiez à l'esprit la dignité des princes et qu'ainsi vous sachiez comment accueillir cette tragique nouvelle. Combien je sais quels doivent être vos sentiments en l'apprenant en terre étrangère, et combien je regrette de n'être point à vos côtés pour vous apporter le réconfort d'une mère! En ce qui*

concerne Kridsada, vous saurez vous conduire en frère aîné et lui apprendre la mort de sa sœur avec une sollicitude infinie. J'ai voulu vous faire part de cette dramatique nouvelle sans vous y préparer, seulement parce que je vous crois assez de force d'âme pour ne pas vous abandonner au chagrin. Veuillez aussi trouver quelque consolation dans le fait que la princesse n'a eu de pensées que pour vous jusqu'à son dernier soupir. Certes, vous devez regretter de n'avoir pas été là quand elle est morte, mais il faut vous efforcer à tout prix de bien comprendre qu'elle a voulu que vous conserviez à jamais dans votre cœur l'image que vous aviez d'elle, comme d'une jeune fille dans la fleur de sa jeunesse...

Chao P. écouta attentivement, attendant que Kridsada ait traduit jusqu'au tout dernier mot. Alors il s'assit dans son lit et se tourna vers Kiyoaki.

« Je me sens assez gêné, commença-t-il. J'ai failli aux exhortations de ma mère et je me suis tout juste évanoui. Mais veuillez essayer de me comprendre.

Au cours des dernières heures, ce que j'ai dû affronter, ce n'est pas l'énigme de la mort de la princesse Chan. Au cours de la période qui va du début de sa maladie jusqu'à sa mort – non, ce sont les vingt jours depuis qu'elle est morte –, je n'ai cessé, bien entendu, de vivre dans l'inquiétude. Malgré tout, n'ayant aucune idée de la vérité, j'ai vécu presque paisiblement dans un monde faux pendant toute cette période. Voilà l'énigme.

Je voyais distinctement la mer qui resplendissait et la plage brillante, telles qu'elles étaient vraiment. Pourquoi n'ai-je pas su voir la modification subtile survenue en profondeur dans la substance de l'univers ? Le monde changeait constamment, imperceptiblement, tout comme le vin dans une bouteille. Me voici comme celui qui ne voit pas au-delà du liquide rouge sombre dont les reflets chaleureux illuminent le verre. Pourquoi n'ai-je jamais songé à le goûter, ne fût-ce qu'une fois chaque jour, tâchant de déceler la moindre variation qui se serait produite ? La douce brise du matin, le bruissement des arbres, les battements d'ailes des oiseaux et leurs cris d'appel, tout cela, mes oreilles et mes yeux ne cessaient de le percevoir. Mais je me contentais d'y voir la joie de vivre incarnée, l'essence magnifique de la vie même. Jamais je n'ai pensé que, sous la surface, quelque chose était en train de changer, jour après jour. Si, un beau matin, j'avais fait halte afin de goûter le monde, mon palais y découvrant dès lors une subtile altération... oh, si seulement je l'avais fait, alors,

CHAPITRE 35

il n'aurait pu m'échapper que ce monde était devenu soudain un monde où n'était plus la princesse Chan.»

En disant cela, sa voix s'étranglait progressivement et ses paroles se voilaient de larmes.

Le laissant aux soins de Kridsada, ils retournèrent à leur chambre mais se rendirent compte qu'ils n'étaient pas d'humeur à s'endormir.

«Les princes vont vouloir rentrer au Siam dès qu'ils pourront. Quoi que puissent dire les autres, ils n'auront nulle envie de poursuivre ici leurs études, fit Honda aussitôt qu'ils furent tous les deux seuls.

– Oui, je suis certain qu'ils vont rentrer chez eux», répondit Kiyoaki d'un air sombre. Le chagrin du prince l'avait de toute évidence profondément affecté et il était en butte à de vagues pressentiments. «Et après leur départ, toi et moi n'aurons plus aucune raison de demeurer ici ensemble, poursuivit-il, en se parlant comme à lui-même. Ou bien peut-être mes parents y viendront-ils et alors il y aura lieu de passer l'été avec eux. Quoi qu'il arrive, notre bel été est fini.»

Bien qu'il n'ignorât pas qu'un amoureux n'a place dans son cœur pour rien d'autre que ses sentiments au point de ne plus être à même de partager la peine d'autrui, Honda ne pouvait imaginer de cœur plus naturellement apte que celui de Kiyoaki à contenir ainsi la passion toute pure, fraîche et dure comme verre trempé.

Une semaine plus tard, les deux princes entamèrent leur voyage de retour sur un navire anglais; Kiyoaki et Honda allèrent les conduire au bateau. Du fait qu'on était au milieu des vacances d'été, aucun des autres camarades de classe des princes n'était présent. Cependant, en raison de ses liens déférents avec le Siam, le prince Toin se fit représenter par son intendant. Kiyoaki ne se mit pas en frais pour lui, se contentant d'échanger quelques mots.

Tandis que l'énorme paquebot de ligne quittait la jetée, les rubans se rompirent et furent emportés par la brise. Les deux princes se tenaient à l'arrière, à côté de l'Union Jack qui claquait au vent, et ils ne cessaient d'agiter leurs mouchoirs.

Longtemps après que le navire se fut éloigné dans le chenal et que tous les autres amis furent repartis, malgré la chaleur torride du soleil de l'après-midi qui tombait d'aplomb sur le môle, Kiyoaki resta jusqu'au moment où Honda ne put s'empêcher de le presser de partir. Ce n'était pas des deux princes que Kiyoaki prenait congé. Bien plutôt, il sentait que c'était sa jeunesse ou sa partie la plus radieuse qui allait bientôt disparaître à l'horizon.

36

Quand vint l'automne, les classes reprirent et les rencontres entre Kiyoaki et Satoko devinrent de plus en plus espacées. Il fallait que Tadeshina prît les plus grandes précautions afin qu'ils pussent se promener ensemble en début de soirée sans être découverts.

Ils devaient même avoir soin d'éviter les allumeurs de réverbères qui accomplissaient encore leurs tournées dans cette seule partie de Toriizaka. Vêtus de leur uniforme au col serré, ils portaient de longues perches qu'ils pointaient par le manchon protecteur de chaque lampadaire dans le jet de gaz au-dessous. Au moment où chaque jour, au crépuscule, s'achevait cette rapide cérémonie, les rues de ce quartier étaient désertes. C'était l'heure, par conséquent, où Kiyoaki et Satoko pouvaient passer par les ruelles de derrière toutes tortueuses dans une sécurité relative. Le chœur des insectes s'amplifiait alors mais, aux fenêtres, l'éclairage ne brillait pas outre mesure. De nombreuses maisons n'avaient pas de portail pour les séparer de la rue et il leur arrivait parfois d'entendre des pas au retour d'un mari et le bruit d'une porte qu'on refermait.

« Tout sera terminé d'ici un mois ou deux. Les Toinnomiya ne voudront certainement pas reculer davantage la cérémonie des fiançailles, dit Satoko d'une voix douce, comme si elle parlait de quelqu'un d'autre. Chaque soir, en me couchant, je pense : demain, cela va finir, demain, l'irrévocable va se produire. Et puis, chose curieuse, je dors en paix. Voilà tout juste ce que nous faisons en ce moment – quelque chose qu'on ne peut pas défaire.

– Soit, mais à supposer que, même après les fiançailles…

– Kiyo, que vas-tu dire là ? Si nous ajoutons tant soit peu aux péchés que nous avons commis, ton courage tranquille n'y résistera pas. Au lieu de penser à pareilles choses, je préférerais continuer à compter combien de fois il me sera encore donné de te revoir.

– Tu en as pris ton parti, n'est-ce pas ? Le jour viendra où tu vas tout oublier, n'est-ce pas ?

– Oui. Bien que je ne sache pas encore très bien comment je pourrai faire. Le sentier que nous suivons n'est pas une route, Kiyo, c'est une jetée, et là où elle s'achève, c'est la mer qui commence. On n'y peut rien. »

CHAPITRE 36

C'était bien la première fois qu'ils parlaient de la fin. Et, mis en sa présence, ils ne se sentaient pas plus responsables que deux enfants. Ils n'avaient à l'esprit aucun projet, rien à quoi se raccrocher, aucune solution, aucun plan d'action, et il leur semblait que tout cela témoignait de la pureté de leurs intentions. Pourtant, une fois qu'ils eurent évoqué la séparation finale, l'idée adhéra à leur esprit comme la rouille.

S'étaient-ils embarqués dans tout cela sans considérer la fin? ou bien avaient-ils entrepris leur aventure en pensant précisément à la façon dont cela pouvait finir? Kiyoaki ne le savait pas. Il pensait que si tous deux étaient soudain réduits en cendres par la foudre, alors tout irait bien. Mais que devrait-il faire si nul terrible châtiment ne tombait des cieux et si les choses restaient en l'état? Cela le mettait mal à l'aise. «Si tel devait être le cas, se demandait-il, serais-je capable de continuer à aimer Satoko avec la même passion qu'aujourd'hui?»

C'était la première fois qu'il expérimentait une angoisse de cette nature. Cela l'incita à prendre la main de Satoko. Mais quand celle-ci répondit en entrelaçant ses doigts avec les siens, il en fut irrité et il les étreignit avec force, presque au point de la paralyser. Elle ne poussa pas la moindre exclamation de douleur. Il maintint sa prise avec autant de vigueur et, quand la lumière qui se trouvait rayonner d'une fenêtre éloignée au second étage lui fit voir la trace des larmes dans ses yeux, il en ressentit une satisfaction mauvaise.

C'était là, il le savait, une nouvelle preuve de la nature essentiellement occulte et farouche de cette distinction qu'il cultivait depuis si longtemps. À coup sûr, la solution la plus simple serait de mourir ensemble, mais il sentait que leur situation réclamait quelque chose de bien plus désespéré. Le tabou qu'en ce moment même ils violaient, à chaque instant de cette rencontre clandestine, et qui se faisait plus redoutable à chaque violation, cela fascinait Kiyoaki et l'incitait à continuer, tel, au loin, le carillon à jamais inaccessible d'une cloche dorée. Plus il commettait le péché et plus lui échappait le sens du péché. Et à la fin? Comment les choses pouvaient-elles finir sinon dans une grossière imposture, pensa-t-il en frissonnant.

«Il semble que tu n'apprécies guère de te promener ainsi avec moi, dit-elle de son ton habituel, clair et paisible. Je savoure chaque instant de bonheur qui passe, mais... on dirait que toi, tu en as eu assez.

– C'est simplement que j'en suis venu à t'aimer trop. Quant au bonheur, c'est une chose que j'ai laissée loin derrière», répliqua-t-il gravement. Tout en proférant cette explication rationnelle, il comprit qu'il n'avait pas à se tourmenter de ce qui pouvait subsister de puérilité dans sa façon de dire.

La ruelle où ils se trouvaient avoisinait Roppongi et son alignement de boutiques. Une bannière défraîchie où se lisait le caractère signifiant «glace» pendait devant un magasin de glaces aux volets clos, triste à voir dans cette rue toute bruissante d'insectes. Un peu plus loin, ils arrivèrent à une devanture qui répandait sa lumière sur leur passage. Cette boutique appartenait à un marchand appelé Tabe qui, à en croire son enseigne, était fournisseur agréé de la musique du régiment d'Azabu. Apparemment, on y travaillait encore pour satisfaire à quelque commande urgente.

Ils évitèrent la flaque de lumière, mais les reflets éblouissants du cuivre à la devanture vinrent néanmoins illuminer un instant leurs prunelles. Une rangée de clairons tout neufs y étaient suspendus et, sous la débauche de lumière, ils étincelaient d'un éclat qui eût mieux convenu à un défilé estival. De l'intérieur du magasin parvint tout à coup le son nostalgique d'un clairon, un seul coup de langue pour l'essayer qui cessa aussitôt. Aux oreilles de Kiyoaki, il retentit comme un prélude funeste.

«Je vous en prie, il faut faire demi-tour. Il y aurait trop de monde de ce côté», murmura Tadeshina à Kiyoaki. Elle s'était glissée tout auprès d'eux, sans être vue.

37

Les Toinnomiya ne firent rien pour s'immiscer dans l'existence de Satoko. Le prince Harunori était absorbé par ses obligations militaires, personne d'autre parmi les intéressés n'eut souci d'organiser une rencontre entre lui et Satoko et le prince lui-même ne manifesta d'aucune façon qu'il en eût le désir. Néanmoins, cela n'impliquait nullement que les Toinnomiya la traitassent avec froideur. À considérer ce qu'il en va des fiançailles de cette sorte, tout se déroulait sans à-coups. L'entourage du prince pensait que de rencontres fréquentes entre ces deux jeunes gens dont le mariage était décidé, il ne pouvait résulter aucun profit, qu'elles pouvaient même occasionner quelque contretemps.

Dans l'intervalle, il fallait se préoccuper des talents qu'on attend d'une demoiselle qui va devenir princesse. Eût-elle appartenu à une

CHAPITRE 37

famille dont la qualité aristocratique prêtât au moindre soupçon, il lui aurait fallu passer par une série de leçons qui n'eût guère tenu compte de son éducation antérieure. Mais la tradition des usages du monde était si ancrée chez le comte Ayakura que sa fille pouvait aisément être élevée au rang de princesse. Ces belles manières faisaient tellement partie du personnage de Satoko qu'elle pouvait, à son gré, composer des poèmes dignes d'une princesse, avec une écriture qui convenait à la main d'une princesse, faire des arrangements de fleurs comme il appartenait à une princesse. Rien ne se fût opposé à aucun moment à ce qu'elle devînt princesse, passé son douzième anniversaire.

Le comte Ayakura et son épouse s'inquiétaient malgré tout de trois talents de société qui, jusque-là, n'avaient pas figuré dans son éducation. Ils se souciaient d'autant plus qu'elle se familiarisât avec eux au plus tôt. Il s'agissait de savoir chanter les *nagauta*, de jouer au mah-jong, auquel la princesse Toin prenait un tel plaisir, et d'écouter des disques européens, distraction favorite du prince Harunori lui-même. Dès que le comte lui eut expliqué la situation, le marquis Matsugae fit immédiatement en sorte qu'un professeur de *nagauta* vienne donner des leçons à Satoko, de même il fit livrer un phonographe allemand aux Ayakura avec tous les disques qu'on put trouver. En revanche, dénicher un maître de quelque chose comme le mah-jong lui posa un problème plus difficile. Tout en étant pour sa part un joueur enthousiaste de billard anglais, il n'en était pas moins scandalisé qu'une noble famille d'un rang si éminent pût se complaire à un jeu aussi plébéien que le mah-jong.

Il se trouva que la patronne d'une maison de geishas de Yanagibashi et sa plus ancienne geisha étaient toutes deux joueuses de mah-jong émérites, si bien que le marquis s'arrangea pour qu'elles se rendent fréquemment chez les Ayakura pour faire une table à quatre avec Tadeshina afin d'initier Satoko à ce jeu. C'était lui, bien entendu, qui payait les frais supplémentaires de déplacement.

On aurait pu s'attendre à ce que ces parties à quatre, incluant deux professionnelles, mettent une note de gaieté inaccoutumée dans l'atmosphère austère de la maison Ayakura. Tadeshina y était, cependant, inébranlablement opposée. Elle prétendait que c'était insulter à sa dignité, mais, à la vérité, elle redoutait par-dessus tout que les yeux perçants de ces deux femmes, habituées au monde, ne décèlent le secret de Satoko. Même s'il n'arrivait rien de pareil, ces parties de mah-jong n'en fournissaient pas moins l'occasion au marquis Matsugae de placer des espionnes dans la demeure des Ayakura.

La patronne et la vieille geisha eurent tôt fait de voir dans la morgue inflexible de Tadeshina une insulte calculée et leur réaction mit moins de trois jours à parvenir aux oreilles du marquis. Celui-ci attendit son heure et, à la première occasion favorable, il reprit aimablement le comte Ayakura :

« Certes, il faut admirer qu'une vieille et fidèle servante place si haut la dignité de votre famille, mais à coup sûr, en l'occurrence, le seul but étant de satisfaire au goût de la famille du prince, il semble qu'il y ait lieu de se montrer un peu compréhensif. D'ailleurs, ces femmes venues de Yanagibashi voient là comme une magnifique occasion de rendre service et, tout occupées qu'elles soient, elles consentent à prendre le temps de venir ici. »

Le comte en fit part à Tadeshina, la mettant dans une situation des plus embarrassantes.

Satoko et ces deux femmes s'étaient, en fait, déjà rencontrées. Le jour de la fête des cerisiers, la patronne dirigeait dans les coulisses et la vieille geisha jouait le rôle du maître de haïku. Lors de leur arrivée pour la première séance de mah-jong, la patronne avait adressé une harangue de félicitations au comte et à la comtesse à propos des fiançailles, et elle avait aussi apporté un cadeau exorbitant.

« Quelle beauté que mademoiselle votre fille ! Et, possédant comme elle la grâce et la dignité d'une princesse-née, combien vous devez être satisfaits de ces fiançailles ! Nous conserverons à jamais le souvenir d'avoir pu leur être associées grâce à vous, et nous le transmettrons de génération en génération, naturellement dans le plus grand secret. »

Toutefois, après cette louable expression de leur considération, la patronne et sa compagne n'avaient plus été tout à fait soucieuses de préserver les apparences, comme il eût convenu, quand elles eurent passé dans une autre pièce pour s'asseoir avec Tadeshina et Satoko à la table de mah-jong. Leurs yeux, humides d'un dévouement si débordant envers Satoko, s'asséchaient de temps à autre, au point de laisser paraître les bas-fonds de la critique. Tadeshina avait l'impression désagréable qu'on tournait le même regard vers elle et vers l'agrafe démodée de son obi. Mais plus fâcheux encore fut l'incident qui eut lieu tout au début.

« Je me demande comment va le jeune fils du marquis Matsugae, remarqua à l'improviste la vieille geisha en battant les cartes de mah-jong. Je crois bien n'avoir jamais vu un jeune homme de si belle mine. »

Sur quoi, la patronne, avec une habileté remarquable, avait détourné la conversation vers autre chose. Il se peut que, ce faisant,

CHAPITRE 37

elle voulut gourmander sa compagne pour avoir abordé un sujet inopportun, mais ces paroles avaient énervé Tadeshina.

Se conformant à ses conseils, Satoko essayait d'en dire le moins possible. Or, devant ces deux femmes passées maîtres dans l'art d'interpréter les finesses du comportement féminin, le fait de trop se concentrer pour surveiller ses pensées intimes suscitait un autre danger. Si elle se montrait trop discrète, cela pouvait faire naître une rumeur scandaleuse, comme quoi elle semblait mécontente de son futur mariage. Dissimuler ses sentiments, c'était risquer que son comportement ne la trahît, et feindre dans son comportement, c'était risquer de révéler ses sentiments.

En conséquence, Tadeshina fut contrainte de faire appel à toute son ingéniosité tactique en vue de mettre fin une fois pour toutes aux séances de mah-jong.

« Je suis tout simplement stupéfaite, dit-elle au comte, que Son Excellence le marquis Matsugae daigne prendre pour argent comptant les racontars de ces deux femmes. Elles disent que c'est ma faute si mademoiselle Satoko manque d'enthousiasme. Si elles ne tenaient pas ce langage, c'est à elles qu'on imputerait son indifférence. Voilà pourquoi, j'en suis certaine, elles ont dit que je les traitais de haut. Cela a beau répondre aux vœux de Son Excellence le marquis, le fait d'avoir des femmes de cette catégorie qui vont et viennent ici chez monsieur le comte est une honte. D'ailleurs, mademoiselle Satoko a déjà appris les rudiments du mah-jong. De sorte que si, après son mariage, elle ne joue que pour plaire en société et qu'elle perd constamment, elle n'en aura que plus d'attraits. Voilà pourquoi je me déclare si opposée à ce qu'on continue les leçons, et si le marquis Matsugae n'entend pas renoncer, alors je prierai monsieur le comte de bien vouloir se passer des services de Tadeshina. »

Le comte Ayakura n'avait guère d'autre choix que de s'incliner devant un ultimatum adressé avec une telle vigueur.

Dès qu'elle eut appris de l'intendant Yamada que Kiyoaki avait menti au sujet de la lettre de Satoko, Tadeshina s'était trouvée à la croisée des chemins. Elle avait le choix, ou de devenir l'adversaire de Kiyoaki, ou de faire tout ce que lui et Satoko demandaient d'elle, sans rien ignorer des conséquences. C'était cette dernière voie qu'elle avait choisie.

Bien qu'à cet égard, son motif principal fût une affection sincère envers Satoko, elle craignait en même temps que le fait de séparer les amants ne conduisît cette dernière au suicide. Elle avait décidé qu'il valait mieux protéger leur secret en les laissant agir à leur guise en attendant que l'affaire s'achevât d'elle-même. Dans l'intervalle, elle s'emploierait de toutes ses forces à garder le secret.

Elle se targuait de savoir tout ce qu'il y avait à savoir quant au jeu des passions. En outre, se faisant fermement l'avocate de la philosophie qui veut que ce qu'on ignore n'existe pas, elle n'estimait trahir ni son maître le comte, ni les Toinnomiya, ni personne. Elle était capable de s'entremettre dans ces amours et de se faire l'alliée des amants, de la même façon qu'elle eût conduit une expérience chimique dont elle aurait en même temps nié l'existence en dissimulant les détails qui l'auraient trahie. Elle savait fort bien qu'elle avait tracé une voie dangereuse, mais elle était persuadée être venue au monde pour remplir le rôle de sauveur dans toutes les situations critiques. Ainsi, elle pouvait imposer aux autres un trésor d'obligations qui les forçait, à leur tour, en fin de compte, à faire exactement ce qu'elle souhaitait.

Elle était résolue à multiplier les rencontres autant que possible, afin de hâter le déclin de leur passion, sans s'apercevoir que ses propres émotions s'y trouvaient entraînées. Cela n'avait rien à voir avec le fait de tirer vengeance de Kiyoaki pour sa cruelle attitude. À coup sûr, elle attendait le jour où il leur dirait qu'il désirait prendre congé de Satoko et la prierait de bien vouloir, de sa part, accomplir en douceur les rites funèbres. Et quand cela arriverait, elle saurait lui rappeler avec force l'ardeur passée de son désir désormais apaisé. Mais déjà, elle ne croyait qu'à moitié à ce rêve. Et si jamais il se réalisait, quel supplice pour Satoko!

Pourquoi cette vieille femme si maîtresse de soi, au lieu de se conformer à sa philosophie selon laquelle rien n'est assuré en ce monde et de veiller d'abord à se préserver elle-même, s'était-elle appuyée sur elle pour écarter toute idée de sécurité? Comment avait-elle pu être amenée à utiliser cette philosophie comme prétexte à l'aventure? En un moment d'inadvertance elle avait, en fait, cédé à une joie qui défiait l'analyse rationnelle. Être le moyen d'unir deux jeunes gens doués d'une telle beauté, voir leur amour sans espoir brûler avec une passion accrue – de fil en aiguille, elle s'était abandonnée à ce plaisir souverain qui ne tenait compte d'aucun danger particulier.

Forte de cette idée, elle estimait qu'il y avait quelque chose de si sacré dans l'union physique de deux jeunes gens admirablement beaux qu'on ne pouvait en juger que par des critères extraordinaires. La façon dont leurs yeux brillaient lors de leurs rencontres, la façon dont ils palpitaient en se rapprochant – c'était là un feu qui

CHAPITRE 37

réchauffait le cœur glacé de Tadeshina. Par égoïsme, elle voulait empêcher sa flamme de mourir. Avant chacune de leurs rencontres, leurs joues pâlies se creusaient de mélancolie, mais ils ne s'étaient pas plus tôt aperçus que leurs visages se mettaient à briller comme en juin, aux champs, des épis d'orge lustrés. Pour Tadeshina, c'était l'instant miraculeux, au même titre que faire marcher les boiteux ou rendre la vue aux aveugles.

Son rôle proprement dit était, bien entendu, de protéger Satoko de tout mal. Mais une chose qui brûlait d'un tel feu n'était pas le mal ; une chose qui se changeait en poésie n'était pas le mal – à coup sûr, c'était là une doctrine qui imprégnait l'antique tradition de grâce et de distinction de la famille Ayakura.

Et pourtant, Tadeshina attendait patiemment qu'il se passât quelque chose. En un sens, elle ressemblait à une femme qui, ayant laissé son oiseau favori s'envoler à l'aventure, attend l'occasion de le reprendre pour le remettre en cage, mais il y avait dans l'attente quelque chose qui respirait le sang et la ruine. Chaque jour, elle appliquait méticuleusement l'épais maquillage blanc qu'affectaient au temps jadis les dames de la cour. Elle dissimulait les faisceaux de rides sous ses yeux avec de la poudre blanche et ceux qui cernaient ses lèvres avec du rouge vif de Kyoto. Tout en y procédant, elle évitait de considérer son visage dans la glace et, à la place, elle regardait dans le vide, l'air sombre, interrogateur. L'éclat du grand ciel d'automne semblait se condenser en gouttes limpides et brillantes dans ses yeux, mais on voyait au fond de ceux-ci une soif éperdue de l'avenir. Puis, afin de passer en revue son maquillage, elle prenait une paire de lunettes à l'ancienne mode qu'elle évitait de porter d'ordinaire et elle les mettait en accrochant les branches métalliques effilées de chaque côté par-dessus ses oreilles. Ce faisant, leurs extrémités pointues piquaient ses lobes, blancs de maquillage et ils lui cuisaient.

Au début d'octobre, les Toinnomiya firent connaître dans les règles que la cérémonie des fiançailles devait avoir lieu en décembre, y joignant une énumération officieuse des présents attendus : cinq pièces de tissu pour robes, deux fûts de saké de première qualité et une caisse de brèmes de mer fraîches. Il était naturellement très facile de se procurer les deux dernières spécifications, mais, pour ce qui était du tissu pour robes, le marquis Matsugae en personne en avait fait son affaire. Il adressa un long télégramme au bureau londonien de la compagnie Itsui afin de passer spécialement commande du plus beau tissu anglais pour qu'on l'envoie sans délai.

Un matin, quand Tadeshina s'en fut réveiller Satoko, elle nota, en arrivant à son chevet, que son visage avait perdu toute couleur. Puis Satoko écarta sa main, sortit du lit et se précipita dans le couloir. À peine avait-elle atteint le cabinet de toilette qu'elle vomit, salissant légèrement la manche de sa chemise de nuit. Tadeshina l'aida à rentrer dans la chambre et s'assura que la porte était fermée.

Une dizaine de poulets au moins étaient enfermés dans l'arrière-cour de la maison où ils gloussaient et caquetaient, perçant de leurs cris les palissades de *shoji* quand elles commençaient à pâlir chaque matin, annonçant le début d'une nouvelle journée à la maison Ayakura. Et le chœur n'en continuait pas moins quand le soleil était haut dans le ciel. Parmi tous ces gloussements, Satoko reposa de nouveau sa tête sur l'oreiller et ferma les yeux.

«Veuillez écouter, dit Tadeshina, en approchant sa bouche de l'oreille de Satoko. Il n'est pas question de mentionner cela à quiconque. Veuillez, en aucun cas, ne donner votre chemise de nuit à laver à la femme de chambre. Je m'en occuperai moi-même, ainsi personne n'en saura rien. Désormais, aussi, je ferai le nécessaire pour votre nourriture. Je veillerai à ce que vous ne mangiez que ce qui vous convient, si bien que votre femme de chambre n'aura aucun soupçon. Ce que je vous en dis, c'est uniquement pour votre bien. Il vaudra donc mieux faire exactement selon ce que je dirai.»

Satoko acquiesça vaguement tandis qu'une larme roulait sur son gracieux visage.

Tadeshina jubilait. Tout d'abord, elle seule avait eu connaissance de ce premier signe. Puis, dès l'instant où il s'était produit, une chose lui était apparue: c'était là précisément ce qu'elle avait attendu. Maintenant Satoko était entre ses mains!

Tout bien considéré, Tadeshina était beaucoup plus à l'aise dans le domaine où se situait l'état présent de Satoko qu'au royaume des passions. Tout comme, des années auparavant, elle avait eu tôt fait, en observant Satoko, de la conseiller lorsqu'elle avait eu ses règles pour la première fois, de même maintenant, elle se montrait fort experte pour tout ce qui touchait au monde corporel. Par contraste, la comtesse Ayakura, qui n'avait qu'une vague idée des choses quotidiennes, apprit que sa fille avait commencé à être réglée deux bonnes années plus tard, et encore, de la bouche de Tadeshina.

Tadeshina, qui n'avait jamais manqué de remarquer tous les symptômes physiques chez Satoko, accrut sa vigilance après la pre-

CHAPITRE 37

mière nausée de ce matin-là. Et une fois qu'elle eut reconnu les symptômes l'un après l'autre, la façon qu'avait Satoko de se maquiller, sa façon de froncer les sourcils comme si elle sentait venir de loin une nouvelle nausée, les caprices de son appétit, une certaine lourdeur de mouvements, elle prit sa décision sans hésiter.

«Il ne vaut rien de rester comme cela à l'intérieur tout le temps. Allons faire un tour», dit-elle à Satoko.

D'habitude, c'était laisser entendre qu'avait été organisé un rendez-vous avec Kiyoaki, mais, le soleil étant encore haut dans le ciel, Satoko fut quelque peu perplexe et leva un œil interrogateur. L'expression que Tadeshina portait généralement sur le visage avait disparu, remplacée par une réserve austère. Elle n'ignorait pas qu'entre ses mains reposait une question d'honneur qui était d'intérêt national.

Elles sortirent par l'arrière-cour où se tenait la comtesse Ayakura, les bras serrés contre sa poitrine, regardant une des servantes donner à manger aux poulets. Le brillant soleil d'automne soulignait les plumes luisantes de la volaille rassemblée, venant frapper la lessive suspendue à sécher, qu'elle changeait en festival de blancheur. Tout en avançant, s'en remettant à Tadeshina pour frayer un passage parmi les poulets, Satoko fit poliment un signe de tête à sa mère. Elle remarqua les pattes toutes raides qui jaillissaient si brusquement de sous les plumes et, pour la première fois de sa vie, la pensée lui vint que ces créatures étaient hostiles – inimitié naturelle engendrée par l'antagonisme des espèces. C'était une affreuse sensation. Des plumes blanches, égarées, tombèrent sur le sol en planant. Tadeshina salua la mère de Satoko.

«J'emmène seulement mademoiselle faire une petite promenade.
– Une promenade ? Bon, merci de bien vouloir vous en charger», répondit la comtesse. Le mariage de sa fille se rapprochant de jour en jour, il était assez naturel qu'elle parût ressentir quelque nervosité. D'autre part, elle devenait de plus en plus polie et réservée envers sa fille. Comme il était de coutume dans les familles nobles de la Cour, jamais elle ne proférait à son égard une seule critique, du fait qu'en somme elle appartenait déjà à la famille impériale.

Elles allèrent toutes deux par les rues de Ryudo jusqu'à un petit sanctuaire entouré d'un mur de granit et qui était dédié à la déesse du soleil. Elles pénétrèrent dans son étroit enclos, désert maintenant qu'avaient pris fin les fêtes d'automne et, après s'être inclinées devant le mausolée intérieur drapé de tentures violettes, Tadeshina l'emmena vers l'arrière du petit pavillon où ont lieu les danses sacrées.

« Est-ce que Kiyo va venir ? » demanda Satoko d'un ton hésitant. Sans se l'expliquer, elle était intimidée par l'attitude qu'avait Tadeshina aujourd'hui.

« Non, il ne viendra pas. Aujourd'hui, j'ai quelque chose à vous demander, mademoiselle, et c'est pourquoi nous sommes venues ici. Nous n'avons pas à craindre que quiconque puisse nous entendre. »

On avait disposé trois ou quatre gros rochers sur un côté du pavillon à l'usage de ceux qui souhaitaient s'asseoir pour regarder les danses rituelles. Tadeshina ôta alors son *haori*, le plia et le posa sur la surface moussue de l'un d'eux.

« Voilà, ainsi vous n'allez pas attraper un refroidissement », dit-elle, tandis que Satoko s'asseyait.

« Et maintenant, jeune maîtresse, dit-elle d'un ton solennel, je sais qu'il n'est pas besoin à présent de vous le rappeler, car vous n'ignorez nullement, bien entendu, que la fidélité à l'Empereur prend le pas sur tout autre devoir. Il est bien sot de ma part de prêcher ainsi à mademoiselle Satoko Ayakura dont la famille a joui, au cours des siècles, de la faveur impériale pendant vingt-sept générations. Mais, même en laissant cela de côté, une fois qu'il y a eu proposition de mariage et qu'elle a reçu la sanction impériale, il n'est pas question d'y revenir. Traiter cela par le mépris, c'est mépriser le bon vouloir de Sa Majesté Impériale. Il n'est pas au monde plus terrible péché. »

Tadeshina poursuivit en entrant dans les détails. Malgré ce qu'il lui fallait dire, elle ne blâmait nullement Satoko de tout ce qui s'était déjà passé. Car elle-même avait été également coupable. D'ailleurs, il n'y avait pas lieu de se torturer l'esprit et de regarder comme un péché ce qui n'était pas venu à la connaissance d'autrui. Cependant, soulignat-elle, il fallait bien qu'il y eût une limite quelque part et maintenant que Satoko se trouvait enceinte, l'heure était venue d'y mettre fin. Jusqu'à présent, elle avait été un témoin muet mais, les choses ayant pris ce tour, elle estimait qu'il ne convenait pas de les laisser aller en permettant à cette aventure de durer. L'heure était donc venue pour elle de prendre son courage à deux mains. Il lui fallait faire clairement comprendre à Kiyoaki qu'ils ne devaient plus se revoir. Et elle allait devoir se conformer en tout aux avis de Tadeshina. Ainsi, énonçant chacun de ses arguments à tour de rôle, en excluant volontairement toute considération sentimentale, elle dit ce qu'elle avait à dire.

Estimant que c'était assez pour convaincre Satoko et que celle-ci obéirait, Tadeshina abrégea son sermon et, pliant soigneuse-

CHAPITRE 37

ment son mouchoir, elle tamponna légèrement la sueur qui perlait à son front.

Si logique qu'ait été son raisonnement, il y avait eu une note de tristesse, de compassion dans sa voix, comme un sanglot. Cette enfant lui était plus chère qu'une fille, et pourtant, elle savait ne pas éprouver de chagrin sincère. Elle avait conscience qu'une barrière se dressait entre son chagrin et son affection. Elle aimait tellement Satoko qu'elle espérait que cette dernière ferait sienne la joie effrayante, insondable qui se dissimulait sous sa propre terrible résolution. Afin de se laver d'un péché tellement imprégné de sacrilège, il fallait commettre un autre péché. Finalement, les deux péchés s'annuleraient, comme si ni l'un ni l'autre n'avaient existé. Il fallait faire en sorte qu'un monde ténébreux se fondît dans un autre, puis attendre que les ténèbres prissent la teinte rosée de l'aube fatidique qui allait venir. Avant tout, garder le secret.

Satoko demeurant silencieuse, Tadeshina commença à se sentir mal à l'aise et elle demanda : « Vous ferez tout selon ce que je dirai, n'est-ce pas ? Qu'en pensez-vous ? »

Le visage de Satoko était dépourvu d'expression. Rien n'indiquait qu'elle eût été consternée par les paroles de Tadeshina. C'était qu'en vérité ses observations grandiloquentes n'avaient pas eu pour elle une quelconque signification.

« Mais que dois-je faire ? répliqua-t-elle. Il faut que tu sois plus explicite. »

Tadeshina jeta les yeux autour d'elle avant de répondre, afin de s'assurer que la note légère du gong suspendu devant le sanctuaire était due à une bouffée de vent et non à quelque fidèle. Sous le parquet de bois du pavillon, on entendait le grésillement timide d'un grillon.

« Il faut vous débarrasser du bébé – le plus tôt possible. » Satoko eut un sursaut.

« Que veux-tu dire ? On m'enverra en prison.

– Ne parlez pas de cette façon. Veuillez me laisser faire. Même à supposer que, je ne sais comment, cela finisse par se savoir, il serait impossible à la police de nous poursuivre, vous ou moi. Votre mariage est chose décidée. Une fois le cadeau de fiançailles présenté en décembre, les choses n'en iront que mieux. Parce que, en pareille occurrence, la police se montre compréhensive. Cependant, mademoiselle, voici ce que je voudrais que vous compreniez : si vous lanternez et si chacun se rend compte que vous êtes enceinte, il est évident que Son Altesse Impériale comme, du reste, l'univers entier ne pourraient jamais vous le pardonner. Les fiançailles seraient rompues aussitôt, Son Excellence votre père devrait se cacher aux yeux du monde et monsieur Kiyoaki se trouverait également dans une situation épouvantable. Pour parler franchement, ses espérances d'avenir, comme celles de la famille Matsugae tout entière, seraient si menacées qu'ils n'auraient d'autre recours que de prétendre qu'il n'y avait été pour rien. Si bien qu'alors, en ce qui vous concerne, tout serait perdu. Est-ce là ce que vous désirez voir arriver ? Maintenant, il ne vous reste qu'une chose à faire.

– Si cela venait à se savoir d'une façon ou d'une autre, même en supposant que la police ne dise rien, il se pourrait malgré tout que les Toinnomiya en entendent parler. Comment pourrais-je alors me montrer au mariage ? Et par la suite, comment oserais-je continuer à servir le prince ? Peux-tu répondre à cela ?

– Il n'est absolument pas besoin de s'affoler pour une simple rumeur. Quant à ce que pourraient penser les Toinnomiya, cela dépendra entièrement de vous. Si vous ne cessez de vous comporter en princesse toute pure et toute belle, voilà les qualités qu'ils verront en vous. Les bruits et tout le reste – ça s'oublie en un rien de temps.

– Autrement dit, tu peux m'assurer qu'il n'y a aucun risque que je sois punie, que j'aille en prison ?

– Voyons, je voudrais essayer de vous expliquer pour que vous compreniez. Tout d'abord, la police a le plus grand respect pour l'aristocratie. De sorte qu'il n'y a pas la moindre chance qu'elle laisse ce genre d'affaire devenir publique. Si cela vous tracasse encore, nous pourrions toujours demander au marquis Matsugae de bien vouloir vous prêter assistance. Son Excellence a beaucoup d'influence et il peut faire bien des choses. Après tout, ce serait pour couvrir le jeune maître... »

Satoko s'écria brusquement : « Non ! tu ne feras pas cela. C'est une chose que je ne permettrai pas. En tout état de cause, tu ne dois demander assistance ni au marquis ni à Kiyo. Sinon, je serais complètement déshonorée.

– Bon... je ne l'ai indiqué que comme une simple possibilité. Mais, deuxièmement, pour ne parler que de l'aspect juridique, je suis décidée à vous protéger. Nous présenterions les choses comme si vous aviez agi suivant ce que je disais sans avoir idée de ce que c'était, comme si vous aviez respiré l'anesthésique sans vous rendre compte, vous trouvant ensuite sans défense. Si nous faisions comme cela, peu importerait le degré de publicité, ce serait finalement moi qui porterais le blâme.

CHAPITRE 37

– De sorte que selon toi, quoi qu'il arrive, je n'irai pas en prison ?
– Vous pouvez en être assurée.»
Néanmoins, cette réponse n'amena aucun soulagement sur le visage de Satoko : «Moi, je veux aller en prison», fit-elle.
La tension nerveuse de Tadeshina s'évanouit et elle éclata de rire. «On croirait entendre une petite fille. Pourquoi dites-vous cela ?
– Je me demande comment les prisonnières doivent s'habiller. Que ferait Kiyoaki s'il me voyait comme cela... est-ce qu'il m'aimerait encore ou non ? Je voudrais savoir.»
En faisant cette remarque absurde, ses yeux, loin de se remplir de larmes, lançaient des éclairs de satisfaction si intenses que Tadeshina en eut le frisson.
Si grande que fût la différence de position sociale entre ces deux femmes, on ne pouvait nier qu'elles avaient en commun mêmes force et courage. Que ce fût pour servir le mensonge ou la vérité, jamais il ne pouvait être davantage exigé qu'aujourd'hui de leur égale vaillance.
Tadeshina avait le sentiment qu'elle-même et Satoko étaient appariées comme un navire qui avance à contre-courant et le courant lui-même, appariant si bien que le bateau restait pour un temps immobile, solidaire du courant, d'instant en instant, dans une intimité impatiente. En cet instant, qui plus est, toutes deux ressentaient une joie identique. On eût dit les battements d'ailes d'un vol d'oiseaux à l'approche de l'orage. Leur émotion, par sa violence, bien qu'elle tînt du chagrin, de la crainte, de l'angoisse, différait de tout cela et ne pouvait avoir d'autre nom que la joie.
«Eh bien, en tout cas, vous ferez comme je dirai, n'est-ce pas ? s'enquit Tadeshina, en observant les joues pâlies de Satoko qui s'empourpraient sous le soleil d'automne.
– Je veux que tu n'ailles rien raconter de tout cela à Kiyo, repartit Satoko. Au sujet de mon état, je veux dire. Quant à faire ou non comme tu diras, ne t'inquiète pas. Sans y mêler quiconque, nous causerons de tout ensemble, et en définitive, je déciderai pour le mieux.»
La dignité de ses paroles était déjà d'une princesse.

38

Kiyoaki était en train de dîner avec ses parents au début d'octobre quand il apprit que la cérémonie des fiançailles aurait lieu finalement en décembre. À cette occasion, son père et sa mère manifestaient le plus vif intérêt pour le protocole, rivalisant pour montrer l'étendue de leurs connaissances des anciens rites et usages de la Cour.

« Le comte Ayakura devra préparer un salon d'apparat pour l'arrivée du majordome du prince, observa sa mère. Quelle pièce pensez-vous que ce sera ?

– Eh bien, comme chacun sera debout pour la cérémonie, un grand salon à l'européenne ferait fort bien l'affaire, s'ils en avaient un. En l'occurrence, il faudra qu'ils étalent une tenture sur le parquet du salon et dans le couloir qui y mène depuis l'entrée, pour accueillir le majordome. Il arrivera en voiture avec deux assistants et Ayakura devra tenir prête la lettre d'acceptation, écrite sur du beau papier gaufré et épais, dans une enveloppe de même papier liée avec deux cordonnets de papier vrillé noués ensemble. Le majordome aura revêtu sa robe de cérémonie de sorte que quand Ayakura prononcera l'adresse d'acceptation, lui aussi devra être en tenue de comte. Mais il connaît toutes ces minuties sur le bout des doigts et il est tout à fait inutile que j'en parle. C'est seulement quand il y a un problème d'argent que je peux prêter main-forte. »

Kiyoaki ressentit un trouble profond et il passa une nuit agitée. Il lui semblait entendre un sourd cliquetis de chaînes qu'on traînait sur le plancher et qui s'approchaient pour emprisonner son amour. À présent, il ne restait plus rien de l'énergie tonique qui l'avait enflammé lors de l'octroi de la sanction impériale. Ce qui l'avait alors tellement stimulé, cette idée de l'impossible absolu, lui était apparue comme une exquise pièce de porcelaine blanche. Mais maintenant, elle se couvrait d'un réseau de craquelures de l'épaisseur d'un cheveu. À tel point qu'au lieu de la joie folle qui, à l'époque, avait jailli de sa détermination, il ressentait aujourd'hui la tristesse de quelqu'un qui voit mourir une saison.

Allait-il donc abandonner ? se demanda-t-il. Non, certes. Néanmoins, alors que la force de la sanction impériale n'avait servi qu'à les jeter follement, lui et Satoko, dans les bras l'un de l'autre, cette annonce officielle de la cérémonie des fiançailles avait le pou-

CHAPITRE 38

voir de les arracher l'un à l'autre, en dépit du fait qu'elle n'était autre que le développement de la première. Adopter une attitude avait été des plus simples dans le premier cas : il lui avait suffi de suivre son désir. Mais comment devait-il s'y prendre avec cette nouvelle force ? Il n'en avait aucune idée.

Le lendemain, recourant à sa méthode habituelle pour entrer en contact avec Tadeshina, il téléphona au propriétaire de la pension pour officiers et lui dit d'avertir Tadeshina qu'il désirait voir Satoko dès que possible. Ne pouvant espérer avoir de réponse avant le soir, il se rendit fidèlement au collège, mais il ne retint rien des cours qu'il suivit. Après la classe, quand il fut en mesure de téléphoner à l'auberge d'un endroit proche du collège, l'aubergiste lui fit tenir la réponse de Tadeshina. Les choses étant ce qu'elles étaient, Kiyoaki devait bien se rendre compte que, pour le moment, il ne semblait y avoir aucune possibilité d'organiser une rencontre avant au moins dix jours. Toutefois, dès qu'une occasion se présenterait, Tadeshina le lui ferait savoir sans délai. En conclusion, voulait-il bien attendre jusque-là ?

Ces dix jours d'attente mirent le comble à son impatience. Ses souffrances, lui semblait-il, étaient dues à sa conduite passée, du temps surtout où il s'était montré si froid envers Satoko.

L'automne se manifestait chaque jour davantage. Il était encore un peu trop tôt pour que les érables fussent à l'apogée de leur couleur, bien que les feuilles des cerisiers eussent déjà tourné au rouge cendré et commencé à tomber. Il n'était pas d'humeur à rechercher la compagnie de camarades. Mais il était pénible de passer les journées tout seul. Les dimanches étaient particulièrement difficiles, songeait-il, regardant par la fenêtre le lac à la surface duquel se reflétaient les nuages mouvants. Puis il jeta un regard vide vers la chute d'eau au loin, et il se demanda pourquoi l'eau qui coulait neuf fois, de niveau en niveau, ne tarissait jamais. Comme il était étrange que cette continuité tout unie ne fût jamais rompue. Cela lui parut à l'image de ses passions.

Il était oppressé par un sentiment de vaine frustration qui le faisait se sentir à la fois fiévreux et transi. Comme s'il avait été affligé d'un mal qui rendait ses mouvements gourds et pesants, et néanmoins dans l'incapacité de se tenir tranquille. Il errait seul dans le vaste domaine familial, empruntant le sentier qui conduisait par le bosquet de cyprès japonais vers l'arrière de la maison. Il passa près du vieux jardinier qui peinait à arracher les pommes de terre sauvages aux feuilles jaunies.

Le bleu du ciel perçait à travers les branches des cyprès et une goutte de pluie de la veille en tomba, venant frapper son front. Il sentit brusquement qu'il avait reçu un message accablant de clarté, comme si cette goutte creusait un sillon dans son crâne. Cela le délivra de l'inquiétude qu'il pensait avoir laissée derrière lui, oubliée. Tout simplement, il attendait sans que rien n'arrivât. Il semblait qu'il fût à la croisée des chemins où ses doutes et ses pressentiments défilaient aux battements sourds des pas d'une foule en marche. Il avait l'esprit si tendu qu'il en oubliait sa beauté même.

Les dix jours s'écoulèrent. Tadeshina tint sa promesse. Mais la rencontre était entourée de tant de conditions qu'il en eut le cœur déchiré.

Satoko devait aller au grand magasin Mitsukoshi commander de nouveaux kimonos pour les noces. Sa mère l'aurait accompagnée mais, étant alitée en raison d'un léger refroidissement, Tadeshina irait seule avec elle. La rencontre aurait lieu au magasin, mais non sous les yeux des vendeurs, ce qui ne serait pas indiqué. Kiyoaki devrait donc attendre, à trois heures, à l'entrée qui s'orne de la statue d'un lion. Quand Satoko et Tadeshina sortiraient, il devait faire semblant de ne pas les voir, mais les suivre à quelque distance. Finalement, quand elles seraient entrées dans un estaminet non loin de là, où il n'y avait guère de risque qu'on les aperçût, il pourrait venir et lui parler un petit moment. Pendant ce temps, le conducteur de pousse-pousse attendrait à l'entrée principale de Mitsukoshi, les croyant encore à l'intérieur.

Il quitta le collège de bonne heure et à trois heures, il était à attendre parmi la foule des clients à l'entrée de Mitsukoshi, portant un imperméable par-dessus son uniforme, si bien qu'on ne voyait même pas l'écusson du col. Il avait mis sa casquette dans son sac. Satoko sortit, lui lança un regard malheureux mais ardent et enfila la rue avec Tadeshina. Suivant ses instructions, il les suivit et alla s'asseoir avec elles dans un coin du restaurant presque désert.

Satoko et Tadeshina semblaient être quelque peu en froid. Il remarqua que le maquillage de Satoko n'était pas aussi seyant que de coutume et il se rendit compte qu'elle en usait pour se donner à tout prix un air de bonne santé. De plus, sa voix paraissait assourdie et sa chevelure n'avait plus son éclat lustré. Il eut le sentiment qu'il regardait une belle peinture dont les couleurs, naguère éclatantes, se fanaient affreusement sous ses yeux. Durant ces dix jours passés à attendre anxieusement, un changement subtil s'était opéré.

CHAPITRE 38

« Pouvons-nous nous rencontrer ce soir ? demanda-t-il avec véhémence, mais, ce disant, il comprit que la réponse serait négative.
– Je t'en supplie, ne sois pas déraisonnable.
– Et pourquoi suis-je déraisonnable ? »

Malgré son ton légèrement agressif, son cœur était vide. Elle baissait la tête et ses yeux s'emplissaient de larmes. Tadeshina, craignant d'attirer l'attention des autres clients, sortit un mouchoir blanc et secoua l'épaule de Satoko. Son geste parut brutal à Kiyoaki et il fixa sur elle un regard irrité.

« Pourquoi me regardez-vous comme cela ? repartit-elle d'un ton bourru. Est-ce que vous ne vous rendez pas compte, jeune maître, que je me suis démenée comme une folle pour vous et mademoiselle Satoko ? Et vous n'êtes pas le seul, jeune maître – mademoiselle, vous ne comprenez pas non plus par où j'ai dû passer. Il vaudrait mieux que de vieilles gens comme moi eussent déjà quitté ce monde. »

Un serveur avait placé trois bols de soupe aux haricots rouges sur la table devant eux, mais personne n'y toucha. Un peu de purée de haricots brûlante collait au bord du petit couvercle de laque de l'un d'eux comme une croûte de boue qui durcit lentement.

Leur entretien fut bref. Tous deux se séparèrent sans rien d'autre qu'une vague promesse de se retrouver dix jours plus tard.

Ce soir-là, son angoisse ne connut plus de bornes. Il se demandait si Satoko consentirait jamais plus à le rencontrer de nuit et il se sentait renié du monde entier. À présent qu'il était plongé dans le désespoir, il ne pouvait plus douter de son amour pour elle.

En voyant ses larmes aujourd'hui, il avait su qu'elle lui appartenait tout entière. Mais, en même temps, il avait compris que l'étreinte n'avait plus, à elle seule, la force de les soutenir.

Ce qu'il éprouvait maintenant était une émotion authentique.

En la comparant aux divers sentiments amoureux qui, naguère, avaient occupé son imagination, il comprit qu'elle était une chose fruste et brutale, violente et sinistre, une passion assurément fort dépourvue d'élégance. Ce n'était guère l'étoffe dont on fait les poèmes. Pour la première fois de sa vie, il accepta l'idée qu'il y avait vraiment en lui une laideur sans fard.

Après une nuit sans sommeil, il se rendit au collège le lendemain, le visage pâle et défait. Honda fut prompt à le remarquer et à le questionner ; ses yeux s'emplirent de larmes pour répondre à la gentillesse embarrassée de son ami.

« Voici ce qui se passe : je pense que Satoko ne va plus coucher avec moi. »

Le visage de Honda s'empourpra d'une consternation virginale.
«Que veux-tu dire ?
– C'est parce que la cérémonie des fiançailles a fini par être organisée pour décembre.
– Alors, elle croit qu'elle ne peut plus... ?
– C'est bien ce qui paraît être le cas.»

Honda ne trouvait rien à dire pour consoler son ami. C'était là une situation qui outrepassait son expérience, et il s'attristait de penser qu'il n'avait rien d'autre à offrir que ses généralités coutumières. Même si c'était futile, il lui faudrait monter jusqu'à un point d'observation à la place de son camarade, examiner l'étendue du terrain pour ensuite offrir une analyse psychologique.

«La fois où elle était avec toi, à Kamakura, n'as-tu pas dit que tu avais parfois le sentiment qu'un jour tu pourrais t'en lasser ?
– Mais ce n'était que l'espace d'un instant.
– En retardant votre rencontre, peut-être veut-elle seulement que ton amour se fasse plus ardent, plus profond.»

Pour une fois, cependant, Honda avait mal calculé en essayant d'utiliser les illusions vaniteuses de Kiyoaki en vue de le consoler. Car ce dernier n'attachait plus le moindre intérêt à ses propres séductions, ni même à l'amour que lui portait Satoko.

Seul l'intéressait le fait de savoir quand et où ils pourraient tous les deux se revoir sans inquiétude, en toute liberté, sans se soucier de quiconque. Et il avait peur que désormais cela ne pût arriver qu'en un lieu situé au-delà de ce monde, et seulement quand ce monde aurait été détruit. Le problème capital n'était pas d'ordre sentimental mais dépendait du concours des circonstances. Dans ses yeux las, désespérés, injectés de sang passa la vision d'un monde jeté, à leur bénéfice, dans le chaos.

«Si seulement il y avait un grand tremblement de terre ! Alors, je pourrais la sauver. Une grande guerre ferait pareillement l'affaire. Si elle éclatait, que ne pourrais-je pas faire !... Mais non, ce que je cherche, c'est quelque chose qui ébranlera le pays jusque dans ses fondations.

– Et qui va provoquer ce grand événement que tu attends ?» demanda Honda, jetant à ce gracieux jeune homme un regard où se lisait la pitié. Il savait que l'ironie teintée de mépris était à cette heure la meilleure façon de redonner des forces à son ami : «Pourquoi ne pas essayer toi-même ?»

Kiyoaki ne tenta nullement de dissimuler son angoisse. Un jeune homme en proie à l'amour n'a pas de temps à perdre à ces choses. Mais il y avait davantage dans l'expression de son visage. Honda,

CHAPITRE 38

fasciné, eut un frisson en voyant luire brièvement dans l'œil de Kiyoaki la passion destructrice que suscitaient ses sarcasmes.

C'était comme si, à la faveur des ténèbres, une bande de loups se déchaînait dans un enclos sacré. La volonté du mal n'allait pas jusqu'à s'accomplir, elle échappait à Kiyoaki lui-même ; elle ne naissait dans ses yeux que pour y mourir, mais, l'espace d'un instant, une volonté de destruction y étincelait.

« Comment vais-je y échapper ? marmotta Kiyoaki, comme pour lui-même. Que faudrait-il ? Le pouvoir ou l'argent ? »

Honda estima qu'il était bien ridicule pour le fils du marquis Matsugae de parler ainsi :

« Eh bien, s'agissant du pouvoir, quelles sont tes perspectives ? demanda-t-il avec froideur.

– Je ferai tout ce que je pourrai pour en acquérir, mais, cela dit, il y faut le temps.

– Il n'y a jamais eu la moindre chance que le pouvoir ou l'argent fussent d'aucune utilité. Tu te rappelles, n'est-ce pas ? Dès le départ, tu as été ensorcelé par l'*impossibilité* – quelque chose qui n'a rien à voir avec l'autorité ni l'argent. Ce qui t'a attiré, c'est que, précisément, tout cela était impossible. Ai-je tort ? Et s'il se faisait que cela devînt possible à présent, cela aurait-il encore une valeur à tes yeux ?

– Mais il fut un temps où cela devenait possible.

– Tu as cru voir une possibilité. Tu voyais l'arc-en-ciel. Que veux-tu d'autre, à présent ?

– Quoi d'autre... ? »

Kiyoaki se troubla et les mots s'arrêtèrent sur ses lèvres. Par-delà cette interruption, s'étendait un vide immense, insondable pour Honda. Celui-ci eut un frémissement.

« Ces paroles que nous échangeons, pensa-t-il, ressemblent à un tas de matériaux épars sur un chantier en pleine nuit, sous la vaste étendue du ciel étoilé, dans le silence solennel qu'elle fait peser ; peuvent-ils faire autre chose que de rester muets ? »

Ils causaient tous deux à la fin de la première heure de cours en suivant le sentier qui traverse le bosquet entourant la pièce d'eau de Chiarai. La seconde heure étant sur le point de commencer, ils firent demi-tour et revinrent sur leurs pas. On trouvait nombre d'objets divers par terre sur le sentier qui serpentait sous les feuillages d'automne – des amoncellements enchevêtrés de feuilles mouillées, roussies, étalant leur membrure, des glands, des châtaignes vertes qui pourrissaient toutes ouvertes, des mégots. Puis, au milieu de tout cela, Honda aperçut quelque chose qui le fit s'arrêter et examiner le sol. C'était un bout de fourrure laiteux et fripé, d'un blanc terreux. Il n'y avait pas plus tôt reconnu le cadavre d'une jeune taupe que Kiyoaki s'était, lui aussi, arrêté et accroupi pour l'observer silencieusement, étendue sous le soleil qui filtrait à travers les branches au-dessus d'eux. L'animal mort reposait sur le dos et la blancheur qui avait attiré l'attention de Honda était le pelage de son ventre. Le reste de son corps était d'un noir luisant velouté. Les rides de ses minuscules pattes blanches, aux formes délicates, s'incrustaient de boue, preuve d'un fouinement acharné. À la voir étendue sur le dos, ils distinguaient sa bouche, pointue comme un bec. Dans son rictus mortuaire, elle en découvrait l'intérieur tendre et rosé, derrière les deux fines incisives.

Au même instant, les deux jeunes gens pensèrent au chien noir dont le cadavre était resté suspendu au bord de la cascade du domaine des Matsugae avant d'être enterré avec une solennité funéraire tout à fait inattendue.

Kiyoaki saisit la jeune taupe par sa queue presque sans poils et la posa doucement sur la paume de sa main. Elle était déjà un peu desséchée si bien que cela n'avait rien de déplaisant. Ce qui était déconcertant, en revanche, c'était que cette pauvre petite bête fût condamnée à travailler en aveugle et sans but. Le soin même et la délicatesse qui avaient présidé à la forme de ses toutes petites pattes vous révoltaient.

Kiyoaki se leva, reprenant l'animal par la queue. À cet endroit, le sentier longeait la pièce d'eau ; il se retourna négligemment et le lança dans l'eau.

«Pourquoi as-tu fait cela?» lui demanda Honda à qui le geste désinvolte de son camarade fit froncer les sourcils. Ces manières frustes, typiquement estudiantines, lui permirent de juger d'un coup d'œil combien son ami était profondément affligé.

39

Sept jours passèrent, puis huit, mais toujours sans nouvelles de Tadeshina. Au bout de dix jours, Kiyoaki téléphona à l'aubergiste de Roppongi pour s'entendre dire qu'apparemment Tadeshina était

CHAPITRE 39

souffrante et alitée. D'autres jours s'écoulèrent. Ce fut à ce moment, l'aubergiste lui disant qu'elle était encore malade, que ses soupçons s'éveillèrent.

Poussé par un désespoir farouche, il s'en fut seul à Azabu un soir et erra par les rues qui avoisinaient l'hôtel des Ayakura. En passant sous les becs de gaz de Toriizaka, il étendit les mains à la lumière. Il fut frappé de voir la pâleur de leur dos, car il se rappelait avoir naguère entendu dire que les malades qui vont mourir ne cessent de regarder leurs mains.

Le portail extérieur de l'hôtel des Ayakura était fermé à double tour. Au-dessus, une lumière chétive permettait à peine de lire même la plaque exposée aux intempéries qu'on devinait à travers les ténèbres. Cette maison était toujours médiocrement éclairée. Il savait qu'il n'y aurait aucune chance d'apercevoir une lumière dans la chambre de Satoko depuis la rue.

Il regarda les fenêtres treillagées des loges vides qui flanquaient le portail. Il se rappelait comment lui et Satoko s'y étaient glissés étant enfants, quelle avait été leur frayeur dans la pénombre et l'odeur de moisi des pièces désertes. Avides du soleil au-dehors, ils s'étaient précipités aux fenêtres, empoignant le treillis de bois couvert de poussière. La même couche de poussière s'y trouvait encore. Les feuilles des arbres qui entouraient la maison d'en face étaient si luxuriantes et si vertes que cela avait dû arriver en mai. Si serré que fût le treillis, il ne masquait pas cette verdure, peut-être parce que les deux jeunes visages qui plongeaient leurs regards au travers étaient si menus. À ce moment, un bonhomme qui vendait des plants était passé, et tous deux, avec de petits rires étouffés, l'avaient imité criant : « Volubilis, aubergines », en traînant de façon comique sur les syllabes.

Il avait beaucoup appris dans cette maison. L'odeur de l'encre utilisée en calligraphie suscitait invariablement en lui des pensées nostalgiques. En vérité, la nostalgie était étroitement liée à cette distinction qui était devenue une partie de lui-même. De toutes les belles choses que le comte lui avait montrées – des sutras copiés en lettres d'or sur des parchemins aux teintes violacées, des paravents au motif de fleurs d'automne qui avaient été en faveur dans les palais impériaux de Kyoto – il n'en était aucune qui n'ait dû rayonner brillamment de désir charnel, il s'en rendait compte maintenant, mais dans la demeure des Ayakura, l'odeur d'encre et de moisi s'était appesantie sur toute chose. Et voilà qu'entre ces murs qui, ce soir, l'excluaient, cette distinction, cet éclat séducteur renaissaient à la vie après bien des années. Mais il s'en trouvait complètement détaché.

Une petite lumière s'éteignit au second étage de la maison que l'on voyait assez bien de la rue. Peut-être le comte et la comtesse Ayakura s'étaient-ils endormis. Le comte avait l'habitude de se coucher tôt. Peut-être Satoko ne dormait-elle pas encore, mais il n'y avait pas moyen d'apercevoir sa lampe. Il longea le mur jusqu'à ce qu'il atteignît le portail de derrière. Arrivé là, il allongea la main sans y penser pour appuyer sur la sonnette fêlée et jaunie, mais aussitôt il la retira. Honteux soudain de sa lâcheté, il fit demi-tour et retourna chez lui.

D'autres jours s'écoulèrent, une affreuse période de calme plat. Puis d'autres jours encore. Il allait au collège, mais uniquement dans le but de hâter la fin de la journée. En rentrant, il ne se souciait nullement d'étudier.

Tout ce qui l'entourait au collège lui rappelait constamment que beaucoup de ses camarades, y compris Honda, étaient entièrement absorbés par la préparation des examens d'entrée à l'université au printemps prochain. On distinguait non moins aisément le comportement de ceux qui envisageaient de choisir la voie plus facile des écoles qui n'avaient pas de conditions d'admission. C'était à pratiquer leurs sports favoris que ces étudiants s'appliquaient avec zèle. N'ayant rien de commun avec l'une ou l'autre catégorie, Kiyoaki devenait de plus en plus solitaire. Si quelqu'un lui adressait la parole, souvent il ne répondait pas, si bien que ses camarades se mirent à lui battre froid.

Un jour, au retour du collège, il trouva Yamada, l'intendant, qui l'attendait dans le vestibule.

«Son Excellence est rentrée de bonne heure aujourd'hui et il a exprimé le désir de faire une partie de billard avec le jeune maître. Il est là qui l'attend dans la salle de billard», annonça Yamada.

Kiyoaki sentit son cœur battre plus vite en entendant cette invitation tout à fait extraordinaire. Certes, il arrivait que le marquis prît la fantaisie d'avoir Kiyoaki pour partenaire au billard, mais de coutume, c'était uniquement au cours de l'agréable moment d'après dîner où le marquis savourait encore les effets du vin qu'il venait de boire.

Si son père était pris d'une telle envie alors qu'on était encore en plein après-midi, c'est, pensa Kiyoaki, qu'il devait être d'humeur exceptionnellement bonne ou exceptionnellement mauvaise.

Il était rare qu'il pénétrât dans la salle de billard pendant la journée. Il poussa la lourde porte et entra. Le soleil brillait à travers les croisées du côté ouest, ses rayons légèrement déformés par les vitres. Quand il

CHAPITRE 39

vit comme les panneaux de chêne luisaient au soleil, il eut le sentiment qu'il entrait dans cette pièce pour la première fois.

Le marquis, une queue de billard à la main, le visage penché sur le tapis vert, était en train d'ajuster une boule blanche. Les doigts de sa main gauche, qui caressaient la pointe de sa queue, lui firent penser au chevalet qui sous-tend la corde d'un *koto*.

«Ferme la porte», dit le marquis à Kiyoaki qui s'était arrêté dans l'embrasure de la porte, vêtu encore de son uniforme. Les traits de son père se teintaient des reflets de la surface verte du billard toute proche de son visage, si bien que Kiyoaki put difficilement juger de son expression.

«Lis cela. Ce sont les adieux de Tadeshina, dit le marquis, en se redressant enfin et en montrant du bout de la queue une enveloppe posée sur une petite table près de la fenêtre.

– Est-elle morte? demanda Kiyoaki, sentant sa main trembler tandis qu'il prenait l'enveloppe.

– Non, elle n'est pas morte. Elle va se remettre. Elle n'est pas morte – ce qui rend tout cela d'autant plus honteux.» Tout en répondant, le marquis paraissait faire effort pour ne pas s'avancer vers l'endroit où se tenait son fils.

Kiyoaki hésita.

«Allons, dépêche-toi de lire!» Pour la première fois, la voix du marquis avait un ton tranchant.

Il déroula la longue feuille de papier où Tadeshina avait écrit ce qui voulait être un témoignage sur son lit de mort et il se mit à lire, toujours debout près de la fenêtre.

> *Quand viendra le moment pour Votre Excellence de daigner accorder votre bienveillante attention à cette lettre, je vous prie de penser à Tadeshina qui l'écrit, comme à quelqu'un qui a déjà quitté ce monde. Mais avant de trancher le mince fil qui relie cette misérable créature à la vie – juste rétribution de ce que, d'un cœur contrit, je reconnais être mes agissements atroces et coupables –, je veux me hâter d'écrire cela, à la fois pour confesser la gravité de mes fautes et pour lancer en mourant un appel à Votre Excellence.*
>
> *La vérité, pour tout dire, est qu'il s'est avéré depuis peu que, par la négligence de Tadeshina dans les tâches qui lui étaient confiées, mademoiselle Satoko Ayakura est enceinte. Accablée de frayeur en l'apprenant, j'ai tenté de la convaincre que son état réclamait de toute urgence qu'on fasse quelque chose, mais j'ai eu beau dire, mes paroles ont été vaines. Me rendant compte que la chose deviendrait*

de plus en plus critique à mesure que le temps passait, j'ai pris l'initiative d'aller tout raconter dans le détail au comte Ayakura. Mais mon maître n'a su que répéter : « Que dois-je faire ? Que dois-je faire ? » sans daigner indiquer d'aucune façon son intention de faire quelque chose de décisif. À la fin, sachant fort bien qu'il deviendrait plus difficile de régler cette affaire à mesure que les mois passent et que cela pourrait devenir une grave affaire d'État, il m'est apparu que Tadeshina, dont l'infidélité a été la source de tous ces malheurs, n'avait plus d'autre recours que de se sacrifier et de se jeter suppliante aux pieds de Votre Excellence.

Je crains que cela ne provoque le courroux de Votre Excellence, mais cette affaire de la grossesse de mademoiselle Ayakura étant chose comme qui dirait « interne à la famille », je prie, je supplie Votre Excellence d'y accorder votre bienveillante et prudente sagesse. Veuillez avoir pitié d'une vieille femme qui se hâte vers la mort et daignez intervenir dans cette affaire de ma maîtresse. C'est ce que j'ose vous demander aux portes du tombeau.

Votre humble servante.

Quand il eut achevé de lire la lettre, Kiyoaki réprima un lâche soulagement momentané pour n'y avoir pas été nommé, espérant ne pas avoir l'air d'exprimer devant son père un démenti déloyal. Néanmoins, il nota que ses lèvres étaient sèches et que ses tempes palpitaient de fièvre.

« Tu as lu ? demanda le marquis. Tu as lu le passage qui dit qu'elle réclame ma bienveillante et prudente sagesse du fait que c'est une affaire "interne à la famille" ? Si intimes que nous ayons été avec les Ayakura, il n'est guère permis d'appeler quoi que ce soit qui concerne nos deux maisons une "affaire de famille". Mais Tadeshina a osé le mettre noir sur blanc. S'il t'est possible de te justifier, c'est le moment. Dis-le ici même devant le portrait de ton grand-père ! S'il se trouve que j'ai tort, je te ferai des excuses. Étant ton père, j'ai toutes les raisons du monde de ne pas vouloir faire de semblables suppositions. Il n'y a aucun doute que c'est une chose abominable, une supposition abominable. »

De nature hédoniste et frivole, son père n'avait jamais été auparavant capable de susciter pareille crainte chez Kiyoaki. Jamais non plus, il n'avait paru empreint d'une telle dignité. Frappant dans son irritation la paume de sa main avec la queue de billard, le marquis se tenait entre le portrait de son père et le tableau de la bataille de Tsushima. Cette vaste peinture à l'huile, qui montrait l'avant-garde

CHAPITRE 39

de la flotte japonaise en train de se déployer devant les Russes dans la mer du Japon, était plus qu'à moitié remplie par la masse vert sombre des flots de l'océan. Kiyoaki ne la voyait d'habitude que le soir et la maigre lumière l'avait empêché d'apprécier la finesse de détail des vagues qui se fondaient alors dans les ombres foncées qui recouvraient les murs. Mais maintenant, au jour, il voyait comme leur bleu profond s'amoncelait au premier plan de toute sa force pesante, cependant qu'au loin, un vert plus clair s'y mêlait, avivant l'eau sombre, et que, par endroits, les flots se couronnaient de crêtes d'écume blanche. Puis, dans le sillage de l'escadre qui manœuvrait, on en voyait la traînée s'élargir, parfaitement uniforme et terriblement efficace, à la surface de la turbulente mer nordique. Le gros de la flotte japonaise qui s'alignait vers le large était peint horizontalement sur la toile, ses panaches de fumée dérivant à droite, détachés sur le ciel dont le bleu glacé se nuançait d'un soupçon de vert pâle comme il sied à un mois de mai septentrional.

Par contraste, le portrait du grand-père de Kiyoaki en robe d'apparat était imprégné de chaleur humaine, en dépit de son évidente austérité. Même à cette heure, il ne semblait pas morigéner Kiyoaki mais plutôt l'exhorter avec tout à la fois dignité et tendresse. Il sentait qu'il pouvait confesser toute chose à ce portrait de son aïeul. Ici, face à son grand-père, devant ce visage aux lourdes paupières, avec les verrues de ses joues, sa lèvre inférieure épaisse, il exultait de sentir que son irrésolution était guérie, fût-ce provisoirement.

« Je n'ai rien à dire. C'est ce que vous supposez, dit-il, énonçant ces paroles sans même baisser les yeux. C'est mon enfant. »

À la vérité, malgré son attitude menaçante, l'état d'esprit du marquis, en se trouvant pris dans une pareille situation, était celui d'un total désarroi. Ce genre d'affaire n'avait jamais été son fort. De sorte qu'à présent, bien que la scène parût l'inviter à en venir aux reproches cinglants, il se mit, à la place, à marmotter en lui-même :

« Une fois n'était pas assez pour cette vieille Tadeshina, l'entendit-on grommeler. Il fallait qu'elle eût pour moi un deuxième petit secret. Passe la première fois – rien qu'un méchant gamin à mon service. Mais cette fois, il ne s'agit de rien moins que du fils d'un marquis. Et encore, elle n'a même pas pu réussir à s'envoyer dans l'autre monde. Vieille garce d'intrigante ! »

Le marquis avait toujours éludé les problèmes délicats de la vie en éclatant d'un rire bon enfant ; aussi, maintenant, devant ce problème qui survenait et réclamait son indignation, il se trouvait perplexe. Cet homme bien en chair, au visage rougeaud, différait de manière frappante de son père, en cela qu'il était assez vaniteux pour tâcher de ne pas paraître dur et insensible à l'égard d'autrui, y compris son fils. En conséquence, il tenait à empêcher que sa colère prît l'apparence d'une fureur qui n'était plus de mise, mais ensuite son sentiment de confusion lui donnait l'impression que les forces déraisonnables qui le soutenaient allaient en s'épuisant. En même temps, la colère avait son avantage : elle le rendait tout à fait incapable de réflexion.

L'instant d'hésitation de son père redonna courage à Kiyoaki. Telle une eau pure qui jaillit d'une fissure dans le roc, de la bouche du jeune homme sortirent les paroles les plus naturelles et les plus spontanées qu'il prononcerait jamais :

« Quoi qu'il en soit, Satoko m'appartient.

– Elle t'appartient, dis-tu ? Répète-le, veux-tu ? Elle t'appartient, as-tu dit ? » insista le marquis, heureux d'entendre son fils lui épargner d'avoir à ouvrir les vannes de sa furie. À présent, de bon cœur, il pouvait se déchaîner aveuglément : « Tu oses parler ainsi à l'heure qu'il est ! Quand, au début, on a vu que Satoko allait probablement être fiancée au fils du prince Toin, est-ce que je n'ai pas essayé de m'assurer que cela ne te faisait rien ? Ne t'ai-je pas dit : "À ce stade, on peut encore faire machine arrière" ? Si tes sentiments se trouvent en cause le moins du monde, dis-le-moi. »

Le marquis essayait d'alterner le mépris et la conciliation, mais dans sa rage, il rata son coup. En se déplaçant le long du billard, il arriva si proche de Kiyoaki que celui-ci put voir sa main trembler en tenant la queue. Pour la première fois, il ressentit comme de la frayeur.

« Et alors, qu'est-ce que tu as dit ? Hein ? Qu'est-ce que tu as dit ? "Cela n'est pas mon affaire" – voilà ce que tu m'as répondu. C'était bien là parole d'homme, n'est-ce pas ? Mais es-tu bien un homme, je me demande ? J'ai regretté de t'avoir élevé d'une façon aussi molle, aussi facile, mais je n'aurais jamais pensé que tu deviendrais comme cela. Porter la main sur une personne fiancée à un prince impérial après que l'Empereur lui-même a approuvé le mariage ! Aller jusqu'à la mettre enceinte ! Entacher l'honneur de ta famille ! Jeter de la boue au visage de ton père ! Y a-t-il pire déloyauté, pire manquement à la piété filiale ? Si nous étions dans les temps révolus, moi, ton père, je n'aurais d'autre choix que de m'ouvrir le ventre et de mourir pour réparer ma faute envers l'Empereur. Tu t'es conduit comme un animal. Ce que tu as fait, c'est de la pourriture de bout en bout. M'entends-tu ? Qu'est-ce que tu peux dire pour te défendre, Kiyoaki ? Tu ne veux pas me répondre ? Tu me tiens tête encore, n'est-ce pas ? »

CHAPITRE 39

Dès l'instant qu'il perçut dans ces paroles le danger qui menaçait, Kiyoaki se jeta de côté pour éviter la queue de billard brandie au-dessus de lui ; il n'en reçut pas moins un bon coup dans le dos. Son père récidiva immédiatement par un autre coup qui paralysa le bras dont il essayait de se protéger le dos. Puis, au moment où il tâchait désespérément d'atteindre la seule issue, la porte de la bibliothèque, un troisième coup, qui visait sa tête, manqua son but et frappa l'arête du nez en travers. C'est alors qu'en heurtant un fauteuil en chemin, un faux pas le fit tomber à terre, et il s'agrippa au bras du fauteuil pour amortir sa chute. Le sang se mit à gicler par le nez, et son père retint la queue de billard.

Chaque coup avait dû faire pousser à Kiyoaki un cri perçant car à ce moment, la porte de la bibliothèque s'ouvrit et l'on put voir sur le seuil sa grand-mère et sa mère. La marquise se tenait toute tremblante derrière sa belle-mère tandis que son mari, étreignant encore la queue de billard et le souffle court, se redressait d'un coup.

« Que se passe-t-il ? » s'enquit la grand-mère.

Sur quoi, le marquis Matsugae parut remarquer pour la première fois la présence de sa mère, encore que ses traits démontrassent qu'il lui semblait difficile de croire que c'était bien elle qui se tenait dans la porte entrouverte. À plus forte raison était-il incapable de deviner comment elle était arrivée là ; sa femme, comprenant comme les choses allaient tourner, était sans doute allée la chercher. Le fait pour sa mère de mettre le pied hors de sa retraite n'arrivait certes pas tous les jours.

« Kiyoaki s'est conduit de façon honteuse. Vous comprendrez en lisant la lettre d'adieu de Tadeshina, là, sur la table.

– Tadeshina s'est-elle donné la mort ?

– La lettre est arrivée par le courrier. Alors j'ai téléphoné aux Ayakura pour apprendre...

– Et qu'as-tu appris ? » demanda sa mère qui s'était assise sur une chaise auprès de la petite table et qui tirait lentement de son obi l'étui de velours noir contenant les lunettes qu'elle portait pour suppléer à sa vue défaillante. Elle ouvrit délicatement l'étui en forme de bourse.

Tout en observant sa belle-mère, la marquise comprit tout à coup pourquoi celle-ci n'avait pas encore accordé un seul regard à son petit-fils. Cela signifiait qu'elle était résolue à faire face au marquis toute seule. S'en rendant compte, elle se précipita au côté de Kiyoaki. Ce dernier avait déjà sorti son mouchoir qu'il appliquait contre son nez ensanglanté. La blessure ne semblait pas bien grave.

« Et qu'as-tu appris ? » répéta la mère du marquis en défaisant le rouleau.

Son fils sentit que, déjà, quelque chose s'éboulait à l'intérieur de lui.
«J'ai téléphoné en demandant des nouvelles de Tadeshina. Ils l'ont surprise à temps et elle guérira. Alors, le comte m'a demandé d'un ton méfiant comment j'avais fait pour le savoir. Apparemment, il n'était pas au courant de sa lettre. Elle a absorbé une dose excessive de somnifères et j'ai averti le comte qu'il devait empêcher que rien de tout cela ne transpire. Cela dit, tout bien considéré, mon fils étant fautif, il ne m'était pas possible d'en imputer au comte l'entière responsabilité, si bien que tout l'entretien se trouvait dépourvu d'objet. Il va falloir que nous nous rencontrions le plus tôt possible pour en parler, lui ai-je dit, mais... De toute façon, une chose est claire, du moins, c'est que, sauf si je parviens moi-même à une décision, on ne fera rien du tout.

– C'est la vérité. C'est la vérité même», dit la vieille dame, l'air vague, tout en parcourant la lettre.

Il était curieux de voir combien sa nature campagnarde robuste et sans apprêt, le front solide rutilant de santé, le dessin rude et vigoureux du visage, la peau que hâlait encore le chaud soleil d'une génération disparue, les cheveux frangés teints simplement en noir lustré – combien chacun de ses traits s'harmonisait à la perfection au décor victorien de la salle de billard.

«Eh bien, il ne semble pas qu'il soit fait mention nulle part du nom de Kiyoaki, n'est-ce pas ?

– Excusez-moi, il y a ce passage sur "une chose interne à la famille". Le premier coup d'œil devrait vous suffire à y voir une insinuation. De toute manière, je l'ai entendu de sa propre bouche. Il a avoué que l'enfant était de lui. En d'autres termes, ma mère, vous êtes en passe de devenir arrière-grand-mère, et qui plus est, d'un enfant illégitime.

– Peut-être Kiyoaki protège-t-il quelqu'un et ses aveux sont-ils faux.

– Vous êtes prête à dire n'importe quoi, n'est-ce pas, ma mère ? Je vous en prie, demandez-le donc vous-même à Kiyoaki.»

Elle se tourna enfin vers ce dernier et lui parla d'un ton affectueux, comme à un enfant de cinq ou six ans.

«Écoute, Kiyoaki. Là, regarde-moi bien. Regarde grand-maman droit dans les yeux et réponds à la question. Ainsi, tu ne raconteras pas d'histoires. Voyons, ce que ton père vient de dire – est-ce la vérité ?»

Kiyoaki se tourna vers elle, dominant la douleur qu'il sentait encore dans le dos et serrant contre son nez qui continuait à saigner le mouchoir désormais plein de sang. Les yeux pleins de larmes, avec des filets de sang qui s'accumulaient au bout de son nez proéminent, il avait l'air pitoyablement jeune, comme un chiot au museau tout humide.

CHAPITRE 39

«C'est vrai», dit-il promptement, d'un ton nasal, en attrapant le mouchoir propre que lui tendait sa mère et en l'appliquant à son visage.

Alors, sa grand-mère entama une harangue qui lui sembla faire écho au martèlement d'un galop de chevaux en liberté, une harangue qui mettait en miettes toutes les précautions oratoires.

«Faire un enfant à la fiancée d'un prince impérial! Voilà ce que j'appelle un exploit! Combien de ces minets, à notre époque, se montreraient capables de rien de pareil? Il n'y a pas de doute, Kiyoaki est bien le petit-fils de mon mari. Tu n'en auras nul regret, même si on te met en prison. En tout cas, il n'y a pas de danger qu'on t'exécute», dit-elle, prenant un plaisir visible. Les rides austères de sa bouche avaient disparu et une vive satisfaction semblait l'enflammer, comme si elle avait banni des décennies d'ombre étouffantes, dispersant d'un coup les vapeurs anémiantes qui enveloppaient la maison depuis que le présent marquis en était devenu le maître. D'ailleurs, elle ne rejetait pas le blâme sur son seul fils. À cette heure, elle parlait aussi en représailles contre tous ceux qui l'entouraient dans sa vieillesse et dont elle sentait la puissance perfide se refermer sur elle pour la broyer. Sa voix apportait l'écho joyeux d'une autre ère, une ère de bouleversements, ère de violence que cette génération-ci avait oubliée, où la crainte de la prison et de la mort n'arrêtait personne, où cette double menace constituait la trame de la vie quotidienne. Elle appartenait à une génération de femmes qui tenaient pour rien de laver leurs assiettes dans un fleuve que l'on voyait charrier des cadavres. Ça, c'était vivre! Et aujourd'hui, chose remarquable, voilà que ce petit-fils, à première vue tellement fin de race, ressuscitait sous ses yeux l'esprit d'un autre âge.

Le regard de la vieille dame se perdit, quelque chose comme une ivresse se répandant sur ses traits. Le marquis et la marquise considéraient en silence, scandalisés, ce visage de vieille femme trop austère, trop pleine de rude beauté paysanne pour qu'on pût la présenter en public comme la maîtresse douairière de la maison du marquis.

«Ma mère, que dites-vous là? fit le marquis d'un ton indécis, lorsqu'il put enfin sortir de sa stupéfaction. Cela pourrait signifier la perte de la maison des Matsugae et c'est aussi faire affreusement injure à mon père.

– Rien de plus vrai, répliqua-t-elle aussitôt. Aussi, ce à quoi il te faut penser maintenant, ce n'est pas à châtier Kiyoaki, mais au meilleur moyen de protéger la maison des Matsugae. La nation importe, naturellement, mais nous devons également penser à la famille. Après tout, n'est-ce pas, nous ne sommes pas comme les

Ayakura qui jouissent de la faveur impériale depuis plus de vingt-sept générations ? Ainsi donc, que penses-tu qu'il y a lieu de faire ?

— Eh bien, nous n'avons d'autre choix que d'aller jusqu'au bout comme si de rien n'était, jusqu'à la cérémonie des fiançailles et ensuite le mariage.

— Parfait, c'est tout à fait clair, mais il faut s'occuper du bébé de Satoko le plus rapidement possible. Et si cela se passe quelque part non loin de Tokyo et que les journaux réussissent à le savoir, alors tu te trouveras dans de beaux draps. Est-ce que tu n'as rien à proposer en pratique ?

— Osaka serait le meilleur endroit, répondit le marquis, après un instant de réflexion. Le docteur Mori ferait cela pour nous dans le plus grand secret. Et je ferai en sorte que cela vaille le dérangement. Mais il faut que Satoko ait une raison plausible d'aller à Osaka.

— Les Ayakura ont toutes sortes de parents par là-bas ; ne serait-ce pas justement l'occasion pour Satoko d'aller les voir et de leur annoncer en personne ses fiançailles ?

— Mais si elle doit aller voir nombre de parents et qu'ils remarquent son état... cela n'irait plus du tout. Mais attendez. J'y suis. Et si elle allait au monastère de Gesshu à Nara offrir ses hommages à l'abbesse une dernière fois avant son mariage ? Ne serait-ce pas la meilleure solution ? C'est un couvent qui a toujours eu des liens étroits avec la famille impériale, de sorte qu'il paraîtrait tout à fait à propos de faire cet honneur à l'abbesse. Tout bien considéré, ce serait parfaitement naturel. L'abbesse lui a été très attachée depuis le temps où elle était toute petite. Donc, premièrement, elle va à Osaka recevoir les bons soins du docteur Mori. Ensuite, elle se repose un jour ou deux avant de se rendre à Nara. Ce serait le mieux. Et sa mère devrait l'accompagner, je suppose...

— Pas seulement sa mère. Cela ne ferait pas l'affaire, dit la vieille dame d'un ton sévère. On ne peut pas s'attendre à ce que l'épouse du comte Ayakura prenne à cœur nos intérêts. Il faut que quelqu'un d'ici les accompagne et s'occupe de la jeune fille aussi bien avant qu'après l'intervention du docteur Mori. Et ce doit être une femme. Si bien que... », elle réfléchit avant de se tourner vers la mère de Kiyoaki : « Tsujiko, c'est vous qui irez.

— Très bien.

— Et il faudra que vous gardiez les yeux ouverts tout le temps. Vous n'aurez pas besoin de l'accompagner à Nara. Mais dès que l'essentiel aura été fait, vous rentrerez à Tokyo le plus vite que vous pourrez pour tout nous rapporter.

CHAPITRE 39

– Je comprends.
– Ma mère a raison, dit le marquis. Faites exactement comme elle dit. Je vais en entretenir le comte et nous déciderons quel jour elle doit partir. Tout devra être fait de façon à ce que personne ne puisse soupçonner ce qui se passe.»

Kiyoaki sentit qu'on le reléguait à l'arrière-plan, que l'on traitait sa vie et son amour pour Satoko comme de choses déjà révolues. Sous ses propres yeux, ses parents et sa grand-mère étaient en train, semblait-il, de régler avec soin les funérailles, sans se soucier le moins du monde de savoir si le cadavre pouvait entendre tout ce qui se disait. Avant même ses obsèques, il semblait que l'on eût déjà enterré quelque chose. Si bien que, d'une part, il ressemblait à un cadavre décharné, et d'autre part, à un enfant sévèrement réprimandé sans personne vers qui se tourner.

Ainsi donc, les choses allaient sans bruit vers une conclusion entièrement satisfaisante, encore que la personne la plus intimement intéressée n'y tînt aucun rôle et que l'on négligeât de chercher à savoir ce qu'en pensaient les Ayakura eux-mêmes. Il n'était pas jusqu'à sa grand-mère, elle qui, l'instant d'avant, avait parlé si hardiment, qui ne semblât maintenant s'adonner au plaisir de faire face à une crise familiale. Son tempérament différait du sien essentiellement, avec ses délicatesses et, tout en étant douée de l'intelligence qui lui faisait comprendre la noblesse farouche où s'enracinait le déshonneur de sa conduite, une fois que l'honneur de la famille était en jeu, cette même intelligence lui permettait de laisser de côté son admiration et d'en dissimuler habilement les nobles manifestations. C'était là une faculté, on peut le supposer, qu'elle devait, non plus au soleil d'été qui s'épandait sur la baie de Kagoshima, mais aux leçons de son mari, le grand-père de Kiyoaki.

Le marquis regarda de front Kiyoaki pour la première fois depuis qu'il l'avait agressé avec sa queue de billard.

«Dorénavant, tu ne devras pas quitter cette maison, et tu devras remplir tes obligations d'étudiant. Tu devras consacrer toute ton énergie à préparer tes examens. Tu as bien compris? Je ne reparlerai plus de cette affaire. Nous sommes à un tournant: ou bien tu vas devenir un homme ou bien non. Quant à Satoko, ai-je besoin de dire qu'il n'est plus question que tu la revoies.

– Dans le temps, on appelait cela la résidence surveillée, sais-tu, dit sa grand-mère. Quand tu seras las d'étudier parfois, tu viendras voir grand-maman.»

C'est alors que Kiyoaki commença à entrevoir que son père ne pourrait plus le renier désormais, tant il avait peur du qu'en-dira-t-on.

40

Le comte Ayakura était d'une lâcheté incurable devant des choses comme un accident, la maladie et la mort. Il se produisit tout un remue-ménage le matin où Tadeshina ne se leva pas. On apporta immédiatement à la comtesse la note relative à son suicide laissée sur l'oreiller et quand, à son tour, celle-ci la tendit à son mari, il l'ouvrit du bout des doigts comme si elle avait été infestée de microbes. Il apparut que ce n'était rien qu'une simple lettre d'adieu où elle s'excusait des nombreuses imperfections qui avaient déparé le temps passé au service du comte, de la comtesse et de Satoko, les remerciant pour leur bienveillance inépuisable, le genre de note qui pouvait tomber entre n'importe quelles mains sans susciter le moindre soupçon.

La comtesse envoya aussitôt chercher le médecin. Le comte, naturellement, n'alla pas le trouver en personne, se contentant après coup du rapport que lui fit sa femme dans son entier.

«Elle a pris plus de cent vingt somnifères. Elle n'est pas encore revenue à elle, mais le docteur m'a dit ce qu'elle avait fait. Dieu du ciel, les moulinets de ses bras et de ses jambes et son corps tendu comme un arc – quelle horreur! On se demandait où cette vieille femme pouvait trouver pareille force. Alors, nous nous y sommes tous mis pour la maintenir et on lui a fait une piqûre, puis le docteur lui a fait un lavage d'estomac, c'était affreux et j'essayais de ne pas regarder. Finalement, le docteur m'a assuré qu'elle n'en mourrait pas. C'est merveilleux de s'y connaître à ce point! Avant même que nous ayons rien dit, il a reniflé son haleine et il a dit: "Ah! une odeur d'ail. Ce doit être des cachets de Calmotine." Il a tout de suite su.

– A-t-il dit combien de temps il lui faudrait pour se rétablir?

– Oui, il a bien voulu me dire qu'elle devrait se reposer au moins dix jours.

– Assurez-vous que rien de tout cela ne s'ébruite. Il faudra que vous avertissiez les femmes de se taire et nous devrons également en parler au médecin. Comment Satoko a-t-elle pris tout cela?

– Elle s'est enfermée dans sa chambre. Elle ne veut même pas aller voir Tadeshina. Dans l'état où elle se trouve, je crois qu'il ne serait peut-être pas bon qu'elle la revoie en ce moment. D'ailleurs, elle ne lui a plus adressé la parole depuis que Tadeshina nous a fait part de

CHAPITRE 40

cette affaire, de sorte qu'il est probable qu'elle ne tient guère à se précipiter à son chevet. Le mieux serait de laisser Satoko en paix. »

Cinq jours auparavant, Tadeshina, ne sachant plus que faire, avait appris au comte et à la comtesse la nouvelle de la grossesse de Satoko, mais au lieu d'entrer en fureur et de l'accabler du torrent de reproches auxquels elle s'attendait, la réaction du comte avait été si molle que, de désespoir, elle avait été amenée à écrire sa lettre au marquis Matsugae avant de prendre une dose excessive de somnifères.

Satoko avait persisté à écarter les conseils de Tadeshina. Bien que les risques s'accrussent de jour en jour, non seulement elle avait commandé à Tadeshina de ne rien dire à quiconque, mais elle n'avait pas donné la moindre indication qu'elle-même finirait jamais par prendre une décision. De sorte qu'incapable de le supporter plus longtemps, Tadeshina avait trahi sa maîtresse en révélant son secret à ses parents. Mais le comte et la comtesse – peut-être du fait que cette nouvelle constituait un coup si accablant – n'en avaient pas montré plus d'émotion que si on leur avait annoncé qu'un chat se sauvait avec un des poulets de la basse-cour.

Le lendemain du jour où elle avait parlé, et aussi le surlendemain, Tadeshina se trouva croiser le comte sans qu'il eût l'air de se soucier aucunement de ce problème. En fait, il était bouleversé. Mais, le problème étant à la fois trop vaste pour qu'il pût le traiter tout seul et trop embarrassant pour qu'il pût en discuter avec autrui, il faisait tous ses efforts pour ne plus y penser.

Lui et son épouse étaient convenus de ne rien dire à Satoko avant d'être prêts à agir de quelque façon. Toutefois, sa sensibilité étant avivée au plus haut point, Satoko soumit Tadeshina à un interrogatoire en règle et découvrit ainsi ce qui s'était passé. Sur quoi, elle s'enferma dans sa chambre, refusant toute relation avec elle, et un étrange silence s'appesantit sur la maison. Tadeshina cessa de recevoir des messages du monde extérieur, disant aux domestiques de faire savoir qu'elle était malade.

Le comte évitait d'aborder le problème, même avec son épouse. Il n'ignorait rien du caractère effroyable de ce qui arrivait et de la nécessité d'agir sans délai, mais il n'en continuait pas moins à remettre à plus tard, non que cela signifiât qu'il croyait aux miracles.

L'incapacité d'agir du comte Ayakura comportait une sorte de raffinement. Encore qu'on ne pût guère nier que son indécision chronique impliquait un certain scepticisme quant à l'intérêt de décider quoi que ce fût, ce n'était nullement un sceptique au sens ordinaire du mot. Quoique plongé dans la méditation du matin au soir, il répugnait à orienter ses immenses ressources émotionnelles vers une solution unique. La méditation avait nombre de traits communs avec le *kemari*, le sport traditionnel des Ayakura. Si haut que le coup de pied fît monter le ballon, il était évident qu'il redescendrait sur terre aussitôt. Son illustre ancêtre Namba Munetate avait beau susciter des clameurs d'admiration quand il attrapait le ballon blanc en peau de daim par ses lanières de cuir violettes pour l'envoyer à des hauteurs si incroyables, plus haut que les vingt-sept mètres de la résidence impériale, celui-ci finissait inévitablement par retomber dans le parc.

Puisque toutes les solutions laissaient à désirer en terme de bon goût, mieux valait attendre que quelqu'un d'autre prît la désagréable décision. Ce serait à quelqu'un d'autre d'allonger la jambe pour intercepter le ballon dans sa chute. Même si l'on frappait soi-même dans le ballon, il était fort possible que ce dernier fût saisi de quelque caprice inattendu en atteignant le sommet de sa courbe et s'en revînt suivant une nouvelle et imprévisible trajectoire.

Jamais le spectre de la perdition n'apparut au comte. Si ce n'était là une crise grave que la fiancée d'un prince impérial, dont les fiançailles avaient été approuvées par l'Empereur en personne, portât dans son sein le fruit d'un autre homme, alors c'est que le monde ne connaîtrait jamais de crise grave. Malgré tout, il n'était pas inévitable qu'en tombant, le ballon lui échût; à coup sûr, le tour de quelqu'un d'autre finirait par venir. Le comte n'était pas homme à se tourmenter longtemps et, conséquence inéluctable, ses soucis finissaient toujours par tourmenter les autres.

C'est alors qu'il arriva que le lendemain du tumulte causé par le suicide manqué de Tadeshina, le marquis Matsugae l'appela au téléphone.

Que le marquis ait pu savoir ce qui s'était passé, en dépit de tous les efforts faits pour l'étouffer, était simplement incroyable pour le comte. Il n'aurait pas été surpris d'apprendre qu'il y avait chez lui un mouchard. Mais, du fait que son suspect numéro un, Tadeshina en personne, était demeurée inconsciente toute la journée précédente, ses hypothèses les plus vraisemblables se trouvaient réduites à néant.

Ayant su par son épouse que Tadeshina se remettait rapidement, qu'elle pouvait parler et que l'appétit lui était même revenu, le comte, en conséquence, rassembla ses dernières ressources de courage et résolut de se rendre seul dans la chambre de la malade.

CHAPITRE 40

« Inutile que vous veniez avec moi. Je vais aller la voir tout seul. De cette façon, il se peut que cette femme se sente mieux disposée à dire la vérité, fit-il à son épouse.

– Mais la chambre est sens dessus dessous et si vous allez la voir sans prévenir, elle ne saura où se mettre. Je vais aller le lui dire d'abord et l'aider à s'apprêter.

– Comme vous voudrez. »

Le comte dut supporter deux heures d'attente. Quand la malade eut appris la nouvelle par la comtesse, elle se mit sur-le-champ en devoir de se maquiller.

On lui avait accordé le privilège exceptionnel d'une chambre dans le corps de logis principal, mais elle ne dépassait pas quatre nattes et demie et le soleil n'y entrait jamais. Quand on y avait disposé la literie, celle-ci occupait presque tout le plancher. Le comte n'y était jamais entré auparavant.

Finalement, une servante vint le chercher pour le conduire à la chambre. On avait placé une chaise à son intention sur le parquet de tatami et rangé la literie de Tadeshina. Vêtue d'une courtepointe à manches et les coudes appuyés sur des oreillers empilés sur ses genoux, Tadeshina s'inclina respectueusement à l'entrée de son maître. Ce faisant, son front parut appuyer contre les oreillers devant elle, mais il remarqua que, malgré la perfection de ce salut, elle surmontait sa faiblesse suffisamment pour garder un petit intervalle entre son front et les oreillers. Elle se souciait de son maquillage, de cet espace uni de blanc épais et congelé qui s'étendait jusqu'à la racine de ses cheveux méticuleusement peignés.

« Eh bien, vous êtes passée par une rude épreuve, commença le comte après s'être assis. Mais enfin, vous en voilà sortie et c'est le principal. Vous ne devriez pas nous causer pareil tracas. »

Bien qu'il ne trouvât rien d'anormal à la regarder d'où il était assis, il eut l'impression que, pour quelque motif, ni sa voix ni ce qu'il disait ne parvenaient jusqu'à elle.

« Combien je suis indigne de recevoir la visite de Votre Excellence ! Je suis dans un état de frayeur telle... Jamais je ne saurai trouver les mots pour dire combien je suis honteuse... »

La tête encore inclinée, elle semblait se tamponner les yeux avec le papier de soie tiré de sa manche, mais il se rendit compte que, ce faisant, elle évitait à nouveau soigneusement de toucher à son maquillage.

« Selon le médecin, dix jours de repos et vous serez remise sur pied. Ainsi, restez tranquille et reposez-vous le temps qu'il faudra.

– Oh, comme je vous remercie, Votre Excellence. Je me sens toute honteuse de cet échec si lamentable à tenter de mourir.»

Tandis qu'il regardait cette vieille femme se faire toute petite dans sa liseuse roussâtre ornée d'un chrysanthème, le comte ressentit les effluves rebutants émanant de quelqu'un qui a pris le chemin de la mort puis a fait demi-tour. Il respirait l'haleine souillée qui collait à toute chose dans la petite chambre, jusqu'à la commode avec ses tiroirs, et il se sentit de plus en plus mal à l'aise. Il n'était pas jusqu'au soin et à l'adresse apportés à appliquer le maquillage blanc liquide sur sa nuque, encore visible quand elle inclinait la tête, et à arranger sa coiffure afin qu'aucun cheveu ne traînât en désordre qui ne vinssent accroître en lui un sentiment de crainte indéfinissable.

«À propos, dit-il, en posant la question d'un air aussi détaché que possible, j'ai été quelque peu surpris d'être appelé au téléphone aujourd'hui par le marquis Matsugae. Il savait déjà ce qui s'était passé. Il m'est donc venu à l'idée de vous demander si vous n'étiez pas en mesure de l'expliquer.»

Or, il est des questions qui se répondent à elles-mêmes sitôt qu'on les formule. Les mots n'avaient pas passé ses lèvres que la réponse lui apparut avec une soudaineté foudroyante, juste comme elle levait la tête.

L'ancien maquillage de cour étalé sur son visage était plus épais que jamais. Elle s'était peint les lèvres d'un rouge vif qui en recouvrait jusqu'au bord intérieur. Non contente d'atténuer seulement ses rides avec le maquillage, elle avait appliqué couche sur couche de blanc pour obtenir une surface lisse, laquelle, cependant, ne pénétrait pas l'épiderme rendu plus âpre par sa récente épreuve. Cela avait pour effet que le maquillage adhérait à la peau comme si les pores avaient fait lever une moisissure blanche. Le comte détourna subrepticement son regard avant de reprendre la parole.

«C'est "avant" que vous avez écrit au marquis, n'est-ce pas?

– Oui, Votre Excellence, répondit-elle, la tête toujours levée et d'un ton très assuré. Je voulais vraiment mourir, si bien que je lui ai écrit en le priant de faire le nécessaire après mon départ.

– Et dans cette lettre vous lui racontiez tout?

– Non, monsieur le comte.

– Vous avez passé sous silence certaines choses?

– C'est cela, Votre Excellence, il y a bien des choses que je n'ai pas dites», répliqua-t-elle, l'air tout rasséréné.

41

Bien que le comte n'eût pas une idée très claire des choses qu'il pouvait souhaiter dissimuler au marquis Matsugae, il lui suffit d'entendre Tadeshina mentionner ses omissions pour se sentir soudain mal à l'aise.

« Et les choses que vous n'avez pas dites, qu'étaient-elles ?
– Que veut dire le maître ? J'ai répondu comme j'ai fait à Votre Excellence, simplement parce qu'il vous a plu de me demander si j'avais *tout* raconté au marquis dans la lettre. Il doit y avoir quelque chose dans l'esprit du maître pour lui faire poser pareille question.
– Ce n'est pas le moment de parler par énigmes. Je suis venu tout seul comme cela parce que j'ai pensé que nous pourrions causer librement sans nous préoccuper des autres. Ce serait donc aussi bien si vous expliquiez clairement ce que vous voulez dire.
– Il y a beaucoup, beaucoup de choses que je n'ai pas évoquées dans cette lettre. Entre autres, l'histoire que le maître a bien voulu me confier, il y a environ huit ans, chez Kitazaki. Je comptais mourir en l'ensevelissant dans mon cœur.
– Chez Kitazaki ? »

Le comte frémit en entendant ce nom qui résonnait à ses oreilles comme l'arrêt du destin. Il comprenait maintenant les allusions de Tadeshina et son inquiétude s'en accrut d'autant. Il fut poussé à extirper quelque doute qui aurait pu subsister.

« Et qu'ai-je dit chez Kitazaki ?
– C'était un soir, à la saison des pluies. Le maître n'a guère pu l'oublier. Mademoiselle n'avait encore que treize ans bien que peu à peu elle devînt jeune fille. Le marquis Matsugae s'en vint en visite ici ce jour-là, chose rare. Et quand il repartit, le maître paraissait d'une humeur qui n'était pas ce qu'on aurait pu attendre. Si bien qu'il s'en fut chez Kitazaki se divertir un peu. Et c'est ce soir-là qu'il voulut bien me dire quelque chose. »

Le comte voyait parfaitement où Tadeshina voulait en venir avec ces observations. Elle entendait se forger une arme des paroles qu'il avait prononcées au cours de cette soirée et le rendre entièrement responsable de ses manquements à elle. Brusquement, il douta qu'elle eût jamais eu l'intention de se tuer.

Dans ce visage tout couvert de poudre au-dessus de la pile d'oreillers, ses yeux le fixaient à présent comme deux meurtrières découpées dans les murailles blanches d'une forteresse. Derrière ces murs, les ténèbres grouillaient de choses enfouies dans le passé et il pouvait en sortir une flèche dont le vol se dirigerait vers lui, exposé qu'il était au-dehors en pleine lumière.

« Pourquoi allez-vous ressortir cela maintenant ? Je disais cela en plaisantant.

– Ah, vraiment ? »

Tout à coup, les meurtrières de ses yeux semblèrent se rétrécir encore. Il eut le sentiment que l'obscurité elle-même dans toute sa densité était braquée sur lui. Elle poursuivit, en pesant sur les mots : « Malgré tout... ce soir-là, chez Kitazaki... »

Kitazaki, Kitazaki – ce nom, associé à des souvenirs auxquels le comte avait tenté d'échapper, revenait sans cesse sur les lèvres de cette vieille femme rusée. Quoique huit ans se fussent écoulés depuis qu'il en avait franchi le seuil pour la dernière fois, tous les détails de cette maison lui revenaient à présent distinctement à l'esprit. L'auberge était située au pied d'une montée et bien que dépourvue de portail ou d'entrée pour ainsi dire, elle était entourée d'un assez grand jardin et d'une palissade en bois. Dans le vestibule, sombre et humide, terrain d'élection des limaces et des escargots, il y avait déjà quatre ou cinq paires de bottes noires. Il revit en un éclair jusqu'à leur doublure de cuir fauve jaunasse, marbrée, graisseuse et moisie de sueur, avec les étiquettes à larges rayures qui dépassaient, au nom de leurs propriétaires. Ce soir-là, le tapage des chants de corps de garde l'avaient accueilli dès l'entrée. La guerre russo-japonaise battait son plein et le logement des militaires constituait une source de revenus assurée et respectable. Cela avait donné à l'auberge une allure honorable en même temps que des odeurs d'écurie. Tandis qu'on le conduisait dans une pièce située sur l'arrière, il marchait dans le couloir comme s'il avait traversé la salle de quarantaine d'un hôpital, redoutant même qu'en chemin sa manche pût frôler un pilier. Il ressentait une profonde aversion pour la sueur humaine et tout ce qui s'y rapportait.

En cette soirée de la saison des pluies, huit ans auparavant, le comte avait été incapable de se remettre d'aplomb comme à l'habitude après avoir reconduit le marquis. C'est à cet instant que Tadeshina, jugeant avec perspicacité de l'humeur du maître d'après son visage, s'était décidée à parler.

« Kitazaki m'a raconté qu'il avait trouvé quelque chose de très amusant et que rien ne lui ferait plus plaisir que de l'offrir au maître

CHAPITRE 41

pour le distraire. Le maître ne pourrait-il pas envisager d'y aller ce soir, rien que pour se divertir un peu ?»

Étant libre de faire telles choses que «rendre visite à des parents» une fois Satoko couchée, rien ne s'opposait à ce que Tadeshina sortît et rencontrât le comte en un lieu convenu.

Kitazaki accueillit le comte avec une obséquiosité extrême et lui servit du saké, puis il quitta la pièce pour revenir avec un vieux rouleau qu'il posa avec déférence sur la table.

«C'est bien bruyant ici ce soir, dit-il en s'excusant. Il y a quelqu'un qui s'en va au front et qui donne une soirée d'adieu. Il fait terriblement chaud, mais peut-être vaudrait-il mieux fermer les volets de pluie, Votre Excellence.»

Kitazaki voulait dire qu'ainsi, le vacarme dont on entendait l'écho au second étage de l'aile principale serait un peu assourdi. Le comte acquiesça et il ferma les volets. Cependant, la pluie qui tombait parut immédiatement retentir avec d'autant plus de force de tous côtés, l'encageant dans cette chambre. Les coloris brillants de la porte à glissières répandaient une sorte de sensualité étouffante, haletante, comme si la chambre elle-même avait été une peinture roulée dans un parchemin défendu.

Assis face au comte, Kitazaki étendit respectueusement à travers la table ses vieilles mains ridées mais honnêtes à voir et dénoua la cordelette grenat qui tenait le rouleau ; puis il se mit à le dérouler devant le comte, découvrant d'abord l'inscription prétentieuse tout en haut. C'était un *koan* :

> *Chao Chu s'en fut un jour trouver une nonne et lui dit : «L'as-tu bien ? L'as-tu bien ?» Quand à son tour la nonne lui montra les poings, Chao Chu s'en retourna sans demander son reste, déclarant : «Eau peu profonde est peu propice à jeter l'ancre.»*

La chaleur suffocante de cette soirée ! Sa torpeur accablante qu'aggravait encore la brise que faisait dans son dos l'éventail de Tadeshina, égalait, se dit le comte, celle d'une corbeille de riz toute fumante. Le saké avait commencé à faire son effet ; le comte entendait la pluie battre au-dehors comme si elle venait frapper l'arrière de son crâne ; le monde extérieur se perdait en innocentes pensées de victoire à la guerre. Et cependant, le comte était assis à regarder le parchemin érotique. Brusquement, les mains de Kitazaki claquèrent en l'air pour s'abattre sur un moustique. Il s'excusa aussitôt de la gêne causée par ce bruit et le comte entrevit la petite bavure noire du moustique écrasé sur sa paume blanche et desséchée dans un barbouillis rouge sang, image impure qui le troubla. Pourquoi le moustique ne l'avait-il pas mordu ? Était-il réellement si bien protégé de toute chose ?

La première image du rouleau était celle d'un abbé en robe de bure et d'une jeune veuve, assis face à face devant un paravent. C'était le style de l'imagerie haïku, rendu d'un pinceau léger, humoristique. La figure de l'abbé était caricaturée sous forme d'un énorme pénis.

Dans l'image suivante, l'abbé sautait sur la jeune veuve sans crier gare, dans le dessein de la violer et, bien qu'elle se défendît, elle était déjà à demi dévêtue de son kimono. Ensuite, on les voyait nus, étroitement enlacés et le visage de la femme était maintenant en extase, détendu. Le pénis de l'abbé ressemblait à la racine torve d'un pin géant et sa langue brune pendait de plaisir. Comme le voulait cet art traditionnel, les pieds et les orteils de la jeune veuve étaient peints en blanc de Chine et s'incurvaient fortement en dedans. Des frémissements couraient tout au long de ses cuisses blanches serrées pour s'achever aux orteils, comme si leur tension incarnait sa lutte épuisante pour retenir le flot extatique au moment où il allait jaillir dans l'éternité. Ces efforts de la femme étaient véritablement admirables, pensa le comte.

Pendant ce temps, de l'autre côté du paravent, un grand nombre de moinillons se tenaient debout sur un tonneau de bois et sur une table à écrire, se faisant la courte échelle, voulant à tout prix voir ce qui se passait derrière le paravent tandis que, simultanément, ils s'efforçaient de façon comique de rabaisser ces parties de leur anatomie qui, déjà, avaient enflé jusqu'à des proportions massives. À la fin, le paravent culbutait. Et, tandis que la femme tentait de s'enfuir en couvrant sa nudité et que l'abbé gisait épuisé, sans avoir la force de chapitrer les novices, une scène de désordre total commençait à se dérouler.

Les pénis des moines étaient dessinés de manière à apparaître presque aussi longs que leurs possesseurs étaient grands, les proportions habituelles étant impropres, selon l'artiste, à exprimer le poids de leur concupiscence. Tandis qu'ils se jetaient sur la femme, le visage de chaque moine était une étude comique de tourment ineffable et on les voyait tituber sous le fardeau de leurs érections.

Après voir subi une telle épreuve, le corps entier de la femme prenait une pâleur mortelle et elle trépassait. Son âme, en s'envolant, allait se réfugier dans les branches d'un saule agité par le vent.

Et là, elle devenait un spectre assoiffé de vengeance, le visage dessiné à l'image d'une vulve.

À partir de là, le parchemin perdait tout l'humour qu'il avait pu contenir jusque-là, s'imprégnant d'effroyable tristesse. Non pas un seul, mais de multiples spectres, tous identiques, se jetaient sur les hommes, cheveux flottant en désordre, lèvres cramoisies, grandes ouvertes. Dans leur sauve-qui-peut panique, les hommes ne pouvaient tenir tête aux fantômes dont la troupe les enveloppait en rafale, arrachant leurs pénis et celui de l'abbé de leurs puissantes mâchoires.

Le tableau final se situait sur le rivage de l'océan. Les hommes émasculés gisaient nus sur la grève, hurlant de désespoir, cependant qu'un navire chargé du poids des pénis mutilés s'embarquait sur une mer enténébrée. Les spectres se pressaient sur le pont, cheveux au vent, agitant dérisoirement leurs mains pâles, leurs faces vaginales narguant les cris pitoyables de leurs victimes sur le rivage. La proue du navire était, elle aussi, sculptée en forme de vulve et, tandis qu'il se dirigeait vers le large, une touffe de poils qui y était collée s'agitait dans le vent.

Quand, à la fin, il leva les yeux du parchemin, le comte se sentit tout abattu, sans pouvoir se l'expliquer. Loin de l'apaiser, le saké n'avait fait qu'accroître son appréhension, mais il en redemanda à Kitazaki et il but en silence. Son esprit s'emplissait encore de l'image crue de la femme du parchemin, avec ses orteils tournés en dedans. Devant ses yeux, flamboyait encore la blancheur lascive de ses jambes peintes.

Ce qu'il fit ensuite ne pouvait être dû qu'à la torpeur languissante de cette soirée de la saison des pluies et à son propre dégoût. Quatorze années avant ce soir pluvieux, alors que son épouse était enceinte de Satoko, il avait accordé ses faveurs à Tadeshina. Cette dernière ayant à l'époque passé la quarantaine, ç'avait été une lubie étrange et sans lendemain. Quatorze ans plus tard, Tadeshina ayant largement dépassé la cinquantaine, il ne lui vint pas à l'esprit que pareille chose pourrait se renouveler. En tout cas, en raison de ce qui s'était passé cette fois-là, il ne devait plus jamais franchir le seuil de l'auberge de Kitazaki.

Les choses, les circonstances – la visite du marquis, le coup de masse porté à son orgueil, la soirée pluvieuse, le salon isolé à l'arrière de l'auberge, le saké, cette sinistre pornographie –, tout cela se pressait à l'esprit du comte, accroissant son ressentiment et – il ne pouvait guère en être autrement – l'enflammant d'un désir de s'avilir qui l'amena à faire ce qu'il fit. Le consentement de Tadeshina, sans une ombre de reproche, mit le sceau final à son dégoût de soi-même.

« Voilà une femme, pensa-t-il, qui attendra quatorze, vingt, cent ans – cela ne fait pour elle aucune différence. Et quel que soit le moment où elle entendra la voix de son maître, elle ne sera jamais prise au dépourvu.»

Au travers des circonstances où il n'avait été pour rien, le foisonnement de ses griefs le conduisait à plonger dans une sombre forêt où se tenait à l'affût le spectre qu'il avait vu dans le parchemin érotique. De plus, l'aplomb imperturbable de Tadeshina, ses passes pleines de déférence, sa fierté évidente de connaître à fond les techniques amoureuses, tout cela exerçait sur lui une contrainte semblable à celle qu'il avait ressentie quatorze années auparavant.

Peut-être y avait-il eu connivence entre elle et Kitazaki, lequel quitta la pièce sans plus revenir. Ensuite, dans les ténèbres, enclos par le son pénétrant de la pluie qui tombait, ils ne parlèrent ni l'un ni l'autre. Puis, de nouveau, parvinrent les voix des soldats et, cette fois, le comte perçut clairement les paroles de leur chant :

Vers le champ de bataille
Déchiqueté par la mitraille,
De la patrie les lendemains
Reposent entre vos mains.
Camarades, en marche triomphale,
En avant, brave armée impériale.

Le comte redevint soudain un enfant. Il sentit le besoin de se décharger de la colère qui le dévorait et il exposa en détail à Tadeshina une chose qui relevait d'un domaine d'où la domesticité était exclue.

Car il eut le sentiment que son courroux ne lui appartenait pas en propre mais, bien plutôt, que c'était une passion qui englobait l'ire de ses aïeux.

Ce jour-là, le marquis Matsugae leur avait rendu visite. Quand Satoko était entrée pour le saluer, il avait caressé ses cheveux frangés ; et alors, peut-être sous l'influence du saké qu'il avait bu, il s'était brusquement mis à parler devant la fillette : « Quelle superbe petite princesse te voilà devenue ! Quand tu seras grande, tu seras si belle que personne ne trouvera de mots pour le dire. Quant à trouver un joli mari, tu n'as qu'à laisser faire l'oncle Matsugae sans te soucier en rien. Si tu lui fais entièrement confiance, tonton te dénichera un fiancé qui n'aura pas son pareil au monde. Ton père n'aura besoin de se faire aucun souci. J'alignerai un trousseau sur satin d'or quand tu te marieras. Ah ! pour sûr que ce sera un fier et beau cortège ! Avec tous leurs quartiers, aucun Ayakura n'aura vu son pareil.»

CHAPITRE 41

À cet instant, la comtesse avait légèrement froncé les sourcils, mais le comte s'était contenté de sourire. Au lieu de sourire face à l'humiliation, ses ancêtres auraient laissé paraître ce qu'il fallait de leur distinction d'esprit et renvoyé la balle. Mais, de nos jours – où, par exemple, le jeu ancestral de *kemari* n'était plus qu'un souvenir –, il ne restait plus rien pour éblouir le vulgaire. Quand des gens comme cet imposteur, débordant de bonne volonté et innocent de toute intention blessante envers un authentique aristocrate, proféraient inconsciemment leurs insultes, il n'y avait rien à faire qu'à en rire vaguement. Cependant, il demeurait quelque chose d'un peu mystérieux dans le sourire qui montait aux lèvres des êtres cultivés quand ils se heurtaient à la nouvelle hiérarchie de l'argent et du pouvoir.

Le comte était demeuré un instant silencieux après avoir raconté tout cela à Tadeshina. Si la distinction d'esprit devait prendre sa revanche, pensait-il maintenant, comment y parvenir? N'y avait-il pas une vengeance propre aux gentilshommes de cour, comme celle qui consistait à verser de l'encens dans la manche flottante d'une robe de cérémonie et à le laisser se consumer lentement en cendre fine sans qu'on vît à peine trace de flamme? N'existait-il pas une vengeance semblable dont le poison odorant et subtil imprégnerait toute l'étoffe, si bien que sa puissance ne saurait s'amoindrir en dépit des années?

À la fin, le comte se tourna vers Tadeshina et lui dit: «Je vais vous demander, longtemps à l'avance, de faire quelque chose. Quand Satoko aura grandi, je crains que tout ne se déroule exactement selon les vœux de Matsugae, de sorte que ce sera bel et bien lui qui arrangera son mariage. Cela dit, quand il y sera parvenu, avant que le mariage ait lieu, je veux que vous fassiez en sorte qu'elle couche avec un garçon qui lui plaira, quelqu'un qui saura rester bouche cousue. Peu m'importe sa position sociale – pourvu qu'elle l'aime bien. Je n'ai nullement l'intention de remettre cette vierge innocente à un fiancé que je devrai à la bienveillance de Matsugae. Ainsi, je pourrai faire la nique à Matsugae sans qu'il s'en doute le moins du monde. Mais personne ne doit être au courant de tout cela et vous-même ne devrez pas me consulter. C'est quelque chose qu'il vous faudra faire tout comme si c'était un péché commis à votre seule initiative. Et il y a encore autre chose: puisque vous êtes comme qui dirait maître ès arts amoureux, ce n'est pas trop vous demander, n'est-ce pas, d'instruire à fond Satoko en deux talents assez différents? D'abord, comment s'y prendre pour qu'un homme croie prendre une fille vierge alors qu'elle ne l'est pas. En second lieu, au contraire, lui faire penser qu'elle a déjà perdu son innocence quand, en fait, il n'en est rien.

— Inutile d'en dire davantage, maître, répliqua Tadeshina sans que sa voix trahît aucune hésitation ni contrariété. Il existe des techniques si efficaces dans l'un et l'autre cas qu'il n'y a aucun danger d'éveiller les soupçons, fût-ce des messieurs les plus libertins. Je n'épargnerai aucune peine pour en instruire mademoiselle Satoko. Cependant, m'est-il permis de me demander à quoi monsieur le comte peut songer en ce qui concerne le deuxième cas?

— C'est afin que celui qui fait la conquête de la fiancée d'un autre avant le mariage n'exulte pas trop. S'il sait qu'elle est vierge, sa conquête peut le rendre présomptueux, et voilà ce qu'il ne faut pas. Si bien que je vous confie aussi cette tâche.

— Tout est parfaitement clair», répondit Tadeshina. Au lieu du simple «comme le maître voudra», elle acceptait d'un ton sérieux et solennel la tâche qui lui était assignée.

Aujourd'hui, Tadeshina faisait allusion à ce qui s'était passé ce soir-là, huit ans auparavant. Le comte ne savait que trop bien ce qu'elle avait voulu dire. Mais en même temps, il ne doutait pas que la tournure imprévue qu'avaient pris les événements, après qu'elle eut accepté cette mission, n'avait pu échapper à une femme aussi avisée que Tadeshina.

Le fiancé auquel on avait pensé se trouvait être un prince de la famille de l'Empereur, et bien qu'on en fût redevable au marquis, un mariage aussi favorable signifierait la résurrection de la maison Ayakura. En un mot, les circonstances étaient toutes différentes de celles qu'il avait pressenties huit ans plus tôt lorsque, dans un accès de rage, il avait communiqué ses instructions à Tadeshina. Si, malgré cela, elle s'était acquittée de sa tâche en respectant scrupuleusement cette ancienne promesse, il fallait en chercher la raison dans son propre désir d'agir de la sorte. Qui plus est, le secret avait déjà été dévoilé au marquis Matsugae.

Se pouvait-il qu'elle eût visé la maison Matsugae en vertu de quelque grand dessein, en vue de susciter une catastrophe qui accomplirait la vengeance qui était hors de portée du comte, du fait de son humeur timorée et indolente? Ou bien était-ce qu'elle entendait se venger, non des Matsugae, mais bien du comte lui-même? Quoi qu'il fît, il se trouvait en position de faiblesse, il ne pouvait pas se permettre de la laisser raconter au marquis cette histoire de coucherie d'il y avait huit ans.

CHAPITRE 41

Il jugea préférable de ne rien dire. Ce qui était fait était fait. Quant au fait que le marquis sût à quoi s'en tenir, il lui fallait s'attendre, à cet égard, à des reproches plus ou moins sévères. Néanmoins, pensa-t-il, le marquis mettrait en œuvre son immense influence pour trouver quelque expédient qui sauverait la situation. C'était le moment ou jamais de s'en remettre entièrement à une tierce personne.

Il y avait une chose, cependant, dont il était tout à fait sûr : c'était l'état d'esprit dans lequel se trouvait Tadeshina. Elle avait beau se déclarer coupable, en fait elle ne se sentait nullement portée à demander pardon pour ce qu'elle avait fait.

Elle était là, assise, la vieille femme qui avait tenté de mettre fin à ses jours, sans se soucier aucunement de son absolution, le couvre-pieds roussâtre jeté sur ses épaules, le maquillage blanc collant à son visage en couche si épaisse qu'on eût dit un grillon qui aurait basculé dans un poudrier. Si menue que fût sa silhouette, elle semblait en quelque sorte emplir tout l'univers de mélancolie.

Brusquement, il remarqua que cette chambre avait les mêmes dimensions que l'arrière-salon de l'auberge de Kitazaki. Il entendit soudain le murmure bruissant de la pluie et, en dépit de la saison, la chaleur étouffante et putride vint frapper sa joue comme jadis.

Tadeshina leva de nouveau son visage blanchi pour dire quelque chose. Ses lèvres sèches et ridées s'entrouvraient légèrement et, à la lumière de la lampe, on vit luire l'antre humide et grenat de sa bouche, de tout l'éclat empourpré de son rouge à lèvre de cérémonie.

Il devinait ce qu'elle allait dire. Ce qu'elle avait fait n'était-il pas la conséquence, comme elle-même l'avait dit, des événements de cette soirée, huit ans plus tôt ? Et si elle l'avait fait, n'était-ce pas seulement pour rappeler énergiquement au comte ce qui s'était passé ce soir-là, puisqu'il ne lui avait plus jamais témoigné le moindre intérêt ?

Tout à coup, il sentit le besoin de poser l'espèce de question brutale dont seul un enfant est capable.

« Eh bien, heureusement, on a pu vous sauver la vie... mais, au fond, avez-vous eu l'intention de vous tuer ? »

Il pensait qu'elle pourrait, ou bien se fâcher, ou bien fondre en larmes, mais au lieu de cela, elle ne fit entendre qu'un petit rire poli.

« Ma foi, si le maître avait daigné me dire : "Tuez-vous", peut-être bien qu'alors j'aurais vraiment été d'humeur à mourir. Et maintenant encore, s'il m'en donnait l'ordre, j'essaierais une nouvelle fois. Et cependant, dans huit ans, il se pourrait bien que le maître eût oublié ce qu'il a dit, une fois de plus. »

42

Lors de son entretien avec le comte Ayakura, le marquis Matsugae fut déconcerté de voir combien il se souciait peu du train auquel allaient les choses. Pourtant, quand le comte s'empressa d'acquiescer à la proposition qu'il avait si vivement recommandée, sa belle humeur reparut. Le comte l'assura que tout serait fait selon ses désirs. Il se sentait tout ragaillardi, dit-il, de savoir que la marquise en personne accompagnerait Satoko à Osaka; et de pouvoir s'en remettre en toutes choses au docteur Mori dans le secret le plus absolu, c'était là une grâce inespérée. On ferait tout suivant les instructions des Matsugae et, par conséquent, il pria le marquis d'avoir la bonté de continuer à s'entremettre aimablement en faveur des Ayakura. Telle fut la portée de sa réponse.

Les Ayakura ne sollicitèrent qu'une chose, extrêmement modeste, que le marquis ne pouvait guère ne pas accorder. C'était que Satoko et Kiyoaki fussent autorisés à se voir juste avant son départ pour Osaka. Bien entendu, il n'était pas question de leur permettre de se trouver seul à seule. Mais s'ils pouvaient se rencontrer un instant en tête à tête à portée de leurs parents, les Ayakura en seraient satisfaits. Et si cette demande était accordée, les Ayakura donneraient toute assurance qu'il ne serait jamais plus permis à Satoko de revoir Kiyoaki. La requête émanait à l'origine de Satoko elle-même, mais comme le comte l'expliqua non sans quelque embarras, il pensait avec son épouse qu'il valait mieux la lui consentir.

Le fait que la marquise devait accompagner Satoko à Osaka pouvait dès lors servir à donner à la rencontre avec Kiyoaki une apparence fortuite. Rien de plus naturel qu'un fils venant conduire sa mère à la gare et, à cette occasion, nul n'aurait motif de trouver à redire à ce que Kiyoaki échange une ou deux paroles avec Satoko.

Les choses étant ainsi conclues, le marquis, comme le suggéra sa femme, fit venir en secret le docteur Mori à Tokyo, tout occupé qu'il fût par sa clientèle à Osaka. Le médecin demeura chez les Matsugae la semaine précédant le départ de Satoko le 14 novembre, toujours à portée, en cas où elle aurait besoin de lui. Au premier appel des Ayakura, il se tenait prêt à se précipiter chez eux sans délai. La menace d'une fausse couche qui surgissait par instants rendait ces précautions nécessaires. En pareille occurrence, le docteur Mori

CHAPITRE 42

aurait à s'en occuper personnellement et de façon telle que nul n'en sût rien. En outre, on devait pouvoir compter sur lui au cours du long et fort périlleux trajet en chemin de fer jusqu'à Osaka, où il voyagerait, sans qu'on le remarque, dans un autre wagon.

Ainsi, un obstétricien réputé aliénait sa liberté, se mettant à l'entière disposition des Matsugae et des Ayakura, chose que pouvait seul rendre possible l'argent du marquis. Si les choses se déroulaient comme celui-ci l'espérait, le voyage d'Osaka contribuerait largement par lui-même à dissimuler au monde la vérité. Car qui irait imaginer qu'une jeune femme enceinte pourrait prendre un risque tel qu'un trajet en chemin de fer?

Bien que le docteur Mori portât des complets taillés en Angleterre et fût un modèle de gentleman européen, c'était un petit homme courtaud et il y avait dans son visage quelque chose qui faisait penser à un commis aux écritures. Avant d'examiner chacune de ses clientes, il étalait pour elle, sur l'oreiller, une nouvelle couche de papier fin qu'il froissait ensuite négligemment avant de le jeter, pratique qui ajoutait à sa réputation. D'une courtoisie sans faille, son sourire ne le quittait jamais et il comptait de nombreuses clientes parmi les femmes de la haute société. Il était d'une adresse sans pareille et aussi discret qu'une huître.

Il se plaisait à bavarder du temps qu'il faisait, mais à part cela, aucun sujet ne semblait capable de capter son intérêt. Pourtant, il réussissait à avoir assez de charme pour sa clientèle simplement en remarquant qu'il faisait aujourd'hui une chaleur terrible ou que la température s'adoucissait après chaque ondée. Connaisseur en poésie chinoise, il avait exprimé ses impressions de Londres en vingt poèmes chinois heptalinéaires qu'il avait publiés hors commerce sous le titre *Poèmes de Londres*. Il portait au doigt un énorme diamant de trois carats, et avant d'examiner une cliente, il avait grand soin de faire la grimace en ôtant la bague avec difficulté, semblait-il, avant de la jeter d'un geste brusque sur une table à proximité. Néanmoins, nul ne l'avait jamais vu oublier de la reprendre. Sa moustache raide avait la nuance lustrée d'une fougère après la pluie.

Il appartenait aux Ayakura d'accompagner Satoko à la résidence Toinnomiya afin qu'elle pût offrir ses hommages avant son voyage à Osaka. Une voiture attelée augmentant les dangers de ce déplacement, le marquis Matsugae mit une automobile à leur disposition. En outre, le docteur Mori les accompagna, déguisé en maître d'hôtel, assis tout raide à côté du conducteur et portant un vieux costume de Yamada. Leur bonne fortune voulut que, le jeune prince lui-même étant absent aux manœuvres, Satoko pût saluer la princesse Toin sitôt entrée dans le vestibule avant de se retirer. La périlleuse expédition s'était ainsi accomplie sans à-coups.

Bien que les Toinnomiya eussent envisagé de se faire représenter à la gare pour saluer Satoko lors de son départ le 14 novembre, les Ayakura déclinèrent poliment cet honneur. Tout se déroulait exactement selon le plan du marquis Matsugae. Les Ayakura devaient rejoindre la marquise Matsugae et son fils à la gare Shimbashi. Le docteur Mori monterait dans un wagon de troisième sans même jeter un regard dans leur direction. L'objet du voyage étant supposé être une visite d'adieu digne de tout éloge à l'abbesse de Gesshu, le marquis n'hésita pas à réserver la totalité du wagon de queue panoramique pour les Ayakura et son épouse. Il faisait partie d'un rapide spécial à destination de Shimonoseki, lequel quittait la gare de Shimbashi à neuf heures et demie du matin pour arriver à Osaka onze heures et quinze minutes plus tard.

La gare de Shimbashi, conçue par un architecte américain, avait été construite en 1872, au début de l'ère Meiji. Sa charpente était en bois, mais la pierre sombre et mouchetée de ses murs provenait des carrières de la péninsule d'Ise. À cette heure, par cette claire et brillante matinée de novembre, le soleil soulignait d'un trait vif les ombres que projetait sur leur austère surface la corniche en saillie. L'esprit assez tendu à la perspective d'entreprendre un voyage d'où il lui faudrait s'en revenir toute seule, la marquise Matsugae arriva à la gare sans presque avoir prononcé une parole en chemin à l'adresse de Yamada, qui portait ses bagages de son air déférent accoutumé, ou de Kiyoaki. Tous trois montèrent le grand perron de pierre qui conduisait sur le quai.

Le train n'était pas encore en gare. Les rayons obliques du soleil matinal inondaient toute la largeur du quai et les voies de chaque côté, et des atomes de poussière dansaient dans l'air radieux. La marquise ressentait une telle angoisse du voyage qui l'attendait qu'elle en poussait de profonds et fréquents soupirs.

«Je ne les aperçois pas encore, je me demande si quelque chose est arrivé», disait-elle de temps à autre, sans obtenir d'autre réponse de Yamada qu'un «Ah!» déférent et dépourvu de sens. Bien qu'elle sût à quoi elle devait s'attendre, elle ne pouvait s'empêcher de poser la question.

Kiyoaki se rendait compte du trouble de sa mère, mais n'étant pas d'humeur à soulager son angoisse, il se tenait à quelque distance. Il se sentait faible et la rigidité de son maintien disait assez l'effort qu'il

CHAPITRE 42

faisait pour rester maître de soi. Il semblait sur le point de basculer, aussi raide qu'une statue coulée tout d'une pièce mais manquant d'énergie vitale pour se soutenir. Sur le quai l'air était frisquet, mais il bombait le torse sous sa tunique galonnée d'uniforme. L'angoisse morne de l'attente semblait l'avoir glacé jusqu'à la moelle.

Le train entra en gare à reculons avec une dignité pesante sous le soleil qui rayait le toit des wagons de rubans éclatants, irradiant du rail en arrière du wagon de queue.

Juste à ce moment, la marquise reconnut le docteur Mori à sa moustache bien taillée dans un groupe qui attendait un peu plus loin sur le quai. Elle se sentit un peu rassurée. Il avait été convenu que, sauf urgence, le docteur se tiendrait à l'écart tout au long du voyage jusqu'à Osaka.

Tous trois grimpèrent dans la voiture panoramique, Yamada portant les bagages de la marquise. Pendant qu'elle était occupée à donner de nouvelles consignes à ce dernier, Kiyoaki regarda par la fenêtre sur le quai. Il apercevait la comtesse Ayakura et Satoko s'approchant à travers la foule. Satoko avait les épaules enveloppées d'un châle irisé. Au moment où elle se trouva prise dans le flot de soleil éclatant qui se déversait sur le quai, son visage impassible parut aussi blanc que lait caillé.

Le cœur de Kiyoaki battait furieusement d'angoisse autant que de joie. Tandis qu'il la regardait approcher, sa mère à ses côtés, mais d'une allure lente et mesurée, il imagina, l'espace d'un instant, qu'il était, lui, l'époux promis venu attendre sa fiancée. Et la marche solennelle de cérémonie, comme une lassitude accumulée qui se serait emparée de lui par fragments, engendrait une joie si douloureuse dans son intensité qu'elle le laissa épuisé.

La comtesse Ayakura monta dans le wagon et, s'en remettant au serviteur pour porter les bagages de Satoko, elle pria qu'on excuse leur retard. La mère de Kiyoaki lui répondit naturellement avec une extrême courtoisie, mais son front encore serré laissait bien voir l'altière contrariété qu'elle ressentait.

Couvrant sa bouche de son châle irisé, Satoko se tenait cachée derrière sa mère. Elle échangea avec Kiyoaki les salutations ordinaires puis, à l'invitation de la marquise, elle s'assit bien vite sur l'un des fauteuils rouges capitonnés qui meublaient le wagon.

Kiyoaki comprit alors pourquoi elle était venue si tard. Elle avait dû retarder son arrivée à la gare sans autre motif que d'écourter, fût-ce tant soit peu, le temps des adieux. Dans la lumière de cette matinée de novembre, aussi claire qu'une amère médecine, ils n'auraient le temps de rien se dire. Tandis que leurs mères s'entretenaient, il la regarda longuement, assise la tête inclinée, et à ce moment, il se prit d'inquiétude à l'idée du degré croissant de passion que son regard devait révéler. Tout son cœur y était contenu mais il craignait que, tel un soleil trop ardent, il ne brûlât la frêle pâleur de Satoko. Les forces qui, en lui, étaient à l'œuvre, la profondeur d'émotion qu'il voulait communiquer, devaient se faire gracieuses et subtiles, et il comprit quelle forme grossière sa passion leur avait donnée. Il ressentait à présent quelque chose qui jamais auparavant ne l'avait effleuré et il aurait voulu implorer son pardon.

Quant à son corps, que recouvrait maintenant le kimono, il connaissait tout ce qu'on en pouvait connaître, jusque dans ses moindres replis. Il savait où la blancheur de sa chair allait s'empourprer de confusion en premier, là où elle céderait, là où elle palpiterait du battement d'aile d'un cygne pris au piège. Il savait où elle exprimait la joie et où le chagrin. Du fait qu'il la connaissait tout entière, il semblait en émaner un éclat léger que l'on pressentait même à travers son kimono. Mais il y avait désormais, enfoui dans ce corps, au tréfonds de son cœur, quelque chose qu'il ne connaissait pas, une chose qu'elle paraissait protéger des manches flottantes de son kimono et qui se frayait un chemin vers la vie. Son imagination de dix-neuf ans ne pouvait pas appréhender ce phénomène d'un enfant, une chose qui, si intimement liée qu'elle fût au sang et à la chair brûlants et sombres, semblait d'un ordre entièrement métaphysique.

Malgré tout, la seule chose de lui qui fût entrée en Satoko pour devenir une partie d'elle-même, il fallait que ce fût un enfant. Bientôt, pourtant, cette partie d'elle-même lui serait arrachée et de nouveau leur chair se trouverait désunie. Et puisqu'il n'existait aucun moyen de l'empêcher, il n'y avait rien à faire que de se tenir coi et de laisser aller. D'une certaine façon, cet enfant que voilà était Kiyoaki lui-même, car il manquait encore du pouvoir d'agir indépendamment. Il tremblait de la solitude affligée et de l'amère privation de l'enfant forcé de rester à la maison en punition de quelque méfait pendant que tout le reste de la famille s'en allait gaiement pique-niquer.

Elle leva les yeux et regarda vaguement par la fenêtre du côté du quai. Elle semblait s'absorber entièrement dans la vision de ce qu'on allait rejeter hors d'elle et Kiyoaki était sûr qu'il n'y avait aucun espoir que lui-même s'y reflétât jamais plus.

Un coup de sifflet strident lança un avertissement. Elle se mit debout. Il lui sembla que ce geste était un effort volontaire qui avait exigé toutes ses forces. Sa mère, inquiète, lui prit le bras.

CHAPITRE 42

«Le train va partir. Tu vas devoir descendre», lui dit Satoko. Sa voix semblait presque gaie, bien qu'un peu trop aiguë.

Inévitablement, il y eut ensuite un rapide entretien entre lui et sa mère, comportant les exhortations coutumières et les souhaits qu'échangent une mère et son fils avant qu'elle ne s'en aille en le laissant derrière elle. Il s'étonna de l'adresse qu'il pouvait mettre à soutenir ce rôle au cours de ce petit numéro.

Quand il se fut finalement libéré de sa mère, il se tourna vers la comtesse et, rapidement, il égrena les formules d'adieu que la correction exigeait. Alors, comme s'il ne se passait rien que de très ordinaire, il dit à Satoko : « Bon, maintenant fais bien attention à toi. » À cet instant, il se sentit à même de prononcer ces paroles d'un ton enjoué et cela se marqua par son envie d'allonger la main pour la poser sur l'épaule de Satoko. L'instant d'après, le bras parut frappé de paralysie et pendit inutilement à son côté car le regard qu'il avait rencontré n'avait jamais été aussi tendu.

Ses beaux yeux se mouillaient assurément de larmes, mais des larmes bien différentes de celles que jusqu'à présent il avait redoutées. C'étaient choses vivantes que l'on taillait en pièces. Ses yeux contenaient le regard terrible d'une personne qui se noie et il ne pouvait supporter de le sentir fixé sur lui. Ses grands cils admirables s'allongeaient telle une plante sur le point de fleurir.

«Et toi aussi, Kiyo. Au revoir», dit-elle d'un seul souffle, du ton qui convenait.

Il s'enfuit du train comme s'il était poursuivi, juste comme le chef de gare, portant une courte épée au ceinturon de sa tunique noire à cinq boutons, levait la main pour donner le signal. De nouveau, on entendit le sifflet du chef de train. Quoiqu'il fût retenu par la présence à ses côtés de Yamada, il ne cessait de l'appeler par son nom dans son cœur. La file des wagons eut un court frémissement puis, comme une longueur de fil dévidée d'une bobine, le train s'ébranla. Au bout de quelques instants, le wagon de queue et sa balustrade arrière furent déjà loin sans que Satoko ou les deux mères se fussent montrées. La traînée de fumée qui se déversait sur le quai témoignait de la puissance libérée pour le départ du train. Son odeur âcre emplissait l'obscurité indue qu'elle laissait derrière elle.

43

Après deux jours passés à Osaka, la marquise quitta dans la matinée l'auberge où elle était descendue et se rendit au bureau de poste le plus proche pour envoyer personnellement un télégramme. Son mari lui avait enjoint strictement de n'en remettre le soin à personne. Comme c'était la première fois de sa vie qu'elle entrait dans un bureau de poste, elle était tout effarée, bien que, dans son embarras, elle en vînt à se rappeler une princesse, décédée récemment, qui, convaincue que l'argent était malpropre, avait passé sa vie sans jamais y toucher. Mais bon gré mal gré, elle expédia un télégramme rédigé dans les termes dont ils avaient convenus : « Visite heureusement accomplie. »

Elle sentit un profond soulagement la traverser comme si un lourd fardeau avait glissé de ses épaules. Elle rentra à l'auberge régler sa note puis s'en fut à la gare d'Osaka où la comtesse Ayakura attendait pour la saluer avant qu'elle n'entreprît son voyage de retour solitaire à Tokyo. Afin de lui faire cette politesse, la comtesse s'était momentanément éclipsée du chevet de Satoko à l'hôpital.

Satoko était entrée à la clinique privée du docteur Mori sous un nom d'emprunt, ce dernier ayant insisté pour qu'elle prît deux ou trois jours de repos complet. La comtesse avait été constamment auprès d'elle, mais bien qu'elle fût en excellente condition physique, elle n'avait pas adressé une parole à sa mère depuis l'opération, attitude qui chagrinait profondément la comtesse.

Le séjour confortable à l'hôpital ayant été prescrit uniquement par mesure de précaution, lorsque le docteur Mori lui permit d'en sortir, elle se trouva tout à fait à même d'aller et venir, presque en parfaite santé. À présent que sa nausée matinale était chose passée, elle aurait dû être plus en train physiquement et mentalement, pourtant elle s'obstinait dans son silence.

Suivant le plan qu'on leur avait établi, elles devaient maintenant se rendre au temple de Gesshu afin que Satoko fît sa visite d'adieu à l'abbesse. Elles y passeraient la nuit pour retourner à Tokyo le lendemain matin.

Au milieu de la journée du 18 novembre, toutes deux descendirent donc d'un train de la ligne de Sakurai à la gare d'Obitoke. C'était un magnifique et chaud après-midi d'automne, et bien que mal à l'aise en raison du mutisme de sa fille, la comtesse se sentit davantage en repos.

CHAPITRE 43

Voulant éviter tout dérangement aux vieilles religieuses, elle n'avait pas informé le couvent de l'heure de leur arrivée. Cependant, quoiqu'elle eût demandé à un employé de gare de leur appeler deux pousse-pousse, on ne les voyait pas encore venir. Pendant qu'elles attendaient, la comtesse, qui se plaisait à explorer les lieux qu'elle ne connaissait pas, alla faire un tour aux abords paisibles de la station, laissant sa fille à ses réflexions dans la salle d'attente des premières classes. Sitôt sortie, elle tomba sur un panneau qui indiquait aux visiteurs le temple d'Obitoke tout proche.

LE TEMPLE D'OBITOKE DU MONT KOYASU

On vénère ici le Bodhisattva Obitoke Koyasu Jizo.
C'est le lieu le plus ancien et le plus sacré du Japon où l'on vient prier pour obtenir d'avoir des enfants et que la naissance se passe bien.
Sanctifié par les oraisons impériales des empereurs Montoku et Seiwa et par l'impératrice Somedono.

Elle songea qu'il valait mieux que ces paroles eussent échappé au regard de Satoko. Pour réduire le risque que sa fille pût apercevoir le panneau, il allait falloir faire arrêter les pousse-pousse jusque sous la toiture de la gare et l'aider à monter. Ces mots lui firent l'effet de taches de sang qui venaient gâter à l'improviste l'admirable paysage que dominait ce ciel si brillant de novembre.

La gare d'Obitoke avait un puits à proximité et des murailles blanches sous un toit de tuiles. En face, se dressait une maison à l'ancienne entourée d'un mur en torchis recouvert d'un toit et fière de montrer un magasin imposant à l'arrière. En dépit du soleil éclatant qui dansait dans la blancheur du magasin et du mur de torchis, un étrange silence enveloppait ce tableau. La surface de la chaussée était grise de boue fondante, miroitant de traces de verglas, ce qui rendait la marche difficile. Pourtant son regard fut attiré par une tache jaune fort séduisante à quelque distance. Elle reposait aux abords d'un petit pont : celui-ci enjambait la ligne de chemin de fer à un endroit où les grands arbres dénudés qui bordaient la voie en rangées ascendantes prenaient fin bien qu'ils parussent se poursuivre à l'infini. Elle retroussa ses jupes et se mit à enfiler une légère rampe en direction de cette agréable diversion.

En l'occurrence, les abords du pont avaient été ornés de pots de chrysanthèmes rampants. Nombre d'entre eux avaient été disposés au hasard, à l'abri d'un saule vert pâle qui se dressait près du sentier conduisant au pont. Bien que ce dernier remplît son office de passerelle, il était des plus modestes, en bois, et semblait à peine plus grand qu'une selle. Des couvertures à carreaux y prenaient l'air, étalées sur le garde-fou, se gorgeant de soleil et bouffant en ondulations gracieuses sous la brise. Dans la cour d'une maison toute proche, des couches séchaient au soleil et un pan d'étoffe rouge était étendu, attaché avec des épingles à linge. Les kakis séchés qui bordaient le toit jetaient encore un reflet semblable à l'embrasement du couchant. Nulle part, on ne voyait âme qui vive.

Au loin, sur la route, elle perçut le balancement des capotes noires de deux pousse-pousse qui venaient dans sa direction. Elle se hâta de retourner à la gare avertir Satoko.

Le temps était si agréable qu'elle fit abaisser les capotes des pousse-pousse. Elles laissèrent la ville derrière elles avec ses deux ou trois auberges et cheminèrent un moment le long d'une route bordée de rizières. En levant les yeux attentivement vers les montagnes, on pouvait découvrir au beau milieu le temple de Gesshu.

Un peu plus loin, la route était bordée de plaqueminiers dont les rameaux, bien que dénudés de presque tout leur feuillage, étaient lourds de fruits. Tous les champs de riz avaient un air de fête, recouverts à perte de vue d'un dédale de claies à sécher.

La comtesse, dans le premier pousse-pousse, se retournait de temps à autre pour regarder sa fille. Satoko, ayant plié son châle, l'avait posé sur ses genoux. Quand sa mère vit qu'elle jetait les yeux alentour comme prenant plaisir au paysage, elle se sentit quelque peu soulagée.

Quand la route pénétra dans les montagnes, l'allure des conducteurs ralentit. Tous deux étaient âgés et leurs jambes n'étaient évidemment plus ce qu'elles avaient été. Du reste, il n'y avait pas de raison de se dépêcher. Au contraire, pensa la comtesse, elle-même et Satoko avaient de la chance de pouvoir ainsi contempler la campagne à loisir. Elles approchèrent du portail extérieur en pierre de Gesshu et une fois qu'elles l'eurent franchi, le paysage se borna au sentier en pente douce, à une large étendue de ciel bleu pâle partiellement obscurci par l'herbe haute, à barbe chenue, qui bordait le sentier et à une chaîne de montagnes basses dans les lointains.

À la fin, les conducteurs firent halte pour se reposer et, tandis qu'ils bavardaient en épongeant leur sueur, la comtesse éleva la voix pour couvrir la leur et appela Satoko derrière elle : « Tu feras bien de te rassasier du paysage d'ici au monastère. Des gens comme moi

CHAPITRE 43

peuvent venir ici à n'importe quel moment, mais bientôt tu vas être dans une position qui ne te permettra pas de partir en excursion aussi facilement. »

Sa fille ne répondit pas, mais elle sourit timidement et hocha légèrement la tête.

Les pousse-pousse reprirent leur marche, et le sentier continua de monter, ce qui, de nouveau, ralentit l'allure. Cependant, après qu'elles eurent pénétré sur le domaine conventuel, les arbres, de chaque côté, s'épaissirent, atténuant la chaleur du soleil.

Aux oreilles de la comtesse tintait encore l'écho léger du bourdonnement, au midi d'automne, des insectes qu'elle avait écoutés pendant le repos des hommes. À ce moment, les plaqueminiers que l'on avait aperçus tout d'abord du côté gauche de la route attirèrent son regard et l'enchantèrent avec leurs fruits clairs et vermeils. Étincelant au soleil, certains kakis qui pesaient à chaque branche jetaient des ombres laquées sur les autres. Un des arbres était garni de fruits rouge orangé qui, contrairement aux fleurs, résistaient au vent, ne laissant remuer que les feuilles sèches. Sa masse de fruits mûrs se détachait ainsi, étalée sur le ciel comme si, en ce point, elle avait été fixée fermement sur un champ d'azur.

« Je ne vois pas du tout de feuilles d'érables. Je me demande pourquoi », fit-elle à l'adresse de Satoko à l'arrière, d'une voix presque criarde à force, mais sans obtenir de réponse.

Même les érables de broussaille étaient rares le long du chemin. On n'avait guère le regard attiré que par le vert des champs de raves à l'ouest et par les fourrés de bambou vers l'est. Les champs de raves se couvraient d'une épaisseur de feuilles à travers lesquelles le soleil filtrait en motifs subtilement compliqués. Puis ils cédèrent la place à une rangée d'arbres à thé séparés de la route par un marécage. Des sarments de magnolia aux baies rouges recouvraient cette haie de théiers au-delà de laquelle apparaissaient les eaux immobiles d'un marécage plus vaste. Un peu plus avant, la route s'assombrit brusquement au moment où les pousse-pousse passaient à l'ombre d'un bosquet de vieux cèdres. Le soleil éclaboussait de taches lumineuses les bambous qui croissaient sous les arbres et une des tiges, très haute et à l'écart, étincelait d'un éclat singulier.

Elle sentit soudain le fond de l'air glacé. Se tournant à nouveau vers le pousse-pousse qui suivait, elle fit mine de serrer son châle autour de ses épaules. Bien qu'elle n'espérât guère de réponse, lorsque, quelques minutes plus tard, elle jeta un coup d'œil vers l'arrière, elle aperçut du coin de l'œil les teintes irisées du châle de Satoko s'agitant dans la brise. Même si sa fille persistait à ne pas vouloir parler, du moins la comtesse pouvait-elle trouver une consolation dans sa docilité.

Une fois que les pousse-pousse eurent franchi un portail peint en noir, le paysage alentour prit l'aspect plus sévère d'un jardin, comme on pouvait s'y attendre aux abords immédiats d'un monastère. Les feuillages rouges des érables – les premiers qu'elle eût aperçus en chemin – surprirent tout à coup la comtesse, qui suffoquait d'admiration.

Il n'y avait rien de trop ostentatoirement charmant dans les teintes de ces érables qu'on voyait ici une fois passé le portail noir. Leur rouge sombre était d'une nuance qui ne s'atténuait qu'au cœur des montagnes, et il parut à la comtesse que cette couleur lui parlait de péchés encore inexpiés. Elle sentit soudain le tranchant glacé d'une angoisse et elle pensa à Satoko dans le pousse-pousse à l'arrière.

L'écran des cèdres et des pins élancés qui servaient d'arrière-plan aux érables n'était pas assez dense pour oblitérer le vaste et lumineux horizon du ciel. Ses flots éblouissants le traversaient, venant frapper les érables par-derrière et transformant les feuillages rouges de leurs rameaux allongés en autant de nuages épars saisis par l'éclat matinal du soleil. En levant les yeux vers le firmament de dessous les branches, elle admira les entrelacs subtils et déliés des feuilles, s'imaginant apercevoir les cieux à travers une dentelle d'un rouge sombre.

Finalement, les pousse-pousse s'arrêtèrent ; la comtesse et Satoko en descendirent devant un portail de la dynastie Tang, au-delà duquel se trouvaient une allée pavée et la grande entrée du monastère de Gesshu.

44

Toute une année s'était écoulée depuis que Satoko et sa mère avaient présenté, pour la dernière fois, leurs hommages à l'abbesse, à l'occasion de son voyage à Tokyo. Aujourd'hui, tandis qu'elles attendaient dans un grand parloir, la prieure leur assura que Sa Révérence avait été ravie à l'annonce de cette visite. Elle parlait encore quand l'abbesse en personne fit son entrée, la plus jeune novice la conduisant par la main.

CHAPITRE 44

Après que la comtesse eut fait part de la nouvelle des fiançailles de Satoko, Sa Révérence la félicita, en disant: «La prochaine fois que vous aurez la bonté de nous faire l'honneur d'une visite, vous ne pourrez loger nulle part ailleurs que dans le pavillon.» Le pavillon était une villa située sur le domaine du monastère et qu'on réservait aux membres de la famille impériale.

À présent qu'elle se trouvait à Gesshu, Satoko ne pouvait guère demeurer silencieuse plus longtemps, et elle répondait, quoique brièvement, toutes les fois qu'on lui adressait la parole. S'y soustraire aurait pu être pris pour de la timidité. Bien entendu, l'abbesse, personne d'une extrême discrétion, ne montra d'aucune façon qu'elle eut remarqué que quelque chose n'allait pas.

«Un habitant du bourg qui les cultive nous en apporte chaque année, dit l'abbesse en réponse à la comtesse qui se répandait en compliments sur les chrysanthèmes en pot alignés dans la cour. Il faut entendre la leçon qu'il nous fait à ce propos.» Elle demanda à la prieure de répéter les explications de l'amateur de chrysanthèmes.

«Celui-ci est un chrysanthème simple, pourpre, qui doit s'épanouir en raies parallèles; voici un chrysanthème tubulaire jaune qui présente les mêmes caractères, et ainsi de suite.» Pour finir, Sa Révérence fit entrer elle-même Satoko et sa mère dans le grand salon.

«Nos érables semblent être en retard cette année pour virer de couleur», dit-elle quand la prieure eut tiré la porte à glissières, laissant voir la beauté du jardin intérieur avec ses montagnes miniatures et son gazon qui commençait à s'étioler. Il renfermait plusieurs érables énormes couronnés de rouge, mais en abaissant le regard vers les rameaux inférieurs, leur couleur s'atténuait en tons orangés où le jaune gagnait peu à peu pour finalement s'achever en vert clair. Le sommet était d'un rouge sombre, si bien qu'il évoquait du sang coagulé. Les sasanquas commençaient à fleurir. Et dans un coin du jardin, la courbure lisse d'un rameau sec de lagerstrome ajoutait sa belle note lustrée.

Elles s'en revinrent vers le parloir et, pendant que Sa Révérence et la comtesse conversaient poliment, la courte journée d'automne tira sur sa fin.

Le dîner avait été préparé comme aux jours de fête, riz et haricots rouges y compris, et les deux religieuses firent de leur mieux pour égayer la compagnie, mais rien ne semblait pouvoir alléger l'ambiance de cette soirée.

«C'est aujourd'hui la cérémonie du feu au palais impérial», dit l'abbesse. La cérémonie du feu était un rite officiel ayant pour thème la flamme allumée dans un *hibachi* auprès duquel une dame de la cour psalmodiait une incantation. La prieure, qui en avait été témoin durant les années passées au service du palais, la chantonna de mémoire.

 C'était une ancienne observance qui se déroulait en présence de l'Empereur, le 18 novembre. Après qu'on eut fait jaillir dans l'*hibachi* la flamme qui s'élevait presque jusqu'au plafond, une dame de la cour, enveloppée de robes blanches de cérémonie, commençait à psalmodier par ces mots : « Monte ! Monte ! Qu'on allume la flamme sainte ! Et si vous plaisent ces mandarines et ces *manju*... » On jetait alors dans le feu des mandarines et des boulettes de confiture de fèves ; elles y cuisaient et on les offrait à l'Empereur.

 On aurait pu penser qu'en reproduisant un rite aussi solennel, la religieuse était à la limite du sacrilège, mais l'abbesse comprit que la vieille femme n'avait d'autre intention que d'apporter une diversion des plus nécessaires et elle ne fit aucune remontrance.

 La nuit venait de bonne heure à Gesshu. Dès cinq heures du soir, on verrouillait le portail extérieur. Peu après le dîner, les religieuses se retirèrent dans leurs cellules et l'on conduisit la comtesse et sa fille à leur chambre. Elles devaient rester jusqu'au lendemain après-midi, ayant ainsi tout loisir de faire leurs adieux. Ensuite, le soir même, elles iraient prendre un train de nuit pour Tokyo.

 La comtesse s'était promis, une fois qu'elles seraient seules, de tancer Satoko pour avoir laissé son chagrin affecter ses bonnes manières au cours de la journée. Mais après avoir réfléchi à l'état d'esprit dans lequel elle devait se trouver après ce qui s'était passé à Osaka, elle y renonça et se mit au lit sans rien dire à sa fille.

 Même dans les ténèbres monotones de la nuit, perçaient la blancheur et la mélancolie obstinée du panneau en papier de la porte à glissières du salon d'accueil de Gesshu. On eût dit que l'air glacial de cette nuit froide de novembre avait transpercé la mince pellicule de papier. La comtesse distinguait aisément les motifs en papier de chrysanthèmes à seize pétales et de nuages blancs qui ornaient les loquets de la porte. En regardant vers le plafond assombri, des rosaces métalliques de six chrysanthèmes groupés autour des fleurs de kikkyo masquaient chacune des patères, accentuant l'obscurité autour d'elles. Au-dehors, aucun souffle de vent, on n'entendait pas même passer la moindre brise à travers les pins. Et pourtant, on avait clairement conscience de l'étendue des forêts et des monts.

 Un sentiment de soulagement envahissait la comtesse. Malgré ce qu'il en avait coûté, elle et sa fille avaient fidèlement accompli le pénible devoir qui leur était échu, et à présent, il lui semblait que

CHAPITRE 44

tout ne serait que paix et sérénité. Aussi, tout en étant consciente que sa fille, à ses côtés, se tournait et se retournait, elle ne tarda pas à s'endormir.

Quand elle ouvrit les yeux, Satoko n'était plus à côté d'elle. Allongeant la main dans l'obscurité qui précède le petit jour, elle rencontra la chemise de nuit de sa fille soigneusement pliée sur la couverture. Elle fut prise d'inquiétude, mais elle se dit que, simplement, Satoko était allée aux toilettes et elle résolut de ne rien faire pendant quelques instants. Mais tout en s'efforçant d'attendre, sa poitrine se serrait d'un froid sourd et elle se leva pour s'en assurer. Personne aux toilettes. Aucun indice d'une présence quelconque alentour. Le ciel se teintait à présent d'un bleu incertain.

À ce moment, elle entendit du mouvement venant des cuisines. Quelques instants après, sursautant en voyant soudain paraître la comtesse, une servante matinale tomba à genoux.

«Avez-vous vu Satoko?» lui demanda-t-elle, mais la servante terrifiée ne put que secouer frénétiquement la tête, sans même vouloir bouger d'un pouce pour l'aider à chercher.

Ensuite, cependant qu'en désespoir de cause la comtesse arpentait à l'aventure les couloirs du monastère, elle se trouva nez à nez avec la jeune novice. Celle-ci fut abasourdie de ce qu'elle lui apprenait et se mit aussitôt en devoir de guider ses recherches. Tout au bout d'un couloir de communication, la lueur clignotante des cierges parvenait de la grande salle du culte. Il était peu probable qu'une religieuse fût déjà en oraison à cette heure matinale.

Deux cierges allumés ornés du motif de la roue fleurie éclairaient l'image du Bouddha devant laquelle Satoko était assise. Apercevant sa fille de dos, la comtesse fut quelques instants sans la reconnaître. Car Satoko avait coupé ses cheveux. Elle en avait posé les tresses sur le lutrin aux sutras comme une offrande et, chapelet à la main, elle était perdue dans sa prière.

La première réaction de sa mère fut le soulagement de retrouver sa fille en vie. Elle se rendit compte alors que jusqu'à cet instant elle avait été sûre que Satoko était morte.

«Tu as coupé tes cheveux, s'écria-t-elle en la prenant dans ses bras.
– Oui, ma mère. Il n'y avait rien d'autre à faire», répondit Satoko en regardant enfin sa mère droit dans les yeux. Les petites flammes vacillantes des cierges clignotaient dans ses prunelles, mais le blanc de ses yeux retenait déjà les teintes lumineuses de l'aube. Jamais la comtesse n'avait vu poindre de jour aussi affreux que celui qu'elle voyait se refléter dans le regard de sa fille. Et cette même lueur

blanche, qui allait croissant de minute en minute, brillait en chacun des grains de cristal du cordon enroulé autour de ses doigts. Telle une force de volonté si intense qu'elle dépasse le simple vouloir, la lumière de l'aube semblait émaner avec une puissance égale de chacun des grains froids de cristal.

La jeune novice se hâta d'aller avertir la prieure. Puis, ayant achevé son récit, elle se retira, s'en remettant à cette dernière pour conduire la comtesse Ayakura et sa fille à l'abbesse.

« Votre Révérence, êtes-vous déjà levée ? demanda-t-elle devant la porte des appartements de l'abbesse.

– Oui.

– Veuillez nous pardonner. »

La vieille religieuse fit glisser la porte, laissant voir l'abbesse assise sur son matelas capitonné. La comtesse commença d'une voix hésitante.

« Ce qui s'est passé, Votre Révérence, c'est que, dans la chapelle, Satoko vient de se couper les cheveux. »

L'abbesse jeta un regard vers le couloir pour apprécier visuellement la transformation que Satoko avait opérée sur elle-même. Mais sa physionomie ne manifesta aucune surprise.

« Eh bien, eh bien. Je me demandais si quelque chose de ce genre n'allait pas arriver », dit-elle. Après un silence, et comme si une nouvelle idée lui était venue tout à coup, elle poursuivit en disant que comme les choses paraissaient un peu confuses, elle pensait qu'il vaudrait mieux que la comtesse ait la bonté de laisser sa fille seule avec elle afin de pouvoir s'entretenir avec Satoko à cœur ouvert. La comtesse et la prieure acquiescèrent et se retirèrent.

La religieuse, restée seule avec la comtesse Ayakura, fit son possible pour la distraire, mais celle-ci était si bouleversée qu'elle ne put toucher à rien au petit déjeuner. La religieuse imaginait fort bien son angoisse et se sentait incapable de penser à un sujet de conversation qui pourrait la divertir. Il se passa longtemps avant qu'on les priât enfin de se rendre chez l'abbesse. Là, en présence de Satoko, l'abbesse communiqua à la comtesse une nouvelle d'une portée épouvantable : puisqu'on ne pouvait mettre en doute l'authenticité du désir de Satoko de renoncer au monde, le temple de Gesshu allait l'accueillir comme novice.

La comtesse avait employé le plus clair de la matinée à concocter dans son esprit toutes sortes de mesures de sauvegarde. Elle ne pouvait douter que Satoko fût fermement décidée. D'autre part, quelques mois ou même un semestre seraient nécessaires pour que la chevelure de sa fille reprît son apparence normale, mais si seulement on pouvait

CHAPITRE 45

la dissuader de prendre la tonsure, ce délai pourrait s'expliquer comme la période de convalescence nécessaire après une maladie contractée pendant le voyage et, de cette façon, les Ayakura pourraient obtenir que la cérémonie des fiançailles fût repoussée. Dans l'intervalle, la force de persuasion de son père et du marquis Matsugae pourrait s'exercer sur elle et peut-être l'amener à changer d'avis.

À présent, en entendant les paroles de l'abbesse, sa résolution, loin de faiblir, s'affermit d'autant plus. La procédure habituelle, lorsqu'on devait être reçu comme novice, était de se soumettre pendant un an à une discipline ascétique avant de recevoir la tonsure lors des vœux solennels. De toute manière, que Satoko retrouve sa chevelure ravagée était de toute première importance. Ensuite, au cas où elle pourrait être persuadée sans trop tarder de renoncer à sa vocation... L'esprit de la comtesse était plein de combinaisons merveilleuses : si les événements prenaient rapidement un tour favorable, peut-être Satoko pourrait-elle paraître à la cérémonie des fiançailles sans dommage à l'aide d'une perruque soigneusement élaborée.

La comtesse Ayakura prit sa décision : pour le moment, elle n'avait d'autre ressource que de laisser là Satoko et de rentrer à Tokyo le plus vite possible pour dresser un plan d'action.

« J'apprécie les sentiments que vient d'exprimer Votre Révérence, répliqua-t-elle. Cependant, non seulement cela s'est manifesté soudainement au cours du voyage, mais c'est également une affaire qui ne peut manquer d'inquiéter la famille impériale. Par conséquent, je crois préférable de vous prier d'avoir l'indulgence de comprendre que je rentre provisoirement à Tokyo consulter mon mari avant de revenir. Dans l'intervalle, je confierai Satoko à vos bons soins. »

Satoko écouta sa mère jusqu'au bout sans sourciller. La comtesse n'osait même plus parler à sa propre fille.

45

Au retour de son épouse, lorsque le comte Ayakura fut mis au courant de cet épisode déconcertant, il laissa passer une semaine entière sans rien faire du tout, délai qui devait provoquer le courroux du marquis Matsugae.

Chez ces derniers, on ne se faisait nul souci, présumant que Satoko était déjà rentrée à Tokyo et que la famille du prince Toin en avait été avertie dans les formes. Pareille erreur de calcul n'était pas dans la nature du marquis, mais une fois sa femme rentrée d'Osaka en lui disant que ses plans minutieux avaient été exécutés sans encombre, l'autosatisfaction l'emporta et il se sentit assuré d'une heureuse conclusion.

Le comte Ayakura continuait à rêvasser. Il était persuadé que seul un esprit vulgaire pouvait envisager la possibilité d'une catastrophe. Il lui semblait que somnoler était bien plus profitable que d'aller au-devant d'un désastre. Si tourmenté qu'apparût l'avenir, le jeu de *kemari* lui avait enseigné que la balle redescend toujours. Il n'y avait pas lieu d'être consterné. Le chagrin et la colère, tout comme les autres débordements de la passion, étaient autant de fautes auxquelles se laissait aller un esprit dépourvu de raffinement. Et le comte n'était certes pas homme à manquer de raffinement.

Il suffisait de laisser les choses suivre leur cours. Il valait bien mieux accepter chaque goutte sucrée de ce miel qu'était le temps plutôt que s'abaisser à la vulgarité inhérente à toute décision. Si grave que fût l'affaire en cours, si on la négligeait assez longtemps, le fait même de la négliger commencerait à affecter la situation et un autre allié se présenterait. Telle était l'idée que se faisait le comte Ayakura de la théorie politique.

Une fois revenue aux côtés d'un tel mari, la comtesse devint de jour en jour moins sujette à l'angoisse qui l'avait oppressée à Gesshu. Dans les circonstances présentes, c'était une chance que Tadeshina fût partie ; elle ne pouvait donc pas agir aveuglément sur un de ses coups de tête. Le comte avait eu la bonté de l'expédier en longue convalescence à la station thermale de Yugawara.

Au bout d'une semaine, pourtant, le marquis Matsugae appela au téléphone et le comte Ayakura lui-même ne put garder l'affaire secrète plus longtemps. Sur le coup, le marquis resta muet en écoutant le comte lui raconter que, de fait, Satoko n'était pas encore rentrée, et il se sentit agité de toutes sortes de sombres pressentiments.

Le marquis et sa femme ne perdirent pas de temps pour aller rendre visite aux Ayakura. Tout d'abord, le comte ne fit que des réponses plus vagues les unes que les autres aux questions qu'on lui posait. Et quand, finalement, la vérité se fit jour, le marquis entra dans une telle fureur qu'il frappa du poing sur la table qui était devant lui.

CHAPITRE 45

C'est ainsi qu'il advint que ce salon de dix nattes, médiocrement remanié afin d'en faire l'unique pièce à l'occidentale de leur demeure, se trouva être la scène où, pour la première fois, ces deux couples qui se connaissaient depuis si longtemps se faisaient face, ayant mis au vestiaire toutes leurs délicatesses. Les femmes détournaient les yeux et chacune, de temps à autre, jetait à son époux un regard à la dérobée. Bien que les deux hommes se fissent face, le comte Ayakura avait tendance à baisser la tête. Ses mains, posées sur la table, étaient petites et blanches, des mains de poupée dans un jeu de marionnettes. Par contraste, malgré son essentielle faiblesse, les traits frustes et colorés du marquis auraient pu, dans une pièce du théâtre nô, servir de masque au démon furieux avec ses sourcils férocement contournés. Aux yeux des épouses elles-mêmes, le comte semblait ne pas avoir la moindre chance.

Il arriva que, pendant un temps, la colère du marquis balaya tout devant elle mais, alors même qu'il donnait libre cours à sa fureur, il commença à se sentir quelque peu gêné de cette exhibition de pharisaïsme. Car, après tout, dans cette affaire, sa propre position était complètement inattaquable. En outre, il eût été difficile de l'opposer à un antagoniste plus faible, plus pitoyable que celui qui lui faisait face à présent. Le comte avait un teint malsain. Assis là, sans rien dire, un air tenant du chagrin et de l'effroi parut sur son visage qui semblait taillé dans un ivoire jaune, les traits délicatement ciselés et totalement détendus. Les sourcils plissés soulignaient tout autant le moule profondément creusé de ses yeux habituellement baissés que leur mélancolie. Le marquis eut le sentiment, et ce n'était pas la première fois, que c'étaient des yeux de femme.

La langueur réticente du comte Ayakura, sa façon de s'affaisser dans son fauteuil, l'air désinvolte, disaient assez la distinction et la grâce de l'ancienne tradition – chose qu'on n'aurait pu trouver nulle part chez les aïeux du marquis – qui se montrait aujourd'hui profondément blessée. Elle avait quelque chose du plumage sali d'un oiseau mort, un être qui naguère avait lancé des chants magnifiques mais dont la chair était après tout insipide et totalement immangeable.

«C'est absolument incroyable! Mais c'est une chose affreuse qui arrive là! Comment nous justifier envers l'Empereur, envers la nation tout entière?» déclamait le marquis sans réfléchir dans son désir de laisser sa colère se déployer en un flot de syllabes grandiloquentes, tout en sachant que le cordon qui le retenait pouvait rompre à tout instant. La colère était inutile face au comte qui ne s'embarrassait nullement de logique, pas plus qu'il ne se sentait le moins du monde enclin à se mettre à l'ouvrage. Bien pire, le marquis se rendit compte peu à peu que, plus il cédait à sa rage, et plus l'élan de sa passion se retournait impitoyablement lui.

Il ne pouvait pas croire que le comte eût machiné semblable aboutissement dès le début. Néanmoins, il voyait maintenant avec une clarté qui lui était pénible que le comte avait été à même d'employer sa nonchalance endémique à se forger une position imprenable, au point que, si monumentale que fût la catastrophe, le blâme en reviendrait non à lui-même, mais à son associé.

Après tout, c'était le marquis qui avait demandé au comte de donner à son fils une éducation qui lui inculquerait l'idée de la distinction élégante. Sans aucun doute, c'étaient les désirs de la chair chez Kiyoaki qui avaient provoqué ce malheur et l'on pouvait certes soutenir que c'était la conséquence du poison subtil qui avait commencé à corrompre son esprit dès sa petite enfance, une fois arrivé chez les Ayakura. Mais au bout du compte, l'instigateur de tout cela n'était autre que le marquis lui-même. D'ailleurs, dans ce dernier sursaut du drame, c'était le marquis qui avait insisté pour envoyer Satoko à Osaka, sans penser qu'il pourrait se produire quelque chose de ce genre. Ainsi, tout conspirait à retourner l'élan de la fureur du marquis contre lui-même.

À la fin, épuisé par ses efforts et démonté par son angoisse croissante, le marquis se tint coi. Il s'ensuivit un silence qui se prolongea et s'approfondit jusqu'à ce qu'il semblât que tous quatre s'étaient réunis dans cette pièce pour pratiquer la méditation de groupe. On entendait monter de la cour, derrière la maison, le gloussement des poules à midi. À chaque fois que le vent du début d'hiver soufflait au-dehors à travers les arbres, les aiguilles de pin qui remuaient à la moindre brise lançaient des reflets brillants. Aucun son d'activité humaine ne parvenait d'aucun autre endroit de la maison et on eût dit que le silence respectait l'étrange atmosphère du salon.

C'est la comtesse qui, finalement, brisa le charme.

« C'est ma négligence qui a été la cause de tout cela. Jamais, je ne pourrai m'en excuser assez auprès de vous, marquis Matsugae. Cela dit, les choses étant ce qu'elles sont, ne vaudrait-il pas mieux essayer d'amener Satoko à changer d'avis le plus tôt possible et faire en sorte que les fiançailles aient lieu comme prévu ?

– Mais, et ses cheveux ? répliqua aussitôt le marquis.

– Eh bien, à cet égard, si nous nous dépêchons pour faire fabriquer une perruque, cela pourrait tromper les regards pour un temps...

– Une perruque ! s'exclama le marquis, avant même qu'elle eût achevé, avec un petit cri de joie aigu dans la voix. Je n'y avais pas pensé.

CHAPITRE 45

– Oui, assurément, dit sa femme, se mettant d'emblée à l'unisson. Nous n'y avons pas pensé. »

Après cela, les autres étant gagnés par l'enthousiasme contagieux du marquis, ils ne purent parler de rien d'autre que de la perruque. Pour la première fois, on entendit rire dans le salon tandis que tous quatre rivalisaient pour s'emparer de cette riche idée comme si c'eût été un morceau de viande.

Ils n'accordaient pas tous une créance égale, cependant, à l'idée singulière de la comtesse. Le comte, pour sa part, ne se fiait pas à son efficacité. Il se pouvait bien que le marquis partageât son scepticisme, mais il était capable de feindre d'y croire avec dignité. Et le comte se hâta de mettre son exemple à profit.

« Même si le jeune prince a quelques soupçons au sujet des cheveux de Satoko, dit le marquis en se forçant à baisser la voix dans un murmure tout en riant, il n'ira certainement pas les toucher pour se rendre compte. »

Une atmosphère cordiale se répandait dans la pièce, malgré la fragilité des chimères sur lesquelles elle reposait. Car ces chimères leur apportaient l'élément tangible si essentiel à cet instant. Nul d'entre eux n'avait cure de l'âme de Satoko; seuls ses cheveux importaient à l'intérêt national.

Le père du marquis s'était voué de toutes ses forces, de toute son ardeur passionnée à la cause de la restauration impériale. Il eût été amèrement mortifié s'il avait su que la gloire qu'il avait ajoutée au nom de sa famille dépendrait un jour d'une perruque de femme. Ces sortes d'intrigues compliquées et suspectes n'étaient guère le fort de la maison Matsugae. C'était, en fait, bien plus caractéristique des Ayakura. Mais l'actuel marquis, au lieu de laisser les supercheries pleines d'élégance raffinée aux Ayakura, qui étaient élevés dans ce genre de choses, en avait été ébloui, si bien que la maison Matsugae se trouvait contrainte aujourd'hui de partager un fardeau inaccoutumé.

Pour dire la vérité, cette perruque n'existait encore que dans leur imagination et ne se rapportait en rien aux intentions de Satoko. Pourtant, une fois qu'ils auraient réussi à lui faire porter perruque, ils seraient en mesure de bâtir une image sans faille à partir des pièces brisées d'un puzzle. Tout semblait donc dépendre de la perruque et le marquis se donna d'enthousiasme à ce projet.

Dans le salon, tous les quatre, tour à tour, contribuèrent de bon cœur à la discussion sur l'inexistante coiffure. Il y aurait lieu pour Satoko de la porter peignée en longueur, toute droite, pour les fiançailles, mais pour tous les jours, il faudrait une perruque à la mode occidentale. Et comme nul ne pouvait dire quand quelqu'un pourrait l'apercevoir, elle ne devrait jamais l'ôter, même pour prendre son bain. Et chacun ou chacune de se mettre à imaginer ce que serait cette perruque dont ils avaient déjà résolu de la couronner : une chevelure abondante, noire de jais, plus lustrée encore que ses cheveux à elle. Cette puissance souveraine lui appartiendrait malgré elle, coiffure sublime, majestueuse, disposée avec grâce et dont rayonnerait d'ailleurs une sombre séduction qui mêlerait à l'éclat monotone de midi quelque chose comme l'être de la nuit. Tous quatre n'étaient pas sans savoir que ce n'allait pas être une petite affaire de mener à bien tout cela – que sous cette perruque à nulle autre pareille il y aurait un visage empreint de chagrin, mais nul d'entre eux n'entendait s'étendre sur cet aspect du problème.

« Cette fois-ci, j'apprécierais grandement, mon cher comte, que vous vous rendiez là-bas en personne pour faire connaître à votre fille que vous avez pris une ferme résolution. Madame, veuillez croire combien je regrette que vous ayez à affronter un second voyage, mais je ferai en sorte que ma femme vous accompagne de nouveau. Bien entendu, moi aussi, au fond, je devrais y aller. Cependant... » Ici, le marquis qui était sensible aux apparences, se troubla légèrement. « Si j'y allais, voyez-vous, il se pourrait que les gens se fassent des idées. Je vais donc rester ici. Je voudrais que cette fois le voyage ait lieu d'un bout à l'autre dans le plus grand secret. En ce qui concerne l'absence de ma femme, nous pouvons faire savoir qu'elle est malade. Et pendant ce temps, ici, à Tokyo, laissez-moi chercher, je vais recruter le plus habile artisan afin qu'il nous fabrique une belle perruque sans que personne puisse s'en aviser. À supposer que cela vienne aux oreilles d'un journaliste, nous serions dans un beau pétrin. Mais de ce côté-là, laissez-moi faire. »

46

Kiyoaki fut surpris de voir sa mère s'apprêter de nouveau à partir en voyage. Cependant, elle refusa d'en dévoiler la destination comme l'objet, indiquant seulement qu'il ne devait pas en parler au-dehors. Il pressentit qu'il se tramait quelque chose d'alarmant et que

CHAPITRE 46

cela avait trait à Satoko, mais avec Yamada sans cesse à ses côtés pour l'avoir à l'œil, il n'y avait pas moyen d'en apprendre davantage. Lorsque les Ayakura et la marquise Matsugae arrivèrent au temple de Gesshu, ce fut pour y trouver une situation effroyable. Satoko avait déjà reçu la tonsure.

Les circonstances qui l'avaient amenée si promptement à renoncer au monde étaient les suivantes. En entendant Satoko lui raconter toute l'histoire en ce premier matin, l'abbesse n'avait pas douté un instant qu'elle dût permettre à la jeune fille de se faire religieuse. Ayant tout lieu de savoir que chacune de celles qui l'avaient précédée à Gesshu avait été princesse impériale, elle se sentait tenue de révérer l'Empereur par-dessus tout. Si bien qu'elle en était arrivée à se persuader qu'elle devait autoriser Satoko à entrer au couvent, cela dût-il temporairement revenir à contrarier la volonté impériale. Elle était parvenue à la conclusion qu'étant donné les circonstances, il n'y avait pas d'autre moyen de s'acquitter loyalement de ses devoirs envers l'Empereur. Elle se trouvait avoir éventé une machination dirigée contre lui et ne pouvait la laisser se développer sans contrefeu. Elle n'était pas femme à encourager un manquement au loyalisme, si distinguée que fût l'astuce qui le masquait.

Voilà comment l'abbesse de Gesshu, si prudente, si aimable d'ordinaire, en vint à cette décision, résolue à ne céder ni à la force autoritaire, ni à une menace de contrainte. Même si le monde entier se liguait contre elle, même si elle se voyait contrainte d'ignorer tel décret impérial particulier, elle s'en tiendrait à ce qu'elle devait faire : monter une garde silencieuse auprès de la personne sacrée de Sa Majesté.

Sa résolution eut une profonde répercussion sur Satoko qui devint d'autant plus déterminée à se retirer du monde. Elle ne s'était pas attendue à ce que l'abbesse accueillît sa requête avec autant d'empressement. Elle avait eu un entretien avec le Seigneur Bouddha et l'abbesse, de son regard perçant de cigogne, avait immédiatement discerné la détermination de la jeune fille.

Bien qu'à l'accoutumée, une novice subît une année de discipline ascétique avant de prononcer ses vœux solennels, Satoko aussi bien que l'abbesse estimèrent que, dans les circonstances présentes, il y avait lieu de l'en dispenser. Pourtant, l'abbesse ne pouvait se résoudre à négliger complètement les Ayakura au point d'autoriser Satoko à prendre la tonsure avant le retour de la comtesse. En outre, il y avait la question de Kiyoaki. Ne serait-il pas sage, pensait-elle, de leur permettre, à lui et à Satoko, de se dire un long adieu avant qu'elle ne sacrifiât les cheveux qu'elle avait jusqu'alors épargnés ?

Satoko supportait fort mal ces atermoiements. Chaque jour, elle s'approchait de l'abbesse et, tel un enfant qui tourmente sa mère pour qu'elle lui donne une friandise, elle priait qu'on la laissât prendre la tonsure. À la fin, l'abbesse fut prête à lui céder.

« À supposer que je vous autorise à prendre la tonsure, demanda-t-elle à Satoko, il ne vous serait jamais permis de revoir Kiyoaki. N'en seriez-vous pas peinée ?

– Non.

– Bien, mais une fois votre décision prise de ne plus jamais le revoir en ce monde afin de progresser dans la voie initiatique, tout regret tardif serait des plus amers en vérité.

– Je n'en aurai aucun regret. En ce monde, mes yeux ne le reverront plus jamais. Pour ce qui est des adieux, nous en avons eu assez. Aussi, je vous en prie... »

Sa voix, en répondant, était claire et résolue.

« Très bien. Demain matin, par conséquent, je présiderai à la cérémonie de la tonsure », répliqua l'abbesse, en accordant un jour de grâce.

La comtesse ne revint pas dans l'intervalle.

Dès ce premier matin à Gesshu, Satoko s'était plongée, de son plein gré, dans les disciplines ordinaires de la vie conventuelle. Le trait distinctif du bouddhisme Hosso est de donner plus d'importance à la culture de l'esprit qu'à la pratique des austérités religieuses. De plus, le temple de Gesshu s'adonnait traditionnellement à la prière pour le bien de la nation tout entière et il ne faisait pas, localement, office de paroisse. L'abbesse observait parfois doucement, non sans humour, que la « grâce des larmes » était chose inconnue dans le bouddhisme Hosso, soulignant ainsi le contraste avec le culte Amida plus récent du bouddhisme du Pays Pur qui mettait l'accent sur l'extase des actions de grâce.

De même, dans le bouddhisme Mahayana en général, il n'y avait pas de préceptes proprement dits, mais les règles de la vie monastique y étaient souvent empruntées à celles du bouddhisme Hinayana. Cependant, dans les monastères comme Gesshu, la règle reprenait les « Préceptes d'un Bodhisattva » contenus dans le *Sutra de Brahamajala*. Ses quarante-huit interdictions débutaient par dix injonctions majeures à l'encontre de péchés comme la suppression de la vie, le vol, l'excès en toute chose, le mensonge, et elle concluait par une mise en garde contre la destruction des enseignements du Bouddha.

Pourtant, la discipline monastique était bien plus sévère qu'aucun commandement. Au cours du bref laps de temps qui s'était écoulé

CHAPITRE 46

depuis son arrivée à Gesshu, Satoko avait déjà appris par cœur le Sutra du Cœur Illuminé et les Trente Versets. Chaque matin, elle se levait de bonne heure pour balayer et épousseter la grande salle du culte avant l'arrivée de l'abbesse pour l'oraison de Prime, au cours de laquelle elle avait l'occasion de pratiquer le chant des sutras. On ne la traitait plus en hôte du monastère et la prieure, à laquelle l'abbesse l'avait confiée, n'était plus la même eu égard à la sévérité de son attitude.

Le matin de la cérémonie d'initiation, elle observa avec soin les ablutions prescrites avant de revêtir l'habit noir des moniales. Dans la salle du culte, elle s'assit, son chapelet entourant ses mains qu'elle tenait jointes devant elle. Après que l'abbesse en personne eut d'abord pris le rasoir et entamé la tonsure, la vieille religieuse qui l'avait en charge la relaya. Et tandis qu'elle rasait d'un geste expert et régulier, l'abbesse entonna le Sutra du Cœur Illuminé, accompagnée par une novice.

> *Quand elle eut consommé les œuvres de perfection,*
> *Les Cinq Agrégats de l'existence devinrent*
> *Choses nulles aux yeux du Bodhisattva Kannon*
> *Et retranché à sa vue le joug de la souffrance humaine.*

Satoko, elle aussi, se joignit à la psalmodie, les yeux clos. Et alors, son corps devint comme un navire qui peu à peu s'allège de toute sa cargaison et se libère de son ancre, et elle se sentit emportée sur le grand flot montant des voix qui chantaient.

Elle tint les yeux fermés. On sentait dans la grande salle le froid aigre et pénétrant d'une glacière ; aussi, bien qu'elle-même flottât librement, elle imaginait qu'une immense étendue de glace pure enserrait le monde entier alentour. Soudain, une pie-grièche jeta un cri dans le jardin au-dehors et une crevasse parcourut ce plan de glace à la vitesse d'un éclair en zigzag. Mais aussitôt la crevasse se referma, la glace, de nouveau, ne faisant plus qu'un bloc.

Elle sentait le rasoir avancer avec un soin méticuleux sur son crâne. Tantôt elle avait l'impression que les minuscules incisives blanches d'une souris grignotaient avec frénésie, tantôt que c'était le broiement paisible de molaires de vache ou de cheval.

À mesure que les mèches tombaient, l'une après l'autre, la peau lui picotait avec une fraîcheur délassante qui lui était tout à fait inconnue. Le rasoir tondait les cheveux noirs qui si longtemps l'avaient reliée au monde, avec l'étouffante lourdeur de son misérable fardeau de désirs ; mais son épiderme, maintenant, s'offrait nu à un royaume de pureté dont aucune main d'homme n'avait violé la froideur exquise. À mesure que la surface rasée de son crâne s'élargissait, elle commençait à sentir que sa peau s'éveillait à la vie, tout comme si une fraîche liqueur de menthol s'y était répandue.

Elle s'imaginait que cette sensation de froid devait ressembler à la surface de la lune, directement exposée à l'immensité de l'univers. Le monde qu'elle avait connu s'en allait à chaque fois qu'une mèche tombait. Et ce faisant, elle s'en sentit infiniment éloignée.

D'une certaine façon, il semblait que l'on moissonnât sa chevelure. Des touffes noires tondues, encore repues de l'éclat suffocant du soleil d'été, s'entassaient sur le parquet autour d'elle. Mais c'était là récolte sans valeur, car dès l'instant que les poignées de cheveux noirs luxuriants cessaient de lui appartenir, toute beauté vivante en sortait, ne laissant qu'un résidu de laideur. Cette chose qui naguère avait appartenu à sa nature intime, cet élément esthétique de son être le plus caché, était désormais impitoyablement rejetée. Irrévocablement, telle l'amputation d'un membre, se trouvaient rompus les liens qui l'attachaient à ce monde éphémère.

Quand sa peau luit enfin d'un reflet bleuâtre, l'abbesse, doucement, lui adressa ces mots : « Le renoncement le plus décisif est celui qui vient après le renoncement formel. Je me sens extrêmement confiante à vous voir ainsi résolue. À dater de ce jour, si vous ne cessez de chercher à purifier votre cœur par les austérités de notre vie, je ne doute aucunement qu'un jour vous deviendrez l'honneur de notre communauté. »

C'est ainsi qu'il advint que Satoko reçut prématurément la tonsure. Ni la comtesse Ayakura, ni la marquise Matsugae n'étaient prêtes, cependant, à abandonner, si accablées qu'elles fussent par la transformation de Satoko. Après tout, il restait la perruque, arme puissante qu'on tenait encore en réserve.

47

*L*e comte Ayakura fut le seul des trois visiteurs qui garda un air affable du début à la fin. Il s'entretint posément avec l'abbesse et Satoko de choses et d'autres, du train du monde en général, et à

CHAPITRE 47

aucun moment ne donna à entendre qu'il souhaiterait que Satoko changeât d'avis.

Le marquis Matsugae envoyait un télégramme tous les jours pour exiger qu'on le tînt au courant de la situation. À la fin, la comtesse fondit en larmes et pleura en suppliant sa fille, mais sans rien y gagner, si bien que le troisième jour après leur arrivée, la comtesse et la marquise repartirent pour Tokyo, s'en remettant entièrement au comte qui restait à Gesshu. La tension nerveuse avait opéré de tels ravages chez la comtesse qu'elle s'alita sitôt rentrée.

Quand au comte, il passa une semaine à Gesshu sans rien faire. Il appréhendait de rentrer à Tokyo. Du fait qu'il ne tentait pas le moins du monde de persuader Satoko de retourner dans le siècle, l'abbesse relâcha sa vigilance et donna l'occasion au père et à sa fille de se trouver seuls ensemble. La prieure, malgré tout, de temps à autre, leur jetait de loin un regard.

Tous deux étaient assis face à face en silence, sous une véranda où l'on profitait un peu du soleil d'hiver. À travers la ramure sèche des arbres, quelques nuages disséminés accentuaient l'azur du ciel. Sur un lilas des Indes, un gobe-mouches fit entendre un appel craintif. Ils étaient assis depuis longtemps sans prononcer une parole. Finalement, le comte Ayakura parla en premier avec une sorte de sourire engageant.

« Désormais, je ne vais pas pouvoir beaucoup sortir en société, à cause de toi.

– Ayez la bonté de me le pardonner, répondit Satoko d'un ton calme, sans trace d'émotion.

– Ma parole, on dirait que vous avez toutes sortes d'oiseaux dans ce jardin.

– Oui, nous en avons de toutes sortes.

– Je suis allé faire un petit tour ce matin. Lorsque, par ici, les kakis sont assez mûrs pour se détacher, on dirait que les oiseaux en ont déjà tâté. Il semble qu'il n'y ait personne pour les ramasser.

– Oui, c'est exactement ce qui se passe.

– Je ne serais pas étonné si nous avions de la neige sans trop tarder », ajouta-t-il, mais il n'y eut pas de réponse. Tous deux demeurèrent assis en silence, à regarder le jardin.

Le lendemain matin, le comte Ayakura partit enfin de Gesshu. Et quand il se retrouva face au marquis Matsugae à Tokyo, ayant complètement échoué dans sa mission, il découvrit que le marquis n'était plus fâché.

On était déjà le 4 décembre, ce qui laissait à peine une semaine avant les fiançailles. Le marquis fit venir chez lui en secret le directeur général de la police urbaine. Il projetait de faire intervenir l'autorité de la police pour enlever de force Satoko du couvent.

Le directeur général envoya un ordre confidentiel à la police de Nara. Cependant, s'agissant en cette affaire de pénétrer à l'intérieur d'un monastère dont l'abbesse était traditionnellement une princesse impériale, la police de Nara craignait d'encourir le courroux du ministère de la Maison impériale. Aussi longtemps que le temple était subventionné sur les fonds impériaux – ne fût-ce que mille yens par an – la moindre violation de son autonomie était impensable. Le directeur général en personne se rendit donc à Nara officieusement accompagné d'un subordonné de confiance en civil. L'abbesse n'eut pas l'air de s'alarmer le moins du monde quand la prieure lui tendit la carte du directeur.

Après avoir passé une heure à bavarder avec l'abbesse en prenant le thé, il dut finalement se retirer, cédant à l'énergie de son imposante grandeur.

Le marquis, ayant joué la dernière carte qui lui restait, avait fini par se rendre compte qu'il ne restait plus rien à faire que de prier les Toinnomiya de consentir que Satoko renonçât au mariage projeté. Au cours des dernières semaines, le prince Toin avait envoyé plusieurs fois un de ses collaborateurs chez les Ayakura et il s'inquiétait de leur singulier comportement.

Le marquis fit venir le comte chez lui et lui déclara qu'ils n'avaient d'autre choix que d'accepter cette situation. Ensuite, il exposa les grandes lignes de la stratégie qu'ils devaient appliquer. Ils présenteraient aux Toinnomiya un certificat signé d'un médecin en renom témoignant que Satoko avait été frappée d'une grave dépression nerveuse. Le fait de partager la responsabilité du secret à garder pourrait unir les Toinnomiya aux Ayakura et aux Matsugae dans un pacte mutuel, ce qui, peut-être, atténuerait l'irritation du prince. Quant à l'opinion publique, il suffisait de répandre le bruit que les Toinnomiya avaient publié un bref communiqué en termes généraux indiquant qu'il était mis fin aux fiançailles et que Satoko, se détournant du monde, avait trouvé refuge dans un couvent. Par cette inversion de la cause et de l'effet, les Toinnomiya, bien que devant assurer, dans une certaine mesure, le rôle le plus ingrat, n'en sauveraient pas moins la face et leur prestige. Quant aux Ayakura, tout en encourant quelque humiliation, ils bénéficieraient néanmoins de la sympathie générale.

Cependant, ce n'était pas le moment de perdre le fil, sinon les Ayakura verraient affluer vers eux les témoignages de compassion, tandis que les Toinnomiya, face à un mouvement d'hostilité injustifié, seraient contraints de clarifier les choses et de rendre public le

CHAPITRE 47

certificat médical de Satoko. Il était essentiel de présenter l'affaire aux journalistes sans trop souligner le lien de cause à effet entre la rupture des fiançailles par les Toinnomiya et l'entrée en religion de Satoko. Il fallait les présenter comme des événements séparés, mais l'ordre chronologique devrait être inversé. Il était peu probable, cependant, que les reporters se satisfassent, en leur for intérieur, de semblable explication. Si tel était le cas, on leur laisserait entendre qu'il y avait en effet un lien de causalité mais que les familles intéressées leur demandaient de s'abstenir d'en faire état.

Dès qu'il eut obtenu l'accord du comte Ayakura sur cette procédure, le marquis téléphona sans délai au docteur Ozu, directeur de la clinique Ozu pour maladies mentales, et le pria de venir aussitôt à la résidence des Matsugae en vue de procéder à un examen médical dans le secret le plus rigoureux. Cette clinique était hautement réputée pour protéger le secret de son éminente clientèle quand des cas d'urgence comme celle-ci se présentaient. Le docteur Ozu mit longtemps à arriver, cependant, et dans l'intervalle, le marquis ne put davantage dissimuler son irritation au comte, contraint d'attendre le médecin en sa compagnie. Mais comme il aurait été inconvenant, en pareille circonstance, d'envoyer une voiture venant de chez les Matsugae, le marquis en fut réduit à grincer des dents.

Quand le docteur arriva, on le conduisit au petit salon, au second étage de la maison occidentale, où un feu brûlait d'un vif éclat dans la cheminée. Le marquis se présenta, puis présenta le comte et offrit un cigare au docteur.

« Et où voulez-vous que j'examine le malade ? » s'enquit le docteur Ozu. Le marquis et le comte échangeaient des regards.

« Eh bien, répondit le marquis, pour dire la vérité, la malade n'est pas ici en ce moment. »

Le docteur n'eut pas plus tôt appris qu'on lui demandait de signer sur-le-champ un certificat médical pour une malade qu'il n'avait jamais vue, qu'il devint rouge de colère. Ce qui l'exaspérait particulièrement, c'était le regard qu'il était sûr d'avoir surpris dans les yeux du marquis : une lueur qui semblait tenir pour acquis qu'il ne saurait refuser sa signature.

« Que signifie cette demande absurde ? observa-t-il. Est-ce que, par hasard, vous me prendriez pour un de ces médecins mondains qu'on peut acheter avec de l'argent ?

– Veuillez croire, docteur, répliqua le marquis, que nous ne vous avons aucunement pris pour ce genre de personne. » Il retira son cigare et se mit à marcher de long en large. Puis, jetant un regard sur le docteur à l'autre bout de la pièce, et remarquant ses joues colorées, rebondies de santé qui tremblaient à la lumière du foyer, il lui parla d'un ton grave et solennel : « Pour ce qui est de ce certificat médical, c'est une chose essentielle au bon repos de Sa Majesté Sacrée. »

Quand le marquis eut en main le certificat dûment signé, il sollicita aussitôt d'être reçu par le prince Toin dans les meilleurs délais, et s'en fut, le lendemain soir, à la résidence princière.

Fort heureusement, le jeune prince était, cette fois encore, parti en manœuvres avec le régiment. Le marquis ayant spécifié qu'il demandait audience au prince Haruhisa, la princesse n'était pas aux côtés de son mari quand ce dernier l'accueillit.

Le prince Toin paraissait d'humeur joviale et, tout en offrant à son hôte un excellent vin français, il parla de choses et d'autres, sans oublier de redire combien il avait apprécié la fête des fleurs au printemps précédent. Il s'était passé quelque temps depuis qu'ils avaient eu l'occasion de s'entretenir ainsi tous les deux et le marquis rappela de nouveau les aventures qu'ils avaient vécues ensemble à Paris, lors des jeux Olympiques de 1900 ; il continua à divertir le prince par diverses anecdotes sur leur mémorable soirée de cabaret où le champagne coulait à flots. Ils paraissaient aussi insouciants l'un que l'autre.

Néanmoins, le marquis n'ignorait pas que sous la placidité fière et sereine, le prince attendait, en fait, avec inquiétude et appréhension, de savoir ce qu'il avait à lui dire. Le prince n'avait pas soufflé mot des fiançailles, désormais distantes de quelques jours seulement. Tel le soleil tombant sur un bosquet clairsemé, la lampe soulignait, sur sa belle moustache grise, une expression de gêne passagère qui parfois, au-dessous, venait tourmenter sa bouche.

« Cela dit, voici pourquoi je suis venu vous déranger ce soir..., dit le marquis, abordant le sujet crucial d'un ton délibérément anodin, avec l'agilité de l'oiseau qui file droit vers son nid après avoir longtemps tournoyé d'un air désinvolte. J'ai le devoir désagréable d'être le messager d'une malheureuse nouvelle qu'il n'est certes pas facile d'exprimer. La fille d'Ayakura a perdu l'esprit.

– Quoi ? » Le prince ouvrit tout grands les yeux sous le choc.

« Ayakura, étant donné le genre d'individu qu'il est, l'a tenu complètement caché. Sans même me consulter, il a mis Satoko dans un couvent, espérant éviter le scandale et avec cela, jusqu'à présent, il n'est pas parvenu à trouver le courage de faire part à Votre Altesse de ce qui s'est passé.

CHAPITRE 47

— Mais... c'est incroyable ! Attendre jusqu'à maintenant ! »

Le prince se pinçait les lèvres fortement et le bord de sa moustache s'abaissa. Il fixa pendant quelques instants le bout pointu de ses souliers où se reflétait la lueur de la cheminée.

« Voici un certificat médical signé du docteur Ozu. En fait, comme vous voyez, il date d'un mois, mais Ayakura ne me l'avait pas montré. Tout cela vient de ce que je n'ai pas su être assez attentif à tout et je ne sais comment exprimer mon chagrin...

— Si elle est malade, elle est malade. On n'y peut rien. Mais pourquoi ne m'en a-t-il pas parlé plus tôt ? Ainsi donc, voilà la raison du voyage au Kansai ! Maintenant que vous le dites, lorsqu'elles sont venues nous saluer avant de partir, elle n'avait pas bon teint du tout, et la princesse Toin s'en était inquiétée.

— Son esprit était dérangé depuis septembre dernier, elle faisait toutes sortes de choses bizarres, paraît-il, jusqu'à ce qu'à la fin, son comportement m'ait été signalé.

— Eh bien, c'est ainsi ; on ne peut rien y faire, dit le prince. Je me rendrai au palais de bonne heure dès demain pour présenter mes excuses à l'Empereur. Je me demande comment Sa Majesté le prendra. Vous allez me laisser ce certificat, n'est-ce pas ? Je vais devoir le lui montrer. »

L'exquise éducation du prince Toin se manifestait en ce qu'il ne dit pas un mot concernant le jeune prince Harunori. Quant au marquis, son regard pénétrant demeura attentif pendant tout l'entretien au moindre changement d'expression du visage princier. Il y avait vu s'élever des ondes obscures et menaçantes qui retombaient pour s'élever encore. Et quand, pendant un moment, il en eut observé le cours, il sentit refluer sa propre inquiétude. L'instant du plus grand danger était passé.

Le prince fit venir son épouse et après que tous trois eurent discuté fort avant dans la nuit de la marche à suivre, le marquis Matsugae prit enfin congé.

Le lendemain matin, le prince Harunori se trouva justement revenir de manœuvres au moment fâcheux où son père s'apprêtait à se rendre au palais impérial. Le prince Toin reçut son fils en particulier, et lui fit part de la nouvelle. Ce fut sans l'ombre d'une émotion sur son visage jeune et énergique qu'il répondit qu'il agirait entièrement selon ce que, en l'occurrence, désirait son père. Ainsi, loin de faire preuve de ressentiment, le jeune prince ne se montra pas le moins du monde troublé par la tournure des événements.

Étant fatigué après la manœuvre de nuit, il se mit au lit dès qu'il eut assisté au départ de son père. Pourtant, certaine qu'il n'allait pas pouvoir dormir à cause de cette nouvelle, sa mère vint le voir dans sa chambre.

Comme il levait les yeux vers elle, elle remarqua qu'ils étaient légèrement injectés de sang par suite du manque de sommeil, mais son regard était aussi direct et aussi stoïque que jamais.

« Ainsi, c'est seulement hier soir, lui dit-il, que le marquis Matsugae est venu nous raconter cela.

– Oui, seulement hier soir.

– Savez-vous, ma mère, je viens tout juste de me rappeler une chose qui s'est passée il y a longtemps, quand j'étais lieutenant au palais. Je vous l'ai racontée à l'époque, n'est-ce pas ? N'importe, je me rendais à une audience de l'Empereur et je me trouvai nez à nez, dans le couloir, avec le maréchal Yamagata. Je ne l'oublierai jamais, ma mère. C'était le couloir qui longe la salle de réception côté façade. Le maréchal venait d'être reçu en audience, je pense. Comme d'habitude, il avait son manteau d'uniforme à grands revers, la visière de sa casquette rabattue sur les yeux et les mains enfoncées dans ses poches comme s'il envoyait les gens à tous les diables. Il arrivait vers moi dans ce couloir sombre, son sabre traînant jusqu'à terre. Instantanément, je me rangeai, me mis au garde-à-vous et le saluai. Il me jeta un regard rapide sous la visière de sa casquette, de ces yeux qui ne souriaient jamais. À coup sûr, ma mère, le maréchal Yamagata devait savoir qui j'étais. Mais, brusquement, il détourna la tête, l'air contrarié, rejeta en même temps les épaules en arrière dans ce fameux manteau et s'éloigna d'un air glorieux dans le couloir, sans même m'avoir rendu mon salut. Dites-moi, ma mère, pourquoi, à votre avis, me suis-je rappelé cela en ce moment ? »

Un article dans le journal du lendemain informait le public qu'il allait être privé des réjouissances que chacun attendait avec tant de plaisir. La cérémonie des fiançailles n'aurait pas lieu, celles-ci ayant été annulées « en raison de circonstances survenues dans la famille de Son Altesse Impériale le prince Harunori ».

C'est ainsi qu'il advint que Kiyoaki, auquel on n'avait rien dit des récents événements, apprit finalement par le journal ce qui s'était passé.

48

Après que la nouvelle de la rupture des fiançailles se fut répandue, la famille n'en tint que davantage Kiyoaki à l'œil et Yamada, l'intendant, allait jusqu'à l'accompagner au collège. Ses camarades, n'ayant pas la moindre idée de ce qui s'était passé, ne savaient que penser d'une telle sollicitude dont on ne faisait preuve, à l'ordinaire, qu'envers les plus jeunes élèves du cours préparatoire. En outre, ses parents ne soufflaient plus mot de cette histoire en sa présence et tous les autres membres de l'entourage se comportaient en sa présence comme s'il n'était rien arrivé.

Toutefois, les milieux mondains étaient en émoi. Kiyoaki s'étonna de voir que les enfants des familles les plus huppées du collège des Pairs étaient eux-mêmes si peu au courant de l'événement que certains lui demandaient – à lui, voyez-vous cela ? – ce qu'il pensait de cette affaire.

« Chacun s'apitoie sur les Ayakura, mais sais-tu ce que je pense ? lui dit un étudiant. Je pense que cela va saper le respect des gens envers la famille impériale. Chacun ne dit-il pas qu'on s'est aperçu sur le tard que la demoiselle Ayakura avait l'esprit un peu dérangé ? Moi je voudrais savoir pourquoi c'est seulement maintenant que cela se sait. »

Tandis que Kiyoaki se demandait ce qu'il fallait répondre, Honda, qui se tenait à ses côtés, s'interposa :

« Même si quelqu'un a une maladie, on ne peut pas le savoir jusqu'à l'apparition des symptômes, n'est-ce pas ? Pourquoi ne cessez-vous pas ces papotages de fillette ? »

Mais en appeler ainsi aux qualités viriles restait sans effet au collège. Tout d'abord, Honda n'appartenait pas à une famille dont le rang lui eût permis d'être une personne au courant, et donc de conclure de façon plausible ce genre d'entretien. Pour pouvoir prétendre être une telle personne, il fallait être à même de déclarer par exemple : « Il se trouve qu'elle est ma cousine », ou encore : « C'est le fils de la maîtresse de mon oncle ». Pareil élève devait montrer sa fierté d'avoir quelque lien de parenté avec le crime et le scandale tout en affichant qu'il gardait noblement ses distances. Si bien qu'avec une légère moue, il donnait suffisamment à entendre qu'à la différence de la plèbe colporteuse de ragots, il disposait de renseignements venus des coulisses. Au collège, des gamins de quinze ou seize ans vous prenaient des airs pour déclarer : « Je puis vous dire que le ministre de l'Intérieur en a eu la migraine. Il est passé chez nous hier soir s'en entretenir avec mon père » ; ou encore : « Tous croient que le ministre de l'Intérieur doit garder la chambre à cause d'un rhume, mais en fait, il était si pressé de se rendre à une audience de l'Empereur qu'il a manqué la marche en descendant de voiture et qu'il s'est foulé la cheville. »

Par une bizarrerie du sort, le caractère habituellement secret de Kiyoaki semblait l'avoir avantagé en l'occurrence. Car, en dehors de Honda, aucun de ses camarades n'avait une idée quelconque de ses relations avec Satoko et aucun ne savait le rôle joué par le marquis à cette occasion. Il y eut bien pourtant le fils d'une famille d'ancienne noblesse de cour apparentée aux Ayakura qui souligna avec véhémence qu'il était impossible qu'une personne comme Satoko, parée de tels dons et d'une telle beauté, eût perdu la tête ; mais il ne réussit qu'à provoquer des sourires dédaigneux chez ses camarades, ceux-ci pensant qu'il s'efforçait seulement de défendre les siens.

Kiyoaki souffrait constamment de tout cela. Pourtant, par comparaison avec l'humiliation publique de Satoko, il n'eut pas même à affronter une seule remarque méprisante. Ses tourments, même s'ils le faisaient cruellement souffrir en son for intérieur, n'étaient que les tourments d'un lâche.

Chaque fois que cette affaire était évoquée par ses camarades ou qu'il les entendait prononcer le nom de Satoko, il tournait son regard vers la fenêtre de la classe au second étage, comme absorbé par le spectacle des montagnes au loin, aux prises avec l'hiver à présent et dont les pentes neigeuses étincelaient dans la clarté du matin. Alors il voyait en pensée Satoko elle-même, désormais si éloignée, tellement inaccessible et qui présentait au monde une pureté comparable, sans un mot pour se défendre. Cette lumière, lointaine et pourtant presque douloureuse, seul Kiyoaki la voyait. Son éclat immaculé lui pénétrait jusqu'au cœur. En acceptant toutes choses – le péché, la honte, la folie dont on la disait atteinte – elle s'était absoute elle-même. Mais lui, Kiyoaki?

Il lui arrivait de vouloir clamer sa faute à pleine voix. Mais alors, son terrible sacrifice, à elle, serait vain. Serait-ce, en vérité, se montrer courageux que de l'anéantir, à seule fin d'apaiser sa conscience ? Le vrai courage n'exigeait-il pas plutôt qu'il endurât en silence l'existence actuelle du prisonnier qu'il était devenu ? Juger de ces choses était trop complexe pour lui. De toute manière, conti-

CHAPITRE 48

nuer ainsi, malgré la douleur accrue, en d'autres termes se soumettre à la volonté de ses parents et de leur entourage, c'était poursuivre une ligne de conduite qui se faisait chaque jour plus difficile.

Il avait été une époque où l'oisiveté et la mélancolie semblaient les éléments intrinsèques de la vie telle qu'il la voulait vivre. Comment avait-il pu perdre le pouvoir d'en jouir, son aptitude à s'en griser sans jamais se lasser? C'était parti sans qu'on y prêtât plus d'attention qu'à un parapluie égaré.

À présent, il avait besoin de placer son espoir en quelque chose s'il lui fallait supporter l'oisiveté et la mélancolie. Et puisque sa situation ne comportait rien qui pût constituer le moindre encouragement, il se prit à fonder une espérance nouvelle.

«Qu'elle ait perdu l'esprit comme on le raconte, c'est trop incroyable pour mériter qu'on en parle, pensait-il. Tout simplement, je n'en crois rien. Ne se pourrait-il pas que le fait de se dérober au monde et de se faire religieuse soit seulement une feinte? Il se peut qu'elle ait monté cette comédie audacieuse uniquement pour gagner du temps et se sortir de ce mariage – en d'autres termes, en pensant à moi. Si cela est vrai, alors nous devons nous unir pour garder un silence absolu, quand bien même pareil éloignement nous sépare. Cela expliquerait qu'elle ne m'ait pas écrit le moindre mot. C'est l'évidence! Autrement, que pourrait signifier son silence?»

Si Kiyoaki avait vraiment compris le caractère de Satoko, il aurait su immédiatement que son roman ne rimait à rien. En somme, l'image d'une Satoko impérieuse était-elle autre chose qu'une illusion que lui-même avait créée à partir de ses propres craintes? En ce cas, peut-être n'avait-elle pas plus de substance qu'un flocon de neige qui eût fondu dans ses bras. Il avait gardé les yeux fixés sur un seul aspect de la vérité. À tel point qu'à présent, il croyait presque à la validité éternelle du simulacre dans l'ombre duquel cette vérité avait trouvé une existence précaire. Si bien que du fait de son espoir, il devenait la proie de sa propre illusion.

Espoir que teintait une certaine bassesse. Car s'il s'était abandonné à contempler sa beauté à elle, il n'y aurait pas trouvé place pour l'espérance. À son insu, son cœur luisant et froid commençait à fondre de pitié et de tendresse, telle la glace aux rayons du soleil couchant. Il se sentit enclin à la bonté envers autrui et se prit à regarder de plus près le monde alentour.

Le collège comptait un élève, fils d'un marquis de lignée fort ancienne et qu'on avait surnommé «le monstre». Le bruit courait qu'il avait la lèpre, mais comme on ne pouvait penser qu'un lépreux eût été admis à suivre des cours, la seule explication possible était qu'il souffrait d'une autre maladie, non contagieuse. Il avait perdu la moitié de ses cheveux. Son teint était de cendre et sa peau sans lustre, son dos tout voûté. Nul n'aurait pu dire comment étaient ses yeux car il les dissimulait sous la visière de sa casquette d'uniforme qu'il était spécialement autorisé à porter même en classe. Il ne cessait de renifler, faisait un bruit d'eau qui bout doucement. Comme il ne parlait à personne, pendant les récréations il prenait un livre et allait s'asseoir pour le lire à l'autre bout de la pelouse devant l'école.

Bien entendu, Kiyoaki n'avait, lui non plus, jamais rien eu à faire avec cet élève qui, en outre, n'était pas dans sa classe. Quoique leurs pères fussent d'égale noblesse, Kiyoaki semblait personnifier la beauté plus que quiconque au collège, tandis que l'autre paraissait l'envoyé de la laideur et des ombres sinistres.

Bien que l'herbe sèche du coin de pelouse qui était la place d'élection du « monstre » reçût plus que sa part de soleil en cette journée du début de l'hiver, tous les autres évitaient de s'en approcher. Lorsque Kiyoaki s'avança pour s'asseoir à ses côtés, il referma son livre et se raidit, prêt à s'enfuir, selon son habitude. Le silence n'était rompu que par le bruit étouffé qu'il faisait en reniflant, comme une chaîne légère qu'on eût sans cesse traînée après soi.

« Que lis-tu donc toujours comme ça ? demanda le fils du marquis qui était la beauté même.

– Rien du tout », répondit le fils du marquis qui était laid. Il jeta le volume derrière lui, mais l'œil de Kiyoaki avait pu apercevoir le nom, Leopardi, imprimé sur le dos. Les caractères dorés projetaient un reflet léger qu'on vit étinceler sur l'herbe sèche avant de s'évanouir.

Puisque le monstre n'était pas disposé à causer, Kiyoaki s'en écarta doucement sans se mettre debout, puis il étendit les jambes et se coucha sur le flanc, se soutenant sur le coude sans faire attention aux nombreux brins d'herbe sèche qui s'accrochaient à son uniforme de laine. Lui faisant face, le monstre était assis, pelotonné, visiblement désemparé, refermant le livre qu'il avait à nouveau étalé devant lui. Kiyoaki eut l'impression de regarder une caricature de son propre malheur et sa gentillesse commença à faire place à l'indignation. Sous le tiède soleil qui, malgré la saison, continuait à se prodiguer avec insouciance, Kiyoaki vit que la silhouette si laide du fils du marquis subissait peu à peu une métamorphose. Ses jambes recroquevillées s'allongèrent avec précaution tandis qu'il s'étendait sur l'herbe en s'appuyant sur le coude face à Kiyoaki. Il eut alors l'apparence de Kiyoaki, jusqu'à l'inclinaison de la tête et la position des épaules. Ils se ressemblaient autant désormais qu'une paire de chiens-lions de garde à la porte d'un temple. Sous la visière abaissée de sa casquette, les lèvres de l'autre, même si elles ne souriaient pas tout à fait, laissaient du moins entrevoir que leur possesseur était de joyeuse humeur.

De la sorte, les deux fils de marquis, laideur chez l'un, beauté chez l'autre, faisaient la paire. Le monstre avait accueilli l'élan de pitié et de sollicitude de Kiyoaki en ne montrant ni gratitude ni ressentiment, mais en faisant appel à sa profonde conscience de soi, reflet de celle de Kiyoaki ; ce faisant, il était apparu en quelque sorte comme le pendant de ce dernier. Si l'on négligeait leurs visages, ils offraient tous deux, sur ce gazon tiède et sec, une remarquable symétrie, depuis les galons qui ornaient leur tunique jusqu'au revers des pantalons.

La tentative de Kiyoaki pour pénétrer la réserve de l'autre n'aurait guère pu être repoussée plus complètement, ni pourtant avec plus de gentillesse. Il se sentit enveloppé de la douceur et de la bonté qui l'avaient accompagnée.

Dans le terrain voisin de tir à l'arc, on entendit vibrer une corde – bruit qui lui rappela la morsure glacée du vent d'hiver – puis le son mat d'une flèche frappant au but comme si la cible avait été un tambour détendu.

Son propre cœur lui parut fort ressembler à une flèche dépouillée des plumes blanches étincelantes qui la guident dans son vol.

49

Quand la classe prit fin lors des vacances d'hiver, les plus studieux des camarades de Kiyoaki se mirent en devoir de préparer les examens préliminaires, mais la seule pensée d'ouvrir un livre l'emplissait d'horreur. Pas plus d'un tiers de sa classe, y compris Honda, n'envisageait de continuer après la session de printemps afin de se présenter au concours d'entrée à l'université qui se tenait durant l'été. Pour la plupart, ils comptaient mettre à profit leur privilège de diplômés du collège des Pairs pour obtenir dispense des examens d'entrée et, soit s'inscrire dans les sections de l'Université impériale de Tokyo qui étaient toujours les moins recherchées, soit, peut-être, entrer à l'une des autres universités impériales, comme Kyoto ou Tohoku. Kiyoaki, sans se soucier de ce que son père pourrait en penser, suivrait lui aussi, sans doute, la voie la plus facile. S'il entrait à l'université de Kyoto, il serait rapproché d'autant du monastère de Satoko.

Pour le moment, par conséquent, il était libre de se laisser aller à une oisiveté de privilégié. Il y eut deux grosses chutes de neige en décembre, mais il n'était pas d'humeur à ressentir une joie enfantine à la vue du parc recouvert de neige qui l'accueillit un matin. Il écarta le rideau de la fenêtre proche de son lit et jeta les yeux, l'air indifférent, sur ce tableau hivernal où l'île figurait maintenant une tache éclatante de blancheur au milieu du lac. Il ne bougea pas de son lit pendant des heures. À d'autres moments, une idée survenait et ses yeux lançaient des éclairs à la perspective de prendre sa revanche sur Yamada qui le surveillait même quand il faisait le tour du domaine. Il choisit une nuit où les rafales de vent du nord faisaient rage et il entreprit de grimper d'un pas vif la colline aux érables. Yamada, lanterne à la main, le cou engoncé dans le col de son manteau, dut le suivre à grandes enjambées, tout chétif qu'il était. Le craquement des branches, la plainte du hibou, le traître équilibre sous les pieds – tout le comblait de joie à mesure qu'il se sentait avancer et monter, aussi irrésistible qu'une flamme dévorante. À chaque nouveau pas, il s'imaginait écrasant les ténèbres sous son talon comme si c'était chose molle et vivante. Au faîte du coteau, s'étalait, lumineux, le ciel d'hiver rempli d'étoiles.

Juste avant la fin de l'année, quelqu'un vint à l'hôtel des Matsugae pour attirer l'attention du marquis sur un article de presse écrit par Iinuma. Cette preuve de déloyauté envers sa famille mit le marquis en rage.

Le journal, à faible tirage, était l'organe d'un groupe de droite. Le marquis fit observer que c'était l'espèce de feuille à ragots qui a pour habitude d'extorquer de l'argent à des membres de la haute société sous menace de révéler tel ou tel scandale. C'eût été tout autre chose si Iinuma s'était abaissé jusqu'à venir demander de l'argent avant de publier l'article. Mais s'en aller écrire pareille chose sans même tenter quoi que ce soit de cette nature n'était rien moins qu'une provocation pure et simple, un manquement à ses devoirs.

Sous un titre qui, assurément, fleurait bon le patriotisme : « Monsieur le marquis faillit à la piété filiale », l'accusation se ramenait à ceci : l'in-

CHAPITRE 49

dividu qui, en coulisse, se trouvait intimement impliqué dans cette affaire de fiançailles rompues était, en fait, le marquis Matsugae. Tout mariage qui concernait un membre de la famille impériale devait être soumis à un examen minutieux conformément à la législation relative à la Maison de l'Empereur, un tel mariage, si éloigné qu'en parût l'éventualité, pouvant affecter la succession au trône. Telles étaient les graves circonstances dans lesquelles le marquis Matsugae avait pris sur lui de parrainer la fille d'une ancienne famille, personne dont il prétendait avoir ignoré à l'époque l'instabilité mentale, allant jusqu'à obtenir l'assentiment impérial au mariage, pour finalement voir ses projets s'effondrer, presque à la veille de la célébration des fiançailles. Cependant, en dépit de tout, uniquement pour avoir eu la chance que son nom ne fût pas mentionné à cette occasion, le marquis Matsugae pouvait aujourd'hui vaquer à ses affaires en toute sérénité, témoignant ainsi, non seulement d'un manque impudent de loyalisme envers Sa Majesté l'Empereur, mais encore d'irrévérence envers son propre père, l'un des piliers de la restauration Meiji.

Si cet article mit le marquis en fureur, il fit naître des soupçons chez son fils. Celui-ci remarqua tout de suite qu'Iinuma avait pris soin de le faire suivre de ses nom et adresse et aussi que, bien qu'il sût à quoi s'en tenir sur ce qui s'était passé entre Kiyoaki et Satoko, il écrivait comme s'il croyait réellement qu'elle avait eu une dépression nerveuse. Jusque-là, Kiyoaki n'avait eu aucune idée de l'endroit où il habitait. Alors, l'idée le frappa que si Iinuma avait écrit cela, sachant qu'on le blâmerait d'être dépourvu de tout sens de ses obligations, c'était parce qu'il avait voulu à tout prix que Kiyoaki le lût et sût où il demeurait, sans paraître l'en informer directement. En tout cas, il était sûr que cet article contenait un message caché qui était destiné à lui seul : ne ressemblez pas à votre père.

Brusquement, il eut un accès de nostalgie en songeant à Iinuma. Être à nouveau l'objet de son dévouement maladroit, s'en gausser gentiment – rien, se dit-il, n'aurait pu lui être d'un plus grand réconfort dans son humeur présente. Pourtant, essayer de le voir maintenant, alors que le courroux paternel était à son paroxysme, c'eût été aller au-devant de nouvelles représailles et le sentiment de sa nostalgie n'était pas assez fort pour l'inciter à courir ce risque.

D'un autre côté, il savait qu'agencer un rendez-vous avec Tadeshina comporterait bien moins de danger. Cependant, depuis le suicide contrecarré de la vieille femme, il ne pouvait penser à elle qu'avec un dégoût indescriptible. Depuis qu'elle l'avait trahi auprès de son père dans sa lettre d'adieu, il était convaincu qu'une perversion du tempérament lui faisait trouver une délectation spéciale à trahir tous ceux qu'elle avait rapprochés, sans exception. Il en était venu à se rendre compte qu'elle ressemblait à ceux qui prenaient un soin méticuleux de leur jardin rien que pour le plaisir d'arracher les fleurs une fois passée la floraison.

Son père ne lui adressait presque jamais la parole, et sa mère, ne voulant pas contrarier son mari, faisait de son mieux pour laisser son fils tranquille.

Ce qui alimentait, en réalité, le courroux de son père, c'était l'inquiétude et la peur. Il engagea un policier privé pour surveiller le portail d'entrée et en fit placer deux autres sur l'arrière. L'année en cours se termina, cependant, sans que les Matsugae eussent à affronter des menaces personnelles ou une vague d'hostilité dans le public. Les révélations d'Iinuma, selon toute apparence, n'avaient pas eu de répercussions dans les milieux officiels.

La coutume voulait que les deux familles étrangères qui étaient locataires des Matsugae envoyassent des invitations pour la veillée de Noël. Mais comme contenter l'une eût abouti à décevoir l'autre, le marquis s'était donné pour règle de n'accepter ni l'une ni l'autre des invitations et, à la place, d'envoyer des cadeaux aux enfants des deux familles. Cette année-là, pourtant, estimant qu'il pourrait trouver quelque distraction dans l'ambiance de fête d'un intérieur étranger, Kiyoaki demanda à sa mère de bien vouloir intercéder auprès de son père pour qu'on lui permît d'y aller. Mais le marquis ne voulut rien entendre.

La raison qu'il donna n'était pas, comme d'ordinaire, qu'il ne voulait pas décevoir l'une ou l'autre des deux familles. Au lieu de cela, il déclara qu'il ne convenait pas à la dignité d'un fils de la noblesse d'accepter une invitation d'une famille de locataires. Ce que cela signifiait apparut clairement à Kiyoaki : son père ne le croyait toujours pas capable de se montrer à la hauteur de son rang.

L'hôtel des Matsugae fut le siège d'une activité fébrile pendant les derniers jours de l'année, le grand nettoyage traditionnel qui précédait les vacances du Nouvel An ne pouvant être mené à bien en une seule journée. Kiyoaki n'avait rien à faire. Le sentiment que l'année allait finir plongeait un glaive dans son cœur – cette année-là entre toutes – car jamais plus elle ne reviendrait. Au déclin de ces ultimes journées, il avait fini par comprendre que l'année qui s'achevait avait marqué le faîte de son existence.

Il laissa derrière lui la maison et tout son remue-ménage et s'en fut seul vers le lac, avec l'idée de canoter. Yamada s'empressa de le suivre, mais l'offre de sa compagnie fut durement repoussée.

CHAPITRE 49

Tandis que la proue de la barque se frayait une voie à travers les roseaux desséchés et les débris de fleurs de lotus, une petite troupe de canards sauvages prit son vol. Au milieu des battements d'ailes effrénés, il entrevit leurs petits ventres plats flamboyer une seconde dans l'air limpide hivernal sans qu'une goutte d'eau vînt ternir le reflet soyeux des plumages. Une traînée luisante zébra en zigzag le fouillis des roseaux.

Il abaissa son regard sur la froide image des nuages et du ciel bleu qui se réfléchissait à la surface de l'eau et il s'étonna des rides paresseuses qui naissaient sous ses rames. Quand la réflexion se désagrégeait, l'eau sombre et bourbeuse semblait vouloir lui communiquer quelque chose qui ne devait rien aux nuées cristallines ni au ciel d'hiver.

Il reposa les rames et jeta les yeux vers la grande salle de réception de la maison, regardant les domestiques affairés à l'ouvrage comme s'ils eussent été des acteurs en train de se démener au loin sur un plateau. La cascade n'était pas gelée, mais le bruit en était assourdi et discordant. L'île lui masquait à la vue la dernière chute mais, à l'étage supérieur, sur le côté nord de la colline aux érables, les rameaux dénudés des arbres découvraient la neige sale qui restait aux rives du cours d'eau.

Il conduisit finalement son bateau dans une toute petite anse de l'île, l'amarra à un pieu et se mit à grimper jusqu'aux pins au ton vert défraîchi qui couronnaient le tertre. Il observa les trois grues de métal et les becs de deux d'entre elles qui étiraient leur cou lui parurent deux pointes de flèche émoussées dirigées contre le ciel de décembre.

Il se jeta à terre aussitôt, sur l'herbe sèche et brune attiédie par le chaud soleil, et demeura là, le visage tourné vers le ciel, se sachant complètement seul, à l'abri de tout regard. Alors, tout en sentant dans les doigts ramenés sous sa tête l'engourdissement glacé dû au canotage, il fut soudain accablé d'une violente détresse qu'il avait été en mesure de repousser en présence d'autrui.

«Cette année était mienne – et la voilà disparue, s'écria-t-il pour lui seul. Disparue! Tout comme un nuage qui se dissout.» Les mots jaillissaient hors de lui, cruels et sans contrainte, le fouaillant, aggravant son supplice. Jamais encore, il ne s'était abandonné à une telle frénésie. «Tout m'est devenu amer, jamais plus je ne me sentirai emporté de bonheur. Il y a, dominant toutes choses, une effrayante clarté. On dirait que le monde est fait de cristal, si bien qu'il suffit d'un coup d'ongle pour qu'un frisson léger le parcoure d'un bout à l'autre... Et puis, la solitude – c'est une chose qui vous brûle. Comme un potage épais, brûlant, qu'on ne peut garder dans sa bouche qu'en soufflant sans cesse dessus. Le voilà, toujours placé devant moi. Dans son gros bol blanc d'épaisse porcelaine, sali et terne comme un vieil oreiller. Mais qui donc continue à vouloir me le faire avaler de force ?

On m'a laissé tout seul. Je brûle de désir. J'ai en horreur ce qui m'est arrivé. Je suis perdu, sans savoir où je vais. Ce qu'il voudrait, mon cœur ne peut l'avoir... Mes petites joies à moi, mes petits raisonnements, mes illusions – tout cela disparu ! Plus rien que le désir ardent des jours évanouis, de ce que j'ai perdu. Je vieillirai pour rien. Il ne me reste qu'un vide affreux. Que peut m'offrir la vie sinon l'amertume ? Seul dans ma chambre... tout seul au long des nuits... coupé du monde et de tous ceux qui le peuplent en raison de mon désespoir. Et si je pousse des cris, qui donc va m'entendre ? Et pendant tout ce temps, pour le public, ma personnalité reste toujours aussi gracieuse. Une noblesse creuse – voilà ce qui reste de moi. »

Un immense vol de corbeaux était perché sur les branches dénudées des érables de la colline. Il prêta l'oreille à leurs cris rauques, discordants et aux battements d'ailes quand ils passèrent au-dessus de lui, se dirigeant vers le petit coteau où se trouvait le sanctuaire d'Omiyasama.

50

Tout au début de la nouvelle année, la tradition voulait que se tînt au palais la Séance Impériale de Lecture poétique. Chaque année, à partir de ses quinze ans, Kiyoaki n'avait jamais manqué de recevoir une invitation du comte Ayakura, sorte de témoignage durable de l'éducation cultivée qu'il avait reçue par ses soins. Cette année-là encore, quand même on n'aurait guère pu s'étonner qu'il en fût autrement, une invitation lui fut adressée par le ministre de la Maison impériale. Le comte allait, cette fois encore, remplir son rôle de lecteur impérial sans s'arrêter aux scrupules d'une honte quelconque et il était clair que c'était lui qui avait fait inviter Kiyoaki.

Quand il montra l'invitation à son père, le marquis fronça les sourcils en voyant la signature du comte parmi celles des quatre lec-

CHAPITRE 50

teurs. La culture distinguée lui apparaissait sous un nouveau jour : elle se montrait ici obstinée et insolente.

« Puisque c'est une cérémonie qui a lieu régulièrement, il vaut mieux y aller, dit-il enfin. Si tu n'y étais pas cette année, les gens pourraient se mettre à parler d'un froid entre les Ayakura et nous. En principe, il est entendu que nous n'avons rien à voir avec eux à propos de cette affaire. »

D'année en année, Kiyoaki s'était mis à apprécier la Séance de Poésie, jusqu'à y être très attaché. Aucune autre occasion, mieux que celle-ci, ne mettait en valeur la dignité d'allure du comte Ayakura, et Kiyoaki ne pouvait imaginer aucun rôle qui lui convînt davantage. Cette fois, certes, il lui serait douloureux d'apercevoir le comte mais, malgré tout, il sentit le besoin de le voir. Il avait le désir de regarder en face les fragments brisés du poème qui, naguère, avait aussi vécu en lui jusqu'à ce que son regard se lassât. Il pensait que s'il était présent, il aurait l'esprit plein de l'image de Satoko.

Il ne se croyait plus une épine de distinction enfoncée dans les doigts robustes des Matsugae. Mais il n'avait pas changé non plus au point de penser qu'il était, au vrai, l'un de ces doigts. Seule s'était flétrie l'élégance distinguée qu'il avait si consciemment considérée comme un des éléments de son personnage. Son cœur avait été à l'abandon. Nulle part en lui-même, il ne découvrait l'espèce de chagrin délicat qui inspire les poèmes. Il était vide à présent, son âme un désert que balayaient des vents desséchants. Jamais il ne s'était senti si étranger aux belles manières, non plus qu'à la beauté. Pourtant, peut-être tout cela était-il essentiel à sa poursuite de la beauté véritable – ce vide intérieur, cette perte de toute joie, jusqu'à cette incapacité absolue de croire que le poids écrasant de chaque instant était chose réelle, que sa douleur, du moins, lui appartenait en propre. Les symptômes chez quelqu'un qu'afflige la beauté vraie ressemblent fort à ceux de la lèpre.

Ne se regardant plus dans la glace, il ne pouvait d'aucune façon savoir que l'expression triste et hâve de sa physionomie évoquait désormais les traits classiques de la jeunesse qui se languit d'amour.

Un soir, alors qu'il dînait à la table mise pour lui seul, la servante posa près de son assiette un petit verre à vin dont les facettes de verre taillé étaient assombries par le liquide pourpre qu'elles enfermaient. Sans se soucier d'interroger la jeune fille, il supposa que c'était du vin et vida le verre d'un trait. Mais alors une sensation bizarre, un arrière-goût épais et onctueux s'attarda sur sa langue.

« Qu'est-ce que c'était ?

– Le sang d'une tortue féroce, monsieur, répondit la servante. J'avais ordre de ne pas vous le dire à moins que vous ne le demandiez. C'est le cuisinier, monsieur. Il a dit qu'il voulait rendre au jeune maître force et santé. Alors, il a attrapé une tortue dans le lac et il vous l'a préparée. »

Tandis qu'il sentait le liquide douceâtre glisser le long de son gosier, il se rappela l'histoire que les domestiques avaient si souvent utilisée pour lui faire peur lorsqu'il était enfant. Il revit l'image troublante qu'il s'était formée en ce temps-là d'une tortue féroce levant la tête comme un fantôme sinistre au-dessus des eaux sombres du lac, les yeux fixés sur lui, créature qui, habituellement, reposait enterrée dans le limon tiède du fond, mais qui n'avait jamais manqué de se frayer un chemin jusqu'à la surface de temps à autre, écartant au passage les herbes mauvaises et hostiles des rêves vainqueurs du temps, pour venir darder son regard sur lui à chaque étape de son existence. Puis, soudain, à présent, le charme avait été rompu. La mort avait surpris la tortue et il venait de boire son sang sans le savoir. C'était toute une époque qui semblait tout à coup s'achever. En lui, la terreur se transformait, docile, en une énergie inhabituelle qui le parcourait avec une force dont il pouvait seulement deviner la vigueur.

Chaque année, le cérémonial de la Séance Impériale de Lecture poétique consistait à lire les œuvres retenues, compte tenu du rang de l'auteur, en commençant par les poèmes écrits par les personnes de rang inférieur. Pour ces premiers poèmes, le lecteur lisait d'abord la brève introduction du poète avant d'énoncer ses fonctions et son rang. Cependant, pour les poèmes qui suivaient, le lecteur citait d'abord les fonctions et le rang avant d'entamer aussitôt la récitation du poème.

Parmi ceux qui tenaient l'emploi de lecteurs impériaux, le comte Ayakura occupait la position honorée de lecteur principal. Cette fois encore, tant Leurs Majestés Impériales que Son Altesse Impériale le prince héritier lui faisaient l'honneur de prêter attention aux claires intonations et à la voix admirablement modulée qui se répandaient à travers la salle.

Nul tremblement de culpabilité ne venait troubler sa clarté. Au contraire, elle avait tant d'éclat qu'elle émouvait la mélancolie au cœur des auditeurs. En lisant chaque poésie, le rythme langoureux des paroles avait l'allure cadencée des pieds chaussés de noir luisant d'un prêtre shinto gravissant, un à un, les degrés de pierre d'un sanctuaire que baigne l'étrange tiédeur du soleil d'hiver. Une voix dont les intonations n'étaient ni d'un homme, ni d'une femme.

CHAPITRE 50

Pas une toux ne gâtait le silence de l'auditoire. Mais bien que sa voix régnât dans la salle du palais, elle n'était jamais sensuelle, elle ne concentrait pas non plus l'attention sur elle-même aux dépens du poème. Ce que sa gorge épanchait doucement, c'était l'essence même de la distinction, inaccessible à la honte, et son mélange paradoxal, joyeux et pathétique, s'écoulait par cette salle telle, peinte sur parchemin, la brume qui s'avance.

Jusqu'à présent, chaque poème n'avait été répété qu'une fois, mais quand le comte conclut celui du prince héritier par la formule : « C'était la très éminente composition de Son Altesse l'héritier du trône impérial », il en reprit deux fois la récitation.

Le poème de l'Impératrice fut dit trois fois. Le comte lut la première strophe, puis à partir de la seconde, les quatre lecteurs récitèrent à l'unisson. À l'exception de l'Empereur lui-même, le reste de la famille impériale, y compris le prince héritier, et bien entendu chacun des autres assistants, se leva pour écouter.

Cette année-là, Sa Majesté l'Impératrice avait composé un poème plein d'une grâce et d'une noblesse exceptionnelles. Tout en l'écoutant, Kiyoaki jeta un regard à la dérobée vers le comte Ayakura, debout à quelque distance. Il remarqua que le papier où était écrit le poème reposait plié dans la main du comte, si menue, si blanche, une main de femme. Son fin papier était d'une nuance prune claire.

Bien qu'une affaire où le comte se trouvait mêlé et qui avait secoué le pays entier vînt à peine de se conclure, Kiyoaki ne fut pas surpris de ne percevoir aucune trace de frémissement nerveux dans sa voix, bien moins encore le profond chagrin d'un père dont la fille unique est perdue pour le monde. La voix poursuivait, claire, admirable, sans un fausset, accomplissant exactement ce qui lui avait été confié. Un millénaire pouvait bien passer, le comte en serait toujours à servir son empereur comme en ce jour, tel un oiseau-chanteur des plus rares.

La Séance Impériale de Lecture poétique atteignit enfin son apogée. C'était le moment où devait être lu le poème de Sa Majesté Impériale en personne.

Le comte Ayakura s'avança avec révérence jusqu'au voisinage immédiat de l'Empereur, prit d'un air grave la composition impériale, que l'on avait posée sur le couvercle d'une boîte à encre selon l'usage traditionnel, et l'éleva à hauteur de son front. Puis il le récita cinq fois.

En le lisant, la pureté de sa voix s'accentua encore, eût-on dit, jusqu'à ce qu'il parvînt, finalement, au bout de la cinquième récitation et conclût par les mots : « C'était la très auguste composition de Sa Majesté Sacrée. »

Kiyoaki, pendant ce temps, jetait un regard craintif vers le visage de l'Empereur, l'imagination stimulée par le souvenir de cette fois où l'Empereur défunt lui avait tapoté la tête quand il était enfant. Sa Majesté semblait plus frêle que n'avait été l'Empereur son père et bien qu'il écoutât la lecture de ce qu'il avait lui-même composé, son visage n'offrait aucun signe de suffisance, gardant plutôt une expression de recueillement glacé. Brusquement, Kiyoaki trembla d'effroi à l'idée totalement improbable qu'en fait Sa Majesté Impériale réprimait un courroux dont il était lui-même l'objet.

« J'ai osé trahir Sa Majesté. Il ne me reste plus qu'à mourir. »

À cette heure, c'était la seule idée à laquelle il pût se raccrocher, alors qu'il se tenait là, dans l'atmosphère lourde du parfum généreux de l'encens, avec le sentiment qu'à tout moment il pourrait s'évanouir. Un frisson le parcourut mais, de joie ou de frayeur, il n'aurait su le dire.

51

On était en février. En voyant arriver leurs examens préliminaires, tous les camarades de classe de Kiyoaki étaient désormais absorbés par leur travail. Mais lui, indifférent à toute chose de ce genre, se tenait plus que jamais à l'écart. Honda n'aurait pas demandé mieux que de l'aider à préparer ses épreuves, mais il s'en gardait bien, sentant que Kiyoaki ne voudrait pas en entendre parler. Il était payé pour savoir que ce dernier n'était jamais si parfaitement désagréable que quand on lui manifestait trop d'amitié.

Un beau jour, juste à ce moment-là, le marquis suggéra soudain à son fils d'entrer à Oxford, à Merton College. Il y avait moyen de l'y faire admettre sans grande difficulté, d'autant que le marquis était en bons termes avec le doyen de cette célèbre institution, fondée au XIIIe siècle ; mais, afin de pouvoir se porter candidat, il fallait qu'il passât au moins les examens de sortie du collège des Pairs. De fait, le marquis avait fini par s'apercevoir que Kiyoaki devenait de jour en jour plus pâle et plus hâve, aussi, il s'était finalement avisé de ce moyen de sauver son fils qui, avant longtemps, allait atteindre, à la cour, au moins le rang de

CHAPITRE 51

cinquième degré, premier échelon. Cette planche de salut était tellement inattendue qu'elle suscita assurément chez Kiyoaki un grand intérêt. En conséquence, il résolut, pour le moment, d'avoir l'air enchanté, selon toute apparence, de la proposition de son père.

Jusque-là, il avait ressenti, quoique modérément, le désir de faire connaissance avec l'Occident. Mais, à présent que toute son existence se concentrait sur un objet unique, sur une partie du Japon toute petite mais d'une beauté exquise, il pouvait regarder la carte du monde dépliée devant lui, et se sentir envahi par le sentiment de quelque chose d'informe, non seulement face au vaste assemblage de pays étrangers, mais à la vue même de l'image du sien, teinte en rouge et incurvée comme une crevette à côté de l'Asie. Son Japon à lui était d'un vert tendre, pays indistinct, débordant d'un pathétique aussi pénétrant qu'une brume qui monte.

Son père acheta une nouvelle et immense carte qu'il fit suspendre au mur de la salle de billard. Il entendait, à l'évidence, éveiller de vastes pensées chez Kiyoaki. Toutefois, ces océans plats et sans vie ne réussirent pas à l'enthousiasmer. À la place, lui revenait à l'esprit le souvenir d'une mer nocturne semblable à un immense animal noir avec sa chaleur vivante, les battements de son pouls, son sang qui lui faisait pousser des cris – la mer à Kamakura dont les grondements terrifiants, une nuit d'été, avaient failli avoir raison de son endurance.

Bien qu'il n'en eût fait mention à personne, il avait été dérangé ces temps-ci par des maux de tête fréquents et des étourdissements. Il dormait de moins en moins. Tandis qu'il se reposait, il se disait que le lendemain apporterait sûrement une lettre de Satoko. Elle fixerait une heure et un lieu de rendez-vous dans l'idée de s'enfuir ensemble. Il la retrouverait dans une petite ville inconnue de lui, peut-être à un coin de rue, devant un magasin d'autrefois devenu une banque. Elle accourrait à sa rencontre et il la prendrait dans ses bras comme il avait rêvé de le faire. Cent et cent fois, il imaginait la scène jusque dans ses moindres détails. Mais au dos du miroir où se formait l'image qu'il chérissait ainsi, il n'y avait qu'une couche de tain mince et fragile qu'un rien arrachait, découvrant un morne néant. Il inondait l'oreiller de ses larmes et ne cessait d'appeler son nom toute la nuit, désespérément frustré.

En ces occasions, il y avait des moments où elle apparaissait soudain à ses côtés, quelque part entre le rêve et la réalité. Ses rêves ne racontaient plus rien d'assez objectif pour être rapportés dans son journal. Espérance et désespoir, songe et réalité se rapprochaient désormais pour s'annuler l'un l'autre, la frontière qui les séparait était aussi vague que la ligne du rivage où les vagues, en roulant, se brisent sans arrêt. Alors, un instant, à la surface du flot qui clapotait en refluant sur le sable lisse, il voyait le reflet de son visage. Jamais elle n'avait paru plus adorable, plus douloureuse. Mais quand il approchait ses lèvres de ce visage qui scintillait comme l'étoile du soir, il s'évanouissait.

Un désir effréné d'échapper à son tourment se faisait chaque jour plus intense. Bien qu'en toutes choses il trouvât un unique message – que ce fût en chaque heure, chaque matin, chaque midi et chaque soir, ou encore dans le ciel, les arbres, les nuages et le vent qui tous lui disaient de renoncer à elle – un doute le tenaillait encore. Il ressentait un besoin désespéré de mettre la main sur une chose au moins dont il serait sûr et certain, d'entendre fût-ce un seul mot de ses lèvres à elle, si seulement il pouvait savoir qu'il exprimait la vérité. Et si un mot c'était trop demander, il se contenterait d'apercevoir seulement son visage. Il ne pouvait plus supporter l'angoisse qui le torturait.

Dans l'intervalle, la tempête des rumeurs s'était rapidement apaisée. Il ne fallait pas longtemps aux gens pour oublier, même une affaire aussi inouïe, aussi inexplicable que des fiançailles agréées par décret impérial et qui étaient rompues la veille même de la cérémonie; d'autant plus que le scandale d'une corruption dans la marine s'était fait jour récemment, suscitant leur indignation.

Il résolut de quitter la maison. Toutefois, ses parents étant sur leurs gardes, ils avaient cessé de lui verser tout argent de poche, de sorte qu'il se trouvait sans un sou.

Honda fut interloqué quand Kiyoaki vint lui demander de l'argent. Conformément aux idées de son père, on lui avait ouvert un compte en banque qu'il était libre de gérer à sa guise. Il retira aussitôt tout son avoir et le donna à Kiyoaki sans lui poser une seule question sur ce qu'il avait l'intention d'en faire.

Ce fut le matin du 21 février que Honda apporta l'argent au collège et le remit à son ami. Le ciel brillait d'une vive clarté, mais l'air matinal cinglait de froid.

«Il te reste environ vingt minutes avant le cours», dit Kiyoaki après avoir empoché l'argent. Il parlait d'un ton un peu craintif. «Tu ne vas pas venir me dire au revoir?

– Où vas-tu?» s'enquit Honda, tout abasourdi. Il savait que Yamada devait être de garde au portail d'entrée.

«Par là», répliqua en souriant Kiyoaki en désignant les bois.

Honda fut heureux de voir que son ami faisait preuve d'énergie pour la première fois depuis des mois, mais sa figure n'avait pas recouvré un teint rayonnant de santé. Bien au contraire, ses traits

CHAPITRE 51

décharnés étaient pâles et tendus, rappelant à Honda une mince plaque de glace au début du printemps.
« Est-ce que tu te sens bien ?
– Je crois que j'ai un rhume. À part cela, je suis en forme », repartit Kiyoaki en le précédant gaiement le long du sentier qui traversait les bois.

Il y avait longtemps que Honda ne l'avait pas vu marcher avec autant d'entrain. Qui plus est, il se doutait bien de l'endroit où le conduisaient ses pas, mais il n'en dit rien. Ils dépassèrent un marais dont la surface glacée, brodée des motifs compliqués que le gel avait composés avec le bois flottant, reflétait tristement les rayons obliques du soleil matinal. Puis, laissant en arrière le bois et ses gazouillis d'oiseaux, ils atteignirent à l'est la limite des propriétés du collège.

Ils se trouvaient maintenant au sommet d'une pente au bas de laquelle s'alignait une succession d'usines. Tout du long, des torons de fil barbelé avaient été installés à la diable en guise de palissade, et les enfants du voisinage se coulaient souvent à travers les brèches sur le domaine du collège. Au-delà des barbelés, la colline herbeuse s'étendait jusqu'à la route où une palissade de bois rudimentaire avait été fixée sur un muret de pierre.

Arrivés là, tous deux s'arrêtèrent. Sur la droite, il y avait une ligne de tramway. Juste au-dessous, le soleil miroitait au bord dentelé des toitures d'usines sur lesquelles il donnait de toute la force de ses rayons matinaux. La collection bigarrée de machines rassemblées sous ces toits, et qui marchaient déjà à toute vapeur, émettait un rugissement sourd, comme la mer. Les cheminées s'allongeaient d'un air morne vers le ciel. La fumée qui s'en déversait laissait une ombre qui traînait au-dessus des toits d'usines, empêchant le soleil d'atteindre les lessives étendues à sécher près d'un alignement de taudis. Mais il y avait également des maisons aux étagères de fortune accrochées au toit où l'on voyait toute une exposition d'arbres nains. Çà et là, on apercevait sans cesse des éclairs de lumière. Tantôt, c'était le reflet des pinces à la ceinture d'un électricien qui grimpait à un poteau. Tantôt, c'était la lueur sinistre d'une flamme entrevue par les fenêtres d'une fabrique de produits chimiques. De l'une des usines, au moment où prit fin le rugissement des machines, monta le vacarme assidu des marteaux cognant sur des tôles d'acier.

Au loin, il y avait le clair soleil. En bas, longeant le domaine du collège, se trouvait la route par laquelle Kiyoaki était sur le point de s'échapper. L'ombre des maisonnettes qui la bordaient était burinée à sa surface blanche et poudreuse. Un homme monté sur une bicyclette grise et rouillée allait dépasser une bande de gamins qui donnaient des coups de pied dans un caillou.

«Bon, alors, à la prochaine», dit Kiyoaki.

Il était clair que c'étaient là des paroles d'adieu. Elles se gravèrent dans l'esprit de Honda : pour une fois, Kiyoaki s'était servi d'une expression joviale, typique d'un jeune homme.

Kiyoaki avait même laissé son cartable dans la classe. Il ne portait rien d'autre que son uniforme ainsi que son manteau orné de deux rangées de boutons de cuivre et de l'emblème de fleur de cerisier qui le garnissait. Il avait eu la coquetterie d'en laisser le col grand ouvert, découvrant, très serré, le collet de marine de sa tunique, y compris le rond blanc de celluloïd à l'intérieur, qui comprimait sa jeune gorge tandis qu'il souriait à Honda, la visière de sa casquette ombrant son visage. Alors, sans cesser de sourire, il se détourna puis, écartant quelques fils de fer de ses mains gantées, il escalada la barrière.

Sa disparition fut immédiatement rapportée à ses parents qui en furent bouleversés. Pourtant, une fois de plus, ce fut le tempérament résolu de sa grand-mère qui remit de l'ordre.

«Vous ne voyez donc pas ce qu'il en est ? Il est tout heureux d'aller au collège en Angleterre. Et comme il a l'intention de s'y rendre, il veut d'abord voir Satoko et lui dire adieu. Mais comme vous ne l'auriez pas laissé y aller s'il vous en avait parlé en premier, il est parti sans vous le dire. Est-il d'autre explication plausible ?

– Mais à coup sûr, Satoko ne voudra pas le voir.

– S'il en est ainsi, il renoncera et rentrera à la maison. Kiyoaki est un jeune homme. Il faut que vous le laissiez faire à sa façon jusqu'à ce qu'il se délivre de tout cela. C'est parce que vous avez voulu trop serrer les rênes que ce genre de choses devait arriver.

– Mais, ma mère ! Après ce qui s'est produit, il fallait bien s'attendre à ce que nous prenions des précautions.

– Très bien, mais alors il fallait aussi s'attendre à ce qui vient d'arriver.

– C'est fort possible, mais ce sera terrible si cela doit se savoir. Ce que je vais faire, c'est me mettre immédiatement en rapport avec le directeur général pour qu'il entreprenne des recherches dans un secret absolu.

– Des recherches ! Pourquoi des recherches ? Tu sais déjà où il veut aller.

– Mais, à moins de le prendre et de le ramener…

CHAPITRE 51

— Tu le regretteras! cria la vieille femme, les yeux ardents de colère. Cette fois, il pourrait bien faire quelque chose de réellement effrayant. C'est parfait si, pour une question de sécurité, la police s'en occupe discrètement. Si elle vous tient au courant de l'endroit où il se trouve dès qu'on l'aura découvert, cela pourra être utile. Mais, puisque nous savons parfaitement où il va et pourquoi, il faut qu'elle se tienne à distance et elle ne doit en aucune façon lui laisser rien soupçonner. Pour l'instant, ce garçon doit être laissé complètement libre de ses mouvements, sans que personne s'en mêle. Il faut agir en tout sans créer d'embarras. Nous devons venir à bout de cela sans en faire tout un drame. Voilà ce qui est essentiel. Si l'on commet la moindre faute à présent, les conséquences peuvent être désastreuses. Voilà ce que je veux que vous compreniez.»

Le soir du 21 février, Kiyoaki descendit dans un hôtel d'Osaka. Le lendemain matin, il régla sa note et prit un train de la ligne Sakurai pour Obitoke où il loua une chambre chez un commerçant qui tenait auberge à l'enseigne du Kuzonoya. Il ne l'avait pas plutôt fait qu'il engagea un pousse-pousse afin de se rendre à Gesshu. Il pressa le conducteur en franchissant le portail du temple et dans la montée qui menait à l'entrée sur la façade Tang où il descendit. Se trouvant devant la surface nue d'une porte coulissante hermétiquement close, il appela. Le gardien du monastère apparut, lui demanda son nom et ce qu'il venait faire, avant de s'éloigner, le laissant là, debout. Après une brève attente, ce fut la prieure qui apparut. Sans même lui permettre de pénétrer dans le grand vestibule, celle-ci l'éconduisit en disant d'un ton de mécontentement à peine déguisé que la Révérende Mère Abbesse ne le verrait pas et qu'en outre, il était impensable qu'on le permît à une novice. S'étant plus ou moins attendu à cet accueil, il n'insista pas mais s'en fut sur-le-champ et rentra à l'auberge.

Il remit ses espérances au lendemain et, une fois seul, repassant en esprit son échec initial, il arriva à la conclusion que celui-ci provenait de ce qu'il avait eu l'audace d'amener le pousse-pousse jusqu'à l'entrée même du couvent. Certes, il y avait été conduit dans sa hâte angoissée, mais puisque revoir Satoko était en somme une supplication, il décida qu'il aurait dû descendre au portail et, de là, venir à pied, que les religieuses remarquent ou non cette manifestation de piété. Il valait mieux qu'il se livrât à quelque pénitence.

Sa chambre à l'auberge était sale, la nourriture insipide et il y faisait froid la nuit. Mais de penser que Satoko était à présent toute proche lui procura une profonde satisfaction. Ce soir-là, pour la première fois depuis des mois, il dormit d'un bon sommeil.

Le lendemain était le 23 février ; il se sentit davantage d'énergie et se rendit deux fois au couvent – une fois le matin et à nouveau dans l'après-midi –, laissant le pousse-pousse au portail et gravissant la longue montée du sentier tout comme un pèlerin. Cependant, il ne fut pas plus chaleureusement accueilli que la veille. Dans le pousse-pousse, en redescendant, il se mit à tousser et sentit une légère douleur dans sa poitrine. Il s'abstint de prendre un bain chaud à l'auberge.

Son dîner, ce soir-là, se révéla être d'une qualité à laquelle on ne pouvait guère s'attendre dans une auberge de campagne de cette sorte. En outre, non seulement chacun se montrait singulièrement plus empressé à son égard, mais, malgré ses protestations, on l'avait déménagé dans la meilleure chambre que l'auberge pouvait offrir. Quand il requit une explication de la femme de chambre, elle essaya de répondre à côté. À la fin, cependant, quand il se mit en colère, le mystère fut éclairci. Elle lui raconta que pendant son absence ce jour-là, un inspecteur de la police locale était venu presser l'aubergiste de questions à son sujet. Le policier avait dit que Kiyoaki appartenait à une famille des plus éminentes. Il fallait donc le traiter avec la plus insigne déférence mais, sous aucun prétexte, il ne devait être mis au courant de la visite de l'inspecteur. En outre, s'il quittait l'auberge, la police devait en être informée sans délai. Kiyoaki se sentit envahi par la crainte. Il comprit qu'il n'avait pas de temps à perdre.

À son lever, le lendemain matin 24 février, il se sentit fort mal en point. Il avait la tête lourde, il était sans forces. Malgré tout, sa décision était prise. S'il devait jamais revoir Satoko, il lui fallait rassembler toute son énergie en vue de la pénitence à subir, si dur que cela dût être. Ainsi disposé, il sortit de l'auberge et, sans louer de pousse-pousse pour parcourir les quelques trois kilomètres jusqu'à Gesshu, il partit. C'était heureusement une très belle matinée. Malgré tout, la route, elle, n'était pas des plus commodes. De plus, sa toux empira à mesure qu'il marchait et il eut la sensation que se décantait dans sa poitrine une poussière métallique. Une violente quinte de toux s'empara de lui à l'entrée même de Gesshu. L'expression du visage de la prieure ne marqua aucun changement quand elle déclina, absolument dans les mêmes termes, d'accueillir sa requête.

Le lendemain 25 février, il commença à avoir des frissons et de la fièvre. Bien qu'il se rendît compte qu'il était imprudent de sortir, il loua un pousse-pousse cette fois encore et se rendit au couvent, mais ce fut pour y essuyer un nouveau refus. À la fin, l'espoir vint à lui manquer.

CHAPITRE 52

Gêné par la fièvre qui lui embuait l'esprit, il tenta d'apprécier la situation, mais ne put s'aviser d'aucune ligne de conduite praticable. Finalement, il demanda à l'employé de l'auberge d'envoyer un télégramme : « Prière venir immédiatement – Suis au Kuzonoya à Obitoke sur la ligne Sakurai – Pas un mot à mes parents – Kiyoaki Matsugae. »

Cela fait, il passa une mauvaise nuit avant de s'éveiller, chancelant, au matin du 26 février.

52

C'était une matinée où de légers flocons de neige dansaient dans le vent âpre qui balayait la plaine de Yamato. Ils paraissaient trop frêles même pour une neige de printemps, rappelant bien plutôt un essaim d'insectes l'été. Quand le ciel se couvrait, ils disparaissaient dans le champ des nuages. C'est seulement quand le soleil perçait qu'on s'avisait de la neige poudreuse, tourbillonnante. Le fond de l'air était plus froid qu'il n'eût été un jour de grande neige.

Étendu, la tête sur l'oreiller, il examinait comment il pourrait prouver sa dévotion absolue pour Satoko. La veille au soir, il s'était enfin décidé à adresser un appel au secours à Honda et il était certain que son ami ne manquerait pas d'arriver aujourd'hui. Grâce au soutien de Honda, peut-être serait-il en mesure d'adoucir l'attitude inflexible de l'abbesse. Mais auparavant, il lui fallait encore faire une chose. Il devait le tenter. Tout seul, sans l'aide de personne, il avait à démontrer la pureté de sa dévotion. En se reportant en arrière, il se rendait compte que jusqu'à maintenant, il n'avait même pas eu une seule fois l'occasion de prouver cette dévotion pour Satoko. Ou bien peut-être, pensa-t-il, était-ce sa lâcheté qui lui avait fait manquer l'occasion jusqu'à présent.

Aujourd'hui, il ne lui restait plus qu'une chose à faire. Sortir, malade comme il était, au risque de voir empirer sa maladie, présentait tous les signes d'une grande pénitence. Un acte de dévotion aussi bouleversant inciterait sans doute Satoko à lui répondre, ou peut-être pas. Quoi qu'il dût en résulter, même s'il n'y avait pas le moindre espoir de parvenir à l'émouvoir, son état d'esprit était tel à cette heure qu'il ne connaîtrait plus de repos avant de l'avoir accompli, accompli comme une pénitence qu'il s'imposait à lui-même. Il s'était mis en route, l'esprit obsédé d'une unique pensée : apercevoir son visage, fût-ce une seule fois. Dans l'intervalle cependant, son cœur, lui, avait pris une autre résolution qui l'emportait sur ses intentions et ses désirs.

La seule force capable de contrarier l'élan capricieux de son cœur était son propre corps. Il était en proie à une fièvre cruelle. Un lourd fil d'or en traversait chaque élément, brodant sa chair de douleur ardente. Ses forces l'avaient déserté. Quand il levait les bras, le pâle épiderme devenait aussitôt bleu et froid et le bras lui-même aussi pesant qu'un seau plein dans un puits. Sa toux semblait venir de profondeurs nouvelles dans sa poitrine, comme, au loin, le roulement continu du tonnerre sur un ciel assombri. Son corps se refusait à ses exigences, faible, aveuli jusqu'au bout des doigts sous l'assaut de la fièvre brûlante qui l'élançait.

Le nom de Satoko revenait sur ses lèvres d'un ton de plus en plus désespéré. Les heures vides se succédaient. Ce matin, pour la première fois, les domestiques, à l'auberge, se rendirent compte qu'il était malade. Ils chauffèrent sa chambre et, dans leur inquiétude, se mirent en devoir de l'installer de leur mieux, mais il refusa avec entêtement de les laisser le soigner ou d'appeler un médecin.

Finalement, dans l'après-midi, il dit à la servante de lui commander un pousse-pousse. Elle eut une hésitation et s'en fut le rapporter à l'hôtelier. Quand ce dernier monta dans sa chambre pour tenter de le convaincre de ne pas sortir, il se leva péniblement, enfila son uniforme et revêtit son pardessus sans qu'on l'aide, comme pour montrer qu'il se portait bien. Un pousse-pousse vint le prendre et il partit, les jambes enveloppées d'une couverture que les servantes de l'auberge y avaient jetée au départ. Cependant, malgré cette protection, il subit les terribles assauts du froid.

Son regard fut attiré par les flocons épars tournoyant à travers les ouvertures que laissait la bâche en toile noire du pousse-pousse. Brusquement, lui revint le souvenir de sa promenade sous la neige avec Satoko, un an tout juste auparavant, et sa poitrine se serra d'émotion et de douleur poignante.

Il fut incapable de demeurer blotti dans la pénombre, sans rien faire d'autre que d'essayer d'endurer ses maux de tête. Il desserra le rabat antérieur de la capote, puis tira son écharpe sur sa bouche et son nez pour observer le paysage qui défilait, les yeux mouillés de fièvre. Il voulait se débarrasser de toute image qui ramènerait ses pensées vers la souffrance qui le torturait.

CHAPITRE 52

Le pousse-pousse avait déjà dépassé les ruelles étroites d'Obitoke. Une neige poudreuse tombait sur les champs et les rizières de part et d'autre du chemin plat qui conduisait tout droit au site de Gesshu dans les montagnes enveloppées de nuages. Elle tombait sur les meulettes demeurées dans les rizières, sur les feuilles fanées des mûriers, sur le vert délavé des feuilles de pak-choï qui séparaient les champs de riz et de mûriers, sur les roseaux rouillés et les joncs des marais. Elle continuait à tomber, silencieuse, insuffisante cependant à recouvrir le sol. Les flocons qui tombaient sur sa couverture s'évanouissaient eux-mêmes sans laisser de gouttes d'humidité apparentes.

Il vit le blanc plat du ciel s'éclairer peu à peu jusqu'au moment où un pâle soleil brilla à travers les nuages. La neige, en tombant, se mêlait toujours davantage à cette clarté nouvelle, jusqu'à paraître une cendre fine et blanche qui flottait dans l'air.

Tout au long du chemin, les herbes hautes et sèches oscillaient au vent léger et leurs aigrettes plumeuses prenaient comme un reflet d'argent sous le soleil glacé. Juste au-delà des champs, les premières crêtes s'ensevelissaient dans la grisaille mais au loin, il y avait un coin de ciel clair azuré et les montagnes enneigées resplendissaient de blancheur.

Tandis qu'il contemplait le paysage ainsi traversé, la fièvre tintant à ses oreilles, il sentit qu'il se trouvait véritablement au contact des réalités extérieures pour la première fois depuis de longs mois. Le monde alentour était parfaitement calme. Le balancement du pousse-pousse et la lourdeur de ses paupières pouvaient bien brouiller ce qu'il apercevait au-dehors, mais quelle que pût être cette déformation accidentelle, c'était un face-à-face assez clair. Et parce qu'il se débattait depuis si longtemps dans le chaos ténébreux du chagrin et des soucis, cette expérience le frappa avec toute la force d'une nouveauté. Où qu'il regardât, d'ailleurs, il n'y avait pas trace de vie humaine.

Le pousse-pousse approchait déjà de l'épais fourré de bambous qui couvrait le flanc de la montagne et entourait Gesshu même. Là-haut, en avant, dominant les bambous, se dressaient les pins qui bordaient le chemin au moment où il amorçait sa montée par-delà le portail. En apercevant les sévères piliers de pierre du portail au bout du tronçon de route sinueux à la sortie des champs, il fut en proie à un accès de frayeur aigu.

«Si je franchis le portail en pousse-pousse, se dit-il, et puis, si je continue quatre ou cinq cents mètres jusqu'à l'entrée, je fais en voiture tout le chemin, je sens qu'aujourd'hui non plus on ne me laissera pas voir Satoko. Peut-être que les choses auront un peu changé depuis la dernière fois. Peut-être que la vieille religieuse aura pris parti pour moi devant l'abbesse et que, maintenant, elle se laissera un peu fléchir. Alors, si on voit que je suis venu à pied dans la neige, peut-être me laissera-t-elle voir Satoko, ne serait-ce qu'un instant. Mais si je fais tout le chemin en pousse-pousse, cela pourrait faire mauvaise impression sur elles et provoquer d'instinct une réaction à mon encontre. Alors il se pourrait que l'abbesse décide de ne jamais me laisser voir Satoko. Tous mes efforts devraient amener un revirement chez elles. C'est comme un éventail fait de centaines de lamelles fines et délicates, maintenues ensemble, par un seul rivet. À la moindre inattention de ma part, le rivet va se desserrer et tout va tomber en morceaux. Et puis, si je me faisais conduire d'un bout à l'autre jusqu'à la porte et qu'on ne me laissât pas voir Satoko, je penserais que c'est ma faute. Je me dirais que c'est parce que je n'ai pas été loyal. Au fond du cœur, je saurais que si seulement j'étais sorti du pousse-pousse pour venir à pied, en dépit de ma faiblesse, alors une telle loyauté – même à son insu – l'aurait touchée et qu'elle m'aurait reçu. Ainsi donc, c'est cela. Il n'y a pas de raison d'avoir de pareils regrets. Je n'ai pas d'autre choix que de risquer ma vie si je veux la voir. À mes yeux, elle est la beauté même. Et c'est cela seul qui m'a fait venir jusqu'ici. »

Lui-même ne savait plus si son raisonnement était cohérent, ou rendu extravagant par la fièvre. Il dit au conducteur de s'arrêter au portail. Puis, après être descendu et lui avoir demandé de l'attendre, il se mit à gravir la pente. Le soleil avait à nouveau percé et les flocons de neige dansaient dans ses pâles rayons. Dans les bosquets de bambous de chaque côté, il entendit le chant d'un oiseau qui ressemblait à celui d'une fauvette. Une mousse verte poussait aux troncs des cerisiers dénudés, épars entre les pins le long du chemin. Un unique prunier portait des fleurs blanches au milieu des bambous.

Étant passé par là six fois dans les cinq derniers jours, on aurait pu croire qu'il ne restait rien qui pût le surprendre. Mais en commençant à monter le long du sentier à partir de l'endroit où il avait laissé le pousse-pousse, de ses jambes chancelantes et d'un pas hésitant, il jeta un regard alentour et le monde revêtit une clarté lugubre à ses yeux enfiévrés. Le paysage qui, ces derniers jours, était devenu familier prenait maintenant une apparence étrangement nouvelle, presque débilitante. Et à chaque instant, les flèches d'argent aiguisées du froid lui transperçaient le dos. Les fougères qui bordaient le sentier, les renoncules aux baies rouges, les aiguilles de pin qui bruissaient dans le vent, les bambous aux troncs verts et aux feuilles

CHAPITRE 52

jaunies, la profusion des hautes herbes sèches, la route elle-même, pleine d'ornières et blanche de givre, qui s'avançait au travers de tout cela, les yeux de Kiyoaki suivaient toutes ces choses jusqu'à ce qu'elles finissent par se confondre, absorbées par l'ombre noire qui, en avant, barrait la route dans la montée d'un bois de cèdres. Environné de silence écrasant et d'une clarté absolue, un monde était là, immaculé. Et en son centre, avec une acuité tellement indicible, en son cœur le plus intime, se trouvait Satoko elle-même, figure aussi calme et paisible qu'une statue d'or insigne. Mais se pouvait-il qu'un tel monde, à l'exclusion de toute intimité, eût un rapport quelconque avec le monde familier qu'il connaissait ?

Son souffle devint rauque à mesure qu'il marchait. S'étant arrêté pour se reposer, il s'assit sur un gros rocher sur le bas-côté du chemin, mais aussitôt il y fut percé jusqu'aux os par un froid glacial, comme si, sur lui, les couches de vêtements étaient impuissantes à l'arrêter. Il toussa violemment, et il vit alors que le mouchoir qu'il appliquait contre sa bouche se couvrait de mucus couleur de rouille.

Quand sa crise se fut peu à peu calmée, il leva les yeux, tout étourdi, vers les pics enneigés des montagnes qui s'élevaient par-delà les arbres clairsemés. À ses yeux que son accès de toux avait remplis de larmes, cette vision brouillée semblait accentuer le scintillement de la neige. En cet instant, lui revint un souvenir de ses treize ans. Il se revoyait page de l'Empereur, levant les yeux devant lui sur la princesse Kasuga dont il portait la traîne. Les pics neigeux qui se dressaient aujourd'hui à sa vue étaient l'image même de la blancheur qui l'avait ébloui ce jour-là – le teint pur de sa nuque sous le noir lustré des cheveux. Ç'avait été l'instant de sa vie où la beauté divine de la femme l'avait ému jusqu'à l'adoration.

Le soleil disparut à nouveau. Peu à peu, la neige tomba plus fort. Il ôta son gant et en attrapa les flocons dans une main. Sa main était brûlante de fièvre et ils fondirent sous ses yeux dès qu'ils l'eurent touchée. Comme il avait su protéger sa main admirablement conformée, pensa-t-il, elle qui n'avait jamais connu la saleté, jamais une verrue. Il s'en était servi, mais seulement dans les moments de passion.

À la fin, il se remit debout et reprit sa marche, se demandant s'il allait être capable de cheminer dans la neige pour atteindre le temple. Lorsqu'il eut grimpé à la hauteur du petit bois de cèdres, le vent avait beaucoup forci et son gémissement rauque sanglotait à ses oreilles. Les cèdres s'espacèrent, découvrant un petit étang dont la surface glacée était une mousse de rides sous un ciel d'hiver plombé. Au-delà de l'étang, l'ombre morne se referma sur lui, dans l'épaisseur des vieux cèdres dont les rameaux déviaient la force des rafales de neige.

Désormais, il n'avait plus qu'un objectif: continuer à mettre un pied devant l'autre. Tous ses souvenirs du passé s'étaient éboulés. Il savait à présent, dans sa lutte douloureuse pour avancer, que l'avenir ne se révélerait plus qu'à ce rythme, pas à pas, mètre après mètre.

Il franchit le portail noir sans s'en rendre compte et, quand il leva la tête, il se trouva devant l'entrée Tang elle-même. De la neige collait à la rangée de tuiles couleur chrysanthème qui en formait le rebord.

Il s'effondra devant la porte à glissières, saisi d'une quinte de toux si violente qu'il n'y eut pas besoin d'appeler.

La prieure ouvrit la porte et se mit aussitôt à lui frotter le dos pour soulager sa crise. Pris d'une sorte de transe, il eut le sentiment d'allégresse indicible que Satoko était venue, que c'étaient ses mains qui le caressaient.

La vieille religieuse, ce jour-là, ne lui opposa pas immédiatement un refus comme les jours précédents. Au lieu de cela, elle le quitta au bout de quelques instants et rentra à l'intérieur. Il attendit longtemps, les minutes lui paraissant s'étirer interminablement. Dans son attente, il sembla qu'un brouillard venait embuer sa vue. À mesure qu'elles se dissolvaient, sa douleur, son espérance joyeuse se fondaient en un état de conscience unique et vague.

Il perçut des voix de femmes qui s'entrechoquaient. Il attendit encore. Quand la porte à glissières s'ouvrit, la prieure était seule.

« Je regrette. Votre demande d'entretien ne peut être accordée. Autant de fois, monsieur, que vous reviendrez ici, je serai forcée de vous donner la même réponse. Je vais dire à un serviteur du monastère de vous raccompagner; ainsi, veuillez avoir la bonté de partir. »

Avec l'aide du portier qui, heureusement, était un homme vigoureux, il redescendit le chemin jusqu'au pousse-pousse qui l'attendait.

53

Honda arriva à l'auberge d'Obitoke tard dans la soirée du 26 février. Il n'eut pas plutôt vu l'état critique de Kiyoaki qu'il pensa le remmener tout de suite à Tokyo, mais son ami ne voulut pas en

CHAPITRE 53

entendre parler. Honda apprit qu'au dire du médecin local qu'on avait fait venir en début de soirée, les symptômes indiquaient une pneumonie.

Kiyoaki plaida désespérément auprès de lui. Il voulait que son ami se rendît à Gesshu le lendemain pour parler à l'abbesse et faire tous ses efforts afin d'assouplir son attitude. Honda n'y étant pour rien, ses paroles pourraient peut-être avoir quelque effet sur Sa Révérence. Et si elle se laissait fléchir, il voulait que Honda le conduisît au monastère.

Honda résista un moment, mais finit par céder, acceptant de différer leur départ d'une journée. Il essaierait à tout prix d'obtenir un entretien avec l'abbesse le lendemain et il ferait tout son possible en faveur de Kiyoaki. Mais il fit promettre solennellement à son ami qu'au cas où elle refuserait à nouveau, il rentrerait immédiatement à Tokyo avec lui. Honda veilla toute la nuit, changeant les cataplasmes humides sur la poitrine de Kiyoaki. À la lumière indistincte de la lampe dans la chambre, il vit que la peau, si blanche qu'elle fût, se teintait légèrement de rouge à présent à cause des linges qui la recouvraient.

On n'était qu'à trois jours des examens de fin d'année. Il avait eu toute raison de penser que ses parents s'opposeraient à un quelconque voyage en ce moment. Mais quand il avait montré le télégramme de Kiyoaki à son père, à sa grande surprise ce dernier lui avait dit d'y donner suite, sans demander d'autres détails. Sa mère avait été du même avis. Le juge Honda avait naguère été prêt à sacrifier sa carrière au profit de ses collègues plus anciens que l'on forçait à prendre leur retraite parce que le système de la magistrature à vie allait être supprimé. À présent, il entendait enseigner à son fils la valeur de l'amitié.

Pendant le trajet en chemin de fer vers Osaka, Honda avait travaillé assidûment et, même en ce moment, tandis qu'il veillait au chevet de Kiyoaki, son cahier de logique était ouvert à ses côtés.

Dans un cercle unique de lumière jaune pâle, la lampe au-dessus d'eux renfermait le suprême symbole de deux mondes diamétralement opposés auxquels ces deux jeunes hommes s'étaient consacrés. L'un d'eux gisait, gravement malade, par amour. L'autre se préparait à affronter les sévères exigences de la réalité.

Kiyoaki, dans un demi-sommeil, nageait dans le chaos d'un océan de passion, des algues se cramponnant à ses jambes. Honda rêvait du monde comme d'une création qui se fondait solidement sur l'ordre et la raison. Ainsi, toute une nuit amère de l'avant-printemps, dans la chambre d'une ancienne auberge de campagne, ces deux jeunes têtes se rapprochaient sous cette lumière, l'une froidement rationnelle, l'autre ardente de fièvre, chacune pour sa part liée finalement au rythme du monde singulier auquel elle appartenait.

Tout au long de leur amitié, Honda n'avait jamais mieux compris qu'en cette heure l'impossibilité absolue de pénétrer les pensées de Kiyoaki. Celui-ci reposait devant lui, mais son esprit prenait sa course en d'autres lieux. Parfois, dans son délire, il appelait Satoko par son nom et la couleur affluait à ses joues. Son visage perdait son aspect hagard, prenant au contraire l'apparence d'une santé presque anormale. Une lueur rutilait sous sa peau comme un ivoire délicat brûlé d'un feu intérieur. Mais Honda savait que lui-même n'avait aucun moyen d'atteindre à cette essence. Là, devant lui, pensait-il, était la passion au sens le plus vrai, sorte de chose qui ne prendrait jamais possession de lui-même. Mais davantage encore, se dit-il, n'était-ce pas en vérité qu'aucune passion ne réussirait jamais à l'entraîner? Car il se rendait compte qu'apparemment il manquait à son être la qualité qui rendait possible une telle chose. Il ne consentirait jamais à pareille invasion. Il ressentait une affection profonde envers son ami, il consentait volontiers à pleurer s'il le fallait, mais quant aux sentiments, là il lui manquait quelque chose. Pourquoi, instinctivement, canalisait-il toutes ses énergies en vue de maintenir la dignité intérieure et extérieure qui convenait? Pourquoi, à la différence de Kiyoaki, s'était-il en quelque sorte montré incapable d'ouvrir son âme aux quatre grands éléments primitifs du feu, du vent, de l'eau et de la terre?

Ses yeux revinrent au cahier ouvert devant lui et à son écriture nette et précise :

> *La logique formelle d'Aristote domina la pensée occidentale presque jusqu'à la fin du Moyen Âge. Elle se divise en deux périodes dont la première s'intitule «ancienne logique». Les œuvres que l'on expliquait étaient les «thèses» et les «théories» tirées de l'*Organon*. La seconde est intitulée «nouvelle logique». On peut dire que cette période a reçu son élan initial de la traduction intégrale en latin de l'*Organon*, laquelle fut achevée vers le milieu du XIIe siècle...*

Il ne put s'empêcher de penser que ces paroles, telles des inscriptions creusées dans une pierre soumise aux intempéries, tomberaient de son esprit comme des écailles, une à une.

54

Honda avait entendu dire que la journée commençait tôt au monastère, si bien qu'il se secoua pour se tirer, dès le point du jour, d'un somme fort bref. Après un déjeuner rapide, il dit à la servante de commander un pousse-pousse et il s'apprêta à partir.

De son lit, Kiyoaki leva vers lui des yeux remplis de larmes. Allongé, la tête sur l'oreiller, il ne pouvait que lui adresser un regard suppliant, mais celui-ci perça Honda comme un glaive. Jusqu'à cet instant, son intention avait été de faire une visite de pure forme à Gesshu, puis de ramener son ami gravement malade à Tokyo le plus vite possible. Mais une fois qu'il eut vu ce regard dans les yeux de Kiyoaki, il sut qu'à n'importe quel prix il devait faire tous ses efforts pour susciter une rencontre entre son ami et Satoko.

Heureusement, c'était une tiède matinée printanière, bon signe peut-être. Quand son pousse-pousse approcha de l'entrée du couvent, il remarqua qu'un homme, qui était à balayer par là, après lui avoir jeté un regard de loin, posait brusquement son balai et se précipitait à l'intérieur. La tenue du collège, la même que celle de Kiyoaki, avait dû mettre le bonhomme sur ses gardes, pensa-t-il, et le faire se dépêcher de donner l'alerte. La religieuse qui apparut à la porte avait un air peu avenant et résolu avant même qu'il pût se faire connaître.

«Excusez-moi, ma sœur, je m'appelle Honda. Je regrette de vous déranger, mais j'ai fait le voyage depuis Tokyo à cause de cette histoire concernant Kiyoaki Matsugae. Je serais infiniment reconnaissant si la Révérende Mère Abbesse consentait à me voir.

– Veuillez attendre quelques instants», répondit la religieuse.

Il demeura longtemps sur la première marche, puis, alors qu'il était occupé à retourner dans son esprit les arguments à utiliser en cas de refus, la religieuse le surprit en revenant pour le conduire au parloir, à l'intérieur. Un espoir, si léger fût-il, commença de s'émouvoir en lui.

Au parloir, on le laissa seul encore pendant longtemps. On entendait le chant des fauvettes dans le jardin intérieur, bien que la porte à glissières fût hermétiquement close et qu'on ne pût rien voir. Dans l'ombre, il pouvait tout juste distinguer sur le papier, au loquet de chaque porte, le motif compliqué du blason chargé de nuages et de chrysanthèmes. Le bouquet floral dans l'alcôve *tokonoma* alliait des fleurs de colza et des bourgeons de pêcher. Les fleurs jaunes, éclatantes, semblaient palpiter de la vigueur champêtre du printemps, tandis que l'écorce terne et les feuilles vert pâle du rameau de pêcher soulignaient la beauté de ses boutons tout gonflés. Les portes coulissantes étaient simplement blanches, mais il remarqua un paravent près du mur qui paraissait précieux et il s'en approcha pour l'examiner en détail.

C'était un paravent où se trouvaient dépeintes des scènes se rapportant à chacun des douze mois de l'année et où prédominait le style de l'école Kano bien qu'enrichi des couleurs vives dans la tradition de Yamato.

Les saisons s'écoulaient en commençant par le printemps du côté droit du paravent. Des courtisans se divertissaient dans un jardin sous des pins et des pruniers blancs. Un banc de nuages dorés masquait en grande partie un pavillon entouré d'une haie de cyprès. Un peu sur la gauche, gambadaient de jeunes poulains aux robes diversement colorées. La pièce d'eau du jardin se transformait à un moment en rizière et l'on y voyait travailler des jeunes filles en train de repiquer des plants de riz. Une petite cascade jaillissait du nuage d'or, retombant sur deux niveaux dans une autre pièce d'eau. La teinte verte de l'herbe au bord de l'eau annonçait l'arrivée de l'été. Des courtisans accrochaient des flammes de papier blanc aux arbres et aux buissons autour de la pièce d'eau pour la fête de la Purification du Solstice, assistés de subalternes et de serviteurs en robe pourpre. Des cerfs paissaient paisiblement dans le jardin d'un sanctuaire et l'on emmenait un cheval blanc par le portique *torii* rouge. Des gardes de l'Empereur, l'arc en bandoulière, s'affairaient aux préparatifs d'un cortège de cérémonie. Et les feuilles d'érable écarlates, déjà reflétées dans la pièce d'eau, présageaient le froid glacé de l'hiver qui n'allait pas tarder à prélever sa dîme. Un peu plus loin, d'autres courtisans partaient pour la journée à la chasse au faucon dans une neige aux teintes d'or. Le ciel, doré lui aussi, brillait au travers des rameaux enneigés d'un bosquet de bambous. Un chien blanc pourchassait en clabaudant une perdrix tachée de rouge au cou ; telle une flèche, elle filait par les roseaux desséchés avant de prendre son essor dans le ciel d'hiver. Les faucons, au poignet des courtisans, gardaient leurs yeux arrogants rivés sur la perdrix en fuite.

Il s'en retourna à sa place après avoir examiné à loisir le paravent Tsukinami, mais l'abbesse demeurait invisible.

La religieuse revint, s'agenouilla et lui servit du thé et du gâteau. Elle lui dit que l'abbesse allait venir dans quelques minutes et le pria de se mettre à l'aise en attendant.

CHAPITRE 54

Un petit coffret orné d'une gravure en relief était posé sur la table. Ce devait être une production du couvent et, en outre, il y avait une certaine gaucherie dans l'exécution qui le fit se demander si la main inexpérimentée de Satoko s'en était mêlée. Le papier collé sur les côtés et l'image rembourrée montée sur le couvercle étaient tous deux, selon le goût de l'ancienne cour impériale, hauts en couleurs opulentes et péniblement criardes. L'image représentait un garçon chassant un papillon. En le voyant courir après l'insecte aux ailes rouge et violet, son visage, sa peau blanche satinée et sa nudité replète, tout suggérait la grâce sensuelle d'une poupée de cour. Au sortir de cette excursion dans la grisaille des champs en ce début de printemps, puis de son ascension à travers les bois encore désolés, il sentit qu'ici, dans ce parloir ombreux de Gesshu, il avait finalement rencontré la douceur lourde, sirupeuse qui était l'essence même de la femme.

Il perçut un bruissement de vêtements, puis la porte s'ouvrit pour laisser passer Sa Révérence en personne, appuyée au bras de la prieure. Il se dressa, mais ne put maîtriser les battements de son cœur.

L'abbesse devait certainement être d'un âge avancé, mais les mêmes traits, dans ce visage à la peau claire qui sortait de l'austère robe violette, semblaient ciselés dans un beau buis jauni sans porter trace des années. Une expression chaleureuse en émanait au moment même où elle s'asseyait face à lui. La vieille religieuse prit un siège à côté d'elle.

« Eh bien, on me dit que vous avez fait tout ce long voyage depuis Tokyo ?

– C'est cela, Votre Révérence. » Ses mots sortaient avec difficulté devant elle.

« Monsieur dit qu'il est camarade d'école de monsieur Matsugae, fit la vieille religieuse, se mêlant à la conversation.

– Ah, bien ! dit l'abbesse. Pour dire la vérité, nous avons éprouvé bien des regrets à l'égard du fils du marquis. Cependant...

– Matsugae a une fièvre épouvantable. Il est alité à l'auberge. Il m'a envoyé un télégramme et je suis arrivé ici aussi vite que j'ai pu. Aujourd'hui me voici venu ici à sa place pour présenter la requête qu'il m'a demandé de faire. » Enfin, Honda se retrouvait capable de parler à l'aise.

Tel devait être probablement, pensa-t-il, ce que ressentait un jeune avocat quand il était devant la cour. Sans tenir compte de l'état d'esprit des magistrats, il lui fallait se lancer, tout entier à sa plaidoirie et sans autre souci que de défendre son client.

Il parla à l'abbesse de son amitié pour Kiyoaki, il décrivit sa maladie et lui fit clairement comprendre que Kiyoaki risquait sa vie pour obtenir fût-ce le plus bref des entretiens avec Satoko. Il n'hésita pas à dire que si tout cela devait se terminer tragiquement, même à Gesshu on ne serait pas absous de tout remords. Il s'échauffait de plus en plus à mesure que l'ardeur de son propos se donnait libre cours et, bien que la pièce fût plutôt fraîche, il sentait que les oreilles et le front lui brûlaient.

Comme on pouvait s'y attendre, ce discours parut émouvoir l'abbesse et la prieure, mais toutes deux demeurèrent silencieuses.

« Et aussi, je voudrais que vous ayez la bonté d'essayer de comprendre ma position. J'ai prêté de l'argent à mon ami parce qu'il me disait en avoir besoin. Et il s'en est servi pour venir ici. À présent, il est tombé malade. Je me sens responsable de tout cela envers ses parents. Qui plus est, comme vous devez bien le penser, la chose qu'il m'appartient de faire, c'est évidemment de le remmener à Tokyo le plus tôt possible. Moi aussi, je me rends bien compte que c'est la seule solution raisonnable. Mais je ne l'ai pas fait. Au lieu de cela, sans même oser envisager combien ses parents vont m'en vouloir, me voici venu vers vous vous supplier d'accorder à Matsugae ce qu'il demande. Si je le fais, c'est parce qu'après avoir lu dans son regard cette ultime lueur d'espoir, j'ai senti que je n'avais pas d'autre choix. Si Votre Révérence pouvait seulement voir ce regard, je suis certain que vous aussi, vous seriez émue. Quant à moi, je ne puis m'empêcher de croire qu'il est beaucoup plus important maintenant de lui accorder ce qu'il veut que de se soucier de sa maladie. C'est chose effrayante à dire, mais j'ai comme le sentiment qu'il ne va pas guérir. Si bien que je vous apporte en vérité la prière d'un mourant. La compassion du Seigneur Bouddha ne pourrait-elle vraiment aller jusqu'à lui laisser voir Satoko, ne serait-ce qu'un instant ? Je vous en prie, ne pourriez-vous pas le permettre ? »

Sa Révérence ne répondait toujours pas. En dépit de son émotion extrême, il s'arrêta, craignant que s'il en disait davantage, ses paroles n'aboutissent qu'à rendre plus improbable un changement d'attitude chez l'abbesse. Tout était muet dans la pièce glacée. La lumière qui filtrait à travers le blanc pur du papier des portes treillagées lui fit penser à une brume légère.

Au même instant, il crut entendre quelque chose. Ce n'était certes pas assez proche pour provenir de la pièce voisine, mais assez proche cependant, venant peut-être de la pièce attenante à celle-ci ou d'un coin du vestibule. On eût dit un rire étouffé, aussi ténu que l'éclosion d'une fleur de prunier. Or après un instant de réflexion, il fut certain qu'à moins que son oreille ne l'eût trompé, le bruit qui

CHAPITRE 54

était parvenu jusqu'à lui à travers l'atmosphère glaciale du couvent en cette matinée de printemps n'était pas un rire étouffé comme il avait cru, mais un sanglot assourdi de jeune femme. Cela n'avait pas la pesanteur d'une femme qui essaie de résister à ses larmes. Ce qu'il avait entendu, sombre et léger, tel, d'un arc, le son de la corde qu'on tranche, c'était l'écho attardé d'un sanglot caché. Malgré tout, il commença à se demander si c'était rien d'autre qu'un caprice momentané de son imagination.

« Ah, dit l'abbesse, rompant à la fin son silence, sans aucun doute vous me trouvez sévère outre mesure. Peut-être avez-vous l'impression que c'est moi qui mets en œuvre tous les moyens pour séparer ces deux êtres. Et pourtant, il se peut bien assurément qu'on ait affaire ici à quelque chose qui nous dépasse. Cela remonte au moment où Satoko elle-même a fait un vœu devant le Seigneur Bouddha. Elle a fait le serment de ne plus jamais revoir ce garçon en ce monde. Je crois par conséquent que, dans sa sagesse, le Seigneur Bouddha fait en sorte que cela n'ait pas lieu. Mais pour ce jeune homme, quelle tragédie!

– Ainsi donc, en dépit de tout, Votre Révérence ne donnera pas la permission?

– Non.»

Sa voix avait une dignité au-delà de toute expression et il se sentit impuissant à lui répondre. Ce simple «Non» semblait assez puissant pour déchirer jusqu'au firmament, comme une frêle soie.

Alors, voyant sa profonde affliction, l'abbesse, de sa voix admirable, se mit à lui parler en termes élevés. Bien qu'il n'eût, en aucune façon, hâte de s'en aller pour retrouver un Kiyoaki complètement abattu, il ne put, dans son chagrin, accorder mieux qu'une attention distraite à ce qu'elle disait.

L'abbesse évoqua le filet d'Indra. Indra était un dieu indien et une fois qu'il avait jeté son filet, tout homme, toute chose vivante sans exception se trouvaient inextricablement pris dans ses mailles. C'est pourquoi toutes les créatures y étaient assujetties inéluctablement.

Le filet d'Indra symbolisait l'Enchaînement des Causes ou, en sanscrit, *pratitya-samutpada*. *Yuishiki* (Vijñaptimatrata ou la Conscience de Soi), doctrine fondamentale de la secte Hosso à laquelle appartenait Gesshu, était célébrée dans *Les Trente Versets de Yuishiki*, texte canonique attribué à Vasubandhu que la secte considérait comme son fondateur. Selon les Versets, l'*Alaya* est l'origine de l'Enchaînement des Causes. Car c'est dans l'*Alaya* que sont contenues les «Semences» du Karma d'où dérivent, comme des conséquences, les effets de toute action, bonne ou mauvaise.

Plus profondément enfouie chez l'homme que les six premières formes de la connaissance – la vue, l'ouïe, l'odorat, le goût, le toucher et l'esprit – dont sont doués les êtres sensibles, il y en avait une septième appelée *Mana* ou conscience de soi. Mais l'*Alaya*, forme ultime de la connaissance, gisait encore plus profondément.

Tout comme l'exprimaient *Les Trente Versets*, « semblable à un torrent impétueux qui coule à jamais, à jamais changeant », cette huitième forme de la conscience, tel un fleuve furieux, changeait sans cesse, sans jamais s'arrêter de couler. Dans son flux incessant, l'*Alaya* est la source de tous les êtres sensibles et la somme de tous les effets qui s'exercent sur eux.

Asanga, le cofondateur avec Vasubandhu de l'école Yuishiki, a développé, à partir de la nature éternellement changeante de l'*Alaya*, dans un ouvrage doctrinal intitulé *La Providence du Grand Véhicule*, une théorie unique de l'Enchaînement des Causes en fonction de la durée. Elle traite de l'interaction de la conscience selon l'*Alaya* et de la Loi de la Corruption qui engendre « le cycle sans cesse renaissant de l'annihilation et du renouvellement de la causalité ». Suivant la doctrine de *Yuishiki*, « la conscience unique », chacun des divers dharmas qui ne sont autres, en fait, que la conscience, loin d'être doué de permanence, existe simplement dans l'instant. Une fois l'instant passé, ils sont annihilés. Dans l'instant présent, la conscience due à l'*Alaya* et la Loi de la Corruption existent simultanément et leur interaction engendre la causalité de l'instant présent. Une fois passé cet instant, *Alaya* et Loi de la Corruption sont annihilés, mais l'instant d'après, tous deux renaissent et réagissent l'un sur l'autre pour engendrer une nouvelle causalité. Les êtres doués d'existence sont ainsi annihilés d'instant en instant et c'est ce qui engendre la durée. Le processus suivant lequel la durée naît de cette annihilation d'instant en instant peut se comparer à une rangée de points et à une ligne.

À mesure que passaient les minutes, Honda se trouvait peu à peu attiré par le profond exposé doctrinal de l'abbesse. Mais les circonstances où il se trouvait empêchaient que s'émût son instinct de curiosité rationnelle. Cette éruption soudaine de terminologie bouddhiste complexe le déroutait, puis il y avait des points au sujet desquels il avait des doutes. Le Karma, se disait-il, devrait opérer éternellement, processus sans commencement qui, de par sa nature, contenait en soi les éléments de la durée. Il lui paraissait contradictoire qu'au contraire, il fallût comprendre la durée comme naissant de la dissolution et de la régénération de la causalité de chaque instant présent.

Ses diverses appréhensions l'empêchèrent donc d'accorder une attention sincèrement respectueuse à la savante dissertation de Sa Révérence. La vieille religieuse l'agaçait aussi avec ses exclamations. À des moments choisis, elle faisait chorus : « Comme c'est bien vrai !... La vérité même !... Ça ne peut pas être autrement !... » Aussi se contenta-t-il de retenir les titres des *Trente Versets* et de *La Providence du Grand Véhicule*, se disant qu'il pourrait les étudier quand il en aurait le loisir, puis revenir ici poser des questions. Dans l'état d'esprit où il se trouvait, il ne comprit donc pas suivant quelle perspective ou dans quelle mesure les paroles de l'abbesse illuminaient le sort de Kiyoaki et le sien ; à n'en juger que par l'apparence, elles pouvaient en paraître fort éloignées et hors de propos. De même, la lune, à son zénith, éclaire de ses rayons subtils les eaux sombres d'un lac.

Il marmotta un adieu poli et prit congé de Gesshu le plus rapidement qu'il put.

55

Au cours du retour en chemin de fer à Tokyo, la souffrance de Kiyoaki, qui n'était que trop évidente, ne cessa d'être une source d'angoisse pour Honda. Il laissa ses livres entièrement de côté, n'ayant plus qu'un souci : ramener son ami à la maison le plus tôt possible. En regardant Kiyoaki qui gisait sur sa couchette, gravement atteint par la maladie, et qu'il ramenait à Tokyo sans avoir obtenu l'entretien qu'il avait tellement désiré, il se sentait rongé de remords. Il se demandait à présent si ç'avait été réellement le geste d'un ami de lui remettre cet argent.

Kiyoaki était tombé dans un demi-sommeil. Honda, quant à lui, était plus éveillé que jamais, bien qu'il se fût passé de dormir depuis si longtemps. Il laissait une foule de pensées aller et venir à leur guise. Parmi elles, lui revint le souvenir de sermons qu'avait prononcés l'abbesse en deux occasions, chacun suivi d'effets bien différents. À l'automne de l'année précédente, il l'avait entendue prononcer le premier sermon, la parabole de l'eau bue dans un crâne. Il en avait retenu le principe et construit à partir de là une parabole à lui qui traitait de l'amour humain. Et il avait conclu en pensant que ce serait incontestablement merveilleux si un homme pouvait réellement faire que la substance du monde se conformât pleinement à celle du plus intime de son cœur. Plus tard, au cours de ses études juridiques, il avait considérablement réfléchi à la doctrine de la réincarnation telle que l'expriment les Lois de Manu. Puis, ce matin, il avait de nouveau entendu l'abbesse. À présent, il avait l'impression que la seule clé de l'énigme qui l'avait tourmenté s'était trouvée suspendue sous ses yeux au bout d'un cordon, balancée de-ci, de-là, dans un tel désordre de tours et de détours que l'énigme elle-même semblait en être devenue d'autant plus complexe.

Le train devait arriver à la gare de Shimbashi à six heures du matin. La nuit était déjà fort avancée. Les respirations lourdes des voyageurs se mêlaient au ronronnement des roues. Il allait veiller jusqu'à l'aube, épiant Kiyoaki étendu en face de lui sur la couchette inférieure. Il avait laissé les rideaux ouverts afin de savoir aussitôt s'il survenait un changement quelconque dans l'état de ce dernier et, à cette heure, il observait par la fenêtre les champs enrobés de ténèbres.

Malgré la percée du train dans la nuit, les ténèbres étaient si denses, le ciel si couvert que les champs et les monts au-delà en étaient presque oblitérés, ne laissant presque rien pour signaler sa course en avant. De temps à autre, un éclair ténu de lumière ou la lueur éphémère d'une lanterne faisaient un accroc brillant dans le rideau d'obscurité, mais on n'en pouvait déduire aucune orientation. Ce n'était pas le train qui causait ces bruits de roulement, se prit à rêver Honda. C'était autre chose. Quelque chose qui enveloppait cette petite chose-là dans son cheminement sans objet à travers la nuit. Ces grondements sortaient de la masse même des ténèbres.

Pendant que Honda se hâtait de faire les bagages avant de quitter l'auberge d'Obitoke, Kiyoaki s'était procuré quelques feuilles de papier à lettre très ordinaire auprès de l'hôtelier et il avait rédigé une note qu'il avait ensuite donnée à Honda en lui demandant de la remettre à la marquise sa mère. Ce dernier l'avait rangée soigneusement dans la poche intérieure de sa tunique. À présent, n'ayant rien de mieux à faire, il la sortit et la lut à la piètre lumière de la lampe suspendue au plafond du wagon.

Elle était écrite au crayon et l'écriture tremblait, si peu dans la manière de Kiyoaki. Jamais il n'avait dessiné ses caractères avec beaucoup d'élégance, mais ils avaient toujours eu quelque chose de tout à fait vigoureux :

CHAPITRE 55

Ma chère mère,

Il y a une chose que je voudrais que vous donniez à Honda de ma part. C'est le journal de rêves dans mon bureau. Il lui plairait. Et comme personne d'autre n'aurait envie de le lire, veuillez le lui faire parvenir.

Kiyoaki

Honda se rendait compte qu'il avait employé ses dernières forces pour écrire cela comme une sorte de testament. Mais si vraiment tel avait été le cas, il aurait sûrement voulu y mettre un mot ou deux spécialement pour sa mère au lieu de s'adresser à elle de ce ton sec et commercial.

Il y eut un gémissement dans la couchette en face. Vite, il mit la note de côté et se trouva au chevet de Kiyoaki en un clin d'œil, à contempler son visage.

« Qu'y a-t-il ?

– La poitrine me fait mal. On dirait qu'on est en train de me poignarder. »

Sa respiration était rauque. Les mots venaient par à-coups. Honda, ne sachant quoi faire d'autre, commença doucement à masser le côté inférieur gauche de sa poitrine, à l'endroit où il disait que la douleur était la plus vive. Mais sous la lumière terne, il vit que le visage de son ami se contractait encore.

Pourtant, malgré ces contorsions, son expression était belle. L'extrême souffrance l'avait imprégné de façon extraordinaire, y creusant des rides qui lui conféraient l'austère dignité d'un masque d'airain. Les yeux si beaux étaient remplis de larmes. Au-dessus, cependant, les sourcils se fronçaient étroitement et il en émanait une force masculine qui faisait un contraste saisissant avec l'émouvante tristesse de l'éclair sombre, humide des prunelles. Dans son combat contre la douleur, son nez finement ciselé se relevait brusquement comme s'il essayait de sonder les ténèbres alentour, et ses lèvres, brûlantes de fièvre, s'étiraient en arrière, laissant apparaître la nacre luisante et pâle de ses dents.

À la fin, la douleur qui le torturait parut s'apaiser.

« Tu vas dormir ? Bon. C'est ce dont tu as besoin », dit Honda. Il ne s'expliquait pas le regard torturé qu'il avait surpris sur le visage de son ami l'instant auparavant. Au vrai, n'était-ce pas l'expression d'une joie intense, d'une espèce qui ne se trouve qu'à la toute fin de l'existence humaine ? Peut-être Kiyoaki avait-il vu quelque chose et Honda le lui enviait, émotion qui, à son tour, fit naître en lui une étrange impression de honte et de reproche envers soi-même.

Il secoua légèrement la tête. Il avait commencé à sentir le poids engourdissant du chagrin. Tout au fond de lui-même, subtil et tenace comme le déroulement d'un fil de ver à soie, un sentiment avait pris forme peu à peu. Sa signification lui échappait et il en était troublé.

Alors Kiyoaki, qui semblait avoir sommeillé un instant, ouvrit soudain grands les yeux et chercha la main de Honda. Il la tint fortement serrée en parlant.

« Je viens d'avoir un rêve. Je te reverrai. Je le sais. Sous la cascade. »

Son rêve, se dit Honda, l'avait conduit vers le parc qui entourait la maison paternelle. Et là, l'image la plus vive entre toutes devait avoir été la cascade qui retombait, en neuf niveaux, du faîte de la colline.

Deux jours après son retour à Tokyo, Kiyoaki Matsugae mourait à l'âge de vingt ans.

CHEVAUX ÉCHAPPÉS

1

On était en 1932. Shigekuni Honda avait trente-huit ans. Alors même qu'il continuait son droit à l'Université impériale de Tokyo, il avait passé le concours d'entrée dans la magistrature et, une fois diplômé, avait été nommé attaché stagiaire au parquet du tribunal de district d'Osaka. C'est là qu'il demeurait depuis lors. En 1929, il était devenu conseiller à la cour, et l'année précédente, ayant déjà été promu conseiller adjoint principal à la cour de district, il avait été muté à la cour d'appel d'Osaka en qualité de conseiller adjoint suppléant.

Honda s'était marié à vingt-huit ans. Sa femme était la fille d'un ami de son père, magistrat que la réforme judiciaire de 1913 avait contraint de prendre sa retraite. Le mariage eut lieu à Tokyo et le ménage s'en vint habiter Osaka aussitôt après. Au cours des dix années suivantes, son épouse ne lui avait pas donné d'enfants. Mais Rie était une femme tranquille, effacée, et l'harmonie régnait dans le ménage.

Son père était mort trois ans auparavant. À l'époque, Honda avait envisagé de se défaire de la maison de famille et de faire venir sa mère à Osaka. Celle-ci s'y était cependant refusée, de sorte qu'elle vivait seule maintenant dans la grande maison de Tokyo.

La femme de Honda avait une bonne pour l'aider à tenir la maison qu'ils habitaient en location. Celle-ci comportait deux pièces au second étage et cinq au premier, y compris la salle de séjour. Le jardin avait une bonne soixantaine de mètres carrés. Pour le tout, Honda versait un loyer mensuel de trente-deux yens.

Outre les trois jours qu'il passait chaque semaine au tribunal, Honda travaillait à domicile. Pour aller à la cour d'appel, il prenait le tramway d'Abeno, dans le quartier de Tennoji, à Kitama dans le bas d'Osaka. Puis il traversait les ponts qui franchissent le Tosabori et la Dojima jusqu'au palais de justice, situé non loin du pont de Hokonagashi. C'était un édifice en brique rouge dont l'entrée principale était surmontée du grand chrysanthème étincelant du blason impérial.

Une toile de *furoshiki* était chose indispensable à un magistrat. Il y avait toujours des documents à emporter chez soi, davantage habituellement que n'en pouvait contenir une serviette, et un empaquetage de toile s'agrandissait ou se réduisait à volonté. Honda utilisait un *furoshiki* en percale de dimensions moyennes provenant du grand magasin Daimaru et, pour plus de sûreté, il en emportait un second enveloppé dans le premier. Pour les magistrats, ces emballages de *furoshiki* étaient essentiels à leur tâche ; jamais ils ne les auraient confiés à un filet à bagages. Un de ses collègues ne se serait pas même arrêté pour prendre un verre avant de rentrer à la maison, sans avoir passé une cordelette par le nœud de son *furoshiki* et s'en être fait une boucle autour du cou.

Rien ne s'opposait à ce que Honda utilisât la salle réservée aux magistrats pour rédiger ses arrêts. Mais les jours où le tribunal ne siégeait pas, la pièce encombrée de gens retentissait d'arguments juridiques, cependant que les attachés stagiaires y séjournaient debout, assimilant avec déférence tout ce qu'ils pouvaient apprendre.

Shigekuni Honda était spécialisé dans le droit criminel. Il ne se souciait pas qu'Osaka, étant donné le peu d'ampleur de sa section de droit pénal, fût réputée n'offrir qu'un avancement limité en ce domaine.

Lorsqu'il travaillait chez lui, il passait des nuits à lire les rapports de police, les dossiers du procureur et les comptes rendus du juge d'instruction relatifs aux affaires qui devaient être jugées lors de la prochaine session. Après avoir tiré des extraits et pris des notes, il communiquait l'ensemble du dossier au conseiller adjoint principal. Une fois parvenu à une conclusion, il appartenait à Honda d'en rédiger le projet à l'intention du président du tribunal. Le ciel s'éclaircissait déjà à l'est au moment où, au terme de ses efforts, il arrivait à : « ... Le tout dûment considéré, la cour a arrêté les dispositions exposées ci-dessus. » Après l'avoir revu, le président le redonnait à Honda qui devait alors prendre son pinceau pour transcrire le document définitif. Les doigts de sa main droite portaient les durillons de l'écrivain.

Quant aux soirées chez les geishas, Honda se contentait d'assister à la fête de fin d'année traditionnelle organisée au Seikanro dans le quartier aux lanternes rouges du faubourg de Kita. Ce soir-là, supérieur et subordonnés festoyaient ensemble en toute liberté et il arrivait que tel ou tel, enhardi par le saké, s'adressât au premier président avec une franchise inhabituelle.

CHAPITRE 1

Leur récréation ordinaire consistait à fréquenter les cafés et les boutiques *oden* groupés autour de la correspondance des tramways d'Umeda-Shimmichi. Dans certains de ces cafés, on ne négligeait rien pour plaire à la clientèle. À supposer que l'on demandât l'heure à la serveuse, elle levait sa jupe avant de répondre pour consulter sa montre attachée par une courroie à une cuisse potelée. Naturellement, certains magistrats étaient beaucoup trop dignes pour ce genre de choses, jusqu'à croire que les cafés étaient uniquement des endroits où l'on buvait du café. L'un d'eux se trouvait présider lors d'un procès en détournement de fonds où le défendeur témoignait qu'il avait dissipé au café tout le millier de yens qu'il s'était indûment approprié. Le juge, indigné, l'interrompit :
« Comment pouvez-vous dire une chose pareille ? demanda-t-il. Une tasse de café ne coûte que cinq sen. Allez-vous soutenir que vous en avez bu pour tout cet argent ? »
Même après la réduction générale des traitements de la fonction publique, Honda était à l'aise, touchant près de trois cents yens par mois, autant qu'un colonel. Ses collègues occupaient leurs loisirs en passe-temps variés : les uns lisaient des romans, d'autres étudiaient les chants et les pièces du répertoire nô et de l'école de Kanze, d'autres encore participaient à des réunions où l'on cultivait la poésie haïku ainsi que les illustrations correspondantes. La plupart du temps, cependant, ces récréations servaient de prétexte à se retrouver pour trinquer ensemble.
Enfin, il y avait des magistrats, particulièrement passionnés de ce qui était occidental, qui allaient danser. À Honda, cela ne disait rien, mais souvent il entendait ses collègues en causer. Du fait qu'un arrêté municipal interdisait la danse à Osaka même, les fanatiques devaient se rendre à Kyoto où les dancings Katsura et Keage étaient renommés, ou encore à Amagasaki où le Kuise se dressait isolé au milieu d'une rizière. Il en coûtait un yen de se rendre en taxi à Amagasaki. En approchant, par une soirée pluvieuse, du bâtiment aux allures de gymnase, les ombres des couples de danseurs défilaient par ondulations saccadées le long des fenêtres éclairées et les accents du fox-trot rendaient un son étrange par-delà les champs de riz inondés et luisants sous la pluie.
Tel était, vers cette époque, l'univers de Honda.

2

Dans quelle étrange situation risque de se trouver un homme âgé de trente-huit ans ! Sa jeunesse appartient au lointain passé. Pourtant, la mémoire, au cours de cette période qui commence alors que la jeunesse s'achève pour s'étendre jusqu'au moment présent, ne lui a laissé aucune impression bien tranchée. En conséquence, le sentiment persiste en lui que seule une frêle barrière le sépare de sa jeunesse. Il ne cesse d'entendre on ne peut plus clairement les bruits émanant de ce domaine voisin sans pouvoir pour autant franchir cette barrière.

Honda avait le sentiment que sa jeunesse avait pris fin avec la mort de Kiyoaki Matsugae. À cet instant, quelque chose en lui qui était réel, quelque chose qui avait brûlé d'un éclat frémissant avait soudain cessé d'exister.

À présent, tard dans la nuit, quand Honda était las de rédiger ses projets de jugement, il lui arrivait de prendre le journal de ses rêves que Kiyoaki lui avait laissé, et d'en tourner les pages.

Une bonne partie de son contenu constituait apparemment autant d'énigmes dénuées de sens, mais certains des rêves ainsi notés préfiguraient avec grâce la mort prématurée de Kiyoaki. Ce rêve où il s'était vu regardant en esprit son propre cercueil de bois naturel tandis que les ténèbres qui précèdent l'aube faisaient place au bleu sombre par les fenêtres, s'était accompli avec une promptitude imprévue en moins d'un an et demi. La femme à la visière de veuve qui s'agrippait au cercueil était évidemment Satoko, mais on n'avait pas aperçu la vraie Satoko aux obsèques de Kiyoaki.

Depuis lors, dix-huit ans s'étaient écoulés. La frontière entre le rêve et le souvenir était devenue indistincte dans l'esprit de Honda, mais du fait que les mots contenus dans ce journal, seul souvenir de son ami, y avaient été tracés de la main même de Kiyoaki, ils prenaient pour lui une signification profonde. Ces rêves qui demeuraient telle une poignée de poudre d'or dans un van se chargeaient de magie.

Au fur et à mesure, rêves et réalité acquéraient une valeur égale parmi les souvenirs divers de Honda. Ce qui s'était vraiment passé était en train de se confondre avec ce qui aurait pu se passer. À mesure que le réel le cédait rapidement aux songes, le passé se mettait à ressembler beaucoup à l'avenir.

CHAPITRE 2

Quand il était jeune, il n'y avait qu'une réalité et l'avenir avait paru s'allonger au-devant de lui, soulevé d'immenses possibilités. Mais, en vieillissant, la réalité semblait prendre de multiples formes et c'est le passé qui paraissait se réfracter en d'innombrables possibilités. Et puisque chacune de ces dernières était liée à sa propre réalité, la ligne de démarcation entre le rêve et le réel devenait d'autant plus obscure. Ses souvenirs étaient en flux constant et revêtaient l'aspect du rêve.

D'un côté, il ne se rappelait plus au juste le nom de quelqu'un qu'il avait rencontré la veille, mais d'un autre côté, l'image de Kiyoaki lui apparaissait dans toute sa fraîcheur et sa clarté chaque fois qu'il l'évoquait, tout comme le souvenir d'un cauchemar est plus net que l'aspect du coin de rue familier où l'on va passer le matin suivant. Après avoir atteint la trentaine, Honda s'était mis à oublier le nom des gens, de même que la peinture s'écaille morceau par morceau. La réalité que comportaient ces noms devint plus éphémère, plus dénuée de sens qu'aucun rêve, déchet rejeté par la vie de tous les jours.

Honda avait le sentiment qu'il n'avait à attendre de l'avenir rien qui pût lui causer un choc. Que quelque nouvelle agitation fît osciller le monde, sa tâche resterait la même et il aurait à faire peser sur chaque perturbation le regard minutieux, rationnel de la loi. Il s'était complètement acclimaté à un monde dont la logique constituait l'atmosphère. Aussi bien, c'était la logique que Honda considérait comme valable, davantage que les rêves, davantage que la réalité.

Le très grand nombre d'affaires criminelles qu'il avait vu juger l'avaient, naturellement, amené en contact permanent avec les formes les plus extrêmes de la passion. Bien qu'il n'eût lui-même jamais éprouvé pareils sentiments, il avait vu des êtres humains tomber sous le joug fatal d'une passion unique.

Était-il donc tellement en sûreté? À chaque fois qu'il se prenait à y penser, Honda avait le sentiment que, longtemps auparavant, un danger fulgurant l'avait menacé, danger qui avait été anéanti après avoir jeté un dernier éclair. Il avait conscience que depuis cet instant, il était devenu invulnérable à n'importe quelle tentation, si contraignante qu'elle fût, liberté dont il était redevable à l'armure dont, depuis lors, il était revêtu. Le danger de ce lointain passé avec sa tentation, ç'avait été Kiyoaki.

Il fut un temps où Honda s'était plu à parler des jours qu'il avait passés en compagnie de Kiyoaki. Mais à mesure que l'homme avance en âge, le souvenir de ses jeunes années commence à agir tout comme une immunisation contre de nouvelles expériences. Et il avait trente-huit ans. C'est un âge où l'on se sent étrangement peu enclin à dire que l'on a vécu et où, cependant, l'on répugne à admettre la mort de la jeunesse, âge où la saveur des choses vécues s'aigrit un peu et où, jour après jour, on prend moins de plaisir aux choses nouvelles, âge où le charme de toute plaisante folie s'estompe rapidement. Mais pour Honda, le fait d'être voué à sa tâche le protégeait de toute passion. Il s'était épris de sa vocation curieusement abstraite.

Quand il rentrait le soir, il dînait avec sa femme avant de pénétrer dans son bureau. Quoiqu'il mangeât d'ordinaire à six heures les jours où il travaillait chez lui, l'heure variait les jours d'audience où il restait parfois au palais jusqu'à huit heures du soir. Du moins, à présent, ne l'appelait-on plus au milieu de la nuit comme c'était le cas du temps qu'il était juge d'instruction.

Si tard qu'il rentrât à la maison, Rié l'attendait toujours pour manger avec lui. Quand il arrivait tard, elle se dépêchait de faire chauffer le dîner. Honda lisait le journal en attendant, sachant qu'à la cuisine, son épouse et la bonne s'affairaient pour une bonne cause. De sorte que l'heure du dîner était pour Honda la plus délassante de toute la journée.

Le genre de son propre intérieur était certes différent, mais l'image de son père agréablement occupé à lire le journal lui venait souvent à l'esprit. D'une manière ou d'une autre, il avait fini par ressembler à son père.

Pourtant, il y avait des différences. Il était sûr de n'avoir rien de la sévérité assez artificielle de son père, si caractéristique de l'époque Meiji. D'une part, il n'avait pas d'enfants envers qui se montrer sévère et, d'autre part, son intérieur, de son propre mouvement, marchait d'une manière simple et ordonnée.

Rié était de tempérament paisible. Elle ne contredisait jamais son mari ni ne se montrait davantage indiscrète. Elle souffrait d'une légère inflammation des reins et il arrivait que ses traits fussent gonflés. Alors, ses yeux assoupis semblaient enflammés de passion, effet que rehaussait le maquillage un peu plus accentué qu'elle employait en pareille occasion.

En cette soirée dominicale vers la mi-mai, le visage de Rié s'enflait de nouveau. Demain était jour d'audience au tribunal. Honda s'était mis au travail dans l'après-midi, comptant pouvoir en finir avant de dîner, si bien qu'avant d'entrer dans son cabinet, il avait dit à sa femme qu'il voulait se tenir à l'ouvrage jusqu'au bout. Il n'eut pas achevé avant huit heures. Il n'était pas dans ses habitudes de manger si tard les jours où il restait chez lui.

CHAPITRE 2

Bien qu'il se sentît fort peu d'attrait pour les raffinements du goût, Honda s'était pris d'intérêt pour la céramique pendant son long séjour dans la région du Kansai et il se permettait le luxe modeste d'utiliser de la vaisselle de bonne qualité même pour les repas ordinaires. Ils mangeaient dans des bols de porcelaine Ninsei et l'on servait le saké dans une faïence d'Amata, œuvre de Yohei III. Rie n'épargnait aucune peine pour préparer des petits plats tels qu'une salade de poisson à la moutarde avec de jeunes truites, des anguilles grillées au naturel à la mode de Kanto ou du melon d'hiver en tranches, garni d'une sauce épaissie à la fécule d'arrowroot. Elle se souciait de la santé de son mari, rivé à son bureau toute la journée, et elle composait ses menus en conséquence.

C'était l'époque de l'année où le feu dans le brasero et la vapeur qui sortait en sifflant de la bouilloire de cuivre commençaient à paraître désagréables.

« Cela ne fera pas de mal ce soir de forcer un peu sur le saké, dit Honda, comme se parlant à lui-même. Tout mon travail est achevé à l'heure qu'il est, y ayant consacré tout le dimanche.

– C'est bien agréable d'en avoir fini », dit Rie, en remplissant sa tasse. Une harmonie toute simple coordonnait les mouvements de leurs mains, lui, tendant sa tasse, elle, tenant la bouteille pour verser. Un cordon invisible paraissait les relier, balancé d'avant en arrière presque en se jouant, au gré du rythme spontané de la vie. Rie n'était pas femme à troubler de pareils rythmes. De cela, Honda pouvait être certain, tout comme il pouvait juger par le parfum généreux de ses fleurs, en cette soirée, que le magnolia du jardin était épanoui.

Ainsi tout ce que Honda désirait se trouvait paisiblement ordonné dans son horizon et à portée commode. C'était là le domaine constitué en moins de vingt années par celui qui avait été un garçon d'avenir. À l'époque, il n'avait presque rien eu sur quoi refermer ses doigts avec le sentiment d'en être propriétaire, mais du fait que cette absence n'avait suscité en lui aucune irritation inquiète, toutes ces choses étaient désormais venues s'établir solidement entre ses mains.

Après avoir dégusté son saké, il prit un bol de riz fumant où des petits pois verts luisaient tout brillants çà et là. À ce moment, il entendit tinter la clochette d'un jeune marchand de journaux annonçant une édition spéciale. Il envoya la servante courir acheter un numéro.

Le journal dont la tranche grossièrement rognée et l'encre à peine sèche montraient la hâte mise à le sortir, donnait les premières nouvelles de l'Incident du 15 mai, l'assassinat du Premier ministre Inukai par des officiers de marine.

Honda eut un soupir : « Comme si ce n'était pas assez d'avoir eu les Conjurés du Serment du Sang. » Il se sentait au-dessus du lot ordinaire de ceux qui se dressaient indignés, le visage assombri de passion, pour condamner la corruption du siècle. Il était convaincu que son univers à lui était tout entier de raison et de clarté. À présent qu'il était un peu gris, cette clarté semblait même briller d'un plus vif éclat.

« Voilà de quoi t'occuper de nouveau, n'est-ce pas ? » dit Rie.

Honda sentit monter en lui une condescendance affectueuse à entendre une fille de magistrat trahir une telle ignorance.

« Non, non. Cela va être confié à un tribunal militaire. »

Cette affaire, de par sa nature même, se situait hors la juridiction civile.

3

*D*urant quelques jours, l'Incident du 15 mai fut, bien entendu, l'unique sujet de conversation dans la salle des magistrats au palais de justice. Mais, au début de juin, il y eut une telle abondance de procès en instance que tous les magistrats furent trop occupés pour se soucier davantage de l'affaire. Déjà, ils étaient fort au courant des faits dont la presse ne parlait pas et ils avaient échangé entre eux toutes les bribes d'information. Chacun savait que le premier président de la cour d'appel, le juge Sugawa, un passionné de kendo, était sympathique aux idées des accusés sans que personne eût la témérité d'y faire allusion.

Des incidents de cette nature, se produisant l'un après l'autre, ressemblaient aux flots de l'océan qui viennent, la nuit, déferler en brisants sur la grève. Tout d'abord une mince crête semblable à une ligne blanche indécise apparaît au large en surface. Puis à mesure que la vague se précipite, elle enfle de façon énorme pour venir s'écraser sur le sable avant de se fondre à nouveau dans les profondeurs. Honda se rappelait la mer à Kamakura en cette soirée d'il

CHAPITRE 3

y avait dix-neuf ans où lui, Kiyoaki et les deux princes siamois, étaient restés allongés sur la plage à regarder les flots monter, puis repartir.

Quant aux vagues telles que l'Incident du 15 mai, Honda estimait que la plage était innocente. Celle-ci n'avait d'autre obligation que de les repousser au large avec une patience inépuisable, les empêchant de déferler sur les terres, de les repousser chaque fois dans l'abîme du mal d'où elles étaient sorties, dans le règne primordial du repentir et de la mort.

Que pensait du mal Honda lui-même ? Que pensait-il du péché ? Pareilles pensées n'engageaient pas réellement sa responsabilité. Il lui incombait seulement de se conduire d'après le code judiciaire en vigueur. Pourtant, quelque part au tréfonds de lui-même, Honda recelait en secret un certain concept du péché, concept aussi odorant, aussi stimulant qu'une lotion piquante pénétrant une peau sèche et gercée. Nul doute qu'il le devait à l'influence attardée de Kiyoaki.

Cependant, cette notion «malsaine» n'était pas si forte qu'il estimât devoir s'y opposer. Dominé qu'il était par la raison, Honda n'avait rien en lui qui ressemblât à un dévouement aveugle envers la justice.

Un jour, au début de juin, où la session de la matinée avait pris fin plus tôt que de coutume, Honda s'en retourna à la salle des magistrats disposant encore d'un peu de temps avant le déjeuner. Il ôta sa toque noire à ganse violette et sa robe noire de magistrat avec ses motifs violets brodés en arabesque sur le devant pour les ranger dans la petite armoire en acajou qui lui rappelait un autel bouddhiste domestique. Puis il se mit à regarder d'un œil distrait par la fenêtre en fumant une cigarette. Il tombait comme du crachin.

«Je ne suis plus un débutant dans ce métier, songeait-il. J'ai accompli ma tâche sans être influencé par l'opinion d'autrui, je peux dire que j'ai répondu à ce qu'on attendait de moi. Me voici tout à fait versé dans ma profession, tel un potier dont l'argile semble se façonner d'elle-même, prenant la forme qu'il veut lui voir.»

Soudain il se rendit compte qu'il était sur le point d'oublier le visage de l'accusé qui venait de passer en jugement devant lui. Il secoua la tête. Il avait beau faire, il ne pouvait plus se rappeler distinctement les traits de cet homme.

Du fait que le cabinet du procureur occupait les pièces situées au troisième étage du palais, face au fleuve et orientées au midi, la vue ainsi laissée à la salle des magistrats, avec ses fenêtres tournées vers le nord, était des plus lugubres. Elle comprenait principalement la prison. Un couloir traversait la muraille de brique rouge qui séparait le palais de la maison d'arrêt, permettant aux accusés de se rendre au tribunal sans s'exposer à la vue du public.

Honda remarqua que la peinture des parois de la salle ruisselait d'humidité et il ouvrit la fenêtre. Au-delà de la muraille en brique rouge, se rejoignaient les toitures des diverses ailes de la prison à deux étages en brique blanche, et une tour de garde en forme de silo se dressait à leur jointure. Cette tour était seule à posséder des fenêtres sans barreaux.

Les toits de tuiles des ailes de la prison et les petits écrans de tuile qui protégeaient les conduits de ventilation luisaient tous comme le noir mouillé d'une pierre à encre. À l'arrière-plan, une immense cheminée montait vers le ciel de pluie. De la fenêtre de Honda, la vue ne s'étendait pas au-delà.

Le flanc des bâtiments de la prison était percé à intervalles réguliers de fenêtres, couverte chacune de barreaux de fer peints en blanc et d'un brise-vue en planchettes de bois. Sous chaque fenêtre, sur le mur mouillé de pluie, couleur de linge sale, était peint un grand numéro en chiffres arabes : 30, 31, 32, 33 et ainsi de suite. Les numéros du premier et du second étage alternaient de façon qu'immédiatement au-dessous de la fenêtre 32 du second étage se trouvât la fenêtre 31 du premier. Il y avait une rangée de trous d'aération oblongs et, au rez-de-chaussée, juste au niveau du sol, des ouvertures pour l'écoulement des toilettes.

Tout aussitôt, Honda se prit à se demander laquelle de ces cellules abritait l'accusé qui venait de comparaître devant lui. Le savoir était sans rapport avec son rôle de magistrat. Cet homme était un paysan miséreux du département de Kochi dans la province de Shikoku. Il avait vendu sa fille à un bordel d'Osaka et alors, ayant reçu moins de la moitié de ce qu'on lui avait promis, il était allé voir la tenancière. Rendu furieux par ses injures, il avait commencé par la battre et dans son emportement, il avait tué la femme. Malgré tout, Honda n'arrivait pas à se rappeler distinctement le visage de l'accusé, un visage aussi impassible qu'un caillou.

La fumée de sa cigarette s'élevait à travers ses doigts pour ne le céder qu'à la bruine. Cette cigarette aurait été un précieux trésor dans cet autre monde dont il n'était séparé que par une muraille. Un instant, Honda fut frappé du contraste absurde des valeurs entre ces deux mondes dont la loi définissait la frontière. Là-bas, le goût du

CHAPITRE 3

tabac était chose infiniment désirable ; ici une cigarette n'était rien d'autre qu'un moyen de passer quelques instants de loisir.

Le promenoir intérieur aux divers corps de bâtiments de la prison se divisait en un certain nombre d'enceintes en éventail. De cette fenêtre, on apercevait souvent le bleu des uniformes et le bleu des crânes rasés des détenus lorsque, par deux ou trois à la fois, on leur faisait faire des exercices physiques ou qu'on les autorisait à tourner. Aujourd'hui, cependant, peut-être à cause de la pluie, les promenoirs étaient aussi vides et silencieux que la cour d'un poulailler après que toutes les volailles ont été sacrifiées.

Juste à ce moment, le silence lourd et accablant fut ébranlé par un bruit venu d'en bas, comme des contrevents qu'on aurait tous rabattus d'un coup.

Puis ce fut de nouveau le silence. Une brise légère vint attraper la bruine et Honda se sentit le front moite. Il était en train de refermer la fenêtre quand son collègue, le juge Murakami, entra dans la salle en quittant l'audience qu'il avait tenue le matin.

« Je viens d'entendre le bruit d'une exécution, dit Honda d'un ton brusque comme pour s'excuser.

– Moi aussi, j'en ai entendu une il y a quelques jours. Ce n'est pas un bruit agréable, n'est-ce pas ? Je ne crois pas que ç'ait été une bonne idée de placer le poteau si proche de cette muraille. » Murakami ôta sa toge. « Eh bien, est-ce que nous allons déjeuner ?

– Qu'est-ce que vous allez prendre aujourd'hui ?

– Que voulez-vous que je prenne ? Un *bento*[1] Ikematsu. »

Ils s'engagèrent tous les deux dans le sombre couloir qui menait à la salle à manger réservée aux hauts fonctionnaires, laquelle se trouvait ici au troisième étage. Honda et Murakami avaient coutume, tout en déjeunant, de discuter les affaires en cours. Une porte où était inscrit « Salle à manger des conseillers » était surmontée d'un vitrail dont le motif floral art nouveau compliqué brillait d'un vif éclat à la lumière qui venait de l'intérieur.

La salle à manger comportait dix tables, longues et étroites, chacune garnie de bouilloires et de tasses à thé. Honda jeta un coup d'œil pour voir si le premier président était parmi les convives. Il venait souvent déjeuner ici afin de discuter de choses et d'autres avec ses collègues. En pareil cas, la préposée à la salle à manger, qui connaissait bien les préférences du président, ne manquait pas d'ac-

---

1. Casse-croûte. *(N.d.T.)*

courir à sa table avec une petite théière. Celle-ci ne contenait pas de thé mais du saké. Aujourd'hui, cependant, le président n'était pas là.

Assis en face de Murakami, Honda ouvrit sa propre boîte de *bento* laquée et en sortit la portion du haut contenant légumes et poisson. Comme d'habitude, le fond en était humide et gluant à cause de la vapeur du riz brûlant de la case inférieure et des grains de riz collaient à la laque rouge ébréchée. Honda, ennuyé rien qu'à l'idée de gaspiller, ôta le riz soigneusement, grain par grain, et le porta à sa bouche.

Une attitude aussi scrupuleuse fit l'amusement de Murakami.

« Nous avons été élevés de la même façon, dit-il en riant. Tous les matins, vous deviez saluer un petit paysan de bronze assis, les jambes croisées, avec, entre elles, un manteau de pluie en paille, et lui offrir quelques grains de riz. Moi aussi. Si je laissais tomber un seul grain sur le parquet pendant le dîner, il me fallait le ramasser pour le mettre dans ma bouche.

– Les samouraïs se rendaient compte qu'ils mangeaient sans travailler, dit Honda. On ressent encore les effets d'avoir été élevé de cette façon. Comment se conduisent vos enfants ?

– Ils font comme papa », répondit Murakami, son visage empreint d'un air de satisfaction béate. Il se savait manquer de la gravité qui convient à un juge et, à une certaine époque, il avait tenté de laisser pousser sa moustache, mais il dut abandonner devant les quolibets de ses collègues et de ses supérieurs. Il aimait beaucoup lire et causait souvent de littérature.

« Savez-vous qu'Oscar Wilde a dit qu'il n'existe pas de crime à l'état pur à l'heure actuelle ? Tous les crimes proviennent d'un besoin quelconque. Prenez la plupart de ces récents assassinats. J'ai le sentiment qu'il m'aurait fallu renoncer à présider ces débats.

– Oui, je vois ce que vous voulez dire, répliqua Honda prudemment. C'est ce qu'on pourrait appeler des crimes dus à l'inadaptation sociale. La plupart de ces incidents semblent être des problèmes sociaux qui aboutissent à une fixation criminelle, n'est-ce pas ? Qui plus est, les individus en cause sont bien rarement des intellectuels. Ils ignorent ce que tout cela signifie mais ils en viennent à personnifier l'essence des problèmes.

– Les paysans du Nord, par exemple. Voilà une situation épouvantable.

– Nous pouvons rendre grâce de ne rien avoir d'aussi mauvais dans notre district. »

La juridiction de la cour d'appel d'Osaka avait été instituée en 1913 et comprenait Osaka, Kyoto, Hyogo, Nara, Shiga, Wakayama,

CHAPITRE 3

Kagawa, Tokushima et Kochi – deux districts urbains et sept préfectures, une région prospère dans l'ensemble.

Tous deux continuèrent à discuter longuement des progrès rapides du crime idéologique, de la politique du parquet général et d'autres sujets. Tout en causant, le claquement de l'exécution résonnait encore aux oreilles de Honda, vibrant d'un frémissement sonore qui eût satisfait un charpentier. Néanmoins, il mangea de bon appétit. Plutôt que de le troubler, le bruit lui apparaissait comme un coin de cristal très mince qui aurait pénétré sa conscience.

Quand le président Sugawa fit son entrée, tous ceux qui étaient là l'accueillirent en saluant respectueusement de la tête. La préposée se précipita pour aller chercher la théière spéciale tandis que Son Honneur s'asseyait auprès de Honda et de Murakami. Colossal, le teint fleuri, le président était grand connaisseur en kendo, instructeur breveté de l'école d'escrime Hokuskin Ittoryu et conseiller de l'association des arts martiaux. Il se plaisait à citer un ouvrage classique sur le kendo au cours de ses interventions juridiques et en conséquence, dans son dos, on l'appelait l'«arbitre». Mais c'était une personne fort agréable et ses décisions judiciaires étaient toujours empreintes de chaleur humaine. Toutes les fois qu'une rencontre ou un tournoi de kendo se déroulaient dans son district et qu'on lui demandait de bien vouloir prononcer l'allocution de bienvenue, il s'en acquittait avec plaisir. Et du fait que de nombreux sanctuaires shinto parrainaient les arts martiaux, le président entretenait naturellement des liens avec eux et était toujours invité d'honneur à leurs grandes fêtes.

«Je ne sais comment faire, soupira le président en s'asseyant. Je leur ai dit que je viendrais, il y a longtemps, et voilà que justement il n'y a pas moyen que j'y sois.»

Son désarroi avait certainement quelque chose à voir avec le kendo, se dit Honda et c'était bien cela en effet. Il devait y avoir un tournoi de kendo au sanctuaire d'Omiwa dans la ville de Sakurai, Préfecture de Nara, le 16 juin. Ce sanctuaire comptait des fidèles dans le pays tout entier et même les universités de Tokyo y envoyaient leurs meilleurs athlètes. Le président Sugawa avait accepté de prononcer l'allocution principale, mais il advenait aujourd'hui qu'il lui fallait se rendre à Tokyo ce même jour à une conférence des présidents de tribunaux de district. S'agissant d'une affaire qui n'avait rien à voir avec un rôle officiel, dit-il à Honda et à Murakami, il n'avait pas le droit de demander à l'un d'eux d'y aller à sa place, mais l'un ou l'autre se sentait-il enclin, par hasard, à lui prêter la main ? Devant une requête si modeste, les deux magistrats consultèrent aussitôt leur agenda. Une séance du tribunal, le 16, éliminait Murakami, mais Honda devait travailler à la maison pendant quelques jours et les affaires qu'il aurait à examiner n'étaient pas compliquées.

Le visage du président rayonna : « Je ne sais comment vous remercier, dit-il à Honda. Cela me vaudra de rester dans leurs bonnes grâces, et il n'est pas douteux qu'ils en seront très satisfaits au sanctuaire, ayant d'ailleurs connu votre père. Il vaut mieux que vous y consacriez deux jours. Vous pouvez descendre à l'hôtel Nara le soir du tournoi. Il est très tranquille et ce sera un bon endroit pour y travailler. Le lendemain, c'est la fête de Saigusa au sanctuaire d'Izagawa suffragant du sanctuaire d'Omiwa, là justement à Nara, si bien que vous pourrez assister aux deux. Moi-même, je l'ai vue une fois et il n'existe nulle part plus belle fête traditionnelle. Cette idée vous convient-elle, Honda ? Si vous pensez que cela vous plairait d'y assister, je vais écrire dès aujourd'hui. Non, pas d'hésitation. C'est quelque chose que vous ne pouvez pas manquer. »

Ainsi acculé par l'enthousiasme bien intentionné du président, Honda acquiesça un peu à contrecœur. Pour ce qui était d'un match de kendo, il n'en avait pas vu un seul depuis vingt ans, au collège des Pairs. En ce temps-là, lui et Kiyoaki détestaient l'équipe de kendo et les hurlements fanatiques qui accompagnaient ses séances d'entraînement. Ni l'un ni l'autre ne pouvaient entendre ces cris sans que leur sensibilité juvénile n'en ressentît une injure pénible. C'étaient des cris sauvages, étranglés, révoltants, qui semblaient vouloir exalter la démence éhontée au niveau d'une chose sacrée. Bien entendu, Honda et Kiyoaki avaient des raisons différentes de les avoir en horreur. Pour Kiyoaki, ces clameurs choquaient ses sentiments raffinés. Pour Honda, elles constituaient un affront à la raison même. Cependant, une réaction de cette nature était, chez Honda, quelque chose qui appartenait au passé. Désormais, il était si rompu à la discipline qu'il pouvait entendre ou voir n'importe quoi sans que le moindre froncement de sourcils vînt le trahir.

Les jours où il y avait un assez long intervalle entre le déjeuner et le début de l'audience de l'après-midi, Honda allait se promener au bord de la Dojima si le temps était agréable. Il aimait à regarder les péniches remorquer le bois d'œuvre en aval de la rivière, l'eau blanchie par le brassage des billes comme au sortir d'une bouche écumante. Mais aujourd'hui, il pleuvait. Il y aurait beaucoup trop de

CHAPITRE 3

remue-ménage dans la salle des magistrats pour qu'il pût s'y délasser. Après avoir quitté Murakami, il resta un moment sans rien faire à l'entrée principale, où le vert pâle et la lumière blanche d'un vitrail représentant une olivette jetaient une lueur sur le granit lisse et marbré des piliers qui bordaient la salle des pas perdus. Une pensée lui vint tout à coup et il alla à la comptabilité chercher une clé. Il avait décidé de grimper à la tour.

La tour en brique rouge du palais de justice était un des points de repère d'Osaka et, quand on l'apercevait de la rive opposée, son image se mirant en travers de la Dojima, elle procurait un certain plaisir esthétique. Par ailleurs, on l'appelait la tour de Londres et des légendes couraient à son sujet comme celle qui prétendait qu'il y avait un gibet au sommet où des exécutions avaient lieu.

Nul n'avait jamais pu imaginer à quoi pouvait bien servir ce caprice extraordinaire de l'architecte anglais du palais, si bien que la tour restait fermée à clé et qu'on laissait la poussière s'y accumuler au long des années. Parfois, un magistrat y grimpait pour jouir de la vue. Par temps clair, on pouvait voir jusqu'à l'île d'Awaji.

Honda fit tourner la clé dans la serrure et entra. Il se trouva devant un vaste espace blanc et vide. La base de la tour formait le plafond du vestibule de la façade du palais. Depuis là jusque tout en haut il n'y avait rien qu'une vacuité sans obstacle. Les parois blanches étaient salies de couches de poussière et de la pluie qui avait suinté au cours des ans. Il n'y avait de fenêtres qu'au sommet qu'entourait un étroit balcon. On y accédait au moyen d'un escalier en fer qui serpentait le long des murs avec la ténacité du lierre.

Honda savait que s'il touchait la rampe de l'escalier, son épaisse couche de poussière lui noircirait le bout des doigts. Malgré la pluie, la lumière qui filtrait par les fenêtres là-haut suffisait à plonger l'intérieur de la grande tour dans un éclairage étrange comme une aube de mauvais augure. Chaque fois qu'il pénétrait dans cette tour et s'y trouvait enveloppé de l'étendue vierge de ses murailles et des absurdes sinuosités de sa cage d'escalier, Honda avait l'impression d'entrer dans un monde bizarre dont on avait fait exprès d'accentuer les dimensions. Un tel espace, se disait-il, devait abriter quelque statue géante dissimulée à ses yeux, un personnage immense aux traits invisibles courroucés, figés dans leur sévérité.

Sinon, pensait Honda, rien ne justifierait ce volume extravagant. Ce serait par trop dénué de sens. Il n'était pas jusqu'aux fenêtres, assez grandes vues de près, qui ne parussent guère plus grosses que des boîtes d'allumettes, de l'endroit où il se tenait.

Il grimpa, marche après marche, jetant un regard de temps à autre vers le bas par le treillis de fer qui le portait. Chaque pas éveillait un écho retentissant dans la tour. Quoiqu'il n'eût aucune raison de douter de la solidité de l'escalier, chacun de ses pas faisait trembler sa longue charpente métallique de haut en bas avec un tremblement vertigineux, comme un frisson passant à travers le corps. De la poussière descendait lentement en silence vers le sol tout en bas.

Quand il eut atteint le sommet et regarda par les diverses fenêtres, le paysage qui s'étalait au-dessous de lui avait peu à offrir que Honda n'eût pas déjà découvert. Bien que la pluie réduisît considérablement son champ de vision, il distinguait la Dojima poursuivant paisiblement son cours vers le sud et son confluent avec le Tosabori. Sur la rive opposée de la Dojima, en plein midi, s'élevaient l'hôtel de ville, la bibliothèque départementale et la banque du Japon avec son toit de bronze circulaire. Honda abaissa son regard vers les bâtiments administratifs qui occupaient cette large bande de terrain entre les deux rivières, tous écrasés par la tour. À l'ouest du palais de justice, l'immeuble Dojima se dressait tout proche et, dans son ombre, la façade gothique de l'hôpital de la Résurrection. Les ailes du palais s'étendaient en bas de chaque côté et sa brique rouge n'était pas sans charme, mouillée de pluie. La petite pelouse de sa cour intérieure semblait ajustée avec autant de soin que le feutre vert d'un billard.

De cette hauteur, Honda ne distinguait au sol aucune silhouette humaine. Il n'apercevait que les rangées de bâtiments, les lumières allumées en plein midi, passives sous la pluie qui tombait. Dans la fraîcheur envahissante, consolation de la nature, Honda se prit à réfléchir.

« Me voici donc sur un haut lieu. Assez haut pour donner le vertige. Et je m'y trouve, non à cause du pouvoir, non à cause de l'argent mais simplement parce que, pour la nation, je représente la raison. Hauteur qui repose sur la logique, telle une tour formée de poutrelles d'acier. »

Toutes les fois que Honda montait ici, bien plus que quand il était assis sur le banc d'acajou, il se sentait envahi par ces vues de portée générale qui convenaient à un magistrat. En regardant de cet observatoire, tous les phénomènes, là, en bas, et tous les phénomènes du passé semblaient figurer devant lui sur une seule carte trempée de pluie. Si même la raison aimait à jouer se divertir comme un enfant, peut-être qu'aucun jeu ne lui serait plus naturel que de tout rassembler sous un regard unique.

CHAPITRE 4

Au-dessous de lui, il se passait toutes sortes de choses. Le ministre des Finances tué à coups de revolver. Le Premier ministre tué à coups de revolver. De nombreux professeurs d'extrême gauche appréhendés. Des bruits absurdes qu'on colportait. L'aggravation de la crise dans les milieux agricoles. Le gouvernement des partis chancelant, peut-être à un pas de s'effondrer. Et Honda ? Lui se tenait sur les hauteurs réservées à la justice.

Bien entendu, Honda était homme à dessiner en esprit toutes sortes de caricatures de lui-même dans ce rôle. Le voici, tenez, par exemple, sur la tour de justice, soulevant l'une après l'autre, avec des pinces, toutes les variétés possibles des passions humaines pour les soupeser. Le voici encore qui les enveloppe dans un douillet *furoshiki* de raison afin de pouvoir les emporter chez lui pour servir de matière première à ses conclusions. Jour après jour, la tâche de Honda était de rejeter tout élément de mystère et de se donner pour unique objet de travailler à affermir le mortier qui tient en place les briques de la loi. Pourtant, pensait-il, se tenir en un haut lieu, embrasser d'un seul regard la nature humaine, depuis les clartés des cimes jusqu'en ses bas-fonds – cela n'était pas mince. Posséder une affinité, non avec les phénomènes, mais avec les principes de la loi, ce n'était pas mince. De même que le palefrenier sent toujours l'écurie, de même Honda, à l'âge de trente-huit ans, s'était imprégné de l'arôme de la justice légale.

4

Le 16 juin, il se trouva faire une chaleur inhabituelle, même aux premières heures de la matinée. Le soleil prodiguait ses rayons en fanfare comme pour annoncer l'ardeur à venir du plein été. Honda partit de chez lui pour Sakurai à sept heures du matin dans une voiture que lui avait fait envoyer le président.

Le sanctuaire d'Omiwa occupait un rang extrêmement élevé parmi les sanctuaires nationaux. Localement, la plupart des gens l'appelaient Miwa Myojin, d'après le mont Miwa où l'on voyait l'incarnation de la divinité à laquelle il était voué. Le mont Miwa lui-même se dénommait simplement la montagne sainte. Il s'élevait à près de cinq cents mètres au-dessus du niveau de la mer avec, à sa base, une circonférence d'une quinzaine de kilomètres et il était recouvert d'une épaisse forêt de cèdres, de cyprès, de pins rouges et de chênes. Aucun des arbres qui y poussaient ne pouvait être abattu. Aucune dégradation, quelle qu'elle fût, n'y était permise. Le sanctuaire primitif du pays de Yamato était le plus ancien sanctuaire de tout le Japon et avait la réputation d'avoir transmis la foi shinto sous sa forme la plus pure. De sorte que tous ceux qui révéraient les anciens rites s'estimaient obligés, au moins une fois dans leur vie, de faire le pèlerinage d'Omiwa.

Le dieu principal du sanctuaire d'Omiwa était la grande divinité Nigimitama, le «dieu doux» auquel un culte était rendu par tout le Japon en tant que patron des distillateurs de saké. Il se pouvait que le nom même du sanctuaire vînt d'un récipient où l'on faisait fermenter le riz. Dans son enceinte se trouvait le petit sanctuaire de Sai, consacré à Aramitama, le «dieu sévère», envers qui les militaires avaient une vive dévotion, un très grand nombre d'entre eux venant prier pour être heureux au combat. Cinq ans auparavant, le président d'une association d'anciens combattants avait proposé d'organiser ici une rencontre de kendo, chaque année, en signe de dévotion. Cependant, le terrain du sanctuaire de Sai lui-même étant trop exigu, on choisit finalement comme emplacement l'esplanade située devant le sanctuaire principal.

Le président avait expliqué tout ceci à Honda. La voiture s'arrêta devant le vaste portique *torii* et Honda en descendit devant le panneau qui recommandait aux pèlerins de continuer à pied.

Le sentier couvert de gravier qui montait au sanctuaire tournait doucement. Des flammes blanches en papier se balançaient dans la brise légère, suspendues aux intervalles prescrits à des cordelettes qui reliaient entre elles de chaque côté les branches de cèdres. La mousse qui couvrait les racines des pins et des chênes au-delà des cèdres, encore trempée de la pluie de la veille, luisait d'un vert mouillé d'algues marines. Sur une partie du chemin, un ruisseau côtoyait le sentier tout de suite à gauche et on entendait, à travers les fougères et les bambous, le bruit de l'eau qui giclait. Du ciel limpide au-dessus, les rayons torrides du soleil atteignaient jusqu'au sous-bois, guère gênés par les rameaux des cèdres qui l'abritaient. Au moment où Honda traversait le pont sacré, il avisa le rideau blanc orné d'un motif violet qui était tendu en avant du sanctuaire. C'était bien au-delà du faîte des marches de pierre en

CHAPITRE 4

colimaçon qui lui faisaient face à présent. Après les avoir grimpées, Honda s'arrêta pour s'éponger le front. Le sanctuaire d'Omiwa se dressait à ses yeux dans toute sa splendeur au pied du mont Miwa.

Le grand parvis devant le sanctuaire avait été balayé pour en faire disparaître le gravier et former un carré légèrement recouvert de sable que l'argile du dessous teintait de rouge. C'est là que devaient avoir lieu les matches de kendo. Des chaises et des pliants le bordaient sur trois côtés, et un grand dais abritait une partie de l'emplacement réservé aux spectateurs. Sa place en tant qu'invité d'honneur, pensa Honda, se trouvait là, sous le dais.

Une délégation de prêtres en aubes blanches vint l'accueillir et lui dire que le responsable du sanctuaire serait honoré de le recevoir. Honda jeta vivement un coup d'œil par-dessus son épaule vers le disque blanc du soleil matinal qui flamboyait au-dessus du terrain de kendo, tout en suivant les prêtres qui se dirigeaient vers l'abri du presbytère.

Malgré l'air de gravité qu'il affectait généralement, Honda n'était pas particulièrement pieux. Tandis qu'au-delà du sanctuaire, il regardait les hauts cèdres du mont Miwa briller sous l'éclat impressionnant du ciel matinal, il eut le sentiment d'être en présence de la divinité. Pour autant, il était loin d'être pénétré d'une idée de dévotion.

Le sentiment que la mystique enveloppe le monde à la façon d'une pure atmosphère diffère considérablement d'une manière de voir qui, tout en acceptant la mystique, simplement ne pense pas qu'elle ait rien à faire avec les choses ordinaires. Honda avait bien sûr de la sympathie pour la mystique. C'était quelque chose comme l'affection qu'on a pour une mère. Mais depuis environ ses dix-neuf ans, il avait estimé pouvoir fort bien s'en passer, sentiment qui désormais était devenu pour lui une deuxième nature.

Après que Honda et les divers notables locaux eurent échangé force politesses ainsi que leurs cartes, le grand prêtre les emmena tous à l'entrée du vestibule qui conduisait au sanctuaire proprement dit où les attendaient deux *miko*. Les hôtes tendirent leurs mains afin que ces jeunes filles y fissent couler de l'eau suivant le rite de purification shinto. À l'intérieur du sanctuaire se trouvait le groupe, de bleu vêtu, des cinquante athlètes qui prenaient part à la rencontre. Honda se vit accorder la place d'honneur quand les invités s'assirent.

Les flûtes rituelles se firent entendre puis un prêtre en aube blanche, coiffé d'un haut bonnet, s'avança vers l'autel et commença de réciter une prière dédicatoire :

« Ici, en la présence terrible de la grande divinité d'Omiwa, le Prince Sacré, Omononushi Kushimigatama, à jamais intronisé sous les cieux, à jamais honoré de la lumière du soleil, ici sur cette terre sainte d'Omiwa... »

Tout en priant, le prêtre agitait par-dessus les têtes le rameau vert sacré de sakaki où pendaient des flammes de papier blanc. À son tour, après un membre de l'association de patronage, Honda, en tant que représentant des invités, prit la branche de sakaki qu'on lui tendait et l'éleva respectueusement devant l'autel des dieux. Il revenait ensuite de faire l'offrande au délégué des athlètes, un vieil homme d'une soixantaine d'années dans son uniforme de kendo d'un bleu passé. Tout au long de ces rites solennels, la chaleur se fit de plus en plus intense et Honda ressentit l'inconfort des gouttes de sueur qui coulaient sous sa chemise comme un essaim d'insectes.

Lorsque les cérémonies du culte furent enfin achevées, le groupe entier descendit sur le parvis. Les hôtes prirent place sur les chaises au-dessous du dais et les athlètes s'assirent sur des nattes, elles aussi recouvertes d'un dais. Les places assises non abritées étaient déjà remplies de spectateurs. Ces derniers, étant assis face au sanctuaire, se trouvaient en plein sous les rayons du soleil qui montait derrière le mont Miwa, et il leur fallait se protéger de leur mieux avec des éventails et des serviettes.

Venait ensuite au programme une longue série de discours de bienvenue et de félicitations. Honda se leva lui aussi afin d'exprimer les sentiments de circonstance. Les cinquante athlètes, lui avait-on dit, se répartissaient dans les deux groupes traditionnels, les Blancs et les Rouges. La rencontre d'aujourd'hui, en l'honneur des dieux d'Omiwa, se jouerait donc en cinq reprises composées chacune d'au moins cinq matches entre les deux camps. Le président de l'association des anciens combattants se leva pour parler après Honda et, pendant son allocution qui n'en finissait pas, le grand prêtre se pencha pour murmurer à l'oreille de Honda :

« Vous voyez ce garçon, le premier à gauche au premier rang sous la toile ? Il n'est qu'en première année au Collège d'Études nationales à Tokyo, mais c'est lui qui ouvre le match pour les Blancs à la première reprise. Je crois que Votre Honneur ferait bien de noter ce jeune homme. Le monde du kendo en attend beaucoup. À dix-neuf ans, il a déjà atteint son troisième degré.

CHAPITRE 4

– Comment s'appelle ce garçon ?
– Iinuma. »
Ce nom lui dit quelque chose. « Iinuma ? Est-ce que son père fait du kendo ?
– Non, c'est Shigeyuki Iinuma, il est à la tête d'un cercle patriotique connu à Tokyo. Il a toujours fait preuve de beaucoup de dévotion envers notre sanctuaire. Mais, personnellement, il ne s'est jamais occupé de kendo.
– Est-il ici aujourd'hui ?
– Il aurait bien voulu voir comment son fils se comportait dans le tournoi, m'a-t-il dit, mais malheureusement il doit assister aujourd'hui à une réunion à Osaka. »
C'était donc Iinuma, à n'en pas douter, l'Iinuma que Honda avait connu. Depuis longtemps maintenant, son nom avait été assez en vue, mais Honda ne l'avait identifié avec l'ancien précepteur de Kiyoaki que deux ou trois années auparavant. À l'époque où le ferment idéologique qui se manifestait devenait un sujet d'entretien courant dans la salle des magistrats, Honda avait emprunté quelques publications à un collègue qui en faisait l'étude. Parmi les articles qu'il lut, il y en avait un intitulé : « Tour d'horizon des personnalités de la droite », qui mentionnait Iinuma de la façon suivante : « Au nombre des personnages de plus en plus marquants, on compte Shigeyuki Iinuma, vivante incarnation de l'esprit Satsuma. Du temps où il était au cours secondaire, ses maîtres voyaient en lui l'élève le plus doué de toute la province. Issu d'une famille très modeste, il dut à de chaudes recommandations de venir à Tokyo et d'entrer au service du marquis Matsugae en qualité de précepteur du jeune héritier du marquis. Il s'adonna de tout cœur tant à sa propre éducation qu'à celle du jeune maître. Cependant, il tomba éperdument amoureux d'une des servantes, une jeune fille appelée Mine et il quitta le service du marquis. Aujourd'hui, cet homme passionné, après avoir traversé des temps difficiles, a réussi à devenir une personnalité en vue à la tête de sa propre académie. Son épouse – Mine, bien entendu – lui a donné un fils. »
C'est ainsi que Honda avait appris ce qu'était devenu Iinuma. Il n'avait jamais eu beaucoup affaire au précepteur de Kiyoaki. La seule impression d'Iinuma encore présente à son esprit était celle d'une silhouette sévère en sombre kimono bleu foncé orné de taches blanches et qui le conduisait en silence par les longs couloirs ténébreux de l'hôtel des Matsugae. Pour Honda, Iinuma était resté un personnage impénétrable sur un fond d'obscurité.

L'ombre d'un taon survola d'un trait la surface du parvis où le balai avait fait place nette. Soudain, la mouche fit entendre un bourdonnement bruyant en s'approchant de la longue table recouverte d'une nappe blanche derrière laquelle Honda et les autres étaient assis. Un des invités ouvrit son éventail et la chassa. Son geste était si élégant que Honda se rappela aussitôt avoir vu sur sa fiche que cette personne était un kendoïste diplômé de septième catégorie. Le discours assommant du président de la délégation des anciens combattants n'en finissait pas.

Du carré situé devant lui, mais aussi du pignon en surplomb du sanctuaire, du vert de la montagne sainte, du firmament rayonnant émanait un souffle brûlant de violence. Des bouffées de vent éparses remuaient la poussière dans le silence du carré de kendo qui tantôt allait s'emplir des cris des antagonistes et du craquement des cannes de bambou, comme si la brise invisible avait été un fantôme léger en train d'assouplir ses membres en vue d'une joute vaillante.

Les yeux de Honda furent en quelque sorte attirés vers le visage du fils d'Iinuma qui se trouvait assis juste en face de lui, de l'autre côté du parvis. L'Iinuma d'il y avait vingt ans avait dû avoir cinq ans de plus que Kiyoaki et lui-même. Malgré tout, en se rendant compte que le jeune précepteur si sérieux venu de sa province était maintenant père d'un garçon aussi mûr, Honda ne put s'empêcher de se rappeler, lui qui n'avait pas d'enfant, la fuite inaperçue des années.

Le jeune garçon était demeuré assis ; droit comme un I, tout au long des interminables discours, sans faire le moindre mouvement. Honda n'aurait pas pu dire s'il écoutait vraiment. Ses yeux brillaient, fixés droit devant lui, à l'image de l'acier impénétrable.

Il avait des sourcils fortement marqués, le teint sombre, et ses lèvres serrées dessinaient une ligne aussi droite que le fil d'une lame. Certes, il ressemblait à Iinuma, mais ces traits qu'une pesante mélancolie avait émoussés se trouvaient remodelés de façon saisissante, exprimant une extrême vivacité.

« C'est là un visage, pensa Honda, qui ne connaît rien de la vie, un visage semblable à une neige fraîchement tombée qui ignore tout de l'avenir. »

Les athlètes étaient assis, leurs masques et leurs gants soigneusement rangés devant eux, le masque en dessus, une petite serviette le couvrant en partie. Le soleil, en frappant les barres de métal des masques, jetait des reflets tout au long de la rangée des genoux vêtus de bleu, rehaussant le sentiment de danger et de tension qui précédait le combat.

CHAPITRE 4

Les deux arbitres prirent position, l'un devant, l'autre à l'arrière.
« Équipe des Blancs : Isao Iinuma. »
Dès que son nom eut été appelé, le fils d'Iinuma se dressa, le corps ceint d'un équipement protecteur, et il s'avança, pieds nus, sur le sable brûlant. Il s'inclina dans un profond salut devant les dieux du sanctuaire.
Pour quelque raison, Honda se prit à espérer que ce garçon allait gagner. Alors, le cri du début de la rencontre retentit dans le masque du jeune Iinuma, un cri sauvage comme d'un oiseau furieux. Honda se sentit brusquement envahi de nouveau par sa propre jeunesse.
Il avait dit un jour à Kiyoaki que, plus tard, quand les complications subtiles de leurs passions auraient été perdues de vue, on les mettrait tous deux dans le même sac que les membres de l'équipe de kendo lorsque l'on porterait un jugement d'ensemble sur la jeunesse de leur époque. L'histoire dirait qu'ils étaient dominés par une foi rudimentaire. Et voilà que tout s'était produit comme il avait dit. Ce qui était surprenant, cependant, c'était qu'à présent, Honda ressentait la nostalgie de cette foi rudimentaire. À un certain moment de sa vie, il en était venu à penser qu'il y avait plus de beauté chez les « dieux fous » que chez les éminentes divinités qu'il avait jadis vaguement admises. Et de fait, l'antre de jeunesse où le hasard l'avait fait entrer différait de celui qu'il avait connu auparavant.
Quand ce premier cri eut brisé le silence, ce fut comme si l'âme ardente de la jeunesse avait lancé des flammes par la déchirure. La douleur aiguë que Honda avait ressentie du temps où sa poitrine à lui était pleine de flammes impétueuses, l'étreignait de nouveau à présent, aussi intense que jamais, bien qu'à son âge il eût dû être immunisé contre elle.
C'est ainsi que le temps rejoue les scènes les plus bizarres et les plus sérieuses pourtant, dans le cœur des hommes. Le passé refait son apparition, avec tous ses rêves et toutes ses aspirations entremêlés, le terne délicat du mensonge inchangé à sa surface argentée. Ainsi, il se peut qu'on arrive à se comprendre soi-même bien plus à fond, connaissance à laquelle, dans sa jeunesse, on ne pouvait atteindre. Si, du col éloigné d'une montagne, on porte son regard sur son vieux village, quels que soient les détails de cette époque qui aient pu s'estomper dans la mémoire, le fait d'y avoir vécu prend une signification éclatante. Il n'est pas jusqu'au creux gorgé de pluie des pavés en pierre de la place, naguère si déplaisants, qui n'acquière à présent une beauté simple, évidente, à le voir luire ainsi au grand soleil.

Dès l'instant où le jeune Iinuma eut proféré son défi, le magistrat de trente-huit ans comprit qu'une douleur déchirait le cœur de l'adolescent, comme si une pointe de flèche, en le perçant, y était restée plantée. Jamais Honda n'avait tenté de sonder ainsi ce qui se passait dans le cœur d'aucun des jeunes gens qui comparaissaient devant lui au banc des accusés.

Son adversaire de l'équipe des Rouges, le protège-col ballottant contre ses épaules comme les ouïes dilatées d'un poisson, lança à son tour son défi d'un ton féroce.

Le jeune Iinuma était calme à présent. Les deux adversaires se mirent en garde, leurs bâtons mi-levés et, se faisant ainsi face, tournèrent en rond une fois, puis une autre. Quand le jeune homme se tournait vers Honda, l'ombre rayée des barres de son masque ne pouvait cacher les noirs sourcils bien dessinés, les yeux qui brillaient et la rangée de dents blanches dont on apercevait l'éclair dans ses cris. Puis, quand il se tournait de dos, il émanait de sa nuque rasée, sous la serviette aux plis nets, glissée sous les courroies bleues du masque, une sensation de force pure et juvénile.

Puis, brusquement, il y eut un choc comme d'une collision entre deux navires en butte aux flots déchaînés. La mince flamme blanche attachée dans le dos du jeune Iinuma étincela au soleil et au même instant, Honda perçut le bruit d'un coup retentissant. L'équipier des Rouges l'avait reçu sur son masque.

Les spectateurs applaudirent. Le jeune Iinuma avait éliminé un des adversaires. À présent, tandis qu'il affrontait un autre concurrent de l'équipe des Rouges, accroupi tout d'abord, puis tirant vivement le bâton de sa hanche, sa grâce virile vous convainquait que, déjà, il était maître de son nouvel antagoniste. Pour Honda lui-même, si peu qu'il connût le kendo, la forme parfaite du jeune Iinuma était évidente. En dépit de la violence des gestes, il ne cessait de garder son aplomb, son attitude sans faille fixée dans l'espace à chaque instant, tel un motif classique découpé dans une étoffe bleue. Il maintenait toujours son équilibre, nullement gêné par la lourdeur collante de l'air. Aux autres, l'atmosphère pouvait bien être de boue, chaude et gluante, au jeune Iinuma, elle semblait un élément léger qui lui convenait.

Il fit un pas en avant pour sortir de la surface ombrée par le dais et sa cuirasse noire se lustra sous le ciel limpide.

Son adversaire recula d'un pas. Le bleu de sa tunique de kendo et de son *hakama* était passé et inégal au sortir de nombreuses lessives, là surtout où le frottement des lanières qui tenaient sa cui-

CHAPITRE 4

rasse contre son dos avait fini par dessiner un x tout usé. Une flamme rouge brillante y était attachée.

Le jeune Iinuma avançant d'un nouveau pas, Honda, ses yeux s'accoutumant à l'action, reconnut la tension nerveuse menaçante qui émanait de la position de ses gants. L'avant-bras qu'on voyait entre les manchettes évasées des gants et les manches de sa tunique montrait une épaisseur inattendue chez ce tout jeune homme, les muscles se tendant sous la peau légère de la face interne des bras. Le cuir blanc de la paume des gants s'ombrait de la nuance bleuâtre que reflétaient leurs dos noirs, teinte lyrique comme un ciel d'aurore.

Les bouts des deux bâtons se déplaçaient ensemble prudemment, comme le nez de deux chiens qui se font face avec circonspection.

« Aïe-yâh ! cria son adversaire avec furie.

– Aïe-rri-yâh, aïe-rri-yâh, aïe-rri-yâh ! » cria à son tour le jeune Iinuma, d'une voix sonore.

Il fit faire un quart de cercle à droite à son bâton pour parer le coup droit que l'autre dirigeait contre sa ceinture et il y eut un craquement comme d'un pétard qui éclate. Alors, ils se rapprochèrent dans un corps à corps jusqu'à se bloquer les bras qui tenaient le sabre. L'arbitre les sépara.

Au signal que fit ce dernier pour la reprise du combat, le jeune Iinuma, sans reprendre haleine, s'élança contre son adversaire comme un noir ouragan, lui assenant une attaque combinée en direction de la tête. Les coups tombaient, vigoureux et précis, chacun d'eux plus intense. L'effet d'ensemble en était si accablant que l'autre garçon, après avoir paré de droite et de gauche pour écarter le premier puis le second coup, parut s'offrir volontairement au troisième qui s'aplatit en plein sur son masque. Les deux arbitres brandirent en même temps leurs petits fanions blancs triangulaires.

Le jeune athlète avait donc éliminé son deuxième adversaire et cette fois, des cris d'appréciation se mêlèrent aux applaudissements du public.

« C'est la tactique qui consiste à presser vigoureusement et à le forcer à reculer pour la mise à mort, voyez-vous, observa le moniteur de kendo, voisin de Honda, d'un ton maniéré. Le Rouge, là, surveillait la pointe du bâton adverse. C'est la meilleure façon de perdre. Ça ne sert à rien de fixer le bâton de l'autre. Il suffit de le faire pour perdre la tête. »

Bien qu'il ignorât presque tout du kendo, Honda se rendait compte que chez cet adolescent il y avait comme un ressort enroulé d'où émanaient de sombres rougeoiements. Son cœur vigoureux se manifestait sans le moindre désordre et, en dépit de toute résistance, créait un vide de la volonté chez l'adversaire, fût-ce pour un instant. Et il en résultait habituellement que, de même que l'air est attiré par le vide, ce point faible de son antagoniste attirait le bâton d'Iinuma. Porté dans une forme parfaite, ce coup, pensa Honda, pénétrerait sans nul doute la garde de tout adversaire aussi aisément qu'on peut entrer par une porte déverouillée.

Le troisième équipier des Rouges fit face au jeune Iinuma, s'avançant en zigzag, comme à contrecœur. Le bord de sa serviette qui lui barrait le front, maintenue par son casque, était arrangé à la diable. Au lieu de dessiner une ligne blanche juste au travers du front, un de ses bords pendait, allant presque toucher l'œil droit. Il voûtait légèrement les épaules comme une espèce d'oiseau bizarre, excentrique.

Pourtant, c'était là quelqu'un avec qui il fallait compter. Chaque fois que son bâton s'abaissait ou se levait, on sentait qu'on avait affaire à un concurrent dur et malin. Tel l'oiseau qui, après avoir attrapé l'appât, file d'un trait se mettre en sûreté, cet adversaire-ci visait de loin l'avant-bras, réussissait son coup presque toujours avant de se retirer prestement en criant victoire. Dans la défense, il n'hésitait pas à user de n'importe quelle tactique, si peu élégante qu'elle fût.

Confronté à pareil adversaire, la grâce même du jeune Iinuma, comme celle du cygne glissant sans crainte au fil de l'eau, apparaissait vulnérable. Cette fois, beauté et adresse semblaient devoir causer sa perte.

Son antagoniste rompait le rythme du mouvement et de l'attaque en se dérobant constamment. Il prétendait lui communiquer sa propre gaucherie, son comportement anarchique.

Honda en avait oublié la chaleur. Il en avait même oublié les cigarettes qu'il aimait tant. Il se rendit compte qu'il avait cessé de jeter des mégots dans le cendrier placé devant lui. Il venait d'étendre la main pour aplanir la nappe fort chiffonnée quand le prêtre assis à ses côtés poussa un cri d'angoisse.

Levant les yeux, Honda vit que les deux arbitres agitaient des fanions croisés.

« Ç'a été de la chance, dit le prêtre. Un peu plus, il était frappé sur le gant. »

Le jeune Iinuma essayait de trouver comment poursuivre un adversaire qui se tenait à pareille distance. S'il faisait un pas en avant, l'autre reculait. La défense de cet antagoniste était redoutable. Il se protégeait astucieusement, comme une algue qui s'agglutine.

CHAPITRE 5

Soudain, alors qu'Iinuma se portait à l'attaque avec un cri sauvage, l'autre contra le coup d'un air moqueur et tous deux en vinrent aux prises. Leurs deux bâtons pointaient presque à la verticale, frémissant légèrement, comme les mâts de deux navires côte à côte, et leurs cuirasses luisaient telles des coques mouillées.

Tout antagonistes qu'ils fussent, leurs bâtons étaient à présent engagés l'un contre l'autre, comme unis dans une révérence commune envers un ciel qui n'offrait aucune espérance. L'haleine rauque, la sueur, les muscles tendus, la puissance de leur affrontement qui se comprimait en déception ardente... telles étaient les composantes de leur symétrie immobile.

À l'instant où l'arbitre allait leur crier de mettre fin à cet épisode, le jeune Iinuma, utilisant la force que son adversaire rassemblait contre lui, se libéra brusquement d'un saut rapide en arrière accompagné du claquement de son bâton portant un coup au but. Il avait frappé à la poitrine de l'autre tout en se retirant.

Les deux arbitres levèrent leurs fanions blancs et le public applaudit d'enthousiasme.

Honda alluma enfin une cigarette. Elle rougeoya faiblement, son feu presque imperceptible dans la flaque de soleil qui envahissait peu à peu la table, et bientôt il cessa de s'y intéresser.

Des gouttes de sueur du jeune Iinuma parsemaient la poussière à ses pieds telle une libation de sang. Lorsque le garçon quitta sa position accroupie pour se mettre debout, il y avait une souplesse vigoureuse dans la façon dont ses pâles tendons d'Achille s'étiraient sous la bordure poussiéreuse de son *hakama* bleu.

5

*I*sao Iinuma, kendoïste de troisième catégorie, remporta cinq victoires à la suite, terminant ainsi la première reprise. À la fin de la cinquième et dernière reprise, l'équipe des Blancs fut déclarée gagnante par les juges. En outre, la coupe d'argent pour l'exploit individuel le plus remarquable était accordée à Iinuma. Tandis que celui-ci s'avançait pour recevoir sa récompense, ayant essuyé la sueur du combat mais les joues encore empourprées, il montra la modestie tranquille qui convenait au vainqueur. Honda ne se rappelait pas avoir jamais rencontré jeune homme aussi viril.

Il aurait voulu causer avec ce garçon et s'enquérir de son père, mais les prêtres étaient impatients de l'escorter jusqu'au déjeuner, servi dans un local attenant. Au cours du repas, le grand prêtre se tourna vers Honda :

« Est-ce que Votre Honneur aurait plaisir à gravir la montagne ? » demanda-t-il.

Honda eut un instant d'hésitation en jetant les yeux sur le parvis que le soleil éclatant tenait à sa merci.

« Bien entendu, on n'autorise pas les visiteurs ordinaires à aller jusqu'au bout, ajouta le prêtre. Au-delà d'un certain point, la montagne est normalement réservée à ceux qui, pendant de nombreuses années, ont témoigné leur dévotion envers notre sanctuaire. Y pénétrer est en vérité chose solennelle. Ces messieurs qui ont fait le pèlerinage du sommet disent avoir eu soudain le sentiment d'un mystère impressionnant, aussi stupéfiant que si la foudre les avait frappés. »

Honda regarda de nouveau le soleil d'été briller dans le feuillage du parvis. Se pouvait-il vraiment que le mystère eût pareil éclat ? Son imagination se troublait et il se sentait tenté.

Il ne demandait pas mieux que d'accueillir un mystère capable de prospérer en plein jour. De sorte que si le mystère pouvait être parsemé de clarté, il l'accepterait volontiers. Un phénomène miraculeux sans lien avec le réel n'avait d'existence que ténébreuse et vague. Mais tout mystère capable de persister sous le regard impitoyable du soleil était mystère digne d'occuper une place à côté de principes clairement reconnus. Honda ne demandait pas mieux que de l'admettre dans son univers.

Le déjeuner fut suivi d'un bref repos, après quoi, un des jeunes prêtres emmena Honda par le sentier qu'empruntaient les pèlerins. Une marche de cinq ou six minutes au long d'une petite montée couverte de verdure luxuriante les conduisit au sanctuaire de Sai situé sur le domaine d'Omiwa dont il dépendait. Il se nommait officiellement sanctuaire de Sai d'Omitawa Aramitama. C'est ici que les pèlerins avaient coutume d'observer le rite de la purification avant de poursuivre plus avant dans la montagne.

Un bouquet de cèdres entourait ce sanctuaire sans prétention au toit couvert d'écorce de cyprès. Si paisible en était l'atmosphère qu'il parut à Honda que le dieu sévère auquel il était dédié avait dû acquérir quelque sérénité. Derrière le sanctuaire, quelques pins rouges se

CHAPITRE 5

dressaient fort au-dessus du toit, évoquant à l'esprit de Honda les longues jambes agiles d'un guerrier de jadis.

Après que Honda se fut purifié, le jeune prêtre le remit aux soins d'un autre guide, homme d'une quarantaine d'années qui portait des souliers d'escalade à semelles de caoutchouc. Son attitude était des plus déférentes. Au moment où ils allaient entamer pour de bon l'ascension de la montagne sacrée, Honda remarqua son premier lis sauvage de la journée.

« Voilà un lis qu'on va cueillir pour la fête de Saigusa, j'imagine.

– Ça ne fait aucun doute, monsieur. Mais comme on n'en trouvera jamais trois mille dans cette montagne, on a déjà cueilli des lis par ici dans tous les sanctuaires dépendant du nôtre et on les a mis dans l'eau. Les jeunes gens qui participaient au tournoi aujourd'hui vont emmener une charretée de lis demain à Nara pour l'offrande sacrée. » Sur quoi, en disant à Honda de prendre garde au sol argileux que la pluie de la veille avait rendu peu sûr, le guide se détourna brusquement et commença de gravir le sentier montagnard.

Près d'une centaine de vallées rayonnaient du domaine interdit du mont Miwa, y compris le val d'Omiya qui débouchait vers l'ouest, derrière le sanctuaire principal. Après qu'ils eurent grimpé quelque distance, Honda aperçut la zone interdite elle-même, au-delà d'une clôture, sur sa droite. Les troncs rouges des pins qui y poussaient, en proie à une végétation enchevêtrée, rutilaient comme l'agate au soleil de l'après-midi.

En ce lieu, les arbres, les fougères, les fourrés de bambous, et jusqu'au soleil partout répandu, semblaient, du moins à Honda, créer une ambiance pure et solennelle. La couleur du sol fraîchement remué à la racine d'un cèdre où, lui dit le guide, un sanglier avait fouillé, lui fit penser aux légendes des anciennes chroniques où il est question des formes étranges que peut revêtir cet animal.

Pourtant, tout en escaladant la montagne sacrée, il ne ressentait pas profondément qu'elle pût être soit divine en elle-même, soit le séjour d'êtres divins. Quelque peu désorienté par l'allure de son guide qui n'était plus un jeune homme, Honda avait grand-peine à le suivre. Il sut gré aux arbres qui bordaient le ruisseau qu'ils suivaient d'écarter le soleil de l'après-midi, plus chaud que jamais.

Bien qu'abrité par les arbres, le sentier devenait de plus en plus malaisé. Le flanc de la montagne contenait de nombreux sakakis. Les jeunes arbres eux-mêmes avaient des feuilles bien plus larges que les sakakis que Honda avait vus autre part, et parmi leur vert sombre ils déployaient une profusion de fleurs blanches. Le cours du ruisseau se fit plus rapide au fur et à mesure qu'ils montaient jusqu'à ce qu'à la fin ils atteignissent la cascade de Sanko. Cependant, la vue de la chute d'eau était à demi cachée par un abri à sa base pour ceux qui venaient se soumettre à la purification par l'eau. Honda avait ouï dire combien les bois étaient sombres à cet endroit, mais le soleil qui étincelait alentour donnait l'impression de se trouver dans une cage de lumière en vannerie.

De là, le sentier menait tout droit au sommet et c'était, de loin, le plus dur de l'escalade. Chaque fois que le sentier venait à manquer, il leur fallait à tous deux utiliser les rocs en saillie et les racines des pins pour franchir les segments abrupts qui leur bloquaient le chemin. Honda ne se prenait pas plus tôt à espérer qu'une section relativement aisée allait durer un bout de temps qu'une nouvelle muraille de rocher se dessinait au-devant d'eux dans l'éblouissement du soleil d'après-midi. Trempé de sueur, Honda était haletant. La puissance enivrante d'une mortification aussi rude, voilà, supposait-il, ce qui vous préparait au mystère dont il était proche. C'était là, à coup sûr, une loi divine.

Le regard de Honda plongea vers un vallon silencieux où les pins rouges ou noirs avaient plus de dix pieds de diamètre. Il vit des pins desséchés qu'étouffaient le lierre et toute une végétation torsadée, aux aiguilles couleur de brique terne, puis un cèdre solitaire à mi-pente dont le tronc était ceinturé d'un morceau de corde sacrée qu'y avait placée un pèlerin imbu du caractère divin de cet arbre. On avait disposé des offrandes par-devant et une plaque de lichen changeait un côté du tronc en bronze verdâtre. Plus ils se rapprochaient du faîte de la montagne sacrée et plus chaque arbrisseau, chaque arbre semblait posséder sa propre nature divine comme si, tout naturellement, il était lui-même devenu dieu.

Lorsque, par exemple, le vent attrapait les extrémités des grands chênes, dispersant leurs fleurs en nuée jaune pâle qui planait ensuite à travers la solitude forestière de la montagne, Honda sentait en lui que ce tableau éclatait d'esprit divin, comme une brusque décharge électrique.

« Encore un petit effort, monsieur, dit le guide, d'une voix qui ne se ressentait pas de la montée opiniâtre. Voilà le haut, là devant nous. Vous apercevez l'Iwakura et le sanctuaire de Konomiya. »

L'Iwakura – le séjour des dieux – venait soudain d'apparaître à l'extrémité de la pente escarpée située au-devant d'eux. Le pourtour en était marqué par une corde sacrée ; c'était une vaste formation rocheuse, irrégulière, parfois brisée en pointes aiguës, parfois déchi-

CHAPITRE 5

quetée et émoussée, comme un grand vaisseau qui se serait cassé en deux. Depuis les temps anciens, cette masse de rocher avait défié la compréhension, jamais ne s'était soumise à l'ordre général, ensemble dont l'image terrible exprimait le chaos à l'état pur.

La roche en fusion s'était soudée au rocher pour former la masse dont les morceaux gisaient à présent fracassés. Au-dessous, d'autres roches étendaient de guingois dans la pente leur large surface plane. Plutôt que d'un séjour paisible des dieux, l'ensemble donnait l'impression des séquelles d'une bataille ou de quelque chose de terrible à n'y pas croire. Mais, au fond, il se peut que tout endroit visité par les dieux ait à subir pareille métamorphose.

Le soleil frappait impitoyablement la mousse qui rampait comme une lèpre à la surface des roches. Mais, comme on pouvait s'y attendre à cette altitude, une brise rafraîchissante agitait la forêt.

Le sanctuaire de Konomiya, tout en haut de l'Iwakura, était à quatre cent cinquante mètres au-dessus du niveau de la mer. La simplicité de ce modeste sanctuaire venait atténuer l'effroi sauvage qui émanait de l'Iwakura proprement dit. Les petites traverses qui dessinaient un angle très aigu par-dessus le toit pointu se découpaient sur les pins verts alentour comme un serre-tête vaillamment noué au front d'un guerrier.

Après que Honda se fut incliné en hommage, il essuya sa sueur et, réclamant l'indulgence du guide, il alluma une cigarette, contre la règle, et aspira avidement. Bien des années s'étaient écoulées depuis la dernière fois où il avait mis ses jambes à pareille épreuve. Maintenant qu'il en était venu à bout, il en tirait satisfaction et se trouvait dans une grande paix. Au sein d'une divinité de ce genre, divinité remplie de clarté et de la rumeur des aiguilles de pins bruissantes dans la brise, il se sentait tout prêt à croire en n'importe quoi.

Tout soudain, le souvenir lui vint d'une autre occasion, suggérée sans doute par le site et l'altitude. Il se rappela l'escalade des montagnes derrière la villa Chung-nan à Kamakura par un jour d'été, dix-neuf années auparavant. Le Grand Bouddha de Kamakura leur était brusquement apparu au loin à travers les arbres, et lui et Kiyoaki avaient échangé des regards amusés aux dépens des deux princes siamois quand ceux-ci, par révérence, étaient tombés à genoux dès qu'ils avaient aperçu le Bouddha. Honda ne serait plus jamais tenté de se gausser de pareille attitude.

Dans l'intervalle des bouffées de vent à travers les pins, il arrivait que le silence à nouveau se glissât. Son ouïe perçut le bourdonnement d'un taon au passage. Les cèdres pointaient comme autant de lances dressées contre l'éclat du firmament. Il y avait le défilé des nuages. Les cerisiers étaient en pleine feuille, étude en ombre et en lumière sous les rayons du soleil. Honda était heureux sans savoir pourquoi. Heureux avec un soupçon de tristesse indéfinissable, morsure légère et poignante, ce devait être la première fois depuis des années qu'il se sentait ainsi.

La descente ne fut pas aussi facile qu'il s'y était attendu. Il tenta d'utiliser les racines d'arbres pour y prendre appui mais l'argile rouge qui les entourait glissait encore davantage. Quand, à la fin, ils atteignirent le sentier bordé d'arbres qui faisait le tour de la cascade de Sanko, Honda trouva qu'à nouveau sa chemise était mouillée à la tordre.

« Est-ce que Votre Honneur aurait envie de faire usage de la purification par l'eau ? C'est très rafraîchissant.

– Mais il ne serait pas convenable, n'est-ce pas, de se baigner dans ce but ?

– Au contraire, monsieur. En tombant sur quelqu'un, l'eau éclaircit ses idées. C'est là ce qui en fait un exercice religieux, aussi soyez sans crainte. »

En pénétrant dans l'abri au pied de la chute d'eau, Honda remarqua deux ou trois tenues de kendo qui pendaient aux clous. On les avait précédés.

« Ce sont les étudiants qui ont pris part au tournoi, monsieur. Ils sont appelés à faire l'offrande des lis et l'on a dû leur dire de venir ici se purifier. »

Honda se dévêtit jusqu'à son slip et passa par la porte qui donnait sur la cascade.

Une corde sacrée était tendue tout au sommet à travers la chute d'eau et une végétation luxuriante croissait là, brillant au soleil d'après-midi. Là-haut, tout était clarté et couleur, la verdure des arbres et des arbustes agités dans le vent, les flammes blanches shinto dansant le long de la corde, mais en jetant les yeux vers le bas, le tableau qui s'offrait à Honda s'enveloppait des ombres brunes que projetaient les parois rocheuses de part et d'autre. Un petit sanctuaire à l'intrépide dieu du feu occupait une grotte à côté de la chute d'eau, et des fougères, des renoncules et des sakakis, tout mouillés d'écume, poussaient au pied, dans la pénombre. Seul venait atténuer le clair-obscur le mince ruban blanc de l'eau qui tombait. Son bruit répercuté en écho par les parois de rocher qui l'encerclaient, elle semblait mugir à plein gosier.

CHAPITRE 6

Trois jeunes gens en slip se tenaient debout côte à côte sous la cascade, l'eau éclaboussant de toutes parts têtes et épaules. Honda entendait l'eau frapper la jeune chair élastique. Dans le tourbillon d'écume, il voyait l'épiderme rougi de leurs épaules mouillées et luisantes.

Ayant aperçu Honda, l'un des jeunes gens poussa du coude ses compagnons et ils se reculèrent, saluant poliment en lui cédant la place. C'est alors qu'il reconnut parmi eux le jeune Iinuma.

Honda s'avança sous le jet. Mais l'eau vint frapper le haut de son corps comme un coup de masse et il se retira prestement. Le jeune Iinuma, avec un rire aimable, éleva les mains en s'approchant de lui pour montrer comment briser l'élan de la chute d'eau sous laquelle il s'élança lui-même. Il y demeura quelques instants, attrapant la violence de la chute sur ses paumes et ses doigts écartés comme s'il avait tenu au-dessus de sa tête un lourd panier de fleurs. Puis il se tourna vers Honda en souriant.

Honda était sur le point de suivre son exemple quand il se trouva jeter un coup d'œil au côté gauche d'Iinuma. Et là, en arrière du mamelon, à un endroit que le bras cache d'ordinaire, il vit distinctement trois grains de beauté.

Honda se sentit parcouru d'un frisson. Il fixa les traits du vaillant garçon qui le regardait à son tour en riant sous la chute d'eau, les sourcils froncés à cause de l'eau, les yeux clignotant.

Honda se remémora les paroles qu'avait prononcées Kiyoaki avant de mourir: « Je te reverrai. Je le sais, sous la cascade. »

6

Seul le cri des grenouilles de l'étang de Savusawa s'entendait de cette chambre tranquille de l'hôtel Nara où Honda passa une nuit sans sommeil, perdu dans ses pensées, les documents juridiques auxquels il n'avait pas touché posés devant lui sur le bureau.

Il se souvenait d'avoir quitté le sanctuaire d'Omiwa vers le début de la soirée, et rencontré une charrette chargée de lis au moment même où sa voiture longeait des champs de riz qu'enflammait l'éclat écarlate du couchant. Les hautes piles de lis sauvages qu'une corde sacrée tenait attachés sur la charrette étaient d'un rose léger comme si on les avait cueillis aux premières lueurs de l'aube. Deux étudiants dont la casquette de collégiens portait des bandeaux blancs poussaient la charrette qui était tirée par un autre. Un prêtre en robe blanche marchait devant, tenant une baguette purificatoire où pendaient des flammes de papier. L'étudiant qui halait la charrette était le jeune Iinuma ; sitôt qu'il reconnut Honda dans la voiture, il s'arrêta pour le saluer en soulevant sa casquette. Ses camarades l'imitèrent.

Depuis son incroyable découverte sous la cascade, Honda avait été incapable de recouvrer sa sérénité. À peine avait-il répondu aux diverses politesses que le clergé du sanctuaire lui avait prodiguées par la suite. Puis, s'étant trouvé rencontrer à nouveau les trois étudiants avec leurs offrandes de lis et leurs bandeaux blancs brillant dans l'éclat du couchant que reflétait la surface des champs de riz, il ne s'en était que davantage perdu dans son rêve. Ce jeune homme qu'il laissait en arrière dans la poussière de l'auto qui filait, si différents que fussent son visage et son teint, n'était à coup sûr dans son être essentiel nul autre que Kiyoaki.

Une fois laissé à lui-même à l'hôtel, Honda fut obsédé par la pensée qu'à partir de ce jour, son univers allait être inexorablement changé. Il descendit aussitôt à la salle à manger mais absorba son dîner comme dans un nuage. Il retourna à sa chambre. Les draps du lit nouvellement fait étaient repliés, formant un triangle blanc satiné. Telles les pages d'un livre grand ouvert, ils luisaient à la lueur d'une lampe de table.

Il alluma toutes les lumières, essayant en vain de tenir le mystère à distance. Le miraculeux avait envahi son monde à lui, si bien ordonné, et il n'avait aucune idée de ce qui pourrait se produire à l'avenir. En outre, bien qu'ayant vu de ses propres yeux le prodige de la réincarnation, c'était là un secret qu'il ne pourrait jamais révéler. S'il allait en parler à quelqu'un, on penserait aussitôt qu'il était dérangé et le bruit se répandrait de bouche à oreille qu'il n'était plus apte à être magistrat.

Malgré tout, le mystère avait sa propre rationalité. Tout comme Kiyoaki avait dit dix-huit ans auparavant : Je te reverrai... je le sais... sous la cascade, Honda avait en vérité retrouvé sous une chute d'eau un adolescent qui portait au côté le même motif de trois grains de beauté. Il se rappela ce qu'il avait lu au sujet des quatre existences successives dans les livres sur le bouddhisme qu'il avait étudiés après la mort de Kiyoaki, à la suite des enseignements de l'abbesse

CHAPITRE 6

de Gesshu. Ce jeune Iinuma ayant dix-huit ans, son âge en tant que Kiyoaki réincarné convenait très exactement.

Ces quatre existences qui marquaient la progression de tout être sensible étaient la conception, la vie, la mort, puis une période intermédiaire de l'existence, un état à mi-chemin de la vie antérieure et de la réincarnation à venir. Ce dernier durait sept jours au minimum mais pouvait s'étendre jusqu'à soixante-dix-sept. Certes, Honda ne connaissait pas la date de naissance d'Iinuma, mais il se pouvait fort bien qu'elle fût comprise au cours de cet intervalle de sept à soixante-dix-sept jours après la mort de Kiyoaki, au début du printemps de 1914, la troisième année de l'ère Taisho.

Dans cet état intermédiaire, à ce que disait l'enseignement bouddhiste, on existait, non en tant qu'être uniquement spirituel, mais sous la forme d'un jeune enfant de cinq ou six ans pleinement sensible. Or, cependant, toutes capacités ordinaires se trouvaient merveilleusement accrues. La vue et l'ouïe devenaient incroyablement aiguës. On percevait les sons les plus lointains, on voyait les objets les plus cachés, on était immédiatement présent partout où on le souhaitait. Les formes puériles douées de ces dons, pour invisibles qu'elles demeurassent aux gens et aux bêtes, pouvaient être aperçues planant dans l'atmosphère par les rares clairvoyants qui avaient atteint à une pureté suffisante.

Ces enfants invisibles se nourrissaient de parfum d'encens en train de se consumer tandis qu'ils accomplissaient leurs prompts déplacements dans les airs. Aussi cet état intermédiaire était-il également connu comme «la quête de parfum», d'après les divinités appelées Gandharva en sanscrit.

Au cours de ses envolées si lointaines, il se trouvait que l'enfant eut soudain la perception accablante de son père et de sa mère à venir au moment même où ils s'unissaient physiquement. Un enfant mâle subissait alors l'envoûtement du dépouillement corporel sans vergogne de sa future mère et, en dépit de l'ardeur de son ressentiment envers celui qui allait être son père, ce dernier n'avait pas plus tôt accompli son éjaculation impure que l'enfant, saisi d'une joie passionnée comme si cet acte eût été le sien, en renonçait à sa libre existence pour prendre vie dans le sein de cette femme. À cet instant commençait le stade ultérieur de l'existence.

Telle était l'explication bouddhiste. Honda, bien entendu, l'avait naguère considérée purement et simplement comme une fable. Et voilà que, brusquement, cela lui revenait à l'esprit. Déroulement qui répondait assurément, pensa-t-il, à toutes les exigences du mystère : quelque chose dont l'apparition était arbitraire et indépendante des désirs de quiconque. Un dangereux cadeau. Telle une sphère aux couleurs changeantes, il venait plonger au beau milieu des structures froides mais bien réglées de l'ordre et de la raison. Ses couleurs, à la vérité, changeaient selon un principe, mais un principe entièrement différent de la raison humaine. C'est pourquoi la sphère devait, de quelque façon, demeurer cachée aux yeux des hommes.

Que Honda acceptât ou non d'y souscrire, le mystère avait déjà irrévocablement modifié sa façon de voir. Il ne pouvait y échapper. Peut-être la meilleure voie à suivre était-elle de trouver un allié, quelqu'un avec qui partager le secret. Le jeune Iinuma lui-même, par exemple. Et puis, il y avait aussi le père du jeune homme. Mais quelle assurance avait-il qu'ils connussent, l'un ou l'autre, la présence du mystère ? Il se pouvait que Shigeyuki Iinuma, qui avait dû avoir l'occasion de voir Kiyoaki complètement nu, se rendît compte que la marque au côté de son fils ressemblait de façon frappante à celle qu'avait portée son jeune maître. Même en ce cas, il pouvait fort bien désirer le tenir caché. Comment Honda pouvait-il questionner le père et le fils sur pareil sujet ? Le seul fait d'interroger ne serait-il pas mal à propos ? À supposer qu'ils eussent conscience de la présence du mystère, consentiraient-ils à partager leur secret ? S'ils s'y refusaient, il se pourrait que le mystère pesât sur lui de tout son poids pour le restant de ses jours.

À nouveau, Honda se sentit parcouru de l'émotion poignante que Kiyoaki lui avait apportée dans sa jeunesse. Bien qu'il n'eût jamais ressenti un vif désir d'échanger sa vie avec quiconque, il lui semblait que la beauté si brève de l'existence de Kiyoaki, telles les fleurs délicates sur une branche, fût liée à la sienne, comme à l'arbre qui durant ce peu d'années avait fourni le support nécessaire. Ainsi la vie de Kiyoaki avait donné un sens à la vie de Honda, pour avoir fleuri d'une beauté à laquelle celle de ce dernier n'atteindrait jamais. Cela pouvait-il se reproduire ? Que signifiait la réincarnation de Kiyoaki ?

Tout assailli qu'il fût par les énigmes qui l'entouraient, Honda se sentait néanmoins remué au plus profond par une joie semblable à une source souterraine. Voilà que Kiyoaki revivait ! L'arbre abattu en pleine jeunesse avait jailli de nouveau. Il y avait dix-huit ans, lui et Kiyoaki avaient été jeunes tous les deux. Maintenant, la jeunesse de Honda appartenait au passé, mais celle de son ami brillait toujours du même éclat.

CHAPITRE 6

Au jeune Iinuma manquait peut-être la beauté de Kiyoaki, mais il y compensait par la force virile qui avait fait défaut à ce dernier. Quoique Honda ne pût en être certain, le connaissant depuis si peu de temps, il lui paraissait que là où chez Kiyoaki il y avait eu une certaine morgue, le jeune Iinuma faisait preuve de simplicité et de force de caractère, qualités que n'avait guère montrées Kiyoaki. Tous deux étaient aussi différents que l'ombre et la lumière, mais ils avaient en commun une caractéristique : l'un et l'autre, de façon frappante, personnifiaient la jeunesse.

Lorsque Honda pensait à ces années passées avec Kiyoaki, il ressentait tout à la foi chagrin et nostalgie, mais aussi à présent, un élan d'espoir inattendu. Il lui faudrait payer le prix de cette émotion qui s'amoncelait en lui, mais il y était prêt sans regret, quelle que dût être la rigueur des conséquences pour ce qui avait été son engagement inébranlable envers la raison.

Mais aussi, quel étrange tour du destin qu'il eût fait l'incroyable découverte de la nouvelle naissance de Kiyoaki à Nara, en un lieu si intimement mêlé aux derniers souvenirs qu'il eût de son ami !

« Je vais attendre jusqu'au matin, se dit Honda, mais il est une chose que je devrais faire avant d'aller au sanctuaire d'Izagawa. Je me ferai conduire en toute hâte à Obitoke pour me rendre de bon matin au monastère. Je présenterai mes excuses à Satoko pour n'être pas venu la voir au cours des années écoulées depuis la mort de Kiyoaki et je lui raconterai sa réincarnation, dût-elle ne pas y croire. C'est à elle de le savoir la première. C'est elle qui est à présent abbesse de Gesshu, depuis la mort de l'autre abbesse, et j'ai ouï dire qu'on la tient en grande révérence. Il est probable que les ans ne l'ont qu'effleurée et je pourrai voir son beau visage s'éclairer de pure joie. »

Pendant un moment, Honda ressentit l'élan de la jeunesse. À la fin, cependant, il résolut prudemment de faire taire cette idée irréfléchie.

« Non, il ne faut pas, se dit-il. Après tout, elle n'a même pas assisté à ses obsèques. Elle a pris la décision de tourner le dos au monde et je n'ai pas le droit de la troubler. N'importe le nombre de renaissances de Kiyoaki, cela ne serait pas son affaire – toujours ce serait quelque chose qui arriverait dans le monde d'illusions trompeuses qu'elle a abandonné. Si indubitable que fût la preuve, elle se détournerait avec indifférence. Pour moi, ce peut être un miracle, mais les miracles n'existent plus pour Satoko dans le monde où elle vit maintenant. Il ne faut pas que je me laisse emporter par l'émotion dans cette affaire. Je n'irai pas la voir. Si cette étrange réincarnation est l'œuvre de la providence, inutile de me précipiter. L'occasion se trouvera pour elle de le rencontrer. Il vaut mieux que j'attende en laissant mûrir les choses à leur gré.»

Après qu'il eut remâché tout cela, Honda trouva que le sommeil s'éloignait davantage. La chaleur de l'oreiller et de la couverture devint accablante et il abandonna tout espoir de se reposer agréablement cette nuit-là.

La fenêtre commençait à blanchir. Dans la vitre qu'enserrait un cadre sculpté de style Momoyama, le reflet de la veilleuse de Honda avait des frissons de lune au point du jour. Se détachant sur le ciel faiblement éclairé, déjà il distinguait la pagode à cinq étages du temple de Kofuku qui se dressait derrière un bouquet d'arbres entourant une pièce d'eau. Seuls étaient visibles les trois étages supérieurs et la flèche qui s'élançait pour s'enfoncer dans l'aube. Tandis qu'il contemplait la pagode, guère plus qu'une ombre dans un coin de ciel gris, Honda eut comme le sentiment qu'il ne s'était éveillé que pour retomber dans un autre rêve, de même qu'on peut croire avoir échappé à une espèce d'irrationalité seulement pour se trouver au beau milieu d'une autre, encore plus persuasive. C'est ainsi qu'agit sur lui la pagode – la courbure subtile de ce triple toit supérieur – comme si c'eût été l'image d'un songe à couches multiples. Une brume enfumée semblait s'élever du toit le plus haut, tourbillonner par les neuf anneaux qui encerclaient la flèche puis s'élever encore au-delà de l'élément en forme de flamme du sommet, pour finalement aller se perdre dans le ciel d'aurore. Alors même qu'il était en train de regarder tout cela se produire, Honda n'était nullement certain d'être vraiment éveillé. Autant qu'il sût, il se pouvait bien qu'il fût au milieu d'un autre rêve, d'un rêve si tranché que même la perception la plus sensible n'arrivait pas à le distinguer de la réalité.

Les chants d'oiseaux gagnèrent en vigueur. Soudain l'idée le frappa qu'il ne s'agissait pas seulement du retour à la vie de Kiyoaki. Honda lui-même n'était-il pas ressuscité d'entre les morts ? De la mort qui se manifestait par un esprit devenu glacé, par un ordre rigoureux semblable à un classement bloqué par des milliers de fiches, par le fastidieux refrain : « La jeunesse n'est plus.»

Peut-être était-ce précisément parce que la vie de Kiyoaki avait jadis tellement empiété sur la sienne, leurs deux vies étaient ensevelies ensemble si profondément, que la vie était à présent rendue à Honda lui aussi, tout comme les premiers rayons de l'aurore éclairent une des branches de l'arbre puis l'autre.

CHAPITRE 7

Parvenu à ce point, Honda ressentit un curieux soulagement et enfin, comme s'il était tombé dans un léger évanouissement, il succomba au sommeil.

7

*H*onda s'éveilla en sursaut, se rendant compte qu'il avait oublié de demander qu'on l'appelle, et lorsqu'il arriva au sanctuaire d'Izagawa, le rite solennel du festival de Saigusa était déjà commencé. Se courbant en avant, il se fraya un chemin à travers la foule silencieuse jusqu'à la place qui lui était réservée sous le dais. Il s'assit sans bruit, sans même regarder alentour, et s'attacha à contempler la cérémonie qui se déroulait devant lui.

Le sanctuaire d'Izagawa était à Nara même, non loin de la gare. À l'arrière de l'enclos du sanctuaire, il y avait trois lieux saints, celui du milieu était dédié à la déesse Himetataraisuzu et, de part et d'autre, comme pour la protéger, se trouvaient la déesse sa mère et son père, ce dernier étant la divinité principale du sanctuaire d'Omiwa. Une grille écarlate entourait les trois petits édifices, admirablement ouvragés, que reliaient des cloisons formant écran dont le décor de pins et de bambous était peint en teintes éclatantes turquoise et or.

Chaque sanctuaire comportait un perron de trois degrés en pierre d'où l'on avait balayé toute impureté. Puis afin d'atteindre la porte même du sanctuaire, il fallait monter dix marches de bois. Les flammes de papier blanc suspendues à la corde sacrée de l'avant-toit semblaient se découper comme les fragments d'un pur ivoire sur la grille écarlate et les arcs-boutants sablés d'or dans l'ombre profonde de la toiture.

On avait étendu des nattes neuves sur les marches de pierre pour la cérémonie d'aujourd'hui. Le gravier du parvis avait été soigneusement ratissé. En avant de l'enclos, se trouvait le vestibule extérieur du sanctuaire avec ses piliers écarlates, balcon ouvert où les prêtres et les musiciens du sanctuaire se tenaient assis de part et d'autre. C'est à travers ce balcon que les fidèles suivaient les cérémonies.

Un des prêtres avait déjà entamé le rituel de purification et les trois clochettes fixées à la base d'un grand rameau sacré tintaient tandis qu'il l'agitait au-dessus des têtes inclinées de la foule. L'oraison achevée, le grand prêtre du sanctuaire d'Omiwa, portant une clé d'or suspendue à un cordonnet grenat, s'avança vers le sanctuaire du milieu et s'agenouilla sur les marches en bois, une moitié du dos de sa robe blanche au soleil et une moitié dans l'ombre. Pendant qu'il se tenait à genoux, les prêtres qui l'assistaient à ses côtés, psalmodièrent par deux fois un grand «Oh!» qui se prolongeait. Le grand prêtre gravit alors les degrés, inséra la clé dans la serrure des portes du sanctuaire et les tira à lui avec révérence. On vit flamboyer au-dedans le Miroir Sacré, violet foncé. Les instruments à cordes firent entendre un trémolo répété dont l'intensité touchait au grotesque.

Les prêtres qui concélébraient étendirent des nattes neuves devant le sanctuaire. Ensuite, accompagnés du grand prêtre lui-même, ils apportèrent des oblations couvertes de feuilles de chêne sur une table de bois revêtue d'écorce d'où pendaient des flammes de papier blanc. C'est alors que débutait la partie la plus belle du festival de Saigusa.

Les prochaines offrandes allaient être un fût rempli de saké blanc et une jarre en terre pleine de saké noir, l'un et l'autre magnifiquement ornés. Le fût était de bois naturel et la jarre non vernissée, mais tous deux entièrement couverts de lis telles deux gerbes de fleurs. De cette façon, le corps du fût était complètement enveloppé des tiges vertes et rêches des lis, liées avec une corde de chanvre, blanche et neuve. Leurs tiges formant une gerbe aussi serrée, fleurs, feuilles et bourgeons se trouvaient tous ensemble, pêle-mêle, en désordre. Les bourgeons d'un rouge verdâtre avaient une vigueur rustique et il demeurait quelque trace de vert jusque dans les fleurs épanouies dont les pétales se zébraient de rose délicat. Leur surface interne était poudrée d'écarlate et les pointes de leurs pétales, recourbées dans une confusion totale, apparaissaient diaphanes au soleil. Entassés dans un tel amas les lis inclinaient leurs têtes.

On avait choisi les plus beaux des trois mille lis sauvages rapportés par le jeune Iinuma et ses compagnons pour orner le fût et la jarre, mais on voyait aussi les autres briller de tout leur éclat, disposés dans des vases devant les sanctuaires. Partout, il y avait des lis. Même la brise portait le parfum des lis. Impossible d'échapper à la persistance du thème des lis, comme s'ils en étaient venus à exprimer l'essence même de la vie. À présent, les prêtres s'avançaient,

CHAPITRE 7

portant le fût et la jarre de terre. Vêtus de blanc, avec de noires coiffures de cérémonie, ils élevaient solennellement ces offrandes, et les lis attachés frémissaient de beauté au-dessus de leurs têtes. Un des lis à tige particulièrement longue portait un bourgeon dont la pâleur rappelait celle d'un adolescent au comble de l'émotion et sur le point de s'évanouir.

L'air était plein du gémissement des flûtes. Les tambours palpitaient. Placés devant un mur de pierre sombre, les lis semblaient s'empourprer. Les prêtres s'accroupirent auprès du fût et de la jarre, écartèrent les tiges des lis et puisèrent du saké. D'autres prêtres s'en vinrent le recevoir dans leurs gourdes de bois naturel qu'ils levèrent ensuite en oblation devant chacun des trois sanctuaires. Ces rites, avec la musique qui les accompagnait, paraissaient imprégnés de l'esprit joyeux d'un banquet des dieux. Par-delà la porte du sanctuaire, les ombres méridiennes évoquaient peu à peu un sentiment vaguement croissant d'ivresse divine.

Cependant, un groupe de *miko*, quatre superbes jeunes filles, avait entamé la Danse du Cèdre sur le balcon extérieur. La tête ceinte de feuilles de cèdre, leur chevelure noire tressée de papier rouge et blanc lié de fil d'or, elles portaient par-dessus leur *hakama* grenat pâle, des robes de gaze d'un blanc pur au motif argenté de feuilles de riz. Les cinq robes qu'elles portaient sous la robe blanche de dessus se devinaient au col où alternaient les coloris blanc et rouge.

Les jeunes filles apparurent au milieu des lis, les lis dressés, pétales grands ouverts, étamines couleur d'ambre déployées. Chacune de ces *miko* tenait, elle aussi, un bouquet de lis à la main. Au son de la musique, les jeunes filles formèrent un carré tourné vers l'intérieur et se mirent à danser, leurs lis haut levés secoués bientôt d'un entrain endiablé. La danse se poursuivit, les lis tantôt s'élevant avec grâce, tantôt plongeant en se rapprochant, avant de se séparer de nouveau. Maintes et maintes fois, comme les passes d'une lame de sabre affilée, une élégante arête de blancheur fendit l'air. À être manipulés de la sorte, les lis se flétrirent peu à peu, cruellement tenus, semblait-il, en dépit du charme paisible de la musique et de la danse.

Tandis qu'il continuait à regarder, Honda se sentit envahi d'une sorte d'ivresse. Il n'avait jamais rien vu de si beau en fait de cérémonie. Les effets de sa nuit d'insomnie vinrent brouiller le spectacle ; le festival des lis auquel il assistait vint se confondre avec le match de kendo qu'il avait vu la veille. Les lis des jeunes filles devinrent des bâtons de bambou puis, l'instant d'après, des lames de sabre flamboyantes. Alors que les *miko* tournoyaient au soleil avec une grâce naturelle, l'ombre de leurs longs cils sur la poudre blanche des joues devint pour Honda les ombres que projetaient les barres luisantes des masques de kendo.

Après que les invités et les autres fidèles eurent par révérence levé devant le sanctuaire une branche de sakaki festonnée de flammes, on referma les portes. À midi, le festival était terminé.

Le *naorai*, le banquet sacré qui succédait à une cérémonie rituelle, devait se tenir dans une salle attenante. Le grand prêtre s'approcha de Honda avec quelqu'un d'un certain âge qu'il désirait lui présenter. Dès que Honda eut aperçu le jeune Iinuma l'accompagner parderrière, portant sa casquette du collège, il comprit que cette personne était Shigeyuki Iinuma. La fine moustache d'Iinuma l'avait égaré un instant.

« Mais c'est M. Honda, dit Iinuma. Que de souvenirs cela rappelle ! Se peut-il qu'il y ait dix-neuf ans ? Mon fils Isao m'a raconté la journée d'hier et comme vous avez été aimable à son égard. Comme la destinée est bizarre ! »

Iinuma sortit une liasse de cartes de visite de sa poche, choisit l'une des siennes et la présenta à Honda. En la lisant, Honda qui était difficile ne put s'empêcher de remarquer qu'un des coins de la carte était légèrement sali et corné :

ACADÉMIE DU PATRIOTISME
SHIGEYUKI IINUMA
PRINCIPAL

Ce qui l'étonnait chez l'ancien précepteur de Kiyoaki, c'était son abord ouvert et loquace, si différent de l'Iinuma que Honda se rappelait. En ce temps-là, il avait été tout autre. En l'observant de plus près, Honda vit que certaines choses en lui n'avaient pas changé : le curieux épi dans ses cheveux qu'on distinguait tout juste au col de son kimono, sa carrure, les yeux sombres, méditatifs avec une nuance d'indécision. Cependant, son comportement extérieur différait du tout au tout.

« Veuillez me pardonner de m'adresser à vous si familièrement ! dit Iinuma, après avoir jeté les yeux sur la carte de Honda. À coup sûr, vous êtes devenu un personnage. À vrai dire, votre réputation est venue jusqu'à moi voici quelque temps, mais cela aurait paru manquer de courtoisie pour quelqu'un comme moi, de me prévaloir

CHAPITRE 7

de nos relations dans le passé, si bien que je n'ai rien fait. À vous voir maintenant, vous n'avez nullement changé. Si le jeune maître était encore en vie, vous seriez l'ami auquel il aimerait se confier. En tout cas, comme je l'appris par la suite, vous avez prouvé combien votre amitié était profonde par ce que vous avez fait pour lui. Tout le monde vous a trouvé admirable.»

Tout en l'écoutant, en ayant l'impression d'être l'objet d'une légère moquerie, l'idée lui vint qu'Iinuma ne parlerait pas si franchement de Kiyoaki s'il avait connaissance de la réincarnation de son jeune maître en son propre fils. Mais il était encore possible que, chez Iinuma, ce ton ouvert fût une façon de prendre l'initiative et d'avertir Honda de ne pas chercher à percer ce mystère.

Et pourtant, en regardant Iinuma dans son *hakama* armorié et le jeune Isao debout derrière lui, c'était bien la réalité quotidienne qu'il voyait. Le visage d'Iinuma portait la marque des années et des soucis ordinaires. L'odeur du train-train des jours était si forte que les idées extravagantes qui s'étaient emparées de Honda depuis ses rêves de la veille ne semblaient autres que des fantasmes fugitifs. Il commença même à se demander si, en voyant les grains de beauté sur le côté d'Isao, il n'avait pas été uniquement le jouet d'une illusion.

Malgré tout, en dépit du caractère urgent de l'ouvrage qui l'attendait ce soir-là, Honda se prit à demander à Iinuma : «Combien de temps allez-vous rester au Kansai ?

– Malheureusement, il faut que je rentre à Tokyo par le train de nuit.

– Dommage.» Après un instant de réflexion, Honda se décida : «Que diriez-vous de ceci ? Avant de repartir cette nuit, si vous et votre fils veniez dîner à la maison ? Ce n'est pas souvent que l'occasion se rencontre de causer à loisir.

– C'est trop d'honneur que vous me faites. Nous ne saurions, moi et mon fils, mettre à contribution votre hospitalité.»

Honda se tourna directement vers Isao : «Cela me fera grand plaisir. Il faut venir ainsi que votre père. Vous rentrez à Tokyo par le même train, n'est-ce pas ?

– C'est cela, monsieur», répondit Isao, un peu gêné en présence de son père.

Iinuma, cependant, finit par déclarer qu'il acceptait l'aimable invitation de Honda, promettant qu'après avoir réglé quelques affaires à Osaka, tous deux se rendraient chez lui dans la soirée.

«Votre fils a été magnifique dans le tournoi de kendo. C'est grand dommage que vous n'ayez pu vous y trouver. C'était un spectacle à vous couper le souffle.» Tout en parlant, Honda les regardait l'un après l'autre.

À ce moment, un homme âgé, maigre mais très droit, habillé à l'européenne, s'approcha d'eux. Une femme d'une trentaine d'années, fort séduisante, l'accompagnait.

«Le général Kito et sa fille, murmura Iinuma à l'oreille de Honda.
– Le général Kito, dites-vous? Le poète?
– Oui, oui. C'est cela.»

On sentait une certaine émotion chez Iinuma dont le ton réservé et déférent fit penser Honda à un courtisan qu'on envoie préparer l'arrivée de son seigneur.

Kensuke Kito était un général de brigade en retraite de l'armée impériale, mais il tenait sa renommée de son œuvre poétique. Honda, sur les instances de ses amis, avait lu de lui *Hekiraku* dont on disait le plus grand bien, recueil de poèmes qui, au dire des critiques, ressuscitait la hardiesse et le style du poète Sanetomo, au XIIIe siècle. On ne s'attendait aucunement à cette grâce classique, à cette beauté simple chez un militaire de notre époque dont Honda avait trouvé les poésies si émouvantes qu'il pouvait en réciter deux ou trois de mémoire.

Iinuma salua le général avec le plus grand respect puis se tourna pour présenter Honda: «Monsieur est le juge Honda, de la cour d'appel d'Osaka.»

Honda aurait préféré qu'on le présentât uniquement comme une vieille connaissance, mais à présent qu'Iinuma avait cru devoir le présenter avec tant de cérémonie, il n'avait d'autre choix que d'assumer son rôle officiel et de se draper dans sa dignité.

Cependant, le général paraissait tout à fait à la hauteur des circonstances, ses habitudes militaires l'ayant accoutumé aux distinctions de grade. Il eut un sourire en plissant les paupières et dit simplement: «Je m'appelle Kito.

– J'admire beaucoup votre poésie, particulièrement *Hekiraku*.
– Vous allez me faire rougir.»

Tout affabilité, le général Kito était entièrement dépourvu d'arrogance comme ceux qui ont mené une vie de soldat. Ayant survécu dans un métier qui offrait mainte occasion de mourir jeune, il inspirait un sentiment de force et de ténacité. Sa vieillesse reflétait un détachement joyeux, tel un soleil d'hiver brillant à travers la blancheur d'un papier tendu sur un lattis de belle boiserie ancienne que rien n'est venu gauchir et par-delà laquelle des plaques de neige gisent éparses sur le sol.

CHAPITRE 7

Tandis qu'il échangeait quelques mots avec Honda, sa fille si jolie s'adressa à Isao : « Il paraît qu'hier vous avez battu cinq adversaires. Félicitations. »

Honda tourna vers elle son regard et le général fit les présentations : « Ma fille, Makiko. » Makiko inclina la tête poliment.

L'espace d'un instant, Honda ressentit le vif désir de pouvoir scruter cet admirable visage sous sa coiffure à l'occidentale. À présent qu'il la voyait toute proche, Honda se rendait compte, à la fois par la blancheur de l'épiderme, d'où le maquillage était presque absent, et par de menus indices qui ne pouvaient tromper, tel le grain d'un épais papier japonais, que ce n'était plus une si jeune fille. Ses traits unis paraissaient exprimer quelque lointain chagrin. Une certaine raideur à la commissure des lèvres annonçait comme une troublante et dédaigneuse résignation, mais ses yeux étaient pleins d'une douce et délicate lumière.

Cependant que Honda et Iinuma s'entretenaient avec le général et sa fille de la splendeur du festival de Saigusa, de jeunes clercs en robe blanche et *hakama* jaune pâle s'en vinrent prier tous les invités de rejoindre leurs places pour le *naorai*.

Le général et sa fille ayant rencontré d'autres amis, partirent avec eux vers la grande salle de réception, et bientôt se perdirent dans la foule.

« Quelle jolie jeune femme ! dit Honda, se parlant à demi à lui-même. Et pas encore mariée ?

— Elle est divorcée, répondit Iinuma. Je suppose qu'elle doit tout juste avoir dépassé la trentaine. On a peine à penser qu'un homme peut laisser s'éloigner une telle beauté. » Sa voix semblait assourdie, comme si, sous la moustache bien nette, les lèvres se refusaient.

Les pèlerins s'entassaient à l'entrée de la salle, se bousculant en s'efforçant d'ôter leurs souliers avant d'y pénétrer. Honda se laissa emporter par le courant et en regardant devant lui à travers la foule, il put enfin apercevoir les tables dressées pour le banquet. Une multitude de lis sauvages étaient répandus sur la blancheur des nappes.

Honda s'était trouvé séparé même d'Iinuma. Dans cette affluence, il lui vint à l'esprit que Kiyoaki lui aussi, revenu à la vie, se trouvait pris dans cette humanité qui l'enserrait. Quelle extravagance cela paraissait, ici, en ce midi que dominait le soleil du jeune été ! L'excès d'éclat du mystère l'éblouit.

Tout comme mer et ciel s'estompent ensemble à l'horizon, de même rêve et réalité pouvaient assurément se confondre lorsqu'on les regardait à distance. Mais ici, à tout le moins autour de Honda, chacun était clairement assujetti à la loi et, à son tour, protégé par elle. Son rôle à lui était celui de protecteur de l'ordre établi par loi effective de ce monde. Cette loi effective était semblable à un lourd couvercle de fer posé sur la marmite où mijotait le ragoût varié du monde quotidien.

Les êtres humains occupés à manger, digérer, excréter, se reproduire, aimer et haïr... Honda réfléchit que c'étaient là les êtres humains qui relevaient de la juridiction de la cour. À supposer que le pire arrivât, ils comparaîtraient devant celle-ci en tant qu'accusés.

Eux seuls avaient une réalité. Êtres humains qui éternuaient, riaient, êtres humains qui allaient et venaient avec leur appareil reproducteur ballottant de façon absurde. Si tous les êtres humains étaient ainsi, il n'y avait aucun fondement au redoutable mystère perçu par Honda. À supposer même qu'un seul Kiyoaki réincarné fût dissimulé au milieu d'eux.

Honda s'assit à la place d'honneur que les prêtres lui indiquaient. Devant lui, sur la table, étaient placés des boîtes en bois de friandises variées et des pichets de saké, de même que des assiettes et de petits bols. De place en place, on voyait des vases de lis sauvages. Makiko était assise du même côté de la table et, de temps à autre, il pouvait entrevoir son si joli profil et les mèches qui retombaient sur sa joue.

Les rayons du soleil, en ce début d'été, tombaient sur le jardin, dispersés par les branchages. À présent, c'était au tour des humains de festoyer.

8

*A*près que Honda fut rentré chez lui dans l'après-midi, il pria sa femme de prendre des dispositions pour recevoir des invités à dîner, puis il fit un somme. Il rêva que Kiyoaki lui apparaissait soudain et se mettait à lui dire toute sa joie de s'être retrouvés. Pourtant, à son réveil, Honda ne se laissa pas impressionner de ce fait. Il y vit seulement une nouvelle illustration des idées qui occupaient son esprit épuisé depuis la veille au soir.

CHAPITRE 8

Iinuma et son fils arrivèrent à six heures. Ayant l'intention d'aller, de là, prendre le train directement, ils avaient apporté leurs bagages. Quand Honda et Iinuma furent assis, ils ressentirent quelque gêne à reprendre tout de suite leur conversation relative au passé et, à la place, ils commencèrent à discuter des affaires en cours, politiques ou sociales. Mais Iinuma, apparemment par respect envers le rôle officiel de Honda, s'abstint d'exprimer des critiques formelles sur le malheur des temps. Isao écoutait, droit sur son siège, les mains sur les genoux.

Après avoir, hier, jeté un tel flamboiement derrière le masque de kendo, ses yeux paraissaient briller d'un éclat exorbitant dans cette pièce banale. Ils semblaient exprimer une détermination intense. Avoir pareil regard tout près de soi, subir l'observation attentive de ces yeux était une expérience extraordinaire.

Honda sentait le regard d'Isao posé sur lui en causant avec Iinuma et il en fut mal à l'aise. Il est tout à fait déplacé de regarder ainsi fixement pendant une conversation, pensa-t-il, tenté d'énoncer une observation. On ne devrait pas braquer de tels yeux sur les petites choses de la vie de tous les jours. Honda se tenait comme inculpé par la clarté qui brillait en eux.

Il arrive que deux personnes causent avec enthousiasme pendant une bonne heure de choses vécues ensemble, sans avoir pour autant une vraie conversation. L'homme solitaire tenté de se livrer à son penchant mélancolique ressent le besoin d'avoir quelqu'un avec qui le partager. Quand il a trouvé ce partenaire, il se met à débiter son monologue comme s'il racontait un songe. Ainsi va leur entretien, par monologues alternés, mais, au bout d'un moment, ils se rendent compte tout à coup qu'ils n'ont rien à se dire. On dirait deux individus debout, respectivement, des deux côtés d'un abîme dont le pont qui les reliait a été détruit.

À la fin, ne pouvant supporter de rester sans rien dire, leur entretien se tourna à nouveau vers le passé. Pour quelque motif, Honda ne put résister à l'envie de demander à Iinuma pourquoi il avait publié un article dans un journal de droite où il accusait le marquis Matsugae de manquer de loyalisme et de piété filiale.

« Ah, cela! répondit Iinuma. J'ai hésité avant d'attaquer le marquis qui avait été si bon pour moi, mais j'ai senti que je devais écrire cet article sans égard aux conséquences. Je l'ai fait uniquement en considération du bien de la nation. »

Naturellement, une réponse si simple et si prompte ne pouvait satisfaire Honda. Il observa que Kiyoaki, après avoir lu l'article et jugé de sa signification, lui avait dit que Iinuma lui manquait.

Il fut saisi de voir l'émotion qui s'emparait du visage d'Iinuma où se lisaient déjà les effets du saké qu'ils étaient en train de boire. La moustache si nette en tremblait légèrement.

«Est-ce possible? Le jeune maître a-t-il pu dire cela? Il devait savoir ce que je ressentais. Mon idée en écrivant cet article, comment dirai-je, était de formuler publiquement un grief, même si cela revenait à sacrifier le marquis, afin que nul ne puisse minimiser le jeune maître lui-même. J'avais peur que le rôle joué par le jeune maître ne vînt à être connu et que le scandale ne lui cause un tort irréparable. En prenant l'initiative et en soulignant le manque de loyalisme du marquis, je protégeais le jeune maître. D'ailleurs, est-il un père digne de ce nom qui ne voudrait subir lui-même le choc du scandale? Voilà ce que j'attendais. Peut-être était-il inévitable que le marquis soit furieux contre moi, mais quand je pense à la façon dont le jeune maître a compris mes intentions, je me sens accablé de gratitude.

Monsieur le juge, ayez la bonté d'écouter ce que j'ai à dire. C'est le saké qui me donne le courage de vous raconter cela, mais je n'exagère pas. Quand j'ai su que le jeune maître était décédé, j'ai pleuré trois jours et trois nuits entiers. Croyant que je pourrais du moins participer à la veillée, je me suis rendu à l'hôtel des Matsugae, seulement on ne m'a pas laissé en franchir le seuil. Il semble qu'en ce qui me concerne, les choses aient été parfaitement mises au point. Même le jour des funérailles publiques, je fus tenu à l'écart par leur police. Si bien qu'il ne m'a pas été possible d'offrir l'encens pour le jeune maître qui n'était plus.

Certes, cela est arrivé par ma faute, mais j'en serai affligé pour le restant de mes jours. Aujourd'hui encore, j'en parle parfois avec amertume à ma femme. Quel malheureux destin pour le jeune maître! Mourir sans avoir accompli ses désirs et à vingt ans à peine.» Iinuma sortit un mouchoir de sa poche et essuya ses larmes.

La femme de Honda était entrée pour servir le saké et restait assise, toute interdite. Le jeune Isao qui, apparemment, n'avait jamais vu son père en proie à une telle émotion, s'était arrêté de manger et baissait la tête. Honda fixa Iinuma de l'autre bord de la table brillamment éclairée et couverte de plats comme s'il cherchait à mesurer la distance qui les séparait.

Honda ne doutait pas de la sincérité des sentiments d'Iinuma. Ainsi, compte tenu que son chagrin était si total, il n'était guère possible qu'il eût connu la réincarnation de Kiyoaki. Sinon, son émotion aurait sûrement été beaucoup plus ambiguë, plus vague.

CHAPITRE 8

En y réfléchissant, Honda se mit à approfondir ses propres pensées. Pourquoi la vue du chagrin d'Iinuma ne suscitait-elle pas des larmes en lui? D'une part, il y avait le fait que ses sentiments avaient dû se tremper au sein d'une profession qui faisait grand cas de la raison. D'autre part, l'espoir était nouvellement apparu que Kiyoaki revivrait. Rien que d'envisager comme possible la réincarnation faisait que le chagrin le plus aigu semblait en perdre son relief, sa réalité et se mettre à s'éparpiller comme des feuilles sèches. D'une certaine façon, cela s'apparentait au refus des hommes d'admettre que rien vienne blesser la dignité que leur confère la douleur. En un sens, cette perte était plus effrayante que la mort.

Quand Iinuma eut repris sa maîtrise de soi, il se tourna aussitôt vers son fils et lui demanda d'aller envoyer un télégramme de sa part. Il avait oublié de dire aux étudiants de l'académie de venir au-devant d'eux à la gare de Tokyo le lendemain matin. Rie proposa d'envoyer la servante mais, comprenant qu'Iinuma voulait éloigner son fils pendant un moment, Honda s'empressa de tracer un plan pour indiquer à Isao comment trouver le bureau de poste le plus proche qui fût ouvert le soir.

Après le départ d'Isao, Rie retourna à la cuisine. Enfin l'occasion se présentait pour Honda d'interroger Iinuma de plus près, mais alors qu'il se demandait comment aborder le sujet, ce fut Iinuma lui-même qui se mit à parler de Kiyoaki.

« J'ai échoué misérablement dans l'éducation du jeune maître, aussi ai-je voulu faire de mon mieux pour donner à mon fils ce que j'estimais être l'éducation idéale. Mais là encore, il a manqué quelque chose. Quand je regarde mon grand fils, c'est incroyable comme les bons côtés du jeune maître me reviennent à l'esprit. Bien que j'aie échoué à son égard.

– Mais votre fils est magnifique. D'après ce que j'ai pu voir, il dépasse de beaucoup Kiyoaki Matsugae.

– Monsieur le juge, c'est vous montrer trop poli.

– Bon, voyez la forme physique d'Isao. Kiyoaki, lui, négligeait absolument son corps. » Honda sentait naître en lui l'émotion en essayant d'amener Iinuma au point décisif du mystère. « Il n'est pas surprenant qu'il soit mort prématurément d'une pneumonie. Il était très beau, mais il n'avait pas de force. Vous qui avez vécu à ses côtés depuis son enfance, sûrement vous ne deviez rien ignorer de son corps.

– Détrompez-vous ! se hâta de protester Iinuma. Il ne m'est même jamais arrivé de laver le dos du jeune maître.

– Et pourquoi donc ? »
Dans l'embarras où se trouvait Iinuma, ses traits rudes se contractèrent et le sang monta à ses joues basanées.
« Quand le jeune maître était dévêtu, je n'ai jamais pu me résoudre à le regarder. »

Quand Isao revint du bureau de poste, il fut bientôt temps de partir. Honda dont le métier ne l'avait pas pourvu de ce qu'il fallait pour communiquer avec les jeunes, se rendit compte qu'il n'avait pas encore échangé une parole avec Isao.
« Quelle sorte de livres aimez-vous lire ? demanda-t-il, un peu gauche.
– Je vais vous montrer, monsieur. » Isao qui était en train de mettre quelque chose dans sa valise, en sortit un livre broché et le lui présenta. « J'ai acheté cela le mois dernier après qu'un ami me l'eut recommandé et je l'ai déjà lu trois fois. Jamais aucun livre ne m'a tant ému. Est-ce que vous l'avez lu, Votre Honneur ? »
Honda jeta un regard sur le titre et le nom de l'auteur imprimé en caractères anciens sur la couverture unie : *La Société du Vent Divin* par Tsunanori Yamao. Il retourna le petit volume, guère plus qu'une brochure, et remarqua que même l'éditeur ne lui disait rien. Il allait le rendre sans répondre un mot quand il sentit sa main arrêtée par la main vigoureuse d'Isao rendue calleuse par le bâton de kendo.
« Si cela intéresse Votre Honneur, veuillez en prendre connaissance. C'est un livre magnifique. Je vous le prête. Vous pourrez me le renvoyer. »
Son père s'était rendu aux toilettes, sinon il l'aurait tancé de son audace. En voyant un éclair dans les yeux du jeune enthousiaste, Honda comprit tout de suite que dans l'esprit d'Isao, prêter son livre favori était le seul moyen qu'il avait de lui exprimer sa gratitude pour son amabilité. Honda accepta le livre en l'en remerciant.
« C'est bien gentil à vous de vous séparer d'un livre auquel vous êtes si attaché.
– Non, non, je suis très heureux que Votre Honneur puisse le lire. Je suis sûr, monsieur, que vous aussi serez ému en le lisant. »
L'ardeur de cette réponse fit entrevoir à Honda un monde où poursuivre l'idéal était facile, où les enthousiasmes juvéniles étaient volontiers partagés, un monde aussi simple que le motif infiniment répété des taches blanches du kimono bleu qu'il portait étant étudiant. Il se sentit tiraillé d'envie.

CHAPITRE 9

L'un des mérites de Rie était de ne jamais faire la critique des invités aussitôt après leur départ. Sans être le moins du monde naïve, il y avait en elle une sorte de placidité molle, bovine. Puis, deux ou trois mois parfois après la visite de tel ou tel, il lui arrivait de surprendre Honda par une allusion en passant à un point faible qu'elle avait noté.

Honda avait une très grande affection envers Rie, mais elle n'était pas le genre de femme à qui il pouvait conter par le menu ses imaginations et ses rêves. À coup sûr, elle en eût été trop heureuse et, assurément, elle ne les aurait pas tournés en ridicule mais n'y aurait pas non plus ajouté foi.

Honda s'était donné pour règle de ne jamais discuter d'affaires professionnelles avec sa femme, et il ne trouvait aucune difficulté à être tout aussi discret quant aux produits de son imagination, laquelle n'était pas des plus fertiles. Quant aux événements qui l'avaient tellement désorienté depuis la veille, il entendait les tenir aussi cachés que le journal de rêves de Kiyoaki au fond du tiroir de son bureau.

Honda entra dans son cabinet pour se trouver face à l'ouvrage qui devait être terminé avant le lendemain matin, mais la pile d'épais papier de Mino où l'on avait transcrit les débats de la cour d'un pinceau peu lisible donna un coup d'arrêt si sérieux à son sens du devoir qu'il fut incapable de se mettre à pied d'œuvre.

Distraitement, il avança la main, prit la brochure qu'Isao lui avait laissée et, sans le moindre empressement, en commença la lecture.

9

La Société du Vent Divin
par Tsunanori Yamao

PREMIÈRE PARTIE

Le Rite de l'Ukei

Un jour de l'été 1873, l'An VI de l'ère Meiji, quatre hommes vaillants à l'idéal généreux se retrouvèrent au Sanctuaire impérial au bourg de Shingai, deux lieues au sud du château de Kumamoto, pour célébrer le culte sous la direction de Tomo Otaguro, fils adoptif et héritier de l'ancien grand prêtre. Le sanctuaire de Shingai, rameau du Grand Sanctuaire d'Ise, était connu localement sous le nom d'Ise Shingai. Situé à l'abri d'un bosquet de grands arbres et entouré de champs de riz, ce modeste sanctuaire au toit de chaume était le lieu le plus sacré de la Préfecture.

Le culte enfin achevé, les quatre hommes, laissant Otaguro seul dans le sanctuaire, se retirèrent dans le parloir du presbytère. À présent, Otaguro allait célébrer le rite secret de l'Ukei.

Voici quels étaient ces quatre hommes : Harukata Kaya était au faîte de ses facultés, homme de mine sévère. Kengo Ueno avait plus de soixante ans. Kyusaburo Saito et Masamoto Aikyo avaient la cinquantaine passée. Kaya portait des cheveux longs, noués en arrière de la tête. Chacun d'eux portait un sabre au côté.

L'esprit tendu par l'émotion en attendant le dénouement de l'Ukei, tous quatre se tenaient assis droit en silence, sans même essuyer leur sueur ou s'entre-regarder.

À mainte et mainte reprise, le cri inlassable de la cigale perça l'air suffocant de l'été, telle une aiguille à l'ouvrage sur un épais tissu de coton. Un pin courbé comme un dragon couché ombrait la pièce d'eau du jardin où donnait le petit salon. Bien qu'on ne sentît pas sur la véranda la plus légère brise, les iris, au bord de l'eau, les uns dressés comme des lames de sabre, les autres inclinés avec grâce, frémissaient faiblement. L'eau se reflétait, luisante, sur les rameaux blancs du myrte frisé aux fleurs délicates.

La verdure végétale s'amoncelait en abondance, jusqu'aux feuilles du trèfle sauvage qui tournaient au vert. Des papillons jaunes voletaient alentour. À la lisière du jardin, entre les troncs d'une rangée de jeunes sapins, miroitait l'azur du firmament.

Kaya, dont l'émotion se lisait dans les yeux étincelants, se tourna en direction du sanctuaire. Ce qu'il espérait voir sortir de cet Ukei contredisait les désirs des autres.

Le porche d'Ise Shingai se présentait ainsi : en son milieu, monté dans un cadre, était suspendu le sabre du seigneur Tadatoshi Hosokawa dans son fourreau blanc. À gauche, on voyait l'image votive d'un dragon, et à droite, il y en avait une autre qui représentait le coq blanc et la poule du seigneur Nobunori Hosokawa. L'inscription « L'An Troisième de l'ère Manji » avait été calligraphiée par Sekki Obaku. Une estrade surélevée était toujours prête à accueillir le chef

CHAPITRE 9

du clan, soit qu'il désirât participer au culte en personne, soit y déléguer l'un des siens.

On apercevait la silhouette en robe blanche de Tomo Otaguro prostrée devant la Présence Divine. Le prêtre avait le cou fluet et le visage pâle comme celui d'un malade. Il avait coutume, chaque fois qu'il devait adresser une supplique aux dieux, de jeûner durant sept à dix jours et de s'abstenir de nourriture cuite pendant cinquante ou cent jours.

L'Ukei par lequel on cherchait à connaître la volonté des dieux avait été l'objet d'une extrême révérence de la part du défunt maître d'Otaguro, Oen Hayashi, trépassé trois ans plus tôt en ce même sanctuaire. Au point qu'Oen avait écrit un *Traité de l'Ukei*. Sa conception du culte shinto allait au-delà de l'idée qu'Atsutane Hirata se faisait du principe de continuité entre le monde révélé et le monde caché. Oen écrivait par exemple :

La divinité est la source. Le monde visible en est la conséquence. Celui qui est responsable des affaires humaines, celui qui gouverne les hommes, doit concevoir la divinité comme la source et le monde visible comme conséquence. À celui qui gouverne en associant source et conséquence, le gouvernement du monde entier sera un jeu d'enfant.

Et Oen enseignait que l'Ukei, au moyen duquel la volonté divine se manifestait, figurait au premier rang parmi les règles hermétiques.

Le *Traité de l'Ukei* débutait par ces mots :

De tous les rites du shinto, l'Ukei est le plus merveilleux. Il tire son origine de l'ineffable majesté de la déesse Amaterasu lorsque, avec le seigneur Susano, elle célébra le premier Ukei du haut du ciel d'où il fut apporté à notre pays de Yamato.

Parmi la descendance engendrée par le seigneur Susano au cours de l'Ukei qu'il mit en œuvre en vue de démontrer son innocence, fut le seigneur Amenooshihomimi qui n'est autre que l'ascendant divin du seigneur Ninigi, premier de l'immortelle lignée impériale. Si bien que l'Ukei était au centre du mystère du rituel divin. Sa pratique, cependant, était tombée en désuétude depuis des siècles et c'est pourquoi Oen s'était efforcé de le faire revivre afin que, dans ce monde de confusion, les hommes puissent à nouveau connaître les recommandations des dieux et voir se manifester la volonté divine.

Ainsi, le rituel Ukei était « le culte des dieux terribles et pleins de majesté » et la patrie de l'Empereur un pays dont la bonne fortune tirait son origine du pouvoir merveilleux des mots. Car il était évident que quand le prêtre entonnait le rituel, ses paroles, imprégnées de puissance sacrée, invoquaient invariablement la protection de tous les dieux du ciel et de la terre. Ainsi l'Ukei était bien « le culte au moyen de mots imprégnés de puissance sacrée ».

À l'école de clan à Kumamoto, quelqu'un s'étant appuyé sur un traité d'enseignement néoconfucianiste intitulé *Les huit degrés de la discipline de soi-même* pour dire son mépris du mystère de l'Ukei, Oen répliqua de la façon suivante :

Ici-bas, tant celui qui gouverne que celui qui est gouverné ne sont que des hommes. Si un homme, par cela seul qu'il est homme, tente d'en gouverner un autre, il est semblable à celui qui, n'ayant point de barque, plonge dans la mer pour en sauver un autre en train de se noyer. Mais l'Ukei est ce qui peut les porter tous deux. C'est la barque sans quoi l'homme qui se noie ne peut être sauvé.

Dans la science shinto, Oen montrait une préférence pour les ouvrages de Mabuchi et de Norinaga. En ce qui concerne la science chinoise, il était versé dans les sutras autant que dans Confucius et autres philosophes. Sa connaissance du bouddhisme comprenait à la fois le Grand et le Petit Véhicule. Il n'était pas jusqu'aux auteurs hollandais qu'il n'eût quelque peu pratiqués. S'étant donné pour idéal de glorifier la tradition impériale devant le pays et de maintenir l'honneur national face aux incursions étrangères, il fut épouvanté du flottement des dignitaires du shogunat au moment de l'arrivée de Perry, et pareillement, de la tactique de ceux qui, se détournant du programme « Expulsez les barbares », essayèrent de l'utiliser pour renverser le shogunat. Il se fit ermite et s'adonna à la contemplation de la sagesse occulte.

Oen avait espoir que serait restauré le gouvernement des dieux en ce monde. Sans se contenter des exégèses de Mabuchi et de Norinaga, il résolut de faire connaître à tout un chacun l'antique rituel shinto tel que l'avaient conservé les classiques et, ce faisant, de redresser le cœur des hommes et de restaurer le pays pur des dieux, le pays béni de la faveur divine. Ainsi donc, la pratique de l'ancien culte, l'accomplissement de cette restauration, avaient été son but. Il alla jusqu'à utiliser Socrate le Grec dans ses écrits, étant d'opinion que, quoique Socrate eût bien fait de prêcher les principes de mora-

CHAPITRE 9

lité dans un pays qui en était dépourvu, l'état de supériorité du pays de l'Empereur y rendait inutile un tel enseignement.

La Voie des Dieux signifiait que culte et gouvernement ne faisaient qu'un. Servir l'Empereur, vicaire resplendissant des dieux dans le monde des hommes, c'était servir les dieux lointains du monde caché aux hommes. Gouverner, c'était agir toujours en accord avec la volonté divine, et s'assurer de cette volonté était le plus sacré des devoirs, devoir qui ne pourrait s'accomplir que par le rite de l'Ukei.

L'exemple de cet homme dont le zèle envers les dieux était si remarquable inspira une foule de disciples à l'esprit pur, dont le principal était Tomo Otaguro. Lors du trépas d'Oen, le deuil mené par ses fidèles pouvait se comparer à celui des disciples de Bouddha en le voyant entrer dans le Nirvâna.

Aujourd'hui, trois ans après la mort de son maître, il était advenu que Tomo Otaguro, purifié de corps et d'esprit, ressentait la nécessité de célébrer le rite de l'Ukei.

Lorsque fut décrétée la Restauration impériale, tous les signes favorables étaient réunis pour indiquer que l'auguste souhait de feu Sa Majesté Komei d'expulser les barbares serait accompli. Mais des nuées interceptèrent bientôt la lumière des cieux, et, mois après mois, année après année, la politique d'ouverture aux influences étrangères s'était renforcée. En l'An III de Meiji, la permission fut accordée à un prince impérial d'aller faire ses études en Allemagne, et à la fin de la même année, il fut interdit aux gens du commun de porter le sabre. En l'An IV de Meiji, il fut décrété que les samouraïs pouvaient sacrifier leur chignon et aussi se passer de sabre. On conclut des traités avec divers pays étrangers et, juste l'année précédente, l'An V de Meiji, avait été adopté le calendrier occidental. Au commencement de la présente année, six garnisons militaires furent établies en vue de refréner l'agitation populaire et, de fait, des troubles avaient éclaté dans la préfecture d'Oita. Le monde s'écartait de plus en plus de la doctrine essentielle du défunt maître Oen où gouvernement et culte ne faisaient qu'un. Loin de constituer un progrès, c'était là se ruer étourdiment vers l'anéantissement. Ainsi étaient trahies les espérances du maître. Les hommes trouvaient leurs délices dans la pollution plutôt que dans la pureté. Les ambitions grossières l'emportaient sur un noble idéalisme.

Qu'en eût pensé le défunt maître s'il était encore de ce monde ? Et qu'en penserait feu Sa Majesté Impériale ?

Bien qu'Otaguro et ses compagnons l'ignorassent, naturellement, à l'époque de la mission du prince Iwakura en Europe et en Amérique l'An IV de Meiji, il y avait eu des discussions passionnées à bord du bateau entre ministres adjoints comme Koin Kido, Toshimichi Okubo et Hirobumi Ito au sujet d'un changement du système gouvernemental ; de nombreuses voix s'étaient élevées pour soutenir que le Japon devrait devenir une république afin de pouvoir mieux se mesurer à la puissance de l'Amérique et des nations européennes.

Pendant ce temps, irrémédiablement à l'encontre de l'enseignement du défunt maître sur la restauration et l'unicité du gouvernement et du culte, le ministère des sanctuaires fut réorganisé en l'An V de Meiji en tant que ministère de la religion pour être, peu après, entièrement aboli, sa compétence étant transférée au département des sanctuaires et des temples. Ainsi étaient respectés les lieux de culte, et les plus antiques traditions placées sur le même pied que les temples d'une religion apportée de l'étranger.

Or voici qu'Otaguro était sur le point de présenter deux formules d'Ukei à l'examen sévère des dieux. La première s'accordait aux vœux de Harukata Kaya, étant ainsi rédigée : *« Mettre fin à un gouvernement néfaste par des remontrances aux responsables, fût-ce au sacrifice de sa vie. »*

Kaya tenait à entrer en discussion, à maîtriser l'adversaire sans répandre d'autre sang que le sien. Il souhaitait s'assurer que ses observations atteindraient leur but à l'égal de Yasutake Yokoyama, le samouraï du clan Satsuma qui, l'An III de Meiji, scella ses objurgations héroïques en se sacrifiant avec son sabre dès qu'il eut remis sa requête. Cependant, les camarades de Kaya mettaient en doute l'efficacité d'une telle procédure.

La seconde formule qui devait être proposée au cas où la première ne recevrait pas la sanction divine, était ainsi rédigée : *« Abattre les ministres indignes en frappant dans l'ombre avec le sabre. »*

À supposer qu'à cette résolution allât la faveur de la volonté divine, il était sûr qu'Otaguro ferait en sorte de l'accomplir jusqu'au bout.

Bien que le *Traité de l'Ukei* d'Oen recommandât l'usage d'une gourde de saké et de miel de riz à la manière de l'empereur Jimmu, Otaguro préférait suivre le procédé d'Ukei que conserve la tradition secrète du grand sanctuaire d'Ise à laquelle il avait été initié au sanctuaire Sumiyoshi d'Udo. Il choisit donc un rameau de pêcher et, l'ayant retaillé pour en faire une baguette bien droite, il découpa dans un épais papier Mino des lanières qu'il attacha à la branche comme des fleurs sacrées, sauf quatre sur chacune desquelles il inscrivit la

CHAPITRE 9

première rédaction Ukei, laissant entre elles un intervalle pour une réponse positive ou négative. Il prit alors une de celles-ci, et après les mots : *« Mettre fin au mauvais gouvernement par des remontrances aux responsables, fût-ce au sacrifice de sa vie »*, il écrivit : *« Est propice. »* Il les roula en menues boulettes et les posa sur un trépied. L'emportant avec lui, il descendit du porche et monta les marches qui menaient au sanctuaire. Il en ouvrit les portes avec révérence et, à genoux, pénétra à l'intérieur, obscur en ce milieu du jour.

C'était le plein midi et la chaleur du sanctuaire était intense. Le bourdonnement des moustiques emplissait les ténèbres. Les rayons du soleil effleuraient la lisière de la robe blanche d'Otaguro agenouillé, tête inclinée, le seuil à peine franchi. Baignés de lumière, les plis de son *hakama* blanc de soie grège brillaient comme des fleurs d'hibiscus en bouquets. Otaguro commença par réciter la Grande Prière de Purification. Dans cette obscurité, le Miroir Sacré avait un éclat léger. Que les dieux fussent ici présents, qu'ils eussent les yeux fixés sur lui, Otaguro n'en doutait pas davantage que de la sueur qu'il sentait ruisseler sur son front et ses tempes, plus bas que ses oreilles. Les battements de son cœur devinrent la vie divine palpitant en lui et, enfermé qu'il était entre les quatre murs du sanctuaire, cela parut croître jusqu'à un grondement. Alors, de tout son corps desséché de chaleur, le cœur près d'éclater de l'intensité du désir, il ressentit que de quelque part, là dans ces ténèbres, une force invisible, pure et fraîche comme une eau printanière, se déversait en lui.

Quand Otaguro prit la branche, les flammes sacrées bruirent comme des ailes de colombes. Il l'agita d'abord lentement de part et d'autre au-dessus du trépied à la manière d'un rite purificatoire, puis, apaisant son cœur, il l'abaissa jusqu'à ce que les flammes vinssent effleurer la surface. Deux des quatre boulettes de papier furent happées par les banderoles et entraînées hors du trépied. Il déplia chacune d'elles et la tendit à la lumière. Sur le papier froissé de la première, il vit clairement les mots : *« N'est pas propice. »* Et sur la seconde, était aussi écrit : *« N'est pas propice. »*

Après avoir récité de nouveau l'oraison prescrite, il entama le second rite de l'Ukei, cette fois pour soumettre à l'examen des dieux la formule : *« Abattre les ministres indignes en frappant dans l'ombre avec le sabre. »* Il procéda comme précédemment, mais un seul papier, cette fois, fut entraîné hors du trépied. Quand il l'eut déroulé, Otaguro y lut les mots : *« N'est pas propice. »*

Trois de ses quatre camarades accueillirent Otaguro, tête inclinée, dans l'attente du jugement des dieux. Seul, Harukata Kaya était assis tout droit, regardant en face le visage pâle du prêtre humide de sueur. Si les dieux se montraient favorables à sa supplique, Kaya, à l'âge de trente-huit ans était décidé à assumer l'entière responsabilité d'adresser des remontrances aux responsables au nom de ses camarades puis aussitôt à se sacrifier de son propre sabre.

Otaguro s'assit sans dire un mot. À la fin, Neno, le plus âgé des quatre, lui demanda ce qu'il en résultait. C'est ainsi qu'on apprit que ni l'une ni l'autre des deux formules n'avait obtenu la sanction divine.

Bien que les dieux n'eussent pas accueilli favorablement leur entreprise, la volonté des quatre hommes de s'offrir en sacrifice pour la Patrie impériale n'en demeura pas moins. Ils résolurent donc de se consacrer avec d'autant plus de ferveur à la prière, en attendant l'approbation des dieux et de faire vœu en la Présence Divine d'offrir ensemble l'oblation de leurs vies lorsque le temps serait venu. Tous quatre, ils retournèrent au sanctuaire et, après que la flamme eut réduit en cendres le papier portant le vœu accompli en la Divine Présence, ils les éparpillèrent dans un flacon d'eau bénite dont chacun but à son tour sans y laisser une goutte.

Quant à l'appellation de la Société du Vent Divin, « Société » était un terme usuel à Kumamoto pour désigner un parti ou un groupement, telles la société Tsuboi, la société Yamazaki et la société Kyomachi, groupements locaux fondés pour entretenir l'esprit samouraï. Cependant, les patriotes samouraïs rassemblés autour d'Oen en vinrent à s'appeler la Société du Vent Divin dans des circonstances différentes.

L'An VII de Meiji, quand certains d'entre eux se présentèrent à l'examen du clergé shinto au siège de la préfecture, chacun, comme s'ils s'étaient entendus au préalable, répondit comme suit au cours de l'examen : « Si les hommes avaient le cœur pur, s'ils révéraient l'Empereur par-dessus toutes choses, le Vent Divin se lèverait aussitôt, tout comme au temps de l'invasion mongole, et c'en serait fait des barbares. »

Leurs examinateurs furent tout déconcertés et pour la première fois, on appela les disciples d'Oen la Société du Vent Divin.

Parmi ces patriotes samouraïs, il y avait des jeunes gens comme Tsuguo Tominaga, Tomo Noguchi, Wakei Iida, Saburo Tominaga et Mikao Kashima qui s'efforçaient d'atteindre les idéaux de leur fra-

CHAPITRE 9

ternité dans chaque aspect de la vie quotidienne, ainsi, ils évitaient toute pollution et haïssaient toute nouveauté.

Tomo Noguchi, du fait que les lignes télégraphiques étaient une chose apportée de l'étranger, se refusait à marcher au-dessous. (Le télégraphe fut établi en l'An VI de Meiji.) Quand Noguchi accomplissait son pèlerinage quotidien au sanctuaire dédié au seigneur Kiyomasa, il faisait bien attention à ne point passer sous des fils télégraphiques, même si, pour cela, il fallait faire un détour. S'il lui était impossible de les éviter, il passait au-dessous en abritant sa tête d'un éventail blanc.

Ces deux jeunes gens avaient coutume de porter du sel dans une poche de leur manche et de le répandre pour se purifier s'ils rencontraient un prêtre bouddhiste, quelqu'un vêtu à l'européenne ou un enterrement. On peut voir là l'influence du célèbre ouvrage *La Ceinture aux joyaux* d'Atsutane Hirata dont même Masahiko Fukuoka, qui se distinguait au sein du groupe par son dédain des livres, avait apprécié la lecture.

Ou encore, c'est Saburo Tominaga qui, s'étant rendu un jour dans les bureaux de la Préfecture de Shikarawa afin de toucher l'indemnité de son frère Morikuni et, se refusant à toucher du papier-monnaie souillé par un ornement de style étranger, l'emporta chez lui entre des baguettes.

Le maître Oen ressentait une profonde sympathie pour la rude vigueur de ces jeunes hommes. Pour la plupart, ils repoussaient tout raffinement. Ils aimaient voir la lune briller aux bords de la Shikarawa d'un cœur d'hommes persuadés que c'était la dernière lune de la moisson qu'ils verraient en cette vie. Ils appréciaient les fleurs de cerisier en hommes pour qui les fleurs du printemps de cette année étaient les dernières qui fleuriraient jamais. Aussi chantaient-ils ensemble le chant d'Ichigoro Hasuda, le samouraï patriote de Mito :

> *À contempler l'astre des nuits*
> *Par-delà ma lance dressée,*
> *Je me demande quand sa lumière va-t-elle*
> *Darder de ses rayons ma dépouille mortelle.*

Selon les enseignements du maître Oen, dans le monde caché aux hommes, il n'est ni vie ni mort. La vie et la mort dans ce monde qui nous entoure a tiré son origine de l'Ukei des dieux Izanagi et Izanami. Pourtant, les hommes ayant été engendrés par des dieux, s'ils savent se garder d'enfreindre les commandements relatifs à la pollution et si, intègres, justes et le cœur pur, ils s'adonnent aux cultes anciens, ils peuvent écarter la mort et la corruption de ce monde et monter aux cieux pour n'y faire qu'un avec les dieux.

Le maître Oen avait coutume de réciter le poème :

> *Tel le cygne blanc qui vers les cieux prend son essor,*
> *Ne laissez ici-bas nulle trace.*

En février, l'An VII de Meiji, éclata la révolte Saga, les forces rebelles ayant été soulevées par ceux qui s'étaient rangés aux côtés des partisans de la soumission de la Corée. Afin de contribuer à la réprimer, on envoya des effectifs gouvernementaux prélevés sur divers cantonnements, y compris Kumamoto, si bien que, pendant ce temps, les troupes affectées à la garde du château n'atteignaient plus guère que deux cents hommes. Otaguro estimait qu'il convenait de ne pas laisser passer pareille occasion.

Dans l'esprit de ce dernier, une certaine stratégie visant à se débarrasser du mauvais gouvernement avait déjà pris forme. Afin de jeter bas les conseillers corrompus et de rehausser la majesté du trône impérial, il n'était pas meilleur moyen que de commencer par rassembler une phalange de partisans fidèles et de s'emparer des camps de Kumamoto. Cette citadelle servant de point de ralliement, nombreux les hommes animés d'une même foi qui se rallieraient à la cause, à l'est comme à l'ouest, et l'on pourrait rassembler une troupe immense pour marcher vers l'est. Avant tout, il fallait capturer les camps de Kumamoto. En ce moment où l'adversaire se trouvait devenu extraordinairement vulnérable, il appartenait à Otaguro et à ses compagnons de la tourner à leur avantage.

C'est ainsi qu'il advint qu'Otaguro s'enquit une nouvelle fois de la volonté des dieux par le truchement du rite de l'Ukei. De nouveau, ayant jeûné nombre de jours, il s'avança avec révérence vers la Présence Divine et, soulevant le rameau orné des flammes sacrées, il mit en œuvre, d'un cœur dévot, le rite de l'Ukei.

Cette fois-ci, l'ombre ne s'emplissait pas de la grande chaleur du fort de l'été. Le frisson du début du printemps régnait dans le sanctuaire. D'ailleurs, c'était juste avant l'aube, et derrière le presbytère on entendait le chant des coqs. Leurs cocoricos semblaient briser les ténèbres telle la zébrure d'éclairs violacés. Cris déchirants comme si le gosier sombre de la nuit avait en éclatant fait gicler le sang.

CHAPITRE 9

Le sage Atsutane Hirata ne cesse de parler de la pollution que cause la mort mais, quant à celle que cause le sang, il ne mentionne que des quantités négligeables de sang perdu. Or, là, devant les dieux, voici qu'apparaît dans l'esprit d'Otaguro l'image d'un sang pur et bouillonnant. Tout en concentrant sa pensée sur ce sang qui devait purifier la cour impériale, il sentait que les dieux n'en seraient pas offensés. La pieuse supplication d'Otaguro s'illuminait soudain d'imaginations terrifiantes : l'éclat métallique des glaives abattait les méchants, de toutes parts faisant jaillir le sang. Et, par-delà le sang répandu, le pur, le juste, l'honnête apparaissaient, comme sur l'océan lointain le bleu de l'horizon.

Les bougies qui brûlaient devant la Présence Divine vacillaient dans la brise de l'aube. Quand Otaguro commença d'agiter la branche aux flammes sacrées, les bougies se mirent à couler et furent près de s'éteindre.

L'œil des dieux était fixé sur lui. Ils mesuraient les actions des hommes à leur aune, une aune au-delà de tout savoir humain. Pouvant seuls prévoir toutes conséquences, seuls les dieux pouvaient encourager ou interdire.

Otaguro ramassa la boulette de papier happée par les banderoles. Il l'ouvrit et la lut à la lumière des bougies. Ses yeux y virent les mots : «*N'est pas propice.*»

Les samouraïs patriotes de la Société du Vent Divin n'étaient pas des hommes d'une rigidité déraisonnable, étrangers aux sentiments humains ordinaires. Pas un d'entre eux qui ne désirât de tout son être prouver sa valeur sur les lieux du combat, mais à part cela, c'était tout simplement de jeunes hommes pleins de vigueur.

Haruniko Numazawa était d'une force inhabituelle et excellait à la lutte. Un jour qu'il était à écraser du riz devant sa porte, survint subitement une ondée. Aussitôt, il saisit mortier et pilon, les transporta à l'intérieur et se remit tranquillement au travail.

Hironobu Saruwatari avait une petite fille âgée de deux ans appelée Umeko qu'il chérissait de tout son cœur. Un soir, rentrant chez lui légèrement ivre, il posa une grande bouteille de saké dans les bras du bébé endormi en s'écriant : «Regarde, le beau melon ! quel beau melon !» Umeko adorait les melons. À moitié endormie, elle se mit à caresser la bouteille. Mais, lorsque sa femme Kazuko fit la remarque en plaisantant : «Tu répètes toujours : on ne doit pas mentir, même à un enfant. Alors, comment peux-tu faire cela ?» Saruwatari fut frappé d'un remords. Il sortit et n'eut de cesse qu'ayant trouvé à acheter un melon malgré la saison, il pût rentrer à la maison et le donner à Umeko.

Il était arrivé que Kisou Onimaru dût passer un an en prison en même temps que Gensai Kawakami et ses compagnons pour une infraction politique. Fort amateur de saké, ses amis lui apportèrent tout au long de son incarcération de la purée de soja trempée au saké. Au Nouvel An, ils en amenèrent une grande caisse à la prison, ayant pour l'occasion vidé trois bouteilles de saké dans la purée. Quand les gardiens attirèrent son attention sur l'odeur forte qui se dégageait, Onimaru leur expliqua sans rien leur cacher qu'on avait confit la purée dans le saké.

Gitaro Tashiro était un fils dévoué. Le médecin ayant dit à son père de manger de la viande de bœuf dont s'abstenaient les membres de la Société, Gitaro se rendait tous les jours à l'abattoir de Kimikawara pour lui acheter du bœuf. Pourtant, durant l'été où fut constituée la phalange patriotique, lorsque son père arrangea un mariage sans le consulter et lui enjoignit de se marier, Gitaro lui opposa refus sur refus, les yeux pleins de larmes. Il avait déjà résolu de mourir.

Tomo Noguchi était d'une rectitude innée ; n'aimant pas les livres, il s'adonnait aux arts martiaux, en particulier au tir à l'arc à cheval. Chaque printemps et chaque automne, au festival d'arts militaires qui se tenait dans le parc du seigneur de Kumamoto, il tirait à l'arc avec une sûreté infaillible. Il n'était pas non plus homme à oublier une promesse. Un jour, il se trouva qu'un de ses amis se plaignit que de toute l'année, il n'avait pu trouver de radis pour mettre à mariner. Ce même soir, sur le tard, Noguchi et son frère s'en vinrent à sa porte portant sur leurs épaules un gros baril de radis marinés odorants.

Au cours de l'été, l'An VII de Meiji, le gouverneur, Nagasuke Yasuoka, nomma divers membres de la Société du Vent Divin à des sanctuaires de plus ou moins grande importance à travers la province. Tomo Otaguro fut bien entendu nommé grand prêtre du Sanctuaire impérial de Shingai avec Mitsuo Noguchi et Wahei Iida comme desservants auxiliaires. Yasuoka désigna Harukata Kaya comme grand prêtre du sanctuaire de Kinzan avec Yasuhisa Koba, Tateki Ura et Chuji Kodama comme auxiliaires. De la sorte, les camarades de la Société se trouvèrent avoir la garde d'une quinzaine de sanctuaires en tout. S'ajoutant aux conséquences bénéfiques de leur zèle ardent sur la ferveur générale, il y eut partout dans la province des sanctuaires qui devinrent, à titre principal ou secondaire, des bases d'opération de la Société.

CHAPITRE 9

Tout ceci eut pour résultat d'accroître l'attachement de ses membres envers la Société. Plus ils vénéraient les dieux, plus ils s'inquiétaient de l'état des affaires de la nation. Avec le temps, ils conçurent davantage encore de ressentiment à voir les responsables détacher de plus en plus le pays de l'idéal du maître Oen, celui d'une nation où, de nouveau, serait rendu aux dieux le culte traditionnel.

L'An IX de Meiji, leurs aspirations eurent à subir un rude choc. Le 18 mars, le gouverneur promulgua l'édit contre le port du sabre, bientôt suivi d'un édit interdisant la coiffure samouraï traditionnelle. Yasuoka les appliqua tous deux strictement.

Otaguro, afin de refréner la violente indignation des jeunes hommes de la Société, leur fit savoir que l'on pouvait tourner le décret réprimant le port du sabre en emportant le sien caché dans un sac, mais cela ne suffit pas à contenir leur colère. Tous ensemble, ces jeunes hommes vinrent trouver Otaguro, exigeant de savoir quand il leur serait permis de sacrifier leurs vies.

Si on leur enlevait le sabre, quel moyen leur était laissé de sauvegarder l'honneur des dieux qu'ils vénéraient ? Chacun d'entre eux était résolu, à n'importe quel risque, à se battre jusqu'à la mort pour la cause divine. En vue de rendre un culte aux dieux, le rituel divin sacro-saint constituait le moyen essentiel. De sorte que, si ce sabre leur était arraché, il était inévitable que les dieux du Japon, objets d'un profond mépris de la part du nouveau régime, allaient devenir des esprits impuissants, vénérés seulement par la masse ignorante.

Cependant, mois après mois, année après année, les dieux dont le maître Oen avait dit qu'ils étaient si proches, ces dieux qui avaient enflammé leurs cœurs d'une telle dévotion, se trouvaient avilis. Ces jeunes hommes étaient sûrs qu'une conspiration était organisée afin de dérober aux dieux leur dignité, de les rejeter au loin, de leur ôter si possible toute signification. Ainsi, de crainte que l'Occident chrétien ne considère le Japon comme un pays de païens ignorants, l'idéal où culte et gouvernement ne faisaient qu'un allait être de plus en plus méconnu. Finalement, les dieux tomberaient au rang d'esprits débiles, êtres éphémères s'accrochant à la vie à l'abri des pousses de roseaux balancés dans le vent aux rives d'ondes lointaines.

Et voilà que le sabre allait connaître un sort semblable. La défense de la patrie ne serait plus confiée au guerrier viril portant à son côté la foudre diligente des dieux immortels. L'armée nationale qu'avait créée Aritomo Yamagata n'accordait aucune préférence à la classe des samouraïs, elle n'honorait pas non plus l'idéal des Japonais d'accourir spontanément pour défendre leur terre natale. Au lieu de cela, c'était une armée professionnelle de style européen qui, négligeant impitoyablement toute tradition, ne voulait connaître aucune distinction de classe et dépendait d'un système de conscription pour son recrutement. Le sabre japonais, remplacé par le sabre occidental, avait perdu son âme, destiné désormais à devenir un objet décoratif, un simple ornement.

C'est à ce moment-là que Harukata Kaya se démit de sa charge de prêtre du sanctuaire de Kinzan et présenta au gouverneur de la province une requête en bonne et due forme de plusieurs milliers de mots sur le port du sabre. C'était une admirable dissertation à la louange du sabre japonais, et le cœur qui battait dans la poitrine de Kaya en avait nourri chaque syllabe. Il y ajouta plus tard un préambule dans l'intention de présenter le document ainsi corrigé aux plus hautes autorités de Tokyo :

PÉTITION RELATIVE À LA PROCLAMATION
DE L'ÉDIT INTERDISANT LE PORT DU SABRE

Je soussigné, Harukata, obscur sujet de Sa Majesté, et n'occupant aucune fonction dans l'État, mais cependant au risque de son existence, ose soumettre très humblement par la présente une adresse aux honorables membres du Conseil des Anciens.

L'édit numéro trente-huit émanant du cabinet du Premier ministre en mars de cette année, interdit à tout citoyen de porter le sabre, sauf à la police militaire et aux officiers du gouvernement en grand uniforme selon les prescriptions du règlement. Très respectueusement, je voudrais souligner qu'une telle proclamation déroge au caractère national unique de notre glorieuse patrie, demeuré inchangé depuis les temps de l'empereur Jimmu.

L'intensité de mon zèle patriotique m'a défendu d'observer un silence apeuré et de me cantonner sans bruit dans mes fonctions. C'est ainsi que le 21 avril, j'ai soumis au gouverneur de Kumamoto une protestation détaillée, à peu près dans les mêmes termes que ci-après, et j'ai sollicité d'être déchargé dans les meilleurs délais des responsabilités tant principales qu'accessoires afférentes à mes fonctions. Cependant, le 7 juin, ce mémoire m'a été retourné, motif pris que l'autorité préfectorale n'avait pas lieu de traiter l'affaire y exposée, laquelle était en contradiction avec la légalité.

Malheureusement, le rustre ignorant que je suis n'est pas à la hauteur des formalités d'une civilisation avancée ! Je me rends compte que je m'exprime grossièrement, que je n'arrive pas à

CHAPITRE 9

> *mettre comme il faudrait de l'ordre dans mes pensées, et cela m'a fait hésiter quelque temps. Néanmoins, un courage, obstiné dans sa fidélité et son humble loyalisme, ne cesse de m'animer, et je ne puis plus me retenir. C'est pourquoi j'ose encore, en toute humilité, présenter mes raisons une nouvelle fois.*

Nous voyons dans ce préambule toute l'étendue de la fureur et de l'angoisse longtemps contenues de Harukata et de son irrésistible « fidélité obstinée » et de son « humble loyalisme ».

> *À mon sens, le port du sabre a été une coutume caractéristique de notre patrie de Jimmu dès les temps anciens des dieux. Elle est intimement liée aux origines de notre nation, elle rehausse la dignité du trône impérial, donne de la solennité aux rites divins, bannit les esprits mauvais et réprime les désordres. Par conséquent, non seulement le sabre maintient la tranquillité du pays mais aussi il assure la sécurité de chaque citoyen. En vérité, s'il est une chose essentielle à notre nation martiale qui vénère les dieux, c'est le sabre. Comment, dès lors, ceux sur qui repose le soin d'élaborer et de promulguer une politique nationale qui honore et renforce notre patrie, ont-ils pu, à ce point, oublier le sabre ?*

C'est ainsi que Harukata, s'appuyant sur des sources variées, faisait amplement la preuve de l'importance du sabre dans l'histoire du Japon, depuis l'école des anciennes chroniques et de ce que signifiait son rôle dans l'exaltation de l'âme japonaise. Et il continuait en expliquant comment le port du sabre par des gens de toutes les classes de la société était une coutume répondant aux préceptes, inspirés par les dieux, des anciens maîtres du Japon :

> *Selon un bruit répandu en ville, cet édit interdisant le port du sabre aurait pour inspirateur le commandant suprême de l'Armée, étant prétendu que cela constituerait une affaire des plus graves pour l'autorité militaire si l'on autorisait ceux qui n'en font point partie à porter le sabre. Après mûre réflexion, j'ai abouti à la conclusion qu'une assertion aussi injurieuse ne pouvait émaner d'un chef de l'Armée mais devait plutôt être l'œuvre de badauds de la rue.*
>
> *Les guides de notre Armée sont les crocs et les griffes du trône impérial et véritablement le salut de la Patrie des Dieux. Leur bienveillance, leur autorité, leur magnanimité, leur sévérité ne cessent*

de mériter l'attachement respectueux de tout le peuple. De sorte que tous ceux qui appartiennent aux forces armées étant comme les membres ailés de leurs supérieurs, même si l'ensemble des sujets du Divin Empereur allaient et venaient par tout le pays en portant le sabre et la lance, cela ne ferait qu'accroître la puissance de l'Armée, renforcer la politique nationale et tremper la nation pour les épreuves, grandes et petites, qui peuvent l'assaillir. En quoi cela pourrait-il gêner l'œuvre du gouvernement, puisque cela manifesterait la gloire d'un pays nourri en abondance de la splendeur des armes...

À la lumière de tout ceci, je ne puis m'empêcher d'observer que jamais l'honneur de la Patrie de Jimmu n'était tombé si bas que dans les temps présents. Comment tout citoyen, le moindrement soucieux de servir la nation, pourrait-il passer ses jours en soins inutiles, sans s'inquiéter de la politique nationale et sans faire tendre ses efforts à concourir à la promotion du bien et à la suppression du mal? Le temps est venu pour les loyaux sujets proches du Trône, pour ces hommes qui sont les crocs et les griffes de l'Empereur, de méditer profondément, de mettre leur esprit au supplice, d'œuvrer sans relâche...

Cet édit est en contradiction avec le décret impérial sur l'abolition des clans et l'établissement des Préfectures, il tourne le dos à l'entendement du devoir, à la recherche de la justice, au maintien de la paix domestique et à la défense de la nation contre les envahisseurs étrangers. Ainsi contredit-il la volonté impériale. Sans le moindre doute, se trouverait promptement vérifié le proverbe selon lequel il faut qu'une nation se détruise elle-même avant que l'étranger puisse causer sa destruction, qu'un homme se méprise lui-même avant d'être l'objet du mépris des autres.

Comme il est dit dans le préambule, la première requête de Kaya lui avait été retournée par le secrétariat du gouvernement sans en accuser réception. Il l'avait complétée et mise en forme, ayant résolu de se rendre seul à Tokyo, de la présenter au Conseil des Anciens et de s'ouvrir le ventre sur-le-champ. Aussi était-il fort éloigné de vouloir se joindre à ses camarades en vue d'une résistance armée.

Dans l'intervalle, Otaguro avait refréné l'ardeur passionnée des jeunes gens qui venaient à lui en protestant: «Le guerrier auquel on a ôté son sabre est un malheureux. Maître, quand nous donnerez-vous l'occasion de sacrifier notre vie?» À la fin, cependant, il rassembla les sept chefs de la Société au sanctuaire de Shingai. Il y avait

CHAPITRE 9

là Morikuni Tominaga, Masahiko Fukuoka, Kageki Abe, Unshiro Ishihara, Kotaro Ogata, Juro Furuta et Tsunetaro Kobayashi. Le plan qu'ils conçurent était le suivant: puisque leurs camarades dans d'autres régions du pays ne paraissaient pas avoir le courage d'engager les choses, ce seraient eux-mêmes qui frapperaient le premier coup pour la bonne cause en abattant tous les principaux représentants civils et militaires dans la province, et en s'emparant des camps de Kumamoto. Mettant, quant à eux, leur confiance entière en Otaguro, tout le groupe attendit pendant qu'à leur prière, il les quitta pour consulter les dieux une troisième fois au moyen de l'Ukei.

Ce fut tard par une nuit du mois de mai, l'An IX de Meiji, que tous se rassemblèrent au Sanctuaire impérial de Shingai.

Après s'être purifié, Otaguro entra dans le sanctuaire.

Les sept chefs étaient assis sur un rang sous le porche, attendant de connaître la volonté des dieux.

Quand Otaguro battit des mains, ils en perçurent l'écho qui retentissait à l'intérieur du sanctuaire.

Otaguro avait de grandes mains quoique émaciées, et, à entendre leur claquement répété par l'écho, on eût dit que, telles des planches de cèdre creusées et grossièrement équarries, ses paumes ayant retenu l'atmosphère si pure avaient, en l'écrasant, fait exploser la divinité. Il semblait à Tominaga, par exemple, que le battement de ces mains consacrées, mains purifiées par la sainte ablution, se répercutait en écho comme dans un vallon boisé au cœur des montagnes.

Une nuit comme celle-ci surtout, parmi les ténèbres passé minuit, à l'approche des pluies de printemps, le son répété du battement des mains d'Otaguro semblait pénétré d'ardent désir et de dévotion, et pour ces sept-là, ce bruit semblait heurter aux portes mêmes du ciel.

Otaguro entama ensuite l'oraison purificatrice. Sa voix forte et claire semblait annoncer l'aube qui allait percer le rideau de la nuit et blanchir l'orient du ciel. Aux yeux de ceux qui attendaient sous le porche, il y avait de la perfection jusque dans la couture rectiligne du haut en bas de la robe blanche du prêtre. Sa voix claire paraissait une lame qui tranchait le mal:

> *... Quand ces supplications auront été entendues, le pays situé au-dessous du ciel, depuis la cour de la descendance des dieux, sera en entier libéré de toute pollution. Tout comme les vents célestes dispersent les nuages amoncelés, tout comme les brises des matins et des soirs balaient les rumes soir et matin, tout comme un*

grand navire au mouillage danse vers le large, comme la lame d'une faux forgée au feu retranche là-bas les herbes emmêlées – ainsi, toute pollution sera lavée et purifiée...

Sous le porche, saisis de crainte révérencielle, les sept chefs retenaient leur souffle au spectacle du rite secret. Si l'approbation divine ne leur était pas donnée cette fois-ci, peut-être jamais plus ne pourraient-ils frapper un grand coup.

Le silence retomba quand Otaguro cessa de psalmodier. Sa haute coiffure parut sombrer dans les ténèbres au cœur du sanctuaire quand il se prosterna en prière.

Le sanctuaire était situé en pleine campagne. La senteur nocturne des feuilles fraîches écloses, du fumier épandu, des chênes en fleur était apportée par la brise, dans la lourdeur accablante des odeurs mélangées. Assis qu'ils étaient dans l'obscurité, on n'entendait pas même le bourdonnement des essaims d'insectes.

Brusquement, un bruit venu du toit au-dessus d'eux rompit le silence. C'était le cri d'un héron qui prenait son essor. Tous sept se regardèrent. Ils savaient que chacun avait ressenti le même frisson.

Bientôt, les bougies qui brûlaient dans le sanctuaire furent un instant cachées aux yeux, au moment où, se relevant, Otaguro se disposa à revenir. Aux sept qui l'attendaient, le bruit même de ses pas parut un présage favorable.

Otaguro leur annonça que les dieux bénissaient leur entreprise. L'approbation divine ainsi reçue, non seulement les libérait pour l'action, mais les désignait comme étant l'armée des dieux.

Les choses étant parvenues à ce stade, Otaguro se mit en devoir de former une coalition secrète avec les patriotes d'autres régions, et il envoya des camarades de la Société à Yanagawa dans le Chikugo, à Fukuoka, à Takeda dans le Bungo méridional, à Tsuruzaki, à Shimabara de même qu'à Saga, à Hagi dans le Choshu et ailleurs. Quant aux affiliés à Kumamoto proprement dit, ils devaient entrer dans une période de mortification de dix-sept jours durant laquelle ils prieraient pour le succès de leur entreprise si longtemps caressée. Quel jour ils allaient frapper, comment regrouper des camarades, rien ne fut décidé sans consulter la volonté des dieux. En ce qui concerne le jour, la volonté divine en ordonna ainsi : « Au commencement du huitième jour du neuvième mois lunaire, lorsque la lune se cache derrière la montagne. » Pareillement, l'affectation de chacun eut lieu en tirant au sort selon le rite sacré.

CHAPITRE 9

Ensuite de quoi, l'ensemble du groupe fut réparti en trois unités dont la première fut encore divisée en cinq sections. La première de celles-ci, conduite par Unki Takatsu, eut pour tâche de donner l'assaut à la résidence du commandant d'armes de Kumamoto, le général Masaaki Taneda. La deuxième section, emmenée par Unshiro Ishihara, devait attaquer la résidence du chef d'état-major à Kumamoto, le lieutenant-colonel d'artillerie Shigenori Takeshima. La troisième section, conduite par Kagesumi Nakagaki, avait pour objectif la maison du commandant du 13e Régiment d'infanterie, le lieutenant-colonel Tomozane Yokura. La quatrième section, sous le commandement de Yoshinori Yoshimura, devait se porter sur la résidence de Nagasuke Yasuoka, gouverneur de la province de Kumamoto. La cinquième section, dirigée par Tateki Ura, devait abattre le président de l'assemblée provinciale de Kumamoto, Korenobu Otaguro. Au total, les effectifs ainsi désignés se montaient à une trentaine d'hommes qu'on appela la Première Unité. Une fois qu'ils se seraient emparés de ces chefs ennemis, ils devaient allumer un signal et rejoindre le gros de la troupe.

Le groupement suivant constituait l'élément principal et les chefs en étaient Tomo Otaguro et Harukata Kaya. Les deux vétérans, Kengo Ueno et Kyusaburo Saito figuraient parmi les commandants en second qui comprenaient également Kageki Abe, Kotaro Ogata, Kisou Onimaru, Juro Furuta, Tsunetaro Kobayashi et Gitaro Tashiro épaulés par des braves comme Goichiro Tsuruda. Appelé la Deuxième Unité, il avait pour mission de donner l'assaut au sixième groupe d'artillerie. Il était fort d'environ soixante-dix hommes.

Le dernier groupement, dont le commandement fut confié à Morikuni Tominaga et à Masahiko Fukuoka, devait attaquer le 13e Régiment d'infanterie, fort de l'ardeur de son vétéran, Masamoto Aikyo ainsi que d'hommes tels que Tsuneyoshi Ueno, Gengo Shibuya et Tomo Noguchi. Il comprenait environ soixante-dix hommes et fut appelé la Troisième Unité.

Pourtant, il en était un qui n'avait pas encore déclaré consentir à se joindre à cette rébellion armée. C'était Harukata Kaya. Kaya était un homme d'une grande rigueur morale. Son cœur était rempli de courage et dans ses yeux flamboyait toute la pureté de son zèle. Il était versé en littérature, composait des poèmes tant japonais que chinois et sa prose était excellente. En ce qui concernait les arts martiaux, il pratiquait le style Shiten de kendo.

Du fait que sa décision influençait fortement le moral de chacun, Tominaga et les autres responsables tentèrent tour à tour de le convaincre de se joindre à eux. À la fin, trois jours à peine avant la date fixée, il leur dit que si l'on consultait la Volonté Divine et qu'on en reçût une réponse favorable, il s'engagerait dans l'entreprise.

Kaya s'étant personnellement démis de sa charge de prêtre, il désigna Tateki Ura pour soumettre aux dieux la question de sa participation. Alors, au sanctuaire et sur le plateau de Kinzan, entre le Kimpo qui se dressait à l'ouest et le pic embrumé de l'Aso vers l'est, Ura accomplit avec ferveur le rite de l'Ukei au nom de son camarade. Les dieux firent connaître leur approbation. Auparavant, eu égard au projet de Kaya de se rendre à Tokyo pour soumettre sa requête au Conseil des Anciens au sacrifice de sa vie, ils avaient notifié leur désapprobation.

Kaya comprit que sa répugnance à soutenir le soulèvement était quelque chose qui émanait de sa propre volonté. À présent, il était clair que la volonté des dieux l'emportait. Il croyait fermement qu'ils lui enjoignaient de s'engager dans ce recours aux armes apparemment sans espoir et que, passé ces affrontements violents, ils feraient en sorte de servir un banquet pour lui et pour ses camarades sur une nappe d'un blanc pur et impeccablement lisse. Aussi, sans plus tergiverser, Kaya se soumit à la volonté divine et se joignit à l'entreprise.

Comment les affiliés de la Société se préparèrent-ils au combat ? Avant tout, de nuit comme de jour, en implorant la bénédiction du ciel. Les sanctuaires qui leur étaient alliés s'emplissaient d'une foule de camarades venus faire oraison.

Les forces militaires qui leur étaient opposées comptaient deux milliers d'hommes, eux-mêmes moins de deux cents. Un des anciens, Kengo Ueno, proposa de se procurer quelques armes à feu, mais l'ensemble des camarades se révéla hostile à utiliser l'armement des barbares. Aussi n'iraient-ils à la bataille qu'armés de sabres, de lances et de hallebardes. Néanmoins, afin de détruire le poste de commandement, ils fabriquèrent en secret plusieurs centaines de grenades en reliant deux bols bourrés de gravier et de poudre à canon et en y fixant une amorce. Dans le même but, Masamoto Aikyo acheta et mit à l'abri une certaine quantité de pétrole.

Quelle tenue allaient-ils revêtir pour le combat ? Il y en aurait qui ceindraient des casques et des cuirasses, certains même les hautes coiffures et les robes de cérémonie de l'ancienne noblesse, mais pour la plupart, ils porteraient un court *hakama* sur leur vêtement de tous les jours en passant deux sabres dans la ceinture. Chacun d'eux porterait sur le front un bandeau de tissu blanc et attacherait ses

CHAPITRE 9

manches avec des bandes de coton blanc. Chaque homme devait aussi porter une épaulette de drap blanc portant le caractère *Victoire*.

Cependant, plus qu'en leurs armes et en leur équipement, plus qu'en leurs oriflammes, ils plaçaient leur confiance dans le Simulacre Divin que Tomo Otaguro devait porter sur l'épaule. Le dieu qu'Otaguro allait emmener à la bataille, le Simulacre Divin du dieu de la guerre Hachiman du sanctuaire de Fujisaki serait leur chef invisible, celui qui mystérieusement allait diriger leurs efforts. En cela serait accompli le vœu que leur défunt Maître avait fait en mourant.

En effet, lorsque dans sa jeunesse, le maître Oen, ayant ouï parler de l'incursion des vaisseaux de guerre américains, s'était rendu à Edo plein de courroux pour venger cette profanation, il portait sur ses épaules ce même Simulacre Divin.

DEUXIÈME PARTIE

Le Combat de l'Ukei

Tout le détachement devait se rassembler à la résidence du vétéran Masamoto Aikyo, juste à l'arrière du sanctuaire de Hachiman à Fujisaki avec ses rangées protectrices d'immenses camphriers. Cette demeure occupait un site élevé, à la lisière occidentale de la seconde ligne de défense de l'ancien château, attenant à la garnison de Kumamoto.

Afin que près de deux cents hommes armés puissent s'y retrouver sans se faire remarquer, de petits groupes se formèrent au crépuscule en divers lieux convenus d'où ils se rendirent au point de rassemblement à la faveur de la nuit.

De là, près du logis d'Aikyo, ils apercevaient le château de Kumamoto qui s'élevait dans le ciel nocturne sous la lune du huitième jour du neuvième mois. La grosse tour, baignée de clarté lunaire, se dressait de toute sa hauteur au beau milieu du château avec, à sa gauche, la petite tour. Plus loin sur la gauche, la silhouette des toits plats de la grande salle et du quartier des femmes se prolongeait sur une courte distance, faisant place bientôt à la tourelle d'Udo dont on voyait le contour sombre se projeter vers le ciel. À droite de la grosse tour, à l'extrémité d'une rangée de toits irrégulière, s'élevaient deux dernières tours, de hauteur plus médiocre, les tourelles de Sangai et de Tsukimi dont les toits de tuiles luisaient au

clair de lune. La tourelle de Tsukimi dominait le quartier de cavalerie de Sakuranobaba tout juste à l'ouest du château où dormaient les artilleurs auxquels allait donner l'assaut la Deuxième Unité.
La lune se coucha.
La Première Unité dont l'objectif était les résidences de hautes personnalités prit le départ. Il allait être onze heures. Le ciel était constellé et l'herbe épaisse des Hauts de Fujisaki couverte de rosée.
Partit ensuite la Deuxième Unité emmenée par Otaguro et Kaya. Et tandis qu'elle se dirigeait vers le groupe d'artillerie, la Troisième Unité s'ébranla également en direction du cantonnement des fantassins.
Les soixante-dix et quelques hommes de la Deuxième Unité, noyau principal du soulèvement, gravirent la montée de Keitaku et se répartirent en deux sections dont l'une devait donner l'assaut au portail est du camp d'artillerie et l'autre, à l'entrée nord. Ils trouvèrent les deux portails solidement barricadés. Au portail est, deux sabreurs émérites, Wahei Iida et Gitaro Tashiro, âgés respectivement de vingt-deux et vingt-six ans, ayant escaladé la muraille tout débordants de courage, se laissèrent tomber à l'intérieur du camp au cri de: «Premiers!» et abattirent aussitôt les sentinelles qui les interpellaient. Les suivirent par-dessus le mur Tsunetaro Kobayashi et Tadajiro Watanabe. Puis Tashiro, s'étant emparé d'un pilon dans la salle du mess à côté, courut fracasser le verrou du portail et tout le détachement se rua au-dedans telle une avalanche.
À peine franchi le portail, Kango Hayami maîtrisa un soldat et le ligota avec une corde, voulant le faire servir de guide.
Pendant ce temps, le portail nord était tombé lui aussi, et les autres sections de la Deuxième Unité s'élancèrent pour unir leurs forces en se frayant un chemin jusqu'aux deux casernements des artilleurs. Tirés d'un profond sommeil par des cris de guerre féroces, les troupiers furent pris de panique à la vue du flamboiement des lames dans les ténèbres. Dans leur complète déroute, ils cherchaient à se mettre en sûreté en allant se tapir dans divers coins de la caserne. L'officier de permanence cette nuit-là au poste de commandement du groupe d'artillerie, le sous-lieutenant Keiichi Sakaya, descendit en courant de la salle de garde du second étage et, son sabre à la main, tenta de s'opposer aux sabres adverses. Cependant, aussitôt blessé, il s'échappa par une porte de derrière et, dans l'ombre, observa ce qui se passait.
Livrés à eux-mêmes, les soldats s'enfuyaient comme des femmes et des enfants saisis d'épouvante. Sous les yeux du lieutenant, des flammes jaillirent du casernement est. Poussés par les flots de

CHAPITRE 9

fumée noire, les soldats qui s'étaient cachés dans la caserne dégringolèrent par les fenêtres, aussitôt repoussés et dispersés par les sabres des insurgés aux étranges vêtements. À cette vue, le jeune officier grinça des dents.

Le feu avait été mis au casernement est avec des grenades et du pétrole par Tsunetaro Kobayashi, Wahei Ida et leurs camarades, et au casernement ouest par Katsutaro Yonemura et les siens. Ni Ida ni Kobayashi n'avaient apporté d'allumettes et ils avaient dû crier à leurs compagnons de leur donner des «phosphores», comme on disait, pour allumer les amorces.

Évitant l'éclat des flammes, le lieutenant Sakaya se dirigea vers l'infirmerie militaire et banda à la hâte la blessure de son bras droit. Alors, plongeant à nouveau dans la mêlée, il se trouva devant des fuyards et essaya de prendre leur commandement. En proie à la terreur, les soldats refusèrent de lui obéir. Quand il eut enfin réussi à redonner courage à quelques-uns d'entre eux, ses tentatives attirèrent le regard de Kyusaburo Saito, renommé pour son adresse au combat avec la lance, qui se précipitait à l'attaque.

Le lieutenant Sakaya leva son sabre d'ordonnance de son bras blessé, mais à l'instant, la lance de Saito le transperça et il tomba en poussant un cri strident. Ce fut le premier officier des troupes gouvernementales à périr dans ce combat.

Cependant, Yoshinori Yoshimura et ses camarades de la quatrième section de la Première Unité avaient grièvement blessé le gouverneur Yasuoka dans une lutte furieuse sans pourtant réussir à lui ôter la vie. Ils quittèrent alors la résidence du gouverneur, se hâtant de traverser le pont de Geba, attirés par les cris de guerre et les flammes qui s'élevaient à l'intérieur des murs du château. Kageki Abe se détourna de la mise en déroute définitive de l'ennemi pour les accueillir, apprenant ainsi ce qu'il était advenu de leur combat et la perte de Motoyoshi Aikyo à dix-sept ans, dans la fleur de l'âge, premier de la Société du Vent Divin à tomber.

On n'avait pas distribué d'armes individuelles aux artilleurs. Ceux qui avaient trop tardé à s'enfuir périrent dans les flammes ou bien furent abattus par les lames flamboyantes des camarades de la Société, et leurs cadavres s'amoncelaient de toutes parts. Kisou Onimaru qui avait couru sus à l'ennemi dans un débordement d'enthousiasme se trouva survenir à cet instant et, en voyant Yoshimura, son visage s'éclaira d'un large sourire. Levant son sabre ensanglanté si haut qu'il brilla dans la clarté de plein midi irradiant des flammes qui enveloppaient les deux casernes, il le fixa d'un air de joyeuse moquerie en déclarant : « Eh bien, la voilà donc cette valeureuse garnison ! » Ses vêtements eux-mêmes, trempés du sang ennemi, jetaient des lueurs écarlates dans les flammes. Puis il s'élança à la poursuite de ce qui restait de l'ennemi.

Ici, les camarades de la Société avaient brisé toute résistance. Une heure avait suffi à leur assurer la victoire.

Otaguro et Kaya reformèrent leur unité, mais, comme ils se retiraient, ils aperçurent le ciel qui s'embrasait au-dessus du cantonnement d'infanterie situé à l'intérieur de la seconde ligne de défense du château. Comprenant que la bataille y faisait rage, Kaya cria à ses hommes d'aider à donner l'assaut à la garnison de fantassins, à quoi ils s'empressèrent de répondre.

Derrière eux, les flammes ravageaient la caserne d'artillerie. On devinait la masse noire du château de Kumamoto sur un ciel empourpré. À Yamazaki, Motoyama et ailleurs dans la ville, il y avait d'autres incendies. Ces flammes s'élevant de tous côtés en dansant témoignaient des coups furieux de leurs camarades. En pensée, leur regard voyait les vaillantes silhouettes de leurs frères d'armes, fidèles à jamais, s'avancer à travers les tourbillons de feu, chacun frappant l'ennemi dans le flamboiement des lames. L'heure était venue pour laquelle, si longtemps, ils avaient comprimé leur fureur et affilé en secret les lames de leurs sabres. La poitrine d'Otaguro se soulevait d'un élan de joie ineffable. « Les voilà tous au combat, murmura-t-il. Il n'en manque pas un. »

Quant à la Troisième Unité, conduite par Morikuni Tominaga, Masamoto Aikyo, Masahiko Fukuoka et Hitoshi Araki, les soixante-dix hommes du groupe avaient quitté l'enclos du sanctuaire de Fujisaki en même temps que l'élément principal commandé par Otaguro et Kaya. Son objectif, le camp du 13e Régiment d'infanterie, était situé à l'intérieur du même périmètre défensif du château que le sanctuaire, mais à sa lisière orientale, tandis que le sanctuaire de Fujisaki était au bord occidental. L'ennemi était fort de près de deux mille hommes.

Trouvant le portail ouest du camp de l'infanterie soigneusement fermé quand ils arrivèrent, Haruhiko Numazawa, âgé de vingt ans, escalada les palissades et, en s'écriant « Moi, le premier », il sauta en bas de l'autre côté, suivi immédiatement de plusieurs autres jeunes gens. La sentinelle solitaire s'enfuit à travers le terrain d'exercice en vue de donner l'alerte au clairon mais il allait tout juste le porter à ses lèvres quand il fut abattu sur place.

CHAPITRE 9

Hitoshi Araki s'était muni d'une échelle de corde. Il la lança en l'air pour attraper le haut de la palissade puis se dépêcha d'y monter, mais tant d'autres s'en saisirent également que les cordes cédèrent. Sur quoi, Kyushichi, le fidèle serviteur d'Araki, offrit ses épaules à son maître et plusieurs hommes, l'un après l'autre, se hissèrent au sommet par ce moyen et, du dedans, ouvrirent le portail. Poussant un grand cri de guerre, toute la bande se rua à l'attaque.

Masahiko Fukuoka, armé d'une énorme masse, fit voler en éclats porte après porte de la caserne, et ses camarades y jetèrent des grenades. Bientôt, la caserne de l'état-major du régiment, de même que celles qui abritaient les première, deuxième et troisième compagnies du deuxième bataillon furent environnées de flammes.

Suivant la pratique ordinaire de l'armée, on ne distribuait pas de munitions individuellement aux soldats en temps de paix. De sorte que les seules armes disponibles étaient le sabre pour les officiers et la baïonnette au canon pour leurs hommes. Cernés qu'ils étaient par les cris de guerre, les flammes tourbillonnantes, les flots de fumée noire et les lames de sabre qui flamboyaient de toutes parts, les soldats n'avaient aucun moyen de résister. Le capitaine qui était de service comme chef de poste régimentaire fut abattu avant de pouvoir rallier sa troupe et bientôt, les cadavres de ses hommes gisaient en tas, vêtus les uns seulement de leur chemise, les autres même tout nus, sous une marée de flammes et de fumée noire.

Un survivant isolé, le sous-lieutenant Ono, sabrait encore, continuant à lutter opiniâtrement. Mais soudain, alors que deux sergents arrivaient pour lui porter secours, tous trois furent abattus.

C'est à ce moment que la troisième section de la Première Unité s'élança dans le camp par le portail du second périmètre pour rejoindre la Troisième Unité. Au cours de leur assaut à la résidence du lieutenant-colonel Yokura qui commandait le régiment et devait être la proie de la troisième section, celui-ci leur avait glissé entre les mains, mais à présent, le moral des forces réunies s'éleva à de nouveaux sommets.

Cependant, s'agissant d'un régiment d'infanterie au complet, le combat n'était plus du même ordre que celui livré dans l'enceinte des artilleurs. Il y avait une limite au nombre d'hommes que pouvait abattre le seul sabre. Bien que chaque assaut mît le désordre dans cette partie du camp, il fallait du temps pour que la vague de panique gagnât de proche en proche. Si bien que certains furent à même de retrouver leurs esprits. Y voyant plus clair, ils purent apprécier correctement la situation. Et dès lors, les grenades qui avaient si bien servi à frapper l'ennemi de terreur desservirent les hommes de la Société. Car, tandis que les flammes montaient du casernement, et que les hommes de la Société bondissaient dans une clarté de plein midi, la faiblesse de leur nombre n'apparut que trop clairement.

Un des officiers, l'ayant remarqué, prit le commandement de quelques effectifs et les forma en deux cercles sur le terrain d'exercice, les baïonnettes pointées en toutes directions comme des épines de chardon, en vue de contre-attaquer. Pour faire face à cette menace, le vétéran Masamoto Aikyo saisit sa lance qu'il maniait de main de maître et, rangeant une dizaine de ses compagnons qui alignèrent leurs lances sur la sienne, ils chargèrent les fantassins assemblés. Ces derniers s'égaillèrent aussitôt, prenant la fuite. Un seul tint bon, l'aspirant Tarao qui tomba le corps transpercé de coups de lances.

Auparavant, deux officiers qui avaient été logés en dehors du quartier, le lieutenant d'infanterie Satake et l'aspirant Numata se dépêchaient de rentrer au camp, réveillés à la vue des flammes. Dans la montée de Hoke, ils rencontrèrent quelques éléments en déroute et eurent vent de ce qui se passait. L'eau du fossé situé au nord de la pente s'empourprait du ciel en feu au-dessus de leurs têtes. Pendant que les officiers interrogeaient les hommes, il en arriva d'autres à la débandade par deux ou trois, laissant derrière eux l'enfer du camp qui brûlait, leurs ombres venant se confondre avec celles des autres.

Les deux officiers fustigèrent vertement les soldats pour être sans uniforme et presque muets de terreur. Ils arrivèrent ainsi à rallier une section de seize hommes, laquelle était cependant dépourvue de fusils et de munitions.

Or, il se trouva qu'un homme du nom de Kichizo Tachiyama, négociant avisé qui avait affaire aux militaires, survint et proposa de prendre dans son entrepôt des fusils en nombre suffisant, cent quatre-vingts cartouches et un millier d'amorces. Les officiers en furent tout réjouis et le moral de leur troupe meurtrie s'améliora enfin. Sur quoi, les deux officiers prirent chacun le commandement d'une moitié de leur section et se dirigèrent vers l'intérieur du camp par des voies différentes, le lieutenant Satake par le portail arrière, l'aspirant Numata par la sortie de secours. Quand ils se rejoignirent, leur nombre grossi d'autres survivants, la troupe prit position dans un casernement qui avait échappé à l'incendie et se mit à tirer.

CHAPITRE 9

Le lieutenant-colonel Tomazane Yokura qui commandait le régiment était à sa résidence des Hauts de Kyomachi quand la troisième section de la Première Unité vint lui donner l'assaut. Son épouse, Tsuruko, éveilla son mari dès qu'elle entendit les hommes de la Société se ruer par l'entrée principale et, comprenant aussitôt la situation, il s'enfuit vers le quartier qu'occupaient les hommes d'écurie. Là, il décrocha une veste de travail et il se dépêchait de l'enfiler quand deux ou trois hommes de la Société firent irruption dans la pièce. L'un d'eux lui assena un coup sur l'épaule avec son sabre, mais quand il eut imploré : « Épargnez-moi ! Je ne suis qu'un valet d'écurie », il réussit à se dégager d'entre ses adversaires.

Cela fait, le chef de corps s'enfuit vers un restaurant, l'Ichijitsu, situé derrière le sanctuaire de Kinzan. Là, le propriétaire s'occupa en hâte de sa blessure puis le colonel se rasa la moustache et accentua son déguisement en endossant une veste de serveur. Ainsi accoutré, il reprit sa route de nouveau à travers les éléments ennemis et atteignit à la fin la palissade arrière du poste de commandement de l'infanterie.

Étant grimpé au sommet de la palissade et plongeant son regard vers l'intérieur du camp, il aperçut, qui se hâtaient, les silhouettes d'un officier et de deux soldats du contingent. Ayant reconnu le capitaine Takigawa, le colonel le héla. Le capitaine s'arrêta et le fixa un instant, tout décontenancé à la vue de son chef ainsi déguisé au haut de la palissade. Puis, convaincu que c'était bel et bien lui, le capitaine s'empressa d'arriver cependant que le colonel mettait pied à terre, et il lui fit un rapport sur le combat. À ce moment, l'officier de garde du Deuxième bataillon, le lieutenant Suzuki, avait rassemblé une compagnie et tentait de conjurer la défaite, mais il se trouvait désespérément à court de munitions. C'est le capitaine Takigawa lui-même, accompagné des deux soldats, qui se rendait au magasin afin de se procurer les munitions restées après les manœuvres.

« Très bien. Faites vite », répondit le lieutenant-colonel Yokura d'un ton brusque. Puis il s'élança parmi les unités égaillées, donnant des ordres et ralliant son état-major en déroute. Ayant retrouvé leur chef, la volonté de tenir se ranima parmi les soldats du rang.

Le ravitaillement en munitions que s'étaient procurées le lieutenant Satake et le capitaine Takigawa s'accrut de celui qu'on avait amené du quartier général. Ainsi renforcé, le régiment fut enfin en mesure de montrer ce qu'il valait.

Au quartier général, le commandant Gentaro Kodama, officier d'état-major qui devait devenir général, était déjà arrivé sur les lieux. Ouvrant toutes grandes les portes du magasin, il donna des munitions aux émissaires du lieutenant-colonel Yokura. Puis il conduisit lui-même une compagnie sur une hauteur située dans le périmètre intérieur du château d'où ils pouvaient regarder en bas le camp qui brûlait et apercevoir, éclairées distinctement par les flammes, les silhouettes des membres de la Société en train de combattre sur le terrain d'exercice. Ses hommes visèrent les armures étincelantes, les anciennes robes de cour, les bandeaux blancs et il donna l'ordre de tirer une salve.

Le Troisième bataillon du régiment, cantonné à part dans les jardins du château, avait échappé aux attaques de la Société. En outre, il avait touché la veille des carabines Snider avec leurs munitions. On les distribua donc aux effectifs de ses deux compagnies qui se portèrent sans délai au secours de leurs camarades, la Première Compagnie gravissant à la hâte la montée de Keitaku, la Deuxième pénétrant à l'intérieur du camp en traversant le pont de Geba.

Cependant, la Deuxième Unité de la Société commandée par Otaguro et Kaya était partie épauler l'assaut donné à la garnison d'infanterie. Ç'avait été, une fois enfoncé le portail sud afin de pénétrer dans le camp, pour se rendre compte que la fortune de la bataille avait tourné, et qu'ils étaient pris au piège. Sous le couvert des bâtiments et des murs en pierre, ses hommes s'efforcèrent de venir aux prises avec leurs adversaires, mais, impuissants contre les grêles de balles, ils ne pouvaient que grincer des dents et serrer les poings. L'arrivée de la Deuxième Unité avait donné aux autres membres de la Société leur dernier espoir. Si l'un d'entre eux s'exposait, il était aussitôt frappé. Mais si tous restaient à couvert, la défaite était inéluctable. Il n'y avait aucun moyen de lancer une attaque contre une masse de carabines.
Kengo Ueno, âgé de soixante-dix ans, dit tout haut ce qu'il en pensait tandis qu'accroupi pour se cacher, son regard allait de l'un à l'autre de ses camarades : « J'ai eu beau insister pour que nous nous munissions d'armes à feu, personne n'a voulu m'écouter et maintenant, voilà où nous en sommes. » En leur for intérieur, tous en étaient d'accord.
Et pourtant, le risque qu'avaient accepté de courir les membres de la Société en renonçant à se servir d'armes à feu avait bien mis leur dessein en lumière. Ils devaient bénéficier de l'assistance divine et c'était en vérité leur but que de défier, armés du seul sabre, les armes de l'Occident haïes des dieux. La civilisation occidentale,

CHAPITRE 9

avec le temps, inventerait des armes plus terribles encore qu'elle dirigerait contre le Japon. Dès lors, est-ce que les Japonais eux-mêmes, afin de s'y opposer dans leur angoisse, n'en viendraient pas à des luttes bestiales, perdant ainsi tout espoir de restaurer le culte ancien que le Maître Oen vénérait tant? Se dresser pour combattre sans rien d'autre que le sabre, accepter jusqu'au risque d'une défaite écrasante – c'était là l'unique moyen qu'avaient de s'exprimer les aspirations ferventes de chaque membre de la Société. C'était l'essence même du vaillant esprit de Yamato.

Le cœur de chacun enflammé d'une volonté farouche, ils s'élancèrent hors de leur abri pour charger à travers le terrain d'exercice qu'illuminait l'incendie.

Levant son sabre ouvré par Rai Kunimitsu, son camarade Haruhiko Numazawa à ses côtés, Eiki Fukami se jeta tête baissée à travers une grêle de balles. Presque tout de suite Numazawa fut touché au bras droit. Se mettant à couvert, il arracha avec ses dents un lambeau de sa tunique et en enveloppa vivement son bras blessé. Fukami, après avoir parcouru encore une quinzaine de mètres s'affaissa, une balle dans la poitrine. Masahiko Fukuoka se précipita vers lui, mais dès qu'il l'eut soulevé dans ses bras, il se rendit compte que son camarade était mort et il poussa un cri de rage. Sur-le-champ, déchaîné de douleur, il brandit son sabre et chargea l'ennemi massé, bientôt fauché par une salve meurtrière. Alors Numazawa que sa blessure ne gênait apparemment pas, se lança à l'assaut une nouvelle fois, mais une balle de côté lui troua la tempe. Cette fois, il ne se releva pas.

Harukata Kaya était passé maître à l'emploi combiné des deux sabres, le long et le court. Il était là, brandissant ses deux sabres, entaillés en d'innombrables combats sans espoir et tout ensanglantés, et il fixait l'ennemi d'un regard furibond. Il revoyait en esprit Shiro, son frère cadet, Shiro qui s'était ouvert le ventre sur le mont Tenno après l'assaut infructueux des samouraïs de Choshu au palais impérial. Lui aussi, maintenant, à quarante et un ans, allait mourir, poussé par le même esprit. Kaya n'avait pas voulu faire cause commune avec la Société dans cette aventure, avant que les dieux n'aient fait connaître leur approbation trois jours seulement auparavant. Pourtant il ne regrettait rien. Ici, sur ce terrain, il allait partager à jamais le sort de ses camarades.

Kaya brandit ses deux sabres et entraîna ceux qui l'entouraient dans une charge furieuse, attirant sur lui le feu concentré de l'ennemi. Mortellement blessé, il put jeter un dernier cri: «Hachiman, Dieu des batailles!» avant de tomber la tête la première.

C'est vers ce moment-là que périrent dix-huit membres de la Société, parmi lesquels le vétéran Kyusaburo Saito, de même que Hitoshi Araki, Hironobu Saruwatari et Tomo Noguchi. Une vingtaine d'autres furent blessés, y compris Masamoto Aikyo, Yoshinori Yoshimura, Kengo Ueno et Yoshio Tominaga.

Le regard farouche, sans vouloir entendre ceux qui lui criaient de se retirer, Otaguro fonça vers la ligne ennemie. Une balle lui troua la poitrine.

Gunshiro Yoshioka, se fiant aux bonnes lames d'Onimaru et de ses camarades pour repousser l'attaque à la baïonnette des troupes gouvernementales, prit Otaguro sur ses épaules et descendit avec lui des hauteurs de Hoke d'où, aidé du beau-frère d'Otaguro, Hideo Ono, il le porta dans une maison.

Otaguro était blessé à mort. Tour à tour, il perdait et reprenait conscience, parvenant néanmoins à demander à Yoshioka et à Ono dans quelle direction reposait sa tête. Ils lui répondirent chacun qu'elle reposait à l'ouest. «Sa Majesté Divine demeure à l'est. Hâtez-vous de m'asseoir la tête posée comme il faut», leur dit Otaguro. C'est ce qu'ils firent.

Alors, Otaguro commanda à Ono de lui trancher la tête. D'une voix affaiblie, il leur demanda de la porter au sanctuaire de Shingai en même temps que le Simulacre Divin de Hachiman.

L'ennemi pouvait débouler sur eux à tout instant. Hideo Ono se refusait à porter un coup pareil à son beau-frère. Mais, imité par Yoshioka, il sortit à la fin son sabre du fourreau. Essuyant avec soin le sang ennemi dont il était maculé, il en purifia la lame. Puis il la leva au-dessus de sa tête et ajusta le cou de son beau-frère. Yoshioka avait aidé Otaguro à s'asseoir bien droit, la tête tombante mais tournée vers l'est. À l'instant même où le tronc de son beau-frère, placé dans cette position si incommode, allait basculer en avant, la lame d'Ono s'abattit.

TROISIÈME PARTIE

Un avec les dieux

Le mont Kimpo est à moins d'une lieue et demie à l'ouest du château de Kumamoto et, telle la montagne de Yamato dont il tire son nom, on le révère comme un sommet sacré. Au faîte, s'élève un sanctuaire dédié à la déesse Zao.

CHAPITRE 9

Quoique petit, ce sanctuaire a une longue histoire. En 1333, l'An III de l'ère Genko, le seigneur Takeshige Kikuchi y monta afin d'implorer la faveur divine avant de partir guerroyer. Il remporta la victoire et, de gratitude, il fit reconstruire le sanctuaire. Selon la tradition, il en tailla lui-même l'image votive en récitant trois prières après chaque coup de ciseau. Celle-ci représentait le dieu debout au sommet de la montagne, une main levée et contemplant les troupes en armes qu'il avait bénies. C'était une image de victoire.

Pourtant, à présent, le matin après le soulèvement, tôt en ce jour propice, le neuvième du neuvième mois, époque de la fête des chrysanthèmes, se trouvaient réunis autour du sanctuaire les quarante-six survivants pourchassés d'une troupe vaincue. Debout les uns, d'autres assis, leur regard vague se perdait alentour, bien que les frimas pénétrants de l'automne avivassent leurs blessures. La clarté lumineuse du soleil levant projetait des zébrures en brillant à travers les rameaux des rares vieux cèdres qui entouraient le sanctuaire. Les oiseaux chantaient. L'atmosphère était fraîche et claire. Quant aux signes du combat sanglant de la nuit, ils apparaissaient dans les vêtements salis et tachés de sang, les mines défaites et les yeux qui brillaient tels des charbons ardents.

Parmi les quarante-six se trouvaient Unshiro Ishihara, Kageki Abe, Kisou Onimaru, Juro Furuta, Tsunetaro Kobayashi, les frères Gitaro et Gigoro Tashiro, Tateki Ura, Mitsuo Noguchi, Mikao Kashima et Kango Hayami. Tous ces hommes étaient silencieux, plongés au plus profond de leurs pensées, ou bien ils regardaient la mer au loin ou les montagnes ou encore la fumée qui continuait à s'élever de Kumamoto.

Tels étaient les membres de la Société, au repos sur les pentes du Kimpo, certains les doigts jaunis de froisser les pétales de chrysanthèmes sauvages qu'ils avaient cueillis tout en observant, au-delà du bras de la mer, la péninsule de Shimabara.

Avant le point du jour, la route de la mer leur avait été ouverte dans leur fuite. Un affilié de la Société, Juro Kagami, s'était vu offrir six barques par une famille qui avait été puissante du temps des clans, mais ces dernières s'étaient échouées dans la vase laissée par la marée descendante du matin et, qu'on les tire ou qu'on les pousse, on ne pouvait les en libérer. Pourchassés sans répit qu'ils étaient, les hommes de la Société n'eurent d'autre choix que d'abandonner les bateaux et de s'acheminer vers le sommet du Kimpo.

Les premiers contreforts alentour étaient entrelacés de petits vallons parsemés de villages, et l'on apercevait des cultures en terrasse et des champs de riz très haut sur les pentes escarpées. Une espèce de buisson à fleurs blanches poussait çà et là, en même temps que la moisson de riz en train de mûrir. La forêt montagnarde s'étalait sur les ondulations autour de la mosaïque des hameaux clairsemés comme autant de coussins mis dehors à sécher, et le feuillage des arbres, encore vert foncé en ce début d'automne, retenait l'éclat léger du matin, formant de fines dentelles de lumière et d'ombrage. Ces hameaux abritaient les logis d'hommes qui avaient été élevés d'une autre façon que les membres de la Société. Est-ce qu'à un moment de leur existence, eux aussi ressentiraient la puissance émotive d'un combat décisif? Eux dont les vies paraissaient à présent si paisibles, si dénuées d'incident?

À l'ouest de Kochi, un cap en forme d'hippocampe étirait son col vert dans l'océan. Plus à l'ouest encore, se trouvait l'éventail du delta envasé de la Shirakawa. Si l'on quittait des yeux les vautours qui tournoyaient dans le ciel au-dessus des villages de montagne tout proches pour regarder en bas, on apercevait la plage de vase grouillant de ces gros oiseaux aux ailes battantes tachées de marron et qu'on eût dit salies.

Quant à la mer au-dessous d'eux, la péninsule de Shimabara qui leur faisait face se projetait entre la baie d'Ariake et le chenal d'Amakusa, appuyant sa pointe contre le détroit au pied du Kimpo. L'eau se colorait en bleu foncé de toutes parts, hormis parfois une touche noire au mitan du détroit, sous l'effet d'un courant de marée. Pour les hommes de la Société, cela parut un présage divin à la signification incertaine.

Jamais la nature n'avait été plus belle qu'en ce matin d'après la défaite. Tout était clarté, fraîcheur et sécurité.

Au-delà du bras de mer, sur la péninsule de Shimabara, la lisière du mont Unzen s'étirait de chaque côté dans toute sa largeur. On distinguait aisément des rangées de toutes petites maisons dans l'avancée des collines. Le pic de l'Unzen restait caché dans les nuées d'altitude. Plus loin vers le sud-ouest, à Saga, la crête de Tara était ensevelie dans une brume qui laissait à peine deviner sa silhouette. Les masses nuageuses dans le ciel étaient transpercées d'un éclat qui semblait une prémonition divine.

À ceux qui étaient sur le mont Kimpo, ce spectacle rappela de façon lumineuse l'enseignement mystique sur la montée aux cieux qu'ils avaient ouï de la bouche du Maître Oen.

Selon le Maître, il n'y avait que deux moyens de monter au ciel, lesquels étaient de nature semblables. On devait utiliser soit les

CHAPITRE 9

Colonnes du Ciel, soit le Pont Flottant du Ciel. Bien qu'ils existassent encore, inchangés, depuis les anciens jours, le commun des hommes, adonné à la pollution, ne pouvait pas même les voir, encore moins s'en servir pour monter au ciel. Si les hommes se lavaient de toute pollution et, d'un cœur pur, s'en retournaient aux mœurs de jadis, alors, telles les natures divines de ces temps-là, ils auraient pouvoir d'apercevoir les Colonnes et le Pont Flottant du Ciel de leurs propres yeux et de mettre à profit les moyens ainsi offerts de s'élever jusqu'aux sommets où demeurent les dieux.

Le divin semblait à présent s'incarner à tel point dans les nuages brillamment mouchetés des pics montagneux que ces hommes, en les regardant, crurent voir se manifester le Pont Flottant. Ne devraient-ils pas avec joie retourner leurs sabres sur eux-mêmes et mettre fin à leur existence ? Il en était, toutefois, qui s'étaient installés au bord de la falaise, face à l'est, et qui gardaient les yeux fixés sur le château de Kumamoto autour duquel une légère fumée s'élevait encore.

Devant eux, la masse du mont Arao se dressait à gauche et, au-delà d'une forêt de cèdres, les formes ramassées du mont Tengu, du mont Hommyoji, du mont Mibuchi et autres. Plus loin encore, c'était le mont Ishigami, tel un chien-lion protecteur vu de l'arrière, ses premières collines s'avançant loin à l'intérieur de la ville. Kumamoto était riche de verdure. La vue qu'on en avait du Kimpo découvrait davantage un paysage d'épaisse forêt que d'habitations humaines et la grande tour du château se détachait nettement au milieu des massifs d'arbres. On avait aussi une vue panoramique de la contrée des Hauts de Fujisaki.

En regardant, ils avaient le sentiment que la bataille de la nuit passée, déclenchée à onze heures, et qui avait fait rage pendant trois heures seulement, puis la fuite pitoyable qui avait suivi, se trouvaient revivre devant eux. Ils se revoyaient envahissant le camp, sabre au clair. Ou plutôt, c'étaient des fantômes de guerriers et des flammes fantômes qui, maintenant, avaient pris possession des lieux du combat qu'inondait la clarté du matin, plus substantiels pourtant qu'eux-mêmes, les fugitifs du mont Kimpo, qui observaient, là-bas, la scène des combats de la veille comme on observe un ancien champ de bataille.

Par-delà la cité, loin vers l'est, la fumée qui se dégageait du cratère du mont Aso, se fondant dans les nuages qu'attirait ce dernier, oblitérait toute cette partie du ciel. Elle semblait y demeurer suspendue, quoique changeante d'un instant au suivant. Une fumée continuait à monter du cratère, poussant sans cesse plus haut la fumée qui l'avait précédée, et les nuages qui s'enflaient l'absorbaient sans répit.

La vue de la fumée qui s'élevait redonna du cœur à ceux qui l'observaient et ranima leur volonté de frapper un nouveau coup.

Précisément, quelques-uns de leurs camarades rentraient d'une expédition couronnée de succès dans les villages au-dessous d'eux, avec un baril de saké et des rations pour la journée, et tous se mirent à manger et à boire avec avidité. Chacun d'entre eux sentit que ses forces lui revenaient, qu'il fût déterminé à mourir ou qu'il brûlât de lancer une nouvelle attaque et, avant longtemps, on adopta une résolution qui tenait quelque peu compte des circonstances où ils se trouvaient réellement. Tandis que Kisou Onimaru voulait donner un nouvel assaut à la garnison et que Tsunetaro Kobayashi était d'avis contraire, il fut finalement décidé, presque à l'unanimité, que des éclaireurs seraient envoyés tout d'abord pour tâter les forces et l'état d'esprit de l'adversaire.

Après le départ de l'équipe envoyée en éclaireur, ceux qui restaient sur la montagne tinrent à nouveau conseil, cette fois pour décider de l'attitude à prendre envers les plus jeunes membres du groupe. Car sept d'entre eux étaient de simples adolescents, d'environ seize ou dix-sept ans : Kataro Shimada, Tadao Saruwatari, Saburohiko Ota, Tamonta Yano, Kakutaro Motonaga, Susumu Morishita et Kango Hayami.

Ces sept garçons murmuraient entre eux avec l'entrain irrésistible de la jeunesse : « Que cherchent donc les anciens en ne faisant que retarder ? Pourquoi ne prennent-ils pas tout de suite une décision ? Commettons le seppuku ou bien repartons à l'attaque ! » Mais quand ils apprirent la décision soudaine selon laquelle il leur fallait quitter la montagne sous le commandement de Goichiro Tsuruda, âgé de quarante-huit ans et qui boitait à cause d'une jambe enflée, ils furent consternés par cette tournure imprévue et firent entendre de farouches protestations.

Cédant à la fin aux ardentes raisons de leurs aînés, ils descendirent de la montagne, l'air maussade, à la suite de Tsuruda. Tanao, le fils de Tsuruda, ayant déjà vingt ans, demeura avec les autres. Bientôt, ce fut la nuit.

On devait écouter le rapport de l'équipe d'éclaireurs chez un sympathisant au bourg de Shimazaki. Les hommes de la montagne descendirent furtivement par groupes de deux ou trois. Leurs camarades rentrèrent de leur exploration. Selon les nouvelles qu'ils rapportaient, troupe et police montaient bonne garde à Kumamoto

CHAPITRE 9

et aux environs, le gouvernement avait donné des ordres pour qu'aucun vaisseau ne quitte le port et les patrouilles ennemies avaient pénétré jusqu'à la lisière de Shimagazaki.

Ils se dirigèrent en grand secret vers la grève de Chikozu où ils demandèrent son aide à un pêcheur, ancien serviteur de Juro Furuta, afin de traverser la baie. Cependant le pêcheur ne put faire mieux que leur offrir son unique bateau. Ce dernier était tout à fait insuffisant pour la trentaine et plus de camarades qui restaient.

De ce fait, ils décidèrent de se débander, laissant chacun aller de son côté à la recherche d'une quelconque assistance. Furuta lui-même, Kagami, les frères Tashiro, Teruyoshi Morishita et Shigetaka Sakamoto profitèrent du précieux bateau et mirent le cap sur Konoura. Cet épisode mit fin au soulèvement.

Le nombre de ceux qui s'étaient retirés sur le mont Kimpo était inférieur au tiers de ceux qui s'étaient rassemblés sous les armes. Tous les autres avaient été tués au cours même du combat ou, blessés et talonnés dans leurs retraites par les troupes gouvernementales, ils avaient héroïquement péri en retournant leurs sabres contre eux-mêmes. Un des vétérans, Masamoto Aikyo, s'enfuit jusqu'au col de Mikuni mais, se voyant peu à peu encerclé par trois policiers, il s'assit brusquement sur le bas-côté du chemin, s'ouvrit le ventre et mourut. Il avait cinquante-quatre ans.

Saburo Matsumoto, âgé de vingt-quatre ans, et Suehiko Kasuga, vingt-trois ans, retournèrent chez eux et se tuèrent. Tatenao Arao, vingt-trois ans, rentra à la maison et, découvrant à sa mère son intention de mettre fin à ses jours, il la pria de l'excuser du chagrin qu'il allait lui causer. Pourtant, elle ne fit que l'en louer. Sur quoi, Arao, en pleurant des larmes de joie, alla s'incliner sur la tombe de son père et, au bord de la tombe, il commit bravement le seppuku.

Quand à Goichiro Tsuruda auquel avait été confié le soin de redescendre avec les sept garçons du mont Kimpo, il les raccompagna chacun chez soi, puis s'en retourna dans sa propre demeure et se prépara à mettre fin à ses jours.

Après que son épouse Hideko eut disposé de quoi manger et boire, ils échangèrent tous deux une dernière coupe de saké, il écrivit un poème sur la mort et il lui dit qu'elle ne devait pas perdre courage puisque leur fils unique, Tanao, était encore en vie. C'était maintenant le soir du second jour après le soulèvement. Tsuruda avait également deux filles âgées de dix et quatorze ans. Sa femme voulait les réveiller afin qu'elles puissent dire adieu à leur père, mais Tsuruda insista pour qu'on les laissât dormir. Puis, ayant détaché ses vêtements, il s'ouvrit le ventre avant de s'enfoncer sa lame dans la gorge. Il l'en retira de ses propres mains et il s'écroula juste à l'instant où sa fille aînée, éveillée par hasard, entrait dans la pièce et éclatait en amers sanglots.

Vers l'aube, on apporta la nouvelle que Tanao, le seul fils, avait lui aussi commis le seppuku. Ainsi, le matin après que son mari lui eut dit en mourant de placer toute sa foi dans son fils, la nouvelle du trépas de ce dernier parvint aux oreilles de Hideko.

Après la dispersion des conjurés à Chikozu, Tanao s'était rendu au sanctuaire de Shingai en compagnie de Buichiro Suge et de Masura Ito. Se séparant de ses amis, il continua seul sa route jusqu'au bourg de Kengun. Il comptait s'enfuir à Choshu.

Il avait à Kengun un oncle appelé Tateyama et quand il s'en fut lui demander assistance, Tanao apprit que son père était passé voir son oncle cet après-midi même et, lui faisant part de ses intentions, lui avait demandé de veiller sur les siens. Sans nul doute, son père s'était déjà tué. En entendant cela, Tanao n'eut plus aucun désir de s'échapper.

Ayant obtenu d'utiliser le jardin devant la maison de son oncle, Tanao étendit une natte de paille neuve sous un grand arbre qui s'y trouvait. Face à l'est, il fit trois fois la révérence vers le lointain palais de l'Empereur, après quoi il se tourna en direction de chez ses parents, non loin, et s'inclina de nouveau. Puis il sortit sa courte lame et s'en ouvrit le ventre avant de la plonger dans sa gorge. La nouvelle en fut aussitôt portée à la demeure des Tsuruda.

Après que Masura Ito et Buichiro Suge eurent quitté Tanao Tsuruda, ils se dirigèrent vers Udo, pays situé juste au sud de Kumamoto. C'est au village de Mikka à Udo qu'habitait le frère aîné d'Ito, Masakatsu. Cependant, en voyant son frère cadet, il s'en prit durement à lui pour sa témérité et refusa de le recevoir. Les deux jeunes gens n'avaient d'autre choix que de s'éloigner. Ce même soir, ils s'assirent, se faisant face, au bord d'un clair ruisseau en arrière du village et accomplirent leur suicide rituel avec une élégance extraordinaire. Des gens qui demeuraient à proximité entendirent l'écho de battements de mains réitérés provenant de la direction du ruisseau tard dans la nuit. Leurs yeux s'emplirent de larmes, sachant que c'était quelqu'un qui applaudissait en hommage aux dieux et à l'Empereur avant de commettre le seppuku.

Ito avait vingt et un ans, Suge, dix-huit.

CHAPITRE 9

Quant aux sept jeunes gens que Goichiro Tsuruda avait reconduits chez eux, trois de ceux-là, Ota, Saruwatari et Shimada, mirent héroïquement fin à leurs jours de leur propre sabre.

Juste avant le soulèvement, Tadao Saruwatari, âgé de seize ans, avait composé le poème suivant, écrit sur le bandeau blanc qu'il allait porter le soir du combat :

> *Le pays divisé, aux barbares vendu,*
> *Et le Trône sacré si près d'être perdu,*
> *Ah ! puissions-nous aux dieux du ciel et de la terre,*
> *Témoigner à jamais de notre foi sincère.*

En arrivant chez lui, il apprit que beaucoup de ses camarades s'étaient suicidés. Sans écouter aucun de ceux qui tentaient de le dissuader, il échangea la coupe de saké des adieux avec son père, sa mère et ses proches avant de se retirer seul dans une autre pièce. Là, il s'ouvrit le ventre et se plongea le sabre dans la gorge. La lame heurta l'os et fut légèrement ébréchée. Saruwatari cria à quelqu'un de sa famille de lui apporter un autre sabre, et cette fois, proprement transpercé par la lame, il tomba en avant.

Saburohiko Ota avait dix-sept ans. Aussitôt rentré, il se jeta sur son lit et se mit à ronfler. En s'éveillant le lendemain matin, son visage rutilait de santé. Il fit part de ses intentions à sa sœur et lui demanda de prier de venir deux de ses jeunes amis, Shibata et Maeda. Quand tous deux furent arrivés, il leur annonça qu'il leur disait adieu à jamais et il leur recommanda toutes les affaires qu'il laisserait en suspens.

Après le départ des jeunes gens, Ota se leva et s'en fut seul dans une autre pièce. Un oncle à lui, Fusanori Shibata, se tenait dans une chambre attenante qui n'était séparée que par une porte coulissante en papier. Il se rendit compte qu'Ota s'était ouvert le ventre. Alors il entendit son neveu crier d'une voix déchirante : « Mon oncle ! Mon oncle ! Aidez-moi un peu, je vous prie. » Quand Shibata eut repoussé la porte à coulisses, le poignard d'Ota était déjà plongé dans sa gorge. Sa main guidée par celle de Shibata, le jeune homme mit fin vaillamment à ses jours.

Kataro Shimada avait dix-huit ans. Dès qu'il fut rentré à la maison, les siens le pressaient de s'enfuir en se déguisant en moine bouddhiste, mais il ne voulut rien savoir. Il avait résolu de se sacrifier et, après le saké d'adieu, il pria Juzo Uchishiba, bien connu pour son adresse au judo, de venir chez lui pour lui enseigner le rite du seppuku.

Après que Shimada se fut ouvert le ventre, il pressa la lame contre sa gorge.
« Maître, est-ce le bon endroit ? » demanda-t-il.
Uchishiba ayant répondu par l'affirmative, le jeune homme enfonça prestement la lame d'un geste plein de grâce.

Après l'échec du soulèvement, trois hommes, Kazuo Juge, Namihei Imura et Hisaharu Oda avaient trouvé refuge au village de Kakihara auprès d'une éminente famille appelée Oyano. Étant allés, un jour, à Abumida, ils rencontrèrent deux de leurs camarades, lesquels étaient parmi ceux qui venaient de descendre du mont Kimpo, Tateo Narazaki et Taketsune Mukunashi. Ceux-ci leur demandèrent de se joindre à eux et tous cinq furent cachés par la famille Oyano. Ils s'abritaient dans la grotte du temple de Rakugen et la famille Oyano veillait à tous leurs besoins.
Sept jours avaient passé depuis le soulèvement. Dans l'intervalle, les cinq hommes de la caverne eurent vent, de divers côtés, du suicide de leurs camarades et ils en vinrent à conclure qu'il n'était pas pensable de continuer à se cacher. En conséquence, ils quittèrent la grotte et s'en furent à la demeure des Oyano dire un dernier adieu. La famille, que cette séparation accablait de chagrin, leur prépara aliments et boisson.
Juge ne mangea guère, à l'idée de l'inconvenance qu'il y aurait à rendre la nourriture quand le sabre lui ouvrirait le ventre. De pareilles considérations n'étaient pourtant pas de nature à gêner le robuste Narazaki qui mangea et but tout son saoul. Ensuite, ils demandèrent l'un et l'autre des fards à une femme de la famille et se passèrent une légère couche de rouge sur les joues. Ils désiraient que l'éclat d'une bonne santé y demeurât même après la mort.
Tous cinq, ayant attendu la nuit tombée pour quitter le logis, se dirigèrent alors vers un endroit tout proche appelé Nariiwa. C'était le quinzième jour du neuvième mois, une nuit de pleine lune. On eût dit que ses rayons brillants parsemaient de bijoux l'herbe humide de rosée. Les cinq hommes s'assirent tout droit sur le gazon, et après que chacun eut récité un poème d'adieu, Oda qui, à vingt ans, était le plus jeune, s'ouvrit le ventre, sur quoi chacun des autres s'affaissa à son tour sur son sabre. Imura avait trente-cinq ans, Narazaki et Mukunashi, vingt-six. Juge était âgé de vingt-cinq ans.
Tsunetaro Kobayashi qui s'était séparé de Kageki Abe et d'Unshiro Ishihara à Abumida, rentra chez lui tard dans la soirée du onzième

CHAPITRE 9

jour du neuvième mois, accompagné de Kisou Onimaru et de Mitsuo Noguchi.

Si jeune homme qu'il fût, Tsunetaro Kobayashi associait en lui courage et intelligence à un point remarquable. Il avait généralement pris une position opposée aux desseins follement audacieux de l'aventureux Onimaru, mais ces deux camarades au tempérament contraire choisirent d'aller au-devant de la mort en mêmes temps et lieu. Maintenant que tous trois connaissaient les énormes obstacles qui se dressaient à l'encontre d'un second soulèvement et la dissolution complète de la Société, ils commirent le seppuku côte à côte le lendemain soir.

Avant de mettre fin à ses jours, Kobayashi exprima ses regrets à sa mère de la précéder dans la mort, puis il se retira dans une chambre séparée avec son épouse Mashiko, une jeune femme de dix-neuf ans qu'il avait épousée le printemps précédent. Ayant pitié de l'obliger à demeurer veuve le restant de sa vie, il lui offrit le divorce. Mais Mashiko refusa en fondant en larmes.

Les trois hommes entrèrent dans une pièce à l'arrière de la maison tandis que les membres de la famille attendaient dans la cuisine. Kobayashi cria : « Que personne n'entre. Tirez de l'eau et mettez-la sur la véranda. » Puis les trois saisirent une natte de tatami au centre de la pièce et la posèrent sur une autre. Onimaru s'assit face à l'est sur la double natte et détacha son kimono.

Ceux qui se tenaient dans la cuisine entendirent à nouveau Kobayashi s'écrier : « Noguchi a accompli le rite de la décollation d'Onimaru. » À la fin, on n'entendit plus rien dans la pièce à côté.

Quand les membres de la famille y pénétrèrent, ils trouvèrent les trois hommes tournés vers l'orient, Onimaru au centre, l'action rituelle du seppuku accomplie à la perfection.

Onimaru était dans la quarantième année de son âge. Kobayashi avait vingt-sept ans, Noguchi vingt-trois.

Ikiko Abe était l'épouse de Kageki Abe. Fille aînée de Kishinta Torii, elle était née à Kumamoto en 1851, l'An IV de l'ère Kaei. Son frère aîné Naoki étudiait les classiques japonais sous la direction de Maître Oen, s'initiait à la tactique militaire avec Teizo Miyabe et devint ainsi un ardent patriote qui ne cessait d'avoir à la bouche le mot d'ordre : « Honneur à l'Empereur et dehors les barbares. »

Ikiko grandit parmi les idées qu'exprimaient son frère et ses camarades et elle en reçut une impression profonde. Leur famille était pauvre et elle travaillait dur pour aider sa mère.

Quand elle eut seize ans, un homme riche voulut l'épouser, mais comme Ikiko était résolue à n'avoir pour mari qu'un patriote zélé, elle n'avait aucune envie d'y consentir. Son frère et sa mère pensaient de même. Cependant, c'était le chef du village qui arrangeait les unions et qui plus est, la famille avait des dettes envers l'homme riche. Ainsi, nul moyen d'éviter le mariage.

Ikiko demanda à sa mère : « Eh bien, si j'épouse cet homme, cela remplira-t-il toutes les obligations ? » Sa mère répondit affirmativement. La noce eut lieu. Cette nuit-là, Ikiko se tint sur son séant sans permettre que son époux l'approche, et quand l'aube fut venue, elle s'enfuit chez sa mère. S'inclinant profondément devant celle-ci, elle dit : « J'ai accompli le mariage. Y a-t-il autre chose qu'il faut que je fasse ? » Le jour même, son mari demanda le divorce.

Elle atteignit ses dix-huit ans. En 1868, l'An Premier de l'ère Meiji, son frère, Naoki, fut nommé au service de la cour impériale.

Il advint en ce temps-là que Kageki Abe, accompagné de son camarade Morikuni Tominaga, s'en fut prier au temple Hommyo, dédié à la mémoire du seigneur Kiyomasa. Au moment où ils s'approchaient de la porte noire, ils croisèrent une jeune beauté nubile. S'apercevant que c'était la sœur de leur camarade Naoki Torii, ils s'inclinèrent courtoisement. Après qu'ils eurent continué à marcher un moment, Tominaga s'enquit brusquement : « Que dirais-tu d'épouser cette jeune fille ? » Abe répondit qu'il ne demanderait pas mieux. Tominaga servant d'intermédiaire, les épousailles eurent lieu sans tarder. À l'époque, Abe avait vingt-neuf ans. Les espérances d'Ikiko se trouvaient accomplies. Elle était devenue l'épouse d'un patriote. Mais aucun enfant ne naquit de leur union.

Ikiko atteignit vingt ans. Un camarade de Kurume appelé Kii Kagamiyama s'échappa de prison et se réfugia chez Abe. Quand Kagamiyama fut parti, c'est Abe lui-même qui fut arrêté, soumis à un sévère interrogatoire et mis en prison.

Aussi longtemps que son mari fut incarcéré, Ikiko refusa la nourriture le matin, adressant sans relâche des prières aux dieux pour que cette punition injuste cessât d'être infligée à son époux, et la nuit, elle se passait de moustiquaire, bien qu'on fût au cœur de l'été, et dormait sur des planches nues afin de toujours garder à l'esprit les souffrances de son mari.

Une fois libéré, Abe était en train de faire un tour en ville quand il aperçut dans une boutique une belle ceinture. Toutefois, elle coûtait si cher, dit-il à sa femme, qu'il abandonna toute velléité de l'acheter. Ikiko, sans rien dire, vendit un kimono et une écharpe puis offrit à

CHAPITRE 9

son époux la somme qu'il lui fallait. Il l'en remercia et acheta la ceinture. C'était elle qui ceignait son corps le soir du soulèvement.

À mesure que se rapprochait le soulèvement, la demeure des Abe devint une sorte de quartier général. Ikiko et sa belle-mère n'épargnèrent nulle peine pour traiter leurs hôtes avec toute l'hospitalité possible. Lorsqu'une dizaine d'hommes s'y rassemblèrent pour se préparer à entrer en campagne, les deux femmes les aidèrent de maintes façons et préparèrent aliments et boisson. Remarquant d'un œil avisé que l'un d'entre eux était un peu inquiet, Ikiko l'exhorta d'un ton tranquille : « Il faut aller au combat d'un cœur paisible. »

Cette nuit-là, quand Ikiko, auprès de sa belle-mère, Kiyoko, vit au lointain les flammes furieuses embraser le ciel de Kumamoto dans les quartiers de Kyomachi, Yamazaki et Motoyama, elle ne se tint pas de joie, s'écriant : « Ça y est ! ça y est ! » Elle alluma des veilleuses devant l'autel domestique et implora les dieux pour l'heureux succès du soulèvement et la sauvegarde de son mari dans le combat.

Mais, au matin, s'amoncelèrent, coup sur coup, les annonces de revers, et des bruits ne cessaient de circuler d'hommes tombés au combat ou ayant péri de leur propre sabre. Ne sachant ce qu'était devenu son mari, Ikiko adressa aux dieux une prière encore plus fervente pour son salut.

Trois jours devaient s'écouler avant son retour. C'était juste avant le point du jour, le douzième jour du neuvième mois.

Après la dispersion de leur groupe, sur la grève de Chikozu, Kageki Abe, accompagné d'Unshiro Ishihara, partit passer le jour suivant, le dixième, caché dans l'immensité montagneuse de Shioya. Dès qu'il fit sombre, ils se dirigèrent vers le sanctuaire de Kitsuki à Abumida, arrivant au milieu de la nuit chez Oki Sakamoto, le prêtre du sanctuaire. Ils y retrouvèrent Tsunetaro Kobayashi, Onimaru et Noguchi et, y restant la nuit du onze, ils envisagèrent ce qu'ils allaient faire. Les dieux ayant répondu à une question posée par Oki Sakamoto en laissant espérer un deuxième soulèvement, tous reprirent courage et Abe ainsi qu'Ishihara quittèrent Kobayashi et ses compagnons pour reprendre chacun le chemin de sa maison.

Ikiko s'éveilla en entendant une voix qui appelait doucement par une fente des contrevents de bois. C'était son mari. Son cœur battait tandis qu'elle faisait glisser les volets. Il entra sans un mot puis, devant Ikiko et sa mère qui s'était levée et les avait rejoints, il raconta brièvement leur échec. Ikiko ôta à son mari son kimono taché de sang qu'elle enterra dans un bosquet de bambous derrière la maison. Les jours suivants, Abe passa les heures de la journée dans une cachette sous le plancher de son bureau, un poignard à la main. Après le coucher du soleil, il remontait dans son bureau. Il envoya Ikiko en secret chez les Ishihara afin de tenir conseil avec la femme de celui-ci, Yasuko.

Ikiko et Yasuko s'acharnèrent à chercher un bateau pour traverser jusqu'à la presqu'île de Shimabara, mais l'interdiction de quitter le port était strictement appliquée et tout espoir de s'enfuir par mer s'évanouit.

À l'aube du quatorzième jour, Unshiro Ishihara, résolu à briser le cordon de police qui barrait les routes ou à mourir de sa propre main, dit adieu à son épouse et à ses enfants et quitta sa demeure.

Abe avait invité chez lui son oncle, nommé Baba, et aux premières heures du jour, les trois hommes, Ishihara, Abe et Baba s'entretinrent d'un plan d'action. Baba expliqua que les mesures rigoureuses prises par la police semblaient rendre toute fuite impossible. Sur quoi, il s'en alla.

Yasuko Ishihara alla chez le frère aîné de son mari, Kimura, demander du secours. Elle avait entendu le bruit sourd des bottes d'une patrouille arrivant chez elle par la route et Kimura lui conseilla de se hâter d'aller dire chez Abe qu'il était trop tard pour fuir.

Yasuko loua un pousse-pousse, mais en descendit juste avant d'atteindre la maison des Abe où elle frappa doucement à la porte de derrière, demandant à Ikiko de sortir. Elle expliqua brièvement à celle-ci qu'une patrouille s'approchait de chez elle en l'absence d'Ishihara.

Ikiko eut le geste de se frapper la gorge et Yasuko fit signe que oui. Ikiko incita Yasuko à voir son mari une derrière fois, mais celle-ci lui dit qu'elle ne voulait pas devenir un obstacle pour son époux en route vers l'autre monde. Puis elle partit, comme s'enfuyant.

Ikiko vint redire aussitôt tout ceci à son mari et à Ishihara. Pour eux, depuis qu'ils avaient entendu les nouvelles de Baba, les deux dirigeants avaient abandonné tout espoir d'un second soulèvement et s'étaient résolus à la mort.

S'inclinant avec révérence, les deux hommes prièrent devant un rouleau où était peint le grand sanctuaire d'Ise. Ikiko posa trois tasses de terre cuite sur un trépied de bois cru. Invitant les hommes à goûter le saké une dernière fois, elle-même prit l'une des tasses.

Abe et Ishihara ouvrirent leurs kimonos et empoignèrent leurs sabres courts. Quant à Ikiko, elle sortit tranquillement un petit poignard caché dans sa ceinture.

Son geste amena la consternation chez Ishihara autant que chez son mari et ils tentèrent de l'arrêter, mais Ikiko ne voulut point s'écarter de ce qu'elle avait résolu. Elle était sans enfants, dit-elle à

CHAPITRE 9

son mari, alors pourquoi l'empêcherait-il de l'accompagner? Comme elle ne paraissait pas vouloir en démordre, Abe ne tenta plus de s'opposer à sa volonté.
À l'instant même où les deux hommes s'ouvraient le ventre d'un coup précis de leurs sabres, Ikiko se frappait la gorge de son poignard.
C'était le quatorzième jour du neuvième mois. Il était tout juste midi passé. Abe était âgé de trente-sept ans. Ikiko en avait vingt-six, Ishihara trente-cinq.
À peine un moment après leur suicide, des coups violents frappés à la porte la firent trembler. C'était la patrouille. La vieille mère d'Abe s'écria d'une voix forte: «Ils viennent de commettre le seppuku.» Un officier flanqué de ses soldats pénétra de force dans la maison et se trouva devant les trois nouveaux cadavres.

Quand leur bande s'était disloquée à Chikozu, le groupe de ceux qui s'étaient embarqués dans la barque de pêche solitaire, se dirigeant vers Konoura dans le pays d'Udo, juste au sud de Kumamoto, comptait six hommes.
Il y avait Juro Furuta, âgé de vingt-six ans, qui était avec Tsunetaro Kobayashi l'un des plus jeunes parmi les chefs. Au cours de la mêlée dans l'enceinte de la garnison, il avait brisé deux sabres, puis, en saisissant un troisième, avait continué à se battre. C'est lui qui avait abattu le lieutenant-colonel Kunihiko Oshima en même temps que bien d'autres, lui-même, d'ailleurs, recevant une blessure.
Il y avait là Juro Kagami, qui, à quarante ans, était expert en ancienne musique de cour.
Il y avait Gitaro Tashiro, vingt-six ans, passé maître au sabre. Il avait été le premier à escalader la palissade du camp des artilleurs.
Le frère cadet de Tashiro, Gigoro, avait vingt-trois ans et s'était vaillamment comporté dans le combat avec les fantassins.
Teruyoshi Morishita avait vingt-quatre ans. Après avoir abattu le général Taneda, il avait rejoint la lutte contre la garnison d'infanterie, tuant un autre officier, et s'était brillamment distingué.
Shigetaka Sakamoto était âgé de vingt et un ans.
Tous six avaient placé leur espoir dans l'assistance du prêtre du sanctuaire de Konoura, leur camarade et condisciple du Maître Oen, Kakeo Kai. À coup sûr, il se serait joint au soulèvement, mais la nouvelle ne lui en était pas parvenue en ce lieu éloigné. Kai les accueillit cordialement.
Ils passèrent la nuit chez Kai à se concerter au sujet d'un second soulèvement. Kagami mit en avant une suggestion afin de se procu-

rer des fonds pour voyager et des fournitures militaires. Il avait appris que son ancien seigneur, Eijiro Mibuchi, se trouvait demeurer à la résidence des Matsui à Ueyanagi, de sorte qu'il confia une missive à Kai où il demandait à Mibuchi de leur fournir des fonds pour le voyage. Kai se mit incontinent en route avec la lettre.

Chacun attendait avec anxiété le retour de Kai. Le lendemain, douzième jour du neuvième mois, se passa sans qu'il fût rentré.

Quand Kai était arrivé à la résidence des Matsui, non seulement Mibuchi n'y était plus, mais Kai lui-même fut reconnu par les policiers de garde comme un des sympathisants de la Société et il fut appréhendé.

Les six qui étaient dans l'attente comprirent que tout moment qui passait sans que Kai fût de retour augmentait le péril où ils se trouvaient. Une fois atteinte une certaine limite, ils savaient qu'il leur faudrait se préparer à accepter leur sort.

Trois d'entre eux, Gigoro Tashiro, Morishita et Sakamoto, torturés d'impatience, gravirent le sommet proche du pic d'Omigatake juste au coucher du soleil. Ils regardèrent au loin le château de Kumamoto. Aperçu ainsi dans les lointains, il ne semblait pas que rien se passât d'extraordinaire à l'intérieur du donjon. Mais quand les trois camarades interrogèrent les montagnards comme si de rien n'était, on leur dit que, la nuit, le château s'embrasait de lumières et que tout le jour, des patrouilles de recherche partaient sans relâche en toutes directions. Quand ils redescendirent de la montagne, tous trois invitèrent leurs trois compagnons à se résigner à l'inévitable.

Ils se décidèrent à mourir. Quant au lieu, ils choisirent Omigatake. Quant à l'heure, ils choisirent l'aube du lendemain.

Peu après le premier chant du coq, tous six grimpèrent à la crête d'Omigatake. La veille au soir, les frères Tashiro y avaient fait choix d'un emplacement plat de sol vierge et y avaient délimité un carré entouré de corde sacrée à laquelle ils avaient suspendu des flammes shinto. À cette heure de l'aube, ces flammes blanches s'agitaient dans la brise. Levant les yeux vers les nuages qui s'étiraient au moment où le jour pointait au-dessus des montagnes, Juro Kagami composa son poème d'adieu :

> *Longtemps j'aurai, en ce monde, vécu*
> *Par la grâce des dieux de Yamato,*
> *Mais enfin vient le jour où je vais aborder*
> *Au Pont Flottant des Cieux.*

CHAPITRE 9

Est-il besoin de le dire, son poème avait pour base l'enseignement mystique du Maître Oen sur la montée au Ciel. Kagami dit à ses camarades qu'il aurait beaucoup aimé leur jouer, en cette heure dernière, la musique ancienne dont il avait fait son étude et qu'il était affligé du défaut d'instrument.

Tous six franchirent la corde sacrée puis burent le coup de saké des adieux et Gitaro Tashiro, désigné par les autres, consentit à administrer le coup final à chacun d'eux. Sur quoi Kagami, estimant qu'il serait dommage que Tashiro souffrît seul la dernière agonie, déclara qu'il attendrait de mourir avec lui.

Juro Furuta fut le premier à exposer sa chair à la brise automnale du matin et à s'ouvrir le ventre de part en part. Alors Tashiro sépara la tête du corps.

Ensuite, Morishita, Gigoro Tashiro et Shigetaka Sakamoto commirent le seppuku à leur tour. Enfin, Gitaro Tashiro et Kagami, accomplissant ensemble le geste rituel, s'ouvrirent le ventre puis se plongèrent leur lame dans la gorge.

L'inspecteur Yoshitaka Niimi, alerté par un mouchard, commença à gravir la montagne, à la tête de plusieurs policiers. Il était encore à mi-pente quand il croisa un chasseur qui accourait tout agité et lui dit que six membres de la Société du Vent Divin étaient en train de commettre le seppuku au sommet. Calmant l'impatience des siens d'une phrase : « Reposons-nous ici avant de continuer », Niimi s'assit sous un arbre et alluma une cigarette. Il n'avait nulle envie de troubler les derniers instants de ces hommes.

Quand les policiers atteignirent le faîte de la montagne, il ne restait plus trace des ténèbres nocturnes. Dans le carré qu'entourait le cordon sacré, les cadavres des six patriotes gisaient affaissés en avant, le rite parfaitement accompli. Les flammes de papier blanc suspendues à la corde, nombre d'entre elles éclaboussées de sang frais, brillaient aux rayons matinaux du soleil.

Après que le soulèvement eut été réprimé, un de ses chefs, Kotaro Ogata, ayant consulté les dieux, ceux-ci lui intimèrent de se rendre. C'est ce que fit Ogata et, condamné à la prison à perpétuité, il y écrivit un petit livre intitulé *La Geste du Feu Divin*. Il s'attaquait au problème de savoir pourquoi le Vent Divin n'avait pas soufflé et pourquoi l'Ukei ne s'était pas trouvé infaillible.

Comment se faisait-il qu'un attachement d'une intensité sans égale, que des volontés lavées de toute impureté, n'eussent pas reçu l'assistance des dieux ? Telle était l'énigme à laquelle Otaga se mesura en vain dans sa cellule le reste de ses jours. Les réflexions d'Otaga, transcrites par lui dans le passage suivant, représentent seulement sa propre interprétation, sa conjecture personnelle. La volonté des dieux est cachée, et, en vérité, il n'est pas au pouvoir des hommes de la connaître :

> *Quel malheur, quelle pitié que des hommes dans la splendeur de leur fidélité doivent, contrairement à toute attente, périr en une seule nuit, telles des fleurs éparpillées par l'orage, tels les frimas et la rosée qui passent, et cela dans une entreprise conçue et exécutée sous la conduite de la volonté divine ! Ainsi, dans la folie de mon cœur, me demandais-je pourquoi les choses en étaient venues là, et je commençais même à ressentir un doute amer. Mais je crois maintenant que cette fin avait été d'avance décrétée, qu'ainsi l'avait voulu la volonté divine.*
>
> *Que les dieux eussent, une nouvelle fois, désapprouvé l'entreprise pour laquelle ces hommes vaillants, pleins d'ardeur et d'audace, requéraient leur appui, alors ce qu'ils avaient projeté se serait sans nul doute répandu au-dehors, créant ainsi une situation pleine de danger. Et même si l'on avait pu surmonter ce péril, certains d'entre eux auraient à coup sûr mis fin à leurs jours, simplement de désarroi et de désespérance.*
>
> *Voilà pourquoi les dieux puissants, émus de pitié, sont intervenus de cette façon sublime afin que ces hommes, après avoir d'un coup affirmé leur honneur, pussent dès lors aller servir dans le monde à venir.*
>
> *Quoique saisi de crainte révérencielle, voilà comment je raisonne en moi-même.*

Un regret poignant se dissimule sous ces mots qu'Ogata écrivit pour se consoler soi-même et les âmes de ses compagnons. Et dans l'exclamation toute simple qui suit, laquelle exprime en vérité les pensées de ce groupe d'hommes que nul obstacle n'arrêta jamais, on peut dire qu'Ogata a fait entendre l'esprit du samouraï : « *Nous fallait-il agir comme de frêles femmes ?* »

CHAPITRE 10

10

*L*a saison des pluies avait déjà commencé. Isao Iinuma s'arrêta avant de partir de chez lui pour ses cours de la matinée afin de jeter un coup d'œil au contenu d'une grande enveloppe qui venait d'arriver et qui portait le nom de Honda. Ayant vu qu'elle renfermait une lettre ainsi que sa *Société du Vent Divin*, il mit l'enveloppe dans son cartable dans l'intention de la lire à loisir une fois rendu à l'école.

Il franchit le portail de l'établissement, le Collège des Études nationales. Sitôt passé l'entrée du bâtiment où se trouvait sa classe, on apercevait un énorme tambour qui incarnait à merveille l'esprit de l'école. C'était un tambour d'aspect vénérable où on lisait : « Yahachi Onozaki, facteur de tambours, Temma », et il portait un grand anneau accroché à la caisse. La large circonférence de cuir étiré avait l'air d'un grand ciel printanier embrumé de poussière jaune, et les marques d'usure infligées par de multiples coups semblaient des groupes de nuées blanches flottant à travers l'étendue. Pourtant pensa Isao, il était probable que, par ce temps mou de la saison pluvieuse, le tambour, sa vigueur disparue, ne rendrait qu'un son sourd, alangui.

Il n'avait pas plus tôt pénétré dans la classe, au second étage, qu'il entendit qu'on battait le tambour pour annoncer le commencement de la journée. Il avait un cours de morale en premier. Son enthousiasme n'étant éveillé ni par cette matière, ni par le professeur un peu décati, il sortit à la dérobée la lettre de Honda et se mit à la lire.

> *Mon cher Monsieur Iinuma,*
> *Veuillez trouver ci-joint en retour votre exemplaire de* La Société du Vent Divin *que j'ai lu avec un très vif intérêt. Je vous en remercie.*
> *Je comprends fort bien pourquoi cet ouvrage a suscité chez vous tant d'admiration. Soyez sûr que, moi aussi, qui avais considéré ce soulèvement comme, ni plus ni moins, une histoire de samouraïs mécontents et fanatiquement dévoués aux dieux, j'ai vu mon horizon s'élargir en apprenant la pureté d'intention et de sentiment des intéressés. Cependant, mon appréciation diffère probablement de la vôtre et c'est au sujet de cette différence que je voudrais m'exprimer plus en détail.*

Je veux dire que, quand je cherche à savoir, à supposer que j'aie votre âge, si je ressentirais la même passion, je ne puis m'empêcher d'en douter. Je crois plutôt que, quelque regret, quelque envie que j'aie pu receler dans mon cœur, j'aurais eu un sourire de moquerie pour ces hommes qui jouaient leur va-tout d'un seul coup. Lorsque j'avais votre âge, je me voyais en voie de devenir un honnête citoyen, utile à la société. À cet âge, mon équilibre sentimental était soigneusement préservé et mon intellect finissait par fonctionner de façon relativement claire encore que prosaïque. J'étais convaincu que les passions ordinaires n'étaient aucunement « mon affaire ». De même qu'on ne peut revêtir un autre corps que le sien, de même je croyais qu'on ne peut tenir un langage autre que celui qui vous était destiné dans la vie. Quand je voyais de la passion chez d'autres, j'avais coutume de rechercher sans délai le défaut d'harmonie, la contradiction nécessaire, si mince fût-elle, entre l'homme lui-même et sa passion, puis alors, d'avoir un sourire un peu moqueur afin de me protéger. Lorsqu'on a cette tendance il est facile de découvrir partout « ce qui cloche ». Ce genre de moquerie n'était pas nécessairement malveillante. J'irais même jusqu'à dire qu'il y avait dans ma moquerie une sorte de tolérante cordialité. Pourquoi? Parce qu'à cet âge, la conviction avait commencé à se former chez moi que la passion, de par sa nature, est chose qui naît de l'incapacité de l'homme à saisir en lui-même cette espèce de discordance.

Cependant, il se trouva qu'un de mes amis intimes, Kiyoaki Matsugae, dont votre père, lui aussi, vous a parlé, mit fortement à l'épreuve cette conscience de moi-même si soigneusement ordonnée. Il tomba passionnément amoureux d'une jeune fille et moi, avec les yeux d'un ami, j'aperçus là, dès l'origine, la plus extraordinaire des discordances. Car jusqu'à ce moment, je sentais qu'il n'y avait pas plus de chaleur en lui qu'en un cristal qui scintille. Il était exaspérément capricieux, avec un penchant pour la sentimentalité mais, en jugeant du dehors, j'avais conclu que cette sensibilité par trop délicate le garderait des égarements d'une passion candide.

Pourtant, il n'en fut pas comme je l'avais imaginé. De mes yeux, je vis cette passion naïve, égarée, transformer mon ami. L'amour accomplissait fébrilement son œuvre, le rendant capable d'amour. Sa passion, tout entière folle et aveugle, faisait de lui un être tout entier disponible. À l'instant précis de sa mort, je vis son visage devenir le visage même de quelqu'un qui était né pour mourir d'amour. Toute discordance, en cet instant, était effacée.

CHAPITRE 10

Et moi, dont les yeux avaient été témoins d'un changement aussi miraculeux, je ne pouvais guère demeurer inchangé. Ma foi imberbe en ma nature indomptable se trouva en proie au doute et je dus faire effort pour la maintenir. Ce qui avait été acte de foi devint désormais un acte de la volonté. Ce qui avait été chose naturelle devint à présent quelque chose qu'il fallait chercher. Ce fut là une modification qui entraîna un certain avantage dont je profitai en tant que magistrat. Quand j'ai affaire à un criminel, je suis à même de croire, sans faire appel à des théories sur le châtiment ou la rééducation ou à des vues optimistes ou pessimistes sur la nature humaine, que tout homme, sans égard à sa situation, est capable d'être transformé.

Cela dit, revenons-en aux sentiments que j'ai éprouvés à la lecture de La Société du Vent Divin. *Si curieux que cela paraisse, malgré mes trente-huit ans, j'ai découvert que je pouvais être ému au récit d'un événement historique tout imprégné d'éléments irrationnels. Ce qui m'est revenu à l'esprit le plus intensément, c'est Kiyoaki Matsugae. Sa passion n'était autre qu'une passion dédiée à cette femme, mais c'était la même irrationalité, la même violence, le même esprit rebelle et la même résistance à tous autres remèdes que la mort. Et pourtant, alors même que je leur rendais passionnément hommage, je me sentais en sûreté, sachant qu'à mon âge pareils récits peuvent m'émouvoir sans que j'encoure aucun risque. Peut-être précisément à cause de cette vérité immuable que je n'ai moi-même jamais accompli ces choses-là, je puis maintenant envisager en toute sécurité tout ce que j'aurais pu faire dans le passé. De sorte que, sans le moindre danger, je puis fixer mon imagination sur de tels événements et me laisser imprégner par les rayons empoisonnés que mes songeries en réfléchissent.*

À votre âge, cependant, toute émotion violente est dangereuse. Toute émotion qui peut vous faire foncer tête baissée est dangereuse. Et il en est qui sont particulièrement dangereuses. Par exemple, à en juger par ces éclairs qui jaillissent de vos yeux et qui déconcertent ceux qui vous entourent, il me semble que votre tempérament fait qu'un tel récit « ne vous convient pas ».

À l'âge que j'ai atteint, je n'ai plus pour habitude de me référer au défaut d'harmonie entre les hommes et leurs passions. Quand j'étais jeune, le souci que j'avais de mon propre salut rendait certes nécessaire cette censure, mais aujourd'hui, non seulement cette nécessité a disparu, mais le défaut d'harmonie chez les autres du fait de leurs passions, qui, dans le passé, me serait apparu comme une faiblesse digne d'un rire méprisant, n'est plus qu'une imperfection admissible. Et en cela, peut-être ai-je perdu le dernier vestige de ma jeunesse qui, dans sa vulnérabilité, redoutait les blessures que l'on s'inflige en réagissant émotionnellement à la conduite extravagante des autres. À coup sûr, désormais, c'est la beauté du danger plutôt que le danger de la beauté qui m'affecte le plus intensément et je ne vois rien de comique dans le fait d'être jeune. C'est sans doute parce que la conscience que j'ai de moi-même ne peut plus se réclamer d'aucune jeunesse. Quand je m'arrête un instant à tout ceci, j'y trouve quelque chose d'effrayant. Mon enthousiasme, tout inoffensif qu'il soit pour moi-même, pourrait avoir pour résultat d'exciter davantage votre dangereux enthousiasme.

C'est parce que je m'en rends compte que je tiens beaucoup à vous exhorter à cet égard, à vous inciter à la prudence, si tant est que mes efforts ne soient pas inutiles.

La Société du Vent Divin est un drame d'une perfection tragique. Ce fut une affaire politique si remarquable d'un bout à l'autre qu'on dirait presque une œuvre d'art. Ce fut un creuset où la pureté d'intention fut mise à l'épreuve d'une manière qu'on rencontre rarement dans l'histoire. Mais il ne peut être question de confondre ce conte d'autrefois, beau comme un rêve, avec ce qui constitue la réalité d'aujourd'hui.

Le danger de ce récit consiste en ce qu'il laisse de côté les contradictions. L'auteur, Tsunanori Yamao, semble, en écrivant, avoir respecté la vérité historique. Mais le souci de l'unité esthétique de ce petit ouvrage lui a fait, à n'en pas douter, exclure un grand nombre de contradictions.

En outre, il met l'accent avec tant d'insistance sur la pureté d'intention qui caractérisait essentiellement cette affaire, qu'il en sacrifie toute perspective. Ainsi, l'on perd de vue, non seulement le contexte général de l'histoire mondiale, mais aussi les nécessités historiques particulières qui conditionnaient le gouvernement Meiji que cette Société avait choisi pour ennemi. Ce qui fait défaut à ce livre, c'est le contraste. Pour donner un exemple, vous connaissez vous-même, n'est-ce pas, l'existence, à la même époque, dans cette même province de Kumamoto, d'un groupe appelé l'Association de Kumamoto?

Peu après 1870, un Américain, capitaine d'artillerie en retraite du nom de L. L. Janes qui s'était distingué au cours de la guerre de Sécession, arriva, nommé professeur à l'école de civilisation occidentale fondée dans la province de Kumamoto. Il commença

CHAPITRE 10

à enseigner la Bible et à assumer un rôle de missionnaire protestant. La même année que le soulèvement de la Société du Vent Divin, en 1876, trente-cinq de ses élèves, sous la conduite de Danjo Ebina, se rassemblèrent le 30 janvier sur le mont Hanaoka. Et sous la dénomination d'Association de Kumamoto, ils firent le vœu « de christianiser le Japon et de bâtir une nation nouvelle fondée sur cet enseignement ». Bien entendu, cela suscita des persécutions. À la fin, on ferma l'école mais les trente-cinq camarades purent s'enfuir à Kyoto où ils aidèrent Jo Niijima à fonder l'université Doshisha. Malgré leurs idéaux diamétralement opposés à ceux de la Société, ne voyons-nous pas, ici aussi, un autre exemple de la même pureté d'intention ?

Dans le Japon d'alors, les idées les plus excentriques et les plus irréelles n'allaient pas sans quelque vague possibilité de réalisation, et des conceptions diamétralement opposées de réforme politique se faisaient jour avec une égale naïveté et la même absence de complications. Il faut comprendre combien cette époque était différente de la nôtre où la structure du gouvernement a revêtu une forme bien définie.

Je ne me fais nullement l'avocat des innovations du christianisme et ce n'est pas moi qui mépriserai l'attachement au passé et l'étroitesse d'esprit têtue des membres de cette Société. Cependant, afin de tirer profit de l'histoire, il ne faut pas se concentrer sur un chapitre isolé d'une époque donnée, mais au contraire, faire l'inventaire des multiples facteurs complexes et mutuellement contradictoires qui ont fait cette époque ce qu'elle fut. Il faut prendre le chapitre isolé et le remettre à sa place. Il faut apprécier les divers éléments qui ont contribué à lui donner son caractère particulier. Il faut donc envisager l'histoire selon une perspective qui offre des vues larges et équilibrées.

Voilà, je crois, ce que signifie tirer des enseignements de l'histoire. Car l'image que quiconque peut se faire de sa propre époque est limitée, et l'on a beaucoup de difficulté à tenter d'obtenir une vue d'ensemble du temps où l'on vit. C'est donc précisément à cause de cela que la vue d'ensemble qu'offre l'histoire constitue à la fois une source d'informations et un modèle sur quoi se guider. À l'homme qui vit resserré entre les bornes du présent, de minute en minute, il est permis, grâce à la perspective élargie qu'offre l'histoire transcendantale, de mettre à profit une image d'ensemble du monde où il vit, corrigeant ainsi sa vision étroite des choses. Tel est l'aimable privilège que l'histoire offre aux hommes.

Les leçons de l'histoire ne devraient jamais signifier que l'on s'attache à tel aspect particulier d'une époque particulière afin de s'en servir comme modèle pour réformer tel aspect particulier du présent. Sortir du jeu de patience du passé une pièce de telle ou telle forme, puis essayer de la caser dans le présent est une entreprise qui ne saurait aboutir à d'heureux résultats. C'est là jouer avec l'histoire, un passe-temps bon pour des enfants. Il faut comprendre que la sincérité d'hier et la sincérité d'aujourd'hui ont beau se ressembler beaucoup, elles tiennent à des conditions historiques différentes. Si l'on recherche une pureté similaire de résolution, ce devrait être dans une «idéologie diamétralement opposée» du temps présent, existant dans les mêmes conditions historiques. Il convient au «moi d'à présent» avec les limites qui le caractérisent, d'adopter cette attitude modeste. Car c'est ainsi qu'on peut enfin abstraire cette pureté d'intention en tant que problème historique et faire de «ces motivations humaines» qui transcendent l'histoire un objet d'étude. Alors, les conditions historiques communes à l'époque considérée ne sont plus que les facteurs constants de l'équation.

Ce surtout contre quoi il faut mettre en garde un jeune homme comme vous, c'est la confusion de la pureté d'intention et de l'histoire. Aussi l'immense estime que vous portez à ce livre sur la Société du Vent Divin est pour moi un sujet d'inquiétude. Je crois qu'il conviendrait que vous essayiez de considérer l'histoire comme un vaste théâtre d'événements et la pureté d'intention comme quelque chose qui transcende l'histoire.

En tout ceci, sans doute ai-je manifesté par trop de sollicitude, mais c'est là mon conseil et mon exhortation. Je suppose que, sans m'en rendre compte, je suis arrivé à l'âge où l'on débite des conseils à quiconque est plus jeune que soi. Mais, qui plus est, j'apprécie votre intelligence. À quoi bon exhorter si longuement un jeune homme dont je croirais qu'il n'y a rien à attendre?

Pour ce qui est de la force presque sublime déployée dans le tournoi de kendo, de votre propre pureté d'intention et de vos sentiments passionnés, je ne puis retenir mon admiration. Pourtant, mettant plus de confiance encore dans votre intelligence et votre soif de vérité, je tiens à exprimer l'espoir fervent que vous ne méconnaîtrez jamais votre premier devoir d'étudiant, d'être assidu à apprendre afin de devenir un homme précieux pour son pays.

Je le répète, quand vous viendrez à Osaka, veuillez en profiter pour venir me voir. Vous serez toujours le bienvenu.

CHAPITRE 10

Enfin (bien qu'il n'y ait pas lieu de s'en soucier ayant à portée de la main une personne aussi douée de qualités que votre père), si néanmoins quelque problème particulièrement grave venait à vous préoccuper et que vous ressentiez le besoin de consulter quelqu'un d'autre, je serais prêt à tout moment à en discuter avec vous. N'ayez pas, je vous prie, la moindre hésitation à cet égard.
Croyez à mes sentiments les meilleurs.

Shigekuni Honda

Le jeune homme soupira quand il arriva à la fin de cette longue lettre. Ce qui y était écrit ne lui plaisait pas. Il était opposé d'un bout à l'autre à ce qu'elle disait. Et puis, il y avait autre chose. Bien que ce fût là un vieil ami de son père, Isao ne parvenait pas à découvrir ce qui l'avait fait adresser une lettre d'une telle longueur et en outre, si cordiale, si soigneusement agencée, si évidemment sincère à un garçon que lui, juge à la cour d'appel d'Osaka, n'avait rencontré qu'une fois.

Être ainsi distingué était un privilège unique, mais ce qui impressionnait Isao, ce n'était pas tant la lettre elle-même que son style direct et chaleureux. Jamais auparavant, un personnage éminent n'avait eu d'égards aussi sincères envers lui.

Isao ne pouvait en tirer qu'une conclusion : il n'était pas douteux que ce livre l'avait touché. L'âge et sa profession en avaient fait un pleutre, mais le juge Honda, lui aussi, devait être un « pur ».

Même si la lettre était remplie d'expressions qui offensaient ses sentiments, du moins son regard d'adolescent ne pouvait-il rien y trouver qui respirât la corruption.

Ceci posé, le fait que Honda avait si habilement gelé l'histoire, la dépouillant de la durée, n'avait-il pas eu pour effet de tout ramener à de la cartographie ? Était-ce ainsi que fonctionnait l'esprit d'un magistrat ? L'histoire d'une époque exprimée comme une « image d'ensemble » n'était plus rien d'autre qu'une carte, un rouleau, un objet inanimé.

Cet homme n'a aucune idée de ce que signifie le sang qui coule dans nos veines de Japonais, de notre héritage moral, de notre volonté, pensa le jeune homme.

Isao leva les yeux et se rendit compte que la leçon se poursuivait d'une allure assoupie. À travers la fenêtre, on voyait la pluie tomber de plus belle. L'atmosphère moite, étouffante de la classe s'emplissait de l'odeur forte et acide qui s'exhalait des jeunes chairs de ces adolescents.

Le cours se termina enfin. Il y eut le même soulagement que lorsqu'on voit un poulet qui s'égosille affreusement, pousser un dernier soupir avant de s'apaiser.

Isao sortit dans le couloir tout humide de pluie. Izutsu et Sagara l'attendaient.

« À quoi pensez-vous ? demanda Isao.

– Le lieutenant Hori a dit qu'il n'était pas de service aujourd'hui et qu'il serait de retour chez lui pour trois heures, lui rapporta Izutsu. L'endroit sera tranquille à cette heure-là et nous pourrons causer. Il a dit également qu'il faudrait que nous dînions avec lui. »

Isao répondit sans hésiter : « Eh bien, je vais sauter l'entraînement de kendo aujourd'hui.

– Est-ce que le capitaine ne va pas y trouver à redire ?

– Il peut dire ce qu'il voudra. Il n'ose pas me rayer de l'équipe.

– Comme c'est beau de posséder un tel pouvoir ! » répliqua Sagara qui était petit et portait des lunettes.

Tous trois se dirigèrent ensemble vers le cours suivant car ils avaient choisi l'allemand comme langue étrangère.

Izutsu et Sagara se soumettaient tous deux à l'autorité d'Isao. C'était ce dernier qui avait éveillé leur enthousiasme en leur faisant lire *La Société du Vent Divin*. Le hasard ayant fait qu'il avait reçu cet ouvrage ce matin même d'Osaka, Isao décida de le prêter cette fois au lieutenant Hori qu'il allait rencontrer cet après-midi. Il n'était guère probable que la réaction du lieutenant serait tant soit peu analogue à la réponse sans compromission du juge Honda.

« Une perspective qui offre des vues larges et équilibrées », pensa Isao, cette expression de la lettre qu'il venait de lire lui revenant en mémoire. Il eut un sourire : Voilà quelqu'un qui ne voudrait jamais toucher des pincettes portées au rouge. Il ne toucherait que le *hibachi*[2]. Mais quelle différence entre des pincettes et le *hibachi* ! Les unes sont en métal, l'autre est d'argile. C'est un homme intègre, mais il appartient à la catégorie des choses en argile.

L'idée de pureté était quelque chose qui venait d'Isao et pénétrait profondément l'esprit et le cœur des deux autres. Il avait composé une devise : « Que la pureté de la Société du Vent Divin vous soit une leçon », qui était devenue la devise de leur groupe.

La pureté, une idée qui rappelait les fleurs, le goût piquant d'un bain de bouche à la menthe, l'enfant qui s'agrippe au doux sein de

---

2. Poêle. *(N.d.T.)*

CHAPITRE 11

sa mère, c'était quelque chose qui les reliait directement à l'idée du sang, à l'idée de sabres s'abattant sur les hommes d'iniquité, à l'idée de lames écharpant l'épaule et faisant gicler le sang alentour. Et à l'idée du seppuku. Dès l'instant qu'un samouraï «tombait comme fleurs de cerisier», son cadavre maculé de sang devenait aussitôt comme d'odorantes fleurs de cerisier. L'idée de pureté pouvait donc se transformer en une chose contraire avec une promptitude arbitraire. Aussi, la pureté était-elle étoffe de poésie.

Pour Isao, une mort pure paraissait facile. Mais un rire pur? Comment demeurer pur en toute occasion était un problème qui le troublait. Si haute qu'il tînt la bride à ses sentiments, il se produisait parfois quelque banalité qui le faisait rire. Un jour, par exemple, il avait ri d'un jeune chien qui gambadait sur le bord de la route, en tenant dans sa gueule, le croirait-on, le haut talon d'un soulier de femme. C'était ce genre de rire qu'il préférait qu'on ne vît pas.

«Sais-tu comment se rendre chez le lieutenant?
– Faites-moi confiance. Je vous y conduirai tous les deux.
– Je me demande ce qu'est au juste le lieutenant.»
Isao éleva la voix : «Je pense qu'il est quelqu'un qui nous donnera l'occasion de mourir.»

11

Les trois jeunes gens, portant leur parapluie et la casquette du collège à liséré blanc, quittèrent le tramway à Roppongi et enfilèrent la rue qui, amorçant une descente au n° 3 de Kasumi-cho, tournait ensuite pour conduire au grand portail du Troisième Régiment d'Azabu.

«C'est là», dit Izutsu, en désignant du doigt une maison au pied de la descente. Tous trois s'arrêtèrent pour regarder.

C'était une maison à deux étages, si décrépite qu'on se demandait comment elle avait pu survivre au désastre du tremblement de terre. Son jardin semblait assez grand, mais il n'y avait pas de portail, la palissade en planches qui l'entourait donnant immédiatement sur l'entrée. Sur la façade, un balcon étroit se détachait, à la hauteur du second étage, sur une rangée de six portes vitrées qui paraissaient toutes débordantes des reflets contournés du ciel sombre et mouillé. Dès l'instant qu'il vit la masse trempée de pluie de la maison, du haut de la montée, Isao sentit en lui une étrange impression. Il n'était pas possible que ce fût la première fois qu'il la regardait, pensa-t-il. La maison était là, enveloppée sous la pluie comme une armoire grotesque, trop grande et trop vieille pour être d'aucune utilité et abandonnée aux éléments. Ni taillés ni pincés, les arbres et les arbustes du jardin croissaient démesurément, si bien que la palissade avait l'air d'une caisse à fouillis garnie de mauvaise herbe. Isao eut le sentiment que cet endroit d'aspect si mélancolique se liait dans le passé à quelque chose d'une douceur ineffable dont certain souvenir remuait en lui au plus profond comme un bouillonnement de miel brun foncé. Comme il semblait bizarre qu'il eût l'impression, mystérieuse dans sa clarté, qu'il était déjà venu ici. Peut-être était-ce pour avoir effectivement été mené dans ces parages par ses parents dans son enfance. Ou bien, il pouvait avoir vu une photographie de cette maison. Quoi qu'il en fût, il sentait que la forme de cette maison était demeurée enfouie dans son cœur, entièrement préservée dans tous ses détails, tel un jardinet menu tout enrobé de brume.

L'instant d'après, Isao dissipa ces réflexions que pouvait bien avoir suscitées l'ombre opaque de son parapluie. Devançant les deux autres et courant presque, il dévala la pente abrupte inondée d'eau boueuse.

Ils se trouvaient devant l'entrée. Une plaque d'identité avait été fixée au haut du fin treillis de la porte, mais les intempéries en avaient tellement maltraité le bois que seule la partie où l'on avait inscrit à l'encre le nom «Kitazaki» semblait encore avoir quelque substance. La pluie avait pénétré jusqu'au seuil vermoulu.

Un officier, cousin d'Izutsu, avait présenté celui-ci au lieutenant Hori, l'officier d'infanterie qu'ils étaient venus voir aujourd'hui. Izutsu avait lieu de supposer que le lieutenant serait particulièrement heureux de le voir amener le fils du principal de l'Académie du Patriotisme.

L'état d'esprit d'Isao était celui d'un vigoureux jeune homme, nouvellement enrôlé dans la Société du Vent Divin, en passe de s'entretenir avec Harukata Kaya, et son cœur lui battait à grands coups. Maintenant, cependant, c'était une époque où cette conjuration se trouvait reléguée dans un lointain passé, et Isao comprenait fort bien qu'aujourd'hui, la situation n'était plus celle où les samouraïs

CHAPITRE 11

de la Société, armés de leur sabre, se mesuraient aux soldats du gouvernement Meiji, amis et ennemis aussi clairement définis que les pièces disposées sur un échiquier. Il savait qu'aujourd'hui l'esprit samouraï survivait dans les profondeurs de l'armée et que ceux qui l'avaient, considéraient avec un chagrin indigné la «neutralité Meiji» des militaristes et des ministres importants qui leur étaient alliés. Que l'un de ceux qu'animait l'esprit samouraï vécût dans cette misérable demeure faisait à Isao l'effet d'un oranger sauvage, enfoui dans l'ombre humide d'une forêt et qui aurait porté un seul fruit, une orange aux vives couleurs.

Isao perdit complètement le sang-froid tranquille dont il était capable, même avant un assaut de kendo. L'homme qu'il allait rencontrer était peut-être en mesure de l'élever jusqu'au ciel, bien que chaque rêve, chaque espérance qu'il eût jusqu'à présent placés en quelqu'un d'autre eussent été trahis.

Le vieil homme qui vint ouvrir la porte fit frissonner les trois jeunes gens. Il était de haute taille mais tellement voûté qu'avec ses cheveux blancs et ses yeux enfoncés, il leur apparut, dans la pénombre de l'entrée, comme fondant sur une proie. Il avait l'air d'un de ces oiseaux qu'on s'attend à rencontrer dans quelque repaire de montagne, ancienne créature aux ailes brisées et repliées.

«Le lieutenant attend impatiemment votre venue. Veuillez me suivre», dit le vieil homme, en appuyant les paumes de ses mains sur ses genoux. Puis il s'en fut à travers les ténèbres du couloir humide comme s'il se servait de ses mains pour diriger le mouvement de ses jambes. Quoique les matériaux dont on avait bâti la maison ne semblaient différer en rien de ceux d'autres pensions, il n'était pas jusqu'aux murs qui ne fussent pénétrés d'une odeur de cuir, et l'écho lointain des sonneries de clairon du Troisième Régiment, soir et matin, paraissait s'être mélangé aux fibres de ses panneaux coulissants. Apparemment, nul autre locataire que le lieutenant n'était encore rentré, tant était profond le silence dans toute la maison. Quand il se mit à monter l'escalier qui grinçait, le souffle du vieil homme se fit plus pénible. Puis il s'arrêta au milieu et, comme pour gagner un instant de repos, il appela vers le second étage : «Lieutenant Hori, voici vos invités.» Dans la voix qui cria une réponse, il y avait une vigueur juvénile, presque insolente.

La chambre qu'habitait le lieutenant Hori comportait une seule pièce de huit nattes et, à part un bureau et une bibliothèque, il n'y avait aucun mobilier, décor spartiate qui convenait tout à fait à un officier célibataire.

Il s'était déjà changé, portant un kimono d'été bariolé noué à la diable et, ainsi vêtu, on eût dit un jeune homme comme un autre, au teint basané. Son uniforme était mis soigneusement sur un cintre suspendu à une poutre. L'écusson rouge du col et le chiffre «3» en cuivre constituaient le seul élément de couleur que l'œil pût saisir dans la pièce.

«Bon, entrez donc. J'étais officier de service cette semaine et j'ai été relevé à midi. Voilà pourquoi je suis rentré de bonne heure.» La voix du lieutenant résonnait de confiance en soi.

Son crâne était rasé et la peau en ressemblait à un texte proclamant la rude vigueur de son esprit. Malgré l'œil clair et le regard pénétrant, habillé de cette façon, rien ne le distinguait de tout autre jeune homme de vingt-six ou vingt-sept ans venu de la province. Sinon, peut-être, des avant-bras épais qui disaient sa maîtrise au kendo.

«Et maintenant, mettez-vous à l'aise. Ne vous en faites pas pour le thé, mon vieux. Nous nous en occuperons.»

Quand les pas du vieil homme dans l'escalier grinçant se furent assourdis, le lieutenant se mit à causer gaiement tout en se penchant pour attraper une bouteille thermos contenant l'eau chaude pour le thé. Il parlait de toute évidence pour mettre à l'aise ces jeunes gens à l'esprit tendu.

«Cette maison ressemble à une maison hantée mais elle a derrière elle une histoire considérable tout comme ce vieil homme. C'est un héros de la guerre contre la Chine, et ensuite, pendant le conflit russo-japonais, il ouvrit cette pension. C'est d'ici que beaucoup de grands soldats sont partis pour faire leur chemin dans la vie. De sorte que c'est une maison remplie d'heureux souvenirs. Elle est également bon marché et commode, à proximité de la caserne, si bien qu'il n'y a jamais de chambre libre.»

Isao observait le visage du lieutenant qui riait. Une visite vers le temps où les fleurs de cerisier commencent à tomber eût été préférable, pensa-t-il. Comme cela eût mieux valu si le lieutenant était rentré après l'exercice au champ de manœuvre balayé par le vent sous un ciel jaune de poussière, s'il avait ôté des bottes toutes sales où auraient collé des pétales de cerisier et s'il avait accueilli les jeunes gens revêtu de l'uniforme kaki d'où auraient émané des odeurs de printemps et de fumier, avec un éclair joyeux rouge et or aux épaules et au col.

À l'évidence, le lieutenant n'était pas homme à beaucoup se soucier de l'impression qu'il causait aux autres. Son ton était libre et dégagé en commençant à parler de kendo.

CHAPITRE 11

Izutsu et Sagara retenaient leur souffle, résolus à dire une chose. Ce qu'ils voulaient dire tous deux, c'était qu'Isao, déjà kendoïste de troisième degré, était un jeune homme dont on attendait beaucoup dans les milieux du kendo. À la fin, Sagara, petit et portant lunettes, arriva à bégayer cette information. Le visage d'Isao s'empourpra et le lieutenant prit un air de bienveillance chaleureuse en regardant Isao.

C'était là ce qu'Izutsu et Sagara avaient espéré. Ils voyaient en Isao la parfaite incarnation de leurs espérances, aussi, avec le caractère agressif qui est le privilège de la jeunesse, ils voulaient qu'il fût à niveau égal dans tout affrontement avec quelqu'un d'autre. Certes, Isao n'aurait jamais recours aux habiletés verbales, il ferait seulement peser sur la partie adverse la force percutante de la pureté à laquelle, tous, ils s'étaient voués.

Soudain, le lieutenant changea de ton et, l'œil étincelant, il posa une question directe. Izutsu et Sagara sentirent palpiter leur cœur; c'était l'instant qu'ils avaient attendu.

«Parfait, maintenant, je me tourne vers Isao. Qu'est-ce qui constitue votre idéal?»

Isao, toujours assis tout droit bien qu'on lui eût dit de se mettre à l'aise, bomba le torse et répliqua succinctement: «Former une société du Vent Divin de Showa.

– Le soulèvement de cette Société fut un échec. N'en ressentez-vous aucune gêne?

– Ce ne fut pas un échec.

– Vraiment? Très bien, et à quoi allez-vous vous fier?

– À nos sabres», répondit Isao, sans mâcher les mots.

Le lieutenant se tut un moment. Il semblait se répéter en esprit sa question suivante: «Soit. Mais, permettez-moi de vous demander: que souhaitez-vous par-dessus toute chose?»

Cette fois, Isao demeura silencieux. Jusque-là, il avait gardé ses yeux fixés sur ceux du lieutenant, mais à présent, il les en détournait légèrement. Son regard allait de la paroi humide à la fenêtre de verre dépoli, hermétiquement close. Il ne pouvait rien apercevoir au-delà. Il savait que passé le treillage serré de la fenêtre, il y avait un épais rideau de pluie. Même si la fenêtre avait été ouverte, il n'y aurait rien eu d'autre à voir que la pluie. Et pourtant, Isao paraissait sur le point de parler de quelque chose qui ne se trouvait pas à portée de la main, mais bien loin.

Quand il parla, bien que sa voix hésitât légèrement, les paroles étaient remplies d'audace: «Avant le soleil... à son lever au haut

d'une falaise, en rendant hommage au soleil... en regardant, en bas, la mer étincelante, sous un grand et noble pin... me tuer.
— Hum», fit le lieutenant.
Izutsu et Sagara, estomaqués, regardaient Isao. Lui qui jamais auparavant ne s'était livré à une confession de cette importance, certainement pas envers ses deux amis, il s'était exprimé en ces termes envers quelqu'un qu'il rencontrait pour la première fois.

Heureusement pour Isao, le lieutenant ne répondit pas avec un scepticisme brutal, mais parut tout à fait peser, le plus sérieusement du monde, cette déclaration qui semblait côtoyer la folie. À la fin, il reprit :
«Ainsi donc, nous y voilà! Mais il n'est pas facile de mourir en beauté, savez-vous? Parce que le choix du moment ne vous appartient pas. Même pour un soldat, rien ne garantit qu'il pourra mourir exactement selon ses désirs.»

Isao ne prêtait aucune attention à ce que disait le lieutenant. Le langage subtil, l'exégèse, la façon de raisonner : «d'un côté ceci, mais d'un autre côté...», tout cela était étranger à son mode de pensée. Son idéal se dessinait sur un papier blanc pur à l'encre noire toute fraîche. Le texte en était mystérieux, excluant non seulement la traduction, mais aussi toute critique ou commentaire.

L'attitude d'Isao se faisait plus tendue et, tout prêt à recevoir peut-être un affront, il regarda le lieutenant droit dans les yeux et parla, les épaules ramenées en arrière :
«M'est-il permis de poser une question?
— Allez-y.
— Y a-t-il quelque chose de vrai dans le bruit qu'avant l'Incident du 15 mai, le lieutenant Nakumura de la Marine impériale rendit visite au lieutenant Hori?»

Pour la première fois, une expression froide et dure traversa le visage de l'officier.
«Où avez-vous entendu ce bruit?
— Quelqu'un l'a dit au collège de mon père.
— Était-ce votre père lui-même?
— Non, ce n'était pas mon père.
— Peu importe. Tout se saura lors du procès. Vous ne devriez pas vous laisser égarer par des bruits stupides.
— Est-ce bien un bruit stupide?
— Oui, un bruit stupide.»

Le lieutenant fut de nouveau silencieux et, dans cet intervalle, la colère qu'il avait réprimée parut trembler comme l'aiguille d'une boussole.

CHAPITRE 11

« Faites-nous confiance. Je vous en prie, dites-nous la vérité. L'avez-vous rencontré ?
— Non, pas du tout. Je n'ai aucun rapport avec les gens de la marine.
— Avez-vous rencontré d'autres militaires ? »
Le lieutenant eut un rire qui voulait être naturel.
« J'en rencontre tous les jours. Après tout, je suis soldat.
— Cela ne répond pas à la question. »
Izutsu et Sagara se regardèrent d'un air apeuré. Jusqu'où Isao oserait-il aller ?
« Vous voulez dire des camarades ? demanda le lieutenant après un silence.
— Oui.
— Cette chose-là ne vous regarde pas.
— Je vous en prie, il faut que nous sachions.
— Et pourquoi le faut-il ?
— Parce que si... si nous devions jamais venir vous demander quelque chose, nous devons savoir à l'avance si oui ou non le lieutenant Hori est quelqu'un qui essaiera de nous freiner. »
Avant même d'entendre la réponse, Isao, ayant retenu la leçon de tant d'expériences passées, sentit que le moment désagréable était venu où un froid l'isolerait de celui qui était assis en face. La personnalité de son compagnon, si rayonnante l'instant d'avant, perdrait tout son lustre. C'était là un changement peut-être assez pénible pour celui qui devait le subir, mais tellement davantage pour celui qui en était témoin. Comme si la raideur d'un arc tendu soudain se relâchait, la flèche inerte, la corde flottant à nouveau aux yeux de tous. Comme si la durée entassée d'une vie au jour le jour, tel un monceau de détritus, se manifestait d'un coup. N'en était-il donc pas un parmi leurs anciens pour écarter la prudence et la circonspection dues aux années, et pour répondre d'un trait à l'estocade acérée de leur pureté par sa pureté à lui, tout aussi aiguisée ? S'il s'avérait qu'il n'en existait pas, alors il fallait que cette pureté que concevait Isao fût une chose que les liens de l'âge étranglaient et cela, malgré l'exemple des membres de la Société du Vent Divin. S'il était dans la nature de la pureté de tomber victime des ans, alors c'était que la pureté était chose destinée à dépérir sous ses yeux. Nulle pensée ne pouvait susciter plus de crainte chez Isao. S'il en était ainsi, il n'avait pas de temps à perdre.

La façon dont les gens d'âge guérissent l'impétuosité de la jeunesse consiste à lui donner leur entière approbation, mais c'est là une parcelle de sagesse qu'il semble qu'ils n'apprennent jamais. De sorte que les jeunes gens mettent toute leur foi dans une pureté ardente qu'ils sentent, de par sa nature, devoir se dissiper le lendemain, et ils vont jusqu'au bout en s'efforçant de l'atteindre. Et la faute n'en est à personne d'autre que les anciens.

Isao et ses deux amis restèrent chez le lieutenant Hori jusqu'à neuf heures du soir, ce dernier leur ayant offert un dîner apporté par un traiteur. Une fois qu'il avait laissé de côté ses questions subtiles, la conversation de l'officier devenait à la fois intéressante et profitable, très propre à éveiller leur enthousiasme. L'état pitoyable des affaires étrangères, le programme économique du gouvernement qui ne faisait rien pour atténuer la misère des campagnes, la corruption des politiciens, la montée du communisme, et aussi, les partis politiques qui avaient diminué de moitié le nombre des divisions de l'armée et qui, en se faisant les champions des économies sur l'armement, exerçaient une pression constante sur les militaires. Au cours de cet entretien on évoqua les efforts du *zaibatsu*[3] Shinkawa pour acheter des dollars américains, chose dont Isao avait déjà entendu parler par son père. Selon le lieutenant, le groupe Shinkawa avait fait montre d'une grande réserve depuis l'Incident du 15 mai. Cependant, continua l'officier, il n'y avait aucune raison de faire confiance à l'autodiscipline de ces gens-là.

Le Japon était dans une grande détresse. Des nuées d'orage s'amoncelaient en masse grandissante et la situation justifiait tous les désespoirs. Il n'était pas jusqu'à l'auguste personne de Sa Majesté Sacrée qui ne fût offensée. Ce que les jeunes gens savaient des maux déplorables de leur époque s'en trouva largement accru. En tout état de cause, le lieutenant était un honnête homme.

Au moment de partir, Isao dit: «Notre idéal est entièrement contenu dans ceci.» Il tendit alors *La Société du Vent Divin* au lieutenant. N'ayant pas laissé entendre s'il faisait don du livre ou s'il le prêtait simplement, il suffirait, pensa-t-il, s'il lui prenait jamais envie de revoir le lieutenant, de dire qu'il venait chercher le livre.

---

3. Cartel, trust. *(N.d.T.)*

CHAPITRE 12

12

Le dimanche matin, de bonne heure, Isao dirigeait une séance d'entraînement de kendo pour de jeunes garçons dans la salle de gymnastique du commissariat de police du quartier. Le chef de poste était un admirateur de son père qui, de temps à autre, rendait visite à l'Académie du Patriotisme. Son père servant d'intermédiaire, Isao ne pouvait guère refuser d'accéder à la demande du policier. Quant à l'instructeur en titre, étant ainsi à même de faire la grasse matinée, du moins le dimanche, il ne demandait pas mieux que de confier ses élèves à Isao que les garçons non seulement aimaient bien, mais considéraient comme un héros.

Les jeunes garçons de l'école primaire étaient sur un rang, leurs bras fluets sortant des manches de leur tenue de sport dont l'emblème à feuille de chanvre était cousu en noir sur l'étoffe blanche, et, un par un, ils s'élançaient contre Isao avec une témérité désinvolte. Chaque fois que ces paires de jeunes yeux, si sérieux derrière leur masque, se précipitaient sur lui, Isao avait l'impression de recevoir une grêle de cailloux brillamment polis. Ployant le corps selon la taille de chaque antagoniste et négligeant délibérément sa garde, il esquivait l'assaut, reculait, avançait, les sabres de bambou de ces garçons lui assenant coup après coup ; un peu comme si, dans un épais bosquet, de jeunes branches nerveuses l'avaient fouetté au passage. Isao ressentait l'agréable chaleur de son jeune corps en cette matinée de la saison des pluies dont la torpeur se dissipait sous les cris de plus en plus féroces des garçons.

Tandis qu'Isao essuyait sa sueur après la séance, un inspecteur de police nommé Tsuboi, qui avait tout juste passé la cinquantaine et qui venait d'y assister en spectateur intéressé, s'approcha pour causer.

« Savez-vous, pendant que je vous regardais, dit Tsuboi, j'ai compris ce qu'on veut dire en prétendant qu'aucune séance de kendo n'exige autant d'efforts que celle où l'on fait travailler de jeunes garçons. Ah ! c'était magnifique ! Et, à la fin, l'hommage final aux dieux, lorsque l'aîné des garçons a crié le mot d'ordre : "Présence Divine !" avec cette vigueur malgré son âge, alors là, j'ai vu les effets d'une bonne éducation. Je vous dis, c'était magnifique ! »

Tsuboi était du deuxième degré au kendo, mais sa technique n'avait ni souplesse ni puissance, toute sa force dans les épaules.

Parfois, quand Isao venait s'entraîner avec les policiers au commissariat, Tsuboi se mettait très aimablement sous la direction de ce jeune homme, son cadet de trente-cinq ou trente-six ans. Avec ses yeux enfoncés dépourvus d'expression, son long nez désagréablement coloré, le bavard et sentimental Tsuboi n'avait guère l'allure d'un détective astreint à dominer ses pensées.

Au moment où les garçons s'en allaient en groupes de deux ou trois par le portail situé devant la salle de sport, un fourgon de police fit son entrée dans la cour. Une fois arrêté, un groupe de jeunes gens à cheveux longs, ligotés et attachés les uns aux autres, en descendit. L'un était habillé en ouvrier, les deux autres qui le suivaient avaient des complets quelconques d'employés et le quatrième portait un élégant kimono.

« Eh bien, eh bien! On dirait que nous avons des visiteurs ce dimanche matin », dit Tsuboi, en se levant paresseusement. Il attrapa un sabre de kendo de ses mains nues et exécuta quelques passes au moment de sortir. Isao ne put s'empêcher de remarquer qu'il avait des mains déplaisantes à voir, flasques et molles, avec leurs veines qui ressortaient comme sous l'effet d'une tension nerveuse.

« Qui sont-ils? demanda-t-il à Tsuboi, poussé par une curiosité on ne peut plus normale.

– Des Rouges. Vous ne le saviez pas rien qu'en les regardant? Nos Rouges d'aujourd'hui ne s'habillent plus comme avant. Ils font en sorte, ou bien de s'habiller pour qu'on ne les remarque pas, ou bien pour avoir l'air de gandins, l'un ou l'autre. Celui qui est en vêtements de travail est sans doute un organisateur. Le reste, ce sont très probablement des étudiants. Eh bien, il va falloir qu'on les fasse se sentir comme chez eux. » Ce disant, ses mains flasques caressaient de façon suggestive la poignée du sabre, puis il le rangea et sortit.

Isao ressentit une pointe d'envie à l'égard de ces jeunes gens qu'on allait jeter en prison. Sanai Hashimoto avait été emprisonné à vingt-cinq ans et exécuté à vingt-six.

Était-il possible qu'Isao lui-même pût devenir un jour prisonnier comme Sanai? Pour bien des raisons, il se sentait mécontent à l'idée que la prison parût si éloignée de lui. Pourtant, ne préférerait-il pas se tuer plutôt que de souffrir l'emprisonnement? Il y en avait eu fort peu de la Société du Vent Divin à être mis en prison. À coup sûr, une fois qu'il se serait lancé dans une entreprise héroïque, il n'attendrait pas l'arrestation avec son cortège d'indignités, mais, de sa propre main, il mettrait fin à ses jours.

CHAPITRE 12

Il émit le souhait qu'un matin, s'il était possible, la mort qu'il appelait de ses vœux – mourir au faîte d'une falaise que balaierait une brise rafraîchie de l'odeur des pins, dominant une mer éclatante au soleil du matin – que cette mort eût part à l'atmosphère empestée d'urine qu'enclosent, âpres et suintants, les murs de béton d'une prison. Mais comment les deux choses pouvaient-elles se confondre ?

Il ne cessait de penser à la mort, et cela l'avait tellement affiné que tout élément physique paraissait s'effacer, le libérant de l'attraction de la terre et lui permettant d'aller et de venir à quelque distance au-dessus de sa surface. Il allait jusqu'à sentir que son dégoût et sa haine des choses de ce monde ne lui causaient plus aucun émoi en profondeur. Voilà ce que redoutait Isao. Alors, peut-être la moiteur des murs de prison, leurs taches de sang, la puanteur d'urine, pourraient-elles servir à raviver sa haine. Peut-être avait-il besoin de la prison.

Son père et les étudiants ayant déjà pris leur petit déjeuner quand il s'en retourna chez lui, Isao mangea seul, servi par sa mère.

Sa mère était devenue assez forte, au point que ses mouvements en étaient embarrassés. La jeune fille folâtre, aux yeux emplis de curiosité et qui ne voyait jamais que le côté ensoleillé des choses, se dissimulait à présent sous le triste fardeau de chairs surabondantes où semblait s'exprimer un tempérament aussi peu joyeux qu'un ciel tout entier assombri. Il y avait une âpreté dans son regard qui suggérait une incessante colère mais, malgré tout, les mouvements érotiques de ses yeux étaient restés ce qu'ils étaient, bien des années auparavant.

Les attributions de Mine à l'Académie du Patriotisme consistant à veiller aux besoins d'une bonne dizaine d'étudiants, elle avait certes fort à faire. Cependant, aussi exigeantes que fussent ses occupations, elle avait atteint un âge où, de remplir un rôle maternel envers tant de jeunes hommes aurait dû lui procurer un certain plaisir, mais Mine avait élevé autour d'elle une muraille comme si, pour quelque motif, elle eût écarté toute intimité. Elle consacrait avec zèle tous ses loisirs à coudre des sacs, et tous les coins de la maison étaient remplis de spécimens de son industrie. Ce spectacle d'ouvrages de brocart et de Yuzen parsemés dans une institution aussi nécessairement austère que l'Académie évoquait des algues aux tons brillants enroulées autour de la coque décolorée d'un bateau de pêche.

Ici, dans la cuisine, le fond d'une grande bouteille de saké était emmitouflé de brocart rouge. Le bac de riz d'où Mine était en train de servir son fils s'enveloppait d'une housse piquée en mousseline de Yuzen d'un violet criard. À l'évidence, son mari n'aimait pas cette affectation qui eût convenu davantage à une dame d'honneur, mais il n'avait jamais été jusqu'à lui en faire des remarques.

« Je ne peux pas me reposer, même le dimanche, tu vois. La conférence du professeur Kaido est à une heure. Comme les étudiants vont sûrement oublier quelque chose, il faudra que je sois là pour veiller à tout.

– Combien seront-ils ?

– Peut-être une trentaine. Mais il semble chaque fois y en avoir davantage. »

L'Académie du Patriotisme jouait le rôle d'une sorte d'église le dimanche. En dehors des étudiants, tous ceux aux alentours que cela intéressait venaient assister aux conférences de Kaido Masugi sur l'histoire des décrets impériaux, lesquelles étaient précédées d'une allocution de bienvenue du principal en personne. À la fin de la séance, tous les présents chantaient en chœur la prière pour la prospérité, et c'était aussi l'occasion de solliciter des dons pour l'école. Cet après-midi, le professeur Kaido devait commenter un décret de l'empereur Keiko : « Les pleins pouvoirs donnés à Yamoto Takeru pour venir à bout des barbares arrivés de l'Est. » Isao en avait appris par cœur un passage : « Et voilà qu'à nouveau, des esprits mauvais infestent les montagnes, des démons ravagent les campagnes, les routes sont bloquées, les sentiers interdits et des multitudes ont à souffrir. » Cette citation lui paraissait pouvoir fort bien s'appliquer à son époque. Les esprits mauvais dans les montagnes et les démons ravageurs étaient florissants.

De l'autre côté de la table, Mine regardait fixement le visage de son fils unique, âgé de dix-huit ans, en train d'absorber silencieusement les portions de riz l'une après l'autre. Elle se plaisait à observer les traits masculins si accusés de sa mâchoire, au-dessous de ces joues vaillamment occupées à avaler le riz. Elle se tourna pour jeter un regard à travers le jardin, alertée par le cri d'un marchand ambulant qui annonçait des volubilis et des plants d'aubergines. La haie qui entourait un massif d'arbustes, sombre et luxuriante sous le ciel couvert, était trop épaisse pour permettre d'apercevoir le bonhomme. On sentait dans sa voix une lassitude engendrée par la chaleur et Mine eut l'idée que ses volubilis devaient baisser la tête. Le ton assoupi du marchand correspondait bien à l'allure du jardin grouillant d'escargots minuscules à cette heure de la matinée.

Soudain, Mine se prit à penser à la fois où elle avait avorté, cette fois où elle avait perdu son premier enfant. C'était une décision à laquelle Iinuma l'avait contrainte parce qu'aucun de ses calculs sur

CHAPITRE 12

la durée de la grossesse n'avait pu le convaincre que l'enfant était bien de lui et non du marquis Matsugae.

« Voilà un garçon, Isao, pensa-t-elle, qui ne sourit jamais. Pourquoi, je me demande. Il ne plaisante presque pas. Et, ces temps-ci, il reste parfois longtemps sans m'adresser la parole. »

Cela lui rappelait le jeune Iinuma au service des Matsugae, mais il y avait une différence significative. L'Iinuma de cette époque n'arrivait guère à dissimuler son âme tourmentée, fût-ce à qui l'observait en passant, tandis qu'Isao, en n'importe quelles circonstances, gardait un calme impressionnant. Et cela à l'âge de l'adolescence boutonneuse où la plupart des garçons ressemblent à de jeunes chiens haletant au soleil d'été.

Un avortement au cours de la première grossesse rend plus difficile une deuxième naissance, mais Isao vint au monde on ne peut plus aisément et c'est seulement par la suite que Mine en subit le contrecoup. Soit qu'Iinuma ait voulu ou non être compatissant en trouvant à redire à ses sentiments plutôt qu'à son inaptitude physique, il lui arrivait parfois, lorsque, le soir, ils reposaient côte à côte, de la morigéner, plus sévère et plus ironique que jamais, au sujet de la liaison qu'elle avait eue avec le marquis Matsugae. Mine ressentait de tout cela une vive souffrance, à la fois dans son esprit et dans son corps, mais, au lieu de maigrir, elle en prit un affligeant embonpoint.

L'Académie du Patriotisme avait prospéré. Quand Isao avait douze ans, Mine s'était montrée par trop cordiale envers l'un des étudiants. Lorsque Iinuma l'apprit, il lui administra une correction effroyable. Elle resta à l'hôpital près de cinq jours.

Dès lors, autant qu'on pût dire, les relations entre mari et femme furent apaisées. Mine perdit tout enjouement, ce fut le prix qu'il lui en coûta d'imposer une fois pour toutes une contrainte sévère aux caprices de son cœur. Iinuma lui-même, comme libéré d'un maléfice, ne fit plus jamais mention du marquis. Le passé était désormais chose à laquelle on ne devait plus faire allusion.

Néanmoins, le séjour de Mine à l'hôpital n'avait pas pu ne pas créer quelque impression durable chez Isao. Il n'en avait jamais soufflé mot à sa mère, bien entendu, mais rien que d'omettre de le rappeler, même en passant, ne montrait que trop clairement qu'il en conservait quelque chose dans son for intérieur.

Mine était sûre que quelqu'un avait dû raconter à Isao son écart de conduite de jadis. Si bizarre qu'il puisse sembler, elle était agacée du désir de s'entendre accuser de la bouche même d'Isao. Que son fils pût douter de ses dispositions à être mère de famille n'allait pas pour elle sans quelque satisfaction. Il n'était pas sans agrément de l'envisager. Ennuyée par un mal de tête qui la faisait s'imaginer qu'elle avait une flaque d'eau stagnante quelque part derrière le crâne, elle continuait à observer son fils sous ses lourdes paupières qui se plissaient quand elle était lasse. Lui, ses joues étaient encore pleines de riz.

Iinuma lui avait ordonné de ne rien révéler, sous aucun prétexte, à Isao, de l'amélioration soudaine de leur situation financière au lendemain de l'Incident du 15 mai. Et Iinuma lui-même ne mettait pas Isao au courant des affaires de l'école, soutenant que, quand son fils aurait atteint l'âge d'homme, il serait toujours temps de lui faire savoir ce qu'il conviendrait qu'il sache. Pourtant, lorsque survint cette nouvelle prospérité, Mine ne put s'empêcher d'augmenter l'argent de poche qu'elle lui donnait en secret.

Quand Isao eut fini de manger, Mine sortit un billet de cinq yens plié dans son obi et, en lui recommandant : « Ne va pas en parler à ton père », elle le lui passa en catimini sous la table.

Isao eut un léger sourire pour la première fois et il la remercia en glissant vivement l'argent dans son kimono. Il semblait sourire à contrecœur.

L'Académie du Patriotisme était située à Hongo, dans le quartier de Nishikata. Iinuma avait obtenu possession du bâtiment dix ans auparavant. Celui-ci avait appartenu à un peintre connu, au style occidental, et une aile à part, naguère un studio aux dimensions monumentales, avait été remaniée en vue de servir de salle de conférences et de sanctuaire. Le bâtiment principal qui, à l'évidence, avait été occupé par nombre d'élèves de l'artiste était actuellement en partie à la disposition des étudiants de l'Académie. La pièce d'eau à l'arrière du jardin avait été comblée et laissée en l'état, dans l'idée qu'un jour, ce pourrait être l'emplacement d'une salle de culture physique. D'ici là, les étudiants se contenteraient de la salle de conférences pour l'entraînement aux arts martiaux. Le parquet, cependant, n'avait pas la souplesse convenable et Isao n'aimait pas s'y exercer.

Afin d'éviter de mettre son fils à part des autres élèves, Iinuma le faisait participer au balayage du plancher chaque matin avant de partir en classe. Exerçant une surveillance attentive, Iinuma ne permettait pas qu'Isao fût traité comme le fils du directeur ni davantage considéré sur le même plan que ses condisciples. Il tâchait de l'empêcher d'avoir des relations trop amicales avec l'un ou l'autre d'entre eux. Et bien qu'il encourageât les étudiants à se confier à lui, leur principal, en toutes occasions, il les dissuadait de s'ouvrir à son épouse ou à son fils.

CHAPITRE 12

Malgré cela, Isao établit de son propre chef des rapports très cordiaux avec le plus âgé des étudiants qui avait nom Sawa. Du fait qu'il était âgé de quarante ans et avait laissé femme et enfants dans sa ville natale pour s'en venir à Tokyo, le cas de Sawa était assez extraordinaire pour susciter l'étonnement. Il était corpulent et cocasse, et dès qu'il avait quelque loisir, on voyait sa tête enfouie dans une revue de cape et d'épée, le *Club de Kodan*. Une fois la semaine, il se rendait sur le parvis devant le palais impérial et là, il s'asseyait sur le gravier selon l'étiquette et s'inclinait jusqu'à toucher le sol de son front. Croyant qu'on doit être prêt à offrir sa vie pour qu'à tout instant la volonté impériale puisse être accomplie, il lavait ses vêtements avec énergie tous les jours pour se garder scrupuleusement propre. D'un autre côté, il tenait des paris avec les jeunes étudiants et, au cours d'une gageure, il saupoudra son riz de poudre antipuces avant de le manger, sans effets fâcheux. Si le principal l'envoyait porter un message, Sawa le transmettait de façon si absurde que la personne à laquelle il était destiné n'y comprenait goutte et, en conséquence, Sawa était sans cesse réprimandé par le principal. Cela dit, on pouvait compter sur lui comme sur nul autre dans les affaires confidentielles.

Isao, laissant à sa mère le soin de nettoyer après lui, enfila le couloir qui communiquait avec la salle de conférences. Le sanctuaire, avec ses portes de bois cru, reposait sur une estrade surélevée au milieu et à un bout de la salle. Au-dessus, était suspendu le rideau qui cachait les portraits de Leurs Majestés Impériales, l'Empereur et l'Impératrice. De l'endroit où il se tenait à l'entrée de la salle, Isao se tourna dans cette direction et s'inclina respectueusement.

Bien qu'Iinuma fût à quelque distance, en train de donner des instructions à des étudiants dans la salle, le salut respectueux de son fils attira son regard. Il lui semblait qu'Isao consacrait toujours trop de temps à ce geste. De même, au cours du pèlerinage mensuel aux sanctuaires de Meiji et de Yasukuni, Iinuma avait eu l'occasion de remarquer le temps que, comparé aux autres, Isao mettait à offrir ses hommages. Et il n'en avait jamais confié la raison à son père. Quand il se rapportait à sa propre jeunesse, Iinuma tâchait de se remémorer telles choses qu'il avait appelées de ses prières, les accompagnant d'anathèmes irrités, durant ses dévotions matinales devant l'Omiyasama sur le domaine des Matsugae. Comparé à lui-même à cet âge, Isao était un garçon d'une position sociale assurée, il n'avait donc aucun motif d'en vouloir au monde et d'appeler la malédiction sur ceux qui l'entouraient.

Isao continuait à regarder les étudiants qui s'occupaient de remettre les chaises en place, à la lumière indécise que tamisait un grand châssis vitré. Le ciel étant lourdement couvert, cette tache de lumière qui l'éclairait par en haut donnait à la salle des lueurs atténuées d'aquarium.

Les élèves avaient fini maintenant de mettre de l'ordre parmi les chaises et les bancs, mais Sawa, seul entre tous, demeurait à l'ouvrage de sa façon incohérente, poussant la même chaise d'un côté et de l'autre, puis, l'ayant mesurée du regard, la déplaçant à nouveau, une ample partie de son buste replet visible comme d'habitude au col de son kimono mal ajusté.

Sawa n'échappa aux foudres du principal que parce qu'Iinuma était occupé à surveiller l'aménagement de l'estrade, prenant des morceaux de craie sur le plateau du tableau noir et les alignant avec soin. Les étudiants, vêtus d'un *hakama* Kokura, apportèrent le bureau qui allait servir de lutrin, le recouvrirent d'un tapis puis y placèrent un pin miniature. À ce moment, la lumière du châssis venant frapper l'arbre, on vit flamboyer le vase de porcelaine verte qui le contenait et ses aiguilles s'aviver comme si, en lui, la vie s'était soudain animée.

« Qu'est-ce que tu fais là ? cria Iinuma en se tournant sur l'estrade pour regarder en direction de son fils. Vas-tu te presser pour nous donner un coup de main ou non ? »

Les amis d'Isao, Izutsu et Sagara, vinrent entendre la conférence sur les décrets impériaux et ensuite, il les emmena dans sa chambre.

« Montre-la-nous, dit le petit Sagara, en repoussant de l'index ses lunettes trop grandes, son nez pointu frémissant de curiosité comme celui d'un furet frétillant.

– Minute ! D'abord, je vous annonce qu'il se trouve que j'ai plein d'argent et que tout à l'heure, je vous inviterai », dit Isao, mettant franchement ses amis à la torture. Les yeux des deux jeunes gens étincelèrent. L'attitude d'Isao leur donnait à penser qu'il allait s'accomplir quelque chose sur-le-champ.

Sa mère vint apporter des fruits et du thé ; dès qu'on entendit le bruit de ses pas s'éloigner dans le couloir, Isao prit une clé et ouvrit un tiroir. Il en sortit une carte pliée qu'il étala sur le parquet. C'était un plan de Tokyo, dont certaines parties étaient fortement ombrées au crayon violet.

« Voilà comment c'est, dit Isao dans un soupir.

– Aussi mauvais que ça ? demanda Izutsu.

CHAPITRE 12

– Oui, aussi mauvais. La corruption est déjà allée jusque-là. »
Isao prit un pamplemousse dans la corbeille et, de la main, se mit à frotter sa peau de lave d'un jaune brillant. « Si l'intérieur de ce fruit était aussi pourri, il ne serait pas comestible et il faudrait le jeter. »

Isao s'était servi du crayon violet pour figurer la présence de la corruption, marquant chaque point névralgique. Des abords du palais impérial jusqu'à Nagata et dans tout le quartier Marunouchi près de la gare de Tokyo, la couleur était violet foncé, et la zone du palais elle-même ne laissait pas d'être teintée de violet. Le bâtiment de la Diète en portait une bonne couche et cette zone de saturation se reliait par un pointillé à la masse violette qui recouvrait Marunouchi, le foyer des *zaibatsus*.

« Et cela, qu'est-ce que c'est ? s'enquit Sagara, montrant du doigt une tache violette un peu à l'écart, au voisinage de Toranomou.

– Le club des Pairs, répondit Isao froidement. Ils se plaisent à se nommer "Les Boucliers de Chair" de l'Empereur, mais ce ne sont que des parasites de la Maison impériale. »

Du côté de Kasumigaseki, cela ne pouvait guère surprendre, l'avenue bordée de services administratifs, en dépit de quelques nuances dans la couleur, était violette d'un bout à l'autre. Le ministère des Affaires étrangères, principal architecte d'une politique extérieure débile et vacillante, avait été tellement maltraité par le crayon d'Isao qu'il s'en dégageait un reflet violet.

« Ainsi donc, voilà jusqu'où s'est étendue la corruption ! jusqu'au ministère des Armées, y compris l'état-major général ! » s'exclama Izutsu les yeux flamboyants et d'une voix étonnamment âpre et forte pour son âge. Pourtant, cette voix d'Izutsu exprimait une foi sincère d'un ton dont l'acquiescement prompt et facile jaillissait d'une source exempte de toute impureté.

« Naturellement. Je n'ai appliqué mon crayon que là où j'étais sûr de mon fait.

– Je me demande ce que nous pourrions faire pour purifier tout cela d'une seule volée ?

– Les membres de la Société du Vent Divin n'en seraient peut-être pas d'accord, mais si l'on veut tout faire d'un coup, il n'est pas d'autre moyen que celui-ci », répondit Isao. Il leva la main contenant le pamplemousse au-dessus de sa tête et le laissa tomber sur la carte. Le pamplemousse vint la frapper avec un plouf assourdi, puis rebondit lourdement une seule fois avant de rouler de côté et de s'arrêter sur le parc Hibiya. Quand il cessa de rouler, son reflet prit la forme nonchalante d'un large cercle jaune pâle qui embrassait le cocon de la pièce d'eau d'Hibiya et les sentiers sinueux alentour.

« Je vois, s'exclama Sagara, si remué qu'il faillit en laisser ses lunettes glisser de sur son nez. Nous jetons des bombes d'un aéroplane.

– Tout juste, répondit Isao, en souriant doucement.

– Bien sûr, que faire d'autre ? dit Izutsu. En ce cas, bien que le lieutenant Hori soit un type épatant, nous devons entrer en contact avec quelqu'un de l'armée de l'Air. Si nous faisons part de nos projets au lieutenant, il nous fera connaître l'homme qu'il faut. Je suis certain que le lieutenant Hori va être bientôt un de nos plus précieux camarades. »

Chez Izutsu, la crédulité atteignait presque la perfection et Isao s'accorda un instant afin de la savourer. Izutsu obéirait jusqu'au bout à toute décision d'Isao. Son tempérament était tel, cependant, qu'il était entièrement conquis par les bons côtés découverts chez ceux qu'il se trouvait rencontrer. Cette crédulité transformait son monde idéal en quelque chose d'aussi luisant et uni qu'une prairie. Izutsu n'avait nulle crainte de se heurter à des contradictions, et dans son univers sans complications, le mal, tel qu'il le concevait, prenait la forme la plus plate qu'on pût imaginer. Il se voyait, sans aucun doute, écrasant les manifestations du mal comme autant de biscuits, et en cela se trouvait l'origine de son impétuosité tumultueuse.

« Très bien, dit Isao après avoir pris le temps de savourer la crédulité d'Izutsu, mais pour ce qui est des bombes, je vous rappelle que Kengo Ueno de la Société du Vent Divin, qui voulait utiliser des armes à feu, vit sa proposition repoussée. En fin de compte, c'est au sabre que nous devons nous fier. Ne l'oubliez jamais. Nous ne pouvons compter que sur nos sabres et sur des bombes faites de notre chair. »

13

Le général Kito demeurait à Hakusanmae, à peu de distance, à pied, de l'Académie du Patriotisme. Isao savait par cœur le nombre des trente-six degrés de pierre que l'on grimpait pour arriver jusqu'à la maison après avoir traversé le pont de pierre au bas de la montée où elle était située. Dans le cadre de son foyer, l'accueil du général

CHAPITRE 13

était particulièrement aimable. Il était veuf et ne demandait pas mieux, pour la tenue de son intérieur, que de s'en remettre entièrement à sa fille Makiko, rentrée à la maison après l'échec de son mariage. Il entretenait de cordiales relations avec l'Académie et comme il avait toujours eu un faible pour Isao, Iinuma ne faisait rien pour empêcher que son fils passât une grande partie de son temps chez le général, sauf à lui recommander de ne pas se montrer par trop importun.

Chaque fois qu'Isao y allait avec ses amis, c'est à Makiko qu'il incombait d'accueillir les jeunes gens. Sa gentillesse était extraordinaire. Tant le général que sa fille les assuraient que, tout en étant libres de venir à leur gré, ils étaient spécialement les bienvenus juste avant de dîner, car rien ne pouvait leur causer à tous deux plus d'agrément que d'inviter des jeunes gens dont l'appétit montrait si bien le plaisir qu'ils y prenaient.

Makiko se comportait avec une impartialité sans faille. Gaie, d'une aisance gracieuse, doucement réservée, elle n'avait pas un seul cheveu qui ne fût en place ni le moindre désordre dans sa toilette.

En ce dimanche soir, comme Isao, Sagara et Izutsu n'avaient aucune idée d'un endroit où aller, ils résolurent de passer la soirée chez le général Kito. Izutsu et Sagara avaient convaincu Isao d'oublier sa promesse de les inviter et de mettre cette somme de côté, si mince qu'elle fût, afin de la faire servir quand l'heure viendrait de mettre leur plan à exécution. Si bien qu'il fallait que tous trois aillent quelque part où ils n'auraient pas besoin d'argent.

Makiko vint à leur rencontre dans l'entrée, vêtue d'un kimono de serge violet clair. Isao eut un frisson soudain en le voyant, espérant qu'il ne rappelait pas à Izutsu et Sagara la carte maculée de corruption qu'il venait de leur montrer.

«Bonsoir. Veuillez vous donner la peine d'entrer, dit-elle en les accueillant, enlaçant gracieusement du bras une colonne du vestibule comme l'anse d'un vase délicat. Mon père est en voyage, mais cela ne fait rien. Entrez donc. Vous n'avez pas encore dîné, j'espère?»

Son attitude était aussi amicale qu'à l'accoutumée. Puis, comme la pluie se mit soudain à tomber, elle jeta un coup d'œil au dehors dans le soir qui tombait, en disant: «Voilà des jeunes gens qui ont bien de la chance!», sa voix douce se mêlant au bruissement léger de la pluie. Quand elle parlait ainsi, elle semblait parfois se parler à elle-même. Isao, sentant qu'il serait impoli d'essayer de trouver une réponse astucieuse, resta silencieux en avançant dans la maison enténébrée.

Makiko alluma un lustre suspendu au plafond dans le salon. Mais au moment d'atteindre le bouton au-dessus de l'abat-jour, la lampe oscilla, faisant glisser sa main. La lumière s'alluma un instant pour s'éteindre à nouveau avant de revenir. Durant le bref intervalle où elle demeura là, sur la pointe des pieds chaussés de *tabis*, la séduction de leur blancheur attira le regard d'Isao. Il crut sentir qu'il avait comme surpris un des secrets de cette femme.

La façon dont on s'arrangeait, chez les Kito, pour disposer en permanence d'un ample choix de mets, aussi imprévus que fussent les invités, provoquait toujours la surprise de ces jeunes gens. Pourtant, c'était là une habitude fort ancienne de la famille qui remontait à l'époque où elle avait dû être prête à voir survenir à tout moment de jeunes officiers pourvus d'un robuste appétit. On servit immédiatement à dîner. Makiko les accompagna, la servante faisant le service. Isao n'avait jamais vu personne manger avec autant de grâce que Makiko. Elle inclinait sa tête agile, maniant ses baguettes avec une aisance languide pour n'y retenir qu'une miette de riz ou de poisson. En outre, sans cesser de rire aux plaisanteries des garçons, elle acheva prestement de dîner comme s'acquittant avec habileté d'une menue tâche convenant à une femme.

« Voulez-vous écouter des disques ? » demanda Makiko quand on eut fini de dîner.

L'atmosphère était chaude et moite, si bien que malgré la légère ondée, Makiko pria la servante d'ouvrir les portes de verre face à la véranda et ils s'assirent à proximité. Un meuble-phonographe couleur acajou occupait un coin de la pièce. Bien que les phonos électriques se fussent partout popularisés, on s'en tenait fermement chez les Kito à ce modèle d'importation à manivelle. Izutsu se donna pour tâche de le remonter. Isao aurait fort bien pu s'en acquitter, mais, à ce moment, Makiko se tenait auprès du phonographe, en train de regarder les disques et, à la pensée de s'approcher d'elle, il hésita.

Makiko choisit un trente centimètres à étiquette rouge, un *Nocturne* de Chopin joué par Cortot et le mit sur le plateau. Bien que ce fût là une chose qui n'entrait pas dans la formation culturelle des garçons et qu'ils ne prétendissent nullement qu'elle leur fût familière, ils se prêtèrent modestement au choix qui leur était offert. Ils eurent bientôt l'impression de s'être laissés couler dans une eau agréablement froide où ils nageaient à présent. En comparant la paisible passivité d'esprit qu'il connaissait en ce moment à son état habituel à l'Académie paternelle, Isao sentait que cette dernière ressemblait en permanence à une mascarade.

CHAPITRE 13

Comme pour confirmer cette intuition, sous l'effet de la musique, son humeur variait de-ci, de-là. Un par un, lui revenaient les vivants souvenirs d'une foule de choses, vues et entendues au cours de ses visites chez les Kito et qu'emportait le courant de la musique du piano, chacune comme marquée d'un écusson frappé d'une petite image de Makiko.

Une fois, un après-midi de printemps où le général, Makiko et Isao étaient en train de causer, un faisan avait volé dans le jardin. « Oh, regardez ! Il doit venir du Jardin Botanique », s'était exclamée Makiko. La gaieté de sa voix résonnait encore clairement aux oreilles d'Isao. Dans l'éclair de ce souvenir, cette voix féminine semblait être celle même du faisan aux ailes pourpres. « Il doit venir du Jardin Botanique », on eût dit que son ton évoquait un lieu boisé exubérant comme il n'en avait jamais vu, un domaine de femmes.

Et voilà que le piano s'emparait à nouveau de la mémoire d'Isao et l'entraînait çà et là. Un soir de mai, c'est la même voix qui avait dit : « L'autre matin, j'étais en route vers le cours d'art floral. Il pleuvait depuis des jours, si bien que j'ouvris mon parapluie et je descendais les marches de pierre quand une hirondelle fila tout à coup, se jetant presque sous le parapluie. Il s'en fallut de peu, je vous assure. » Mais alors que le général répondait que c'était heureux en effet, car elle aurait pu faire une mauvaise chute sur les marches, Makiko avait protesté que ce n'était pas ce qu'elle avait voulu dire. Elle avait plutôt craint que l'hirondelle ne se blessât aux baleines pointues du parapluie. Et Isao, en l'écoutant, recréa tout aussitôt en esprit cet instant critique avec ses circonstances si séduisantes. Un visage féminin lui apparut soudain, un peu pâlot dans la lumière nuancée de vert brillant à travers le papier brûlé du parapluie qui l'abritait, les joues humides de bruine, les traits empreints d'inquiétude. C'était là l'essence même de la femme, une femme au bord de l'abîme de la féminité. Alors l'hirondelle, rassurée par l'anxiété de cette femme, se complaît dans sa pitié et risque tout, en courtisant la mort. Décidée à blesser, même si elle aussi doit souffrir une blessure, l'hirondelle obéit à un réflexe de rébellion, telle une lame qui tranche au mois de mai les iris violacés, l'œil fixé sur l'instant suprême. Mais cet instant ne vient jamais. L'anxiété se résout en douce poésie : une jolie femme en chemin vers sa classe de fleurs, un vol prompt d'hirondelle – elles se frôlent en passant puis s'en vont, chacune de son côté.

« Avez-vous grand soin des lis que vous avez reçus au sanctuaire d'Izagawa ? » demanda Makiko à Isao et sa question était si directe, si inattendue qu'il ne put que répondre : « Je vous demande pardon ? » Le disque était achevé.

« Les lis qu'on m'y a donnés, les lis que vous avez rapportés du sanctuaire d'Omiwa.

– Non, non. Je les ai tous distribués.

– Vous n'en avez même pas gardé pour vous ?

– Non.

– Quel dommage ! Ils ont beau être fanés, on doit les conserver jusqu'à l'année suivante. On dit qu'ils protègent des épidémies. Chez nous, nous les plaçons respectueusement sur l'autel domestique.

– Est-ce que vous les avez mis sous presse ? s'enquit Sagara sans réfléchir.

– Non, je ne pensais pas qu'il serait convenable d'écraser les fleurs des dieux sous un objet pesant, aussi les ai-je mis sur l'autel dans l'état où ils étaient et je n'ai jamais manqué de leur donner de l'eau fraîche.

– Mais ils ont déjà un mois ! répliqua Isao.

– C'est chose merveilleuse, mais ils ne prennent jamais une teinte déplaisante en fanant. Je vais vous montrer. Il n'y a pas de doute que ce sont les fleurs des dieux. »

Ce disant, Makiko sortit de la pièce pour revenir quelques instants plus tard, d'un pas lent, respectueux, portant haut un vase de porcelaine blanche rempli de lis à profusion. Elle les posa sur la table pour que les garçons puissent les regarder. Certes, les lis s'étaient fanés comme font des fleurs coupées, mais ils n'avaient pas pris la teinte habituelle si laide de fleurs desséchées par le feu. Leur blanc s'était mué en ivoire sombre. Comme atteintes d'anémie, la nuance verte des veines ressortait nettement. Chaque fleur semblait s'être rapetissée dans les mêmes proportions. On eût dit qu'ils étaient transfigurés en d'autres fleurs d'une espèce encore inconnue.

« Je vais vous en donner un à chacun et il faut l'emporter à la maison et le conserver avec soin. Il vous protégera des maladies. » Munie d'une paire de petits ciseaux, Makiko se mit à couper un lis pour chacun d'eux, tranchant les tiges tout près des inflorescences.

Izutsu se prit à rire : « Même si vous n'aviez pas cette générosité, nous n'aurions pas à nous soucier de tomber malades.

– Vous ne devriez pas parler ainsi, après qu'Isao eut montré tant de dévotion pour apporter les lis du sanctuaire d'Omiwa. Et puis d'ailleurs, ce n'est pas seulement pour la maladie », répliqua Makiko de façon énigmatique, en continuant à faire aller ses ciseaux.

Gêné à la perspective de devoir aller prendre une fleur offerte par une femme, Isao restait obstinément près de la véranda. Il avait l'im-

CHAPITRE 13

pression de quelque chose dont le sens lui échappait chez Makiko qui ne disait mot à présent et, sans se rendre compte de ce qu'il faisait, il la regarda. Appuyée sur la table de palissandre où était posé le vase, son profil se tournait vers lui. En cet instant, Isao sut qu'elle n'ignorait nullement qu'il avait les yeux fixés sur ce profil.

Voyant ses deux amis debout près d'elle, prêts à prendre leur lis, il s'exclama comme en les menaçant, d'un ton incongru, totalement étranger aux circonstances : « Dites-moi, vous deux. Si, au Japon aujourd'hui, vous ne pouviez tuer qu'un seul homme, qui pensez-vous qu'il vaudrait mieux tuer ? De l'espèce, je veux dire, dont le meurtre constituerait au moins un pas vers la purification du Japon.

– Jugoro Itsui ? répondit Sagara, en tournant du bout des doigts le lis que Makiko lui avait donné.

– Ne dis pas de sottises. Il a de l'argent, mais il ne compte pas.

– Pourquoi pas le baron Shinkawa ? » demanda Izutsu en s'approchant d'Isao pour lui tendre le lis qu'il avait pris pour lui. Ses yeux flamboyaient.

« Si l'on pouvait en tuer dix, je veux bien croire qu'il en ferait partie. Mais ce n'est qu'un opportuniste. L'Incident du 15 mai lui a appris quelque chose et il s'arrange pour prendre le vent d'où qu'il souffle. Bien entendu, il mérite d'être puni pour sa trahison.

– Le Premier ministre Saito ?

– Si tu en tuais cinq, il en serait sûrement. Mais Saito se tient devant un rideau noir qui cache les milieux d'argent. Et qui se trouve derrière le rideau ?

– Ah oui ! Busuke Kurahara ?

– Lui-même, répondit Isao d'un ton décisif, en glissant promptement dans son kimono le lis qu'Izutsu venait de lui donner. Qu'on le tue et le Japon ne s'en portera que mieux. »

Tout en parlant, les yeux d'Isao demeuraient rivés au spectacle, très lointain, eût-on dit, d'une main féminine, fine et blanche, ployée sur une table de palissandre et sur des ciseaux qui étincelaient comme un flamboiement d'eau sous la lampe. Makiko avait coutume de ne jamais intervenir dans les conversations que tenaient entre eux les garçons, mais elle ne pouvait guère ne pas noter dans l'attitude d'Isao sa volonté qu'elle sût ce qu'il était en train de dire. Le regard qu'elle tourna vers lui était chargé d'affection maternelle, mais ses yeux se perdaient au loin, comme si, peut-être, le dépassant, elle avait regardé au-dehors, dans le jardin, cherchant à découvrir l'ultime reflet rouge sang du couchant presque caché par le feuillage mouillé des arbustes à fleurs.

« Le sang mauvais, dit Makiko, est un sang qui veut qu'on le répande. Et ceux qui le répandent peuvent bien assurément guérir les maux de la patrie. Les lâches qui se tiennent aujourd'hui au chevet de notre pays affligé ne font que se tordre les mains pitoyablement. Le Japon va mourir si l'on s'en remet à eux. » Makiko parlait d'un ton aussi serein que si elle eût récité un poème. Isao sentit diminuer la tension alarmante de son esprit.

Le bruit d'un fort halètement derrière lui et de quelque chose qui cheminait dans l'herbe lui fit jeter un coup d'œil par-dessus son épaule. Il se sentit gêné en entendant son cœur battre plus vite. Un chien égaré devait s'être glissé dans le jardin mouillé de pluie, impression confirmée par le désagréable reniflement qu'il faisait en flairant du museau la végétation.

14

Il ne plut guère durant la seconde moitié de la saison des pluies. Jour après jour, le ciel, lourd de nuages marron-gris, s'obstina à capter le soleil, mais il s'éclaircit enfin. Ce fut le début des grandes vacances scolaires.

Isao reçut une carte postale du lieutenant Hori avec quelques lignes griffonnées au crayon en épais caractères. Ce dernier avait trouvé *La Société du Vent Divin* tout à fait passionnant, disait-il, et comme il désirait en faire part à ses amis, il conservait le volume au quartier du régiment. Il serait toujours content de voir Isao quand celui-ci aurait envie de venir l'y reprendre.

Un après-midi, Isao alla rendre visite au lieutenant à la garnison du Troisième Régiment d'Azabu. La caserne et le terrain d'exercice s'offraient aux rayons éblouissants du soleil d'été.

En entrant par le portail principal, on apercevait à droite de la caserne manifestement moderne dont s'enorgueillissait le régiment. Pourtant c'étaient plutôt les tourbillons de poussière par-delà les arbres, à proximité du champ de manœuvres, et les effluves d'une écurie quelque part par là qui constituaient les éléments de ce sentiment de l'armée dont s'imprégnait tout ce qu'Isao voyait étalé

CHAPITRE 14

devant lui, éléments qui, joints à la renommée du régiment, montaient ensemble dans le ciel poudreux.

En franchissant le portail, Isao eut aussitôt son regard attiré par une section qui manœuvrait dans un coin éloigné du terrain d'exercice, les silhouettes des hommes paraissant autant de crayons kaki debout sous le soleil ardent de l'après-midi.

Un soldat de première classe qui était de garde lui montra le chemin. « Le lieutenant Hori est là-bas, en train d'exercer de jeunes soldats. Ils doivent en avoir encore pour une vingtaine de minutes, dit-il. Vous pouvez regarder, si vous voulez. »

Isao traversa le terrain d'exercice à la suite du soldat, sentant peser sur lui la chaleur du soleil. Ses rayons soulignaient âprement toutes choses. Quand, à la fin, tous deux se furent approchés de la section, le cuivre des boutons d'uniforme, le numéro 3 régimentaire flamboyant au soleil, ainsi que tous ces écussons rouges de l'infanterie se détachèrent, contrastant nettement avec l'ensemble kaki.

Les hommes avançaient tout droit au pas cadencé et l'écho sourd de leurs bottes rappelait le broiement de puissantes mâchoires. Le lieutenant Hori avait tiré son sabre qu'il tenait contre l'épaule droite et, en beuglant les commandements de l'ordre serré, sa voix planait au-dessus de ces rangs d'hommes silencieux comme un oiseau de proie féroce.

« Section, à droite... » retentit le commandement préparatoire, suivi sitôt après de l'ordre d'exécution : « En avant... arche ! » Au même instant, l'homme de base du rang intérieur tourna son visage couvert de sueur vers la droite et pendant la durée des pas suivants, fit du surplace, attendant que le rang extérieur accomplît le grand tour. Pendant ce temps, les autres rangs semblèrent s'ouvrir comme les piquets espacés d'une palissade pour se rassembler de nouveau avec l'aisance d'un éventail qu'on referme.

« À gauche alignement... arche ! »

Au commandement que cria le lieutenant, la troupe fut disjointe en un clin d'œil et ses éléments se ruèrent avec une précision mathématique pour former un seul rang qui pivota en s'alignant sur le porteur de fanion. Quand la manœuvre fut achevée, la file extérieure venant se mettre en position, la section reprit sa marche en avant.

« À droite alignement... arche ! »

Les cris mâles de l'officier, qu'accompagnait l'éclair de son sabre, semblaient des détonations perçant le ciel d'été. La longue colonne changea de direction à nouveau. Alors que les hommes s'éloignaient de lui, Isao aperçut leur dos, les chemises aux taches sombres de sueur. À en juger par la tension que trahissait la position des épaules, Isao eut idée de la peine qu'ils avaient à réprimer leur respiration haletante, conséquence de la manœuvre en cours.

« Rompez ! » cria le lieutenant ; sur quoi, il tourna les talons et repartit en direction d'Isao pour s'arrêter brusquement en criant : « Rassemblement ! » Pendant que le lieutenant courait, Isao vit sous la visière noire, étincelante au soleil, des gouttes de sueur jaillir de l'arête du nez hâlé et des lèvres serrées.

Les soldats, eux aussi, se réglant sur la nouvelle position de leur officier, accoururent vers Isao comme à la course et, après la manœuvre qui les avait conduits si loin, ils se formèrent sur deux rangs juste devant lui, se bousculant dans leur empressement.

Après avoir passé une inspection serrée, le lieutenant hurla de nouveau les commandements : « Rompez ! » puis : « Rassemblement ! » Empoignant leurs fusils, les hommes s'élançaient sur le sol brûlé de soleil. Les commandements furent répétés maintes et maintes fois. Parfois, tout à proximité d'Isao et du soldat qui l'accompagnait, le terrain était balayé par un tourbillon de poussière, de sueur, une odeur de cuir et le souffle haletant d'une vingtaine d'hommes. Après eux, le sol desséché s'ombrait de gouttes de sueur. Des taches sombres couvraient aussi le dos du lieutenant, là où il se tenait à présent, à quelque distance d'Isao.

Sous le ciel d'été que cernaient au loin, comme irréels, des nuages bas, sans voir la belle ombre épaisse des arbres autour du terrain d'exercice, la petite troupe de soldats fonctionnait telle une machine délicatement ajustée, rompant les rangs, les formant, changeant de direction, en formations diverses. On les eût dits manœuvrés par une main géante, invisible, venue d'en haut. Cette main ne pouvait appartenir qu'au soleil lui-même, pensa Isao. Le lieutenant n'était autre que le représentant solitaire de cette main qui, à son gré, manipulait les soldats, et, la question ainsi posée, sa voix puissante elle-même sonnait le creux. La main invisible qui déplaçait les pions sur un échiquier, c'est dans le soleil, là-haut, que résidait la force qui la guidait, l'éblouissant soleil qui, à son gré aussi, pouvait dispenser la mort. C'était là la puissance de l'Empereur même.

C'est seulement sur ce champ de manœuvres que la main du soleil agissait avec cette clarté, cette précision mathématique. Rien qu'ici ! La volonté de l'Empereur pénétrait la sueur, le sang, jusqu'à la chair de ces jeunes hommes, traversant leur corps comme des rayons X. Du haut de la grande entrée du quartier général régimen-

CHAPITRE 14

taire, le chrysanthème d'or du blason impérial contemplait cette admirable chorégraphie de la mort, tout imprégnée de sueur.

Et ailleurs? Ailleurs, par tout le Japon, la voie était barrée aux rayons du soleil.

Quand l'exercice fut achevé, le lieutenant Hori, ses bandes molletières blanches de poussière, s'approcha d'Isao. « Très heureux de vous voir par ici, dit-il en congédiant le soldat. C'est bien. Je vais m'en occuper à présent.»

Ils se dirigèrent vers un vaste bâtiment jaunasse, de forme ovale.

« Qu'est-ce que vous en dites? s'enquit l'officier avec fierté. La caserne la plus moderne du Japon. On y trouve même un ascenseur.»

En montant les degrés de pierre qui conduisaient à l'entrée devant les écuries, le lieutenant Hori remarqua: «Je leur ai donné une bonne séance aujourd'hui. Mais j'imagine que vous avez vu que c'étaient des recrues.

– Non, je n'ai rien remarqué d'anormal.

– Vraiment? Vous voyez, l'été on les laisse faire la sieste. Et ensuite, en leur donnant une séance comme celle-là, ça vous les réveille.»

Officier de compagnie, le lieutenant Hori travaillait dans une pièce au troisième étage affectée aux officiers du premier bataillon. C'était une pièce austère, où étaient suspendus à l'un des murs une demi-douzaine de protège-pointes utilisés pour l'escrime à la baïonnette. Il avait un bureau près d'une fenêtre et la garniture de paille commençait à sortir du rembourrage de sa chaise. Pendant que le lieutenant ôtait sa tunique et sortait essuyer sa sueur, Isao jeta un coup d'œil par la fenêtre dans la cour intérieure ovale du bâtiment. Une ordonnance apporta du thé qu'il déposa sur le bureau.

Un détachement de soldats pratiquait l'escrime à la baïonnette dans la cour et l'on eût dit que l'écho de leurs efforts prenait son élan jusque par la fenêtre. Six entrées donnaient dans la cour par un perron de pierre. De ce côté-ci, le bâtiment comptait quatre étages dont l'un à demi enterré, tandis que de l'autre côté on n'en comptait que trois, y compris le demi sous-sol. On avait peint de grands numéros blancs sur chacune des portes. Trois ginkgos étendaient leurs rameaux feuillus, avec comme une menace dans leur attitude. Des bourgeons blancs pendaient au bout des branches des nombreux cèdres de l'Himalaya, sans que la moindre brise vînt les agiter.

Le lieutenant fit sa réapparition, vêtu d'une chemisette blanche à manches courtes, et après avoir avidement avalé son thé, il appela l'ordonnance et lui dit d'en rapporter.

« Et maintenant, dit-il à Isao, il faut que je vous rende votre livre. »
Il allongea le bras négligemment vers son bureau, sortit *La Société du Vent Divin* et le posa devant Isao.

« Et qu'est-ce que vous en avez pensé ?

– Franchement, j'en ai été ému. Et je comprends mieux maintenant ce que vous ressentez. Vous êtes animé du même esprit, n'est-ce pas ? Mais j'aimerais vous poser une question, dit le lieutenant avec un sourire un peu ironique : Quand le moment viendra pour vous d'affronter quelqu'un, allez-vous faire comme la Société et choisir l'armée impériale ?

– Non, naturellement.

– Très bien, mais qui alors ?

– Je pensais qu'à défaut d'autre, du moins le lieutenant Hori nous comprenait. Le véritable adversaire de la Société n'était pas l'armée. Quelque chose se tenait dans l'ombre derrière les troupes de la garnison et c'était le clan militaire à sa naissance. C'était chez les militaristes que les hommes de la Société voyaient l'ennemi qu'ils se mirent en devoir d'affronter. Car ils étaient convaincus que l'armée des militaristes n'était pas l'armée des dieux. Ils croyaient fermement que c'était leur Société du Vent Divin qui était l'armée de l'Empereur. »

Avant de répondre, le lieutenant jeta un regard autour de la pièce. Lui et Isao étaient seuls.

« Parfait, parfait, mais il ne faut pas crier ces choses-là sur les toits pour que tout le monde entende. »

La sincérité et l'affection qui ressortaient des paroles de l'officier donnèrent des ailes au courage d'Isao.

« Mais il n'y a personne ici. À présent que je me trouve avec vous, mon lieutenant, je ne puis m'empêcher de me décharger de tout ce qui s'est accumulé en moi. Les hommes de la Société ne se sont battus qu'avec le sabre japonais et j'ai le sentiment que, nous aussi, quand l'épreuve suprême sera venue, il faudra que le sabre soit notre seul recours. Malgré tout, si nos projets doivent prendre des proportions, il y a moyen de voir les choses autrement… Est-il possible d'envisager que vous nous présentiez à un officier de l'armée de l'air ?

– Pourquoi ?

– Afin que nous puissions être soutenus du haut du ciel pour bombarder les points clés. »

Le lieutenant eut un grognement pour toute réponse, sans pour autant paraître particulièrement fâché.

« Quelqu'un doit agir. Sinon, le Japon est perdu. Il n'y a rien d'autre à faire pour que le cœur de l'Empereur puisse trouver le repos.

CHAPITRE 14

– Ne jacassez pas de choses aussi graves», dit l'officier, d'une voix devenue subitement rauque.

Isao comprit que le lieutenant ne ressentait cependant pas d'animosité envers lui, et il s'excusa humblement: «J'ai eu tort. Pardonnez-moi.»

Est-ce que le lieutenant, se demanda Isao, avait perçu ces choses qui reposaient au-dedans de lui? Mais oui, son regard ardent devait avoir pénétré jusqu'à l'âme un garçon frais émoulu du collège. Et, à ce qu'Isao en avait entendu dire, le lieutenant Hori n'était pas homme à se laisser influencer par des considérations d'âge ou de grade.

Isao n'ignorait nullement que ses façons de dire n'étaient pas mûries, mais sa résolution suppléait à cette carence. Il s'était persuadé au plus haut degré que le feu intérieur qui le consumait saurait enflammer l'homme qui lui faisait face. Et puis, n'était-ce pas l'été? Tous deux se faisaient face, plongés dans une chaleur aussi étouffante, aussi accablante qu'un lourd vêtement de laine. C'était comme s'il devait suffire d'une étincelle pour déclencher un incendie ou, à défaut d'étincelle, comme si la chaleur devait simplement réduire toutes choses en un résidu pitoyable tel le métal fondu d'une forge. Il fallait qu'Isao saisît cette occasion.

«Puisque vous avez bien voulu venir me voir, dit le lieutenant, en rompant le silence, si nous faisions quelque chose pour oublier la chaleur? Que diriez-vous d'aller à la salle d'exercice et de repasser sans masques les règles du kendo? Il m'arrive de m'entraîner de cette façon-là avec l'un des sergents. Rien de mieux pour durcir la volonté.

– Oui, mon lieutenant, ce genre d'entraînement me plaît beaucoup», s'empressa de répliquer Isao.

Chez les militaires, gagner ou perdre prend un sens plein de risques, de sorte que le lieutenant Hori ne participait guère, certainement, à des compétitions sérieuses où les yeux de ses camarades auraient été fixés sur lui. Du moins, il était agréable pour Isao de penser que l'officier désirait communier avec lui par le truchement du sabre.

Entouré des parois de bois anciennes de la salle d'exercice, Isao ressentit un frisson sympathique. Trois couples de soldats s'entraînaient au kendo, mais, il se rendit compte aussitôt qu'ils y étaient novices, maniant leurs bâtons de façon désordonnée, avec un jeu de jambes fantaisiste.

«Arrêtez-vous, vous tous, cria le lieutenant sans cérémonie. Je vais repasser les règles avec notre visiteur. Regardez-nous faire et cela vous apprendra quelque chose.»

Isao parut sur le plateau, portant une tenue de kendo et en main un bâton de bois dur, tous deux empruntés. Les six hommes réduits à être spectateurs ôtèrent leurs masques et s'assirent sur le parquet, bien en ligne et attentifs. Après s'être acquitté du salut aux dieux, il s'avança face au lieutenant. Ce dernier allait figurer l'attaque et Isao la défense.

Les rayons du soleil tombaient dru des hautes fenêtres du côté ouest de la salle, et au-dessous, le parquet ciré brillait comme si l'on y avait répandu une huile luisante, cependant qu'au-dehors, le chant criard des cigales contournait le bâtiment. Brûlantes sous la plante des pieds, les lames du parquet avaient du ressort, leur souplesse unie pareille à un gâteau de riz pilé.

Tous deux s'accroupirent face à face pour le geste rituel d'ouverture, amenant à se toucher l'extrémité des bâtons de kendo. Puis ils se mirent debout, tenant les bâtons en position médiane. Quoique mêlé au chant des cigales, chaque son paraissait frapper l'oreille avec une clarté extrême, y compris le froissement léger des plis de leur *hakama*.

Isao eut tôt fait d'apprécier l'attitude du lieutenant. Elle lui fit l'impression d'une magnanimité cordiale. Pourtant, il y avait aussi dans son comportement un grain de laisser-aller dans l'audace qui lui évitait d'être étroitement orthodoxe. À entrevoir sa poitrine par le col mal attaché de sa vareuse d'un bleu passé, on sentait croître, émanant de l'officier, le sentiment d'une vitalité fraîche comme au petit matin, l'atmosphère d'un jour d'été. Son aisance, son air détendu montraient qu'on avait affaire à un escrimeur d'élite.

L'un et l'autre, ils portèrent le bâton à leur droite, reculèrent de cinq petits pas, puis l'abaissèrent en achevant de se saluer. La première reprise allait commencer. De nouveau, ils se remirent en garde et après un face-à-face initial en position médiane, le lieutenant leva son sabre en haut à gauche, et Isao le sien en haut à droite, puis ils marchèrent d'un pas assuré l'un vers l'autre.

«Yah!» cria le lieutenant Hori en avançant sur le pied droit et en ajustant le crâne d'un moulinet de son bâton.

Ce premier coup vigoureux s'abattit vers la tête d'Isao avec la soudaineté d'une averse de grêlons. Le bâton de bois concentrait toute sa force en un point unique et c'est là que le vêtement de chaleur lourde, épaisse, laineuse qui les enveloppait se déchira en deux. L'instant avant qu'Isao eût dû encaisser le coup asséné par l'officier, il recula d'un pas du pied gauche, tendit son bâton vers l'arrière plus haut à droite, avant de le rabattre en direction de la tête de son adversaire en criant: «Toh!»

CHAPITRE 14

Le lieutenant lança un regard furibond. Le bâton d'Isao arriva en sifflant, visant tout droit le haut du crâne tondu du lieutenant. Au même instant, leurs regards se croisèrent et Isao sentit que passait entre eux une chose trop prompte pour qu'aucun mot pût l'exprimer. La mâchoire de l'officier et son arête nasale avaient été impitoyablement hâlés par le soleil au long des jours, mais protégée par la visière de la casquette, la peau du front était claire, soulignant davantage les sourcils. Et c'était ce front blanc auquel le bâton d'Isao menaçait d'assener un coup furieux. Juste avant qu'il eût atteint son but, à l'instant où le bâton s'arrêta en l'air, une force intuitive plus vive que la lumière s'échangea entre eux.

Après avoir contenu le coup dirigé contre la tête du lieutenant et porté un coup droit à la gorge, Isao leva calmement son sabre à la position supérieure gauche, se montrant prêt à recevoir une nouvelle attaque.

Ainsi s'acheva la première reprise. Les deux adversaires se mirent en garde à nouveau en position médiane, et ce fut le début de la deuxième reprise.

Après s'être aspergés d'eau pour rincer la sueur et alors qu'ils s'en retournaient vers le casernement, le lieutenant, encore dans sa jeunesse et se sentant à ce moment particulièrement gai et vigoureux, s'adressa à Isao comme à un égal. L'expérience qu'il venait de faire des capacités d'escrimeur d'Isao était sans nul doute à l'origine de cette familiarité.

« Avez-vous jamais beaucoup entendu parler du prince Harunori Toin ?

– Non, mon lieutenant.

– À présent, il commande un régiment à Yamaguchi. C'est un homme admirable ! Il est passé par la Garde impériale à cheval, si bien que j'appartiens à une autre arme, mais sitôt nommé sous-lieutenant, un de mes camarades de l'École m'emmena avec lui à une audience chez le prince qui se montra des plus cordiaux. C'était Hori par-ci et Hori par-là. C'est un homme de caractère et il aime en particulier savoir à quoi s'en tenir sur les aspirations de la jeunesse. Il prend soin de ceux qui sont sous ses ordres et il n'y a chez lui rien d'arrogant. C'est un prince de la famille impériale et un brave, un magnifique soldat. Qu'en dites-vous ? Si je sollicitais une audience pour vous ? Si nous étions en mesure de lui montrer qu'il existe encore des jeunes comme vous, je suis sûr que Son Altesse en serait enchantée.

– Certainement, mon lieutenant. Je vous en prie.»

Isao n'était pas particulièrement ravi à l'idée de rencontrer un personnage aussi auguste. Mais, comprenant que c'était là une marque de faveur toute spéciale de la part du lieutenant, il acquiesça.

«Son Altesse se trouvera à Tokyo pendant quatre ou cinq jours durant l'été et il m'a dit de venir le voir à cette époque. Quand j'irai, je vous emmènerai», dit le lieutenant Hori.

15

Le marquis Matsugae qui, quelque temps auparavant, avait vendu la villa Chung-nan de Kamakura et passait désormais l'été à Karuizawa, reçut une invitation à un grand dîner à la vaste villa qu'y possédait le baron Shinkawa. Quand elle parvint, cela fit naître une seule pensée chez le marquis, pensée qui lui répugnait fort. C'était que, bien que tous les autres invités fussent des hommes «menacés», lui, le marquis Matsugae, seul entre tous, n'était l'objet des menaces de personne.

Aucune lettre anonyme de menaces ni même de lettre moins acerbe, n'avait été adressée au marquis Matsugae par des extrémistes de droite ou de gauche. Passé la soixantaine et membre de la Chambre des Pairs, le marquis avait toujours été prompt à prêter la main pour enterrer toute proposition de loi qui fleurait le moindrement l'extrémisme, mais nul ne semblait y avoir prêté attention. Lorsque le marquis Matsugae jetait un regard vers le passé, il se rendait compte qu'aussi curieux qu'il parût, la seule attaque qu'il avait dû subir avait été l'étrange rédaction qu'Iinuma avait publiée en la signant, dix-neuf années auparavant, dans un journal d'extrême droite. Quand il réfléchissait à la période de calme anormal qui s'était poursuivie sans interruption depuis lors, le marquis en était conduit à se demander si quelqu'un ne s'occupait pas, dans les coulisses, de le protéger, quelqu'un qui ne pouvait être autre que son agresseur de jadis, Iinuma.

C'était là une façon de raisonner qui blessait l'amour-propre du marquis. En outre, plus il songeait à sa position, et plus celle-ci lui

CHAPITRE 15

paraissait absurde. Compte tenu des influences imputables à son rang, ce lui eût été chose aisée de découvrir ce qu'il en était au juste. Mais si ce qu'il imaginait était exact, il se trouverait grandement redevable envers Iinuma et sa position n'en deviendrait que plus intenable. Et à supposer que cette hypothèse se révélât sans fondement, lui resterait la honte de se rendre compte, qu'après tout, il n'avait pas été capable d'attirer la haine de quiconque.

Les grands dîners du baron Shinkawa étaient toujours des occasions ostentatoires. Les gardes du corps assignés aux invités avaient leur propre repas servi pendant le banquet dans une pièce attenante et ils composaient un groupe presque aussi nombreux que celui des hôtes. Si bien qu'à la villa Shinkawa, deux repas se poursuivaient parallèlement, si différents par le nombre et la qualité des mets que cela rendait impossibles toutes comparaisons ordinaires. De ces deux banquets, à considérer telles choses que l'aspect râpé indescriptible des complets que portaient les policiers, leurs regards perçants et inquiets, leurs traits taillés à coup de serpe, leur façon de manger en silence et de tourner la tête au moindre bruit comme des chiens de chasse hargneux, le sans-gêne avec lequel ils se ruaient sur les cure-dents après le repas et le sérieux qu'ils mettaient à fourrager dans leur bouche, on aurait été conduit à juger que le repas des inspecteurs constituait le meilleur spectacle. Mais, ô tristesse, on n'aurait trouvé parmi eux aucun garde du corps du marquis Matsugae.

Le marquis n'avait aucun espoir de remédier à cette honteuse situation de façon artificielle. La police ayant déclaré en termes non équivoques que nul ne menaçait la sécurité personnelle du marquis, s'il réclamait une protection de sa propre initiative, il ne ferait que se rendre ridicule.

Cela entraînait des implications que le marquis trouvait fort peu de son goût. Car l'époque était ainsi faite que l'autorité de quelqu'un se mesurait au degré de danger encouru par lui.

De la sorte, bien qu'on pût aisément se rendre à pied à la villa Shinkawa, le marquis prit soin, à tout le moins, de s'y faire conduire dans sa Lincoln. Le marquise Matsugae emportait, pliée sur ses genoux, une petite couverture de laine à cause de l'arthrite qui affectait le genou droit de son mari. Car les Shinkawa se plaisaient à accueillir leurs hôtes en servant l'apéritif au-dehors jusqu'au coucher du soleil, avant que l'air se rafraîchît. Tout ce temps, les gardes du corps se tenaient là, disséminés entre les bouleaux blancs dont s'emplissait le grand jardin des Shinkawa, conçu pour tirer parti de la vue du mont Asama, tant qu'à la longue, on ne distinguait plus que des silhouettes mal dégrossies. Leurs instructions étaient qu'on les voie le moins possible, mais ils n'en ressemblaient que davantage à des assassins à l'affût, guettant les invités qui dégustaient leur apéritif dans le jardin.

Le baron Shinkawa avait déjà passé la cinquantaine. Dans le cadre de sa villa de style édouardien, il avait coutume, chaque matin, de lire les éditoriaux du *Times* avant de prendre connaissance des journaux japonais. Tout comme un administrateur colonial anglais, il portait tous les jours l'un ou l'autre de sa demi-douzaine de complets de toile blanche. Quant à la baronne, sa tendance naturelle à parler d'elle-même n'avait pas changé au cours des années. La bonne dame avait le bonheur de pouvoir sans arrêt découvrir en elle-même de nouveaux sujets d'étonnement, tout en négligeant par ailleurs de découvrir le fait que, petit à petit, elle prenait de l'embonpoint.

La baronne en avait eu assez de «Pensée Nouvelle». L'Association du Feu Céleste, qui s'était faite le champion du mouvement Bas Bleu, s'était depuis longtemps dispersée. Elle avait compris le danger de «Pensée Nouvelle» le jour où sa nièce s'était suicidée. Ayant adhéré au parti communiste au sortir d'un collège féminin, celle-ci n'était rentrée à la maison, le soir même où on l'avait libérée de prison sous caution, que pour se trancher la veine jugulaire.

Cependant, aussi débordante d'énergie que jamais, la baronne Shinkawa n'inclinait nullement à penser qu'elle appartenait à une classe «en voie de destruction».

Lorsque son mari, homme cynique et glacé qui estimait que rien ne valait la peine de se battre, fut mis sur la liste noire de l'extrême droite et qu'elle découvrit que l'extrême droite comme l'extrême gauche les considéraient, elle et lui, comme ses ennemis jurés, elle eut le sentiment qu'elle et son mari étaient d'honnêtes gens appartenant à une civilisation supérieure et contraints d'habiter chez des sauvages. D'un côté, cette situation lui semblait exaltante, d'un autre côté elle avait grande envie d'aller vivre «chez elle», à Londres.

«Le Japon, vous ne trouvez pas que c'est un pays tout à fait déplaisant?» avait-elle pris l'habitude d'observer, de temps à autre. Un jour, une de ses amies qui était allée aux Indes lui raconta qu'une hindoue de sa connaissance avait perdu son fils parce que le jeune garçon, ayant plongé la main dans une boîte à jouets, avait été mordu par un serpent venimeux caché au fond. «Voilà tout juste comme sont les choses, ici au Japon, commenta la baronne. Il suffit qu'on plonge la main, sans penser à rien d'autre qu'à se distraire un peu, et voilà

CHAPITRE 15

qu'un serpent venimeux vous attend, prêt à mordre et à tuer quelqu'un qui ne lui a rien fait, une personne innocente, inoffensive.»

La soirée était claire, et tandis que le chant des cigales se répétait paisiblement au travers de la pelouse, un roulement lointain de tonnerre parvenait d'un coin de l'horizon. Les invités, cinq couples mariés, se trouvaient réunis dans le jardin. Le marquis Matsugae était assis sur une chaise en rotin et le rouge éclatant de la couverture écossaise dont son épouse couvrait ses genoux apportait une note de couleur au crépuscule qui s'emparait du jardin.

«Je pense qu'il est fort probable que dans un mois ou deux au plus tard, le gouvernement va reconnaître le Manchukuo, déclara l'un des hommes, lequel était ministre d'État. Car c'est ce qu'a précisément l'intention de faire le Premier ministre.» Sur quoi, se tournant vers le marquis Matsugae, il dit d'un air affable: «Cette histoire du fils du comte Momoshima dont nous avons parlé, est-ce que cela avance?»

Le marquis fit entendre un grognement qui n'engageait à rien. Voilà un personnage, pensa-t-il, qui parle aux autres du Manchukuo, mais à moi, il me demande si je vais adopter un fils. Quel aplomb!

Après la mort de Kiyoaki, le marquis et la marquise Matsugae n'avaient pas voulu entendre parler d'adopter un héritier, mais depuis quelque temps, ils ne se sentaient plus la volonté de s'opposer aux arguments de la Direction des Domaines. À présent, des négociations préliminaires étaient en cours.

Le mont Asama s'élevait au déclin du jour, visible par une échancrure des arbres, là où un sentier descendait vers un ruisseau. On pouvait difficilement déterminer de quelle direction venait le bruit du tonnerre au loin. Cependant, les invités avaient plaisir à apercevoir les ombres du soir gagner peu à peu les mains et les visages, tandis que le tonnerre y ajoutait l'agrément de frémir d'un péril fort éloigné de ces lieux.

«Eh bien, puisque voici tous nos autres invités arrivés, j'ai idée qu'il va bientôt être temps que M. Kurahara fasse son apparition», lança le baron Shinkawa à son épouse, assez haut pour que chacun entende et se mette à rire.

C'était devenu l'habitude invariable de Busuke Kurahara d'arriver le dernier, retard sans exagération qui disait assez son immense pouvoir.

Il semblait complètement indifférent à son apparence personnelle, sans laisser soupçonner le moins du monde que cela pouvait être une pose, et son incapacité à parler autrement qu'en style guindé ne manquait pas d'attrait. Certes, il ne ressemblait en rien au capitaliste des trusts que représentaient les caricatures de gauche. En s'asseyant, il avait l'habitude de prendre la chaise où justement il venait de poser son chapeau. Le deuxième bouton de son complet affichait une grande affinité pour la troisième boutonnière. Il renonçait à arranger sa cravate bien avant qu'elle fût rentrée sous le col. À table, il ne manquait jamais d'allonger la main vers la droite pour s'emparer du petit pain placé sur l'assiette du voisin destinée à cet usage.

Busuke Kurahara passait les week-ends d'été à Karuizawa et tous les autres à Izusan où il possédait un verger de mandarines de deux ou trois hectares. Fier de l'éclat de ses mandarines et de leur goût sucré, il prenait grand plaisir à en faire cadeau non seulement aux amis mais à des orphelinats et dispensaires. On avait peine à comprendre qu'il fût véritablement l'objet d'un ressentiment généralisé.

À coup sûr, il paraissait étonnant que cet homme si gai dans sa vie privée pût avoir des vues aussi froidement pessimistes sur les affaires publiques. Cependant, les hôtes assemblés dans le jardin du baron Shinkawa étaient toujours impatients et émoustillés d'entendre de la bouche du capitaliste en chef du Japon, le récit tragique, aux présages affreux, des maux à venir.

Plutôt que la mort du Premier ministre Inukai, Kurahara regrettait la retraite du ministre des Finances Takahashi. Naturellement, le Premier ministre Saito n'avait pas sitôt formé son cabinet qu'il rendait visite à Kurahara en protestant, un peu trop peut-être, qu'il ne pouvait rien faire sans la collaboration de ce dernier. Néanmoins, Kurahara flairait des choses déplaisantes dans l'attitude du nouveau Premier ministre.

Takahashi avait certes compté parmi les initiés du cabinet Inukai lequel, au nombre de ses premières décisions, avait imposé un nouvel embargo sur l'or, mais, secrètement influencé par les tenants traditionnels des monnaies fortes, il avait fait en sorte de saboter cette politique inédite, afin de pouvoir soutenir que celle-ci, n'ayant pas donné ce qu'on en attendait ni apporté de soulagement rapide, l'état de choses ne s'étant pas amélioré et les prix ayant tendance à stagner, pareil échec prouvait que les anciennes méthodes étaient les meilleures, après tout.

D'un autre côté, le baron Shinkawa, dans son zèle à se tenir au courant de tout ce qui se passait à Londres, avait étudié de tout près dans le *Times* le détail de l'abandon de l'étalon-or par l'Angleterre en septembre, l'année précédente, et il avait aussitôt pris sa décision. Le

CHAPITRE 15

cabinet Wakatsuki n'avait cessé de proclamer que jamais il ne mettrait l'embargo sur les exportations d'or, mais à chaque proclamation du gouvernement, la spéculation sur le dollar s'était accrue, malgré l'irritation de la droite qui stigmatisait tous ceux qui achetaient du dollar comme les bradeurs de la nation. Le baron avait lui-même spéculé sur le dollar mais, une fois qu'il eut emmagasiné dans des banques suisses tout l'argent qui n'aurait pu soutenir un examen rigoureux, il se sentit peu enclin à attendre un changement de la politique gouvernementale du jour au lendemain, et il se rangea aux côtés de ceux qui appuyaient l'embargo sur l'or et une politique de «reflation». De sorte qu'en ayant eu assez des demi-mesures économiques du cabinet précédent, ses espoirs se trouvaient liés désormais au nouveau gouvernement. Par-delà la question d'un rétablissement du pays grâce à la reflation, il y avait la perspective séduisante de l'industrialisation de la Mandchourie. Bien que le baron eût l'air plus que jamais dans les nuages, ici, au centre de Karuizawa au sol volcanique tellement dépourvu de ressources, surgissait dans son esprit, tel un aimable fantôme, l'image des richesses du sous-sol du Manchukuo, aux ressources aussi abondantes et variées qu'un menu du Café Royal. Ma foi, pensa le baron, il pouvait aller jusqu'à se sentir pris d'affection pour ces imbéciles de soldats.

Des années auparavant, il avait paru difficile à la baronne Shinkawa d'admettre que les hommes poursuivent une discussion rien qu'entre eux, mais, avec les années, elle n'était plus dans les mêmes sentiments. Désormais, elle ne demandait pas mieux que de laisser les hommes continuer leur entretien, pourvu que les femmes fussent à même de jouer un rôle de surveillance.
«Bon, les voilà déjà embarqués», dit-elle en se tournant vers Mme Kurahara, la marquise Matsugae et les autres dames, après avoir remarqué que les hommes faisaient cercle autour de Kurahara. Avec son port de tête incliné qui donnait une note de tristesse à son visage, la marquise avait des sourcils qui rejoignaient presque ses cheveux où le gris s'observait à présent et qu'elle coiffait en recouvrant ses oreilles.
«Ce dernier printemps, reprit en bavardant la baronne Shinkawa, j'ai porté un kimono à une invitation à l'ambassade d'Angleterre et l'ambassadeur, qui ne m'avait jamais vue qu'en vêtements européens, n'en croyait pas ses yeux. Il n'arrêtait pas de me faire des compliments, et de proclamer combien le kimono m'allait bien et

ainsi de suite. Réellement, c'est décevant ! Même un homme aussi raffiné n'ira jamais remarquer les Japonaises sinon en tant que Japonaises. Il est vrai que le kimono que je portais ce soir-là, sur le conseil de mon modéliste, ressemblait à un habit Momoyama du théâtre nô, rouge avec un saule couvert de neige et un motif circulaire de papillons, le tout réalisé en fil laqué d'or et d'argent, bien sûr très voyant. Du fait de tout cet éclat, je ne me sentais pas plus japonaise que si j'avais porté des vêtements européens. » Dans son grand désir de se montrer accueillante, la baronne commençait par s'offrir elle-même comme sujet de conversation.

« Mais, Junko, l'ambassadeur voulait peut-être dire que ces couleurs étourdissantes vous étaient très seyantes, dit l'épouse du ministre d'État. Quand vous portez des vêtements européens, vous ne montrez pas tant d'audace, en fait, on vous dirait plutôt réservée.

– C'est bien vrai, répliqua Junko Shinkawa, prompte à acquiescer. Les couleurs de vêtements européens sont véritablement très sobres. Et pour peu que l'on porte un motif floral un peu voyant, on n'en paraît que plus âgée, on dirait une grand-mère galloise.

– Mais cette robe a une si jolie couleur, Junko », reprit la marquise Matsugae, offrant les compliments que les circonstances rendaient impératifs. À la vérité, rien d'autre n'intéressait la marquise à cette heure que la douleur dans le genou de son mari. C'était là une douleur qui, en quelque sorte, lui paraissait liée à celle qui affectait toute la maison Matsugae, mal qui semblait près d'enflammer les articulations de tous les intéressés. La marquise jeta vivement un coup d'œil en direction de son époux qui se tenait assis, la couverture sur les genoux. Cet homme qui, dans le passé, avait paru si direct, si spontané, qui aimait tant à monopoliser la conversation, maintenant écoutait tranquillement ce que les gens avaient à dire.

Observant scrupuleusement sa coutume d'éviter toute controverse, le baron Shinkawa pressa le vicomte Matsudaira d'entreprendre Kurahara. Le vicomte était un jeune homme qui partageait ses idées et auquel, en outre, n'incombaient pas de véritables responsabilités. Si bien que le drôle, membre de la Chambre des Pairs et en bons termes avec les militaires, se tourna vers Kurahara d'un air de léger défi.

« Je n'aime pas tellement toutes ces façons de parler, que quoi que nous fassions, nous sommes en danger, que nous vivons des temps de crise, et ainsi de suite, dit le vicomte Matsudaira. Tout commence à avoir meilleure mine. L'Incident du 15 mai a été un événement tragique, bien entendu, mais cela a donné au gouvernement la force

CHAPITRE 15

d'agir de manière décisive afin que le Japon puisse se sortir de ce marasme économique. Et en dernière analyse, je crois qu'il aura pour effet de remettre le Japon sur les rails. Ç'aura été l'occasion qui changera de mal en bien le cours de notre destinée. N'est-ce pas de cette façon, après tout, que l'histoire va de l'avant ?

– Nous aurons bien de la chance si tout se passe comme vous dites, répondit d'un ton geignard Kurahara, avec quelque âpreté dans la voix. En ce qui me concerne, je ne m'attends à rien de semblable. Qu'est-ce que cette reflation, après tout ? On pourrait l'appeler une inflation contrôlée, l'idée étant que, bien qu'on ait laissé l'animal féroce de l'inflation sortir de sa cage, nous respirons encore à l'aise parce qu'il est attaché au cou par une chaîne. Mais c'est une chaîne qui ne va pas tenir longtemps. L'essentiel, c'est de ne pas ouvrir la cage à l'animal. J'imagine bien comment pourraient aller les choses – sauvez les paysans, secourez les chômeurs, ayez recours à la reflation – tout ça paraît magnifique à première vue, et personne n'a envie de chanter un air différent.

Mais, bientôt, la reflation va devenir une inflation fondée sur des demandes de fournitures militaires. L'animal féroce va casser sa chaîne et prendre le large. Et une fois parti, personne ne pourra plus l'arrêter. Quand les militaires eux-mêmes finiront par prendre conscience du danger, il sera trop tard pour le rattraper. La sagesse, par conséquent, consiste à le tenir enfermé dans la brillante cage aux réserves d'or. Car rien n'offre plus de sécurité que cette cage dorée. Elle allie la souplesse à la solidité. Si l'animal grossit, l'espace entre les barreaux grossit de même. S'il rapetisse, l'espace se rétrécit. Si nous conservons nos réserves d'espèces à un niveau convenable, nous empêchons la diminution de notre taux de change et nous gagnons la confiance des autres nations. Voilà, pour le Japon, la seule manière de se comporter dans le monde. Si vous laissez l'animal féroce sortir de sa cage en vue de provoquer un redressement, vous n'atteindrez que des résultats des plus transitoires et vous réduirez à néant les espérances à longue échéance du Japon. Cependant, bien que ce qu'il faudrait faire, étant donné cette imposition d'un deuxième embargo sur l'or, ce serait d'adopter une politique énergique tendant à renforcer la monnaie en la soutenant en numéraire avec pour objet de retourner promptement à l'étalon-or, voici que le gouvernement perd la tête à la suite de l'Incident du 15 mai et se précipite en direction opposée. Voilà ce qui me tracasse.

– C'est seulement mon opinion, dit le vicomte qui ne se laissait pas ébranler, mais si la misère des paysans et le mécontentement des ouvriers continuent comme à présent, il ne s'agira plus de quelque chose d'aussi bénin que l'Incident du 15 mai. Une révolution peut fort bien éclater, et alors, il sera trop tard pour des remèdes quelconques. Avez-vous vu les paysans qui se sont introduits à la Diète pendant sa session spéciale en juin ? Savez-vous la force que représentent les groupes qui ont rédigé une pétition pour exiger un moratoire immédiat pour les emprunts agricoles ? Qui plus est, n'ayant pas obtenu ce qu'ils voulaient de la Diète, ils ont été trouver l'armée avec pour résultat la rédaction d'une pétition commune des paysans et des militaires et que le rapport en fut porté jusqu'au Trône par le commandant d'un régiment.

Et vous avez dit, monsieur, que le fait de tenter un redressement au moyen de la reflation n'offrirait qu'un avantage temporaire, mais à supposer que l'économie connaisse effectivement l'inflation, la demande de biens réels par les particuliers va s'accroître, ce qui, conjugué avec la baisse du taux d'intérêt, donnera un nouveau bail aux petites entreprises et aux petites industries. En ouvrant l'accès à la Mandchourie, notre expansion se poursuivra sur le continent. L'augmentation de dépenses militaires viendra encourager la construction d'industries lourdes et d'usines de produits chimiques. Le prix du riz montera, ainsi les collectivités rurales seront sauvées et les agriculteurs en chômage trouveront de nouveau à s'employer – l'un dans l'autre, une foule de conséquences favorables, ne croyez-vous pas ? Ne serait-il pas bon pour nous, tout en nous efforçant d'éviter le danger de guerre, de hâter notre industrialisation pas à pas ? Si je devais proposer un plan selon mon idéal, voilà ce qu'il serait.

– La jeunesse est optimiste, dit Kurahara. Mais les gens d'âge, à cause de ce qu'ils ont appris au fil des années, estiment difficile d'envisager d'aussi brillantes perspectives. Je vous entends dire : "les paysans, les paysans", mais c'est là pure sentimentalité, sans rapport avec la situation difficile où se trouve le pays. À un moment où chaque citoyen doit serrer les dents et supporter des privations, ces doléances qui viennent rompre l'unité nationale – "Ah ! les infâmes bourgeois ! Ah ! les infâmes capitalistes !" – tout cela sort de la bouche d'individus qui ne voient que leur propre intérêt.

Réfléchissez un instant. Les émeutes pour le riz en 1918 nous ont appris que la Terre d'Abondance du Riz pouvait être mise en péril parce que celui-ci faisait défaut, mais, maintenant, grâce au rendement accru des récoltes de Taiwan et de Corée, il y a bien plus de riz qu'il ne faut dans tout le pays, n'est-ce pas ? Et comme tous les

CHAPITRE 15

citoyens, hormis les paysans, ont tiré profit de la chute brutale des prix agricoles et de ce fait, n'ont aucune difficulté à se procurer la nourriture dont ils ont besoin, on n'a vu aucune manifestation de l'esprit révolutionnaire que prêche la gauche, malgré le taux de chômage élevé causé par cette sévère dépression. Quant aux paysans eux-mêmes, ils ne sont nullement enclins à prêter l'oreille aux séductions de la gauche, tout menacés qu'ils soient par la famine.

– Mais les incidents ne sont-ils pas toujours engendrés par les militaires? repartit le vicomte. Et l'armée n'est-elle pas une armée issue des hameaux campagnards?»

Même si les façons péremptoires du jeune homme pouvaient bien, aux yeux des assistants, manquer tant soit peu de déférence, Kurahara n'était pas homme à se laisser amener à répondre sur un mode passionné. Sans cesser de les surveiller, ni se départir d'un ton égal, les mots coulaient de ses lèvres telles les blanches banderoles qu'on voit sortir de la bouche des saints et des pécheurs dans les gravures religieuses du Moyen Âge. Étant en train de boire un Manhattan, l'humidité de ses lèvres venait adoucir et tempérer sa voix rauque. On eût dit qu'un sourire était sur le point de voltiger sur ses traits austères et, lorsqu'il introduisit entre ses lèvres la cerise rouge enfilée sur son bâtonnet, il parut avaler en même temps le lot de soucis qui affligeaient alors la société.

«Mais d'un autre côté, dit Kurahara en le contredisant aimablement, n'est-ce pas l'armée qui nourrit les robustes fils des pauvres paysans? En comparant la récolte désastreuse de l'année dernière à la moisson record d'il y a deux ans, je ne puis m'empêcher de suspecter quelque sabotage de la part de ces paysans qui s'opposent avec véhémence à l'emploi de riz importé de l'étranger.

– S'ils agissaient de cette façon, est-ce qu'ils ne courraient pas le risque de mourir de faim? s'enquit ce jeune blanc-bec de vicomte.

– Bon, en tout cas, dit Kurahara sans répondre à la question qu'on lui posait, de quelque façon qu'on analyse la situation actuelle, j'ai parlé en envisageant l'avenir. Ces citoyens japonais – quelles sortes de gens sont-ils? J'imagine que, selon la personne interrogée, on obtiendrait toutes sortes de définitions. Quant à moi, je répondrais que les citoyens japonais constituent une race aveugle aux terribles périls de l'inflation. Une race qui, quand l'inflation vient les frapper, n'a pas même la sagesse de convertir son argent en biens réels pour se protéger. Il convient que nous n'oubliions jamais un seul instant que ce peuple à qui nous avons affaire constitue un ensemble de citoyens naïfs, ignorants, passionnés, émotifs. Il y a une certaine beauté à voir une nation manquer de sagesse au point de négliger sa propre sauvegarde. Mais oui, une beauté indéniable. Et c'est parce que j'aime le peuple japonais que je ne puis m'empêcher de détester ceux qui voudraient exploiter cette superbe ignorance afin de se gagner la faveur populaire.

Des mesures économiques rigoureuses ne sont jamais populaires et toute politique gouvernementale qui épouse l'inflation est sûre d'obtenir la faveur du peuple. Pour notre part, cependant – nous autres qui savons où se trouve, au bout du compte, le bonheur pour la race ignorante qu'est la nôtre – il nous faut lutter en gardant toujours ceci à l'esprit, même si un certain nombre de gens doivent inévitablement en être victimes.

– Ce qui constitue, au bout du compte, le bonheur du peuple, dites-vous. Qu'est-ce à dire ? s'enquit le vicomte d'un ton agressif.

– Ne le savez-vous pas ? » demanda Kurahara d'un air provocant, en inclinant la tête légèrement de côté tandis qu'un sourire éclairait son visage. Attentifs, ses auditeurs, tenus sous le charme malgré eux, inclinaient également la tête. On eût dit qu'au-dehors, les troncs des bouleaux blancs s'agitaient dans le long crépuscule comme les jambes pâlottes d'une rangée de jeunes garçons. Les ombres du soir tendaient un vaste filet au-dessus de la pelouse. En cet instant, tous les présents se tournaient vers le fantôme lumineux du bonheur essentiel connu des hommes dans l'attente d'une révélation. Quand Kurahara reprit la parole, ce fut comme si, sous leurs yeux, un poisson géant sautait en l'air avec vigueur hors le filet du soir qui allait se refermant, dans un éblouissement d'écailles d'or.

« Et ! vous ne savez pas ? Eh bien..., il se trouve que c'est une monnaie stable. »

Ses auditeurs en reçurent un tel choc qu'ils en restèrent muets tandis que les frissons d'une crainte indécise leur descendaient dans le dos. Kurahara n'avait cure de la réaction qu'il avait provoquée. Tel un mince vernis, une légère pellicule de tristesse parut s'étendre peu à peu sur ses traits compatissants.

« C'est cela qui est curieux dans les secrets. Du fait même que certaines choses sont si simples, si répandues, elles deviennent des secrets. Quoi qu'il en soit, ceux d'entre nous qui connaissent ce secret portent, à coup sûr, une lourde responsabilité.

Et bien que nous conduisions ce peuple ignorant et encroûté dans son ignorance, pas à pas le long du sentier qui mène finalement au bonheur, les voilà qui se démoralisent parce que c'est un sentier

CHAPITRE 15

escarpé. Ils prêtent une oreille attentive au démon qui leur souffle : "Regardez donc, voyez comme ce sentier-ci est plus facile." Alors quand ils aperçoivent l'autre sentier, si charmant avec des fleurs à profusion tout au long, ils s'y précipitent tête baissée et finissent par se jeter dans l'abîme de la ruine.

La science économique n'étant pas une œuvre charitable, on doit prévoir qu'environ dix pour cent des gens se trouveront victimes, les quatre-vingt-dix pour cent restants étant sauvés. Mais si nous n'y mettons pas du tout la main, c'est à cent pour cent que l'on s'acheminera joyeusement vers l'anéantissement.

– Ainsi donc, j'imagine, répliqua le vicomte Matsudaira, que les dix pour cent qui sont des paysans doivent se faire à l'idée de mourir de faim ? »

Le vicomte avait eu l'audace de parler de mourir de faim, et il était peu probable qu'au milieu de ce groupe, cette façon de s'exprimer eût l'effet désiré. Certains mots paraissent vides quoique outrageusement moralisateurs. Même sans adjectif, ils comportent intrinsèquement un élément d'exagération. Du point de vue du goût, ils laissent beaucoup à désirer, étant beaucoup trop grinçants et par nature, fleurant l'extrémisme. Le vicomte avait donc des raisons de se sentir embarrassé de s'être montré si imprudent.

Pendant que Kurahara dissertait si éloquemment, le maître d'hôtel français était venu murmurer à l'oreille de la baronne que le dîner était prêt à servir, mais la baronne n'avait d'autre choix que d'attendre que le goût de Kurahara pour sa propre conversation commençât d'être rassasié. Quand elle put enfin s'interposer, Kurahara se leva de sa chaise. Et là, sur le siège, bien visible en dépit des ombres qui s'épaississaient, il y avait un porte-cigarettes en argent ; ouvert, on apercevait son contenu, ordonné comme une rangée de dents blanches, complètement écrasé toutefois sous la masse de Kurahara.

« Ah, par exemple ! Encore ! » s'écria sa femme en voyant cela, et chacun rit de bon cœur, comme on faisait toujours aux bizarreries de Kurahara.

« Réellement, dit Mme Kurahara, en ramassant les cigarettes écrasées, comment avez-vous pu… ?

– Il m'a déjà causé des ennuis en s'ouvrant facilement.

– Mais, sapristi, vous ne l'avez donc pas senti en vous asseyant dessus ?

– C'est le genre d'affaire dont seul monsieur Kurahara peut se tirer, je crois bien, dit la baronne Shinkawa pour le taquiner en s'avançant par les îlots de clarté dont les fenêtres parsemaient la pelouse.

– Je ne comprends toujours pas. Ça vous a sûrement fait mal, ouvert comme cela, dit Mme Kurahara.
– J'ai pensé que c'était seulement la chaise en rotin.
– Mais oui, c'est vrai que nos chaises en rotin font mal, s'exclama la baronne, provoquant ainsi de nouveaux rires chez les invités.
– Tout bien considéré, dit pour sa part le baron Shinkawa avec son air absent, comme toujours, elles valent beaucoup mieux que celles du cinéma là-bas. Il y avait à Karuizawa un vieux cinéma installé dans une ancienne écurie.»

Le marquis Matsugae n'avait pas sa part dans un tel entretien. Et quand il eut pris place à table, la femme du ministre d'État, assise auprès de lui, se trouva à court de sujets appropriés.

«Avez-vous parlé ces temps-ci, risqua-t-elle, au marquis Yoshichika Tokugawa?»

Le marquis réfléchit un instant. Il lui semblait n'avoir pas parlé à Tokugawa depuis très longtemps. Et puis, si, il avait l'impression d'avoir causé avec lui rien que deux ou trois jours auparavant. De toute manière, le marquis Tokugawa n'avait jamais, à aucun moment, discuté de rien d'important avec le marquis Matsugae. Chaque fois qu'ils s'étaient rencontrés, soit dans les couloirs de la Chambre, soit au club des Pairs, ils n'avaient jamais fait qu'échanger quelques mots au sujet de la lutte.

«Ma foi, répondit-il, je ne l'ai guère vu ces derniers temps.
– Il a déployé pas mal d'activité récemment parmi les anciens combattants, en rassemblant les associations comme la société pour l'Épanouissement moral, dit la dame. Il aime beaucoup ce genre de choses, le marquis Tokugawa.
– Oui, acquiesça un monsieur de l'autre côté de la table, il semble trouver une grande satisfaction à laisser les mécontents de droite se servir de lui comme prête-nom. Petit à petit, à jouer avec le feu, cela va devenir quelque chose de sérieux.
– S'il faut qu'un homme joue avec le feu, mieux vaut des femmes, je suppose», déclara la baronne Shinkawa d'une voix qui semblait assez forte pour fendre en deux les pétales des fleurs qui décoraient la table. Lorsqu'elle parlait de jouer avec le feu, sans le moins du monde vouloir insinuer quoi que ce fût, il sautait aux yeux immédiatement qu'elle-même était incapable de toute inconduite.

Une fois qu'on eut servi le potage, la conversation se tourna vers le genre de sujet dont les classes supérieures avaient davantage l'habitude de parler. Une discussion s'engagea pour savoir quel type de costume conviendrait pour participer incognito à la Fête de Bon au village

CHAPITRE 15

cette année-là. À Karuizawa la fête se célébrait en août, conformément à l'ancien calendrier. Cela rappela au marquis Matsugae les fêtes de Bon à la résidence de Tokyo quand on suspendait au bord du toit à l'extérieur du grand salon des lanternes de Gifu. Et puis il se rappela quelque chose qui avait contrarié sa mère jusqu'à l'heure de sa mort. C'était elle qui avait acheté les quarante-cinq hectares du domaine Matsugae à Shibuya pour trois mille yens que lui avait procurés la vente d'actions. Au milieu de l'ère Taisho, vers 1920, elle en vendit trente hectares pour cinq millions de yens mais l'acquéreur, la société immobilière Hakone, mit fort peu d'empressement à acquitter sa dette, une cause de souci qui hanta sa mère jusqu'à son dernier souffle.

« Ont-ils fini par payer ? Est-ce que nous avons l'argent ? » demandait-elle sans arrêt pendant sa dernière maladie. Ceux qui étaient à son chevet, voulant mettre fin à ce scandaleux étalage de son inquiétude, lui racontèrent que le paiement avait effectivement eu lieu, mais la vieille femme sur son lit de mort n'était pas dupe.

« À quoi bon mentir, dit-elle. Si tout cet argent faisait son entrée dans cette maison, on entendrait le parquet crisser et gémir sous ses pas. Or, je n'ai rien entendu de pareil, n'est-ce pas ? Je veux l'entendre marcher afin de mourir en paix. »

Après le décès de sa mère, le temps ayant passé et après bien des vicissitudes, le compte fut enfin soldé entièrement. Toutefois, en 1927, au début de l'ère Showa, le marquis en perdit plus de la moitié lors de la faillite de la Quinzième Banque Nationale. Yamada, l'intendant qui traînait la jambe, accablé par le sentiment de sa responsabilité, se pendit.

Du fait que sa mère n'avait soufflé mot de Kiyoaki, ne parlant de rien d'autre que d'argent, sa mort, en ce qui concernait le marquis, se trouva dépouillée de toute émotion profonde. Dans son for intérieur, il ne pouvait s'empêcher de pressentir que pour lui aussi, le déclin de sa vie et son trépas ne s'éclaireraient guère des nobles feux du couchant.

La maison Shinkawa se gouvernant à la mode anglaise, les messieurs demeuraient dans la salle à manger après dîner où on leur offrait des cigares, tandis que les dames se retiraient au salon. Qui plus est, conformément aux habitudes victoriennes, les messieurs ne rejoignaient pas les dames avant de s'être adonnés à cœur joie aux boissons digestives. C'était là pour la baronne Shinkawa une source de profond ennui, mais comme c'était une habitude anglaise, elle l'acceptait comme une chose à laquelle il ne saurait être question de rien changer.

La pluie s'était mise à tomber vers le milieu du repas. La soirée étant devenue plus fraîche qu'à l'ordinaire, les domestiques s'empressèrent d'allumer un feu de bûches de bouleau blanc dans la cheminée. Le marquis n'eut donc pas besoin de sa couverture. On éteignit les lumières dans la pièce et les hommes prirent leurs aises autour de la cheminée.

Le ministre d'État commença à parler, en s'adressant à Kurahara, revenant à un sujet qui excluait le marquis Matsugae.

« À propos de ce que vous disiez tout à l'heure, j'aimerais beaucoup que vous puissiez donner une explication aussi approfondie au Premier ministre. Bien qu'il préférerait demeurer au-dessus de ces affaires, il ne peut éviter de se trouver soumis à la pression des événements.

– Les explications approfondies, c'est mon fort, répondit Kurahara. Et je n'ai pas épargné le Premier ministre. Quel embarras je dois être pour lui.

– Oh, mais ce n'est pas en étant un embarras pour les Premiers ministres que vous courez des risques, répliqua le ministre d'État. Il y a une chose que j'ai dû m'abstenir de dire auparavant, afin de ménager la sensibilité des dames, mais réellement, Kurahara, j'aimerais vous voir plus attaché à votre sécurité. Vous êtes un des piliers de notre économie et ce serait vraiment une catastrophe si vous deviez avoir le même sort que Inoue et Dan. Quelques précautions que vous preniez, vous ne pouvez vraiment pas être trop attentif.

– Puisque vous avez la bonté de me dire cela, j'ai tout lieu de penser que vous êtes parfaitement au courant de ce qui se passe», répondit Kurahara de sa voix rauque, sans que son expression changeât. Même si quelque inquiétude s'était manifestée sur son visage, elle eût été cachée par le va-et-vient des flammes dont les reflets traversaient ses traits joufflus. «Toutes sortes de déclarations me parviennent venant d'assassins en puissance et la police s'en inquiète fort. Cependant, ayant si longtemps vécu, je n'ai aucun souci de ma sécurité. Ces craintes que je puis avoir se rapportent, non à ma personne, mais à l'avenir de notre pays. J'ai grand plaisir, tout comme un enfant, à échapper à ceux qui me gardent et à n'en faire qu'à ma guise. Certains craignent tellement pour moi qu'ils préconisent des mesures embarrassantes à mon égard, et il en est d'autres qui me disent d'employer l'argent pour me protéger, en offrant de servir d'intermédiaires. Mais je ne me sens nullement enclin à rien faire de semblable. Ce n'est pas sur le tard que je vais me mettre à acheter un supplément de vie.»

CHAPITRE 15

Kurahara s'exprimait avec une telle assurance que ceux qui étaient là se sentirent mal à l'aise, mais il n'était pas homme à tenir grand compte de telles réactions.

Le vicomte Matsudaira chauffait au-dessus du feu ses mains blanches et lisses. Elles avaient pris une teinte rosée délicate qui remontait depuis les ongles bien soignés. Le regard fixé sur la cendre du cigare qu'il tenait du bout des doigts, il commença une histoire dans le but évident de semer le désarroi.

« Voici une chose que j'ai ouï raconter à quelqu'un qui commandait une compagnie en Mandchourie. Cela s'est gravé dans ma mémoire parce que je n'avais jamais entendu d'histoire aussi dramatique. Un jour, cet officier reçut une lettre du père d'un soldat de sa compagnie qui venait d'une contrée agricole des plus pauvres. La famille, écrivait le père, succombait de misère et des tourments de la faim. Quoiqu'il n'y eût pas moyen pour le père de réparer ses torts envers sont fils déférent du fait du désir qu'il allait exprimer, il espérait néanmoins que ce dernier allait mourir au combat le plus tôt possible. Car, sans la pension d'ascendants qu'ils recevraient alors, la famille n'avait aucun moyen de survivre. Comme on pouvait bien s'y attendre, le commandant de compagnie n'osa pas montrer cette lettre au fils, et la mit de côté. Et, me dit-il, très peu de temps après, il arriva que le fils trouva une mort héroïque sur le champ de bataille.

– C'est réellement arrivé ? demanda Kurahara.

– L'histoire m'a été racontée par le commandant de compagnie en personne.

– Pas possible ! »

La sève des bûches crépitait dans les flammes de la cheminée durant le silence qui succéda à l'exclamation de Kurahara. Après quelques instants, ce dernier sortit son mouchoir, et le bruit qu'il fit en se mouchant attira l'attention des autres. Ils virent plusieurs larmes qui brillaient à la lumière du feu, couler le long des joues rebondies de Kurahara, sillonnées de rides.

Ces larmes énigmatiques remuèrent profondément tous ceux qui étaient là. Le plus stupéfait de les voir fut le vicomte Matsudaira, mais il se contenta de se féliciter de son aptitude à raconter des histoires. Toutefois, les larmes de Kurahara en suscitèrent d'autres chez le marquis Matsugae. Que cet homme si peu sentimental pleurât par sympathie avec quelqu'un d'autre ne pourrait peut-être s'expliquer qu'en concluant que son tempérament parfaitement égoïste n'avait pu résister aux approches de la vieillesse. Quant aux larmes de Kurahara qui demeureraient une sorte de mystère en dépit de toutes explications, seul peut-être le baron Shinkawa était à même de les comprendre exactement. Le baron ayant le cœur froid, il ne courait de risque en aucune situation. Toutefois, les larmes présentaient un danger. À supposer qu'elles ne fussent pas nécessairement engendrées par l'approche de la sénilité.

Si bien que le baron était quelque peu ému, quelque peu déconcerté et, en conséquence, bien qu'il eût l'habitude de laisser ses cigares à demi fumés, il négligea de jeter dans le feu celui qu'il tenait.

16

*I*sao résolut, lorsqu'il aurait audience avec le prince Toin, plutôt que de s'exprimer en termes personnels, d'apporter *La Société du Vent Divin*. Comme il ne pouvait s'agir simplement de prêter le livre au prince, il lui fallait acheter un nouvel exemplaire à lui offrir. Pour la première fois, il trouva que les talents de sa mère servaient à quelque chose. Il lui demanda de faire une couverture en brocart pour l'exemplaire dont il désirait faire hommage, en choisissant un motif aussi neutre que possible. Elle se mit à l'ouvrage avec son aiguille, au comble de l'enthousiasme.

Cependant, l'affaire arriva aux oreilles de son père. Iinuma fit venir son fils et l'avertit qu'il n'était pas question qu'il vît le prince.

« Mais pourquoi pas ? demanda Isao, stupéfait.

– Parce que je le dis. Il n'y a pas lieu de donner des explications. »

Son fils ne pouvait savoir combien était enchevêtré l'écheveau des passions d'Iinuma ni vers quelles profondeurs, vers quelle obscurité il conduisait. Encore moins pouvait-il connaître le rôle que le prince avait joué dans les événements qui avaient amené la mort de Kiyoaki.

Se rendant compte que son courroux était impossible à expliquer, Iinuma lui-même n'en fut que plus mal à l'aise. Bien qu'il n'ignorât nullement que, dans cette affaire, le rôle du prince était à l'évidence celui de l'offensé, néanmoins chaque fois qu'il se reportait aux causes lointaines du trépas de Kiyoaki, il était contrarié de retrouver invariablement l'image de quelqu'un qu'il n'avait jamais rencontré, le prince Toin. S'il n'y avait pas eu le prince, si le prince n'avait pas été là à ce

CHAPITRE 16

moment et en cet endroit précis... Les griefs d'Iinuma tendaient toujours vers cette même conclusion. À la vérité, s'il n'y avait pas eu le prince, le tempérament indécis de Kiyoaki l'aurait encore vraisemblablement davantage empêché de s'attacher Satoko fût-ce quelque temps, mais, n'étant guère au courant des détails, Iinuma inclinait à fixer avec entêtement sa rancune sur la personne du prince.

Il était encore tourmenté par l'écart qui existait de longue date entre son credo politique et les passions tumultueuses qui en étaient la source. Par la fidélité brûlante, passionnée qui, tout jeune encore, avait pris forme chez Iinuma, fidélité traversée parfois de colère et de mépris, se déversant d'autres fois comme une cataracte, parfois encore entrant en éruption comme un volcan, cette fidélité qui faisait tellement partie de son personnage était fidélité tout acquise à Kiyoaki. Pour la définir avec encore plus de précision, on pourrait dire que c'était là une fidélité vouée à la beauté de Kiyoaki. C'était une fidélité qui tendait à dévier vers la trahison, une fidélité qu'étouffait en permanence un sombre courroux. Pour cette raison même, c'était une passion qu'on ne pouvait appeler d'un autre nom.

Il l'appelait fidélité. Soit. Et pourtant, c'était chose bien différente que de se consacrer à un idéal. Il luttait contre la beauté ineffable d'une tentation qui risquait de l'attirer bien loin de son idéalisme. Il souhaitait de tout son être concilier idéalisme et beauté qui, tous deux, avaient une telle emprise sur son cœur et, qui plus est, le flot de sa passion naissait d'une sorte de besoin puissant de concilier l'un et l'autre. La fidélité qui était en lui avait dès l'origine pris l'allure d'une fidélité solitaire, sans partage. Ç'avait été pour lui, dès son jeune âge, la passion de sa destinée, dague qu'il s'était trouvé forcé d'empoigner.

Devant ses élèves, Iinuma aimait à employer l'expression « l'amour de l'Empereur ». Chaque fois que ces paroles sortaient de ses lèvres, il sentait émaner de lui un flux puissant qui faisait trembler d'émotion ses étudiants et étinceler leurs yeux. À coup sûr, la source de cette inspiration se trouvait dans quelque expérience de sa jeunesse; sinon, d'où aurait-elle bien pu venir?

Du fait qu'Iinuma ne s'analysait guère, il était fort capable d'oublier tout ce qui relevait de la lointaine source de ses passions. Transcendant librement la durée, il dirigeait son feu intérieur à son gré, l'envoyant enflammer ce qui lui plaisait, s'abandonnant au repos dans les flammes, se laissant aller à goûter leur brûlant délire sans souffrir, ce faisant, de douleur véritable. Pourtant, si Iinuma avait été plus honnête envers lui-même, il aurait sans nul doute remarqué qu'il utilisait un nombre excessif de métaphores ayant trait à la passion. Sans nul doute, il aurait reconnu en lui-même quelqu'un qui, certes, jadis, avait tout entier vécu tel poème à l'origine, mais se contentait désormais d'en recueillir le simple écho et ne cessait d'appliquer des images de la lune, de la neige et des floraisons d'antan à des tableaux qui changeaient au rythme des années. En bref, ce dont il ne se rendait pas compte, c'était que son éloquence sonnait creux.

Ainsi, eu égard à la révérence due à la famille impériale, bien que lui, Iinuma, eût été prêt à pourfendre sur-le-champ quiconque aurait mis en doute cette vertu, une ombre glacée, telle l'image tremblante mais invariable de la pluie coulant le long d'une toiture vitrée, fondait sur son propre sentiment de révérence, et c'était le nom du prince Toin.

« Qui est-ce qui devait t'emmener voir le prince Toin ? » demanda Iinuma d'un air quelque peu calmé et détourné. Le garçon ne répondit rien.

« Qui est-ce ? Tu ne vas pas répondre ?
– Je ne puis répondre à cette question.
– Pourquoi ne peux-tu pas répondre ? »

Le garçon retomba dans son silence. Cela rendit Iinuma furieux. Dire « Tu n'iras pas voir le prince Toin », était pour lui l'ordre d'un père à son fils. Cela se passait d'explication. Mais, pour Iinuma, qu'Isao ne lui révélât pas le nom de son intermédiaire équivalait à se rebeller contre son père. La vérité, c'est qu'en l'occurrence, Iinuma, en tant que père d'Isao, aurait dû être en mesure d'expliquer sur quoi reposait son hostilité à l'égard du prince, de sorte que son fils l'aurait fort bien comprise. Il aurait dû être à même de dire que si Isao ne devait pas voir le prince, c'était parce que ce dernier avait été mêlé aux circonstances qui avaient amené la mort du jeune maître au service duquel était Iinuma. Cependant, tel un rocher porté au rouge par la chaleur, la honte obstruait sa gorge, empêchant toute explication.

Quant à Isao, aller ainsi à l'encontre de son père était chose des plus extraordinaires. En présence de son père, il s'était toujours montré réservé et respectueux. Pour la première fois, Iinuma s'apercevait qu'il y avait, chez son fils, au plus profond, un élément inviolable, et lui qui n'avait pas réussi à éduquer Kiyoaki, en d'autres temps et dans des circonstances toutes différentes, éprouvait maintenant la même déception déprimante avec Isao et il ne put réprimer un déchirement soudain.

CHAPITRE 16

Père et fils s'affrontaient, assis face à face, tandis que la lumière du couchant, plus brillante passé l'ondée de ce début de soirée, se reflétait dans les flaques éparses du jardin au-dehors et que le vert du feuillage étincelait comme si arbres et arbustes à fleurs avaient poussé au Pays Pur. Une brise agréablement fraîche passait sur leurs visages. La colère d'Isao prenait un aspect précis, tel un objet gisant au fond d'un clair ruisseau. Il en ressentait la présence comme d'une pièce que, sur un échiquier de go, il pouvait poser à son gré. Mais les passions qui faisaient rage chez son père lui apparaissaient, comme toujours, opaques, passant sa compréhension. Les cigales persistaient dans leur chant solennel.

L'exemplaire de *La Société du Vent Divin* était posé sur la table, sous sa couverture sobre de brocart rouille et vert. Isao s'en saisit brusquement et se leva dans l'intention de quitter la pièce sans rien ajouter. Son père le devança. Il arracha le volume des mains de son fils et se mit debout, lui aussi.

Un instant, leurs regards se croisèrent. Isao, regardant les yeux de son père, en vit toute la lâcheté sans qu'y brillât aucun courage. Mais, dans ces yeux, tel le martèlement lointain des sabots qui se rapprochent, la colère jaillissait du plus profond du cœur.

« As-tu, oui ou non, une langue dans la tête ? »

Iinuma lança le livre dans le jardin. En y plongeant avant d'y demeurer immobile, le livre destiné à un prince vint briser la surface luisante orangée d'une des flaques. À l'instant où il vit l'eau boueuse se refermer sur l'objet qu'il avait investi d'un caractère aussi sacré, Isao se sentit envahi de colère, comme si une muraille avait soudain éclaté sous ses yeux. Sans s'en rendre compte, il serra les poings. Son père trembla. Il gifla Isao à toute volée.

Au bruit, la mère de ce dernier entra dans la pièce. Aux yeux de Mine, la silhouette de ces deux hommes debout apparut gigantesque. L'instant d'après, elle remarqua que le kimono de son mari était en désordre mais non pas celui de son fils qu'il venait de souffleter. Elle regarda au-dehors dans le jardin qui étincelait dans le rougeoiement du couchant. Mine se souvint de l'accès de rage de son mari à l'époque où il l'avait battue, la laissant à demi morte.

Se glissant sur le parquet de tatami, Mine s'interposa entre eux deux, en s'écriant : « Isao ! Qu'est-ce que tu fais ? Demande pardon à ton père. Comment oses-tu le dévisager de cette façon ! Allons, incline-toi et demande-lui pardon à l'instant.

— Regardez », dit Isao, sans s'occuper du coup qui l'avait atteint à la joue. Il mit un genou en terre et, tirant sa mère par la manche, il la fit jeter les yeux dans le jardin. Au-dessus de sa tête, Mine entendait son mari haleter comme un chien. Par contraste avec le jardin éclatant, l'intérieur de la maison semblait très sombre. Mine avait le sentiment qu'il flottait quelque chose dans cette obscurité et l'emplissait, une chose si pleine de mystère que, les yeux levés, elle ne pouvait supporter de les tenir ouverts. Perdue à demi dans un rêve, Mine songeait à l'heure, il y avait bien longtemps, passée dans la bibliothèque du marquis Matsugae. Pourtant, comme dans un délire, elle répétait : « Demande pardon. Demande pardon tout de suite. »

Lentement, elle ouvrit les yeux. L'objet qui s'y dessina clairement était le brocart scintillant vert et rouille, à moitié enfoncé dans une flaque d'eau. Mine fut pétrifiée. Le brocart qui étincelait dans le soleil du soir, parmi l'eau boueuse, l'affecta tellement qu'il lui sembla que c'était elle qu'on punissait. Quant au livre dont il pouvait s'agir, Mine n'en avait pas la moindre idée.

Le prince avait informé le lieutenant Hori qu'il les recevrait le dimanche soir, et l'officier emmena Isao lui offrir leurs hommages à la résidence des Toinnomiya à Shiba. Une série de malheurs s'était abattue sur la famille du prince. Après le décès de son frère aîné, qui n'avait jamais eu beaucoup de santé, ce fut, à peu de temps de là, le tour de son père et de sa mère. De sorte que le seul héritier de la famille Toinnomiya était le vigoureux prince Harunori. Quand ses obligations l'appelaient au loin, sa femme et ses enfants disposaient de la demeure tout entière et, comme son épouse était une dame d'un tempérament des plus paisibles appartenant à une famille de noblesse de cour, une quiétude solitaire, comme on pouvait s'y attendre, hantait la résidence la plupart du temps.

Isao avait eu de grandes difficultés à se procurer un troisième exemplaire de *La Société du Vent Divin,* mais il en trouva un, à la fin, dans une boutique de livres d'occasion, et il le portait sous le bras en marchant, vêtu de sa tenue d'été de *kokura* au côté du lieutenant Hori. Du moins, il avait pris soin de l'envelopper de bon papier et de dessiner à l'encre des caractères qui signifiaient que c'était un cadeau. En quittant la maison ce soir-là, pour la première fois, il avait usé d'une supercherie envers son père.

Le vaste portail de l'hôtel des Toinnomiya était clos, et seule une vague lumière était allumée à l'extérieur. Rien n'indiquait la présence du maître. Une petite porte située à proximité du portail était ouverte, une veilleuse éclairant le gravier. Quand le lieutenant fran-

CHAPITRE 16

chit la porte, on entendit le fourreau de son sabre heurter légèrement le chambranle.

Bien que le garde eût été informé à l'avance de leur venue, il prit soin d'en avertir la maison par un téléphone intérieur, et, dans l'intervalle, Isao observa combien il entendait distinctement les bruits d'ailes des noctuelles, des petits papillons et autres insectes qui voletaient autour de la lampe accrochée au toit du vieux poste de garde ; et il prit conscience du profond silence où baignaient les arbres qui entouraient la demeure et le chemin montant de gravier à la blancheur resplendissante sous la lune.

Quelques instants plus tard, ils gravissaient le chemin. Les bottes du lieutenant faisaient un bruit lourd, répété, de succion comme s'il avait accompli une marche de nuit. Isao ressentait encore une légère tiédeur qui rappelait la chaleur torride de midi.

Contrastant avec le style tout occidental de la villa des Toinnomiya à Yokohama, cette demeure-ci était de style japonais. Dominant la large étendue de gravier, blanche au clair de lune, là où les voitures s'arrêtaient, s'élevait au-dessus de l'entrée la pesante toiture d'un pignon chinois.

La partie administrative de l'hôtel était apparemment à côté de l'entrée, mais aucune lumière n'y était allumée à cette heure tardive. Un vieux maître d'hôtel sortit à leur rencontre et, après s'être chargé du sabre du lieutenant, il les escorta à l'intérieur. Nulle part, il n'y avait signe de vie dans la maison. Un tapis grenat était étendu dans le couloir dont l'une des parois avait des boiseries de style occidental. Après avoir ouvert la porte d'une pièce plongée dans l'obscurité, le maître d'hôtel fit jouer un bouton. La lumière vint frapper les yeux d'Isao, éclat rayonnant d'un lustre massif suspendu au milieu de la pièce. Ses innombrables fragments de verre flottaient dans l'air comme une brume étincelante.

Isao et le lieutenant s'assirent, l'air compassé, dans des fauteuils couverts de housses en toile tandis que le souffle d'un ventilateur alangui venait frôler leurs joues. Ils entendaient des bruissements d'insectes qui heurtaient la fenêtre en voletant. Le lieutenant demeurant silencieux, Isao fit de même. Après une brève attente, un serviteur leur apporta de l'orgeat glacé.

Une vaste tapisserie des Gobelins illustrant une scène de bataille pendait au mur. Un chevalier plongeait sa lance dans la poitrine d'un fantassin ployé en arrière par la force du coup. La tapisserie s'était fanée avec le temps et le flot de sang qui s'épanouissait à la poitrine de l'homme se teintait de la nuance roussâtre d'un vieux *furoshiki*. Le sang et les fleurs se ressemblaient, pensa Isao, en ce que tous deux étaient prompts à sécher, prompts à changer de substance. C'était pourquoi, précisément, le sang et les fleurs pouvaient continuer à vivre en revêtant la substance de la gloire. La gloire sous toutes ses formes était inévitablement chose métallique.

La porte s'ouvrit et le prince Harunori, portant un complet de toile blanc, entra dans la pièce. Bien que son arrivée fût sans prétention et que ce défaut même de cérémonie vînt tant soit peu réchauffer et soulager l'atmosphère légèrement tendue, le lieutenant, se levant d'un bond, se figea dans un garde-à-vous qu'imita Isao. L'espace d'un instant, Isao étudia le prince, premier membre de la famille impériale qu'il eût jamais approché de si près. Son Altesse n'était pas spécialement grande, mais son physique donnait assurément l'impression de la vigueur. Son complet bombait à la taille, tirant sur les boutons du veston. Épaules et poitrine étaient si bien en chair que cette silhouette vêtue de blanc avec sa cravate nouée jaune orangé aurait pu, au premier abord, passer pour celle d'un politicien. Mais le teint magnifiquement hâlé, les cheveux tondus, le nez superbe, plutôt aquilin, la majesté qui se reflétait dans les yeux longs et fins et la moustache d'un noir de jais soigneusement taillée, tout cela révélait que, sans le moindre doute, on avait affaire à quelqu'un chez qui l'allure martiale du chef s'associait à l'air élégant de la noblesse. Le prince avait des yeux brillants et vifs tout en donnant l'impression qu'il devait rarement détourner son regard pénétrant.

Le lieutenant présenta Isao aussitôt et celui-ci s'inclina profondément.

« Est-ce là le jeune homme dont vous m'avez parlé ? Eh bien ! Asseyez-vous donc, mettez-vous à l'aise, dit le prince aimablement. Pour ce qui est des jeunes gens d'aujourd'hui, je n'en ai pas rencontré un seul en dehors des militaires. Si bien, me suis-je dit, que si ce garçon est un civil et qu'il en vaut vraiment la peine, alors je souhaiterais vivement le rencontrer. Isao Iinuma, c'est bien cela ? J'ai entendu parler de votre père. »

Le lieutenant ayant averti Isao de dire tout ce qui lui viendrait à l'esprit, celui-ci demanda brusquement :

« Votre Altesse, mon père a-t-il jamais eu audience avec vous ? »

Le prince ayant répondu que tel n'était pas le cas, l'énigme paternelle s'obscurcit, devenant encore plus complexe. Pourquoi receler de tels sentiments envers quelqu'un qu'il n'avait jamais rencontré ?

Le prince et le lieutenant se mirent à raconter de vieilles histoires avec une liberté venant de ce que tous deux étaient des militaires.

CHAPITRE 16

Isao guettait l'occasion d'offrir son livre. Il n'avait guère d'espoir que l'officier s'efforçât de lui procurer une telle occasion. Le lieutenant Hori semblait avoir tout oublié de ce qui concernait ce volume.

En conséquence, Isao demeurait silencieux, n'ayant d'autre choix que de rester assis, raide comme il convenait, tout en observant, de l'autre côté de la table, le prince tenir des propos aimables. La blancheur de son front que le soleil n'avait point hâlé brillait au-dessous du lustre d'un éclat serein. Dans la lumière qui luisait sur son crâne tondu, les cheveux frais coupés se hérissaient en parfait alignement.

Se rendant compte peut-être du regard perçant d'Isao, le prince détourna soudain son regard, jusque-là fixé sur le lieutenant, vers Isao. Un instant, leurs yeux se rencontrèrent. Ce fut comme si le battant d'une vieille cloche en fonte, toute rouillée, longtemps muette, s'était trouvé libéré au passage par quelque vibration venant frapper une note inattendue. Ce que disaient en cet instant les yeux du prince, Isao ne put le saisir, ni davantage vraisemblablement, le prince lui-même. Mais cet instant furtif où ils communièrent était chargé d'une émotion qui transcendait l'ordinaire de l'amour et de la haine, émotion qui émanait de quelque lien mystérieux. Un instant, une peine lointaine sembla couler des yeux immobiles du prince comme s'il eût voulu apaiser l'ardeur des yeux d'Isao dans l'eau de son chagrin.

« Le lieutenant, lui aussi, m'a regardé de la même façon pendant la leçon de kendo, pensa Isao. Mais cette fois-là, tout au fond, il y avait quelque chose de précis qu'il me communiquait sans rien dire. Alors que, dans le regard du prince, ce n'est pas cela. Peut-être n'ai-je pas fait bonne impression à Son Altesse. »

À ce moment, le prince qui était retourné à sa conversation avec le lieutenant, hochait la tête pour approuver vigoureusement quelque chose qu'avait dit ce dernier et qui avait échappé à Isao.

« Vous avez raison, dit le prince. La noblesse, elle aussi, est coupable. Cela paraît admirable d'appeler la noblesse le "rempart vivant" de la famille impériale, mais il en est dans son sein qui, assurés de leur pouvoir, vont jusqu'à faire peu de cas de Sa Majesté Sacrée. Ce n'est pas nouveau. On en trouve des exemples depuis les temps anciens, savez-vous. Et quant à la nécessité de châtier la vanité présomptueuse de ceux qui devraient être un modèle de conduite pour les gens du commun, là, tout spécialement, je partage entièrement votre opinion. »

17

Isao fut surpris de l'aversion que montrait le prince à l'encontre de la noblesse avec laquelle il avait des liens si étroits. Mais si l'on prenait en considération la situation du prince, pensa-t-il, il y avait sans aucun doute nombre d'occasions où la corruption de la noblesse offensait l'odorat de Son Altesse. Quant à la corruption des politiciens et des hommes d'affaires, si éloignée qu'elle se trouvât, elle vous prenait aux narines aussi carrément que la puanteur d'un cadavre d'animal dont, l'été, les bouffées parviennent à travers champs. Mais la noblesse était capable de masquer sa propre odeur nauséabonde dans un parfum d'encens. Isao aurait voulu entendre de la bouche du prince les noms de ceux qu'il considérait comme les pires parmi la noblesse, mais Son Altesse s'abstint prudemment de les mentionner.

Se sentant désormais un peu plus à l'aise, Isao prit le volume dans son emballage de papier et s'adressa au prince :

« J'ai apporté ceci, désirant l'offrir à Votre Altesse. Bien que ce soit un vieux livre défraîchi, tout notre esprit s'y trouve contenu, et mon espoir est d'être l'un de ceux qui entretiendront cet esprit. » Maintenant, les mots venaient facilement à ses lèvres.

« Ah ? *La Société du Vent Divin,* tiens ! dit le prince en défaisant l'emballage et en regardant le contenu.

– Je crois que ce livre offre une excellente présentation de l'esprit de la Société, dit le lieutenant, venant à l'aide d'Isao. Ces étudiants que voici semblent s'être juré de fonder une fraternité similaire pour l'ère Showa.

– Vraiment ? En ce cas, au lieu de la garnison de Kumamoto, se sont-ils jetés sur le Troisième Régiment d'Azabu, dites-moi ? » fit le prince. Bien qu'il plaisantât, il ne montrait aucun mépris tandis que, poliment, il tournait les pages. Puis, levant tout à coup les yeux de sur le livre, il regarda fixement le jeune homme en s'adressant à lui : « Je vais vous demander une chose. Supposez... supposez qu'en telle occasion, vous ayez déplu à Sa Majesté Impériale, du fait de votre esprit ou de votre conduite. Que feriez-vous en ce cas ? »

Une question comme celle-là ne pouvait venir que d'un membre de la famille impériale. Et de plus, même au sein de la famille impériale, on ne pouvait s'attendre à la voir poser par quiconque, certai-

CHAPITRE 17

nement, sinon par le prince Harunori. Le lieutenant et Isao sentirent leur esprit se tendre à nouveau. Ils déduisaient intuitivement quelque chose de la teneur de cet instant : la question du prince, bien qu'en apparence adressée au seul Isao, incluait en fait l'officier. Les aspirations encore inexprimées de ce dernier, ses intentions, en amenant avec lui délibérément ce garçon inconnu, à la résidence Toinnomiya, telles étaient certaines des choses que le prince devait avoir eues dans l'esprit en posant sa question. Isao s'aperçut que le prince, tout en n'étant pas directement son supérieur, jugeait embarrassant, en tant que commandant régimentaire, de questionner un lieutenant à brûle-pourpoint et, tout à coup, il prit conscience de sa propre situation. Tant le prince que le lieutenant se servaient de lui comme d'un interprète ou d'une marionnette qui transmet les intentions d'un autre ou encore, comme d'un pion sur un échiquier. Quoique le dialogue en cours fût désintéressé et ne comportât aucun avantage pour ceux qui y prenaient part, Isao, pour une fois dans sa jeune vie, eut le sentiment de se trouver au milieu de quelque chose qui ressemblait au tourbillon de la politique partisane. Même si cela lui laissait un goût un peu désagréable dans la bouche, il n'aurait pas été fidèle à son personnage s'il n'avait pas répondu aussi franchement qu'il était en son pouvoir. On entendait le fourreau du lieutenant racler légèrement, en le heurtant, le bras du fauteuil.

« Comme les membres de la Société, je m'ouvrirais le ventre.

– Vraiment ? » L'expression du prince guerrier indiquait qu'il s'était accoutumé à entendre pareilles réponses. « Bon, mais alors, s'il était satisfait, qu'est-ce que vous feriez ? »

Isao répliqua sans la moindre hésitation : « En ce cas, également, je m'ouvrirais le ventre aussitôt.

– Ah ! » Pour la première fois, une lueur de curiosité traversa le regard du prince. « Et qu'est-ce que cela voudrait dire ? Expliquez-vous.

– Oui, Votre Altesse. C'est affaire de loyalisme. Supposez que je confectionne des boulettes de riz avec du riz si chaud qu'il en brûle mes mains. Je n'ai d'autre intention que de les offrir à Sa Majesté, de les offrir en sa présence sacrée. Or, que se passe-t-il ? Si Sa Majesté n'a pas faim, elle refusera sèchement mon offrande ou peut-être même aura-t-Elle la bonté de dire : "Me faut-il manger de ce mets insipide ?" et me le jettera à la face. En ce cas, je devrai me retirer, les grains de riz me collant encore au visage, et, de reconnaissance, aussitôt, je m'ouvrirai le ventre. Cependant, si Sa Majesté a faim et veut bien prendre plaisir à manger les boulettes de riz, je n'aurai pas d'autre recours que de me retirer aussitôt et, en reconnaissance, de m'ouvrir le ventre. Et pourquoi ? Faire des boulettes de riz pour les offrir en nourriture à Sa Majesté Sacrée avec des mains si communes constitue un péché qui mérite d'être puni de mille morts. Mais alors, supposez que j'aille confectionner des boulettes de riz comme offrande mais en les gardant dans mes mains sans en faire présent, que se passerait-il ? Au bout d'un temps, le riz certes pourrirait. Cela aussi serait faire preuve de loyalisme, j'imagine, mais je dirais un loyalisme dénué de courage. Le loyalisme courageux est le fait de celui qui, sans crainte de mourir, ose offrir les boulettes de riz qu'il a apprêtées avec une dévotion sans partage.

– Tout en sachant que c'est péché ? Est-ce là ce qu'il doit faire ?

– Oui, Votre Altesse. Messieurs les militaires, Votre Altesse la première, vous avez bien de la chance. Car le loyalisme du soldat consiste à donner sa vie pour obéir aux commandements de l'Empereur. Mais, dans le cas d'un civil ordinaire, il lui faut être prêt à pécher par loyalisme, sans autorisation.

– "Obéir aux lois" – n'est-ce pas là un commandement de Sa Majesté ? Et les tribunaux – ce sont, après tout, ceux de Sa Majesté.

– Les péchés auxquels je fais allusion n'ont rien à voir avec la loi. Et le péché majeur est celui de quelqu'un qui, se trouvant dans un monde où la lumière sacrée de Sa Majesté est obscurcie, n'en est pas moins résolu à continuer de vivre sans rien faire à ce sujet. L'unique façon de purifier ce grave péché, c'est de faire de ses mains une offrande ardente, quand bien même ce serait là un péché, afin d'exprimer son loyalisme en un geste, et puis, aussitôt, de commettre le seppuku. La mort purifie tout. Mais, aussi longtemps qu'un homme continue à vivre, il ne peut bouger ni à droite, ni à gauche, ni entreprendre aucune action, sans pécher.

– Oh, voilà qui devient une affaire bien compliquée», dit le prince en souriant, comme si la sincérité d'Isao l'avait quelque peu déconcerté.

Jugeant de la situation, le lieutenant retint Isao : «Voilà qui suffit. Vous vous êtes fort bien fait comprendre.»

Mais, chez Isao, subsistait l'émoi qu'avait suscité cette analyse de ses idéaux. Il s'entretenait avec un prince de la famille impériale. Comparaître devant un tel personnage et répondre à ses questions avec une entière franchise, avait créé en lui l'impression qu'il se trouvait devant un rayonnement surnaturel brillant au-delà du prince et qu'il n'avait rien dissimulé de son moi le plus intime. S'il avait pu donner réponse immédiatement à toutes les questions que

CHAPITRE 17

le prince avait posées, c'était preuve que, depuis quelque temps, ses pensées s'étaient affinées et trempées en lui.

Quand il se figurait debout, les bras croisés, sans rien faire, Isao ressentait un frisson comme s'il s'était imaginé atteint de lèpre. Le plus facile était d'accepter pareille situation comme étant la condition normale de l'homme pécheur, à laquelle on ne pouvait pas plus échapper qu'à la terre où l'on marche ou qu'à l'air qu'on respire. Mais s'il voulait lui-même être purifié au milieu de tout ceci, il fallait que son péché prît une autre forme et il lui fallait, en tout cas, s'abreuver à la source même du péché. C'est ainsi seulement qu'il pourrait unir le péché et la mort, le seppuku et la gloire, au faîte de l'abîme qu'à travers les pins, balayait la brise au soleil levant. Sa raison de ne pas vouloir entrer à l'académie militaire ou navale, c'était qu'on y procurait une gloire toute faite, que le péché d'inaction y était purifié. Mais, afin d'atteindre à la gloire à laquelle, seule, il songeait, peut-être avait-il commencé d'aimer le péché pour lui-même.

Isao ne se considérait pas comme étant pur et sans tache selon la doctrine de Oen Hayashi, le bien-aimé Maître de la Société du Vent Divin qui enseignait que tous les hommes étaient fils des dieux. Mais il brûlait sans cesse de l'impatience d'approcher la pureté d'assez près pour la toucher de la main. Afin de pouvoir y atteindre du bout des doigts, il se servait de pierres qui n'offraient au pied que prises traîtresses, sachant tout le temps que, l'instant d'après, elles pouvaient céder sous son poids. Il savait que le rite de l'Ukei de Maître Oen n'était plus de mise à l'époque actuelle. Pourtant, ce rite par lequel on s'enquérait de la volonté des dieux, paraissait renfermer un élément de danger qui ressemblait assez à la prise susceptible de céder à tout moment. Et quel était donc cet élément de danger sinon le péché ? À coup sûr, rien ne pouvait davantage ressembler au péché qu'un danger inéluctable.

« Ainsi donc, on trouve encore des garçons comme celui-ci », dit le prince en se tournant à nouveau vers le lieutenant, la voix pleine d'émotion. L'idée survint à Isao que lui-même ressemblait à un échantillon qu'on leur présentait à tous deux, et il fut parcouru du choc douloureux d'un désir soudain de correspondre au modèle qu'il voyait se refléter dans les yeux du prince. Pour cela, il lui faudrait mourir.

« Quand je me rends compte que le Japon a produit des étudiants comme celui-ci, je me reprends à espérer en l'avenir. Jamais on n'entend pareille profession de foi chez les militaires. Je vous suis obligé de m'avoir amené un garçon d'une telle trempe. » Du fait que le prince négligeait à dessein Isao pour exprimer sa gratitude au lieutenant, ce dernier s'en trouvait honoré, et Isao lui-même ressentait la bienveillance chaleureuse du prince, bien davantage que s'il eût été l'objet de louanges plus directes.

Le prince fit venir son maître d'hôtel et lui demanda d'apporter de très bon whisky et du caviar. Tout en les servant de sa main, il invita l'officier à se rafraîchir, ainsi qu'Isao : « J'imagine que vous n'avez pas vingt et un ans, Iinuma, mais vous venez de faire preuve de tant de discernement que je vous considère comme un adulte.

Aussi, buvez donc. Et n'ayez crainte ; si vous forcez la dose, je vous ferai reconduire dans ma voiture. »

Quoique le prince s'exprimât de façon charmante, Isao frissonna. C'était qu'en cet instant, l'image lui traversa l'esprit de la mine que ferait son père, accueillant son fils rentrant ivre mort dans une voiture des Toinnomiya. Ce fut assez pour imprimer une secousse à sa main tandis que, se mettant debout, il tendait son verre pour que le prince y versât le whisky. Le liquide, débordant du verre chaviré, tomba sur la nappe de fine dentelle qui recouvrait la table.

« Oh ! » s'écria Isao. Sortant son mouchoir, il essuya désespérément la tache.

« Veuillez me pardonner », dit-il, tête basse, cependant que ses yeux s'emplissaient de larmes de honte.

Tandis qu'Isao restait debout sans lever la tête, le prince, apercevant ses larmes, lui adressa la parole en plaisantant : « C'est bon. Relevez la tête. Ne faites pas comme si vous alliez vous ouvrir le ventre séance tenante.

– Permettez-moi de présenter des excuses à sa place, Votre Altesse, dit le lieutenant à côté d'Isao. Je crois que c'est l'émotion du moment qui a fait trembler sa main. »

Isao se rassit enfin, mais, l'esprit entièrement occupé par sa maladresse, il était incapable de proférer un seul mot. Pourtant, en même temps, si mortifié qu'il fût, ce qu'avait dit le prince lui coulait par le corps tel un courant tiède, causant bien plus d'effet que le whisky. Le prince et l'officier se mirent alors à discuter en détail de la situation politique, mais Isao, tout à sa confusion, ne pouvait s'attacher à ce qu'ils disaient. Cependant que le prince se donnait avec ardeur à l'entretien, sans avoir l'air de faire aucunement attention à Isao, il se tourna soudain vers celui-ci, s'adressant à lui d'une voix forte et pleine d'entrain qui participait un peu du whisky qu'il avait bu :

« Allons ! Reprenez vos esprits. Vous-même, vous aimez une bonne discussion, n'est-ce pas ? »

CHAPITRE 18

N'ayant pas le choix, Isao joua un rôle modeste dans l'entretien. Il croyait comprendre, à présent, pourquoi, à ce que lui avait dit le lieutenant, le prince jouissait d'une telle popularité dans l'armée.
Il se faisait fort tard. Après que le lieutenant, surpris de l'heure, eut exprimé leur gratitude, le prince lui offrit une bouteille d'excellent whisky et des cigarettes dans une boîte ornée du blason impérial. À Isao, il donna un paquet de gâteaux, portant eux aussi le blason impérial.
«On dirait que Son Altesse vous a pris en sympathie, dit le lieutenant, tandis qu'ils s'en retournaient. Je pense qu'il vous aidera volontiers, le moment venu. Étant donné sa position, cependant, il serait tout à fait déplacé de paraître vouloir attendre de lui quelque chose. En tout cas, vous avez bien de la chance. Et ne vous tourmentez pas pour ce petit impair.»
En prenant congé du lieutenant, au lieu de rentrer directement chez lui, Isao fit halte chez Izutsu. Après qu'un serviteur eut réveillé ce dernier qui était déjà au lit, Isao lui tendit le paquet de gâteaux.
«Prends grand soin de ceci. Que personne ne le voie chez toi.
– Très bien.»
Izutsu allongea la tête par la porte du vestibule dans la nuit noire, la nuque raidie par l'expectative, et il prit le paquet. Un air incertain parut un instant sur son visage en le sentant si léger. Il ne doutait pas que tout paquet remis par son camarade à pareille heure devrait être plein d'explosifs.

18

*C*et été-là, le nombre des recrues d'Isao atteignit la vingtaine. Seuls étaient admis les étudiants les plus sûrs, animés des principes les plus élevés, après que leur cas, d'abord examiné par Izutsu et Sagara, eut été confirmé par Isao à la suite d'un entretien avec eux. *La Société du Vent Divin* occupait un rang éminent dans cette opération. Après avoir lu l'ouvrage, chaque postulant devait décrire les sentiments qu'il lui inspirait dans une composition qui formait la base d'un premier jugement. Il en était qui, malgré la supériorité du style et de l'analyse, laissaient trop à désirer quant à leur force de caractère.

Isao en vint à perdre son ardeur pour le kendo. Lorsqu'il fit savoir qu'il ne participerait pas au camp d'entraînement d'été, il faillit bien être traité de façon cavalière par les élèves des classes supérieures qui avaient compté sur lui pour remporter, au nom de l'école, le prochain tournoi.

L'un d'entre eux se montra particulièrement provocant, exigeant de connaître les raisons de ce revirement d'Isao.

« Es-tu en train de comploter quelque chose ? Serait-ce que quelque chose te séduit davantage que le kendo ? J'entends dire que tu engages des élèves à lire une espèce de brochure. Tu participes à une action idéologique, n'est-ce pas ? »

Isao prit les devants en répondant : « J'imagine qu'il s'agit de *La Société du Vent Divin*. Ce que je fais, c'est de parler aux gens en vue de créer un groupe d'étude de l'histoire du Meiji. »

De fait, le palmarès d'escrimeur d'Isao l'aidait grandement à grouper en secret de nouveaux amis. Lorsqu'un étudiant se trouvait en sa présence laconique, sous l'éclat de son regard perçant, le respect qu'il ressentait pour sa renommée se muait instantanément en dévouement à sa personne.

Rendu à ce point, Isao décida de rassembler à la fois tous ses camarades afin de mettre à l'épreuve leur maturité et leur zèle. En conséquence, au cours des grandes vacances, alors que, pour la plupart, ils étaient éloignés de Tokyo, il leur adressa des télégrammes leur enjoignant d'y revenir, faisant exprès de choisir une date deux bonnes semaines avant le début du prochain semestre. Pendant les vacances, le campus constituerait un lieu idéal pour sauvegarder leur secret. Les élèves devaient s'y trouver à six heures du soir, devant le sanctuaire, une heure où la chaleur du jour ne serait pas encore dissipée.

Pour tous les élèves du Collège des Études Nationales, cet endroit était connu simplement comme le « sanctuaire » et il n'y avait rien d'inhabituel à ce que des étudiants se rassemblent devant ce petit lieu de dévotion dédié aux dieux innombrables. Les élèves du département de Shinto qui se destinaient à succéder à leurs pères comme prêtres du sanctuaire familial y venaient toujours pour répéter leurs hymnes, et les membres de l'équipe d'athlétisme s'y rendaient, soit pour implorer la victoire, soit pour réfléchir sur leur défaite.

Une heure avant le temps fixé pour le rendez-vous, Isao attendait Sagara et Izutsu dans les bois situés juste derrière le sanctuaire. Il portait un *hakama* par-dessus son kimono blanc d'été rehaussé de

CHAPITRE 18

taches vives et sa casquette d'uniforme à liséré blanc. Quand il s'assit dans l'herbe, le soleil s'inclinait, par-delà l'enclos du sanctuaire de Hikawa, vers les hauteurs de Sakuragaoka à Shibuya, et, dans le soir, ses rayons brillants venaient frapper le devant de son kimono blanc et les troncs noirs des chênes. Malgré tout, Isao ne cherchait pas l'ombre mais bien plutôt, rabattant la visière de sa casquette sur ses yeux, il s'assit face au soleil. La chaleur émanant de sa chair inondée de sueur se ramassait sous son kimono, s'insinuant vers son front, confondue avec celle qu'irradiait l'herbe repue de soleil. Les bois étaient remplis du chant crépitant des cigales.

Les bicyclettes qui parcouraient la rue Hakadori, juste au-dessous de lui, étincelaient dans le soleil dont les rayons brillants paraissaient coudre l'une à l'autre les toitures basses qui bordaient la rue. À un endroit, au bord des toits, on voyait luire, aussi brillant que le soleil même, quelque chose qui ressemblait à un bloc de verre incliné. En y regardant de plus près, Isao vit qu'un livreur de glace y avait parqué son camion. Il ressentait le danger qui menaçait la glace exposée à l'ardeur du soleil du soir. Il lui semblait entendre au loin des cris aigus de douleur tandis qu'impitoyablement, la dissolvait la chaleur de l'été finissant.

En regardant par-dessus son épaule, il lui sembla que l'ombre allongée d'un des chênes était l'image même de son ambition, là, sous ce soleil de fin d'été, quelque chose qu'il traînait sans but après lui. Le départ définitif de l'été l'affectait intensément. Cet adieu au soleil. Cela lui faisait peur de voir cette masse écarlate, symbole de dévouement idéal, se ternir à mesure que changeait la saison. Cette année encore, il avait laissé passer la chance de mourir un matin, face au flamboyant soleil d'été.

Il leva de nouveau les yeux et il vit tournoyer de grands essaims de libellules rouges, comme si le rougeoiement du ciel qui peu à peu s'embrasait au-dessus de lui, avait, en filtrant à travers la ramure épaisse du chêne, donné des ailes à chaque interstice. Encore un nouveau présage d'automne. Ces signes d'une froide saison, qui, lentement, à loisir, prenaient forme au beau milieu d'une ardente passion, allaient rendre heureux certains hommes, mais à Isao ils n'apportaient que tristesse.

« Pourquoi attendre dans ce coin brûlant ? dit Izutsu tout étonné en arrivant avec Sagara, en chemises blanches et portant la casquette du collège.

– Regardez là-bas ! dit Isao en se redressant dans l'herbe. Là-bas, dans le soleil du soir, voilà le visage de Sa Majesté l'Empereur. » Ses paroles eurent un effet magique sur Izutsu et Sagara. Comme toujours, ils partagèrent aussitôt son état d'esprit, si intimidés qu'ils fussent. « Et le visage de Sa Majesté est affligé. »

Izutsu et Sagara s'assirent aux côtés d'Isao, dans un silence révérenciel, et en cet instant, tandis qu'ils tordaient des brins d'herbe entre leurs doigts, ils furent envahis par le sentiment qui était le leur chaque fois qu'ils étaient auprès de lui, celui de s'être approchés d'une épée nue. Il arrivait qu'Isao effrayât les deux jeunes gens.

« Je me demande s'ils vont tous venir », dit Sagara, rompant le silence en ajustant ses lunettes, espérant ainsi expliquer une inquiétude qu'il ne comprenait pas.

« Ils vont venir. Ils n'ont pas le choix, n'est-ce pas ? répliqua Isao, d'un ton calme et assuré.

– Alors, tu as réussi à échapper au camp d'entraînement de kendo ? Tant mieux pour toi ! » dit Izutsu, exprimant ainsi son admiration d'une façon un peu embarrassante. Isao fut sur le point d'expliquer ses raisons, puis il changea d'avis. Leurs activités n'avaient pas encore atteint un tel degré qu'il dût se refuser la moindre diversion. La raison de ne point participer au camp était simplement qu'il en avait eu assez du sabre de bambou. Il s'en était lassé parce que les victoires étaient par trop faciles, parce que le sabre de bambou n'était rien d'autre qu'un symbole ; parce que, au bout du compte, il ne comportait *aucun danger réel*.

Tous trois se mirent à deviser pour de bon de ce fait qu'il était remarquable d'avoir pu enrôler jusqu'à vingt camarades. En ce moment même, aux jeux Olympiques de Los Angeles, l'équipe de natation japonaise se couvrait de gloire pour la patrie, si bien qu'il était très facile dans n'importe quelle école de recruter des candidats pour la natation. Mais ce qui occupait Isao et ses amis était une autre histoire que le recrutement des clubs sportifs. L'attrait de leur groupe n'avait rien à voir avec les caprices de la mode. Car à chacun de ceux qu'ils avaient retenus, il fallait demander qu'il leur confiât sa vie. Qui plus est, tant qu'il ne leur avait pas confié sa vie sans réserve, on ne pouvait lui fournir aucune indication précise sur ce qu'on avait en vue.

Trouver de jeunes hommes prêts à donner leur vie et les amener à se déclarer, ce n'était pas si difficile. Cependant, chacun, du premier au dernier, aspirait à épouser une cause dont il pût se vanter auprès des autres, avec l'espoir qu'une couronne funèbre des plus raffinées marquerait son trépas. Il en était parmi les étudiants qui avaient lu en secret l'ouvrage de Ikki Kita : *Esquisse de la*

CHAPITRE 18

Réorganisation du Japon, mais Isao y avait flairé un relent d'orgueil démoniaque. Ce livre, loin, bien loin du «dévouement obstiné et de l'humble loyauté» de Harukata Kaya, ne manquait pas de stimuler l'ardeur de nombre d'étudiants, mais ces jeunes-là n'étaient point de ceux que voulait Isao.

Sans le moindre doute, les compagnons d'Isao seraient choisis, non pour ce qu'ils avaient à dire, mais en raison de quelque chose de profond et d'impénétrable qui se manifestait seulement lorsque leurs yeux rencontraient les siens. C'était là quelque chose qui n'était pas du royaume de la pensée mais tirait son origine de plus loin. En outre, cela suscitait une expression franche et ouverte qui restait pourtant méconnue de quiconque n'avait pas en lui semblable inspiration. Tel était l'unique élément qui motivait chez Isao le choix de ses camarades.

Les postulants ne venaient pas simplement du Collège d'Études Nationales mais d'instituts divers, certains de l'Université Nihon, voire du lycée. Un étudiant de l'Université Keio avait été présenté à Isao comme candidat, mais bien que ce garçon fît preuve d'une grande facilité verbale, ses allures de dilettante le firent écarter. Il y eut même un étudiant qui, après avoir professé le plus grand enthousiasme pour *La Société du Vent Divin,* trahit son imposture en conversation plus ordinaire, certains propos, çà et là, révélant que c'était un militant gauchiste qui cherchait à espionner.

Des façons calmes, sans afféterie et un joyeux sourire accompagnaient la plupart du temps un tempérament auquel on pouvait se fier, un courage inné et, en conséquence, un esprit qui se souciait peu de la mort. Le bavardage, des mots ronflants, un sourire ironique et ainsi de suite allaient trop souvent de pair avec la lâcheté. La pâleur du visage, un corps maladif étaient parfois à la source d'un zèle extraordinaire. L'embonpoint chez les jeunes était généralement signe, non seulement de couardise mais d'indiscrétion, tandis que les maigres doués d'un tempérament logique manquaient d'intuition. Isao apprit ainsi à connaître combien parlants peuvent être le visage et le comportement extérieur.

Cependant, il n'y avait, chez les étudiants élevés dans la grande ville, aucune indication d'une affinité quelconque avec les deux cent mille enfants et plus qui souffraient alors de privations dans les familles de paysans et de pêcheurs. Les termes mêmes «enfants sous-alimentés» étaient devenus une façon populaire de s'exprimer pour ridiculiser les goinfres, perdant ainsi presque tout le contenu de son antique rancœur. Et pourtant, on rapportait que, même à

Tokyo, dans une école primaire de Fukagawa, les inspecteurs avaient été déconcertés de découvrir que les élèves bénéficiaires des boules de riz que l'on distribuait aux enfants sous-alimentés se hâtaient de les emporter à la maison pour leurs petits frères et sœurs. Au collège d'Isao, néanmoins, personne n'habitait ce quartier de Tokyo. De nombreux enfants appartenaient à des familles provinciales de professeurs de lycée et de prêtres shinto, et s'il n'en était guère qui vinssent de familles riches, moins encore venaient de familles où l'on fût en peine de garnir la table d'aliments. Membres de familles où l'on tenait en honneur la morale civique, ils connaissaient fort bien les conditions de vie rigoureuses des hameaux désolés et misérables. Leurs pères, pour la plupart, s'affligeaient de ce qu'ils voyaient et s'irritaient de ce qu'ils ne voyaient pas. S'irriter était tout ce qu'ils pouvaient faire. En tant que professeurs ou prêtres, ils n'étaient nullement responsables de l'horrible misère ou du fait que nul ne s'en souciait.

Le gouvernement savait l'art de reléguer riches et pauvres dans des compartiments séparés d'où ils s'apercevaient à peine les uns les autres. La politique partisane, suivant l'ornière accoutumée qui excluait tout changement pour le meilleur ou pour le pire, avait perdu tout pouvoir d'assener aux esprits l'espèce de coup mortel qu'avait incarné l'ordonnance de l'An IX de l'ère Meiji interdisant le port du sabre. Ses méthodes laissaient ses victimes encore à moitié en vie.

Isao n'avait rédigé aucun énoncé de principes. Puisque le monde était tel que tout ce qu'il contenait de mauvais applaudissait la faiblesse et l'inertie, la décision d'agir, quel que fût l'acte, serait leur unique principe. En conséquence, quand Isao s'entretenait avec ses candidats, il ne leur disait pas un mot de ses intentions, ne leur faisait aucune promesse. Lorsqu'il avait atteint le point avec l'un de ces jeunes hommes où il jugeait qu'il pourrait l'agréer, il relâchait de sa sévérité jusque-là intransigeante et, le regardant droit dans les yeux avec gentillesse, il demandait simplement : « Qu'en dis-tu ? Es-tu des nôtres ? »

Izutsu et Sagara, sur les instructions d'Isao, avaient constitué un dossier avec photo sur chacun des vingt étudiants que l'on avait admis de cette façon. Quoique, bien entendu, les informations eussent été fournies par le postulant lui-même, elles comportaient d'amples détails sur sa famille, les occupations de son père et de ses frères, son propre caractère, son physique, ses capacités particulières, ses livres favoris, et jusqu'où il en était de ses relations avec les jeunes filles. Isao se montrait fort satisfait que sur les vingt, huit

CHAPITRE 18

fussent fils de prêtres shinto. L'épisode de la Société du Vent Divin n'était nullement chose à laquelle la mort avait mis fin voilà longtemps. L'âge moyen des vingt recrues était de dix-huit ans.

À mesure qu'Izutsu lui présentait les dossiers l'un après l'autre, Isao relisait chacun d'eux, emmagasinant les détails dans sa tête, faisant en sorte de raccorder chaque nom dans sa mémoire avec le portrait correspondant. Même pour ce qui se rapportait aux affaires personnelles d'un camarade, il devait être en mesure de dire les mots qu'il fallait au moment propice, des mots qui lui iraient droit au cœur.

La ferme conviction que la situation politique était en piteux état, épousait fort bien, en fait, la tendance juvénile à penser que la réalité était elle-même en piteux état. Isao ne s'inquiétait guère de confondre ces deux idées. Pour sa part, chaque fois que, sur le chemin du collège, les beautés débraillées qui recouvraient les kiosques aux couleurs criardes, au coin des rues, venaient troubler ses pensées, c'était pour lui le signe de la corruption de la vie politique. Lui et ses camarades avaient formé un groupement politique qui se fondait nécessairement sur leur sentiment juvénile de la honte. Isao avait honte de l'état de choses actuel.

« Il y a seulement un mois, tu n'aurais pas même pu distinguer une mèche d'un détonateur », dit Sagara au cours d'une légère discussion avec Izutsu.

Isao sourit sans rien dire. Il avait enjoint à ses deux amis d'examiner à fond la façon de s'y prendre pour les explosifs. Sagara avait demandé à un ingénieur de ses cousins de l'instruire et Izutsu la même chose à un de ses cousins dans l'armée.

« Et toi, répliqua Izutsu, je parie que tu ne savais même pas s'il faut couper une mèche tout droit ou en diagonale. »

Puis, tous deux ramassèrent à leurs pieds des brins de l'herbe des pampas pour figurer des mèches et ils cassèrent le bout d'une branchette mince et creuse qui allait être une capsule. Ils étaient prêts à répéter la mise à feu d'une charge.

« Tiens, voilà une belle amorce, dit fièrement Sagara en tassant du poussier dans la brindille du bout des doigts. Tu en laisses une moitié vide et tu entasses autant de poudre que tu peux dans l'autre moitié. »

Certes, il manquait à la branche de bois la fascination sinistre d'une capsule de cuivre rouge, pareille à une cheville métallique, dont l'à-peu-près capricieux dissimule assez de puissance explosive pour vous emporter la main. Ce n'était rien d'autre qu'une frêle branchette réduite à son enveloppe sèche et flétrie. Pourtant, les rayons attardés du chaud soleil d'été s'enfonçant dans les bois du sanctuaire d'Hikawa brillaient entre les doigts sales, affairés des deux adolescents et, de la direction vers laquelle le temps s'écoulait, parvenait des lointains l'odeur de brûlé du massacre inévitable qui s'apprêtait. Une odeur qui aurait bien pu n'être que la fumée des feux domestiques dans les maisons voisines mais qui se combinait avec le soleil pour opérer la transformation soudaine du poussier en poudre explosive et du rameau sec en capsule.

Izutsu glissa avec soin un mince brin d'herbe dans la capsule, puis le ressortit pour mesurer la longueur de la section demeurée libre de poudre. Il fit une marque avec l'ongle et la plaça contre la tige d'herbe de la pampa qui devait figurer la mèche et prit une longueur égale. Finalement, il enfonça lentement la mèche dans la capsule, à la profondeur voulue. Si, par négligence, il allait pousser trop loin, la capsule exploserait.

« Nous n'avons pas de sertisseur.

– Utilise tes doigts. Et pas de bêtises pendant que tu le fais », dit Sagara.

La couleur répandue sur le visage couvert de sueur d'Izutsu témoignait de son sérieux. Ainsi qu'on le lui avait appris, il saisit la capsule de la main gauche, l'index au sommet, le médius contre la portion remplie de poudre, l'annulaire et le pouce proches de l'ouverture du côté vide. Puis, tout en plaçant le pouce et l'index de sa main droite qui faisaient office de sertisseur à cette ouverture, il rabaissa les deux mains fermement sur son côté gauche en détournant son visage le plus possible à droite. Tournant avec adresse la main droite, il fit en sorte d'assujettir la mèche à la capsule. Pendant toute l'opération, il ne cessa de détourner la tête, sans regarder ce qu'il faisait, afin de se protéger à tout hasard le visage, au cas où la capsule exploserait.

« C'est exagéré de regarder de l'autre côté comme tu fais, dit Sagara pour le taquiner. Tu es tellement déhanché que tes mains ne peuvent pas s'occuper du travail important qu'elles ont à faire. D'ailleurs, à quoi bon te donner tant de mal pour protéger une figure comme la tienne ? »

Il ne restait plus qu'à fixer fermement la capsule dans une charge d'explosifs et à allumer la mèche. Sagara, de son air le plus sérieux, vint à l'aide, une motte de terre servant d'explosif. Maintenant, une allumette. La flamme de l'allumette pressée contre la tige encore verte de l'herbe de la pampa manquait de toute évidence du pouvoir

CHAPITRE 18

d'y mettre le feu. Presque invisible au soleil couchant, elle brûla jusqu'à moitié de l'allumette avant de s'éteindre. Une mèche de soixante-quinze centimètres donnait quarante à quarante-cinq secondes de répit. La tige d'herbe de la pampa avait été brisée à près de quatre-vingt-dix centimètres, si bien que les deux jeunes gens considérèrent l'aiguille des secondes de leurs montres pour compter cinquante secondes.

«Vite, cours!
— Ça va. Je suis déjà rendu à cent mètres.»

Tout en restant assis à leur place, tous deux firent mine d'avoir pris leurs jambes à leur cou, l'air d'être hors d'haleine et riant en se regardant.

Il se passa trente secondes. Encore dix secondes. Grâce à leur imagination et au temps écoulé, la charge d'explosif où était fixée la capsule était désormais loin d'où ils se trouvaient. Mais la mèche était allumée et toutes les conditions nécessaires à l'explosion se trouvaient remplies. La flamme rampait le long de la mèche telle une coccinelle sachant où elle allait.

À la fin, la charge imaginaire, à distance imaginaire, fit explosion. Des choses laides et souillées jaillirent soudain comme sous l'effet d'un hoquet violent, et un instant, le ciel crépusculaire se fendit. Les chênes tremblèrent dans le bosquet alentour. Tout fut transparence. Transparente, la détonation elle-même lorsqu'en allant frapper le ciel empourpré, sa puissance s'éparpilla. Puis à la fin tout s'apaisa.

«Mieux vaut le sabre japonais, dit Isao brusquement, levant les yeux de sur les dossiers qu'il venait d'examiner.
— Il nous faut vingt sabres sans faute. À coup sûr, certains de nos amis peuvent nous les sortir en cachette de chez eux.
— Ne ferait-on pas bien d'apprendre à dégainer et à frapper en combat rapproché, et à essayer le sabre sur le cadavre d'un criminel?
— Nous n'en avons pas tellement le temps», dit Isao. Bien qu'il parlât d'un ton paisible, ses paroles contenaient une ferveur poétique pour les deux jeunes gens. «À la place, si possible avant la fin des vacances ou sinon, après le début de la session d'automne, nous devrions tous participer au camp d'instruction de Kaido Masugi sur les rites de purification. On peut y causer de n'importe quoi, et il ne verra aucun inconvénient à ce que nous nous entraînions à quoi que ce soit. De plus, si c'est là que nous allons, ce sera un bon motif pour partir de chez nous.
— Ce n'est pas très gai d'écouter Maître Kaido exposer du matin au soir les méfaits du bouddhisme.

– C'est une chose que vous devrez supporter. C'est quelqu'un qui nous comprend tout à fait », répondit Isao. Il regarda sa montre et aussitôt se mit debout.

Faisant en sorte d'attendre un peu au-delà du rendez-vous de six heures, Isao et ses deux compagnons dirigèrent leurs regards vers le sanctuaire par la petite porte près du portail principal déjà fermé. Un groupe d'étudiants apparut dans le soleil du soir. Dans leur incertitude, ils se tournaient de divers côtés, et leur gêne se distinguait nettement.

« Comptez-les, dit Isao à voix basse.

– Il n'en manque pas un », dit Izutsu sans pouvoir réprimer son contentement. Pourtant, Isao savait combien il serait imprudent de se laisser envahir par la satisfaction d'être l'objet d'une pareille confiance. Que chacun fût présent, cela valait mieux, certes, que de constater des absences. Cela dit, ils s'étaient rassemblés du fait d'un télégramme. Dans l'attente d'une action à entreprendre. En d'autres termes, à cause du courage téméraire de la jeunesse. Afin de tempérer leur détermination, il lui faudrait saisir cette occasion de la plonger dans l'eau froide.

Dans le soleil qui se couchait par-derrière, si le toit du sanctuaire paraissait sombre avec ses tuiles de cuivre, les rayons illuminaient le superbe décor des traverses du pignon entre les rameaux luisants des chênes-verts et des zelkovas qui poussaient alentour. L'éclairement oblique, en tombant sur le gravier de granit noir répandu au-dedans de la palissade de l'enclos, suscitait au coin de chaque caillou une ombre noire comme raisins de fin d'automne. Deux sakakis étaient à demi plongés dans l'ombre du sanctuaire cependant que resplendissaient leurs branches supérieures.

Les vingt jeunes gens s'étaient groupés autour d'Isao qui leur faisait face, debout, en avant du sanctuaire. Tandis qu'ils l'observaient en silence, il sentait l'éclat de leurs yeux, dû autant au feu qui était en eux qu'au soleil qui venait frapper leurs visages ; il sentait leur ardent désir d'une force incandescente qui les hausserait jusqu'aux cieux, il sentait à quel point presque effréné ils comptaient sur lui.

« Voilà qui est fort bien de vous être rassemblés ici aujourd'hui, dit-il, rompant le silence. Rien n'aurait pu me faire davantage plaisir que de vous voir arriver ainsi, d'aussi loin parfois que Kyushu, sans qu'il en manque un seul. Pourtant, ma convocation n'avait pas, comme vous avez pu le penser, d'objet précis. Il n'y avait aucun but. De toutes les parties du Japon, vous êtes venus, fixant l'image qui est dans vos cœurs et pourtant c'est en vain que vous êtes rassemblés. »

CHAPITRE 18

Il se produisit soudain une agitation dans le groupe et l'on perçut des murmures.

Isao éleva la voix : « Me comprenez-vous ? Cette réunion d'aujourd'hui est dépourvue de signification. Elle est sans objet. Je n'ai pas la moindre tâche à vous proposer. »

Il se tut et les murmures cessèrent. Le silence enveloppa le groupe de jeunes gens tandis que la nuit se répandait autour d'eux.

Alors on entendit s'écrier une voix courroucée. C'était un garçon du nom de Serikawa, fils d'un prêtre shinto dans l'extrême Nord-Est.

« Qu'est-ce que cela veut dire ? Si je pensais qu'on se moque de moi, je ne le supporterais pas. J'ai bu la coupe d'eau des adieux avec mon père avant de quitter la maison. Mon père n'a jamais cessé de s'indigner du sort fait à la paysannerie, et il m'a dit que l'heure était venue pour les jeunes de passer aux actes. De sorte que quand le télégramme est arrivé, sans rien dire, il a levé la coupe des adieux avec moi et m'a dit de partir. S'il apprend que j'ai été joué, croyez-vous que mon père n'aura rien à dire ?

– C'est vrai, lui fit écho un autre aussitôt. Serikawa a raison.

– Quelles sont ces sottises ? Je ne me rappelle pas avoir fait aucune promesse. Vous avez pris mon télégramme qui vous disait seulement de vous réunir ici et vous avez laissé s'emballer votre imagination. N'est-ce pas la vérité ? Y avait-il autre chose dans ce télégramme, autre chose que l'heure et le lieu ? Répondez-moi, insista Isao, conservant un ton mesuré tandis qu'il les raillait.

– Il y a quelque chose qui s'appelle le sens commun. Si vous décidez d'entreprendre quelque action importante, est-ce que vous allez le clamer à la ronde dans un télégramme ? Nous aurions dû convenir d'un code et d'un engagement précis de votre part. Auquel cas, ceci ne se serait pas produit », dit Seyama, élève à l'École Supérieure qui avait le même âge qu'Isao. Pourtant, habitant Shibuya, cela n'avait guère dû le déranger de venir.

« Qu'est-ce donc qui ne se serait pas produit ? N'est-ce pas là en revenir à un état de choses où rien n'est appelé à se produire ? dit Isao en le contredisant calmement. N'est-ce pas là tout simplement comprendre que ce que tous vous imaginiez était une erreur ? »

Le crépuscule s'épaississait, rendant de plus en plus malaisé de distinguer les traits des uns et des autres. Il se fit un long silence. Seuls des grésillements d'insectes emplissaient les ténèbres.

« Alors, qu'allons-nous faire ? »

Quelqu'un ayant posé la question dans un souffle pathétique, la réplique d'Isao fut immédiate :

« Quiconque préfère rentrer chez lui, qu'il s'en aille. »

Une ombre en chemise blanche se détacha aussitôt du groupe en se hâtant vers le portail du collège. Puis deux autres se retirèrent et s'en furent. Serikawa ne bougea pas. Il s'accroupit près de la haie du sanctuaire en se tenant la tête à deux mains. Au bout de quelques instants, les autres l'entendirent qui sanglotait. Le bruit pénétrait les ombres de leurs cœurs tel un ruisseau blanc et glacé, Voie Lactée minuscule.

« Je ne peux pas rentrer ! Je ne peux pas ! murmura Serikawa à travers ses pleurs.

– Pourquoi ne repartez-vous pas tous ? leur cria Isao. Malgré tout ce que je vous ai dit, vous ne comprenez donc pas ? »

Pas une voix ne lui répondit. Du reste, ce silence différait sensiblement de celui qui l'avait précédé. C'était un silence d'où naissait l'impression qu'une bête énorme à sang chaud venait de se dresser dans les ténèbres. Pour la première fois, Isao eut le sentiment d'une émotion partagée, brûlante, à l'odeur animale, emplie de sang, au pouls palpitant.

« C'est bon. Vous qui restez, sans rien espérer, sans rien attendre, acceptez-vous de dédier votre vie pour un acte qui sans doute ne mènera à rien ?

– Oui », déclara une voix pleine d'une vigoureuse dignité.

S'étant levé, Serikawa se dirigea vers Isao. Ses yeux, mouillés de larmes, approchèrent dans l'ombre si épaisse qu'on n'y apercevait guère de visage qu'à très courte distance. Sa voix s'étranglait à force de pleurer et quand il eut l'audace de parler, ce fut d'un ton terriblement assourdi : « Moi aussi, je suis resté. Je suivrai n'importe où et je ne dirai plus rien.

– Parfait. Eh bien, faisons tous ensemble nos vœux devant les dieux. Offrons nos prières. Puis je réciterai les vœux. Répétez chaque vœu après moi, tous ensemble. » Parmi les ténèbres résonnèrent les battements de mains d'Isao, d'Izutsu, de Sagara et des dix-sept qui étaient restés, bruit sec aussi régulier que, la nuit, la mer venant claquer contre le bois d'un plat-bord.

Isao entonna : « Qu'il nous soit donné, nous inspirant de la pureté de la Société du Vent Divin, d'affronter les périls afin de chasser toutes divinités mauvaises et tous esprits pervers. »

Le chœur des voix juvéniles répondit d'une seule voix : « Qu'il nous soit donné, nous inspirant de la pureté de la Société du Vent Divin, d'affronter les périls afin de chasser toutes divinités mauvaises et tous esprits pervers. »

CHAPITRE 18

La voix d'Isao, frappant les portes de bois cru, à peine visibles, du sanctuaire intérieur, revenait en écho. Forte et profonde, elle jaillissait de sa poitrine de tout l'élan pathétique des fantasmes indistincts de la jeunesse.
Les étoiles étaient déjà sorties. On entendait au loin se brimbaler les tramways. Isao reprit son incantation :
« Qu'il nous soit donné, forgeant entre nous amitié profonde, de nous entraider comme des camarades, en affrontant les périls auxquels est exposée la patrie.
Qu'il nous soit donné, sans chercher le pouvoir, sans souci de récompense personnelle, d'affronter une mort certaine pour devenir les premières pierres de la Restauration. »
Dès qu'ils eurent fini de réciter ces vœux, l'un des garçons saisit la main d'Isao et la tint serrée entre les siennes. Puis tous se mirent à s'étreindre les mains entre eux et à se bousculer dans leur hâte de serrer celles d'Isao. Sous le ciel étoilé, à mesure que leurs yeux s'accoutumaient à l'obscurité, leurs mains s'élançaient de toutes parts vers d'autres mains non encore étreintes. Nul ne parlait. Toute parole eût paru inconvenante.
On eût dit que ces mains qui s'étreignaient de tous côtés étaient un lierre opiniâtre surgi dans les ténèbres. Qu'il fût mouillé de sueur, sec, coriace ou doux au toucher, chaque crampon débordait de vigueur dans l'étreinte fugace que marquait l'échange des chaleurs de leur corps et de leur sang. Isao rêva qu'un soir, il se tiendrait ainsi sur le champ de bataille avec ses camarades, se faisant des adieux sans paroles avant de mourir, baigné du contentement merveilleux d'avoir accompli sa tâche jusqu'au bout, baigné dans le sang qui fusait de son corps, sa conscience des choses parvenue à ce faîte sensible où le rouge et le blanc de la douleur et de la joie ultimes sont ensemble tissés...
Du fait qu'ils étaient vingt en tout, ils ne pouvaient se rencontrer en sûreté à l'Académie du Patriotisme. L'œil paternel finirait bien par démasquer les projets d'Isao. D'un autre côté, chez Izutsu, c'était trop petit et la demeure de Sagara ne faisait pas non plus l'affaire. Ce problème les avait préoccupés tous les trois dès l'origine, sans susciter aucun plan efficace. Même si leur argent de poche à tous trois devait y passer, il ne pouvait suffire à régler les frais d'une réunion de vingt personnes au restaurant. Par ailleurs, un café ne convenait guère pour causer de choses graves.
À présent, ayant senti ces mains qui s'étreignaient sous les étoiles, scellant leur alliance, c'est Isao qui répugnait à en rester là ce soir,

sans rien de plus. En outre, il avait faim. À coup sûr, tous ces jeunes gens avaient faim. Perplexe, il regarda en direction du grand portail où l'on distinguait une vague lumière.

Sous la lumière du portail, un peu de côté, une sorte de grande marguerite semblait flotter en l'air. C'était le visage d'une femme qui se tenait là, la tête légèrement inclinée, ne voulant pas être vue. Une fois que ses yeux l'eurent découverte, il comprit qu'il ne pouvait s'en détourner.

Quelque part en son cœur, il avait reconnu qui c'était. Pourtant, il souhaitait par-dessus tout continuer un peu plus longtemps à ne pas la reconnaître. Ce visage de femme flottant dans le secret des ténèbres, sans qu'un nom s'y attachât encore, avait la substance d'une mystérieuse, d'une ravissante apparition. On eût dit la senteur d'un odorant olivier qui, le soir, au long du sentier, en annonce les fleurs avant qu'on les aperçoive. Isao souhaitait que les choses demeurassent ainsi, ne fût-ce encore qu'un seul instant. À ce moment, une femme était femme, non une personne portant un nom.

Mais ce n'était pas tout. Du fait qu'on cachait son nom, qu'on était convenu de ne pas le prononcer, elle se transfigurait en une essence merveilleuse, sorte de marguerite à la tige invisible flottant en l'air dans les ténèbres. Cette essence qui antécédait l'existence, ce phantasme qui précédait la réalité, ce présage antérieur à l'événement, révélaient avec une force indubitable la présence d'une substance plus impuissante encore. Cette présence qui se montrait glissant à travers l'espace – cela, c'était la femme.

Jamais encore Isao n'avait tenu une femme dans ses bras. Pourtant, jamais aussi fortement qu'à cette heure, où il avait le sentiment aigu de cette «féminité qui précède la femme», il n'avait senti que lui aussi savait ce que signifiait l'ultime félicité. C'était là une présence qu'à l'instant il pouvait tenir embrassée. Car, dans le temps, elle s'était rapprochée avec une subtilité merveilleuse et, dans l'espace, elle n'était que peu éloignée. La passion affective qui emplissait sa poitrine ressemblait à une vapeur qui aurait pu l'envelopper, elle aussi. Et pourtant, une fois partie, Isao, comme un enfant, pourrait l'oublier complètement.

Cependant, après qu'il eut quelque temps laissé ses pensées s'arrêter à cette présence, et malgré le désir qu'il avait eu de préserver cet instant, il ne put davantage supporter cette incertitude.

«Attends-moi», commanda-t-il à Izutsu, assez haut pour que tous entendent, et il prit sa course vers le portail. On entendit le martèle-

CHAPITRE 18

ment sec et léger d'un galop de socques tandis que son kimono à fond blanc disparaissait dans les ténèbres.

Isao franchit la petite entrée près du portail. Comme il l'avait imaginé, la femme qui s'y tenait était Makiko.

Ses cheveux étaient arrangés d'une autre façon, chose que même Isao nota tout de suite, malgré son inexpérience. C'était une coiffure élégante qui recouvrait l'oreille, ne laissant qu'une frange ondulée autour des tempes et des joues, resserrant ainsi les traits du visage dont l'air de mystère se trouvait accentué. Bien qu'elle n'abusât pas des fards, sa nuque paraissait modelée comme une gravure en relief sur la crête de son kimono Akashi, lequel, dans l'ombre, semblait d'un bleu marine uni. Son corps exhalait un parfum dont une bouffée vint frapper Isao à le faire défaillir.

« Mademoiselle Makiko? Qu'est-ce que vous faites ici?

– Ce que je fais? Vous êtes tous venus à six heures, n'est-ce pas, pour prononcer vos vœux?

– Comment savez-vous cela?

– Quel sot vous faites! » Le rire de Makiko laissait voir ses dents étincelantes. « Mais c'est vous-même qui l'avez dit! »

Ainsi interpellé, Isao fut amené à conclure que quelques jours auparavant, ennuyé comme toujours par le souci de ne pas disposer d'un lieu de rencontre, il avait dû laisser échapper en sa présence l'heure et l'endroit où seraient prononcés les vœux. Il avait toujours été enclin à confier n'importe quoi à Makiko, mais il était confus à la pensée d'avoir révélé quelque chose d'important pour l'oublier ensuite, et à elle qui plus est. Peut-être lui manquait-il quelque qualité essentielle à un conducteur d'hommes qui devait susciter l'événement. Sous cette négligence en matière aussi grave, Isao ne pouvait manquer de découvrir certaine dépendance peu virile à l'égard de Makiko. Bien qu'il fût tout différent devant ses camarades, en présence de Makiko il ressentait un désir subtil d'apparaître comme un jeune étourdi.

« Ah! bon... Tout simplement, ç'a été une telle surprise de vous voir. Mais pourquoi êtes-vous venue?

– J'ai pensé qu'après avoir rassemblé un groupe aussi nombreux d'étudiants, vous seriez peut-être en peine de les emmener quelque part. Et d'abord, j'imagine que vous avez grand-faim, n'est-ce pas? »

Isao se gratta la tête avec une belle franchise juvénile.

« Nous aurions eu plaisir à vous offrir à dîner à tous chez nous, mais c'est bien loin d'ici, aussi mon père a-t-il eu l'idée que je vous invite à un dîner *sukiyaki* à Shibuya et il m'a donné de quoi le payer.

Ce soir, il a été invité à une réunion de composition poétique, de sorte que je viens à sa place servir d'hôtesse à ces messieurs. Soyez sans crainte, j'ai de quoi régler l'addition. »

Sur quoi, comme un poisson qu'on viendrait d'attraper, Makiko tendit un grand sac de paille tressée, d'un mouvement vif de sa main blanche. Malgré la grâce menue du poignet fluet qui se montra sous la manche, il sembla pourtant émaner de cette main comme une lassitude de l'été finissant.

19

Vers le même temps, Honda assistait à une représentation de *Matsukaze* au théâtre nô d'Osaka dans le quartier de Tennoji-Dogashiba, invité par un collègue qui aimait interpréter lui-même les chants de ce genre de théâtre. Le spectacle avait pour vedettes Kanesuke Noguchi, de Tokyo, dans le rôle de *shite* avec, à ses côtés, Yazo Tamura comme *waki*. Le théâtre était situé sur la pente est de la colline Uemachi entre Tennoji et le château d'Osaka.

Au début de la période Taisho, ç'avait été un quartier de belles villas, et c'était encore une zone à part avec ses demeures entourées de hautes murailles. C'était l'une d'elles qui faisait office de théâtre nô sous le patronage de la famille Sumitomo.

La plupart des invités étaient des princes du négoce, et Honda reconnut nombre d'entre eux. Quant au célèbre acteur, Noguchi, avec sa voix âpre, son collègue l'avait prévenu que, même si à l'entendre, on avait parfois l'impression d'une oie qu'on étrangle, Honda devait bien se garder d'en rire. Et il lui prédit que, tout ignorant que fût Honda des pièces nô, une fois l'action entamée, il se sentirait soudain passionné.

Honda avait atteint un âge où ce genre de conseils ne provoquait nulle antipathie puérile. Bien que la raison logique sur laquelle il s'était appuyé eût commencé à se désagréger lors de sa rencontre avec Isao Iinuma au commencement de l'été, ses façons ordinaires de penser n'avaient pas varié. Cette fois encore, il tint pour assuré que, de même qu'il n'avait jamais contracté de maladie vénérienne, jamais non plus il n'avait senti l'éveil de la passion.

CHAPITRE 19

Aussitôt qu'un échange de propos se fut achevé entre le *waki* figurant un prêtre et le clown, le *shite* et sa compagne firent leur entrée par le corridor de gauche situé à l'arrière-plan. Son collègue expliqua à Honda que l'accompagnement serein et paisible que l'on jouait à présent se limitait d'habitude à cette scène d'introduction dans les pièces mettant en scène des dieux. *Matsukaze* constituait l'unique exception à cette règle, montrant ainsi la haute estime où l'on tenait cette musique qui exprimait toute la puissance des choses occultes.

Matsukaze et Murasame, tous deux vêtus de longues robes blanches laissant voir, par-dessous, l'éventail de jupes écarlates, se firent face sur la passerelle à l'entrée, puis se mirent à psalmodier à l'unisson, telle la pluie qui tombe doucement et s'enfonce sur une grève de sable :

> *Tire, tire la charrette à marée,*
> *Combien brève la vie, combien triste ici-bas*
> *Où tout passe si vite !*

Tout distrait que fût Honda par les reflets des pins pointus sur le parquet en cyprès bien ciré de la scène, par trop reluisant sous l'éclairage plutôt cru de ce théâtre nô, le trait « Où tout passe si vite ! » de la fin résonna distinctement à son oreille, le ton plus léger et plus clair de la compagne s'entrelaçant à la voix plus profonde et plus mélancolique, toujours sur le point de se briser, de Kanesuke Noguchi.

Rien ne venant, naturellement, gêner l'audition, on se rappelait aisément les paroles :

> *Tire, tire la charrette à marée,*
> *Combien brève la vie, combien triste ici-bas*
> *Où tout passe si vite !*

Si grêle et si fluette qu'en fût la substance, l'allure gracieuse de la poésie prit une forme significative dans l'esprit de Honda. À cet instant, il frissonna sans savoir pourquoi.

Puis la partenaire entama le deuxième couplet :

> *Le flot bat tout proche de nous, dans la baie*
> *Et la lune elle-même emplit nos yeux de larmes qui mouillent*
> *notre manche.*

Après que tous deux eurent repris ensemble les paroles finales, la *shite*, figurant Matsukaze, entonna un vigoureux soliloque :

Le vent d'automne attriste notre cœur. Non loin de l'océan...

Kanesuke Noguchi avait beau porter un masque de jeune et jolie femme, sa voix n'avait rien qui rappelât le charme féminin. C'était une voix qui faisait penser à un raclement de métal rouillé, décoloré. De plus, son récit était ponctué d'interruptions, et son interprétation de la mélodie semblait réduire en lambeaux la beauté des paroles. Malgré tout, il inspirait un état d'âme semblable au sombre épanchement d'une brume indiciblement élégante, telle la vue d'un rayon de lune dont la lumière, dans un coin de palais en ruine, s'en irait éclairer un mobilier de nacre. Et du fait que la lumière traversait un store de bambou délabré à l'usage, l'élégance des éclats brisés n'en brillait que davantage.

Dès lors, peu à peu, l'âpreté de sa voix fut loin de causer une irritation. On ressentit plutôt que c'était seulement grâce à cette âpreté que l'on prenait conscience, pour la première fois, de la tristesse de Matsukaze, chargée d'embruns, et de l'amour mélancolique qui afflige les hôtes du royaume des morts.

Il arriva un moment où Honda n'aurait pas su dire si les images qui allaient et venaient à ses yeux étaient illusion ou réalité. La surface de cyprès ciré de la scène, tel le miroir de l'océan découpé sur le rivage, réfléchissait les broderies chatoyantes des robes blanches et des jupes écarlates de deux très jolies femmes.

Se mêlant aux paroles du monologue, les premiers vers continuaient à exercer leur pouvoir dans le cœur de Honda :

Tire, tire la charrette à marée,
Combien brève la vie, combien triste ici-bas
Où tout passe si vite !

Ce qui lui venait à l'esprit, ce n'était pas le sens de ces vers mais ce que signifiait l'inexplicable frisson qu'il avait ressenti quand la *shite* et sa compagne, debout sur la passerelle, les avaient psalmodiés, la durée de leur chant empreinte d'immobilité parfaite, leur mélodie tombant comme une pluie tranquille.

Et de quoi donc s'agissait-il ? C'est à ce moment que la Beauté elle-même s'était mise à marcher sous ses yeux. Tel le pluvier des grèves, dont le vol puissant devient à terre une démarche mal assurée, ces

CHAPITRE 19

tabis blancs venaient pendant quelques brefs instants, sur la pointe des pieds, se frayer un passage à travers le monde des hommes.

Pourtant, cette beauté n'aurait d'existence qu'une fois. Rien d'autre à faire sinon d'en charger immédiatement sa mémoire, puis d'y réfléchir par la suite. Or c'était là aussi une beauté marquée d'une noble futilité, une beauté en pure perte.

Allant de pair avec les pensées de Honda, la pièce nô de *Matsukaze* continuait à se dérouler, mince ruisseau de passion soutenue :

> *Habitant ce monde où nous voyons tant de misère,*
> *Tout en enviant, au-dessus de nos têtes, la lune sans souci,*
> *Allons, servons la marée qui obéit à son appel.*

Cela qui psalmodiait, se mouvant en scène au clair de lune, ce n'était plus les ombres de deux très jolies femmes mais une chose qui défiait toute description. On aurait pu la dénommer l'essence de la durée, l'élan de la passion, le rêve qui sans cesse s'impose à la réalité. Cela n'avait aucun but, aucun sens. D'instant en instant, cela façonnait une beauté qui n'était pas de ce monde. Car ici-bas, quel espoir y a-t-il qu'à un instant de beauté en succède aussitôt un autre ?

C'est ainsi que, peu à peu, Honda fut accaparé par un sombre détachement. Il était clair que ses réflexions avaient désormais un seul objet. La destinée de Kiyoaki, sa vie, ses conséquences... Honda se rendait compte qu'il y avait bien longtemps qu'il ne s'était concentré ainsi de toutes ses forces sur ce sujet. Il était facile de voir dans la vie de Kiyoaki comme une bouffée de parfum qui s'était exhalée, légère, en quelques années seulement, avant de se dissiper. Malgré tout, le péché de Kiyoaki, son chagrin demeuraient, pour lesquels Honda lui-même ne pourrait jamais offrir de réparation.

Honda se rappelait un matin où la neige fondait sur le campus du Collège des Pairs avant le commencement de la classe. Assis sous une tonnelle qu'entouraient des plates-bandes et prêtant l'oreille au bruit frais des gouttes d'eau, lui et Kiyoaki étaient plongés dans un long entretien, chose rare dans leur cas.

Cela se passait au début du printemps. L'An II de Taisho, en 1913. Kiyoaki et Honda avaient tous deux dix-neuf ans. Depuis lors, dix-neuf années avaient passé. Honda se rappelait qu'il avait soutenu que, bon gré mal gré, un siècle plus tard, lui et Kiyoaki seraient compris dans l'idée qu'on se ferait de l'époque, mis dans le même sac que ceux qu'ils respectaient le moins, portant la même étiquette qu'eux, compte tenu de quelques maigres similitudes. Il se rappelait également qu'il avait parlé de l'ironie que représentait la volonté de l'homme par rapport à l'histoire, affirmant d'un ton véhément que tout individu opiniâtre était frustré en dernière analyse et qu'il n'y avait qu'un seul moyen de participer à l'histoire : « Jouer le rôle de simple particule, brillante, immuable, superbe mais ne se livrant jamais. »

Il s'était exprimé uniquement en termes abstraits ; pourtant, pendant qu'il parlait en ce matin de neige fondante, ses yeux s'étaient posés sur le visage brillant, admirable, de Kiyoaki. De toute évidence, avec Kiyoaki qui se trouvait devant lui, ce garçon tellement dépourvu de volonté, tellement adonné aux fantaisies de la passion, les paroles de Honda avaient de ce fait façonné un portrait de Kiyoaki lui-même : « Jouer le rôle de simple particule, brillante, immuable, superbe mais ne se livrant jamais », c'était là précisément définir la façon de vivre de Kiyoaki.

Quand un siècle se serait écoulé depuis ce matin-là, à coup sûr la perspective serait à nouveau transformée. Dix-neuf ans auparavant, c'était trop récent pour permettre de généraliser et trop éloigné pour analyser en détail. L'image de Kiyoaki ne se confondait pas encore avec l'image fruste, entièrement dépourvue de sensibilité, des élèves de l'équipe de kendo qui célébraient à l'envi leur culte de la force virile. Néanmoins, le genre de « personnage héroïque » qui avait été celui de Kiyoaki, annonçant cette période brève et passagère du début de l'ère Taisho où fut en faveur le culte de la passion, avait déjà, par-delà les années, beaucoup perdu de son éclat. Les passions sincères de ce temps-là, hormis la chère mémoire qu'en pouvait garder tel ou tel, étaient désormais devenues choses qui prêtaient à en rire.

Chaque année qui passe, sans jamais omettre de prélever sa dîme, vient transformer ce qui était sublime en l'étoffe d'une comédie. Quelque chose est-il donc rongé ? Si c'est l'enveloppe qui est rongée, est-il donc vrai que le sublime tient, par essence, à une enveloppe qui dissimule un noyau d'absurdités ? Ou est-ce que le sublime appartient au tout mais qu'y tombe une poussière grotesque ?

Quand Honda réfléchissait à son propre tempérament, il n'avait d'autre choix que de conclure qu'il était quelqu'un doué d'une forte volonté. Cependant, en même temps, il ne pouvait se libérer d'une inquiétude quant à l'aptitude de cette volonté à changer ou à accomplir quoi que ce fût dans la société contemporaine, à plus forte raison dans le cours de l'histoire à venir. Souvent, ses décisions au tribunal avaient décidé de la vie ou de la mort d'un homme. Pareil verdict pouvait bien paraître extrêmement significatif sur le moment, mais à mesure que passaient les années, et puisque tous

CHAPITRE 19

les hommes sont promis à la mort, il s'avérait qu'il n'avait fait que hâter le sort de quelqu'un et que ces morts avaient été soigneusement rangées dans un petit coin de l'histoire où bientôt on n'en entendait plus parler. Quant à la situation inquiétante du monde actuel, bien que sa volonté n'eût été pour rien dans cet état de choses, il ne cessait, en tant que magistrat, d'être prêt à faire face à toute éventualité. Dans quelle mesure les choix de sa volonté procédaient de la simple raison et dans quelle mesure, sans qu'il s'en rendît compte, ils étaient contraints par la pensée dominante de l'époque, c'était là une question qu'il était incapable de trancher.

De même, quand Honda considérait le monde alentour, il avait beau s'évertuer, nulle part il n'apercevait aucune conséquence dont on pût faire remonter la cause à un jeune homme du nom de Kiyoaki, à la violence de sa passion, à son trépas, à sa vie de beauté. Nulle part, on ne trouvait rien qui témoignât qu'il était résulté quoi que ce fût de sa mort, que rien eût changé de ce fait. Elle semblait avoir été effacée en douceur de l'histoire.

Au cours de ces réflexions, Honda en vint à considérer que son exposé, dix-neuf ans auparavant, avait comporté un curieux présage. Car, après avoir expliqué quelle déception attendait une volonté qui maintenait devoir influencer l'histoire, Honda avait découvert à la fin qu'il n'était utile, quant à lui, que dans la mesure même où cette volonté était contrariée. Et voici que dix-neuf ans plus tard, il se trouvait envier Kiyoaki parce qu'il n'était rien, chez ce dernier, qui fût comparable, même de loin, à ce sentiment, parce que Kiyoaki n'avait pas laissé la moindre trace en ce monde. Il ne pouvait s'empêcher de reconnaître chez Kiyoaki dont l'image s'était perdue pour l'histoire, une essence supérieure à la sienne quant à la participation à l'histoire.

Kiyoaki avait été un être de beauté. Son existence avait été inutile, dépourvue d'objet quelconque. Il était passé rapidement en ce monde, sa beauté contenue dans le cadre rigoureux d'une seule vie, d'un seul instant comme celui que décrivaient les vers de la mélodie :

> *Tire, tire la charrette à marée,*
> *Combien brève la vie, combien triste ici-bas,*
> *Où tout passe si vite !*

Les traits rudes d'un autre jeune homme apparurent soudain à ses yeux dans l'écume tourbillonnante de la beauté évanouie. C'était la beauté seule de Kiyoaki qui ne se verrait qu'une fois. Par son excès même, elle rendait indispensable une vie renouvelée. Il fallait qu'il y eût une réincarnation. Chez Kiyoaki, quelque chose était resté inaccompli, n'avait trouvé à s'exprimer en lui que de façon négative.

Les traits de cet autre garçon... Il avait arraché son masque de kendo dont les barres scintillaient au brillant soleil. La sueur coulait sur son visage. Sa respiration violente faisait palpiter ses narines. Ses lèvres dessinaient un trait, droit comme une épée.

Les ombres qu'observait Honda sur la scène emplie de lumière embrumée n'étaient plus les silhouettes fastueuses de la *shite* et de sa compagne qui figuraient deux femmes puisant l'eau de mer. Ces deux personnages qui accomplissaient une tâche empreinte de futilité, tantôt debout, tantôt assis avec une grâce singulière au clair de lune, c'étaient deux jeunes hommes appartenant à deux époques différentes. Deux jeunes hommes du même âge. De loin, ils se ressemblaient, mais, vus de plus près, leurs tempéraments de toute évidence s'opposaient diamétralement. Les mains robustes de l'un d'eux, endurcies par la poignée du sabre, les mains blanches de l'autre, douces à force de nonchalance, ces mains s'appliquaient tour à tour à puiser l'eau dans l'océan de la vie. Parfois, un air de flûte, tel un rayon de lune traversant l'éclaircie des nuages, transperçait les formes mortelles des deux jeunes hommes. Chacun son tour, ils tiraient la charrette à marée aux roues de quatorze pouces tendues de damas écarlate, par le miroir d'eau du rivage. Cependant, cette fois, ce qui résonnait à l'oreille de Honda, ce n'étaient pas les vers gracieux, un peu lassants :

> *Tire, tire la charrette à marée,*
> *Combien brève la vie, combien triste ici-bas,*
> *Où tout passe si vite !*

Les vers devenaient soudain un verset de sutra :

> *Six sentiers à parcourir pour les êtres sensibles qui renaissent à la vie, sans répit, telle la roue qui tourne.*

Et sur la scène, les roues de la charrette à marée se mirent à tourner.

Honda réfléchit aux diverses doctrines de la transmigration et de la réincarnation qu'il avait rencontrées quand, à l'occasion, il s'était adonné à cette étude. Le mot qui, en sanscrit, signifiait à la fois transmigration et nouvelle naissance était samsara. Selon la doctrine de la transmigration, l'homme doit traverser sans cesse les six

CHAPITRE 19

états de la Sphère de l'Illusion – l'Enfer de la Terre, l'Enfer de la Faim, l'Enfer des Bêtes, l'Enfer des Démons, l'existence humaine et l'existence éthérée. Le terme « re-naissance » s'employait cependant parfois pour désigner le passage de la Sphère de l'Illusion à la Sphère de l'Illumination. En pareille occurrence, la transmigration serait achevée. La transmigration impliquait nécessairement une nouvelle naissance sans qu'une nouvelle naissance entraînât nécessairement de transmigration.

En tout état de cause, le bouddhisme reconnaissait qu'il y avait un sujet qui subissait cette transmigration, sans pourtant admettre que ce sujet constituait un noyau constant et immuable. Du fait que le bouddhisme niait l'existence du moi, il ne faisait pas davantage place à l'existence de l'âme. Il n'y avait rien d'autre qu'un noyau extrêmement subtil au centre de l'activité mentale, quelque chose de relatif au fonctionnement intime des phénomènes entourant la naissance et la mort continuelles qui accompagnaient la transmigration. C'était là le sujet – chose que la doctrine de Yuishiki, la « conscience unique », appelait la « conscience Alaya ».

Puisque nulle des choses de ce monde, même les êtres sensibles, ne possédait d'âme comme noyau subjectif et puisque les êtres insensibles, aboutissement de la causalité, n'avaient pas même de noyau subjectif, il n'était rien dans l'univers qui possédât véritablement sa propre substance.

Si le sujet auquel s'appliquait la transmigration était la conscience Alaya, la modalité de la transmigration constituait alors son Karma. À partir de là, les théories se faisaient fort nombreuses, les « cent mille exégèses diverses », qui caractérisaient le bouddhisme. Pour telle théorie, la conscience Alaya était déjà souillée par le péché, étant donc elle-même Karma. Pour telle autre, la conscience Alaya, à mi-chemin du pur et de l'impur, pouvait dès lors servir de pont vers le salut.

Honda se rappelait avoir, au cours de ses études, examiné ces théories compliquées du Karma et de l'origine des choses, de même que la métaphysique ardue des Cinq Agrégats lesquels étaient la source de la continuation des êtres, mais, pour dire le vrai, son intelligence de ces choses était devenue fort incertaine.

Dans l'intervalle, *Matsukaze* était arrivé à l'apogée de sa première moitié :

> SHITE : *Et même dans ce seau vient d'entrer l'image de la lune.*
> LE CHŒUR : *Heureux événement ! Là aussi est entrée l'image de la lune.*

SHITE : *La lune est une.*
LE CHŒUR : *Mais double son image. C'est la lune elle-même, brillante au flot montant, que nous portons ce soir sur notre charrette. Dès lors, notre labeur n'est plus si misérable puisque nous emportons chez nous notre fardeau.*

Pour Honda, c'était à nouveau les admirables Matsukaze et Murasame qui tenaient la scène. Le *waki*, dans le rôle d'un prêtre, se leva de la position qu'il occupait près de la colonne qui lui était réservée. À présent, Honda apercevait distinctement le visage de chaque spectateur, il percevait chaque battement de tambour.

Cette nuit d'insomnie à l'hôtel Nara après avoir cru tenir la preuve de la réincarnation de Kiyoaki lui apparaissait maintenant comme une vague réminiscence d'un lointain passé. Certes, une fissure s'était fait jour dans les fondations de la raison. Mais la fissure s'était aussitôt remplie de terre et l'herbe luxuriante de l'été y levait, oblitérant le souvenir de cette nuit. Comme dans le théâtre nô qui se déroulait devant lui, un fantôme était apparu à sa raison et celle-ci, un moment, avait cessé de fonctionner. Isao n'était pas nécessairement le seul jeune homme à posséder un groupe de grains de beauté au même endroit que Kiyoaki. La rencontre sous la cascade ne se rapportait pas nécessairement à celle dont Kiyoaki avait parlé dans son délire. Deux événements fortuits de cette sorte n'offraient qu'une base ténue pour en conclure que Kiyoaki avait été réincarné.

À présent, il lui semblait extrêmement inconsidéré, versé qu'il était dans le code de procédure criminelle, d'avoir abouti à cette conclusion sans témoignage plus probant. Le désir de croire à la réincarnation de Kiyoaki brillait en lui comme une petite flaque d'eau au fond d'un puits asséché, mais sa raison avait déjà dit à Honda, en termes non équivoques, que le puits était à sec. Qu'il y eût ou non quelque élément douteux dans le fondement même de sa raison, c'était là une chose qu'il valait sûrement mieux renoncer à examiner. Le plus sage était de laisser les choses en l'état.

« Quelle sottise ! s'exclama-t-il, avec le sentiment qu'il avait subitement retrouvé son bon sens... Quelle sottise ! Vraiment, ce n'est pas ce qu'on attendrait d'un magistrat de trente-huit ans. »

Aussi subtils que fussent les systèmes qu'échafaudait le bouddhisme, ils avaient trait à des problèmes étrangers à la compétence de Honda. Il se sentait rasséréné, comme si, à l'instant, il venait de résoudre habilement l'énigme qu'il avait ruminée tous ces nombreux mois. Il avait retrouvé sa clarté d'esprit. À présent, il n'était guère différent des messieurs bien éduqués qui l'entouraient et qui étaient venus au théâtre nô afin d'échapper pour un temps aux exigences professionnelles.

La scène du spectacle nô, toute proche, luisait comme l'au-delà. Des esprits y marchaient et Honda se sentait ému. Cela suffisait. En songeant à la façon dont, cette nuit-là, à Nara, la douleur d'un deuil encouru dix-neuf années auparavant s'était ravivée en lui, le faisant succomber à des illusions de cette taille, il s'aperçut que, selon toute vraisemblance, ce qui avait connu une nouvelle naissance, ce n'était pas tant Kiyoaki que simplement le sentiment de la perte qu'il avait éprouvée.

En rentrant chez lui, pour la première fois depuis de longs mois, Honda ressentit le besoin de lire le journal de ses rêves que Kiyoaki lui avait laissé.

20

Octobre connut à ses débuts une belle période. Isao s'en revenait du collège et n'était guère éloigné de chez lui, lorsque, attiré par le bruit des claquettes en bois qu'on emploie pour attirer les enfants au « théâtre de carton » d'un conteur, il prit de côté par une ruelle, faisant un léger crochet. Une foule enfantine s'était rassemblée à un coin de rue.

Les chauds rayons du soleil d'automne frappaient le rideau de la scène minuscule montée à l'arrière d'une bicyclette. C'est là qu'une série d'images viendraient illustrer le récit. D'un coup d'œil, on voyait que le conteur était au chômage. Il n'était pas rasé et, par-dessus sa chemise sale, il portait un veston froissé.

Les chômeurs de Tokyo, agissant comme de concert, eût-on dit, affectaient une allure montrant à l'évidence qu'ils étaient sans emploi, ne cherchant en rien à dissimuler leur état. Leur visage était marqué d'une sorte de petite vérole invisible. Ceux qui avaient attrapé le mal du chômage, tels des gens frappés d'une peste secrète, semblaient vouloir à tout prix être classés à part. Le conteur, frappant ses baguettes l'une contre l'autre, jeta un rapide coup d'œil en direction d'Isao. Ce dernier eut conscience que cet homme voyait en lui un collégien naïf et sans expérience.

Impatients de voir le conteur ouvrir le rideau, les enfants imitaient le rire de la Chauve-Souris d'Or. Isao ne s'arrêta pas, mais, au passage, il put apercevoir l'image que laissait entrevoir le rideau en s'écartant : c'était le crâne d'un jaune agressif de la Chauve-Souris d'Or qui, en tunique verte et collants blancs, traînait par le ciel son manteau de pourpre. C'était une image grossière et déformée. Isao avait ouï dire une fois que ce genre de peintures était l'œuvre de pauvres garçons à qui l'on versait le salaire considérable d'un yen cinquante sen par jour.

Le conteur s'éclaircit la voix avant d'entamer son entrée en matière : « Or ça, la Chauve-Souris d'Or, champion de la Justice... » Le son de sa voix rocailleuse suivit Isao qui s'éloignait, laissant derrière lui le théâtre de carton et la foule des enfants.

En tournant dans une rue paisible de Nishikata qu'un mur longeait sur un côté, ce spectre au crâne d'or qui s'envolait dans le ciel semblait le poursuivre. Quelle image grotesque de la justice que cet étrange personnage doré !

En arrivant à la maison, il n'y trouva personne et il fit le tour jusqu'à l'arrière-cour. Sawa était à laver son linge près du puits, tout en fredonnant. Il était ravi que le temps se prêtât si bien à le sécher.

« Vous voilà de retour. Ici il n'y a personne. Tout le monde est parti aider à fêter le soixante-dix-septième anniversaire de M. Koyama. Votre mère également. »

Ce vieux monsieur était une des lumières des milieux de droite et Iinuma était un de ceux qui, depuis longtemps, jouissaient de sa prédilection. De crainte d'enfreindre en quelque façon l'étiquette, on avait dû prier Sawa de rester pour garder la maison.

N'ayant rien de mieux à faire, Isao s'assit sur une touffe d'herbe en broussailles. À cette heure de midi, le grésillement léger des insectes faisait place au bruit de la lessive de Sawa. D'une clarté limpide, le ciel, après s'être miré dans l'eau du baquet, s'y brisait l'instant d'après sous ses coups répétés. Tout était pour le mieux dans le monde. Les éléments semblaient s'ingénier à réduire les projets d'Isao à un caprice de l'imagination. Les arbres, le ciel étincelant se liguaient pour refroidir les ardeurs de sa volonté, pour apaiser le torrent impétueux de sa passion. Ils tentaient de le faire s'apparaître à lui-même comme quelqu'un de complètement étranger à la réalité, en proie à l'illusion de réformes dont nul ne voulait. Cependant, son esprit juvénile ressemblait à une lame d'acier, et l'azur éblouissant, sans objet, du ciel d'automne, lui du moins, s'y harmonisait.

CHAPITRE 20

Il sembla que Sawa n'eût aucune difficulté à comprendre ce qu'il y avait derrière le silence d'Isao.
« Êtes-vous allé vous entraîner au kendo dernièrement ? demanda-t-il, tassant un paquet blanc dans le baquet, puis le pétrissant de ses poignes comme pour en faire des boulettes de riz.
– Non.
– Tiens ! » Sawa ne demanda pas pourquoi.
Isao jeta un coup d'œil dans le baquet. La quantité de linge de Sawa ne semblait guère justifier ses efforts extravagants. Car ce dernier ne voulait laver d'autre linge que le sien.
« J'ai beau me donner du mal pour me garder propre, dit-il, un peu hors d'haleine, je me demande si le jour viendra jamais où je pourrai me rendre utile.
– Demain sera peut-être ce jour-là, dit Isao, en essayant doucement de le faire parler. Et où se retrouvera M. Sawa sinon penché sur son baquet ? »
Sawa n'en dit pas plus long sur ce qu'il entendait par : « se rendre utile », sauf à maintenir envers et contre tout que, lorsque l'heure sonnerait, il serait déplacé que quiconque portât autre chose que des sous-vêtements d'une blancheur éblouissante.
À la fin, il essora ses vêtements. L'eau fit des gouttes noires luisantes en tombant sur le sol sec. Sans regarder Isao, il se mit à parler d'un ton de voix bizarre : « Ma foi, j'ai l'impression que, plutôt que d'attendre le maître, il vaudrait peut-être mieux compter sur le jeune M. Iinuma pour en avoir plus tôt l'occasion. »
En entendant cela, le premier souci d'Isao fut de se demander s'il avait changé d'expression. À n'en pas douter, Sawa avait flairé quelque chose. Isao lui-même s'était-il rendu coupable de quelque faute ?
Sans donner le moindre signe qu'il avait saisi la réaction d'Isao, Sawa disposa son linge sur son bras, en se dépêchant d'essuyer la perche du séchoir avec un chiffon.
« Quand devez-vous participer au stage du Maître Kaido ? s'enquit-il.
– Eh bien, je suis convoqué pour la semaine qui débute le 20 octobre. C'est complet jusque-là. Il paraît qu'à présent il y vient beaucoup d'hommes d'affaires.
– Qui va vous y accompagner ?
– J'ai demandé aux membres de mon groupe d'études au collège.
– Savez-vous ? J'aimerais bien y aller, moi aussi. À supposer que j'aille demander au maître s'il n'y voit pas d'inconvénient. Après tout, à quoi suis-je bon sauf à garder les lieux quand tout le monde est parti ? Je pense donc qu'il pourrait me laisser vous accompagner.

Ça me forcerait à faire un effort, ça me ferait du bien d'être avec vous, les jeunes. Quand on atteint l'âge que j'ai, l'esprit a beau s'évertuer, le corps a son mot à dire. Allons, qu'est-ce que vous en dites ?»

Isao ne trouva rien à répliquer. À coup sûr, si Sawa allait le demander à son père, la réponse serait certainement oui. Et s'il allait les accompagner, cela gâterait la chance d'avoir avec ses camarades l'entretien décisif qu'Isao s'était donné tant de mal à mettre sur pied. Il se pouvait même que Sawa fût au courant de ce qui était projeté et tentât de le faire parler. Par ailleurs, il se pouvait que sa demande fût seulement une façon détournée de communiquer son désir de compter parmi les camarades d'Isao.

Se tournant vers Isao, Sawa enfila sur la perche son tricot de corps et son caleçon, puis il y attacha son pagne Etchu par une ficelle. Comme il ne les avait pas tordus autant qu'il aurait pu, l'eau coulait de ses vêtements le long de la perche inclinée et dégouttait à un bout, mais cela ne le dérangeait nullement. Pendant qu'il vaquait à ces occupations, son dos qui faisait saillie sous la chemise kaki, toute cette masse de chair lourde et inerte qu'Isao avait sous les yeux semblait le presser de répondre. Pourtant, il ne savait que dire.

Juste comme il venait d'ajuster la perche du séchoir à la hauteur convenable, un coup de vent attrapa un coin du linge mouillé qui vint claquer sur la joue de Sawa. Surpris comme si un grand chien blanc lui léchait le visage, il le repoussa en reculant prestement. Puis, se tournant vers Isao d'un air dégagé, il demanda : «Y a-t-il une raison pour que vous ne vouliez vraiment pas que je vous accompagne ?»

Si Isao avait été un jeune homme moins simple, il aurait pu écarter Sawa par de bonnes paroles. Mais du fait qu'il pensait véritablement que la venue de Sawa créerait des difficultés, il n'était pas question de plaisanter.

Sawa n'alla pas plus loin. À la place, il invita Isao à venir dans sa chambre partager d'excellents gâteaux. La pièce avait bien trois nattes et Sawa l'occupait seul, par respect pour son âge. On n'y voyait aucun livre, hormis quelques exemplaires usagés du *Club Kodan*. Quand on le reprenait là-dessus, Sawa rétorquait que ceux qui lisaient des ouvrages pour s'imprégner d'esprit japonais étaient des «pseudo-patriotes».

Il versa une tasse de thé à Isao et lui offrit les gâteaux de riz du genre appelé *higomochi* que sa femme lui avait envoyés de Kumamoto.

«En tout cas, fit Sawa, à propos de rien, en soupirant, sûr et certain que le maître vous a en affection.»

CHAPITRE 20

Puis, ayant fouillé dans les affaires qui traînaient sur le parquet, il en sortit un éventail orné du portrait d'une jolie femme, mais quand il essaya d'offrir à Isao ce cadeau de vacances d'un marchand de saké du voisinage dont le nom et le numéro de téléphone y figuraient en évidence, il essuya une rebuffade. La dame fluette au regard perdu avait autour des yeux quelque chose de Makiko, et c'est ce qui rendait injustement sévère le brusque refus d'Isao. Sawa n'avait pourtant rien voulu signifier apparemment, et le fait d'offrir cet éventail n'était qu'un nouvel exemple de ses façons à lui.

« Cela vous ferait-il réellement plaisir de venir au stage ? demanda Isao qui regrettait la dureté de son refus et voulait sans plus attendre mettre un terme à la tension qui subsistait entre eux.

– Non, pas vraiment, répondit Sawa, en détournant le sujet d'un air détaché, comme s'il avait cessé de s'y intéresser. De toute façon, je serai probablement occupé et ne pourrai pas y aller. Simplement, je demandais. » Puis, comme se parlant à lui-même, il répéta sa remarque sans objet : « Oui, pour sûr que le maître vous a en affection. » Des deux mains où des fossettes se creusaient à l'articulation de chaque doigt, il enveloppa le solide gobelet qui contenait son thé et entama une histoire qu'on ne lui réclamait nullement.

« Ceci est une chose que le jeune maître Isao est, à mon sens, assez âgé pour connaître. C'est tout récemment que cette Académie est devenue si prospère. Quand j'ai débuté ici, nous avions bien du mal à joindre les deux bouts. On ne vous l'a jamais dit, et je sais que c'était en accord avec les idées du maître sur l'éducation. Mais, si je puis dire, il va être temps que vous appreniez certaines choses désagréables. Parce que si votre éducation néglige quelque chose que vous devriez connaître, alors, plus tard, vous en serez scandalisé.

C'est il y a trois ans, je crois bien, que le *Nouveau Japon* publia un article où l'on attaquait M. Koyama, celui-là même dont l'anniversaire se trouve tomber aujourd'hui. Le maître déclara qu'il n'était pas question de laisser passer cela sans rien faire. Il alla voir M. Koyama, sans que j'aie jamais pu découvrir à quelle décision ils aboutirent. En tout cas, le maître me dit d'aller au bureau du journal, en exigeant qu'ils publient des excuses pleines et entières. Les instructions que je reçus de lui étaient certes bizarres : "S'ils offrent de l'argent, ne le prenez pas. Jetez-le-leur au visage d'un air furieux et quittez les lieux, dit-il. Mais s'ils n'offrent pas d'argent, ce sera signe que vous n'avez pas su vous y prendre."

C'est assez drôle d'avoir l'air d'être furieux quand on ne l'est pas en réalité. Et j'aime assez voir le regard effrayé des gens. Surtout dans le cas présent, cela arrangea les choses que celui qu'on choisit pour avoir affaire à moi fût un jeune rédacteur en chef qui ne manquait pas de toupet.

La tactique du maître était merveilleusement conçue. Il envoie quelqu'un comme moi pour entamer des négociations. C'est moi-même qui le dis, j'ai plutôt l'air d'une personne sympathique, et nul ne prend la chose trop au sérieux, même si j'écume de rage, si bien que le citoyen en question estime que l'affaire peut se régler avec un peu d'argent. De sorte que quand, à sa grande surprise, je romps l'entretien, de l'autre bord on commence à se sentir un peu mal à l'aise.

Le maître s'arrange pour qu'il n'y ait jamais de rencontre directe avec M. Koyama, et, au cours des négociations, il met en scène cinq acteurs, cinq obstacles dont chacun est plus haut que le précédent. Chacun de ces messieurs est plus imposant et plus prestigieux que l'autre. De l'autre bord, on s'enfonce de plus en plus sans avoir la moindre idée de l'endroit jusqu'où nous les mènerons avant de régler l'affaire. Par ailleurs, il ne peut être question d'extorsion de fonds, du fait que nous soulignons que "ce n'est pas une question d'argent", si bien qu'ils n'ont pas de motifs pour aller trouver la police. Le deuxième acteur à monter sur la scène est M. Muto, celui qui a été mêlé à l'Incident de Juin. Et c'est à ce moment que le *Nouveau Japon* se rend compte, à son grand étonnement, que l'affaire n'est pas si simple.

De plus, en passant du second acteur au troisième, l'entracte se prolonge de façon aussi peu précise que possible, et tout en laissant espérer que tout peut se régler au cours d'un entretien avec le troisième acteur, le maître fait en sorte que cet entretien paraisse ne devoir jamais avoir lieu. Et puis, quand finalement il se produit après avoir causé tant d'inquiétude, voilà que la décision est renvoyée à un quatrième partenaire qui leur reste inconnu. Rendu à ce point, le nombre des "jeunes qui ne peuvent plus refréner leur colère" se monte à beaucoup plus que simplement un ou deux cents, même si pas un ne montre le bout du nez.

Comme on peut s'y attendre, le journal ne perd pas de temps et engage un ancien inspecteur de police, et ce gaillard arrive avec toutes sortes de politesses en se frottant les mains, apportant la lettre de l'éditeur l'accréditant. Le maître avait également grand soin de bien choisir les lieux de rencontre, et quand notre quatrième acteur, M. Yoshimori, monte en scène, le cadre est parfait. Ce dernier a des liens avec une société immobilière. Si bien que le maître choisit un baraquement sur un chantier de construction.

CHAPITRE 20

Après quatre mois de harcèlement, notre cinquième acteur, haut personnage en apparence très coulant, apparaît sur la scène. Je ne puis vous révéler son nom, mais grâce à son marchandage serré, on se met d'accord. Ça se passait à Yanagibashi. L'éditeur en personne du *Nouveau Japon* était là à nous faire des courbettes, mais malgré tout, ils ont versé quelque chose comme cinquante mille yens. Il semble que le maître en ait eu dix mille pour sa part. Cela a permis à l'Académie de vivre confortablement pendant un an.»

Isao avait tenté en écoutant de réprimer son irritation. La vanité l'obligeait à montrer que de pareilles misères n'étaient nullement de nature à le bouleverser. Pourtant, ce qui était dur à supporter, c'était le sentiment que lui-même, jusqu'à présent, avait joui des fruits de ces misères.

Néanmoins, il serait exagéré de supposer qu'on ouvrait pour la première fois les yeux d'Isao à l'état réel des choses. Isao lui-même n'aurait pas nié que sa répugnance à analyser certains aspects fondamentaux de sa vie était en quelque sorte à la base de son idée de la pureté, tout comme à l'origine de l'étrange courroux et du trouble qui l'agitaient. Mettre les pieds sur le mal tout en rendant la justice était une conception dépassée qui flattait la vanité de la jeunesse. Le problème était que le mal qu'imaginait Isao avait pris des proportions bien plus grandes. Mais, quoi qu'il en eût été en pareil cas, il n'en ressortait aucun motif pour qu'Isao doutât de sa pureté.

Se calmant non sans effort, il demanda :
«Est-ce que mon père continue à pratiquer ce genre d'affaires ?
— Désormais, c'est tout différent. À présent, c'est un homme important. Cette sorte de conflits n'est plus nécessaire. Ce que je voulais que vous sachiez, c'est ce que le maître a dû subir avant de parvenir où il est.»

Puis, après un court silence, Sawa fit une autre déclaration incongrue, et bien qu'il la glissât d'un ton négligent, Isao en fut abasourdi :
«Vous pouvez vous en prendre à qui vous voudrez. Mais ne vous en prenez pas à Busuke Kurahara. S'il devait lui arriver quelque chose, celui qui souffrirait le plus, ce serait le maître. En fonçant tête baissée par fidélité aux principes, vous vous trouveriez avoir ni plus ni moins trahi votre père.»

21

*I*sao sortit brusquement de chez Sawa et, résolu à découvrir ce que signifiaient ses paroles, il s'enferma dans sa chambre.

Tout comme le poivre chaud emporte moins la bouche à mesure qu'il en engourdit l'intérieur, de même le choc de ces paroles : « Ne vous en prenez pas à Busuke Kurahara » alla décroissant au bout d'un moment. Il n'impliquait pas nécessairement que Sawa eût pénétré le secret d'Isao. Car Busuke Kurahara était, aux yeux de beaucoup, le mal capitaliste en personne.

Si Sawa avait compris qu'Isao avait quelque projet en tête, il pouvait bien imaginer que le nom de Kurahara figurerait normalement parmi les objectifs, et son conseil de ne pas prendre Kurahara pour cible ne venait pas de ce qu'il savait qu'Isao l'avait déjà fait.

Restait un seul problème : ce que Sawa avait voulu dire en associant le nom de son père et Kurahara. Ce dernier apportait-il vraiment un soutien financier d'envergure à son père ? Patronnait-il en secret l'Académie du Patriotisme ? Cette pensée lui paraissait insupportable. Mais comme c'était là un problème qu'Isao était incapable de résoudre dans les circonstances actuelles, la véracité ou la fausseté de cette allégation était chose à laisser de côté pour le moment. L'irritation qui le rongeait comme une brûlure interne venait davantage de cette incertitude que d'un sentiment de colère.

En fait, Isao ne savait rien de Kurahara hormis ce que lui avaient appris les photos parues dans les journaux ou revues et la lecture de ses faits et gestes. À n'en pas douter, Kurahara incarnait un capitalisme dépourvu de tout loyalisme national. Si l'on avait voulu faire le portrait effrayant d'un être dénué de tout sentiment, il n'était pas de meilleur modèle que Kurahara. En tout état de cause, à une époque où chacun se sentait étouffer, le fait que seul cet homme de toute évidence respirait à l'aise, suffisait en soi à le soupçonner d'être un criminel.

Une de ses réflexions les plus connues qu'avait rapportée un journal, étalait une telle insouciance que cela paraissait soigneusement agencé : « Certes, le grand nombre des chômeurs est désagréable. Malgré tout, il est erroné d'y déceler l'indice immédiat d'une économie malsaine. Le bon sens nous dit que c'est le contraire qui est vrai. La santé économique du Japon n'implique pas que tout un chacun

CHAPITRE 21

fasse bonne chère.» De telles paroles qui ne pouvaient s'oublier engendraient colère et ressentiment.

Le mal chez Kurahara était celui d'un intellect sans liens de sang avec le sol natal. En tout cas, bien qu'Isao ignorât tout de l'homme Kurahara, le mal qu'il représentait lui était parfaitement clair.

Il y avait les bureaucrates des Affaires étrangères qui s'ingéniaient à plaire à l'Angleterre et à l'Amérique, en se contentant de jouer les coquettes; les gens de finance qui puaient le profit et la cupidité, reniflant le sol, en quête de quoi dîner, tels des fourmiliers géants; les politiciens devenus par leur faute des blocs de corruption; les camarillas militaires, cuirassées de carriérisme au point de ressembler à des scarabées immobiles; les savants à bésicles, gros vers blancs bouffis; les spéculateurs, avides d'exploiter la Mandchourie, leur bâtard bien-aimé. Et quand le ciel même réfléchissait un paysage de misère, aux couleurs d'aurore répandues sur tout le pays, on eût dit que Kurahara était un haut-de-forme de soie noire, glacial, placé au beau milieu de cet horizon pitoyable. Sans le dire, Kurahara envisageait de gaieté de cœur les nombreuses morts à venir, il était prêt à s'en féliciter.

Le soleil chagrin, le soleil luisant d'un blanc glacé, ne répandait nulle chaleur lorsqu'il se levait tristement pour entamer sa course au matin. C'était bien là les traits de Sa Majesté. Qui ne se serait senti animé du désir, en levant les yeux, d'apercevoir à nouveau le visage joyeux du soleil?

Si ce Kurahara...

Isao ouvrit la fenêtre pour cracher. Si ce qu'il avait mangé ce matin, puis à midi, était dû aux bontés de Kurahara, c'est que, dans son ignorance, le poison avait déjà corrompu ses entrailles et sa chair.

À supposer qu'il aille trouver son père et le presse de questions: son père lui dirait-il la vérité? Plutôt que d'entendre d'habiles échappatoires, il préférait se taire et avoir l'air de ne rien savoir.

Si seulement il n'avait rien su de tout ceci, si seulement il avait continué à ne rien en apprendre, pensa Isao, frappant du pied et se maudissant de l'avoir entendu. Il en voulait aussi à Sawa d'avoir répandu le poison dans ses oreilles. Isao aurait beau feindre l'ignorance, Sawa pourrait bien, un jour, raconter au père ce qu'il avait dit au fils. Alors, Isao deviendrait aussi le fils qui trahit son père en connaissance de cause. Il serait le traître qui tue le bienfaiteur de sa famille. On serait en droit de douter de la pureté de sa conduite. Un acte qui voulait être pur et hardi semblait en danger de tomber dans une grande impureté.

Comment Isao allait-il protéger sa pureté ? Ne rien faire ? Effacer le nom de Kurahara de la liste des gens à assassiner ? Non. S'il faisait cela, ne serait-ce pas payer le fait d'être un fils malheureux mais déférent, en refusant de voir une chose qui menaçait la nation tout entière ? Ne serait-ce pas là trahir Sa Majesté Sacrée autant que trahir sa propre sincérité ?

En y réfléchissant, Isao se rendit compte que cette circonstance de ne pas bien connaître Kurahara venait accroître la justice de son acte. Le mal que représentait Kurahara devait être gardé aussi distant et abstrait que possible. C'est seulement quand le meurtrier pouvait laisser de côté, non seulement toute idée de services rendus ou d'hostilité personnelle, mais même les considérations humaines les plus élémentaires comme d'aimer ou non, que son acte se fondait véritablement en justice. Ainsi, il suffisait grandement qu'Isao eût une connaissance lointaine du mal que représentait Kurahara.

Tuer un homme odieux était chose aisée. Abattre un individu méprisable était un plaisir. Mais Isao ne désirait nullement saisir le prétexte du manque d'humanité d'un adversaire pour s'armer de courage en vue de le tuer. Le mal monumental que figurait Kurahara dans l'esprit figé d'Isao n'avait rien à voir avec de petits maux sans conséquence tels que subventionner l'Académie du Patriotisme pour s'assurer contre l'assassinat. Les jeunes hommes de la Société du Vent Divin n'avaient pas tué le commandant de la garnison de Kumamoto pour des faiblesses humaines accidentelles.

Isao gémit de douleur. Comme la beauté d'un tel acte pouvait être facilement anéantie ! On lui avait arraché arbitrairement la possibilité d'accomplir cette action si belle. Tout cela pour quelques paroles !

L'unique possibilité qui lui était laissée, s'il devait passer aux actes, c'était qu'il devînt lui-même le mal. Mais Isao avait à faire œuvre de justicier.

Un bâton de kendo en bois reposait contre la paroi dans un coin de la pièce. Il s'en saisit et s'élança dans l'arrière-cour. Sawa n'était en vue nulle part. Avançant pas à pas sur le sol nu et plat à proximité du puits, Isao frappait des coups furieux l'un après l'autre, se laissant aller. En fendant l'air, le sabre de bois grondait et gémissait, irritant ses oreilles. Il essaya de ne plus penser à rien. Il leva le sabre au-dessus de sa tête puis l'abattit. Comme quelqu'un qui se hâte d'avaler du saké pour se griser, il voulait que cette ardeur étouffante lui parcourût le corps. Son souffle avait beau être une flamme desséchante, prisonnière, puis échappée de sa poitrine haletante, la

CHAPITRE 21

sueur dont il aurait dû être couvert ne voulait pas sortir. C'était en vain. Il songea à une ancienne poésie qu'un de ses aînés au kendo lui avait apprise :

> *Tenter d'éviter de penser*
> *C'est penser, du fait même.*
> *Dès lors à quoi bon penser*
> *À ne point penser ?*

Cette autre encore :

> *Puisque se lever, se coucher*
> *C'est tout un jour la lune qui point ne pense,*
> *Nulle crête de la montagne*
> *Ne doit se tourmenter de baigner dans son ombre.*

Mais il n'en fut aucunement soulagé. Dans le soir qui tombait, le ciel admirable brillait à travers les feuilles rongées des vers d'un châtaignier. Le linge de Sawa semblait s'éclaircir peu à peu, comme s'il s'imprégnait de blancheur.

Sans lâcher son bâton, Isao se rendit à la chambre de Sawa une seconde fois et frappa à la porte.

« Qu'est-ce que c'est ? demanda Sawa en ouvrant la porte. Avez-vous faim ? Ce soir, nous pourrions envoyer chercher quelque chose à manger. Qu'en dites-vous ? »

Isao se planta le visage tout proche de celui de Sawa.

« Ce que vous disiez tout à l'heure est-il vrai ? demanda-t-il avec insistance. Kurahara a-t-il un lien quelconque avec l'Académie ?

— Ne me menacez pas, à arriver comme ça avec un sabre de bambou ! De toute façon, entrez donc. »

Tandis qu'il se livrait avec énergie à son escrime au sabre, Isao en était arrivé à conclure que quelque véhémence qu'il mît à tenir Sawa sur la sellette, il n'était pas à craindre qu'il dévoilât son véritable état d'esprit. Il était tout naturel, en effet, qu'un jeune homme ingénu s'indignât d'apprendre que Kurahara avait aidé l'Académie de ses deniers.

Sawa resta silencieux.

« Dites-moi la vérité », dit Isao. Ayant placé le sabre à son côté gauche, il s'assit avec une raideur cérémonieuse.

« Et si je dis la vérité, qu'avez-vous l'intention de faire ?

— Je n'ai pas l'intention de faire quoi que ce soit.

– Rien, vraiment ? Alors il n'y a pas lieu que cette affaire vous ennuie.
– Si, ça m'ennuie. Supposez-vous que ça me soit agréable d'entendre dire à quelqu'un que mon propre père est de connivence avec la lie de la terre ?
– Mais si ce n'est pas le cas, allez-vous donner une correction à cet individu ?
– Il ne s'agit pas de donner ou non une correction à qui que ce soit, répliqua Isao, non sans quelque sophisme. Ce que je veux, c'est conserver l'idée que je me fais de mon père et de Kurahara. De Kurahara en tant que parfait scélérat.
– Et vous, est-ce que cela vous rendra parfait ?
– Je ne me soucie pas de perfection.
– En ce cas, pourquoi vous souciez-vous tellement de ce qui se passe ? »

Isao avait trouvé son maître.

« Monsieur Sawa, seuls les lâches tournent autour du pot. Je veux connaître la vérité. Je veux y faire face telle quelle.
– Pourquoi donc ? La vérité pourrait-elle ébranler cette foi vigoureuse ? Auriez-vous poursuivi une sorte de mirage tout ce temps ? Si votre dévouement à la cause est si faible, alors tant mieux qu'on vous en débarrasse. L'idée m'est simplement venue de verser un peu de doute dans votre monde de certitudes. Si c'est cela qui commence à tout faire chanceler, c'est qu'il manque quelque chose à votre sens du devoir. Où est cette conviction indomptable qu'un homme devrait avoir ? Est-elle vôtre réellement ? Dans l'affirmative, dites donc tout de suite ce que vous avez à dire. »

Une fois encore, Isao ne sut que répondre.

Sawa n'avait plus l'air de quelqu'un qui n'avait d'autre lecture que le *Club Kodan*. Il passait à l'attaque, comme s'il tordait le bras d'Isao pour lui faire cracher le morceau qui lui brûlait le gosier. Isao sentit le sang refluer à ses joues, mais il réussit à réprimer sa passion pour répondre : « Je ne bougerai pas d'ici tant que monsieur Sawa ne m'aura pas dit la vérité.

– C'est bon. » Sawa demeura un moment silencieux tandis que la petite chambre s'emplissait d'ombre au crépuscule. Quadragénaire corpulent, il était assis, jambes croisées, portant un vieux pantalon de flanelle du principal, avec des poches aux genoux. La tête inclinée vers l'avant, la chair des épaules s'enflait sous sa chemise kaki comme s'il avait porté un carquois en travers du dos. Sa combativité acérée parut soudain s'émousser. Isao n'aurait su dire s'il était à réfléchir ou à somnoler.

CHAPITRE 21

Sawa se leva brusquement. Il ouvrit un tiroir où il se mit à fouiller. Puis il vint se rasseoir tout droit face à Isao, en posant devant lui sur le parquet un poignard enfermé dans un étui de bois ordinaire. Il l'en sortit. Une crevasse pâle, aux bords effilés, vint trancher sur l'ombre de la chambre.

« J'ai dit ce que j'ai dit parce que je voulais vous amener à renoncer. Vous êtes l'héritier de l'Académie du Patriotisme si bien que votre vie a trop d'importance. Le maître a beaucoup d'affection pour vous.

Mais pour moi, cela ne fait aucune différence. J'ai femme et enfants, mais ils ne me causeraient aucun regret. Et de leur côté également, déjà ils ne se soucient plus de moi. Si bien que j'ai scrupule de continuer à vivre quand j'aurais pu mourir à tout moment. Dans mon cas, je n'aurais pas besoin d'y mêler le maître, il suffirait que je donne congé et j'aurais toute latitude de poignarder Kurahara. Je serais à même de le poignarder, moi tout seul. En tout cas, je sais une chose : cet individu est la source même du mal. En mettant les choses au pire, tant qu'il n'aura pas eu ce qu'il mérite, tous ces politiciens et tous ces grands patrons qui font sa sale besogne auront la tremblote. De toute façon, cet homme-là doit mourir. Telle est la conclusion à laquelle j'ai abouti voici quelque temps. Aussi, je vous en prie, puisqu'il faut que quelqu'un l'abatte, que ce soit moi. Que ce soit ce petit sabre qui s'en charge. Je vous en prie, abandonnez-moi ce Kurahara. Et alors, une fois mort de ma main, si les choses ne vont pas mieux au Japon, il sera temps pour vous autres, les jeunes, de faire ensemble tout ce qu'il faudra faire.

Mais si vous pensez devoir tuer vous-mêmes Kurahara, alors prenez-moi parmi vos compagnons. Je sais que je puis vous aider. Je suis le seul à pouvoir le tuer sans causer de dommage à l'Académie. Je vous en prie, prenez-moi. Tenez, je vous en supplie le front courbé. Je vous en prie, dites-moi ce que vous en pensez. »

La supplication et les sanglots de Sawa résonnaient aux oreilles d'Isao qui le regardait s'essuyer les yeux de la manche de sa chemise kaki. Toute chance était perdue pour lui de tenter d'en savoir davantage sur ce qu'il pouvait y avoir entre Kurahara et son père. Ce qu'avait dit Sawa et toute son attitude paraissaient impliquer l'existence de quelque rapport entre les deux hommes, et pourtant, selon l'interprétation qu'on y donnait, il se pouvait fort bien que Kurahara n'eût été qu'un moyen mis en œuvre par Sawa pour servir d'arrière-plan à sa fervente prière. En tout cas, c'est Isao qui se trouvait maintenant dans l'embarras.

Ne sachant que faire, du moins il n'y avait plus aucun risque qu'il perdît le contrôle de lui-même. À présent, c'était lui qui passait en jugement. Tout en fixant les cheveux assez peu fournis qui garnissaient la tête inclinée de Sawa en pleurs, il eut le temps de parvenir à une décision soigneusement formulée.

Pendant ces quelques instants, profit et perte, avantages et inconvénients, tels les pieux effilés d'une palissade de bambou pointée vers le ciel, se trouvaient liés ensemble. Isao pouvait faire de Sawa un de ses camarades ou s'y refuser. Il pouvait s'ouvrir de ses projets à Sawa ou, au contraire, lui fermer la porte et s'en tenir au plan qu'il avait lui-même conçu. Il pouvait se cramponner à l'acte beau et pur ou s'en détacher.

S'il fallait faire de Sawa un de ses camarades, il ne devrait rien lui cacher. En retour, il pourrait lui demander la vérité au sujet de Kurahara. À partir de ce moment, si la Restauration qu'Isao avait eu en vue ne pouvait guère demeurer l'idéal immaculé qu'il avait été, obstacle pouvait être mis à l'élan téméraire de Sawa avec tous les risques qu'il comportait, l'énergie de ce dernier se trouvant canalisée pour le coup qu'Isao voulait frapper.

S'il ne faisait pas de Sawa un de ses camarades, point ne serait besoin de le mettre au courant. Mais, en conséquence, Sawa n'aurait pas à divulguer ce qui pouvait être une vilaine réalité. Mais si Sawa allait se précipiter tête baissée pour assassiner Kurahara, d'autres adversaires seraient mis sur leurs gardes et ce serait la Restauration elle-même qui pourrait se trouver mise en échec.

Isao en vint à une décision cruelle. Afin de préserver la beauté, la pureté, la justice de sa propre conduite, mieux valait laisser Sawa abattre Kurahara mais sans un mot d'approbation. Jamais il ne donnerait la moindre indication qu'il déléguait cette tâche à Sawa. Car, s'il le faisait, Isao deviendrait celui qui aurait eu recours à des moyens injustes pour préserver sa pureté. Tout devait se dérouler naturellement. Il se peut qu'au moment où il était parvenu à cette décision, inconsciemment Isao avait commencé de haïr Sawa.

Il laissa un sourire d'homme fait lui venir aux lèvres. Désormais, c'est lui qui commandait.

« Monsieur Sawa, nous avons assez causé, dit Isao. Je me suis emporté tout à l'heure à propos d'une bagatelle et peut-être vous ai-je donné une fausse impression. Vous parlez de mes "camarades" ! Mes amis et moi ne songeons à aucun complot. Nous nous réunissons pour étudier l'histoire de l'ère Meiji et parmi nous, il y en a qui aiment beaucoup causer, voilà tout. Pour les jeunes que nous sommes, rien

CHAPITRE 21

de plus naturel, n'est-ce pas? Vous avez faussement interprété tout cela, monsieur Sawa. Maintenant, je vais vous demander de m'excuser. Un ami m'a invité à dîner chez lui ce soir et il faut que je m'en aille. Ne prenez donc pas la peine de me préparer quelque chose à dîner.» Il appréhendait la tension d'un dîner en tête à tête avec Sawa. Il se leva, laissant le poignard nu qui luisait sur le parquet tel un ruisselet dans les ténèbres. Sawa ne fit rien pour l'arrêter.

Isao avait décidé de se rendre chez Izutsu. Soudain, il s'inquiétait de savoir si ce dernier s'était ou non occupé comme il fallait du lis que Makiko lui avait donné. Et le sien, qu'en était-il advenu?

Afin qu'on n'aille pas le jeter en son absence, Isao avait placé son lis dans un vase élancé qu'il mit ensuite dans une bibliothèque à porte vitrée. Au début, il avait changé l'eau chaque jour, mais récemment, se rappela-t-il non sans honte, il était devenu négligent et avait oublié. Il ouvrit la porte vitrée de la bibliothèque, ôta les livres qu'il avait disposés devant le vase et risqua un coup d'œil. Le lis penchait la tête dans l'ombre.

En le sortant pour le porter à la lumière, il vit que le lis n'était plus qu'une momie de lis. S'il allait toucher du doigt, tant soit peu vivement, les pétales brunâtres, il se résoudrait à coup sûr aussitôt en poussière, tombant de la tige, laquelle conservait une nuance de vert. On ne pouvait plus l'appeler un lis, mais un souvenir, une ombre de lis, tel un cocon abandonné après que le lis proprement dit, éclatant, immortel l'eut quitté. Néanmoins, il demeurait comme un parfum pour témoigner que ç'avait été une fleur vivante. Les rayons du soleil s'y étaient naguère déversés et maintenant, telle une braise qui se meurt, il gardait encore une tiédeur.

De ses lèvres, Isao effleura doucement les pétales. S'il en sentait trop précisément le grain, c'est qu'il aurait été trop loin. Le lis s'émiettait. Il lui fallait l'effleurer telle l'aube la crête des monts.

Les jeunes lèvres d'Isao n'avaient pas encore touché d'autres lèvres, et il en effleura délicatement les pétales de ce lis flétri, de toute l'exquise sensibilité qui était en elles.

«Voilà la source de ma pureté, le garant de ma pureté, se dit-il. Je suis sûr que c'est là. Quand l'heure viendra pour moi de retourner mon sabre contre moi-même, des lis, assurément, s'élèveront dans la rosée du matin pour ouvrir leurs pétales au soleil levant. Leur parfum viendra purifier la puanteur de mon sang. Puisse-t-il en être ainsi! Comment pourrais-je douter encore?»

22

« *L* e Club de l'Actualité » se réunissait une fois par mois au Palais de Justice, et c'est là que Honda eut des informations sur la révolution qui s'était produite au Siam au mois de juin précédent et qui avait donné au pays une constitution. Le club ayant été créé à l'instigation du Premier président, un sentiment d'obligation assura, au début, une large assistance, mais peu à peu, des membres de plus en plus nombreux, accaparés par leur travail, s'abstinrent de se montrer aux séances. Pour cette réunion dans le petit auditorium, on avait fait venir un conférencier de l'extérieur dont la causerie fut suivie d'une discussion amicale.

Bien que Honda n'eût jamais été en liaison avec les princes Pattanadid et Kridsada après leur retour dans leur patrie, le souvenir de l'amitié d'autrefois fit que pour une fois, il s'intéressa vivement à l'exposé et écouta attentivement l'orateur, directeur d'une succursale à l'étranger d'une grande société, lequel s'était trouvé au Siam au moment de la révolte.

La révolution avait débuté et fini sans histoires le 24 juin, par une belle matinée, sans que les citoyens de Bangkok s'en fussent aperçus. Chaloupes et sampans se pressaient comme de coutume sur le fleuve Mae Nam et la Place du Marché s'emplissait des criailleries de marchandages. Dans les bâtiments gouvernementaux, les affaires suivaient leur train dans la torpeur habituelle.

Seuls les citoyens qui passaient près du palais et remarquaient combien son apparence avait changé pendant la nuit surent qu'il se passait quelque chose. Des tanks et des mitrailleuses en interdisaient toutes les approches et des soldats, baïonnette au canon, arrêtaient toutes les voitures qui arrivaient. Les hautes fenêtres des étages supérieurs du palais se hérissaient de mitrailleuses dont les canons scintillaient au soleil.

Le roi, Rawa VII, se trouvait à la station balnéaire de Pa-In avec la reine. Le pays était une monarchie absolue mais gouvernée en fait par un régent, oncle du roi. La résidence du régent avait été attaquée à l'aube par une seule voiture blindée et le prince, en pyjama, avait docilement consenti à ce qu'on l'amenât au palais ainsi vêtu. Un policier avait été blessé dans cet incident, sans qu'il y eût d'autre sang versé pendant la révolution.

CHAPITRE 22

Outre le prince lui-même, les membres de la famille royale et les dignitaires qui constituaient le soutien principal de la monarchie furent amenés l'un après l'autre au palais où on les assembla pour entendre le colonel Pahon Ponpayuhasena, auteur du coup d'État, expliquer l'idéologie du nouveau gouvernement. Le Parti National avait pris le pouvoir et l'on avait formé un gouvernement provisoire.

Ces informations furent communiquées au roi, et après que celui-ci eut envoyé une dépêche télégraphique le lendemain matin, indiquant qu'il approuvait une monarchie constitutionnelle, il revint dans sa capitale par train spécial pour y recevoir les acclamations de la foule.

Le 26 juin, Rawa VII publia une proclamation en faveur du nouveau gouvernement, immédiatement après avoir reçu en audience les deux jeunes chefs du Parti National, Luang Pradit, un civil, et le colonel Pya Pahon Ponpayuhasena qui représentait les jeunes officiers. Le roi se montra des mieux disposés à l'égard du projet de constitution qu'ils lui présentèrent, et à six heures, le même soir, il voulut bien y apposer le sceau royal. Le Siam était devenu une monarchie constitutionnelle, tant de droit que de fait.

Honda aurait vivement désiré avoir des nouvelles du prince Pattanadid et du prince Kridsada. Cependant, le seul sang versé ayant été celui du policier blessé, il se sentit assuré qu'il ne leur était arrivé aucun mal à l'un ou à l'autre.

Sans pouvoir le manifester, ceux qui écoutaient cet exposé et qui connaissaient fort bien la situation déplorable du Japon, ne pouvaient s'empêcher d'établir des comparaisons et de se demander pourquoi des tentatives de réformes politiques dans leur propre pays devaient toujours avorter, tel l'Incident du 15 mai, marquées par d'inutiles effusions de sang, sans jamais aboutir raisonnablement à des conclusions satisfaisantes.

Peu de temps après cette conférence, Honda reçut l'ordre de prendre part à un congrès juridique à Tokyo. Ce n'était pas une mission particulièrement astreignante et, à la vérité, l'une des intentions du Premier président, en l'en chargeant, était de le récompenser de ses longs services. Il devait s'absenter dans la soirée du 20 octobre, veille de la conférence. Le lendemain 22 était un samedi et il n'était pas besoin pour lui de rentrer à Osaka avant le lundi. Sa mère serait sûrement heureuse que son fils, après une si longue absence, vînt passer un week-end à Tokyo.

C'est au début de la matinée que Honda mit le pied sur le quai de la gare de Tokyo. Ne disposant pas d'assez de temps pour aller faire un brin de toilette chez sa mère après avoir voyagé, il décida de prendre un bain chaud à l'hôtel Shoji, à l'intérieur de la gare, aussitôt qu'il eut salué la délégation venue l'accueillir. Était-ce à cause de l'heure matinale, l'atmosphère de Tokyo qu'il n'avait pas respirée depuis si longtemps ne lui semblait plus à présent tellement familière.

La cohue qui se pressait entre les quais de la gare et les couloirs était toujours la même. Des femmes curieusement habillées de longues robes attiraient de temps à autre l'œil de Honda, mais cela se voyait déjà à Osaka. Il ne pouvait pas mettre le doigt au juste sur la différence, mais une sorte de gaz invisible paraissait avoir enveloppé toutes choses sans que personne s'en aperçût. Les gens avaient les yeux humides. Ils marchaient comme en un rêve. On eût dit que chacun s'attendait avec anxiété à quelque événement imminent. Travailleurs en col blanc, sous-payés, portant leur serviette, hommes en costumes japonais habillés, femmes en vêtements européens, demoiselles qui vendaient des cigares, petits cireurs de souliers, employés de gare en casquette d'uniforme, un même état d'esprit semblait les unir tous dans une communion secrète. Quel état d'esprit était-ce donc ?

Lorsque la société était dans l'attente craintive d'un événement, les temps tout à fait mûrs et les circonstances telles qu'il n'était pas possible que rien vînt empêcher l'événement de se produire, une expression de cette nature n'apparaissait-elle pas sur tous les visages ?

C'était quelque chose qui ne se voyait pas encore à Osaka. Il semblait à Honda qu'il écoutait le rire spasmodique d'un Tokyo apeuré, à la chair de poule, d'une ville à laquelle apparaissait un spectre énorme et bizarre, dont on ne voyait encore qu'une moitié. Honda ne put réprimer un frisson.

Sa tâche achevée, Honda passa la plus grande partie du samedi à se reposer chez sa mère puis, dans la soirée, il eut l'idée de téléphoner à l'Académie du Patriotisme. Ce fut Iinuma qui répondit. Sa voix débordait d'une nostalgie surfaite.

« Quelle surprise de vous savoir à Tokyo ! C'est un honneur pour moi que vous preniez la peine de téléphoner. Vous nous avez déjà offert chez vous une telle hospitalité à moi et à mon garçon, j'en ai été confus.

– Comment va Isao ?

– Il a quitté Tokyo avant-hier. Il est à un endroit appelé Yanagawa. Kaido Masugi y dirige un camp de stagiaires consacré aux rites de

CHAPITRE 22

purification. De fait, je dois moi-même me rendre à Yanagawa demain dimanche, remercier le maître Kaido de bien vouloir s'occuper de mon fils. Si Votre Honneur en a le loisir, que diriez-vous de m'accompagner ? Je suis certain que dans les montagnes, les arbres seront resplendissants. »

Honda hésita. Ses liens passés avec Iinuma justifiaient qu'il lui fît une visite, mais il craignait que si lui, magistrat, allait de son plein gré assister à un stage orienté à droite, même en s'abstenant de participer aux rites de purification proprement dits, cela pourrait susciter des bruits fâcheux.

Du reste, le lendemain soir ou tôt le surlendemain matin, il devrait prendre le train pour Osaka. Honda refusa mais Iinuma insista. Peut-être voyait-il là le seul moyen de se montrer hospitalier. Honda accepta finalement de l'accompagner, à condition de demeurer incognito. Honda voulant faire la grasse matinée, au moins pendant son séjour à Tokyo, ils convinrent de se retrouver à la gare Shinjuku à onze heures le lendemain matin. Iinuma lui dit que cela prendrait deux heures par la ligne de Chuo pour atteindre Shiozu et qu'à partir de là, ils devraient faire environ quatre kilomètres à pied le long de la rivière Katsura.

Yanagawa était situé dans le district de Minamitsuru, dans ce qui était jadis la province de Kai. Dans un secteur appelé Motozawa, la rivière Katsura formait un angle droit, se muant en rapides, et c'était là que Kaido Masugi possédait six arpents de rizières qui faisaient saillie dans le fleuve comme une avant-scène. Face aux champs de riz se trouvait un gymnase lequel servait aussi de dortoir à un nombre considérable de stagiaires. Enfin, il y avait un sanctuaire. À l'ouest du gymnase, on voyait un baraquement là où un pont suspendu traversait la rivière, et de cet endroit, des marches descendaient au lieu de la purification. Les stagiaires cultivaient les champs de riz.

L'aversion de Kaido Masugi envers le bouddhisme était célèbre. Admirateur d'Atsutane, on devait s'y attendre, et il avait coutume de faire siennes les diatribes de ce dernier à l'encontre de Bouddha et du bouddhisme, et de les exposer telles quelles à ses étudiants. Il condamnait le bouddhisme parce que celui-ci niait l'existence, et en conséquence, qu'on puisse mourir pour l'Empereur, pour ne rien connaître de « la vie abondante de l'esprit », se coupant par là de la source essentielle, vivifiante qui est l'objet de la dévotion véritable. Quant au Karma, c'était une philosophie du mal qui réduisait tout au nihilisme.

« Siddharta, tel se nommait le fondateur du bouddhisme, un très sot personnage qui s'ensevelit dans les montagnes, s'adonnant à toutes sortes d'austérités sans réussir à découvrir le moyen d'échapper aux Trois Calamités, la vieillesse, la maladie et la mort... Mais il eut l'inspiration perverse de demeurer dans les montagnes de longues années pendant lesquelles il devait verser dans la sorcellerie. Grâce à ce savoir occulte, il devint le prétendu Bouddha... et il échafauda la théorie suivant laquelle Bouddha est un être à qui toute révérence est due. De sorte que ce fondateur du bouddhisme, en vertu de son erreur blasphématoire, a ouvert aux hommes une voie vers la destruction et s'est mué lui-même en un diable en proie aux Trois Tourments... Même avant la venue du bouddhisme, l'avènement du prétendu confucianisme avait déjà rendu le cœur des hommes fourbe et corrompu. Alors, par la fable extravagante de la rétribution qu'apporta le bouddhisme, toutes traces de virilité furent anéanties et, avant longtemps, tout un chacun, du premier au dernier, devint esclave des fausses doctrines. Qui plus est, à mesure que ces croyances devenaient plus florissantes, les hommes s'éloignèrent de cette source vitale qui était la leur depuis le temps jadis, les oracles de nos dieux ancestraux, et ils se mirent à négliger les anciens rites. Et ces rites eux-mêmes furent corrompus par des influences bouddhistes... »

Tels étaient les sermons d'Atsutane que Maître Kaido prêchait aux oreilles de ses étudiants avec un zèle qui ne se démentait jamais, ce qui fit qu'Iinuma, pendant le voyage, recommanda à Honda de ne laisser échapper en passant aucune observation qui fût en rien favorable au bouddhisme.

Il se trouva que Kaido Masugi était un genre de personne différent de l'imposant vieillard à longue barbe chenue que Honda s'était imaginé d'après les bribes d'information qui lui étaient parvenues. C'était un aimable petit vieux, et s'il lui manquait plusieurs dents, ses yeux étaient d'un lion et il fit sur Honda une forte impression.

Après qu'Iinuma eut présenté Honda comme un haut fonctionnaire qui avait jadis montré une grande bienveillance à son égard, Kaido mit ses yeux de lion dans ceux de Honda avant de répondre : « Vous semblez être quelqu'un qui a eu affaire à toutes sortes de gens. Pourtant, vos yeux ne se voilent d'aucune impureté. Chose bien rare. Je ne m'étonne pas du respect que vous témoigne Iinuma. Et cependant, vous paraissez jeune encore. »

Puis, en ayant ainsi disposé des politesses, il se mit aussitôt à s'en prendre à Bouddha : « Je sais que nous venons de faire connaissance

CHAPITRE 22

mais, véritablement, ce Bouddha est un imposteur. Je soupçonne que c'est lui, le brigand qui a volé aux Japonais leur esprit Yamato et leur courage viril. N'est-ce pas le bouddhisme qui nie toute vie de l'esprit?»

Iinuma s'étant hâté d'aller se soumettre aux rites de purification, Honda se trouva seul assis avec Kaido dans le gymnase, ayant tout ce temps à subir le choc de ses sermons.

En voyant reparaître Iinuma en robe blanche et blanc *hakama*, accompagné du disciple principal de Kaido, Honda se sentit soulagé.

«Votre eau est certes toute fraîcheur et pureté, dit Iinuma. Je me sens propre d'esprit et de corps. Merci. Et maintenant, je me demande où trouver mon fils.»

Kaido pria son disciple d'appeler Isao. Honda sentit sa curiosité s'éveiller à l'idée de voir Isao apparaître vêtu du même genre de robe et de *hakama* blancs que portait son père.

Mais on ne trouvait Isao nulle part. Le disciple reparut, s'agenouillant sur le seuil.

«D'après les étudiants, Isao était furieux que vous l'ayez tancé tout à l'heure et il a emprunté un fusil de chasse chez le concierge en disant qu'il allait tirer un chien ou un chat pour se remettre. Il semble être parti en direction des montagnes, sans doute vers Tanzawa.

– Quoi? Répandre le sang des animaux, après avoir été purifié? C'est un scandale!» Kaido se leva, ses yeux de lion flamboyant. «Assemblez tous les membres du groupe d'Isao. Dites-leur de prendre chacun un rameau d'offertoire à la main et d'aller au-devant d'Isao. Serait-il aussi mauvais que le seigneur Susano lui-même, souillant notre enclos sacré?»

Toutes les forces d'Iinuma parurent l'abandonner à mesure que s'accroissait sa consternation, état de choses dont Honda était le témoin amusé.

«Mais qu'est-ce qu'a pu faire mon garçon? Pourquoi avez-vous dû le morigéner?

– Rien de sérieux. Soyez sans inquiétude. Mais, chez votre fils, le dieu sévère a trop de force. Je l'ai réprimandé parce que, à moins de faire effort pour mieux écouter le dieu doux, il s'écartera du bon chemin. Chez votre fils, c'est l'esprit impudent, intraitable qui l'emporte. Étant donné sa jeunesse, cela on l'accepte, mais il va beaucoup trop loin. Quand je l'ai sermonné, il baissait la tête avec déférence en m'écoutant, mais, par la suite, c'est le dieu fort qui a dû soudain s'échapper.

– Je vais prendre moi-même un rameau d'offertoire et partir le purifier.
– Ce serait très bien. Dépêchez-vous en ce cas, avant qu'il ne se soit souillé. »

En écoutant tout cela, Honda se sentit d'abord un peu intimidé par l'étrangeté de cette atmosphère, puis soudainement, son intelligence s'offusqua de cette absurdité totale. Ces gens-là ne s'inquiétaient aucunement de la chair, entièrement absorbés qu'ils étaient par l'idée. C'était là un incident des plus banals, un jeune homme d'esprit indépendant que cela rendait furieux d'être réprimandé, mais ils y voyaient une manifestation du pouvoir redoutable du royaume des esprits.

Honda regrettait à présent que l'étrange sentiment qu'il avait de quelque lien entre lui et Isao l'eût amené en un lieu pareil. Pourtant un péril inconnu d'Isao semblait prendre forme devant lui et il lui parut qu'il devait faire tout ce qui était en son pouvoir pour le repousser.

Quand ils sortirent, une vingtaine de jeunes gens, tenant tous une branche de sakaki ornée de flammes de papier, étaient rassemblés, l'air angoissé. Iinuma leva sa branche et se mit en marche. Le groupe entier s'ébranla à sa suite. Honda, qui était seul à porter un complet, prit place immédiatement derrière Iinuma.

À cet instant, Honda éprouva une sensation bizarre. Ce qu'il faisait là paraissait se rattacher de quelque manière à un souvenir lointain, tout improbable, semblait-il, qu'il se fût jamais trouvé parmi un groupe comme celui-ci, tout de blanc vêtu. Et pourtant, il lui semblait entendre un bruit métallique, comme si une houe avait été à l'œuvre, à déterrer un souvenir de valeur inestimable et qu'elle eût frappé le premier roc rencontré en chemin. Son bruit éveilla un écho sonore dans sa tête, puis s'évanouit tel un fantôme. Cette impression s'était un instant emparée de lui. Mais d'où venait-elle ?

On eût dit qu'un long fil d'or épais, magnifique, se courbant avec grâce vers l'aiguille de sa sensibilité, l'avait effleurée à peine. Alors qu'il touchait l'aiguille, au moment de passer par le chas, il s'en détournait pour disparaître. Craignant, eût-on dit, d'être tissé à force dans l'étoffe à broder où n'était encore tracé qu'un léger motif, le fil avait glissé de côté, dépassant le chas. Des doigts le guidaient, immenses, déliés pourtant, et souples à l'extrême.

23

Il était environ trois heures par un après-midi de fin octobre, heure où le soleil avait déjà commencé à se cacher derrière les montagnes environnantes. La clarté du ciel zébrée de nuages enveloppait les crêtes boisées comme une brume.

Le cortège conduit par Iinuma traversa en silence le vieux pont suspendu, trois ou quatre hommes à la fois. Jetant les yeux en contrebas, il vit qu'au nord du pont les eaux étaient calmes et profondes mais qu'au sud, où avait lieu la purification, elles coulaient rapides et basses entre les graviers de la rive. C'était ce pont à demi pourri qui marquait le départ entre les hauts et les bas fonds.

Après avoir traversé, Honda se retourna pour regarder les jeunes gens qui, derrière lui, allaient d'un pas solennel sur le pont, leur marche, en s'approchant, faisant frissonner les planches.

Les jeunes gens, chacun portant son rameau de sakaki, s'avançaient sur l'arrière-plan que formaient les chênes au bord opposé, les champs de mûriers, les feuilles rouges déchiquetées des nurudés, la cabane au sommet de la berge et un seul plaqueminier au tronc noir d'où pendait un fruit rouge unique avec une grâce sensuelle. On voyait briller leurs silhouettes dans les quelques rayons du couchant qui percèrent à ce moment les nuages suspendus à la crête des monts. Le soleil soulignait de façon saisissante les plis de leur *hakama*, donnant un tel éclat à leurs robes blanches que chaque participant paraissait tirer de soi-même sa clarté. Les feuilles de la branche de sakaki qu'il portait avaient des reflets lustrés d'un vert sombre et les flammes blanches qui y étaient suspendues se mouchetaient d'ombres délicates.

On attendit un moment que le groupe entier, proche d'une vingtaine d'hommes, eût traversé. Honda contempla de nouveau alentour le paysage d'automne des montagnes qu'il avait déjà eu le loisir d'étudier en parcourant à pied les quatre kilomètres de Shiozu à Yanagawa.

Comme on se trouvait au cœur des montagnes, les coloris variés, sombres et clairs, se superposaient sur les pentes lointaines ou rapprochées, semblant peser sur le spectateur. Chacun des monts portait des cèdres en généreuse quantité, dont le profil sombre se détachait, distant et sévère, sur la rougeoyante douceur qui les environnait. Ce n'était pas encore le plein automne et les teintes saisonnières, bien qu'apparentes, ressemblaient à un manteau de laine jaune grossière marbrée de rouge rouillé. Une mollesse semblait s'appesantir sur les rouges, les jaunes, les verts et les bruns, faisant taire leur éclat. Une odeur de fumée de bois et un soleil vaporeux enrobaient toutes choses. Les pentes les plus éloignées se découpaient nettement en bleu pâle sous leur linceul de brume légère. Cependant, nul escarpement de montagne ne venait rebuter la vue.

Quand tous eurent franchi le pont, Iinuma reprit sa marche en tête du cortège, Honda toujours à sa suite. De l'autre côté du pont, le sol se couvrait des feuilles tombées des chênes mais à présent, le long de ce chemin plus élevé et rocheux, c'étaient les feuilles des cerisiers qui l'emportaient. Depuis le pont, elles jonchaient le sol comme des fleurs rouges. Des feuilles mouillées, en voie de décomposition, devenaient d'un rose couleur d'aurore. Pourquoi la pourriture prenait-elle la couleur de l'aube ? se demanda Honda, s'agaçant de cette question oiseuse. Au faîte de l'à-pic, il y avait une tour à feu dont la petite cloche tranchait sur le ciel bleu pâle. Le sentier se couvrait à présent de feuilles de plaqueminier. Des deux côtés, on apercevait des champs de choux et des fermes. Partout, des chrysanthèmes sauvages violacés et à chaque pas des plaqueminiers dénudés, hormis un reste de fruit suspendu aux branches comme un décor de Nouvel An. Le sentier serpentait de-ci, de-là entre les haies des métairies.

Ils venaient de dépasser un de ces bâtiments quand une vue beaucoup plus vaste s'ouvrit devant eux. Le sentier, lui aussi, se mua soudain en large voie fermière, à un endroit où gisait une pierre funéraire bouddhiste de l'ère Kaei, envahie par l'herbe.

Au sud-ouest, il n'y avait qu'une petite montagne. Droit devant le cortège, par-delà la rivière et la route, se dressait le grand mont Gozen ainsi que les autres montagnes qui bordaient au nord l'horizon. Jusqu'alors, au long de leur ascension, on n'avait pas eu le moindre indice d'habitation humaine, hormis ce hameau des contreforts du Gozen.

Des touffes de renouée à fleurs rouges s'épanouissaient le long du chemin jonché de paille. On entendait des crissements légers de grillons. Des séchoirs à riz bordaient de nombreux champs, et ailleurs, les gerbes fraîchement fauchées s'étalaient sur le sol sombre et craquelé. Un jeune garçon, tout fier de son vélo neuf, se détourna pour regarder, bouche bée, l'étrange procession, tandis qu'il la dépassait lentement en pédalant.

CHAPITRE 23

Des teintes d'automne, telle de la poudre écrasée, recouvraient au sud-ouest la petite montagne. Devant eux, la voie s'ouvrait au nord jusqu'au glacis du Katsura. Un cèdre solitaire, fendu par la foudre, se dressait dans un champ voisin, son tronc écartelé recourbé en arrière et ses aiguilles flétries couleur de sang séché. Ses racines avaient été en partie arrachées hors du sol et l'herbe folle en jaillissait de toutes parts.

C'est alors qu'une silhouette vêtue de blanc apparut au-devant sur la route et que l'un des jeunes gens s'écria : « Le voilà ! »

Sans qu'il sût pourquoi, Honda sentit son échine parcourue d'un frisson.

Une demi-heure auparavant, Isao, les yeux rougis de sang, s'était aventuré dans ces parages, une carabine Murata à la main. Ce n'était pas la semonce de Maître Kaido qui l'avait irrité. Mais, au beau milieu, une idée insupportable lui était venue. Il s'était rendu compte ne pouvoir s'empêcher de penser que le beau, le pur vaisseau de cristal qu'il convoitait était déjà tombé en miettes sur le sol bien qu'il s'entêtât à refuser d'en convenir.

N'était-ce pas la vérité que s'il voulait passer à l'action, il n'avait désormais d'autre choix que d'utiliser en secret, de quelque façon, l'élan du mal, de s'abandonner à sa puissance ? Mais non, ce ne pouvait être cela. Rien de commun avec le comportement de son père. Pour lui, il ne s'agissait pas de dissoudre la droiture dans le mal ou le mal dans la droiture. Il fallait que le mal qu'il voulait accumuler en lui fût le mal à l'état pur, aussi pur qu'en lui la droiture. Quoi qu'il advînt, une fois atteint son but, il retournerait son sabre contre lui-même. Il sentait qu'en cet instant, en lui le mal immaculé périrait dans ce choc contre la droiture sans tache de son acte.

Isao ne s'était jamais senti enclin à tuer quiconque par haine personnelle. Qu'est-ce donc qui suscitait le désir de tuer, se demanda-t-il. Et quel lien y avait-il là avec le cours ordinaire de la vie quotidienne ? C'était un problème qui le hantait depuis longtemps. Il faudrait qu'il commît d'abord une action mineure foncièrement mauvaise, un petit sacrilège.

Disciple dévoué d'Atsutane, Maître Kaido les avait entretenus de la souillure qu'entraînent la chair et le sang des animaux. De sorte qu'Isao, ayant emprunté une carabine, était parti, dans l'espoir de chasser un cerf ou un sanglier dans les montagnes en cet automne, ou, si cela s'avérait trop difficile, de tirer un chien ou un chat et d'en rapporter le cadavre ensanglanté à Yanagawa. S'il devait en résulter son expulsion du camp avec ses disciples, il était prêt à l'accepter. À coup sûr, cela les emplirait de courage et de résolution renouvelés.

Il se dirigea vers le sud-ouest, l'œil fixé sur la petite montagne qu'enrobait le feuillage écarlate. Il voyait qu'un champ de mûriers mordait à l'ouest sur la pente douce des monts, et qu'un étroit sentier grimpait entre le champ et un hallier de bambous. Au-dessus du champ de mûriers, les cèdres s'épaississaient, mais on lui avait dit que le sentier passait à travers.

La carabine Murata, longue d'environ soixante-dix centimètres, reposait dans sa main comme une barre de fer et l'atmosphère automnale en glaçait le métal qui grinçait au toucher. On avait peine à croire que la balle à l'intérieur du magasin eût pouvoir d'échauffer le métal. Les trois cartouches qu'il portait sous sa robe et dont, en marchant, il sentait sur sa poitrine la pression froide et métallique, ne semblaient pas tant des plombs meurtriers que trois yeux glacés dirigés sur lui.

N'apercevant ni chien ni chat, Isao décida de suivre le sentier qui escaladait la montagne entre le fourré de bambous et le champ de mûriers. Au-dedans du fourré, c'était un fouillis de lierres et de plantes grimpantes aux baies rouges. Des racines de mûriers, toutes moussues, avaient été arrachées et empilées au bord du champ, lui barrant la route. D'un endroit tout proche, il entendit le chant d'un verdier. Isao imagina que la silhouette d'un cerf imprudent se profilait, paresseuse, devant le canon de sa carabine. Il était sûr qu'il ferait feu sans hésiter. Il aurait la volonté de tuer. La victime n'en aurait pas conscience. Nul besoin de haïr pour cela. Et, en mourant, le cerf, pour la première fois, montrerait toute la puissance du mal. On verrait luire celle-ci dans l'éclat sombre du sang jaillissant du cœur de la bête.

Isao tendit l'oreille. On n'entendait rien bouger sur les feuilles tombées. Il observa le sentier devant lui. Rien qui ressemblât à des traces de cerf. Si quelque chose retenait son souffle, c'était, pensa Isao, non de peur ou par hostilité, mais pour se moquer de son intention de tuer. Le silence foisonnant de la forêt écarlate, du hallier de bambous, des rangées de cèdres, tout cela, se dit-il, le tournait en ridicule.

Il grimpa là où commençaient les cèdres. Un sombre silence emplissait jusqu'aux espaces entre les arbres. Aucun signe de vie. Il se mit à marcher en travers de la pente et se trouva dans un bosquet clairsemé, plein de soleil. Soudain, un faisan s'envola de sous ses pieds, cible explosive masquant son champ visuel. C'était le moment

CHAPITRE 23

«d'y aller» comme lui avait enseigné le concierge. Aussitôt, il leva son fusil et fit feu.

Au-dessus de sa tête, le jaune et le rouge mêlés du feuillage s'inondaient de l'embrasement du couchant. L'éclair d'une couronne d'émeraude parut un instant se détacher en équilibre sur le coin de ciel mélancolique du soir. Puis cette couronne jaillissante fondit dans un battement d'ailes, sa gloire anéantie. L'agitation violente de l'air sembla se condenser en un liquide épais, poisseux qui, aussitôt, collant aux ailes comme une glu, prit sa redevance. Soudain l'oiseau, sans le savoir, ne fut plus un oiseau. Sa lutte pour manœuvrer ses ailes le faisant s'écarter de son vol initial, il plongea brusquement vers le sol, disparaissant entre les arbres. L'endroit n'était pas fort éloigné. Isao estima que l'oiseau était tombé dans le fourré qu'il venait de traverser.

N'ayant d'yeux que pour cet endroit, il s'élança hors du bosquet, négligeant le sentier, la carabine sous le bras, une fumée noire s'échappant encore du canon. Des épines déchiraient les manches de sa robe en s'y accrochant.

Un éclat aquatique emplissait le hallier de bambous. De son fusil, il écarta les lianes qui l'agrippaient. Il fixait le sol, de peur de perdre le faisan parmi les couleurs des feuilles tombées des bambous. Il finit par le trouver. Isao s'agenouilla et, ramassant le corps sans vie de l'oiseau, du sang jailli de son jabot vint tomber sur son *hakama* blanc.

Les yeux de l'oiseau étaient clos. Les plumes portaient des mouchetures écarlates, comme de champignon, autour des paupières fermées. C'était un oiseau bien en chair, au plumage sombre dont le reflet métallique semblait transformer le duvet en armure, couleur d'arc-en-ciel dans un ciel noir. En le tenant sur le bras, la tête inclinée vers le sol, il remarqua que le plumage sur le corps ployé était moins épais et différemment lustré.

Les plumes de la tête étaient d'un violet aussi sombre que des raisins noirs et elles se recouvraient comme des écailles. De la poitrine au ventre, des plumes vert foncé s'emmêlaient comme pour former une tunique protectrice qui luisait au déclin du jour. C'était le long de ces plumes vert foncé que le sang s'écoulait d'une invisible blessure.

Jugeant où devait se trouver la plaie, Isao y inséra le doigt. Il ne rencontra pas de résistance en le plongeant au fond de la poitrine déchirée par la balle et, lorsqu'il eut extrait cette dernière, elle était toute mouillée de rouge. Quel effet cela fait-il de mettre à mort ? se demanda-t-il, brûlant de connaître la réponse. Son acte, cet instant où l'on vise et où l'on appuie sur la détente, avait été une succession rapide de mouvements, où le désir de tuer existait à peine, moindre même que ce filet de fumée qui, ensuite, s'était échappé de la bouche du canon.

C'est certainement la balle qui avait pris la place de l'intention. Il n'avait pas commencé à gravir la montagne dans l'idée de tuer ce faisan. C'est le fusil lui-même qui n'avait pas voulu laisser passer une aussi éblouissante occasion. Si bien qu'instantanément, après un peu de sang versé, après une toute petite mort, voilà que ce faisan gisait immobile sur son bras, ce qui n'avait vraiment rien d'extraordinaire.

Pour ce qui était de la droiture et de la pureté, il les écartait froidement comme des os laissés sur l'assiette. Il ne se sentait pas d'appétit pour des os mais pour la viande. Il désirait cette chose si prompte à se décomposer, cette chose brillante, cette chose si douce au toucher. Ce n'était autre qu'une saveur tout juste perçue par la langue. Il venait de faire l'expérience de ce goût et c'est de cela que venait l'ivresse qu'il ressentait à présent, au point d'en être presque paralysé, et la paix du devoir accompli. Voilà ce qui occupait ses sens.

Ce faisan était-il donc devenu le mal personnifié ? En regardant de plus près, Isao vit dans les plumes les mouvements de minuscules insectes ailés. Si on le laissait là, des fourmis et des vers y grouilleraient bientôt.

Il s'irritait des yeux hermétiquement clos de l'oiseau. Par un refus arbitraire, ils semblaient lui interdire froidement d'approcher de quelque chose qu'il aurait voulu désespérément connaître. Mais cette chose qu'il voulait connaître, Isao n'aurait su dire si, après tout, c'était la sensation de tuer ou celle de sa propre mort.

Il empoigna l'oiseau par le col et, se servant du fusil pour dégager les broussailles, il se fraya difficilement un chemin vers la sortie du fourré. Il trancha une liane pendante, chargée de baies rouges, qui lui tomba autour du cou, lui drapant de ses fruits frémissants la poitrine et les épaules. N'ayant pas de main libre pour s'en débarrasser, il la laissa telle qu'elle.

Il atteignit le champ de mûriers et entreprit de le traverser par un sentier qui longeait un talus. Perdu dans ses pensées, il ne fit pas attention à la multitude de fleurs rouges qu'il écrasait sous ses pieds.

Au-devant, se dressait un cèdre brisé aux aiguilles déjà à demi brunies. Faisant angle droit avec le sentier, avait-il remarqué auparavant, se trouvait le chemin par lequel il était venu, voie largement ouverte à travers champs. Il s'y engagea.

À quelque distance, un groupe en vêtements blancs s'approchait. Bien qu'il ne pût encore distinguer les visages, les rameaux aux flammes suspendues que chacun portait lui communiquèrent une

CHAPITRE 23

étrange sensation. En pareil lieu, les robes blanches dénotaient nécessairement les étudiants de Maître Kaido, mais Isao ne se serait pas attendu à ce que ses camarades aillent ainsi d'un pas solennel sous la conduite de quelqu'un d'autre. Leur guide paraissait plus âgé, et derrière lui marchait un homme en complet veston. Isao tressaillit en voyant enfin que l'homme de tête portait la moustache soignée de son père.

À ce moment, le ciel qu'éclairait encore l'embrasement du couchant, s'emplit soudain des cris d'une bande innombrable de petits oiseaux apparus sous le couvert de la montagne. Le cortège vêtu de blanc en parut étonné et fit une brève halte pour attendre que les oiseaux fussent passés.

À mesure que diminuait l'écart qui séparait le groupe et Isao, Honda eut le sentiment de se trouver exclu de la scène qui prenait forme dans cette campagne, au déclin du jour. Peu à peu, il s'écarta du chemin jusqu'à ce que, quittant la colonne, il cheminât parmi les séchoirs à riz. Un moment de la plus haute importance approchait. Ce dont il s'agissait, il n'aurait su le dire. À présent, on discernait clairement Isao. Honda vit sur sa poitrine une chose qui ressemblait à un collier de grains rouges en forme de croissant, une sorte de baies, semblait-il.

Honda sentait son cœur battre avec violence. C'était l'approche d'une force irrésistible, une force qui assénerait un coup terrible à son univers rationnel. Déjà, il sentait le battement précipité de ses ailes et de son haleine tandis qu'elle fondait sur lui. Il n'ajoutait pas foi aux signes prémonitoires mais s'il se pouvait que quelque chose vînt vous avertir de votre mort ou de la mort d'un proche, ne serait-ce pas, se demanda-t-il, par un tel pressentiment?

« Alors, tu n'as pu tirer qu'un faisan, dirait-on? Ma foi, ce n'est pas si mal. »

La voix d'Iinuma résonnait à ses oreilles. Honda debout dans le champ, ne pouvait s'empêcher de les regarder.

« Ce n'est pas si mal », répéta Iinuma. Puis, comme pour se moquer, il leva son rameau de sakaki qu'il agita par-dessus la tête d'Isao. Ses flammes de papier étincelèrent d'un blanc pur dans le crépuscule. Leur bruissement avait une fraîcheur pénétrante.

« En voilà des façons! Aller jusqu'à prendre un fusil! Maître Kaido a bien su te juger : "Insouciant et obstiné. Tu le prouves au-delà de toute incertitude." »

Dès l'instant que Honda eut entendu ces mots, le souvenir qui reposait en lui se révéla enfin dans une impitoyable clarté. Sans le moindre doute, ce qui venait de s'accomplir sous ses yeux, c'était le rêve que Kiyoaki Matsugae avait rêvé une nuit d'été dans la seconde année de l'ère Taisho. Kiyoaki avait consigné dans tous ses détails ce rêve extraordinaire et Honda, juste le mois précédent, avait relu ce chapitre du journal de ses rêves. Il s'était réalisé à ses yeux de façon lumineuse dans toutes ses parties, devenant réalité après dix-neuf ans écoulés.

Qu'Isao fût Kiyoaki réincarné, fût-ce à son insu, c'était désormais, en ce qui concernait Honda, une chose à laquelle, en dépit de toute sa puissance de pénétration, la raison ne pouvait rien. C'était un fait.

24

Le lendemain soir, après la classe, Isao emmena ses camarades à l'endroit où ils se réunissaient en secret chaque jour. Là, personne ne pouvait les voir, ou, même si quelqu'un les voyait, cela n'aurait l'air de rien d'autre que d'un groupe de jeunes gens qui se rencontraient pour s'entretenir à l'aise. À l'endroit où les terres qui appartenaient à l'Académie Kaido faisaient face aux hauteurs de Motozawa, se dressait un énorme rocher couvert de végétation comme une montagne artificielle dans un jardin paysager. Une fois derrière, on était dissimulé à tous les yeux dans la direction des salles de conférence. Juste au-dessous, c'étaient les rapides et, au bord opposé, s'élevait la haute muraille montagneuse. Le petit terre-plein gazonné derrière le rocher était idéal pour s'y asseoir en cercle et y discuter. En été, il eût été des plus agréables mais dans la province de Kai, vers la fin d'octobre, le vent du soir était glacial. Cependant, les garçons qui s'y rassemblaient avaient un tel enthousiasme que le froid ne les gênait pas.

En les emmenant le long du sentier qui traversait les champs, Isao remarqua les restes carbonisés d'un feu qui n'y était pas la veille. La fine cendre de paille brûlée avait tracé en gris un motif sur le sentier, mais là où elle s'était amassée dans une ornière, elle était d'un noir profond. Ce noir se mêlait au rouge du terrain d'une façon qui captivait Isao. Curieusement, ce n'était pas le mélange de cendre grise et

CHAPITRE 24

de quelques restes de paille fraîche qui éveillait des pensées de feu brillant de tout son éclat, mais l'ornière noire qu'une rue avait enfoncée dans la terre. Le rouge puissant et barbare des flammes, le noir puissant de vulgarité de l'ornière, offraient l'expression, le contraste parfaits. Jaillir comme une flamme avant de disparaître piétiné, c'était dans les deux cas, même force éclatante. Il était assez évident que, dans l'esprit d'Isao, tout cela évoquait le spectre de la révolte.

Le groupe suivit Isao en silence jusqu'au gros rocher couronné d'arbres à l'extrémité sud des labours et ils s'assirent en rond. Ils entendaient la course de l'eau dans les rapides en dessous d'eux, là où la rivière Katsura virait brusquement. À la surface des hauteurs qui s'élevaient du bord opposé, la roche grise semblait incarner une force d'âme rigoureuse et sans faille. Les feuilles rouges suspendues aux arbres agrippés à la paroi, les premiers à échapper au soleil, se nuançaient de tristesse, tandis que plus haut, à travers la rangée d'arbres du sommet, on apercevait dans le soir, le ciel tumultueux moucheté de nuages brillants.

« Le jour est venu de décider du moment où frapper. Nous sommes tous résolus, n'est-ce pas ? Mais, tout d'abord, nous allons confirmer le plan général et les responsabilités de chacun, puis Sagara exposera le compte financier. Quant au moment précis où nous frapperons, ce serait assurément très bien si nous pouvions en décider par un Ukei, comme les camarades de la Société. Quoi qu'il en soit, nous verrons cela plus tard. »

En commençant ainsi la réunion, Isao s'exprimait d'un ton détaché. Pourtant, il était encore sous le coup du menu incident de la veille. Son père et Honda avaient dîné légèrement avant de rentrer immédiatement à Tokyo. Mais, à supposer que c'eût été une politesse envers Maître Kaido, qu'est-ce qui avait incité son père à entreprendre un si long déplacement pour voir comment les choses se déroulaient ici ? Se pouvait-il qu'il ait eu un entretien avec Sawa ? Et que penser de l'étrange comportement de Honda ? Hier, rien n'était apparu de la gentillesse un peu distante et bien réglée qui avait été si évidente lors de leur premier entretien ainsi que dans sa longue lettre ; au contraire, Honda avait à peine dit un mot à Isao et il avait le teint très pâle. Plus tard, au cours du souper, Isao avait remarqué que Honda ne cessait de le dévisager d'où il était assis à la place d'honneur.

Isao arracha le sombre levier qui avait forcé ses pensées à revenir en arrière vers le passé et il étala devant lui, sur l'herbe, le plan qu'il avait rédigé :

1. Mois, date et heure.

2. Sommaire des actions à entreprendre.

Notre objectif est de jeter le désordre dans la capitale, de provoquer l'établissement de la loi martiale et, ainsi, de promouvoir l'établissement d'un gouvernement de Restauration. Nous sommes tout entiers résolus à nous sacrifier pour cette Restauration, espérant atteindre le résultat maximum avec le nombre d'hommes minimum. Nous sommes persuadés que d'autres qui partagent nos idéaux se lèveront à cet appel par tout le pays. Des copies de notre déclaration seront répandues par aéroplane, affirmant qu'un commandement impérial a été donné au Prince Toin et nous ferons en sorte qu'il en soit ainsi à brève échéance. Avec la proclamation de la loi martiale, notre mission sera accomplie et au plus tard le lendemain à l'aube, que nous ayons échoué ou réussi, nous commettrons le seppuku ensemble dans l'honneur.
  L'objet de la Restauration Meiji était de redonner le pouvoir gouvernemental et le commandement des affaires militaires à Sa Majesté Impériale. L'objet de notre Restauration Showa est de placer la finance et l'industrie sous l'autorité directe de Sa Majesté Impériale, de déraciner le capitalisme et le communisme, tous deux doctrines du matérialisme occidental, de libérer ainsi notre peuple de son sort misérable, et ici même, à la lumière éclatante du soleil, de nous soumettre au gouvernement direct de l'Empereur pour la gloire de la Voie Impériale.
  Pour ce qui est du désordre à mettre dans la capitale, nous commencerons par faire sauter toutes les sous-stations de transformateurs dans la ville entière, et au cœur de la nuit, nous assassinerons les suppôts du capitalisme industriel : Busuke Kurahara, Toru Shinkawa et Juemon Nagasaki. En même temps, nous occuperons la Banque du Japon, pierre d'angle de l'économie japonaise et y mettrons le feu. Alors, au lever du soleil au plus tard, nous nous rassemblerons devant le palais impérial et nous mettrons fin à nos jours en commettant ensemble le seppuku. En cas d'impossibilité de nous réunir, rien n'empêche que nous retournions nos sabres contre nous-mêmes, là où chacun de nous se trouvera.

CHAPITRE 24

3. Répartition des rôles :

A – Première Unité (Attaque des sous-stations de la Compagnie d'Électricité de Tokyo).
Sous-station de Kamedo : Hasegawa
Sagara
Sous-station de Kinuden : Seyama
Tsujimura
Sous-station de Hatogaya : Yoneda
Sakakibara
Sous-station de Tabata : Horie
Mori
Sous-station de Mejiro : Ohashi
Serikawa
Sous-station de Yodobashi : Takahashi
Ui

B – Deuxième Unité (Assassinats)
Toru Shinkawa : Iinuma
Miyake
Juemon Nagasaki : Miyahara
Kimura
Busuke Kurahara : Izutsu
Fujita

C – Troisième Unité (Occupation et incendie de la Banque du Japon).
Cette mission incombera à quatorze hommes aux ordres du lieutenant d'infanterie Hori, deux hommes, Takase et Inoue, se joignant aux douze hommes qui se rassembleront rapidement à bicyclette, immédiatement après la destruction des stations de transformateurs.

D – Mission spéciale.
Un avion piloté par le lieutenant Shiga jettera des fusées et répandra des tracts.

À la vérité, Isao se sentait encore mal à l'aise quant à la mission de tuer Kurahara. C'était une tâche qu'à vrai dire il entendait se réserver, mais quelque chose l'en empêchait. D'une certaine façon, les paroles de Sawa avaient porté.

Isao se disait qu'en ce moment même où ils parlaient, Sawa pouvait bien se mettre dans la tête d'aller tuer Kurahara de sa propre initiative. En ce cas, ils n'auraient d'autre choix que d'ajourner leur plan d'ensemble jusqu'à ce que la clameur publique eût cessé. Il se pouvait aussi que Sawa n'ait fait que bluffer, essayant de forcer l'assentiment d'Isao, mais qu'en réalité, il ne ferait rien du tout.

Si Isao allait tuer Kurahara sans tenir aucun compte de ce qu'avait dit Sawa, ce serait jouer le rôle où il s'était toujours vu. Il était évident que Kurahara était celui qui serait le mieux protégé. Isao avait mis en avant le prétexte de l'amitié pour laisser Kurahara à Izutsu, ce joyeux et crédule garçon, brave à la folie. Ce dernier avait été au comble de la gratitude, mais Isao, en son for intérieur, sentait que pour la première fois de sa vie, il avait reculé devant quelque chose.

Quant à l'aéroplane, c'était sur les conseils du lieutenant Hori qu'on avait remplacé les bombes par des fusées et des tracts. Cela dit, Hori avait garanti que son fidèle ami, le lieutenant Shiga, participerait à l'entreprise.

L'armement posait un problème. Sur les vingt jeunes gens, dix pouvaient se procurer un sabre japonais, mais il se pouvait que dans l'assaut aux stations de transformateurs, un sabre devînt un embarras. Si donc ils portaient des poignards, en les dissimulant, cela suffirait. Quant aux divers explosifs à utiliser, le but était de se procurer les tout derniers modèles.

«Sagara, lis-nous la liste des choses dont nous avons besoin.

– Très bien», fit Sagara, et il se mit à lire à voix basse, comme s'il eût craint que d'autres l'entendissent:

«1° Une grande toile blanche en coton, longue d'environ cinq mètres pour en faire un drapeau proclamant notre idéal, que l'on plantera à l'endroit choisi pour notre suicide. Le reste de l'étoffe fournira une ceinture à chaque homme.

2° Bandeaux, brassards, épingles pour les brassards; souliers à semelle de caoutchouc pour équiper vingt hommes.

3° Papier: une rame de papier blanc, deux ou trois de coloris variés et suffisamment de quoi imprimer les tracts.

4° Pétrole, à usage incendiaire. Une ou deux nourrices chacun, à acheter chez trois ou quatre fournisseurs par des hommes différents.

5° Un miméographe avec les accessoires.

6° Pinceaux à calligraphier, encre, etc.

7° Bandages, astringents, boisson alcoolique pour se donner des forces.

8° Bidons.

CHAPITRE 24

9° Projecteurs.

C'est à peu près tout. Nous achèterons tout cela individuellement, puis nous le rassemblerons quelque part en lieu sûr. Une fois rentrés à Tokyo, nous nous mettrons en devoir de trouver un endroit.

Avons-nous mis assez d'argent de côté?

– Oui. Iinuma a épargné en tout quatre-vingt-cinq yens ce qui, en y ajoutant les économies des autres, nous donne au total trois cent vingt-cinq yens. Et alors, juste avant de venir ici, j'ai reçu une lettre adressée au "Cercle d'études de l'Époque Meiji", sans indication d'origine. Je l'ai apportée afin de pouvoir l'ouvrir devant tout le monde. C'est peut-être de l'argent. Cela m'embarrasse un peu.»

Sagara ouvrit l'enveloppe et y trouva dix billets de cent yens. Tous étaient interloqués. Sagara lut à haute voix l'unique feuille de papier qui portait deux ou trois lignes: «J'ai vendu un bois que je possédais et c'est de là que provient cet argent. Il est propre. Veuillez l'utiliser à votre gré. Sawa.»

«Sawa?» Isao sentit que le cœur lui battait en entendant ce nom. Sawa se conduisait de nouveau de façon incompréhensible. Dût-il croire que cet argent était assurément «propre», l'idée de Sawa en le donnant lui échappait. Aux yeux de ce dernier, ce don remplaçait-il son offre d'assassiner Kurahara? ou bien cette grosse somme de mille yens représentait-elle pour lui un adieu, une contribution pour s'excuser d'agir seul?

Mais il fallait qu'Isao répondît immédiatement.

«Cela vient de M. Sawa, au collège, dit-il. Il est secrètement l'un des nôtres. Donc, pas de raison de ne pas le prendre.

– Eh bien! Quelle aubaine! Inutile de nous faire du souci côté finances, à présent. Nous sommes assistés des dieux.» Tout guilleret, Sagara éleva l'argent à la hauteur de ses lunettes comme pour rendre grâces aux dieux.

«Et maintenant, venons-en aux détails. D'abord, réglons l'heure et la date. Naturellement, l'heure est essentielle à nos projets. S'il est trop tard dans la soirée, les conséquences de l'arrêt du courant seront insignifiantes. De sorte, il me semble que dix heures du soir est l'extrême limite. Avec, moins d'une heure plus tard, l'attaque de la banque. Quant à la date...» Tout en parlant, Isao revoyait en esprit la vague image de Tomo Otaguro au sanctuaire de Shingai, prosterné devant les dieux dans l'attente de leur volonté.

Le prêtre avait présenté deux formules d'Ukei dans la chaleur d'un midi d'été du sanctuaire.

> « Mettre fin à un gouvernement néfaste par des remontrances aux responsables, fût-ce au sacrifice de sa vie. »
> « Abattre les ministres indignes en frappant dans l'ombre avec le sabre. »

Toutefois, ni l'une ni l'autre n'avait reçu la faveur divine. À présent, c'était le désir exprimé en dernier par les dieux qu'Isao et ses camarades leur soumettaient.

L'été et l'automne, les provinces de Kumamoto et de Kai, l'ère Meiji, l'ère Showa, voilà pour les différences. Mais les sabres de ces jeunes hommes étaient assoiffés de sang et certes, ils voulaient frapper au plus sombre de la nuit.

L'histoire que racontait la petite brochure avait en quelque endroit fait céder la digue des conventions littéraires pour faire irruption dans l'actualité. À lire ce récit, le cœur de ces jeunes hommes s'était enflammé et ils ne pouvaient plus connaître de satisfaction tant que le feu qui les brûlait n'aurait pas provoqué d'incendie.

> *Tel le cygne blanc qui prend son essor vers les cieux,*
> *Ne laissez ici-bas nulle trace.*

Le poème de Maître Oen revint soudain à l'esprit d'Isao, aussi frais et vivant que s'il avait été composé la veille.

Personne ne proférait d'opinion. Les garçons étaient assis, silencieux, scrutant du regard les traits d'Isao. Ce dernier avait levé les yeux au ciel par-dessus les hauteurs sur l'autre bord du fleuve. La lisière éclatante des nuages fragmentés s'atténuait quelque peu maintenant. Mais, comme passées au peigne fin, les rayures étaient encore fermement dessinées. Isao eut le sentiment que l'œil des dieux pourrait consentir à s'y abaisser.

Les ombres du soir s'étaient déjà emparées de la paroi rocheuse de la falaise. Seule, la blancheur de l'eau des rapides en contrebas se détachait encore dans l'obscurité. Lui-même était devenu un personnage romanesque. Il était peut-être, ainsi que ses camarades, aux approches d'une gloire qui, longtemps, vivrait dans les mémoires. Vrai ou pas, le vent froid du soir apportait le frisson d'une plaque de bronze commémorative.

Nulle révélation ne vint. Rien du tout ayant trait à la date ou à l'heure. Rien ne sortit, dans le soir, du faîte éclatant de ce ciel strié de nuages, pour venir s'emparer de lui. Nul sentiment de muette

CHAPITRE 24

communion. On eût dit que les cordes d'un *koto* avaient cassé net, sans qu'on pût désormais y pincer une seule note.

Malgré tout, les dieux n'avaient pas fait connaître leur désapprobation aussi clairement qu'à Tomo Otaguro. Ils n'avaient pas notifié manifestement leur refus.

Isao se débattait avec les conséquences. Ils étaient là, rassemblés, ces jeunes hommes dont aucun n'avait encore vingt ans. Ils vibraient de jeunesse, les yeux fixés sur lui, étincelants de ferveur alors que lui-même s'attardait à contempler l'éclat divin qui dominait la haute paroi rocheuse. Impitoyablement, les choses avaient atteint ce stade et aucun moment ne serait plus propice. Il fallait qu'advînt quelque révélation. Et pourtant les dieux n'avaient ni consenti ni refusé. Ils laissaient la question indécise, telle une sandale abandonnée sans y penser au firmament lumineux, à l'instar des incertitudes et des imperfections de ce monde.

Il fallait qu'Isao répondît sans délai. Quelque chose en son cœur s'obtura un instant, tout comme la palourde enclose en sa coquille, recouvrant un moment la «pureté» de sa chair, laquelle toujours devait s'ouvrir aux eaux purificatrices. Un concept mauvais, minuscule, s'ensauvait tel un pou de mer par un coin de son cœur. Si vague que pût être le souvenir de s'être enfermé pour se défendre, l'avoir fait une fois lui conférerait sans nul doute la force de l'habitude. Au bout de deux ou trois fois, cela doit paraître aussi commun que boire ou manger.

Isao n'avait pas lui-même le sentiment de mentir. Si les dieux ne disaient pas le vrai ou le faux en telle ou telle occasion, alors il était fort présomptueux à un être humain d'aller y voir de mensonge. Dans le cas d'Isao, il n'y avait aucune différence avec l'oiseau qui doit donner la pâture à ses petits. Il leur fallait être nourris, et nourris sans délai.

«C'est le 3 décembre, à dix heures. Telle semble être la volonté des dieux. Disons que c'est définitif. Il reste plus d'un mois, je pense donc que nous aurons tout le temps de nous préparer. Et maintenant, Sagara, tu as oublié une chose importante. Notre combat sera pur et sans tache, tel un lis blanc. Aussi, afin qu'à l'avenir, on puisse parler de "la guerre des lis", je veux que chacun de vous, en allant à la bataille, s'assure qu'il emporte logé sur sa poitrine du pétale des lis du festival de Saigusa que la fille du général Kito nous a distribués. Nous jouirons à coup sûr de la protection du dieu sévère du sanctuaire de Sai. Cela dit, en ce qui concerne la date du 3 décembre, un vendredi, quelqu'un a-t-il une objection? En ce cas, qu'il le dise. Peut-être cela gêne-t-il quelqu'un?

– Si nous devons tous mourir, répliqua à voix haute un des garçons, quelle gêne pourrait-il y avoir ? » Tout le monde éclata de rire.
« Très bien, en ce cas. Passons aux comptes rendus des missions individuelles. Ohashi et Serikawa, faites-nous part de votre enquête sur la station de Mejiro et de votre plan pour la faire sauter. »

En entendant les ordres d'Isao, Ohashi et Serikawa tentèrent de se rejeter la tâche l'un sur l'autre, mais à la fin, plus disert, Ohashi prit la parole. Chaque fois qu'il s'adressait à Isao, Serikawa se redressait, raide comme un piquet, mais l'élan de ce qu'il ressentait venait étrangler ses paroles, les autres avaient du mal à le comprendre. Pourtant, il n'avait pas son pareil dans l'accomplissement d'une mission. Jamais il n'avait manqué d'exécuter un ordre à la lettre. Quand il se passionnait en parlant d'une chose, en l'écoutant on eût dit qu'il pleurait. Présenter clairement un rapport détaillé n'était pas son fort, si bien que cette tâche échut à Ohashi, astucieux et à la langue bien pendue, tandis que Serikawa, debout à ses côtés, opinait vigoureusement aux passages les plus importants.

« En arrivant à la station de transformateurs, de Mejiro, il y avait un homme en salopette à l'entrée. Il était en train de réparer des fils de cuivre. Quand Serikawa et moi étions allés aux autres stations en disant que nous suivions des cours du soir dans une école d'électricité et demandions à visiter, il y avait toujours quelqu'un pour nous demander nos cartes d'identité ou faire quelque autre objection, et on nous envoyait proprement promener. Mais cet homme en salopette se montra étonnamment cordial et nous dit de le suivre au second étage. En grimpant l'escalier, il y avait trois employés qui travaillaient dans un bureau, et l'un d'entre eux dit à l'ouvrier en salopette de nous faire visiter. De sorte que le bonhomme laissa de côté son travail et nous fit aimablement tout visiter. Il en était très fier, apparemment. Quand nous posions une question sur le matériel ou autre, il nous donnait toutes les explications. Ainsi, nous découvrîmes que cette station possède à la fois un transformateur à refroidissement hydraulique et un autre à huile.

En général, les parties essentielles d'une station de transformation sont le transformateur, le tableau de distribution et la pompe de refroidissement à eau. Pour détruire seulement la pompe à eau, tout ce qu'il suffit de faire, c'est de démolir l'interrupteur du moteur de la pompe avec un marteau ou autre, et puis d'y jeter une grenade à main. Mais ça ne serait pas des plus efficaces. Bien sûr, si l'on détruit la pompe à eau, cela arrêtera la circulation d'eau pour le refroidissement du transformateur, toute l'installation s'échauffera et deviendra

CHAPITRE 24

inutilisable. Mais ça prendrait un certain temps et tout d'abord, le transformateur à refroidissement d'huile continuerait à marcher.

Cependant, du point de vue des facilités pour l'attaque, du fait que la pompe est à l'extérieur du bâtiment principal et qu'elle n'est pas gardée, ce serait le plus simple. Pour vraiment tout arrêter, le mieux ce serait que l'un tue le surveillant et pénètre dans le bâtiment. Alors, le second pourrait placer les explosifs à côté du tableau et une fois la mèche allumée, ils pourraient partir. Mais en cas d'obstacle imprévu, tout ce qu'on peut faire, c'est de détruire la pompe.

Maintenant, pour ceux qui vont aller voir d'autres stations, nous pensons que la meilleure façon de s'introduire, c'est de voir si l'on connaît quelqu'un, élève d'une école d'électricité, pour lui emprunter sa carte d'identité. Voilà tout ce que j'ai à vous dire.»

Isao fut satisfait de la clarté et de la concision de leur compte rendu.

«Bon. À ton tour, Takase: Compte rendu des moyens de se procurer le plan intérieur de la Banque du Japon.

– Très bien», répondit Takase dont l'équipier, Inoue, était absent. Sa voix était rauque en raison d'une affection pulmonaire, mais il avait de robustes épaules, et de ses yeux perçants rougis et fiévreux, il fixait Isao: «À vrai dire, je me suis creusé la tête à ce sujet pendant un bout de temps sans pouvoir aboutir à un plan convenable. À la fin, je conclus que la seule façon, ce serait d'être engagé comme veilleur de nuit, seulement, avant de vous prendre, la banque procède à une enquête minutieuse et il faut que vous passiez un sévère examen médical. N'ayant aucun espoir d'être reconnu apte, je m'en suis ouvert à Inoue. Vous savez qu'il est du deuxième degré au judo. Si bien qu'Inoue qui est prêt au sacrifice à tout moment, a fait le nécessaire sans la moindre crainte ou hésitation. Il est allé voir le doyen responsable des activités extérieures des étudiants en lui disant qu'il voulait un emploi de veilleur de nuit afin de payer en partie ses frais d'études, et le doyen lui a donné une recommandation. Muni de cela et de son diplôme du second degré au judo, il est allé à la banque où on l'a engagé sans difficulté. Quand il se rend au travail, il emporte des livres inoffensifs et fait semblant d'y étudier. Une fois, je suis allé le voir; les autres surveillants semblent avoir une très bonne opinion de lui. Il me disait qu'au dîner le soir, ils lui offrent quelquefois un bol de nouilles. Et bien qu'Inoue soit comme il est, il disait qu'il ne pouvait pas s'empêcher de se sentir un peu fautif en pensant que le moment allait venir où il mettrait le feu à tout ça.»

On entendit dans le noir des exclamations de rires juvéniles.

« Jusqu'au jour de notre entrée en action, Inoue va continuer à travailler comme gardien à la banque, en conservant son air innocent. Et comme nous aurons aide et assistance à l'intérieur, le lieutenant Hori et nous autres devrons convenir d'un signal quelconque pour qu'Inoue sache quand ouvrir la porte. Quant au plan intérieur, Inoue et moi-même nous chargerons de le tracer environ deux semaines avant le jour dit et nous avons l'intention de le montrer au lieutenant Hori. Inoue dit qu'au lieu d'éveiller les soupçons en cherchant à connaître l'agencement de la banque trop précipitamment, il fait en sorte de tout savoir de la façon la plus naturelle, en se montrant appliqué à la besogne. Pour sûr, c'est un garçon à la figure austère ; mais il a des yeux malins et un rire très cordial, si bien qu'il réussit avec les gens. »

Takase jeta un coup d'œil à sa montre : « Oh, ça va être l'heure où les guichetiers et les employés rentrent chez eux et Inoue va aller prendre son service. Il regrettait beaucoup de ne pouvoir venir, mais ce qu'il fait actuellement est absolument vital. Je ne vois rien d'autre à rapporter. »

Tout le temps des comptes rendus suivants, un peu sinueux, Isao, les ayant déjà tous entendus, eut loisir de s'abandonner à ses pensées. Ce faisant, des noms auxquels il aurait préféré ne pas penser – son père, Sawa, Honda, Kurahara – lui revenaient aussitôt à l'esprit, le harcelant comme une nuée tourbillonnante de moucherons. Empoignant la barre, il vira de bord, mettant le cap vers des pensées plus désirables : Au faîte d'une falaise, au point du jour, rendant hommage au soleil... abaissant les yeux sur la mer étincelante, au pied d'un haut et noble pin... mettre fin à mes jours.

Pourtant, après l'insurrection, il ne serait pas commode de quitter Tokyo en quête d'une falaise idéale au bord de l'océan. Si l'assaut aux stations de transformateurs était réussi, tous les moyens de transport seraient désorganisés et, même par le train, il pourrait être hors de question de s'échapper. À la vérité, il y avait peu d'espoir, semblait-il, de pouvoir s'enfuir assez loin après s'être habilement éloigné du théâtre des assassinats.

Néanmoins, Isao ne voulait pas lâcher sa rêverie : un endroit l'attendait quelque part, où tous les éléments propres à l'accomplissement d'un seppuku immaculé se trouvaient rassemblés. La vision à laquelle il s'attachait était, naturellement, cette scène au sommet de l'Omigatake où les six camarades de la Société du Vent Divin avaient retourné leurs sabres contre eux-mêmes, vision d'une mort au sommet d'une montagne, où le ciel s'éclaire peu à peu, laissant aperce-

CHAPITRE 25

voir des traînées de nuages et des flammes blanches flottant dans la brise matinale.
 Isao ne désirait nullement décider dès maintenant du lieu qu'il choisirait. Faire à l'avance un choix que ce qui arriverait après l'insurrection pourrait déjouer, n'aurait aucun sens. Il garderait sa liberté. Il se laisserait guider par la Volonté Divine qui ne pouvait manquer de se manifester. À coup sûr, quelque part, le vent soufflerait à travers les pins au point du jour... quelque part, en détachant son kimono, du rivage, l'air vif de l'hiver viendrait fouetter sa chair... quelque part, le sang qui tacherait son cadavre et le tronc du pin rouge auprès duquel il serait étendu, luiraient de tout leur éclat dans le soleil levant...
 Et s'il réussissait à s'enfuir vers le parvis au-devant du palais impérial... une image terrible prit forme dans l'esprit d'Isao : peut-être même pourrait-il traverser à la nage les douves du palais, brisant leur pellicule de glace et, sur l'autre bord, escalader le talus abrupt...
 Là, caché dans les pins de la berge, il attendrait la venue du matin. Peut-être que regardant au-delà du vaste alignement des navires à l'ancre au large de Tsukishima, il verrait l'aube se lever sur la rade... Alors, juste avant que Marunouchi se détache sur l'horizon devant lui aux premiers rayons du soleil, il pourrait enfoncer sa lame !

25

*H*onda n'ignorait pas qu'on racontait qu'il n'était plus tout à fait le même depuis son retour de Tokyo. Pour lui, la façade, naguère si imposante, de la réalité vécue, s'était effondrée, et son métier, aux prises, par définition, avec l'analyse minutieuse de la trame des réalités vécues, paraissait soudain avoir perdu toute saveur.
 Il était fréquemment perdu dans ses pensées, négligeant de répondre aux remarques que lui adressaient ses collègues. Lorsque le Premier président eut vent de tout ceci, il craignit qu'un effort de surmenage n'eût estompé la clarté d'esprit de son subordonné.
 Tout en s'attachant en conscience au travail étalé devant lui sur le bureau de son cabinet, Honda avait bien souvent un frisson en revoyant en pensée, une fois de plus, cette scène, ce soir-là, à

Yanagawa, ce moment où le rêve qu'avait fait Kiyoaki tant d'années auparavant se trouvait réalisé dans tous ses détails. Il se rappelait aussi ce qui s'était passé le lendemain matin, peu avant de reprendre le train pour Osaka, lorsque, cédant à une étrange impulsion, il avait résolu d'aller au cimetière d'Aoyama voir la tombe de Kiyoaki.

Sa mère parut fort étonnée en le voyant sortir le matin plus tôt qu'il ne fallait pour aller prendre son train. Mais Honda se fit d'abord conduire à Aoyama. L'auto monta une avenue qui traversait le vaste cimetière jusqu'à une allée circulaire située juste au centre. Quittant la voiture à cet endroit en disant au chauffeur de l'attendre, il enfila d'un bon pas l'avenue qui conduisait à l'enclos de la famille Matsugae. Eût-il oublié le chemin qu'il eût aperçu le grand *torii* qui en marquait l'entrée.

Honda suivit l'avenue sur une courte distance avant de s'engager dans une allée qui serpentait entre les tombes, éclairé dans le dos par la lumière matinale. En se retournant pour regarder par-dessus son épaule, il vit un soleil de fin d'automne luire bien faiblement à travers l'écran mince des pins. Les rayons qui filtraient par le sombre feuillage persistant, tombant parmi les fûts de pierre pointus, semblaient non point rehausser mais plutôt atténuer le brillant du marbre aux nouvelles pierres tombales.

Il suivit l'allée. Afin de parvenir à l'enclos Matsugae dont le *torii* paraissait déjà le dominer de sa masse, il dut tourner à droite dans une allée plus étroite encore, couverte de mousse et de feuilles tombées. Le *torii* de marbre blanc massif des Matsugae se dressait au-dessus des petites pierres tombales qui semblaient des courtisans à son service. On avait pris pour modèle le *torii* de l'Omiyasama qui se trouvait sur le domaine des Matsugae. À présent, aux yeux de Honda, cet exemple de splendeur Meiji se teintait de mauvais goût.

Le premier objet qui attira son attention après avoir passé sous le *torii* était une stèle en pierre, une dalle énorme de rocher, haute, semblait-il, d'environ cinq mètres. Les caractères sigillaires de l'épitaphe avaient été dessinés par le prince Sanjo, puis gravés par un célèbre artiste chinois qui, après avoir buriné l'existence détaillée de l'aïeul de Kiyoaki, le louait en ces termes :

> *En contemplant ce monument,*
> *La multitude des générations sera frappée de stupeur.*

À l'ombre du mémorial se trouvaient les tombes des Matsugae, chacune avec son épitaphe, mais l'immense pierre les écrasait tellement

CHAPITRE 25

de sa masse qu'on les remarquait à peine. À droite de cette pierre, sur un perron auquel quelques marches donnaient accès, il y avait un carré marqué d'une palissade de marbre et c'était là que se trouvaient, côte à côte, les tombeaux de Kiyoaki et de son grand-père. Le lieu étant familier à Honda, il jeta à peine un coup d'œil à la plaque du mémorial, tournant aussitôt à droite pour gravir les degrés de pierre.

Bien que les deux tombes fussent situées côte à côte, elles différaient visiblement par l'éminence. Le vaste tombeau de l'aïeul se dressait au centre même de l'enclos et quatre lanternes de pierre de Nishinoya montaient une garde solennelle de chaque côté de l'allée qui y conduisait. À droite, s'élevait, plus modeste, la tombe de Kiyoaki, laquelle venait à l'évidence troubler la symétrie du domaine de l'ancêtre. À côté de la masse de pierre de la tombe du grand-père, celle de Kiyoaki semblait menue, encore qu'elle s'élevât à la hauteur respectable de deux mètres depuis la base, mais la tombe elle-même, l'urne pour l'eau, le vase à fleurs aux armes de la famille, tout était exactement du même modèle que pour le grand-père, taillé dans la même pierre, seule différait l'échelle. D'une gravure élégante sur le marbre assombri, on pouvait lire en caractères carrés à l'ancienne : KIYOAKI MATSUGAE. Bien que le vase fût dépourvu de fleurs, il contenait des brindilles luisantes d'anis de Chine.

Honda demeura quelques instants devant la tombe avant d'offrir une prière. Il ne pouvait rien concevoir de moins approprié pour un adolescent livré de tout son élan à la passion et qui reposait à présent sous ce tumulus de pierre. Le Kiyoaki que se rappelait Honda portait certes en lui un présage de mort. Mais il n'était pas jusqu'à ce nimbe de mort qui ne fût flamme transparente, comme si chez lui, la mort elle-même était étincelante et légère. Cette pierre froide n'avait rien à révéler de Kiyoaki.

Honda détourna les yeux, parcourant du regard la partie du cimetière qui s'étendait au-delà du tombeau de l'aïeul de Kiyoaki. Entre les arbres de l'hiver, l'avenue circulaire où sa voiture était arrêtée apparaissait toute blanche au soleil matinal. Et parmi les conifères sombres, lui faisant face, il y avait les tombes d'autres familles qu'on eût dit débordantes de chaque côté d'offrandes florales de chrysanthèmes jaunes et violacés.

Si étrange que cela pût paraître, Honda sentait en lui un mouvement de protestation. Plutôt que de presser ses paumes l'une contre l'autre, il aurait voulu appeler brusquement Kiyoaki, le prendre par les épaules et le secouer. Dans son chagrin, il laissa son regard errer jusqu'à la palissade de marbre qui délimitait si précisément le carré funéraire et là, en haut d'une balustrade, il aperçut un tout petit crampon de lierre teinté de rouge. En s'approchant pour mieux le voir, il remarqua comme il avait réussi à grimper furtivement le long du marbre poli, fermement accroché à la surface afin de ne pas glisser, pour finalement atteindre le sommet du balustre d'où il s'avançait à présent vers le tombeau de Kiyoaki. Des veinures jaunes étaient délicatement dessinées sur les feuilles rouges grandes ouvertes qui ressemblaient à des bonbons fins, le bout teint en grenat. À cette vue, Honda sentit enfin que son cœur allait s'apaisant et il retourna vers la tombe de Kiyoaki. Il inclina profondément la tête. Il pressa ses paumes l'une contre l'autre. Il ferma les yeux. Nul bruit ne venait le troubler.

Tout à coup, une intuition vint le heurter avec une force qui ne laissait aucune place au doute. Il eut un frisson. Personne, lui disait l'intuition, il n'y avait personne dans cette tombe.

26

Isao n'avait pas encore montré au lieutenant Hori l'abrégé du plan d'insurrection ni le projet de déclaration à lâcher d'un aéroplane. Le lieutenant était entièrement occupé aux grandes manœuvres et il n'avait pas répondu favorablement à la demande d'entretien d'Isao. Il restait plus d'un mois avant le jour désigné. Une fois rendu en novembre, il était entendu que le lieutenant consacrerait tout son temps libre à diriger leurs efforts.

En rentrant à la maison, Isao avait été chaleureusement accueilli comme d'habitude par sa mère, par Sawa et les autres étudiants. Peut-être parce qu'il n'y avait pas moyen de causer seul à seul avec Isao, Sawa n'avait pas une seule fois fait allusion au problème dont il avait récemment discuté avec tant de passion. Si bien qu'Isao n'avait pas encore trouvé l'occasion de le remercier pour l'argent.

Le jour de son retour, son père était parti dans la soirée assister à une réunion, et les étudiants du collège ayant dit à Isao qu'ils aimeraient entendre parler du camp-école de Yanagawa, il décida de dîner avec eux ce soir-là au réfectoire. Sa mère se mit en peine de leur préparer un bon repas.

CHAPITRE 26

« Comme il n'y aura que toi et les autres garçons, vous pourrez parler beaucoup plus librement », dit sa mère en lui tendant un plateau de sashimi en porcelaine brillamment colorée tandis qu'il se tenait dans le vestibule. La coutume du collège interdisait aux étudiants d'entrer dans la cuisine. « Emporte donc cela, je te prie. » Magnifiquement disposés sur le plateau, il y avait des tranches de brème de mer, de maquereau, de carrelet et de sériole, genre de régal qui ne venait pas souvent améliorer l'ordinaire de l'école. Il se demanda ce que signifiait cette générosité inattendue. Quant à Mine, elle fut frappée du regard glacial sur le beau visage de son fils quand il prit le plateau sans empressement. Dans l'ombre du couloir, il portait un masque de dureté, d'insensibilité.

« Pourquoi une telle prodigalité ? lui demanda-t-il.

– Seulement une petite fête pour ton retour à la maison.

– Mais je n'ai été parti qu'une semaine, dans la province voisine. Qu'auriez-vous fait si j'étais allé à l'étranger ? »

Isao ne pouvait se libérer l'esprit de Kurahara et de son argent. Rien ne le rendait plus malheureux sous son propre toit que d'être en proie à la menace constante de ce nom, sorte de toxine qui alourdissait l'atmosphère de l'Académie du Patriotisme, l'eau, chaque parcelle de nourriture.

« Je me donne du mal pour te faire un bon dîner et voilà que tu n'es pas content ! »

Isao regarda droit dans les yeux sa mère qui bougonnait, et il vit les pupilles papilloter anxieusement comme la bulle d'un niveau d'alcool. Du même coup, le visage de celle-ci perdit toute expression et soudain, elle détourna son regard.

Peut-être, pensa Isao, cette petite fête n'était-elle qu'une des idées de sa mère. Mais il se rendit compte que l'inquiétude qui le tenaillait était telle qu'il ne pouvait faire autrement que de tout soupçonner. Tout ce qui à la maison sortait de l'ordinaire, en bien ou en mal, suffisait à lui causer une douleur.

« Tu t'es fait sermonner par Maître Kaido, n'est-ce pas ? dit-elle, d'un ton enjoué, voire un peu provocant. Ton père m'a tout raconté. » En l'écoutant parler, Isao eut l'impression que des gouttelettes de salive giclaient sur les tranches transparentes de sashimi et il se sentit pris de dégoût. La pensée que la salive de sa mère venait soudain asperger le sashimi frais coupé et la garniture d'algues vertes, le détourna de l'autre impureté qui le tourmentait.

« Ce n'était rien d'important. »

La réponse d'Isao, adressée sans l'ombre d'un sourire, n'était guère de nature à la satisfaire.

« Pourquoi faut-il que tu sois comme cela ? Tu me parles comme à une étrangère, malgré tout le mauvais sang que je me fais pour toi. » D'un mouvement brusque, Mine saisit une tranche de sashimi et l'enfonça dans la bouche d'Isao. Tenant le plateau, il ne put parer l'élan rapide de sa main. Sa réaction automatique à la soudaineté du geste fut sans doute d'ouvrir la bouche. Les yeux mouillés du fait de cette alimentation forcée, il la vit se hâter de faire demi-tour comme pour dissimuler ses larmes, et rentrer dans la cuisine. Mais d'être ainsi traité comme un fils qui part pour la guerre accentuait son dépit.

Le chagrin de sa mère lui restait dans la bouche comme un corps étranger. Cela le gênait de sentir comme le sashimi lui collait aux dents.

Que se passait-il donc ? Rien n'allait plus comme avant. Pourtant, il était difficile de croire que sa mère, en le regardant dans les yeux, avait su y discerner qu'il était résolu à mourir.

Quand il fit son entrée dans le réfectoire, portant le plateau de sashimi, les étudiants accueillirent Isao par de grandes acclamations. Ces visages qu'il connaissait autour de la table lui parurent soudain tout à fait étrangers. Il était seul ici à vouloir passer à l'action, tandis que tous ceux-là continuaient comme si de rien n'était, se contentant de composer des poèmes sur la fidélité de leur attachement, leurs nobles résolutions, la Restauration, des passions bouillonnantes. Le visage de Sawa, lui aussi, avait sa place parmi les autres, Sawa qui souriait comme un moine Zen indolent. Sawa n'avait pas agi jusqu'à présent, et il semblait tout à fait clair que la décision de ne pas l'admettre dans leur groupe avait été sage.

Isao sentait à quel point il devait s'entraîner à dissimuler vis-à-vis des autres. Il était devenu quelqu'un de tout à fait hors du commun. Même si rien ne le révélait dans son attitude, la moindre négligence pourrait donner prise aux soupçons. On pourrait déceler en lui une odeur de mèche allumée.

« Nous nous sommes laissé dire que Maître Kaido aime bien châtier ses étudiants favoris, les plus chers à son cœur, et que tu viens d'en faire l'expérience, dit un des étudiants, laissant entendre à Isao qu'ils étaient tous au courant de l'incident.

– Qu'est-ce que tu as fait du faisan ?

– Nous en avons tous mangé au dîner.

– Je parie qu'il avait très bon goût. Mais, dis donc, Isao, nous ne savions pas que tu visais si bien.

CHAPITRE 26

– Oh, ce n'est pas moi qui ai tiré, répondit Isao d'un ton jovial. Comme le disait Maître Kaido, c'est le "dieu sévère" en moi qui visait, de sorte qu'il n'était pas question de rater son coup.

– Un de ces jours, espérons qu'un joli minois saura susciter le "dieu doux" chez Isao.»

Chacun continua de manger et de bavarder, hormis Sawa. Ce dernier ne cessait de sourire, sans dire mot. Tout en renvoyant gaiement la balle, Isao ne pouvait s'empêcher de regarder en direction de cet homme. Tout à coup, ce fut Sawa qui intervint, faisant cesser le flot de paroles.

«Je voudrais réciter un poème pour célébrer la fin de stage d'Isao que voilà devenu un homme plus solide encore», déclara-t-il.

En chantant sa poésie, la voix de Sawa se répercutait puissamment dans le réfectoire soudain silencieux. Elle était timbrée un peu haut, de toute la force de ses poumons qu'animait sa passion, tel le cheval qui hennit en sentant approcher la tempête:

Purifiés des maux d'Occident,
À la patrie soyons fidèles,
Sourds à l'appel des trahisons, vaillants
Nous léguerons notre cause immortelle
Sans crainte aucune de la mort.

Isao reconnut là immédiatement un poème d'Inokichi Miura, mais ces dernières paroles du jeune commandant de compagnie impliqué dans l'Incident de Sakai ne convenaient nullement à une réjouissance comme celle-ci.

Aussitôt après avoir remercié pour les applaudissements, Sawa reprit: «Rien qu'un autre. C'est quelque chose qui enchanterait le cœur de Maître Kaido.»

L'ayant ainsi présenté, il récita un poème de Kohei Tomobayashi:

Nous qui étions un peuple
Au pays saint et pur,
Sottement devenus les laquais de Bouddha
Prêchions que désormais nous ne faisions plus qu'un.
Mais nous allons chasser Bouddha
(Ô Bouddha, ne boude pas trop!)
Nous qui étions un peuple
Au pays saint et pur.

Aux mots «Sottement devenus les laquais de Bouddha», tout le monde se mit à rire en évoquant les traits de Maître Kaido. L'avertissement: «Ô Bouddha, ne boude pas trop!» lui aussi provoqua les rires.

Tout en riant avec les autres, Isao, dans son cœur, faisait encore écho à la passion que le premier poème de Sawa recouvrait sous sa clarté et sa franchise, passion inhérente au trépas maudit d'un jeune homme. Ce Sawa, qui avait juré de mourir, ne montrait nul signe de vergogne à demeurer vivant; il semblait bien plutôt tenter d'insuffler à Isao la ferveur d'un adolescent qui avait violemment mis un point final à sa vie, à l'aube de l'ère Meiji. Isao se sentait transpercé de honte. Au lieu que ce fût Sawa qui souffrît la honte qui en fait était la sienne, c'était Isao.

Honte qu'engendrait la conviction que Sawa, et lui seul, avait vu en lui un jeune homme dont le plaisir et la superbe se délectaient des douceurs de s'être résolu à mourir. Sawa, en un sens, avait acheté de ses deniers la honte d'Isao.

27

*L*e 7 novembre, le lieutenant Hori fit savoir qu'Isao devait venir le trouver sans délai au casernement. Ce dernier s'y rendit. Le lieutenant était assis, encore en tenue. Il y avait en lui quelque chose de changé. Sitôt entré dans la pièce, Isao eut l'intuition d'un contretemps.

«Voulez-vous dîner avec moi? J'ai dit en bas que vous seriez là.» En parlant, le lieutenant se leva et alluma la lampe.

«J'aimerais mieux savoir ce que vous avez à me dire.

– Ne soyez pas si pressé.»

Dépourvue de meubles comme elle était, l'austère chambre à huit nattes ressemblait à une boîte vide brillamment éclairée. Il y faisait froid sans qu'il y eût trace de feu dans le *hibachi*. Dans le couloir sur lequel s'était refermée la porte, on entendit marcher d'une allure à coup sûr militaire. Les pas se rapprochèrent, tournèrent, puis, apparemment du haut de l'escalier, on cria: «Hé! Mon vieux! Dépêchez-vous de m'apporter à dîner.» Les pas s'en revinrent avant de s'éloigner dans le couloir.

CHAPITRE 27

« C'est le lieutenant qui habite au bout du bâtiment, de l'autre côté. Il ne peut pas vous entendre, ne vous inquiétez pas. Mon voisin est absent aujourd'hui. Il est officier de semaine. »

Aux oreilles d'Isao, ces mots semblaient presque une dérobade. Il n'était pas venu dire quoi que ce fût mais écouter le lieutenant.

Le lieutenant Hori alluma une cigarette. Un morceau de tabac resta collé à sa lèvre et, tout en le détachant du bout d'un de ses larges ongles, de l'autre main il écrasa le paquet de cigarettes « Golden Bat » vide à présent. Un instant à peine, entre les doigts écartés du lieutenant, on aperçut des ailes de chauve-souris, dorées sur fond vert, que sa poigne écrasait impitoyablement. Une fois ou l'autre, il avait indiqué à Isao qu'il gagnait quatre-vingt-cinq yens par mois. Ce souvenir, mêlé au froid qui régnait dans la chambre, à la solitude de la vie de garnison, lui revenait dans le bruit du papier froissé.

« Est-il arrivé quelque chose ? » demanda Isao, prenant l'initiative.

Le lieutenant se contenta de grommeler.

À la fin, Isao exprima ce qu'il craignait le plus :

« Je vois. La chose s'est sue.

– Non, ce n'est pas cela. Pour cela, rassurez-vous. Ce qui se passe, c'est que brusquement, on m'envoie en Mandchourie. L'ordre est arrivé à l'état-major. Je suis le seul à être désigné du Troisième Régiment. C'est très confidentiel. Je ne l'ai dit à personne d'autre, mais je suis affecté à un détachement de sécurité autonome en Mandchourie.

– Et quand partez-vous ?

– Le 15 novembre.

– Mais... c'est dans une semaine seulement.

– Exactement. »

Isao crut que les portes à glissières qu'il voyait allaient s'écrouler sur lui. Avec le lieutenant, ils perdaient leur tête de file. Ils n'avaient nullement envisagé de s'en remettre entièrement à lui, mais les conseils d'un spécialiste militaire représentaient une assistance inestimable pour l'attaque de la Banque du Japon. En outre, ils attendaient beaucoup des instructions détaillées du lieutenant pour la tactique et l'organisation au cours de ce dernier mois. Isao possédait le courage, mais il lui manquait la technique.

« N'y a-t-il pas moyen que vous restiez plus longtemps ? demanda-t-il, sans pouvoir dissimuler une note de regret.

– C'est un ordre. À cela, on ne peut rien changer. »

Sur ce dernier mot, tous deux restèrent un moment silencieux. Image sur image traversaient l'esprit d'Isao tandis qu'il tentait de définir le rôle qui désormais conviendrait le mieux au lieutenant. En se laissant ainsi aller à prendre ses désirs pour des réalités, en dehors de tout sens commun, il eut le sentiment que l'officier était en passe de se transformer en personnage idéal. Il y avait l'exemple de Harukata Kaya qui avait pris sa décision héroïque juste avant l'insurrection. L'image à laquelle s'attachait Isao, c'était que le lieutenant décidât tout à coup de rendre ses galons pour ne plus être qu'un simple citoyen venu de sa province, se sacrifiant à la tête du soulèvement avec Isao et ses camarades. Isao avait senti, cet après-midi d'été où ils avaient repassé ensemble les passes du kendo dans la salle de gymnastique où l'on entendait les cigales, que c'était là l'esprit même qui avait jailli des yeux du lieutenant.

D'ailleurs, peut-être celui-ci avait-il déjà pris cette décision et, après avoir laissé Isao suffisamment dans l'angoisse, allait-il se déclarer.

« En ce cas, mon lieutenant, on ne peut pas compter sur vous ?
– Je n'ai pas dit cela... »

Un éclair passa dans les yeux d'Isao en entendant la prompte dénégation du lieutenant.

« Alors, vous allez participer ?
– Dans l'armée, les ordres sont les ordres. Mais si vous déplacez la date avant le 15 novembre, je serai heureux d'être des vôtres. »

Isao ne l'eut pas plutôt entendu qu'il fut frappé de l'absurdité de ce que venait de dire l'officier, comprenant aussitôt que ce dernier n'avait nullement l'intention de se joindre à eux. Il savait fort bien qu'il était impossible de déclencher l'insurrection en moins d'une semaine, de sorte que sa protestation n'avait aucun sens. Isao se sentait même plus déçu de sa casuistique que de ce qu'il renonçait à rejoindre leur mouvement.

Isao se prit à soupçonner à présent que le lieutenant avait eu une bonne raison pour rester en uniforme. Pour faire sa déclaration, il lui fallait être revêtu d'une dignité irréfutable. De fait, assis de l'autre côté de la table rugueuse, il faisait face à Isao, sans se départir d'un maintien raide et cérémonieux, dégageant le torse sous la tunique militaire. Ses insignes luisaient sur les larges épaules qui inspiraient tellement confiance et il tenait le menton ferme et puissant au-dessus du col où l'écusson rouge de l'infanterie portait un « 3 » doré. À dessein, il faisait montre de sa force pour signifier qu'il ne pouvait en faire profiter leur cause.

« Il ne peut en être question », répliqua Isao, mais sans s'avouer vaincu. En répondant ainsi, il sentit que, de façon tout à fait inattendue, il se trouvait maintenant plus libre, moins à l'étroit.

CHAPITRE 27

Sans remarquer apparemment le changement soudain qui s'était opéré chez Isao, le lieutenant se mit à le sermonner comme si celui-ci devait être anéanti : « Si vous pensez qu'il ne peut en être question, alors renoncez. C'est bien votre avis ? Dès le début, j'ai eu des doutes – au sujet de lacunes dans la mise au point, du nombre insuffisant des participants et par conséquent de l'absurdité d'essayer de provoquer la loi martiale, des délais trop brefs, etc. Je suis désormais persuadé que c'est sans espoir. Aujourd'hui, ni les cieux ni l'époque ne semblent être avec nous. Votre détermination est admirable. Je le savais et c'est pourquoi je vous ai aidé, mais agir en ce moment ne pourrait servir à rien. Vous comprenez ? Attendez le moment propice. Cette histoire de ma brusque mutation – c'est la voix du ciel qui parle et qui vous dit : Arrêtez ! Je ne resterai pas longtemps en Mandchourie. Attendez mon retour. Alors je serai heureux de participer. Jusque-là, la chose à faire, c'est de reconsidérer votre stratégie en raccommodant ce qui ne va pas et de procéder à une nouvelle analyse de la situation. Même en Mandchourie, je penserai à vous autres, jeunes gens, et aux bons moments passés ensemble... Eh bien, qu'en pensez-vous ? Allez-vous m'écouter et me dire tout de suite que vous n'irez pas plus loin ? Ne croyez-vous pas que l'homme véritable, c'est celui qui sait prendre une décision et freiner son élan ? »

Isao restait muet. Il s'étonnait de voir qu'il ne s'étonnait pas du tout de ce que disait l'officier. Et il n'ignorait pas que plus long serait son silence et plus ce dernier se sentirait mal à l'aise.

En quelque manière, Isao s'était habitué à l'idée que quand une certaine réalité tombe en miettes, une autre réalité cristallisée et un nouvel ordre de choses naissent à l'existence. Le lieutenant se trouvait déjà rejeté par l'ordre nouveau. En sorte que la bravoure de ce personnage en uniforme tournoyait sans but aux confins de la masse impénétrable de cristal limpide. Isao s'était élevé à un degré supérieur de pureté, à un niveau tragique plus noble.

Peut-être le lieutenant s'était-il imaginé que le jeune homme se serait affolé, l'aurait imploré les yeux pleins de larmes en lui prenant les genoux. Pourtant, Isao restait assis droit sans rien dire, l'expression de son visage plus froide même, plus calme qu'auparavant. Quand il ouvrit la bouche, ce qu'il dit s'éloignait tellement de sa franchise coutumière qu'il était à craindre que le lieutenant s'aperçût qu'on se moquait de lui.

« Mais du moins auriez-vous la bonté de nous mettre en rapport avec le lieutenant Shiga ? Je tiens à lui demander de nous prêter assistance pour distribuer les tracts. »

Ce disant, Isao était résolu à ce que les yeux du lieutenant ne voient jamais le projet de tract qui reposait dans sa serviette. Le lieutenant Hori, continuant à ne voir en lui aucun changement, lui répondit sans ambages :

« Non, il ne s'agit pas de cela. Renoncez, vous ai-je dit. Vous ne m'avez pas encore répondu. Croyez-vous que cela m'amuse de vous parler ainsi ? Cette affaire ne peut pas marcher, voilà tout, si bien que force m'est de refouler mes propres sentiments et de vous avertir de ne pas continuer. Ce n'est pas là le résultat d'une décision prise sur un coup de tête. Vous ayant dit de renoncer, il me reste à vous dire de ne plus compter sur une assistance militaire quelconque. Ai-je besoin de dire que je n'ai rien décidé sans consulter le lieutenant Shiga. Vous pouvez tout de même comprendre cela, n'est-ce pas ? »

Le lieutenant se tut un instant : « Bien entendu, si vous-mêmes vous voulez aller jusqu'au bout par vos propres moyens, cela vous regarde. Mais, du fait que je vous ai naguère conseillés, je vous mets en garde de n'en rien faire, du plus profond de moi-même. Je ne puis supporter de vous voir sacrifier vos jeunes vies. Est-ce que vous comprenez ? Laissez tomber ! » cria le lieutenant comme s'il avait été en train de donner un commandement à l'exercice, fixant des yeux le visage d'Isao.

Isao réfléchit que ce qu'il pouvait faire, c'était tout simplement promettre sur-le-champ de renoncer à son projet. C'est ça ! Car si le lieutenant n'obtenait qu'une réponse vague, il pourrait s'inquiéter et s'employer, pendant la semaine qui restait avant son départ, à mettre obstacle au projet. Mais cette tromperie ne violerait-elle pas sa propre pureté ?

Ce qu'allait ajouter l'officier provoqua un changement soudain dans l'état d'esprit d'Isao.

« Vous comprenez ? Et je ne veux pas même qu'il reste le plus petit bout de papier portant mon nom ou celui de Shiga. Je vous l'enjoins d'autant plus fortement si jamais vous avez l'intention d'aller contre mon conseil de tout abandonner. Faites disparaître nos noms le plus vite possible.

– Bien, mon lieutenant. C'est ce que nous allons faire, répondit Isao d'un ton égal. J'ai compris tout ce que vous avez dit. Je vous garantis qu'il ne restera aucune trace de vos noms. Quant à renoncer au projet, il serait impossible de les convaincre tous, aussi vais-je reporter la date indéfiniment. L'effet sera le même.

– Vous allez faire cela ? J'ai réussi à vous convaincre ? » Un air de jovialité apparut soudain sur le visage de l'officier.

CHAPITRE 28

« C'est ça, mon lieutenant.

— Voilà qui est bien ! On n'a nul besoin d'un nouvel épisode de la Société du Vent Divin. Nous provoquerons une Restauration, à tout prix. Et, à n'en pas douter, le jour viendra où nous aurons l'occasion de nous battre côte à côte. Cela dit, si nous trinquions ? » En disant ces mots, l'officier prit une bouteille de whisky dans le placard, mais Isao refusa fermement et se leva pour prendre congé. Ne voulant pas donner l'impression de lui en vouloir, il lui fallait de son mieux essayer de paraître de bonne humeur.

Isao quitta l'auberge par la porte à claire-voie à côté de laquelle on pouvait lire la plaque : « Kitazaki ». Il ne pleuvait pas si dru que la première fois où il y était venu, un après-midi, mais le pavé luisait sous une averse hivernale. Il n'avait rien pour se protéger, pourtant, désirant marcher seul un moment pour remettre de l'ordre dans ses pensées, il tourna en direction de Ryudo. La haute muraille de briques du camp du Troisième Régiment se dressait du côté gauche de la rue, et sa surface d'un rouge uni avait des reflets mouillés sous la faible lueur des réverbères. Il n'y avait aucun passant. Jusque-là, il était bien décidé à se contenir de toute la force de son esprit, mais soudain, il éclata en sanglots, sa volonté trahie.

Il se rappela un incident qui s'était produit lorsque, membre enthousiaste de l'équipe de kendo, il avait eu le privilège de s'entraîner avec le célèbre maître d'armes Fukuchi, lors d'un passage de ce dernier à la salle. Trompé à chaque fois par la défense élastique du maître, Isao avait attaqué à corps perdu, mais sans plus de succès. À un moment où, instinctivement, il reculait, une voix rauque se fit entendre tranquillement derrière la grille du masque de son adversaire. « Ne reculez pas ! À mon avis, c'est le moment de vous mettre au travail. »

28

*E*n attendant Isao, ses compagnons s'étaient réunis à leur quartier général clandestin, une maison de Yotsuya Samon qu'ils venaient de louer. Le lieutenant Hori ayant demandé à voir Isao en tête à tête, chacun avait supposé que l'officier voulait lui communiquer des instructions d'une certaine importance.

Ils avaient baptisé cette retraite Kamikaze, Vent Divin, pour symboliser leurs attaches avec la Société. Tenir une réunion à Kamikaze, cela signifiait par conséquent se rassembler dans cette maison à étage de quatre pièces où l'on se rendait en quittant le tramway à Samon et en continuant à pied sur une centaine de mètres. Le propriétaire ne demandait pas mieux que de la leur louer, tout étudiants qu'ils fussent, et ils n'en avaient appris la raison que récemment : un suicide y avait été commis l'été passé et personne d'autre n'en voulait. La façade entière de la maison, au midi, était recouverte de plaques maintenues par des montants de bambou fendu, éclairée seulement par deux petites fenêtres, et la véranda était orientée à l'est, autre disposition inhabituelle.

Au moment où les précédents locataires étaient en train de déménager, une vieille femme de la famille, ne pouvant se résoudre à s'en aller, avait accroché une corde à la rampe de l'escalier et s'était pendue. Sagara l'ayant entendu raconter à la boulangerie du quartier, l'avait rapporté aux autres. La boulangère le lui avait dit tout en remplissant un sac de papier de beignets à la confiture de soya saupoudrés de graines d'œillette, ses doigts le saisissant par les deux coins du haut et le faisant tourner une fois sur lui-même pour le fermer avant de le lui passer par-dessus le comptoir.

Quand Isao fit glisser la porte du vestibule pour entrer, le groupe rassemblé au premier, entendant le bruit, se pressa en haut de l'escalier, les pans de leurs kimonos bleu bariolé bruissant l'un contre l'autre dans la pénombre du couloir.

« Quelles nouvelles ? » demanda Izutsu, du ton joyeux qu'engendrait son propre optimisme. Quand Isao, sans répondre, passa devant lui dans l'escalier, tous ressentirent comme une secousse électrique que quelque chose n'allait pas. Au bout du corridor, au premier étage, il y avait une armoire fermée à clé qu'on utilisait pour entreposer les armes. Chaque fois qu'il arrivait là, Isao demandait à Sagara de l'ouvrir afin de pouvoir lui-même immédiatement vérifier le nombre de sabres. Mais aujourd'hui, sans même y penser, il passa directement dans le salon. Les épaules de son veston étaient trempées de pluie et, après s'être assis, il se sentit le corps parcouru d'un frisson. Ses camarades avaient mangé des cacahuètes dont les cosses s'éparpillaient sur des journaux grands ouverts. Sous la lampe, les cosses paraissaient ternes et pâles, se tordant fébrilement.

CHAPITRE 28

S'asseyant les jambes repliées, Isao prit une cacahuète d'un geste nerveux et la brisa tandis que les autres se pressaient autour de lui. La coque céda en crissant sous la pression de ses doigts, fendue en deux parties contenant chacune une cacahuète.

« Le lieutenant Hori est muté en Mandchourie. Non seulement il refuse de nous prêter davantage assistance, mais il insiste pour que nous renoncions à tout. Quant à l'aéroplane, le lieutenant Shiga, lui aussi, nous a abandonnés. De sorte qu'il ne nous reste aucun lien avec les militaires et je pense que c'est le moment de réfléchir à ce qu'il convient de faire. »

Isao énonça tout cela d'un coup. Les visages qui l'entouraient reflétaient une impression comme d'une eau débordante qui se fût brusquement retirée. Il s'arrêta sur chaque visage, poussé par l'idée qu'il lui fallait établir avec eux tous un contact visuel. En cet instant, la pureté se dévoilait toute nue et Isao était seul à l'incarner.

Izutsu, comme à l'accoutumée, fit preuve d'une hardiesse admirable. Le sang venant empourprer ses traits, il s'exprima avec vaillance, comme si les nouvelles qu'apportait Isao avaient été les meilleures possibles.

« Moi je dis, revoyons notre plan, d'accord. Mais nul besoin de reporter la date. Le courage, voilà ce qui compte, la détermination ! Quels enfants, ces soldats ! Quand ils sont mis au pied du mur, tout ce qui les intéresse, c'est leur carrière. »

Isao tendit l'oreille pour écouter s'il se manifestait des réactions contraires, mais il n'entendit rien. On eût dit le silence d'un grand nombre de petits animaux, chacun retenant son souffle à l'abri du fourré. Rien de surprenant qu'Isao fût tenté d'employer la manière forte. Il sentait qu'il n'avait d'autre choix que d'agir de façon arbitraire, à l'emporte-pièce.

« C'est juste comme vient de déclarer Izutsu. Nous frapperons le jour dit. Mis à part la question du commandement, tout ce que nous perdons, c'est la possibilité de lâcher nos tracts par avion et de mettre la main sur quelques mitrailleuses légères. De toute manière, nous imprimerons la déclaration, et alors nous pourrons décider de la façon de la répandre. A-t-on déjà acheté un miméographe ?

— On doit le faire demain, répondit Sagara.

— Bien. Nous avons nos sabres. Ainsi il s'avère que pour la Société du Vent Divin de l'ère Showa, elle aussi, il va falloir finalement avoir recours au sabre japonais. Rien ne pouvait mieux convenir. Réduisons l'ampleur de notre attaque, mais doublons-en l'intensité.

Tous, nous avons fait nos vœux et je sais que chacun d'entre nous sera loyal jusqu'au bout.»

Certes, ses paroles furent accueillies par de fortes acclamations dont la flambée, cependant, ne jaillit pas aussi haut qu'Isao s'était attendu. Si une flamme de cette sorte atteint tant soit peu au-dessous du niveau espéré, le cœur ne peut manquer d'y déceler un certain froid correspondant.

Seul, Serikawa se montrait tout surexcité.

«Nous réussirons! Nous réussirons!» criait-il, en lançant des coups de pied dans les coques qui jonchaient le plancher. Il se saisit de la main d'Isao et la secoua. Comme de coutume, il était au bord des larmes. Cet adolescent faisait à Isao l'effet d'une jeune vendeuse d'allumettes qui en appelle par trop aux sentiments pour placer sa marchandise. C'était là une manifestation dont il n'avait guère besoin en ce moment.

Ils restèrent tard ce soir-là à discuter des moyens d'en rabattre sur leurs projets. Deux fractions se firent jour, l'une qui pensait qu'on devait renoncer à l'attaque de la Banque du Japon, l'autre qui entendait persister. Aucun accord n'ayant pu être conclu, on convint d'une nouvelle réunion le lendemain soir et ils se séparèrent.

Alors que chacun s'en allait, trois des garçons, Seyama, Tsujimura et Ui, dirent à Isao qu'il y avait autre chose dont ils voulaient l'entretenir. Sagara et Izutsu s'apprêtaient, eux aussi, à rester mais Isao les renvoya, de même que Yoneda et Sakakibara qui étaient censés être de garde de nuit dans la maison.

Tous quatre ils rentrèrent dans la pièce qu'aucun feu ne réchauffait. Bien qu'il n'eût pas encore entendu leur histoire, Isao savait bien ce qu'ils allaient lui dire.

L'élève du lycée, Seyama, commença par être le seul à prendre la parole. D'une paire de pincettes, il écornait les cendres agglomérées dans le *hibachi* sans feu, et l'on voyait des cicatrices de boutons sur ses joues tandis qu'inclinant la tête, il parlait d'une voix sourde:

«Pour ce que je vais dire, je voudrais que tu comprennes que c'est par amitié. En tout état de cause, je pense que nous devrions ajourner l'attaque un certain temps. Je n'ai pas voulu en parler devant tout le monde afin de ne pas risquer de donner une idée fausse, comme si je voulais doucher la discussion de l'attaque elle-même. Cela dit, à ce sujet, nous avons fait nos vœux au sanctuaire en présence des dieux. Mais un vœu – un vœu sous condition qu'il n'y ait pas de changement majeur dans les circonstances – cela n'est-il pas du même ordre qu'une promesse?

CHAPITRE 28

– Un vœu et une promesse, c'est différent!»

C'était Tsujimura qui l'avait interrompu avec indignation. L'effet de ses paroles était d'anticiper la réplique attendue d'Isao et de sembler lui servir de porte-parole, façon de faire qui paraissait d'une subtilité un peu fourbe à l'égard de Seyama. La manière dont Seyama sauta sur cette remarque n'en irrita que davantage Isao.

«Ah, c'est différent? Je n'aurais pas dû confondre. Veuillez excuser ce lapsus. Mais si nous avons dans l'idée de provoquer la loi martiale, il est essentiel d'avoir la collaboration des militaires. Ce qu'il faut réellement, ce n'est pas simplement lâcher une proclamation d'un aéroplane, mais, comme tu disais au début, bombarder la Diète. Et le fait d'avoir ou non une assistance professionnelle ne serait-il pas le facteur principal de coordination des attaques localisées? Aller de l'avant sans cette assistance, en faisant fond sur notre courage et nos sabres, n'est-ce pas trop risqué? Nous devons prendre garde de ne pas nous laisser emporter par le courage, à mon avis.

– Il y aurait un risque, dit Isao, parlant pour la première fois, en baissant la voix. C'est certain. Les camarades de la Société ont couru un risque.»

Son attitude était si calme, il était si évident qu'il avait d'ores et déjà renoncé à tenter de les convaincre que tous trois restèrent silencieux à se regarder.

Une sombre cataracte se déversait dans le cœur d'Isao. Son amour-propre s'effritait lentement. Mais il agissait de cette façon parce que l'objet précieux qui l'intéressait n'était plus son amour-propre. En conséquence, cependant, l'amour-propre ainsi abandonné prenait sur lui sa revanche en lui infligeant une douleur qu'il ne pouvait nullement éluder. Au-delà de la douleur, demeurait sa pureté, tel un beau ciel nocturne vu dans les éclaircies des nuages.

Comme dans une pieuse rêverie, Isao apercevait les visages de ces pillards de la nation qui méritaient l'assassinat. Plus il était isolé, plus ses forces l'abandonnaient, et plus la réalité bien en chair de leur opulence venait à l'oppresser. La puanteur du mal qu'ils représentaient empirait à mesure. Isao et ses camarades étaient plongés dans un monde d'incertitude et d'angoisse croissantes, un monde semblable à une image de lune ballottée nuitamment sur les flots. C'était dû à l'activité criminelle des pillards, à leurs crimes qui avaient changé le monde en une chose si peu sûre, si peu digne de foi. L'épaisse réalité de ces hommes qu'Isao voyait défiler, c'était là l'origine de toute la perfidie du monde. Quand il les aurait tués, quand sa lame immaculée trancherait net dans cette chair gonflée

de graisse que ravageait la pression sanguine, alors seulement, pour la première fois, le monde pourrait être remis d'aplomb. Jusque-là...
« Si vous voulez partir, je ne vous retiendrai pas. »
Isao n'aurait pas même pu arrêter ces paroles, tant elles furent promptes à franchir ses lèvres.
« Attendez une minute, protesta Seyama, tout agité et peinant à avaler. Tout ce que nous voulions dire, c'était que si notre proposition n'était pas acceptée, nous n'aurions pas d'autre choix que de partir.
– Votre proposition n'est pas acceptée. » En répondant, sa propre voix parut à Isao parvenir de très loin.

Par la suite, il y eut une réunion quotidienne. Le premier jour, personne ne suivit les trois déserteurs. Le jour suivant, après une violente discussion entre les deux fractions, les quatre membres de la minorité se retirèrent. Puis deux autres s'en allèrent le lendemain. De la sorte, le nombre des compagnons, y compris Isao, se trouva réduit à onze. Le jour fixé pour l'insurrection était à peine éloigné de trois semaines.

Isao arriva une demi-heure en retard à la réunion du 12 novembre, la sixième depuis que le lieutenant Hori les avait abandonnés le 7 novembre. Lorsqu'il grimpa au premier étage, ses dix camarades étaient déjà rassemblés. Assis là, se trouvait aussi un hôte que nul n'avait invité. Isao ne le vit point tout d'abord parce que l'homme s'était mis dans un coin, un peu à l'écart. C'était Sawa.

Celui-ci avait de toute évidence tenu compte de la surprise et de l'irritation d'Isao en le voyant là, et ce dernier comprit qu'il ne rimerait à rien de se livrer à une manifestation puérile qui donnerait l'avantage à Sawa. La première pensée qui lui traversa l'esprit fut que tout était fini, maintenant que Sawa connaissait leur cachette. Car si l'un des dix s'était rendu en secret auprès de Sawa pour réclamer assistance, alors il ne pouvait plus se fier à aucun d'entre eux. Pourtant, il écarta aussitôt cette pensée qui lui parut indigne. Il était bien plus vraisemblable que l'un des déserteurs était allé trouver Sawa, espérant apaiser ses remords de conscience en lui demandant de prendre sa place.

« J'ai pensé que tous vous auriez faim, de sorte que j'ai apporté des sushis à la mode d'Osaka », fit Sawa, dont la silhouette trapue, assise jambes croisées sur le seul oreiller de la maison, rappelait le tambour de bois d'un sanctuaire. Il était vêtu, visiblement mal à l'aise, d'un vieux complet à l'européenne et cet homme, si scrupuleux pour tout ce qui concernait son linge de corps, avait noué une cravate bouffante autour d'un col taché de sueur.

« Merci bien, dit Isao, aussi calme qu'il était possible.

CHAPITRE 28

– Dites, j'ai bien fait de venir, ne croyez-vous pas ? Après tout, je suis des vôtres, comme qui dirait. Allez, servez-vous donc. Ah ! ils sont entêtés. Rien à faire, ils ne voulaient pas prendre leurs baguettes tant que vous n'étiez pas là. Ce sont de bons camarades, je vous le certifie. Et qu'est-ce qui peut faire plus plaisir que d'avoir des camarades qui vous soutiennent de toutes leurs forces ? »

Ne pouvant guère faire autre chose, Isao répondit en affectant quelque empressement : « Parfait. Allons-y. » Il avança la main et prit un morceau le premier.

Tout en mangeant, Isao s'efforçait de réfléchir à la meilleure façon de s'y prendre avec Sawa, mais le fait de mâcher venait gêner ses calculs. Malgré tout, le silence qui accompagnait le repas de sushi lui était un soulagement. Encore trois semaines. Combien de fois encore avant de mourir, se demanda-t-il, connaîtrait-il ce plaisir malpropre de manger ? Il pensa à cet épisode de *La Société du Vent Divin* où l'on voit Tateo Narazaki manger et boire de bon appétit avant de s'ouvrir l'estomac. Jetant les yeux autour de lui, il vit que tous les autres mangeaient également en silence.

« Allez-vous me présenter à vos camarades ? demanda Sawa, l'air épanoui. J'aperçois deux ou trois visages familiers de l'Académie.

– Voici Izutsu, voici Sagara. Et puis, Serikawa, Hasegawa, Miyake, Miyahara, Kimura, Fujita, Takase et Inoue », répondit Isao en présentant chacun d'entre eux.

En y réfléchissant à présent, Isao se rendait compte que du groupe désigné pour donner l'assaut aux stations de transformateurs, il ne lui en restait plus que trois, Hasegawa, Sagara et Serikawa. Quant à l'équipe de la Banque du Japon, Inoue restait solide au poste, en compagnie de Takase, bien que leur mission dût être différente. Pas un homme ne manquait à l'unité chargée des assassinats. L'intention d'Isao avait été d'affecter les plus audacieux de ses camarades à ces deux derniers groupes, et preuve était faite que son jugement des caractères avait été sans faille.

Izutsu, le joyeux téméraire, le petit Sagara si malin derrière ses lunettes, Serikawa, si jeune d'esprit, fils d'un prêtre campagnard, Hasegawa le taciturne mais souvent si cocasse, Miyake tellement sincère avec sa longue tête, Miyahara à l'allure dure et sombre d'insecte desséché, Kimura amoureux de littérature, profondément respectueux de l'Empereur, Fujita, aussi muet que passionné, Takase dont les fortes et larges épaules démentaient la tuberculose, le colosse Inoue à l'air si gentil, diplômé de deuxième degré au judo... C'étaient là ses vrais camarades, ceux qui avaient survécu à toutes les épreuves. Ces adolescents qui restaient savaient ce que cela signifiait de regarder la mort en face. Sous la lampe du plafond dont la lumière incertaine tombait sur des nattes de tatami qui sentaient le moisi, Isao voyait devant lui la confirmation de l'ardente conviction qu'il portait en lui. Les pétales d'une fleur flétrie se fanent et tombent sans qu'il en reste un seul, mais les étamines résistent et durent ensemble, gardant leur lustre, étamines aux bouts pointus qui peuvent percer l'azur du ciel. Plus leur rêve devenait désespéré, plus lui-même et ses camarades s'élançaient au coude à coude, sans qu'une argumentation rationnelle puisse les pénétrer, devenant ensemble un bloc de calcédoine façonné pour donner la mort.

« Vous êtes une magnifique jeunesse, dit Sawa. Ces jeunes gens à l'Académie du Patriotisme devraient avoir l'oreille basse. » Puis, après s'être adressé un peu à eux dans le style du *Club Kodan*, il continua pour de bon : « Messieurs, voilà où nous en sommes : ou bien, ce soir même, vous me comptez parmi vous, ou bien vous devez me supprimer sur-le-champ. Il n'y a pas trente-six façons. Surtout, n'allez pas me laisser partir. Car vous ne sauriez jamais ce que je pourrais raconter. Rappelez-vous que je n'ai encore prononcé aucun vœu. Alors, messieurs, ou bien vous me faites entièrement confiance, ou bien pas du tout. C'est l'un ou l'autre. Et, à considérer le plus avantageux pour vous, je pense qu'il serait plus habile de me faire confiance. Vous débarrasser de moi ne pourrait être qu'à votre détriment, croyez-moi. Eh bien, messieurs, qu'est-ce que vous en pensez ? »

Tandis qu'Isao hésitait pour répondre, quelle ne fut pas leur stupeur d'entendre Sawa se mettre à réciter les vœux d'une voix forte : « Qu'il nous soit donné, nous inspirant de la pureté de la Société du Vent Divin, d'affronter les périls afin de chasser toutes divinités mauvaises et tous esprits pervers. Qu'il nous soit donné, forgeant entre nous amitié profonde, de nous entraider comme des camarades en répondant aux périls auxquels est exposée la patrie. »

En écoutant la litanie de Sawa, les mots « forgeant entre nous amitié profonde », frappèrent Isao droit au cœur.

« Qu'il nous soit donné, sans chercher le pouvoir, sans souci de récompense personnelle, d'affronter une mort certaine pour devenir les premières pierres d'une Restauration. »

« Comment pouvez-vous connaître nos vœux ? » demanda Isao d'un air accusateur, non sans qu'il y eût dans sa voix, malgré lui, un ton de doléance puérile. De l'instinct sûr du chasseur, inattendu dans ce corps massif, tout d'une pièce, Sawa tira aussitôt parti de cette faiblesse d'Isao.

CHAPITRE 28

« L'inspiration divine ! Et voilà, maintenant, j'ai prononcé mes vœux. Si l'on veut que je les scelle dans le sang, je suis prêt. »

Isao jeta un bref coup d'œil sur les visages de ses camarades, puis un sourire se forma sur ses lèvres, autour desquelles se dessinait une trace légère de barbe.

« Il n'y a rien à faire avec vous, monsieur Sawa. Aussi, soyez des nôtres.

– Merci. »

Une joie irrésistible se peignit sur les traits de Sawa. Il rayonnait l'innocence qui dénote le rejet absolu de toute prudence. Pour la première fois, Isao remarqua que ses dents n'étaient pas moins blanches que le linge de corps qu'il lavait avec une si belle persévérance.

La réunion, ce soir-là, se révéla positive. Sawa intervint sérieusement et persuada les autres de renoncer à des espérances aussi démesurées que la proclamation de la loi martiale, et de concentrer toutes leurs forces sur les assassinats.

Une fois suffit au glaive de la justice pour flamboyer dans les ténèbres. La lumière qui brille sur sa lame dirait au monde que l'aube n'était pas loin. Et les hommes savent qu'un seul reflet du sabre japonais ressemble au bleu pâle de l'aurore à la crête des monts.

Il faut que les assassins soient des loups solitaires, raisonnait Sawa. Ils étaient au nombre de douze dans cette pièce et par conséquent, il leur fallait prendre la décision audacieuse et glacée de tuer douze fois. La date du 3 décembre pouvait demeurer inchangée, mais, ayant éliminé les attaques sur les stations de transformateurs, il serait préférable d'envisager une heure juste avant l'aube plutôt qu'en pleine nuit. L'aube, c'était le moment où ces riches, qui dormaient mal vu leur âge, se tenaient éveillés dans leurs lits. C'était l'heure où la lumière indécise révélerait leurs visages, empêchant de se tromper. C'était l'heure où ils écoutaient, la tête sur l'oreiller, les premiers moineaux pépier au matin et calculaient comment, ce jour-là, ils pourraient le mieux répandre sur le Japon tout entier le souffle empoisonné de leur domination. Voilà l'heure qu'il fallait envisager. À présent, il incombait à chacun de s'informer du lieu où couchait sa victime et ensuite, d'accomplir sa tâche avec un zèle ardent dont les flammes s'élèveraient au firmament.

Telle était l'opinion de Sawa et son adoption eut pour effet que le plan des assassinats fut modifié comme suit, en vue de faire disparaître les personnages principaux du monde économique :

Busuke Kurahara = Sawa

Toru Shinkawa = Iinuma
Juemon Nagasaki = Miyahara
Nobuhisa Masuda = Kimura
Shonosuke Yagi = Izutsu
Hiroshi Teramoto = Fujita
Zembei Ota = Miyake
Ryuichi Kamiya = Takase
Minoru Gota = Inoue
Sadataro Matsubara = Sagara
Genjiro Takai = Serikawa
Toshikazu Kobinata = Hasegawa

C'était un plan qui portait un coup à chaque grande famille capitaliste du Japon. Toutes les industries lourdes soumises aux cartels, le fer et l'acier, les métaux légers, les chantiers navals – il y avait sur la liste un nom illustre pour chacun de ces secteurs. Cette matinée de tuerie enverrait, sans contredit, une rude secousse à travers toutes les structures économiques du pays.

Isao fut stupéfait de l'habileté persuasive que déploya Sawa en se réservant Kurahara. L'audace d'Izutsu avait été attisée par l'importance même du service de protection de ce dernier, mais Sawa en disposa aisément en déclarant : « Les Kurahara renvoient l'équipe de garde à leur domicile chaque soir à neuf heures et ne lui permettent pas de revenir avant huit heures le lendemain. Il sera le plus facile à attaquer, aussi laissez-le donc à un vieux bonhomme comme moi. »

Sawa fouilla dans son pantalon et en sortit le poignard enfermé dans son simple étui de bois qu'il avait montré à Isao : « Désormais, je viendrai ici chaque jour et je vous montrerai comment s'y prendre pour tuer un homme, dit-il. Il serait bon de fabriquer un mannequin en paille. La chose la plus importante, c'est de s'entraîner. Je vais vous montrer ce qu'il faut faire... D'accord ? Voici votre ennemi. Il tremble de peur. Un individu pitoyable d'allure banale, plus tout jeune, un Japonais tout comme vous. Pas de place à la pitié ! Le mal que représentent ces hommes-là est tellement enraciné chez eux qu'ils ne s'en rendent même pas compte. Il faut que vous teniez le regard fixé sur ce mal. Est-ce que vous le voyez ? Selon que vous le verrez ou non, ce sera la réussite ou l'échec. Il faut que vous détruisiez cette chair qui vous bouche le passage. Il faut que vous atteigniez jusqu'au mal qui putréfie tout l'intérieur. Allons, essayons. Regardez ! »

Sawa se tourna vers le mur et rassembla ses forces, la tête rentrée dans les épaules.

CHAPITRE 28

En l'observant, Isao comprit qu'avant de pouvoir attaquer de tout son être comme Sawa, il y avait bien des rivières à sauter. Et il était un fleuve embrumé, jamais à sec, un fleuve qu'étouffait l'écume de l'humanisme, le poison que l'usine crachait en amont. Tenez, elle fonctionnait même la nuit, toutes lumières allumées, l'usine d'idéalisme d'Europe occidentale. La pollution qu'elle engendrait venait dégrader la passion exaltée de tuer ; elle flétrissait le vert des feuilles du sakaki.

Que tout s'accomplisse. D'un bond, tête baissée, allez-y ! Le corps, le bâton de bambou dressé, perçant sans s'en rendre compte une invisible barrière pour ressortir de l'autre côté. Abrasion prompte et merveilleuse de la passion qui fait jaillir des étincelles. Votre ennemi, volontairement dirait-on, appuie lourdement sur la pointe de votre sabre et s'empale lui-même. Tout comme des graines épineuses s'accrochent aux manches de celui qui se fraye un chemin à travers un fourré, le kimono de l'assassin s'éclabousse de sang à son insu.

Sawa pressa son côté du coude droit à hauteur de la taille, puis, serrant de la main gauche son poignet droit pour empêcher l'arme de se relever, la lame glacée semblant saillir tout droit de son gros corps, il rugit : « Yaaah ! » en allant frapper la paroi de toutes ses forces, de part en part.

Le lendemain, Isao entreprit d'étudier la disposition des lieux chez les Shinkawa. La maison, bâtie sur une butte, était entourée d'une haute muraille. Cependant, il découvrit un endroit au sommet d'une pente à l'arrière, où le sommet du mur avait été entaillé en partie afin de ne pas gêner, dans le parc, un antique pin dont une branche s'incurvait au-dessus de la rue.

Il serait facile de s'en servir comme marchepied, de grimper dans l'arbre, puis de se laisser glisser dans le jardin. Certes, le tronc était entouré de barbelé comme protection contre les cambrioleurs, mais, à condition de ne pas regarder à quelques égratignures, il n'y avait pas lieu de s'en soucier.

Les Shinkawa partaient souvent en week-end, mais sans aucun doute ils passeraient la nuit chez eux le vendredi soir. Attachés qu'ils étaient aux habitudes anglaises, le baron et son épouse dormaient peut-être dans un grand lit ; en tout cas, ils occupaient sûrement la même chambre. Une demeure aussi spacieuse devait avoir de nombreuses chambres, mais il paraissait probable que les Shinkawa avaient dû mettre à profit l'agréable exposition au midi. La vue sur la mer se trouvait cependant à l'est, si bien qu'Isao jugea que leur chambre devait occuper le coin sud-est du bâtiment, alliant ainsi le confort et la beauté du paysage.

Essayer de dessiner le plan de la maison, avec ses nombreuses ailes, n'était pas chose aisée. Le hasard fit qu'Isao trouva un vieux numéro du magazine *Bungei Shunju* où son attention fut attirée par un article plein d'affectation de Toru Shinkawa. Ce dernier, de longue date, se piquait de talent littéraire, et des expressions comme « ma femme ceci », « ma femme cela » étaient typiques de son style. Peut-être était-ce simple afféterie inconsciente, comme il était aussi possible qu'il voulût insinuer par là une critique de la coutume qui veut que les Japonais évitent toute référence directe à leur conjoint.

L'article était intitulé « Une veille en compagnie de Gibbon », et Isao put en extraire les paragraphes essentiels :

> *À tous égards, l'ouvrage de Gibbon est un chef-d'œuvre. Il va sans dire que me font par trop défaut la science et l'intelligence pour en apprécier la sagesse, mais je puis affirmer en toute certitude qu'il n'est pas de traduction japonaise qui puisse rendre justice à la portée monumentale de « La Décadence et la Chute de l'Empire romain ». L'édition abondamment illustrée, en sept volumes, in extenso, publiée en 1909 sous la direction du professeur Bury, est absolument sans rivale. Lorsque je m'abandonne au plaisir de lire Gibbon à la clarté de ma lampe de chevet, les heures passent sans que je m'en aperçoive. L'haleine de ma femme qui sommeille à mes côtés, le froissement des pages de mon édition de Gibbon par Bury, le tic-tac de la pendule ancienne achetée chez Leroy à Paris, deviennent à la longue les seuls bruits qui meublent le silence de ma chambre, formant comme un trio nocturne et délicat. Et la petite lampe qui illumine les pages de Gibbon est, par toute la maison, l'ultime flambeau de l'intellect à s'éteindre chaque nuit.*

En lisant cela, Isao se représenta la façon dont, après s'être laissé glisser dans le jardin sous couvert des ténèbres, il pouvait prendre position au coin sud-est de la demeure. Alors, s'il voyait une lumière briller à travers un rideau dans l'une des chambres, si la lumière restait allumée après que toutes les autres se furent éteintes, il pourrait ainsi reconnaître celle du baron. Afin d'y parvenir, il lui faudrait se glisser dans le parc tard dans la soirée et s'y cacher jusqu'à ce que la dernière lumière eût disparu. Dans une résidence de cette sorte, il y aurait sans nul doute des veilleurs de nuit à faire le tour du parc, mais, à l'abri des arbres, il trouverait certainement largement de quoi se dissimuler.

CHAPITRE 29

Après avoir examiné jusque-là ce problème, Isao fut pris d'une incertitude d'un autre côté. N'était-il pas bizarre que le baron, que chacun savait se trouver en danger constant, écrivît délibérément dans un organe de presse de façon telle qu'il s'exposait à un nouveau danger ? Se pouvait-il que cet article fût un piège ?

29

Alors que novembre touchait à sa fin, Isao se trouva aux prises avec l'envie de faire ses adieux à Makiko d'une manière qui n'attirât pas l'attention. Il l'avait négligée ces derniers temps. Pour une part, il s'était trouvé occupé. Les circonstances de ce qu'il allait entreprendre avaient fréquemment changé et il n'avait guère eu de temps ou de sentiments à consacrer à autre chose. Et puis, dans le fait de dire adieu après avoir pris la résolution de mourir, il y avait quelque chose qui le gênait. En outre, il craignait d'être si troublé devant Makiko que la force de sa passion l'emporterait.

Il sentait bien que la chose la plus admirable serait de mourir sans la revoir, mais, au jugement du monde, ce serait là manquer aux convenances. De plus, chacun des jeunes gens irait à la mort porteur d'un pétale des lis sacrés que Makiko leur avait donnés. C'est Makiko qui allait donc être la *miko* qui présiderait à cet affrontement béni des dieux qu'était la Guerre des Lis. Comment eût-il pu, dès lors, faire autrement que d'être l'émissaire de ses camarades en se rendant auprès de Makiko pour prendre discrètement congé ? Cette pensée lui redonna finalement courage.

Isao frémit en songeant qu'il était possible qu'il ne la trouvât pas s'il allait la voir à l'improviste. Étant donné son état d'esprit, il ne pourrait guère s'enhardir à venir une seconde fois pour faire ses adieux. Il fallait qu'elle apparût ce soir-là à la porte pour l'accueillir, lui laissant entrevoir une dernière fois son visage si beau.

Quoique ce fût une entorse aux usages et qu'il se rendît compte qu'il violait ainsi le caractère fortuit de sa démarche, Isao se risqua à téléphoner afin de s'assurer que Makiko était chez elle. Il se trouvait que ses parents avaient reçu des huîtres en cadeau ce jour-là, si bien qu'il put dire qu'il voulait lui en apporter.

Un ancien élève de son père qui habitait Hiroshima leur expédiait chaque année des huîtres à la saison, et rien de plus naturel pour sa mère que de l'envoyer en porter aux Kito qui s'étaient montrés si aimables envers lui. C'était une heureuse coïncidence.

Vêtu de sa tenue d'étudiant, les pieds chaussés de socques, Isao partit de la maison emportant une petite bourriche d'huîtres. Comme l'heure du dîner était depuis longtemps passée, il n'y avait nul besoin de se hâter.

Du fait qu'il avait juré de mourir et qu'il s'apprêtait à dire un adieu muet, Isao s'irritait du caractère incongru de ce qu'il avait à offrir. Le léger clapotis qu'en marchant il entendait dans la bourriche rappelait de petites vagues venant lécher le pied d'une falaise à pic. Il imagina que la mer se resserrait dans l'ombre de cet étroit espace, sa fraîcheur le cédant à la pollution.

C'était sans doute la dernière fois qu'il suivrait ce sentier familier. Ce serait aussi son adieu aux trente-six marches de pierre qu'il connaissait si bien. En les montant, elles lui parurent dégringoler dans l'ombre comme une cascade. Le froid de la nuit le perçait jusqu'à l'os bien qu'il n'y eût pas de vent. Soudain, il eut la sensation étrange de vouloir se retourner pour regarder le chemin par où il était venu. Deux ou trois palmiers à chanvre poussaient sur la pente, du côté sud de la maison. La fibre velue qui en recouvrait les troncs semblait emmêler les étoiles dans le ciel d'hiver. On n'apercevait que quelques lumières dans les maisons, en contrebas, mais l'avancée des toits brillait de mille feux aux magasins proches de l'arrêt de tramway de Hakusanmae. Aucun tramway en vue, mais on entendait se répercuter dans la nuit le bruit brinquebalant de l'un d'eux comme si l'on avait ouvert un vieux tiroir.

C'était un tableau des plus ordinaires. Rien qui se rapportât à la mort et au sang répandu. Il n'était jusqu'à la vue des quatre ou cinq bonsaïs bien rangés sur le séchoir à l'extérieur d'une des maisons aux volets déjà clos qui ne lui rappelassent que la vie, après sa mort, suivrait son cours ordinaire. Sa mort, il en était sûr, les gens qui demeuraient dans cette maison ne pourraient jamais y rien comprendre. Le tumulte que lui et ses compagnons allaient créer ne dérangerait pas leur sommeil.

Il franchit la grille de la maison des Kito et appuya sur la sonnette. Makiko fit aussitôt glisser la porte d'entrée comme si elle avait été à l'attendre dans le vestibule.

En toute autre occasion, il aurait ôté ses socques et serait entré dans la maison, mais il craignait que s'il parlait à Makiko trop long-

CHAPITRE 29

temps, ses traits trahissent ses sentiments. Aussi, se contenta-t-il de lui tendre la petite bourriche en disant : « Ma mère m'a prié de vous apporter cela. Ce sont quelques-unes des huîtres que nous avons reçues de Hiroshima.

— Merci bien. Ce n'est pas un cadeau qu'on reçoit tous les jours ! Eh bien, entrez donc.

— Aujourd'hui, je ne peux pas. Veuillez m'excuser.

— Et pour quelle raison ?

— Il faut que j'étudie.

— Quelle blague ! Depuis quand est-ce que vous dévorez les livres comme cela ? »

Makiko insista pour faire entrer Isao, puis elle disparut à l'intérieur de la maison. Il entendit la voix du général qui lui disait de l'inviter.

Isao ferma les yeux et se laissa aller avidement à contempler l'image de Makiko qui était devant lui l'instant d'avant. Sa figure souriante, si belle, au grain si pur, il voulait enclore cette image dans son cœur telle quelle, sans un défaut. Mais si son désir était trop fort, elle se briserait tel un miroir qu'on laisse échapper de ses mains.

Le mieux, pensa-t-il, était de partir tout de suite. En ce cas, il avait la certitude que les Kito ne verraient dans son départ brusqué qu'un certain manque de tact juvénile, et que, plus tard, ils comprendraient son véritable sens, y voyant son adieu. L'expression du visage d'Isao se dissimulait dans la clarté voilée du vestibule.

La blancheur de la pierre plate où l'on ôtait ses souliers se détachait sur la flaque d'ombre glacée qui pesait sur l'étendue du parquet et semblait à Isao comme le quai où pourrait aborder un navire. Lui-même était un navire prêt à larguer ses amarres. La lisière du parquet était donc le quai tout propre où l'on avait ou non accès, où l'on se disait adieu. Il était, lui, un navire rempli du haut en bas d'un chargement de passion et qui voguait lourdement sur le sombre océan hivernal de la mort.

Isao se tournait pour sortir du vestibule juste au moment où Makiko faisait sa réapparition. Elle s'écria : « Qu'est-ce que ça signifie ? Où allez-vous ? Après que mon père a dit de vous faire entrer !

— Veuillez m'excuser », répondit Isao, en refermant la porte à glissières derrière lui. Son cœur frappait à grands coups comme s'il avait accompli une chose difficile. Il eut envie de courir, mais il réfléchit que courir serait malséant et gâcherait tout. Il suffirait de s'en aller par un autre chemin. Au lieu de s'en retourner par les marches de pierre, il n'avait qu'à contourner la maison par l'arrière, en direction du sanctuaire de Hakusan. Il pouvait rentrer chez lui en traversant l'enclos du sanctuaire. Mais alors qu'il allait tourner pour prendre le sentier, désert à cette heure tardive, qui traversait Hakusanmae pour conduire au sanctuaire même, il aperçut, par-dessus son épaule, le châle blanc de Makiko.

Elle arrivait derrière lui, sans du tout le poursuivre, mais du même pas.

Isao continua sa marche. Il avait pris la décision de ne plus jamais revoir Makiko. Il suivait un sentier qui longeait le parc Hakusan, situé à l'arrière de sanctuaire. Afin de traverser le domaine de ce dernier, il lui faudrait se baisser pour emprunter, plus loin, un passage surélevé qui reliait l'entrée aux bureaux du sanctuaire. Une faible lumière brillait à travers le treillis serré du passage.

Makiko finit par appeler. Isao dut s'arrêter. Mais il eut le sentiment que s'il se retournait pour la regarder, quelque événement de mauvais augure pourrait survenir.

Au lieu de lui répondre, Isao se détourna pour grimper au sommet d'une petit butte face au parc. Un mât était planté au sommet, et, en avant, la pente abrupte était tout entière couverte d'arbres et de taillis.

À la fin, il entendit la voix paisible de Makiko à la hauteur de son épaule.

« Pourquoi êtes-vous fâché ? »

Sa voix portait dans les ténèbres, pleine d'angoisse. Isao dut lui faire face.

Son châle blanc argenté lui cachait la bouche. Mais à la lueur des boutiques, au loin, on apercevait des larmes briller dans ses yeux. Isao eut l'impression qu'il allait étouffer.

« Je ne suis fâché de rien.

– Vous êtes venu dire adieu. C'est vrai, n'est-ce pas ? »

Makiko prononça ces mots décousus avec assurance, comme si, aux échecs, elle avait posé une pièce blanche sur un nouveau carré.

Isao demeura muet, les yeux fixés sur le décor au-dessous d'eux. Un haut et vigoureux zelkova dont on apercevait les premières racines, élevait ses rameaux qui couvraient d'une fine dentelle toute l'étendue de la nuit, offusquant les étoiles prises parmi ses branches. Deux ou trois plaqueminiers poussaient au bord de l'escarpement, leurs feuilles clairsemées se détachant en noir sur le ciel. Au-delà de la vallée, le terrain se relevait à nouveau et les lumières brillantes du quartier commerçant embrumaient la ligne des toits au faîte du coteau. De là, bon nombre de lumières paraissaient allumées, mais l'effet produit n'était nullement celui d'une cité remuante. Les points

CHAPITRE 29

lumineux ressemblaient plutôt à de petits cailloux reposant sur le lit d'un ruisseau.

« C'est vrai, n'est-ce pas ? » reprit Makiko.

Cette fois, sa voix était toute proche, il en sentait la chaleur sur sa joue. C'est alors qu'il perçut la pression des mains de Makiko derrière son cou. Ses doigts glacés paraissaient le tranchant d'un sabre sur la nuque rasée. Quand l'heure viendrait de recevoir le coup final, quand son cou serait parcouru d'un frisson en attendant que s'abattît la lame, il aurait, à n'en pas douter, cette même sensation de froid. Isao frémit, mais ses yeux n'eurent rien à lui dire.

Et cependant, pour que Makiko pût ainsi tendre les bras et lui étreindre le cou, il fallait qu'elle se tînt devant lui. C'est ce dont Isao ne s'était pas rendu compte. Soit qu'elle eût été vive ou lente à n'y pas croire, il fallait qu'elle se fût placée devant lui sans qu'il s'en aperçût.

La figure de Makiko n'était pas plus visible qu'auparavant. Ce qu'il voyait, c'était une chose plus noire que la nuit, sa chevelure opulente juste au niveau de sa poitrine à lui où elle ensevelissait son visage. Le parfum qui émanait d'elle paraissait masquer sa vue, absorbant en entier tous ses sens. Les pieds d'Isao tremblaient dans ses socques dont les lanières craquaient faiblement. Il lui semblait perdre pied, et tel celui auquel s'agrippe quelqu'un qui se noie, il étendit les mains pour se protéger et serra Makiko dans ses bras.

Il la tenait étreinte, mais ce qu'il sentait sous son vêtement léger n'était autre que la raideur de son obi, épais, sanglé, avec ses tours superposés et son nœud volumineux. C'était là quelque chose qui semblait l'éloigner davantage de Makiko qu'avant de l'avoir enlacée. Pourtant, ce qu'Isao ressentait de la sorte, c'était la réalité inhérente à toutes les représentations qu'il se faisait d'un corps de femme. Aucune nudité ne pouvait sembler plus totalement nue.

Dès lors, ce fut un ravissement. On eût dit, brusquement, l'étalon qui s'échappe en brisant son licol. Une vigueur sauvage pénétra ses bras qui tenaient cette femme. Il la serra davantage, sentant leurs deux corps vibrer comme le mât d'un vaisseau qui tangue.

Le visage qui était demeuré enfoui dans sa poitrine se souleva. Elle avait levé les yeux vers lui. L'expression était celle-là même que, nuit après nuit, il avait rêvé qu'elle serait au moment de dire son dernier adieu. Des larmes scintillèrent sur ce visage admirable de blancheur qui ne portait aucune trace de maquillage. Ses yeux clos regardaient Isao avec une intensité plus forte qu'aucune vision. Sa figure ressemblait à une bulle fragile qui flottait maintenant sous ses yeux après être montée de profondeurs inimaginables. Dans l'ombre, ses lèvres tremblaient tandis qu'elle ne cessait de soupirer. Isao ne put supporter que ses lèvres fussent si proches des siennes. Afin de s'en délivrer, que faire d'autre sinon de poser ses lèvres sur ses lèvres à elle. Aussi naturellement qu'une feuille en tombant vient reposer sur une autre, Isao rencontra le premier et ultime baiser de sa vie. Les lèvres de Makiko lui rappelèrent les feuilles rouges de cerisier qu'il avait vues à Yanagawa. Il tressaillit à connaître la douceur qui se mit à l'envahir lentement une fois que leurs bouches se fussent unies. C'était le monde qui tremblait à cet endroit où leurs lèvres se rejoignaient. De ce point rayonnait une transformation qui venait modifier sa chair même. La sensation d'être plongé dans quelque chose d'une tiédeur, d'une suavité ineffables atteignit un paroxysme quand il se rendit compte qu'un peu de la salive de Makiko était entrée en lui.

Quand, à la fin, leurs lèvres se séparèrent, ils restèrent enlacés en pleurant.

« Dites-moi seulement une chose. Pour quand est-ce ? Demain ? Après-demain ? »

Parce qu'il avait conscience que, s'il était maître de lui, jamais il ne répondrait à pareille question, Isao le lui dit aussitôt.

« C'est pour le 3 décembre.

– Dans trois jours seulement. Vous reverrai-je ?

– Non. Je crains que ce soit impossible. »

Ils se mirent à marcher en silence. Makiko prit un détour et Isao dut traverser avec elle un petit espace découvert dans le parc Hakusan et descendre une allée sombre qui longeait les dépendances du sanctuaire où l'on entreposait les palanquins sacrés.

« Je sais ce que je vais faire, dit Makiko dans les ténèbres à ses côtés. Je peux prendre le train pour Sakurai demain et aller au sanctuaire d'Omiwa. Je prierai au sanctuaire de Sai pour que la chance soit avec vous au combat. J'en rapporterai un talisman pour chacun d'entre vous et je m'arrangerai pour que vous les ayez le 2 décembre. Combien faut-il en prendre ?

– Onze... Non, nous sommes douze. »

Une sorte de pudeur empêcha Isao de dire à Makiko que chacun partirait accomplir sa tâche en portant caché sur sa personne un pétale des lis qu'elle leur avait donnés.

Tous deux pénétrèrent dans la zone éclairée qui se trouvait devant le sanctuaire, mais il n'y avait aucun signe d'une autre présence. Ne voulant créer aucun embarras à l'Académie, Makiko lui demanda comment on pouvait se rendre à leur cachette, et il écrivit les instructions sur un bout de papier qu'il lui remit.

CHAPITRE 30

Il n'y avait pas d'autre lumière que celle qui émanait d'une petite lanterne de nuit, cadeau d'un magasin de photo de Hakusanshito. Elle projetait une faible lueur sur les chiens protecteurs en pierre, la tablette portant une inscription en lettres d'or, la sculpture gravée qui représentait un dragon crachant le feu et les degrés de bois qui menaient au sanctuaire. Seules, les flammes blanches suspendues aux cordes sacrées ressortaient avec quelque clarté. Si faible qu'elle fût, la lumière atteignait le mur blanc des bureaux du sanctuaire, à une vingtaine de pas. L'ombre des feuilles de sakaki s'y dessinait en motif admirable.

L'un et l'autre, ils prièrent en silence. Puis ils passèrent sous le *torii*, se séparant au haut du long escalier de pierre.

30

*L*e matin du 1er décembre, Isao, feignant de partir pour le collège, s'en fut directement à la cachette. Sawa avait été envoyé en course par le principal et ne pouvait assister à la réunion, mais les dix autres étaient tous là. Il ne restait plus que deux jours avant d'agir, et bien qu'il y eût certains détails à mettre au point, l'objet principal de la réunion était de renouveler la résolution de chacun de se donner la mort, quelle que fût la difficulté où il pourrait se trouver, immédiatement après que le coup eut été porté.

L'expression qui se peignait sur les visages de ses camarades parut à Isao claire et résolue. Ils avaient vendu deux sabres ordinaires et acheté six sabres courts. Ainsi chacun d'eux possédait son poignard à lame aiguisée. Mais quelqu'un suggéra que, par mesure de précaution supplémentaire, il conviendrait qu'ils eussent tous également un poignard caché, et les autres en convinrent. Ils savaient que le poison est le moyen le plus efficace de se suicider rapidement, mais ils repoussaient ce moyen peu viril de se donner la mort.

Ils avaient coutume de fermer à clé la porte de la maison quand le groupe était rassemblé. En entendant frapper, chacun supposa que Sawa avait pu venir après tout, en en dérobant le temps sur les tâches qu'on l'avait envoyé faire.

Izutsu descendit et appela : « C'est M. Sawa ?
— Oui », répondit-on à voix basse, mais quand Izutsu ouvrit la porte à glissières, un inconnu le bouscula pour entrer et se mit à grimper l'escalier, sans ôter ses chaussures de ville.
« Sauve qui peut ! » cria Izutsu, au moment où un autre homme, puis un troisième, se précipitaient et lui tordaient les bras dans le dos.

Les camarades qui tentèrent de s'échapper en sautant par le toit qui surplombait l'arrière-cour furent capturés par des inspecteurs qui s'étaient avancés par-derrière. Isao s'empara d'un des poignards placés devant lui pour se l'enfoncer dans le ventre, mais un des inspecteurs lui saisit le poignet. Dans la lutte qui s'ensuivit, le policier se fit une entaille à un doigt. Inoue se colleta avec les inspecteurs et cloua au sol l'un d'entre eux, mais deux ou trois autres le terrassèrent.

Ayant passé les menottes à tous les onze, on les conduisit au poste de police de Yotsuya. L'après-midi du même jour, Sawa fut arrêté alors qu'il rentrait à l'Académie.

31

DOUZE EXTRÉMISTES ULTRA-NATIONALISTES
ARRÊTÉS DANS LEUR CACHETTE

SABRES ET LITTÉRATURE SÉDITIEUSE SAISIS

UN COMPLOT D'IMPORTANCE SELON LES AUTORITÉS

*L*a première réaction de Honda quand il vit cette manchette dans le journal du matin fut : « Quoi, encore ? », sans plus, mais sa sérénité fut brusquement rompue quand il eut son regard attiré par le nom d'Isao Iinuma au nombre des personnes arrêtées. Il eut envie d'appeler aussitôt Tokyo au téléphone pour interroger Iinuma de l'Académie, mais une certaine circonspection l'en empêcha. Le matin suivant, les titres étaient encore plus grands :

CHAPITRE 31

TOUS LES DÉTAILS SUR L'AFFAIRE DE LA
« LIGUE DU VENT DIVIN DE SHOWA »

BUT : FRAPPER UN GRAND COUP DANS LE MONDE DE LA FINANCE

CHACUN DES CONJURÉS AVAIT UN ASSASSINAT EN VUE
UN MENEUR DE DIX-NEUF ANS

Une photo d'Isao paraissait pour la première fois. La reproduction en était très mauvaise, mais c'était là à n'en pas douter ces yeux incroyablement clairs dont l'éclat avait tellement frappé Honda quand ce garçon et son père étaient venus dîner, ces yeux au regard perçant qui jamais ne pourraient se mêler au train-train des aimables banalités. À coup sûr, ces yeux avaient attendu pareil jour.

Trop tard, Honda regrettait sa tendance à n'être capable de discernement qu'après que les choses avaient filtré par les mailles de la loi.

Isao avait déjà dépassé dix-huit ans et, par conséquent, il ne serait pas traité en mineur aux termes de la loi. À ce que disait l'article, hormis l'original d'un certain âge du nom de Sawa, le groupe entier se composait de jeunes gens proches, plus ou moins, de leur vingtième année, et certains seraient assurément passibles du tribunal des mineurs. Mais, pour Isao, il ne pouvait en être question.

Aux yeux de Honda, cela se présentait très mal du point de vue juridique. Il semblait qu'il manquât un élément à ces articles de journaux plutôt vagues. À première vue, cette affaire n'était qu'un plan d'assassinats monté dans un coup de tête par de jeunes ahuris, mais il se pouvait que l'enquête découvrît une conspiration bien plus vaste et plus profonde.

De fait, voulant réfuter tous les bruits et dissiper les préjugés dû à l'Incident du 15 mai, l'autorité militaire avait publié un communiqué dans le journal du jour : « Aucun officier de l'armée n'a été mêlé d'aucune façon à la récente affaire. Malheureusement, chaque fois qu'un tel incident se produit, certains sont prêts à croire qu'y sont nécessairement impliqués de jeunes officiers. Dès le lendemain de l'Incident du 15 mai, on s'est appliqué à faire régner une stricte discipline dans tous les corps de troupe. L'extraordinaire énergie avec laquelle a été remise en ordre notre propre maison est de notoriété publique. »

Tel était le communiqué, mais il eut pour effet, si peu motivé que cela fût, d'accroître le soupçon qu'il y avait bel et bien quelque puissante influence derrière les comploteurs.

Si l'affaire prenait de l'envergure, et révélait un objet passible de l'article 77 du code pénal, sur les « Menées subversives », la situation deviendrait critique. À en juger par la presse, on ne distinguait pas ce qui l'emporterait, lorsque l'affaire viendrait devant le tribunal, du non-accomplissement du projet ou de l'élément de préméditation. Honda se rappela *La Société du Vent Divin* qu'il avait lu à la requête d'Isao. Il ne pouvait se garder d'un sentiment de mauvais augure du fait que ce dernier et ses camarades avaient voulu s'appeler La Société du Vent Divin de l'ère Showa.

Il rêva à Kiyoaki cette nuit-là, Kiyoaki semblait demander assistance et aussi déplorer sa mort prématurée. À son réveil, Honda avait pris sa décision.

Au palais, Honda ne semblait plus jouir tout à fait d'une aussi grande réputation que naguère. En causant avec ses collègues, leur attitude s'était quelque peu refroidie depuis son retour de Tokyo à l'automne. Le bruit courait que des ennuis de famille ou une histoire de femme avaient fait qu'il n'était plus le même. Et son discernement, jadis tenu en haute estime, n'était plus aussi respecté. Le Premier président, encore qu'il le gardât pour lui, en fut désolé lorsqu'il eut vent de cet état de choses, car personne n'avait davantage apprécié que lui que Honda parût promis à une belle carrière.

Pour l'immense majorité des hommes, toute image romanesque est inévitablement associée à une femme. Si bien qu'instinctivement, quand ses collègues diagnostiquèrent l'affliction qu'il avait ramenée de son voyage d'automne à Tokyo, comme étant une histoire de femme, du moins lui donnaient-ils à juste titre une teinte romanesque. Ils se montraient en vérité d'une intuition remarquable en voyant avec sagacité chez Honda quelqu'un qui s'était dévoyé de la raison et qui, désormais, errait à l'aventure le long de quelque sentier rebattu de la passion. Mais ce à quoi on pouvait s'attendre d'un garçon de vingt ans était jugé inconvenant chez un homme de l'âge de Honda, si parfaitement humaine que fût cette faiblesse. C'est cela que, pour l'essentiel, visait la désapprobation.

Membres d'une profession où la raison importait avant tout, on ne pouvait guère s'attendre à ce que ses collègues considérassent avec respect quiconque, à son propre insu, avait contracté la maladie romanesque. Et puis, du point de vue de la probité nationale, même si Honda n'avait pas été jusqu'à commettre un crime, il portait certainement la salissure d'une attitude «malsaine».

Cependant, le plus surpris de tous de cet état de choses était Honda lui-même. Le nid d'aigle qu'il avait édifié à une hauteur vertigineuse dans l'échafaudage des lois, qui lui était à présent devenu une seconde

CHAPITRE 31

nature, se trouvait – chose entièrement inattendue! – menacé d'être submergé par les rêves, d'être pénétré par la poésie. Plus terrible encore, le rêve auquel il était en butte ne venait détruire ni la transcendante raison humaine, en laquelle il avait toujours cru, ni le plaisir orgueilleux qu'il prenait à vivre en se souciant davantage des principes que des phénomènes. L'effet produit était plutôt de raffermir les croyances, de rehausser son plaisir. Car, désormais, il voyait se dresser avec éclat, par-delà les principes de ce monde, une muraille de principe impénétrable. Une fois qu'il l'eut aperçue, cette vision de la phase ultime était si éblouissante qu'il se sentait incapable de s'en retourner à la foi placide, quotidienne qu'auparavant il avait connue. Ce n'était pas là recul mais progrès. Ce n'était pas regarder vers l'arrière mais vers l'avant. Il était sûr que Kiyoaki était de nouveau né à la vie sous les traits d'Isao et, à partir de ce fait, par-delà une seule espèce de loi, Honda avait commencé à comprendre la vérité essentielle de la loi.

Il se souvint tout à coup que, dans sa jeunesse, dès le moment où il avait entendu le sermon de l'abbesse de Gesshu, la philosophie européenne du droit naturel avait perdu pour lui son attrait et il s'était senti fort attiré par les anciennes lois indiennes de Manu dont les dispositions s'étendaient jusqu'à la réincarnation. Déjà, à ce moment, quelque chose s'était enraciné dans son cœur. Une loi qui ne consistait pas à imposer l'ordre au chaos mais à montrer les principes qui existent à l'intérieur du chaos, une loi qui inspire tout un code de lois, de même que la surface d'une eau enserre l'image de la lune – cette loi pouvait bien émaner d'une source plus profonde que le culte européen de la raison qui sous-tendait la loi naturelle. Il se pouvait que le sentiment instinctif de Honda fût juste, mais ce n'était pas là la sorte de justesse que l'on recherchait chez un magistrat, gardien du droit appliqué. Il imaginait fort bien combien cela avait dû dérouter ses collègues d'avoir quelqu'un comme cela travaillant avec eux dans le même bâtiment. Compter un seul bureau poussiéreux dans une pièce toute remplie du sens de l'ordre. Du point de vue de la raison, rien qui ressemblât tant à des taches aux habits d'une personne peu soignée que d'être obsédé par des rêves. Ces rêves qui vous donnent l'air d'être débraillé. Un col sale, le dos de la chemise tout fripé comme si on y avait dormi, des poches aux genoux, c'est quelque chose comme cela qui gagne le vêtement de l'esprit. Quoiqu'il n'eût rien fait, qu'il n'eût rien dit, Honda, à l'un ou à l'autre moment, en était venu à violer le code de moralité publique, aussi savait-il qu'aux yeux de ses collègues, il était comme du vieux papier épars le long des allées d'un parc bien entretenu.

Quant à son ménage, son épouse Rie ne dit pas un mot. Elle n'était pas femme à avoir la curiosité de se mêler des pensées personnelles de son mari. Elle avait dû se rendre compte qu'il avait changé et qu'il paraissait préoccupé. Mais Rie n'en dit rien.

Ce n'était donc pas la peur du ridicule ou d'une avanie qui empêcha Honda de se confier à son épouse, mais un certain sentiment de timidité. Ce genre de pudeur subtile donnait un caractère particulier à leur mariage. C'était peut-être l'aspect le plus admirable de leurs relations plutôt paisibles et un peu vieux jeu. Et même si Honda se doutait un peu qu'il y avait, dans sa récente découverte et son changement d'attitude, quelque chose qui transgressait cette atmosphère admirablement belle, mari et femme la mettaient à profit pour préserver le silence et ce secret non dévoilé.

Rie devait se demander pourquoi le travail de son mari était récemment devenu si ennuyeux. Les plats qu'elle se donnait tant de mal pour lui préparer au dîner ne lui procuraient plus le même plaisir qu'auparavant. Elle ne murmurait pas. Elle n'avait pas l'air triste. Elle ne le punissait pas non plus en faisant montre d'une courageuse gaieté. À un moment donné, le visage puéril de poupée de cour, l'expression vague qu'elle avait quand ses reins lui causaient du souci, étaient devenus son visage de tous les jours. Toujours souriante et affable, jamais elle ne paraissait s'attendre à rien. La force qui avait fait de Rie la femme qu'elle était lui venait d'une part de son père, d'autre part de son mari. Du moins, Honda n'avait-il jamais donné cause à sa femme de souffrir de jalousie.

Bien que l'affaire d'Isao fût largement traitée dans la presse, son mari n'en souffla mot, si bien que Rie se tut pareillement. Pourtant, un soir, au dîner, quand il eût semblé anormal de garder le silence plus longtemps, elle déclara comme en passant : « C'est terrible ce qui arrive au fils de M. Iinuma. Quand je l'ai vu ici, il m'a paru un garçon si sérieux et si bien élevé...

— Eh oui, dans ce genre de crime, ce sont les gens sérieux et bien élevés qu'on a le plus de chances de trouver impliqués », riposta Honda. Mais il avait l'air si doux et si troublé que Rie en conçut du souci.

Honda avait l'esprit tourmenté. Son échec lorsqu'il avait tenté de sauver Kiyoaki étant le regret le plus cuisant de sa jeunesse, il sentait que, cette fois-ci, il lui fallait réussir. C'était Kiyoaki qu'il devait arracher au danger et à l'indignité, à n'importe quel prix.

La faveur du public était une chose sur laquelle on pouvait compter. L'extraordinaire jeunesse des conspirateurs semblait empêcher

CHAPITRE 31

les gens de se montrer trop hostiles à leur encontre et, non seulement cela, mais Honda avait le sentiment qu'il y avait déjà dans l'air comme une sympathie.
Il prit sa décision le matin après qu'il eut rêvé de Kiyoaki.

En venant accueillir Honda à son arrivée d'Osaka à la gare de Tokyo, Iinuma portait une pèlerine à col de phoque et sa moustache paraissait frissonner dans le froid de cette fin décembre. La lassitude engendrée par sa longue attente sur le quai se faisait jour dans sa voix et dans ses yeux humides et enflammés. À peine Honda fut-il descendu qu'Iinuma serra sa main dans la sienne, ordonna à un étudiant de lui prendre aussitôt ses bagages, puis se mit à lui déverser un flot ininterrompu de remerciements à l'oreille.

«Comme je vous suis reconnaissant d'avoir bien voulu venir! Je sens que toutes les forces imaginables sont rangées de mon côté. Pas un garçon ne pouvait avoir plus de chance que mon fils. Mais quelle décision d'importance, monsieur le juge, vous prenez là à notre profit!»

Après avoir indiqué à l'étudiant de conduire les bagages chez sa mère, Honda accepta l'invitation à dîner d'Iinuma dans un restaurant du quartier de Ginza appelé le Gincharyo. La gaieté des décorations de Noël se montrait dans les rues. Honda avait ouï dire que la population de Tokyo s'élevait maintenant à 5 300 000 habitants et, à regarder les rues envahies par la foule, on aurait dit que la famine et la crise étaient des incendies allumés en quelque coin d'un lointain pays, bien trop loin pour qu'on les vît d'ici.

«Quand ma femme a lu votre lettre, elle en a, elle aussi, pleuré de joie. Nous l'avons placée sur l'autel des dieux, et soir et matin nous lui offrons nos hommages.
— Mais votre nomination dans la magistrature n'était-elle pas à vie? Pourquoi avoir démissionné?
— La maladie. Personne ne peut rien là contre. On a eu beau essayer de me conserver, j'avais le certificat du médecin pour me défendre.
— Mais quelle sorte de maladie?
— Une dépression nerveuse.
— Pas possible!...»

Iinuma n'en dit pas plus, mais la sincérité de l'inquiétude momentanée qui apparut dans ses yeux fit que Honda se sentit de la cordialité envers lui. Il savait qu'un sursaut de sincérité de la part d'un accusé déplaisant peut déterminer une certaine bienveillance chez un juge, quelque soin qu'il prenne d'éviter toute émotivité. Il essaya de se faire une idée du sentiment qu'un avocat aurait à l'égard de son client. Assurément, il faudrait que ce fût plus théâtral. La bienveillance présente à l'esprit du juge serait naturellement fondée sur quelque considération morale, tandis qu'il fallait que les sentiments d'un avocat fussent exploités à plein.

« La question qui se posait était d'être dégagé de mes obligations sur ma demande. Si bien que je n'ai pas cessé d'être magistrat d'une certaine façon, mais c'est désormais avec le statut de magistrat à la retraite. Demain, je vais m'inscrire au barreau et, à ce moment, je commencerai une carrière d'avocat. C'est la tâche à laquelle j'ai résolu de m'attacher, aussi ai-je l'intention de tout y consacrer. À vrai dire, n'ayant pas atteint un grade plus élevé avant d'envoyer ma démission, je n'apporterai pas trop de prestige à ma carrière d'avocat. Enfin, tout cela, c'est moi qui l'ai voulu et je dois en accepter les conséquences. Après tout, le choix d'un avocat est votre affaire. Pour ce qui est des honoraires, je vous ai expliqué dans ma lettre...

– Oh, monsieur le juge ! Comment pouvez-vous nous montrer une telle bienveillance ? Je serais méprisable de profiter de votre gentillesse, mais dans les circonstances actuelles...

– C'est bon. Qu'il soit entendu que je ne toucherai rien du tout. C'est à cette seule condition que j'entreprends cette affaire.

– Monsieur le juge... Je ne sais comment vous dire... » Assis tout droit, l'air solennel, Iinuma ne cessait de saluer de la tête : « Mais après avoir pris une décision aussi grave de conséquences est-ce que cela n'a pas été une grande surprise pour votre épouse ? Également, votre mère, n'a-t-elle pas été bouleversée ? Il me semble qu'elles devaient y être fort opposées.

– Ma femme a gardé tout son calme, et quand j'ai téléphoné pour le dire à ma mère, un instant elle a eu le souffle coupé, puis elle a simplement dit que je fasse ce que je croyais être pour le mieux.

– Vraiment ? Quelle mère admirable ! Et quelle épouse admirable ! Monsieur le juge, votre épouse et votre mère sont des femmes remarquables. Sûr que ma femme à moi ne leur arrive pas à la cheville. Il faut qu'un jour vous m'enseigniez le secret de l'éducation des femmes pour que j'essaie d'inspirer à la mienne un peu ce qu'a la vôtre. Mais je suppose que maintenant il est trop tard. »

Pour la première fois, la raideur fléchit entre l'hôte et son invité et tous deux se mirent à rire. Ce faisant, le cœur de Honda se gonfla de mélancolie. Il eut l'impression d'être retourné vingt années en arrière, quand l'étudiant Honda et le répétiteur Iinuma se rencontraient pour examiner la meilleure façon de venir en aide à Kiyoaki au cours d'une de ses absences.

CHAPITRE 31

Les lumières de Ginza flamboyaient par-delà le verre dépoli de la fenêtre. Mais, de même que le clinquant de la vie nocturne ne pouvait totalement masquer la réalité de la famine et de la misère, de même, à l'intérieur, il n'était que trop évident que la nuit prenait un double aspect. Les restes colorés du poisson qu'ils n'avaient pas mangé et demeurés sur le plateau suggéraient eux-mêmes un lien avec l'obscurité froide d'une cellule pénitentiaire pendant la nuit. Et le passé, lui aussi, avec ses espoirs irréalisés qu'on admettait non sans répugnance, se reliait au présent de ces deux hommes dans la force de l'âge.

Jamais plus, pensa Honda, il n'aurait, de sa vie, à pratiquer un renoncement d'une telle ampleur, et il résolut de fixer dans sa mémoire l'étrange passion qui bouillait en lui. Il ne se souvenait de rien de comparable à cette ferveur, à cette joie intimes qu'il avait ressenties après avoir pris la décision où tout le monde verrait une folie, décision prise à un moment de son existence où la sagesse dont il était capable aurait dû atteindre sa plénitude.

C'était à lui de remercier Isao plutôt qu'à ce dernier de le remercier. S'il n'eût été électrisé par la réincarnation de Kiyoaki chez Isao et par la conduite de celui-ci, Honda aurait pu devenir quelqu'un prenant plaisir à vivre sur un iceberg. Car ce qu'il avait considéré comme la sérénité avait été une sorte de glace. L'idée qu'il se faisait de la perfection avait été une espèce de dessiccation. Sa capacité à juger des choses d'une manière peu orthodoxe lui avait semblé n'être qu'un défaut de maturité, mais, à la vérité, il n'avait eu aucune idée de ce que signifiait la maturité.

Iinuma, comme sous l'empire de quelque chose, avait bu tasse après tasse de saké, mouillant l'extrémité de sa moustache bien taillée. Honda observait ces gouttes de saké où il voyait comme des bouts d'idéologie collant en toute innocence à la moustache de cet individu qui gagnait sa vie en faisant commerce d'une croyance à laquelle il tenait passionnément. Faisant de la foi son métier, un gagne-pain de l'idéologie, les sottises et les exagérations d'Iinuma avaient imprimé à son visage comme un air d'illusion béate. Sans cesser d'être assis avec cérémonie et de boire en quantité, avec une vigueur où ne se manifestait nul souci de son fils en train de frissonner dans une cellule glacée, il jouait de ses sentiments passionnés, voire de la passion qu'il affectait, comme on eût joué un rôle. La force qui l'animait paraissait aussi stéréotypée qu'un dragon peint en noir sur le paravent d'un vestibule d'auberge. Il avait entrepris de cultiver ses croyances comme un maniérisme. Le temps était loin où, dans sa jeunesse, avec ses yeux sombres, enfoncés, il avait donné une impression tellement irrésistible, presque physique de morosité. Il n'y avait rien de surprenant à ce que, après ses revers de carrière, ses angoisses et, surtout, ses humiliations, la gloire de son fils lui fasse maintenant bomber le torse.

Laissant errer ses pensées, Honda comprenait qu'Iinuma, sans en rien dire, s'en était remis de quelque chose à son fils : il avait confié les anciennes humiliations du père à la pureté du fils qui se lançait contre les puissants de ce monde avec un cri féroce, sabre au clair.

Honda sentit qu'il devait demander à Iinuma de s'exprimer franchement au sujet d'Isao.

« Seriez-vous d'accord, demanda-t-il, qu'à la vérité votre fils réalise un rêve qui a été le vôtre dès le temps où vous étiez le répétiteur de Matsugae ?

– Non, répondit Iinuma, d'un ton où il y avait comme un défi. C'est mon fils. Voilà ce qu'il est. » Sur quoi, après ce démenti, il se mit à parler de Kiyoaki : « Quand je me prends à y penser à présent, cette façon dont est mort le jeune maître était probablement la seule chose qui pouvait arriver. Ce devait être la volonté du ciel. Quant à Isao, ma foi, il ressemble assez à son père. Il est jeune, les temps sont différents, de sorte qu'il se retrouve dans une affaire comme celle-ci. Oui, j'ai essayé d'inculquer les vertus des samouraïs au jeune maître, mais c'est peut-être mon manque de savoir-vivre à moi qui m'y poussait. Je suppose que le jeune maître est mort de regret... » À ces mots, la voix d'Iinuma se brisa sous le coup de l'émotion qui s'emparait de lui. À peine cédait-il à ses sentiments qu'en conséquence, on eût dit qu'une digue était emportée. « Et malgré tout... il a agi selon ce que son cœur lui disait et je suis sûr qu'à défaut d'autre chose, il a eu au moins cette satisfaction. Avec le temps, voilà, à tout le moins, ce que j'en arrive à croire de plus en plus. Sinon, je le trouverais intolérable, bien que ce soit là une vue égoïste. En tout cas, le jeune maître a vécu et est mort d'une manière qui lui convenait. Quant à moi, j'étais étranger à cette famille, et toutes mes inquiétudes, ce que j'ai tenté ne rimait à rien, c'était un effort inutile.

Isao, lui, est mon fils. Je l'ai élevé très sévèrement selon mes principes. Et il a réagi en tous points comme je le désirais. Cela m'a fait grand plaisir qu'il atteigne le troisième degré au kendo avant sa vingtième année, mais depuis lors, faut-il le dire, il s'est émancipé. Peut-être a-t-il été trop profondément influencé par mon existence à moi. Mais cela n'explique pas tout. Il avait trop envie de se libérer des conseils de son père. Il a eu trop confiance en lui-même et ç'a été la raison pour laquelle il a fait fausse route. Cela dit, dans cette affaire, si grâce à vos grands efforts, monsieur le juge, la condam-

CHAPITRE 31

nation est relativement bénigne, cette punition fera à ce garçon un bien immense. Dites-moi, il n'est pas question de condamnation à mort ou d'emprisonnement à perpétuité, n'est-ce pas ?

– N'ayez aucun souci à ce sujet, dit Honda pour le rassurer en peu de mots.

– Ah ! monsieur le juge ! merci pour tout ce que vous faites. Le père comme le fils, Isao et moi n'avons jamais de la vie eu plus grand bienfaiteur que vous.

– Vous feriez bien de garder votre gratitude jusqu'après le procès. »

Iinuma salua de nouveau de la tête. Maintenant qu'il s'était laissé aller au sentiment, la vulgarité de convenance de son expression se dissipa soudain. À mesure qu'il s'enivrait, ses yeux commencèrent à se mouiller de façon inquiétante, et il sembla que de toute sa personne, telle une vapeur invisible, émanât l'impression qu'il avait quelque chose à dire.

« Je sais ce que vous pensez, monsieur le juge », déclara finalement Iinuma. Sa voix semblait un peu plus haut perchée à mesure qu'il parlait : « Je sais, je vous dis. C'est que je suis impur au-delà de toute expression et que mon fils est pur, lui. Voilà ce que vous êtes en train de penser.

– Non, pas véritablement, répondit Honda dans le vague, un peu agacé.

– Si, c'est cela. Il n'y a pas de doute. Et, au point où j'en suis arrivé, que je vous dise autre chose : mon garçon a été arrêté juste deux jours avant la date où ils devaient frapper. À qui le doit-il, croyez-vous ?

– Ma foi... » Honda savait qu'Iinuma était sur le point de dire quelque chose qu'il eût mieux valu taire, mais il n'y avait pas moyen de l'arrêter.

« Vous vous donnez tant de mal pour nous, monsieur le juge, que j'éprouve de la peine à vous faire cette révélation après tant de bienveillance, mais il me semble qu'un client ne devrait rien cacher à son avocat. Aussi vais-je tout vous avouer. C'est moi. J'ai dénoncé en secret mon fils à la police. Au tout dernier moment, j'ai sauvé la vie de mon fils.

– Pourquoi avez-vous fait cela ?

– Pourquoi ? Parce que si je ne l'avais pas fait, la vie de mon fils était finie.

– Mais, mettant à part le bien ou le mal de ce qui était projeté, n'avez-vous aucunement senti que peut-être vous deviez laisser votre fils accomplir son projet jusqu'au bout ?

– C'est parce que je pensais à la suite. Je pense toujours à la suite, monsieur le juge. » Empourpré par la boisson, Iinuma saisit brusquement sa pèlerine à col de phoque étendue sur le vestiaire dans un coin de la pièce. Sans remarquer la poussière qu'il répandait, il fit claquer le vêtement en le secouant pour l'ouvrir et le tint suspendu comme un manteau.

« Tenez, dit-il. Ça, c'est moi. Je suis cette pèlerine. Il n'y a aucun tour de passe-passe. La pèlerine, c'est le père. On dirait le ciel sombre d'une nuit d'hiver. De sorte que les plis de la pèlerine s'étendent en tous sens, recouvrant tout endroit où le fils pourrait poser le pied. Le fils court de toutes parts parce qu'il voudrait voir la lumière, mais impossible. La vaste pèlerine noire s'étale par-dessus sa tête. Aussi longtemps que dure la nuit, la pèlerine le force à comprendre qu'il fait nuit. Quand vient le matin, la pèlerine tombe à terre et fait que les yeux du fils sont éblouis par la lumière. Voilà le père. N'ai-je pas raison, monsieur le juge ? Mon fils ne voulait rien savoir de la pèlerine et il a fait ce qu'il voulait. Par conséquent, il est tout naturel qu'il en soit puni. Car il fait encore nuit, la pèlerine le sait et veut empêcher le fils d'aller à la mort.

Cette chienlit gaucharde, plus on la contraint, plus elle prend de force. Ce sont leurs microbes qui envahissent le Japon, et ceux qui ont affaibli le Japon au point de le rendre sensible à ces germes, ce sont les politiciens et les hommes d'affaires. Tout cela, je le savais sans que mon fils me le dise. Et l'avant-garde de ceux qui sont prêts à s'élancer pour défendre la famille impériale quand une crise menacera la nation, est-il besoin de dire que c'est nous. Mais il s'agit de choisir le bon moment. Il y a, comme on dit, l'instant propice. Être seulement résolu n'a aucune valeur. Aussi suis-je amené à conclure que mon fils est trop jeune. Il n'a pas encore atteint le discernement nécessaire.

Moi, son père, j'ai de la résolution. Oui, je peux dire que mon patriotisme, mon angoisse surpassent ceux de mon fils. Or, mon fils a essayé de me cacher tout ce qu'il entendait accomplir – n'était-ce pas s'aveugler sur le compte de son père ?

Moi, je considère la suite. Plutôt que de passer à l'action, mieux vaut atteindre son but sans avoir à agir. Ai-je raison ou pas ? Il paraît qu'à l'époque de l'Incident du 15 mai, il y a eu un flot de pétitions pour réclamer la clémence. On peut donc penser que la pureté naïve des jeunes accusés va provoquer la sympathie du public. Nous pouvons y compter. Et mon garçon, plutôt que de perdre la vie, rentrera couvert de gloire. Sa vie durant, il n'aura nul souci à se faire pour gagner son pain. Parce qu'il ne cessera jamais d'inspirer à chacun le respect comme étant Isao Iinuma de la Société du Vent Divin de l'ère Showa. »

Honda fut d'abord muet d'étonnement, puis il se demanda si Iinuma était tout à fait sincère.

À en croire Iinuma, le sauveur numéro un d'Isao était son père et Honda, en venant au secours du fils, n'était qu'un intermédiaire chargé d'assurer la réalisation du plan d'Iinuma. Aucune parole n'aurait pu démentir plus effectivement le désintéressement dont témoignait Honda en laissant de côté sa carrière pour assumer la défense d'Isao sans toucher d'honoraires. Aucune parole non plus n'aurait pu profaner davantage la noblesse de sa conduite.

Mais, si étrange qu'il parût, Honda n'en était pas courroucé. La personne qu'il avait souci de défendre était Isao et non le père. Si imparfait que fût ce dernier, ses imperfections n'avaient rien à voir avec son fils. Elles n'affectaient en rien la pureté d'intention du fils.

Outre cela, bien qu'il eût pu quelque peu s'offenser du sans-gêne d'Iinuma, Honda avait un autre motif de demeurer impassible. Car, tandis qu'Iinuma, ayant cessé de parler, continuait à se hâter de se verser à boire dans la petite pièce où il s'était depuis longtemps privé des soins de la serveuse, Honda observait le tremblement de ses mains velues. Et il y voyait la manifestation d'un sentiment qu'Iinuma n'exprimerait jamais, quelque chose qui était sans doute la raison profonde de sa trahison. En d'autres termes, le fils avait été sur le point d'atteindre à une gloire sanglante, à une mort sublime, et le père n'avait pas été capable de refréner sa jalousie.

32

Pour Son Altesse le prince Harunori Toin également, cette affaire avait été un rude choc. Il n'était pas à même de se rappeler ceux qui venaient une fois ou deux lui offrir leurs hommages, mais il avait conservé gravé dans l'esprit le souvenir de la visite d'Isao ce soir-là. D'autant que, ce garçon ayant été amené par le lieutenant Hori, il ne pouvait considérer le récent incident d'un air détaché. Naturellement, dès que l'affaire eut éclaté, le prince téléphona de province à son maître d'hôtel afin que ce dernier ne soufflât mot de la venue d'Isao. Malgré tout, le maître d'hôtel étant, en fait, aux gages du ministère de la Maison de l'Empereur, le prince ne pouvait guère se fier à lui.

Depuis quelque temps, le prince avait trouvé chez le lieutenant Hori un compagnon qui partageait ses idées et avec lequel il pouvait déplorer le malheur des temps. Ceci n'était pas du goût de ces messieurs du ministère de la Maison de l'Empereur. Fréquemment, ils le désapprouvaient d'accorder des audiences sans discernement, sans tenir compte du rang. Or, ce comportement même résultait du ressentiment qu'engendraient les contraintes du ministère ; celui-ci exigeait d'être tenu au courant de ses moindres déplacements et on ne pouvait donc s'attendre que le prince écoutât humblement ces conseils.

Depuis sa nomination à la tête d'un régiment à Yamaguchi, le prince avait fait preuve d'une certaine intempérance dans ses paroles et ses gestes qui n'était pas passée inaperçue du ministère de la Maison impériale et du chef du Bureau des Affaires réservées. Ayant attendu que Harunori vînt à Tokyo, ils firent en sorte de lui rendre une visite amicale, afin de lui adresser d'aimables remontrances. Le prince les écouta sans dire un mot, ne répondant même pas quand ils eurent achevé. Un long silence s'ensuivit.

Le ministre et le chef du Bureau s'étaient attendus que le prince se fâchât en les accusant de se mêler d'affaires militaires. En ce cas, ils eussent été à bout de ressources.

Cependant, le visage princier prit une expression des plus modérées et l'instant où il aurait pu s'emporter à leur encontre était déjà passé. À la fin, ses yeux allongés, mi-clos mais rayonnants de gravité, le prince regarda les deux dignitaires l'un après l'autre, avant de déclarer : « Ce n'est pas la première fois que j'ai à subir vos importunités. Si telle doit être votre attitude, je veux croire que vous accordez une attention égale au reste de la famille impériale. Comment se fait-il que, moi seul, j'aie dû longtemps en supporter tout le poids ? »

Avant que le ministre pût seulement élever une protestation, le prince, faisant effort pour contenir son profond courroux, se lança dans un monologue :

« Il y a bien des années, lorsque le marquis Matsugae m'offensa avec la plus grande insolence au sujet de la femme qui devait être mon épouse, le ministre de la Maison de l'Empereur soutint le marquis sans m'apporter la moindre assistance. C'était un cas flagrant où la famille impériale était insultée par un de ses propres sujets ! Qui le ministre de la Maison de l'Empereur est-il censé ser-

CHAPITRE 32

vir ? Faut-il donc s'étonner que, depuis lors, j'aie eu mes suspicions à l'égard des agissements de ces messieurs ? »

Le ministre de la Maison de l'Empereur et le chef du Bureau des Affaires réservées n'eurent rien à répliquer et ils se hâtèrent de prendre congé.

Cela avait beaucoup diverti le prince de prêter l'oreille aux imprécations du lieutenant Hori et de deux ou trois autres jeunes officiers et il lui plaisait qu'on vît en lui comme un coin de ciel bleu à travers les nuées sombres suspendues au-dessus du Japon. Souffrant d'une cruelle blessure au plus profond du cœur, il se réjouissait que ce fût là comme une balise pour certains et que son esprit libre et morose devînt pour beaucoup une source d'espoir. Néanmoins, il n'était nullement tenté de passer à l'action.

Une fois découverte l'affaire d'Isao et de ses compagnons, on n'avait plus eu de nouvelles du lieutenant Hori en Mandchourie. Le prince ne pouvait faire appel qu'au souvenir qu'il conservait de cette unique audience accordée à Isao, mais à présent, se rappelant la lumière qui flamboyait dans les yeux clairs du jeune homme en ce soir d'été, il comprenait que c'étaient là les yeux de quelqu'un qui s'est juré de mourir.

L'exemplaire de *La Société du Vent Divin* que lui avait donné Isao et qu'il n'avait fait que parcourir à l'époque, se trouvait encore sur le rayon de la bibliothèque dans la chambre du colonel. Et le prince, espérant y découvrir le sens véritable de l'affaire, reprit l'ouvrage et en lut les chapitres pendant les loisirs que lui ménageaient ses obligations militaires. Davantage que la vigueur du récit même, ce qui semblait irradier de chaque ligne, c'était l'éclat des yeux d'Isao ce soir-là et le feu de ses paroles.

La rude simplicité d'une existence militaire partagée était comme un bienfait pour le prince qui avait vécu entièrement protégé du monde et y avait trouvé un agrément infini. Pourtant, là encore, on avait déférence et considération envers le grade. Jusqu'à ce qu'il rencontrât ce jeune civil, jamais il n'avait été témoin d'une pureté aussi ardente et à si brûlante proximité. Aussi l'entretien de cette soirée était-il demeuré inoubliable.

Qu'était-ce que la fidélité ? Les soldats n'ont pas à se le demander, avait dit le fougueux jeune homme. Leur fidélité en tant que soldats faisait partie de leurs obligations.

Ces mots, le prince s'en rendait compte, avaient atteint leur but. Se donnant une attitude bourrue, martiale, il s'était ajusté au degré évident de fidélité du soldat. Sans doute y avait-il cherché refuge pour fuir la menace d'une foule de regrets mais il n'avait aucune expérience directe de ce genre de fidélité qui consume et détruit la chair.

Il n'avait pas non plus de raison de s'inquiéter de l'existence possible de cette fidélité-là. Ce soir où on lui avait amené Isao, ç'avait été la première fois que le prince avait rencontré de façon authentique une fidélité aussi impérieuse, aussi vive, sans restriction aucune. Cela avait été pour lui un rare moment d'émotion.

Bien entendu, le prince Harunori était prêt à tout moment à sacrifier sa vie pour l'Empereur. Ayant environ quatorze ans de plus que Sa Majesté, âgée de trente et un ans, il aimait l'Empereur à la manière d'un frère aîné affectueux. Mais c'étaient là des sentiments calmes et paisibles, une fidélité agréable, telle l'ombre que projette un très grand arbre. Et puis, le prince regardait habituellement avec suspicion la fidélité de ceux qui étaient ses inférieurs et, à cet égard, il tenait ses distances.

Profondément impressionné par Isao, le prince Toïn s'était adonné plus volontiers que jamais à la simplicité des vertus militaires. Et il lui venait à l'esprit maintenant que la raison pour laquelle aucun signe que des militaires fussent mêlés à cette affaire n'avait été découvert, était que les accusés s'étaient tus afin de protéger le lieutenant Hori. Cette idée accrut d'autant plus la sympathie qu'il éprouvait.

Le prince se remémorait un passage de *La Société du Vent Divin* qu'Isao avait dû lire avec une vive satisfaction en se l'appliquant à lui-même :

> *... Pour la plupart, ils repoussaient tout raffinement. Ils aimaient voir la lune briller aux bords de la Shirakawa d'un cœur d'hommes persuadés que c'était la dernière lune de la moisson qu'ils verraient en cette vie. Ils appréciaient les fleurs de cerisier en hommes pour qui les fleurs du printemps de cette année étaient les dernières qui fleuriraient jamais...*

L'ardeur de ces jeunes gens faisait battre furieusement son cœur de quarante-cinq ans dans la poitrine du colonel.

Le prince se prit à se demander pour de bon s'il était ou non en mesure de sauver ces garçons. Toute sa vie, quand il se sentait las de penser, chaque fois qu'un problème paraissait rester sans solution, ç'avait été son habitude d'écouter de la musique occidentale.

Il appela son ordonnance et lui fit allumer du feu dans le salon glacé de sa vaste résidence officielle. Puis il choisit un disque et le mit en place de sa main sur le tourne-disques.

CHAPITRE 32

Voulant écouter quelque chose d'agréable, il avait choisi : *Till Eulenspiegel* de Richard Strauss, joué par la Philharmonique de Berlin sous la direction de Wilhelm Furtwängler, et il renvoya son ordonnance afin de pouvoir le goûter tout seul.

Till Eulenspiegel était un conte populaire satirique du XVIe siècle. La pièce de Hauptmann et le poème symphonique de Strauss qui s'en inspiraient étaient célèbres.

Le vent de fin décembre sifflait dans le grand jardin assombri qui entourait la résidence du colonel, semblant se mêler au bruit des flammes dans le poêle.

Sans même dégrafer le col de sa tunique militaire, le prince s'installa dans un fauteuil dont la housse de toile blanche était froide au toucher. Il croisa les jambes vêtues de la culotte d'uniforme et un bout de pied chaussé de coton blanc resta suspendu en l'air. Les boutons du genou de ses culottes comprimaient le haut du mollet, et généralement, on les déboutonnait après avoir ôté ses bottes, mais le prince ne prêta aucune attention au léger inconfort de cette congestion. Il caressa doucement l'extrémité bouclée et cirée de sa moustache comme s'il avait touché les plumes de la queue de quelque oiseau féroce.

Il y avait longtemps qu'il n'avait pas écouté ce disque. Il désirait quelque chose de distrayant, mais en entendant les premiers sons chétifs du cor qui jouait le thème de Till, il eut immédiatement le sentiment qu'il avait fait un mauvais choix et que cette musique n'était pas de celle qu'il lui plairait d'écouter à présent. Car Till ne se montrait pas là espiègle et joyeux, mais triste et abandonné, transparent comme le cristal, personnage créé par le chef d'orchestre.

Cependant, le prince Toin continua d'écouter. Depuis le moment où Till, pris de délire, semble faire de tous ses nerfs rassemblés une époussette argentée qui allait son chemin à travers le salon, jusqu'à la fin où il est condamné à mort et exécuté, le prince entendit tout. À la fin du disque, il se leva brusquement et sonna pour appeler son ordonnance. Il lui prescrivit de demander la communication avec Tokyo et d'appeler son maître d'hôtel à l'appareil.

Le prince avait pris une décision. À l'occasion de son retour à Tokyo pour les vacances du Nouvel An qui approchaient, il solliciterait une audience de quelques minutes avec Sa Majesté, au cours de laquelle il oserait se permettre d'appeler l'attention de l'Empereur sur la fidélité inégalée d'Isao et de ses compagnons. Alors, ayant obtenu une bienveillante réponse de Sa Majesté, le prince en ferait part en toute confidence au premier président de la Cour suprême. Mais d'abord, avant que l'année ne s'achevât, il lui fallait inviter l'avocat chargé de la défense d'Isao pour discuter avec lui de toutes les ramifications de l'affaire.

Il ordonna donc par téléphone au maître d'hôtel de trouver le nom de l'avocat et de le prier de venir à la résidence Toin au jour qui suivrait immédiatement l'arrivée du prince à Tokyo, le 29 décembre.

Jusqu'à ce qu'il pût s'établir convenablement dans ses meubles, Honda s'était installé dans une pièce qui faisait partie du bureau d'un de ses amis, au quatrième étage de l'immeuble Marunouchi. L'ami était, lui aussi, avocat et un de ses anciens condisciples.

Un beau jour, on vit arriver un personnage officiel de la résidence Toin, porteur d'une requête confidentielle de Son Altesse. C'était là chose sans précédent et Honda en fut abasourdi. En apercevant le petit homme en habit noir traverser à pas de loup le parquet recouvert de linoléum marron sans faire de bruit, Honda ressentit un dégoût indescriptible, et une fois qu'il l'eut conduit dans la salle de conférences, cette sensation ne fit que s'aiguiser.

Le petit homme avait l'air glacé quoique mal à l'aise en regardant autour de lui dans la petite salle, séparée du bureau par une paroi de verre dépoli. Il s'inquiétait qu'on pût l'entendre.

Il avait le visage pâle d'un poisson auquel on aurait fait porter des lunettes cerclées d'or. Cela disait l'habitude de vivre dans les eaux froides et sombres où jamais ne pénétrait la lumière du soleil, de ne respirer qu'en tremblant sous les algues enchevêtrées de la bureaucratie.

Honda, qui conservait un peu de la hauteur du magistrat, commença d'un ton brusque, négligeant les politesses :

« Pour ce qui est de garder le secret, nous en faisons notre affaire et je vous prie de vous tranquilliser à cet égard. Surtout s'agissant dans cette affaire qui vous amène d'une si auguste personnalité, j'exercerai la plus grande vigilance qu'on puisse imaginer. »

L'envoyé parlait à voix extrêmement basse, comme s'il avait eu une maladie pulmonaire, et Honda fut obligé de se pencher en avant au coin de sa chaise pour l'entendre.

« Non, non, il n'est pas question ici de rien de secret. Son Altesse a bien voulu s'intéresser un peu à cette affaire et vous prie seulement d'avoir la bonté de venir le voir à la résidence le 30 décembre. Et si, à cette occasion, vous êtes assez aimable pour lui dire franchement tout ce que vous aurez pu apprendre, il en serait fort satisfait. Toutefois... » Là, le petit homme se mit à bégayer par à-coups, comme pour étouffer un hoquet. « Toutefois, eu égard... c'est-à-dire, si Son Altesse allait apprendre ce que je vais devoir dire maintenant,

CHAPITRE 32

il en résulterait un grave problème, et je vous serais fort obligé en conséquence de vous abstenir d'en faire état devant lui.

– Je vous entends. Vous pouvez parler librement.

– Eh bien… du fait que cette opinion n'est pas seulement la mienne, tant s'en faut, je serais heureux que vous vouliez bien y prêter attention. Mais à supposer, pour ainsi dire, que vous vous trouviez attraper un rhume ce jour-là, étant ainsi empêché de venir, et que vous vouliez bien nous le faire savoir, cela ferait également parfaitement l'affaire. Puisque, comme il se devait, il vous a été fait part du désir de Son Altesse. »

Stupéfait, Honda considérait le visage dépourvu d'expression du messager envoyé par le prince Toin. Il avait pour mission de s'acquitter d'une invitation, mais il laissait entendre que Honda fît en sorte d'y échapper.

Recevoir pareille invitation du prince Toin, dix-neuf ans après que ce dernier eut été indirectement mêlé à la mort de Kiyoaki, constituait un étrange détour du sort, et Honda s'était senti mal à l'aise sitôt qu'il eut appris la requête de Son Altesse. Mais à présent, devant un message si bizarre, il prit la résolution d'aller offrir ses respectueux hommages à la résidence Toin.

« Très bien. En somme, si ce jour-là, je ne présente pas la moindre trace de rhume et si je respire la santé, je dois me présenter à Son Altesse. C'est bien cela ? »

Pour la première fois, le visage du messager refléta une légère expression. Une triste déconvenue erra brièvement à son bout de nez tout froid. Puis, comme si de rien n'était, sa voix poursuivit comme une brise soufflant par les bambous.

« Oui, bien sûr, bien sûr. Veuillez donc avoir la bonté d'arriver à la résidence Shiba à dix heures dans la matinée du 30 décembre. J'aurai prévenu le poste de garde à l'entrée principale et il vous suffira de donner votre nom. »

Bien que Honda eût été élève au collège des Pairs, il ne lui était jamais arrivé de se rendre au domicile d'un membre de la famille impériale, peut-être parce qu'aucun personnage d'un rang aussi élevé ne s'était trouvé dans sa classe. Et il n'en avait jamais recherché l'occasion.

Honda savait que le prince avait été mêlé à la mort de Kiyoaki, mais sans nul doute le prince ignorait-il que Honda eût été son ami. Du fait qu'en toute équité, le prince Toin avait été l'offensé dans cette affaire, le mieux était de n'en rien dire, à moins que Son Altesse ne vînt à l'évoquer. Mentionner le nom de Kiyoaki serait en soi injurieux. Honda s'en rendait compte, naturellement, et il savait quelle conduite observer.

Pourtant, compte tenu de l'attitude du messager de la veille, Honda avait l'intuition que le prince Toin, quelle qu'en fût la raison, paraissait considérer cette récente affaire d'un œil sympathique – sans pouvoir imaginer qu'Isao n'était autre que la réincarnation de Kiyoaki !

Quoi que pût en penser l'envoyé officiel, Honda prit la résolution de raconter tout ce qu'il savait, ainsi que le prince l'en avait prié, brossant de l'affaire une peinture véritable sans rien dire qui fût le moins du monde irrespectueux.

Aussi, quand il partit le jour convenu, Honda avait-il une grande tranquillité d'esprit. La pluie d'hiver qui avait débuté la veille tombait encore, et en coulant à travers le gravier de l'allée en pente qui menait à la résidence Toin, les rigoles mouillaient ses chaussures. Le messager en personne l'accueillit dans l'antichambre, mais, encore que chacun de ses propos et gestes fût empreint de politesse, la froideur de son attitude était des plus frappantes. Il n'était pas jusqu'à la peau blanche du petit homme qui ne parût sécréter le froid.

Le salon des audiences était une curieuse petite pièce. Deux de ses parois formaient un angle obtus contenant une porte et une fenêtre qui donnaient sur un balcon délavé par la pluie. Un troisième mur comprenait une alcôve du genre *tokonoma*, et l'encens qui s'y consumait emplissait la pièce d'un parfum tenace qu'intensifiait la chaleur du poêle à gaz rougeoyant.

À la fin, le prince Toin apparut, silhouette imposante de commandant de régiment en complet marron foncé, l'air guilleret à dessein, pour mettre le visiteur à son aise.

« Eh bien, voilà que je vous oblige à sortir en pleine matinée. C'est fort aimable à vous d'être venu ! » dit le prince, d'un ton bien trop haut en l'occurrence.

Honda tendit sa carte en s'inclinant très bas.

« Veuillez vous mettre à l'aise. La raison pour laquelle je vous ai demandé de venir tient à cette affaire dont vous vous occupez. Il paraît que vous êtes allé jusqu'à démissionner de la magistrature afin d'assumer la défense de ces jeunes gens.

– C'est exact, Votre Altesse. L'un d'eux est le fils unique de quelqu'un que je connais.

– Iinuma, je suppose ? » demanda le prince, allant droit au but, en soldat.

La fenêtre s'embuait de gouttes d'humidité dues à la chaleur. La pluie d'hiver semblait tomber en bruine sur les arbres du parc balayés

CHAPITRE 32

par le vent, sur les pins et les palmiers à chanvre proches de la fenêtre, dont chacun était entouré de paillassons pour le protéger du gel. Un maître d'hôtel ganté de blanc servit du thé à l'anglaise. Il versa dans les tasses de porcelaine blanche le jet d'ambre gracieux qui sortait du bec élancé d'une théière d'argent. Honda retira vivement ses doigts sous la chaleur que transmit brusquement sa cuiller en argent. Tout à coup, la température par trop vive lui rappela les clauses pénales du code impérial qui semblaient vibrer, là, dans l'argent.

« À dire vrai, quelqu'un a amené un jour Isao Iinuma chez moi, déclara le prince calmement. À l'époque, il a fait sur moi une forte impression. Il s'exprimait avec beaucoup de passion; il paraissait absolument sincère. Et il a sur les épaules une tête pleine d'intelligence. Un esprit supérieur. J'ai eu beau lui poser nombre de questions embarrassantes, il répondait comme il fallait à chaque fois. Un garçon qui n'est pas sans danger, mais sûrement pas une mauviette. Qu'un jeune homme possédant ces mérites fasse un faux pas, il y a là de quoi le regretter. Aussi, quand j'ai su que vous renonciez à votre carrière pour devenir son avocat, j'ai été enchanté et j'ai souhaité vous rencontrer.

– Votre Altesse, ce garçon est totalement dévoué à l'Empereur. À l'occasion de sa venue ici, est-ce qu'il s'est exprimé en pareils termes à Votre Altesse ?

– Oui. Il disait qu'être sincère, c'était offrir à l'Empereur des boules de riz fumantes façonnées de ses propres mains. Et cela fait, sans égard au résultat, la fidélité exigeait que l'on s'ouvrît le ventre. Il me donna un livre intitulé *La Société du Vent Divin*... Mais, il ne va certainement pas se tuer, n'est-ce pas ?

– Tant la police que l'autorité pénitentiaire ont conscience de cette éventualité, il semble donc qu'il n'y ait pas lieu de se faire du souci. Mais, Votre Altesse..., dit Honda, s'enhardissant peu à peu et tournant l'entretien dans la direction de son choix... Votre Altesse, jusqu'à quel point approuvez-vous la conduite de ces garçons ? Jusqu'où seriez-vous prêt à les soutenir, non seulement pour les actes que l'on connaît déjà, mais pour l'ensemble du complot ? Ou bien, serait-ce que vous daigneriez approuver tout ce que pourrait entraîner leur ardente sincérité ?

– Ce n'est pas là une question commode », dit le prince. Son visage reflétait une expression déconcertée tandis que sa tasse s'arrêtait devant sa moustache, laissant échapper un ruban de vapeur ondoyant. À cet instant, Honda ressentit une envie inexplicable de mettre le prince au courant des circonstances du trépas douloureux de Kiyoaki.

L'amour-propre du prince avait dû recevoir une profonde blessure lors de l'incident où Kiyoaki se trouvait impliqué, mais Honda ne savait au juste si c'était ou non la passion qui avait été cause de sa vulnérabilité. À supposer, pourtant, que bien des années auparavant, l'être tout entier du prince se fût bel et bien imprégné de la splendeur irradiée par ce fantôme radieux qui attire tous les hommes – de toutes classes, riches et gueux – vers la mort, vers l'enfer, s'il devait sa blessure à cette passion, toute ignorance, toute noblesse, qui aveugle les hommes de sa lumière éclatante... Et, quant à Satoko, si c'était elle-même et personne d'autre qui avait réduit en cendres la passion du prince... Si cela pouvait se savoir sur l'heure... on ne pourrait offrir à Kiyoaki de plus consolant requiem. Rien, songeait Honda, ne pourrait davantage apaiser l'âme de Kiyoaki. Amour et fidélité jaillissaient d'une même source. Si le prince Toin pouvait en fournir un clair témoignage, alors, Honda trouverait en lui-même le dévouement loyal propre à tout risquer pour le protéger. Ainsi, bien qu'il fût défendu de prononcer le nom de Kiyoaki, l'affaire en cours fut utilisée par Honda comme figurant cet ouragan de passion qui avait causé la mort de Kiyoaki ; il eut à présent le courage de sonder le prince en parlant d'une chose qu'il avait dissimulée jusque-là, de crainte de se montrer irrespectueux. Peut-être cela serait-il au détriment d'Isao lors du procès et peut-être, comme avocat, ferait-il mieux de n'en rien dire. Mais il ne put faire taire l'idée que les voix conjuguées d'Isao et de Kiyoaki s'élevaient en lui pour le réclamer.

« À la vérité, Votre Altesse, suivant ce qu'a fait ressortir l'enquête, et bien que ceci soit encore entouré du plus grand secret, il apparaît que le groupe d'Iinuma avait davantage en tête que l'assassinat de certains personnages du monde de la finance.

– A-t-on trouvé quelque chose de neuf ?

– Naturellement, leur complot a été tué dans l'œuf, mais, comme on pouvait s'y attendre de la part de ces jeunes gens, ils étaient mus par le désir sincère de voir le pouvoir de gouverner entre les mains bienveillantes de Sa Majesté.

– Cela peut se comprendre.

– Leur objectif numéro un était, je crois, la formation d'un cabinet présidé par un membre de la famille impériale. Cela m'est très difficile à dire, mais la police a découvert des tracts clandestins imprimés par eux où le nom de Votre Altesse figure au premier rang.

– Mon nom ? s'exclama le prince dont l'expression changea brusquement.

CHAPITRE 32

– Les tracts avaient été reproduits dans l'intention de les distribuer sans retard après les assassinats, afin de faire accroire au public, à tort, que l'Empereur avait donné à Votre Altesse toute autorité pour agir. Dès que le parquet en a eu connaissance, son attitude s'est considérablement durcie, rendant ma tâche d'autant plus difficile. Tout dépend de la façon dont ils traiteront cela, mais il pourrait en résulter des accusations extrêmement graves.
– Mais c'est une insulte envers l'Empereur! C'est absurde. C'est une chose scandaleuse.»

Bien que la voix du prince se fît plus forte, on pouvait y déceler comme une crainte. Honda, toujours soucieux de sonder son état d'esprit, posa tranquillement une autre question. Il regarda fixement les yeux en amande du prince.

«Il n'est guère poli de ma part de demander ceci, Votre Altesse, mais se pourrait-il qu'il y ait eu aussi de tels sentiments chez les militaires?
– Pas du tout. Les militaires n'y ont été pour rien. C'est une absurdité d'essayer d'y mêler les militaires. Toute l'histoire est sortie des cervelles échauffées de collégiens.»

Honda se rendit compte que le prince Toin, irrité, fermait la porte au nez de son visiteur pour protéger l'armée. L'espoir que Honda caressait le plus se brisait.

«Imaginerait-on qu'un garçon si intelligent puisse aller inventer de pareilles sottises! dit le prince comme en marmonnant en lui-même. Je suis profondément déçu. Exploiter mon nom de cette façon-là après une seule rencontre, le nom d'un prince de la famille impériale! Il a perdu tout sentiment de ses devoirs – ou du moins, il ne sait pas où s'arrêter. Il ne comprend pas qu'il ne peut y avoir de plus grande déloyauté que de faire insulte à l'Empereur. Est-ce là sa conception du loyalisme? de la sincérité? C'est désolant que les jeunes gens soient comme cela!»

Il n'était plus trace de la magnanimité du chef militaire. Son cœur s'était soudainement refroidi. En l'écoutant, Honda avait aisément perçu la mutation subite du zèle de Son Altesse. Le feu qui brûlait dans la poitrine princière s'était éteint jusqu'à la braise.

Le prince songeait comme il avait été bien inspiré de vouloir rencontrer cet avocat. À présent, lorsqu'il irait rendre hommage à Sa Majesté pour le Nouvel An, il ne serait aucunement question de tout ceci, et ainsi, il éviterait toute mortification ultérieure. Mais des inquiétudes fourmillaient dans son esprit. Il ne paraissait guère possible qu'un tel délit ait pu être projeté par des collégiens.

Comme il était curieux qu'il n'eût plus la moindre nouvelle du lieutenant Hori depuis cette histoire! Le prince avait regretté d'apprendre sa mutation en Mandchourie, mais en y réfléchissant maintenant, il commença à se demander si le lieutenant ne s'était pas porté volontaire, fuyant avant que n'éclate l'affaire. Si tel était le cas, le prince avait été utilisé, il avait été trahi par cet officier en qui il avait mis une telle confiance.

Du fait que son dégoût s'enracinait dans la crainte, il ne cessa de croître. Depuis fort longtemps, l'attitude du prince Toin envers les gens du ministère de la Maison de l'Empereur et envers le petit groupe de ceux qui constituaient la classe supérieure avait été de méfiance et de révulsion. Et voilà qu'une odeur de trahison s'élevait du seul endroit où il s'était senti l'esprit en repos. Cette odeur ne lui était que trop familière. Il lui suffisait de réfléchir pour se ressouvenir de la façon dont, depuis son enfance, elle avait été présente partout à ses côtés. L'odeur d'un terrier de renards. Il avait beau tenter de la chasser, cette odeur imprégnait le cadre imposant où il vivait, sinistre, insultant les narines, puanteur excrémentielle de trahison.

Honda regarda à travers la fenêtre la pluie qui tombait. Les vitres se voilaient de plus en plus. Le coloris des paillassons neufs qui formaient un entourage protecteur autour des palmiers à chanvre, au premier plan, brillait d'un ton mat dans ce paysage détrempé par la pluie, donnant l'impression de soldats en uniforme kaki se pressant autour de la fenêtre. Il savait qu'il était sur le point de jouer un jeu dangereux, comme il ne lui en serait jamais venu à l'esprit pendant ses années passées dans la magistrature. Bien entendu, il n'était pas arrivé à la résidence du prince en ayant déjà en tête pareille stratégie. Mais ayant sous les yeux les cendres pitoyables de la passion de Son Altesse, un espoir téméraire avait brusquement surgi en lui. Cette orientation allait être complètement différente, il ne s'agirait plus de l'intérêt du prince à sauver Isao. La tactique dont Honda disposait encore, bien plus efficace, devait avoir pour effet de faire doucement dévier les efforts du prince Toin en vue de sauver Isao, sans qu'il eût la moindre intention de le faire.

En ce moment, seul Honda pouvait inspirer semblable résolution au prince et il n'y aurait plus d'occasion comme celle-ci. Si bien que, non sans un grand frémissement, il se sentit forcé de presser adroitement ce dernier.

La littérature incendiaire en question était entre les mains du parquet, encore ignorée du grand public.

CHAPITRE 32

S'efforçant de parler de son ton le plus calme, Honda dit : « À propos de ces opuscules où le nom de Votre Altesse se trouve mentionné, si l'on ne fait rien et s'il doit en résulter des conséquences déplaisantes pour Votre Altesse, je crains qu'il ne se crée un état de choses des plus regrettables.

– Des conséquences déplaisantes ? De quelque chose où je n'ai rien à voir ? »

Pour la première fois, le prince tourna vers Honda des yeux où on lisait clairement de l'irritation. Cependant, il n'éleva qu'un petit peu la voix, laissant apercevoir qu'il craignait de céder à l'emportement. Mais, pour Honda, son irritation était chose précieuse. Il sentait qu'il lui fallait en tirer le maximum.

« Veuillez me pardonner, Votre Altesse. Mais il m'apparaît que cette littérature comporte un danger, et malgré mon souci de servir Votre Altesse, il n'est pas en mon pouvoir de faire en sorte de la supprimer. À moins que vous n'agissiez sans délai, tôt ou tard cela se répandra, et bien que vous ne soyez d'aucune façon impliqué dans cette affaire, il y aura matière à imaginer que vous l'êtes.

– Voulez-vous dire qu'il est en mon pouvoir de la supprimer ?

– Oui, Votre Altesse. Vous en avez assurément le pouvoir.

– Comment ?

– Il suffit que Votre Altesse donne des instructions à cet effet au ministre de la Maison de l'Empereur, répondit Honda sans hésiter.

– Prétendez-vous que je doive ployer le genou devant le ministre de la Maison de l'Empereur ? » La voix du prince retrouvait finalement toute sa vigueur. Tapotant le bras du fauteuil, ses doigts tremblaient de colère. Ses yeux impressionnants, la pupille immobile, étaient grands ouverts. Il avait l'air aussi grave qu'en criant de sur son cheval des commandements à ses troupes.

« Non pas, Votre Altesse. Il suffit que vous en donniez l'ordre et le ministre fera le nécessaire le plus aimablement du monde. Lorsque j'étais magistrat et qu'un cas se présentait se rapportant de quelque façon à la famille impériale, je m'en occupais toujours avec une déférence extrême.

Le ministre de la Maison de l'Empereur en conférera avec le garde des Sceaux, ce dernier donnera des instructions à l'avocat général et il se peut que l'existence de ces tracts soit entièrement passée sous silence.

– Cela pourrait-il se faire si facilement ? » demanda le prince en poussant un faible soupir. Il voyait devant lui le visage du ministre de la Maison de l'Empereur, avec son petit sourire déplaisant.

« Mais oui, Votre Altesse. Compte tenu de l'autorité de Votre Altesse... » Honda employait un ton si sérieux et si décidé que le prince Toin parut en recevoir beaucoup d'encouragement.

Avec cela, pensa Honda, se trouvait éliminée une des ombres dangereuses et menaçantes qui enveloppaient le crime d'Isao. Mais, cela étant heureusement mené à bien, ce qu'on devait craindre à présent, c'était la revanche subtile du parquet.

33

Après avoir passé le Nouvel An en cellule dans les locaux de la police, Isao fut transféré fin janvier à la prison d'Ichigaya où il fut inculpé. À travers les brins de l'espèce de panier qui coiffait les détenus, il entrevit les résidus de la neige tombée pendant deux jours entassés dans des coins d'ombre par les rues. Les bannières publicitaires multicolores suspendues devant les éventaires se rehaussaient en cet après-midi des rayons d'un soleil d'hiver. Les cinq mètres du portail de fer de l'entrée sud de la prison tournèrent sur leurs gonds avec un grincement aigu pour laisser passer la voiture qui transportait Isao, avant de se refermer.

La prison d'Ichigaya avait été achevée en 1904 ; construite sur un bâti en bois, l'extérieur en était enduit de mortier gris, les murs intérieurs étant presque tous de plâtre blanc. Après être entrés par le portail sud, les détenus en prévention sortaient du véhicule pour emprunter un passage couvert qui les conduisait à une salle d'inspection qu'on appelait la « Centrale ».

C'était une pièce nue qui mesurait plus de dix-huit mètres carrés. Sur l'un des murs s'alignaient d'étroits compartiments de bois, pareils à des cabines téléphoniques. C'est là que les prisonniers attendaient leur tour. De l'autre côté, il y avait des toilettes à porte vitrée. Le gardien de service s'asseyait sur une haute estrade entourée d'une clôture de bois, et, juste de l'autre côté, il y avait un endroit pour se changer dont le plancher n'était recouvert que d'un mince paillasson.

Il faisait un froid vif. Isao fut conduit au vestiaire avec les autres et là, on le fit se dévêtir, nu comme un ver. Il dut ouvrir la bouche pour qu'on examine jusqu'aux grosses dents. Des gardiens inspectèrent

CHAPITRE 33

avec soin les orifices de ses oreilles et de son nez. Il étendit les bras et l'on observa la partie antérieure de son corps. Puis il lui fallut se mettre à quatre pattes pour qu'on l'inspecte par-derrière. À être malmené de cette manière, votre propre corps semblait vous devenir étranger, seules vos pensées demeurant en sûreté. Cet état d'esprit constituait déjà un refuge contre l'humiliation. Dépouillé de ses vêtements, ayant la chair de poule sur tout le corps, Isao sentait que le froid cinglant ne l'épargnait nulle part, quand un fantôme brillant rouge et bleu lui apparut. Qu'était-ce donc ? C'est qu'il se remémorait l'expert en tatouages, un habitué des tripots, avec qui il s'était trouvé codétenu en cellule. Cet homme avait admiré l'épiderme d'Isao et, à maintes reprises, l'avait imploré de se laisser tatouer, gratis, une fois qu'ils seraient sortis de prison. Il dit à Isao qu'il voulait couvrir la peau si fraîche de son dos de lions et de pivoines. Pourquoi des lions et des pivoines ? Peut-être parce que cette sorte de motif rouge et bleu, tel le reflet de nuages incandescents, le soir, sur les eaux sombres d'un marais au fond d'un vallon, était comme le jaillissement de couleur d'un coucher de soleil surgissant d'un abîme d'humiliation. À coup sûr l'artiste en tatouages avait vu le soleil couchant se refléter au creux d'une vallée. Et seuls, des lions et des pivoines pouvaient en rendre tout l'éclat...

Pourtant, sentant la main d'un gardien toucher les grains de beauté de sa hanche et les presser quelques instants, il comprit une fois de plus que jamais l'humiliation ne pourrait l'amener à se suicider. Durant ses nuits d'insomnie dans sa cellule, il avait caressé le projet de mettre fin à ses jours. Mais l'idée du suicide demeurait pour Isao ce qu'elle n'avait cessé d'être, une chose extraordinairement brillante et somptueuse.

Les détenus en instance de comparution pouvaient conserver leurs propres vêtements, mais devant remettre les habits qu'il portait pour qu'on les passe à l'étuve, Isao fut obligé de revêtir pendant une journée la tenue bleue des prisonniers. Il lui fallut également rassembler ses affaires personnelles et les remettre à un gardien, hormis ce dont il avait besoin pour l'usage quotidien. Puis, de la bouche du gardien de service perché sur son estrade, il reçut diverses instructions relatives aux cadeaux qu'on lui enverrait, aux visites, au courrier et ainsi de suite. Déjà, il faisait nuit.

Sauf les fois où on le conduisait au tribunal de district pour l'instruction du procès, menottes aux mains et une corde autour de la taille, Isao passait ses journées tout seul dans une cellule du bloc 13 de la prison d'Ichigaya. À sept heures du matin, un sifflet à vapeur retentissait, signal du réveil. Le sifflet était situé au-dessus de la cuisine, l'énergie provenant des chaudières. Bien que le bruit fût perçant, il semblait rempli de la buée joyeuse, chaleureuse de la vie. À sept heures et demie du soir, le même sifflet donnait le signal du coucher. Un soir, Isao entendit crier tandis que le sifflet retentissait, puis aussitôt après, on proféra des injures. Cela se répéta le lendemain soir. Le deuxième soir, il comprit que ces cris, sous couvert du sifflet, venaient d'un détenu qui hurlait : Vive la révolution ! de concert avec un camarade dont la cellule avait sa fenêtre dans le mur qui lui faisait face. Les insultes étaient celles que criait un gardien qui les avait surpris. Il n'entendit plus jamais la voix du prisonnier, peut-être parce qu'on l'avait mis au cachot. Isao se rendit compte que les êtres humains peuvent s'abaisser à communiquer leurs sentiments comme des chiens aboyant au loin par une nuit froide. Il lui semblait entendre jusqu'au remue-ménage de chiens enchaînés dont les griffes grattaient le sol bétonné.

Naturellement, Isao regrettait aussi ses camarades. Mais, même dans la cellule commune où on le mettait dans l'attente des séances d'instruction après y avoir été amené en car, il ne put rien apprendre à leur sujet, ni à plus forte raison, apercevoir leurs visages.

L'allongement graduel des jours signalait seul l'approche du printemps. La natte de paille qui recouvrait le plancher de sa cellule paraissait encore tressée de verglas. Et ses genoux étaient raides de froid.

Isao avait grande envie de voir ceux de ses camarades qu'on avait arrêtés avec lui; quant aux autres qui s'étaient éclipsés ainsi, sans effort, juste avant le moment où ils allaient frapper, en pensant à eux, il ressentait comme quelque chose de mystique plutôt que de la colère. Leur soudaine déception avait apporté une sensation de tranquillité, la légèreté d'un arbre qu'on vient d'émonder. Mais qu'y avait-il donc au cœur de ce mystère ? Qu'est-ce qui avait suscité ce revers ? Plus il songeait à ces questions et plus il évitait le mot « trahison ».

Avant d'avoir été jeté en prison, Isao n'était pas de ceux qui reviennent sur le passé. Si jamais il y pensait, son esprit se tournait instantanément vers la Société du Vent Divin et l'An VI de l'ère Meiji. Cependant, à cette heure, tout pressait Isao de réfléchir sur le passé le plus récent. La cause immédiate d'un écroulement si prompt de lui-même et de ses affidés était naturellement le lieutenant Hori, mais, dès l'origine, ses camarades avaient prononcé leur serment sans attendre de s'assurer que l'entreprise était viable. Quelque chose avait cédé tout à coup, une avalanche au-dedans du cœur, quelque chose

CHAPITRE 33

qu'on ne pouvait endiguer. Isao lui-même n'avait pas méconnu cette avalanche intime. À l'époque, cependant, pas un seul des membres du groupe qui avaient prononcé le serment et étaient demeurés fidèles n'aurait été en mesure, Isao en était persuadé, de prévoir leur situation actuelle. Ce qu'ils avaient alors envisagé, c'était de mourir. Ils s'étaient complètement voués au combat et à la mort. Au point que leur avait fait défaut la prudence nécessaire pour atteindre leurs buts. Ils n'avaient eu aucune hésitation en pensant que leur audace ne pouvait leur valoir autre chose que le trépas. Comment en étaient-ils arrivés à cette fin humiliante, exaspérante ? Isao se faisait de la pureté une conception semblable à un noble oiseau destiné à périr parce qu'il vole si haut que le soleil va consumer ses ailes. Jamais il n'avait songé qu'une main quelconque pût capturer l'oiseau vivant. Quant à Sawa, qui ne se trouvait pas avec eux au moment de leur capture, Isao n'avait aucune idée de sa situation actuelle, mais, bien qu'il ne voulût pas penser à lui, son visage surgissait désagréablement du plus profond des élans passionnés qui alourdissaient sa poitrine.

L'article 14 de la loi sur le maintien de l'ordre l'énonçait sans ambages : « Toutes sociétés secrètes sont interdites. » Les organisations loyalistes telles que celle d'Isao et de ses compagnons, liés fermement par la fraternité du sang, prêts à répandre leur sang généreux afin de pouvoir s'élever aux cieux, étaient proscrites en vertu de leur nature même. Mais pour ce qui était des organismes politiques qui se donnaient pour tâche d'enrichir encore les bedaines du grand capital, par exemple les grosses sociétés tournées vers le profit, rien ne s'opposait à ce qu'on en formât, quel qu'en fût le nombre. Il était dans la nature de l'autorité de craindre la pureté plus que n'importe quelle corruption. Tout comme les sauvages appréhendent un traitement médical davantage que la maladie.

Isao en vint finalement à se poser les questions qu'il avait évitées jusqu'à présent : « Est-ce qu'en elle-même une fraternité de sang invite à la trahison ? » C'était là une pensée des plus affreuses.

Si des cœurs d'hommes se rapprochaient au-delà d'un certain degré, s'ils s'attachaient à n'être qu'un seul cœur, est-ce qu'après le passage de cette brève fantaisie, une réaction ne se déclenchait pas, réaction qui était plus qu'une simple désaffection ? Cela ne provoquait-il pas inévitablement une trahison conduisant à une dissolution complète ?

Peut-être y avait-il quelque loi non écrite de la nature humaine qui proscrivait clairement des pactes entre les hommes. Avait-il impudemment violé semblable interdit ? Dans les relations humaines ordinaires, le bien et le mal, la confiance et la défiance apparaissent sous une forme impure, mêlées en faibles proportions. Mais quand des hommes se rassemblent en un groupe voué à une pureté qui n'est pas de ce monde, le mal qui est en eux peut demeurer, épuré en chacun des associés, mais se confondant pour former un unique et pur cristal. Si bien que parmi un assemblage de joyaux d'un blanc pur, il était peut-être inévitable qu'on trouvât également une pierre noire comme la poix.

Si l'on poussait un peu plus ce concept, on se heurtait à une ligne de pensée extrêmement pessimiste : que, du fait de leur nature, la substance du mal se trouvait davantage dans les fraternités du sang que dans la trahison. La trahison était chose qui dérivait de ce mal, tandis que le mal s'enracinait dans la fraternité du sang elle-même. Autrement dit, le mal le plus pur auquel pouvait atteindre l'effort des hommes était sans doute l'œuvre de ceux d'entre les hommes qui unissaient leurs volontés, et qui considéraient le monde du même œil, de ceux qui allaient contre le grain de la diversité de la vie, de ceux dont l'esprit renversait la muraille naturelle du corps individuel, réduisant à rien cette barrière érigée pour se protéger de la corrosion mutuelle, de ceux d'entre les hommes dont l'esprit accomplissait ce que la chair ne pouvait accomplir. *Collaboration* et *coopération* étaient des mots faibles liés à l'anthropologie. Tandis que *fraternité du sang*... cela voulait dire que l'on unissait passionnément son esprit à l'esprit d'un autre. En soi, cette union faisait preuve d'un éclatant mépris pour la frivole et laborieuse démarche humaine où l'ontogenèse récapitule éternellement la phylogenèse, où l'homme ne tente sans cesse d'approcher d'un peu plus près la vérité que pour en être frustré par la mort, démarche qui, à jamais, doit recommencer dans le sommeil du liquide amniotique. En trahissant cette condition humaine, la fraternité du sang tâchait de gagner sa pureté ; aussi, peut-être fallait-il simplement s'attendre qu'à son tour, et par sa nature même, elle suscite sa propre trahison. Pareils hommes n'ont jamais eu de respect pour l'humanité.

Bien entendu, Isao ne poursuivit pas aussi loin cette idée. Mais il avait à l'évidence atteint le point où il lui fallait opérer une sorte de percée grâce à la pensée. Il s'en voulait du fait que son intellect ne possédait pas de canines acérées et impitoyables.

Sept heures et demie, c'était trop tôt pour se coucher, et sa veille était aggravée par la lampe de vingt bougies qui restait allumée toute la nuit, par le frôlement léger des poux qui commençaient à remuer, par la puanteur d'urine du pot de bois ovale dans un coin, par le froid qui lui empourprait le visage. Bientôt, pourtant, le sifflet

CHAPITRE 33

des trains de marchandises passant en gare d'Ichigaya apprit à Isao qu'il faisait nuit close.

« Pourquoi, pourquoi ? pensa-t-il, en grinçant des dents, pourquoi n'a-t-on pas le droit de faire ce qui est la beauté même, quand on permet librement toutes sortes d'actions empreintes de laideur et de bassesse, pour le seul appât du gain ?

En un temps où on ne peut douter que la moralité la plus haute ne se dissimule nulle part ailleurs que dans la volonté de tuer, la loi qui punit cette volonté s'exerce au nom sacré de Sa Majesté, soleil immaculé. Si bien que l'on voit la plus haute moralité punie par la personnification même de la plus haute moralité. Qui a pu fabriquer cette contradiction ? Se peut-il que Sa Majesté ait de quelque façon connaissance d'un agencement aussi épouvantable ? N'est-ce pas là un système blasphématoire partiellement mis en œuvre, au prix de beaucoup d'efforts, par une habile déloyauté ?

Je ne comprends pas. Je n'y puis rien comprendre. Alors que, après nos assassinats, pas un d'entre nous n'aurait failli à son serment de se tuer aussitôt. De sorte que si nous avions pu agir selon nos intentions, pas une branche, pas une feuille du fourré enchevêtré de la loi n'aurait frôlé seulement le bout de notre manche ou l'ourlet de nos kimonos. Nous aurions merveilleusement glissé à travers le fourré pour nous lancer à l'assaut de l'éclatant azur du firmament. C'est ce qui s'est passé pour la Société du Vent Divin. Il est vrai, je le sais, que la broussaille emmêlée de la loi ne poussait pas si dru en l'An VI de Meiji. Inlassablement, la loi accumule les tentatives pour enrayer le désir des hommes de changer la vie en un instant de poésie. Certes, il ne faudrait pas laisser n'importe qui donner sa vie en échange d'une ligne de poésie écrite dans une tache de sang. Mais la masse des hommes, dénués de valeur, passent leur vie entière sans jamais ressentir le moindre soupçon d'un pareil désir. La loi, par conséquent, ne vise par nature qu'une toute petite minorité. La pureté extraordinaire d'une poignée d'hommes, le dévouement passionné qui ne veut rien savoir des règles du monde... la loi est un système qui essaie de les dégrader vers le « mal », au niveau du vol et des crimes qu'engendre la passion. C'est là le piège habile où je suis tombé. Et sans autre cause que la trahison de quelqu'un ! »

Le coup de sifflet d'un train de marchandises traversant la gare d'Ichigaya vint transpercer ses pensées. Il songea à un homme en proie à une passion si intense qu'il ressemblait à quelqu'un qui se roulerait sur le plancher pour éteindre son kimono en flammes. Les cris déchirants de l'homme en train de se démener dans les ténèbres s'enveloppaient du tourbillon de leurs escarbilles incandescentes, portées au rouge par leur embrasement.

Pourtant, le sifflet du train différait du sifflet de la prison avec sa fausse chaleur de vie. Même tordue par l'angoisse, on sentait dans cette voix comme le pouls d'une liberté illimitée; elle offrait une facile ouverture vers l'avenir. Quelque autre partie du pays, un autre jour – fût-ce le spectre rouillé d'un matin blême et morose apparaissant soudain dans l'alignement des miroirs au-dessus de la voie d'un quai de gare –, cela ne suffisait pas à dissiper l'attrait puissant d'étrangeté de ce coup de sifflet.

Puis l'aube vint à la fenêtre de sa prison. Par l'ouverture de la cellule la plus à l'est, à droite des trois rangées du bloc 13, après une nuit sans sommeil, Isao regarda se lever le rouge soleil d'hiver.

L'horizon était une haute muraille, et le soleil s'accrochait à cette ligne comme un tendre et tiède gâteau de riz avant de monter doucement. Le Japon sur lequel brillait le soleil avait refusé l'aide d'Isao et de ses camarades; il gisait en proie à la maladie, à la pourriture, au désastre.

C'est par la suite qu'Isao, pour la première fois de sa vie, commença à faire des rêves.

Bien sûr, ce n'était pas absolument la première fois qu'il rêvait. Mais ses rêves antérieurs avaient été de ceux qu'un garçon bien portant oublie avec la venue du matin. Jamais un rêve n'avait, en s'attardant, influé sur lui, une fois éveillé. Maintenant, c'était différent. Non seulement toute la matinée, mais durant tout le jour, le rêve de la veille persistait, se reliant parfois au souvenir du rêve de la nuit précédente, ou se continuant dans celui de la nuit à venir. On eût dit que ses rêves étaient des vêtements aux vives couleurs mis dehors à sécher, puis oubliés sous la pluie et qui pendaient aux perches sans jamais sécher. Il continuait de pleuvoir. La maison était peut-être habitée par un fou. Et d'autres habits de soie imprimée venaient s'ajouter à la perche-séchoir, taches de couleur éclatantes qui tranchaient sur le ciel assombri.

Une nuit, il rêva d'un serpent.

Cela se passait sous les Tropiques, peut-être dans le parc de quelque vaste demeure, qu'entourait une jungle si dense qu'on ne voyait pas les murs qui la bordaient.

Il semblait se trouver au milieu de cette jungle-jardin, debout sur une terrasse de pierre grise qui s'effritait. On n'apercevait pas la maison à laquelle appartenait la terrasse. Il n'y avait rien d'autre que cette petite terrasse carrée qui définissait une aire de silence rocheuse

CHAPITRE 33

et grise, des représentations incurvées de cobras s'élevant des colonnes placées à chaque coin, comme quatre mains étendues qui repoussaient la lourde atmosphère tropicale. Carré de silence brûlant découpé au cœur de la jungle.

Il entendait le gémissement des moustiques. Il entendait le bourdonnement des mouches. Des papillons jaunes voletaient. Des cris d'oiseaux lui parvenaient, telles des gouttes d'eau bleue tombant sans cesse. Et, de temps en temps, arrivait encore un autre cri d'oiseau, un cri angoissé qui semblait déchirer au beau milieu l'écheveau compliqué de la verdure végétale. Des cigales crépitaient.

Cependant, plutôt que ces bruits divers, ce qui offensait le plus l'oreille, c'était un rugissement comme d'un orage soudain. Ce n'était pas cela, bien entendu. Un souffle de vent secouait la jungle de végétation qui liait l'un à l'autre le faîte des arbres, loin au-dessus de la terrasse ombragée, mais l'effet n'en était pas senti en dessous, le seul signe visible de son passage étant le mouvement des taches de soleil qui mouchetaient les têtes de cobra.

Les feuilles tout là-haut, sous l'emprise du vent, glissaient à travers les frondaisons, faisant un bruit de pluie qui tombait. Toutes, elles ne venaient pas d'être arrachées aux branches. Les ramures se pressaient l'une contre l'autre pour sous-tendre la masse quasi impénétrable des lianes qui capturaient les feuilles dans leur chute. Un nouveau coup de vent les faisait tomber une deuxième fois, se frayant un passage parmi les branches avec un bruit de forte pluie. Larges et desséchées, les feuilles faisaient écho au tintamarre. Celles qui tombaient sur la terrasse de pierre, envahie par une mousse blanche comme la lèpre, étaient toutes de belle taille.

La lumière tropicale ressemblait aux milliers de pointes de lances massées de troupes à l'alignement. De toutes parts autour d'Isao tombaient des reflets qui répondaient aux taches de soleil filtrant au-dessus, à travers les branches. À regarder en face cette lumière on se fût aveuglé, à la toucher on se fût brûlé les doigts. Par-delà la jungle des sommets, elle assiégeait toutes choses. Isao sentait sa présence pénétrer en foule jusque sur la terrasse.

À ce moment, Isao remarqua qu'un petit serpent vert passait la tête par la palissade. Ce qui avait paru y être une liane étirée soudain s'allongea. Le serpent était fort épais, personnage de cire aux nuances d'un vert clair et foncé. Son corps lustré, l'air artificiel, n'était pas une liane, chose qu'Isao découvrit trop tard. Ses crochets avaient déjà repéré leur but lorsqu'il se rendit compte qu'il s'était lové pour le frapper à la cheville.

Le froid glacé de la mort lui parvint dans l'air tropical. Isao frissonna. Il fut tout à coup retranché de la chaleur torride. Le venin avait expulsé toute tiédeur de son corps. Chacun de ses pores s'éveillait craintivement au froid de la mort. Il ne respirait plus qu'avec difficulté et chaque respiration devenait moins profonde. Bientôt le monde n'eut plus d'haleine à verser dans sa bouche. Mais, en lui, le mouvement de la vie continua de palpiter avidement. Contre sa volonté, sa peau se rida telle la surface d'un étang sous l'averse : « Je ne devais pas mourir comme ceci. Je devais mourir en m'ouvrant le ventre. Je ne me serais jamais attendu à mourir ainsi d'une mort misérable, passive, par un hasard naturel, par l'effet d'une petite méchanceté. » Au moment même où cette pensée lui venait, il parut à Isao qu'il sentait son corps se geler en bloc aussi compact que poisson congelé qu'un coup de marteau n'aurait pu briser. Quand il ouvrit les yeux, il vit qu'il avait rejeté du pied sa couverture et se trouvait couché dans sa cellule, dans l'aube vacillante d'un petit matin de printemps exceptionnellement froid.

Une autre nuit, il eut le rêve suivant.

C'était un rêve si étrange et si déplaisant que, par la suite, il tenta à maintes reprises de le chasser de son esprit. C'était un rêve où Isao était transformé en femme.

Il n'était pas du tout sûr, cependant, du genre de femme en qui son corps avait été changé. Peut-être parce qu'il paraissait aveugle, il ne pouvait que tâtonner de ses mains pour tâcher de le découvrir. Il lui semblait que le monde avait été tourné sens dessus dessous et qu'il était mollement assis sur une chaise auprès d'une fenêtre, le corps couvert d'une légère sueur, venant peut-être de se réveiller d'une sieste l'après-midi.

Il se pouvait que son rêve antérieur du serpent vînt empiéter sur celui-ci. Ce qu'il entendait, c'étaient des cris d'oiseaux de la jungle, des bourdonnements de mouches, des feuilles qui tombaient avec un crépitement de pluie. Et il y avait aussi comme une odeur de bois de santal – il la reconnut parce qu'une fois, il avait soulevé le couvercle d'une boîte en santal à laquelle son père tenait beaucoup et en avait reniflé l'intérieur – senteur solitaire, mélancolique, douce senteur corporelle de vieux bois. Soudain il pensa à quelque chose qui y ressemblait : l'odeur des braises noircies entrevues sur le sentier qui traversait les champs de riz de Yanagawa.

Isao sentit que sa chair avait perdu toute forme précise, qu'elle était devenue une chair molle et flexible. Il était plein d'une vapeur de chair douce et langoureuse. Toutes choses devenaient vagues. Où

CHAPITRE 33

qu'il cherchât, il ne pouvait trouver ordre ou structure. Nul pilier de soutien. Les brillants éclats de lumière qui naguère étincelaient alentour, sans cesse l'attirant, avaient disparu. Bonheur et inquiétude, joie et chagrin, tout semblablement glissait sur sa peau comme du savon. Ensorcelé, il était plongé dans la tiédeur d'un bain de chair.

Non que ce bain l'empoisonnât. Il pouvait en sortir à son gré, mais le plaisir languide l'empêchait de le délaisser, si bien que d'y demeurer à jamais, sans vouloir en partir, constituait désormais sa «liberté». Ainsi, il n'était en rien délimité, rien n'exerçait sur lui de contrainte rigoureuse. Ce qui, naguère, telle une corde de platine, l'avait enserré de ses tours, s'était dénoué.

Tout ce en quoi il avait cru si fermement perdait toute signification. La justice paraissait une mouche étouffant dans la boîte de poudre où elle était tombée; des croyances pour lesquelles il avait été prêt à sacrifier sa vie fondaient, bassinées de parfum. Toute gloire se dissolvait dans la douceur tiède de la boue.

La neige étincelante avait fondu, complètement. Il sentait en lui la tiédeur incertaine d'une boue printanière. Lentement, quelque chose prit forme dans cette boue de printemps, des entrailles maternelles. Isao eut un frisson à l'idée qu'il allait bientôt mettre au monde. Sa vigueur l'avait toujours, avec une terrible impatience, poussé à l'action, toujours elle avait fait écho à une voix lointaine qui évoquait l'image d'une immense solitude. À présent, cette vigueur l'avait abandonné. La voix était muette. Le monde extérieur, sans plus lui lancer d'appel, maintenant se rapprochait plutôt de lui, jusqu'à le toucher. Et il se sentait trop engourdi pour se lever et partir.

Un instrument d'acier parfaitement aiguisé était mort. À sa place, une odeur d'algue en décomposition, une odeur tout entière organique, semblait, il ne savait comment, imprégner tout son corps. La justice, l'enthousiasme, le patriotisme, des aspirations auxquelles confier sa vie, tout cela s'était évanoui. Les remplaçait une intimité indescriptible avec les objets qui l'entouraient: vêtements, ustensiles, pelotes à épingles, produits de beauté – intimité où il semblait flotter et se confondre avec tout le détail minutieux des choses aimables et belles. Intimité faite de sourires et de clins d'œil au point d'en être obscène, étrangère à l'expérience passée d'Isao. La seule intimité qu'il eût connue avait été celle du sabre.

Les choses collaient à lui comme de la pâte, perdant, en même temps, toute leur signification transcendantale.

Tâcher d'atteindre un but ne présentait plus de problème. Tout arrivait ici venant d'ailleurs. Ainsi, il n'était plus d'horizon, plus d'îles. Et sans l'évidence d'une vue perspective, les traversées étaient hors de question. Il n'y avait plus que l'océan sans fin.

Isao n'avait jamais senti qu'il pût vouloir être une femme. Il n'avait jamais rien désiré d'autre que d'être un homme, de vivre en homme, de mourir en homme. Être un homme de cette façon, c'était être appelé à fournir constamment la preuve de sa virilité : être davantage un homme aujourd'hui qu'hier, davantage un homme demain qu'aujourd'hui. Être un homme, c'était ne point cesser de s'élever par la force vers le sommet de la condition d'homme, pour y mourir dans la blancheur neigeuse de ce sommet.

Tandis qu'être une femme... Cela semblait signifier être une femme au début, puis être une femme à jamais.

Une fumée d'encens parvint jusqu'à lui. On entendit l'écho de gongs et de sifflets – apparemment un cortège funèbre qui passait non loin de la fenêtre. Il perçut le bruit étouffé de gens qui sanglotaient.

Mais aucun nuage ne voilait la satisfaction de la femme assoupie par un après-midi d'été. De fines perles de sueur recouvraient sa peau. Ses sens avaient emmagasiné une grande abondance de souvenirs divers. Son ventre, s'enflant légèrement en respirant dans son sommeil, se gonflait telle une voile dans la merveilleuse plénitude de sa chair. Le nombril délicat qui résistait à la voile en tirant de l'intérieur, couleur des bourgeons de fleurs de cerisier sauvage, reposait paisiblement, frais et rosé, sous une flaque de sueur minuscule. La gracieuse fermeté des seins, à l'air si majestueux, semblait exprimer d'autant mieux la mélancolie de la chair. La peau, finement tendue, semblait rayonner comme par une lanterne allumée au-dedans. Le grain lisse de l'épiderme atteignait jusqu'à l'extrémité des seins d'où émergeait, telle la vague déferlant sur l'atoll, le tissu en relief des aréoles. Celles-ci étaient couleur d'orchidée, pleines d'agressivité calme et pénétrante, teinte empoisonnée qui veut attirer la bouche. Sur ce pourpre foncé, le mamelon se dressait tout fringant, tel un écureuil effronté levant la tête. L'effet en était d'une gaieté espiègle.

En voyant distinctement la silhouette de la femme endormie, malgré le flou du visage enseveli dans le sommeil, Isao pensa que ce ne pouvait être que Makiko. Alors, lui parvint une forte bouffée du parfum que Makiko avait eu sur elle en se séparant. Isao laissa échapper sa semence et il se réveilla.

Demeurait un chagrin indescriptible. Bien que la sensation d'avoir été transformé en femme eût persisté dans son rêve, il ne pouvait se rappeler l'endroit où le cours de ce dernier avait dévié, de sorte qu'il lui avait semblé contempler le corps d'une femme qu'il prit pour

CHAPITRE 33

Makiko. C'était de cette confusion que sa gêne tirait son origine. En outre, bien que ce fût une femme, en apparence Makiko, qu'il eût profanée, lui, le profanateur, aussi étrange qu'il parût, ne pouvait se défaire du vif sentiment qui lui était venu auparavant, que le monde entier était sens dessus dessous.

L'émotion affreusement sombre qui l'avait enveloppé de sa tristesse – jamais auparavant il n'avait ressenti d'émotion aussi incompréhensible – persista sans arrêt même après qu'il eut ouvert les yeux, restant suspendue en l'air sous la lumière indécise que projetait la faible lampe du plafond telle une fleur jaunâtre compressée.

Isao ne perçut pas le bruit des sandales à semelles de chanvre du gardien qui s'approchait dans le couloir et, surpris, il n'eut pas le temps de fermer les yeux avant qu'ils ne rencontrent ceux du surveillant qui jetait un coup d'œil par le judas.

« Allez, dormez », dit le gardien d'une voix rauque avant de s'éloigner.

Le printemps approchait.

Sa mère venait souvent lui apporter des colis, mais on ne lui permettait jamais de le voir. Elle lui dit dans une lettre que Honda allait le défendre lors du procès, et Isao écrivit une longue réponse. Pareille chance était davantage qu'il n'avait espéré, disait-il, mais il ne pouvait l'accepter à moins que Honda ne consentît à le défendre en même temps que ses camarades, en groupe. Ceci demeura sans réponse. On ne lui donna pas non plus l'occasion de s'entretenir avec Honda, chose qui aurait dû être accordée sans difficulté.

Dans les lettres qu'il recevait de sa mère, beaucoup de mots et de bouts de phrases étaient rayés à l'encre noire, sans aucun doute des nouvelles de ses camarades qu'il aurait tant voulu recevoir. Il avait beau examiner les parties ainsi effacées, il n'arrivait à distinguer aucune lettre, ni à rien déduire du contexte.

À la fin, Isao commença une lettre à celui auquel il se sentait le moins tenté d'écrire. Il fit de son mieux pour réprimer toute émotion et il choisit ses mots dans l'intention de ne pas créer davantage d'ennuis à Sawa que les autorités avaient dû pour le moins interroger à propos de l'argent versé par lui. Pourtant, il espérait encore que des remords de conscience amèneraient Sawa à faire tout son possible pour améliorer leur situation. Il eut beau attendre, il n'y eut aucune réponse et l'irritation d'Isao tourna au désespoir.

N'en ayant plus eu d'autres nouvelles par sa mère, Isao écrivit à Honda en personne une longue lettre de remerciements qu'il adressa aux bons soins de l'Académie. Il y exprimait ardemment son désir de le voir se faire l'avocat du groupe tout entier. Une réponse lui parvint sans délai. En termes bien choisis, Honda disait comprendre fort bien le sentiment d'Isao. Il ajoutait qu'étant intervenu dans cette affaire, autant aller jusqu'au bout, de sorte qu'il acceptait volontiers de les défendre en groupe, hormis, naturellement, ceux qui seraient jugés en tant que mineurs. Rien n'aurait pu, davantage que cette lettre, donner des forces à Isao dans sa cellule.

Isao fut ému de la façon dont Honda répondait au désir qu'il avait exprimé de prendre tout le châtiment à son compte en faisant absoudre ses compagnons : « Je comprends votre attitude à cet égard, mais ni les juges ni les avocats ne fondent leur conduite sur leurs sentiments. Les émotions dramatiques n'étant certainement pas de longue durée, ce qui importe à présent, c'est de garder son calme. Je pense pouvoir compter sur vous qui connaissez si bien le kendo pour comprendre ce que je veux dire. En tout, laissez-moi faire, c'est mon rôle, veillez sérieusement sur votre santé et prenez votre mal en patience. Pendant les séances de plein air, ne manquez pas de faire prendre un bon exercice à votre corps. » Honda avait fort bien perçu que les sentiments d'héroïsme tragique, telles les couleurs du couchant, s'éteignaient peu à peu dans le cœur d'Isao.

Un jour, rien ne venant encore indiquer qu'on lui permettrait de voir Honda, Isao se fia à l'attitude compréhensive du juge d'instruction et s'enquit en passant : « Votre Honneur, quand me sera-t-il permis de voir quelqu'un ? »

Le juge hésita un instant, ne sachant visiblement s'il devait ou non répondre. Puis il déclara : « Impossible, aussi longtemps que l'interdiction ne sera pas levée.

– Et qui en a décidé ainsi, Votre Honneur ?

– Le parquet », répondit le magistrat dont l'intonation montrait qu'il était mécontent de cette mesure.

34

*L*es lettres de sa mère continuaient à lui parvenir fréquemment, contenant plus de passages oblitérés qu'aucun autre courrier. Parfois, les ciseaux avaient ôté un paragraphe ou même une page entière

CHAPITRE 34

avait disparu. De toute évidence, sa mère ne savait pas comment s'y prendre pour écrire de façon à ne pas entrer en conflit avec le censeur. Mais, un jour, cela changea. La censure incombait apparemment à un nouveau venu. Les parties effacées étaient nettement moins nombreuses, mais comme sa mère, en écrivant, se figurait que tout ce qu'elle disait dans ses lettres précédentes lui était parvenu, son agacement s'accrut de la difficulté d'en déchiffrer le sens. C'était comme s'il avait reçu des lettres postérieures avant celles qui les précédaient. Pourtant, il y avait une ligne où l'on pouvait lire : « Les lettres... s'entassent comme une montagne. On dit qu'il y en a au moins cinq mille, et quand je pense... mes yeux s'emplissent de larmes », où, bien que deux alinéas eussent été passés à l'encre, cette dernière était légèrement appliquée comme si le censeur avait été négligent. Isao comprit que ce dernier avait agi de propos délibéré pour lui redonner courage. Dans un des alinéas, il put lire sans difficulté : « Les lettres *réclamant la clémence* » et dans l'autre, quoique ce fût moins clair : « Quand je pense *aux sentiments compatissants dont les gens font preuve.* » Pour la première fois, Isao eut vent de la réaction du public à cette affaire.

Des gens s'attachaient à lui ! Lui qui ne s'était jamais soucié le moins du monde d'être aimé. Peut-être qu'une sympathique et compatissante sollicitude avait été éveillée par sa jeunesse, par la pureté adolescente à laquelle on s'attend chez les jeunes, par la considération de « l'avenir auquel il était promis » et c'est ce qui avait inspiré ces lettres où l'on réclamait l'indulgence. C'était une situation qui causa quelque tourment à Isao. La masse de pétitions envoyées après l'Incident du 15 mai avait dû être d'une autre nature.

« Le monde ne me prend pas au sérieux. » Depuis le commencement de sa détention, Isao était hanté par cette unique et implacable idée. « Si jamais les gens pouvaient soupçonner quelle terrible pureté je révère, toute tachée de sang, ils n'auraient guère envie de s'attacher à moi. »

Ne suscitant aucune crainte, encore moins de haine, seulement de l'attachement, il se trouvait dans une situation qui blessait son orgueil. C'était le printemps. Par-dessus tout, il brûlait de recevoir les lettres de Makiko qui arrivaient l'une après l'autre à intervalles réguliers, n'ignorant pas pourtant combien pareil désir s'alliait mal avec l'élan, dur comme verre recuit, qui l'animait depuis si longtemps.

En fait, j'ai toujours joui de faveurs particulières, pensa Isao. Tout n'était pas clair dans les dessous de pareilles faveurs.

N'était-ce pas que la nation, les lois nationales, peut-être exactement comme le public, refusaient de le prendre au sérieux ?

Et puis, quand on le questionnait dans un local d'interrogatoire les jours où il faisait froid, les policiers l'invitaient à s'asseoir plus près du poêle, et, s'il avait faim, ils lui apportaient un plat de nouilles avec du pâté de soja frit. Un jour, un sous-inspecteur lui désigna les fleurs sur la table en disant : « Que pensez-vous de ces camélias ? Ne sont-ils pas jolis ? J'ai des camélias d'hiver dans mon jardin, et ce matin j'en ai cueilli pour les apporter. Voyez-vous, durant un interrogatoire, il est très important d'être à l'aise et les fleurs font que chacun se sent plus en train. » Une odeur de raffinement vulgaire tendant à utiliser la nature imprégnait ces paroles de l'inspecteur, très semblable à l'odeur qui émanait de la chemise blanche qu'il portait jour après jour malgré ses auréoles de crasse. Pourtant, les trois camélias d'un blanc pur écartaient de leurs pétales grands ouverts des feuilles épaisses, vert sombre. Des gouttes d'eau y séjournaient comme sur de la panne blanche.

« C'est agréable, ce soleil, n'est-ce pas ? » dit l'inspecteur en priant le policier présent d'ouvrir la fenêtre. De l'endroit où Isao était assis, les camélias d'hiver occupaient la moitié de son champ visuel. Les barreaux de fer de la fenêtre laissaient passer le tiède soleil hivernal, abstrait, et leur ombre s'y découpait avec une précision qui le faisait paraître encore plus dénué de substance.

Ce rayon de soleil inquisiteur qui lui tombait sur l'épaule avec la chaleur d'une main, c'était pour Isao chose bien différente du brillant soleil d'été qu'il avait vu se déverser, étincelant d'autorité, sur la tête des soldats à l'exercice au terrain de manœuvres du régiment d'Azabu. Ce rayon-ci disait la gentillesse du système judiciaire qui s'en venait lui toucher l'épaule après maint détour. Il n'avait rien du tout à voir, se dit Isao, avec le soleil estival de la Bienveillance impériale.

« Avec des patriotes comme vous et vos amis, je n'ai aucun souci à me faire pour l'avenir du Japon. Bien entendu, vous n'auriez pas dû violer la loi, mais la sincérité qui éclate en vous est chose que nous-mêmes pouvons comprendre. Cela dit, à propos des vœux que vous et vos amis avez prononcés, où était-ce et quand ? »

Isao répondit machinalement. Tel soir, l'été passé, devant le sanctuaire... le souvenir surgit dans son esprit des vingt qu'ils étaient, s'étreignant les mains, la main sur la main, tels des fruits blancs dont le poids courbe les rameaux qui les portent. Pourtant, il était devenu douloureux d'évoquer ce souvenir. En répondant, Isao détournait sa tête de l'inspecteur qui continuait à le regarder fixement et, tour à tour, il considérait le soleil et l'un des camélias blancs. Ébloui par le soleil, ses yeux voyaient le blanc des camélias

CHAPITRE 34

en noir ébène et la fleur comme un petit chignon lustré. De la même manière, les feuilles vert foncé semblaient former un collier d'un blanc pur. Il avait un besoin secret de ce jeu des sens pour l'aider à résister à la dissonance qui était en lui. Car, quand il disait la «vérité» («Oui, Monsieur l'Inspecteur. Nous étions vingt. Nous avons salué et battu des mains à deux reprises devant le sanctuaire. Et alors, j'ai récité les vœux, une partie à la fois, et les autres répétaient en chœur»), racontant ce qui s'était passé sans du tout l'embellir, les mots n'avaient pas plus tôt franchi ses lèvres, ici devant l'autorité judiciaire, qu'on eût dit qu'il leur poussait des écailles, qu'on les enveloppait dans un mensonge qui lui donnait le frisson.

Puis, tout à coup, Isao entendit gémir le camélia blanc d'hiver.

Stupéfait, il regarda de nouveau l'inspecteur. Il n'y avait aucune surprise dans les yeux de ce dernier. Ce fut seulement plus tard qu'Isao se rendit compte que ce n'était pas le hasard qui avait dicté le choix de cette pièce au premier étage, à la fenêtre ouverte, pour l'interrogatoire de ce jour-là. La pièce était séparée par une étroite allée d'une salle d'exercice dont les volets restaient fermés même à midi, mais où l'on apercevait des lumières à travers les linteaux.

«Vous êtes du troisième degré au kendo, paraît-il. Savez-vous, si au lieu de vous mêler de cette affaire, vous aviez continué le kendo, vous et moi aurions pu faire un match agréable dans cette salle.

– Est-ce qu'on s'y exerce au kendo, en ce moment?» demanda Isao, sûr qu'il était que tel n'était pas le cas. L'inspecteur ne répondit pas.

Certains des sons qui montaient vers la pièce ressemblaient aux cris d'assaut du kendo, mais la plainte qui avait paru sortir du camélia blanc ne rappelait en rien le kendo. En s'abattant sur la bourre épaisse de la tenue de kendo, les bâtons faisaient un bruit différent. Cette fois-ci, c'était le bruit mat et lugubre de coups tombant sur la chair.

Isao se rappela que le camélia blanc qui semblait transpirer à la chaleur du clair soleil d'hiver était devenu en quelque sorte sacré, ayant filtré les cris et les plaintes de ceux qu'on torturait. Libérée du vil raffinement de l'inspecteur, la fleur se mit à exhaler l'odeur même de la loi. Au-delà des feuilles lustrées du camélia, ses yeux ne pouvaient s'empêcher de regarder, à travers le linteau où les lumières s'allumaient en plein midi, les grosses cordes se balancer d'avant en arrière avec ce qui devait être un lourd fardeau de chair.

Isao fixa de nouveau l'inspecteur dans les yeux et ce dernier répondit à son interrogation muette: «Oui, c'est un Rouge. Voilà à quoi s'exposent les gens entêtés.»

À l'évidence, les policiers voulaient qu'il se rendît compte que, par contraste, on le traitait avec une extrême douceur, que, dans sa bonté, la loi l'inondait d'avantages. Mais ce fut l'effet contraire. À ce moment, Isao se sentit étouffé de colère et d'humiliation. « Mes idées – quel sens ont-elles donc ? se demandait-il, dans sa rage. Si de réelles idées méritent une telle correction, suppose-t-on que les miennes n'ont aucune réalité ? » Isao était tourmenté de chagrin : malgré l'énormité de son complot, il n'y avait pas eu de réaction appropriée. S'ils comprenaient le fonds de terrible pureté qui était en lui, se disait-il, sûrement qu'ils le détesteraient. Bien qu'ils fussent au service de l'Empereur, ils ne pourraient faire autrement que de le détester. D'un autre côté, cependant, s'ils persistaient dans leur ignorance, ses idées à lui n'acquerraient jamais leur poids de chair, jamais elles ne seraient humides d'une sueur d'angoisse. Et, en conséquence, elles ne pousseraient jamais les hurlements de la chair battue.

Isao lança un regard furieux à celui qui l'interrogeait et s'écria : « Torturez-moi ! Qu'on me torture tout de suite. Pourquoi ne me faites-vous pas la même chose ? Pouvez-vous me le dire ?

– Allons, allons, du calme, ne dites pas de sottises. C'est très simple. C'est parce que vous ne nous créez pas du tout d'ennuis.

– Et cela parce que j'ai des idées de droite ?

– C'est vrai en partie. Mais, de droite ou de gauche, quiconque nous crée des ennuis doit s'attendre à le payer. Cela dit, tout bien considéré, les Rouges...

– Est-ce parce que les Rouges n'acceptent pas les structures de notre pays ?

– C'est cela. Comparés à eux, Iinuma, vous et vos amis, vous êtes des patriotes. Vos pensées sont tournées dans la bonne direction. C'est seulement que vous êtes trop jeunes. L'ennui, c'est que vous êtes trop purs, alors vous êtes portés aux extrêmes. Votre objectif est bon. Ce sont vos méthodes. Pourquoi ne pas y aller par degrés, les modérer un peu ? Si vous y mettiez un petit peu plus de souplesse, tout irait pour le mieux.

– Non, riposta Isao, le corps secoué d'un tremblement. Si nous y mettions un petit peu plus de souplesse, ce ne serait pas la même chose. C'est de ce "petit peu" qu'il s'agit. La pureté ne peut pas être un "petit peu" modérée. Si vous l'assouplissez un peu, tant soit peu, cela devient une idée totalement différente, pas de celles auxquelles nous croyons. De sorte que si nos idées ne peuvent pas être atténuées et si elles constituent une menace pour le pays telles quelles, cela veut dire que nos idées sont tout aussi dangereuses que celles des Rouges. Allez-y donc et torturez-moi. Vous n'avez aucune raison de ne pas le faire.

— Pour ce qui est de discuter, vous êtes fort, hein ? Allons, ne vous emballez pas. Je vais simplement vous dire une chose qu'il serait bon que vous sachiez. Parmi tous ces Rouges, il n'y en a pas un qui ait demandé qu'on le torture, comme vous en ce moment. Ils y passent s'il le faut. Ils ne sont pas comme vous, nous n'en obtenons pas de réponses, même en les torturant. »

35

Les lettres de Makiko, bien qu'elle en évitât, naturellement, l'expression directe, étaient remplies d'assurances que ses sentiments demeuraient inchangés envers Isao, et elle prenait toujours soin d'inclure deux ou trois poèmes que son père avait revus pour elle. Le sceau à fleur de cerisier de la censure apposé en rouge sur le courrier était toujours le même, mais en considérant avec quelle facilité ses lettres à elle lui parvenaient, sans aucune rature d'importance, Isao soupçonna que le général Kito y prêtait la main. Pourtant, il n'était guère de signe que ses propres réponses fussent arrivées à destination.

Sans jamais poser de questions ou y répondre, sans faire allusion aux circonstances présentes, comme sans prétendre les ignorer, sans transmettre d'informations mais sans les dissimuler, Makiko parlait de ceci et de cela, de choses belles ou plaisantes, ou tout à fait innocentes, au gré des changements de saison. Ainsi, elle parlait d'un faisan du Jardin botanique qui avait volé dans leur cour, comme un autre le printemps précédent; des disques qu'elle avait achetés récemment; de ses fréquentes promenades dans le parc de Hakusan en pensant à une certaine soirée; elle dit y avoir vu, un soir, les pétales flétris, égaillés par la pluie, de fleurs de cerisier qui collaient à la balançoire en bois des enfants, agitée doucement d'avant en arrière à la pâle lueur d'un réverbère comme si un couple de grandes personnes venait tout juste de s'y asseoir; elle parlait des profondes ténèbres où était plongé le pavillon shinto, illuminées cependant, une fois, par la fuite d'un chat blanc ; des fleurs de pêcher tôt épanouies dont elle se servait pour pratiquer son art floral ; des freesias ; elle disait avoir trouvé des stellaires en allant visiter un temple Gokoku et en avoir cueilli au point qu'elles remplissaient ses manches... Grâce aux poèmes qui y étaient joints, Isao avait souvent l'impression d'avoir été là, lui aussi, à partager ses sentiments.

Makiko possédait en abondance le talent qui faisait défaut à sa mère, et elle semblait s'être assimilé aisément un style qui lui permettait de glisser entre les sévérités du censeur. Quoi qu'il en fût, la Makiko qui apparaissait ici ne ressemblait que trop peu à Ikiko Abe qui se joignait à sa belle-mère pour sauter de joie en voyant les flammes de l'insurrection jaillir au loin, œuvre de son mari et de ses camarades de la Société du Vent Divin. Il relisait sans cesse les lettres de Makiko. Jamais elle ne touchait à la politique. Alors, tandis qu'il s'efforçait de son mieux de déchiffrer certains passages qui lui paraissaient avoir un double sens ou une passion contenue, il ressentit soudain le besoin de résister à l'attrait sensuel que ces lettres avaient pour lui. Il aurait voulu y trouver autre chose que tendre affection et bienveillance. Mais comment Makiko aurait-elle pu faire preuve d'hostilité en lui écrivant ? Même s'il avait pu s'y dissimuler quelque chose de ce genre, il était certain que ce n'aurait pas été intentionnel.

Son style délié et vif s'apparentait clairement à l'exercice d'un danseur de corde. Comment aurait-il pu blâmer en elle cette exaltation que ressent un danseur de corde, toujours plus adroit, rien qu'à affronter le danger ? Seulement, faisant un pas de plus, Isao ne pouvait s'empêcher de penser que Makiko avait un goût presque inconvenant pour la corde raide et que, sous prétexte de craindre les autorités, elle se laissait aller à un penchant pour les complications passionnelles.

Nulle part dans ses lettres, on ne trouvait semblable expression. Mais il y avait un certain parfum, une impression folâtre. Il semblait parfois que cela plût à Makiko de le savoir en prison. Une séparation cruelle préservait la pureté des sentiments. L'angoisse de ne pas être ensemble se transformait en joie paisible. Le danger piquait la sensualité. L'incertitude éveillait les rêves.

Makiko laissait entendre par des mots ingénus le plaisir qu'elle ressentait à savoir combien son cœur tremblait, comme séduit par la brise qui soufflait par la fenêtre de sa cellule. Ces relations entre eux deux, bien qu'à la limite de la cruauté, étaient pour Makiko l'accomplissement d'un rêve qu'elle avait caressé. Une fois qu'Isao se fut mis à voir ainsi les choses, il put en trouver partout la preuve dans

CHAPITRE 35

ses lettres. Apparemment, Makiko avait découvert dans cette sorte de situation un royaume bien à elle.

Ses sens, aiguisés par la vie de prisonnier, lui disaient que c'était la vérité et soudain, il devint furieux. Il aurait voulu déchirer ses lettres en morceaux.

Afin d'orienter son esprit dans une autre direction, et d'affermir sa volonté, il demanda qu'on autorise ses parents à lui envoyer *La Société du Vent Divin* mais, bien entendu, cela lui fut refusé. Les détenus pouvaient acheter certains magazines, mais ceux-ci se limitaient à *La Science pour les enfants*, *Aujourd'hui*, *Éloquence*, le *Club Kodan*, *Le Roi* et *Diamant*.

Que ce fût ou non un livre de la prison, on n'avait droit qu'à un volume par semaine et aucun de ceux que fournissaient les services pénitentiaires n'était de nature à lui embraser le cœur. Aussi, lorsqu'on lui permit de recevoir un ouvrage qu'il avait demandé quelque temps auparavant à son père, *La philosophie de l'école japonaise de Wang Yang-Ming* du Dr Tetsujiro Inoue, Isao fut indiciblement heureux.

Il avait eu grande envie de lire ce qu'on y disait de Chusai Oshio. Heihachiro (connu sous le nom de Chusai) avait envoyé sa démission de fonctionnaire de police en 1830, à l'âge de trente-sept ans, pour devenir écrivain et conférencier. Il acquit une célébrité comme savant de l'école Wang Yang-Ming et il pratiquait également avec succès l'escrime à la lance.

Au cours de la grande disette de 1833 à 1836, nul homme politique ou riche négociant ne vint en aide aux affamés; qui plus est, quand Chusai vendit tous ses livres les plus précieux pour soulager la misère, on y vit une façon de chercher à plaire au peuple et son fils adoptif, Kakunosuke, fut l'objet d'un blâme public. Finalement, le 19 février 1837, il rassembla des partisans armés et avec cette troupe de quelques centaines d'hommes, il incendia les magasins de riches négociants et distribua au peuple l'or et le grain. Plus du quart d'Osaka fut ravagé par le feu, mais les hommes de Chusai furent vaincus à la fin et il mourut lui-même en se faisant sauter avec des explosifs. Il avait quarante-quatre ans.

Chusai Oshio réalisait en lui-même le concept Wang Yang-Ming de l'unité de la pensée et de l'action qu'incarne l'adage: *Savoir sans agir n'est pas savoir*. Cependant, ce qui séduisait Isao, plus encore que d'unir comme Chusai, selon la doctrine Wang Yang-Ming, la pensée et l'action, l'esprit et la raison, c'était sa conception de la vie et de la mort.

Le docteur Inoue expliquait que «pour ce qui regardait la mort, l'opinion de Chusai était tout à fait semblable au nirvana du bouddhisme».

Le «Grand Vide», selon les enseignements de Chusai, n'était pas un état négatif où se trouvaient effacées toutes les œuvres de l'esprit humain. Il enseignait, au contraire, que là, la lumière de l'intuition était à même de briller de tout son éclat, simplement du fait de l'élimination des appétits personnels. Devenir une partie du Grand Vide, disait Chusai, se donner entièrement au Grand Vide à jamais présent et immortel, c'était entrer dans la sphère de l'éternité.

Une fois que l'esprit s'est donné au Grand Vide, écrivait Inoue, *même si le corps périt, quelque chose reste qui ne meurt pas. Aussi ne doit-on pas craindre la mort corporelle, mais seulement la mort de l'esprit. Sachant que l'esprit essentiel ne mourra pas, il n'est au monde rien qu'on doive craindre. C'est donc là ce qui vient fonder la résolution. Qu'importe ce qui advient, cette résolution ne peut d'aucune façon s'en trouver ébranlée. On pourrait donc dire que c'est là connaître la volonté céleste.*

Au cours de sa discussion, le docteur Inoue tirait de nombreuses citations du *Traité de la Purification du Cœur.* L'une d'elles frappa tout particulièrement Isao : *N'est point à craindre la mort du corps, mais seulement la mort de l'esprit.* À Isao, dans sa situation présente, ces paroles faisaient l'effet de coups de marteau.

Le 20 mai, l'instruction fut achevée ; dans ses conclusions qui furent communiquées on pouvait lire, principalement : « Le procès viendra en jugement devant la cour du district de Tokyo. » L'espoir qu'avait Honda d'un non-lieu à la suite de l'instruction se trouvait anéanti.
Les débats débuteraient vraisemblablement à la fin du mois de juin. L'interdiction de recevoir des visites continua de s'appliquer pendant la période qui précédait, mais il arriva, envoyé par Makiko, un cadeau qu'Isao ouvrit en grand état de surexcitation. C'était un lis sauvage du festival de Saigusa.
Ayant dû subir les manipulations des gardiens au terme de son long voyage, le lis était un peu fané et languissant. Malgré tout, il conservait une fraîcheur et un lustre bien plus grands que ceux qu'Isao et ses camarades avaient voulu cacher sur leurs personnes le matin de l'attaque. Ce lis semblait conserver trace de la rosée matinale qui tombait sur le parvis du sanctuaire des dieux.
Makiko avait dû faire spécialement le voyage de Nara afin de lui donner cet unique lis. Et, d'entre tous les lis qu'elle avait rapportés, elle avait dû choisir celui-ci pour sa blancheur et sa beauté superbes.

Isao réfléchit. L'an dernier, vers cette même époque, il avait été empli d'un sentiment de liberté et de force. Sous la cascade de Sanko, au sommet de la montagne sainte des dieux, il avait éteint le feu qui couvait encore après l'assaut de kendo victorieux devant le sanctuaire. Puis, d'un cœur purifié, il s'était adonné à cet acte de piété, cueillant la multitude de lis que l'on allait offrir aux dieux. La sueur mouillait son front entouré d'un *hachimaki* blanc, en tirant la charrette chargée le long du chemin de Nara. Le village de Sakurai brillait au soleil d'été. La jeunesse d'Isao et le vert au flanc de la montagne étaient alors en harmonie.

Les lis, tel un blason, marquaient ce souvenir. Et ensuite, ils étaient devenus le symbole de sa résolution. Depuis ce jour-là, les lis avaient été au centre de tout: sa ferveur, ses vœux, son inquiétude, ses rêves, son acceptation de la mort, son appétit de gloire. Le pilier qui soutenait ses sombres projets, le pilier élancé de sa résolution, brillant sans cesse à son sommet, étaient les lis ornementaux soulignant les verrous qui la maintenaient.

Il contempla le lis qu'il tenait à la main. Il en fit rouler la tige incurvée entre ses paumes, sentant les feuilles frotter contre sa peau à mesure que tournait le lis fané. Puis il lui échappa brusquement, semant un peu de poudre d'or terni. À sa fenêtre, le soleil avait pris de la force. Isao sentit que les lis d'antan étaient revenus à la vie.

36

Quand l'ordonnance du juge d'instruction fut communiquée à Isao, il vit le nom de Sawa parmi les inculpés et il eut honte des soupçons qu'il avait nourris depuis si longtemps. Il suffisait qu'il pensât à la figure de Sawa, à son nom, pour que cette idée honteuse, déplaisante, surgisse irrésistiblement. Lorsqu'il était parfois dans cet état d'esprit, il sentait qu'il lui fallait quelqu'un pour jouer le rôle de mouchard. Si ce n'était pas Sawa, qui donc? Ses soupçons, puisqu'il ne pouvait les chasser, réclamaient un objet. Autrement, comment aurait-il pu se supporter lui-même?

Ce qui était le plus effrayant, cependant, c'était la suite, si Sawa, de loin l'hypothèse la plus probable, ne devait plus être pris en compte. Isao appréhendait de transférer les soupçons qu'il avait eus à l'égard de Sawa sur quelqu'un d'autre. Au moment où on l'avait capturé, dix autres se trouvaient avec lui : Miyahara, Kimura, Izutsu, Fujita, Miyake Takase, Inoue, Sagara, Serikawa et Hasegawa. Parmi tous ceux-ci, il fallait s'attendre à l'absence des noms de Serikawa et de Sagara de la liste des inculpés car, n'ayant pas dix-huit ans, ils passeraient devant le tribunal des mineurs. Isao pensa à Sagara et à Serikawa : l'un aussi proche de lui que s'il avait été l'ombre d'Isao, le petit Sagara si alerte, avec ses lunettes ; l'autre, le fils tellement enfant d'un prêtre shinto de la région de Tohoku, Serikawa qui avait éclaté en protestations, les larmes aux yeux, devant le sanctuaire : « Je ne peux pas m'en retourner ! » En aucune circonstance, Isao ne pouvait penser que c'étaient ces deux-là qui l'avaient trahi. Quelqu'un du dehors, en ce cas ? Isao avait peur de pousser plus loin. Car il avait l'impression de quelque chose de caché, le même genre d'impression qui empêche d'examiner une touffe d'herbe où l'on craint de découvrir des ossements blanchis.

Ceux qui avaient fait défection savaient, naturellement, que le 3 décembre était la date fixée. Mais le dernier à les abandonner ne savait rien de plus que ce qu'ils avaient envisagé trois semaines avant ce jour-là. Leur plan ayant été par la suite modifié de façon draconienne, il n'y avait pas de raison que la date fixée n'eût pas pu être soit ajournée ou avancée, soit simplement annulée. Même si l'un des déserteurs les avait dénoncés, Isao n'arrivait pas à découvrir pourquoi la police s'était abstenue d'intervenir jusqu'à deux jours avant qu'ils dussent frapper. La simplification de leur plan n'aurait-elle pas dû rendre vraisemblable qu'ils frapperaient à une date antérieure ?

Isao luttait sans arrêt pour ne pas penser à ces choses. Mais alors même, tout comme le moucheron attiré par la flamme doit constamment y jeter les yeux, malgré ses efforts, pour les en détourner, son esprit revenait vers les sinistres pensées qu'il aurait voulu le plus éviter.

Le jour de l'ouverture du procès, le 25 juin, il faisait beau. Il régnait une chaleur intense.

Le panier à salade qui emmenait les inculpés passa devant les douves qui entouraient le palais impérial, leurs eaux scintillant au soleil, et pénétra à l'intérieur du tribunal de brique rouge par le portail de derrière. La cour du district de Tokyo siégeait au premier étage. Isao entra dans la salle du tribunal vêtu d'un kimono et d'un

CHAPITRE 36

hakama bariolé de blanc qu'on lui avait apportés à la prison. Ses yeux furent frappés par les reflets d'ambre du siège des magistrats. En lui ôtant les menottes à la porte, le gardien, par gentillesse, laissa Isao se tourner, de sorte qu'il put jeter un regard rapide en direction du public. Étaient assis là son père et sa mère qu'il n'avait pas vus depuis six mois. Quand ses yeux rencontrèrent ceux de sa mère, elle se couvrit la bouche d'un mouchoir, paraissant refouler des sanglots. Makiko demeurait invisible.

Les accusés étaient alignés sur un rang, le dos au public. Ainsi rangé avec ses camarades, Isao sentit son courage lui revenir. Izutsu était tout auprès de lui. Sans qu'ils pussent échanger une parole ou un regard, Isao sentit le frémissement du corps d'Izutsu. Il savait que cela n'était pas dû au fait que son ami comparaissait devant les juges. Chaque vibration du corps brûlant, en sueur, de son ami disait son émoi de revoir Isao après si longtemps.

Droit devant Isao et les autres il y avait la barre des accusés. Au-delà, on voyait resplendir le clair acajou du siège des magistrats, dont le grain apparaissait dans le bois des panneaux. Il était de proportions majestueuses et, en arrière, il y avait une porte du même acajou clair dont la solennité se couronnait d'un fronton de style baroque. Les trois juges, le président du tribunal au milieu, étaient assis sur des chaises dont chacune portait au dos une corolle gravée.

Le sténographe du tribunal était assis à la droite des accusés et là-bas, à gauche, se tenait le procureur. Les arabesques pourpres brodées sur le devant et qui s'étendaient jusqu'aux épaules de la toge noire des juges luisaient d'un ton mat, et il y avait également un liséré pourpre sur l'altière toque noire des magistrats. De toute évidence, ces lieux n'avaient pas leurs pareils au monde.

Quand il eut quelque peu retrouvé son calme, Isao jeta un regard à droite où était assis l'avocat de la défense, et il vit que Honda le fixait droit dans les yeux.

Le président lui demanda son nom et son âge. Depuis son arrestation, Isao s'était habitué à s'entendre adresser la parole d'en haut d'un ton autoritaire, mais c'était la première fois qu'une voix provenant de quelqu'un d'aussi haut-placé le requérait, voix qui semblait incarner la raison d'être de la nation tout entière et tomber comme la foudre lointaine d'un ciel empli d'une brume éclatante.

« Isao Iinuma, Votre Honneur. Vingt ans », répondit-il.

37

Le tribunal tint séance pour la seconde fois le 19 juillet. Il faisait beau, mais la brise qui entrait de temps à autre dans la salle agitait les papiers juridiques, si bien que les huissiers refermèrent à demi les fenêtres. À maintes reprises, Isao dut résister à la tentation de se gratter le côté où une punaise l'avait mordu, ce qui s'ajoutait à l'inconfort provoqué par la transpiration.

Dès le début de la séance, le président récusa l'un des témoins dont, lors de la première partie du procès, le procureur avait demandé la comparution. Enchanté, Honda fit tranquillement rouler un crayon rouge en travers des papiers qui couvraient son pupitre. C'était là une manie qui lui était venue, Dieu sait comme, à l'époque de sa nomination au siège en 1929 et que, depuis lors, il s'était efforcé de perdre. À présent, quatre ans plus tard, voilà qu'elle réapparaissait. C'était une mauvaise habitude chez un juge car cela risquait de troubler les accusés, mais, dans sa situation actuelle, Honda pouvait s'en donner à cœur joie.

Le témoin qu'on avait récusé était le lieutenant Hori. Certes, c'était là un témoin qui aurait présenté plus d'un problème.

Honda observa l'air déçu qui assombrit soudain le visage du procureur, comme un coup de vent venu rider la surface d'un étang. Le nom de Hori apparaissait nombre de fois dans les procès-verbaux de l'instruction et de l'enquête, de même que dans les interrogatoires auxquels ceux qui avaient fait défection avaient été soumis pour fournir des renseignements. Seul Isao n'avait jamais mentionné ce nom. Certes, le rôle de Hori dans le plan projeté était extrêmement vague, et son nom ne figurait pas dans la liste définitive saisie par la police. Celle-ci se présentait sous forme de graphique où chacun des noms des douze principaux financiers était relié par un trait au nom d'un des douze accusés. La police l'avait trouvée à la cachette de Yotsuya. Cependant, elle ne contenait rien qui se rapportât clairement à des assassinats.

La plupart des douze accusés déclarèrent que le lieutenant Hori avait été pour eux une inspiration mais un seul parmi les douze témoigna qu'il eût exercé un rôle dirigeant quelconque. Parmi ceux qui avaient fait défection, nombreux ceux qui témoignèrent qu'ils n'avaient jamais rencontré Hori ni même entendu mentionner son

CHAPITRE 37

nom. Pour l'essentiel, par conséquent, à part le témoignage embrouillé des inculpés, le procureur ne disposait pas de la moindre preuve pour étayer ses soupçons d'un complot à grande échelle antérieurement aux défections nombreuses qui s'étaient produites.

Quant aux tracts qui tentaient de faire accroire que le prince Toin avait reçu la sanction impériale, pièces à conviction dangereuses dont le parquet avait eu connaissance, les ténèbres les avaient engloutis. Une fois que le procureur eut aperçu la disproportion entre les ambitions proclamées et les maigres ressources des apprentis assassins, il était évident que le lieutenant devenait pour lui un témoin vital. Honda reconnut la main de Sawa dans ce détour des choses qui irritait tellement le procureur. Iinuma l'avait laissé entendre.

« Ce Sawa, c'est un brave homme, avait dit Iinuma. Il voulait lier son sort à celui d'Isao, sans se soucier des conséquences. Il allait aider Isao à mener à bien ses projets, sans m'en dire un mot, puis se suicider à son exemple. De sorte que celui que ma dénonciation a peut-être le plus lésé, c'est Sawa. Mais, après tout, c'est un homme mûr et il a dû se préparer soigneusement en vue d'un échec éventuel.

Ceux qui faisaient défection constituant la principale source de danger dans ce genre d'activité, je suis sûr qu'il s'est attelé au travail dès qu'ils ont abandonné. Il a dû en faire le tour pour donner une bonne semonce à chacun. Peut-être leur a-t-il dit : "Si cette affaire est étouffée dans l'œuf, tu seras appelé en témoignage. Il suffit de peu de chose pour transformer un témoin comme toi en complice. Au cas où tu ne voudrais pas que ça arrive, tu auras intérêt à déclarer que les militaires n'ont exercé qu'une influence morale. Autrement, cela va devenir toute une histoire, vous y serez tous impliqués et vous vous mettrez la corde au cou."

Sawa était tout à fait partisan de conduire l'action à son terme, mais, d'un autre côté, je suis certain qu'il se tenait prêt à toute éventualité et avait fait en sorte prudemment de supprimer les preuves. C'est là le genre de sagesse qu'on trouve difficilement chez les jeunes gens. »

Lorsque, au début de la séance, le président, d'un air singulièrement neutre, récusa le lieutenant Hori comme témoin, motif pris qu'il n'avait pas de lien direct avec l'affaire en instance, Honda se dit immédiatement : « Ah ! Cela est dû au communiqué de cette "autorité militaire haut placée" qui a été publié dans la presse. »

Depuis l'Incident du 15 mai, les milieux militaires demeuraient extrêmement sensibles aux réactions publiques qu'éveillait ce genre d'affaires. Et l'on pouvait penser qu'ils seraient d'autant plus gênés cette fois que le lieutenant Hori était un officier marqué de façon indélébile du fait de l'Incident du 15 mai. Ayant été expédié en Mandchourie entre autres pour cette raison, il eût été désolant qu'il fût rappelé, objet lui-même de soupçons, pour témoigner devant une juridiction civile. S'il comparaissait, et quel que fût le contenu de son témoignage, le crédit de «l'autorité militaire haut placée» qui avait publié le communiqué sitôt après les arrestations pourrait dès lors être mis en question et, par conséquent, cela nuirait à la dignité même de l'armée.

Compte tenu de cet état d'esprit, il n'était pas douteux que les milieux militaires gardaient l'œil sur ce procès. Et dès que la requête avait été présentée de convoquer le lieutenant Hori, on s'y était montré contrarié de l'attitude du procureur et l'on comptait sur le juge pour accueillir cette requête par une récusation sans ambages.

De toute manière, le parquet avait eu connaissance par les interrogatoires auxquels avait procédé la police que les étudiants avaient rencontré le lieutenant à la pension «Kitazaki» pour cadres militaires, située à l'arrière de l'enceinte du Troisième Régiment d'Azabu.

Honda dut donc passer outre à l'impatience irritée que reflétaient les traits du procureur pour déduire l'origine de sa déception.

Il en arriva aux conclusions suivantes : le procureur n'était nullement satisfait de la simple inculpation de préméditation d'assassinat qui ressortait de l'enquête. Ce à quoi il voulait aboutir, de façon ou d'autre, c'était à grossir l'affaire, à la transformer si possible en inculpation pour complot en vue de déclencher une insurrection. C'est seulement ainsi, croyait le procureur, que l'on pourrait extirper les racines du mal qui avait engendré cette affaire. Cependant, un tel état d'esprit semblait avoir dérangé la logique de sa procédure. En se donnant tant de peine pour établir que les accusés avaient amputé un projet original à plus grande échelle, le procureur avait commis des négligences en rassemblant les éléments essentiels tendant à prouver la préméditation d'assassinat.

«Viser ce point faible, se dit Honda, et, si possible d'un seul coup, montrer que la preuve n'a pas été apportée, même de la préméditation d'assassinat, voilà ce qui m'incombe. Ce qui va me gêner le plus, c'est la pureté et la probité d'Isao. Il me faut l'embrouiller. Les témoins de la défense devront s'en prendre à la fois à nos adversaires et à notre propre bord.»

Honda se sentit dans son cœur quémander assistance aux yeux clairs d'Isao, d'une beauté et d'une vaillance peu ordinaires, même

CHAPITRE 37

comparés à ceux de ses coïnculpés. Dès qu'il avait eu vent de l'affaire, l'idée était venue à Honda que le regard terriblement pénétrant d'Isao s'y adaptait admirablement, mais à cette heure, en les revoyant, il sentait qu'ils n'étaient guère appropriés aux circonstances.

« Des yeux magnifiques ! s'exclama Honda en lui-même, clairs et brillants, qui toujours déconcerteraient autrui. De jeunes yeux hors pair d'où rayonnaient des condamnations venues, semblait-il, d'un autre monde, comme si, soudain, l'on se trouvait plongé sous les eaux de la cascade de Sanko. Allez, exprimez donc ce que bon vous semblera. Confessez n'importe quoi. Ressentez de profondes blessures. Vous êtes à l'âge où vous devriez apprendre les moyens de vous défendre. En disant tout sans contrainte, vous apprendrez enfin que personne ne veut croire la vérité, une des leçons les plus précieuses qu'on puisse apprendre de la vie. Voilà l'unique sagesse que je puisse communiquer à des yeux aussi admirables. »

Puis Honda se mit à étudier le visage du juge Hisamatsu qui occupait au siège la place de président. Ce dernier avait passé la soixantaine et de légères taches marquaient la peau sèche et blanche de sa belle physionomie. Il portait des lunettes cerclées d'or. Malgré la clarté de sa diction, quand il parlait, on entendait de temps à autre des sons inorganiques comme le bruit sec et distingué de pièces d'ivoire se choquant sur l'échiquier. Bien que cela conférât à son élocution un peu de la dignité glacée du chrysanthème blasonné au-dessus de la porte du tribunal, c'était uniquement, semblait-il, dû à ses fausses dents.

Le caractère du président Hisamatsu était tenu en haute estime, et Honda, lui aussi, admirait sa probité. Mais la raison pour laquelle il siégeait encore à son âge au tribunal d'instance était qu'on ne pouvait pas dire qu'il affirmât une brillante personnalité. Selon ce qu'en disaient entre eux les avocats, bien qu'il eût l'air de le céder en tout à la raison, il était en fait sujet aux sentiments, et ses efforts afin d'affecter un air froid pour combattre un feu intérieur se trahissaient quand on voyait soudain le rouge monter aux joues sèches et blanches du vieil homme sous l'empire d'un violent courroux ou d'une profonde émotion.

Honda, quant à lui, n'ignorait pas ce qui se passe chez un magistrat, ni l'intensité de ses combats intérieurs ! Passion, sentiments, désirs, intérêt personnel, ambition, honte, fanatisme et toutes espèces d'épaves : bouts de planches, vieux papiers, nappes de mazout, pelures d'orange, poissons, varech dont est plein l'océan de la nature humaine et qui sans cesse vient battre la digue solitaire qui lui est opposée : la justice légale. C'étaient là ces combats.

Parmi les preuves indirectes qui venaient étayer l'inculpation, figurait le fait que les accusés avaient vendu leurs sabres en échange de poignards, chose à laquelle le président Hisamatsu paraissait attacher une importance considérable. Sitôt après avoir énoncé qu'il n'y avait pas lieu de convoquer le lieutenant, il commença à examiner les témoignages.

LE PRÉSIDENT HISAMATSU : Je voudrais poser quelques questions à Isao Iinuma. Vous avez vendu vos sabres pour acheter des poignards à la place, en vue de passer à l'action. Était-ce du fait que vous songiez aux assassinats ?

IINUMA : Oui, Votre Honneur. C'était notre but.

LE PRÉSIDENT : Quel jour était-ce et de quel mois ?

IINUMA : C'était le 18 novembre, si je me souviens bien.

LE PRÉSIDENT : Vous avez vendu deux sabres ce jour-là et acheté six poignards avec l'argent. Est-ce exact ?

IINUMA : Oui, Votre Honneur.

LE PRÉSIDENT : Êtes-vous allé vous-même faire l'échange ?

IINUMA : Non, Votre Honneur. J'ai demandé à deux de mes camarades de le faire.

LE PRÉSIDENT : Qui étaient-ils ?

IINUMA : Izutsu et Inoue.

LE PRÉSIDENT : Pourquoi leur avez-vous donné à chacun un sabre à échanger comme cela ?

IINUMA : Je pensais que si quelqu'un voyait un jeune homme apporter deux sabres à vendre, cela pourrait attirer l'attention. Je choisis les deux d'entre nous qui auraient l'air le plus détendu et le plus correct et je les envoyai chez des marchands assez éloignés l'un de l'autre. Si l'acheteur demandait pourquoi ils voulaient vendre ce sabre, je leur dis de raconter qu'ils faisaient de l'escrime jusque-là, mais qu'ils l'avaient abandonnée, de sorte qu'ils désiraient échanger leur sabre contre des poignards dans des étuis en bois ordinaire, pour eux-mêmes et leurs frères. Si, en échange de deux sabres nous obtenions six poignards, avec les six que nous possédions déjà, cela nous en ferait juste assez pour les douze que nous étions.

LE PRÉSIDENT : Izutsu, racontez-nous ce qui s'est passé quand vous avez apporté le sabre pour l'échanger.

IZUTSU : Oui, Votre Honneur. Je suis allé à un magasin qui s'appelle «Aux sabres de Murakoshi», au numéro trois de Kojimachi. J'essayai de prendre l'air le plus détaché possible en disant que je désirais vendre un sabre. Une petite vieille dame qui tenait un chat

CHAPITRE 37

se trouvait derrière le comptoir. Et je me dis en moi-même que ça ne serait pas drôle pour le chat si c'était un magasin de *samisens*[4].

LE PRÉSIDENT : Cela n'a rien à voir.

IZUTSU : Oui, Votre Honneur. Quand j'eus dit à la vieille dame ce que je voulais, elle alla aussitôt dans l'arrière-boutique et le marchand arriva en personne, un bonhomme à l'air revêche et au teint malsain. Il sortit la lame du fourreau pour l'examiner. D'un air dédaigneux, il la considéra sous toutes sortes d'angles pour finir par ôter les attaches de la poignée afin de regarder la portion de lame qui s'y ajustait : "C'est bien ce que je pensais, dit-il. Le nom de l'artisan a été ajouté après coup." Sans même demander pourquoi je voulais m'en défaire, il fixa un prix et me donna en échange trois poignards dans leurs gaines de bois. Je regardai attentivement les lames et je m'en allai.

LE PRÉSIDENT : Il ne vous a pas demandé vos nom et adresse ?

IZUTSU : Non, Votre Honneur. Il ne m'a rien demandé du tout.

LE PRÉSIDENT : Que dites-vous, maître Honda ? Désirez-vous poser des questions à Iinuma ou Izutsu ?

HONDA : Je souhaiterais questionner Izutsu, Votre Honneur.

LE PRÉSIDENT : Très bien.

HONDA : Quand vous êtes allé vendre le sabre, Iinuma vous avait-il dit que des sabres ne seraient pas commodes pour assassiner et que par conséquent il était nécessaire de les échanger contre des poignards ?

IZUTSU : Heu... non, Maître, il ne m'a pas donné toutes ces explications si je me souviens.

HONDA : Ainsi donc, il n'a rien spécifié, il vous a simplement dit d'aller échanger les sabres et vous y êtes allé sans savoir au juste pourquoi ?

IZUTSU : Heu... oui, Maître... Mais, bien sûr, je m'en doutais. Ça paraissait évident.

HONDA : À l'époque, il ne s'agissait donc pas subitement d'un changement de nature de ce qui avait été décidé ?

IZUTSU : Non, Maître. Je ne pense pas.

HONDA : Le sabre que vous avez porté au magasin vous appartenait-il ?

IZUTSU : Non, Maître, il n'était pas à moi. C'était le sabre d'Iinuma.

HONDA : Quelle sorte d'arme possédiez-vous personnellement ?

IZUTSU : Je possédais un poignard dès le début.

HONDA : Quand vous l'étiez-vous procuré ?

---

4. Sorte de guitare japonaise. *(N.d.T.)*

IZUTSU : Heu, Maître... oui, c'était l'été dernier. Ça se passait après avoir prononcé nos vœux devant le sanctuaire sur le campus. Je me dis que je ne serais pas un homme si je ne possédais pas au moins un poignard. Je suis donc allé trouver mon oncle qui est collectionneur et il m'en a donné un.

HONDA : Je vois. Ainsi, à ce moment-là, vous n'aviez pas d'idée très précise de l'usage auquel vous le destiniez ?

IZUTSU : Non, Maître. Je me disais seulement qu'un jour, je pourrais vouloir m'en servir...

HONDA : Très bien. Cela étant, quand l'idée vous est-elle venue très clairement de l'usage précis auquel il pourrait servir ?

IZUTSU : Je crois que ce fut quand je reçus mission d'assassiner M. Shonosuke Yagi.

HONDA : Ce que je vous demande, c'est quand vous avez eu l'idée qu'afin de commettre un assassinat, un poignard se révélait indispensable ?

IZUTSU : Heu, Maître... pour ça, je ne me rappelle pas trop bien.

HONDA : Votre Honneur, j'aimerais poser quelques questions à Iinuma.

LE PRÉSIDENT : Très bien.

HONDA : Quelle sorte de sabre aviez-vous ?

IINUMA : Le sabre que je donnai à vendre à Izutsu portait la signature de Tadayoshi, de Bizen. Quand j'eus atteint le troisième degré au kendo, l'autre année, mon père me l'offrit en cadeau.

HONDA : Est-ce que vous n'échangiez pas ce sabre contre des poignards afin d'utiliser l'un d'eux pour vous suicider ?

IINUMA : Je vous demande pardon, Maître ?

HONDA : Vous avez déclaré combien vous aimiez l'ouvrage *La Société du Vent Divin* et vous avez dit combien le suicide des membres de cette société suscitait votre admiration. Vous avez en outre témoigné que vous souhaitiez mourir de cette façon et que vous aviez fait l'éloge d'une telle mort devant vos camarades. Sur le lieu de leur combat, les membres de la Société se battaient avec leurs sabres, mais, s'agissant ensuite de se suicider, ils utilisaient des poignards. Ainsi, si l'on en juge par cela...

IINUMA : Oui, Maître. Je me rappelle maintenant. Lors de notre réunion le jour où l'on nous a arrêtés, quelqu'un déclara : « À toute éventualité, chacun devrait porter un second poignard caché sur sa personne. » Tous en tombèrent d'accord. Ce poignard de secours était clairement destiné à se suicider, mais nous fûmes arrêtés avant de pouvoir en acheter d'autres.

CHAPITRE 37

HONDA : En ce cas, jusque-là, vous n'envisagiez pas d'acheter des armes dans cette éventualité ?
IINUMA : Non, Maître.
HONDA : Mais auparavant, vous étiez fermement résolus à vous suicider ?
IINUMA : Oui, Maître.
HONDA : En ce cas, à propos de cet échange de sabres contre des poignards, peut-on dire que vous songiez autant à vous tuer vous-mêmes qu'à tuer les autres – autrement dit, que vous poursuiviez un double but ?
IINUMA : Oui, Maître, c'est cela.
HONDA : Ainsi donc, en échangeant vos armes ordinaires contre des poignards, vous vous proposiez un double but : les assassinats et les suicides. Et, à l'époque, ces armes de mort ne se rapportaient pas exclusivement à l'idée d'assassiner. Est-ce bien cela ?
IINUMA : Heu... oui, Maître.
LE PROCUREUR : Objection, Votre Honneur. Les questions posées par la défense sont de toute évidence tendancieuses.
LE PRÉSIDENT : Voilà qui doit suffire du côté de la défense. La question de l'échange des sabres a été suffisamment examinée. Le ministère public peut appeler ses témoins...

Assis derrière son pupitre, Honda n'était pas mécontent. Par ses questions, il avait semé une certaine confusion dans l'idée de relier l'obtention des poignards à une préméditation d'assassinat. Il s'inquiétait, cependant, du manque d'intérêt apparent, de la part du président Hisamatsu, pour les aspects idéologiques de l'affaire. Dès l'ouverture du procès, en vertu de son autorité, le juge aurait pu tirer d'Isao toutes sortes de déclarations sur ses convictions politiques, mais il ne l'avait pas tenté.

Les regards du public se tournèrent vers l'entrée de la salle d'où provenait un vague bruit de canne tapotant sur le parquet. On vit paraître un vieil homme. Il était très grand mais courbé et se protégeait en agrippant le devant de son kimono d'été en toile, comme s'efforçant désespérément de se retenir à quelque chose. Seuls les yeux enfoncés, sous les cheveux blancs, étaient dirigés vers le haut. Il s'achemina vers la barre des témoins où il se tint appuyé sur sa canne.

Le juge se leva pour lire le texte du serment. Le témoin le signa d'une main qui tremblait, puis y apposa son cachet. On lui donna une chaise avant qu'il commençât de témoigner.

À voix si basse que le public pouvait à peine l'entendre, le vieillard répondit aux questions du magistrat : « Je m'appelle Reikichi Kitazaki. J'ai soixante-dix-huit ans. »

LE PRÉSIDENT : Le témoin est propriétaire des lieux depuis quelque temps, si je comprends bien.

KITAZAKI : Oui, Votre Honneur, c'est le cas. J'ai ouvert ma pension pour officiers à l'époque de la guerre avec la Russie et j'ai continué à la tenir jusqu'à présent. Parmi mes hôtes, il y a eu beaucoup d'officiers qui se sont fait un nom, des généraux de brigade et de division. Mon établissement a la réputation de porter chance. Ce sont des locaux sans apparence et un peu délabrés mais j'ai eu l'honneur d'y recevoir ces messieurs les militaires, en particulier les officiers du Troisième Régiment d'Azabu. Je ne suis pas marié et, comme je me contente de peu, je gagne ma vie sans être à charge à quiconque.

LE PRÉSIDENT : Le ministère public a-t-il des questions à poser ?

LE PROCUREUR : Oui, Votre Honneur. Depuis combien de temps le lieutenant d'infanterie Hori loge-t-il chez vous ?

KITAZAKI : Ma foi, monsieur le procureur... Voyons. Trois ans... non, deux ans... Ma mémoire n'est plus ce qu'elle était. Mon Dieu... oui, cela fait environ deux ans, je pense...

LE PROCUREUR : Le lieutenant Hori a été promu lieutenant il y a trois ans. Précisément, en mars 1930. Quand il est venu loger chez vous, il était donc déjà lieutenant. Est-ce exact ?

KITAZAKI : Oui, monsieur le procureur, ça, j'en suis certain. Ce monsieur portait déjà deux étoiles. Et je n'ai pas souvenir qu'on ait fêté sa promotion.

LE PROCUREUR : Auquel cas, disons que c'est moins de trois et plus d'un an ?

KITAZAKI : Oui, monsieur le procureur. C'est la vérité.

LE PROCUREUR : Le lieutenant Hori recevait-il de nombreuses visites ?

KITAZAKI : Oui, monsieur le procureur, très, très souvent. Il n'y a jamais eu de dame, mais des jeunes gens, des étudiants allaient et venaient sans arrêt. Ils prenaient plaisir à l'entendre causer. Et le lieutenant, de son côté, les aimait beaucoup. Si l'heure de dîner survenait, il envoyait chercher de quoi manger dans les boutiques du quartier. Il les recevait bien et, pour eux, il vidait ses poches.

LE PROCUREUR : Depuis combien de temps montrait-il cette prédilection ?

KITAZAKI : Oh, monsieur le procureur, depuis le début. Oui.

CHAPITRE 37

LE PROCUREUR : Le lieutenant vous parlait-il beaucoup de ses visiteurs ?

KITAZAKI : Ah, ça non. Pour ça, il n'était pas du tout comme le lieutenant Miura. Il n'était pas liant, c'est à peine s'il m'adressait la parole. Il y avait peu de chances qu'il me prenne pour confident à propos de ceux qui venaient le voir...

LE PROCUREUR : Un instant, je vous prie. Qui est ce lieutenant Miura ?

KITAZAKI : C'est un monsieur qui loge chez moi depuis longtemps. Il a sa chambre au second étage, au bout opposé du couloir par rapport au lieutenant Hori. Il a l'air un peu bourru, mais c'est une bonne nature.

LE PROCUREUR : Veuillez nous dire s'il y a ou non quelque chose de spécial que vous vous rappeliez au sujet des visiteurs du lieutenant Hori ?

KITAZAKI : Certainement, monsieur le procureur. Un soir, j'étais en train d'apporter à dîner au lieutenant Miura, et comme je passais devant la chambre du lieutenant Hori, la porte fermée, tout d'un coup, de l'intérieur, j'entendis le lieutenant qui criait comme s'il donnait un commandement sur le terrain d'exercice. J'en fus totalement abasourdi.

LE PROCUREUR : Et que disait le lieutenant Hori ?

KITAZAKI : Ça, je me le rappelle distinctement. Il criait, en colère : « Est-ce que vous comprenez ? Laissez tomber ! »

LE PROCUREUR : Avez-vous une idée de ce qu'il voulait dire par : « Laissez tomber » ?

KITAZAKI : Ma foi, non, monsieur le procureur. Après tout, c'était quelque chose qu'on criait au moment où je passais, et j'eus bien du mal à ne pas laisser échapper mon plateau. D'autant plus, vous voyez, que je ne suis pas très solide sur mes jambes et tout ce que je pouvais faire, c'était de me hâter d'arriver à la chambre du lieutenant Miura. Vous comprenez, le lieutenant Miura était réellement affamé ce soir-là. Un peu plus tôt, il était venu me crier du haut de l'escalier : « Hé, mon vieux, dépêchez-vous de m'apporter à dîner. » Et je me disais que si je laissais échapper ce plateau, j'entendrais le lieutenant Miura ! Quand je déposai le plateau devant lui, il eut un large sourire en disant : « Comme il y va, hein ? » Et ce fut tout. Il n'ajouta pas un mot à ce sujet. J'estime que c'est une des bonnes choses, chez les militaires.

LE PROCUREUR : Combien y avait-il de visiteurs chez le lieutenant Hori, le soir dont il s'agit ?

KITAZAKI : Eh bien, je crois qu'il n'y en avait qu'un. Oui... c'est ça, un seul.

LE PROCUREUR : Et quand était cette soirée où le lieutenant Hori dit : « Laissez tomber » ? C'est là un point décisif, veuillez donc essayer de vous souvenir exactement. Quelle année, quel mois, quel jour ? Tenez-vous un journal ?

KITAZAKI : Non, monsieur le procureur. Il ne peut en être question.

LE PROCUREUR : Peut-être n'avez-vous pas compris ma question ?

KITAZAKI : Je vous demande pardon... ?

LE PROCUREUR : Est-ce que vous tenez un journal ?

KITAZAKI : Oh, un journal ? Non, monsieur le procureur, je n'en ai pas.

LE PROCUREUR : Bon, alors, quelle année, quel mois, quel jour était-ce ?

KITAZAKI : Ma foi, je suis presque certain que c'était l'an dernier. Oui, c'est ça. Et aussi, du fait que je n'ai pas trouvé du tout bizarre que la porte à glissières soit fermée, je sais que ce n'était pas l'été – peut-être pas même le début de l'été ou de l'automne. Le temps devait être froid, mais il ne faisait pas trop froid dehors, si bien que ça pouvait être au printemps dernier jusqu'en avril, ou encore à partir d'octobre. Dans la journée, c'était le soir, à l'heure du dîner, mais quant à dire le jour... là-dessus, monsieur le procureur, je ne suis pas tellement sûr.

LE PROCUREUR : C'était, disons, avril ou octobre, ou peut-être mars ou novembre. Est-ce que vous ne pouvez pas préciser davantage ?

KITAZAKI : Non, monsieur le procureur. Mais je fais tous mes efforts pour me rappeler. Voyons... Oui, c'était octobre ou novembre.

LE PROCUREUR : Mais lequel était-ce : octobre ou novembre ?

KITAZAKI : Là-dessus, je ne suis pas sûr.

LE PROCUREUR : Peut-on dire que c'était soit fin octobre, soit début novembre ?

KITAZAKI : Oui, monsieur le procureur. Pour moi c'est bien cela. Pardonnez-moi d'être si inutile.

LE PROCUREUR : Quel était le visiteur ce soir-là ?

KITAZAKI : Je ne connais pas son nom. Le lieutenant Hori me disait seulement combien de jeunes gens il attendait et quand ils devaient arriver.

LE PROCUREUR : Son visiteur, ce soir-là, était également un jeune homme ?

KITAZAKI : Oui, monsieur le procureur. C'était, je crois, un étudiant.

LE PROCUREUR : Seriez-vous en mesure de le reconnaître ?

CHAPITRE 37

KITAZAKI : Ma foi, monsieur le procureur... peut-être bien.

LE PROCUREUR : Veuillez vous retourner, monsieur Kitazaki. Est-ce que la personne qui a rendu visite au lieutenant ce soir-là se trouve ici parmi les inculpés ? Vous pouvez, si vous voulez, vous lever pour examiner chaque visage.

Isao laissa le grand vieillard tout courbé s'approcher de lui et le dévisager. Ses yeux enfoncés avaient le reflet voilé d'une huître. Des veines rouge sombre entrelacées empiétaient sur le blanc de l'œil et les pupilles y disparaissaient à tel point qu'elles semblaient réduites à des grains noirs sans reflet.

Il était interdit à Isao de parler, mais ses yeux lançaient un défi au vieil homme : « C'était moi, cette fois-là, n'est-ce pas ? » Pourtant, même avec la figure d'Isao face à lui, on eût dit que le regard de Kitazaki rencontrait un obstacle, comme si une puissance ténébreuse, indécise, rôdait entre eux deux et l'attirât vers soi.

La canne raclait légèrement le parquet. Le vieillard était en train d'examiner la physionomie d'Isao. Ayant passé beaucoup plus de temps devant lui que devant tout autre, ce dernier était certain que Kitazaki l'avait reconnu.

Le vieillard s'en retourna à la barre. Le coude posé sur sa canne, sa main appuyant sur son front, il regardait dans le vide, comme épuisé par ses efforts à pourchasser le souvenir, aussi insaisissable qu'une brume, qui le fuyait.

Le procureur se remit à le questionner, d'un ton qu'on sentait un peu irrité.

« Eh bien, l'avez-vous reconnu ? »

Kitazaki ne regarda pas le procureur en répondant d'une voix qu'on distinguait à peine, paraissant plutôt s'adresser à sa propre image qui se reflétait dans les panneaux du siège des juges.

« Je ne peux pas être sûr, monsieur le procureur. Mais le premier des inculpés, là...

– Iinuma, vous voulez dire ?

– Je ne connais pas son nom. Mais le visage de ce jeune homme, là-bas, à gauche... Je suis certain qu'il est venu chez moi, à un moment. Mais il se peut que ça n'ait rien à voir avec le lieutenant Hori.

– En ce cas, peut-être était-il venu voir le lieutenant Miura ?

– Non, monsieur le procureur. Ce n'est pas ça. Il y a pas mal de temps, il y a eu un jeune homme qui est venu rencontrer une dame dans le salon du fond. Je crois bien que c'était lui...

– Iinuma a emmené une femme chez vous ?

– Je ne suis pas certain. Mais c'était quelqu'un qui lui ressemblait.

— Et quand cela s'est-il passé ?
— Ma foi, en y repensant maintenant, je crois que c'était... oui, il y a quelque chose comme vingt ans.
— Vingt ans ? Iinuma a amené une femme chez vous, il y a vingt ans ? »
Le procureur demeura tellement interloqué que l'on éclata de rire dans le public. Mais cette réaction n'ébranla pas le moins du monde le vieillard qui s'obstina dans sa réponse.
« Oui, monsieur le procureur. C'est bien cela. Je crois que c'était quelque chose comme il y a vingt ans. »
Chacun se rendait compte à présent de l'incapacité du témoin. On se gaussait de la sénilité de Kitazaki. Au début, Honda avait réagi pareillement, lui aussi, mais quand le vieillard répéta de l'air le plus sérieux « quelque chose comme vingt ans », sa gaieté fit soudain place à un frisson.

Il avait jadis connu, de la bouche de Kiyoaki, les détails de son rendez-vous avec Satoko à l'arrière de la pension Kitazaki. Hormis le fait qu'ils avaient le même âge, il n'y avait pas de ressemblances extérieures entre Kiyoaki et Isao. Pourtant cet homme, Kitazaki, si proche lui-même de la mort, avait confondu dans son esprit les deux souvenirs. Dans l'enchevêtrement de toutes choses survenues dans sa vieille maison, seule l'intensité des nuances transcendait la durée. La passion amoureuse des années d'autrefois, la foi passionnée d'aujourd'hui — ces deux sentiments s'étaient vaguement fondus l'un dans l'autre, outrepassant les limites ordinaires, pour aboutir bientôt à l'échec. Du marais des souvenirs de toute une vie s'élevaient deux superbes lotus, l'un rouge et l'autre blanc, où il ne devait plus voir qu'une fleur unique. Pourtant, grâce à cette méprise, Honda était sûr que dans l'esprit sénile du vieil homme, la grisaille stagnante du marais s'était tout à coup illuminée d'étranges et claires raies de lumière. Le vieillard, voulant à toutes forces percevoir cet éclat extraordinaire, s'était entêté à répéter ce qu'il avait dit, sans se laisser démonter par les risées du public ou l'irritation du procureur.

L'ayant compris, Honda eut la sensation que le siège des juges d'un brun verni si éblouissant et les toges d'un noir solennel se fanaient soudain sous l'intense luminosité du soleil d'été qui se déversait au-dehors sous les fenêtres. Comme frappé par ces puissants rayons, le mécanisme impressionnant, si délicatement ajusté, de l'ordre juridique, semblait fondre rapidement à ses yeux, tel un château de glace. Honda savait que Kitazaki avait aperçu ce grand enchaînement de lumière, invisible à l'œil ordinaire. À coup sûr, la lumière

CHAPITRE 37

estivale qui mettait une étincelle à chaque aiguille des pins derrière les fenêtres, prenait sa source dans un lien lumineux plus intimidant, plus magnifique que l'ordre juridique qui s'étalait dans la salle.

« La défense désire-t-elle poser des questions au témoin ? »

En entendant l'interrogation du juge, Honda, encore médusé, ne put que répondre : « Non, Votre Honneur.

– Très bien. Merci, monsieur Kitazaki. Le témoin peut se retirer », dit le magistrat.

« ... À présent, je voudrais solliciter la permission d'appeler en témoignage une personne qui est présente sans avoir été régulièrement citée, dit Honda. Elle s'appelle Makiko Kito. Agissant pour le compte de l'inculpé Iinuma ainsi que pour les autres inculpés, je voudrais qu'on l'interrogeât au sujet du changement d'idée d'Iinuma trois jours avant la date fixée pour agir. En outre, présentant comme preuve à conviction ce que le témoin écrivait à l'époque dans son journal, j'espère que ce dernier pourra servir de base aux questions. »

Rien, dans la procédure pénale, ne prévoyait de citer un témoin de cette façon, mais, compte tenu de la nature du témoignage attendu, le juge accordait habituellement la permission après en avoir conféré avec le procureur ainsi qu'avec les magistrats qui l'assistaient, et Honda entendait profiter de cette coutume.

Le président s'enquit de l'avis du procureur, lequel acquiesça d'un air froid comme s'il considérait que cela ne méritait pas qu'il s'y intéressât. Après s'être tourné d'abord vers le magistrat à sa droite, qu'il consulta en chuchotant, puis, de même, vers le juge à sa gauche, le président Hisamatsu répondit à Honda : « Très bien. Vous avez l'autorisation. »

Cela étant, Makiko apparut à l'entrée du tribunal. Elle portait un kimono Akashi bleu foncé, aux rayures en cascade que nouait un obi Hakata. En ce milieu de l'été, le teint naturellement blanc de Makiko, d'une fraîcheur glacée, donnait un air paisible et lointain à son visage inscrit dans le cadre des cheveux noirs comme jais qui cachaient ses oreilles et le col bleu du kimono. Au-dessous des yeux vifs et humides, sa peau était doucement effleurée, comme la tombée du crépuscule, des signes de l'âge qui venait. Fixée au cordonnet légèrement oblique qui tenait en place l'obi, on voyait l'image d'une truite en jade foncé. D'un vert dur et lustré, elle paraissait imposer une fermeté un peu raide au flou aimable de ses vêtements. On la devinait quelque peu tendue sous son allure placide. Mais nul n'aurait pu dire si l'air froid de son visage dissimulait chagrin ou mépris.

CHEVAUX ÉCHAPPÉS

Makiko se dirigea vers la barre des témoins sans même jeter un regard en direction d'Isao. Tout ce qu'il put voir d'elle, ce fut la couture droite qui parcourait de haut en bas son kimono et l'énorme nœud qui attachait l'obi.

« Je jure en conscience de dire la vérité, toute la vérité, rien que la vérité. »

Le président lut le serment comme auparavant et Makiko signa le livre qu'on apporta à la barre, d'une main que n'agitait aucun tremblement. Puis elle tira de sa manche le petit étui contenant son cachet et, prenant le mince sceau d'ivoire, elle le pressa fermement sur le papier tant que ses jolis doigts s'en retroussèrent. L'observant de côté, Honda aperçut entre ses doigts de l'encre rouge telle une flaque de sang.

Sur le pupitre de Honda se trouvait le journal que Makiko consentait à rendre public. Ainsi qu'il l'avait dit dans sa requête, Honda le présentait comme preuve à conviction. Ainsi qu'il l'avait dit, il citait Makiko comme témoin. Mais il ne pouvait que supputer le but du président en accordant cette autorisation.

LE PRÉSIDENT : Comment se fait-il que vous connaissiez l'inculpé ?

MAKIKO : Votre Honneur, mon père est un ami du père de M. Iinuma. En outre, comme mon père se plaît en compagnie des jeunes gens, M. Iinuma venait fréquemment chez nous. De sorte que les liens étaient beaucoup plus intimes qu'avec certains parents.

LE PRÉSIDENT : Quand avez-vous vu l'inculpé pour la dernière fois et où cela ?

MAKIKO : Dans la soirée du 29 novembre dernier. Il est venu à la maison.

LE PRÉSIDENT : Le contenu du journal que l'on présente en témoignage est-il entièrement exact ?

MAKIKO : Oui, Votre Honneur, entièrement.

LE PRÉSIDENT : La défense peut questionner le témoin.

HONDA : Bien, Votre Honneur. Mademoiselle, ceci est votre journal de l'an passé, n'est-ce pas ?

MAKIKO : Oui, Maître.

HONDA : Ce journal est de ceux où les pages ne comportent pas de dates, ce qui vous permet d'écrire autant que vous le désirez et vous avez fidèlement tenu pareil journal depuis des années. C'est bien cela ?

MAKIKO : Oui, Maître, tout à fait. Ainsi, je peux, de temps en temps, y transcrire des *wakas*[5] et autres.

---

5. Courts poèmes à forme fixe. *(N.d.T.)*

CHAPITRE 37

HONDA : Votre façon de faire, depuis longtemps, a consisté à laisser une ligne d'intervalle entre chaque nouvelle rédaction et non de commencer chaque jour sur une nouvelle page ?

MAKIKO : Oui, Maître. Depuis deux ou trois ans, j'ai tellement écrit que si je commençais une nouvelle page tous les jours, même dans un journal où la date ne figure pas, arrivée à l'automne, je n'aurais plus de pages. Ce n'est peut-être pas aussi net, mais c'est ainsi que je procède chaque jour.

HONDA : Très bien. L'an dernier, c'est-à-dire en 1932, si l'on se réfère à ce que vous écriviez le 29 novembre, ce n'est pas là quelque chose que vous avez écrit plus tard, vous pouvez témoigner que cela a été écrit le soir même ?

MAKIKO : Oui, Maître. Je n'ai jamais laissé passer une journée sans écrire dans mon journal. Ce jour-là également, j'ai écrit quelque chose avant de me coucher.

HONDA : Cela étant, me reportant à la date du 29 novembre 1932, je vais lire tout haut uniquement ce qui se rapporte à l'inculpé Iinuma :

Ce soir, vers huit heures, Isao est arrivé inopinément. Bien que je ne l'eusse pas vu depuis un bon bout de temps, je pensais à lui ce soir, je ne sais pourquoi, et c'était peut-être l'étrange faculté que j'ai de pressentir les choses qui m'a poussée vers le vestibule avant d'entendre sonner. Comme de coutume, il portait son uniforme du collège et était chaussé de socques, mais en regardant sa figure je sentis qu'il était arrivé quelque chose. Il avait l'air raide et compassé. Il me tendit brusquement une petite bourriche qu'il portait en disant : «Ma mère m'a prié de vous apporter ceci. Ce sont quelques huîtres que nous avons reçues d'Hiroshima.» Dans l'obscurité du vestibule, l'eau du tonnelet faisait un bruit comme quand on claque la langue.

Ne tenant pas en place, il prit comme excuse qu'il devait étudier et s'en aller, mais n'importe qui aurait pu voir qu'il mentait. Jamais je ne me serais attendue à cela de la part d'Isao tel que je le connaissais. En insistant pour qu'il reste, j'acceptai la bourriche et allai prévenir mon père qui répondit de bon cœur : «Fais-le entrer.»

Je me précipitai vers le vestibule. Isao se glissait déjà par la porte. Je m'empressai de le suivre, voulant à tout prix découvrir ce qui n'allait pas.

Je suis certaine qu'il savait que j'étais derrière lui, mais ce fut sans se retourner ni changer d'allure. Quand nous fûmes à la hauteur de l'entrée du parc Hakusan, je lui criai : «Pourquoi êtes-vous fâché ? » *et il finit par s'arrêter. Il se tourna pour me faire face et il eut un sourire dur, un peu gêné. Nous nous sommes alors assis dans le parc et nous avons causé, dans le vent froid du soir.*

Je lui demandai comment cela allait pour lui et son groupe. Depuis quelque temps, lui et ses camarades se réunissaient à la maison et ils parlaient entre eux de l'état de choses intolérable qui régnait au Japon, et moi aussi il m'est arrivé d'y participer, en leur offrant à tous à dîner, du sukiyaki et autres. Et j'avais pensé que c'étaient les activités du groupe qui avaient empêché Isao de venir à la maison ces temps-ci.

Isao me répondit d'un ton triste : « Ce que j'avais réellement dans l'idée en venant chez vous, c'était de vous parler du groupe. Mais en voyant votre visage, moi qui étais si brave en paroles auparavant, je me suis senti embarrassé et je n'ai rien su dire. Alors, je me suis sauvé. » Les mots venaient lentement et avec peine.

À force de questions, je finis par mettre l'histoire suivante bout à bout : sans que je m'en sois rendu compte, la direction des activités du groupe était en plein désordre, et pour dire la vérité, chacun de ceux qui y appartenaient, à la fois pour cacher ses propres craintes et pour tâter le courage des autres, s'exprimait avec de plus en plus de violence, et, à mesure que le nombre croissait de ceux qui s'éloignaient parce que ces fanfaronnades les laissaient désemparés, la poignée qui restait bluffait d'autant plus. Si bien que plus leur détermination véritable faiblissait et plus, en paroles et en projets, ils continuaient à échafauder des châtiments fantastiques et sanglants. Ils ne savaient plus comment s'arranger ensemble. Aucun d'eux ne pouvant faire preuve d'une faiblesse quelconque en paroles, à coup sûr un étranger aurait été épouvanté de ce qui se passait à leurs réunions, alors qu'en fait, nul ne voulait plus réellement passer à l'action. Pourtant, au point où en étaient les choses, personne n'avait le courage de demander qu'on renonce à ces projets, de peur d'être stigmatisé comme un lâche. Qui plus est, si cela continuait ainsi, le danger ne ferait que devenir plus aigu. Sans du tout le vouloir, ils iraient donner tête baissée contre cette action même qu'ils n'avaient plus l'intention de perpétrer. Isao lui-même, leur chef, ne voulait plus aller jusqu'au bout. N'y avait-il pas moyen de faire machine arrière ? L'objet réel de sa visite ce soir était de demander conseil. Voilà comment les choses se présentaient.

J'employai tous les arguments auxquels je pus penser pour l'inciter à renoncer. La seule chose courageuse à faire était d'en rester là. De la sorte, même si ses camarades lui tournaient le dos à pré-

CHAPITRE 37

sent, le moment viendrait certainement où ils comprendraient. Il y avait bien d'autres moyens de servir son pays. Et, s'il n'y voyait pas d'inconvénient, je m'offrais à tâcher de convaincre ses camarades en tant que femme. Mais en l'entendant répliquer que cela ne ferait que le gêner, je pensai qu'il avait raison et j'en tombai d'accord.

En nous séparant devant le sanctuaire de Hakusan, Isao se tourna vers moi après que nous eûmes prié ensemble en me disant : « Grâce à vous, je me sens bien de nouveau. Je n'ai nullement l'intention d'aller jusqu'au bout. Dès que la chance m'en sera donnée, je leur dirai à tous qu'on abandonne. » Il eut un rire joyeux en disant cela, si bien que je me suis sentie un peu soulagée. Mais pourtant, il subsiste un malaise dans ma poitrine.

En écrivant ceci, j'ai la tête lucide et éveillée ; je ne vais pas pouvoir dormir cette nuit. Si un malheur allait surprendre ce brave jeune homme en qui mon père, lui aussi, met tant d'espoir, je crois pouvoir dire que c'est le Japon qui subirait une lourde perte. J'ai le cœur lourd ce soir et je ne me sens pas à même de composer des poèmes.

Voilà ce qui est écrit. Pouvez-vous nous assurer que c'est vous qui en êtes l'auteur ?

MAKIKO : Oui, Maître. C'est moi.

HONDA : Et par la suite, vous n'avez rien changé ni rien ajouté ?

MAKIKO : Non, Maître. C'est resté tel quel.

LE PRÉSIDENT : En ce cas, c'est donc, selon ce que vous avez observé, que l'inculpé Iinuma, le soir dont il s'agit, avait abandonné toute intention de commettre un crime ?

MAKIKO : Oui, Votre Honneur, c'est cela.

LE PRÉSIDENT : Est-ce que Iinuma vous a parlé de la date choisie ou d'autre chose semblable ?

MAKIKO : Non, Votre Honneur. Il ne m'a rien dit.

LE PRÉSIDENT : Croyez-vous qu'il voulait peut-être vous le cacher ?

MAKIKO : M'ayant déjà dit, Votre Honneur, qu'il abandonnait ses projets, il considérait donc, je pense, qu'il n'y avait pas lieu de parler de choses comme la date qu'il avait auparavant fixée. Il était toujours si droit que je suis certaine que je l'aurais su s'il avait menti.

LE PRÉSIDENT : Vos relations avec l'inculpé semblent être des plus étroites.

MAKIKO : J'imagine que je le considère comme un plus jeune frère.

LE PRÉSIDENT : Alors, étant si étroitement liés tous les deux, et compte tenu du malaise persistant que vous notiez dans votre journal, n'avez-vous pas eu envie d'agir en secret pour être sûre qu'ils feraient machine arrière ?

MAKIKO : J'avais l'impression que si une femme s'en mêlait, cela ne ferait qu'aggraver les choses, aussi me contentai-je de prier. Et, sur les entrefaites, j'appris qu'ils étaient arrêtés. Cela m'a porté un coup.

LE PRÉSIDENT : Avez-vous parlé de ce qui s'était passé ce soir-là à votre père ou à quiconque ?

MAKIKO : Non, Votre Honneur.

LE PRÉSIDENT : N'aurait-il pas été naturel d'en avertir votre père, compte tenu de la gravité de l'affaire et, en outre, des changements intervenus ?

MAKIKO : Quand je rentrai ce soir-là, mon père ne me posa pas de questions. Tout d'abord, mon père voit les choses en militaire et il a toujours tenu en haute estime l'ardeur et la sincérité de la jeunesse. Je ne désirais donc pas lui parler du revirement d'Isao. Je sentais qu'il pourrait le prendre en mauvaise part à cause de l'affection qu'il lui portait. De plus, même sans que je dise rien, je pensais qu'il finirait par le savoir. De sorte que j'ai gardé tout cela secret en moi-même.

LE PRÉSIDENT : L'accusation souhaite-t-elle interroger le témoin ?

LE PROCUREUR : Non, Votre Honneur.

LE PRÉSIDENT : Le témoin peut donc se retirer. Merci, mademoiselle Kito.

Makiko salua et tournant le dos où l'on apercevait le gros nœud qui tenait son obi blanc Hakata, elle sortit de la salle d'audience sans jeter un regard vers les inculpés.

Isao serra les poings. La sueur bouillait au-dedans.

Makiko avait fait un faux témoignage ! De l'espèce la plus éhontée ! Elle avait apporté un témoignage qu'Isao savait être mensonge pur et simple, courant le risque, en cas de découverte, d'être accusée non seulement de faux témoignage mais encore, selon le cas, de complicité criminelle.

Quant à Honda, sans aucun doute il avait dû citer Makiko sans savoir qu'elle mentait. Il n'irait certainement pas jusqu'à compromettre toute sa carrière en allant conspirer avec Makiko. C'est donc que Honda ajoutait foi à l'histoire que racontait Makiko dans son journal !

Isao ne savait où se tourner. À moins de faire inculper Makiko pour faux témoignage, il n'avait d'autre recours que celui qui impliquait le sacrifice de cette pureté à laquelle il tenait tant.

Mais aussi, si Makiko avait véritablement écrit cela ce soir-là (et il semblait que là, du moins, elle disait la vérité) comment avait-elle

CHAPITRE 37

pu, immédiatement après ces adieux d'une beauté si tragique, travestir leur entretien en un tableau d'une laideur à nulle autre pareille ? Ce stratagème était-il dû à un sentiment hostile ? Au désir inexplicable de s'avilir elle-même ? Non, ce ne pouvait rien être de ce genre. Sentant venir un jour comme celui-ci, en rentrant chez elle après qu'ils se furent séparés, Makiko avait sagement préparé sa défense en prévision du moment où l'on invoquerait son témoignage. Et pourquoi ? Pour nulle autre raison que de le sauver.

Il n'était plus question que Makiko ait pu les trahir, se dit Isao. Et il songea qu'il était peu probable que le tribunal permît à un délateur d'être cité comme témoin pour apporter indirectement de l'eau au moulin de la défense. Si ç'avait été Makiko qui, en les dénonçant, les avait conduits devant le tribunal, on aurait vu la contradiction entre les renseignements qu'elle avait fournis et son témoignage d'aujourd'hui. Du nombre des tableaux déplaisants qui jaillissaient dans son imagination tandis que son cœur battait plus fort, il pouvait du moins écarter l'image de Makiko en délatrice. Il en ressentit un soulagement momentané.

Le seul motif concevable en ce qui concernait Makiko, c'était l'amour, un amour qui osait affronter le danger au vu et au su du public. Quel amour ! Pour son amour, Makiko n'hésitait pas à salir ce à quoi il attachait le plus de prix. De plus, et c'était le plus amer, il lui fallait répondre à cet amour. Il ne pouvait pas faire apparaître son faux témoignage. D'un autre côté, nul autre que lui ne savait ce qui s'était passé ce soir-là, de sorte que personne au monde sauf Isao ne pouvait taxer son témoignage de mensonge. Et Makiko le savait bien. Elle avait témoigné de cette manière précisément parce qu'elle le savait. Le piège qu'elle lui avait tendu consistait en ce qu'il n'avait d'autre choix que de se sauver lui-même s'il voulait la sauver, même si les moyens lui répugnaient. Qui plus est, il avait la certitude que Makiko savait qu'il n'agirait pas autrement...

Isao luttait pour arriver à secouer des liens qui menaçaient de l'étouffer.

Il considéra un autre aspect. Comment le faux témoignage de Makiko avait-il frappé les oreilles de ses camarades qui étaient là ? Isao ne doutait pas qu'ils eussent confiance en lui. Malgré tout, ils ne pouvaient guère rejeter, comme constituant un tissu de mensonges, un témoignage apporté si ouvertement !

Le silence de ses compagnons pendant que Makiko était à la barre rappelait celui d'animaux attachés, la nuit, dans leur enclos, dont les grognements sourds et les grattements furtifs contre les palissades accentuaient vivement une atmosphère de griefs indicibles et une puanteur étouffante d'urine. Isao savait que ses camarades réagissaient par toutes les fibres de leur corps. Jusqu'au bruit que faisait l'un d'eux en raclant du talon l'arrière de sa chaise et où Isao perçut comme une réprimande qui s'adressait à lui. L'angoisse suscitée par la trahison qui l'avait oppressé en prison – cette angoisse imprécise que l'on ressent en cherchant à tâtons dans le noir une aiguille perdue – se présentait désormais à l'inverse. Isao sentait qu'un sombre poison se répandait rapidement dans le cœur de chacun de ses camarades. Il entendait le lacis de craquelures qui commençaient à se répandre par toute la surface de ce vase de porcelaine blanche, sa pureté.

Qu'ils se détournent de lui, qu'il soit en butte à leur mépris, cela il pouvait le supporter. Mais ce qu'il ne pourrait pas supporter, c'est ce qu'ils déduiraient naturellement du témoignage de Makiko : ces arrestations soudaines n'étaient-elles pas dues au fait qu'Isao les avait trahis aux autorités ?

Il n'était qu'un moyen de dissiper cet inévitable soupçon. Il n'était qu'une personne à même de le dissiper. En d'autres termes, c'était à Isao lui-même de se dresser pour démasquer le faux témoignage de Makiko.

Cependant, Honda, de son côté, était loin d'admettre la véracité de ce que Makiko avait écrit dans son journal. Il ne croyait pas que les magistrats l'accepteraient tel quel comme preuve à conviction. Néanmoins, il savait qu'Isao ne ferait jamais rien qui pût entraîner l'inculpation de Makiko pour faux témoignage. Il avait la certitude qu'Isao se rendait compte, lui aussi, qu'elle n'avait eu qu'un souci : le sauver.

Il espérait provoquer un débat entre son client et son témoin. Le compartiment secret d'Isao, la pureté limpide de sa foi, s'embraserait sous l'ardente passion d'une femme comme aux rayons écarlates du soleil couchant. Il fallait que chacun d'eux, armé du glaive de l'ultime vérité, anéantît la puissance du monde auquel appartenait l'autre – pas d'autre moyen.

Ce combat-là, au cours de ses vingt années d'existence, Isao ne l'avait jamais imaginé, jamais il n'en avait rêvé. En outre, c'était une bataille qu'on devait apprendre à livrer, une certaine nécessité de la vie.

Isao accordait une foi démesurée au monde qui lui était propre. Cette foi, Honda devait l'écraser dans l'intérêt d'Isao. Pourquoi ? Parce que c'était la foi la plus dangereuse, quelque chose qui mettait sa vie en péril.

CHAPITRE 37

S'il avait exécuté son plan selon son désir, le suicide suivant aussitôt l'assassinat, il aurait peut-être mené sa vie à son terme sans avoir jamais rencontré «un autre être». Les «gros bonnets» qu'il aurait tués n'auraient jamais été d'autres êtres auxquels il aurait eu à faire face. Il aurait vu en ces hommes d'affreux pantins que devait détruire le feu limpide de la jeunesse. En vérité, en tranchant de sa lame dans ces chairs laides et vieillies, Isao aurait sans doute ressenti comme de l'affection pour sa victime, plus que si elle lui avait été apparentée, car cet homme aurait été une sorte d'icône incarnant le concept qu'Isao avait si longtemps caressé. Car, également dans sa déposition écrite, il avait affirmé que jamais «il ne tuerait par haine». Son crime aurait été de pure abstraction. Cependant, dire qu'Isao ne savait rien de la haine reviendrait à dire qu'il n'avait jamais aimé qui que ce fût.

À cette heure, il connaissait la haine. L'ombre d'un corps étranger avait pour la première fois pénétré son monde de pureté. Pour acérée que fût sa lame, preste son jeu de jambes, prompts les coups qu'il portait, c'était là chose étrangère et puissante venue du monde extérieur, une chose qu'il ne pouvait ni diriger, ni supprimer. En bref, il était en train d'apprendre que l'«extérieur» existait dans la substance même de l'atmosphère impeccable où il vivait.

Regardant la silhouette du témoin qui se retirait, le président ôta son lorgnon. Le soleil éclatant qui se répandait dans la salle éclairait son visage au teint médiocre et à la peau parcheminée.
«Il pense à quelque chose. À quoi pense-t-il?» se demanda Honda, frémissant d'intérêt en observant le magistrat.
Il n'était pas plausible qu'un juge vénérable se permît publiquement d'être séduit par le charme sémillant de Makiko vue de dos. Le président Hisamatsu, de sur son siège élevé, paraissait plutôt monter une garde solitaire sur le haut donjon des ans et de la justice légale. Avec la prudence de l'âge, ses yeux commandaient un horizon ample et lointain, don que ses supérieurs estimaient chez lui. De ce fait, Honda était certain que, voyant plus loin que le comportement et l'attitude irréprochables de Makiko pendant qu'on la questionnait et qu'on lisait des extraits de son journal, le juge entendait mieux se rendre compte de son assurance tandis qu'elle s'éloignait. Il regardait par-delà une plaine désolée et stérile, de sentiments, vers cet obi d'été qui allait disparaître... Assurément, il avait pu faire certaines déductions. Bien que le président Hisamatsu n'eût pas la réputation d'être brillant, il n'y avait rien d'étrange à ce qu'il connût à fond la nature humaine.

Le président se tourna vers Isao : « La déposition que vient de faire Mlle Kito est-elle véridique ? » demanda-t-il. Allongeant brusquement l'index, Honda arrêta le crayon rouge qu'il allait faire rouler du haut en bas de son pupitre et il dressa l'oreille.

Isao se leva. Honda ressentit quelque appréhension en remarquant que ses poings étaient fortement serrés et même tremblaient légèrement. Au col de son kimono d'été un peu lâche, des gouttes de sueur luisaient sur la peau blanche de sa poitrine.

« Oui, Votre Honneur, répondit Isao. C'est la vérité. »

LE PRÉSIDENT : Vous vous êtes rendu chez Makiko Kito dans la soirée du 29 novembre, et vous lui avez déclaré de votre propre gré que vous aviez changé d'avis à propos de ce qui avait été décidé ?

IINUMA : Oui, Votre Honneur.

LE PRÉSIDENT : Et cet entretien s'est déroulé tel qu'elle l'a décrit ?

IINUMA : Oui, Votre Honneur... Cependant...

LE PRÉSIDENT : Cependant ? Que voulez-vous dire : « Cependant ? »

IINUMA : Je ne lui ai pas dit mes vrais sentiments.

LE PRÉSIDENT : Et que voulez-vous dire par là ?

IINUMA : Mes vrais sentiments... La vérité, Votre Honneur... c'est que, tant Mlle Kito que le général Kito ont été très bons pour moi depuis longtemps. De sorte que j'ai voulu aller leur dire brièvement adieu avant de mettre à exécution mes projets. Et comme, depuis quelque temps, je lui avais laissé apercevoir un peu ce que je pensais, je voulais l'empêcher d'être en quoi que ce soit impliquée dans les suites de ce que nous allions faire. Et par conséquent, exprès j'ai fait comme si mes nerfs avaient craqué et, pour qu'elle le croie, je n'ai proféré que des mensonges. Je tenais à ce qu'elle soit profondément déçue par moi... et, par ce moyen... briser les liens qui... nous attachaient. Tout ce que j'ai pu lui dire ce soir-là n'était que mensonges. Elle s'y est complètement laissée prendre.

LE PRÉSIDENT : Je comprends. Alors, en somme, vous voulez dire que, le soir en question, votre détermination tenait aussi ferme que jamais ?

IINUMA : Oui, Votre Honneur.

LE PRÉSIDENT : N'êtes-vous pas en train de parler de la sorte pour vite essayer de remettre les choses en place devant vos compagnons qui viennent d'entendre de la bouche de Mlle Kito un témoignage qui vous dépeint comme faible et irrésolu ?

IINUMA : Non, Votre Honneur. Ce n'est pas du tout cela.

LE PRÉSIDENT : Il m'a semblé que le témoin, Mlle Kito, n'est pas le genre de personne qui se laisse aisément tromper. Le soir en ques-

CHAPITRE 37

tion, en vous entendant raconter tout cela, n'avez-vous pas eu l'impression qu'elle faisait seulement semblant de s'y laisser prendre ?

IINUMA : Pas du tout, Votre Honneur. J'avais l'air très sérieux en parlant.

En écoutant ces répliques, Honda applaudissait en secret au moyen désespéré qu'Isao avait inopinément saisi pour se sortir d'affaire. Se voyant cerné, il avait enfin appris les subtilités d'hommes mûrs. Il venait de découvrir de son propre mouvement l'unique expédient qui lui permettait de sauver Makiko tout en se sauvant lui-même. Pour l'instant du moins, Isao n'était pas un jeune animal écervelé qui ne sait que foncer tête baissée.

Honda réfléchit. L'inculpation étant la tentative d'assassinat, l'accusation ne devait pas s'en tenir aux intentions, il lui fallait encore démontrer que quelque préparatif concret avait eu lieu.

Or, du fait que le témoignage de Makiko se rapportait seulement aux intentions sans rien à voir avec l'acte lui-même, dans le contexte plus général du procès, il ne représentait ni un plus ni un moins. Toutefois, si l'on considérait l'état d'esprit des juges à l'égard des accusés, c'était autre chose. Car l'article 201, relatif à la tentative d'assassinat, comportait une clause spécifiant que la condamnation pouvait être remise, compte tenu des circonstances.

La façon dont chaque juge appréciait les circonstances pouvait varier selon son tempérament. Honda n'avait rien trouvé dans des décisions antérieures du président Hisamatsu qui lui permît de savoir à quoi s'en tenir sur son tempérament. Il était donc sage de prévoir, pour aider l'appréciation du juge, deux sortes de données s'opposant réciproquement.

Si le magistrat penchait psychologiquement de ce côté, il fonderait son opinion sur la renonciation d'Isao à toute intention criminelle, d'après ce qu'impliquait la déposition de Makiko. S'il était de ceux qui admettent la foi en un idéal qu'on s'efforce d'atteindre, peut-être qu'alors la pureté inébranlable d'Isao dans sa détermination, soulignée par le témoignage de ce dernier, parviendrait à l'émouvoir. L'essentiel était d'être à même de présenter des éléments répondant à ces deux critères, quel que fût le parti que prendrait le magistrat.

« Dis ce que tu voudras. Insiste tant que tu voudras, répéta Honda au tréfonds de son cœur à l'adresse d'Isao. Que ta sincérité se répande, qu'une odeur de sang imprègne l'analyse de tes pensées, mais surtout, à aucun moment, ne te laisse aller à quitter le domaine des concepts. C'est la seule façon de te sauver. »

LE PRÉSIDENT : Voyons, Iinuma... vous avez parlé de l'«action» et de votre «foi». Vous vous êtes longuement exprimé là-dessus dans votre déposition écrite. Mais que pensez-vous des liens entre la pensée et l'action?

IINUMA : Je vous demande pardon, Votre Honneur?

LE PRÉSIDENT : Disons, si vous voulez : pourquoi cela ne suffit-il pas de croire? Le patriotisme ne peut-il rester simplement une foi? Pourquoi aller au-delà et envisager des actes illégaux, tels que ceux auxquels vous songiez? J'aimerais avoir votre opinion à ce sujet.

IINUMA : Oui, Votre Honneur. Dans la philosophie de Wang Yang-Ming il y a une chose qui s'appelle la conformité de la pensée et de l'action. «Savoir et ne pas agir, ce n'est pas encore savoir.» Telle est la philosophie que je me suis efforcé de mettre en pratique. Pour qui connaît la décadence du Japon d'aujourd'hui, les nuages sombres qui enveloppent son avenir, la condition misérable des paysans et le désespoir des pauvres, pour qui sait que tout cela est dû à la corruption des milieux politiques et à la nature sans patriotisme des *zaibatsus* dont la prospérité vit de cette corruption, et si l'on sait que c'est là l'origine des maux qui empêchent de se manifester la bienveillance éclatante de notre Empereur très vénéré, à qui sait tout cela, je pense que le sens de «savoir et agir» devient une évidence.

LE PRÉSIDENT : Voilà qui est extrêmement abstrait, me semble-t-il. Prenez tout votre temps, mais expliquez le cheminement de vos idées, de votre indignation, de vos décisions.

IINUMA : Très bien, Votre Honneur. Je me suis adonné à la pratique du kendo depuis mon enfance, mais quand j'appris qu'à l'époque de la Restauration Meiji des jeunes gens portaient des sabres et qu'ils livraient des assauts véritables, s'attaquaient à l'injustice et accomplissaient les grandes tâches de la Restauration, je me sentis plus mécontent que je ne saurais dire du sabre de bambou et de l'escrime des salles de kendo. Mais je n'avais pas encore une idée bien nette du genre d'action qui me convenait.

En 1930, se tint la conférence navale de Londres, et même à l'école, on nous dit quelles clauses humiliantes nous avaient été imposées et quel péril courait notre sécurité nationale. Au moment même où mes yeux s'ouvraient aux dangers qui menaçaient la nation, survint l'incident où Sagoya abattit le Premier ministre Hamaguchi. Je compris alors que la nuée sombre qui recouvrait le Japon n'était pas chose à prendre à la légère en haussant les épaules et, à partir de ce moment, je prêtai l'oreille à ce que les professeurs

CHAPITRE 37

et les étudiants plus âgés pouvaient dire des affaires en cours et, à titre personnel, je me mis à lire toutes sortes de choses.

Peu à peu, j'appris à connaître les problèmes de la vie publique. Je fus scandalisé par l'inaction du gouvernement face à la crise chronique qui se traînait depuis la panique mondiale.

Une masse de salariés au chômage atteignant les deux millions, des hommes qui naguère avaient quitté leur foyer pour aller travailler et envoyer de l'argent chez eux, retournaient maintenant au village, aggravant la misère paysanne qui y régnait déjà. J'appris que les foules se pressaient devant le temple Yugyo à Fujisawa où les moines servaient du gruau de riz aux sans-travail qui s'en retournaient à la campagne à pied, n'ayant pas de quoi se payer le train. Et néanmoins le gouvernement, en dépit de la gravité de la situation, ne manifestait que nonchalante indifférence et le ministre de l'Intérieur Antachi déclarait : « Des mesures d'assistance aux chômeurs favoriseraient chez les gens paresse et insouciance, aussi ferai-je tout mon possible pour éviter une politique aussi nocive. »

Puis, en 1931, de mauvaises récoltes vinrent frapper Tohoku et Hokkaido. On vendit tout ce qu'on put, on dut quitter la terre et le foyer, la situation devint telle que des familles entières vivaient dans des écuries et qu'on n'évitait de mourir de faim qu'en se nourrissant de glands et de racines. Jusqu'à la façade des mairies où l'on voyait afficher : « Si l'on a des filles à vendre, s'adresser à l'intérieur. » Il n'était pas rare qu'un soldat en partant à la guerre dise adieu en pleurant à sa jeune sœur qu'on allait vendre à un bordel.

Outre la détresse occasionnée par de mauvaises récoltes, la sévère politique économique du gouvernement après la levée de l'embargo sur les exportations d'or fit peser des fardeaux supplémentaires sur les paysans, et l'affolement des agriculteurs connut de nouveaux sommets. La Terre d'Abondance du Riz qu'était l'ancien Japon devint un lieu désolé où vivait une population en pleurs tenaillée par la faim.

Alors, l'importation de riz quand il y en avait plus que suffisamment au Japon entraîna la chute désastreuse de son prix. Pendant ce temps, le loyer des fermes fit des bonds fantastiques, et plus de la moitié de la récolte produite par un fermier partait en fermage, sans qu'un seul grain de riz allât dans la bouche du fermier lui-même. Les fermiers ne disposaient pas d'un seul yen. Le commerce se fondait sur le troc. Un paquet de cigarettes Shikishima s'échangeait contre deux mesures de riz, une coupe de cheveux en valait quatre, un paquet de cigarettes « Golden Bat » se vendait cent bottes de navets, et vingt-six livres de cocons rapportaient dix yens. Telle était la situation.

Vous le savez, Votre Honneur, les paysans se livrent partout à des manifestations. On peut craindre que les contrées agricoles ne passent aux Rouges. Même dans les poitrines des jeunes recrues qui sont appelées sous les drapeaux de Sa Majesté dont ils sont les fidèles sujets, on ne trouve pas de patriotisme sans mélange et le mal commence à se répandre dans les forces armées.

Sans se donner la peine de réfléchir à ces crises, le gouvernement se traîne dans les voies de la corruption. Les *zaibatsus* ont amassé des sommes énormes en achetant du dollar et par d'autres politiques ruineuses pour la nation, et nul ne se soucie le moins du monde de l'effroyable misère des masses. En conclusion de mes diverses lectures et d'autres recherches j'en vins à ressentir profondément que ce qui avait avili à ce point le Japon n'était pas dû seulement au péché des politiciens. Une large part de responsabilité revenait aux *zaibatsus* qui manœuvraient ces politiciens pour satisfaire leurs appétits de profit.

Jamais, pourtant, je n'ai songé à passer chez les gauchistes, car l'idéologie gauchiste fait montre d'hostilité envers la personne très vénérée de Sa Majesté Sacrée.

Depuis les temps anciens, le Japon est un pays dont une caractéristique fut de vénérer Sa Majesté Sacrée, terre d'harmonie où l'on considère que l'Empereur est le chef de la grande famille qu'est le peuple japonais. C'est là, je n'ai pas besoin de le dire, l'image véritable du pays de l'Empereur, son caractère national, aussi immortel que ciel et terre.

Mais que penser de ce Japon de la décadence rempli de gens qui souffrent de la faim ? Pourquoi notre siècle est-il devenu si dégénéré malgré la personne révérée de l'Empereur ? N'est-ce donc pas la vertu sans égale du Pays de l'Empereur que les ministres éminents qui servent à ses côtés et les paysans affamés des bourgs perdus de Tohoku sont pareillement ses enfants, sans différence ni distinction ? D'abord, j'ai cru fermement qu'à coup sûr le jour viendrait où les pauvres seraient sauvés par la haute bienveillance de Sa Majesté Sacrée. Le Japon et les Japonais s'étaient pour le moment simplement fourvoyés. Avec le temps, l'esprit de Yamato se réveillerait au cœur de ses fidèles sujets et la nation tout entière travaillant au coude à coude referait du Pays de l'Empereur ce que jadis il avait été. Tels furent mes premiers espoirs. J'avais foi qu'un jour les sombres nuages seraient dissipés et qu'un avenir clair et limpide s'annoncerait pour le Japon.

Cependant, j'avais beau attendre, ce jour-là n'arrivait point. Plus j'attendais et plus les nuages s'assombrissaient. C'est alors que j'eus

CHAPITRE 37

l'occasion de lire un ouvrage qui me frappa de toute la force d'une révélation. C'était le livre de Tsunanori Yamao : *La Société du Vent Divin.* Après l'avoir achevé, je n'étais plus le même. Je compris que de rester simplement assis à attendre n'était guère l'attitude qui convient à un homme sincère. Jusqu'alors je n'avais rien su de la sincérité du désespoir. Et je ne savais pas non plus qu'une fois que s'enflammait en soi le feu de la sincérité, il devient nécessaire de mourir.

Le soleil brille tout là-bas. D'ici, on ne le voit pas, mais l'immense grisaille de la lumière qui nous entoure émane elle-même assurément du soleil, c'est donc que le soleil brille en un coin du ciel. C'est ce soleil qui constitue la véritable image de Sa Majesté Sacrée. Si seulement l'on pouvait baigner dans ses rayons, on en pousserait des cris de joie. La plaine désolée se trouverait aussitôt fertile et le Japon, sans l'ombre d'un doute, redeviendrait la Terre d'Abondance du Riz.

Mais les nuages bas des ténèbres recouvrent le sol, interceptant la lumière du soleil. Ciel et terre sont tenus cruellement séparés, ciel et terre qui n'auraient qu'à se rencontrer pour s'étreindre en souriant, mais qui ne peuvent pas même entr'apercevoir leur triste visage. Les cris douloureux des hommes s'élèvent par tout le pays sans pouvoir atteindre aux oreilles du ciel. Hurler est vain, pleurer est vain, protester est vain. Mais que leurs voix puissent atteindre aux oreilles du ciel, alors, aussi aisément que vous remuez le petit doigt, les puissances des cieux pourraient écarter ces sombres nuées et transformer une solitude marécageuse en riante campagne.

Qui donc allait porter le message aux cieux ? Qui, montant jusqu'au ciel par la mort, allait prendre sur lui le rôle vital de messager ? Je perçus que c'était là ce que les hommes vaillants de la Société du Vent Divin avaient voulu par leur foi en l'Ukei.

Si nous continuons à regarder sans rien faire, ciel et terre ne se rejoindront jamais. Pour que ciel et terre se rejoignent, il faut un acte pur, décisif. Afin d'accomplir une action aussi résolue, il faut risquer sa vie, sans du tout songer pour soi-même à gagner ou à perdre. Il faut se transformer en dragon, déchaîner l'ouragan et, déchirant les nuées sombres amoncelées, s'élever dans le ciel bleu azur.

Bien sûr, je songeai à rassembler en masse armes et gens et à balayer l'obscurité du firmament avant de monter aux cieux. Mais, peu à peu, je m'aperçus que cela n'était pas nécessaire. Les vaillants hommes de la Société, armés de leurs sabres japonais, avaient investi en combattant un camp de fantassins pourvus d'armes modernes. Tout ce que j'avais à faire, c'était de prendre pour cible l'endroit où les nuages étaient les plus sombres, le point où leur trame souillée était la plus épaisse, la plus immonde. Tout ce que j'avais à faire, c'était la trouer en déchirant de toutes mes forces et, seul, m'élever aux cieux.

Mon idée n'était nullement de tuer des gens, seulement de détruire l'esprit de mort qui empoisonnait le Japon. Pour y parvenir, il me fallait déchirer l'habit de chair dont leur esprit était revêtu. Par cette action, les âmes de ceux que nous allions abattre seraient, elles aussi, purifiées, et l'esprit de Yamato, à l'éclat salutaire, renaîtrait dans leurs cœurs. Eux aussi, avec mes camarades et moi, allaient monter aux cieux. Car à notre tour, après avoir détruit leur chair, il nous fallait sans délai commettre le seppuku. Pourquoi ? Parce que si, le plus tôt possible, nous ne rejetions pas notre propre chair, nous ne pouvions pas remplir notre rôle en apportant au ciel l'urgent message.

Aller imaginer des choses à propos de la Conscience impériale, c'est encore manquer de fidélité. La fidélité n'est rien d'autre, je crois, que de donner sa vie par révérence pour la Volonté impériale. Cela consiste à déchirer les nuages sombres, à escalader le ciel puis à plonger vers le soleil, à plonger au cœur de la Conscience impériale.

Voilà le serment que mes camarades et moi avions prononcé dans nos cœurs.

Honda, sans sourciller, tint son regard fixé sur le président. À mesure qu'Isao entrait dans ses explications, il remarqua que la peau blanche, tachée, qui recouvrait les vieilles joues du magistrat, s'embrasait peu à peu des reflets de la jeunesse. Quand Isao eut achevé et se fut rassis, le président Hisamatsu se mit à fourrager dans ses papiers, mais c'était visiblement un moyen de dissimuler son émotion. Au bout d'un moment, il prit la parole :

LE PRÉSIDENT : C'est donc cela ? Le ministère public a-t-il quelque chose à dire ?

LE PROCUREUR : Oui, Votre Honneur. Pour prendre les choses dans l'ordre, je voudrais dire quelque chose eu égard au témoin, Mlle Kito. Je suis sûr que la cour a autorisé sa déposition après mûre réflexion. Néanmoins, de mon point de vue, je dois non seulement dire que son témoignage est hors de propos, mais sans aller jusqu'à le taxer de faux témoignage, je prétends que la confiance à accorder à son journal apparaît des plus contestables. En ce qui concerne la valeur de ce journal comme preuve écrite, je tiens à exprimer énergiquement mon scepticisme. Aussi bien, le témoin ayant lui-même déclaré qu'elle éprouve pour l'inculpé une affection comme envers

CHAPITRE 37

« un frère plus jeune », on peut s'attendre à ce que la passion s'en mêle, compte tenu des longues et cordiales relations existant entre les familles Iinuma et Kito. L'inculpé Iinuma lui-même a parlé des « liens qui les attachaient », aussi pourrait-on bien imaginer qu'il existe entre ces deux personnes une entente tacite. En conséquence, j'ai le regret de dire que, tant dans la déposition de Mlle Kito que dans le récit de cette soirée dû à l'inculpé Iinuma, on peut déceler comme une exagération anormale. En bref, j'estime qu'il ne convenait pas de faire comparaître ce témoin.

Si l'on considère à présent le long exposé auquel l'inculpé Iinuma vient de se livrer, l'imagination et les abstractions y jouent le plus grand rôle. Il a pu sembler tout d'abord qu'il épanchait tous ses projets, mais l'impression demeure qu'il en a délibérément obscurci certains aspects significatifs. Par exemple, comment en est-il venu à abandonner le projet de rassembler un grand nombre d'armes et de gens pour balayer d'un coup les nuages sombres, en pensant qu'il suffirait de déchirer les nuages en un endroit seulement ? Il y a là une lacune dans son exposé qu'on ne saurait passer sous silence. Je suis persuadé que, sur ce point, l'inculpé a omis délibérément les détails de cette affaire.

D'autre part, bien que la mémoire du témoin M. Kitazaki lui ait fait quelque peu défaut quant à la date, il a témoigné que le lieutenant Hori criait en colère : « Est-ce que vous comprenez ? Laissez tomber ! », vers la fin d'octobre ou le début de novembre, l'an dernier. Je relève que cette déposition comporte en l'occurrence un témoignage d'importance vitale, car elle éclaire tout à fait ce qu'a déclaré l'inculpé Iinuma au sujet de l'échange des armes qu'il dit avoir eu lieu le 18 novembre. Si les armes avaient été échangées antérieurement, si le soir où le lieutenant s'écria « Laissez tomber » s'était situé après, ce serait une autre affaire. Tel ne fut pas le cas, cependant, si bien que les différentes parties se correspondent.

Après avoir conféré avec le procureur et l'avocat de la défense quant à la date et à l'heure de la prochaine audience, le juge annonça que la seconde audience était levée.

38

*L*e verdict fut communiqué le 26 décembre 1933, juste avant les vacances de fin d'année. Bien que, contrairement à ce qu'avait espéré Honda, la culpabilité fût retenue, l'arrêt déclarait : « Remise est faite aux inculpés de la peine qu'ils ont encourue. » Ce jugement se fondait sur une clause de l'article 201 du code pénal, relatif à la préméditation d'assassinat : « ... Toutefois, compte tenu des circonstances, remise peut être faite de la peine encourue. »

Le verdict reconnaissait bel et bien la préméditation d'assassinat, mais aussi l'extrême jeunesse des inculpés, à l'exception de Sawa, la pureté des motifs et le fait qu'ils s'étaient, à l'évidence, laissés entraîner par un patriotisme exacerbé. En outre, il ne ressortait pas clairement des témoignages qu'après en avoir comploté, ils ne s'étaient pas détournés en fait de leurs intentions criminelles. Le raisonnement logique qui fondait la remise de peine en faveur de tous les inculpés se trouvait ainsi expliqué en détail.

En ce qui concernait Sawa, plus âgé, celui-ci n'aurait pas échappé à la condamnation s'il avait été à l'origine du complot, mais, s'y étant associé en cours de route et ne paraissant pas avoir particulièrement assumé le rôle dirigeant, il bénéficiait de la même remise de peine.

Si l'arrêt avait déclaré les inculpés « non coupables », il est fort probable que le parquet eût fait appel, mais en l'occurrence, Honda avait bon espoir que tel ne serait pas le cas. En tout cas, on serait fixé dans une semaine.

Tous les inculpés furent libérés et ils s'en retournèrent chez leurs parents.

Le 26 au soir, il y eut un dîner en privé à l'Académie du Patriotisme pour fêter le retour d'Isao. Honda y était l'invité d'honneur, tandis qu'Iinuma et son épouse, Isao, Sawa et l'ensemble des étudiants prenaient part à la célébration. Makiko avait été invitée, mais elle ne parut point.

Jusqu'à l'heure d'ouverture du banquet, Isao resta à écouter la radio, comme hébété. Il entendit à 18 heures le « Théâtre des contes de fées », à 18 h 20 le « Journal des enfants » de Hanako Muraoka, une causerie du chirurgien en chef de la Division de Konoe sur les « moyens à mettre en œuvre par les habitants en cas d'attaque par gaz » à 18 h 25, et alors qu'il écoutait le « Journal parlé » de Harold

CHAPITRE 38

Palmer à 18 h 55, il fut contraint de se lever pour se dépêcher de gagner la salle à manger. Depuis son retour à la maison, il n'avait rien dit, se contenant de sourire.

Sa mère était venue à sa rencontre à la porte, donnant libre cours à ses larmes, puis, munie d'un tablier brillant de propreté, elle se retira dans la cuisine et se mit en devoir de hacher des légumes. La cuisine était envahie de ménagères toutes réjouies venues lui prêter assistance. Tandis qu'elle lançait des ordres, on eût dit que les doigts affairés de sa mère envoyaient d'invisibles rayons dans toutes les directions vers les plats qui se garnissaient instantanément de sashimi multicolores, de poisson grillé et de viandes. Les rires de femmes venant de la cuisine tintaient aux oreilles d'Isao comme les bruits d'un autre monde.

Iinuma et les élèves de l'Académie étaient allés à la rencontre d'Isao et de Sawa, puis, sur le chemin du retour, tous avaient fait halte pour offrir leurs hommages devant le palais impérial et le sanctuaire Meiji, et sitôt rentrés à l'Académie, ils étaient allés prier comme une seule famille au sanctuaire situé dans l'une des ailes. C'est ensuite seulement qu'Isao avait pu jouir à loisir d'un bain chaud. On avait remercié tous les dieux et maintenant, à ce banquet, restait à remercier celui qui, dans le monde des humains, méritait le plus de remerciements, Honda. Iinuma, en kimono de cérémonie aux armes de la famille, se leva d'où il était assis pour aller occuper une place au bas bout avec son fils et Sawa chacun d'un côté, puis, se tournant vers Honda, il s'inclina profondément.

Isao fit comme on lui disait. On eût dit que même son sourire était de commande. Des sons tintaient à ses oreilles. Des choses bougeaient et s'agitaient. Des choses scintillaient et dansaient à ses yeux. Des choses dont il avait longtemps rêvé étaient portées à sa bouche. Ses sens fonctionnaient assurément et pourtant la réalité apparaissait diffuse, la nourriture aussi dépourvue de substance que des mets qu'on goûte en rêvant. Il semblait que la salle de douze nattes où il se trouvait se fût imprégnée d'un éclat douloureux, se transformant soudain en un immense hall de cent vingt nattes où, dans les lointains, une foule se pressait pour prendre part à un joyeux banquet. Il n'avait rien à voir avec ces gens-là.

Ce fut Honda qui remarqua bientôt qu'Isao n'avait plus son regard perçant si particulier.

Iinuma sourit de l'inquiétude que manifestait Honda. « Naturellement, il n'est pas encore tout à fait remis », dit-il à voix basse. « La même chose m'est arrivée. Certes, dans mon cas, cela n'avait pas duré aussi longtemps, mais, malgré tout, je me suis senti effondré pendant une semaine ou deux, après coup. Je ne me sentais pas véritablement libre... Il n'y a pas de quoi se faire du souci, monsieur Honda. Mais, cela dit, savez-vous pourquoi j'ai organisé cette soirée pour mon garçon ? Tout simplement pour que ce jour soit celui où l'on fête son passage à l'âge d'homme. Il n'aura pas vingt et un ans avant encore un bout de temps, mais il n'est pas douteux que cette journée restera l'une des plus mémorables de son existence, celle où il sera de nouveau né à la vie. À partir de ce soir, je m'en vais lui mener un peu la vie dure, mais je veux réellement ouvrir les yeux d'Isao en le traitant en homme fait. Et je sais, Maître, que vous comprenez ce que je ressens en tant que père et que vous n'allez pas tenter de me retenir.»

Tout ce temps, Isao continuait à trinquer avec Sawa, tous deux entourés d'étudiants. Sawa les amusait tous en racontant à haute voix des épisodes de son incarcération tandis qu'Isao se contentait de sourire en silence.

Le plus jeune des étudiants, Tsumura, qui idolâtrait Isao, s'agaçait à mesure qu'une histoire drôle succédait à une autre, voulant entendre Isao et sa parole d'une sévérité glacée. Il ne le quittait pas des yeux, et comme Isao demeurait muet, Tsumura finit par prendre l'initiative et lui murmurer : «Isao, t'a-t-on dit la chose abominable qu'a faite Kurahara ?»

Le nom de Kurahara vint frapper les oreilles d'Isao comme un coup de tonnerre. Il ne l'eut pas plutôt entendu que le domaine du réel qui avait paru si lointain, heurta soudain ses sens tels des sous-vêtements trempés de sueur qui vous collent à la peau.

«Kurahara ? Qu'est-ce qu'il a fait ?

– Quelque chose que j'ai vu dans le journal d'hier. La *Voie Impériale* y a consacré toute sa première page, répliqua Tsumura, citant le titre d'un journal d'extrême droite. Vraiment, c'était abominable.» Il sortit d'un journal plié, de format tabloïd, de la poche de sa tunique et le montra à Isao. Puis il tint les yeux fixés par-dessus l'épaule d'Isao tout en lisant l'article, le souffle brûlant, ses yeux irrités paraissant transpercer le journal de leur flamme. «Abominable, que c'était», répéta-t-il.

Le journal était mal imprimé et l'on voyait çà et là des caractères défectueux. L'histoire qu'il rapportait n'avait pas paru dans la grande presse ; c'était un article reproduit avec l'autorisation d'une publication shinto rattachée au grand sanctuaire d'Ise.

Selon cet article, le 15 décembre, Kurahara aurait assisté à une réunion de l'association des banquiers du Kansai et, sur le chemin

CHAPITRE 38

du retour, s'était arrêté à Ise où il s'était empiffré, au dîner, de bœuf Matsuzaka dont il était gourmand. Le lendemain matin, il avait accompagné le chef de la préfecture au culte offert au sanctuaire intérieur d'Ise.

Les suivaient leurs secrétaires et nombre d'autres sous-ordres, mais Kurahara et le gouverneur se virent accorder un traitement préférentiel, deux chaises pliantes étant disposées pour eux dans l'allée de gravier. Également pour la cérémonie du rameau sacré, on leur donna deux branchettes de sakaki préparées d'avance.

Debout et levant leurs rameaux, tous deux écoutèrent les prières rituelles. Puis, soudain, Kurahara, se sentant apparemment une démangeaison dans le dos, fit passer le rameau dans sa main gauche et essaya de se gratter à cet endroit mais sans réussir à l'atteindre. Ayant repris le rameau dans la main droite, il se passa cette fois la main gauche par-derrière. Nouvel échec.

Les prières rituelles se poursuivaient, et ne semblaient toujours pas devoir s'achever. Kurahara hésita un instant, puis, gêné par le rameau de sakaki, il décida de le poser sur la chaise. Alors, il se passa les deux mains derrière le dos et se gratta. À ce moment précis, les prières se terminèrent enfin et deux diacres firent signe aux deux hommes qu'ils devaient offrir leurs rameaux.

Kurahara, oubliant qu'il avait laissé son rameau de côté, fit assaut de politesses avec le gouverneur, à qui passerait le premier. À la fin, le gouverneur céda et s'avança pour l'offrande. Au même instant, les prêtres furent choqués de voir que le rameau de sakaki n'était plus dans la main de Kurahara, mais il était trop tard, car ce dernier, soulagé que le gouverneur fût passé devant, s'était rassis pendant ce temps, écrasant sous ses fesses le rameau posé sur sa chaise. Au milieu de la musique shinto qui accompagnait le rituel, ce faux pas fut tôt oublié sans trop éveiller l'attention. Avant que beaucoup de gens aient pu le remarquer, Kurahara, muni d'un rameau neuf, s'avançait pour l'offrande. Mais, parmi les jeunes prêtres témoins de cette scène, il y en eut un qui ne put contenir son indignation. C'est lui qui écrivit à ce propos dans le journal du sanctuaire un article qui attira l'attention de la *Voie Impériale*.

Kurahara n'aurait pu commettre de plus grand sacrilège. Que Tsumura en fût indigné s'expliquait assez. Même s'il y avait là simple maladresse de la part de Kurahara, le soir précédant cet acte de piété, il s'était rempli le ventre de la chair des animaux et, qui plus est, au lieu d'implorer son pardon pour la faute commise devant les dieux, il avait osé s'avancer avec son second rameau de sakaki jusqu'en présence de la divinité et, sous les regards des hommes, il avait commis le péché plus grand encore de passer sous silence son manquement intérieur, donnant au sacrilège une allure solennelle. Pourtant, conclut Isao, cela ne constituait pas une raison suffisante pour le tuer. Mais, se tournant alors pour regarder le jeune Tsumura, il aperçut dans ses yeux clairs un courroux juvénile. Isao en ressentit quelque honte.

Ce malaise momentané parut dérober sa force à la main qui tenait le journal. L'instant d'après, Sawa étendit le bras et s'empara du journal.

«Oubliez cela. Oubliez cela. Ne vous cassez pas la tête pour cela», dit Sawa. Isao n'aurait pu dire vraiment jusqu'à quel point était ivre cet homme qui passait un bras grassouillet, trop blanc, autour de son épaule et l'invitait à reprendre du saké. Pour la première fois, Isao remarqua combien l'épiderme de Sawa était devenu d'une pâleur sombre.

La bouteille de saké faisait le tour, tous ils chantaient et battaient des mains, certains se levaient pour distraire la compagnie jusqu'à ce qu'à la fin, le principal déclarât la réception achevée. Puis Iinuma suggéra que Honda, Isao et Sawa se joignissent à lui autour de la table du *kotatsu* dans sa chambre pour trinquer à nouveau, servis par son épouse.

C'était la première fois que Honda pénétrait dans cette pièce. Elle avait dix nattes de surface, et au centre, il fut stupéfait de trouver, étalée dans toute son éclatante splendeur, une couverture de foyer en soie de Yuzen d'une beauté sensuelle avec le motif souverain du char à bœufs. Sensible comme il était, Honda devina immédiatement que c'était l'effet des goûts aristocratiques qui hantaient encore Mine. Déjà, lors du banquet, il avait été déconcerté de voir que les bacs de riz en bois étaient recouverts d'une housse de coton bleu.

En observant les échanges entre mari et femme, Honda avait l'intuition qu'Iinuma, quelque part en son cœur, n'avait jamais pardonné le passé de son épouse. Était-ce le lointain passé où se trouvait mêlé le marquis Matsugae ou quelque circonstance du passé plus récent, il n'aurait su dire. Car le comportement inexorable d'Iinuma était comme évident dans son attitude, et pareillement, il y avait chez Mine une certaine obséquiosité qui semblait sans cesse implorer le pardon de son mari. Néanmoins, il était bizarre qu'Iinuma tolérât partout chez lui des choses dont l'origine

CHAPITRE 38

rappelait la jeunesse libertine de son épouse, cette esthétique un peu voyante, si contraire à ses goûts à lui, telle qu'on la voyait dans ce style de couverture de *kotatsu*. Peut-être, se dit Honda, Iinuma lui-même, au plus profond de son cœur, dissimule-t-il une nostalgie de cette sorte de goût qui convient à une fille de chambre au service d'une noble famille.

Honda fut invité à s'asseoir devant le *tokonoma*. Mine ne détachait pas son regard de la grande bouteille de saké qui reposait dans la bouilloire en cuivre du *hibachi*, l'effleurant vivement de temps à autre du bout de ses longs doigts agiles, comme si c'eût été un animal aisément excité. Honda eut l'impression qu'il demeurait en elle, en dépit de son extrême politesse, quelque chose de la gamine espiègle qu'elle avait été. Les quatre hommes, se chauffant dans le *kotatsu*, se mirent à boire du saké, accompagné d'œufs de rouget séchés.

« Ce soir, Isao, tu peux boire à ton gré. » En passant la bouteille à son fils, Iinuma lança un regard en coulisse à Honda. Apparemment, c'était là le début de la « vie dure » dont il avait parlé tout à l'heure.

« Ce soir, devant Maître Honda, je vais dire quelque chose qui va probablement te remettre d'aplomb. Je vais le faire parce qu'à partir d'aujourd'hui, te voilà un homme de corps et d'esprit et, étant ton père, je m'en vais te traiter en homme fait ; ainsi tu connaîtras les tenants et aboutissants de la vie, et tu pourras devenir mon digne successeur. Je ne vais pas mâcher les mots : il est clair que la police vous a arrêtés il y a un an parce que quelqu'un vous avait dénoncés. À ton avis, qui était ce quelqu'un ? Si tu as une idée, dis-la-moi.

– Je n'en ai aucune idée.

– Ne te gêne pas. Si tu crois savoir, dis-le-moi. Ça n'a pas d'importance.

– Je ne sais pas.

– Je vais te le dire. C'était moi, ton père. Eh bien, cela te surprend-il ?

– Oui... »

Honda eut comme un pressentiment en remarquant qu'à ce moment, l'expression d'Isao ne portait nulle trace de surprise véritable. Au même instant, Iinuma détourna ses yeux d'Isao et se hâta de continuer sur sa lancée.

« Eh bien ? Qu'en penses-tu ? Penses-tu qu'il a pu y avoir un père au cœur assez sec pour livrer à la police son fils bien-aimé ? Un père qui a pu, en riant, livrer son fils à la police ? Hein ? Eh bien, voilà précisément ce que j'ai osé faire. Pourtant... je l'ai fait en pleurant. C'est la vérité. N'est-ce pas, Mine ?

– Ça oui, c'est la vérité. Ton père pleurait en le faisant », dit Mine, lui faisant écho de l'autre côté du *hibachi*.

Calmement, mais sans se montrer irrespectueux, Isao posa une question à son père :

« Je comprends à présent, mon père, que c'est vous qui nous avez dénoncés à la police. Mais qui vous a dénoncé, à vous, nos projets ? »

La moustache bien nette d'Iinuma eut un léger tremblement. Surpris, il y porta la main comme pour maintenir un papillon qui tentait de s'envoler.

J'ai commencé à vous surveiller de près il y a longtemps. Tu as eu le tort de croire que ton père n'avait pas les yeux en face des trous.

– Est-ce comme cela ?

– Bien sûr, c'est comme cela. Mais pourquoi diable me suis-je empressé d'aller vous faire arrêter ? Voilà ce que je veux vraiment que tu comprennes.

À vrai dire, j'étais fort impressionné par ce que tu projetais de faire. Je pensais que c'était admirable, et même je t'enviais. J'aurais voulu te laisser aller jusqu'au bout, si seulement j'avais pu. Mais cela voulait dire ne pas bouger et te regarder te précipiter vers la mort. Si je t'avais laissé, tu serais allé jusqu'au bout. Tu serais mort.

« Seulement, il faut que tu comprennes que je ne suis pas comme d'autres pères, qui, ne voulant pas perdre leur enfant, iraient jusqu'à ruiner les plus grands espoirs d'un garçon uniquement pour qu'il ait la vie sauve. Tu vois ce que je veux dire. Je voulais te sauver la vie et je voulais que tes projets s'accomplissent. Mais alors, que faire ? J'ai réfléchi toute une nuit et, à la fin, je suis arrivé à une solution. Te sauver de cette façon signifie, au bout du compte, tout bien considéré, l'accomplissement de tes projets sur un plan plus élevé.

Est-ce que tu comprends, Isao ? Simplement mourir, ce n'est pas tout. Simplement faire fi de ta vie, ce n'est pas de la sincérité. Aux yeux du Très Vénéré Fils du Ciel, la vie de chacun des trésors de l'Empereur est chose précieuse.

On l'a bien vu depuis l'Incident du 15 mai, les gens en ont assez de la corruption politique. Ils ont applaudi à des affaires comme celle-ci avec admiration. Et puis, toi et tes compagnons étiez jeunes. Vous étiez purs. Vous aviez tout pour exciter la sympathie et la compréhension. En outre, si l'on vous appréhendait un pas avant d'atteindre votre but, les gens se sentiraient soulagés et d'autant plus

CHAPITRE 38

enclins à vous applaudir. Non pas pour avoir perpétré cet acte, mais pour avoir été pris juste à temps, votre héroïsme pourrait se trouver grandi d'autant plus. Et de ce fait, il sera plus facile de frapper à l'avenir. Lorsqu'une véritable Restauration à grande échelle se produira, vous représenterez une force avec laquelle il faudra compter, et alors vous pourrez mener un combat magnifique. J'avais raison. Le nombre de lettres qui sont arrivées pour demander une réduction de peine après votre arrestation, la teneur des comptes rendus de la presse – tout cela a montré combien les gens étaient de votre côté. J'ai fait pour le mieux, Isao.

Ce que j'ai fait, en d'autres termes, ç'a été à l'image du lion qui emporte son petit qu'il aime tant au creux d'un ravin profond afin de l'endurcir. À présent, tu as su remonter du fond du ravin de façon splendide. Tu as prouvé que tu étais un homme. N'est-ce pas, Mine ?

– Ça oui, c'est juste comme dit ton père, Isao. Tu en es sorti de façon splendide. Tu le dois entièrement à l'amour de ton père, pareil à l'amour du lion pour son petit. Tu dois le remercier de ce qu'il a fait. Il a fait tout cela par amour pour toi. »

Tout comme, quand on creuse un trou dans le sable au bord de l'eau, on a beau essayer, les flancs cèdent devant l'eau qui sourd, de même le discours bien léché qu'Iinuma commençait de prononcer avec de tels accents de triomphe, était en train de s'écrouler, se dit Honda, devant le silence gênant de celui qui écoutait à ses côtés. Au vrai, les mots n'avaient pas plutôt franchi les lèvres d'Iinuma que le sable du silence s'éboulait déjà à la surface des eaux qui scintillaient au soleil. Honda regarda Isao, puis il regarda Sawa. Redressant les épaules, Isao laissait sa tête retomber en avant. Sawa, furtivement, buvait une gorgée dans sa tasse de saké.

Honda n'aurait pu dire si oui ou non Iinuma avait compté, dès le début, déclarer ce qu'il dit ensuite, mais, en toute hypothèse, celui-ci avait peur du silence.

« Maintenant, écoute-moi. Jusqu'à présent, j'ai parlé de quelque chose que tu étais à même de bien comprendre. Mais, Isao, voici autre chose qu'il faut que tu saches, pour devenir un homme tout à fait. Il faut que tu avales la sagesse amère que les femmes et les enfants ne goûtent jamais. Il y a une porte que chaque homme doit franchir, grâce à ce que tu as connu au cours de l'an passé, tu l'as franchie de corps. Au tour de ton âme de la franchir maintenant.

Jusqu'à présent, je n'en ai rien dit, mais... l'Académie du Patriotisme... à qui, à ton avis, est-on redevable de sa prospérité actuelle ? Qui devons-nous remercier, à ton avis ?

– Je n'en sais rien.

– Si je te le dis, le nom va te remettre d'aplomb. Ce n'est personne d'autre que le baron Shinkawa. N'allez pas, toi ou Sawa, mentionner un seul mot de tout ceci aux étudiants. C'est le plus grand secret de l'Académie. Ce bâtiment... la vérité est qu'on le doit à une souscription anonyme du baron Shinkawa. Bien entendu, de mon côté, il a fallu que je me remue de diverses façons en sa faveur. Le baron, pour sa part, n'a pas dépensé son argent en pure perte. Autrement, comment crois-tu qu'il aurait pu se tirer, récemment, de la campagne de dénigrement au sujet des achats de dollars?»

Honda regarda de nouveau le visage d'Isao.

Cette fois, sa froideur et l'entière absence de surprise lui donnèrent le frisson. Iinuma continuait à parler.

«Tels étaient les rapports avec le baron Shinkawa, et peu avant l'Incident du 15 mai, je reçus une convocation du baron. L'argent m'étant remis en secret chaque mois par les soins de son secrétaire, c'était une chose extraordinaire qui le faisait souhaiter me rencontrer en personne.

Je ne mentionnerai pas la somme, mais il me tendit une grosse liasse de billets en disant: "Cet argent n'a rien à voir avec ma sécurité. Je vais vous dire franchement: c'est pour protéger Busuke Kurahara. Étant le genre d'homme qu'il est, voyez-vous, il ne verserait jamais d'argent pour assurer sa sécurité. J'ai bénéficié de maints services de la part de M. Kurahara qu'il convient que je paie de retour. Si bien que, sans lui en rien dire, je vous donne cela de mon propre chef. Veuillez donc faire en sorte que cet argent serve à protéger Kurahara. Si ce n'est pas assez, faites-le-moi simplement savoir, et je vous en donnerai davantage." Si bien que, je...

– Si bien, mon père, que vous l'avez pris?

– Oui, je l'ai pris. Parce que j'étais très ému des sentiments du baron Shinkawa envers son vieil ami. Depuis ce moment-là, les choses sont allées pour le mieux à l'Académie, comme vous le savez, toi et Sawa.

– Voilà donc pourquoi vous nous avez dénoncés à la police, pour protéger Kurahara?

– C'est ce que tu vas penser, j'imagine. C'est de cette façon-là qu'un enfant verrait les choses... Malgré tout l'argent qu'on pourrait me donner, qui penses-tu que je ferais passer en premier: un gros bonnet de la finance qui ne m'est rien par le sang ou mon garçon à moi?

– Je comprends. Vous avez pris la voie la meilleure possible, celle qui assurait que vous sauviez la vie de votre fils en même temps que

CHAPITRE 38

la vie de Kurahara, honorant ainsi vos obligations envers le baron Shinkawa.»

Honda se sentit enfin ragaillardi en voyant pour la première fois dans les yeux d'Isao, la flamme qui y brûlait jadis.

«Non. Cela montre combien tu es naïf dans ta façon d'envisager les choses. Est-ce que tu me comprends? Il faut que tu apprennes qu'en ce monde où nous sommes, tout s'entortille et s'emmêle. Tu n'en sortiras jamais, jusqu'à ce que tu montes au ciel. Plus tu essaies de t'en dégager, et plus cela t'enserre à t'étouffer. Mais aussi longtemps que l'on garde sa foi, point n'est besoin de se soucier de l'embrouillamini. Je n'en ai pas le moindre souci, Isao.

En ce qui me concerne, peu importait la quantité d'argent que j'avais touché, vous auriez pu abattre Shinkawa et Kurahara sans que cela me gêne. Ensuite, je ferais réparation en m'ouvrant le ventre. Je m'attendais à quelque chose de ce genre dès l'instant où j'avais pris l'argent. Si un négociant ne livre pas les marchandises quand il en reçoit le paiement, c'est frauduleux. Mais c'est différent pour un patriote. L'argent est l'argent, la fidélité est la fidélité : cela fait deux. L'argent sert aux affaires d'argent, la fidélité, elle, peut se garder par le seppuku. Voilà tout.

Tu vois, je veux que tu t'attendes à ces situations. Voilà pourquoi je te raconte tout cela. Se souiller sans vraiment connaître la souillure, c'est cela la véritable pureté. Si, à propos de souillure, tu fais le difficile, jamais tu ne feras rien qui vaille. Jamais tu ne deviendras un homme, Isao.

Cela étant dit, je pense que tu dois comprendre mes intentions. Je ne t'ai pas livré pour sauver la vie à Kurahara. Pas davantage non plus pour te sauver la vie. Si j'avais cru que, pour toi, la voie de la gloire immortelle, c'était de sacrifier ton existence dans cette entreprise, je m'en serais réjoui et t'aurais laissé aller à la mort. Je ne l'ai pas fait, tout simplement parce que je ne l'ai pas cru. Est-ce que tu me comprends? Je l'ai déjà dit, aussi ne vais-je pas me répéter. J'appréciais ton but, je te chérissais comme fils et c'est précisément à cause de cela que je pris sur moi de te dénoncer. Je l'ai pris sur moi en buvant des larmes de sang. N'est-ce pas, Mine?

– Isao, tu en pâtiras, si tu ne te montres pas reconnaissant de l'affection de ton père.»

Tête baissée, Isao ne dit rien. Le saké qu'il avait bu avait mis un éclat rosé à ses joues. Ses mains, sur la couverture du *kotatsu*, tremblaient légèrement.

En le regardant, Honda comprit tout à coup ce que c'était qu'il avait tant voulu lui dire. Durant tout le long sermon intéressé d'Iinuma, Honda avait brûlé de dire quelque chose. Quand il l'aurait dite, le monde d'Isao tomberait en poussière, ses yeux pourraient alors s'ouvrir afin qu'il pût prendre sa course par l'étendue champêtre à l'éclatante lumière du soleil, sans avoir peur de rien. Et pourtant, s'il le disait pour consoler Isao, assis là, tête basse, il était à craindre que ce qu'il lui dirait pourrait, au contraire, changer cet instant suprême de la souffrance d'Isao, qu'il ne revivrait plus, en une chose entièrement dépourvue de signification.

Ce que Honda voulait lui communiquer, c'était le secret de la nouvelle naissance de Kiyoaki en Isao. Mais quand ce dernier leva la tête, les larmes ruisselaient le long des joues et Honda ne ressentit plus aucun désir de libérer le secret qu'il avait gardé jusqu'à maintenant, pour le laisser battre des ailes comme l'oiseau qu'on relâche.

La voix d'Isao s'éleva, tel un chien qui glapit, pris d'une agitation impatiente : « J'ai vécu pour une illusion. J'ai façonné ma vie sur une illusion. Et cette punition m'est infligée à cause de cette illusion... Comme je voudrais avoir quelque chose qui ne soit pas illusion.

– Si tu atteins l'âge d'homme, tu l'auras.

– L'âge d'homme ? J'aimerais mieux... Oui ! Peut-être devrais-je renaître et être une femme... Si j'étais femme, je pourrais vivre sans être à la poursuite d'illusions. N'est-ce pas, ma mère ? »

Isao se mit à rire soudain, comme si quelque chose avait craqué.

« Qu'est-ce que tu dis ? répondit Mine, d'un ton presque irrité. Renaître en femme ! Tu dis des sottises ! Tu as trop bu, je crois bien, pour sortir une chose pareille. »

Bientôt, ayant repris du saké, Isao s'endormit, la joue sur la couverture qui recouvrait le *kotatsu*. Sawa le prit en charge pour le conduire à sa chambre. Soucieux, décidant de saisir cette occasion pour partir, Honda se leva et les suivit.

Faisant preuve d'une tendre sollicitude, Sawa, sans dire mot, mit Isao au lit pour la nuit. Quand ce fut fait, Iinuma l'appela de l'autre bout du couloir et Honda se trouva seul avec Isao endormi.

Dans son sommeil, la peau empourprée par la boisson, ses traits exprimaient l'angoisse, sa respiration était rauque. Mais, même en dormant, il fronçait les sourcils de manière virile. Tout à coup, en s'agitant sur son futon, Isao s'écria dans son sommeil, d'une voix forte mais trop sourde pour que Honda pût saisir distinctement :

« Bien loin vers le sud... Très, très chaud... au soleil rose d'une terre du sud. »

CHAPITRE 39

À ce moment, Sawa revint chercher Honda. En conséquence, bien qu'ayant encore dans l'esprit ce message confus lancé dans un sommeil d'ivresse, ce dernier pria Sawa de s'occuper d'Isao et dirigea ses pas vers le vestibule.

Il avait tout risqué en venant au secours d'Isao, et en ce jour, il avait enfin gagné son pari. Honda se demandait donc pourquoi il avait tellement le sentiment que c'était en pure perte.

39

Le lendemain fut une belle journée.

Le matin il y eut un visiteur, l'inspecteur Tsuboi, du commissariat de police du quartier. Cet homme d'un certain âge, qui avait atteint le deuxième degré au kendo, transmit à Isao un message du commissaire qui espérait qu'Isao voudrait bien venir à nouveau à la salle le dimanche enseigner le kendo aux garçons du quartier.

« C'est pourtant vrai, dit-il, bien que sa situation l'empêche d'aller vous complimenter publiquement, le chef nous dit en petit comité qu'il est plein d'admiration pour vous. Les parents des garçons, eux aussi, voudraient bien que ce soit quelqu'un comme vous qui enseigne le kendo à leurs fils, afin qu'ils se pénètrent du véritable esprit japonais. S'il n'y a pas appel, on souhaite que vous veniez dès le début de la nouvelle année. Naturellement, je pense qu'il n'y a pas beaucoup de risque qu'il y ait appel. »

Isao examina le pantalon du policier en civil, où le pli était à peine visible, et ce faisant, il pensa à l'air que lui-même pourrait avoir, l'âge venu, en train d'apprendre le kendo aux enfants. Ses cheveux blancs sous le bandeau violet luiraient partout où ne les couvrirait pas la serviette nouée à la mode Kansai, derrière le masque.

Quand l'inspecteur fut parti, Sawa pria Isao de venir dans sa chambre et lui dit : « Sûr que c'est agréable de pouvoir à nouveau se laisser tomber sur un tatami, avec un coussin derrière la tête et feuilleter la pile de toute une année du *Club Kodan*. À propos, même étant admis que vous devez vous tenir sage, un jeune homme comme vous ne peut pas rester comme ça à la maison. On vous permet de sortir, du moment que je vous accompagne. Que diriez-vous d'aller voir ensemble un film ce soir ou quelque chose comme ça ?

— Bah, peut-être », dit Isao d'un air vague. Puis il ajouta, par politesse : « Je pourrais aussi aller faire une visite à une amie.

— Oh, non, pas ça ! Le mieux pour vous est que vous ne voyiez personne pour le moment. Vous pourriez dire des choses qu'il vaut mieux taire.

— Oui, c'est possible. (Isao n'avait pas mentionné le nom de la personne qu'il désirait vivement rencontrer.)

— Y a-t-il quelque chose que vous voudriez me demander ? reprit Sawa après un silence un peu embarrassé.

— Oui. Il reste une chose que je ne comprends pas encore dans ce qu'a dit mon père. Qui a raconté à mon père ce que nous étions en train de préparer ? Ce devait être juste avant qu'on nous arrête. »

La belle humeur dont Sawa avait fait preuve jusqu'ici disparut. Son silence renfermé et soudain fit qu'Isao se sentit mal à l'aise. C'était un silence qui semblait empoisonner l'atmosphère. Il avait peine à le supporter, et il regardait fixement la teinte passée de la bordure marron du tatami où l'on eût dit que le brillant soleil qui passait à travers les vitres claires de la fenêtre enfonçait ses griffes dans l'étoffe.

« Vous voulez réellement savoir ? Si je vous le dis, vous n'aurez pas de regrets ?

— Non, je veux connaître l'entière vérité.

— Très bien. Je vais vous dire ce que je sais. Je dis ceci parce que le maître lui-même est allé jusque-là en vous parlant. Ce qui s'est passé, c'est qu'avant les arrestations, la veille au soir, c'est-à-dire dans la soirée du 30 novembre de l'année dernière, il y eut un appel téléphonique pour le maître de la part de Mlle Makiko. C'est moi qui pris la communication. Le maître vint à l'appareil, et ce qu'ils se dirent, je n'en sais rien. Mais ensuite, le maître se prépara à sortir et partit sans se faire accompagner de personne. Et voilà tout ce que je sais. »

À mesure qu'il poursuivait, la gentillesse de Sawa revêtait la chaleur inaltérable d'une couverture qu'on drape autour d'épaules agitées de frissons.

« Je vois bien que vous êtes très attaché à Mlle Makiko. Et que Mlle Makiko vous est très attachée. Il se peut que, pour sa part, elle y mette bien davantage de ferveur. Mais c'est parce qu'elle porte en elle de pareils sentiments que nous aboutissons à ces conséquences effrayantes. J'ai mesuré sa véritable nature lorsqu'elle est venue témoigner à la barre, au cours du procès. Terrible femme, ai-je pensé en moi-même. Honnêtement, voilà l'impression qu'elle m'a

CHAPITRE 39

faite, je vous le dis. Elle jouait son va-tout pour vous sauver la vie, mais en même temps, en vérité elle était contente de vous voir en prison. Est-ce que vous me suivez ?

Ce que je veux dire... elle a été mariée... il faut que vous compreniez pourquoi cela s'est terminé dramatiquement par un divorce. Son mari aimait Makiko, mais ça ne l'empêchait pas de bien aimer les plaisirs. Une épouse ordinaire s'en serait accommodée, mais elle, elle avait sa fierté et elle n'a rien voulu savoir. Elle l'aimait et cela faisait que c'était d'autant plus dur à supporter. Si bien que sans se soucier du qu'en-dira-t-on, elle est retournée chez son père.

Et parce qu'elle est ce genre de personne, alors quand elle tombe amoureuse d'un autre homme, ce n'est pas une affaire banale. Plus elle aime, et plus elle s'inquiète de l'avenir, où elle pourrait perdre celui qu'elle aime. Ayant fait une expérience malheureuse, elle n'aura plus jamais foi en un homme. Alors, naturellement, quand un homme qu'elle aime se présente, elle veut s'assurer qu'il restera à elle et rien qu'à elle, même s'il est mis pour elle hors d'atteinte, même s'il lui faut supporter la souffrance infinie de ne pouvoir être auprès de cet homme.

Et pour ce qui est d'un endroit où un homme n'a aucune chance de faire des siennes, d'un endroit qui, du point de vue de la femme, lui cause le moindre souci, où cela peut-il être, à votre avis ? En prison, où voulez-vous ? Elle est tombée amoureuse de vous, si bien que vous atterrissez en prison. Quoi de plus un homme pourrait-il désirer, à bien y songer ? Je voudrais être à votre place. »

Sans regarder Isao, Sawa bavardait à l'étourdie, en frottant le pâle épiderme de sa joue enflée.

« Tenez-vous à l'écart d'une femme aussi dangereuse à l'avenir. Je m'arrangerai pour vous faire rencontrer des tas de jolies femmes. Le maître m'en a dit un mot en me donnant plein d'argent de poche. D'accord, ça doit venir de Kurahara, par la bande, mais justement, comme le maître disait : l'argent c'est l'argent, la fidélité c'est la fidélité. Vous n'avez jamais été avec une femme, je parie.

Voulez-vous venir voir un film ce soir ? Au Shibazono, on passe un film étranger. Ou bien, il y a le théâtre Hikawa, près du collège, où l'on pourrait voir un film avec Chiezo comme vedette. Ensuite nous pourrions aller boire un verre à Hyakkendana et, de là, gagner Maruyawa. Il nous faut célébrer la "cérémonie de l'âge majeur", comme disait le maître. S'il y a appel, il ne sera plus temps. C'est donc maintenant le moment d'en finir.

– Nous en reparlerons une fois qu'il ne sera plus question d'appel.

– Pourtant, voyons, s'il y avait appel, à ce moment-là...
– Il sera temps de se faire de la bile le moment venu », s'entêta à répondre Isao.

40

*L*e 28 décembre également, il faisait un brillant soleil. Isao se retint. Le lendemain, 29 décembre, était le jour où devaient avoir lieu les cérémonies marquant la proclamation du Prince héritier, et plutôt que d'assombrir les journaux du matin d'une sinistre manchette en pareil jour, il serait plus excusable de remettre à plus tard, le jour même de la fête, à condition que les cérémonies fussent accomplies et la célébration achevée. À cause de la possibilité d'un appel, il y avait danger à attendre davantage.

Le 29 décembre, le temps était à nouveau très clair. Isao demanda à Sawa de prendre part avec lui à une procession aux lanternes au palais impérial. Quand tous deux quittèrent la maison, Isao avait passé son manteau par-dessus son uniforme du collège et ils portaient des lanternes décorées des caractères signifiant « Célébration ». Tout en dînant de bonne heure dans un restaurant de Ginza, ils virent passer un tramway transformé en char, orné de chrysanthèmes et qui se frayait un chemin parmi la foule dehors dans la rue, avec le signe « FÉLICITATIONS » fait de lumières rutilantes, le conducteur, debout, bombant fièrement la poitrine sous son uniforme bleu à boutons de cuivre.

Le flot humain des porteurs de lanternes se porta en avant vers le palais impérial au sortir de Sukiyabashi. Les lanternes à l'emblème du soleil que chacun tenait au-dessus de sa tête se reflétaient dans les eaux des douves, illuminant les pins, droits dans le crépuscule d'hiver. Les nombreuses lanternes massées sur l'esplanade devant le palais mettaient en fuite les ombres errantes sous les arbres, emplissant toute l'étendue d'un éclat mouvant qui jurait avec l'heure de la journée. Les cris de « Banzai » se prolongeaient, sans jamais faiblir. Les flammes des lanternes qu'on tenait haut en l'air accentuaient les ombres des bouches et des gorges. Tantôt les visages étaient plongés dans l'ombre, tantôt ils s'éclairaient soudain d'un éclat miroitant.

CHAPITRE 40

Rapidement, Sawa se trouva séparé d'Isao. L'ayant cherché en vain parmi la multitude pendant près de quatre heures, il rentra à l'Académie pour rapporter ce qui s'était passé.

Isao retourna à Ginza où, dans une boutique, il acheta un poignard et un couteau, dans leurs deux étuis de bois uni. Il mit le couteau dans la poche intérieure de sa tunique et cacha le poignard dans la poche de son manteau.

En hâte, il héla un taxi et se fit conduire à la gare de Shimbashi où il monta dans un train à destination d'Atami. Il était vide. Seul, il occupait un compartiment de quatre places. Tirant une coupure de journal de sa poche, il la relut. C'était une page tirée du numéro de Nouvel An du *Club Kodan* emprunté à Sawa, et elle comportait un article encadré intitulé « Comment les gros bonnets de la Politique et de la Finance saluent la Nouvelle Année ».

« Busuke Kurahara a coutume de passer très simplement les dernières heures de l'année », lisait-on dans le fragment qui intéressait Isao.

> *Ne se sentant pas de goût même pour le golf, à la fin de chaque année, dès que les bureaux sont fermés, il file vers sa villa d'Inamura à Izusan. Son plus grand plaisir est de s'y occuper des vergers de mandarines dont il est très fier. La récolte des vergers du voisinage est généralement cueillie avant la fin de l'année, mais Kurahara se plaît à laisser les mandarines pendre en grappes afin de pouvoir les admirer jusqu'à ce que les vacances du Nouvel An soient bien entamées. Ensuite, à part le petit nombre de celles qu'il offre à ses amis, il fait don de l'entière récolte à des hospices de bienfaisance et à des orphelinats. Cela dit assez la personnalité sans prétention et le cœur chaleureux de cet homme qu'on pourrait appeler le pape du monde de la finance.*

Au sortir de la gare d'Atami, Isao prit un autobus et descendit à Inamura. Il était déjà dix heures passées. La nuit était calme et il entendait le bruit de la mer. La route longeait le village, mais partout les contrevents de bois étaient clos, ne laissant filtrer aucune lumière. Isao releva le col de son pardessus pour se protéger du vent glacé de l'océan. À mi-pente du chemin qui descendait vers la mer s'élevait un grand portail en pierre. Une lumière brillait à l'extérieur, et Isao put aisément distinguer le nom KURAHARA sur la plaque. À l'intérieur, par-delà un vaste jardin, était une maison enveloppée de silence où, çà et là, on voyait des lumières allumées.

L'ensemble était entouré d'une muraille en remblai surmontée d'une haie.

De l'autre côté de la route, il y avait un champ de mûriers. Au bord, attaché à un mûrier, un écriteau en fer-blanc portait : MANDARINES À VENDRE. Le fer-blanc tintait dans le vent. Isao se cacha derrière l'écriteau. Il avait entendu des pas qui montaient du rivage par le sentier sinueux.

Un gendarme grimpait la côte. Lentement, il arriva au sommet, s'arrêta un instant devant le portail, puis, le bruit de son sabre traînant après lui, il disparut le long de l'étroit sentier qui longeait la muraille.

Isao sortit de derrière l'écriteau et, avec de grandes précautions, il traversa la route. À ce moment, il aperçut la mer, noire sous un ciel sans lune.

Escalader le mur se présentait aucun problème, mais la haie au sommet dissimulait du barbelé qui fit un accroc à son pardessus.

Outre des pruniers, des palmiers à chanvre et des pins, le jardin de la villa comportait de nombreux mandariniers plantés jusqu'aux abords de la maison, vraisemblablement pour que le maître pût jouir de leur vue. Les ténèbres s'emplissaient du parfum des fruits mûrs. Les feuilles sèches d'un palmier géant, en se heurtant au souffle du vent de mer, avec un bruit de claquettes en bois, firent tressaillir Isao.

Sous ses pieds, le sol cédait à chaque pas, comme nourri par une surabondance d'engrais. Petit à petit, il s'approcha d'un coin de la maison d'où parvenait une vive lumière. Le toit de tuiles était de modèle japonais. Mais la fenêtre et son rebord faisaient voir qu'à l'intérieur la pièce était de style occidental. La fenêtre était garnie de rideaux en dentelle. S'adossant au mur, Isao se leva sur la pointe des pieds et fut à même de voir une partie de la pièce.

Il y avait une cheminée qui s'ouvrait d'un côté, indiquant un foyer à l'occidentale. Une femme se tenait debout, le dos à la fenêtre, laissant voir le nœud de son obi. S'étant déplacée, on aperçut le visage un peu rebondi mais sévère d'un vieil homme de petite taille, vêtu d'un kimono et d'une tunique sans manches d'un brun verdâtre. Isao savait que ce ne pouvait être que Kurahara.

Il y eut quelques paroles d'échangées avec la femme. Quand elle quitta la pièce, Isao vit l'éclair d'un plateau. Elle avait apporté son thé à Kurahara, semblait-il. La femme partie, ce dernier restait seul dans la pièce.

Il parut s'asseoir dans un fauteuil profond, face au foyer. À présent, tout ce qu'on pouvait voir depuis la fenêtre, c'était son front chauve que les flammes qui s'élevaient dans l'âtre faisaient reluire. Peut-

CHAPITRE 40

être lisait-il quelque chose tout en goûtant le thé laissé à côté de lui, ou peut-être était-il plongé dans ses pensées.

Isao chercha des yeux par où entrer. Un escalier de deux ou trois degrés de pierre menait du jardin à une porte. Il aperçut une faible lumière à travers les fentes de celle-ci. Elle était retenue par un loquet en métal. Isao sortit son poignard de son pardessus qu'il enleva, le laissant retomber dans l'obscurité sur le sol mou. Au bas des marches de pierre, il tira le poignard, se débarrassant de l'étui. Comme si elle avait émis sa propre lumière, la lame nue luisait d'une pâle clarté.

Il monta les marches à pas de loup et introduisit la pointe de son poignard entre la porte et son encadrement, le glissant par-dessous le loquet. Ce dernier était extrêmement lourd. Quand, à la fin, il sauta, le bruit qu'il fit résonna comme le déclic d'une horloge de campagne. Impossible de savoir si quelque chose avait changé dans la pièce, mais le bruit devait avoir attiré l'attention de Kurahara. Isao tourna la poignée et se jeta à l'intérieur.

Kurahara se leva, le dos à la cheminée. Il ne cria pas, cependant. Une mince pellicule de glace semblait s'être répandue sur ses traits.

« Qui êtes-vous ? Qu'est-ce que vous faites ici ? questionna la voix rauque et frêle.

– Soyez puni comme vous le méritez pour avoir profané le grand sanctuaire d'Ise », fit Isao. La clarté et les inflexions de sa voix l'assurèrent qu'il était de sang-froid.

« Quoi ? » Un air d'incompréhension nullement simulé se peignit sur le visage de Kurahara. Un instant, on le vit qui s'efforçait ostensiblement de se souvenir, mais en vain. En même temps, il regardait Isao de ses yeux où se lisait la terreur de se trouver, effroyablement seul, face à face avec un dément. Évitant le feu derrière lui, il eut un mouvement de recul contre le mur à côté de la cheminée. C'est ce qui décida du mouvement suivant d'Isao.

Comme Sawa le lui avait enseigné naguère, Isao ploya l'échine tel un chat, se ficha le coude droit dans le côté puis, saisissant son poignet droit de la main gauche afin que la lame ne puisse se relever, il plongea la lame dans Kurahara de toutes ses forces.

Davantage que la sensation du poignard perçant le corps de l'autre, il éprouva surtout le choc de la crosse du manche venant lui frapper l'estomac comme un ressort. Alors, résolu à ne pas rater son homme, Isao lui empoigna l'épaule et pesa, voulant faire pénétrer le poignard plus profond, tout déconcerté de découvrir que cette épaule était bien plus basse qu'il n'aurait cru. De plus, les chairs sur lesquelles il pesait n'avaient rien de la mollesse qui accompagne l'embonpoint, étant aussi rigides qu'une planche.

Sous les yeux qui la regardaient, sa victime semblait avoir un visage reposé plutôt que douloureux. Les yeux étaient ouverts, la bouche béant négligemment. Les fausses dents du haut s'étaient détachées et l'appareil faisait saillie.

Tirant à force sur son poignard, Isao enragea de n'en point venir à bout. À présent, sa victime pesait de tout son poids sur la lame. Kurahara s'affaissa, plus lourd encore, la lame en son centre de gravité. À la fin, lui empoignant l'épaule de la main gauche, Isao leva le genou droit et, poussant sur la cuisse de Kurahara, d'un coup il libéra son poignard. Le sang, en jaillissant, lui éclaboussa le genou. Comme pour se lancer à la poursuite de son propre sang, Kurahara s'écroula en avant.

Se retournant vivement, Isao allait s'enfuir hors de la pièce quand s'ouvrit une porte qui donnait dans le vestibule et il se trouva face à face avec la femme qu'il avait vue peu auparavant. La femme poussa un hurlement. Isao fila de côté et s'élança dans le jardin par la porte où il était entré. Son œil gardait l'image des yeux terrifiés de la femme, de leurs blancs révulsés.

Il traversa le jardin en courant à toute allure vers le bas, vers la mer. Derrière lui, toute la maison était en tumulte, un cri succédant à l'autre. Il sentait que bruits et lumières allaient se fixer sur lui et le prendre en chasse.

Sans cesser de courir, il tâta l'intérieur de sa veste pour s'assurer que son couteau y était. Cependant, le poignard qu'il tenait lui donnait plus grande assurance et il l'étreignait en fonçant tête baissée. Il respirait péniblement et il s'était tordu le genou. Il sut alors à quel point ses jambes s'étaient affaiblies durant l'année passée en prison.

Au voisinage de l'océan, les vergers de mandariniers étaient généralement cultivés en terrasses. Chacun des mandariniers de Kurahara, comme si c'eût été une scène à étages, était planté à son niveau particulier. Les divers niveaux, innombrables, reliés par des murets en pierre, recevaient chacun sa ration de soleil selon un angle subtilement varié, et bien que chaque niveau différât légèrement des autres, ils descendaient tous jusqu'au rivage. Les mandariniers atteignaient en moyenne deux mètres et demi à trois mètres de haut. Les racines recevaient un épais paillis et les branches se relevaient en tous sens d'un point très proche du sol.

Isao courait d'un niveau à l'autre. Pleines de fruits, les branches se mettaient en travers dans les ténèbres, à chaque tournant. Comme

CHAPITRE 40

dans un labyrinthe, il s'efforçait de ne pas perdre son chemin. La mer ne pouvait pas être bien loin, mais il lui était impossible de l'atteindre.

Il déboucha des arbres, enfin, cependant, et soudain, son champ visuel s'élargit. Il avait devant lui le ciel et la mer. Quelques marches de pierre descendaient, accrochées à l'abrupt de la falaise, une barrière à la lisière du verger y donnait accès.

Isao arracha une mandarine. C'est alors qu'il se rendit compte qu'il ne tenait plus son poignard. Il avait dû le laisser tomber dans sa course à travers les arbres, en agrippant ou en évitant les branches.

La barrière du verger s'ouvrit facilement. Au bas des marches, il vit bondir la poudre d'écume blanche quand les vagues tourmentaient les rochers. Pour la première fois, il eut conscience de l'écho de l'océan.

Au-delà du verger, le sol appartenait-il ou non à Kurahara, Isao n'en savait rien. C'était une falaise couverte de vieilles pousses d'arbres et une sente s'insinuait à travers le bosquet. La fuite l'avait fatigué, mais, une fois de plus, il reprit sa descente précipitée le long du sentier, les rameaux lui fouettant le visage et la broussaille enserrant ses pieds dans sa course.

Finalement, il parvint en un lieu où la falaise s'évidait, formant une sorte de caverne. Une masse de rocher contournée et verdâtre avait subi en partie l'érosion et, de son sommet, les branches d'un grand arbre à feuillage persistant pendaient par-dessus la corniche. Un mince filet d'eau qu'abritaient des fougères, serpentait à la surface de la roche, coulait à travers le gazon et, apparemment, allait tomber plus bas dans la mer.

Isao s'y cacha. Il apaisa les battements de son pouls. On n'entendait rien que la mer et le vent. La gorge sèche et douloureuse, il arracha la peau de sa mandarine et, d'un coup, enfonça brusquement le fruit dans sa bouche. Il avait une odeur de sang. Celui-ci avait taché la mandarine, y séchant à demi. Mais l'odeur n'altéra guère la douceur du jus qui coulait dans sa gorge.

Au-delà des herbes sèches, au-delà des hauts cortaderias, au-delà des branches basses du conifère, aux aiguilles en paquets, aux lianes emmêlées, s'étendait l'océan nocturne. Malgré l'absence de lune, la mer réfléchissait la faible lueur du firmament, et les flots noirs miroitaient.

Isao s'assit droit sur la terre humide, les jambes repliées sous lui. Il enleva sa veste d'uniforme. De la poche intérieure, il sortit le couteau. Tout son être ressentit un tel soulagement en l'y trouvant à sa place qu'il faillit en perdre l'équilibre. Bien qu'il portât encore sa chemise et son tricot de laine, la brise de mer lui glaça le corps dès qu'il eut ôté sa tunique.

«Le soleil ne va pas se lever avant quelque temps, se dit Isao, mais je ne puis me permettre d'attendre. Il n'y a pas de disque brillant montant à l'horizon. Pas de noble pin pour m'abriter. Pas davantage de mer étincelante.»

Il dépouilla le reste de ses vêtements au-dessus de la ceinture, mais dans l'angoisse de son corps, le froid parut s'évanouir. Il décrocha son pantalon, se mettant à nu l'estomac.

Comme il tirait son couteau, il perçut, venant du verger au-dessus de lui, des cris et des bruits de pas qui couraient.

«La mer. Il a dû s'enfuir en bateau», s'écria un des poursuivants, d'une voix aigre.

Isao aspira profondément et ferma les yeux en se caressant doucement l'estomac de la main gauche. Saisissant le couteau de la droite, il en appuya la pointe contre son corps et la guida vers le bon endroit du bout des doigts de l'autre main. Puis, d'un coup puissant du bras, il se plongea le couteau dans l'estomac.

À l'instant où la lame tranchait dans les chairs, le disque éclatant du soleil qui montait explosa derrière ses paupières.

LE TEMPLE DE L'AUBE

PREMIÈRE PARTIE

1

*C'*était la saison des pluies à Bangkok. L'air était saturé d'une bruine incessante et souvent, on voyait danser des gouttes dans un rayon de soleil éclatant. Des échancrures bleues étaient toujours visibles çà et là ; et même alors que les nuages allaient s'épaississant autour du soleil, le ciel à leur périphérie restait d'un bleu éblouissant. À l'approche d'un grain, il s'assombrissait, l'air sinistre et menaçant. Une teinte de mauvais augure ensevelissait le vert dominant de la ville aux toits bas parsemée de palmiers.

Le nom de la cité remonte à la dynastie Ayutthaya où, pour la première fois, elle fut appelée *bang*, ville, *kok*, olives, à cause de ses nombreux oliviers. Autre nom ancien, Krung Thep ou «Cité des angles». Cette métropole, située à moins de deux mètres au-dessus du niveau de la mer, dépend entièrement des canaux pour le transport. Quand on construit des routes en amoncelant des détritus, on crée inévitablement des canaux, et quand on creuse le sol pour construire une maison, il se forme des mares tout aussitôt. Ces mares se relient normalement à des ruisseaux, si bien que ces «canaux» coulent en tous sens, allant tous se jeter dans les eaux-mères du Menam, luisantes de la même teinte brune que la peau des habitants.

Au centre de la cité on trouve des bâtiments à trois étages de style européen avec des balcons et de nombreuses constructions en briques, à deux ou trois étages, dans la concession étrangère.

Au bord des routes, les arbres qui constituaient naguère l'attrait le plus magnifique de cette ville ont été abattus ici et là pour faire place à la voirie et certaines rues ont été en partie pavées. Des mimosas interceptent les puissants rayons du soleil, formant des nappes d'ombre profonde au long des artères qu'elles recouvrent de voiles noirs de deuil. Après une averse orageuse, les feuilles desséchées par la chaleur soudain reprennent vie et, rafraîchies, lèvent la tête.

Au milieu de sa prospérité, la ville rappelle telle cité de la Chine méridionale. On voit circuler d'innombrables vélos-taxis à deux places, aux stores baissés sur les côtés et à l'arrière. Il arrive que des buffles venus des champs de riz proches de Bangkap soient menés par les rues, portant encore des corbeaux perchés sur leur dos. Çà et là, la peau lumineuse d'un mendiant lépreux luit dans l'ombre comme un feu sombre. Les garçons courent de tous côtés, complètement nus, tandis que les filles portent un cache-sexe de métal plissé. On vend fruits et fleurs exotiques au marché, le matin. Devant les banques chinoises, scintillent des chaînes d'or pur qui pendent telles des jalousies de bambou.

Mais, le soir venu, Bangkok n'appartient plus qu'à la lune et au ciel plein d'étoiles. Hormis les hôtels dotés de systèmes électriques autonomes, seules les demeures des plus fortunés, équipées de générateurs, étincellent joyeusement çà et là. La plupart des gens se servent de lampes et de bougies. Un unique cierge brûle toute la nuit devant les autels bouddhiques dans toutes les maisons situées en contrebas au long du fleuve, et seule la dorure des images bouddhiques luit obscurément dans les profondeurs des édifices au plancher de bambou. Des bâtonnets d'encens, épais et bruns, se consument devant les statues. La lumière des chandelles, aux maisons de la rive opposée, miroite dans le fleuve, interrompue de temps à autre par la silhouette d'un bateau qui passe.

En 1939 – l'an dernier – le Siam a officiellement changé son nom en celui de Thaïlande.

La raison qui fait qu'on appelle Bangkok la Venise de l'Orient ne découle pas d'une ressemblance extérieure quelconque entre les deux cités qui ne peuvent se comparer ni par l'architecture, ni par les dimensions. Tout d'abord, l'une et l'autre utilisent une infinité de canaux pour les transports maritimes, et ensuite, toutes deux contiennent de nombreux édifices religieux. On compte sept cents temples à Bangkok.

Les pagodes bouddhistes se dressent au-dessus de la verdure, premières à recevoir la lumière de l'aube, dernières, le soir, à retenir les rayons du soleil, changeant selon l'éclairage, en une multitude de couleurs.

Wat Benchamabopit, le temple de marbre, bâti par Rama V Chulalongkorn au XIXe siècle, bien que modeste édifice, est le temple le plus récent et certainement le plus somptueux.

Le monarque actuel, Rama VIII, ou roi Ananda Mahidol, succéda à la couronne en 1935 à l'âge de onze ans, mais il partit bientôt faire

CHAPITRE 1

ses études à Lausanne; et, âgé maintenant de dix-sept ans, il y est encore, assidu à ses travaux. Durant son absence, le Premier ministre, Luang Phiboon, a assumé tous les pouvoirs, si bien qu'à présent le parlement en titre n'a plus qu'un rôle consultatif. Deux régents ont été institués: le premier, le prince Achitto Apar, est là essentiellement pour la figuration, le second, le prince Prude Panoma détenant le pouvoir effectif.

Le prince Achitto Apar, bouddhiste fervent, visitait souvent, pendant ses loisirs, l'un ou l'autre des sanctuaires. Un soir, on fit savoir qu'il projetait de se rendre au temple de marbre.

Cet édifice s'élevait sur les rives d'un cours d'eau que bordaient les mimosas de l'avenue Nakhon Pathom.

Le portail brun-rouge du temple de marbre était ouvert, protégé par un couple de chevaux en pierre dont les mandorles ressemblaient à de blanches flammes de cristal dans le style khmer ancien. De part et d'autre de l'allée rectiligne dallée conduisant de l'entrée au bâtiment principal, encadré d'un gazon luisant vert émeraude, s'élevaient deux pavillons de style japonais classique, aux toits retroussés. Les mimosas de la pelouse, taillés en formes circulaires, étaient en fleur; aux avancées des toits, des lions blancs gambadaient en piétinant des flammes.

Les colonnes blanches de marbre indien juste en avant du bâtiment principal, la paire de lions protecteurs en marbre, la balustrade basse de style européen, ainsi que la façade également en marbre, réfléchissaient les rayons éblouissants du soleil couchant, formant une toile d'un blanc pur qui venait souligner leur décor éclatant d'or et de vermillon. Les cadres intérieurs des fenêtres aux ogives pointues, aux enluminures écarlates, s'entouraient d'une abondance de flammes dorées qui, en s'élevant, les enveloppaient. Les colonnes blanches de la façade étaient elles-mêmes ornées d'or brillant où des serpents naga lovés jaillissaient brusquement des chapiteaux. Des rangées de serpents dorés, dressant la tête, s'alignaient au bord des toits retroussés où s'étageait le rouge des tuiles chinoises, et l'extrémité de chaque toit inférieur était faite de queues de serpents minces et dorées, tels les talons aiguilles d'un soulier de femme, qui s'élançaient, en rivalisant eût-on dit, vers l'azur du ciel, jusqu'au firmament. Tout cet or brillait au soleil d'un éclat presque sombre rehaussant la blancheur des pigeons qui flânaient le long des pignons.

Mais quand, effrayés, les oiseaux blancs prenaient soudain leur vol dans le ciel assombri, ils semblaient aussi noirs que grains de suie. La suie des flammes dorées que répétaient les ornements du temple devenait des oiseaux.

Dans le jardin, les palmiers élancés avaient l'air pétrifiés de stupeur, gerbes arboréales comme des arcs, projetant leur verdure de plus en plus haut dans le ciel.

Plantes, animaux, métal, pierre et rouge indien, harmonieusement mêlés, folâtraient à la lumière. Les têtes de marbre des lions blancs, de garde à l'entrée, ressemblaient elles-mêmes à s'y méprendre à des tournesols. Des dents de scie bordaient comme des grains leurs gueules entrebâillées ; leurs visages léonins étaient des tournesols blancs courroucés.

La Rolls du prince Achitto s'arrêta devant le portail. La musique militaire de la Jeunesse, en uniforme rouge, s'était alignée sur la pelouse auprès des bâtiments et jouait de ses instruments, gonflant les joues brunes. Les pavillons reluisants des cors miniaturisaient les silhouettes des jeunes gens en uniforme étincelant. Sous le soleil tropical, nul instrument ne pouvait être plus approprié.

Un serviteur habillé de blanc avec une ceinture rouge suivait le prince, tenant au-dessus de la tête royale un parasol couleur d'herbe. Le prince, dont les décorations ornaient la tunique blanche militaire, pénétra dans le temple, escorté d'un chambellan à ceinture bleue qui portait des offrandes, et de six soldats de la garde royale.

Ses visites duraient habituellement environ vingt minutes. Pendant ce temps, les spectateurs attendaient sur le gazon, rôtis par le soleil. À la fin, on entendit le son d'une viole chinoise à l'intérieur de l'enclos entremêlé de tintements menus, et le valet qui tenait le parasol s'approcha de l'entrée. Il leva l'ombrelle, au bout de laquelle était attachée une pagode d'or finement ciselée, à hauteur de l'épaule, et quatre gardes portant des sortes de coiffures monastiques dont les pans leur retombaient sur la nuque s'alignèrent le long des degrés de pierre. À l'intérieur, dissimulé à la vue, il faisait si sombre qu'on entrevoyait à peine la lueur tremblotante des cierges. Des voix qui psalmodiaient un sutra s'élevèrent rapidement en crescendo pour s'arrêter soudain au tintement d'une cloche isolée.

Le serviteur ouvrit l'ombrelle verte, la tenant respectueusement au-dessus du prince, à son départ, tandis que les gardes saluaient, l'épée haute. Le prince franchit prestement le portail et regagna sa Rolls.

Au bout d'un moment, les spectateurs qui avaient assisté au départ s'égaillèrent, la musique militaire s'en alla et la paix du soir descen-

CHAPITRE 1

dit doucement sur le temple. Certains des prêtres en robe safran sortirent se promener jusqu'aux rives du fleuve; d'autres se plongeaient dans la lecture ou s'entretenaient ensemble. Des fleurs rouges flétries et des fruits perdus flottaient sur les eaux où se reflétaient les mimosas de la rive opposée et les nuages si beaux du couchant. Le soleil s'engloutit derrière le temple et l'herbe s'obscurcit. Finalement, seuls les colonnes de marbre, les lions et la façade du temple conservaient une blancheur dans le soir qui tombait.

Wat Po.
Là, il faut se frayer un passage à travers les foules qui se pressent parmi les pagodes de la fin du XVIIIe siècle et la grande-salle centrale bâtie sous Rama I.
Soleil flamboyant. Ciel d'azur. Pourtant les grandes colonnes blanches du pourtour dans le temple principal sont tachées comme les pattes d'un éléphant blanc.
La pagode est décorée de menus fragments de porcelaine dont l'enduit lisse réfléchit le soleil. Dans la Grande Pagode sont ciselés des rangs de mosaïque bleue et d'innombrables morceaux de céramique peints d'une infinité de fleurs aux pétales jaunes, rouges et blancs sur fond bleuâtre et violacé: tapis persan de céramique qui s'élance vers le ciel.
Sur un côté, on aperçoit une pagode verte. Une chienne en gestation, aux tétines pendantes d'un rose tacheté de noir, descend en titubant le sentier dallé, comme assommée par le marteau du soleil.
Dans la salle du Nirvana, une grande statue dorée de Çakyamuni couché repose sa masse de boucles d'or sur un coussin-coffre de mosaïque bleue, blanche, verte et jaune. Son bras doré s'allonge afin de soutenir sa tête, tandis qu'à l'autre bout de la sombre galerie luisent ses talons d'or.
La plante des pieds est sertie de nacre fine; et dans chaque fragment, se détachant sur fond noir finement ouvragé en coquillages irisés et luisants, on voit dépeintes des scènes de la vie du Bouddha, toutes décorées de pivoines, de coquilles, d'accessoires d'autel, de rochers escarpés, de fleurs de lotus s'élevant de marécages, de danses d'oiseaux étranges, de lions, d'éléphants blancs, de dragons, de chevaux, de grues, de paons, de trois-mâts, de tigres, de phénix.
Les baies ouvertes brillent comme des panneaux de cuivre bruni. Sous les tilleuls, passe un groupe de prêtres dans un chatoiement de robes orange, une épaule brune dénudée à droite.

Dehors, l'air même paraît frappé d'une fièvre tropicale. Par-dessus la mare stagnante entre les pagodes, des palétuviers d'un vert étincelant laissent retomber leur masse de racines aériennes. Des pigeons passent le temps sur un îlot central aux rochers peints en bleu. Un immense papillon est représenté sur la façade rocheuse et tout en haut se dresse une petite pagode noire peu avenante.

Il y a aussi Wat Phra Keo, temple protecteur du palais royal, renommé pour sa principale statue, un Bouddha d'émeraude.

Il n'a jamais subi de dégâts depuis qu'il fut bâti en 1785. Une *garuda* d'or, mi-femme, mi-oiseau, flanquée de part et d'autre de clochers dorés, scintille sous la pluie au faîte d'un escalier de marbre. Les tuiles rouges de Chine bordées de vert étincellent, plus brillantes que jamais dans la pluie lumineuse.

Les parois de la galerie du Mahamandapa sont recouvertes d'une série de peintures murales illustrant des épisodes du *Ramayana*.

Davantage que le vertueux Rama lui-même, c'est le dieu-singe, Hanuman, fils radieux du dieu du vent dont l'histoire apparaît dans ces peintures. La beauté d'or, Sita, aux dents de fleurs de jasmin, est enlevée par le terrible roi *rakshasa*. Rama aux yeux brillants et immobiles livre maintenant bataille.

Palais aux riches couleurs, dieux-singes et combats de monstres se détachent sur des montagnes peintes à la manière de l'école chinoise ou encore des sombres horizons du style vénitien primitif. Au-dessus du paysage ténébreux, un dieu plane dans les sept couleurs de l'arc-en-ciel, chevauchant un phénix. Un homme en robe dorée fouette un cheval caparaçonné qui reste assis, immobile. Un poisson monstrueux sortant sa tête bien au-dessus de la mer s'apprête à attaquer des soldats debout sur un pont. On aperçoit un lac bleu pâle au loin; et Hanuman, le sabre hors du fourreau, se tapit dans un buisson, traquant un cheval blanc à selle dorée qui avance en silence à travers la sombre forêt.

« Connaissez-vous le vrai nom de Bangkok ?

– Ma foi, non.

– C'est *Krung thep phra mahanakorn amon latanakosin mahintara shiayutthaya mafma pop noppala rachatthani prilom*.

– Que veut dire tout cela ?

– C'est presque impossible à traduire. Les mots thaïs ressemblent à l'ornementation des temples inutilement fastueuse et fleurie, surchargée rien que pour le plaisir.

CHAPITRE 1

Cela dit, *Krung thep* signifie à peu près "capitale", et *pop noppala*, un diamant aux neuf couleurs ; *rachatthani* c'est "une grande ville" et *prilom* veut dire quelque chose comme "agréable". Ils prennent des noms et des adjectifs exagérés et pompeux, et puis ils les enfilent comme les perles d'un collier.

Pour répondre simplement "oui" au roi, le protocole dans ce pays exige qu'on dise : *phrapout chao ka kollap promkan saikrao sai klamon*, ce qu'on peut traduire en gros : "Votre humble et obéissant serviteur s'incline respectueusement devant Votre Majesté". »

Honda, enfoncé dans un fauteuil de rotin, écoutait parler Hishikawa, l'air distrait et amusé.

Les Produits Itsui, S.A.R.L., avaient envoyé ce personnage encyclopédique mais quelque peu bizarre et pitoyable – à coup sûr naguère artiste – pour servir d'interprète et de guide à Honda. À quarante-six ans, ce dernier considérait comme une politesse envers soi-même de laisser faire les autres, surtout dans une torpeur comme celle de ce pays.

Il était venu à Bangkok à la demande des Produits Itsui. Si une transaction commerciale passible du droit japonais a été conclue au Japon et qu'un litige se fait jour avec un acheteur étranger, même si la cause est appelée devant un tribunal hors des frontières, elle est réglée selon le droit international. Qui plus est, les juristes étrangers ignorent invariablement le droit japonais. En pareil cas, quelque éminent conseiller japonais est invité à expliquer les complexités juridiques japonaises aux magistrats locaux, les aidant ainsi à trancher.

En janvier, les Produits Itsui avaient exporté en Thaïlande cent mille caisses de cachets fébrifuges Calos. Trente mille d'entre elles ayant subi les atteintes de l'humidité se trouvèrent décolorées, perdant de ce fait leur efficacité. Les caisses étaient datées, indiquant qu'au-delà d'une certaine limite, l'activité des produits se trouvait diminuée, mais ceci ne servait à rien maintenant qu'elles étaient endommagées.

Ces litiges au civil relevaient des textes relatifs à l'inexécution des contrats, mais le client avait introduit une action en tromperie sur la marchandise. En vertu de l'article 715 du Code civil, les Produits Itsui étaient responsables, naturellement, et devaient prendre à leur charge l'indemnité due pour défectuosité non intentionnelle d'une marchandise livrée par une Société pharmaceutique sous-traitante. Mais ils ne pouvaient rien faire sans l'assistance d'un juriste japonais compétent, tel Honda, dans des conflits de cette nature qui impliquaient le droit civil international.

On avait attribué à Honda une chambre à l'Oriental Hôtel – la prononciation locale était Orienten Hoten – avec une très jolie vue sur le fleuve Menam. La pièce était dotée d'un grand ventilateur blanc de plafond, mais à la tombée de la nuit, il valait mieux sortir dans le jardin qui longeait la rivière pour y jouir de la brise légèrement plus fraîche. Prenant l'apéritif avec Hishikawa, venu lui servir de guide pour la soirée, il laissait son compagnon faire la conversation. Honda était à bout de forces ; ses doigts eux-mêmes peinaient à soulever la cuiller, et causer lui pesait encore davantage que la cuiller argentée.

Sur la rive opposée, le soleil déclinait derrière War Arum, le temple de l'aube. Les feux envahissants du soir emplissaient le vaste ciel au-dessus des perspectives plates de la jungle de Thon Buri, interrompue seulement par deux ou trois flèches qui se découpaient sur l'horizon. Tel du coton, le vert de la forêt absorbait les tons embrasés, les transformant en couleur émeraude véritable. On voyait passer des sampans, des corbeaux s'assemblaient en grand nombre et une teinte d'un rose sale s'attardait aux eaux du fleuve.

« L'art tout entier est semblable aux feux du soir », dit Hishikawa, épiant comme à son habitude, lorsqu'il allait exprimer une opinion, l'effet que ses paroles auraient sur l'auditeur. Honda s'agaçait de ces temps de silence plus encore que du bavardage continuel de Hishikawa.

Avec ses joues basanées de Siamois et sa peau non siamoise empâtée et tendue, le profil de ce dernier luisait aux derniers rayons du soleil provenant de la rive opposée.

« L'art est un colossal embrasement du soir, répéta-t-il. C'est l'holocauste de tout ce qu'une époque comporte de meilleur. La logique la plus limpide qui s'accommodait si bien de la clarté du jour, la voilà tout entière anéantie par l'extravagante explosion de couleur dans le ciel, dénuée de sens, aux approches du soir ; l'Histoire elle-même, qu'on dirait destinée à durer à jamais, voilà que soudain, elle prend conscience qu'elle va finir. La beauté se montre aux yeux de tous ; elle rend tout à fait vain l'effort des hommes. Devant l'éclat du soir, devant cette houle des nuages, tout ce qu'on peut raconter d'un "avenir meilleur" s'évanouit aussitôt. C'est l'instant présent qui est tout ; l'air est plein de poisons colorés. Vers quel commencement ? Aucun. Toutes choses se terminent.

Il n'y a là aucune substance. Certes, la nuit a sa propre nature intrinsèque. Cette essence cosmique de mort et d'existence inorganique. Le jour, lui aussi, a sa propre entité ; tout l'humain appartient au jour.

CHAPITRE 1

Mais il n'est pas de substance dans l'embrasement du soir. Ce n'est rien que plaisanterie, plaisanterie vide de sens, mais impressionnante de forme, de lumière, de couleur. Regardez… Voyez ces nuages empourprés. La nature prodigue rarement un tel festin d'un violet aussi somptueux. Les nuages du soir insultent à toute symétrie, mais pareille destruction de l'ordre s'allie de très près à la rupture d'une chose bien plus fondamentale. Si l'on peut comparer la nuée blanche sereine du jour à l'évasion morale, alors cette orgie de couleurs n'a rien à voir avec la moralité.

Dans une vision grandiose, les arts annoncent que tout va finir; avant tout, ils apprêtent la fin et l'incarnent. Haute cuisine et bons vins, formes magnifiques et vêtements somptueux – toutes les prodigalités dont les hommes peuvent nourrir les rêves d'une époque, c'est cela dont se gorgent les arts. Toutes choses qui attendent d'être mises en forme. Forme qui va mettre au pillage et détruire sans délai toute vie humaine. Tel est le sens des feux du soir. Et pourquoi? Mais pour rien, bien sûr.

L'objet le plus délicat, le jugement esthétique le plus exigeant porté sur le moindre détail – je veux dire le destin – indescriptiblement subtil d'un de ces nuages orangés – s'allie à l'universalité de l'immense firmament; ses aspects les plus intimes s'expriment par la couleur et, unis aux aspects extérieurs, ils deviennent les feux du soir.

En d'autres termes, les feux du soir sont un moyen d'expression. Et la fonction des feux du soir est uniquement d'exprimer quelque chose.

En eux, le moindre sentiment humain, timidité, joie, colère, déplaisir s'exprime à l'échelle céleste. En cette vaste opération, les teintes de l'intestin de l'homme, invisibles d'ordinaire, s'extériorisent, étalées sur l'immensité du ciel. La tendresse, la galanterie les plus subtiles rejoignent la Weltschmerz et, au bout du compte, le chagrin se transforme en une brève orgie. Les nombreuses bribes de logique auxquelles les gens se sont attachés tout le jour avec un tel entêtement sont toutes frappées par l'énorme jaillissement émotionnel des cieux et l'éruption spectaculaire des passions; alors, chacun comprend la vanité de tous les systèmes. En d'autres termes, toutes choses s'expriment pendant, au plus, dix minutes, un quart d'heure, et puis, tout est fini.

L'embrasement du soir est prompt, il possède les caractéristiques de l'envol. Peut-être constitue-t-il les ailes du monde. Telles les ailes du colibri qui prend les couleurs de l'arc-en-ciel tandis qu'il volette en butinant le miel des fleurs, le monde nous laisse entrevoir qu'il pourrait prendre son essor; toutes choses dans le soir qui s'embrase volent dans le ravissement et l'extase... puis, à la fin, elles retombent au sol pour mourir. »

Honda tendait une oreille distraite aux propos de Hishikawa, cependant qu'au-dessus de la rive opposée, le ciel s'enfonçait lentement dans le crépuscule, laissant une lueur pâle à l'horizon.

Avait-il prétendu que l'art en entier se résumait aux feux du soir ? Pourtant, n'y avait-il pas le temple de l'aube ?

Tôt, la veille, Honda avait loué une barque pour traverser sur l'autre rive et visité le temple de l'aube.

Il y était allé au moment précis où le soleil se levait, heure des plus propices. Il faisait encore un peu sombre, et seul le faîte de la pagode s'éclairait des premiers rayons du soleil levant. Au-delà, la jungle de Thon Buri s'emplissait de cris perçants d'oiseaux.

En s'approchant, il se rendit compte que la pagode était tout entière sertie d'innombrables fragments de porcelaine de Chine au vernis rouge ou bleu. Chaque rangée était masquée d'une balustrade ; celle du premier étage était marron, la deuxième verte et la troisième d'un bleu violacé. Une infinité de plats de porcelaine y avaient été placés, formant des fleurs : les jaunes en figuraient le cœur d'où s'allongeaient des pétales d'assiettes. Le cœur de certaines était formé de coupes de vin lavande renversées et là, des plats dorés éclatants figuraient les pétales. Des chaînes ainsi fleuries montaient tout en haut. Les feuilles étaient toutes de tuiles, et du sommet, pendaient quatre trompes d'éléphant blancs tournées vers les quatre points cardinaux.

Ce décor répété et le faste de la pagode vous prenaient à la gorge. La tour brillamment colorée, ornée de tant de couches qui montaient par étages vers le faîte, vous donnait l'impression d'une série de rêves superposés suspendus tout là-haut. Les plinthes des escaliers extrêmement raides étaient également lourdes de festons, chaque rang soutenu par un bas-relief d'oiseaux à face humaine. Cela composait une pagode polychrome dont tous les niveaux ployaient sous des couches de rêves, d'espoirs, d'oraisons, chacun davantage encore appesanti sous de nouveaux contes qui, telle une pyramide, s'élevaient au ciel.

Aux premiers rayons de l'aube sur le Menam, les myriades de fragments de porcelaine devenaient autant de miroirs minuscules qui captaient la lumière. Grandiose édifice de nacre dans une débauche étincelante.

CHAPITRE 1

La pagode servait depuis longtemps de cloche matinale avec son carillon de teintes somptueuses, ses couleurs dont la sonnerie répondait à l'aurore. On avait voulu, en les créant, évoquer une beauté, une puissance, un jaillissement comme de l'aube même.
Dans la clarté matinale d'un étrange brun jaunasse dont les tons rouillés se réfléchissaient dans le Menam, la pagode projetait son reflet brillant, présageant la venue d'une autre journée suffocante.

«Je suis certain que vous en avez assez des temples. Ce soir, je vous emmènerai dans un endroit amusant», dit Hishikawa. Honda était en train de contempler distraitement le temple de l'aube, à présent tout entier enveloppé de ténèbres.
«Vous avez vu Wat Po et Wat Phra Keo. Et lorsque vous êtes allé au temple de marbre, vous avez eu de la chance d'assister à la visite du Régent. Hier matin, vous avez vu le temple de l'aube. On n'en finit jamais de visiter des temples quand on en a le goût, mais je pense que cela vous suffit.
– Hum, c'est bien possible», répliqua Honda d'un air vague, peu enclin à laisser interrompre les pensées qui l'absorbaient si profondément.
Il s'était pris à songer à l'ancien *Journal de Rêves* de Kiyoaki qu'il n'avait pas regardé depuis si longtemps, mais qu'il avait emporté au fond de sa valise, pensant qu'il pourrait peut-être le relire pour passer le temps pendant son voyage. La chaleur intolérable et sa lassitude ne lui en avaient pas laissé l'occasion jusqu'ici. Mais l'éclat des couleurs tropicales dans la description d'un rêve qu'il avait lue longtemps auparavant était encore très présent à son esprit.
À vrai dire, chargé de travail, Honda n'avait pas accepté ce voyage en Thaïlande uniquement pour des raisons d'affaires. Au collège, à un âge où l'on est très sensible, et ayant, par l'entremise de Kiyoaki, fait la connaissance de deux princes siamois, il avait été témoin de la fin pathétique de l'idylle de Chantrapa et de la perte de la bague émeraude de Pattanadid. Se rendant compte qu'à l'évidence sa destinée faisait de lui un observateur, l'image brumeuse dont il se souvenait s'était finalement conservée très solidement encadrée. Depuis longtemps, il avait fermement résolu qu'un jour il visiterait le Siam.
Pourtant, d'un autre côté, à quarante-six ans, Honda en était venu à se méfier de ses moindres émotions ; inconsciemment, il avait pris l'habitude d'y déceler duperie et exagération. Il songeait que, dans

son dernier emballement, il avait voulu sauver Isao, ce garçon en qui il avait découvert la réincarnation de Kiyoaki. Il avait abandonné sa carrière de magistrat. Cela n'avait conduit à rien, et il n'avait ressenti qu'un échec écrasant qui lui avait ouvert les yeux sur l'inanité de l'altruisme.

Ayant mis de côté ses idéaux altruistes, il était devenu bien meilleur avocat. N'ayant plus de passions, il avait réussi à sauver les autres, procès après procès. Il n'acceptait aucune affaire à moins que le client ne fût fortuné, qu'il s'agît d'un procès civil ou criminel. La famille Honda était bien plus à l'aise que du temps de son père.

Les malheureux avocats qui se conduisaient comme s'ils étaient les hérauts naturels de la justice sociale et se donnaient pour tels étaient grotesques. Honda connaissait fort bien les limites de la loi quand il s'agissait de sauver les gens. À parler franchement, ceux qui n'avaient pas les moyens de se payer un avocat n'avaient pas qualité pour enfreindre la loi, mais la plupart des gens commettaient des erreurs et violaient la loi par simple nécessité ou stupidité.

Certaines fois, il semblait à Honda que de fixer des normes juridiques était probablement pour la grande majorité des gens, le jeu le plus prétentieux que les hommes eussent imaginé. Si des infractions étaient souvent commises par nécessité ou stupidité, ne pouvait-on aller jusqu'à affirmer que les mœurs et les habitudes sur lesquelles ces lois se fondaient étaient également insensées ?

Après l'incident de la Société du Vent Divin à l'ère Showa qui s'était terminé par la mort d'Isao, bien des événements similaires s'étaient produits, mais l'agitation interne au Japon avait pris fin lors des événements du 26 février 1936. L'incident avec la Chine, lequel avait débuté peu après, demeurait sans conclusion, même après cinq années de combats. À présent, le pacte qui liait le Japon, l'Allemagne et l'Italie constituait un puissant stimulant, et le risque de conflit entre le Japon et les États-Unis était devenu un fréquent sujet de discussion.

Mais comme Honda ne s'intéressait plus au temps qui passe, aux luttes politiques, ou à la guerre imminente, il ne se passionnait plus à leur sujet.

Quelque chose s'était effondré dans les plus intimes replis de son cœur. Il se savait impuissant à arrêter les événements qui continuaient à faire rage comme des rafales de pluie, inondant tout un chacun dans son insignifiance, venant frapper au hasard, individuellement, les cailloux de la destinée. Mais il ne distinguait pas clairement si, au bout du compte, toute destinée était pitoyable. L'histoire avait coutume d'aller de l'avant en favorisant les désirs des uns et en

CHAPITRE 1

repoussant ceux des autres. Si affligeant que pût se révéler l'avenir, il n'apportait pas nécessairement de déception à tout le monde.

Cependant, il ne faut pas s'imaginer que Honda fût devenu totalement nihiliste et désabusé. Par comparaison avec le passé, il était d'humeur tout à fait joyeuse et gaie. Sa façon de parler, dont il s'était tant soucié tant qu'il était magistrat, avait considérablement changé ; et il mettait plus de fantaisie dans ses vêtements. Il portait même un veston pied-de-poule et il s'était mis à plaisanter et à se conduire avec un esprit plus ouvert. Mais depuis son arrivée dans ce pays étouffant, les bons mots ne lui venaient plus guère aux lèvres.

Son visage montrait désormais l'air grave et digne qui convenait à son âge. Depuis longtemps, il avait perdu le profil net de sa jeunesse, et sa peau, jadis aussi quelconque que coton délavé, ayant fait l'expérience du luxe, avait pris un gain de satin damassé. Sachant bien qu'il n'avait jamais été beau, il n'était pas tellement mécontent du voile opaque imposé par les ans.

Qui plus est, maintenant il tenait en main son avenir bien plus sûrement qu'aucun jeune homme. La raison qui fait que les jeunes gens bavardent continuellement de l'avenir est tout simplement qu'il ne l'ont pas encore. Posséder en laissant aller les choses est un secret de propriété inconnu de la jeunesse.

De même que Kiyoaki n'avait pas influé sur l'époque où il avait vécu, de même Honda n'influençait pas la sienne. Remplaçant le temps où Kiyoaki avait péri sur le champ de bataille de la passion romanesque, une nouvelle ère allait venir où les jeunes gens mourraient sur de vrais champs de bataille. C'est ce qu'annonçait le trépas d'Isao. En d'autres termes, Kiyoaki et sa réincarnation, Isao, avaient souffert des morts contrastées sur des champs de bataille contrastés.

Et Honda ? En lui, nulle apparence de mort ! Il n'avait jamais désiré passionnément la mort, mais il n'avait non plus jamais tenté d'échapper à ses coups. Pourtant, alors que soudain, les traits brûlants du soleil tropical le prenaient pour cible, fondant sur lui à longueur de jour, la verdure dense, luxuriante, magnifique alentour, pouvait bien apparaître comme l'accablante exubérance de la mort elle-même.

« Voilà bien longtemps, peut-être vingt-sept ou vingt-huit ans, deux princes siamois étant venus faire leurs études au Japon, j'eus le privilège de les connaître pendant quelque temps. L'un était le frère cadet de Rama VI, le prince Pattanadid et l'autre, le prince Kridsada, son cousin, un petit-fils de Rama IV. Je me demande ce qu'ils sont devenus. J'avais espéré les voir en arrivant à Bangkok, mais il semble présomptueux de m'imposer à des gens qui m'ont certainement oublié.

– Pourquoi ne me l'avez-vous pas dit plus tôt ? répondit l'omniscient Hishikawa, s'empressant de reprocher sa discrétion à Honda. Quoi que vous demandiez, je peux trouver la solution.
– Eh bien, en ce cas, pensez-vous que je pourrais voir les deux princes ?
– Je n'irais pas jusque-là. Rama VIII, leur oncle, compte beaucoup sur eux et tous deux sont en ce moment avec lui à Lausanne. La plupart des membres de la famille royale sont partis en Suisse et le palais est vide.
– Je regrette de l'apprendre.
– Mais il existe une possibilité de voir un membre de la famille du prince Pattanadid. C'est une histoire bizarre. La plus jeune fille de Son Altesse Royale, une petite fille d'environ sept ans, reste à Bangkok seule avec ses dames d'honneur. La pauvre enfant est pratiquement prisonnière dans un petit château qu'on appelle le Palais Rosette.
– Et pourquoi donc ?
– Cela pourrait gêner la famille de l'emmener à l'étranger ; on pense qu'elle est arriérée. Dès l'instant où la princesse a pu parler, ça a été pour dire : "Je ne suis pas une vraie princesse siamoise. Je suis la réincarnation d'un Japonais et mon pays à moi c'est le Japon." Son histoire ne change pas malgré tout ce qu'on peut lui dire. Si quelqu'un la contredit, elle pique une colère. Si bien qu'on raconte que tous ceux qui ont besoin d'elle font semblant de partager ses illusions et qu'on l'éduque en lui faisant croire tout ce qu'elle veut. Une audience, ce n'est pas facile, mais puisque vous avez des liens avec les princes de la famille royale, je pense pouvoir faire quelque chose. Cela dépendra de la façon de m'y prendre à l'égard de son entourage. »

2

Ayant entendu l'histoire de la folie de la pauvre petite princesse, Honda ne fut pas aussitôt incité à demander audience.

Il savait qu'elle serait à sa portée comme un petit temple d'or brillant. Et de même que les temples ne s'envolent jamais, il comprenait que la princesse, elle aussi, serait toujours là. La folie, dans

CHAPITRE 2

ce pays-ci, devait sûrement ressembler à son architecture ou à ses danses élégantes et monotones qui continuaient sans cesse dans leur éternelle splendeur. Un autre jour, pensa-t-il, quand son humeur aurait changé, il solliciterait d'être reçu.

Remettre ainsi à plus tard venait peut-être en partie de l'apathie qu'on ressentait sous les Tropiques, en partie de l'âge qui venait. Ses cheveux grisonnaient et sa vue, elle aussi, aurait diminué n'eût été que, par bonheur, il était légèrement myope depuis son enfance. Il pouvait encore fort bien se passer des lunettes d'un vieillard.

Son âge lui permettait de se servir des lois tirées de l'expérience comme d'unités de mesure et il pouvait prédire l'aboutissement de la plupart des situations. En fait, hormis les calamités naturelles, les événements historiques ne se produisaient, si inattendus qu'ils pussent paraître, qu'après un long mûrissement. L'histoire est aussi hésitante qu'une toute jeune fille devant une proposition romanesque. Pour Honda, il y avait toujours quelque chose d'artificiel en tout événement qui correspondait de façon précise à ses désirs et s'approchait à un rythme agréable. En conséquence, s'il voulait s'en remettre de sa conduite aux lois de l'histoire, il était toujours préférable d'adopter une attitude réservée en toutes circonstances. Il avait vu tant de cas où l'on ne pouvait rien obtenir de ce qu'on désirait et où, au bout du compte, une ferme résolution avait été en vain. Les choses même que l'on aurait dû pouvoir obtenir si on ne les avait pas si ardemment désirées finissaient par se dérober, simplement pour avoir été trop convoitées. Le suicide semblait bien dépendre entièrement de son propre désir et de sa décision et pourtant, il avait fallu qu'Isao passât toute une année en prison avant de réussir à le mener à terme.

Cependant, à la réflexion, l'assassinat commis par Isao et son suicide apparaissaient comme de brillantes étoiles du soir, messagères, dans la nuit pleine de constellations étincelantes, qui frayaient la voie à l'Incident du Vingt-Six février. Assurément, les assassins avaient espéré que l'aube viendrait, mais ce fut la nuit qui arriva. Et à présent, l'époque étant ce qu'elle était, cette nuit-là s'achevait presque et un matin étouffant, tourmenté, prenait sa place, tel qu'aucun de ces activistes n'aurait pu l'imaginer.

Le traité élaboré par le Japon, l'Allemagne et l'Italie avait irrité une fraction des nationalistes et ceux qui étaient pro-français et pro-anglais ; mais la grande majorité de ceux qui aimaient l'Europe et l'Occident, et jusqu'aux partisans attardés d'un système pan-asiatique s'en montraient satisfaits. Le Japon allait épouser, non pas Hitler, mais la forêt germanique; non pas Mussolini, mais le panthéon romain. Ce pacte alliait les mythologies d'Allemagne, de Rome et du Japon : amitié entre les dieux païens d'Orient et d'Occident, à la beauté virile.

Honda, naturellement, n'avait jamais acquiescé à pareil préjugé romanesque, mais il sentait que l'époque, en quelque sorte, était en train de mûrir, toute frémissante : il apparaissait clairement qu'un rêve prenait forme. Dès lors, se trouvant ici, loin de Tokyo, ce repos et ces loisirs soudain se tournaient curieusement en lassitude, sans qu'il pût s'empêcher de se plonger dans ces retours sur le passé.

Il n'avait pas abandonné son idée, celle qu'il avait soulignée jadis, il y avait si longtemps, en causant avec Kiyoaki, alors âgé de dix-neuf ans : la volonté de participer à l'histoire est l'essence de la finalité humaine. Or, la crainte instinctive qu'un garçon de dix-neuf ans ressent envers sa propre personnalité se révèle parfois extrêmement prophétique. Tout en proclamant pareil concept, ce que Honda, à cette époque, exprimait en réalité, c'était son désespoir à l'égard de son propre tempérament. Découragement qui s'était accru avec l'âge pour devenir finalement un mal chronique. Mais sa personnalité n'avait pas le moins du monde changé. Il se remémorait un passage terrifiant du chapitre relatif aux Trois Récompenses[1] du *Traité sur les Fondements de la Réalité*, l'un des deux ou trois textes bouddhiques recommandés par l'abbesse du temple de Gesshu :

> *Prendre plaisir à faire le mal*
> *Provient de ce que le mal n'est pas mûr.*

Si bien que Honda prenait un plaisir nonchalant, tropical a être ainsi reçu si aimablement à Bangkok, à ce qu'il pouvait voir et entendre, et même à ce qu'il devait manger et boire. Mais cela ne prouvait nullement qu'il n'avait pas commis d'actions coupables dans les presque cinquante années de son existence. Le mal en lui n'était certainement pas aussi mûr que le fruit odorant prêt à tomber de lui-même de la branche.

Dans le bouddhisme thaï theravada avec le concept de causalité naïf qu'énonce le canon du bouddhisme méridional, Honda recon-

---

1. C'est-à-dire, la compensation dans cette vie pour les actes déjà commis, lors d'une nouvelle naissance, pour les actes accomplis maintenant, et lors des vies à venir. *(N.d.T.)*

CHAPITRE 2

naissait la causalité des Lois de Manu qui lui avaient causé si forte impression dans sa jeunesse. D'un bout à l'autre, les divinités hindoues montrent leurs visages grimaçants. Le serpent *naga* sacré, la *garuda* mythique, moitié géante, moitié aigle au corps doré, à blanche face et ailes rouges qui ornent les toitures des temples, redisent les histoires du nagananda, l'épopée indienne du VIIe siècle, et le Vishnou de l'Inde exalte la piété filiale de la *garuda*.

Depuis son arrivée dans ce pays, Honda avait senti s'éveiller sa curiosité intellectuelle de naguère, et il désirait vivement découvrir comment le bouddhisme theravada expliquait le mystère de la transmigration. C'était là le concept qui lui fournissait l'occasion de rejeter l'élément rationnel qui avait été celui d'une moitié de sa vie.

Selon les érudits, la philosophie religieuse de l'Inde se divise en six périodes :
1. La période du *Rig Veda*.
2. La période des *Brahmanas*.
3. La période des *Upanisads,* qui s'étend du VIIIe au Ve siècle avant J.-C., époque de conscience philosophique qui fonde son idéal sur l'unité de Brahma, la réalité ultime de tout être, et de l'atman, le «Soi». L'idée d'un cycle de naissances et de morts – samsara – apparaît clairement pour la première fois au cours de cette période, et lorsqu'elle s'allie au concept que les actions (karma) entraînent des conséquences inévitables, la loi de causalité prend naissance. En y associant l'idée de «atman», il en sort un système philosophique.
4. Une période de schisme parmi les diverses écoles de pensée.
5. La période de perfection du bouddhisme theravada, survenue entre les IIIe et I^e siècles avant J.-C.
6. Les cinq siècles suivants qui virent l'essor du bouddhisme mahayana.

C'est la cinquième période qui pose un problème, celle où furent compilées les Lois de Manu. Honda avait été surpris de découvrir, dans sa jeunesse, que le concept de samsara s'appliquait même aux codes juridiques. L'idée de karma telle qu'elle apparaît plus tard dans le bouddhisme diffère distinctement de celle que contiennent les *Upanisads*: la différence consiste en ce que le bouddhisme nie l'atman, négation qui est l'essence de cette religion.

L'un des trois caractères qui différencient le bouddhisme des autres religions est celui du détachement de tous les dharmas. Le bouddhisme prêche le détachement et nie l'atman, en quoi l'on voyait l'élément principal de la vie. Il s'ensuit que le bouddhisme répudie l'idée de « l'âme » qui est l'extension de l'atman dans l'au-delà. Le bouddhisme ne reconnaît pas l'âme en tant que telle. S'il n'y a pas de substance essentielle appelée âme dans les êtres vivants, il va de soi qu'il n'y en a pas dans la matière inorganique. En vérité, tout comme la méduse dépourvue de squelette, il n'est pas d'essence innée dans l'ensemble de la création.

Mais alors se pose la question gênante : si les actions bonnes provoquent ultérieurement une bonne existence et les actions mauvaises une vie mauvaise, et si, en vérité, tout retourne au néant après la mort, quelle est donc la substance transmigratoire ? Si l'on pose que le « soi » n'existe pas, sur quoi se fonde au départ le cycle de naissance et de mort ?

Les trois cents ans de bouddhisme theravada constituent une période de controverses et de conflits entre de nombreuses écoles dont aucune n'aboutit à une conclusion logique satisfaisante. Toutes s'embarrassent dans les contradictions et les inconsistances qui existent entre l'atman, que nie le bouddhisme, et le karma dont il a hérité.

Pour obtenir une réponse philosophiquement acceptable à cette question, l'humanité dut attendre l'école mahayana, appelée Yuishiki ou de « la seule conscience ». Mais lorsque se fit jour l'école de theravada Sautrantika, était établi le concept du « parfum d'ensemencement » selon lequel l'effet d'une action bonne ou mauvaise demeure dans la conscience, s'y répandant comme l'odeur d'un parfum imprègne les vêtements, et ainsi forme le caractère. Ce pouvoir de formation fut à l'origine de la théorie causale dont la doctrine précédait la pensée Yuishiki à venir.

À présent, Honda comprenait ce qu'il y avait derrière le sourire immuable et les yeux mélancoliques des deux princes siamois. C'était le sentiment d'une apathie dorée mais pesante, d'une berceuse de la brise sous les arbres, l'évasion permanente hors de tout système logique cohérent ; accablés, languissants sous le soleil, les habitants de cette contrée aux temples, aux fleurs et aux fruits somptueux vénéraient fidèlement le Bouddha et croyaient implicitement à la réincarnation.

Mettant à part le prince Kridsada, le prince Pattanadid était intelligent et possédait, chose surprenante, l'esprit aiguisé d'un philosophe. Malgré tout, la violence de ses sentiments balayait toute impartialité intellectuelle. Honda se rappelait encore très distinctement, plus qu'aucune parole que le prince avait pu prononcer, l'avoir vu s'évanouir, en cette fin d'été, dans le fauteuil de jardin à la villa de vacances de Kiyoaki, en apprenant la mort de Chantrapa.

CHAPITRE 2

Son bras tanné pendait mollement de l'accoudoir blanc. Honda ne pouvait voir si le visage du prince, appuyé sur son épaule, avait pâli, mais on apercevait ses dents blanches briller entre les lèvres légèrement entrouvertes.

Ses longs doigts bruns élégants, destinés aux subtiles caresses d'amour, s'allongeaient presque à toucher le gazon vert de l'été, comme si, tous les cinq, ils avaient momentanément suivi dans la mort l'objet défunt de son désir.

Pourtant, Honda craignait que le souvenir que les princes avaient gardé du Japon n'eût pas été des plus plaisants bien qu'avec les années, ils aient pu davantage en concevoir quelque regret. Leur isolement, les difficultés du langage, les habitudes différentes, la perte de la bague d'émeraude du prince Pattanadid, puis la mort de la princesse Chantrapa avaient rendu leur séjour au Japon rien moins qu'agréable. Mais ce que, finalement, ils n'avaient pu comprendre, c'était l'esprit agressif du groupe des escrimeurs au Collège des Pairs. Non seulement les princes s'en étaient trouvés éloignés, mais aussi les élèves ordinaires comme Honda et Kiyoaki ainsi que les jeunes gens d'esprit libéral et humaniste de la Société littéraire du Bouleau Blanc. Malheureusement, le vrai Japon ne se découvrait pas aisément parmi les amis des princes, présent bien davantage chez leurs adversaires, ce dont les princes eux-mêmes se rendaient sans doute compte vaguement ; Japon intransigeant, aussi fier qu'un jeune guerrier vêtu de soie écarlate, aussi susceptible néanmoins qu'un adolescent qui provoque au combat avant qu'on le plaisante, fonçant vers la mort avant qu'on l'insulte. Isao différait de Kiyoaki car il vivait au centre de ce monde intraitable et il croyait à l'existence de l'âme.

Aux approches de la cinquantaine, Honda se trouvait jouir d'un avantage : il était probablement libre de préjugé. Indépendant aussi de l'autorité, car il avait été lui-même, jadis, l'autorité ; et même de la raison, ayant été naguère l'activité mentale personnifiée.

L'esprit même du groupe des escrimeurs dans la seconde décennie de ce siècle était celui d'une jeunesse en uniforme, il imprégnait toute cette époque. Honda, lui aussi, bien que n'y ayant jamais adhéré, n'hésitait pas, avec l'âge, à identifier dans sa mémoire ce temps de sa jeunesse avec des dispositions agressives.

Cet état d'esprit, plus pur, plus raffiné constituait le monde d'Isao, un monde auquel Honda ne s'était pas mêlé étant plus jeune, un monde qu'il n'avait observé que du dehors. Remarquant la façon dont l'esprit japonais du jeune Isao, en luttant dans un isolement absolu, avait opéré sa propre destruction, Honda ne pouvait pas ne pas comprendre que ce qui lui avait permis de vivre comme il avait fait, c'était la force de la pensée occidentale, importée de l'extérieur. Non fécondée, la pensée suscite la mort.

Si l'on veut vivre, on ne doit pas se cramponner à la pureté comme l'avait fait Isao. Il ne faut pas se couper toutes les voies de retraite ; il ne faut pas tout rejeter en bloc.

Rien d'autre n'avait contraint Honda à sonder le problème d'un Japon d'une pureté sans mélange plus profondément que le trépas d'Isao. Y avait-il moyen de vivre honnêtement avec le Japon sinon en répudiant toutes choses, sinon en répudiant le Japon d'aujourd'hui et les Japonais ? N'était-il pas d'autre moyen de vivre que celuilà, si difficile, qui, finalement, conduisait à l'assassinat, puis au suicide ? Tout le monde hésitait à le dire, mais Isao n'avait-il pas apporté la preuve par ses actes ?

En y réfléchissant, la tribu la plus pure avait en elle l'odeur du sang et la tare de la sauvagerie. À la différence des Espagnols qui ont conservé leur sport national, les courses de taureaux, malgré les accusations des amis des animaux à travers le monde, les Japonais, lorsque leur pays absorba une nouvelle culture et une nouvelle moralité à la fin du siècle dernier, orientèrent leurs efforts en vue d'éliminer les coutumes barbares des générations antérieures. Cela aboutit à asservir la pureté du tempérament national authentique dont l'énergie jaillissait de temps à autre en explosions de violence qui rebutaient et éloignaient les gens encore davantage.

Cependant, en dépit du masque effrayant qu'il pouvait revêtir, l'esprit national dans son état originel était d'une blancheur primitive. Au cours de son séjour dans un pays comme la Thaïlande, Honda comprenait plus clairement que jamais la simplicité et la pureté des choses au Japon, telle l'eau limpide d'une rivière qui laisse entrevoir les cailloux de son lit, ou encore, la probité des rites shinto. L'existence de Honda n'était pas imprégnée d'un tel esprit. Comme la majorité des Japonais, il n'en tenait aucun compte, se comportant comme s'il n'existait pas et survivant par l'évasion. Toute sa vie, il avait évité tout ce qui était fondamental et dénué d'artifice : la soie blanche, l'eau froide et claire, le papier blanc en zigzag du bâton de l'exorciste qui flotte dans la brise, l'enclos sacré que borne le *torii*, la demeure marine des dieux, les montagnes, le vaste océan, le sabre japonais à lame étincelante, si pure et si effilée. Non seulement

CHAPITRE 2

Honda, mais l'immense majorité des Japonais occidentalisés ne peuvent plus supporter ces éléments, si profondément indigènes.

Mais s'il était vrai qu'Isao qui croyait à l'âme était allé au ciel – c'était là un exemple de bonne cause produisant un bon effet –, s'il était entré dans le cycle des naissances et des morts et avait repris une forme humaine, comment cela pouvait-il se produire?

À y songer maintenant, Honda se demandait si Isao, quand il avait résolu de mourir, n'avait pas, en vérité, eu quelque présage secret d'une autre vie. Il semblait qu'il y en eût quelque indication. Lorsque quelqu'un tente de vivre sa vie d'une façon si pure et si extrême, n'est-ce pas qu'il est naturellement conduit à supposer une autre existence?

Honda se remémorait les sanctuaires du Japon, et, par cette chaleur, rien que d'y penser, il eut au front la sensation d'une eau froide et claire. Au visiteur qui monte les degrés de pierre, le *torii*, qui semble ne former que le cadre bien net du sanctuaire principal apparaît, quand il sort, s'être transformé, encadrant le firmament bleu et clair. Étrange chose qu'un cadre unique contienne, vu d'un côté, le haut sanctuaire et, vu de l'autre, le vide du ciel bleu. La forme du *torii* ressemblait à celle de l'âme d'Isao.

Car Isao avait vécu une vie au dessin net rappelant un haut *torii* dans son admirable simplicité. Et, inévitablement, elle s'emplissait à la fin de firmament clair et bleu.

Peu importe que l'esprit d'Isao, en mourant, se fût éloigné du bouddhisme; ce paradoxe lui-même semblait à Honda marquer la relation entre les Japonais et le bouddhisme. C'était comme si les eaux boueuses du Menam allaient filtrer à travers un tamis de soie blanche.

À une heure tardive, le soir même où Hishikawa lui avait conté l'histoire de la princesse, Honda, une fois dans sa chambre, fouilla dans sa valise et en sortit le *Journal de Rêves* de Kiyoaki, enveloppé de soie violette.

Ce cahier avait été lu et relu et la reliure commençait à se défaire; maladroitement mais avec soin, Honda l'avait réparée lui-même. L'écriture rapide, juvénile de Kiyoaki y vibrait encore, mais la couleur de l'encre avait pâli au cours des trente années écoulées depuis qu'il avait été écrit.

Mais oui, c'était bien comme il se le rappelait, Kiyoaki avait rêvé du Siam très clairement et il l'avait transcrit dans son journal peu après que les princes siamois furent venus chez lui.

Kiyoaki était assis sur un siège splendide, dans un palais dont le jardin était en ruine. Il portait « une haute couronne d'or pointue sertie de nœuds de joyaux ». Dans le rêve, il appartenait à la famille royale du Siam.

De nombreux paons perchaient sur des poutres, d'où leur fiente blanche tombait, et Kiyoaki portait au doigt l'émeraude du prince Pattanadid. « L'admirable visage d'une petite fille » se reflétait dans la pierre précieuse. Cela avait dû être celui de la petite princesse folle qu'il n'avait pas encore vue et l'image aux yeux baissés que renvoyait l'émeraude était probablement celle de Kiyoaki. Il paraissait désormais indubitable à Honda que la princesse était en vérité la réincarnation de Kiyoaki à travers Isao.

Il n'était pas inattendu que semblable rêve lui vînt après avoir reçu chez lui les princes siamois et écouté les histoires enchanteresses de leur pays. Mais en ayant eu plusieurs fois l'expérience, Honda était forcé d'accepter ce fait que le rêve de Kiyoaki était une nouvelle manifestation de sa transmigration.

Cela s'expliquait de soi-même à présent. Une fois surmontée la difficulté de cette entorse à la logique, tout se tenait. Isao n'avait jamais dit à Honda, et ce dernier n'avait jamais cherché à savoir, si Isao avait eu d'autres présages ; il se pouvait bien que lui aussi, durant ses nuits en prison, eût rêvé de la petite fille des Tropiques.

Hishikawa s'occupa avec diligence de tous les besoins de Honda au cours de son séjour à Bangkok. Le procès prenait bonne tournure grâce aux efforts de ce dernier. Il avait découvert une carence de la part des acheteurs.

Conformément à l'article 473 du Code civil thaï, fondé sur le droit anglo-américain, les vendeurs n'encourent aucune responsabilité du fait d'une marchandise défectueuse dans l'un au moins des cas ci-après :

1. Si l'acheteur était au courant de la défectuosité au moment de l'achat ou aurait pu l'être s'il y avait prêté ordinairement attention.

2. Si le défaut apparaissait à l'évidence lors de la livraison de la marchandise, ou si l'acheteur avait accepté celle-ci sans émettre de réserves.

3. Si la marchandise avait été vendue en vente publique.

Au cours des recherches que fit Honda, il lui apparut clairement que les acheteurs pouvaient tomber sous le coup des règles énoncées dans le premier ou le second cas. S'il pouvait suivre cette ligne

CHAPITRE 2

de raisonnement et apporter des preuves suffisantes, peut-être renoncerait-on à poursuivre.

Inutile de dire que les Produits Itsui lui en avaient de la reconnaissance et que, de son côté, Honda en était soulagé. Il se sentit enclin à demander à Hishikawa de faire en sorte de fixer une audience avec la princesse. Mais quel personnage ennuyeux! Honda n'avait jamais ressenti le désir de frayer avec des artistes; de fait, il n'en avait jamais compté parmi ses amis. Et il ne se serait jamais attendu à faire la connaissance d'un artiste manqué en un lieu aussi écarté.

Dès lors, il était d'autant plus exaspérant que Hishikawa, comme guide, apparût si serviable pour le voyageur inexpérimenté, que jamais il ne montrait la moindre hésitation à faire tout ce que demandait Honda. En outre, il connaissait bien les « petites entrées » du pays, là où il était strictement impossible de passer par la grande porte. C'était certes un guide inestimable, et lui-même le savait bien.

Mais Hishikawa avait conservé les affectations déplaisantes de l'artiste, quelle que fût l'œuvre à laquelle il s'était adonné dans le passé. Il dépendait pour gagner sa vie des visiteurs qu'il accompagnait et, malgré tout, au fond, il n'avait que mépris pour ces philistins qu'il escortait. Cela sautait aux yeux de Honda, qui s'amusait à donner de lui-même l'image même du philistin que Hishikawa voyait en lui. Il faisait exprès de parler de sa femme et de sa mère au Japon, de son chagrin de ne pas avoir d'enfants. Il prenait plaisir à observer comment, sans se douter de rien, Hishikawa jouait le rôle d'auditeur compatissant.

En fait, il est de ces artistes qui, non seulement manquent de maturité, mais qui en font couramment parade, comme d'un alibi malhonnête pour détourner toute critique de leur œuvre; attitude qui dépasse toute horreur, comparée à l'immaturité sans fard dont avaient fait preuve Kiyoaki ou Isao. Certains artistes traînaient cette immaturité toute leur vie... jusqu'à quatre-vingts ans et plus. Comme s'ils faisaient commerce des langes qu'ils trimbalaient.

S'il y avait rien de pire, c'étaient les pseudo-artistes; de leur morgue indicible jointe à une espèce particulière d'obséquiosité, émanait une odeur propre aux gens paresseux. Hishikawa n'était autre qu'un fainéant vivant aux crochets d'autrui, mais qui se donnait des airs d'élégance nonchalante d'aristocrate habitant sous les tropiques. Honda s'irritait de son habitude de dire au restaurant, en tournant la carte des vins : « Puisque, de toute façon, ce sont les Produits Itsui qui paient... » et, sur ce, de commander des vins chers. Honda n'aimait pas le vin à ce point-là.

Tout en espérant n'avoir jamais à défendre pareil individu, c'eût été de sa part manquer à l'étiquette, étant l'invité, de prier qu'on remplaçât son guide.

Chaque fois que le directeur obèse de la succursale s'enquérait auprès de lui dans la salle d'attente du tribunal ou à un dîner: «Est-ce que Hishikawa prend bien soin de vous?» Honda répondait: «Oui, il est très capable», ces paroles dissimulant une certaine amertume. Le directeur semblait satisfait de prendre cette réplique à valeur faciale, et Honda s'agaçait qu'il n'essayât pas de lire entre les lignes.

La connaissance familière des relations humaines cachées de ce pays-ci, semblables à une jungle humide de sous-bois, en train de pourrir rapidement sous la verdure superficielle brillant au soleil torride, avait permis à Hishikawa de développer le talent qu'il avait de renifler la pourriture des affaires humaines plus vite que quiconque. C'est de là qu'il tirait ses moyens d'existence. Il aurait reposé ses puissantes ailes d'or de mouche commune sur les restes de l'assiette du directeur.

«Bonjour!»

Honda fut tiré d'un profond sommeil par une voix familière dans l'interphone à côté de son lit, une voix qu'il entendait chaque matin – Hishikawa.

«Vous ai-je réveillé? Pardonnez-moi. Les gens des tribunaux n'hésitent pas à vous faire attendre pendant des heures, tout en se montrant très pointilleux sur la ponctualité des autres. J'ai appelé de bonne heure par précaution. Prenez le temps de vous raser. Quoi? Le petit déjeuner? Non. Non, ne vous tourmentez pas à ce sujet. Ma foi, à dire vrai, je ne l'ai pas encore pris, mais je peux m'en passer. Oh! Dans votre chambre avec vous? Eh bien, je vous en remercie mille fois. J'accepte l'invitation et je vais monter. Faut-il vous laisser cinq minutes? ou dix? Bah, comme vous n'êtes pas une dame, peut-être n'ai-je pas besoin d'être si méticuleux.»

Ce n'était pas la première fois que Hishikawa avait pris le somptueux petit déjeuner anglais, aux multiples plats, de l'Oriental Hôtel, dans la chambre de Honda.

Peu après, vêtu d'un complet de toile blanche bien coupé, Hishikawa fit son entrée, s'éventant la poitrine de son panama. Il se planta sous les grandes pales blanches de l'éventail qui tournait paresseusement.

CHAPITRE 2

« Avant que j'oublie, dit Honda, encore en pyjama, comment dois-je appeler la princesse ? Cela convient-il de dire "Votre Altesse" ?
– Non, non ! repartit Hishikawa d'un air assuré. Elle est la fille de Pattanadid et c'est le demi-frère du roi. Son titre est Pra Ong Chao ; on lui dit : "Votre Altesse Royale" en anglais. Mais la fille est Mon Chao et il vous faudrait l'appeler "Votre Altesse Sérénissime". Mais n'ayez aucun souci. Je m'occuperai de tout. »

La chaleur implacable avait déjà envahi la pièce. Ayant quitté son lit mouillé de sueur, debout sous la douche froide, Honda sentait pour la première fois le matin sur sa peau. C'était une expérience étrangement sensuelle. Lui qui n'entrait jamais en contact avec le monde extérieur sans d'abord le filtrer à travers la pensée rationnelle, ici il sentait par sa peau ; c'est seulement à travers sa peau saisissant le vert éclatant des plantes tropicales, le vermillon des fleurs de mimosas, le décor doré qui ornait les temples ou le soudain éclair bleu qu'il pouvait établir un contact avec le monde alentour. C'était pour lui une expérience totalement exotique. La chaleur de la pluie, la tiédeur des ondées, le monde extérieur était un liquide richement coloré, et c'était comme s'il y baignait sans cesse. Comment, au Japon, aurait-il pu avoir idée de tout cela ?

En attendant le déjeuner, Hishikawa marchait de long en large dans la chambre comme un Européen, en se moquant du médiocre paysage suspendu au mur. Les talons de ses souliers noirs frais cirés réfléchissaient les ramages du tapis tandis qu'il prenait une pose, outrageusement. Honda se sentit tout à coup fatigué du jeu où Hishikawa jouait à l'artiste et lui-même au philistin.

Se tournant brusquement, Hishikawa sortit un petit écrin violet de sa poche. Il le tendit à Honda, en disant :
« Il ne faut pas oublier ceci. Donnez-le vous-même à la princesse.
– Qu'est-ce que c'est ?
– Un présent. Ici, la famille royale a pris l'habitude de ne jamais recevoir un visiteur s'il arrive les mains vides. »

Honda ouvrit l'étui et découvrit une jolie perle montée en bague.
« Ah ! bon, je comprends. Je n'y pensais pas. Merci de me le rappeler. Combien vous dois-je ?
– Mais rien. Vraiment, ce n'est pas nécessaire. J'ai dit aux Produits Itsui qu'il vous le fallait pour une audience royale. De toute façon, le directeur a dû se la procurer à bon marché auprès d'un Japonais. Inutile de vous en préoccuper. »

Honda comprit immédiatement que, pour le moment, il ne fallait pas davantage s'enquérir du prix. Mais il n'y avait pas lieu que les

Produits Itsui défraient ses dépenses personnelles. Il rembourserait le directeur. Hishikawa leur avait probablement compté une belle commission. Il lui faudrait, sans en tenir compte, désintéresser le représentant local, quelle que fût la somme.

«En ce cas, je vous sais gré de votre amabilité.»

Honda se leva, glissant le petit étui dans la poche du veston qu'il allait porter, et s'enquit en passant:

«À propos, comment s'appelle la princesse?

– Princesse Chantrapa. J'ai ouï dire que le prince Pattanadid a appelé sa dernière fille en souvenir d'une fiancée morte il y a longtemps. Chantrapa signifie: "clair de lune". Quelle coïncidence qu'elle soit si lunatique», souligna-t-il d'un air satisfait.

3

*E*n route vers le Palais Rosette, Honda aperçut, par la glace de la voiture, des garçons du Mouvement Yuwachon marchant au pas en uniforme kaki que l'on disait imité de celui des Jeunesses hitlériennes. Assis à ses côtés, Hishikawa se plaignit qu'en ville on entendît si rarement du jazz américain ces temps-ci et de ce que le nationalisme du Premier ministre Phiboon semblât donner des résultats.

C'était le genre de transformation dont Honda avait déjà été le témoin au Japon. Tout comme le vin tourne lentement en vinaigre ou le lait en caillé, les choses qu'on a longtemps négligées changent lentement selon les diverses forces naturelles. Les gens ont longtemps vécu dans la crainte de trop de liberté, de désirs trop charnels. Fraîcheur du matin après une soirée où l'on s'est abstenu de vin. Fierté de se rendre compte que l'eau seule est essentielle. Ces plaisirs neufs, rafraîchissants, commençaient à séduire les gens. Honda comprenait vaguement où ces idées fanatiques allaient conduire. Cette compréhension avait été engendrée par la mort d'Isao. Dans sa sincérité, l'idée fixe donne souvent naissance au vice.

Honda se rappela tout à coup les mots incohérents que, dans son ivresse, Isao avait proférés deux jours avant de mourir. «Bien loin vers le sud... très, très chaud... au soleil rose d'une terre du Sud...»

CHAPITRE 3

Et maintenant, huit ans plus tard, il se hâtait à sa rencontre vers le Palais Rosette.

Sa joie était celle d'un sol desséché et fiévreux qui attend d'être trempé de pluie.

Il semblait à Honda que d'éprouver pareils sentiments l'amenait à contempler son moi le plus intime. Jeune homme, il avait considéré que ses craintes, ses chagrins et sa faculté de raisonner constituaient le fonds de sa personnalité, mais rien de tout cela n'avait eu de réalité. En apprenant le suicide d'Isao, il avait senti brusquement une sorte de déception au lieu de la douleur aiguë du chagrin ; mais le temps qui passait avait changé celle-ci en attente du plaisir de le rencontrer à nouveau. Honda se rendait compte qu'au fond, en de pareils moments, ses sentiments ne contenaient pas un seul élément humain. Son moi intime était peut-être gouverné par quelque plaisir extraordinaire étranger à ce monde. Il devait en être ainsi, car lui seul, dans le cas d'Isao, avait échappé au chagrin et à la douleur de la séparation.

« Bien loin au sud... très, très chaud... au soleil rose d'une terre du Sud... »

L'auto s'arrêta devant une grille élégante au-delà de laquelle s'étendait un parterre de gazon. Hishikawa sortit le premier et parla au gardien en siamois en lui tendant une carte de visite.

Par la glace de la voiture, Honda apercevait une grille en fer ornée de motifs où se mêlaient flèches et octogones, cependant qu'au-delà, une pelouse verte et lisse s'imbibait lentement d'un soleil de plomb. Deux ou trois buissons aux fleurs blanches et jaunes, taillés en formes arrondies, ombraient le gazon.

Hishikawa introduisit Honda par la grille.

Les modestes proportions de l'édifice ne lui méritaient pas le nom de palais ; ce n'était qu'une petite construction à deux étages, au toit d'ardoises, peinte en rose fané et jaunasse. Hormis, sur un côté, un grand mimosa dont l'ombre noire et sévère maculait la muraille, seule la surface jaune venait atténuer l'éclat dur du soleil.

Ils ne rencontrèrent personne au long du sentier qui serpentait à travers la pelouse. En approchant du but et malgré sa joie qu'il savait être métaphysique, Honda eut l'impression que le bruit de ses pas rappelait celui des griffes acérées d'une bête de la jungle à l'affût d'une proie, les crocs pleins de bave. Oui, voilà le plaisir pour quoi il était né.

Le Palais Rosette paraissait renfermé dans son petit rêve têtu, impression que renforçait la forme même de l'édifice, sorte de petite boîte sans ailes ni annexes. Le rez-de-chaussée comportait tant de doubles croisées qu'il était difficile de discerner laquelle était l'entrée. Chacune portait des panneaux de bois sculpté figurant des roses sous des octogones de verre jaune, bleu et indigo entourant de petites ouvertures violacées en forme de roses à cinq pétales, de style proche-oriental. Les portes-fenêtres face au jardin étaient entrouvertes.

Le second étage comportait un panneau de fleurs de lys, et trois fenêtres donnant sur le jardin formaient un triptyque. La fenêtre centrale dominait ses voisines mais toutes trois étaient bordées de rosaces sculptées.

L'entrée proprement dite, au haut d'un perron de trois marches, se composait d'une porte-fenêtre de même style. Dès que Hishikawa eut sonné, Honda jeta un regard indiscret par le petit carreau de verre violacé en forme de rose. À l'intérieur, tout était violet foncé, tel le fond de l'océan.

La porte-fenêtre s'ouvrit et une vieille femme apparut. Honda et Hishikawa se découvrirent. Le visage brun à cheveux blancs, au nez aplati les accueillit d'un sourire amical caractéristique du pays thaï. Sourire de pure forme, rien d'autre.

La femme s'entretint quelques instants avec Hishikawa. Il semblait que rien n'eût été changé à l'audience qu'il avait convenue.

Quatre ou cinq chaises s'alignaient dans le vestibule, trop étroit pour un salon de cérémonie. Hishikawa tendit un paquet à la femme qui le prit après avoir joint respectueusement les mains. Ouvrant la porte du milieu, elle les fit entrer aussitôt dans une salle d'audience de belles dimensions.

Après la chaleur matinale au-dehors, cette pièce exhalait agréablement une fraîcheur stagnante de renfermé. Les deux hommes furent invités à s'asseoir sur des fauteuils chinois rouge et or dont les pieds figuraient des pattes de lion.

Tandis qu'on attendait la princesse, Honda en profita pour examiner la salle. On n'entendait d'autre bruit que le léger bourdonnement d'une mouche.

Le salon de cérémonie ne donnait pas directement sur les fenêtres. Une galerie à colonnes soutenait un entresol; seul le trône était tendu de lourdes draperies, et juste au-dessus, un portrait du roi Chulalongkorn était suspendu dans la galerie du haut. Les colonnes corinthiennes de la galerie étaient peintes en bleu avec des entailles verticales incrustées d'or et des chapiteaux ornés de roses dorées de style proche-oriental au lieu des feuilles d'acanthe habituelles.

Les motifs en rosace se répétaient obstinément à travers tout le palais. La galerie, peinte en or bordé de blanc, avait des balustrades

CHAPITRE 3

ajourées de roses dorées. Un immense lustre suspendu, au centre du haut plafond, était, lui aussi, décoré de roses or et blanches. En abaissant son regard à ses pieds, Honda vit que le tapis rouge s'ornait de rosaces.

Une paire de défenses d'éléphant géantes placées derrière le trône – deux blancs croissants de lune qui l'enserraient – constituait le seul ornement thaï traditionnel. Leur ivoire poli impressionnant luisait d'un blanc jaunâtre dans la pénombre.

À son entrée, Honda s'aperçut que les portes-fenêtres n'occupaient que le côté de la demeure qui faisait face au jardin du devant. Celles qui étaient ouvertes sur le jardin de derrière, barrées par un couloir, n'arrivaient qu'à hauteur de poitrine. C'est par ces fenêtres au nord que pénétrait une brise légère.

Tandis que son regard allait vers les fenêtres, il entrevit soudain une ombre noire frôler de ses ailes l'encadrement. Il eut un frisson. C'était un paon vert. L'oiseau se percha sur le rebord, allongeant son long col élégant qui lança des reflets d'or verdâtre. L'aigrette de sa tête orgueilleuse semblait la silhouette délicate d'un minuscule éventail.

«Je me demande combien de temps on va nous faire attendre, murmura Honda à l'oreille de Hishikawa, d'un air de profond ennui.
– C'est toujours comme cela. Cela ne veut rien dire. Ils n'essaient pas particulièrement de vous impressionner en vous faisant attendre. Maintenant, vous savez que dans ce pays-ci, il ne faut pas brusquer les choses. Du temps du fils de Chulalongkorn, le roi Urachid, Sa Majesté avait coutume de se coucher à l'aube et de se lever l'après-midi. Tout allait lentement, sans souci; le jour et la nuit étaient à l'envers. Le ministre des Affaires du Palais faisait son apparition vers quatre heures de l'après-midi et ne rentrait chez lui qu'au matin. Mais c'est peut-être ce qui vaut mieux sous les tropiques. La beauté de ces gens-là est comme celle des fruits; il faut que les fruits mûrissent paresseusement, avec grâce. Des fruits qui se pressent, ça n'existe pas.»

Honda en avait assez d'entendre dans un murmure Hishikawa disserter ainsi, longuement, comme à son habitude, mais avant qu'il pût se détourner pour éviter sa mauvaise haleine, la vieille femme reparut. Joignant respectueusement les mains, elle fit signe que la princesse approchait.

Il y eut un sifflement à la fenêtre où le paon se tenait perché. Ce n'était pas le son qu'on employait jadis à la Cour du Japon pour avertir de l'arrivée d'un membre de la famille impériale. Simplement, on s'occupait de faire partir le paon. On entendit un battement d'ailes à la fenêtre et l'oiseau disparut. Honda aperçut trois vieilles dames qui s'en venaient par le couloir nord. Elles marchaient en ligne, en maintenant entre elles une distance égale. La première dame d'honneur conduisait la princesse qui lui donnait une main, jouant de l'autre avec une guirlande de jasmin blanc. Tandis qu'on menait la petite princesse Clair de lune, âgée de sept ans, vers le grand fauteuil chinois devant les défenses d'ivoire, la vieille femme qui était venue ouvrir la porte aux invités s'agenouilla immédiatement sur le parquet, se prosternant à la façon appelée *krab* en thaï. Sans doute était-elle d'un rang inférieur.

La première dame d'honneur entoura du bras la taille de la princesse et s'assit avec elle dans le fauteuil chinois du milieu. Les deux autres s'assirent sur de petites chaises à la droite du trône, y faisant face. La troisième dame se trouvait à présent proche de Hishikawa. Lorsque Honda regarda alentour, la femme qui s'était agenouillée avait déjà disparu.

Il fit comme Hishikawa qui s'inclinait profondément après s'être levé, puis se rassit dans le fauteuil chinois rouge et or. Ces femmes paraissaient approcher des soixante-dix ans et la petite princesse semblait davantage être leur pupille que leur maîtresse.

La petite fille ne portait pas le *panun* à l'ancienne mode, mais une blouse de style européen d'étoffe blanche brodée d'or, avec une jupe thaïe en coton imprimé qu'on appelait *passim* et qui ressemblait à un sarong malais. Elle avait aux pieds une paire de souliers rouges ornés de motifs dorés. Elle portait les cheveux courts caractéristiques de la mode thaïe. Cette coiffure traditionnelle honorait les courageuses filles de Khorat qui, voilà longtemps, habillées en hommes, avaient combattu une armée d'envahisseurs du Cambodge.

Son beau visage intelligent ne portait pas trace de démence. Il y avait de l'autorité dans le dessin délicat de ses sourcils et de ses lèvres, et ses cheveux courts lui donnaient plutôt l'air d'un prince que d'une princesse. Sa peau avait un hâle doré.

Pour elle, une audience consistait à recevoir l'hommage des deux messieurs; cela fait, elle se mit à jouer avec sa couronne de jasmin et à balancer les jambes par-dessus le bord du grand fauteuil. Regardant fixement Honda, elle murmura quelque chose à la première dame d'honneur; celle-ci la reprit d'un mot.

Sur un signe de Hishikawa, Honda sortit l'étui de velours violet qui contenait l'anneau de perle. On le fit passer à la troisième dame puis, par l'entremise de la seconde et de la première, à tour de rôle, il finit

CHAPITRE 3

par arriver jusqu'à la main de la princesse. Le temps passé à atteindre celle-ci parut alourdir la torpeur ardente de l'été. L'étui ayant été examiné par la première dame, la princesse se trouva privée du plaisir enfantin de l'ouvrir elle-même. Négligemment, ses beaux doigts bruns se débarrassèrent de la guirlande de jasmin pour prendre l'anneau de perle. Elle l'examina attentivement un bon moment. Son calme inhabituel qui ne témoignait ni d'un sentiment ni d'une absence de sentiment dura si longtemps que Honda commençait à croire que c'était peut-être là un des symptômes de sa folie. Brusquement, telle une bulle dans l'eau, un sourire éclata sur son visage, découvrant ses dents blanches, irrégulières d'enfant. Honda se sentit soulagé.

On replaça la bague dans l'étui, rendant celui-ci à la première dame d'honneur. La princesse parla pour la première fois d'une voix claire et intelligente. Ses paroles furent alors retransmises par l'intermédiaire des trois dames comme un serpent vert glissant de branche en branche dans l'ombre des palmiers ponctuée de soleil, et, traduites par Hishikawa, elles parvinrent enfin jusqu'à Honda. La princesse avait dit : « Merci. »

Honda demanda à Hishikawa de lui servir d'interprète : « Depuis longtemps, j'admire la famille royale thaïe, et l'on m'a dit que Son Altesse Sérénissime, de son côté, aime bien le Japon. S'il m'est permis, j'aimerais lui envoyer une poupée japonaise à mon retour. Voudrait-elle l'accepter ? » Les phrases thaïes que prononça Hishikawa étaient assez simples mais, répétées par la troisième et la seconde dame d'honneur, elles se firent plus longues et plus nombreuses, si bien qu'au moment où la première dame en communiqua le sens à la princesse, elles parurent interminables.

Quant aux paroles de cette dernière, en revenant à Honda, elles étaient démunies de toute étincelle de sentiment ou de charme après avoir voyagé par les lèvres sombres et ridées des trois dames. On eût dit que la moelle des expressions enjouées de la jeune princesse avait été sucée en cours de route, mâchonnée par leur vieux dentier, ne laissant à Honda que d'affreux déchets.

« Elles disent que Son Altesse Sérénissime est heureuse d'accepter l'offre aimable de M. Honda. »

Alors, il se produisit une chose étrange.

Profitant de ce que la première dame n'était pas sur ses gardes, la princesse sauta à bas du fauteuil, parcourut le mètre qui la séparait de Honda et s'agrippa aux jambes de son pantalon. Honda fut aussitôt debout, effrayé. Toute palpitante et continuant de s'agripper à lui, la princesse se mit à crier en pleurant à chaudes larmes. Il se pencha et, de ses bras, entoura les frêles épaules de la petite fille qui sanglotait. Les dames d'honneur, perplexes, n'arrivaient pas à lui faire lâcher prise. Elles se concertaient à voix basse, d'un air gêné, les yeux fixés sur elle.

« Que dit-elle ? Traduisez ! » cria Honda à Hishikawa qui demeurait debout, interdit.

Ce dernier traduisit d'une voix aiguë : « Monsieur Honda ! Monsieur Honda ! Comme vous m'avez manqué ! Vous avez été si gentil et pourtant je me suis tué sans rien vous dire. J'ai attendu cette rencontre pendant plus de sept ans pour m'excuser auprès de vous. J'ai pris la forme d'une princesse, mais en réalité je suis japonais. J'ai passé ma vie antérieure au Japon, et c'est ma vraie patrie. Je vous en prie, monsieur Honda, remmenez-moi au Japon. »

À la fin, la princesse fut reconduite au fauteuil et, tant bien que mal, l'audience reprit, les convenances rétablies. D'où il se trouvait, Honda regardait la chevelure noire de la petite fille qui pleurait encore, appuyée à présent contre la première dame d'honneur. Sa main caressait la tiédeur parfumée de l'enfant qu'il sentait encore au genou.

Les dames demandèrent que l'audience prît fin, la princesse ne se sentant pas bien, mais, par l'organe de Hishikawa, Honda pria qu'on lui permît de poser deux brèves questions.

« En quelle année était-ce, et quel mois, quand Kiyoaki Matsugae et moi-même apprîmes la visite de l'abbesse du temple de Gesshu, dans l'île située au centre du lac sur le domaine des Matsugae ? » demanda-t-il tout d'abord.

Quand on lui communiqua cette question, la princesse souleva légèrement ses joues mouillées de sur les genoux de la dame à ses côtés comme si elle était encore un peu fâchée et elle écarta une mèche qui collait à sa joue.

« Octobre 1912 », répondit-elle aussitôt.

En lui-même, Honda fut étonné, mais il n'était pas certain que, telles les scènes d'un parchemin enluminé, elle gardât présente à l'esprit la mémoire claire et détaillée des événements de deux existences antérieures. Il n'était pas sûr, non plus, malgré les excuses d'Isao prononcées avec cette aisance, qu'elle connût le fond des choses dans le détail. De fait, les mots qu'il fallait étaient tombés des lèvres impassibles de la princesse comme des chiffres choisis et disposés au hasard.

Honda posa la seconde question : « À quelle date Isao Iinuma fut-il arrêté ? »

CHAPITRE 3

La princesse parut gagnée par le sommeil, mais elle répondit sans hésiter : « Le 1er décembre 1932. »
« Voila qui doit suffire », dit la première dame en se levant et en invitant l'enfant à partir sans délai.
La princesse se leva brusquement, grimpa sur le fauteuil avec ses souliers et cria quelque chose à Honda de sa voix aiguë. La première dame la réprimanda à voix basse. La princesse sans cesser de crier se raccrochait aux cheveux de la vieille femme. À l'évidence, elle répétait les mêmes mots à en juger par la similitude des syllabes. La deuxième et la troisième dame accourant pour lui tenir les bras, la princesse se mit à pousser des cris furieux, sa voix perçante renvoyée en écho par le haut plafond. Au milieu des vieilles femmes qui s'efforçaient de la faire descendre, on voyait jaillir ses bras lisses et souples qui s'agrippaient çà et là. Les vieilles femmes reculèrent, en criant de douleur, et la voix de la princesse s'éleva encore plus fort.
« Qu'est-ce qu'elle dit ?
– Elle veut à toute force vous inviter au Palais Séparé de Bang Pa In quand elle s'y rendra après-demain, et les dames essaient de l'en empêcher. Ça ne va pas aller tout seul », dit Hishikawa.
La princesse et ses dames d'honneur se mirent à discuter. Finalement, elle fit oui de la tête et s'arrêta de pleurer.
« Après-demain », dit la première dame, encore hors d'haleine, en remettant de l'ordre dans ses vêtements et en s'adressant directement à Honda, « Son Altesse Sérénissime ira en voiture au Palais Bang Pa In pour se distraire. MM. Honda et Hishikawa sont invités. Nous leur serions très obligées d'accepter. Comme nous y déjeunerons, il conviendrait qu'ils soient rendus ici pour neuf heures du matin. »
Cette invitation officielle fut aussitôt traduite par Hishikawa.

Dans la voiture qui les ramenait à l'hôtel, Hishikawa ne cessa pas ses bavardages intarissables, sans prendre garde que Honda était perdu dans ses pensées. Le défaut de considération pour autrui dont faisait preuve ce soi-disant artiste montrait combien ses sentiments étaient frustes. S'il avait estimé que la sensibilité était une caractéristique inutile, béotienne pour s'en tenir à cette opinion, du moins aurait-il eu le mérite de demeurer logique ; alors qu'en vérité, Hishikawa se targuait d'une délicatesse et d'une sensibilité dans les rapports humains qu'il estimait être fort au-dessus de celles des autres accompagnateurs.
« C'était très malin de poser ces deux questions. Je n'ai pas compris tout ce dont il s'agissait. Mais vous l'avez mise à l'épreuve parce

qu'elle a fait preuve d'une intimité particulière à votre égard en prétendant être la réincarnation de votre ami. C'est bien cela ?
— Tout à fait, répondit Honda, évasivement.
— Et les deux réponses étaient correctes ?
— Non.
— Une des deux, au moins ?
— Non. Je suis au regret de dire que toutes deux étaient fausses.»

Honda mentait pour qu'on le laissât en paix, et son ton navré réussit à dissimuler la supercherie, sur quoi Hishikawa éclata d'un gros rire, croyant que Honda lui disait la vérité.

«Par exemple ! Fausses toutes les deux ? Elle énonçait les dates avec un tel sérieux. Pas de chance. Autrement dit, l'histoire de la transmigration n'a pas été des plus convaincantes. Vous n'étiez pas très aimable, cela dit, de mettre à l'épreuve une si jolie petite princesse, comme si vous questionniez un diseur de bonne aventure à un coin de rue. Tout bien considéré, il n'y a pas de mystère dans la vie. Le mystère n'existe plus que dans les arts, pour la bonne raison que le mystère n'a de sens que dans l'art.»

Honda fut de nouveau étonné du rationalisme à sens unique de Hishikawa. Il entrevit quelque chose de rouge par la portière ; en regardant, il aperçut une rivière et, parmi les cocotiers aux troncs rouges flamboyants qui bordaient la route comme des babouins, il vit l'écarlate fumeux des poincianes le long de la rive. Des ondes de chaleur frémissaient déjà autour des arbres.

Honda se prit à considérer comment il pourrait se rendre au Palais de Bang Pa In sans Hishikawa, même s'il devait en résulter qu'il ne serait pas en mesure de s'entretenir avec la princesse.

4

Le souhait de Honda prit corps à l'improviste.

«Je ne me sens guère d'humeur à avoir une autre séance avec la princesse folle, dit Hishikawa d'un air supérieur, mais si je n'y vais pas, vous serez dans l'embarras. Ses suivantes ne parlent que quelques mots d'anglais.»

CHAPITRE 4

Contrairement à son habitude, Honda repartit: «En entendant la langue thaïe, cela me fera l'effet d'une musique, même si je ne la comprends pas. J'aime mieux cela que d'avoir à supporter l'ennui d'une traduction à chaque fois.» Il espérait que cela mettrait fin plus ou moins à ses relations avec Hishikawa.

Par la suite Honda devait se rappeler bien souvent la délicieuse excursion de cette journée.

La voiture ne pouvait faire qu'une partie du trajet menant au Palais de Bang Pa In. Le reste du parcours s'accomplit en bateau de cérémonie le long d'une voie d'eau qui était à la fois rivière et champs de riz inondés. De temps à autre, un buffle d'eau s'éveillait de son somme dans une rizière et se dressait soudain, son échine fangeuse étincelant au soleil. Quand le bateau longeait une forêt de haute futaie, la princesse était ravie de voir des bandes d'écureuils dégringolant du haut en bas des branches, sur la rive. Une fois, on aperçut un petit serpent vert, tête dressée, qui sautait d'une branche basse à la suivante.

Des flèches d'or s'élevaient au-dessus de la jungle, chacune nouvellement dorée grâce aux dons des fidèles. Honda savait que la feuillure d'or était fabriquée au Japon puis exportée en Thaïlande en quantité considérable.

Il gardait le souvenir très vif des quelques instants où la princesse Clair de lune interrompit son bavardage puéril pour s'appuyer immobile contre le bord du bateau, le regard perdu dans les lointains. Ses dames de compagnie, tout entières à se divertir de leur côté, étaient faites à ces attitudes fantasques chez la petite fille et n'y faisaient pas attention. Honda remarqua aussitôt ce qu'elle était en train d'observer et il en ressentit un trouble profond.

Un grand nuage apparu des confins de l'horizon cachait à présent le soleil. Celui-ci était déjà haut et il fallait que la nuée étendît loin ses tentacules pour le recouvrir. Le nuage noir s'étirait jusqu'à oblitérer le soleil, y parvenant non sans difficulté. Au-dessus du disque, la partie la plus haute de l'azur était d'un blanc éblouissant qui contredisait la masse noire et sinistre de la zone la plus dense. Et ce n'était pas tout; en s'étirant, le nuage par trop aminci avait causé une grande déchirure à sa partie inférieure par où se répandait une clarté radieuse, comme si l'éclatante splendeur était du sang giclant sans fin d'une profonde blessure.

Au loin, l'horizon se couvrait d'une jungle basse laquelle, au premier plan, rayonnait de verdure étincelante qu'on aurait dit appartenir à un autre monde, étreignant le soleil qui se déversait par l'échancrure du nuage. Mais au-delà, sous le noir de la partie inférieure, la jungle était inondée d'une pluie si violente qu'un brouillard semblait s'élever. La pluie tendait comme un filet spongieux compliqué qui enveloppait la jungle enténébrée dans ses brumes vaporeuses. On apercevait distinctement ce réseau pluvieux qui ne recouvrait qu'en partie l'horizon lointain, et l'on discernait le mouvement horizontal des gouttes fouaillées par le vent. Comme emprisonnée, la forte averse se concentrait, semblait-il, dans cette seule zone.

Honda comprit immédiatement ce que regardait l'enfant : elle voyait simultanément le temps et l'espace. Entendez par là que la zone située sous la bourrasque appartenait à un futur ou à un passé que l'œil humain ne pouvait détecter. Être sous l'azur du ciel et percevoir aussi clairement un univers de pluie voulait dire que coexistaient des périodes différentes de la durée et des espaces différents. Le nuage de pluie permettait d'entrevoir l'intervalle entre des temps séparés, et l'énormité des distances témoignait du hiatus entre les deux espaces. La princesse n'avait d'yeux que pour l'abîme profond de l'univers.

Sans y penser mais de bon cœur, sa petite langue rose et mouillée léchait l'anneau de perle que Honda lui avait donné et, si elle l'avait remarqué, la dame d'honneur l'aurait grondée. C'était comme si la toute petite princesse, en léchant l'anneau, portait témoignage du miracle ainsi révélé.

Bang Pa In.
Ce serait désormais un nom inoubliable.
La princesse avait voulu tenir la main de Honda en marchant et, sans se soucier des froncements de sourcils des dames, il se laissa guider par le petit poing moite. Tous ces lieux lui étant familiers, la princesse le mena à une villa chinoise, puis à une tonnelle à la française, à un jardin Renaissance, à un minaret, de l'un à l'autre, et tous, ils lui plaisaient à regarder.
Le pavillon flottant au centre d'un vaste lac artificiel était particulièrement admirable, tel un bel objet d'art posé sur l'eau.
Les marches de pierre du bord de l'eau avaient été envahies par l'eau montante et la première se dissimulait dans les profondeurs du bassin. Sous l'eau, le marbre blanc se verdissait d'algues. Des plantes aquatiques s'y étaient enroulées, la recouvrant de bulles argentées minuscules. La princesse Clair de lune voulait plonger ses mains et ses pieds dans l'eau, mais ses suivantes le lui défendirent à maintes reprises. Honda ne pouvait comprendre ses paroles, mais

CHAPITRE 5

elle semblait penser que les bulles, comme sa bague, étaient des perles qu'elle aurait voulu cueillir.

Quand Honda la fit s'arrêter, elle reprit aussitôt son calme et s'assit sur les degrés de pieux à ses côtés, regardant la chapelle qui paraissait flotter au centre de la pièce d'eau.

Ce n'était pas une vraie chapelle, mais un petit pavillon qui servait seulement à se reposer au cours d'une promenade en bateau. À l'intérieur, elle était tout à fait vide comme on pouvait le voir quand la brise écartait les rideaux jaune safran.

Ce modeste bâtiment était enclos par un palis de pieux minces et noirs décorés de dorures. Par les interstices, on apercevait très bien la verdure de la rive opposée, les boucles des nuages et le ciel lourd de lumière. Tandis que Honda considérait ce spectacle, les nuées magnifiques et la forêt qu'on voyait à travers l'écran de la palissade prirent l'aspect d'un tableau composé de bandes de couleur verticales, étrangement longues. Naturellement, le toit du petit pavillon était lui aussi des plus ornementaux, avec ses quatre étages de tuiles chinoises rouge brique, jaunes et vertes et sa fine flèche d'or éclatante qui perçait le ciel bleu.

Soit qu'il y eût songé sur l'heure, soit que cette image du pavillon vînt empiéter plus tard sur celle de la princesse, Honda ne se rappelait pas. Mais dans son esprit, le palis mince et noir du pavillon devenait comme le corps d'ébène de ballerines un instant figées dans la danse, couvertes d'ornements nombreux aux filigranes d'or et portant leurs coiffures pointues.

5

*T*ous événements fixés dans la mémoire qui se sont produits sans communication verbale – ceux surtout pour lesquels on n'a pas spécialement essayé de communiquer de cette façon – deviennent sans effort autant d'admirables tableaux miniatures qui tous se logent en des cadres d'or ouvragés.

Le temps qu'avait passé Honda au Palais Rosette se grava de manière indélébile dans sa mémoire à cause de ces moments de plaisir esthétique. Des portions de ces instants ensoleillés jaillissaient soudain, composant parfois un portrait fugitif de la petite princesse : la rondeur enfantine de sa main allongée pour saisir les bulles de perles sur les marches submergées par l'eau ; les lignes nettes et délicates de ses doigts et de ses paumes ; le noir profond de ses cheveux courts pendant contre sa joue ; les longs cils presque mélancoliques ; et sur le front sombre, le reflet de l'eau, miroitant comme une nacre sur fond noir d'ébène. Heure embrasée, air du jardin rempli d'un bourdonnement d'abeilles où les dames en promenade, elles aussi, étaient d'humeur joyeuse. Essence du moment, tel un corail magnifique et offert. Et pourtant, en de pareils instants, se confondaient le bonheur innocent, sans nuage, de la princesse et la suite d'événements baignés d'angoisse et de sang de ses deux vies antérieures, comme les cieux de clarté et de pluie de la jungle lointaine qu'ils avaient vus en se rendant au palais.

Honda eut l'impression de se tenir au centre de la durée, comme dans une salle immense d'où l'on aurait ôté toutes les cloisons. Elle offrait espace et liberté, à la différence des logis terrestres auxquels il était accoutumé. De noirs piliers s'y pressaient en rangs serrés et il eut presque le sentiment que ses yeux et sa voix pouvaient atteindre des régions normalement inaccessibles. Dans cette grande étendue que créait le bonheur de la princesse, derrière la multitude des noirs piliers se tenaient Kiyoaki et Isao, et une myriade d'autres ombres réincarnées qui, retenant leur haleine, guettaient comme au jeu de cache-cache.

La princesse eut un nouveau rire. Ou plutôt, dans sa gaieté, elle ne cessait de sourire mais, fréquemment, ses gencives roses, humides se découvraient en rire véritable et, à chaque éclat, elle levait les yeux pour dévisager Honda.

Une fois arrivés au Bang Pa In, les vieilles dames délaissèrent bientôt toute cérémonie. Oubliant leur rigide étiquette, elles avaient de petits rires, courant de-ci, de-là, pleines d'entrain. Le décorum disparu, seul leur âge demeurait de leurs airs cérémonieux. Elles s'occupaient à grignoter ensemble des noix de bétel, tout comme des perruches gourmandes et ridées se pressant autour d'un sac de graines. Et elles se grattaient là où cela les démangeait, portant la main sous le bord de leurs jupes. Elles caquetaient bruyamment avec des mines de côté pour imiter de jeunes danseuses. Une de ces momies dansantes à cheveux blancs qui luisaient sur son visage brun telle une perruque tendait toute grande sa bouche maculée de bétel en éclatant de rire tandis qu'elle dansait en déjetant ses coudes pointus ; dénudés, les os secs de

CHAPITRE 5

ses bras anguleux dessinaient des ombres bien nettes sur le fond de ciel bleu aux couches de nuages éblouissants.

La princesse dit quelque chose et, aussitôt les dames s'affairèrent, entourant l'enfant qu'elles emmenèrent vivement comme un tourbillon, laissant seul Honda tout surpris. Il comprit ce que cela voulait dire en les voyant se diriger vers un petit bâtiment. Elle voulait aller à la salle de bains.

Une princesse qui allait aux toilettes ! Honda ressentit comme un élan douloureux d'affection. Il lui était arrivé d'imaginer qu'il avait une petite fille et qu'il l'aimait d'un amour paternel, mais n'ayant jamais eu d'enfant, son imagination avait toujours été limitée. Sa réaction à l'idée charmante que la petite princesse se rendait à la salle de bains fut que c'était là une manifestation de la vie même, une émotion toute nouvelle pour lui. Il souhaitait qu'il lui eût été possible de tenir entre ses mains les cuisses brunes et lisses de la princesse pendant qu'elle urinait.

À son retour, elle se tint un peu gênée, restant un moment sans rien dire, évitant de le regarder.

Après déjeuner, elles jouèrent à l'ombre à des jeux.

Honda ne se souvenait plus comment ces jeux se passaient. Elles avaient chanté des chansons simples et monotones, à longueur de temps, mais il ignorait ce qu'elles signifiaient.

Tout ce qu'il se rappelait, c'était la scène où la princesse se tenait au centre d'une pelouse jaspée de soleil sous les arbres, avec autour d'elle les trois vieilles dames assises et prenant leurs aises, l'une un genou levé, les autres croisant les jambes. L'une d'elles semblait prendre part au jeu par politesse, elle ne cessait de fumer du tabac enveloppé dans des pétales de lotus. Une autre avait près du genou une bouteille d'eau laquée incrustée de coques de perles, prête pour la princesse qui se plaignait si souvent d'avoir soif.

Sans doute le jeu se rapportait-il au *Ramayana*. La princesse ressemblait à Hanuman quand elle maniait une branche d'arbre comme un sabre, faisant semblant d'être bossue et retenant comiquement son souffle. À chaque fois que les dames battaient des mains et psalmodiaient quelque chose elle changeait d'attitude. Inclinant légèrement la tête, elle devenait fleur délicate saluant la brise passagère ou écureuil s'arrêtant pour dresser la tête au milieu de ses randonnées à travers les branches. Ou encore, transformée en Prince Rama, elle pointait bravement vers les cieux le sabre que tenait un bras sombre et fluet sortant de sa blouse blanche brodée d'or. À cet instant, un pigeon de montagne fila à ras de terre devant elle, obscurcissant son visage de ses ailes. Mais elle ne bougea pas. Honda découvrit que le grand arbre qui s'élevait derrière elle était un tilleul. Les larges feuilles qui pendaient au bout des longues tiges sur la sombre végétation bruissaient à chaque frôlement de la brise. Chaque feuille verte portait la claire empreinte de veines jaunes, comme si des rayons du soleil tropical y avaient été tissés.

Puis la princesse eut chaud. D'un ton presque maussade, elle demanda quelque chose aux vieilles dames. Celles-ci se consultèrent et, se levant, elles firent signe à Honda. Le groupe quitta l'ombre des bois pour se diriger vers l'embarcadère. Honda crut comprendre qu'on allait rentrer, mais il se trompait. Elles donnèrent un ordre au batelier, sur quoi il sortit une grande pièce de coton imprimé.

Muni de cette étoffe, on avança le long de la rive avec ses torsades de racines de palétuviers, jusqu'à trouver un endroit plus retiré. Deux des dames retroussèrent leurs jupes et entrèrent dans l'eau, tenant chacune un bout de l'étoffe qu'elles déplièrent complètement quand l'eau atteignit leurs hanches, afin de constituer un écran pour empêcher qu'on voie de la rive opposée. La dame qui restait accompagnait la princesse, à présent toute nue. La lumière se réfléchissait dans l'eau sur les cuisses décharnées des vieilles femmes.

La princesse poussa des cris de joie quand elle aperçut des petits poissons qui s'étaient rassemblés autour des racines de palétuviers. Honda s'étonnait que les dames d'honneur agissent comme s'il n'était purement et simplement pas là, mais il supposa que ce devait être également l'un des aspects de l'étiquette thaïe. S'appuyant sur le bord, au pied d'un arbre, il assista au bain de la princesse.

Elle ne pouvait se tenir tranquille. Éclairée par les rayons du soleil qui dansaient à travers les bandes du coton imprimé, elle ne cessait de sourire à Honda. Elle ne tentait nullement de cacher son ventre d'enfant, tout rebondi, en éclaboussant les trois dames. L'eau stagnante de la rivière n'était pas claire, plutôt d'un brun jaunâtre, semblable à l'épiderme de la princesse. Mais elle n'en formait pas moins des gouttelettes limpides étincelantes quand elle giclait à la lumière filtrant par la cotonnade.

À un moment, la petite fille leva le bras. Involontairement, Honda regarda attentivement son côté gauche, sa petite poitrine plate que ses bras cachaient habituellement. Mais il ne vit pas les trois grains noirs qui auraient dû s'y trouver. Chaque fois qu'il en eut l'occasion, il regarda fixement de ce côté jusqu'à en avoir les yeux mouillés, pensant que, peut-être, les légères taches demeuraient indistinctes sur la peau basanée.

CHAPITRE 6

6

Le procès dont s'occupait Honda aboutit à une conclusion inattendue quand le plaignant, se rendant compte qu'il se trouvait en position désavantageuse, renonça soudain à poursuivre. Honda aurait pu s'en retourner tout de suite mais, en témoignage de gratitude, les Produits Itsui voulurent lui offrir une gratification sous forme d'un voyage d'agrément. Il souhaitait se rendre en Inde et en exprima le désir. La direction répondit que ce serait probablement la dernière occasion pour quiconque d'aller en Inde en raison des symptômes de guerre prochaine ; ils promirent que tous les bureaux Itsui feraient de leur mieux pour lui assurer un confort total. Honda fit des vœux pour que cela n'entraînât pas le genre de considération qu'on lui avait imposée en lui affectant Hishikawa comme guide.

Honda prévint les siens au Japon. Aussitôt, il se plut à organiser son itinéraire à l'aide d'un indicateur indien où figuraient des locomotives à vapeur qui ne parcouraient qu'une vingtaine de kilomètres à l'heure. Ayant consulté la carte, il vit que les endroits qu'il désirait visiter – les grottes d'Ajanta et Bénarès sur le Gange – étaient si éloignés l'un de l'autre qu'il en défaillit presque. Pourtant, chacun d'eux attirait également l'aiguille magnétique de son désir de l'inconnu.

Son intention de prendre congé de la princesse Clair de lune était refroidie à l'idée d'avoir à demander à Hishikawa d'être son interprète. Prenant comme excuse l'urgence des préparatifs de son voyage, il se contenta d'écrire, sur le papier à lettres de l'hôtel, un message de remerciements pour l'excursion à Bang Pa In. Il le dépêcha au Palais Rosette par messager quelques instants seulement avant son départ.

Le voyage de Honda en Inde fut marqué d'épisodes remplis de pittoresque. Qu'il suffise cependant de décrire un après-midi profondément émouvant passé aux grottes d'Ajanta ainsi que la poignante vision de Bénarès. Dans ces deux endroits, Honda fut témoin de choses extrêmement importantes, de choses essentielles dans son existence.

7

Son itinéraire comportait un voyage en bateau jusqu'à Calcutta ; ensuite, toute une journée de train pour Bénarès qui en était distante de 560 kilomètres ; un trajet en auto de Bénarès à Mogulsarai ; puis deux jours dans le train à destination de Manmad ; enfin, un autre déplacement en voiture jusqu'à Ajanta.

Au début d'octobre, Calcutta connaissait l'apaisement des festivités annuelles de Durga.

La déesse Kali, la plus populaire du panthéon hindou, particulièrement vénérée au Bengale et dans l'Assam, avait d'innombrables noms et avatars, tout comme son époux Siva, le dieu de la destruction. Durga est l'une des métamorphoses de Kali, pourtant moins assoiffée de sang. On avait érigé partout dans la ville de gigantesques effigies de la déesse. Elles la montraient en train de punir la déesse des buffles d'eau et des sourcils courroucés, magnifiques, se peignaient sur le visage valeureux. Le soir, les statues, se découpant sur l'éclat des lumières, étaient l'objet de l'adulation des foules.

Calcutta est le centre du culte de Kali avec son temple, le Kalighat ; l'activité qui s'y déploie durant ces festivités défie l'imagination. Aussitôt arrivé dans la ville, Honda engagea un guide indien et s'en fut visiter le temple.

L'élément essentiel de Kali est le *shakti* qui signifie à l'origine « énergie ». Cette grande déesse-mère de la terre communique à toutes divinités femelles de par le monde son caractère de mère sublime, sa volupté féminine et son épouvantable cruauté, enrichissant par là leur nature divine. On dépeint Kali comme une image de mort et de destruction, sans aucun doute les deux éléments essentiels du *shakti* ; elle représente la pestilence, les calamités naturelles et mainte autre puissance de la nature qui apportent mort et destruction aux êtres vivants. Elle a le corps noir, la bouche rouge de sang. Des crocs surgissent de ses lèvres et son cou est orné d'un collier de crânes humains et de têtes fraîchement tranchées. Elle mène une danse furieuse sur le corps de son époux terrassé de lassitude. Dès qu'elle a soif, cette déesse sanguinaire apporte épidémies et calamités, et il faut, pour l'apaiser, lui offrir sans arrêt des sacrifices. On prétend que le sacrifice

CHAPITRE 7

d'un tigre étanche sa soif pendant cent ans, un sacrifice humain pendant mille ans.

Honda se rendit au Kalighat par un après-midi pluvieux, étouffant. Devant l'entrée, une cohue se bousculait bruyamment sous la pluie tandis que, partout, des mendiants réclamaient l'aumône. L'enclos du temple était des plus petits et dans le temple proprement dit les gens s'entassaient. Une foule se pressait autour du haut sanctuaire au soubassement de marbre, jouant des coudes, avec des remous d'avant en arrière, si pressée qu'on ne pouvait y trouver place. La base de marbre, mouillée de pluie, luisait toute blanche, encore que barbouillée de la boue marron apportée par les pieds des fidèles qui tentaient l'escalade et des éclaboussures du cinabre dont il fallait oindre leurs fronts avec une bénédiction. On eût dit une turbulence sacrilège mais le vacarme enivrant se poursuivait sans cesse.

Un prêtre, son bras noir tendu hors du temple, peignait des petits ronds bénits de cinabre rouge au front des pèlerins qui avaient jeté une pièce dans la boîte. Dans la foule pressée de ceux qui cherchaient à être ainsi décorés, il y avait une femme en sari bleu, trempé de pluie, qui lui collait au corps, moulant les formes arrondies de son dos et de ses fesses, et un homme en chemise de toile blanche dont le cou brillait de rides noires amoncelées. Ils se bousculaient pour atteindre le bout du doigt noir taché de rouge du prêtre. Leurs mouvements et leur exaltation dévote rappelaient à Honda la foule que dépeint *La Charité de saint Roch* d'Annibal Carrache, peintre de l'éclectique école bolonaise. Cependant, dans l'intérieur du temple, obscurci même dans la journée, une statue de la déesse Kali, avec sa langue rouge sortie et son collier de têtes fraîchement coupées, frémissait à la lueur des cierges.

Honda suivit son guide dans le jardin donnant sur l'arrière, aux dalles irrégulières, trempées de pluie et qui occupait moins de quatre cents mètres carrés. Il n'y trouva que peu de gens. Deux piliers y étaient plantés comme les poteaux bas et étroits d'une barrière, avec, au pied, une auge en pierre de taille. On voyait aussi un petit enclos cloisonné, sorte de lavoir. Puis, à proximité des poteaux, il s'en trouvait des répliques exactes, mais plus petites. Les deux poteaux les plus bas étaient mouillés de pluie ; dans leur auge, au pied, gisait une flaque de sang et des taches sanglantes souillaient l'eau de pluie sur le sol empierré. Le guide expliqua à Honda que les piliers les plus hauts servaient d'autel pour les sacrifices de buffles d'eau, mais qu'on ne l'utilisait plus. Le modèle plus petit servait à sacrifier des chèvres ; spécialement pendant des célébrations importantes comme celles de Durga, quatre cents chèvres y étaient sacrifiées.

En regardant l'arrière du Kalighat que, précédemment, on n'apercevait pas nettement à cause de la foule qui l'entourait, il se rendit compte que seul son soubassement était bâti en marbre d'un blanc pur, le stupa central et les chapelles adjacentes étant décorés d'une mosaïque de tuiles brillamment colorées qui rappelaient le temple de l'aube à Bangkok. La pluie avait balayé la poussière des exquis motifs floraux et des arabesques de paons affrontés, et les édifices aux brillantes couleurs dominaient, l'air arrogant, le gâchis sanglant à leur pied.

De grosses gouttes de pluie tombaient par averses intermittentes et l'air saturé d'eau, entrant à l'intérieur du sanctuaire, y suscitait une tiédeur embrumée.

Honda vit une femme que ne protégeait point son parapluie venir s'agenouiller dévotement devant le petit autel. Elle avait le visage arrondi, sincère, intelligent qu'on trouve si fréquemment chez les femmes hindoues d'un certain âge. Son sari vert clair était trempé. Elle portait une petite bouilloire de cuivre contenant de l'eau du Gange.

La femme répandit l'eau sur les piliers, alluma le brûleur à huile qui s'alluma malgré la pluie et elle sema de minuscules fleurs de java vermillon alentour. Puis elle s'agenouilla sur les dalles tachées de sang et, appuyant le front contre le poteau, elle entama une prière fervente. Tout le temps que dura sa pieuse oraison, on put distinguer la marque rouge bénite à son front, à travers ses cheveux aplatis par la pluie, comme si c'eût été une goutte de son sang offerte en sacrifice.

Honda en fut profondément ému, bien qu'en même temps son émotion se teintât d'une horreur indicible voisine du ravissement. Tandis qu'il analysait ses propres sentiments, cette scène proche de lui s'estompa pour se concentrer, dans une clarté presque énigmatique, sur la silhouette de la femme en prière. Au moment où la netteté du détail et son horreur devenaient si accablantes qu'il ne se sentait pas la force de les supporter l'une ou l'autre, la femme disparut tout à coup. Un instant, il crut que ç'avait dû être une illusion, mais non. Il la vit qui sortait par-derrière, par le portail non clos à claire-voie, avec ses arabesques de fer forgé. Malgré tout, il n'y avait aucun lien entre la femme qu'on avait vue prier et celle qui s'en allait.

CHAPITRE 7

Un enfant amena un jeune chevreau noir dont le front mouillé, ébouriffé portait un rond vermillon bénit. Quand on aspergea la tache d'eau bénite, le chevreau secoua la tête et donna des ruades, se démenant pour s'échapper.

Un jeune homme à moustache, portant une chemise sale, apparut et le garçon lui passa l'animal. Quand il posa la main sur son cou, la chèvre se mit à bêler de façon pitoyable, presque agaçante, se tordant en cherchant à reculer. Le poil noir de sa croupe était en désordre à cause de la pluie. Le garçon la força à passer le cou entre les deux poteaux de l'autel, tête baissée, et glissant entre eux un verrou noir, il le poussa en place par-dessus l'animal emprisonné. La victime se cabrait dans une lutte désespérée, avec des bêlements lamentables. Le jeune homme balança son sabre en forme de croissant dont l'arête argentée scintillait sous la pluie. Il assena un coup bien ajusté et la tête tranchée roula en avant, les yeux grands ouverts, sortant sa langue blanchâtre de façon ridicule. Le corps resta de l'autre côté des poteaux, le devant tremblant délicatement tandis que les pattes de derrière frappaient en tous sens autour du poitrail. Les mouvements furieux faiblirent peu à peu, comme ceux d'un pendule diminuant à chaque oscillation. Le sang coulait du col en quantité relativement faible.

Saisissant le chevreau sans tête par les pattes de derrière, le jeune homme s'en fut en courant par le portail. Dehors, les chèvres sacrifiées étaient suspendues à des piquets où on les écartelait en ôtant rapidement les entrailles. Un autre chevreau sans tête gisait sous la pluie aux pieds du garçon. Ses quartiers arrière tremblaient encore comme dans les transes d'un affreux cauchemar. La frontière entre la vie et la mort qu'on venait de tracer si adroitement, sans douleur, avait été franchie presque inconsciemment; seul demeurait le cauchemar du tourment de l'animal.

L'adresse au sabre de ce jeune homme était remarquable; il respectait fidèlement, impassible, les pratiques de cette sainte, et cependant épouvantable, profession. La sainteté tombait goutte à goutte, de la façon la plus ordinaire, comme de la sueur, du sang qui tachait sa chemise sale, du plus profond de ses yeux clairs, encaissés, et de ses grosses mains de paysan. Les pèlerins, accoutumés à ce spectacle, ne se détournaient même pas, et la sainteté, avec ses mains et ses pieds sales, trônait en toute confiance parmi eux.

Et la tête? La tête était offerte sur un autel qu'un toit sommaire abritait de la pluie au-dedans des portes. On avait répandu des fleurs rouges sur le foyer allumé sous la pluie, et certains pétales étaient roussis; c'était là le feu du sanctuaire dédié au culte de Brahma.

Sept ou huit têtes de chevreaux étaient disposées le long du foyer, la partie béante et rouge de chacune épanouie comme une fleur de java. L'une d'elles était celle qui bêlait encore quelques minutes plus tôt. Derrière, une vieille, accroupie, semblait sérieusement occupée à coudre mais était en train de détacher de ses doigts noirs les entrailles luisantes des parois internes de la peau d'une carcasse.

8

Tout au long de son voyage jusqu'à Bénarès, la vision de ce sacrifice revint sans arrêt à l'esprit de Honda.

Scène tumultueuse qui paraissait préparer la voie à autre chose. Il sentait que là ne s'achevait pas du tout le rite sacrificiel; c'était comme le début d'autre chose, comme un pont bâti en direction de l'invisible, plus sacré, plus épouvantable, plus sublime. En d'autres termes, cette série de gestes rituels ressemblait à une pièce de tapis écarlate déroulée en signe de bienvenue à l'approche d'une créature impossible à décrire.

Bénarès est le Saint des Saints, la Jérusalem des hindous. Là où le Gange décrit une courbe élégante en croissant, recueillant les neiges fondues de l'Himalaya, séjour du dieu Siva, là, sur sa rive occidentale, s'élève la cité de Bénarès, la Varanasi d'antan.

La ville est dédiée à Siva, époux de Kali, et l'on se plaît à y voir la porte principale du paradis. C'est également vers elle que se dirigent les pèlerins accourus du pays tout entier. Le bonheur céleste s'accomplit sur terre en se baignant dans les eaux à ce confluent des cinq fleuves sacrés : Gange, Dutapapa, Krishna, Jamna et Sarasvati.

Les *Védas* renferment le passage suivant sur l'efficacité des eaux :

> *Les eaux sont médecine.*
> *Les eaux purifient tous maux du corps*
> *Le remplissant de force vitale.*
> *En vérité, les eaux sont un remède*
> *Propre à guérir mal et maladie.*

CHAPITRE 8

et cet autre :

Les eaux sont emplies de vie éternelle.
Les eaux sont le talisman du corps.
Les eaux ont pouvoir de guérison miraculeux.
Puissiez-vous n'oublier jamais la terrible puissance des eaux,
Car elles sont médecine et de l'âme et du corps.

Ainsi qu'il est écrit dans ces éloges, le sommet des rites hindous qui débutent par la prière qui purifie le cœur et l'ablution du corps par l'eau est atteint sur les ghâts[2] innombrables de Bénarès.

Honda atteignit Bénarès dans l'après-midi, et immédiatement, il défit ses bagages et prit un bain dans sa chambre. Puis il se procura un guide. Il n'éprouvait aucune lassitude de son long trajet en chemin de fer et il sentait que sa curiosité étrangement juvénile suscitait en lui une animation joyeuse. La lumière étouffante du soleil couchant s'infiltrait partout à l'extérieur des fenêtres de l'hôtel. Il eut l'impression qu'il pourrait instantanément en saisir le mystère en s'y plongeant d'un trait.

Pourtant, cette ville de Bénarès renfermait les pires saletés à côté de la sainteté la plus grande. De part et d'autre des ruelles étroites, sans soleil, s'entassaient des échoppes de friture et de gâteaux, des astrologues, des vendeurs de grains et de farine ; tout le quartier s'emplissait de puanteur, d'humidité, de maladie. Après l'avoir traversé, on débouchait sur une place dallée, près du fleuve, où s'étaient rassemblés des grappes de mendiants lépreux accroupis ; ils étaient venus de tous les coins du pays comme pèlerins, et à présent, ils demandaient l'aumône en attendant la mort. Des bandes de pigeons. Un ciel accablant de fin d'après-midi. Un lépreux était assis devant une boîte en fer-blanc contenant quelques sous ; il lui restait un œil, rouge et purulent, et, tels des chicots de mûriers abattus, ses mains sans doigts s'élevaient dans le soir, vers le ciel.

Il y avait des difformités de tous ordres. Des nains passaient en courant, et les corps étaient disposés comme les caractères d'une ancienne écriture inconnue, sans posséder aucun symbole en commun. On les eût dits déformés, non par l'effet de la corruption ou de désordres, mais du seul fait que ces formes tordues, misérables, enfiévrées de pureté, vomissaient une répugnante sainteté. Des milliers de grosses mouches luisantes, d'un vert doré, transportaient sang et pus tel du pollen.

---

2. Escaliers des berges. *(N.d.T.)*

À droite de la pente qui s'abaissait vers le fleuve, on avait érigé une tente aux vives couleurs ornée d'emblèmes sacrés et l'on avait déposé des cadavres enveloppés de toile près de la foule qui écoutait le sermon d'un prêtre.

Rien n'allait à la dérive. Étaient exposées en foule au soleil les plus atroces réalités de la chair avec ses excréments, sa puanteur, ses microbes, ses poisons. Tout se tenait en suspens dans l'atmosphère comme une vapeur montant de la banale réalité. C'était Bénarès. Carré de tapis, hideux à en être éclatant. Tapis tapageur que, jour et nuit, hissaient allégrement temples, foules et enfants. Ses quinze cents temples, temples d'amour aux colonnes rouges et aux bas-reliefs d'ébène noir illustrant toutes les poses possibles des rapports sexuels, sa maison des veuves dont les locataires attendent la mort avec ferveur en psalmodiant des sutras à haute voix, nuit et jour... ses habitants, ses visiteurs vivants et morts, ses enfants couverts de vérole, ses enfants moribonds s'agrippant au sein maternel...

La place descendait vers le fleuve, orientant normalement les visiteurs vers le ghât le plus important: le Dasasvamedha, «Sacrifice des Dix Chevaux». La tradition veut que Brahma, auteur de la création, ait jadis offert en ce lieu un sacrifice de dix chevaux.

Le fleuve aux flots ocre opulents, c'était le Gange! L'eau sainte précieuse qui emplissait les petites bouilloires de cuivre qu'on verserait sur le front des fidèles et des victimes sacrificielles à Calcutta, la voilà qui coulait dans le vaste fleuve sous les yeux de Honda. Incroyable et plantureux festin de sainteté.

C'était la raison même qu'ici les malades, les biens portants, les contrefaits, les mourants fussent tous également emplis d'une joie ineffable. C'était la raison même que les mouches et la vermine fussent bouffies et souillées d'allégresse; que l'expression typiquement digne et suggestive du visage de ces Indiens qu'on voyait fût pleine de vénération au point de confiner au néant.

Honda se demanda comment il pouvait faire fusionner sa raison avec le soleil du soir flamboyant, l'odeur insupportable, la brise venue du fleuve telles des vapeurs de marécage. Il était douteux qu'il pût se plonger dans l'air du soir qui, partout alentour, semblait une étoffe de laine épaisse tissée des psalmodies, du glas des cloches, du bruit des mendiants et du gémissement des malades. Il craignait que, comme le fil d'un couteau qu'il était seul à dissimuler dans sa veste, sa raison lacérât ce tissu parfait.

L'important était de s'en débarrasser. Le tranchant du glaive de la raison que, dès sa jeunesse, il avait considéré comme son arme, sub-

CHAPITRE 8

sistait à peine, à considérer les entailles qu'il avait subies chaque fois que la transmigration s'était trouvée justifiée. Désormais, il n'avait d'autre choix que de l'abandonner, sans qu'on l'aperçût, parmi la foule en sueur couverte de microbes et de poussière.

De nombreux parasols destinés aux baigneurs, semblables à des champignons, étaient sur le ghât, inutilisés pour la plupart maintenant que dans le soir, les rayons du soleil pénétraient profondément par en dessous. L'heure de la baignade était depuis longtemps passée, ayant atteint son maximum au lever du soleil. Le guide descendit au rivage où il se mit à négocier avec un batelier. Honda n'avait rien d'autre à faire que d'attendre à côté tant que dura le marchandage, interminablement long, sentant tout ce temps le fer ardent du soleil du soir qui lui brûlait le dos.

À la fin, le bateau portant Honda et son guide s'éloigna du rivage. Le Dasasvamedha était situé approximativement au centre des nombreux ghâts qui longent la rive occidentale du Gange. Les bateaux d'excursion, la plupart du temps, se dirigent vers le sud, en aval, pour voir les autres ghâts, puis font demi-tour vers l'amont jusqu'à ceux qui se trouvent au nord du Dasasvamedha.

À la différence de la rive occidentale qui a un renom de sainteté, le bord oriental est soigneusement laissé de côté. Ceux qui y vivent doivent, dit-on, se réincarner dans le corps d'un âne et, en conséquence, chacun évite ce côté. On n'y voit pas l'ombre d'une maison, rien que la verdure basse de la jungle, au loin.

Une fois la barque partie vers l'aval, le brillant soleil du soir fut aussitôt masqué par des bâtiments, n'offrant plus qu'un halo éclatant à la vue magnifique que formaient les ghâts impressionnants avec leurs colonnes à l'arrière et les édifices reposant sur des piliers. Seul le ghât du Dasasvamedha, en avant de la place, laissait passer le soleil couchant. Le ciel du soir recouvrait déjà le fleuve de ses doux coloris roses ; des voiles, au passage, laissaient tomber sur l'eau des ombres noirâtres.

C'était une heure de luminosité opulente, mystérieuse, avant le crépuscule. Heure soumise à la lumière, où la silhouette de toutes choses atteint la perfection, où se peint en détail chaque pigeon, où tout se teint en rose-jaune fané, où règne une langoureuse harmonie pleine d'un charme exquis d'estampe entre les reflets du fleuve et le ciel embrasé.

Les ghâts sont de grands ouvrages architecturaux qui se prêtent précisément à cette sorte d'éclairage. Ils se composent d'escaliers colossaux, comme ceux des palais ou des cathédrales, qui s'abaissent jusqu'au fleuve, avec derrière chacun une grande paroi de pierre d'un seul bloc. Les colonnes et les arches à l'arrière-plan des ghâts ne sont que des pilastres, et les arcades sont munies de fausses fenêtres. Seul, l'escalier revêt la dignité d'un lieu sacré. Certains chapiteaux sont de style corinthien, d'autres sont tout à fait syncrétiques à la façon du Proche-Orient. Sur les colonnes, on a tiré des traits jusqu'à atteindre douze mètres en hauteur, niveau des désastreuses inondations annuelles, particulièrement celles, tristement célèbres, de 1928 et de 1936. Au-dessus des pilastres d'une hauteur vertigineuse, des arcades à encorbellement font saillie pour les gens qui habitent au faîte des murs, et des rangées de pigeons perchent sur les balustrades de pierre. Dans le soir, s'attardait par-dessus les toits un halo du soleil dont l'éclat déclinait peu à peu.

Le bateau de Honda approcha d'un des ghâts appelé Kedar. Un homme y pêchait avec un filet tout près de sa barque. Le ghât de Kedar était paisible, et tant les baigneurs, au corps mince d'ébène, que les spectateurs sur les marches s'absorbaient en prière et en méditation.

Honda eut son attention attirée par un homme qui, une fois descendu par le milieu du grand escalier, était sur le point de se baigner. On apercevait derrière lui une rangée de magnifiques colonnes ocre, et dans les feux mourants du jour, tout devenait clair et distinct, jusqu'aux fentes décorées des chapiteaux. Il se tenait debout, environné de sainteté, et l'on était pourtant en droit de se demander si l'on pouvait lui donner le nom d'homme, tellement le contraste était grand entre sa peau et les corps noirauds des prêtres tonsurés alentour. Vieillard de haute taille, plein de majesté, seul il était d'un rose radieux.

Il portait au sommet du crâne un petit nœud de cheveux blancs, et de la main gauche, il retenait un lourd pagne écarlate autour de ses hanches. Le reste était une vaste étendue de nudité d'un rose légèrement adouci. Ses yeux étaient pétrifiés en extase, comme si nul n'eût existé alentour, et son regard se perdait dans le ciel au-dessus de la rive opposée. Sa main droite s'élevait lentement vers le firmament, dans un geste d'adoration. La peau du visage, de la poitrine et de l'abdomen était d'un blanc frais et rosé dans la lumière du soir, et sa noblesse le détachait entièrement de ce qui l'entourait. Mais des restes de la chair noire d'ici-bas demeuraient çà et là sur la moitié supérieure des bras, sur le dos de la main, et sur ses cuisses, presque pelées, mais formant encore des taches, des marques et des raies. Ces restes faisaient paraître encore plus sublime son corps rose rutilant. C'était un lépreux blanc.

CHAPITRE 8

Une multitude de pigeons prirent leur envol.

Alors que le bateau repartait vers l'amont, le mouvement effraya l'un des oiseaux, se transmettant aux autres instantanément, et le battement subit de toutes ces ailes prit Honda par surprise. Son attention fut distraite du feuillage des tilleuls qui s'étendaient au-dessus du fleuve entre les nombreux ghâts. On disait que chaque feuille abritait pendant dix jours l'âme de quelqu'un qui venait de trépasser, en attendant d'être réincarnée.

Leur bateau avait déjà dépassé le ghât de Dasasvamedha et longeait la maison des veuves, édifice de grès rouge proche du fleuve. L'encadrement des fenêtres était orné de mosaïque verte et blanche, l'intérieur étant peint en vert. Des bouffées d'encens arrivaient par les fenêtres et l'on entendait des cloches et des chants de *kirtana* résonner au plafond avant de s'épandre à la surface du fleuve. C'est ici que des veuves se rassemblaient de tous les coins de l'Inde pour attendre la mort. Émaciées par la maladie et espérant le salut de l'anéantissement, pour ces femmes, leurs derniers jours à Mumukshu Bhavan, «La maison du bonheur» à Bénarès, étaient les plus heureux de leur vie. Tout se trouvait commodément à portée. Le ghât des crémations était situé tout à côté, au nord, tandis que, juste au-dessus, s'élevait la flèche dorée du temple népalais de l'Amour avec ses sculptures en l'honneur des mille postures des rapports sexuels.

Le regard de Honda distingua un paquet enveloppé de toile qui flottait le long du bateau. Il fit la remarque que la forme, le volume et la longueur faisaient penser à un cadavre d'enfant de deux ou trois ans, et on lui dit que c'était précisément cela.

Honda jeta un coup d'œil à sa montre. Il était six heures moins vingt. On sentait venir le crépuscule. Au même instant, il vit nettement du feu devant lui. C'était le bûcher funéraire du ghât de Mani Karnika.

Face au Gange, il se composait de terrasses à cinq étages, de largeur variable, sur un soubassement de style hindou. Le temple était formé d'un groupe de stupas de différentes hauteurs qui entouraient le stupa central, chacune des constructions possédant un balcon cintré de style mahométan en forme de pétale de lotus.

Cette gigantesque cathédrale de couleur brune, tout enfumée, reposant sur de hautes colonnades, plus la barque de Honda s'en rapprochait, et plus sa silhouette ténébreuse, imposante, inhabitée, emmaillotée de fumée, apparaissait dans le ciel comme une sinistre hallucination. Mais une vaste étendue d'eau boueuse séparait encore le ghât du bateau. À la surface assombrie des eaux, des offrandes de fleurs – y compris les fleurs rouges de java qu'il avait vues à Calcutta – et d'encens à profusion descendaient le courant comme des objets sans valeur ; et l'on voyait clairement l'image renversée des hautes flammes du bûcher funéraire jouer sur les flots.

Les pigeons logés dans les stupas voletaient en tous sens, mêlés aux étincelles qui montaient haut dans le ciel. Le firmament était devenu indigo foncé avec des traces grises.

Une grotte en pierre noire de suie s'élevait près de l'eau et l'on avait déposé des bouquets devant les statues de Siva et d'une de ses épouses, Sati, qui s'était jetée dans le feu afin de soutenir l'honneur de son mari.

De nombreux bateaux où s'entassait le bois des bûchers funéraires étaient mouillés dans ce secteur et l'embarcation de Honda demeura en deçà du milieu du ghât. Derrière le feu brûlant d'un vif éclat on apercevait une petite flamme dans les profondeurs des arches du temple. C'était la flamme sacrée, éternelle à laquelle s'allumait chacun des bûchers.

La brise fluviale avait disparu et une chaleur suffocante pesait sur tout le secteur. Comme partout ailleurs à Bénarès, c'était le bruit qui l'emportait ici également, plutôt que le silence. Il se mêlait au va-et-vient incessant des gens, aux cris, aux rires d'enfants et au chant des sutras. Les gens n'étaient pas seuls à se baigner ; des chiens faméliques suivaient les enfants dans l'eau ; et des sombres profondeurs, à l'écart des feux, là où l'extrémité des escaliers gisait sous les eaux, les dos musclés et luisants des buffles d'eau émergèrent tout à coup un par un, rassemblés sous les cris saccadés des gardiens. Ils montèrent les marches en titubant et l'on vit le feu des bûchers se refléter sur leurs croupes noires et humides.

Parfois les flammes s'enveloppaient de fumée blanche et l'on voyait des langues rouges vaciller dans leurs déchirures. Des volutes de fumée atteignant les balcons du temple tournoyaient comme choses vivantes dans les replis sombres de l'édifice.

Le ghât de Marni Karnika offrait ce qu'il y avait de mieux en fait de purification : c'était le crématorium extérieur, public où tout se passait en plein air à la mode hindoue. Malgré tout, on y voyait partout des choses à soulever le cœur, ingrédient inévitable de tout ce qu'on tient pour pur et sacré à Bénarès. Aucun doute, ce lieu marquait la fin du monde.

Un cadavre enveloppé de toile rouge était calé contre des marches en pente douce, à proximité de la grotte de Siva et Sati. On l'avait plongé dans les eaux du Gange et à présent, il attendait son tour

CHAPITRE 8

d'être incinéré. Les toiles rouges qui enveloppaient la forme humaine montraient que le corps était celui d'une femme. La toile blanche était réservée aux hommes. La famille attendait sous la tente avec les prêtres à tonsure afin d'accomplir son devoir en jetant du beurre et de l'encens sur le cadavre après qu'on eut allumé le bûcher. Juste à ce moment, un autre cadavre arriva, emmailloté de blanc et porté sur une civière de bambou, entouré du clergé qui chantait et de tous les parents. Plusieurs enfants et un chien noir tournaient autour en se poursuivant. Comme on peut l'observer dans toutes les villes en Inde, les vivants sont pleins de vie et mènent un bruit considérable.

Il était six heures. Des flammes jaillirent soudain en cinq ou six endroits. La fumée étant portée par le vent en direction du temple, l'odeur infecte n'arrivait pas jusqu'à Honda dans le bateau, mais il pouvait tout voir distinctement.

À droite, tout au bout, les cendres étaient rassemblées puis baignées dans les eaux du fleuve. Les caractéristiques individuelles qui si obstinément avaient collé à chaque corps n'existaient plus et les cendres de tous, confondues et finalement dissoutes dans l'eau sainte du Gange, retournaient ainsi aux quatre éléments primitifs et au vaste univers. La portion inférieure du monceau de cendres formait un mélange inextricable avec la terre détrempée du secteur avant d'être immergée dans le fleuve. Les hindous ne bâtissent point de tombeaux. Honda se rappela soudain le frisson qui l'avait parcouru au cimetière d'Aoyama lors de sa visite à la tombe de Kiyoaki, l'horreur qu'il avait ressentie à l'idée que ce dernier ne pouvait pas se trouver sous la pierre tombale.

On disposait les cadavres sur le feu l'un après l'autre. Les liens étaient brûlés et les linceuls rouges ou blancs se consumant dans le feu, on voyait soudain un bras se lever ou un corps se recroqueviller dans les flammes comme un dormeur qui se retourne. Les cadavres placés sur le bûcher en premier prenaient une teinte gris sombre. À travers les eaux du fleuve, on apercevait des grésillements comme ceux d'une bouilloire. Les crânes avaient du mal à brûler et un préposé allait et venait sans arrêt, enfonçant une perche de bambou dans ceux dont la combustion durait encore bien après que les corps eurent été réduits en cendres. Les flammes se reflétaient dans les muscles de ses bras noirauds vigoureux qui transperçaient les crânes d'un geste puissant, cependant que les craquements qu'il provoquait étaient renvoyés par les parois du temple.

Les lenteurs de la purification du corps humain dont les parties retournaient à ses quatre éléments constitutifs... la résistance de la chair humaine et son inutile odeur qui subsistait après la mort... quelque chose de rouge qui s'ouvrait dans les flammes, une chose luisante qui se crispait, des particules noires et poudreuses qui dansaient dans les étincelles ardentes. Il y avait des éclairs mouvementés dans les flammes, comme si quelque chose eût été en cours de création. De temps à autre, quand tout à coup le tas de bois s'écroulait avec bruit et que le feu disparaissait en partie, le préposé entassait d'autre bois ; et de temps en temps, sans qu'on s'y attende, bondissaient de hautes flammes qui allaient presque lécher le balcon du temple.

Ici, nulle tristesse. Ce qui paraissait insensibilité était en fait joie pure et simple. Non seulement samsara et réincarnation étaient des croyances fondamentales, mais on les acceptait véritablement comme faisant partie de la nature qui se renouvelle constamment sous nos yeux, le champ de riz et sa végétation, les arbres qui donnent du fruit. Il y fallait quelque assistance de la part des humains, de même que la moisson et les labours demandent l'intervention des hommes ; on naissait pour prendre son tour dans ce processus naturel.

En Inde, la source de toutes choses qui semblent cruelles se rattache à une joie cachée, immense, pleine de crainte révérencielle ! Honda craignait de comprendre ce bonheur. Mais après avoir été ainsi témoin de pareilles extrémités, il savait que plus jamais il ne pourrait se remettre de cette commotion. C'était comme si Bénarès tout entière eût été affligée d'une lèpre sacrée et que la vision qu'il en avait eût été contaminée par l'incurable maladie.

Pourtant, son impression d'avoir vu absolument tout devait se compléter encore le moment d'après où il se sentit le cœur saisi de frayeur, frémissant comme du cristal. Ce fut l'instant où la vache sacrée se retourna vers lui.

Dans ce crématorium était une vache blanche, un de ces animaux sacrés auxquels, en Inde, tout est permis en tous lieux. La vache sacrée, accoutumée aux feux, avait été chassée par l'employé et se tenait juste hors d'atteinte des flammes, devant l'arcade sombre du temple. Au-dedans, il faisait complètement noir et l'animal était terrifiant de blancheur, plein d'une sagesse sublime. Le ventre blanc reflétant les flammes vacillantes rappelait les neiges glacées de l'Himalaya baignées de clair de lune. C'était pure synthèse de neiges impassibles et de chair sublime dans un corps d'animal. Les flammes étaient saturées de fumée ; des éclairs rouges y dominaient parfois, que venait cacher un tourbillon de fumée.

CHAPITRE 8

C'est alors que la vache sacrée, tournant sa face majestueuse vers Honda à travers la vague fumée qui montait des corps en train de brûler, le regarda droit dans les yeux.

Ce soir-là, dès qu'il eut achevé de dîner, Honda fit savoir qu'il partirait le lendemain matin, avant l'aube, et il s'endormit en s'aidant d'un digestif.

Ses rêves furent encombrés d'une multitude de fantasmagories. En songe, ses doigts frôlaient un clavier auquel, auparavant, ils n'avaient jamais touché, produisant des sons étranges. Tel un ingénieur, ils exploraient tous les coins de la charpente de l'univers qu'il avait connu jusque-là.

Le mont Miwa lui apparut soudain dans sa limpidité, puis le Roc du Large, rocher d'effroi au faîte duquel habitaient les dieux ; du sang jaillissait d'une crevasse qui livrait passage à la déesse Kali sortant sa langue rouge. Un corps incinéré se levait sous la forme d'un bel adolescent, les cheveux et les reins couverts des feuilles pures et brillantes du sakaki sacré. Ensuite, la scène abominable du temple devenait aussitôt le frais enclos d'un sanctuaire japonais semé de cailloux bien nets. Toutes les idées, tous les dieux tournaient ensemble la manivelle de la roue gigantesque du samsara. Comme une spirale nébuleuse, le vaste disque tournait lentement, emportant des masses de gens qui, ignorant ses effets, se contentaient d'être heureux, fâchés, tristes ou joyeux, semblables tout à fait à ceux qui vivaient leur vie quotidienne sans rien savoir de la rotation de la Terre. On eût dit une Grande Roue, le soir, tout ornée de lumière, dans le parc d'attractions des dieux.

Peut-être les Indiens savaient-ils tout cela. Cette crainte poursuivait Honda jusque dans ses rêves. Tout comme le fait que la Terre tourne ne peut se déceler à l'aide d'aucun des sens de l'homme, qu'on le conçoit tout juste grâce au raisonnement scientifique, de même samsara, karma et réincarnation ne pouvaient peut-être pas se distinguer au moyen de la perception et de la raison ordinaires, mais seulement à l'aide d'un pouvoir surnaturel, d'une logique supérieure intuitive, systématique, extrêmement précise. Peut-être était-ce cette perception qui faisait paraître les Indiens si indifférents, si réfractaires au progrès et si démunis de ces sentiments humains – joie, colère, chagrin ou plaisir – qui servent de commune mesure aux êtres humains ordinaires.

Certes, c'étaient là les premières impressions d'un voyageur qui n'avait fait que gratter à la surface du sol. Les songes mêlent souvent les symboles les plus élevés aux plus vulgaires pensées. Peut-être Honda suivait-il dans ses rêves ses anciennes habitudes, du temps qu'il était magistrat : un raisonnement spéculatif, froid et prosaïque, avait par mégarde fait son apparition. Ses usages professionnels et son tempérament ressemblaient à la langue d'un chat qui, trop sensible à la chaleur d'un plat, le forçait à rafraîchir sans délai tous éléments chauds, non identifiés et à transformer ces concepts en nourriture gelée. Sans doute employait-il ce vieux mécanisme d'autodéfense, exactement comme tant d'autres qui se méfient tout spécialement dans leurs rêves.

Bien plus que l'ambiguïté et l'étrangeté du rêve, ce qu'il voyait dans la réalité représentait à ses yeux un bien plus grand mystère lequel repoussait obstinément toute compréhension ou interprétation. À son réveil, il s'aperçut que l'ardeur de ce phénomène subsistait nettement dans son corps et dans son esprit. Il eut l'impression d'avoir contracté une fièvre tropicale.

Proche de la lumière confuse de la réception au bout du couloir de l'hôtel, son guide barbu s'esclaffait en plaisantant avec le jeune veilleur de nuit. En reconnaissant Honda qui s'approchait dans son complet de toile blanc, il s'inclina de loin, respectueusement.

La raison qu'avait Honda de quitter l'hôtel avant l'aube était de voir, aux ghâts, la foule en attente, venue rendre un culte au soleil levant.

Bénarès était vouée au concept de l'unité issue de la multitude, unité de Brahma, divinité transcendante, lui l'Unique qui contenait la multitude des autres dieux. Le disque solaire personnifiait son caractère divin, et sa divinité était au zénith à l'instant où le soleil se lève au-dessus de l'horizon. La ville sainte de Bénarès et les cieux étaient considérés comme égaux dans la religion des hindous. Le pandit Shankara eut un jour cette parole : « Quand Dieu plaça les cieux et Bénarès sur la balance, Bénarès, plus lourde, s'abaissa vers la terre et, plus légers, les cieux s'élevèrent. »

Les hindous considèrent que le soleil est la conscience divine la plus haute et ils voient en lui le symbole des vérités ultimes. Aussi Bénarès est-elle emplie de dévotion et de prières envers le disque solaire. L'être conscient des gens se libère des règles qui gouvernent la terre et ainsi, Bénarès elle-même, comme un tapis volant, est exaltée grâce au pouvoir de l'oraison.

À la différence de la veille, le ghât de Dasasvamedha grouillait de monde à présent, et, sous d'innombrables parasols, les cierges cli-

CHAPITRE 8

gnotaient dans le crépuscule du matin, avant le lever du soleil. Dans le ciel, au-dessus de la jungle, sur l'autre bord du fleuve, on sentait l'aube s'approcher sous les rangées de nuages.

On avait disposé des bancs sous chaque grand parasol de bambou et décoré de fleurs rouges la pierre de lingam, symbole de Siva. Certains mélangeaient de la poudre de cinabre rouge dans de petits mortiers, se préparant à peindre leurs fronts après le bain. À côté d'eux, des moines du sanctuaire diluaient la pâte avec de l'eau du Gange dans des cruches de cuivre qui avaient été consacrées et bénites dans le temple. D'autres avaient déjà descendu les marches afin d'être dans l'eau pour accueillir le soleil. Après avoir adoré les eaux qu'ils retenaient dans leurs mains, lentement, ils y plongeaient tout le corps. Certains attendaient le lever du soleil agenouillés sous les parasols.

Quand la première lueur de l'aurore s'alluma au-dessus de l'horizon, la scène sur le ghât prit instantanément des teintes et des traits variés ; les saris des femmes, leur peau, les fleurs, les cheveux blancs, la gale, les vases de cuivre – tout se mit à éclater de couleur. Tourmentées, les nuées matinales, changeant lentement de forme, firent place à la lumière qui se répandait. Finalement, à l'instant où la pointe du soleil vermillon du matin apparut au-dessus de la jungle basse, d'un seul coup un soupir de vénération s'échappa des lèvres de tous ceux qui emplissaient le parvis, à toucher presque les épaules de Honda. Il y en avait qui s'agenouillaient en prière.

Ceux qui étaient dans l'eau se pressaient les mains ou bien ouvraient les bras, adressant une prière au soleil écarlate qui, peu à peu, en montant, découvrait son disque en entier. Les ombres de leurs bustes s'allongeaient sur les flots d'or empourprés jusqu'aux pieds de ceux qui occupaient les marches. On percevait une grande allégresse, tout entière dédiée au soleil au-dessus de la rive opposée. Et tout ce temps, l'un après l'autre, ils entraient dans l'eau, comme conduits par une main invisible.

À présent, le soleil était suspendu au-dessus de la jungle toute verte. Le disque écarlate qui avait permis qu'on le dévisageât devint en un clin d'œil une gerbe éclatante qui interdisait fût-ce un simple regard. Déjà, il était devenu une boule de feu, palpitante, pleine de menaces.

Honda comprit tout à coup ! C'était là le soleil qu'Isao n'avait cessé de voir dans son rêve de suicide !

9

Le bouddhisme connut une décadence soudaine en Inde peu après le IVe siècle de l'ère chrétienne. On a dit à juste titre que l'hindouisme l'avait étouffé en lui donnant l'accolade. Comme le christianisme et le judaïsme en Judée, le confucianisme et le taoïsme en Chine, il fallait que le bouddhisme fût exilé de l'Inde pour qu'il pût devenir une religion universelle. Il était nécessaire que l'Inde se tournât vers une religion populaire plus primitive. Pour la forme, l'hindouisme retint le nom de Bouddha dans un recoin de son panthéon où on l'a conservé comme le neuvième des dix avatars de Vishnou.

Vishnou, croit-on, a revêtu dix transfigurations : Matsya, le poisson ; Kurma, la tortue terrestre ; Varaka, le sanglier ; Narasimha, l'homme-lion ; Vamana, le nain ; Parashurama, Rama, Krishna, le Bouddha et Kalki.

Selon les brahmanes, Vishnou, ayant revêtu la forme du Bouddha, fit exprès d'introduire une religion hérétique afin que les croyants se fourvoient, donnant ainsi l'occasion aux brahmanes de les ramener à leur vraie religion, l'hindouisme.

De la sorte, accompagnant le déclin du bouddhisme, les temples des grottes d'Ajanta en Inde occidentale tombèrent en ruine et ne se révélèrent au monde que douze siècles plus tard, en 1819, lorsqu'un corps expéditionnaire britannique les retrouva par hasard.

Les vingt-sept grottes de pierre des falaises de la rivière Wagora furent creusées à l'origine à trois périodes différentes : au IIe siècle avant J.-C. et aux Ve et VIIe siècles après J.-C. À l'exception des grottes 8, 9, 10, 12 et 13, établies pendant la période Hinayana, tout le reste appartient à l'ère du bouddhisme mahayana.

Après avoir visité la terre sainte vivante de l'hindouisme, Honda voulait partir à la recherche des ruines du bouddhisme, éteint en Inde de nos jours.

Ajanta, voilà où il devait aller. En quelque sorte, c'était son destin.

Ce projet se trouva renforcé du fait que les grottes elles-mêmes, l'hôtel et ses alentours étaient des plus simples et des plus tranquilles, soustraits aux foules envahissantes.

Comme il n'était pas commode de se loger à proximité d'Ajanta, Honda descendit dans un hôtel d'Aurangabad dans l'idée de se

CHAPITRE 9

rendre au célèbre site hindou d'Ellora. Aurangabad n'en était éloigné que de vingt-neuf kilomètres, mais de cent cinq d'Ajanta.

La meilleure chambre de l'hôtel lui avait été réservée par les Produits Itsui et la plus belle auto mise à sa disposition. Ces avantages, ainsi que l'attitude déférente du chauffeur sikh, déterminèrent l'hostilité des touristes anglais de l'hôtel. Dès ce matin-là, Honda avait senti, dans la salle à manger, le pacte silencieux d'antagonisme qui unissait les Britanniques contre le touriste asiatique isolé. Il s'exprima même ouvertement quand le garçon apporta une assiette d'œufs au bacon à la table de Honda avant de servir personne d'autre. Un vieux monsieur plein de morgue, portant une très belle barbe, sans nul doute un officier en retraite, qui était assis avec son épouse à la table voisine, appela le garçon et le réprimanda d'un ton sec et brusque. Après cela, Honda fut servi le dernier.

Un voyageur ordinaire eût aussitôt pris ombrage d'une telle situation, mais Honda demeurait obstinément rebelle aux banalités. Depuis Bénarès, chose incompréhensible, une épaisse membrane recouvrait son cœur et tout glissait à sa surface. Le respect excessif du serveur résultait sûrement du pourboire généreux versé d'avance par les Produits Itsui, et pareils incidents ne venaient jamais affecter la dignité et la réserve acquises au cours de sa carrière de magistrat.

La magnifique auto noire, nettoyée et fourbie assidûment par plus de cinq employés qui n'avaient rien d'autre à faire, était prête à emmener Honda, reflétant à sa surface luisante les diverses fleurs du jardin de devant. Peu après, Honda y ayant pris place, elle roulait à travers les plaines superbes de l'Inde occidentale.

Dans la vaste étendue, on n'apercevait pas âme qui vive. Parfois, les silhouettes souples, marron foncé de mangoustes plongeaient dans l'eau des marais, près de la route, ou détalaient devant l'auto, ou bien une bande de singes à longue queue le lorgnaient de sur les branches.

Honda sentit naître en son cœur l'espoir d'une purification. La purification à la façon indienne était par trop répugnante et les sacrements dont il avait été le témoin à Bénarès demeuraient en lui comme une fièvre ardente. Il aurait tant voulu s'abreuver d'eau du Japon, limpide et fraîche.

L'immensité des plaines le réconfortait. On n'y voyait ni rizière, ni aucun champ cultivé : rien que les plaines infinies, magnifiques, à perte de vue, ponctuées de l'ombre indigo foncé des mimosas. Des marécages, des ruisseaux, des fleurs jaunes et rouges et, dominant le tout, un soleil éclatant suspendu comme un dais colossal.

Rien de miraculeux ou d'exagéré dans ce cadre naturel. De la verdure éblouissante s'exhalait une somnolence désœuvrée et radieuse. La plaine elle-même avait un effet apaisant sur Honda dont le cœur portait la marque de flammes effroyables et sinistres. Au lieu du jaillissement de sang des sacrifices, un héron d'une blancheur virginale s'éleva de la jungle dans un battement d'ailes. Sa blancheur s'assombrissait parfois en passant devant l'ombre vert foncé pour en ressortir d'un blanc pur.

En avant, les nuages dans le ciel avaient des enroulements délicats et leurs franges irrégulières des reflets de soie lustrée. L'azur était sans limites.

Inutile de dire que pour une large part, Honda se consolait à l'idée que bientôt il allait pénétrer en territoire bouddhique, encore que le bouddhisme y fût éteint depuis longtemps.

Assurément, après avoir connu le mandala angoissant et varié de Bénarès, le bouddhisme dont il rêvait était d'une fraîcheur glacée, et déjà, il en pressentait la quiétude familière dans le calme éclatant des plaines.

Soudain, Honda ressentit une nostalgie. Il s'en revenait d'un empire bruyant où régnait un hindouisme plein de sève, vers une contrée familière avec ses échos de gongs dans les temples, une contrée anéantie mais que cet anéantissement avait purifiée. En songeant au Bouddha qui l'attendait à son retour de l'absolu rencontré à Bénarès, il eut l'impression qu'il n'avait peut-être jamais cherché l'absolu dans le bouddhisme. Dans la quiétude du retour au bercail dont il avait rêvé, il sentait une intimité sans faille avec ce qui devait périr peu à peu. Au-delà de l'azur du ciel, radieux, magnifique, c'était le tombeau même du bouddhisme, le site du souvenir perdu qui allait bientôt apparaître. Avant même de le voir, Honda sentait clairement l'obscure fraîcheur apaiser son esprit surchauffé, fraîcheur des grottes du rocher et limpidité de leurs eaux.

C'était comme l'amoindrissement d'un projet. Peut-être les couleurs odieuses et la dégradation de la chair l'avaient-elles conduit à rechercher une autre religion qui s'était pétrifiée dans la solitude. L'extinction pure et simple était suggérée jusque là-bas, dans les formes des nuées. On reconnaissait l'illusion de l'ombrage – récompense, qui sait, issue d'une vie antérieure – dans le feuillage luxuriant, admirable. Dans ce monde de quiétude matinale absolue, hormis le ronronnement du moteur, le mol horizon des plaines se déroulait lentement par-delà la portière, et lentement mais sûrement, emportait le cœur de l'enfant prodigue.

CHAPITRE 9

Au bout d'un moment, la voiture atteignit le bord d'une ravine qui entaillait la plaine horizontale. C'était la première indication qu'on eût d'Ajanta. Ils suivirent la route qui s'abaissait vers le lit de la Wagora qu'on voyait miroiter au bas de la gorge telle la lame affûtée d'un couteau.

Le salon de thé où Honda fit halte pour se délasser était infesté de mouches. Il regarda juste en face de lui par la fenêtre, de l'autre côté de la place, l'entrée des grottes. S'y rendre maintenant, cédant à son impatience, pourrait, se disait-il, violer la quiétude qu'il était venu chercher. Il acheta une carte postale, et prenant son stylo d'une main moite, il examina un moment l'image des grottes grossièrement reproduite au recto.

On retrouvait ici quelque chose comme les bruits de Bénarès. Des gens à peau noire en vêtements blancs restaient là, l'œil soupçonneux, et des enfants décharnés criaient sur la place en vendant des colliers-souvenirs. L'espace s'emplissait d'un soleil jaune brillant qui s'insinuait dans chaque lézarde. Sur une table, dans l'ombre de la salle, étaient posées trois petites oranges desséchées où se traînaient des mouches. Une odeur lourde, âcre, de friture parvenait de la cuisine. Il adressa la carte postale à sa femme, Rie, à laquelle il n'avait pas écrit depuis quelque temps. Il se mit à écrire :

> *Je suis venu ici voir les temples des grottes d'Ajanta. Le tour va commencer. Je ne vais pas boire l'orangeade qu'on m'a servie, parce que je vois que le bord du verre est piqué de taches de mouches. Mais, ne te tourmente pas, je fais très attention à ma santé. L'Inde est vraiment étonnante. Tu prends soin de tes reins, j'espère. Embrasse maman.*

Cela pouvait-il passer pour affectueux? Il écrivait toujours de la même façon. La nostalgie et l'affection qui avaient commencé à s'amasser dans son cœur comme une brume l'avaient soudain fait se décider à écrire, mais quand il essayait d'exprimer ses sentiments par des mots, ses phrases prenaient invariablement un tour banal et aride.

À son retour, Rie l'accueillerait toujours du même sourire tranquille qu'elle avait montré quand il était parti, quel que fût le nombre d'années où elle pourrait rester seule au Japon. Même si ses cheveux allaient compter quelques mèches blanches de plus depuis son départ, le visage qui était venu lui dire au revoir et celui qu'il verrait en revenant coïncideraient aussi parfaitement que deux blasons identiques aux manches d'un kimono de cérémonie.

De légers maux de reins avaient rendu le profil de son épouse un peu indistinct, la lune en plein jour ; et ce visage, maintenant qu'il se le remémorait, semblait mieux fait pour l'évoquer de mémoire que pour être vu dans la réalité. Bien entendu, cette femme ne pouvait déplaire à quiconque. En lui-même, Honda se sentit profondément soulagé en écrivant la carte postale, et il rendit grâce à quelque chose qui n'avait pas de nom. C'était un soulagement fort différent de la certitude d'être aimé.

La carte une fois écrite, Honda la mit dans la poche de la veste qu'il avait ôtée, puis se leva. Il la mettrait à la boîte de l'hôtel. Tandis qu'il s'apprêtait à traverser la place, le guide se coula auprès de lui comme un apache.

Les vingt-sept grottes de pierre avaient été creusées à mi-hauteur dans les falaises qui donnaient sur la Wagora, où il y avait plusieurs couches d'affleurements rocheux. À partir du fleuve, peu à peu la pente se faisait plus raide, passant du rocher à l'herbe avant de devenir un escarpement abrupt couvert de taillis. Un sentier de pierre blanche reliait les grottes à l'entrée.

La première grotte était une *chaitya* ou «chapelle». Existaient les ruines de quatre chapelles et de vingt-trois *vihara* ou «logements des moines»; la première grotte était l'une de ces quatre-là.

Comme il s'y était attendu, l'air à l'intérieur avait la fraîcheur moisie de l'aube. Au centre, on distinguait nettement une grande effigie du Bouddha dans une niche ; la silhouette toute en rondeurs était assise dans la pose du lotus au centre d'une flaque de lumière, de la dimension d'un paillasson qui pénétrait le reflet qu'on en avait de l'entrée. Il n'y avait pas assez de luminosité pour qu'on pût distinguer les fresques au plafond et sur les murs alentour. Le rai de lumière que projetait la lampe du guide voletait çà et là, telle une chauve-souris de lumière errante autour de la grotte. De tous côtés, les images d'un amalgame inattendu de désirs d'ici-bas éclataient à la vue.

Des femmes à demi nues portant sur la tête des couronnes dorées et des sarongs chatoyants drapés autour des hanches apparaissaient dans des postures variées, à l'endroit qu'éclairait la lampe. Pour la plupart, elles tenaient à la main une tige de fleur de lotus. Leurs visages se ressemblaient tous, comme des visages de sœurs. Les yeux obliques, extrêmement longs s'ouvraient à demi, et au-dessus, s'arquaient les sourcils en forme de nouvelle lune. La froideur de leur nez rectiligne, plein d'intelligence, se nuançait légèrement de l'évasement des narines. La lèvre inférieure était voluptueuse, mais la bouche pincée, comme attachée aux deux extrémités. Tout cela

CHAPITRE 9

rappelait à Honda ce que serait le visage de la princesse Clair de lune à Bangkok lorsqu'elle aurait grandi. La différence entre ces femmes des fresques et la petite princesse tenait évidemment à leurs corps d'adultes. Leurs seins étaient des baies de grenades mûres, prêtes à éclater, où des colliers fragiles d'or, d'argent et de pierres précieuses pendaient nonchalamment comme du lierre agrippé à des fruits. Certaines étaient à demi couchées, le dos tourné, montrant la courbe voluptueuse des hanches ; d'autres laissaient voir un ventre sensuel abondant, à peine recouvert d'un sommaire sarong. Les unes dansaient, d'autres étaient à l'article de la mort. Et tandis que chaque endroit était éclairé à son tour, sans que le guide cessât de débiter sa litanie, les femmes, l'une après l'autre, entrèrent de nouveau dans l'obscurité.

Quand Honda sortit de la première cave, le soleil tropical, tel un gong frappé d'un coup violent, changea en autant d'illusions les peintures murales. En méditant à la lumière du jour, on avait l'impression d'avoir jadis visité les grottes, souvenir depuis longtemps perdu. Les seules choses qui eussent quelque substance étaient la Wagora, luisant en contrebas, et les rochers arides.

Comme d'habitude, Honda s'agaçait du bavardage insignifiant du guide. Aussi, laissant les autres continuer, il demeura seul quelque temps dans les ruines désertes d'un *vihara* que le guide avait froidement négligé et dont les autres visiteurs n'eurent aucune connaissance.

L'absence de tout objet lui permit de donner libre cours à sa généreuse imagination. Le *vihara* s'y prêtait fort bien. On n'y voyait ni fresque, ni statue, rien que d'épaisses colonnes noires qui s'élevaient de chaque côté de la grotte. À l'intérieur, il y avait une chaire, au centre d'un renfoncement particulièrement sombre, cependant que deux grandes tables de pierre se faisaient face depuis l'entrée jusqu'au fond. La lumière pénétrait à flots et l'on eût dit que les moines venaient de se lever pour aller respirer l'air frais au-dehors, quittant les tables de pierre qui leur servaient à l'étude et aux repas.

L'absence de couleur reposa l'esprit de Honda, bien qu'en y regardant de près, il découvrît une légère tache rouge de peinture à demi effacée dans un petit creux d'une des tables en pierre.

Y avait-il eu quelqu'un ici qui venait tout juste de partir ?

Qui donc cela pouvait-il être ?

Seul dans la fraîcheur de la grotte, Honda eut l'impression que l'ombre autour de lui commençait soudain à s'emplir de murmures. Le vide de cette grotte sans couleur, sans ornement éveillait en lui, sans doute pour la première fois depuis son arrivée en Inde, le sentiment d'une existence miraculeuse. Son épiderme ne pouvait rien ressentir de plus intense – preuve assurée d'une existence nouvelle – que ce fait d'une existence qui avait décliné, péri, puis s'était éteinte. Mais non, l'existence avait déjà commencé à prendre forme parmi l'odeur de la moisissure qui recouvrait chacune des pierres de la grotte.

Il goûtait un émoi animal. C'était ce mélange de joie et d'angoisse qu'il ressentait toujours quand quelque chose était sur le point de prendre forme dans son esprit ; c'était la surexcitation du renard qui, ayant flairé de loin l'odeur d'une proie, s'approche lentement de sa victime. Il n'était pas sûr de ce que c'était, mais déjà, le lointain souvenir l'avait empoigné fermement au fond de son esprit. Son cœur était tout agité dans l'attente.

Il sortit du *vihara* et se mit à marcher vers la cinquième grotte dans la lumière extérieure. Le sentier s'incurvait largement et une nouvelle vue s'offrit à ses yeux. Le chemin des grottes traversait des colonnes encastrées dans la roche. Elles étaient mouillées, étant situées derrière deux chutes d'eau. Honda savait que la cinquième grotte était proche et il s'arrêta pour regarder les cascades à travers la vallée.

L'une des deux chutes se brisait pour couler à la surface du rocher tandis que la seconde tombait en un cordon argenté ininterrompu. Toutes deux étaient étroites et à pic. Le bruit des cascades, en dégringolant le long de la falaise rocheuse vert jaunâtre de la Wagora, retentissait sur les falaises avoisinantes. Hormis les creux sombres de l'entrée des grottes, tout brillait à l'arrière et de chaque côté des cascades : les touffes vert clair des mimosas, les fleurs rouges au bord de l'eau, la lumière éclatante qui jouait sur les cascades, l'arc-en-ciel qui s'y formait. Plusieurs papillons jaunes voletaient alentour, comme s'accrochant à la ligne droite du regard de Honda dans sa contemplation.

Honda leva les yeux vers le sommet des chutes et fut surpris de leur étonnante altitude. Elles s'élevaient à une telle hauteur qu'il eut l'impression de se trouver dans un monde appartenant à une autre dimension. Le vert de la falaise, de part et d'autre des cascades, s'assombrissait de mousse et de fougère, mais le faîte en était d'un vert clair et pur. On voyait aussi quelques rocs dénudés ; la douceur éclatante du feuillage vert n'était pas de ce monde. Un chevreau noir était en train d'y paître ; et tout en haut, dans l'azur absolu du ciel, une abondance de nuages lumineux s'élevaient dans un désordre magnifique.

On entendait des bruits, et pourtant c'était l'absence de bruit qui dominait. Honda ne s'était pas plutôt senti accablé de silence que le mugissement des cascades parvint en furie à ses oreilles. Il était transporté par cette alternance de calme et de bruit des eaux.

Il avait hâte d'arriver à la cinquième grotte où l'eau venait s'abattre, mais il était retenu par une étrange frayeur. Il était presque certain que rien ne l'y attendait. Pourtant les paroles enfiévrées qu'avait prononcées Kiyoaki dans son délire tombaient dans son esprit comme des gouttes d'eau :

« Je te reverrai. Je le sais... sous les cascades. »

Depuis, il avait cru que Kiyoaki faisait allusion aux chutes de Sanko sur le mont Miwa. C'était probablement le cas. Mais il lui vint à l'esprit qu'en dernière analyse, il avait voulu désigner ces cascades d'Ajanta.

10

Le bateau *Mers du Sud,* de la Compagnie de navigation Itsui, à bord duquel Honda quitta l'Inde, était un cargo comportant six cabines. La saison des pluies était finie, et le navire fit route par le golfe du Siam où soufflait la fraîche brise nord-est de la mousson. Laissant de côté Paknam à l'embouchure du Menam, le bateau remonta le fleuve jusqu'à Bangkok, guettant des marées favorables. En ce 23 novembre, le ciel sans pluie était d'un bleu de céramique.

Honda se sentait soulagé de retourner à la cité familière, au sortir d'un pays si pestilentiel. Il avait l'esprit en repos, mais il rapportait de son voyage un lourd fardeau d'impressions terrifiantes et, durant toute la traversée, il resta appuyé au bastingage, le cœur gémissant de la cargaison contenue dans sa cale.

Ils dépassèrent un contre-torpilleur de la marine thaïe, mais il n'y avait aucun signe de vie humaine au long de la rive paisible couverte de cocotiers, de palétuviers et de roseaux. Finalement, quand le navire commença la manœuvre aux approches du port, entre Bangkok à droite et Thon Buri à gauche, on vit sur cette rive de hautes maisons surélevées au toit en chaume de palmier et l'on aperçut, sous le feuillage étincelant, la peau noire d'ouvriers maraîchers qui cultivaient des bananes, des ananas, des mangues et autres productions fruitières.

Des aréquiers, préférés des poissons grimpeurs, prospéraient dans un coin du verger. En les voyant, Honda se rappela la vieille dame d'honneur qui ne cessait de mâchonner du bétel enveloppé dans des feuilles de *kimma* qui lui faisaient la bouche toute rouge. Phiboon, épris de progrès, avait déjà interdit son emploi. Il semblait que les vieilles dames eussent dissipé la tristesse de ce règlement en allant mâcher les noix à Bang Pa In, à l'écart de la capitale.

Des bateaux à rames, porteurs d'eau, se firent plus nombreux, et à la fin, les mâts de bateaux de guerre ou de commerce formèrent une forêt au loin. C'était Khlong Toei, le port de Bangkok.

Le soleil couchant ajoutait un éclat étrange aux eaux vaseuses, leur conférant des nuances rose fumé ; il accentuait la teinte irisée des taches d'huile, qui rappelaient à Honda le grain lisse de la peau des lépreux qu'il avait vus si fréquemment en Inde.

Quand le bateau approcha de la jetée, Honda reconnut le directeur obèse de la succursale des Produits Itsui, deux ou trois employés, le secrétaire général du club japonais et, en arrière, Hishikawa qui avait l'air de se cacher parmi les gens qui agitaient des chapeaux. Aussitôt il se sentit mal à l'aise.

Dès que Honda eut débarqué, Hishikawa se saisit de sa serviette avant que les employés d'Itsui pussent esquisser un geste. Il montrait une obséquiosité et un empressement inusités.

« Heureux de vous revoir, monsieur Honda. J'ai plaisir à voir votre bonne mine. Le voyage en Inde a dû vous paraître très éprouvant. »

Cela sembla faire l'effet d'un accueil fort impoli au directeur local, de sorte que Honda fit celui qui n'avait pas entendu et remercia ce dernier.

« J'ai été stupéfait de toute la peine que vous avez prise pour moi à chaque étape. Grâce à vous, j'ai voyagé comme un roi.

– À présent, vous comprenez que la maison Itsui ne va pas se laisser arrêter par une chose comme le gel de nos crédits par l'Angleterre ou l'Amérique. »

Dans l'auto, en route vers l'Oriental Hôtel, Hishikawa se tint coi sur le siège à côté du chauffeur, tenant la serviette, cependant que le directeur racontait combien l'esprit public s'était dégradé à Bangkok pendant l'absence de Honda. Il conseilla la prudence à celui-ci, car le peuple, trompé par la propagande américaine et anglaise, était devenu des plus hostiles envers les Japonais. Par la portière, Honda aperçut des foules misérables grouiller dans les rues comme il n'en voyait pas d'habitude.

CHAPITRE 10

« Les bruits d'une invasion prochaine par l'armée japonaise et la dégradation de l'ordre public ont amené un nombre prodigieux de réfugiés à Bangkok de la frontière de l'Indochine française. »

Mais l'allure sèche, commerciale, à l'anglaise, de la direction de l'hôtel n'avait pas changé le moins du monde. Après s'être installé dans sa chambre et avoir pris un bain froid, Honda se sentit plus à l'aise.

Les invités du directeur attendaient dans le vestibule, face au jardin, pour dîner en compagnie de Honda, assis sous le grand ventilateur qui tournait lentement et contre lequel des insectes venaient se cogner bruyamment.

En descendant les escaliers, Honda se faisait réflexion en observant les airs arrogants, en Asie du Sud-Est, de certains prétendus « Messieurs » japonais, groupe auquel il appartenait lui-même, il ne devait pas l'oublier. Il n'y avait en eux rien qui pût les racheter.

Pourquoi donc ? se demanda-t-il. Il conviendrait davantage de dire qu'à cet instant, Honda reconnut pour la première fois leur laideur... et la sienne. On avait peine à croire que c'étaient là les mêmes Japonais que ces magnifiques adolescents, Kiyoaki et Isao.

Avec leurs excellents complets de toile anglais, leurs chemises blanches et leurs cravates, leur habillement était au-dessus de tout reproche. Et malgré tout, ils s'éventaient tous d'un geste pressé inélégant, le cordon japonais à perle noire attaché à l'éventail pendant de leurs mains. On voyait luire l'or de leurs dents quand ils souriaient et tous portaient des lunettes.

Le chef racontait avec une fausse modestie un épisode ayant trait à son travail, et ses subordonnés écoutaient cette vieille histoire, entendue tant de fois, en hochant la tête et en répétant leurs commentaires habituels : « Ça, c'est ce qui s'appelle être courageux... c'est du cran. » Ils bavardaient du vagabondage des femmes, de la guerre possible et aussi, à voix basse, de l'autoritarisme des militaires. C'était toujours le ton indolent de litanie des sutras qu'on psalmodiait sous les tropiques, tout en étant bizarrement imprégné de faux airs de vivacité.

En dépit de la nonchalance qu'ils ressentaient constamment en eux-mêmes, de quelque démangeaison ou de la sueur qui coulait, ils se tenaient raides comme des piquets, se remémorant de temps à autre dans un coin de leur intellect les plaisirs de la veille au soir, non sans la crainte accessoire de quelque maladie aux plaies rouges comme lis de marais.

Était-ce à cause de la fatigue du voyage, mais Honda ne s'était pas reconnu comme étant des leurs lorsque, quelques minutes auparavant, il s'était regardé dans la glace de sa chambre. Il n'avait vu que l'image d'un homme de quarante-six ans, ayant eu, jadis, à s'occuper d'affaires relatives à la probité, puis qui avait gagné sa vie sur les bas-côtés de la justice, le visage d'un homme qui avait trop longtemps vécu.

«Ma laideur est particulière, pensa-t-il, se raccrochant à la confiance qui lui revint bientôt en descendant les marches recouvertes d'un tapis rouge entre l'ascenseur et le vestibule. Du moins, je suis un récidiviste de la justice ; je ne suis pas comme ces marchands.»

Ce soir-là, après avoir bu quelques verres de vin dans un restaurant cantonais, le directeur dit à haute voix à Honda, devant Hishikawa : «Notre ami Hishikawa est terriblement ennuyé de vous avoir causé tant de souci et d'avoir heurté vos sentiments. Il semble y être exagérément sensible, et après votre départ il ne s'est pas passé de jour sans qu'il me dise combien il avait eu tort, combien il était fautif. Il s'en rend presque malade. Je sais qu'il a ses points faibles, mais je vous ai confié à lui parce qu'il est très utile. Je me sens responsable de vous avoir causé quelque désagrément. Vous ne partez que dans quatre ou cinq jours – nous vous avons retenu une place dans un avion militaire – et Hishikawa a fait un retour sur soi-même. Il dit qu'il fera son possible pour vous contenter. Je vais vous demander, monsieur Honda, d'avoir la générosité de lui pardonner et d'agréer ses services pour le restant de votre séjour.»

Hishikawa prit aussitôt la parole de l'autre côté de la table, comme pour implorer Honda : «Monsieur, faites-moi, je vous en prie, tous les reproches que vous voudrez. J'ai eu tort.» Il penchait la tête presque jusqu'à toucher la table.

C'était une situation des plus éprouvantes pour Honda.

On pouvait interpréter les propos du directeur comme signifiant qu'il persistait à penser qu'il lui avait choisi un bon guide, mais que, à en juger par l'attitude de Hishikawa, Honda avait dû être extrêmement difficile à contenter, et ainsi, que s'il changeait de guide, Hishikawa perdrait la face. Si bien qu'il n'y avait rien à faire que de laisser Hishikawa avaler cette humiliation et continuer à travailler pendant le temps qui restait avant son départ. Dans ce but, il valait mieux faire comme si tout avait été la faute de Hishikawa. Ainsi, Honda ne serait pas déshonoré.

Ce dernier ressentit une irritation passagère, mais l'instant d'après, il comprit qu'il ne serait pas à son avantage de rejeter la suggestion

CHAPITRE 10

du directeur. Il n'était pas possible que Hishikawa eût lui-même avoué tels exemples précis où il avait été fautif. Qui plus est, Hishikawa avait une incapacité congénitale à comprendre en quoi il déplaisait. Malgré tout, il avait dû le sentir et y ayant réfléchi avec ses moyens limités, il avait dû décider de faire quelque chose pour se faciliter les choses. Il avait dû mettre le directeur de son côté pour que celui-ci fît preuve, en parlant, d'un tel manque de sensibilité.

Honda pouvait bien excuser l'insensibilité du directeur obèse, mais il ne pouvait pardonner à Hishikawa l'impudence de cette comédie larmoyante qui lui était venue à l'idée en sentant l'antipathie de Honda.

Tout à coup, il aurait voulu partir dès le lendemain. Mais changer ses projets à ce moment serait interprété à l'évidence comme une vengeance puérile à cause de l'aversion que Hishikawa lui causait, et il se rendit compte qu'il n'avait pas le choix. Pour avoir fait preuve de générosité au début, il était tenu de se montrer encore plus généreux maintenant.

Autrement dit, la seule chose qu'il pouvait faire, c'était de traiter Hishikawa comme un instrument. Il protesta en souriant qu'il n'y avait pas du tout lieu que le directeur s'excusât et que, les prochains jours, il compterait bel et bien sur Hishikawa pour l'aider à acheter des cadeaux, à se mettre en quête d'ouvrages et à faire le nécessaire pour une visite d'adieu au Palais Rosette.

Du moins, il retira une certaine satisfaction de la façon excellente dont il avait dissimulé au directeur ses véritables sentiments.

L'attitude de Hishikawa changea effectivement. Il conduisit tout d'abord Honda dans une librairie où, comme dans une épicerie médiocrement achalandée, des livres de poche mal imprimés en anglais ou en thaï étaient disposés sur un éventaire. Au lieu, comme auparavant, d'émettre des commentaires méprisants sur le niveau de la culture thaïe, Hishikawa le laissa faire son choix sans prononcer un mot.

Il ne trouva aucun ouvrage sur le bouddhisme theravada thaï, encore moins de livres en anglais relatifs au samsara et à la réincarnation. Mais il fut attiré par une mince plaquette de poésie, publication privée, semblait-il, imprimée sur papier de médiocre qualité, avec sa couverture blanche brunie par le soleil et ses coins cornés à force de la manier. Il lut la préface en anglais et se rendit compte que c'était une suite de poèmes écrits peu après la révolution non sanglante de juin 1932, par un jeune homme qui paraissait y avoir participé.

LE TEMPLE DE L'AUBE

Le poète exprimait la désillusion qui suivit la révolution pour laquelle il avait été tellement prêt à donner sa vie. Par une coïncidence, cette plaquette avait été publiée l'année d'après la mort d'Isao. En tournant les pages, il vit dans le texte jauni que l'anglais de l'auteur était encore maladroit.

Qui aurait pu savoir ?
Une jeunesse sacrifiée, vouée à l'avenir
N'engendre que vermine et corruption.
Mais qui pouvait savoir ?

Aux champs couverts de ruines
Qui jadis promettaient des naissances nouvelles
Bourgeonne uniquement l'épine venimeuse.
La vermine bientôt, ailes d'or déployées,
Répandra l'infection
En passant dans le vent parmi les hautes herbes.

L'amour que dans mon cœur je porte à ma patrie
Est plus rouge que fleurs de mimosa sous la pluie ;
Soudain après l'orage, aux toits, piliers, balustres,
S'étend la moisissure blanche du despotisme.

La sagesse d'hier s'estompe dans les bains
Luxueux du profit, le militant d'hier
Blotti dans le brocart d'un palanquin brodé
Ah ! certes, mieux vaudrait
Au pays de Kabin ou bien de Patani
Où la sente est marquée par la poire fleurie,
Le bois de rose et le luxuriant manifan,
Par le lierre, la rose épineuse et l'œillet,
Là où soleil et pluie inondent au plus profond les jungles,
Où vivent rhinocéros, tapir et buffle,
Qu'un troupeau d'éléphants, en quête d'abreuvoir,
S'en vienne quelquefois piétiner mes os.
Ah ! certes, mieux vaudrait
En tranchant de ma main le rouge croissant de ma gorge,
Qu'elle puisse briller de rosée au sous-bois.
Qui donc pourrait savoir ?
Qui donc pourrait savoir ?
Je chante mon chant désolé.

CHAPITRE 10

Honda fut profondément remué par ce poème politique du désespoir, et il pensa qu'il ne pouvait rien trouver de mieux pour consoler l'âme d'Isao.

N'était-ce pas là la vérité ? Isao était mort sans provoquer la révolution dont, si longtemps, il avait rêvé, mais il n'y avait aucun doute qu'il aurait souffert une désillusion encore plus grande si elle s'était produite. Mourir dans la victoire, mourir dans l'échec, la mort était à la base des actes d'Isao. Mais c'est le sort infortuné de l'homme de ne pouvoir lui-même se soustraire à la durée et, impossible, comparer deux morts différentes en vue de choisir l'une ou l'autre. On ne peut choisir en donnant également la priorité à telle mort après avoir souffert de désillusions au lendemain d'une révolution, et à telle autre avant d'en avoir fait l'expérience. Si l'on mourait avant d'avoir connu des désillusions, il serait impossible de mourir par la suite ; à l'inverse, si l'on mourait après avoir connu des désillusions, il ne pourrait être question de mourir auparavant. En conséquence, tout ce qu'on pouvait faire, c'était de se projeter soi-même au-devant des deux morts contenues dans l'avenir et de faire choix de celle qu'ordonnait l'intuition. Isao avait choisi de mourir avant que pût s'installer la désillusion. Son choix prophétique montrait la sagesse juvénile et sereine de quelqu'un qui n'avait jamais exercé le moindre pouvoir politique.

Mais le sentiment de désillusion et de désespoir – comme si l'on avait vu l'autre côté de la lune – qui s'empare du révolutionnaire victorieux fait que la mort n'est plus qu'évasion hors d'une solitude pire que la mort elle-même. C'est pourquoi, aussi sincère que soit la mort du poète, il faut assurément la considérer comme un suicide pathologique survenu dans la lassitude d'un soir de révolution.

C'était la raison pour laquelle Honda voulait dédier ce poème politique à Isao. Du moins Isao était-il mort en rêvant au soleil, tandis que le matin, dans ce poème, ouvrait une blessure purulente sous un globe lézardé. Et pourtant, un fil sans fin reliait la mort généreuse d'Isao et le désespoir de ce poème politique, tous deux s'étant, par hasard, produits à la même époque. Le meilleur, le pire, le plus beau et le plus laid, en fait d'illusions sur l'avenir pour lequel des gens sacrifiaient leur vie, se rencontraient sans doute au même endroit et, ce qui était encore plus effrayant, n'étaient sans doute que seule et même chose. Il fallait que ce dont avait rêvé Isao, ce pourquoi il avait voulu donner sa vie, fût ce désespoir qu'exprimait le poème, car plus il y voyait clair et plus sa mort était pure.

Honda savait fort bien que s'il tendait à voir les choses de cette façon, c'était qu'il succombait à la magie de l'Inde. L'Inde lui imposait une pensée à plusieurs niveaux, tels des pétales de lotus, l'empêchant à jamais de penser de façon simple et directe. L'époque où il avait volontairement abandonné la magistrature afin d'assister Isao – bien qu'il eût été fortement motivé par ses remords de n'avoir pas réussi à aider Kiyoaki – avait été probablement la première et la dernière occasion de sa vie où il s'était consacré à une cause de façon si altruiste. Pourtant, malgré ses efforts, il n'avait pu empêcher Isao de mourir en vain, et après cela, il ne lui restait qu'à retourner ses idées sur la réincarnation et à envisager son avenir en dehors du samsara. Et c'était l'Inde, l'Inde terrifiante, qui avait finalement mis Honda sur la voie, et il trouvait de plus en plus difficile de ressentir des émotions «humaines».

Dans le succès ou l'échec, tôt ou tard le temps engendre nécessairement la désillusion ; et si la prescience de cette désillusion en reste là, ce n'est que pessimisme. L'important est d'agir en fonction de cette prescience jusqu'à mourir. C'est ce qu'avait magnifiquement accompli Isao. Ce n'est qu'en agissant qu'on peut voir au travers des parois de verre élevées en différents points du temps – murs de verre que l'effort humain ne saurait surmonter, mais au travers desquels on peut voir de part et d'autre. Qu'il s'agisse de désir ardent, d'aspirations, de rêves, d'idéaux, passé et avenir deviennent égaux en valeur et en qualité : ils se correspondent exactement.

Qu'Isao eût ou non entrevu cet univers à l'instant de son trépas était une question que Honda ne pouvait plus éluder avec l'âge, s'il voulait découvrir ce qu'il devrait affronter au moment de sa propre mort.

Du moins était-il certain qu'à cet instant l'Isao qui était et l'Isao à venir s'étaient regardés droit dans les yeux. Par sa prescience, l'Isao qui était avait saisi la splendeur de l'invisible de l'autre bord tandis que ses yeux d'au-delà considéraient ce bord-ci avec envie. À coup sûr, l'Isao qui était avait entrevu la gloire du futur Isao et les yeux de l'Isao à venir avaient jeté un regard nostalgique en arrière vers l'être innocent qui ne connaissait pas encore cette gloire. Passant par deux existences impossibles à revivre, les deux Isao étaient reliés par le mur de verre. Isao et le poète politique suggéraient le lien éternel entre le poète qui, ayant vécu sa vie, désirait vivement la mort, et l'adolescent qui mourait, refusant de vivre.

Si telle était la vérité, qu'était-il advenu de ce dont ils avaient eu le désir si ardent, chacun à sa façon ? La théorie de Honda, immuable depuis sa jeunesse, était que l'histoire ne pouvait progresser de par

CHAPITRE 10

la volonté humaine, mais que c'était la nature intrinsèque de la volonté humaine qui devenait partie intégrante de l'histoire.

Comment, se demandait-il, pouvait-il dédier ces poèmes, présent des plus appropriés, à l'âme d'Isao ?

Conviendrait-il de rapporter le livre au Japon et de le déposer sur sa tombe, en offrande ? Non, Honda ne savait que trop que la tombe d'Isao était vide.

Assurément, le meilleur moyen serait de le dédier à la petite princesse qui prétendait ouvertement être la réincarnation d'Isao. Elle serait le messager le plus rapide et le plus sûr. Honda devenait à présent le héraut aux pieds légers qui franchissait aisément le mur du temps.

Mais si intelligente qu'elle fût, une petite fille de six ans pouvait-elle comprendre le désespoir de ces poésies ? En outre, la réincarnation d'Isao ayant pris une forme aussi évidente cette fois, Honda avait été assailli par le doute. Et puis, il n'avait pu voir les trois petits grains sur le joli corps bistré de la princesse, même sous l'éclat du soleil.

Décidé à emporter comme cadeaux un sari indien d'excellente qualité et le livre de poèmes, Honda pria Hishikawa de se mettre en relation avec le Palais Rosette. On lui fit savoir que la princesse lui accorderait audience dans le salon des reines au Palais Chakri qu'elle ferait ouvrir exprès pour lui, car il était fermé depuis quelque temps à cause de l'absence du roi.

Cependant, c'était à une condition, que les dames d'honneur avaient imposée. Pendant son voyage en Inde, la princesse avait attendu avec impatience le retour de Honda en Thaïlande, affirmant qu'elle allait l'accompagner au Japon quand il y retournerait. Elle s'était plainte que ses suivantes n'aient fait aucun préparatif pour le voyage et elles l'avaient apaisée en feignant de faire le nécessaire. En conséquence, elles désiraient qu'au cours de l'audience, Honda ne mentionne en rien son départ, encore moins la date et qu'il fasse comme s'il prolongeait son séjour en Thaïlande.

11

Le jour suivant, veille de celui où Honda devait repartir au Japon, était d'une clarté superbe, mais le vent était tombé et il régnait une chaleur extrême.

Honda et Hishikawa franchirent le poste de la garde royale à neuf heures quarante pour l'audience fixée à dix heures, souffrant en veston et cravate.

Le palais, conçu par un architecte italien, avait été bâti en 1882, sous le roi Chulalongkorn, dans un style où se mêlaient magnifiquement le néo-baroque et le siamois.

Il présentait, se détachant sur l'azur tropical, une façade étonnamment complexe, presque hallucinante. Si européen qu'en fût le style, la partie antérieure, éclatante et surchargée d'ornements, possédait les caractéristiques éblouissantes, enivrantes de l'architecture asiatique sous les tropiques. Les escaliers de marbre qui montaient avec grâce à gauche et à droite étaient gardés par des éléphants de bronze. L'entrée principale était dans le style du Panthéon à Rome, et le fronton imposant, au-dessus des arcades, comportait un portrait haut en couleur du roi Chulalongkorn.

Jusque-là, c'était du néo-baroque européen rehaussé de marbre, de bas-reliefs et d'or. Mais, en levant les yeux vers l'étage au-dessus, on apercevait un pavillon de style siamois au centre d'une galerie de colonnes corinthiennes en marbre rose. Le plafond en était quadrillé, alternativement marron et or sur fond blanc, et l'ensemble s'avançait de manière impressionnante comme la tourelle d'un navire. Il portait les armoiries en candélabre de la dynastie Chakri.

Les niveaux supérieurs, jusqu'au faîte de la flèche dorée, s'élevaient en pyramides de toits intercalaires, compliqués, authentiquement siamois, rouge et or, l'extrémité des tuiles de crête dressée vers le ciel bleu comme les épaules levées de danseuses. On eût dit qu'au Palais Chakri, l'idée générale était que les assises européennes, solides, de la froide raison fussent écrasées sous les rêves royaux des tropiques, dans leur superfluité compliquée, leur inutilité colorée, leur démence. Comme si un cauchemar au bec crochu, aux serres acérées et aux ailes rouge et or hérissées se penchait sur la poitrine blême d'un gisant royal grave et froid.

« Faut-il penser que cela est admirable ? » dit Hishikawa, s'arrêtant pour essuyer la sueur de son visage levé.

CHAPITRE 11

« Admirable ou pas, qu'est-ce que ça peut nous faire ? Nous n'avons été invités que pour voir la princesse. »

Le ton brusque inattendu de Honda eut l'effet immédiat d'intimider Hishikawa qui le regarda d'un regard craintif. On en resta là et Honda regretta de n'avoir pas employé cette méthode efficace dès le début de son séjour à Bangkok.

L'officier de la garde qui leur servait de guide donna à entendre que cela leur avait causé une gêne considérable d'ouvrir le palais, si longtemps fermé, rien que pour satisfaire un caprice de la princesse. Sur un clin d'œil de Hishikawa, Honda glissa prestement une somme convenable dans le gousset de l'officier.

Une fois ouvertes les portes gigantesques, on découvrit un vestibule sombre. Sur le parquet en mosaïque marquetée de gris étaient disposées une vingtaine de chaises rococo. Une dame d'honneur qu'ils avaient déjà rencontrée relaya l'officier et guida les deux invités vers une grande porte sur la droite. Celle-ci donnait sur une pièce bien éclairée, haute de plafond, salon d'un palais purement européen, avec ses lustres et ses tables de marbre à l'italienne à décor floral entourées de chaises Louis XV rouge et or.

Aux murs étaient suspendus des portraits grandeur nature des quatre épouses royales du roi Chulalongkorn et de la reine mère. Hishikawa expliqua que trois d'entre elles étaient sœurs. Tous ces portraits étaient l'œuvre, de style victorien, d'un peintre européen. Les visages révélaient la probité artistique du peintre, son timide courage, ses mensonges éhontés, sa malignité, sa sincérité et ses flatteries, tout cela coexistant comme les vagues et le sable au bord des flots, à la lisière du réalisme.

La grâce un peu mélancolique qui sied à la royauté allait de pair avec la lourde sensualité de la peau foncée des modèles, et l'allure tropicale des vêtements et de l'arrière-plan venait brouiller négligemment d'une note d'illusion le réalisme apparent du tableau.

La reine mère, Thep Sirin, était une aristocrate sèche et ratatinée dont le visage montrait entre tous la dignité la plus austère et la plus sauvage. Honda avançait lentement, examinant avec soin chaque tableau au passage. Hishikawa lui apprit que la première épouse, la reine Prephaiphim, était la cadette des trois sœurs. Venait ensuite la reine Sawaeng Watana, et enfin, la sœur aînée, la reine Sunantha. Il ne faisait de doute pour personne que l'aînée était la plus belle.

Le portrait de la reine Sunantha était suspendu dans un coin de la salle, à demi caché dans la pénombre. Elle se tenait près d'une fenêtre, une main reposant sur une table. Dehors, on apercevait un ciel bleu brumeux s'emplissant des nuages du soir et des rameaux lourds de fruits.

Sur la table, il y avait un vase bouton de rose en cloisonné contenant une petite fleur de lotus, une aiguière d'or et des coupes à vin. Les pieds nus admirables de la reine apparaissaient sous son *panun* d'or et à une épaule de sa tunique rose brodée était attaché un large cordon. Sur sa poitrine brillait une grande médaille et elle tenait un éventail en ivoire. Le gland de l'éventail et le tapis reflétaient tous deux les tons chauds du soir embrasé.

Honda fut frappé par son visage menu des plus charmants. Des cinq portraits, seul il semblait posséder une ressemblance marquée avec celui de la princesse Clair de lune. C'étaient les mêmes lèvres mûres, pleines, les yeux un peu sévères et les cheveux coupés court. La ressemblance s'estompa quand il eut examiné le portrait quelque temps. Mais au bout d'un moment, tel le crépuscule du soir, cette impression se glissa de nouveau d'un des coins de la salle et la même conviction lui revint de cette ressemblance, les petits doigts sombres et vifs tenant l'éventail, la main courbée reposant sur la table, et finalement les yeux et les lèvres, répliques exactes de ceux de la princesse. Mais à l'instant où la ressemblance se faisait le plus évidente, tels les grains d'un sablier, elle recommençait à s'effacer irrésistiblement.

À ce moment, une porte intérieure s'ouvrit et les trois vieilles dames d'honneur parurent, escortant la princesse. Honda et Hishikawa demeurèrent à leur place en faisant un profond salut.

L'après-midi passé au Palais Bang Pa In semblait avoir attendri le cœur des vieilles dames, car aucune n'arrêta la princesse quand elle courut vers Honda en poussant un cri de joie. Tel un pigeon qui picore des pois répandus, Hishikawa s'affairait à traduire le torrent de paroles qui jaillissait :

« Ç'a été un long voyage... Je me suis sentie abandonnée. Pourquoi ne m'avez-vous pas écrit plus souvent ? Dans quel pays y a-t-il le plus d'éléphants, la Thaïlande ou l'Inde ? Je ne veux pas aller en Inde, je veux retourner au Japon. »

Puis la princesse prit Honda par la main et l'emmena juste devant le portrait de la reine Sunantha.

« Ça, c'est ma grand-mère, dit-elle fièrement.

— Son Altesse Sérénissime a invité M. Honda au Palais Chakri tout exprès pour lui montrer ce très beau portrait, intervint la première dame d'honneur.

— Je n'ai hérité de la reine Sunantha que mon corps. Mon cœur est venu du Japon, si bien qu'il faudrait que je laisse mon corps ici et que

CHAPITRE 11

seul mon cœur y retourne. Mais pour ça, je devrais mourir. De sorte qu'il va falloir que j'emmène mon corps, juste comme un enfant sa poupée favorite. Vous comprenez, monsieur Honda? Ce joli moi que vous voyez, ça n'est en réalité que la poupée que j'emporte.»

À en juger par sa manière enfantine de parler, elle avait dû s'exprimer de façon moins apprêtée que dans la traduction de Hishikawa, mais tandis qu'elle parlait, la clarté de ses yeux si sérieux émut le cœur de Honda avant même de comprendre ce qu'elle disait.

«Il y a une autre poupée.» Comme d'habitude, la princesse ne faisait aucunement attention à ce que pouvaient penser les grandes personnes ; elle quitta Honda tout à coup et se dirigea prestement au milieu du salon où le soleil épousait la forme des fenêtres grillagées à double battant. Elle dessina d'un air solennel la silhouette des plantes grimpantes, puis celle des fleurs du motif floral compliqué – il y avait des manques dans l'incrustation – sur la table où sa poitrine atteignait à peine. «Il y a une autre poupée, poursuivit-elle comme en chantant, qui me ressemble tout à fait, à Lausanne. Mais c'est ma sœur aînée, et elle n'est pas vraiment une poupée. Elle a le corps thaï et aussi le cœur. Elle n'est pas comme moi ; moi, je suis en réalité japonaise.»

Elle reçut le sari et le volume de poésies avec plaisir, mais elle se contenta de feuilleter quelques pages sans y prêter davantage attention. L'une des suivantes l'excusa en expliquant que la princesse ne pouvait encore lire l'anglais. L'épreuve de Honda n'avait pas été concluante.

À la demande de la princesse, Honda causa un moment de son voyage en Inde dans l'ambiance de raideur officielle du salon. Il aperçut des larmes et de la tristesse dans les yeux de la princesse cependant qu'elle l'écoutait avec ravissement, et il eut des remords de conscience à la pensée de cacher la nouvelle de son départ le lendemain.

Il se demanda quand il serait à même de revoir la princesse. En grandissant, elle deviendrait assurément une très belle femme, mais sans doute n'aurait-il jamais l'occasion de la voir. C'était peut-être aujourd'hui la dernière occasion. Bientôt, telle l'ombre d'un papillon traversant dans l'après-dîner un jardin tropical, le mystère de la réincarnation pourrait bien s'effacer de sa mémoire. Il se pouvait que l'âme d'Isao, regrettant d'être mort sans un mot d'adieu à Honda, eût emprunté les lèvres de la petite princesse folle pour s'en excuser. En y croyant, il était plus facile à Honda de quitter Bangkok.

Peu à peu les yeux de la princesse se mouillèrent davantage en écoutant Honda raconter ses histoires; elle devait avoir eu un pressentiment de son départ. Il avait pris soin de choisir des épisodes amusants, pour un enfant, pourtant ses yeux ne cessaient de se chagriner.

Honda disait une phrase à la fois que Hishikawa traduisait ensuite en gesticulant. Tout à coup les yeux de la princesse s'ouvrirent de stupéfaction. Les dames jetèrent un coup d'œil courroucé à Honda qui n'avait aucune idée de ce qui arrivait.

La princesse poussa soudain un cri perçant en s'agrippant à Honda. Sa dame d'honneur se leva, essayant de la faire lâcher prise, mais l'enfant appuyait la joue contre ses jambes en pleurant à chaudes larmes.

Ce fut à nouveau le drame de la fois précédente. À la fin, les dames réussirent à les séparer, faisant signe à Honda de sortir du salon. Alors que Hishikawa était en train de traduire, Honda faillit être rattrapé par la princesse en sanglots. Il s'élança entre les tables et les chaises, poursuivi par la petite fille, les dames se précipitant de trois côtés pour la rattraper. Les chaises Louis XV se renversaient sur le parquet et le salon du palais devint un terrain de colin-maillard.

À la fin, Honda réussit à se dégager, traversa vivement l'antichambre et descendit quatre à quatre l'escalier de marbre de l'entrée du milieu. Il hésita un moment à s'en aller pour de bon en entendant les cris aigus de la petite fille que renvoyait le haut plafond du palais.

« Les dames nous disent de nous dépêcher de partir, dit Hishikawa, en le pressant. Elles vont faire en sorte de s'occuper d'elle. Partons ! »

Honda traversa en courant le vaste jardin, trempé de sueur.

« Je regrette. Vous avez dû être étonné », dit Hishikawa à Honda encore hors d'haleine, lorsque l'auto eut démarré.

« Non. Cela se produit chaque fois », répondit ce dernier, essayant de se rafraîchir en essuyant la sueur avec un grand mouchoir blanc.

« Vous avez dit à la princesse que vous vouliez revenir de l'Inde en avion, mais que vous n'avez pu trouver de place à bord d'un avion militaire.

– C'est cela même.

– Là, j'ai mal traduit, expliqua Hishikawa calmement, à l'évidence sans se sentir coupable. Je n'ai pas réfléchi et je lui ai dit la vérité. J'ai dit que vous retourniez au Japon, mais que comme vous preniez un avion militaire, vous n'aviez pu avoir une place pour elle, et ainsi que vous ne pouviez l'emmener.

CHAPITRE 12

C'est pour ça qu'elle a fait une telle scène. Elle vous suppliait de ne pas partir ou de l'emmener avec vous. Les dames avaient l'air tellement en colère parce que vous n'aviez pas tenu votre promesse. Tout ça c'est ma faute. Je ne sais comment m'excuser. »

12

La desserte aérienne régulière entre le Japon et la Thaïlande avait débuté l'année précédente, en 1940. Mais après que le Japon eut commencé d'envoyer des observateurs en Indochine française afin d'avoir la haute main sur les voies d'approvisionnement de Chang Kaï-chek, les Indochinois n'y firent plus opposition, et une nouvelle ligne aérienne au sud fut ouverte via Saigon, s'ajoutant à celle qui existait déjà de Taipei à Bangkok par Hanoi.

C'était une ligne commerciale gérée par les Lignes aériennes du Grand Japon. Cependant, les Produits Itsui considéraient que les avions militaires étaient un moyen plus chic, s'agissant d'hôtes importants. Ces appareils n'offraient pas le transport le plus confortable, mais ils étaient rapides et équipés d'un moteur excellent. En outre, un avion militaire donnait l'impression d'une mission officielle importante aux amis du passager qui pouvaient venir l'accueillir ou lui faire leurs adieux, tout en démontrant l'étendue de l'influence d'Itsui auprès des militaires.

Honda regrettait de quitter les tropiques. Quand les pagodes dorées eurent disparu à l'horizon dans leur cadre de jungles lointaines, faire confiance aux signes de réincarnation qu'il y avait observés se mit à ressembler à un conte de fées ou à un rêve. En raison de l'extrême jeunesse de la princesse, tout cela pouvait bien n'avoir été rien de plus qu'une chanson enfantine, en dépit de nombreuses preuves qu'il avait reçues.

Il ne connaissait rien des antécédents de la princesse ou de ce qui était cause et effet dans le drame de ses origines, ni quelle serait sa fin, comme dans le cas de Kiyoaki et Isao. Il avait seulement été témoin de certains épisodes de la vie de la petite fille comme s'il avait regardé, au cours d'un festival, un char fleuri original passant devant les spectateurs.

Comme il était étrange que même un miracle eût besoin de l'ordinaire ! Dans l'avion, aux approches du Japon, Honda se rendit compte avec soulagement qu'il s'en retournait vers le train-train quotidien, ayant échappé au miracle de Bénarès. Au bout du compte, il avait perdu non seulement le cheminement de la raison, mais encore toute appréciation de ses sentiments. Il ne ressentait aucun chagrin particulier à quitter la princesse, pas plus que de contrariété ou d'émotion quelconque à l'égard de l'équipage de l'avion qui discutait avec passion de la guerre prochaine.

Il fut content, naturellement, d'apercevoir sa femme à l'aéroport. Tout comme il s'y était attendu, il sentit que le Honda qui avait quitté le Japon et celui qui s'en revenait s'étaient immédiatement fondus en un même personnage inchangé. Le visage assoupi de son épouse, un peu bouffi et pâlot, avait servi de catalyseur pour opérer cette fusion. L'intervalle qui séparait ces deux phases avait disparu et la plaie vive et profonde infligée par le voyage en Inde semblait s'être évanouie sans laisser de trace.

Sa femme se tenait en arrière de la foule d'amis venus à sa rencontre. Elle ôta de sur ses épaules son châle d'une teinte quelconque.

« Bienvenue. »

Elle s'inclina, lui mettant sous le nez ses franges familières qu'elle remettait toujours en place elle-même après chaque permanente qu'on lui faisait à un salon de coiffure dont elle n'appréciait pas le style. Il émanait de ses cheveux la légère odeur de roussi du produit chimique qu'on avait employé.

« Mère va bien, mais les soirées sont devenues très fraîches et je ne voulais pas qu'elle attrape froid. Elle attend avec impatience à la maison. »

Honda ressentit un élan de tendresse en entendant Rie mentionner sa belle-mère sans qu'on le lui demande ; pourtant, il n'y avait pas trace d'obligation dans sa voix. La vie redevenait exactement ce qu'elle devait être.

« Je voudrais que vous alliez dans un grand magasin le plus tôt possible, peut-être demain, acheter une poupée, dit Honda dans la voiture, en rentrant.

– Très bien.

– J'ai promis à la petite princesse rencontrée en Thaïlande de lui envoyer une poupée japonaise.

– Une poupée ordinaire coiffée en petite fille ?

– C'est cela. Je ne pense pas qu'il y ait lieu qu'elle soit trop grande... à peu près comme ça », dit-il, en plaçant les mains devant

CHAPITRE 12

sa poitrine et son ventre pour indiquer la taille. Un instant l'idée lui vint d'envoyer une poupée-garçon figurant la transmigration de l'âme d'un jeune homme, puis il pensa que cela pourrait sembler bizarre et il repoussa cette idée.

Sa mère était là pour l'accueillir dans le vestibule de la maison de Hongo, ses vieilles épaules voûtées revêtues d'un kimono de soie rayé, de couleur sombre. Elle avait teint ses cheveux courts en noir ébène et les minces branches en or de ses lunettes passaient par-dessus. Honda pensait qu'un jour, il faudrait qu'il lui suggère de ne pas porter ainsi ses lunettes, mais chaque fois que l'idée lui venait à l'esprit, cela ne paraissait jamais être le bon moment.

Il avança dans le couloir couvert de nattes jusqu'à la pièce intérieure de la spacieuse demeure si familière, sombre et froide à présent, en compagnie de sa mère et de sa femme. Il se rendait compte que sa façon de marcher rappelait celle de son père défunt quand, jadis, ce dernier rentrait à la maison.

« C'est pour moi un tel soulagement que tu aies pu rentrer avant que la guerre soit déclarée. Je me faisais du souci. » Sa mère, naguère membre enthousiaste de l'Association patriotique féminine, haletait en traversant le couloir que balayaient, le soir, des courants d'air glacé. La vieille femme avait peur de la guerre.

Après s'être reposé deux ou trois jours, Honda recommença à se rendre à son bureau de Marunouchi et sa vie reprit, fort occupée mais paisible. L'hiver japonais réveilla sa raison qui ressemblait à un oiseau migrateur d'hiver – comme naturellement, il n'en avait pas vu en Asie du Sud-Est –, à une grue qui émigrait de nouveau dans la baie glacée de son cœur, à son retour au Japon.

Le matin du 8 décembre, sa femme entra dans la chambre pour le réveiller :

« Je m'excuse de vous éveiller plus tôt que d'habitude, dit-elle doucement.

– Qu'y a-t-il ? »

Pensant que la santé de sa mère pouvait donner des inquiétudes, il se mit rapidement debout.

« Nous sommes en guerre avec les États-Unis. À l'instant, à la radio… » Rie semblait encore s'excuser de l'avoir réveillé de si bonne heure.

Ce matin-là, dans l'exaltation engendrée par la nouvelle de l'attaque sur Pearl Harbor, personne au bureau ne pouvait se mettre à l'ouvrage. Honda fut stupéfait du rire incessant, irrésistible des jeunes employées, se demandant si les femmes ne connaissaient nulle autre façon d'exprimer l'exaltation patriotique qu'une joie physique.

Vint l'heure du déjeuner. Les membres du personnel parlèrent de se rendre ensemble place du palais impérial. Après les avoir renvoyés, Honda ferma le bureau et partit seul faire un tour. Ses pas le conduisirent machinalement du côté de la place, en face du palais.

Tout le monde dans le quartier de Marunouchi paraissait avoir eu la même idée et le large boulevard était encombré de piétons.

Il avait quarante-six ans, songeait-il. Rien ne subsistait de la jeunesse, du pouvoir ou de la passion à l'état pur, dans son être physique ou spirituel. Il lui faudrait se préparer à mourir, peut-être dans une dizaine d'années. Il était peu probable qu'il mourût à la guerre. Il n'avait aucune instruction militaire ; en eût-il eu, il ne risquait pas d'être appelé sur un champ de bataille.

Tout ce qu'il avait à faire, c'était de rester à l'arrière et d'applaudir aux actions patriotiques de la jeunesse. Alors, on était allé bombarder Hawaii ! Voilà une action d'éclat que son âge lui avait absolument interdite.

Mais était-ce l'âge seulement ? Non. Fondamentalement, il n'était pas fait pour l'action physique.

Comme tout le monde, il avait vécu en se rapprochant de la mort pas à pas, mais sans connaître d'autre moyen. Il n'avait jamais couru. Une fois, il avait tenté de sauver la vie à quelqu'un, sans s'être jamais trouvé dans une situation où il avait été nécessaire qu'un autre s'emploie à le sauver. Il lui manquait ce qu'il fallait pour qu'on le sauve. Il n'avait jamais donné aux gens le sentiment d'une crise imminente où ils se seraient sentis tenus de lui tendre une main secourable, qui les eût forcés de tenter de sauver ce quelque chose de glorieux qui se trouvait en danger. C'était là une qualité charismatique, et malheureusement, Honda en était complètement démuni, ne comptant que sur lui-même.

Il serait exagéré de dire qu'il était jaloux de cette exaltation déclenchée par l'attaque sur Pearl Harbor. Simplement, il était devenu prisonnier de la conviction égoïste et mélancolique que désormais sa vie allait vers sa fin inexorable sans que jamais il atteignît la grandeur. Mais l'avait-il jamais réellement désirée dans sa vie ?

D'autre part, toute action d'éclat, tout geste héroïque s'estompait devant l'hallucination de Bénarès. Était-ce peut-être que le mystère de la transmigration lui avait déformé l'esprit, dérobé son courage,

CHAPITRE 12

fait reconnaître la vanité de toute bravoure et, au bout du compte, enseigné de n'utiliser tout son savoir philosophique que pour l'amour de soi ? Comme quelqu'un qui se détourne pour éviter des pétards qu'on allume, Honda sentait que son esprit reculait violemment devant le spectacle de la frénésie des masses.

Du plus loin, on voyait les petits drapeaux qu'on agitait et l'on percevait les cris de *banzai* qui résonnaient devant le palais impérial. Sur la place en cailloutis, Honda se tint à bonne distance de la foule qui manifestait ; de loin, il remarqua la couleur de l'herbe morte au bord des douves qui entouraient le palais et la teinte hivernale des pins. Deux jeunes filles en blouse de travail bleu foncé passèrent en riant, se tenant la main et courant vers le pont situé à l'entrée du palais, leurs dents, humides et luisantes au soleil d'hiver, lançant un éclair de blancheur.

Les lèvres des femmes, arquées par l'hiver, faisaient en passant un accroc momentané, chaud et séduisant, dans l'air limpide. Dans les bombardiers, les héros devaient parfois rêver à ces lèvres-là. Les jeunes hommes étaient ainsi toujours en quête de la plus grande rigueur tout en subissant l'attraction de la plus grande tendresse. Serait-ce que la mort était ce qu'ils cherchent de plus tendre ? Naguère, Honda, lui aussi, avait été ce jeune homme qui promettait beaucoup, mais non de ceux que la mort attire.

Tout à coup, à la place du cailloutis qui s'étendait au soleil d'hiver, Honda ne vit plus qu'un terrain vaste et stérile. La scène de la photo intitulée « Cérémonie commémorative des morts de la guerre, abords du temple de Tokuri », que Kiyoaki lui avait montrée il y avait bien trente ans, lui revint intensément à l'esprit. C'était l'image favorite de Kiyoaki parmi toute la collection de photographies de la guerre russo-japonaise. Elle se superposait à présent au spectacle qu'il avait devant lui, jusqu'à occuper entièrement son esprit. L'une marquait la fin d'une guerre, c'était ici le début d'une autre. Vision de mauvais augure en tout cas.

À gauche, dans les lointains, une chaîne de montagnes s'élevait dans la brume, avec sa longue traîne de grandes plaines ; à l'opposé, l'horizon ponctué de bouquets d'arbres se perdait dans une poussière jaune, et au lieu de montagnes, une rangée d'arbres se dressait à droite où lorgnait un soleil jaune.

Tel était l'arrière-plan de la photographie, le milieu en était occupé par un petit autel, dont l'étoffe qui le recouvrait flottait dans la brise, et l'on y avait placé un bouquet de fleurs et une plaque commémorative en bois cru. L'entouraient des milliers de soldats, la tête inclinée.

Honda revoyait parfaitement cette image. Puis les voix qui criaient *banzai* et les drapeaux qu'on agitait rentrèrent dans le champ de sa conscience. Cette vision lui laissa dans le cœur un chagrin indicible.

13

Pendant la guerre, Honda consacra entièrement ses loisirs à son étude du samsara et de la transmigration, se plaisant à dénicher de vieux livres qui y étaient consacrés. À mesure que la qualité des publications nouvelles se dégradait, s'accroissait le luxe poussiéreux des librairies d'ancien du temps de guerre. Là seulement était librement dispensé le savoir et permise la poursuite d'un passe-temps qui transcendait l'époque. Comparé à l'enchérissement de toute autre chose, le prix des livres, tant japonais qu'européens, demeurait faible.

Honda recueillit des informations en nombre considérable dans ces volumes où se trouvaient exposées les théories occidentales relatives aux cycles vitaux et à la réincarnation.

Une de ces théories était attribuée à Pythagore, le philosophe ionien du Ve siècle avant J.-C. Mais ses idées sur les cycles vitaux avaient été influencées par les mystères orphiques antérieurs qui avaient envahi toute la Grèce aux VIe et VIIe siècles. À son tour, la religion d'Orphée était issue du culte de Dionysos qui avait allumé des incendies de démence tout au long des deux siècles précédents de guerre et d'instabilité. Le fait que le dieu Dionysos était venu d'Asie pour se confondre avec le culte de notre mère la terre et les rites agraires par toute la Grèce suggérait que tous deux provenaient en réalité d'une source unique. Le personnage palpitant de la terre maternelle subsistait au Kalighat que Honda avait vu à Calcutta. Dionysos incarnait le cycle vital de la nature qui était en évidence dans la province nord de la Thrace. Celui-ci apparaissait au début de l'hiver, mourait au cœur de cette saison pour ressusciter avec le printemps. Peu importe le personnage lascif, plein d'entrain qu'il pouvait affecter, Dionysos personnifiait les jeunes esprits du grain, parmi lesquels Adonis, jeunes gens pleins de beauté qui mouraient à fleur d'âge. Tout comme Adonis s'était sans aucun doute uni à

CHAPITRE 13

Aphrodite, de même Dionysos s'unissait toujours à la terre maternelle en des rites mystiques observés en maints pays. À Delphes, Dionysos avait son sanctuaire avec celui de la terre maternelle, et, dans le culte mystique de Lerne, la divinité principale était leur ancêtre sacré à tous les deux.

Dionysos était venu d'Asie. Son culte qui devait engendrer le délire, la débauche, le cannibalisme et le meurtre avait ses racines en Asie et posait le problème capital de l'âme. À son paroxysme, cette religion ne laissait transparaître ni raison, ni apparence de fermeté ou de beauté pour homme ou dieu. C'était un culte qui attaquait les champs fertiles de la Grèce dans leur beauté apollinienne tel un vol de sauterelles obscurcissant ciel et soleil, ravageant tout, dévorant les récoltes. Honda ne pouvait s'empêcher de la comparer à ce qu'il avait vu en Inde.

Toutes choses épouvantables, la débauche, la mort, la folie, la pestilence, la destruction... Comment se pouvait-il que pareilles choses pussent ainsi séduire le cœur et attirer l'âme au-dehors? Pourquoi les âmes devaient-elles «exister», délaissant des demeures commodes, obscures, paisibles? Comment se faisait-il que le cœur humain rejetât la sereine inertie?

C'était là ce qui arrivait dans l'histoire et aux individus. Si les hommes ne se comportaient pas ainsi, c'était parce que, sûrement, ils sentaient ne pouvoir porter atteinte à l'intégrité de l'univers. Ivres, échevelés, déchirant leurs vêtements et exposant leur sexe, le sang s'égouttant de la chair vive de leur bouche mise à nu par de tels gestes, ils devaient sentir qu'ils pouvaient égratigner la surface de cette intégrité.

Telle était en vérité l'expérience spirituelle de l'*enthousiasme* ou possession divine et de l'*extasis*, l'abandon du moi, qu'à la longue, le culte orphique avait affiné et ritualisé.

Ce qui avait tourné la pensée grecque vers le concept du samsara et de la réincarnation, c'était cette expérience de l'*extasis*. La source psychologique la plus profonde de la réincarnation était l'extase.

Selon la mythologie d'Orphée, Dionysos s'appelait Dionysos Zagreus, Zagreus étant l'enfant tué de Zeus et de Perséphone, fille de la Terre. Favori de son père, celui-ci le destinait à lui succéder, à être le futur maître de l'univers. On dit que quand Zeus, le Ciel, tomba amoureux de Perséphone, la Terre, il se transforma en un grand serpent, assumant l'essence de la terre, afin de lui faire sa cour.

Son amour pour cette vierge suscita le courroux et la jalousie de son épouse, Héra. Celle-ci fit appel aux Titans qui vivent sous terre et, à l'aide d'un jouet, ils captivèrent le bébé Zagreus. L'ayant capturé, ils l'assassinèrent, arrachèrent ses membres et, l'ayant cuit, le mangèrent. Seul, son cœur fut offert à Zeus par Héra. À son tour, Zeus en fit don à Sémélé et il en naquit un nouveau Dionysos.

Cependant, rendu furieux par l'action des Titans, Zeus les attaqua du tonnerre et de la foudre. Lorsqu'ils furent anéantis, l'homme naquit de leurs cendres.

Ainsi, l'humanité reçut en partage le caractère néfaste des Titans tout en héritant des éléments divins transmis par la chair de Zeus que les Titans avaient consommée. En conséquence, le culte orphique proclamait que l'homme doit honorer Dionysos dans l'*extasis*, rétablissant la sainteté de ses origines par la déification de soi-même. Le rite du bouquet sacré subsiste dans le sacrement chrétien de la sainte eucharistie.

Orphée le musicien, assassiné et écartelé par des femmes de Thrace, semble reproduire le trépas de Dionysos: et sa mort, sa seconde naissance, les mystères de l'Hadès devinrent des doctrines orphiques significatives.

Du fait qu'on estimait que les âmes errantes qui quittaient leurs corps dans l'*extasis* étaient en mesure de prendre contact, pendant un bref délai, avec les mystères de Dionysos, les hommes se rendaient clairement compte de la séparation de l'âme et du corps. Leur chair était formée des cendres mauvaises des Titans tandis que leur âme participait de l'odeur suave et pure de Dionysos. En outre, la doctrine d'Orphée enseignait que la souffrance terrestre ne s'achève pas avec le trépas corporel; l'âme, ayant échappé à son corps dans la mort, est contrainte de passer quelque temps aux enfers avant de reparaître sur terre pour se réincarner dans un autre corps humain ou animal. De la sorte, elle est destinée à parcourir une infinité de «cycles de vie».

L'âme immortelle, sainte à l'origine, doit traverser ce sombre défilé à cause du péché originel de la chair: à savoir, le meurtre de Zagreus par les Titans. La vie de l'homme sur terre ajoutait d'autres péchés, les renouvelant. De sorte que l'humanité est à jamais incapable d'échapper aux souffrances de ce cycle d'existences. L'homme ne se réincarne pas nécessairement sous une forme humaine mais, selon la gravité de ses péchés, il peut renaître comme cheval, mouton, oiseau, chien ou serpent glacé destiné à ramper dans la poussière.

Les pythagoriciens, en qui l'on a vu les successeurs des disciples d'Orphée et à qui l'on a attribué le développement de leurs théories, avaient pour uniques doctrines la réincarnation samsarique et le souffle universel.

CHAPITRE 13

Honda décelait des traces de ce dernier principe dans le concept que se formait de la vie et de l'âme le roi Milinda qui avait longuement médité sur la philosophie indienne. Cela ressemblait aussi quelque peu au mysticisme de l'ancien shinto.
Par comparaison avec la gaieté de contes de fées du *jataka*, contes tirés des diverses existences du Bouddha, dans le bouddhisme theravada, la théorie occidentale de la réincarnation qu'assombrissait la morne mélancolie ionienne déprimait Honda en dépit du fait que tous deux provenaient de même source. En conséquence, il inclinait à suivre Héraclite qui proclamait que toutes choses sont en perpétuel devenir.
Enthousiasmos et *extasis* se confondaient dans cette philosophie de l'unité transitoire, selon laquelle l'un est le tout, l'un vient du tout et le tout vient de l'un. Dans l'aire qui transcende la durée et l'espace, l'ego disparaît, l'unité avec l'univers s'accomplit aisément, et par cette expérience divine l'homme peut devenir toute chose. Alors, homme, nature, oiseau, animal, forêts bruissantes sous la brise, rivières étincelantes d'écailles de poissons, montagnes couronnées de nuages, mers bleues ponctuées d'îlots – tous pouvaient se dégager de leur existence terre à terre pour s'unir dans l'harmonie. C'est de ce monde-là que parlait Héraclite :

> *Les vivants et les morts,*
> *Ceux qui veillent ou qui sont endormis,*
> *Les jeunes et les anciens, c'est tout un.*
> *Quand changent les uns, ils deviennent les autres.*
> *Et quand de nouveau ceux-là se transforment,*
> *Ils deviennent ceux-ci.*

> *Dieu est le jour et la nuit,*
> *Dieu est hiver et été.*
> *Dieu est la guerre et la paix,*
> *Dieu est fertilité et famine.*
> *En maintes choses il se transforme.*

> *Jour et nuit sont un.*
> *Le bien et le mal sont un.*
> *Un le commencement d'un cercle et sa fin.*

Ces vers illustrent le caractère sublime de la pensée d'Héraclite, et quand Honda eut pris contact avec elle, aveuglé par son éclat, il en ressentit une certaine libération ; mais en même temps il prit soin de ne pas retirer trop hâtivement la main dont il recouvrait ses yeux éblouis. D'une part, car il craignait de demeurer aveugle ; d'autre part, parce qu'il ne se sentait pas encore suffisamment mûr dans sa sensibilité et ses idées pour accueillir pareille illumination sans limites.

14

C'est la raison pour laquelle Honda détourna les yeux un moment afin de se concentrer sur l'étude des théories du samsara et de la réincarnation qui avaient refleuri en Italie aux XVIIe et XVIIIe siècles.

Tommaso Campanella, moine dont l'existence s'écoula aux XVIe et XVIIe siècles, croyait à la théorie du cycle vital et à la réincarnation. Ce philosophe hérétique et rebelle, ayant passé vingt-neuf ans en prison, reçut bon accueil en France où il vécut heureux et fort honoré les dernières années de sa vie. Quand Louis XIV vint au monde, il lui dédia un *éloge* dans lequel il proclamait que la naissance royale fournissait la preuve de sa théorie de la réincarnation.

C'est chez Botero que Campanella apprit la théorie brahmanique du samsara et de la transmigration et découvrit que les âmes des morts se réincarnent même en des singes, des éléphants ou des vaches. Empruntant à Pythagore la croyance à l'immortalité de l'âme et à la réincarnation, il dépeignit les habitants de *La Cité du Soleil*, son principal ouvrage, comme étant «des sages venus des Indes à l'origine pour échapper aux pillages et aux atrocités du Moghol». Les dénommant «brahmanes pythagoriciens», il laissa pourtant dans l'ambiguïté leur croyance au samsara. Campanella lui-même prétendait qu'après la mort l'âme humaine ne va ni en enfer, ni au purgatoire, ni aux cieux.

On dit que ses «Sonnets caucasiens» évoquent vaguement la théorie du samsara. Dans ces poèmes, il a exprimé le sentiment de son chagrin : «Je ne puis croire que mon trépas rendra meilleure l'humanité ; souventes fois, quand bien même le malheur est écarté, le mal prospère plus que jamais. Les sens humains survivent éternel-

CHAPITRE 14

lement à la mort; simplement, ils oublient la souffrance subie pendant la vie en ce monde. Si l'on ne peut même savoir si nos vies antérieures furent passées dans les tourments ou la paix, comment pourrait-on rien connaître de la vie à venir?»

Contrastant avec la jubilation dont Honda avait été témoin à Bénarès, les Européens qui dissertaient sur la réincarnation se montraient particulièrement accablés par l'adversité et les chagrins de cette vie. En outre, ils ne cherchaient pas la joie dans un au-delà, en espérant seulement l'oubli.

D'un autre côté, le philosophe du XVIIIe siècle, Giambattista Vico, adversaire acharné de Descartes, prêchait la réincarnation et un retour à l'éternité. Son courage et son ardeur militante dans sa lutte en firent un précurseur de Nietzsche qui soutenait les mêmes opinions. Honda lut avec plaisir un passage de Vico dans lequel celui-ci louait l'héroïsme des Japonais, bien qu'il n'eût qu'une vague connaissance du Japon: «Les Japonais font l'éloge de l'homme héroïque, tout comme les Romains au temps des guerres puniques. Ils sont intrépides dans les rencontres guerrières et ils parlent une langue voisine du latin.»

Vico interprète l'histoire suivant son idée du retour cyclique. En bref, il affirme que chaque civilisation aboutit à sa phase finale avec une «sauvagerie préméditée» laquelle est bien pire que la «sauvagerie naturelle» antérieure. Cette dernière comporte une noble naïveté tandis que celle-là se fonde sur la lâcheté et la ruse, sur une fourberie insidieuse. Si bien que la «sauvagerie préméditée» ou «sauvagerie civilisée», avec ses poisons, doit nécessairement périr, après des siècles de progrès, dans un renouveau de «sauvagerie naturelle».

L'idée vint à Honda qu'on pouvait en trouver l'exemple dans la brève histoire du Japon moderne.

Vico avait foi dans l'ordre de l'univers tel que l'exposait le catholicisme; pourtant il était proche de la théorie des causes et des conséquences due au karma. «Dieu créateur, dit-il de façon agnostique, et le créé sont des entités distinctes. La raison d'être et l'essence des choses sont individuelles au sein de chaque entité; ainsi donc, le créé constitue une entité entièrement différente de la divinité en ce qui concerne son essence.»

Si l'on désigne le créé – cela qui paraît être une entité – comme dharma et atman, et si l'on appelle karma sa raison d'être[3], alors la

---

3. En français dans le texte. *(N.d.T.)*

délivrance consiste simplement à atteindre l'entité du créateur dans une autre dimension.

Dans sa théologie, Vico affirme que la création divine se change «intérieurement» en la créature et «extérieurement» en la matière, le monde étant ainsi créé dans la durée. Il dit aussi que l'esprit humain étant le reflet de Dieu devient capable de saisir les concepts d'infini et d'éternité, et est immortel. Il n'est pas borné par le corps, et par conséquent n'est pas limité par le temps. Mais il ne fournit pas de réponse à la question de savoir pourquoi l'être infini est entravé par les choses finies, affirmant que cela ne se peut connaître.

Or, c'est là précisément ce qui doit marquer le point de départ de la sage théorie du samsara et de la réincarnation.

À la réflexion, il est surprenant que la philosophie indienne, qui ne cesse d'insister sur le pouvoir de la connaissance, n'ait pas repoussé les rêveries ou les fantaisies imaginatives et n'ait pas développé son propre agnosticisme.

15

En découvrant qu'une tradition occidentale de la réincarnation avait été faiblement transmise par des penseurs isolés et solitaires, Honda songea qu'il était tout naturel que le roi Milinda, qui régnait dans le nord-ouest de l'Inde au IIe siècle avant J.-C., parût avoir tout à fait oublié la philosophie pythagoricienne de l'Antiquité grecque lorsque, rencontrant l'Ancien Nagasena, il le pressa de questions. À la fois, l'intéressaient vivement et le trouvaient sceptique les théories bouddhistes approfondies relatives au samsara et à la transmigration.

Le premier volume des *Questions du roi Milinda*, tel qu'il apparaît dans la traduction japonaise du canon bouddhiste, s'ouvre par la description suivante de la capitale du souverain :

> *J'ai ouï dire : Dans une des contrées colonisées par les Grecs, est une cité appelée Sagara. C'est un grand centre de négoce et d'échanges avec l'étranger ; on y voit des montagnes violettes, des*

CHAPITRE 15

eaux claires, des parcs, des bois et des champs composant sur terre un agréable paradis naturel, et ses habitants sont pleins de piété dévote. En outre, leurs ennemis ayant tous été chassés, ils ne ressentent pas la moindre insécurité ni la moindre oppression. Le château du roi est entouré de fortifications et de remparts multiples ; le flanquent des portes majestueuses, effrayantes, de hautes murailles blanches, des douves profondes, qui assurent une entière protection. Le tracé des places de la ville, des carrefours et des lieux de marché est des plus heureux ; des magasins magnifiquement ornés s'emplissent d'une infinité de marchandises inestimables. Plusieurs centaines d'hospices charitables ajoutent de la dignité à la cité, tandis que des milliers de demeures et de hauts pavillons percent les nuées tels les Himalayas. Au long des rues, on aperçoit des foules de gens, les hommes élancés comme des pins, les femmes semblables à des fleurs ; prêtres, guerriers, paysans, marchands, serfs, y passent en groupes de toutes conditions.

L'ensemble des citoyens accueille volontiers les savants et quiconque enseigne les diverses religions et doctrines. Aussi, Sagara apparaît-elle comme une ruche de docteurs et d'académiciens de toutes opinions. Dans ses rues s'alignent aussi, toit contre toit, grands et petits, des magasins de nouveautés où l'on trouve des étoffes tissées à Bénarès qu'on nomme khotumbari *et toutes sortes d'autres espèces d'étoffes et de tissus. Une abondance de parfums parvient du marché aux fleurs et à l'encens, purifiant l'air de la cité. D'autres boutiques font commerce de perles divinatoires et de divers autres bijoux et articles d'or, d'argent, de cuivre ou de pierre. On dirait pénétrer dans une mine éblouissante de joyaux. Et puis, se tournant dans une autre direction, on voit de grands magasins de grains et des entrepôts pleins de denrées inestimables, des boutiques avec toutes sortes de choses à manger et à boire, de gâteaux ; rien n'y manque.*

Bref, Sagara rivalise avec Uttarakuru par la richesse, et sa prospérité peut se comparer à celle d'Arakamandar, la cité du ciel.

Plein d'une extrême assurance et excellant dans le discours et la dispute, le roi Milinda n'avait que mépris pour les Indiens en qui il ne voyait que pacotille intellectuelle. Et c'est au cœur de cette cité enchanteresse et radieuse qu'il rencontra pour la première fois l'Ancien, Nagasena, sage supérieur au roi par l'esprit.

« Ô Sage, quand je t'appelle Nagasena, qui est au juste ce Nagasena ? » s'enquit le roi.

L'Ancien répondit par une question :
« Que crois-tu qu'est Nagasena ?
– Ô Sage, je crois que Nagasena est ce qui existe au-dedans d'un corps, d'une vie ou d'une âme qui y pénètre comme vent ou comme haleine. »

La réplique du roi rappela à Honda la théorie pythagoricienne du Souffle Universel. C'est-à-dire, *psyche* en grec signifiait à l'origine « haleine », que si la psyché humaine est haleine, l'homme est soutenu par l'air et aussi l'univers tout entier est maintenu par l'air et l'haleine. Telle était la théorie ionienne de la philosophie naturelle.

L'Ancien demanda ensuite comment il se faisait que l'haleine de celui qui souffle dans une conque, une flûte ou une trompe ne revient jamais, une fois émise, sans cependant causer la mort du souffleur. Le roi ne trouva rien à répondre. Sur quoi, Nagasena énonça ce qui marque la différence fondamentale entre les philosophies grecque et bouddhiste.

« L'âme n'est pas haleine. Qu'on l'inhale ou l'exhale, l'haleine n'est que l'énergie ou la puissance latente du corps. »

Honda sentit immédiatement qu'il pouvait augurer le dialogue à venir ; de fait, celui-ci apparaissait à la page suivante :

> *Le roi s'enquit en disant :*
> *« Ô Sage, tous et un chacun renaissent-ils après la mort ?*
> *– Certains renaissent, d'autres non.*
> *– De quelle sorte de gens s'agit-il donc ?*
> *– Ceux qui ont commis le péché doivent renaître, ceux qui sont purs et sans péché ne renaîtront point.*
> *– Faudra-t-il que tu renaisses, ô Sage ?*
> *– Quand je mourrai, si je suis dans mon cœur attaché à la vie je devrai renaître ; sinon, je ne connaîtrai point de naissance nouvelle.*
> *– Je comprends. »*

Dès lors, un ardent désir de s'instruire s'alluma dans le cœur du roi Milinda et, obstinément, il posa question sur question ayant trait au samsara et à la transmigration. Le roi entreprit l'Ancien, usant des interrogations en spirale du dialogue grec, demandant la preuve de « l'oubli de soi » du bouddhisme, et cherchant à savoir pourquoi les hommes qui ne possèdent pas de « moi » passent par le samsara et, également, ce qui se rapporte à l'essence qui est sujette à la loi du samsara.

Parce que, si le samsara se produit en raison d'une série de causes et d'effets – une bonne cause produisant en récompense un bon effet, une mauvaise cause un mauvais effet – il faut qu'il y ait une substance hôte, éternelle, responsable des actions causales. Mais l'atman, qui était reconnu au temps des *Upanisads,* avait été nié catégoriquement par l'enseignement de l'Abhidharma qui caractérisait l'école à laquelle appartenait Nagasena. À cause de cette doctrine et à cause de son ignorance du système complexe de l'école de la « seule conscience » qui devait se développer plus tard, Nagasena se contenta de répondre : « L'essence n'est point sujette au samsara. »

Cependant, Honda apercevait une beauté indicible dans la parabole dont Nagasena se servait pour expliquer le samsara et la transmigration, celle d'un cierge sacré dont la flamme n'est pas tout à fait la même le soir, à minuit et à l'aube sans être pourtant différente non plus, tandis qu'elle dure sur la même mèche qui brûle au long de la nuit. L'existence harmonique d'une personne n'a point d'existence autonome, étant seulement une succession de phénomènes semblables à cette flamme.

Ainsi Nagasena enseignait que la durée était l'existence même du samsara, presque à la manière dont les philosophes italiens allaient embrasser cette théorie, bien des siècles plus tard.

16

Il était tout naturel que le roi Milinda fît choix d'un bouddhiste comme partenaire dans ces dialogues, car ce souverain, en tant qu'étranger, était de nécessité exclu par l'hindouisme. Quiconque n'était pas né au sein du système indien des castes, qu'il fût ou non souverain, était arbitrairement rejeté par cette religion.

La première fois que Honda avait rencontré les mots « samsara » et « réincarnation », c'avait été trente ans auparavant, chez Kiyoaki Matsugae, lorsque, après avoir écouté le sermon de l'abbesse du temple de Gesshu, il avait lu à titre personnel les *Lois de Manu* dans la traduction française de Louis Delongchamps. Ces lois, rassemblées en un temps situé entre le IIe siècle avant Jésus-Christ et le IIe siècle après sa naissance, ont hérité l'idée de samsara affirmée au début du VIIIe siècle avant J.-C. dans les *Upanisads,* avec leur croyance en l'unité de Brahma et de l'atman. L'*Upanisad de Brihadaranyaka* déclare :

> *En vérité, celui qui accomplit une bonne action deviendra bon et celui qui accomplit une action mauvaise deviendra malfaisant ; la pureté s'acquiert par les actes purs et la noirceur par les actes mauvais. C'est pourquoi il est dit : l'être humain se compose de kama ou « désir » ; en suivant le « kama », on crée la volonté ; en suivant la volonté, on crée le karma ; et c'est par le karma que le samsara vient à exister.*

En rétrospective, ce que Honda avait vu à Bénarès pouvait avoir été prédestiné dès ce jour où, à dix-neuf ans, il s'était familiarisé avec ce code des *Lois de Manu*. Ce dernier embrasse tout ce qui se rapporte à la religion, à la morale, aux coutumes et au droit, depuis la création du ciel et de la terre jusqu'enfin, au samsara. Durant leur domination en Inde, les Anglais eurent la sagesse de permettre d'appliquer concrètement ces lois à l'égard des Indiens qui y demeuraient.

Ayant relu les *Lois,* Honda put pour la première fois saisir l'origine des sentiments de jubilation et d'adoration dont il avait été témoin à Bénarès. Dans le premier chapitre, fort impressionnant, il lut la description de la naissance de Brahma, ancêtre du monde entier, où l'on dit comment un dieu venant à exister dissipa spontanément le chaos de l'obscurité et commença à resplendir. D'abord il créa l'eau et y plaça une graine. La graine se mit à croître, devenant un œuf et c'est de celui-ci que naquit Brahma. Et l'eau qui avait nourri le dieu était celle de Bénarès.

Le principe de réincarnation exposé dans les *Lois de Manu* répartit, en gros, les nouvelles naissances de l'homme en trois catégories. Trois natures gouvernent les corps de tous les êtres sensibles : la sagesse (*sattva*) qui est joyeuse, sereine, pleine de sentiments purs et lumineux, renaît comme dieu ; l'ignorance (*rajas*) qui se plaît aux affaires, qui est indécise, encline aux œuvres malhonnêtes et s'adonne aux plaisirs sensuels, renaît comme homme ; et la colère (*tamas*) qui mène une vie indolente et dissipée, dans la paresse, la cruauté, l'incroyance et le mal, se réincarne dans une bête.

Les fautes qui entraînent la transmigration en des animaux sont énoncées en détail ; le meurtrier d'un brahmane entrera dans un corps de chien, porc, âne, chameau, vache, chèvre, mouton, cerf ou oiseau ; un brahmane qui dérobe de l'argent à un autre brahmane renaîtra mille fois comme araignée, serpent, lézard ou animal aqua-

CHAPITRE 17

tique ; celui qui envahit la couche d'un membre de la noblesse renaîtra cent fois comme herbe, buisson, plante grimpante ou animal mangeur de chair ; qui vole du grain deviendra rat, quiconque pille du miel sera un taon ; du larron de lait naîtra un oiseau ; filou d'herbes aromatiques sera chien ; voleur de viande renaîtra en condor ; de viande grasse en cormoran ; filou de sel transmigrera en sauterelle ; larron de soie sera perdrix ; voleur de toile renaîtra en grenouille, de coton deviendra grue ; voleur de vaches sera iguane, maraudeur d'encens deviendra rat musqué, de légumes un paon, dérobeur de feu, un héron ; voleur de meubles, une guêpe ; de chevaux, un tigre ; ravisseur de femme, un ours ; voleur d'eau, un coucou et maraudeur de fruits, un singe.

17

Néanmoins, le bouddhisme theravada de Thaïlande reposait sur les naïves doctrines du *jataka* ou « histoires de la Nativité » du canon bouddhiste méridional qui gardait fortement la saveur des textes originaux en langue pali. On n'y jugeait pas même étrange que Çakyamuni, lequel dans ses vies antérieures comme bodhisattva n'avait commis nulle faute, naquît à nouveau comme rat ou cygne doré.

Les enseignements méridionaux en Thaïlande demeurèrent inconnus au Japon jusque vers la fin du XIXe siècle. Moins de cent ou deux cents ans après la mort du Bouddha, ils se divisèrent en de nombreuses écoles qu'on nomme habituellement les Dix-huit Sectes Theravada ; leurs enseignements, apportés à Ceylan par Mahinda sous le règne du roi Ashoka, au IIIe siècle avant J.-C., y sont encore en usage ainsi qu'en Birmanie, en Thaïlande et au Cambodge.

Dans le canon theravada, rédigé en pali, les prescriptions minutieuses énoncées dans la *vinaya*, ou « chapitre des règles », viennent encore régler la vie quotidienne des cénobites siamois. Les moines sont assujettis à deux cent cinquante préceptes, les moniales à trois cent cinquante.

Honda brûlait d'étudier le concept thaï du samsara et de la transmigration, en quoi il diffère de la doctrine yuishiki qui attribue l'existence du monde extérieur à l'idéation intime et quelles sortes de caractères il possède. Quelle que fût la croyance de la petite princesse, il voulait savoir quelles idées se faisaient du samsara les moines à robe safran, omniprésents, de Bangkok. Il lut avec avidité.

Ce fut ainsi qu'il découvrit que les doctrines des Dix-huit Sectes Theravada tiraient leur origine de l'école Abhidharma à laquelle appartenait Nagasena, l'Ancien qui s'était entretenu avec le roi Milinda. Quant à la diffusion des *Questions du roi Milinda*, certains savants prétendent que cet ouvrage fut probablement composé au nord-ouest de l'Inde où existaient alors des colonies grecques, se déplaçant plus tard vers la région de Magadha où il fut transcrit en pali. Finalement, accru de quelques matériaux, il parvint à Ceylan d'où il se répandit en Birmanie et en Thaïlande, y devenant le *Milindapanha* du canon thaï.

Nous pouvons donc admettre que le concept thaï proprement dit est à peu de chose près le même que celui qu'exprimait Nagasena. Le dogme fondamental de cette secte est que l'essence karmique qui engendre le samsara est pensée ou volonté. Compatible avec les *Agamas,* ceci est très proche de la pensée bouddhiste primitive. Les membres de cette secte prétendent que, s'agissant de la motivation, il n'est fondamentalement ni bien ni mal en l'homme ou en la matière dans le monde extérieur. Ce qui les rend bons ou mauvais est entièrement produit de l'esprit, pensée ou volonté.

Jusque-là, rien à dire. Mais en expliquant « l'oubli de soi » ou *anatman,* l'école Abhidharma part du fait que le monde matériel en entier est *avyakrita,* « inappréciable » en tant que bon ou mauvais, qu'il est neutre.

Par exemple, imaginez une voiture. En dépit de ce que toutes les parties de cette voiture sont de simples éléments matériels, elles peuvent devenir outil criminel si le conducteur écrase quelqu'un et s'enfuit. Ainsi, puisque l'esprit et la volonté sont la cause des fautes et du karma, l'homme est fondamentalement *anatman,* « sans moi ». Cependant, la pensée circule dans le véhicule du corps en produisant samsara et réincarnation en raison des six causes karmiques : passion, colère, idées fausses, indifférence, absence de colère et idées justes. La pensée est la cause du samsara, mais n'est pas le corps migratoire. Ce que peut être ce corps, on ne l'explique jamais. L'au-delà n'est qu'une continuation de ce monde, et la lumière du cierge qui brûle au cours du dernier soir d'un homme en ce monde est la lumière qui éclaire la naissance de la prochaine existence à laquelle il se rattache.

CHAPITRE 18

À la réflexion, Honda sembla mieux comprendre ce qui avait dû se dérouler dans l'esprit de la petite princesse thaïe.
À chaque saison des pluies, débordent les fleuves de Bangkok, et s'évanouit aussitôt ce qui sépare route et rivière, rivière et champ de riz. Les routes deviennent cours d'eau et les fleuves boulevards. Il n'était sûrement pas inhabituel, même pour un esprit d'enfant, qu'un flot de rêves envahisse la réalité, que passé et avenir, rompant leurs digues, débordent en ce monde. Les lances vertes des plants de riz percent les rizières inondées, et les eaux du fleuve et de la rizière se baignent ensemble au même soleil, reflétant ensemble les mêmes masses de nuées estivales.
De même, le flot du passé et de l'avenir pouvait avoir envahi subconsciemment l'esprit de la princesse Clair de lune, et les phénomènes isolés de ce monde, telles des îles ponctuant la vaste étendue d'eau où l'on voit se refléter la lune quand les pluies ont cessé, pouvaient bien être des deux les plus difficiles à croire. Les berges avaient été emportées, toutes séparations disparues. Le passé avait commencé à s'exprimer librement.

18

*H*onda estimait à présent pouvoir aisément en revenir à la théorie yuishiki qui, dans sa jeunesse, l'avait tant intrigué. Il saisissait la doctrine du bouddhisme mahayana qui, maintenant qu'il bénéficiait de la charmante énigme laissée derrière lui à Bangkok, lui apparaissait comme une magnifique cathédrale.
Néanmoins, la doctrine yuishiki constituait un édifice religio-philosophique d'une hauteur éblouissante par lequel le bouddhisme, une fois qu'il eut nié l'âme et l'atman, fournissait une explication méticuleuse et des plus précises des difficultés théoriques relatives au corps migratoire dans le cycle des naissances et de la réincarnation. Tel le temple de l'aube à Bangkok, ce grand œuvre philosophique, d'une complexité achevée, perçait la vaste étendue du ciel bleu matinal lequel, à l'heure mystérieuse qui précède le soleil levant, s'emplit de brises fraîches et de lueurs vacillantes.

La contradiction entre le samsara et l'*anatman*, dilemme irrésolu au long des siècles, la doctrine yuishiki l'expliquait finalement. Quel corps se renouvelle de vie en vie? Quel corps est libéré au paradis du Pays Pur? Que peut-il être?

Soit dit tout d'abord, le mot sanscrit pour Yuishiki, *vijnaptimatrata*, «la seule conscience», a été employé en Inde pour la première fois par Asanga. La vie d'Asanga s'ensevelissait déjà à demi dans la légende à l'époque où l'on commençait à connaître son nom en Chine, au début du VIe siècle, grâce au *Chin kan hsien lun* ou «Traité de Vajrarishi»... La théorie yuishiki tire son origine des sutras du Mahayana Abhidharma, et comme nous allons voir, une des *gathas* ou «strophes», de ces écrits constitue le fond même des idées yuishiki. Asanga réduisit en système les principes yuishiki dans son œuvre principale le *Mahayanasamparigraha shastra*, «Somme de Traités mahayana». Il convient de noter que Abhidharma est un mot sanscrit qui se rapporte au dernier livre de la trilogie du canon bouddhiste, lequel comprend sutras, règles et traités scolastiques, étant pratiquement synonyme de traités scolastiques.

À l'ordinaire, nos fonctions vitales opèrent par l'action psychique de ce qu'on appelle les six sens: la vue, l'ouïe, l'odorat, le goût, le toucher et l'esprit. Mais l'école yuishiki a déterminé un septième sens, le *manas,* lequel, dans sa portée la plus large, s'applique à toute capacité mentale de percevoir le moi et l'identité individuelle. Mais il ne s'arrête pas là. Il soutient en outre le concept de *alayavijnana*, «la conscience ultime». Traduit en chinois par «la conscience qui emmagasine», l'*alaya* entrepose toutes les «semences» du monde des phénomènes.

Vie est action. La conscience *alaya* fonctionne. Cette conscience est fruit de toutes récompenses, elle entrepose toutes semences qui résultent de toutes actions. Ainsi le fait de vivre est le signe que l'*alaya* est agissante.

Cette conscience est en flux constant comme la chute d'eau, blanche d'écume. Tandis que la cascade est toujours visible à nos yeux, l'eau n'est pas la même d'une minute à l'autre. Une eau nouvelle se déverse sans cesse, qui coule et saillit, projetant ses brumeuses vapeurs.

Vasubandhu s'étendait longuement sur la théorie d'Asanga, et dans son *Trimshikavi jnaptikarika* ou «Trente Éloges du yuishiki», il déclare: «Tout est en flux constant tel un torrent.» C'était là une phrase qu'à vingt et un ans, Honda avait entendue des lèvres de la vieille abbesse du temple de Gesshu, la gardant enclose dans son

CHAPITRE 18

cœur, encore qu'il n'eût pas été tout à fait lui-même à l'époque, à cause de Kiyoaki.

De plus, cette pensée se reliait à son voyage en Inde, au souvenir des deux cascades, plongeant à pic dans la Wagora à Ajanta, des cours d'eau qui avaient frappé sa vue dès sa sortie de la vihara d'où quelqu'un, lui sembla-t-il, venait juste de partir.

Et dans ces cascades d'Ajanta, probablement les dernières et concluantes, se réfléchissait comme en un miroir l'image de la chute d'eau de Sanko sur le mont Miwa où Honda avait aperçu Isao pour la première fois et celle de la cascade du parc des Matsugae où il avait rencontré la vieille abbesse.

Or, la conscience *alaya* est garnie de toutes les semences émanant de tous résultats. Résultats, non seulement des sept sens dont nous avons déjà parlé et de leur action au cours de la vie, résultats non seulement d'activités mentales, mais aussi semences de phénomènes physiques, lesquels sont les objets de telles activités mentales qui la garnissent. Garnir la conscience de semences s'appelle « parfumer », de façon semblable à celle dont l'encens imprègne les vêtements, ce mécanisme étant dénommé *shuji kunju* ou « parfum des semences ».

La mise en œuvre du raisonnement va différer suivant que l'on considère cette conscience *alaya* comme pure et neutre ou autrement.

Si l'on admet qu'elle est neutre, alors le pouvoir qui engendre le samsara et la réincarnation doit être une force extérieure, karmique. Toutes les tentations, toutes les choses qui existent dans le monde extérieur ou encore toutes les illusions des sens du premier au tout dernier ne cessent d'exercer une influence sur l'*alaya* grâce au pouvoir du karma.

Selon la doctrine de Yuishiki, les semences du pouvoir karmique – semences karmiques – sont des causes indirectes ou « karma auxiliaire » et la conscience *alaya* elle-même est à la fois corps migratoire et force qui engendre samsara et réincarnation. Asanga prétendait que cette idée conduirait finalement à la conclusion logique que la conscience *alaya* elle-même n'est pas entièrement pure, qu'étant, pour ainsi dire, mélange d'eau et de lait, ses ingrédients corrompus engendraient le monde de l'illusion cependant que la partie pure apportait la lumière. Les semences karmiques du bien et du mal qu'elle contient se matérialiseront dans l'avenir selon qu'elles sanctionnent dans le passé des actions bonnes ou mauvaises. Telle est la différence entre les doctrines des écoles yuishiki et kusha, cette dernière insistant sur la force extérieure du karma. Le Yuishiki a développé son concept unique de la constitution du monde en se fondant sur l'idée que les semences de la conscience *alaya* engendrent cette conscience et forment la loi naturelle (mêmes causes produisent mêmes effets) et que les semences issues de semences karmiques produisent la loi morale (des causes différentes produisent des effets différents).

La conscience *alaya* est donc le fruit de la récompense des êtres sensibles et la cause fondamentale de toute existence. Par exemple, le fait pour la conscience *alaya* d'un homme de se matérialiser signifie simplement que cet homme existe.

Ainsi, la conscience *alaya* façonne les illusions du monde où nous vivons. Les racines de toute connaissance, renfermant tous objets perçus, donnent une existence matérielle à ces objets.

Le monde se compose du corps physique et de ses Cinq Racines[4], le monde naturel ou matériel, et de «semences», c'est-à-dire de l'énergie qui fait que tout ce qui est esprit et matière naît à l'existence matérielle. Le moi, en qui nous nous attachons à voir notre réalité, et l'âme, que nous supposons continuer à exister après la mort, naissent l'un et l'autre de la conscience *alaya*, créatrice de tous phénomènes et par conséquent retournent à cette conscience; tout se réduit à l'idéation.

Pourtant, suivant le terme *yuishiki*, «la seule conscience», si nous pensons à un objet comme existant réellement dans le monde et supposons que tout est uniquement le produit de l'idéation, nous confondons alors atman et conscience *alaya*. Car, selon des conditions données, l'atman est une entité constante tandis que la conscience *alaya* est sans fin un «flot d'oubli du moi».

Dans son *Mahayanasamparigraha shastra*, Asanga définit trois façons de «parfumer» relativement à ces semences qui font que le monde d'illusion acquiert une existence matérielle après avoir été «parfumé» par la conscience *alaya*.

La première est la semence du nom.

Par exemple, quand nous disons que la rose est une fleur admirable, l'appellation «rose» la distingue des autres fleurs. Afin d'apprécier sa beauté, nous nous approchons d'une rose et reconnaissons combien différente elle est d'autres floraisons. La rose paraît tout d'abord comme «nom»; le concept suscite l'imagination, et quand l'imagination vient en contact avec l'objet réel, son parfum, sa couleur et sa forme sont emmagasinés dans la mémoire. Ou bien, il se peut que la beauté d'une fleur que nous voyons, sans connaître son nom, nous inspire de la mieux connaître; en entendant le nom

---

[4]. Les cinq organes des sens: les yeux, les oreilles, le nez, la langue et le corps considérés comme racines de la connaissance. *(N.d.T.)*

«rose», nous en formons le concept. Ainsi, nous apprenons des significations, des noms, des mots et les objets auxquels ils se rapportent, de même que les liens qui les unissent. Toutes ces choses que nous apprenons ne sont pas nécessairement des noms superbes ni toujours des significations exactes, mais tout ce que nous acquérons par la perception et la pensée a été de temps immémorial emmagasiné dans la mémoire et suscite les phénomènes de ce monde.

La deuxième semence est celle de l'attachement au moi.

Quand la septième des huit consciences, *manas,* éveille l'égotisme dans la conscience *alaya* avec sa différenciation entre le moi et autrui, cet égotisme souligne un moi individuel absolu ; en éveillant au fur et à mesure les six autres consciences, il produit une série de parfums du moi. Honda ne put s'empêcher de penser que la formation de ce qu'on appelle la conscience du moi dans les temps modernes aussi bien que l'erreur de la philosophie égotiste trouvaient leurs origines dans cette seconde semence.

La troisième est la semence de *trailokya.*

Trailokya veut dire les «trois mondes» et embrasse le monde tout entier de l'illusion qui se compose des désirs sensuels, des formes et de l'amorphisme du pur esprit. *Lokya* représente la cause. Cette semence, qui est cause des trois mondes de la souffrance et de l'illusion, est la semence du karma lui-même. La différence des destinées, le sort de la fortune ou de l'infortune dépendent des mérites et démérites que renferme cette semence.

Il était donc clair que ce qui transmigrait dans le samsara et la réincarnation, ce qui passait d'une vie à la suivante était le flot immense d'oubli du moi de la conscience *alaya.*

19

Mais plus Honda s'instruisait de la théorie yuishiki, plus il lui fallait apprendre de quelle façon la conscience *alaya* fait apparaître le monde des phénomènes. Car, selon les concepts yuishiki, la cause et l'effet qui dépendent de l'*alaya* se produisent simultanément en un instant donné, et pourtant alternativement.

LE TEMPLE DE L'AUBE

Pour Honda, qui ne pouvait penser cause et effet qu'en fonction de la succession dans le temps, cette idée de cause et d'effet, simultanés et pourtant alternés de la conscience *alaya* et du monde phénoménal était extrêmement difficile à saisir. Cependant, il était clair que c'est dans ce concept que résidait la différence fondamentale entre l'interprétation de l'univers par l'ensemble du mahayana (y compris l'école yuishiki) et celle du bouddhisme hinayana.

Le monde du bouddhisme theravada ressemblait à la saison des pluies à Bangkok quand le fleuve, les rizières et les champs offrent à l'infini une étendue ininterrompue. Or, les inondations dues à la mousson ont dû se produire également dans le passé, et elles se produiraient de même dans l'avenir. Le dattier phœnix du jardin, aux fleurs vermillon épanouies, était là hier et par conséquent y serait sans doute encore demain. S'il était certain que l'existence continuait, disons, même après la mort de Honda de même façon son passé certainement se poursuivrait sans heurts jusque dans l'avenir en des réincarnations répétées.

Une acceptation aveugle du monde tel qu'il est, la docilité tropicale si naturelle à un pays qui accepte les inondations, étaient caractéristiques des adeptes du Theravada. Ils enseignent que notre existence se poursuit, procédant du passé à travers le présent jusque dans l'avenir ; passé, présent et avenir ressemblent aux eaux brunes, immenses d'un fleuve bordé de palétuviers avec leurs racines aériennes, au cours pesant et paresseux. On donne à cette doctrine le nom de théorie de la constante existence dans le passé, le présent et l'avenir.

Contrairement à cela, le bouddhisme mahayana, particulièrement l'école yuishiki, interprète le monde comme une suite de rapides impétueux et torrentiels ou encore une haute cascade blanche qui ne s'arrête jamais. Puisque le monde se présente sous forme de cascade, tant la cause fondamentale de ce monde que le fondement de la perception qu'en a l'homme sont des cascades. C'est un monde qui vit et meurt à chaque instant. Il n'existe pas de preuve catégorique de l'existence dans le passé ou l'avenir ; seul est réel l'instant présent qu'on peut toucher de la main et voir de ses yeux. Un tel concept du monde est particulier au bouddhisme mahayana : la réalité n'a d'existence que dans le présent, il n'est ni passé ni avenir.

Mais pourquoi faut-il l'appeler « réalité » ?

Si nous pouvons reconnaître un narcisse en le voyant de nos yeux, en le touchant de nos mains, du moins le narcisse et son entourage immédiat existent au moment où nous le touchons et le voyons.

Cela, à tout le moins, se peut confirmer.

CHAPITRE 19

Mais alors, si nous sommes endormis et qu'un narcisse soit posé dans un vase près de notre oreiller durant la nuit, pouvons-nous prouver l'existence de la fleur à tout instant de la durée de notre sommeil ?

Ainsi, si l'on extirpe nos yeux, si l'on tranche nos oreilles, notre nez, notre langue, si nous quittons notre corps et que s'évanouit notre faculté de percevoir, le monde du narcisse et ce qui l'entoure continuent-ils d'exister ?

Mais *il fallait* que le monde existe !

La septième conscience, *manas,* peut affirmer ou nier l'existence du monde, cela dépend de son attachement au moi. Honda pourrait dire que puisqu'il y avait un moi, aussi longtemps que ce moi continuait à percevoir, même après avoir perdu les cinq sens, existaient autour de lui son stylo, son vase, son encrier, son pichet de verre rouge sur lequel venait se refléter en croisillon blanc l'encadrement de la fenêtre, reflétant sur sa courbe gracieuse la lumière matinale, son exemplaire du *Précis de droit,* son presse-papier, son bureau, son panneau mural, ses tableaux encadrés, son monde à lui qui était une extension soigneusement ordonnée de ces menus objets. Ou bien il pouvait dire qu'aussi longtemps que la conscience de soi (le moi) existait, à même de percevoir, le monde n'était rien de plus qu'une ombre phénoménale, un reflet des perceptions du moi ; le monde n'était rien et donc n'existait pas. Ainsi, pétri d'arrogance et d'orgueil, le moi traiterait le monde comme étant sien, comme un magnifique ballon où taper.

Mais *il fallait* que le monde existe !

Pourtant, afin qu'il en soit ainsi, il faut qu'il y ait une conscience qui le produise, qui fasse qu'il existe, qui fasse être le narcisse, qui garantisse l'existence de ces choses à tout instant. C'est là la conscience *alaya,* aussi constante que l'étoile polaire, laquelle veille à tout instant au long des nuits obscures, faisant qu'en fait ces nuits existent, garante incessante de la réalité et de l'existence.

Mais *il fallait* que le monde existe !

Même si toutes les consciences jusqu'à la septième allaient prétendre que le monde n'existe pas, ou même si les cinq sens étaient complètement anéantis et que la mort survienne, le monde existerait tant qu'il y aurait l'*alaya*. Toutes choses existent de par l'*alaya* et de ce fait, toutes choses sont. Mais si l'*alaya* allait s'éteindre ?

Mais *il fallait* que le monde existe !

Par conséquent, la conscience *alaya* ne s'éteint jamais. Tout comme dans une cascade, l'eau est différente à tous les instants, et cependant la chute coule d'un mouvement constant et torrentiel.

Ainsi, la conscience *alaya* coule éternellement afin de faire que le monde existe.

Car il fallait à tout prix que le monde existe !

Mais pourquoi ?

Parce que c'est seulement par l'existence du monde – monde d'illusion – que la chance est donnée à l'homme d'accéder à la lumière. Qu'il faille que le monde existe constitue ainsi l'ultime nécessité morale. C'est là la réponse suprême de la conscience *alaya* à la question de savoir pourquoi il faut que le monde existe.

Si l'existence du monde – monde d'illusion – est l'ultime nécessité morale, la conscience *alaya* elle-même, laquelle produit tous les phénomènes, est l'origine de cette nécessité morale. Mais le monde et la conscience *alaya*, ou l'*alaya* et le monde d'illusion qui donne naissance aux phénomènes doivent être réputés interdépendants. Car si l'*alaya* n'existe pas, le monde n'accède pas à l'existence ; mais si le monde n'est pas, l'*alaya* est privée du samsara et de la réincarnation où c'est l'*alaya* elle-même qui constitue l'essence migratoire, et la voie vers la lumière restera close à jamais.

C'est donc grâce à cette nécessité morale supérieure que l'*alaya* et le monde possèdent une interdépendance mutuelle ; l'existence de la conscience *alaya* dépend de la nécessité même de l'existence du monde.

Pourtant, seul le présent immédiat est réalité, et si l'autorité dernière qui garantit l'existence momentanée est l'*alaya*, cette *alaya* d'où procèdent tous les phénomènes du monde existe au point d'intersection du temps et de l'espace.

Honda parvint à saisir, quoique non sans difficulté, que c'était ici que prenait naissance la théorie particulière à la doctrine yui-shiki qui veut que la cause et l'effet soient à la fois simultanés et en alternance.

Or, pour prouver l'authenticité d'un dogme bouddhiste, il faut apporter la preuve textuelle qu'il fait partie des enseignements de Gautama Bouddha, et c'est précisément cela que trouvait l'école yui-shiki dans le *gatha* ci-après, le plus difficile des sutras du Mahayana Abhidharma :

> *Tous dharmas s'emmagasinent dans la conscience,*
> *Et la conscience s'emmagasine en tous dharmas.*
> *Tous deux deviennent causes réciproques*
> *Entraînant sans cesse conséquences mutuelles.*

CHAPITRE 19

Honda interprétait ce passage comme voulant dire que suivant la loi des causes et des effets continue, caractéristique de la conscience *alaya*, le monde observé en une section donnée du présent pouvait se décrire comme étant découpé, tel un concombre, en tranches momentanées de présent que l'on peut observer l'une après l'autre.

Le monde naît et meurt en chaque instant, et sur chaque coupe transversale instantanée apparaissent trois formes de naissances et de morts sans fin. Ce sont d'abord les « semences qui produisent le monde présent », puis « le monde présent "parfumant" les semences », enfin les « semences produisant des semences ».

La première est la forme où la semence fait que le monde présent assume une existence matérielle, et naturellement, elle comporte une impulsion issue du passé. Du passé sort une piste.

La seconde montre le monde présent « parfumé » par les semences *alaya* et devenant les futurs phénomènes. Certes, l'inquiétude de l'avenir projette son ombre. Mais cela ne signifie pas que toutes les semences sont « parfumées » par le présent et produisent les phénomènes présents. À certaines semences, encore que gâtées, viennent simplement succéder d'autres semences. Celles-ci constituent la troisième espèce de semences. Et leurs seuls causes et effets ne se produisent pas simultanément, mais suivent une succession dans le temps.

Le monde se manifeste à travers ces trois formes, et toutes choses se produisent en un présent instantané.

Mais les semences premières et secondes renaissent simultanément, s'influencent les unes les autres et périssent au même instant. Les coupes transversales successives dont seules héritent ces semences sont évacuées à mesure que les semences progressent de coupe en coupe. La structure du monde des hommes est formée de minces tranches d'instants, en nombre infini, que transperce la broche des semences de la conscience *alaya*. Et ces tranches fines qui représentent autant d'instants sont à la fois transpercées et évacuées en chaque infinitésimale portion de la durée.

Le samsara et la réincarnation ne se préparent point tout au long de la vie, pour ne commencer qu'à la mort, mais bien plutôt, ils renouvellent le monde en chaque instant par recréation et destruction successives.

Ainsi les semences font que cette gigantesque fleur d'illusion qui s'appelle le monde s'épanouit en tout point de la durée et l'abandonne au même instant. Mais la succession de semences qui produisent des semences exige l'aide de semences karma ainsi que

nous l'avons dit. Ces semences karma proviennent de ce qu'on « parfume » le présent à chaque instant.
Le sens véritable du yuishiki est que le monde tout entier se manifeste à présent, en cet instant même. Cependant, ce monde instantané meurt déjà au même moment tandis que, simultanément, en apparaît un nouveau. Le monde qui apparaît en un instant donné se transforme en celui qui suit et sans cesse ainsi continue. Tout dans le monde entier est conscience *alaya*.

20

À ce stade de la réflexion de Honda, tout ce qui l'entourait prit un aspect inattendu.
Ce jour-là, il se trouva qu'il était invité à se rendre à une villa de Shoto, dans le quartier de Shibuya, pour un procès qui n'en finissait pas, et il attendait dans le salon au premier étage. On ne pouvait trouver où se loger, et quand le demandeur venait de Tokyo pour l'affaire en litige, il descendait chez une personne fortunée originaire de son pays. Le propriétaire de la villa avait depuis longtemps quitté Tokyo pour Karuizawa afin d'éviter les bombardements.
Ce conflit administratif était instruit avec une lenteur qui ne tenait pas compte du temps. En fait, il était né d'une loi promulguée en 1899 et l'origine même du débat remontait à l'époque qui suivit la Restauration, plusieurs décennies auparavant. Dans cette affaire, l'accusé était le gouvernement et il n'était pas jusqu'à la désignation du défendeur qui n'eût changé de ministre de l'Agriculture et du Commerce en celle d'Agriculture et des Forêts lors de la réorganisation du ministère. Plusieurs générations d'avocats avaient représenté le plaignant, et à présent, si Honda, auquel l'affaire avait été confiée, gagnait, un tiers de toute la terre revenant au demandeur lui tiendrait lieu d'honoraires, conformément à la convention originelle. Cependant, il ne s'attendait pas que ce litige fût tranché de son temps. Aussi ne venait-il à la villa de Shibuya que pour passer le temps, sous prétexte de travailler. En réalité, il y venait dans l'attente du riz et du poulet luisants que son client avait l'habitude de lui apporter de la campagne.

CHAPITRE 20

Son client qui aurait dû être arrivé depuis longtemps n'était pas encore là. Sans doute avait-il eu des ennuis avec les trains.

Cet après-midi de juin étant trop chaud pour son uniforme civil et ses bandes molletières, Honda ouvrit la haute fenêtre oblongue à l'anglaise et se tint auprès pour respirer un peu. N'ayant pas fait de service militaire, il n'arrivait pas encore à mettre ses bandes molletières convenablement et elles avaient tendance à glisser de sur ses jambes, se mettant en tire-bouchon autour de ses mollets, lui donnant l'impression en marchant de traîner un sac de pèlerin. Rié, sa femme, avait toujours peur que les bandes molletières ainsi défaites ne se trouvent prises dans les tramways bondés et ne le fassent trébucher.

La sueur suintait aujourd'hui par les protubérances des bandes molletières. L'uniforme d'été, d'un brillant vulgaire, était d'un tissu à longues fibres qui accusait chaque pli, et il savait que le dos de son veston, du fait de s'asseoir, devait être froncé de rides déplaisantes. Mais inutile de le rectifier.

De la fenêtre, la vue s'étendait jusqu'à la gare de Shibuya que baignait la lumière de juin. Les parties résidentielles du voisinage immédiat avaient survécu relativement sans dommage, mais la zone comprise entre le pied du plateau et la gare, récemment bombardée, se hérissait des ruines de bâtiments en béton à demi détruits. Les raids aériens qui l'avaient rasée s'étaient produits seulement la semaine précédente, les nuits des 24 et 25 mai 1945, au cours desquelles cinq cents B-29 au total avaient largué des bombes incendiaires sur divers quartiers résidentiels de Tokyo. L'odeur des incendies persistait et le souvenir de cette vision d'enfer demeurait encore sous la lumière du jour.

L'odeur, comme d'un four crématoire, se mêlait aux effluves plus communs de cuisine ou des feux d'herbes, s'alliant à une saveur âcre de produits chimiques comme d'une usine ou de produits pharmaceutiques. L'odeur de ruines incendiées était déjà familière à Honda. Heureusement, sa maison de Hongo n'avait pas encore été touchée.

Dans la plainte métallique ininterrompue des bombes qui perforaient là-haut le ciel nocturne, suivie d'une série d'explosions et des bombes incendiaires qu'on lâchait, il percevait toujours quelque chose d'inhumain, quelque chose comme des voix de femmes poussant des acclamations quelque part dans le ciel. Il se rendit compte plus tard que c'étaient là les cris des damnés.

Dans les ruines incendiées, les décombres avaient rouillé et les toits effondrés étaient restés intacts. Des piliers de diverses hauteurs se dressaient partout tels des piquets noircis et des cendres s'en détachaient pour danser dans la brise légère.

Çà et là, quelque chose jetait un vif éclat – la plupart du temps des restes de vitres brisées, des panneaux de verre brûlés et déformés, des bouteilles en morceaux où le soleil se réfléchissait. Ces menus fragments moissonnaient à eux toute la lumière de juin qu'ils pouvaient retenir. Pour la première fois, Honda contemplait l'éclat des débris.

Les fondations en béton des maisons se dessinaient nettement sous les murs écroulés. Grands et petits, chacun s'éclairait du soleil de l'après-midi. De ce fait, tout ce paysage de ruines apparaissait comme la matrice d'une feuille de journal. Mais la nuance qui dominait était un brun rouge clair de pot de fleurs, non le gris uni et morne d'une composition prête à imprimer.

Il y avait peu de verdure car ç'avait été un quartier surtout commercial. Quelques arbres à demi calcinés s'alignaient encore le long des rues.

Nombre d'immeubles de bureaux écroulés avaient de ce côté-ci des fenêtres sans carreaux au travers desquelles on voyait la lumière se refléter dans les vitres de l'autre bord ; les cadres des fenêtres étaient noircis, sans doute par la suie qu'en jaillissant, les flammes avaient déposée.

C'était un terrain en pente avec un réseau compliqué de ruelles adjacentes à des niveaux variés. Les escaliers et les marches de béton qui restaient semblaient dans l'attente, ne conduisant nulle part. Rien ne subsistait ni au-dessus ni au-dessous. Nulle part non plus, on ne trouvait dans ce champ de ruines point de départ ou destination ; eux seuls, les escaliers, avaient encore le sens de la direction.

Tout était calme, mais il y avait des mouvements légers et des choses s'élevaient doucement. Quand il y jeta un regard, on eût dit comme une hallucination où des cadavres noircis se seraient mis à remuer, en proie à une vermine innombrable. C'étaient des cendres soulevées par la brise et qui montaient de partout. Cendres blanches et cendres noires. De la cendre qui flottait, en venant se coller à un mur croulant, y demeurait. Cendres de paille, cendres de livres, cendres d'une librairie d'occasion, cendres d'une échoppe de fabrication de couvertures, elles voletaient chacune de son côté ou se mélangeaient au hasard, allant de-ci, de-là, survolant l'étendue dévastée.

L'eau qui giclait d'une conduite éventrée faisait reluire le goudron noir d'une portion de route.

Les cieux étaient étrangement vastes et les nuages d'été d'un blanc immaculé.

C'était là le monde qui se présentait en cet instant aux cinq sens de Honda. L'abondance de ses économies lui avait permis, pendant

CHAPITRE 21

la guerre, de n'accepter que des affaires à sa convenance, et l'étude du samsara et de la réincarnation qui occupait entièrement ses loisirs paraissait faite exprès pour manifester l'évidence de cette dévastation. L'exterminateur n'était autre que Honda.

Le vaste panorama dévasté qui s'étendait sous ses yeux, ressemblant à la fin du monde, n'était pas lui-même la fin, non plus que le commencement. C'était un monde qui, imperturbablement, se régénérait lui-même d'instant en instant. La conscience *alaya* que rien ne troublait acceptait cette étendue de ruines rougeâtres comme un monde unique, pour l'abandonner l'instant d'après, acceptant de même façon d'autres mondes dont la couleur de destruction se faisait plus sombre chaque jour, chaque mois.

Honda ne se sentait nullement ému à comparer ce spectacle avec celui de la ville telle qu'elle avait été. C'est seulement quand ses yeux, rencontrant les reflets éclatants des fragments de verre brisé dans les ruines, le rendaient momentanément aveugle qu'il comprenait de toute la certitude de ses sens que ce verre, toutes ces ruines allaient disparaître l'instant d'après pour faire place à d'autres. Il résisterait à la catastrophe par la catastrophe, il offrirait à la désintégration et à la désolation infinies une dévastation encore plus gigantesque, généralisée et répétée d'instant en instant. Oui, il lui fallait saisir en esprit la destruction totale, inévitable, d'instant en instant et se préparer au carnage d'un avenir incertain.

Il était transporté jusqu'à en trembler par ces idées rafraîchissantes qu'il avait cueillies dans la doctrine yuishiki.

21

*L*orsque son entretien avec son client fut achevé, Honda prit ses cadeaux et partit pour la gare de Shibuya. On rapportait qu'Osaka avait subi des bombardements de B-29 à grande échelle. Ces derniers temps, le bruit avait couru à maintes reprises que le Japon occidental était devenu la cible principale. Tokyo paraissait jouir d'un répit momentané.

Honda eut l'idée d'aller un peu plus loin tant qu'il ferait clair. Au haut du mont Dogen était situé l'ancien domaine du marquis Matsugae.

Autant qu'il sût, la famille Matsugae avait vendu trente-deux hectares sur les quarante-quatre que comptaient ses terres au total à la société immobilière Hakone, au début des années vingt. Mais la moitié de l'argent ainsi obtenu à l'époque avait été perdue peu après, lors du krach des quinze banques où on l'avait placé. L'héritier adoptif de la famille, qui jetait l'argent par les fenêtres, avait bientôt disposé de la douzaine d'hectares qui restaient, si bien que l'actuelle maison Matsugae passait pour être quelconque, bâtie sur moins d'un arpent. Il lui était arrivé de passer en voiture près du portail mais il n'était pas entré, ayant perdu tout contact avec la famille. Il était vaguement curieux de savoir si la maison avait disparu au cours du raid aérien de la semaine passée.

La route qui longeait les édifices incendiés du mont Dogen avait déjà été dégagée et grimper la pente ne présentait aucune difficulté. Çà et là, il voyait où les gens s'étaient mis à vivre dans leurs sommaires abris antiaériens, les recouvrant de bois de charpente à demi calciné et de plaques de zinc. C'était bientôt l'heure de dîner et de la fumée s'élevait des feux de cuisine. Quelqu'un remplissait un pot de l'eau qui coulait d'une conduite à l'air libre. Le ciel s'embrasait tout entier des feux admirables du soir.

Du sommet de la pente jusqu'au boulevard d'en haut, tout le périmètre de Minami Daira-dai jadis faisait partie des quarante-quatre hectares que possédait la famille Matsugae. L'ancien domaine avait été loti depuis peu, mais voici qu'il était de nouveau transformé en ruine immense, ininterrompue, retrouvant sous le grand ciel du soir l'ampleur des jours d'autrefois.

L'unique bâtiment qui restait était occupé par un détachement de police militaire, et des soldats à brassards ne cessaient d'entrer et de sortir. Honda se rappelait vaguement que cet édifice s'élevait naguère près du domaine Matsugae. Et certes, l'instant d'après, il reconnut un peu plus loin les piliers de pierre du portail des Matsugae.

De là, le demi-hectare qui restait semblait des plus petits, car on avait réparti la propriété entre de nombreuses maisons en location. Le bassin et la colline artificielle paraissaient de médiocres répliques miniatures du lac magnifique d'autrefois et de la montagne aux érables de l'ancien domaine. Il n'y avait plus de mur de pierre à l'arrière, et comme la palissade de bois avait disparu dans l'incendie, tout l'horizon dévasté des parcelles voisines s'étendait à

CHAPITRE 21

perte de vue jusqu'à Minami Daira-dai. Il se rendit compte que pour réaliser le lotissement, on avait comblé l'ancien grand lac.

Une île occupait jadis le milieu du lac et une cascade s'y déversait du faîte de la montagne aux érables. Honda y était allé un jour en bateau avec Kiyoaki, et de là, il avait distingué la silhouette de Satoko vêtue d'un kimono bleu clair. Kiyoaki était alors dans la fleur de la jeunesse, et Honda, lui aussi, était jeune encore, beaucoup plus jeune à vrai dire qu'il n'en avait souvenance. C'était là que quelque chose avait commencé et que quelque chose avait fini. Mais il n'en restait nulle trace.

Le domaine Matsugae se trouvait reconstitué par le bombardement impitoyable, dans son impartialité destructrice. Le profil du terrain avait changé, mais à travers l'étendue désolée, Honda distinguait encore l'emplacement du lac, le sanctuaire, la demeure principale, l'aile de style occidental et la grande allée qui conduisait à la véranda. Les contours de la maison Matsugae qu'il avait fréquentée étaient nettement gravés dans sa mémoire.

Mais sous les nuées houleuses du soir, les innombrables fragments de zinc ratatinés, les ardoises cassées, les arbres déchiquetés, le verre fondu, les bardeaux calcinés ou les gaines des foyers de cheminée mises à nu qui se dressaient solitaires comme des squelettes, des portes écrasées en losange, tout cela se teintait d'un rouge sombre, couleur de rouille. Gisant terrassées sur le sol, leurs formes fantastiques défiant toutes règles semblaient pousser hors du sol en d'étranges orties. Le soleil du soir en accentuait encore l'air lugubre, ajoutant à toutes choses une ombre particulière.

Le ciel se colorait d'un vermillon de doublure de kimono en soie, parsemé de touffettes de nuages. La couleur les pénétrait jusqu'au cœur et leurs bords enchevêtrés irradiaient en fils d'or. Jamais il n'avait vu de ciel aussi sinistre.

Soudain, dans le champ de ruines, il discerna une silhouette de femme assise sur un siège en pierre qui avait survécu dans un jardin. Vu de l'arrière, son pantalon en soie de kimono couleur lavande luisait un peu, transformé en lie-de-vin au soleil du soir. Ses cheveux noirs brillants, coiffés à l'occidentale, étaient mouillés, et sa silhouette ramassée semblait en grand tourment. On eût dit qu'elle pleurait, sans pourtant que ses épaules fussent secouées de sanglots ; elle paraissait aussi souffrir, mais sans que son dos donnât des signes d'angoisse. Elle se tenait accroupie, le menton sur les genoux, comme pétrifiée, trop longtemps immobile pour une personne seulement perdue dans ses pensées.

Honda, en jugeant par ses cheveux lustrés, estima qu'elle était sans doute d'âge moyen, peut-être la propriétaire d'une des maisons qui avaient disparu, ou encore une parente.

Il comprit qu'il convenait d'offrir ses bons offices si elle se trouvait en proie à quelque malaise. En s'approchant, il aperçut un sac à main noir et une canne qu'elle avait posés à côté de la pierre où elle était assise.

Honda porta la main à son épaule et la secoua discrètement. Il craignait à demi que, s'il forçait tant soit peu, cette forme ne tombât en cendres.

La femme leva les yeux vers lui en oblique. Honda fut effrayé de ce visage. Le vide qui se voyait à la frange artificielle des cheveux lui fit comprendre que cette chevelure noire était une perruque. Le vermillon accoutumé de ses lèvres se détachait sur la poudre appliquée en couche épaisse pour recouvrir les plis et les creux de ses yeux ; le dessin en suivait la vieille étiquette de cour avec la lèvre supérieure en pointe et une lèvre minuscule par-dessous. Sous ce masque indiciblement âgé, il reconnut le visage de Tadeshina.

« Vous êtes Mme Tadeshina, n'est-ce pas ? dit-il instinctivement.

– Qui pouvez-vous bien être ? dit Tadeshina. Un instant, je vous prie », ajouta-t-elle, en se dépêchant de prendre ses lunettes sur sa poitrine. Il reconnaissait là la Tadeshina d'autrefois qui rusait en essayant de gagner du temps tandis qu'elle écartait les branches et les passait par-dessus ses oreilles. Sous prétexte qu'elle avait besoin de ses lunettes pour voir, elle essayait en hâte de le situer.

Mais sa ruse demeura sans succès. Même avec ses lunettes, la vieille femme ne vit qu'un étranger debout devant elle. Pour la première fois, une certaine gêne et un vieux préjugé aristocratique – un air un peu glacé qu'elle avait appris à copier avec tant d'adresse au cours des années – parut sur son visage. Cette fois, elle s'exprima d'un ton cérémonieux un peu raide :

« Veuillez m'excuser. Ces temps-ci, je perds complètement la mémoire. Vraiment, je n'ai aucune idée...

– Je suis Honda. Il y a trente ans, j'étais en classe avec Kiyoaki Matsugae au Collège des Pairs, et je venais tout le temps chez eux.

– Oh, monsieur Honda ! Comme je suis heureuse de vous voir ! Je ne sais comment m'excuser... Pardonnez-moi de ne pas vous avoir reconnu. Mais oui, monsieur Honda, c'est ça. Vous n'avez pas changé depuis que vous étiez plus jeune. Oh, quel... »

Tadeshina se hâta de porter une manche à ses yeux. Jadis, ses larmes avaient toujours été suspectes, mais à présent le maquillage sous ses yeux les but aussitôt comme, sous la pluie, disparaît le badi-

CHAPITRE 21

geon de chaux d'un mur, et elles se répandirent généreusement à nouveau de ses yeux mouillés, presque automatiquement. Ces larmes, aussi abondantes que l'eau d'un baquet renversé, sans qu'elles eussent rien à voir avec la joie ou le chagrin, étaient beaucoup plus dignes de foi que celles d'il y avait trente ans.

En dépit de tout, il y avait du grotesque dans sa sénilité. Sur sa peau, cachée sous l'épaisseur de poudre blanche, Honda apercevait une mousse de décrépitude qui couvrait tout son corps, et pourtant, il sentait ses facultés extraordinaires fonctionner encore avec diligence, telle la montre dont le tic-tac ne cesse pas dans la poche d'un mort.

« Je suis heureux de vous voir si bonne mine. Quel âge cela vous fait-il donc ? s'enquit Honda.

– Je vais avoir quatre-vingt-quatorze ans cette année. Je suis un peu dure d'oreille, mais à part cela je jouis d'une bonne santé et n'ai aucune maladie ; j'ai de bonnes jambes et je peux marcher toute seule avec une canne. La famille de mon neveu s'occupe de moi et ils n'aiment pas me laisser sortir seule. Mais peu m'importe, à vrai dire, quand et où je mourrai, si bien que j'aime aller dehors le plus possible tant que j'en serai capable. Je n'ai pas peur du tout des attaques aériennes. Si je reçois une bombe ou suis carbonisée, je mourrai sans douleur et sans causer de souci à quiconque. Peut-être n'allez-vous pas le croire, mais il y a des jours où j'envie ces corps allongés le long de la route.

Quand j'ai entendu dire que le quartier de Shibuya avait été incendié sous les bombes l'autre jour, je n'ai pu m'empêcher d'aller revoir l'emplacement du domaine Matsugae. Je me suis échappée de chez mon neveu. Que diraient le marquis et la marquise s'ils vivaient encore et voyaient où en sont les choses ! Heureux qu'ils soient morts avant de rien connaître de ces misères.

– Par chance, ma maison n'a pas encore été incendiée, mais j'éprouve le même sentiment à propos de ma mère. Je suis content qu'elle soit morte quand le Japon était encore en train de gagner.

– Mon Dieu ! Votre mère n'est plus là non plus... Je suis tout à fait désolée de l'apprendre, je n'avais aucune idée... »

Tadeshina n'avait pas oublié les affabilités courtoises, impassibles de sa vie d'autrefois.

« Que sont devenus les Ayakura ? »

Ayant posé cette question, Honda le regretta tout aussitôt. Comme il s'y était attendu, visiblement la vieille femme hésita. Pourtant, lorsqu'elle laissait percer un signe d'émotion, il manquait habituellement de sincérité, destiné à la galerie.

« Oui, après que Mlle Satoko fut entrée au couvent, je quittai la famille Ayakura, et depuis, j'ai seulement assisté aux obsèques du vicomte Ayakura. Je crois que son épouse vit encore, mais après le décès du vicomte, elle vendit la maison de Tokyo et alla vivre chez des parents du côté de Shishigatani à Kyoto. Sa fille... »

Honda se sentit frémir dans son cœur et demanda sans le vouloir :

« Est-ce que vous revoyez Mlle Satoko ?

— Oui, je l'ai vue trois fois en tout depuis les obsèques. Elle est toujours si bonne pour moi quand je vais la voir. Elle m'invite même à passer la nuit au monastère. Elle est si douce, si charmante... »

Tadeshina ôta ses lunettes embuées, sortit vivement un gros bout d'étoffe de sa manche et le pressa un moment sur ses yeux. Quand elle l'ôta, il y avait un cercle sombre là où la poudre était partie.

« Mlle Satoko va donc bien ? reprit Honda.

— Tout à fait bien, ma foi. Et — comment dire ? — elle est plus belle, plus pure que jamais et sa beauté se fait plus sereine avec l'âge. Allez donc lui rendre visite un jour, monsieur Honda. Allez-y, elle sera si contente de vous voir. »

Brusquement, Honda se remémora ce retour en voiture, à minuit, de Kamakura à Tokyo, seul avec Satoko.

Cette femme appartenait à un autre, mais en cette occasion sa féminité l'avait presque accablé.

Déjà, elle sentait venir la fin de tout cela et elle s'y préparait, disant qu'elle était prête. Honda se rappelait, aussi nettement que si ce fût arrivé la veille, ce moment poignant, juste avant l'aube, où son profil s'encadrait par la portière tandis qu'à l'arrière-plan, défilaient les frondaisons.

Quand il revint à la réalité, le visage de Tadeshina avait perdu tout semblant de déférence et elle le dévisageait. Pareilles aux raies d'une soie imprimée, des rides cernaient l'arcure de ses lèvres, mais, à présent, chacun des coins de sa bouche se relevait légèrement comme dans un sourire. Soudain, en chacun de ses yeux — d'anciens puits environnés de neige — les pupilles eurent un mouvement horizontal où reparut un brin de sa coquetterie de jadis.

« Vous l'aimiez, n'est-ce pas ? Je le savais. »

Honda eut un recul, davantage en raison des vestiges de coquetterie de Tadeshina que mécontent d'une telle conjecture après tant d'années. Afin de changer de sujet, il détourna son esprit vers les présents que lui avait offerts son client. L'idée lui vint qu'il pourrait en partager une partie avec elle : une couple d'œufs et un petit poulet.

CHAPITRE 21

Tadeshina laissa voir son contentement de façon non déguisée, comme il s'y était attendu :
« Par exemple, des œufs ! On n'a guère l'habitude d'en voir, ces temps-ci ! Il me semble que je n'en ai pas vu un seul depuis des années ! Mon Dieu, des œufs ! »
Les remerciements sinueux et compliqués qui suivirent firent comprendre à Honda que la vieille femme ne devait guère recevoir de nourriture convenable. Il eut une autre surprise quand elle ressortit l'œuf qu'elle avait rangé dans son sac à provisions. L'élevant pour le voir contre le ciel dans le jour pâlissant du crépuscule, elle reprit :
« Plutôt que de l'emporter à la maison – vous excuserez mon sans-gêne – je préfère le manger ici même... »
Tout en parlant, la vieille femme regardait avec regret l'œuf qui se détachait sur un ciel assombri, s'éclairant doucement entre ses vieux doigts tremblants, à mesure que la lumière faiblissante venait frôler sa coquille délicate et froide.
Tadeshina resta un moment à caresser l'œuf dans sa main. Les bruits alentour s'étaient apaisés et l'on n'entendait que le frottement léger de sa peau sèche contre la coquille.
Honda fit semblant de ne pas la voir qui cherchait une arête vive pour y briser la coquille. Il se refusait à l'aider à faire ce qui était en somme répréhensible. Tadeshina brisa l'œuf avec une adresse inattendue sur l'angle de la pierre où elle était assise. L'approchant avec soin de sa bouche afin de ne rien perdre du contenu, elle leva peu à peu son visage et le fit couler entre ses dentiers luisants, l'œil fixé sur le ciel du soir. On vit un instant la rondeur satinée du jaune franchir ses lèvres tandis que son gosier, en l'ingurgitant, émettait un son des plus robustes.
« Eh bien, c'est le premier aliment nourrissant que j'ai pris depuis très, très longtemps. Je me sens ragaillardie. J'ai l'impression que la beauté de mes jeunes ans est revenue. Peut-être ne le croirez-vous pas, monsieur Honda, mais de mon temps, j'étais une fameuse beauté. »
Soudain, sa voix avait pris un ton de sincérité.
Il est une heure du jour, juste avant le crépuscule, où le contour de chaque objet s'accuse vivement. Pareil instant était venu. Les arêtes lacérées des poutres de bois dans les décombres, les déchirures toutes fraîches des arbres déchiquetés, et les plaques de zinc ourlées avec leurs flaques d'eau de pluie, tout cela paraissait d'une netteté presque déplaisante. À l'extrême ouest, on apercevait seu-

lement un trait écarlate dans le ciel, entre deux hauts bâtiments noirs incendiés. De petites taches écarlates étaient également visibles par les fenêtres des édifices en ruine. On eût dit que quelqu'un avait allumé une lumière rouge dans une maison abandonnée par ses habitants.

« Comment pourrais-je vous remercier ? Vous avez toujours eu si bon cœur, et vous êtes encore si gentil. Je n'ai rien à vous donner, mais du moins... »

Telle une aveugle, Tadeshina se mit à fouiller dans son sac. Avant que Honda pût l'arrêter, elle avait sorti un volume relié à la mode japonaise et le lui avait brusquement mis dans la main.

« Du moins, je veux vous donner ce livre. Je l'ai toujours gardé précieusement et emporté avec moi. C'est un sutra qui m'a été donné par un prêtre, efficace contre le danger et la maladie. Je suis si contente que le hasard m'ait fait vous rencontrer et d'avoir pu parler du temps passé. Il vous arrive sans doute de sortir les jours de raids aériens et de mauvaises fièvres se répandent. Mais si vous emportez ce sutra, vous serez sûr d'éviter toute catastrophe. Je voudrais que vous le conserviez en gage de ma reconnaissance. »

Honda éleva le livre avec respect en signe de remerciement et il regarda le titre sur la couverture. Il était à peine lisible à la lumière du soir. *Mahamayurividyarajni* : « Sutra du Roi de Sagesse, le Grand Paon Doré ».

22

À compter de ce jour, Honda eut peine à refréner son désir de voir Satoko, tout en sachant que son envie venait en partie de ce qu'avait dit Tadeshina « qu'elle était encore si belle ». Il avait une crainte mortelle de voir une « beauté en ruine » semblable aux ruines de la cité.

Cependant, la situation militaire se dégradait de jour en jour, et il était difficile de se procurer des billets de chemin de fer, à moins d'avoir des relations dans l'armée, tout voyage d'agrément étant hors de question.

CHAPITRE 22

Les jours passant, Honda ouvrit le Sutra du Roi Paon que Tadeshina lui avait donné. Jamais auparavant, il n'avait eu l'occasion de lire de sutras bouddhiques ésotériques.

Les passages du début donnaient des explications et des règles d'emploi en petits caractères, presque illisibles.

Soit dit tout d'abord, le Paon Roi de Sagesse occupait la sixième position en partant de l'extrémité sud de la Cour Susiddhi dans le Mandala de la Création. Comme on lui attribue le pouvoir d'engendrer tous les bouddhas, on l'appelle également «le Roi Paon, de qui procèdent tous les Bouddhas».

En consultant la documentation bouddhique qu'il avait recueillie jusque-là, Honda apprit que cette divinité tirait assurément son origine du culte hindou *shakti*. Les rites *shakti* s'adressant à Kali, l'épouse de Siva, ou à Durga, la statue de la déesse sanguinaire, qu'il avait vue au Kalighat à Calcutta, était en vérité l'archétype du Paon Roi de Sagesse.

Quand il l'eut découvert, le Sutra qui lui était échu par accident l'intéressa soudain. En même temps que l'usage de *dharani*[5] et de mantra dans les rites bouddhiques ésotériques, les anciennes divinités de l'hindouisme avaient envahi le monde du bouddhisme, ayant recours à toutes sortes de transformations.

À l'origine, le Sutra du Paon, Roi de Sagesse avait été, croyait-on, une incantation sortie de la bouche du Bouddha, et l'on supposait qu'il écartait les serpents ou guérissait de leurs morsures empoisonnées.

Selon le Sutra du Paon:

> *Alors qu'un certain Kissho, ordonné depuis peu, préparait du bois d'allumage pour le bain des moines, un noir serpent sortit de sous un arbre étrange et le mordit à l'orteil droit. Il s'évanouit, tombant à terre, les yeux révulsés, la bouche écumante. Ananda s'en fut trouver le Bouddha, et lui dit: «Comment peut-on le guérir?» Sur quoi, le Bouddha répondit en disant: «Prends le Sutra d'incantation du Grand Tathagata Paon, Roi de Sagesse», serre le moine Kissho dans tes bras et fais les signes prescrits en chantant le mantra, alors le poison sera inoffensif. Sabre ni bâton ne feront aucun mal. Il éloigne toutes calamités.*

---

5. Formules magiques. *(N.d.T.)*

Non seulement le venin des serpents, mais toutes fièvres, toutes plaies, toute souffrance et douleur étaient, disait-on, anéanties par ce sutra. Il suffisait de la psalmodier et rien que de penser au Paon Roi de Sagesse supprimait toute crainte, ennemis et calamités. C'est pourquoi, pendant l'ère de Heian, seuls le Doyen du Toji et l'Abbé du temple de Ninna, de lignée impériale, avaient permission d'accomplir les rites bouddhiques ésotériques de ce sutra. Durant ces cérémonies, on offrait des prières ferventes pour se prémunir contre toutes situations possibles, depuis les calamités naturelles jusqu'à la peste et aux douleurs de l'enfantement.

Le Paon, Roi de Sagesse qui l'illustrait, était un personnage superbe et fastueux ; on eût dit la personnification même du paon, si différente de l'imagerie sanglante de Kali, son prototype, avec sa langue saillante et son collier de têtes tranchées.

Sa formule magique imitait, disait-on, le cri du paon – *ka-ka-ka-ka-ka-ka...* – et le mantra – *ma yu kitsu ra tei sha ka* – signifiait « accomplissement du Paon ». Et le geste particulier de la main, dénommé « le signe du Bouddha Créateur, le Paon Roi de Sagesse » qui se faisait en joignant les deux mains dos à dos, les deux pouces et les deux petits doigts pressés l'un contre l'autre, était à la fois une description et une imitation de la majesté du paon. Ce geste représentait la forme du paon, les petits doigts étant la queue, les pouces la tête, et les autres doigts les plumes. La façon dont bougeaient les six doigts du milieu quand on entonnait l'incantation représentait la danse du paon.

Le ciel bleu de l'Inde s'étirait à l'arrière du Roi de Sagesse sur le mont du paon doré, ciel tropical aux nuages impressionnants, avec son ennui des après-dîners et ses brises vespérales, toutes choses nécessaires pour tisser l'illusion superbe et rutilante.

Le paon doré était vu de face, campé sur ses deux pattes. Il étendait les ailes, portant sur son dos le Roi de Sagesse qu'il protégeait de sa queue magnifique déployée qui lui tenait lieu de nimbe. Le roi était assis dans la position du lotus sur une fleur de lotus blanc posée sur le dos du paon. Des quatre bras du roi, le premier à droite tenait ouvert un lotus ; le second, le fruit en forme de pêche du karma ; il gardait la première main, à gauche, sur son cœur, la paume renversée portant le fruit d'heureuse fortune ; la seconde, une queue de paon à trente-cinq plumes.

Le Roi de Sagesse offrait le visage de la pitié et son corps était éclatant de splendeur. Visible sous une gaze de soie, l'épiderme se rehaussait de joyaux magnifiques tels la couronne posée sur sa tête,

CHAPITRE 22

le collier qui entourait son cou, les boucles qui pendaient de ses oreilles et les bracelets de ses poignets. Une paisible lassitude errait aux lourdes paupières des yeux mi-clos, comme si la divinité venait seulement de s'éveiller d'une sieste de midi. Il se pouvait qu'accorder des grâces infinies et sauver des multitudes d'hommes suscitât en soi un sentiment semblable à la langueur assoupie que Honda avait découverte dans les vastes étendues éclatantes de l'Inde.

Par contraste avec cette image sereine, d'un blanc immaculé, les plumes étalées du paon qui lui tenaient lieu d'auréole étaient d'une polychromie éblouissante. D'entre tous les oiseaux, le plumage du paon se rapproche le plus, par la couleur, des nuages du soir. Tel un mandala bouddhique ésotérique qui transforme le chaos universel en un monde ordonné, ces plumes illustraient l'organisation méthodique du tumulte incohérent de couleur qu'on voit aux nuées vespérales, leur apparence informe, la lumière qui s'y joue, en un brocart géométrique et chamarré. L'or, le vert, l'indigo, le pourpre, le brun – tout cet éclat ténébreux montrait pourtant que l'embrasement du soir touchait à sa fin où l'on ne voit plus même le disque du soleil couchant.

Au plumage de la queue, seul manquait le rouge écarlate. Si tel oiseau pouvait exister qu'un paon écarlate, et que le Paon Roi de Sagesse y fût assis, faisant la roue, ce ne pourrait être autre que la déesse Kali en personne.

Honda avait foi qu'un tel paon devait être apparu dans le ciel, parmi les nuées du soir, au-dessus des ruines où il avait rencontré Tadeshina.

DEUXIÈME PARTIE

23

« Vous avez planté de magnifiques cyprès, dit à Honda sa nouvelle voisine. C'était si nu par ici, sans un arbre. »

Keiko Hisamatsu était une femme qui en imposait. Elle approchait de la cinquantaine, mais son visage, qu'on disait avoir subi la chirurgie esthétique, conservait par trop un aspect tendu, un brillant juvénile. Elle comptait parmi ces rares femmes japonaises qui peuvent parler familièrement aussi bien au Premier ministre Yoshida qu'au général MacArthur ; elle était depuis longtemps divorcée de son mari. En ce moment, elle avait un amant, jeune officier américain des forces d'occupation qui travaillait au camp situé au pied du mont Fuji. Elle avait réparé sa villa de Ninooka à Gotemba, longtemps laissée à l'abandon, et à l'occasion, elle y venait à un rendez-vous ou, comme elle disait, « pour écrire à loisir des réponses à des lettres longtemps négligées ». Sa villa était attenante à celle de Honda.

Au printemps de 1952, Honda fêtait son cinquante-septième anniversaire. Pour la première fois de sa vie, il avait fait l'acquisition d'une villa. On attendait des invités de Tokyo pour l'inauguration qui devait avoir lieu le lendemain. Lui-même était arrivé un jour à l'avance pour surveiller les préparatifs, et il avait convié sa voisine Keiko à faire le tour du jardin qui occupait près d'un demi-hectare.

« J'avais grande envie que votre maison fût achevée, autant que si ç'avait été la mienne », dit Keiko qui marchait sur la pelouse sans vie, mouillée par le gel, en levant, pas à pas, ses hauts talons effilés, comme un oiseau aquatique. « Ce gazon a été semé l'an dernier. Comme il a bien pris ! Vous avez disposé le jardin en premier avant de vous occuper de la maison à loisir, comme seul pouvait le faire un véritable amateur de jardins.

– Je n'avais aucun endroit où aller, de sorte que je venais tous les jours de Gotemba pour l'aménager », repartit Honda, qui avait l'air d'un concierge parisien avec son gros chandail un peu effiloché et son écharpe de soie roulée autour du cou pour se protéger du froid.

CHAPITRE 23

Honda ne se sentait pas très à l'aise avec des femmes comme Keiko qui, de sa vie, n'avait rien fait de ses dix doigts. C'était comme si l'on eût percé à jour son esprit mesquin, la médiocrité d'une vie de labeur et d'étude, qui, alors que la vieillesse menaçait, se mettait soudain à apprendre à se donner ses aises.

Il se trouvait ici, propriétaire d'une villa, grâce à une clause ancienne d'une loi peu connue, promulguée sous Sceau impérial le 18 avril 1899, et intitulée « Restitution des terres, forêts et cultures devenues propriété nationale ».

En juillet 1873, on avait décrété une réforme foncière, et des fonctionnaires étaient allés de commune en commune pour tenter de déterminer la propriété cadastrale. Craignant d'être imposés, certains propriétaires avaient nié posséder telles ou telles terres, si bien qu'un grand nombre de biens privés et communaux avaient été trouvés vacants et transférés à l'État.

Bien plus tard, devant le concert de réclamations et de dépit, on avait en 1889 voté une loi, dont l'article 2 faisait obligation à ceux qui demandaient la restitution des terres de prouver qu'ils étaient antérieurement propriétaires en produisant au moins un titre parmi les sept qu'énonçait la loi. L'un de ceux-ci était appelé « document officiel ». Enfin l'article 6 de cette législation stipulait que toute action en justice y afférente serait du ressort du tribunal des conflits administratifs.

De nombreux recours eurent lieu au cours des années 1890, mais le tribunal des conflits administratifs n'autorisait qu'un seul arrêt, sans possibilité d'appel. Et du fait qu'aucun contrôle de la procédure juridique n'était institué, les choses allaient d'un train de sénateur.

Partout où des terres communales avaient été confisquées par suite d'un mensonge irréfléchi, l'Oaza ou « département de l'administration » se portait demandeur lors d'un litige administratif. Même si la commune s'était trouvée intégrée dans une communauté urbaine, l'Oaza pouvait réclamer possession de ce qui devenait « propriété du district ».

Dans le cas d'une certaine commune du district de Miharu, dans la préfecture de Fukushima, où un recours avait été introduit en 1900, État et demandeur en prirent fort à leur aise avec les délais. Au cours des cinquante années, le défendeur, naguère « ministre de l'Agriculture et des Forêts », et, l'un après l'autre, les avocats chargés du dossier étaient morts, remplacés par un confrère. En 1940, un délégué du district auquel appartenait la commune demanderesse vint à Tokyo trouver Honda, déjà avocat en renom, et déposa entre ses mains ce cas désespéré.

Le délai des cinquante ans ne put s'appliquer en raison de la guerre perdue par le Japon.

Aux termes de la nouvelle constitution qui prit effet en 1947, les tribunaux spéciaux disparurent, et le tribunal des conflits administratifs fut aboli. Tous les litiges administratifs en cours furent transférés à la cour d'appel de Tokyo et instruits comme conflits civils. En conséquence, Honda gagna son procès sans difficulté. Ce n'était que pure chance – le fait de s'être trouvé au bon endroit au bon moment.

Suivant la convention qui s'était transmise au cours des années, Honda, ayant gagné le procès, reçut comme honoraires un tiers de toutes les terres restituées à la commune. Il lui revenait, soit d'accepter cette propriété immobilière, soit de la convertir en espèces au prix du marché. Ayant choisi cette dernière solution, il reçut la somme de trente-six millions de yens.

Cet événement modifia du tout au tout l'existence de Honda. Pendant la guerre, peu à peu il s'était lassé de la vie d'avocat, et tout en gardant le nom respecté de «Cabinet juridique Honda», il laissa tout le travail à ses associés plus jeunes, se contentant de venir y faire un tour de temps à autre. Sa vie mondaine en fut modifiée, de même que ses façons de penser. Il n'arrivait pas à prendre sa bonne fortune au sérieux, s'être vu si soudain disposer de près de quarante millions de yens, et il ne pouvait davantage prendre au sérieux une époque qui rendait possible pareil miracle. Il prit donc la décision de traiter tout cela avec désinvolture.

Il envisagea d'abattre, pour la rebâtir, la maison de Hongo où il demeurait qu'il aurait mieux valu voir incendiée au cours des raids aériens, mais, déjà, il était trop déçu par cette ville pour rien y construire de neuf en espérant que cela durerait éternellement. De toute manière, elle brûlerait du haut en bas au cours de la prochaine guerre.

Rie, son épouse, préférait vendre la propriété et peut-être habiter en appartement plutôt que de continuer à vivre seuls dans la grande maison d'autrefois. Mais Honda prétexta son état maladif pour construire dans un lieu éloigné, peu peuplé, où elle pourrait se reposer.

Recommandés par un ami, ils allèrent voir ensemble des terrains du côté de Sengokuhara, à Hakone, mais, en apprenant que c'était un pays excessivement humide, cette crainte les fit renoncer. Sous la conduite du chauffeur de leur voiture de location, ils franchirent le col de Hakone et prospectèrent la zone de vacances d'été de Ninooka, dans le secteur de Gotemba, qui avait été mise en valeur une quarantaine d'années auparavant. On y rencontrait de nom-

CHAPITRE 23

breuses villas appartenant à d'ex-hauts dignitaires. Ceux-ci, après la guerre, avaient fermé leur porte pour éviter les forces d'occupation américaines, près de la zone de manœuvres de Jufi, avec les femmes qui les suivaient inévitablement. On raconta à Honda que dans un secteur situé à l'ouest du quartier des villas, il y avait des terrains en friche, jadis appartenant à l'État, mais qui avaient été remis aux paysans de la contrée à la suite de la réforme foncière. On pouvait y conclure une bonne affaire.

La zone tout entière qui s'étendait au pied du mont Hakone était vierge de la lave volcanique qui recouvrait les alentours du Fuji. Mais c'était une terre infertile où rien ne pouvait pousser sinon, peut-être, des cyprès. Les agriculteurs ne savaient qu'en faire. Honda fut enchanté d'une de ces propriétés où herbe des pampas et armoise tapissaient un terrain qui s'abaissait en pente douce jusqu'à un ruisseau dans le vallon. De là, on distinguait nettement le mont Fuji.

S'étant renseigné, il trouva le prix très raisonnable et négligea donc d'écouter Rie qui suggérait de se donner le temps de la réflexion. Il versa immédiatement un acompte pour l'achat d'une parcelle d'un peu plus d'un hectare et demi.

Rie déclara que ce terrain âpre, plus morne qu'on ne saurait dire, n'était pas de son goût. Elle craignait la mélancolie, sachant d'instinct qu'avec l'âge, pareils sentiments ne lui convenaient guère. Mais pour Honda, tout à ses rêves de plaisir, c'était cette tristesse même qui était indispensable.

« Ce n'est rien, avait-il dit. Une fois défriché tout ce coin, en plantant de la verdure et en y installant une maison, ça sera presque trop gai. »

Recruter des charpentiers localement pour construire la maison, et y faire venir des gens pour planter les arbres et dessiner le jardin demanda du temps, mais les frais s'en trouvèrent diminués. Honda conservait d'autrefois l'habitude de penser qu'il était vulgaire de dépenser sans compter. Malgré tout, le plaisir de faire sans hâte le tour du propriétaire avec un invité et de vanter son vaste domaine était à coup sûr un sentiment né il y avait longtemps, dans sa jeunesse, lorsqu'il fréquentait la maison Matsugae. Peu lui importait l'air glacé de l'avant-printemps qui piquait la peau de toute la rigueur des neiges attardées sur le mont Hakone, car c'était l'air glacé de son jardin à lui ; dans le même esprit, la solitude de deux uniques personnes dont les ombres pâles se projetaient sur la vaste pelouse lui plaisait, car c'était la solitude de sa propriété à lui. Il lui semblait comprendre le luxe véritable de la propriété privée pour la première fois. Qui plus est, il lui plaisait de s'en trouver bénéficiaire, non par fanatisme, mais entièrement pour avoir su raisonner logiquement et agir à point nommé.

La trop grande beauté du profil de Keiko ne portait pas trace de coquetterie ou de réserve. Elle avait en son pouvoir de faire qu'à ses côtés, tout homme – même Honda avec ses cinquante-sept ans – avait l'impression de n'être qu'un jouvenceau. C'était une faculté féminine d'imposer à un homme de cinquante-sept ans une gaieté rayonnante d'adolescent, laquelle ne tenait qu'à l'hypocrisie et à la vanité chez quelqu'un qui voulait à tout prix sauver les apparences, encore qu'il se sentît gêné avec les femmes et les respectât.

Du point de vue de Honda, l'âge n'avait pas à être pris en compte. Jusque passé la quarantaine, il en avait considéré consciencieusement les plus et les moins. Cependant, à présent, il s'en faisait une idée désinvolte et insouciante. Il n'était nullement surpris, parfois, de découvrir des signes évidents de puérilité véritable en lui-même, dans son corps vieux de cinquante-sept années. En quelque sorte, la vieillesse était comme une déclaration de faillite.

Il prenait désormais un souci extrême de sa santé et il s'épouvantait de se laisser aller aux sentiments. Si la fonction de la raison était de diriger, le temps était passé de son urgente nécessité. Les circonstances de la vie n'étaient rien qu'os rongés sur une assiette.

Keiko, au centre de l'aire gazonnée, faisait ressortir la différence entre la vue du mont Hakone, à l'est, avec celle du Fuji au nord-ouest. D'elle, s'exhalait une majesté qui méritait vraiment d'être dite royale ; l'ampleur de sa veste, son cou érigé, tout faisait penser à un général en chef. Son jeune officier devait être soumis à toute espèce de commandements, y compris certains qu'il n'était pas si facile de mettre à exécution.

Comparé à la clarté des crêtes parsemées de neige du Hakone, le Fuji, à demi couvert par les nuages, semblait éphémère. Honda nota qu'une illusion d'optique le faisait paraître tantôt plus haut, tantôt plus bas.

« Aujourd'hui, j'ai entendu un rossignol pour la première fois », dit Honda, regardant à travers les frêles branches flétries au sommet des cyprès fluets qu'il avait achetés dans le voisinage et replantés dans sa propriété.

« Les rossignols arrivent à la mi-mars, dit Keiko. En mai, vous verrez des coucous. On peut à la fois les voir et les entendre, vous savez. C'est sans doute ici le seul endroit où l'on peut à la fois voir et entendre des coucous.

CHAPITRE 24

– Rentrons. Je vais faire du feu et préparer le thé, proposa Honda.
– J'ai apporté des petits gâteaux », dit Keiko, désignant par là le paquet qu'elle avait laissé dans le vestibule un moment auparavant. Après la guerre, l'horlogerie Hattori, au coin d'Owari-cho sur l'avenue Ginza, avait été transformée en PX[6]; et Keiko, pouvant librement utiliser ses services, avait coutume d'y acheter ses cadeaux. On s'y procurait, à bon marché, de petits gâteaux anglais qui lui étaient familiers dès avant la guerre. La confiture de prunes dure et mince qui s'y trouvait en sandwich servait de lien entre les thés de l'après-midi de son enfance et ceux d'aujourd'hui.
« J'ai une bague que j'aimerais vous soumettre », dit Honda, en reprenant sa marche.

24

Des daphnés odorants encore en bourgeon entouraient la terrasse, et l'abri aux oiseaux bâti dans un coin était revêtu du même genre de toit de tuiles rouges qui couvrait la maison d'habitation. En voyant s'approcher Honda et Keiko, les petits moineaux rassemblés autour de la mangeoire filèrent en pépiant, comme piqués par des aiguilles.
Sitôt franchie l'entrée, il y avait une autre porte dont le centre était en vitrail, et de chaque côté, des fenêtres à croisillons aux carreaux orangés comme ceux des maisons hollandaises à la fin de l'ère Edo. Au travers, on voyait l'intérieur de façon indistincte. Honda aimait à se tenir là, regardant cet intérieur s'abîmer dans les teintes chagrines du couchant, un intérieur que lui-même avait élaboré méticuleusement, avec ses poutres épaisses achetées à la campagne et utilisées telles quelles, le sévère lustre ancien d'Allemagne du Nord, les portes lambrissées ornées de dessins au trait de tableaux populaires Otsu, une armure de fantassin, un arc et des flèches – tout cela baigné dans la lumière jaune faiblissante, dégageant un sentiment

---

6. Coopérative militaire américaine. *(N.d.T.)*

mélancolique de nature morte, comme si un peintre hollandais tel Jean Treck avait traité une scène japonaise.

Honda invita Keiko à entrer. Il la fit asseoir dans le fauteuil près de la cheminée, et il essaya d'allumer le petit bois, mais celui-ci ne voulait pas prendre. Seule, la cheminée avait été agencée par un spécialiste de Tokyo; elle était bien conçue et ne provoquait jamais de retours de fumée dans la pièce. Mais quand il tentait d'allumer le feu, Honda se rendait compte à chaque fois qu'à aucun moment de sa vie, il n'avait eu l'occasion d'acquérir les techniques ou les connaissances les plus simples. Au vrai, il n'avait jamais même manié les matériaux essentiels.

C'était bizarre de l'apprendre à son âge. De toute sa vie, il n'avait connu de loisirs. Si bien qu'il n'avait pu évidemment prendre contact avec la nature, les flots de l'océan, la dureté des arbres, le poids des roches, et les outils, que ce fût le gréement d'un navire, des filets ou des fusils de chasse que les ouvriers apprennent à connaître à l'ouvrage, et avec lesquels les aristocrates, à l'inverse, se familiarisent par leur vie de plaisir. Kiyoaki avait orienté ses loisirs, non pas vers la nature, mais uniquement vers ses passions; s'il avait atteint l'âge mûr, il ne serait rien devenu d'autre qu'un oisif.

«Je vais vous aider», dit Keiko en se penchant avec dignité après avoir observé quelque temps l'incapacité de Honda, montrant le bout de sa langue entre ses lèvres dures. À Honda qui regardait de bas en haut, ses hanches paraissaient démesurées. Le bleu céladon de sa jupe serrée, rempli comme vase géant de la dynastie Yi, était mis en valeur par la coupe de la veste à la taille étroitement accusée.

N'ayant rien à faire tandis que Keiko s'occupait du feu, Honda quitta la pièce pour aller chercher la bague dont il avait parlé. Quand il revint, des flammes vermillon endiablées léchaient déjà les bûches, et des morceaux de petit bois grinçaient des dents dans la fumée qui les encerclait en faisant des manières, cependant que grésillait la sève sécrétée par le bois frais coupé. Le revêtement en briques du foyer papillotait aux lueurs du feu. Keiko se frotta les mains paisiblement, considérant le résultat de ses efforts avec un plaisir évident.

«Qu'en dites-vous?

— Je suis fort impressionné», dit Honda, en tendant la main dans la lueur du feu et en passant la bague à Keiko. «Voici la bague dont j'ai parlé tout à l'heure. Qu'en pensez-vous? Je l'ai achetée pour en faire cadeau.»

Keiko retira ses doigts aux ongles rouges soignés du halo de la flamme pour examiner la bague à la lumière faiblissante de la fenêtre.

«Une bague d'homme», dit-elle.

CHAPITRE 24

Celle-ci se composait d'une émeraude carrée, d'un vert sombre, cerclée d'or finement sculpté qui représentait un couple de *yakshas* protecteurs aux faces à demi bestiales impressionnantes. Keiko ôta l'anneau du bout de ses doigts, sans doute pour éviter le reflet des ongles rouges, et le tenant entre les doigts, elle le fit glisser sur l'index. Bien que ce fût une bague d'homme, sa taille convenait à un doigt délicat, à peau foncée ; même sur elle, il n'était pas beaucoup trop grand.

« C'est une bonne pierre. Mais avec les émeraudes anciennes, les fissures internes finissent toujours par se dilater. On risque une certaine fragilité quand le trouble vient du dessous. C'est le cas ici. Cela dit, c'est une bonne pierre et la gravure est originale. Elle doit avoir de la valeur comme antiquité.

– Où croyez-vous que je l'ai achetée ?
– À l'étranger ?
– Non, dans les ruines de Tokyo. Au magasin du prince Toin.
– Ah oui, à l'époque... Mais quels qu'aient pu être ses soucis financiers, voir le prince ouvrir un magasin d'antiquités... ! J'y suis allée moi-même deux ou trois fois. Finalement, tout ce qui était intéressant se trouvait être quelque chose que, longtemps auparavant, j'avais vu chez des parents. La boutique a dû fermer. Il paraît que le prince n'y était jamais ; l'ex-intendant qui servait d'employé principal faisait marcher l'affaire et empochait les bénéfices. Pas un membre de la famille impériale n'a réussi dans le commerce après la guerre. Peu importe le taux d'impôt sur le capital, ils auraient dû garder précieusement ce qui restait en leur possession. Bah, il se trouvait toujours un affairiste pour aller leur faire miroiter quelque chose. Et surtout le prince Toin qui avait toujours été soldat. Il me rappelle les pauvres samouraïs qui se ruinèrent tous après la Restauration. »

Honda lui conta alors l'histoire de cette bague.

En 1947, il avait appris que le prince Toin, ayant perdu son titre après la guerre, s'était procuré des objets d'art à bon prix auprès de membres de l'ancienne noblesse accablés d'impôts fonciers. Il avait ouvert un magasin d'antiquités pour étrangers. Le prince ne se serait pas souvenu de lui, même si Honda était allé le voir, mais, en allant jeter un coup d'œil à la boutique, ce dernier était mû par la simple curiosité et ne se fit pas connaître. Dans une vitrine, il découvrit la bague de la princesse Chantrapa, celle que le prince siamois Chao P avait perdue dans le dortoir du Collège des Pairs, trente-quatre longues années auparavant.

Il était évident que la bague, qu'on avait cru égarée à l'époque, avait été en réalité volée. Bien entendu, le vendeur ne révéla pas l'origine de l'objet, mais celui-ci devait provenir de chez un ci-devant noble. Celui qui était contraint de s'en séparer avait dû être élève au Collège en même temps que Honda. Une vieille idée de la justice poussa ce dernier à l'acheter, en vue de la retourner lui-même à son premier propriétaire.

« Alors, vous allez vous rendre en Thaïlande pour la restituer? Afin de ne pas ternir la réputation de votre collège? dit Keiko pour le taquiner.

– J'en avais l'intention, un jour. Mais ce n'est plus la peine. La princesse vient au Japon poursuivre ses études.

– Celle qui est morte, ici, pour étudier?

– Non, non – Chantrapa seconde du nom – Ying Chan, veux-je dire, répondit Honda. Je lui ai envoyé une invitation pour demain. J'ai l'intention de lui passer la bague au doigt à cette occasion. Elle a dix-sept ans, des cheveux noirs magnifiques et des yeux lumineux. Elle parle très bien japonais; il a fallu qu'elle travaille beaucoup avant de quitter son pays. »

25

*L*e lendemain matin, Honda était seul dans la villa au réveil, et afin de se protéger du froid, il enfila un chandail, un épais manteau d'hiver et prit une écharpe de laine. Traversant la pelouse, il se dirigea vers la tonnelle, du côté ouest du jardin. Plus que toute autre chose, il s'était promis de voir l'aube se lever sur le mont Fuji.

La montagne s'empourprait au soleil levant. Son faîte, avec ses rougeoiements de pierre rose étincelante, apparaissait à ses yeux comme une illusion de rêve, comme un toit de cathédrale classique, un temple de l'aube japonais.

Parfois, Honda ne savait trop s'il recherchait la solitude ou les plaisirs frivoles. Il lui manquait quelque chose d'essentiel pour devenir sérieusement un jouisseur.

Pour la première fois, quelque part en lui – à son âge – s'éveillait un désir de transformation. Ayant gravement observé la réincarnation d'autres hommes sans sourciller, il n'avait jamais songé à l'impossibilité de sa propre réincarnation. Maintenant qu'il atteignait un

CHAPITRE 25

âge où les derniers flamboiements de la vie soulignent l'étendue de son passé, la certitude de cette impossibilité accentuait d'autant plus la possibilité d'une nouvelle naissance.

Il se pouvait que lui aussi fît quelque chose d'imprévu. Jusqu'à ce jour, on avait pu prédire tous ses agissements ; sa raison n'avait cessé de l'éclairer avec un pas d'avance, comme la torche que tient quelqu'un qui chemine le soir sur une route obscure. Grâce à des calculs, des prédictions, il avait pu éviter toute surprise. Le plus effrayant, c'était que tous les mystères, y compris le miracle de la transmigration, finissaient par être du déjà vu.

Il avait besoin de surprise. C'était presque devenu une nécessité de la vie. S'il existait un droit particulier de mépriser la raison, de la fouler aux pieds, il avait la suffisance rationnelle de penser qu'à lui seul cela était permis ! Il lui fallait entraîner l'univers stable qui était le sien en quelque nouveau tumulte incohérent, en quelque chose qui ne lui était nullement familier !

Honda savait fort bien qu'il avait perdu toutes qualités physiques à cet effet. Ses cheveux s'étaient éclaircis, ses favoris se panachaient de blanc et son ventre était gonflé comme le remords même. Toutes les caractéristiques d'une vieillesse précoce que, dans sa jeunesse, il considérait comme si laides marquaient désormais son corps, sans ménagement. Certes, même étant jeune homme, jamais il ne s'était regardé comme beau, tel Kiyoaki, mais pas davantage, il n'avait pensé être particulièrement laid. À tout le moins, n'avait-il pas estimé nécessaire de se ranger parmi les éléments négatifs dans un monde de beauté et de bâtir ses équations en conséquence. Comment se faisait-il, maintenant que sa laideur était devenue si évidente, que le monde alentour conservât sa beauté ? C'était là véritablement pire que la mort elle-même, la pire des morts !

Il était six heures vingt. Aux deux tiers recouvert de neige, le Fuji avait balayé les couleurs de l'aube, se détachant sur l'azur du ciel dans toute sa beauté nettement ciselée. Il apparaissait presque trop limpide. La neige avait une trame légère, pleine de la raideur délicate de ses ondulations. Elle rappelait le jeu de muscles fermes. Hormis les premières pentes, on n'apercevait que deux taches noires un peu rougeâtres proches du sommet et près du faîte du Hoei. Le ciel était d'un bleu dur, sans un nuage ; s'il lui avait lancé un rocher, le claquement de la pierre, sous le choc, serait revenu en écho.

C'était là le Fuji qui influençait toutes les idées, qui déterminait tous les sentiments. C'était, dans sa blancheur immaculée, l'essence même des problèmes qui se levait devant lui.

La faim de Honda s'aiguisait dans cette tranquillité. Il voyait venir avec plaisir son petit déjeuner, fait de pain acheté à Tokyo, d'un œuf à la coque et de café qu'il préparerait en écoutant les piaillements d'oiseaux. Sa femme devait arriver avec la princesse Ying Chan à onze heures pour se préparer à recevoir les invités.

Après avoir déjeuné, il retourna au jardin.

Il allait être huit heures. Peu à peu, des touffettes de nuages avaient commencé à s'élever comme des traînées de neige de l'autre bord du mont Fuji. Elles s'allongeaient subrepticement comme pour espionner de ce côté-ci, étendant leurs tentacules à mesure. Soudain, elles s'abîmaient dans le ciel d'un bleu de porcelaine. C'est qu'il ne fallait pas laisser passer ces embuscades apparemment insignifiantes. Ces nuées tendent à se regrouper jusqu'à midi, avec des attaques surprises à répétition, et finissent par couvrir la montagne tout entière.

Honda resta assis sous la tonnelle, l'air distrait, jusque vers dix heures. Il avait rangé les livres qui, toute son existence, étaient demeurés à portée de sa main, et, à présent, il rêvait de matières premières dont la vie et les sentiments n'eussent pas encore été filtrés. Il restait assis, immobile, sans rien faire. Un nuage qui avait fait son apparition un peu à gauche, bientôt arrêté au sommet du Hoei, leva une queue de dauphin bondissant.

Son épouse à qui il demandait d'être ponctuelle arriva à onze heures dans un taxi pétaradant. La princesse Ying Chan n'était pas à ses côtés.

« Mon Dieu, vous êtes seule ! » fit aussitôt Honda à cette femme bouffie, aigrie, tandis qu'elle déménageait plusieurs colis de la voiture.

Rie resta une minute sans répondre, se contentant de soulever les paupières comme des stores pesants.

« Je vous expliquerai plus tard, quand j'aurai plus de temps. J'ai eu tellement d'ennuis. D'abord, aidez-moi à porter ces paquets. »

Rie avait attendu jusqu'à l'heure convenue sans que la princesse Ying Chan fît son apparition. Elle avait d'abord essayé de téléphoner deux ou trois fois. À la fin, elle avait téléphoné à la seule adresse, le centre des étudiants étrangers, où on lui dit que la princesse n'avait pas regagné le foyer la nuit précédente. Elle avait été invitée à dîner dans une famille japonaise où séjournait un étudiant nouvellement arrivé de Thaïlande.

Rie, fort ennuyée, avait envisagé de retarder l'heure où elle-même devait arriver à la villa. Mais elle n'avait aucun moyen d'en informer

CHAPITRE 25

Honda, le téléphone n'étant pas encore installé. À la place, elle s'était dépêchée d'aller au centre des étudiants étrangers, y laissant un message en anglais au portier, expliquant soigneusement comment se rendre à la villa, accompagné d'un croquis. Si tout allait bien, la princesse serait à même d'arriver à temps pour la réception, dans la soirée.

«Eh bien, s'il en était ainsi, vous auriez pu demander à Makiko Kito d'aider à la trouver.

– Mais je ne pouvais vraiment pas abuser de l'amabilité d'une de nos invitées. Elle-même aurait eu du mal à retrouver une étudiante étrangère complètement inconnue pour, ensuite, l'amener jusqu'ici. Qui plus est, on ne peut pas demander à une célébrité comme Makiko de rien changer à son programme. Elle estime probablement nous faire grand honneur rien qu'en venant.»

Honda ne répondit pas. Il suspendrait son jugement.

Quand on ôte un tableau du mur où il est resté longtemps pendu, il laisse un espace blanc tout neuf, aux dimensions et à la forme exactes du cadre. Il en résulte, à coup sûr, une image très pure mais sans aucun rapport avec ce qui l'entoure ; elle est trop heurtée, trop affirmée. À présent que Honda s'était retiré de son activité professionnelle de magistrat, il laissait tout ce qui se rapportait à la justice à sa femme. La blancheur du mur proclamait sans cesse : je suis juste, j'ai la raison pour moi, qui pourrait bien me faire reproche ?

Tout d'abord, c'était la richesse échue à l'improviste à Honda et la laideur qu'avec l'âge Rie avait commencé d'observer en elle-même qui avaient enlevé du mur le portrait encadré de l'épouse paisible et soumise. En s'enrichissant, son mari inspirait de la crainte à Rie. Mais plus il lui faisait peur et plus elle devenait insolente, faisant preuve inconsciemment d'hostilité envers un chacun, ne cessant de parler de ses maux de reins chroniques, et pourtant, recherchant l'affection plus que jamais. Désir d'être aimée qui l'enlaidissait encore.

Dès qu'elle fut arrivée à la villa et eut porté les provisions à la cuisine, Rie se mit à grand bruit à faire la vaisselle du petit déjeuner de Honda. Pour sûr, lassée comme elle l'était, ses maux allaient empirer et elle se préparait à faire valoir qu'on la faisait trop travailler, encore que personne ne le lui eût commandé. Elle continuait à faire ce qui nuisait à sa santé, espérant que Honda l'arrêterait. S'il ne le faisait pas à présent, cela ne faciliterait pas les choses par la suite.

«Pourquoi ne vous reposez-vous pas un peu, en faisant cela plus tard ? dit-il gentiment. Nous avons tout le temps. Ying Chan est cause de bien des ennuis, n'est-ce pas ? Elle qui insistait tellement pour nous aider. Et finalement, il faut que je m'y mette à la dernière minute.

– Si vous vous en mêlez, ça n'en ira que plus mal. »
Rie retourna au salon en essuyant ses mains mouillées.

Dans l'ombre de la pièce où le soleil de l'après-midi dessinait une tache près de la fenêtre, sous ses paupières gonflées, les yeux de Rie ressemblaient aux petits trous d'un masque de femme du théâtre nô. Regrets de femme stérile, de maux sans guérison possible qui s'aggravaient avec les années, d'un corps boursouflé de regrets, comme une bâche qui ondule. « J'ai raison, mais je ne suis bonne à rien. » La gentillesse immuable dont elle avait fait preuve envers sa défunte belle-mère était due à ces remords. Si elle avait eu des enfants, elle aurait pu attendrir son mari de toute la douceur molle de leur chair. Mais les choses avaient depuis longtemps commencé à se dégrader dans ce monde auquel il était refusé de se reproduire, tout comme le poisson rejeté par la mer par un après-midi d'automne pourrit peu à peu. Rie frémit devant ce mari si riche.

Honda avait prudemment négligé l'affliction de son épouse qui ne cessait d'espérer l'impossible. À présent, cette vérité lui était insupportable que lui aussi en avait un ardent désir et que, de ce fait, il était abaissé à son niveau à elle. Mais cette aversion nouvelle donnait de l'importance à l'existence de Rie.

« Où Ying Chan a-t-elle passé la nuit dernière ? Pourquoi n'est-elle pas venue ? Il y a une hôtelière au foyer des étudiants étrangers et la surveillance y est probablement très stricte. Pourquoi a-t-elle fait cela ? Avec qui était-elle ? » se disait Honda, suivant sa pensée.

Ce n'était là qu'inquiétude. C'était ce même sentiment quotidien d'instabilité, précisément ce genre de sensation qu'il ressentait les matins où il s'était mal rasé ou la nuit, quand il n'arrivait pas à trouver une position confortable pour sa tête sur l'oreiller. C'était fort éloigné de l'intérêt porté à un autre être humain ; c'était une sorte d'indifférence, laquelle semblait cependant épouser une nécessité pressante de la vie. Il avait eu l'impression qu'un corps étranger avait pénétré son esprit, quelque chose comme une petite image noire du Bouddha taillée dans l'ébène noire des jungles du pays thaï.

Sa femme continuait à bavarder de détails insignifiants comme de la façon d'accueillir les invités et quelles chambres donner à ceux qui passaient la nuit. Tout cela était sans intérêt pour Honda.

Peu à peu, Rie s'aperçut que l'esprit de son mari n'y était plus. Dans le passé, elle n'avait jamais eu aucun soupçon de son époux quand il se retirait dans son bureau, car il était certain que ses

CHAPITRE 25

recherches juridiques l'y tenaient enfermé ; maintenant, son air distrait voulait dire que brûlait une flamme invisible, et ses silences étaient l'indice que quelque chose se passait.
Les yeux de Rie suivirent le regard de son mari dans un effort pour découvrir la source de sa distraction. Mais au-delà de la fenêtre, il n'y avait que le jardin à l'herbe sans vie où deux ou trois petits oiseaux venaient s'ébattre.

Les invités avaient été priés d'arriver pour quatre heures, car Honda voulait qu'ils voient le paysage tant que le soleil était encore dans le ciel. Keiko arriva à une heure en offrant de les aider. Honda et Rie apprécièrent tous deux cette assistance inattendue.
Entre tous les nouveaux amis de son mari, chose étrange, ce n'était qu'avec Keiko que Rie se sentait en confiance. D'instinct, elle comprenait que Keiko n'était pas hostile. La raison en était la gentillesse de celle-ci, sa large poitrine et ses hanches énormes, son parler tranquille. Il n'était pas jusqu'à l'odeur de son parfum qui ne parût conférer une sorte de sécurité à la réserve innée de Rie, telle l'estampille rouge officielle de garantie qu'affichent les certificats suspendus chez les boulangers.
Assis près de la cheminée, Honda, radouci, ouvrit le journal que Rie avait rapporté de Tokyo, en écoutant distraitement les femmes converser dans la cuisine.
La manchette de la première page portait : TOUTES LES ANNEXES ADMINISTRATIVES DU TRAITÉ, selon lesquelles seize bases aériennes américaines seraient maintenues après l'entrée en application du traité de paix américano-japonais. On publiait sur une page un discours du sénateur Smith exprimant la résolution des Américains : OBLIGATION DE PROTÉGER LE JAPON – AUCUNE AGRESSION COMMUNISTE NE SERA TOLÉRÉE.
En page 2, les tendances de l'économie américaine étaient rapportées sous le titre : PRODUCTION CIVILE EN BAISSE : RENVERSEMENT RÉCENT DÛ À LA CRISE EN EUROPE OCCIDENTALE lequel apparaissait en gros caractères et manifestait une réelle inquiétude.
Pourtant, l'esprit de Honda était sans cesse ramené à l'absence de Ying Chan. Il évoquait toutes sortes de situations, et son imagination débridée lui procurait une gêne. Du plus sinistre au plus obscène, la réalité présentait en coupe transversale des aspects multiformes d'agate arborisée. Jamais il n'avait vu la réalité sous cette forme, autant qu'il se souvînt.

Il sursauta quand, repliant le journal, son crissement vint frapper ses oreilles. La page tenue devant le feu était sèche et brûlante. Son imagination errante lui suggéra qu'il était impossible pour un journal d'être chaud à ce point. Cette idée s'associait bizarrement à la mollesse persistante au-dedans de son corps alangui. Puis les flammes, en s'envolant sur une nouvelle bûche, lui rappelèrent soudain les bûchers funéraires de Bénarès.

Keiko apparut en grand tablier, disant:
« Si l'on servait du sherry et du whisky avec de l'eau, et peut-être du Dubonnet comme apéritif? Les cocktails, c'est trop de souci. On peut s'en passer.
– Je m'en remets entièrement à vous.
– Et en ce qui concerne la princesse thaïe? Il faut prévoir des jus de fruits au cas où elle ne prendrait pas d'alcool.
– Il se peut qu'elle ne vienne pas, répondit Honda d'un ton paisible.
– Ah bon? » dit Keiko d'une voix calme en se retirant. Impeccablement polie, sa perspicacité en était presque inquiétante. L'idée vint à Honda que cette élégance détachée pouvait bien faire surestimer ce genre de femme.

Makiko Kito fut la première à arriver. Elle était accompagnée de son élève, Mme Tsubakihara, dont la voiture de maître les avait conduites à travers les monts Hakone.

La renommée poétique de Makiko était à son apogée. Honda ne savait à quoi se référer pour mesurer les valeurs poétiques; mais à entendre le nom de Makiko répété par les gens les plus inattendus, il se rendait compte à quel point elle méritait des égards. Mme Tsubakihara, qui appartenait à une famille d'ex-*zaibatsus*, avait la cinquantaine, le même âge que Makiko. Mais elle se montrait déférente envers celle-ci comme si ç'eût été une déesse.

Mme Tsubakihara portait perpétuellement le deuil de son fils, enseigne de vaisseau, mort sept ans auparavant. Honda ignorait tout de son passé, mais on aurait dit un pauvre fruit tristement mariné dans le vinaigre du chagrin.

Makiko était encore belle. Tout en montrant des signes de vieillissement, sa peau limpide gardait une fraîcheur de neige attardée, et la grisaille qui s'insinuait dans ses cheveux, soustraits à toute coloration artificielle, donnait un cachet de sincérité à sa poésie. Quoiqu'elle eût un comportement naturel, il émanait d'elle

CHAPITRE 25

un air de mystère. Jamais elle ne négligeait les cadeaux stratégiques ou des invitations à dîner aux hautes personnalités. Elle gagnait à sa personne ceux qui auraient pu en dire du mal. Bien que tout sentiment véritable se fût depuis longtemps asséché en elle, elle conservait comme un air de regret lancinant et l'illusion de sa solitude.

Par comparaison avec son chagrin, celui de Mme Tsubakihara semblait n'avoir pas mûri. Comparaison certes cruelle ; le chagrin esthétique de Makiko, devenu masque après distillation, produisait des chefs-d'œuvre, tandis que les regrets récents et non cicatrisés de son disciple restaient à l'état brut, informe, sans fournir l'inspiration créatrice à une poésie émotive. Le peu de renommée dont jouissait Mme Tsubakihara en tant que poétesse eût aussitôt disparu n'eût été l'appui de Makiko.

Makiko savait extraire l'émotion poétique du chagrin naturel de sa fidèle compagne, en tirant une mélancolie abstraite qui n'appartenait plus à personne et sur laquelle elle apposait une étiquette à son nom. Si bien que le joyau brut du chagrin et l'adresse de l'artisan, en se combinant, engendraient d'innombrables chefs-d'œuvre – écharpes qui parvenaient à dissimuler les cous vieillissants qui les portaient d'année en année.

Makiko s'irritait d'être arrivée si tôt.

« Le chauffeur a conduit trop vite », dit-elle, en regardant Mme Tsubakihara à ses côtés.

« C'est vrai. La circulation était moins dense que nous ne nous y attendions.

– Allons d'abord faire un tour de jardin. Voilà ce dont nous nous faisions une joie, dit-elle à Honda. Mais, ne vous gênez pas pour nous, nous allons prendre le temps de flâner et peut-être d'écrire quelques vers. »

Honda insista pour leur faire faire le tour du propriétaire, emportant une bouteille de sherry et des friandises, dans l'intention de les servir sous la tonnelle. L'après-midi s'était réchauffé. Au-delà du jardin qui se rétrécissait en descendant en pente douce vers le vallon, on apercevait à l'ouest le mont Fuji. Il se voilait des nuages cotonneux du printemps, son sommet couronné de neige se dessinant seul en trait net sur l'azur du ciel.

« Pour l'été, j'envisage de faire construire une piscine devant la terrasse où se trouve l'abri aux oiseaux », expliqua Honda en chemin.

À quoi les dames répondirent sans aucune chaleur, et soudain il eut l'impression d'être un commis d'auberge en train de faire visiter l'établissement à la clientèle.

Les artistes et leurs pareils étaient des gens difficiles à manier pour Honda. Il avait repris des relations avec Makiko à l'occasion du quinzième service anniversaire pour Isao en 1948. La poésie japonaise n'y était pour rien, comme on aurait pu s'y attendre. Les rapports superficiels de naguère entre l'avocat et son témoin (encore qu'on pût y déceler quelque connivence) avaient réellement éclos en amitié, du fait de leur commune et muette affection pour Isao.

Ne trouvant mot à dire, Honda avait amené ce sujet saugrenu d'une piscine. Avec son élève à ses côtés, Makiko se tenait face au spectacle du mont Fuji au printemps.

Il savait que ces femmes ne le méprisaient pas véritablement, se rendant compte toutefois qu'elles se sentaient assez à l'aise avec lui pour agir sans contrainte. Il était en dehors de leur cercle, étranger à leur genre de vie. Il voyait assez bien Makiko parler à une personne mêlée à un procès difficile : « M. Honda est un de mes amis. Non, il n'écrit pas de poésie. Mais il est très compréhensif et excellent tant au civil qu'au pénal. Je lui dirai un mot en votre faveur. »

Mais au fond, Honda avait peur de Makiko et il est probable qu'elle le craignait pareillement. Elle avait repris leurs anciennes relations afin de mettre son nom à l'abri. Honda ne se faisait aucune illusion quant à son véritable caractère ; il la savait tout à fait capable de porter un faux témoignage, de proférer, à l'instant critique, les mensonges les plus parfaitement dignes de foi.

À part cela, Honda plaisait aux femmes, étant sans reproche à leurs yeux. Devant lui, elles causaient en toute liberté alors que si Rie approchait, elles s'abritaient aussitôt derrière un bavardage mondain inoffensif. Honda aimait à observer ces femmes, naguère si belles, mais plus toutes jeunes, leurs entretiens perpétuellement mélancoliques, leur façon de confondre leur propre sensualité avec le passé, souvenirs et réalités se chevauchant, leur habitude de déformer la nature et le réel au gré de leur fantaisie. Il goûtait aussi leur aptitude à attribuer automatiquement une qualité lyrique à tout ce qu'elles voyaient de beau, comme l'huissier qui tamponne tous les meubles qu'il trouve. Comme si c'était un moyen de se protéger de telle ou telle beauté perçue par elles. Il aimait les voir gambader tels deux oiseaux aquatiques inspirés qui, après avoir maladroitement touché terre, filent à nouveau sur les eaux, prompts à déployer une grâce et une agilité inattendues, voguant et

CHAPITRE 25

plongeant sans effort. Quand elles composaient un poème, elles manifestaient une liberté sans réserve dans ce bain de soleil psychologique, sans craindre aucunement les brûlures qui pouvaient en résulter. Cela lui rappelait la jeune princesse et les vieilles dames à Bang Pa In.

Est-ce que Ying Chan allait vraiment venir? Où avait-elle passé la nuit? Le souci lui enfonça soudain dans l'esprit un coin de bois rugueux.

«Quel beau jardin! Hakone à l'est et Fuji à l'ouest. C'est un crime de vous y prélasser ainsi sans même écrire un poème. Pendant qu'il nous faut produire de la poésie sous le ciel vicié de Tokyo, vous êtes ici, plongé dans des livres de droit. Que le monde est injuste!

– Il y a belle lurette que j'ai abandonné les ouvrages juridiques», dit Honda en leur offrant du sherry. En prenant les verres qu'on leur tendait, le mouvement des manches de kimono et les gestes gracieux des doigts des deux femmes avaient un charme extrême. En fait, Mme Tsubakihara copiait servilement Makiko, depuis son geste en soulevant sa manche jusqu'à sa façon de courber ses doigts couverts de bagues pour saisir le verre.

«Comme Akio aurait été heureux de voir ce jardin! dit Mme Tsubakihara, en parlant de son fils qui était mort. Il adorait le mont Fuji et, même avant d'entrer dans la marine, il en avait la photo encadrée dans son bureau, de façon à pouvoir toujours le regarder. Des goûts si nets, si jeunes.»

Toutes les fois qu'elle mentionnait son nom, un sanglot ridait ses joues en les effleurant, comme s'il avait existé au tréfonds de son cœur une mécanique de précision, mise en marche automatiquement chaque fois qu'il était question de lui, indépendamment de son désir à elle, et qui produisait une expression faciale invariable. De même que le nom d'un empereur est toujours mentionné d'un air respectueux, de même une trace éphémère de sanglots était pratiquement synonyme du nom d'Akio.

Makiko avait étalé un cahier sur ses genoux et composé un poème.

«Déjà, vous en avez écrit un!» s'exclama Mme Tsubakihara, regardant d'un air jaloux la tête penchée de son professeur. Honda regardait, lui aussi. Ses yeux voyaient encore, telle la lune à son déclin, la nuque frêle, blanche, odorante qui jadis avait attiré le jeune Isao.

«Voilà M. Imanishi. Je ne me trompe pas», s'écria Mme Tsubakihara en regardant l'homme qui traversait la pelouse. Même à cette distance, le front pâle et la haute silhouette qui marchait avec des hésitations d'infirme caractéristiques, traînant son ombre allongée, ne pouvaient appartenir qu'à lui.

« Quelle horreur! Je suis sûre qu'il va recommencer à raconter ses vulgarités. Il va gâcher notre plaisir d'un seul coup », dit Mme Tsubakihara.

Yasushi Imanishi avait la quarantaine et était spécialisé dans la littérature allemande. Il avait fait connaître la dernière génération d'écrivains allemands, pendant la guerre, et maintenant, il écrivait sans objet précis toutes sortes d'essais. Il rêvait, ces temps-ci, à *L'Âge d'or du sexe* qu'il projetait d'écrire, sans qu'il y eût encore aucun indice qu'il l'eût fait. Sans doute cette rédaction avait-elle perdu tout intérêt pour lui, maintenant qu'il avait discuté son contenu en détail avec tout le monde. Quel rapport *L'Âge d'or*, d'une étrangeté et d'une tristesse absolues, pouvait-il avoir avec lui, nul n'aurait su dire. C'était le second fils du patron des Placements Imanishi et il vivait une vie confortable de célibataire.

Il avait un visage pâle et nerveux, mais il était avenant, loquace, et tant dans les milieux financiers que parmi les écrivains de gauche, on le trouvait amusant. Il avait le sentiment d'avoir vraiment découvert pour la première fois de sa vie quelque chose qui convenait à sa personnalité dans cet après-guerre iconoclaste, hostile aux autorités établies et aux conventions. Tel était le combat entrepris par des intellectuels pâles et hirsutes. Il prêchait la signification politique de la sexualité imaginative dont il avait fait sa spécialité. Jusque-là, il avait seulement été un romantique à la Novalis.

Les femmes appréciaient sa façon d'épicer galamment d'obscénités ses allures aristocratiques. Ceux qui le disaient dégénéré se montraient uniquement par là les survivants de l'époque féodale. En même temps, Imanishi ne manquait jamais de décevoir les progressistes sérieux par les sottises du futur *Âge d'or* qu'il projetait.

Jamais il ne s'exprimait à voix forte. Cela eût présenté le danger, en sortant les choses du domaine d'une sensualité affinée, de les transformer en idéologie.

Tous quatre se tenaient sous la tonnelle, musardant au soleil dans l'attente de nouveaux arrivants. Le glouglou du ruisseau qui coulait juste au-dessous persistait à forcer l'entrée de leur conscience. Honda ne pouvait s'empêcher de se souvenir des paroles: « Tout est en flux constant comme un torrent. »

Imanishi avait baptisé son royaume imaginaire « Le Pays des Grenades », l'appelant ainsi en raison des petites graines rouge rubis

CHAPITRE 25

qui éclatent. Il prétendait se rendre dans son royaume en plein sommeil ou éveillé et chacun lui en demandait des nouvelles.

«Quoi de neuf ces temps-ci au "Pays des Grenades"?
— Comme à l'accoutumée, la population est bien tenue en main. Toutes sortes de problèmes se posent à cause du taux élevé d'inceste. Il arrive souvent qu'une femme soit tante, mère, sœur et cousine du même homme. En conséquence, une moitié des bébés est d'une beauté incroyable tandis que l'autre moitié est laide et difforme.

Les beaux enfants des deux sexes sont séparés dès le premier âge de ceux qui sont laids et rassemblés en un lieu dénommé "Le Jardin des Bien-aimés". Les commodités y sont admirables, un véritable paradis sur terre. Un soleil artificiel fournit en permanence la quantité idéale de rayons ultraviolets. Nul ne porte de vêtements et tous se consacrent à la natation et autres exercices physiques. Les fleurs y éclosent à profusion et les petits animaux ou les oiseaux ne sont jamais en cage. Les enfants qui s'y trouvent mangent de bons mets nourrissants sans pourtant engraisser car ils sont sous surveillance médicale hebdomadaire. Ils ne peuvent que devenir de plus en plus beaux. Mais la lecture est strictement interdite. Cela gâte la beauté naturelle, si bien que ce tabou se comprend.

Quand ils atteignent l'adolescence, on les amène du jardin une fois par semaine pour servir d'amusement sexuel aux enfants laids de l'extérieur. Après deux ou trois ans d'activité de ce genre, on les détruit. Ne pensez-vous pas que c'est un amour vraiment fraternel de mettre fin à l'existence tant que les individus doués de beauté sont encore jeunes?

On utilise la puissance créatrice de tous les artistes du pays pour développer des moyens variés de sacrifice. Autrement dit, il existe partout des théâtres consacrés au meurtre sexuel où les beaux jeunes gens des deux sexes tiennent toutes sortes de rôles et où ils sont torturés à mort. Ils recréent toutes espèces de personnages de la mythologie et de l'histoire qui furent victimes d'assassinat sadique étant encore jeunes et beaux. Mais bien entendu, il y a aussi de nombreuses créations. Ils sont noblement assassinés, dans des costumes magnifiquement sensuels, avec un éclairage splendide, des décors éclatants et une musique merveilleuse; mais à l'ordinaire, des membres du public s'en amusent avant qu'ils soient tout à fait morts, après quoi les corps sont incinérés.

Les tombes? Les tombes sont juste à l'extérieur du "Jardin des Bien-aimés". C'est un lieu de toute beauté où les gens laids et difformes se promènent parmi les tombeaux, les nuits de clair de lune,

perdus dans des songes romantiques. Comme l'on érige en pierres tombales des statues des beaux adolescents, nul cimetière au monde ne contient tant de corps admirables.
— Pourquoi faut-il les tuer ?
— Parce que, bientôt, ils se lassent des vivants. Les gens du "Pays des Grenades" ont une sagesse infinie. Ils savent fort bien qu'en ce monde, il n'est que deux rôles pour les humains : ceux qui se souviennent et ceux dont on se souvient.

Maintenant que je vous ai dit tout cela, il faut que je vous fasse connaître leur religion. La coutume en question se fonde sur une croyance religieuse.

Au "Pays des Grenades", on ne croit pas à la réincarnation. Cela parce que Dieu se manifeste à l'instant suprême de l'acte sexuel et que la vraie nature du divin réside dans son apparition unique. Il n'existe aucune possibilité de devenir plus beau encore après une nouvelle naissance, ce qui veut dire que la résurrection n'aurait aucun sens. Il est impensable, n'est-ce pas, qu'une chemise passée puisse être plus blanche qu'une toute neuve. Si bien que les dieux du "Pays des Grenades" sont utilisés une seule fois avant qu'on s'en débarrasse.

La religion du pays est polythéiste mais de façon temporelle en quelque sorte ; des dieux en quantité innombrable dissipent entièrement leur existence physique, disparaissant dans l'éternité sitôt qu'ils ont exprimé cet instant suprême. Maintenant, vous le savez : "Le Jardin des Bien-aimés" est une usine à faire des dieux.

En ce monde, afin de transformer l'histoire en une chaîne d'événements de beauté, le sacrifice des dieux doit se poursuivre à l'infini. Telle est la théologie. Vous ne pensez pas qu'elle est rationnelle ? En outre, les gens ne manifestent absolument aucune hypocrisie ; de sorte que beauté et attrait sexuel sont synonymes. Ils savent fort bien que seul le désir sexuel permet d'approcher Dieu ; c'est-à-dire la beauté.

On possède un dieu au moyen du désir sexuel et la possession sexuelle se produit au faîte du plaisir. Mais l'orgasme ne peut durer, aussi la possession ne peut signifier qu'une chose : l'unification de cela qui n'a pas de durée avec l'essence éphémère de l'objet du désir sexuel. La méthode la plus sûre est l'élimination de cet objet à l'instant suprême. C'est pourquoi les habitants de ce pays ont clairement connaissance que la possession sexuelle s'accomplit dans le meurtre et le cannibalisme.

Certes, il est merveilleux que ce paradoxe de la possession sexuelle gouverne les structures économiques du pays. La règle fondamentale de la possession est de "tuer le bien-aimé", ce qui veut

CHAPITRE 25

dire que l'accomplissement de toute possession signifie simultanément qu'il est mis fin à la possession et que continuer à posséder est une violation de l'amour. Le travail physique n'est permis que pour créer des êtres de beauté et les gens laids en sont exempts. En fait, la production industrielle est entièrement automatisée et ne demande aucun effort des hommes. Les arts ? Seuls existent les arts qui concourent à l'infinie variété du théâtre de meurtre ainsi qu'à l'érection de statues aux morts doués de beauté. Du point de vue religieux, le réalisme sensuel est le style de base et l'on rejette totalement l'abstraction. L'incorporation de la "vie" dans les arts est rigoureusement interdite.

On accède à la beauté par le désir sexuel mais ce qui conserve pour toute éternité cet instant de beauté, c'est le souvenir... Voilà qui vous fait comprendre, *grosso modo*, l'agencement fondamental du "Pays des Grenades", il me semble. Le concept de base est le souvenir, et pour ainsi dire, le souvenir est la politique nationale.

L'orgasme, phénomène semblable à un cristal corporel, se cristallise plus avant dans la mémoire, et après la mort du dieu de beauté, on se remémore le sublime degré d'excitation sexuelle. Les gens ne vivent que pour accéder à ce niveau. Comparée à ce joyau céleste, l'existence physique des êtres humains, qu'ils aiment ou soient aimés, celui qui tue ou celui qui est tué, n'est que le moyen d'y atteindre. Tel est l'idéal de ce pays.

La mémoire est l'unique matière de notre esprit. Qu'un dieu paraisse au faîte de la possession sexuelle, ce dieu devient alors "celui dont on se souvient", l'amant devenant "celui qui se souvient". Ce n'est qu'en vertu de ce processus de consommation du temps qu'est réellement prouvée la présence du dieu, la beauté atteinte pour la première fois et que le désir sexuel se distille en un amour indépendant de la possession. *Ainsi donc, les dieux et les humains ne sont point séparés dans l'espace, mais il existe entre eux un intervalle dans le temps.* Cela constitue l'essence du polythéisme temporel. Avez-vous compris ?

Ces meurtres peuvent paraître rigoureux, mais il les faut pour purifier le souvenir et le distiller en son élément le plus fortement concentré. D'ailleurs, ces habitants laids et difformes sont doués de noblesse, de véritable noblesse. Spécialisés en altruisme, ils ne vivent que pour se renoncer. Ces amants adonnés au meurtre et au souvenir vivent fidèlement leurs rôles, sans rien se rappeler d'eux-mêmes, n'existant que pour adorer la mémoire de la mort en beauté de ceux qu'ils ont aimés. Se souvenir devient l'unique tâche de leurs vies. Le "Pays des Grenades" est aussi la terre des cyprès, des monuments admirables, et des regrets ; c'est le lieu du monde le plus paisible et le plus calme, la patrie du souvenir.

Toutes les fois que je m'y rends, il me semble ne plus jamais vouloir rentrer dans un endroit tel que le Japon. C'est un pays tout plein des éléments de l'humanité les plus tendres, un pays d'humanisme et de paix véritables. On n'y connaît point de coutume sauvage comme de manger la chair des bœufs et des porcs.

– Je voudrais vous demander une chose. Vous dites qu'ils mangent de la chair humaine, mais quelles parties du corps humain consomment-ils ? s'enquit Makiko, d'un ton amusé.

– Vous le savez très bien sans le demander », dit Imanishi, tranquillement, en baissant la voix.

Honda pensait qu'il était pour le moins comique qu'un ancien magistrat pût écouter pareil discours sans broncher. Il ne lui était jamais venu à l'idée qu'un homme comme Imanishi pût même exister. Si César Lombroso, le criminologiste, l'avait rencontré, il l'aurait fait bannir sans délai de la société.

Honda répugnait à l'orientation sexuelle des curiosités d'Imanishi, encore que lui-même s'en permît d'un autre genre. N'eût été qu'il s'agissait d'un produit de l'imagination d'Imanishi, tout un chacun se trouverait habiter l'âge d'or sexuel des dieux. C'était une farce du théâtre divin que Dieu ait fait que Honda vécût comme celui qui se souviendrait tout en faisant mourir Kiyoaki et Isao comme ceux dont on se souvient. Pourtant Imanishi avait déclaré que nul ne pouvait renaître. Il se pouvait que le samsara fût une idée opposée à la résurrection, caractérisé peut-être par sa promesse que la vie ne peut se produire qu'une fois. En particulier, la théorie d'Imanishi qu'il y avait un intervalle de temps entre l'existence humaine et Dieu, et que l'homme ne pouvait rencontrer Dieu que dans le souvenir, forçait Honda à retracer en pensée sa propre vie et ses voyages ; cela évoquait des choses immenses et vaguement nostalgiques.

Quel homme, cet Imanishi !

Il faisait exprès de mettre à nu au soleil de noires difformités intimes, y prenant même plaisir. Il pariait entièrement sur les faux airs de son visage indolent, dépeignant sa noirceur à autrui comme si cela ne le concernait pas le moins du monde.

Pour avoir longtemps appartenu au monde juridique, Honda dissimulait dans son cœur un certain respect romantique du criminel sûr de soi. À vrai dire, le criminel convaincu était extrêmement rare.

CHAPITRE 25

De fait, il n'en avait jamais rencontré aucun qui pût entrer dans cette catégorie, si ce n'est Isao.

Il s'ensuivait que Honda cachait ses sentiments de haine et de mépris pour les malfaiteurs repentants.

Lequel était Imanishi ?

Sans doute n'était-il jamais repentant, mais il lui manquait la noblesse du criminel à principes. Par sa vanité et ses faux-semblants, il tentait d'embellir la médiocrité de celui qui a avoué, cherchant ainsi à profiter des avantages à la fois de l'aveu et des faux-semblants. Comme c'était laid, la transparence de ce modèle anatomique ! Néanmoins, Honda se refusait opiniâtrement à reconnaître que, d'une certaine façon, il était attiré par Imanishi, que l'invitation qu'il lui avait adressée de venir à la villa s'enracinait dans l'espèce d'envie qu'il portait à son courage. En outre, le fait de dissimuler tout cela n'était pas dû à l'amour-propre ou à sa force d'âme manifestée en s'abaissant au niveau de celui qui a avoué, mais sans nul doute à sa crainte des yeux d'Imanishi, de leurs rayons. Secrètement, sur la peur qu'il ressentait, Honda avait apposé l'étiquette « Maladie de l'objectivité ». C'était le dernier cercle de l'enfer, empli d'aimables frissons, où une conscience des choses qui refusait de passer aux actes se trouvait finalement précipitée.

Cet homme a des yeux de poisson, pensa Honda en regardant à la dérobée le profil d'Imanishi tandis que ce dernier causait avec les deux femmes d'un air triomphant.

Le soleil avait déjà coloré les nuages sur la gauche du mont Fuji quand les invités furent tous réunis.

Lorsqu'ils se dirigèrent tous les quatre de la tonnelle vers la maison, l'amant américain de Keiko, le lieutenant d'infanterie, l'aidait dans la cuisine. Bientôt, arrivèrent les ci-devant baron et baronne Shinkawa, bien vieillis ; puis, par intervalles, Sakurai, un diplomate ; Murata, président d'une société de construction ; Kawaguchi, un important journaliste ; Akiko Kyoya, interprète de chansons françaises, et Ikuko Fujima, danseuse japonaise traditionnelle. Un groupe d'invités aussi disparate eût été impensable, jadis, chez Honda. Pourtant, ce dernier avait le cœur lourd : Ying Chan ne s'était pas montrée.

26

Le ci-devant baron Shinkawa était assis dans un fauteuil près du feu, et de là, il observait d'un œil antipathique les autres invités. À présent, il avait soixante-douze ans. Bien qu'il ne cessât de bougonner et de se plaindre chaque fois qu'il partait de chez lui, il ne pouvait se passer du plaisir de sortir ; même à cet âge, son amour des réunions mondaines n'avait pas diminué. S'étant mortellement ennuyé à l'époque des purges d'après-guerre, il avait pris l'habitude d'accepter toutes les invitations, et cela s'était poursuivi dans les années qui avaient succédé aux purges.

Mais désormais, chacun le considérait, lui et sa bavarde d'épouse, comme l'invité le plus assommant. Son ironie avait perdu son mordant et les épigrammes qu'il sortait étaient désormais diffuses et superficielles. Il n'arrivait jamais à se rappeler le nom des gens.

« Ce... comment donc s'appelait-il ?... vous vous rappelez... on le voyait souvent dans les caricatures politiques... vous ne vous souvenez pas ?... Un gros petit bonhomme, rond comme une bille... comment s'appelait-il donc ?... un nom très commun... »

L'interlocuteur ne pouvait pas ne pas s'apercevoir que Shinkawa livrait un combat perdant à l'invisible monstre d'une mémoire rebelle. Cet animal tranquille mais tenace se retirait à l'occasion pour réapparaître aussitôt, s'accrochant à Shinkawa, lui frôlant le front de sa queue velue.

À la fin, il abandonnait et continuait son histoire.

« ... Quoi qu'il en soit, l'épouse de ce politicien était une femme remarquable. » Mais cet épisode auquel manquait le nom le plus important n'avait plus aucune saveur. Chaque fois, il trépignait de dépit, tant il avait envie de communiquer aux autres la saveur du récit que lui seul pouvait goûter. C'est alors que Shinkawa avait comme un sentiment de mendicité, tel qu'il n'en avait jamais connu auparavant. Dans ses efforts pour trouver quelqu'un qui apprécie les jeux de mots de ses petites plaisanteries, il mendiait presque qu'on le comprenne, en devenant inconsciemment obséquieux.

Il lui fallait mettre en pièces pitoyablement la vanité raffinée dont il avait été si longtemps pourvu, et peu à peu son souci primordial devint d'affecter un air de dédain, chose qu'en d'autres temps il montrait au bout du nez d'un air très désinvolte, comme la fumée

CHAPITRE 26

d'un cigare. Mais en même temps, il avait grand soin d'éviter de révéler ce mépris caché à quiconque, craignant fort de ne plus recevoir d'invitations.

Au beau milieu d'une réunion, il lui arrivait de tirer sa femme par la manche et de lui murmurer à l'oreille :

« Quelle abjection tous ces gens-là ! Ils ignorent tout de la façon de parler de choses osées avec délicatesse. La laideur japonaise est si complète qu'elle en est presque impressionnante. Mais n'allez pas les laisser soupçonner ce que nous en pensons. »

Les yeux de Shinkawa s'embuèrent soudain devant les flammes de la cheminée ; il se rappela la garden-party chez le marquis Matsugae une quarantaine d'années auparavant, se rappelant fièrement que, là aussi, il n'avait ressenti que mépris pour son hôte.

Seulement, une chose avait changé. Jadis, l'objet de son mépris ne pouvait lui nuire en rien, tandis qu'à présent le simple fait de se trouver là le blessait profondément.

Mme Shinkawa était pleine d'entrain.

À son âge, elle trouvait un intérêt croissant indéfinissable à parler d'elle-même. Sa recherche d'interlocuteurs s'harmonisait magnifiquement à la tentative d'abolir les distinctions de classe qui, maintenant, était de bon ton. Pas une fois dans sa vie, elle ne s'était souciée de la qualité de son auditoire.

Elle fit des compliments exagérés à l'interprète de chansons françaises comme si elle se fût adressée à une princesse royale, moyennant quoi on voulut bien l'écouter. Elle louangea sans vergogne la poésie de Makiko avant d'imposer à la pauvre dame son histoire à elle, la fois où elle avait été complimentée par un Anglais qui lui avait dit qu'elle était poète. Il avait fait cette remarque alors qu'elle comparait des nuages de fin d'été au-dessus de Karuizawa à un tableau de Sisley.

À cette heure, mue par quelque étrange intuition, en rejoignant son époux près de la cheminée, elle se mit à causer de la garden-party, chez les Matsugae.

« Quand j'y repense, c'était une époque stupide, non civilisée, où des réunions mondaines qui coûtaient très cher ne rimaient à rien qu'à faire venir quelques geishas chez soi pour danser et faire de la musique. Les gens manquaient alors vraiment d'imagination. Je dois dire que le Japon a fait de sérieux progrès : les coutumes barbares ont disparu et il est devenu habituel d'inclure les épouses dans la vie sociale. Regardez ici, les femmes ne sont plus muettes. Les conversations qu'on tenait autrefois aux garden-parties étaient atrocement ennuyeuses, alors que maintenant, les femmes tiennent des propos très spirituels.»

Pourtant, on pouvait douter qu'elle eût jamais écouté la conversation de quiconque, maintenant ou à aucun moment, au cours des quarante dernières années. Elle n'avait jamais essayé de parler d'autre chose que d'elle-même.

Mme Shinkawa s'écarta soudain d'à côté de son mari. Elle jeta un regard à une glace sombre apposée contre un mur. Les miroirs ne l'effrayaient jamais. Tous, ils faisaient office de corbeilles où elle pouvait, se tenant devant eux, se débarrasser de ses rides.

Jack, lieutenant du service de l'intendance, était à la peine. Les invités avaient plaisir à regarder ce membre des Forces d'occupation, si gentil et si dévoué. Keiko le traitait royalement, avec un savoir-faire souverain sans égal.

Il arrivait que Jack étendît le bras et lui prît la taille par-derrière, lui caressant le sein par malice. Elle se permettait alors posément un petit sourire pincé, serrant ses doigts poilus ornés de bagues.

« Quel enfant ! Il est incorrigible », disait-elle d'un ton sec, professoral, en regardant à la ronde. Engoncé dans son uniforme de l'armée, Jack avait un postérieur des plus amples que les invités comparaient au fessier majestueux de Keiko, à savoir lequel était le plus imposant.

Mme Tsubakihara continuait à causer avec Imanishi. Déconcertée de rencontrer pour la première fois quelqu'un qui n'avait que dédain pour son précieux chagrin, elle n'en modifiait pas le moindrement l'air stupide d'affliction de son visage.

« Vous avez beau vous chagriner, cela ne rendra pas la vie à votre fils. De plus, vous avez un ballon dans le cœur qui est tellement rempli de chagrin que plus rien ne peut y entrer. Cela vous donne un sentiment de sécurité, n'est-ce pas ? Permettez-moi de pousser un peu plus loin l'impolitesse : vous avez la conviction que personne ne vous rendra le service de remplir votre ballon, si bien que vous l'emplissez vous-même d'un gaz triste de votre confection que vous y pompez en un clin d'œil. Cela vous libère de la peur d'être gênée par tout autre sentiment.

– Mais c'est horrible ce que vous dites là ! Comme il est cruel... »

Mme Tsubakihara levait les yeux vers Imanishi du mouchoir où elle étouffait ses sanglots. L'idée lui vint que ce regard était d'une petite fille innocente qui ne désire rien tant que d'être violée.

CHAPITRE 26

Le président de la société de construction Murata était en train d'adresser des compliments hyperboliques à Shinkawa, saluant en lui une personnalité du monde financier. Celui-ci s'irritait d'être compris dans la même catégorie que ce vulgaire entrepreneur. Murata avait érigé d'immenses panneaux portant son nom sur tous les chantiers de construction de la société; partout on voyait cette publicité personnelle. Pourtant, nul ne ressemblait moins à un spécialiste de la construction. Un visage pâlot et plat révélait ses antécédents de bureaucrate réformiste d'avant-guerre. C'était un idéaliste qui vivait en parasite aux dépens des autres. Il n'avait pas plutôt cessé de s'accrocher à autrui, atteignant en affaires une réussite personnelle, qu'il avait découvert l'immensité rayonnante d'un océan où son naturel fruste pouvait se donner libre cours. Murata avait fait sa maîtresse de la danseuse Ikuko Fujima. Ikuko portait un somptueux kimono broché de fils de soie et de laque, et à son doigt resplendissait un diamant de cinq carats; en riant, elle tenait le cou et le dos tout raides.

« Une maison magnifique monsieur, mais si vous m'aviez confié le soin de vous la bâtir, je vous aurais épargné bien de l'argent. Quel dommage », répéta Murata au moins trois fois à Honda.

Sakurai, le diplomate, et le grand reporter Kawaguchi discutaient de problèmes internationaux, debout de part et d'autre d'Akiko Kyoya. La peau de poisson de Sakurai et celle de Kawaguchi, marquée par l'âge et gâtée par le saké, fournissaient un bon contraste entre eux et entre leurs carrières. L'un était à sang froid, l'autre à sang chaud. Ils discutaient de problèmes fort importants comme il est de coutume aux hommes en compagnie des femmes, s'efforçant d'impressionner la chanteuse Akiko. Celle-ci, de son côté, sans s'occuper de cette subtile rivalité et de cette vanité absurde, n'arrêtait pas de se servir de petits fours, jetant un regard, de ses yeux sombres et mélancoliques, tantôt aux cheveux blancs en désordre, tantôt à ce visage par trop soigné. Elle pinçait les lèvres en forme de o, fourrant friandise après friandise entre ses lèvres de poisson rouge.

Makiko Kito prit la peine de s'approcher d'Imanishi en disant:
« Vous avez les goûts les plus étranges.
– Faut-il que je vous demande la permission chaque fois que je fais la cour à votre disciple? C'est comme si je faisais la cour à ma mère, je ressens comme un frisson sacré. Du moins, je ne commettrai jamais l'erreur de vous faire la cour à vous. Ce que vous pensez de moi, vous le portez écrit sur tout le visage. J'appartiens à l'espèce qui vous répugne sexuellement plus qu'aucune autre, n'est-il pas vrai?

– Vous savez très bien que c'est le cas.»
Makiko se sentit soulagée et parla d'une voix pleine de charme. Puis elle laissa s'écouler entre eux un long silence qui semblait le liséré noir de nattes de tatami.
«Même si votre cour était couronnée de succès, jamais vous ne pourriez assumer le rôle de son fils. Son fils mort représente pour elle tout ce qu'il y a de beau et de sacré; elle lui voue un culte comme une prêtresse.
– Eh bien, je ne sais pas. Pour moi, tout paraît suspect. C'est un blasphème qu'une personne vivante puisse continuer à entretenir de purs sentiments et à les exprimer.
– Voilà pourquoi je dis qu'elle rend un culte au pur sentiment des défunts.
– De toute manière, elle le fait parce qu'elle en a besoin pour vivre. Cela, déjà, le rend suspect.»
Makiko plissa les yeux et se mit à rire de simple dégoût.
«Il n'y a pas un seul homme véritable à cette réunion», dit-elle. Là-dessus, elle quitta Imanishi, voyant que Honda l'appelait. Mme Tsubakihara était assise au bord d'un banc encastré dans le mur contre lequel elle s'appuyait en pleurant. L'air au-dehors était extrêmement froid et des gouttelettes d'humidité condensée ruisselaient le long des vitres.
Honda voulait prier Makiko de s'occuper de Mme Tsubakihara. Si ses pleurs étaient dus moins à ses souvenirs douloureux qu'à la faible quantité d'alcool qu'elle avait consommé, peut-être était-ce que la boisson la rendait sentimentale.
Rie, le visage blême, s'approcha de Honda et lui murmura à l'oreille:
«Il y a eu un bruit bizarre. Cela a commencé il y a un petit moment dans le jardin... Je me demande si j'entends des choses.
– Avez-vous regardé?
– Non, j'ai eu peur.»
Honda marcha à grands pas vers l'une des fenêtres et essuya des doigts la buée de sur le carreau. Au-delà du gazon inerte, au-dessus des cyprès, la lune se montrait, spectrale. Un chien errant furetait, traînant son ombre après lui. S'arrêtant, la queue retroussée, il projetait en avant son poitrail à fourrure blanche qui brillait au clair de lune et poussa un hurlement lugubre.
«Voilà ce que c'est, n'est-ce pas?» demanda Honda à sa femme. La cause de sa crainte enfantine s'était révélée trop aisément et Rie n'y consentit pas tout de suite, se contentant d'un sourire vague, pas très convaincu.

CHAPITRE 27

Toujours à l'écoute, il entendit deux ou trois chiens répondre par-delà le bosquet de cyprès.
Le vent soufflait plus fort.

27

Il était minuit. De la fenêtre de son bureau, au premier étage, Honda vit une lune petite, tel un fantôme, traverser le ciel. Ying Chan n'était pas venue. Ç'avait été la lune, à la place.
La réunion avait pris fin peu avant minuit. Seuls restaient les invités qui passaient la nuit, rassemblés en petit cercle. Peu à peu, ceux-ci gagnèrent les chambres qui leur avaient été assignées. Après les deux chambres d'amis à l'étage, venait le bureau de Honda lequel, à son tour, était attenant à la chambre principale. Une fois qu'elle eut fait ses adieux aux invités, l'épuisement s'était emparé de Rie, dont le corps était engourdi jusqu'au bout de ses doigts boursouflés. Elle s'était retirée dans sa chambre après avoir souhaité bonne nuit à son époux. Seul dans son bureau, Honda revoyait le dos des mains de sa femme, si enflé qu'il en avait des reflets ternis. Rie les lui avait montrés triomphalement. L'humeur mauvaise qui s'y propageait poussait pour sortir, gonflant la peau, effaçant les lignes anguleuses de ses mains, leur donnant une apparence potelée enfantine dont son esprit mit longtemps à se détacher. Il avait suggéré de fêter, dans l'intimité de leur chambre, la pendaison de la crémaillère mais on l'avait repoussé. N'eût été ce veto opposé à sa suggestion, que se serait-il passé ? Il fallait qu'une profonde affliction coulât sous cette graisse écœurante, sous-cutanée, d'amabilité compatissante.
Honda jeta un coup d'œil à son cabinet de travail, de style occidental, à la fenêtre claire et vaniteuse, au bureau bien propre. Du temps qu'il travaillait beaucoup, le bureau ne se présentait jamais ainsi. Il était alors dans un désordre impossible, comme celui de l'existence même, et il y régnait des odeurs de poulailler. Maintenant, sur le bureau aux prétentions artistiques, façonné dans une seule planche de zelkova, on avait disposé une garniture anglaise en maroquin. Dans le plumier, étaient plusieurs crayons

bien taillés, tous en ligne, les lettres en relief toutes neuves brillant comme les insignes au col d'élèves officiers. Il y avait aussi son alligator en bronze – presse-papier hérité de son père – et une boîte à courrier vide en mailles de bambou.

Il se levait fréquemment pour aller de l'autre côté de la pièce essuyer les carreaux de la grande baie aux rideaux encore ouverts, car la lune qui brillait à travers les vitres était déformée par la buée due à la chaleur du bureau. Il était sûr qu'à moins de permettre à la lune de garder sa clarté, le vide et le dégoût qui inondaient son cœur iraient en grandissant, le sombre tumulte se transformant en désir sexuel. Il s'étonnait de découvrir que c'était justement pareil paysage qui l'attendait à la fin du voyage de sa vie. On perçut de nouveau le lugubre aboiement du chien et les frêles cyprès grincèrent dans le vent.

Il y avait quelque temps que sa femme s'était endormie dans la chambre voisine. Honda éteignit la lumière du bureau et se dirigea vers les rayons de bibliothèque alignés contre la paroi commune avec la chambre d'amis. Tranquillement, il sortit un certain nombre d'ouvrages occidentaux qu'il empila sur le parquet. Ce que lui-même avait étiqueté «la maladie de l'objectivité» s'emparait de lui maintenant. Dès la minute où il ferait sa reddition, il serait contraint de se poser en adversaire de toute la société, laquelle, jusqu'à présent, avait été de son côté.

Et pourquoi donc? se demanda-t-il. Cela faisait également partie des multiples aspects du comportement humain qu'il avait observés objectivement, du siège du tribunal ou de celui de l'avocat, au long des années. Comment se pouvait-il qu'observer à partir de ces positions privilégiées fût parfaitement légal, alors que regarder comme il allait le faire, c'était violer la loi? Observer l'autre manière lui avait valu l'approbation de la société, tandis que regarder de cette façon-ci encourait opprobre et mépris. Si cela était criminel, c'était sans doute parce qu'il y trouvait tant de plaisir. Pourtant, son expérience de magistrat lui avait appris quel plaisir il y avait à avoir l'esprit clair, dénué de désir personnel. Et si la noblesse de cet agrément provenait de ce qu'il ne s'accompagnait pas d'un pouls accéléré, était-ce donc que l'essence de la criminalité consistât en une palpitation du cœur? Cette réponse intime de l'être humain, cette palpitation en face du plaisir, se pouvait-il que ce fût là l'élément le plus significatif de toute violation de la loi?

Tout ceci n'était que sophisme. En ôtant les volumes de la bibliothèque, Honda sentait son cœur battre comme celui d'un jeune gar-

CHAPITRE 27

çon et il comprit brusquement à quel point son existence même vis-à-vis de la société était faible et vulnérable. Il était seul et désemparé. On avait retiré les forces qui l'avaient maintenu en position haute, comme sur un échafaudage. Tel le sable s'écoulant dans un sablier, la descente sans fin, inexorable avait commencé. En ce cas, loi et société étaient déjà ses ennemies. S'il avait possédé un peu plus de courage et si ce n'avait pas été son propre bureau, mais un coin de parc où poussait le jeune gazon ou encore, quelque ténébreux chemin de traverse que tachetait la lumière des maisons, alors il fût devenu réellement un honteux criminel. On ricanerait : «Voilà le juge devenu avocat, et l'avocat malfaiteur!» On irait dire que cet homme-là n'avait, toute sa vie, cessé d'aimer l'enceinte des tribunaux!

Une fois les livres enlevés, un petit trou apparut dans le mur devant lui. L'espace sombre et poussiéreux était juste assez grand pour son visage. L'odeur de poussière emplit soudain le cœur de Honda des souvenirs poignants de la jeunesse, faisant jaillir les maigres étincelles rouges des plaisirs secrets de l'enfance. Il se rappela le tissu du couvre-siège en velours bleu foncé qui se mêlait à l'odeur des toilettes. Le premier mot obscène, il l'avait trouvé dans un dictionnaire. Toutes les mauvaises odeurs mélancoliques de l'enfance. Il découvrait dans les battements de son cœur comme une pâle caricature de la noble passion qui avait poussé Kiyoaki vers la catastrophe finale. Quoi qu'il en fût, c'était un unique et sombre couloir qui reliait les dix-neuf ans de Kiyoaki et les cinquante-sept années de Honda. Fermant les yeux, il eut l'impression que jaillissaient dans l'obscurité de la bibliothèque des particules éparses de chair rouge volant de toutes parts comme un essaim de moustiques.

La chambre à donner attenante au bureau était celle qu'occupaient Makiko et Mme Tsubakihara. Imanishi logeait dans la chambre située au-delà. Honda avait eu l'impression très nette qu'il s'était noué comme des relations d'une chambre à l'autre; il avait entendu des portes s'ouvrir subrepticement, puis un bruit de voix étouffées, quelqu'un qu'on grondait dans un murmure, telles des éclaboussures à la surface de l'eau. Le bruit cessa pour reprendre bientôt. Quelque chose se trouvait projeté sur un plan abaissé vers les profondeurs de la nuit, comme, sur sa lancée, un dé d'ivoire roulant au bas d'une planche inclinée.

Il avait idée de ce qui se passait. Mais ce que ses yeux rencontrèrent dépassait ce qu'il avait imaginé.

Dans la chambre d'amis attenante, on avait placé des lits jumeaux parallèlement au mur à l'ouverture secrète. Le lit situé juste au-dessous du trou était presque complètement caché à la vue, l'autre étant entièrement visible. La veilleuse était allumée, mais le lit lui-même était voilé par l'ombre.

Dans la pâle lumière, Honda tressaillit en apercevant deux yeux grands ouverts qui plongeaient dans les siens. Ils n'étaient autres que ceux de Makiko.

Elle était assise sur le lit le plus éloigné, habillée d'un kimono de nuit blanc. Le col du vêtement était pudiquement fermé et ses cheveux argentés brillaient vaguement sous la lumière qui venait d'un côté. Elle avait nettoyé son visage du maquillage et sa blancheur d'autrefois n'avait pas changé. Il était toujours clair et glacé. Son âge se montrait aux épaules arrondies où la chair grassouillette s'était affaissée, mais dans l'ensemble, sa foi dans le caractère impénétrable de sa personnalité, jamais menacée au long des années, apparaissait à l'évidence dans la respiration régulière de sa poitrine. On eût dit que l'essence de la nuit siégeait là, vêtue de blanc. Il sembla à Honda qu'il était à regarder le mont Fuji par clair de lune. La pente douce au pied de la montagne se recouvrait des plis ondoyants de la couverture doublée de bleu. Les genoux de Makiko étaient à demi cachés sous la couverture où elle s'appuyait du bras, d'un air languissant.

Ses yeux, qui tout d'abord avaient paru rencontrer le regard de Honda, ne se tournaient pas vers le trou, en réalité. Ils s'abaissaient pour observer le lit placé contre la paroi.

À ne voir que ses yeux, on se fût convaincu que Makiko était en train de se concentrer dans la création d'un poème, contemplant une rivière qui se trouvait passer juste au-dessous. C'était l'heure nocturne où l'esprit humain peut découvrir dans l'air comme une agitation tumultueuse et livrer combat pour la cristalliser. Dans cet effort, les yeux devenaient ceux du chasseur au moment de tirer. À ne voir que ses yeux, comment ne pas sentir tout le sublime de son âme?

Makiko ne regardait pas un fleuve ou un poisson, mais des formes humaines en train de se contorsionner dans l'ombre du lit. Honda souleva la tête jusqu'à heurter le haut de la bibliothèque pour tenter de voir plus bas à travers le petit œilleton. De cette façon, il pouvait observer ce qui se passait sur le lit situé au-delà du mur. Les cuisses minces et pâles d'un homme s'enroulaient autour de celles d'une femme. Juste au-dessous de Honda, deux monceaux de chair flétrie que n'animait aucune vigueur débordante oscillaient lentement, comme des animaux aquatiques, au moment où ils se touchaient. Sous la lumière falote, ils avaient des lueurs moites ; celui qui devait dévorer était à coup sûr en train d'être dévoré ; une évidente four-

CHAPITRE 28

berie allait main dans la main avec des frémissements sincères. Deux monticules humides de poils du pubis se frôlèrent puis se séparèrent ; et une flaque blanche, là où la lumière frappait le ventre de la femme, comme si l'on avait inséré un morceau d'étoffe blanche entre les deux corps, vint percer les yeux de Honda, muets d'effroi.

En tout état de cause, Imanishi avait mis à nu sans vergogne de pitoyables cuisses d'intellectuel en chaleur. Conformément à ses théories, le va-et-vient sans joie de ses fesses plates, entre lesquelles apparaissait un maigre coccyx, n'était qu'illusion d'un instant. Honda s'indigna de son manque évident de sincérité.

Comparée à lui, Mme Tsubakihara était la ferveur personnifiée ; il apercevait ses mains tendues comme celles d'une femme qui se noie, ses doigts étreignant désespérément les cheveux d'Imanishi. À la fin, elle proféra le nom de son fils. C'était un faible cri, à demi étouffé :

« Akio, Akio. Pardonne-moi... » Les sanglots assourdissaient ses paroles sans qu'Imanishi en fût le moins du monde affecté.

Honda, conscient tout à coup de la solennité de cette situation dont il avait le dégoût, se mordit les lèvres. C'était clair, à présent. Que Makiko le lui eût commandé ou non, à l'évidence ce n'était pas la première fois que Mme Tsubakihara prenait part à ce genre d'exhibition pour Makiko et sans doute rien que pour elle. C'était là l'essence même du lien de professeur à disciple qui existait entre Makiko et Mme Tsubakihara, mépris et total dévouement.

Honda regarda de nouveau Makiko. Elle baissait les yeux et ses cheveux, argentés et brillants, ondoyaient sur sa tête. Ils étaient de sexe différent, mais Honda eut conscience que Makiko était son exacte réplique.

28

*L*e lendemain fut une belle journée ensoleillée. Les Honda avaient invité leurs trois hôtes de la nuit et Keiko à une excursion en deux voitures au sanctuaire de Sengen à Fuji-Yoshida. Hormis Keiko, ils avaient tous l'intention de repartir de là pour Tokyo et Honda, en la quittant, avait fermé la villa. Au moment de refermer la porte, il eut tout à coup le pressentiment que Ying Chang viendrait pendant son absence, mais c'était fort improbable.

Il venait de lire le *Honcho Monzui*, « Narrations élégantes composées au Japon » que Imanishi lui avait apporté. Naturellement, il avait voulu lire les *Essais sur le mont Fuji* de Yoshida no Miyako et il avait prié Imanishi de lui en procurer un exemplaire.

« Le mont Fuji est situé dans la province de Suruga ; son sommet, comme taillé en pointe, se dresse très haut dans les cieux. » De telles descriptions ne présentent guère d'intérêt, mais suivait un passage qui fit si fortement impression sur Honda qu'il le garda longtemps en mémoire ; il n'avait pas eu depuis lors l'occasion de le relire :

> *Un vieillard raconta que le cinquième jour du onzième mois de la dix-septième année de Jokan (875 après J.-C.), des personnalités et bien d'autres s'étaient assemblés pour une cérémonie, conformément à la tradition. Le soleil apparut vers midi et le ciel se montrait d'une beauté et d'une clarté extrêmes. Comme les assistants levaient les yeux vers le faîte de la montagne, ils virent deux femmes d'une grande beauté en vêtements blancs qui ensemble dansaient. Elles flottaient toutes deux à plus d'un pied au-dessus du sommet. Tous ceux qui habitaient cette contrée les aperçurent.*

Rien d'étrange à ce que semblables illusions d'optique vinssent à se produire par une belle journée au mont Fuji, car cela provoque souvent diverses visions. Il arrive fréquemment qu'un vent paisible sur les pentes au pied de la montagne se mue en violente tempête au sommet, emportant dans l'azur une brume de neige. C'était sans doute cette neige poudreuse qui était apparue aux yeux des habitants sous la forme de deux belles femmes.

Le Fuji était froid et sûr de soi, mais cette froideur et cette blancheur mêmes autorisaient toutes les imaginations. Le paroxysme de la frigidité, c'est le vertige, tout comme le délire caractérise l'ultime degré de la raison. Le Fuji possédait une perfection dernière mystérieuse et sa beauté approchait d'un vague lyrisme. Il était la fois fini et infini. Il se pouvait fort bien que deux très belles femmes eussent dansé là, de blanc vêtues.

En outre, Honda s'enchantait du fait que l'esprit auquel le sanctuaire de Sengen était consacré fût une déesse appelée Konohana Sakuya.

Mme Tsubakihara, Makiko et Imanishi occupaient la voiture de Mme Tsubakihara, les Honda et Keiko prenant la limousine que Honda avait retenue pour le retour à Tokyo. Rien de plus naturel, pour-

CHAPITRE 28

tant il avait eu le vague désir de se trouver dans la même voiture que Makiko et il en avait ressenti un regret. Il aurait voulu être assis près d'elle pour plonger son regard dans ces yeux tendus qu'il avait vus la nuit précédente, des yeux de chasseresse prête à lancer sa flèche.

L'itinéraire qu'ils suivirent jusqu'à Fuji-Yoshida n'était certes pas des plus faciles. La route nationale, l'ancienne route de Kamakura, franchissait le col de Kagosaka après Subashiri avant de passer au nord, le long du lac Yamanaka. La plupart du temps, c'était un chemin de montagne, non pavé. La limite des préfectures de Shizuoka et de Yamanashi longeait la crête de Kagosaka.

Tandis que Keiko et Rie étaient assises côte à côte bavardant entre femmes, Honda regardait par la fenêtre, sérieux comme un enfant. La présence de Keiko se révélait fort utile pour prévenir les doléances de Rie. Celle-ci était devenue comme une bouteille de bière qui déborde sitôt enlevée la capsule. Depuis le matin, elle s'insurgeait à l'idée de rentrer en voiture à Tokyo, répétant que jamais depuis son enfance elle n'avait accompli de parcours aussi long, aussi insensé ni aussi exorbitant.

La même Rie se faisait toute docile, charmante même, en causant avec Keiko.

« Ne vous faites aucun souci pour les maux de reins, trancha Keiko.
– Vous croyez? De vous entendre le dire, cela me redonne courage. C'est bizarre. Ça m'irrite quand mon mari me parle doucement de son ton déloyal, montrant une sympathie exagérée et prétendant prendre part. »

Sans doute par délicatesse, Keiko n'assumait jamais la défense de Honda quand Rie s'en prenait à lui.

« M. Honda n'a en tête que le raisonnement logique et nul ne peut rien y faire », dit Keiko.

Une fois franchie la ligne de démarcation, on s'apercevait que les pentes nord de la montagne étaient entièrement recouvertes de neige glacée qui, en se contractant, dessinait comme une peau de serpent. On aurait dit le dos des mains de Rie quand elles étaient moins enflées.

À cette heure, cependant, Honda trouvait que son épouse était devenue plus supportable. De se trouver avec deux femmes qui, à portée de son oreille, causaient de façon si peu flatteuse pour lui, l'une d'elles, surtout, se trouvant être son épouse, cela lui procurait comme une satisfaction passagère.

Au-delà du col de Kagosaka, une épaisse couche de neige recouvrait toutes choses, et dans le maigre bosquet du lac Yamanaka, on eût dit que le sol était couvert d'un crêpe de Chine glacé. Les aiguilles des pins étaient jaunes, seule l'eau du lac brillait de tons clairs. En se retournant, la surface blanche du Fuji, d'où émanait toute blancheur alentour, apparut étincelante comme si on l'eût peinte à l'huile.

Il était environ trois heures et demie de l'après-midi lorsqu'ils arrivèrent au sanctuaire de Sengen. En regardant en arrière les trois voyageurs sortir de la Chrysler noire, Honda eut un sombre pressentiment, comme s'il eût aperçu des cadavres se lever soudain d'un noir cercueil. Ce matin, il importait de toute nécessité que tous trois effaçassent le souvenir de la nuit précédente. Mais d'avoir été confinés dans l'étroit espace de la limousine pendant tout le trajet rendait cet épisode encore plus détestable, de même qu'on a beau sonder les eaux de l'hydropisie abdominale, celles-ci se reforment immédiatement. Ils clignaient des yeux tous trois, comme gênés par l'éclat de la neige au bord de la route. Néanmoins, Makiko se tenait toute droite. Honda sentit une répulsion à voir l'épiderme plombé, sans élasticité d'Imanishi. Ce dernier avait blasphémé contre la beauté de cette illusion tragique qu'est la chair, dont il parlait la veille en termes si élevés ; preuve en était son incapacité totale en amour. Son sacrilège résultait de ce qu'il était convaincu que sa vilenie ne serait pas découverte.

En tout cas, Honda en avait été témoin. Celui qui voit et celui qui, à son insu, avait été vu déjà se rejoignaient aux confins de ce monde double. Makiko leva les yeux vers le gigantesque *torii* de pierre qui portait «Mont Fuji» gravé dans un cadre rocheux et elle ressortit le cahier qu'elle portait constamment pour y noter ses pensées poétiques. Un crayon fluet y était en permanence attaché par un cordon violet.

En s'entraidant, ils avancèrent tous les six le long du sentier humide, neigeux qui menait au sanctuaire. Çà et là, le soleil pénétrait à travers les branches, soulignant des plaques de neige. Les ramures élevées des vieux cryptomérias continuaient à libérer, une fois mortes, leurs aiguilles noires qui tombaient sur les petits tas de neige tenace. La lumière brumeuse les faisait paraître comme enveloppés d'une vapeur verdâtre. Tout au bout du sentier, un *torii* rouge entouré de neige apparut à la vue.

Ce symbole de divinité évoqua chez Honda le souvenir d'Isao Iinuma. De nouveau, il regarda Makiko. Momentanément, il sentit qu'il pouvait oublier les yeux qu'elle avait eus à minuit, imprégnée qu'elle était à présent de puissance divine. Isao qu'adoraient ces yeux changeants avait peut-être trouvé en eux son trépas.

Keiko se montrait calme et maîtresse de soi, quoi qu'elle vît.

CHAPITRE 28

« Comme c'est beau ! C'est merveilleux et combien japonais ! » dit-elle avec effusion.

Véritablement, Makiko sembla tiquer en l'entendant s'exprimer de façon si décisive et elle lui lança un coup d'œil presque irrité. Rie, tout à l'arrière, regardait d'un air détaché.

À chaque pas chancelant qu'elle faisait le long du sentier, Mme Tsubakihara prenait davantage l'aspect d'une grue mélancolique au plumage affaissé. Elle refusa cavalièrement l'aide que lui offrait Imanishi et posa la main sur le bras de Honda. Elle n'était pas d'humeur à composer des vers.

Son chagrin était trop sincère pour être une pose, et Honda, abaissant son regard vers ce profil douloureux, en fut presque touché. Ses yeux rencontrèrent ceux de Makiko qui avait choisi cet instant, de l'autre côté, pour regarder son disciple accablé. Comme à l'accoutumée, Makiko avait découvert de la poésie dans le visage triste de cette femme qu'éclairaient les reflets de la neige. Elle en fit un poème.

En arrivant au pont sacré qui enjambe la route qui mène au sommet du mont Fuji, Mme Tsubakihara s'adressa à Honda d'une voix qui tremblait :

« Veuillez me pardonner. Quand je pense que c'est là le sanctuaire du mont Fuji, j'ai le sentiment qu'un Akio tout souriant devrait y venir à ma rencontre. Il aimait tant le Fuji. »

Son chagrin sonnait étrangement le creux ; il semblait qu'un souffle de tristesse traversât cette femme tel un coup de vent tourbillonnant à vide sous une tonnelle. S'y ajoutait son calme presque excessif, tout comme celui qui suit une séance de spiritisme, sillage désolé du fantôme qu'on évoque. Dans l'ombre de ses mèches, ses joues sèches semblaient avides de liquide, tels des morceaux de papier de riz. Doucement, sans rien pour l'arrêter, son chagrin paraissait couler librement à travers elle, presque comme une haleine.

D'observer cette scène, Rie en oublia ses maux à elle. Elle était la santé personnifiée. En de pareils instants, Honda soupçonnait son épouse d'être hypocondriaque, ses enflures elles-mêmes de n'être probablement pas authentiques.

Leur groupe atteignit finalement le grand *torii* écarlate haut de presque vingt mètres. Quand ils eurent passé par-dessous, ils se trouvèrent juste en face du pavillon où se déroulaient les danses sacrées ; il était entouré de neige salie qu'on avait entassée devant le portail rouge. La corde sacrée s'enroulait au bord du toit, le long de trois côtés du pavillon, et du haut des grands cryptomérias, un rayon de clair soleil tombait sur les saintes flammes de papier *gohei* qui se découpaient sur la table sacrificielle de bois cru posée sur le parquet. Jusqu'à son plafond à croisillons, le pavillon s'éclairait des reflets de la neige, mais le soleil qui atteignait le papier avait un éclat particulier. Les banderoles oscillaient légères sous la brise.

Un instant, Honda crut qu'était vivant ce papier d'un blanc pur.

Les larmes de Mme Tsubakihara vinrent briser le charme. Nul ne se montra particulièrement étonné au bruit de ses sanglots.

Elle n'eut pas plutôt aperçu le papier sacré qu'une frayeur la saisit. Elle courut vers le sanctuaire rouge principal que gardaient des bas-reliefs de lions et de dragons chinois, et s'abîmant en prière, elle éclata en sanglots.

Honda ne se demanda plus pourquoi son chagrin ne s'était pas cicatrisé si longtemps après la guerre. Il était témoin du secret qui, comme hier, lui redonnait vie et fraîcheur.

29

*L*e lendemain, Keiko téléphona de Ninooka à Gotemba. Honda était sorti.

Rie était à la maison, au lit, encore épuisée par la réception. Cependant, quand on lui dit que c'était Keiko, elle vint à l'appareil.

Keiko appelait pour raconter que Ying Chan était venue seule, ce jour-là, à Gotemba :

« J'étais à promener le chien quand j'ai aperçu une demoiselle du côté de l'entrée de votre villa. Il y avait en elle quelque chose qui n'était pas japonais. M'étant adressée à elle, elle me dit être originaire de Thaïlande, et qu'ayant été invitée par M. Honda, elle avait été empêchée de venir. Elle arrivait aujourd'hui parce qu'elle pensait que tout le monde était encore là. J'étais surprise de sa bonne humeur ; mais ayant fait seule tout ce trajet, je regrettais qu'elle dût s'en retourner. Je lui ai offert le thé chez moi avant de la conduire à la gare. Je rentre tout juste de l'accompagner. Elle a dit qu'elle s'excuserait auprès de M. Honda à son retour à Tokyo. Mais elle prétend ne pas aimer le téléphone. Cela lui donne mal à la tête d'y parler en japonais. Elle est charmante, avec ses cheveux si noirs et ses si grands yeux. »

CHAPITRE 29

Après avoir continué à bavarder, Keiko remercia à nouveau Rie de la réception, ajoutant qu'elle était occupée à préparer une partie de poker pour son officier américain et ses amis, puis elle raccrocha.

Rie rapporta fidèlement toute cette conversation à Honda à son arrivée. Il écouta, faisant la grimace comme avalant de la fumée. Bien entendu, il ne raconta pas à sa femme que, cette nuit-là, il avait rêvé de Ying Chan.

L'un des avantages de l'âge est de savoir être patient. D'ailleurs, outre son travail, il avait encore quelques obligations sociales. Il ne pouvait pas attendre sans fin l'inconstante Ying Chan. Il aurait pu confier la bague à son épouse, mais désirant l'offrir lui-même, il la portait dans la poche intérieure de son complet.

Une dizaine de jours plus tard, Rie lui rapporta qu'en son absence, Ying Chan lui avait rendu visite, sans que l'on vît très clairement pour quel motif. Habillée de son kimono de deuil, Rie venait de sortir de chez elle pour se rendre aux obsèques d'une ancienne condisciple, quand elle avait vu Ying Chan franchir le portail.

« Était-elle seule ? demanda Honda.

– Oui, semblait-il.

– Pas de chance qu'elle ait fait ce déplacement. Il faut que nous l'invitions à dîner ou quelque chose comme cela la prochaine fois.

– Je me demande si elle viendra », répondit Rie avec un vague sourire.

Honda n'ignorait aucunement qu'un coup de téléphone devait créer des problèmes psychologiques à Ying Chan. Si bien qu'il choisit arbitrairement une date et lui envoya un billet pour le théâtre Shimbashi, s'en remettant à elle de venir ou non. La compagnie itinérante du théâtre de marionnettes traditionnel d'Osaka était arrivée à Tokyo et il souhaitait qu'elle assistât à une représentation. Il lui adressa l'un des billets qu'il avait achetés, pour une matinée, dans l'intention de l'emmener dîner ensuite à l'Hôtel impérial qui venait d'être rendu par les troupes d'occupation à sa direction japonaise.

Le programme affiché ce jour-là était *Le Mont Kagami* et *Le Roi des singes de Horikawa*. Ayant déjà fait l'expérience de son étourderie, il ne s'étonna point de ne pas voir arriver Ying Chan. Assis tout seul, il regarda tranquillement la scène qu'on appelle « Les appartements des femmes ». Durant le long entracte avant la représentation de *Horikawa*, il alla faire un tour de jardin. C'était une claire et belle journée, et beaucoup de gens étaient sortis prendre le frais.

Il fut frappé de voir à quel point l'aspect de l'auditoire, comparé à plusieurs années auparavant, s'était récemment amélioré. Peut-être était-ce du fait des nombreuses geishas, mais les kimonos étaient devenus plus somptueux, plus fastueux à mesure que s'estompaient les souvenirs des terribles dévastations. Dans ces années d'après-guerre, les femmes avaient pris un goût particulier pour les couleurs, quel que fût leur âge. À coup sûr, les tissus éclatants s'étalaient de façon plus opulente que parmi les auditoires du Théâtre impérial des années vingt.

Si Honda y avait été enclin, il aurait pu choisir la plus belle des jeunes geishas et devenir son protecteur. C'eût été plaisir de lui passer ses fantaisies, de jouir de sa coquetterie, ténue comme nuée de printemps..., de voir ces petits pieds si joliment chaussés sur mesure de *tabis* blancs. Dans son kimono, elle eût été une poupée habillée à la perfection. Tout cela, il pouvait l'avoir. Mais, d'avance, il en prévoyait l'aboutissement. L'eau bouillonnerait d'une passion débordante et, dans leur danse, des cendres de mort l'aveugleraient en jaillissant.

Le charme de ce théâtre tenait à la façon dont le jardin donnait sur le fleuve ; pendant les chaleurs de l'été, on pouvait y goûter la fraîcheur des eaux apportée par la brise. Mais à présent le fleuve stagnait, des péniches et des détritus descendaient lentement le courant. Honda se rappelait fort bien, pendant la guerre, les fleuves de Tokyo où flottaient les corps de victimes des bombardements. Alors, il n'y avait plus de fumées d'usines, l'eau avait retrouvé une pureté sinistre, reflétant là-haut le ciel étrangement bleu qu'on dit survenir à l'instant de la mort. Par comparaison, cette eau-ci, boueuse, polluée était le symbole même de la prospérité.

Deux geishas s'appuyaient à la balustrade pour jouir de la brise du fleuve. L'une d'elles portait un kimono de soie à petits motifs parsemé de pétales de fleurs de cerisier et un obi Nagoya noir à motif de cerises. Il était peint à la main, très probablement. Elle était toute menue avec une figure ronde. L'autre affichait un goût pour la couleur dans le choix de ses vêtements. Un froid sourire errait sur son visage depuis l'arête du nez, un peu haute, jusqu'à ses lèvres minces. C'était entre elles un incessant bavardage ponctué d'exclamations exagérées. Deux volutes de fumée montaient de leurs cigarettes – des marques importées à bout doré – qu'elles tenaient entre des doigts qui ne tressaillaient jamais de surprise.

Honda eut tôt fait de comprendre que, sans en avoir l'air, elles observaient la rive opposée. L'ex-hôpital de la Marine impériale japonaise, où se voyait encore la statue d'un quelconque amiral d'autrefois, était devenu hôpital militaire américain, rempli de soldats blessés au cours de la guerre de Corée. Un soleil printanier lui-

CHAPITRE 29

sait aux fleurs mi-écloses des cerisiers du jardin de devant, sous lesquels on poussait de jeunes soldats dans des fauteuils roulants. Certains s'aidaient de béquilles pour marcher tandis que d'autres se promenaient avec seulement le bras maintenu par une écharpe toute blanche. Nulle voix ne s'adressait, depuis l'autre bord du fleuve, aux deux jeunes femmes aux mises si élégantes ; pas davantage n'entendait-on siffler gaiement à l'américaine. Tel un spectacle d'un autre monde, la rive opposée que baignait un soleil éclatant demeurait entièrement silencieuse, habitée des silhouettes de jeunes soldats estropiés qui, exprès, affectaient l'indifférence.

À l'évidence, les deux geishas appréciaient ce contraste. Couvertes de poudre blanche et de soie, se laissant aller à l'oisiveté printanière et à une vie exubérante, elles contemplaient avec délice les blessures, la douleur, les bras et jambes écartelés des orgueilleux vainqueurs d'hier seulement. Subtile méchanceté, haine raffinée dont elles avaient le secret.

De son poste d'observateur, Honda était à même de discerner l'énormité du contraste entre le jardin du théâtre et ce qui se passait sur l'autre rive. Là-bas, c'était la poussière, le sang, les misères, l'orgueil blessé, le malheur irréparable, les larmes, le chagrin et la virilité mutilée des soldats qui avaient gouverné le Japon durant ces sept années ; tandis que de ce côté-ci, des femmes du pays vaincu exhibaient leur sensualité arrogante, recherchée, goûtant que le sang des ci-devant vainqueurs se trempe de leur propre sueur. Elles étaient des mouches suçant les plaies, déployant les ailes noires transparentes de leur *haori* comme les ailes de magnifiques papillons noirs.

La brise fluviale ne pouvait en rien les rapprocher. On pouvait aisément concevoir la déconvenue des Américains qui, si vainement, avaient répandu leur sang pour créer ce lustre inutile où ils n'avaient point accès, pour engendrer la vanité et le luxe qui s'étalaient cruellement ici.

Honda entendit la remarque de l'une des femmes :
« Réellement, c'est à n'y pas croire.
– Non. C'est trop triste de les regarder. Dans cet état-là, les étrangers sont si grands, ils n'en sont que plus pitoyables. Mais le malheur est réciproque. Nous en avons eu notre bonne part.
– Ma foi, voilà ce qui arrive quand on a les yeux plus grands que le ventre », déclara froidement l'autre femme. Elles regardèrent avec une curiosité accrue, laquelle, cependant, finit par se lasser. Comme en concurrence, chacune sortit son poudrier, jetant des regards obliques dans la glace en se poudrant le nez. La poudre fortement parfumée,

entraînée par la brise fluviale, descendait le long de l'ourlet de leur *haori* et parvenait jusqu'à l'ouverture de la manche du veston de Honda. Il observa que les menus miroirs, bien que couverts d'une mince pellicule de poudre, réussissaient pourtant à jeter un reflet blême au buisson devant lequel il se trouvait, tout comme les battements d'ailes de fourmis minuscules. Le son affaibli d'une sonnerie, au loin, annonça que le rideau allait se lever sur l'acte suivant. Il ne restait plus que la dernière partie de Horikawa. En retournant sur ses pas vers le théâtre, se résignant à l'idée que Ying Chan ne viendrait plus à cette heure tardive, Honda se rendit compte tout à coup qu'il avait joui d'un plaisir sensuel en son absence merveilleuse.

Ying Chan était debout dans la salle, à demi cachée par l'ombre d'un pilier; on eût dit qu'elle tentait d'éviter les flots de lumière qui s'y déversaient.

Les yeux de Honda ne s'étaient pas encore accoutumés à l'obscurité et il ne vit que le noir de ses cheveux et ses grands yeux sombres lumineux comme une opacité voilée. De la laque de ses cheveux émanait un lourd parfum. Dans un sourire, Ying Chan laissa deviner la blancheur de ses dents admirables.

30

Le soir, ils dînèrent à l'Impérial Hôtel. Il avait été dévasté. Les troupes d'occupation avaient prétendu comprendre le génie créateur de Frank Lloyd Wright, sans hésiter pourtant à recouvrir la lanterne de pierre du jardin de peinture blanche. Le plafond en faux gothique de la salle à manger était encore plus triste et en plus mauvais état que jamais. Les seuls îlots de fraîcheur provenaient des nappes de toile blanche qui luisaient avec faste sur les rangées de tables.

Quand Honda eut passé commande, il tira aussitôt la petite boîte d'une poche intérieure et la posa devant Ying Chan. Celle-ci l'ouvrit et poussa une exclamation.

«Il était inévitable que cette bague vous revînt.» S'exprimant dans le langage le plus simple, Honda lui conta son histoire. Le sourire

CHAPITRE 30

qui voltigeait sur ses traits tandis qu'elle écoutait ne coïncidait pas toujours avec le récit, et il eut l'idée que, peut-être, elle ne saisissait pas tout ce qu'il disait.

Ses seins qu'on apercevait au-dessus du niveau de la table étaient, à la différence de son visage enfantin, magnifiquement développés, comme ceux d'une figure de proue. Il savait sans le voir que le corps d'une des déesses des peintures murales d'Ajanta se dissimulait sous le corsage simple de l'étudiante assise en face de lui.

La chair, non point légère comme on eût pu croire mais ferme, semblait posséder la densité d'un fruit sombre... Ces cheveux noirs presque suffocants et ces traits songeurs, ambigus qui s'abaissaient des narines légèrement évasées à la lèvre supérieure... Elle paraissait tout aussi distraitement oublieuse des mots que prononçait son corps que lorsqu'elle écoutait la narration de Honda. Ses yeux immenses, d'un noir de jais transcendaient l'intelligence et en quelque sorte, ils la faisaient paraître aveugle. Mystère des formes ! Que Ying Chan offrît à son regard un corps qu'on sentait être par trop odorant résultant de la magie des jungles lointaines ainsi venues jusqu'au Japon. Honda eut l'impression que ce que l'on appelle l'hérédité du sang est peut-être une voix profonde, informe qui vous poursuit éternellement. Tantôt murmure passionné, tantôt cri rauque, c'est l'origine même de toutes les formes physiquement belles, source du charme émis par elles.

En passant l'anneau d'émeraude vert foncé au doigt de Ying Chan, il eut la sensation d'être témoin de l'instant où cette profonde voix des lointains et l'être corporel de la jeune fille étaient enfin parfaitement confondus.

« Je vous remercie », dit Ying Chan avec un sourire caressant qui aurait pu déparer sa dignité. Honda se rendit compte que c'était là l'air qu'elle prenait toujours quand elle était sûre que l'on comprenait ses sentiments égoïstes. Mais il n'avait pas plutôt tenté de le retenir que le sourire avait déjà disparu comme la vague qui vivement se retire.

« Étant enfant, vous prétendiez être la réincarnation d'un jeune Japonais que j'ai fort bien connu ; vous tourmentiez tout le monde en voulant à tout prix que le Japon fût votre véritable pays et vous vouliez y retourner. Maintenant que vous voilà ici et que l'anneau est à votre doigt, cela veut dire que pour vous aussi un grand cercle s'est refermé.

– Je ne vois pas vraiment ce que vous voulez dire, répondit Ying Chan sans la moindre trace d'émotion. Je ne me rappelle rien de mon enfance. Vraiment rien. Tout le monde me taquine en me disant que j'étais un peu folle et on se moque de moi en racontant ce que vous venez de dire. Mais j'ai complètement oublié. Je suis allée en Suisse dès que la guerre a éclaté, j'y suis restée jusqu'à la fin et la seule chose que je me rappelle à propos du Japon c'est que j'aimais beaucoup une poupée japonaise que quelqu'un m'avait donnée.»

Honda eut fort envie de lui dire que c'était lui qui l'avait envoyée, mais il se retint.

«Mon père m'a dit que les écoles japonaises étaient très bonnes, si bien que j'y suis venue pour mes études. Ces derniers temps, j'ai eu l'idée que, peut-être, étant enfant, j'étais comme un miroir, réfléchissant tout ce qui se passait dans l'esprit des gens et que je disais simplement ce qui me venait à la tête. Par exemple, si vous aviez une idée, il se pouvait qu'elle fût réfléchie en moi. Voilà sans doute ce qui est arrivé, j'imagine. Qu'en pensez-vous?»

Ying Chan avait coutume de terminer une question par une inflexion ascendante, à l'anglaise. Sa dernière syllabe rappelait à Honda les gueules vivement retroussées des serpents dorés à la pointe des toits de tuiles rouges des temples thaïs qui perçaient le ciel bleu.

Honda eut soudain conscience d'une famille installée à une table voisine. Le père, probablement quelque homme d'affaires, sa femme et leurs trois grands fils étaient en train de dîner. En dépit de la qualité de leurs vêtements, il distinguait quelque chose de vulgaire dans les visages. Il soupçonna qu'ils s'étaient enrichis pendant la guerre de Corée. La figure des fils était particulièrement flasque comme d'un chien qu'on vient de réveiller; leurs lèvres et leurs yeux reflétaient un manque complet d'éducation. Tous ingurgitaient bruyamment leur soupe.

De temps à autre, les fils se poussaient du coude et jetaient un regard à la dérobée vers la table de Honda, avec des yeux moqueurs: un vieux bonhomme en train de dîner avec une concubine qui avait l'air d'une écolière. Il semblait n'y avoir rien de mieux à dire dans leurs yeux. Honda ne pouvait s'empêcher de se rappeler les insuffisances exaspérantes d'Imanishi à Ninooka à cette heure de minuit et de faire la comparaison avec lui-même.

Honda sentait, en de pareils moments, qu'il existe des règles plus sévères, en ce monde, que celles de la morale. Les amants inaptes étaient punis du fait que jamais ils ne seraient source de rêves ne provoquant que dégoût chez les autres. Aux époques où l'on ignorait tout de l'humanisme, on était certainement bien plus cruel envers toutes les viles créatures que l'homme d'aujourd'hui.

CHAPITRE 30

Après dîner, Ying Chan se rendit aux toilettes, priant qu'on l'excuse, et Honda demeura seul dans le vestibule. Il ressentit un délassement soudain. Dès lors, il put apprécier sans remords l'absence de Ying Chan.

Une question lui vint tout à coup à l'esprit : il ne savait pas encore où Ying Chan avait passé la nuit, la veille de la pendaison de crémaillère.

Elle ne revint pas dans le vestibule avant quelque temps. Il se souvint de la fois où la petite fille s'était soulagée à Bang Pa In entourée de ses suivantes. Puis il se rappela la princesse se baignant nue dans la rivière brune où s'enroulaient les racines des palétuviers. Il avait eu beau s'évertuer, il n'avait pu distinguer les trois marques noires qu'il s'était attendu à trouver sur son flanc gauche.

Ce que voulait Honda était tout à fait simple et il n'eût pas été correct d'appliquer l'étiquette «amour» à ses sentiments. Il souhaitait seulement regarder la forme entièrement nue de la princesse, conscient que les seins plats de naguère avaient mûri, saillant comme des têtes d'oiselets épiant au bord du nid, voir la moue mécontente des bouts de seins rosés, les aisselles brunes reposer dans l'ombre légère ; observer de quelle façon le dessous des bras comportait des flots de motifs tel un rivage sableux et sensible ; apprendre comment chaque pas vers la maturité progressait dans la lumière sombre, et alors, frissonner en présence de ce corps, le comparant à celui de la petite fille. C'était tout. Dans son ventre flottant en une douceur pure, le nombril serait en creux tel un petit atoll de corail. Protégé par d'épais cheveux au lieu de *yakshas*, cela qui jadis avait eu le sérieux d'un silence massif serait à présent devenu sourires humides et incessants. Il verrait la façon de s'ouvrir un par un de ses orteils admirables, les reflets de ses cuisses et comme ses jambes adolescentes s'allongeaient pour mieux soutenir la discipline et les rêves de la danse de vie. Tout cela, il le voulait comparer avec sa silhouette de petite fille. C'était là connaître le temps, savoir ce que le temps avait façonné, ce que le temps avait mûri. Si une inspection attentive ne pouvait révéler ces marques, alors il tomberait amoureux d'elle, complètement et pour de bon. La transmigration lui barrait le chemin de son amour et le samsara contenait sa passion.

Éveillé de ses songes par le retour de Ying Chan, Honda donna soudain voix à ce qui occupait ses pensées. En dépit de tout, ses paroles avaient le tranchant d'une angoisse jalouse.

«J'ai oublié de vous demander. Il paraît que vous avez couché au-dehors la veille de la réception à Gotemba, sans rentrer au Foyer des étudiants étrangers. Était-ce dans une famille japonaise ?

– Oui, c'est cela », répliqua Ying Chan sans hésiter, assise dans le fauteuil voisin du sien, le dos un peu voûté et examinant ses belles jambes qu'elle tenait serrées l'une contre l'autre. « Une personne thaïe de mes camarades y demeure. Toute la famille insistait pour que je passe la nuit, c'est ce que j'ai fait.
– Ce doit être bien amusant, tant de jeunes gens dans la maison.
– Pas exactement. Les deux fils, la fille, la personne thaïe et moi, nous avons joué aux charades. Le père est à la tête d'une grosse affaire en Asie du Sud-Est, de sorte qu'ils sont très aimables pour les originaires de ces pays.
– Est-ce que votre camarade thaï est un jeune homme ?
– Non, une jeune fille. Pourquoi ? »
De nouveau, Ying Chan éleva brusquement la voix sur la dernière syllabe de sa question.
Alors, Honda dit qu'il n'approuvait pas qu'elle se fût fait si peu d'amis japonais. Il la prévint que vivre à l'étranger n'a de sens que si l'on cultive toutes sortes de gens dans le pays où l'on poursuit ses études.
Du fait qu'elle pourrait se sentir gênée de dîner seule avec lui, il lui offrit d'amener quelques jeunes amis la prochaine fois, suscitant inconsciemment une autre occasion de la voir. Il lui fit promettre que, le même jour la semaine suivante, elle se trouverait dans le vestibule de l'Impérial à sept heures du soir. La pensée de Rie le fit hésiter à l'inviter chez lui.

31

Il rentra à la maison. En sortant de l'auto, il sentit la bruine mouiller ses tempes. Le jeune serviteur vint au-devant de lui dans l'entrée l'informer que Mme Honda, fatiguée, s'était retirée de bonne heure. Il ajouta qu'un visiteur obstiné insistait pour attendre depuis plus d'une heure ; il se trouvait dans le petit salon où le serviteur avait été contraint de le faire entrer. Le nom Iinuma lui disait-il quelque chose ? demanda le jeune homme. Aussitôt Honda soupçonna qu'il venait lui demander de l'argent.

CHAPITRE 31

Il y avait quatre ans que Honda avait vu Iinuma pour la dernière fois, lors du quinzième anniversaire de la mort d'Isao. À l'époque, il était clair qu'Iinuma se trouvait tout à fait démuni après la guerre. Pourtant, il avait été favorablement impressionné par la simplicité et le bon goût du service célébré dans un sanctuaire.

Honda avait aussitôt pensé qu'il s'agissait d'argent car, depuis peu, des gens qui n'étaient pas venus le voir depuis des années débarquaient sans autre motif que de lui demander de l'argent. Hommes de loi ratés, anciens avocats devenus vagabonds, journalistes judiciaires qui n'avaient pas réussi, ils arrivaient tous. Chacun avait appris la bonne fortune de Honda, et chacun semblait penser avoir droit à sa part, du fait que celui-ci devait tout cet argent à la chance pure et simple. Il n'accueillait que les demandes de ceux qui faisaient preuve d'humilité.

À son entrée dans le salon, Iinuma se leva de sur sa chaise et fit un profond salut, laissant voir le dos de son complet passé jusqu'à sa nuque aux cheveux gris. Mieux que la pauvreté elle-même, lui allait de jouer un rôle de pauvre. Honda le pria de s'asseoir et fit apporter du whisky par le serviteur.

Iinuma proféra un pur mensonge, disant que se trouvant passer par là, il n'avait pu résister à l'envie de venir voir Honda. Après le premier verre, il prétexta l'ivresse, et comme Honda allait le lui remplir de nouveau, il tint le verre de la main droite, la gauche soutenant le fond respectueusement. Cela fit mauvaise impression sur Honda. C'était la façon dont, souvent, un rat retient son butin. Puis Iinuma trouva une entrée en matière et commença à débiter :

« Ma foi, on dirait que "renverser la vapeur" est devenu une formule passe-partout. Mais le gouvernement va commencer à réviser la constitution, l'an prochain au plus tard, selon moi. Tout le monde parle de rétablir le service militaire. Mais ce qui me rend furieux, c'est que ce sur quoi on se fonde ne peut encore être rendu public et demeure caché. À l'opposé, que dites-vous de la force croissante des Rouges ? Que penser du désordre de la manifestation contre le service obligatoire à Kobe l'autre jour ? On a dit que c'était "un rassemblement de jeunes contre le service obligatoire", mais, chose bizarre, des tas de Coréens y ont pris part. Ils ont combattu la police non seulement avec des cailloux, mais avec du poivre, des cocktails Molotov, des lances de bambou et autres. On m'a dit qu'environ trois cents étudiants, enfants et Coréens ont envahi le poste de police de Hyogo, exigeant qu'on libère ceux qu'on avait arrêtés. »

Il veut de l'argent, pensa Honda, sans guère prêter attention à ce que disait Iinuma. Mais, réfléchit-il, il lui fallait faire savoir à ce dernier que les réformistes auraient beau prendre la direction des affaires avec leurs théories socialisantes, les Rouges auraient beau faire tout ce bruit, les fondements du système de la propriété privée ne seraient jamais ébranlés. Au-dehors, le crachin semblait épaissir comme si un rideau de pluie à couches superposées enveloppait la maison. Il avait reconduit Ying Chan en taxi au Foyer des étudiants étrangers. Depuis, l'idée ne l'avait pas quitté que cette pluie printanière avait dû s'infiltrer dans sa petite chambre au foyer des étudiants, et la rendre humide. Quelle sorte d'effet subtil l'humidité avait-elle sur le corps de cette fille mûri sous les tropiques ? Comment dormait-elle ? En regardant le plafond et respirant profondément ? Ou bien repliée sur elle-même, sourire aux lèvres ? Ou sur le côté, comme le personnage doré de Çakyamuni couché dans la salle du Nirvana, le bras sous la tête, étendu, laissant voir la plante éclatante de ses pieds ?

« Le Rassemblement général contre les lois d'oppression organisé par la section de Kyoto du conseil national des syndicats japonais a lui aussi employé la violence, poursuivit Iinuma. À ce compte, le Premier Mai cette année ne va pas se passer sans histoires ; impossible de dire d'avance à quel degré de violence on aura affaire. Les étudiants Rouges s'emparent des locaux d'enseignement dans les universités et affrontent la police. Et cela, Maître, au lendemain de la signature du traité de paix américano-japonais et du pacte de sécurité mutuelle. Quelle ironie ! »

Il veut de l'argent, pensa Honda.

« Je m'associe tout à fait à l'idée du Premier ministre Yoshida de déclarer le parti communiste illégal, continua Iinuma. Le Japon est de nouveau en plein tumulte. Si nous laissons aller les choses, maintenant que le traité de paix est signé, nous allons donner tête baissée dans une révolution communiste. La plus grande partie des troupes américaines sera partie, et comment allez-vous faire face à une grève générale ? J'en perds le sommeil de penser à l'avenir du Japon. *Ce qu'on apprend au berceau on l'emporte à la tombe* reste vrai encore aujourd'hui. »

Il veut de l'argent, persistait à se dire Honda. Mais même après avoir bu encore plusieurs verres, Iinuma n'abordait pas ce sujet.

Il parla brièvement de son divorce deux ans plus tôt, puis changea soudain de propos, évoquant le passé, obstiné à répéter que jamais de la vie il ne pourrait oublier l'obligation qu'il ressentait envers

CHAPITRE 31

Honda, alors que celui-ci avait abandonné sa carrière de magistrat afin de prendre la défense d'Isao sans aucune rétribution. Incapable de supporter la pensée qu'Iinuma parlait d'Isao, Honda se hâta de l'interrompre.

Tout à coup, Iinuma enleva son veston. La pièce n'était pas chaude au point d'être inconfortable et Honda supposa qu'il était ivre. Il ôta ensuite sa cravate et déboutonna sa chemise blanche, défaisant jusqu'à son maillot de corps pour exhiber une poitrine que l'alcool avait rougie. Honda apercevait les poils presque blancs parsemés sous la lumière comme autant d'aiguilles.

« Pour être honnête à votre endroit, voici ce que je suis venu vous montrer. Je n'ai pas plus grande honte. Si j'avais pu, j'aurais préféré vous cacher cela toute ma vie, mais depuis quelque temps, j'ai pensé que je le révélerais à vous seul pour que vous puissiez bien rire. J'ai pensé que vous étiez seul à pouvoir me comprendre, jusque dans mes échecs. Vous sauriez quel genre d'homme je suis. Aussi vrai que je le dis, j'ai honte quand je me compare à mon fils défunt, mort si noblement. Je ne trouve pas de mots pour exprimer comme il faudrait à quel point je suis honteux d'être encore en vie comme cela. »

Les larmes ruisselaient sur ses joues et ses mots arrivaient pêle-mêle :

« Voici la cicatrice qui est restée après que j'eus tenté de me suicider au lendemain de la guerre. J'ai commis l'erreur de penser que je ne réussirais peut-être pas à commettre le seppuku, si bien qu'à la place je me suis plongé un poignard dans la poitrine, mais j'ai raté le cœur. J'ai saigné comme un porc, mais je ne suis pas mort. »

Comme pour s'en glorifier, Iinuma caressait la cicatrice qui luisait d'un bleu violacé. De fait, Honda lui-même s'apercevait que quelque chose trouvait ici sa fin irréversible. La peau rude, rougeoyante d'Iinuma s'était froncée, entourant la blessure qu'elle refermait maladroitement, soulignant l'insuccès de la tentative.

Cependant, la poitrine endurcie d'Iinuma, qui à présent se couvrait de poils blancs, était encore fière de ce que naguère elle avait été. À la fin, Honda comprit que ce n'était nullement pour l'argent qu'il était venu, encore que lui-même n'eût pas honte d'avoir méconnu son objet. Iinuma n'avait pas changé. Honda trouvait compréhensible que même cet homme-là fût contraint de distiller l'essence d'un acte désespéré, terni, humiliant et de le cristalliser, qu'il s'efforçât, ce faisant, de convertir cette honte en rare joyau et que, peu à peu, il fût gagné par le désir, le besoin de le révéler à un témoin digne de foi. Qu'il fût sérieux ou fît seulement semblant, il demeurait que la cicatrice de sa poitrine était, en dernière analyse, la seule chose précieuse qui lui restât dans la vie. À Honda revenait le fâcheux honneur d'avoir été choisi comme témoin de ce noble geste d'il y avait bien des années.

Iinuma, qui semblait s'être rapidement dégrisé, endossa ses vêtements, s'excusa d'être demeuré si longtemps et remercia pour les rafraîchissements. Il était sur le point de partir quand Honda l'arrêta. Faisant un rouleau de cinquante mille yens en billets de cent, il fourra le paquet dans la poche du veston élimé d'Iinuma, malgré les protestations du visiteur.

« En ce cas, dit à la fin ce dernier en remerciant Honda avec une extrême solennité, j'accepte avec gratitude votre bienveillance. J'aurai le privilège de l'employer pour aider à ressusciter le collège Seiken. »

Honda l'accompagna sous la pluie jusqu'à l'entrée, la silhouette d'Iinuma disparut par la porte latérale sous le feuillage des grenadiers. Cela lui rappela, pour quelque raison, l'une de ces îles nocturnes innombrables qui parsèment les eaux ténébreuses autour du Japon. Île écartée, sans eau sinon la pluie – folle, sauvage, affamée.

32

*L*oin de connaître la paix, comme il s'y était attendu en passant la bague au doigt de Ying Chan, Honda fut rempli de crainte.

Il était en butte à la question difficile de savoir comment se dissimuler pour la contempler toute nue. Ne serait-ce pas merveilleux qu'ignorant sa présence, elle pût aller et venir, pleine de vie, ou prendre ses aises, languissante, tout entière naturelle, révélant ainsi chacun des secrets de son cœur ? Ne serait-ce pas merveilleux d'observer chaque détail, tel un biologiste ? Toutefois, si on allait le savoir là, alors aussitôt tout s'effondrerait.

Cristal de quartz parfait, globe de verre où rien n'existe que le libre jeu de l'être subjectif, admirable, voilà le globe où devrait se trouver Ying Chan.

Honda était certain d'avoir joué un rôle dans la cristallisation des vies toutes claires de Kiyoaki et d'Isao. En elles, il avait été la main

CHAPITRE 32

tendue pour aider, même si cela s'était montré inefficace et en pure perte. L'important était que Honda lui-même n'avait rien su de son rôle ; il avait joué sa partie tout naturellement, en réalité tout bêtement, bien que convaincu d'avoir agi avec intelligence. Mais ensuite, il en était devenu conscient ! Après que l'Inde torride l'eut enseigné sans pitié, quelle aide avait-il pu apporter à la vie ? Quel sort d'intervention, quel engagement pouvait exister ?

D'ailleurs, Ying Chan était femme. Son corps à elle venait emplir la coupe, ras bord, d'un charme ténébreux inconnu. Il en était séduit. Cela l'attirait sans cesse vers la vie. Dans quel but ? se demandait-il. Il l'ignorait, mais sans doute l'une des raisons étaitelle que cette vie qui l'attirait était destinée à impliquer d'autres vies à cause du charme qui en émanait ; son destin était de détruire ses propres racines. Une autre raison tenait à ce que, cette fois, il lui fallait se rendre parfaitement compte qu'il est impossible de s'insérer dans la vie d'un autre être.

Certes, Honda était convaincu que d'enfermer Ying Chan en un cristal transparent constituerait l'essence même de son plaisir ; toutefois il ne pouvait le détacher de sa curiosité innée. N'était-il donc aucun moyen de concilier harmonieusement ces deux goûts contradictoires et d'avoir raison de Ying Chan, lotus noir épanoui sur le flot boueux de la vie ?

À cet égard, il eût mieux valu qu'un signe montrât clairement qu'elle était réincarnation d'Isao et de Kiyoaki. La passion de Honda s'en fût trouvée refroidie. Cependant, d'un autre côté, si elle avait été simplement une jeune fille n'ayant rien à voir avec le mystère d'une nouvelle naissance dont Honda avait été témoin, il n'eût pas été si fortement attiré vers elle. Peut-être l'origine de cette force qui contenait si sévèrement sa passion et celle de cette attirance si extraordinairement puissante coexistaient-elles dans le même samsara. La source d'un éveil de la conscience et l'origine du samsara et de l'illusion, toutes deux étaient samsara.

En y réfléchissant, Honda aurait vivement souhaité être un homme approchant du terme, quelqu'un de nanti et de tout à fait content de soi. Il en connaissait de tels en grand nombre. Beaucoup étaient le discernement personnifié pour tirer profit et faire carrière dans le monde ou dans la lutte pour le pouvoir ; ils étaient passés maîtres dans la compréhension des psychologies de concurrents redoutables. Pourtant, s'agissant des femmes, ils étaient totalement ignorants, encore qu'ils eussent couché avec plusieurs centaines. De tels hommes trouvaient satisfaction à s'entourer d'un écran de femmes et de flatteurs qu'achetaient leur argent et leur pouvoir. Comme des insensées, les femmes venaient s'asseoir, ne montrant qu'un côté de leur visage. Ces hommes-là ne sont pas libres ; ils sont en cages ! pensait Honda. Ils occupent des cages faites de choses que seuls leurs yeux peuvent voir et qui vident le monde, en interdisant l'accès.

Il en est d'autres qui sont plus sages, en somme. Riches, puissants, ils connaissent mieux la nature humaine. Ils sont capables de tout savoir d'un individu, d'aller jusqu'au fond des choses en interprétant le moindre indice superficiel. Ce sont des super-psychologues qui surmontent le goût qu'a la vie grâce au vinaigre de persicaire. À leur gré, ils peuvent faire changer de place, dans leurs superbes petits domaines, arbres, rochers et arbustes, ils possèdent de précieux et minuscules jardins ornés de choses disposées en bon ordre, extraites du monde et de la vie : ce sont jardins de gens qui s'y connaissent. Ces enclos comportent rocs de duperie, myrte frisé de coquetterie, queues-de-cheval de fourberie, cuvettes de flagornerie, menues cascades de fidélité et rochers escarpés de trahisons sans nombre. Ils restent assis tout le jour devant ces parcelles allégoriques, plongés dans le doux plaisir d'avoir désarmé le monde et la vie de toute résistance. Pourtant, telle une tasse à thé rare et inestimable, pleine d'un thé vert clair écumant, ils étreignent entre leurs mains l'amertume et la supériorité d'hommes qui savent à quoi s'en tenir.

Honda n'était pas de ces hommes-là. Il n'était ni content de soi, ni en sécurité. Pourtant, il n'était plus ignorant non plus. Bien qu'il n'eût vu que la frontière entre le connaissable et l'inconnaissable, c'était assez pour l'instruire. Et l'incertitude était un trésor incomparable que l'homme peut dérober à la jeunesse. Honda avait déjà pris part aux vies de Kiyoaki et d'Isao, et avait vu des formes de la destinée où tendre la main était complètement dénué de sens. C'était comme si on l'eût trompé. Du point de vue de la destinée, vivre ressemblait à être floué. Et l'existence humaine... qu'elle n'eût d'autre sens que le manque d'accomplissement, cela il l'avait parfaitement assimilé en Inde.

Néanmoins, une vie absolument passive ou la forme finalement ontologique de la vie, laquelle ne se révèle pas communément, avaient par trop attiré Honda et il avait l'esprit faussé par le concept extravagant qu'à défaut de ces formes, il n'est point de vie. Lui manquaient tout à fait les qualités propres à un séducteur.

Car séduire et tromper étaient inutiles quant à la destinée, et non moins vaine « la volonté de séduire ». Une fois reconnu qu'il n'était d'autre forme d'existence que d'être naïvement trompé par la seule

CHAPITRE 32

destinée, comment était-il possible de s'en mêler ? Comment pouvait-on même entrevoir la pure forme d'une telle existence ? Pour l'instant on ne pouvait concevoir un tel être qu'en son absence.

Il fallait que Ying Chan qui était autonome dans son univers à elle, qui était en elle-même un univers, fût isolée de lui. Parfois, elle était une sorte d'illusion d'optique, un arc-en-ciel corporel. Elle avait le visage rouge, le cou orangé, des mollets indigo et des orteils violets. Au-dessus de sa tête était un cœur invisible infrarouge et sous ses pieds fermement plantés il y avait les empreintes invisibles ultraviolettes de la mémoire. À une extrémité, l'arc-en-ciel se confondait avec un ciel de mort. L'arc-en-ciel qu'elle était enjambait le firmament de la mort. Si «ne pas savoir» constituait le premier facteur de l'érotisme, il fallait que l'ultime facteur en fût l'inconnaissable éternel... la mort.

Quand cette somme d'argent inattendue lui échut, Honda pensa comme un chacun à la dépenser pour sa propre satisfaction ; cependant, cet argent était inutile à son plaisir le plus essentiel. Participer, s'intéresser, protéger, posséder, jouir d'un monopole – toutes ces choses exigeaient de l'argent et l'argent avait son utilité, mais le plaisir de Honda les repoussait toutes.

Il savait qu'il est des joies à bon marché qui recèlent de passionnants plaisirs : contact de la mousse humide au tronc des arbres dans le bosquet où il s'était caché, odeur subtile de feuilles mortes sur le sol, là où il s'était agenouillé un soir de mai, l'an passé, dans le parc ; parfum pénétrant des jeunes feuilles quand les amoureux étaient étendus sur l'herbe, cheveux en désordre. Impitoyables, des phares d'auto passaient avant de s'éloigner sur la route qui contournait le bosquet. Leurs faisceaux illuminaient les conifères pareils aux colonnes d'un sanctuaire, puis, d'un mouvement rapide et tragique, ils balayaient les fûts ombreux l'un après l'autre ; il avait frissonné quand la lumière avait couru sur le gazon. L'espace d'un instant, elle révélait, presque cruelle, la beauté sacrée de sous-vêtements blancs retroussés. Une seule fois, Honda avait vu un rai de lumière passer juste au travers d'un visage de femme aux yeux perdus de rêve. Puisqu'il avait entrevu le reflet d'un point lumineux, à coup sûr ils avaient dû être ouverts, fût-ce partiellement. Instant affreux que celui où les ténèbres de l'existence humaine se trouvaient ainsi dévoilées tout à coup et où, par inadvertance, il avait vu ce qu'il n'aurait pas dû voir.

Assortir ses frissons à ceux des amants, synchroniser aux leurs ses émois, partager leur crainte, et à la fin de ces unions, demeurer l'observateur qui voit sans être vu. Les célébrants de cet espionnage furtif se dissimulaient çà et là sous les arbres et dans les buissons comme des grillons. Honda était l'un de ces anonymes.

Jeunes hommes et jeunes femmes... corps enlacés... de blanches parties basses exposées à la vue... tendresse de mains qui se meuvent là où l'ombre se fait plus dense... fesses blanches masculines en mouvement comme des balles de ping-pong. Authenticité presque juridique de leurs soupirs.

Oui, lorsque les phares avaient dépouillé un instant les ombres de l'existence, le visage de la femme s'était trouvé illuminé de façon inattendue. Or, ceux qui tressaillaient n'étaient pas ceux qui étaient observés, mais ceux qui regardaient derrière les arbres. Quand la sirène lointaine et lyrique d'une voiture de police retentissait au loin dans la nuit, à l'extérieur du parc, là où les reflets des enseignes au néon rutilaient comme des braises, les femmes qu'on observait ne quittaient point leur libertinage, et infailliblement, leurs compagnons levaient leurs bustes virils comme de jeunes loups.

Une fois, Honda avait eu l'occasion de déjeuner avec un juriste expérimenté qui lui avait fait part d'un potin entendu dans un commissariat. Cette vilaine histoire n'avait jamais paru dans la presse. Elle concernait un homme hautement respecté, fort connu dans les milieux juridiques et qui jouissait du prestige et du respect dus à sa situation éminente. Devenu un voyeur habituel, il avait été appréhendé par la police. Il avait soixante-quatre ans. Un jeune agent lui demanda sa carte d'identité et exigea impitoyablement que le vieil homme fît le récit de ses infractions. Le malheureux juriste était secoué littéralement de honte, forcé qu'il était de reconstruire en détail le cadre de son voyeurisme. Tout ce temps, il dut subir le sermon du policier. Ce jeune gardien n'eut pas sitôt appris la position sociale élevée du contrevenant qu'il prit plaisir à tourner le pauvre homme en ridicule, soulignant la distance incroyable qui séparait le prestige dont il jouissait et la bassesse de son délit. Bien qu'il n'ignorât nullement qu'il est humainement impossible de combler pareil abîme, il mit cet homme à la torture. Accablé par les semonces de quelqu'un d'assez jeune pour être son petit-fils, le vieil homme s'était fait obséquieux, baissant la tête, essuyant sans cesse son front couvert de sueur. Après avoir été abreuvé de boue par quelqu'un placé si bas dans la fonction publique, il fut finalement relaxé. Deux ans plus tard, il mourait d'un cancer.

Comment lui-même se serait-il comporté ? se demanda Honda.

Ce dernier était supposé tout connaître du secret propre à combler un abîme aussi désespéré. La formule secrète venue de l'Inde aurait dû se montrer efficace.

CHAPITRE 32

Pourquoi ce vieux magistrat n'avait-il pu expliquer la nature de son plaisir en usant de jargon juridique ? Plaisir si intense qu'il met les larmes aux yeux, le plus modeste plaisir au monde. Mais bien que Honda eût l'air d'écouter distraitement et de voir là un potin divertissant, il ne put, de tout le repas, s'empêcher de se demander s'il n'y avait pas de motivation plus profonde derrière l'histoire que son collègue avait évoquée. Il eut soin de sourire avec commisération aux points critiques à l'instar du narrateur, mais il était embarrassé par le cruel contraste entre la solennité du plaisir ressenti et les souffrances qu'il suscitait. De tels agissements étaient pour tout le monde d'aussi nulle valeur qu'une paire usée de sandales de paille ; et pourtant, leur essence même recelait un caractère solennel, ce qui était vrai de n'importe quel plaisir. Conséquence de cette longue épreuve d'une heure, il avait complètement renoncé aux émotions que procurait son habitude. Heureusement, ce côté de sa personnalité n'était connu de personne.

Ce ne pouvait être qu'il était oublieux du danger car il avait ouvertement humilié sa raison. Le caractère aventureux d'une action dangereuse réside au vrai dans la raison et c'est de là aussi que provient le courage.

Si l'argent ne pouvait garantir la sécurité et lui permettre d'acheter des émotions réelles, que pouvait-il donc faire pour s'emparer d'une vie nouvelle à son âge ? Et pourtant sa soif de vivre ne semblait jamais diminuer mais plutôt s'aiguiser avec les années.

Ainsi, bien qu'il ne le désirât point, il lui faudrait user de quelque intermédiaire. Même si par hasard Ying Chan allait coucher avec lui, étant donné que ce qu'il voulait réellement était chose qu'elle ne pourrait jamais lui montrer, il était donc impératif qu'il emploie quelque moyen détourné, artificiel afin d'obtenir ce dont il avait tant besoin.

Torturé par ces pensées et incapable de trouver le sommeil, il ressortait le Sutra du Roi de Sagesse le Grand Paon Doré auquel on n'avait pas touché depuis longtemps, réceptacle de poussière sur son rayon.

Il lui arrivait de murmurer le mantra qui signifiait l'accomplissement du paon : *ma yu kitsu ra tei sha ka.*

Ce n'était qu'un jeu d'énigmes. S'il avait survécu à la guerre à cause de ce sutra, alors il semblait que, soutenue par de tels moyens, la vie fût d'autant plus dénuée de valeur.

33

Keiko montra beaucoup d'intérêt pour l'histoire du Sutra du Paon, Roi de Sagesse.

« Vous dites que c'est efficace contre les morsures de serpent ? En ce cas, je serais ravie de l'apprendre. Il y a pas mal de serpents dans mon jardin à Gotemba.
– Je me rappelle juste un peu le début. Cela donne : *ta do ya taicchi mitchi chiri mitchi chiribiri mitchi.* »

Keiko se mit à rire : « On dirait la chanson *Chiribiribin.* »

Honda ressentit une contrariété puérile devant sa réaction désinvolte et ne dit plus rien.

Keiko avait amené un étudiant de l'université Keio qu'elle présenta comme son neveu. Il portait un complet d'importation et une montre-bracelet importée, elle aussi. Il avait des sourcils étroits et des lèvres minces. Honda fut stupéfait en se rendant compte que ses yeux à lui, en voyant ce jeune homme frivole et moderne, avaient pris involontairement le regard de censeur typique des membres de l'ancienne équipe de kendo.

Le calme de Keiko ne l'abandonnait jamais. Elle donnait à chacun des consignes, d'un ton de sérénité souveraine. Toute demande qu'on lui adressait était suivie de directives précises.

Honda avait découvert cela deux jours auparavant, en l'emmenant déjeuner au Tokyo Kaikan pour fêter son retour dans la capitale. Il mentionna son désir de présenter Ying Chan à un garçon adéquat, « agressif » si possible. Ce mot seul dévoila tout le scénario à Keiko.

« Je vois, dit-elle. Cela vous gêne qu'elle soit vierge. À notre prochaine rencontre, je vous amènerai mon incorrigible neveu. Avec ce garçon-là, vous n'aurez nul souci à avoir quant aux conséquences et ensuite, vous pourrez jouer le rôle de l'aimable confident, affectueux, débordant de gentillesse et jouir de sa compagnie à loisir... Voilà-t-il pas un plan merveilleux ! »

Lorsque Keiko disait « merveilleux », la merveille semblait toujours s'évanouir. Dans le plaisir, elle était dépourvue de tout sentiment – si ç'avait été une prostituée, il lui aurait fallu faire semblant. Elle était trop méthodique.

Keiko s'embarqua dans une explication de la coquetterie de son neveu qui s'appelait Katsumi Shimura. Elle dit à Honda qu'il envoyait

CHAPITRE 33

ses mesures à New York et que par l'entremise d'un ami américain de son père, il commandait chez Brooks Frères des complets pour chacune des saisons de l'année. Cette anecdote en disait long sur ce jeune homme.

Tout au long de l'histoire du Sutra du Roi Paon, le regard de Katsumi lequel, à l'évidence, s'ennuyait mortellement, se perdait au loin. Le vestibule de l'Impérial Hôtel ressemblait à l'entrée d'un tombeau où des rochers bas en saillie venaient couper le premier balcon ; dans la boutique qui occupait un coin du vestibule, les couleurs crues des revues américaines et de livres de poche s'épanouissaient en désordre comme les fleurs fanées laissées dans un cimetière.

Tante et neveu se ressemblaient étroitement en ce qu'ils se montraient incapables d'écouter sérieusement ce que quiconque d'autre pouvait dire. Dans le cas du neveu c'était impolitesse pure et simple alors que chez sa tante cela paraissait faire partie de ses bonnes manières. Keiko aurait écouté avec la même indifférence distraite des confessions suffisamment horribles pour glacer une personne normale jusqu'à la moelle.

« L'ennui c'est que... je ne suis pas sûr du tout que Ying Chan va vraiment venir, dit Honda.

– Il y a chez vous une phobie à ce sujet depuis la pendaison de crémaillère. Soyons détendus et attendons. Si elle ne vient pas, ça ne nous empêchera pas de nous distraire. Nous irons dîner tous les trois. Katsumi n'est pas particulièrement du type à trop s'en faire.

– Bah !... oui, c'est sûr », répliqua vaguement Katsumi du ton un peu tranchant qui le caractérisait.

Tout à coup, Keiko sortit un bâtonnet de parfum de son sac et en frotta les lobes de ses oreilles d'où pendaient des boucles de jade.

Comme à un signal, toutes les lumières du vestibule s'éteignirent.

« Zut ! une panne de courant », s'exclama Katsumi. À quoi bon dire qu'il n'y avait plus de courant quand c'était déjà arrivé, pensa Honda. Il y a des gens qui ne parlent que pour faire excuser leur paresse.

Bien entendu, Keiko ne dit rien. Le parfum fut remis dans le sac et l'on perçut le déclic du fermoir dans l'obscurité. Le son sembla déboucher sur une obscurité encore plus profonde. Dans l'ombre, la chair si ferme, opulente, souveraine des hanches de Keiko parut se dilater en secret à l'infini avec l'odeur du parfum qui se répandait.

Le silence ne fut que momentané. Comme repoussant les ténèbres, la conversation reprit aussitôt entre les naufragés, artificiellement animée.

« Pendant l'occupation, dit Honda, les troupes américaines avaient priorité pour l'usage du peu d'électricité qu'il y avait, on ne pouvait donc pas échapper aux coupures de courant. Mais je suis surpris que ça continue.

— Récemment, au cours d'une grosse panne de courant, ajouta Keiko, je traversais Yoyogi quand je m'aperçus que seules les hauteurs de Yoyogi, occupées par les Américains, étaient brillamment éclairées ; cette unique portion qui flottait au-dessus des ténèbres de tout le secteur la faisait ressembler à une ville habitée par des gens d'une autre planète. C'était superbe mais inquiétant. »

Il faisait sombre, mais les phares d'autos dans les rues au-delà de la pièce d'eau du jardin de devant envoyaient des lumières jusqu'aux portes à tambour de l'entrée. Une des portes tournait encore sous l'élan dû à quelqu'un qui partait, et les phares brillaient telles des raies lumineuses dans l'obscurité sous-marine. Honda se sentit quelque peu frissonner en se rappelant la scène dans le parc, à la nuit tombée.

« On respire si librement, si aisément dans le noir », dit Keiko. Honda aurait voulu demander : Et pendant la journée ? L'ombre de Keiko apparut sur la muraille, la parcourant, d'un bout à l'autre. Un chasseur avait apporté des bougies et, une fois posées dans des cendriers sur plusieurs tables, le vestibule devint un véritable cimetière où clignaient des lumières pour saluer le retour des morts.

Un taxi s'arrêta devant l'entrée. Ying Chan entra, vêtue d'une très jolie robe jaune canari. Honda n'en revenait pas du miracle : elle n'avait qu'un quart d'heure de retard.

À la lumière des bougies, Ying Chan était admirable.

Ses cheveux se fondaient dans les ténèbres ; toutes les flammes vacillantes dans ses yeux, et l'éclat de ses dents était encore plus joli qu'à la lumière électrique. Le devant de sa robe jaune canari se soulevait et retombait à chaque respiration, exagérant les ombres.

« Vous souvenez-vous de moi ? Je suis Mme Hisamatsu. Voilà déjà quelque temps que nous nous sommes rencontrées à Gotemba », dit Keiko. Ying Chan ne la remercia même pas pour cette fois-là, se contentant d'un signe de tête charmant.

Keiko présenta Katsumi qui offrit son siège. Honda vit immédiatement que la beauté de Ying Chan avait fait forte impression sur le jeune homme.

Sans y penser, elle ouvrit la main où elle portait l'émeraude, mais sans aucune intention de la faire valoir à Honda. À la lumière des bougies, la pierre reflétait une teinte verte comme les ailes d'un insecte irisé tout juste entré. Les faces d'or impressionnantes

CHAPITRE 33

des *yakshas* protecteurs étaient courroucées, pleines d'ombres. Dans le fait que Ying Chan portait la bague, Honda vit une expression de sa gentillesse.

Keiko remarqua immédiatement le bijou, et sans plus de cérémonie, elle prit la main de Ying Chan et l'approcha.

«Voilà qui sort de l'ordinaire. Est-ce thaï?»

Elle n'avait pu oublier son examen minutieux de la pierre à Gotemba, mais elle avait une façon si naturelle et si convaincante que cela semblait lui avoir échappé tout à fait.

Fixant la flamme d'une bougie, Honda paria en silence avec lui-même, à savoir si Ying Chan dirait que c'était un cadeau venant de lui.

«Oui, cela vient de Thaïlande», dit-elle simplement. Il se sentit soulagé par cette réponse, charmé de la grâce naturelle de tout cet épisode dont il était le créateur.

Comme si elle avait déjà complètement oublié la bague, Keiko se leva, prenant l'initiative.

«Allons chez Manuela. Puisque de toute manière nous irons dans un cabaret, nous pourrions aussi bien y dîner. La cuisine y est très bonne.»

Katsumi conduisait une Pontiac achetée sous couvert de quelque Américain. Cela ne leur prendrait pas deux minutes d'arriver à destination.

Ying Chan était assise auprès du chauffeur, Honda et Keiko se tenant à l'arrière. Le comportement de Keiko pour monter en voiture et en sortir valait le spectacle. D'aussi loin qu'elle se rappelât, elle avait eu l'habitude constante de grimper avant toute autre personne. Jamais elle n'avançait de côté, ajustant sa jupe, vers le siège du fond, mais elle visait la place qu'elle voulait occuper et d'un seul coup, sans hésiter, elle y déposait son postérieur d'amphore.

La longue chevelure de Ying Chan tombait en cascade sur le dos du siège, et vue de l'arrière, elle était particulièrement magnifique. Elle rappelait à Honda du lierre noir suspendu aux remparts de quelque château abandonné. Le jour, l'inévitable lézard devait s'y prélasser à l'ombre...

Miss Manuela possédait un petit cabaret élégant au sous-sol d'un immeuble situé en face de la société japonaise de radiodiffusion. La brune danseuse eurasienne accueillit joyeusement ses fidèles clients dès qu'elle eut reconnu Keiko et Katsumi qui descendaient l'escalier, en avant-garde de leur petit groupe.

«Ah! soyez les bienvenus! Et Katsumi qui est là! Vous êtes bien en avance ce soir. Installez-vous où vous voudrez.»

D'aussi bonne heure, on ne voyait personne sur la piste, seule la musique traversait ce vide tel un vent du nord qui eût dispersé la lumière fragmentée par le globe du miroir comme autant de papiers blancs s'envolant à minuit dans la rue.

« Merveilleux ! Tout le cabaret est pour nous ! » dit Keiko, en étendant ses mains aux bagues somptueuses dans l'obscurité de l'espace. À cette exclamation absolue, les instruments à vent tout luisants firent tristement écho.

« Oh ! ne vous donnez pas la peine, dit Keiko, arrêtant Miss Manuela qui, à la place du garçon, était sur le point de prendre commande des apéritifs. Asseyez-vous donc. » Katsumi se leva et avança une chaise. C'est alors seulement que Keiko présenta Ying Chan et Honda, ajoutant, à propos de ce dernier : « Monsieur est mon nouvel ami. Voilà que je me sens des goûts japonais.

– C'est bien. Vous êtes vraiment trop américanisée. Mieux vaut se défaire un peu de cette odeur d'Amérique. »

Miss Manuela eut l'air de renifler en exagérant alentour de Keiko, et Keiko répliqua de façon théâtrale en faisant la délicate. Ying Chan rit de bon cœur de cette comédie en renversant presque un verre d'eau sur la table. Honda se sentait un peu gêné, et il échangea un coup d'œil avec Katsumi. À la réflexion, il se rendit compte que c'était la première fois que leurs yeux s'étaient rencontrés.

Keiko, comme si elle s'en fût soudain souvenue, recouvra sa dignité.

« Cela vous a-t-il gêné quand il y a eu une panne de courant tout à l'heure ? demanda-t-elle sottement.

– Bien sûr que non. Nous ne servons qu'aux chandelles », répondit Miss Manuela d'un air de grand seigneur ; et ses dents blanches luisant dans la pénombre, elle dirigea un sourire amical vers Honda.

En quittant leurs sièges, les musiciens de l'orchestre faisaient un salut à Keiko auquel celle-ci répondait d'un geste de sa main blanche. Elle était au centre de tout.

Tous quatre dînèrent ; Honda n'aimait pas manger dans un endroit sombre mais il n'avait pas le choix. Le sang sortant de son chateaubriand qui aurait dû être d'un rouge éclatant paraissait foncé à en être lugubre.

Le nombre des clients commença à grossir. Honda était horrifié à l'idée de la façon dont les gens allaient le considérer, faisant le jeune homme dans un lieu d'amusement comme celui-ci. Plus tôt viendrait la révolution, mieux vaudrait ; des gens disaient qu'il y en aurait une.

CHAPITRE 33

Honda fut tout surpris quand ses trois camarades se mirent debout simultanément. Les deux femmes s'étaient levées pour aller aux toilettes et Katsumi pour satisfaire à l'étiquette prescrite. Quand Katsumi se rassit, cet homme de cinquante-sept ans et l'autre âgé de vingt ans, laissés ensemble parmi la musique et la danse, demeurèrent silencieux, regardant dans des directions différentes, n'ayant rien à se dire.

Soudain Katsumi prit la parole d'une voix un peu rauque :
« Elle est charmante.
– Elle vous plaît ?
– J'ai toujours été attiré par ce genre de brunes, menues, pleines de charme qui ne parlent pas très bien japonais. Comment dire ?... C'est probablement que j'ai des goûts un peu bizarres.
– Vraiment ? répondit Honda avec un bon sourire, encore qu'il fût rebuté par ce que déclarait Katsumi. Que pensez-vous de son corps ? demanda-t-il.
– Ma foi, je n'y ai guère songé. Vous voulez dire du point de vue sensuel ? répliqua le jeune homme, très à l'aise, en s'empressant d'allumer la cigarette de Honda de son briquet Dunhill.
– Mettons... supposons que vous ayez une grappe de raisin. Si vous les pressez trop fort, ils vont être écrasés. Mais si vous les tenez juste ce qu'il faut pour ne pas les meurtrir, alors la plénitude de la peau opposera une subtile résistance à vos doigts. Voilà ce que j'ai voulu dire par "corps".
– Je crois comprendre, répondit, songeur, le jeune étudiant, cherchant à agir en grande personne, sans nul doute étayant sa confiance en soi du poids de ses souvenirs.
– En ce cas, c'est bien. C'est tout ce que je voulais dire », dit Honda, mettant fin à l'entretien.

Par la suite, Katsumi invita Ying Chan à danser ; ils revinrent à la table après trois danses consécutives.

« Je n'ai pu m'empêcher de me rappeler votre théorie au sujet du raisin, dit Katsumi à Honda d'un air innocent.
– De quoi êtes-vous en train de causer ? » demanda Keiko. La conversation se perdit, s'éteignant dans les bruits de la musique.

Honda ne se lassait jamais de voir danser Ying Chan, bien qu'il ne sût pas lui-même. Le mouvement la libérait des handicaps de la vie en pays étranger, et ses dispositions naturelles se révélaient à ravir. Son cou délié, relativement petit pour son corps, avait des mouvements gracieux. Ses chevilles étaient délicates et prestes. Elle dansait sur la pointe des pieds et sous les ondulations de sa jupe, ses jambes admirables, tels deux hauts palmiers sur une île lointaine, avaient des allures rapides. Langueurs et vitalité alternaient constamment; hésitations et vivacité se succédaient à chaque instant sans que, pendant la danse, son sourire jamais disparût. En tournoyant au bout des doigts de Katsumi pendant un jitterburg, déjà son corps avait tourné mais la lueur de ses dents blanches demeurait visible telle une demi-lune.

34

*L*e monde était plein de présages menaçants. Le Premier Mai, une émeute éclata devant le palais impérial. La police tira dans la foule et la situation empira. Six ou sept manifestants se groupèrent, attaquèrent une voiture américaine, la retournèrent et y mirent le feu. Assailli, un agent abandonna sa moto blanche qui fut aussitôt incendiée. On voyait la tête d'un marin américain tombé dans les douves qui entourent le palais plonger puis refaire surface car, à chaque fois qu'il la relevait, des manifestants lui lançaient des cailloux. Des flammes jaillissaient de tous côtés sur la place devant le palais. Pendant l'émeute, des soldats américains montèrent la garde, baïonnette au canon, au quartier général d'Hibiya et devant l'immeuble de la compagnie d'assurances sur la vie Meiji.

Ce fut un événement extraordinaire. Nul ne croyait que les choses en resteraient là, et chacun imaginait que l'avenir avait en réserve d'autres émeutes, à plus grande échelle.

Honda n'alla pas à son bureau du Marunouchi Building ce jour-là et ne vit pas réellement la manifestation, mais en en entendant parler à la radio et en lisant les détails dans la presse, il jugea que la situation était assez sérieuse. Il s'était, autant dire, tenu à l'écart pendant la guerre: toutefois, à présent, la paix revenue, il ne pouvait se désintéresser de ce qui se passait autour de lui. Il ne se sentait pas rassuré par les trois moyens habituels de placer son argent et il résolut d'envisager l'avenir avec l'ami qui le conseillait en matière financière.

Le lendemain, incapable de rester assis tranquillement à la maison, il partit se promener. On voyait briller le soleil de l'été commen-

CHAPITRE 34

çant ; rien qui parût sortir de l'ordinaire. Évitant le vieux magasin qui vendait des choses sérieuses tels des ouvrages de droit, il entra dans une boutique dont la devanture faisait étalage de revues empilées au hasard. Au long des années, il avait pris l'habitude de toujours entrer dans les librairies au cours de ses promenades.

La multitude des titres au dos des livres lui fut un apaisement. Tout se trouvait emmagasiné sous forme de concepts. L'amour et le désir humain, l'agitation politique, tout cela avait été mis par écrit et aligné paisiblement. D'ailleurs, on y trouvait tout ce qu'on pouvait désirer, depuis les ouvrages de tricot jusqu'à la politique internationale.

Il n'aurait su dire pourquoi il éprouvait un tel délassement à entrer dans une librairie ; c'était une habitude acquise dans sa jeunesse. Rien de tel chez Kiyoaki et Isao. Comment lui était-ce venu ? se demandait-il. Ne se sentait-il en sécurité que s'il avait en permanence une vue globale du monde ? Mettait-il de l'entêtement à ne pas reconnaître les faits qui ne figuraient pas imprimés en noir et blanc ? Suivant Stéphane Mallarmé, tôt ou tard tout serait exprimé par écrit. Si la fin du monde devait être contenue dans un grand livre magnifique, il ne serait jamais trop tard pour se précipiter chez le libraire sitôt qu'il serait achevé d'imprimer.

Mais oui, les événements d'hier étaient déjà terminés. Il n'était ici ni flammes de cocktails Molotov, ni cris, ni violence. On ne pouvait pas même percevoir les lointaines répercussions du sang répandu. Un aimable citoyen traînant un enfant dans son sillage manipulait les ouvrages ; une grosse femme en chandail vert clair portant un sac à provisions demandait d'un air insolent si le dernier numéro d'une revue féminine n'était pas encore sorti. À l'arrière du magasin, un vase où étaient disposés des iris – violon d'Ingres du boutiquier – avait été placé sous un texte encadré d'une médiocre calligraphie qui disait : « La lecture est l'aliment du cœur. »

Honda tourna en rond dans le magasin encombré, se heurtant à la clientèle. Ne trouvant rien à son goût, il se dirigea vers les rayons où s'étalaient des périodiques populaires. Là, un jeune homme en chemise de sport, un étudiant apparemment, était plongé dans un magazine. De loin, Honda apercevait qu'il fixait une seule page avec un sérieux extraordinaire. S'approchant sur la droite du jeune homme, il jeta sans en avoir l'air un coup d'œil à la feuille.

Il vit une photogravure bleu opaque, mal reproduite, de femme nue penchée de côté et maintenue assise par une corde. Le garçon ne détachait pas ses yeux du magazine que tenait sa main gauche.

Honda remarqua la raideur étrange de l'adolescent dont le cou, le profil et les yeux étaient comme tendus de façon peu naturelle, à la façon d'un personnage de bas-relief égyptien. Puis il vit distinctement que la main du jeune homme, enfoncée dans sa poche de pantalon, avait un mouvement violent et mécanique.

Honda quitta aussitôt la librairie. Sa promenade avait été gâtée.

«Pourquoi fallait-il qu'il fît pareille chose devant les gens? N'avait-il pas l'argent nécessaire pour acheter le magazine? En ce cas, je l'aurais volontiers payé de ma poche pour le lui donner. C'est ça, pourquoi ne l'ai-je pas fait aussitôt? Réellement je n'aurais pas dû hésiter à lui donner l'argent.»

Mais les idées de Honda changèrent dans l'intervalle entre deux poteaux électriques le long de la rue.

«Non, je ne crois pas que ce fût le cas. S'il avait réellement voulu ce magazine, il était assez bon marché pour qu'il puisse l'acheter en donnant en gage son stylo.»

Il n'était pas question d'acheter le magazine pour l'emporter chez lui. À partir de là, l'imagination de Honda ne connut plus de frein. D'une certaine façon, ce garçon ne semblait pas lui être tout à fait étranger.

Ne souhaitant pas rentrer pour se trouver face à son épouse avec de telles pensées dans l'esprit, il prit un chemin détourné, continuant tout droit au lieu de tourner en arrivant au coin de l'église méthodiste.

Probablement, la raison pour laquelle ce garçon n'avait pas emporté le magazine chez lui n'était nullement que sa famille fût stricte ou qu'il n'eût pas d'endroit où le cacher. Honda en vint arbitrairement à conclure que ce jeune homme habitait seul en garni. À l'évidence, dès qu'il rentrerait, la solitude qui l'attendait impatiemment sauterait après lui tel un animal familier; et il aurait eu peur d'ouvrir l'image de la femme nue ligotée, pour partager son plaisir avec la solitude. Là, sans doute, l'attendait l'absolue liberté de la prison que ce garçon s'était bâtie. Dans ce minuscule espace, dans ce carré aride, ce nid sombre empli d'une odeur de semence, il avait dû avoir peur d'affronter la femme nue en bleu se tordant sous la corde serrée qui lui écrasait les seins, avec ses narines écartées en ailes de colombe. C'était comme qui dirait commettre un meurtre que d'affronter ainsi en parfaite liberté une femme étroitement ligotée. Aussi avait-il choisi de s'exposer à la vue du public. Il avait voulu apparaître dans le rôle de celui que les yeux du public enserrent de leurs cordes afin d'affronter la femme en danger, humiliée dans ses liens. La situation odieuse qu'il avait choisie figurait un *sine qua non* aussi subtil et délicat que le fil de soie contenu dans tout amour sexuel.

Séductions d'une vulgarité très spéciale, d'une douceur extraordinaire... Ce garçon n'aurait pas été consumé de désir envers cette fille si elle avait été un superbe modèle pour photographies... sexualité qui fait rage nuit et jour en tempête à travers cette métropole... vaste et sombre surabondance... rues traversées des flammes de cocktails Molotov... grand canal souterrain de passion sexuelle qu'on dissimule...

Quand Honda aperçut les piliers de pierre massifs de sa maison, debout depuis le temps de son père, il comprit qu'il lui faudrait vivre de façon fort différente de celle dont son père avait vécu jusqu'à la fin de ses vieux jours. Quand il poussa la porte latérale, et vit les grandes fleurs de magnolia épanouies à l'extrémité de leurs hautes branches, il éprouva soudain la lassitude de sa promenade, souhaitant pouvoir consacrer le reste de son existence à composer des haïkus.

35

Honda suggéra un entretien avec Katsumi et Keiko, d'autant qu'il devait prendre une boîte de cigares qu'il avait demandé à celle-ci de se procurer. Katsumi alla le prendre en voiture à l'immeuble où se trouvait son bureau. C'était l'été, en début d'après-midi, par un chaud soleil.

Les vrais havanes étaient introuvables mais on pouvait acheter les tabacs de Floride au PX. Keiko devant aller acheter les cigares aux anciens magasins Matsuya, devenus le PX, Katsumi lui fit savoir que c'était là qu'ils devaient la rencontrer.

Bien entendu, Honda ne pouvait pénétrer en personne au PX. Il fit s'arrêter Katsumi devant l'entrée et ils regardèrent par la portière les gens qui sortaient. À l'extérieur des fenêtres du PX aux rideaux blancs, flânaient nombre de caricaturistes qui pourchassaient les soldats américains à leur sortie. Les jeunes soldats, retour de Corée apparemment, n'offraient guère de résistance, attendant aimablement qu'on prît leur croquis. Parmi eux, une jeune Américaine por-

tant un blue-jean, venue sans doute faire des emplettes, assise sur l'appui de cuivre d'une fenêtre pendant qu'on faisait son portrait.
C'était une scène intéressante à observer en tuant le temps dans l'auto. Les militaires américains, le visage sérieux, l'air tout à fait de professionnels, posaient sans aucune timidité pour l'artiste devant les spectateurs. Il était difficile de dire lequel était le client. Ils étaient entourés de curieux, et dès que quelqu'un qui en avait assez de regarder s'en allait, un autre prenait aussitôt sa place. Les visages rosés des grands Américains se détachaient comme des têtes de statues au-dessus de la masse des assistants.

« Elle est en retard », observa Honda à Katsumi en sortant de la voiture pour se détendre les jambes au soleil.

Il se joignit à la foule pour regarder la jeune Américaine. À peine jolie, elle balançait ses jambes en blue-jean. Elle portait un corsage à manches courtes en tartan qui ressemblait à une chemise d'homme. Un rayon de lumière qui traversait les bâtiments tombait en diagonale sur une moitié de sa joue couverte de taches de rousseur, dévié à intervalles réguliers par le mouvement de sa mâchoire qui mastiquait un chewing-gum. Elle n'avait pas l'air particulièrement froid ou insolent. Les regards curieux n'avaient pas affecté le moins du monde son calme naturel et ses yeux bruns profondément enfoncés, semblaient tout grands ouverts, perdus dans l'espace, presque immobiles.

Elle regardait les gens tout comme elle eût observé l'atmosphère ; cette fille pouvait être quelqu'un comme en cherchait Honda. Quand il s'en rendit compte, il sentit s'éveiller son intérêt telles des boucles de cheveux qui se recroquevillent vivement sous la flamme. C'est alors qu'un individu qui se tenait à ses côtés lui adressa la parole. Depuis un moment, il considérait le visage de Honda.

« Nous nous sommes déjà rencontrés quelque part, n'est-ce pas ? » dit-il à la fin.

Honda vit un petit bonhomme, au complet râpé, à allure de rongeur. Il avait les cheveux coupés droit aux tempes, et ses yeux inquiets reflétaient une obséquiosité de mauvais augure. Honda se sentit aussitôt mal à l'aise.

« Qui pouvez-vous bien être ? Excusez-moi, mais je ne vois pas… », dit-il d'un ton glacé.

– Vous ne vous rappelez pas ? Nous sommes tous deux des petits curieux sous les arbres, dans le parc », dit-il en se penchant pour murmurer à l'oreille de Honda.

Honda eut beau s'efforcer, il ne put s'empêcher de pâlir.

CHAPITRE 35

«Que voulez-vous dire? fit-il froidement. Vous m'avez pris pour un autre.» Un mépris amer parut instantanément sur le visage du bonhomme. Honda savait que ce sourire méprisant ressemblait aux fissures de couches souterraines qui ont parfois le pouvoir de faire s'écrouler d'un coup de vastes bâtiments. Mais pour l'instant, il n'existait aucune preuve véritable. Et mieux encore, Honda n'avait plus de prestige à sauvegarder. C'est grâce à ce sourire de mépris qu'il comprit clairement que lui manquait à présent une position sociale.

Honda poussa l'homme de l'épaule et se mit à marcher vers l'entrée du PX. Au bon moment, Keiko fit son apparition.

Elle sortit, la poitrine haute, vêtue d'un ensemble violet, suivie d'un soldat américain dont le visage disparaissait presque entièrement derrière la montagne de sacs en papier dont ses bras étaient chargés. Honda pensa que ce pouvait être son amant, Jack, mais non.

Au milieu de la chaussée, Keiko présenta Honda au soldat et, à propos de ce dernier, expliqua: «J'ignore comment il s'appelle, mais il a eu la bonté de s'offrir à porter mes paquets à la voiture.»

En voyant Honda causer avec un soldat américain, le bonhomme s'était empressé de s'éloigner.

Une énorme broche en or brillait d'un vif éclat à la poitrine de Keiko comme le métal du Grand Ordre du Chrysanthème. Elle se dirigea d'un pas militaire vers l'auto où Katsumi attendait respectueusement au soleil de mai. Il ouvrit la portière et s'inclina d'un air enjoué à son passage.

Le soldat tendit les sacs en papier un par un à Katsumi qui trébucha, à peine capable de les tenir.

Le spectacle valait la peine. La foule qui se tenait devant le PX regardait bouche bée, en oubliant tout à fait les caricaturistes.

Quand l'auto s'ébranla, Keiko fit au militaire si courtois un geste auquel il répondit. Deux ou trois autres hommes en firent autant dans la foule.

«Quelle popularité!» observa Honda non sans désinvolture, pour se prouver combien il se remettait rapidement du choc qu'il venait de subir.

Keiko eut un air satisfait en disant: Partout on trouve de braves gens. En grande hâte, elle sortit un mouchoir couvert de broderies de style chinois et se moucha bruyamment à l'occidentale. Le nez n'en parut point endommagé. Il était aussi haut et aussi magnifique qu'à l'ordinaire.

«Voilà ce que c'est de dormir nue tous les soirs, dit Katsumi en conduisant.

– Je t'apprendrai à être impoli ! Comme si tu m'avais jamais vue... À propos, où irons-nous ? »

Honda redoutait d'aller à pied du côté de Ginza, de peur de rencontrer à nouveau le bonhomme.

« Allons à ce nouveau... comment s'appelle cette maison ?... au coin d'Hibiya, dit-il, d'un ton irrité, incapable de se rappeler.

– Vous voulez dire l'hôtel Nikkatsu ? » dit Katsumi. Et bientôt, distinguant la couleur de moutarde vieillie du fleuve à travers la foule, ils traversaient le pont Sukiya.

Keiko était fort aimable, intelligente également, mais il lui manquait à l'évidence une certaine gentillesse. Sur tous sujets – littérature, art, musique, voire philosophie – elle parlait avec son enthousiasme féminin débordant, hédoniste, comme si elle avait causé parfums ou colliers. Jamais elle ne faisait étalage à proprement parler de son érudition en art ou en philosophie, et ses connaissances n'étaient pas toujours bien équilibrées : mais en certains domaines, elle était parfaitement informée.

Autant qu'il se souvînt, les femmes de qualité de la fin du XIXe siècle et du début du XXe appartenaient, selon elles-mêmes, au type vertueux et collet monté ou bien étaient d'effrontées polissonnes, de sorte qu'il était surpris de l'ensemble des qualités de Keiko. Mais il prévoyait des ennuis pour l'homme qui deviendrait son mari. Non qu'elle fût jamais cruelle, mais on sentait en elle des exigences insupportables dans les petites choses.

Était-ce autodéfense ? Mais dans quel but ? À coup sûr, elle n'avait pas été élevée de façon telle qu'elle pût avoir besoin d'armure. Jamais il ne lui avait fallu combattre le monde. C'était plutôt le monde qui lui avait toujours montré de la déférence, et l'on sentait en elle une sorte de pureté dont l'autorité vous accablait.

Keiko était congénitalement incapable de distinguer entre l'affection et les services rendus, aussi chacun de ceux à qui elle accordait une faveur pouvait s'imaginer qu'elle l'aimait.

Cette fois-ci ne faisait pas exception. Au balcon surplombant le vestibule qui ressemblait à un nouveau terrain de rugby, attablée devant un verre de sherry, Keiko commençait à donner ses instructions. Honda était abasourdi. Il lui semblait écouter un cours de cuisine française sur la manière d'accommoder une volaille appelée Ying Chan.

« Tu l'as vue deux fois depuis l'autre soir. Où en étiez-vous ? Jusqu'où penses-tu pouvoir aller ? » demanda-t-elle d'abord à Katsumi. Puis elle

CHAPITRE 35

sortit une grande boîte de cigares qu'elle semblait avoir oubliée jusqu'à ce moment, la posant sans rien dire sur les genoux de Honda.

« Comment cela s'est-il passé ? Je crois le moment presque venu. »

Honda suivait du doigt le dessin du couvercle de la boîte qui lui rappelait la monnaie de papier d'un petit État européen, ses pièces d'or et ses rubans roses gravés en lettres d'or sur fond vert. Il imaginait l'arôme des cigares, n'ayant pas fumé depuis quelque temps. En même temps, lui déplaisaient fortement les propos de Katsumi. Néanmoins, il fut étonné de découvrir qu'il prenait plaisir à cette répugnance, comme augurant de quelque chose.

« L'as-tu au moins embrassée ? s'enquit Keiko.
– Oui, une fois.
– Comment ça s'est passé ?
– Comment ça s'est passé ? Eh bien, en la reconduisant au Foyer des étudiants étrangers, je l'ai embrassée juste un petit peu derrière la porte.
– Ah oui ? Et comment ça s'est passé ?
– Elle a eu l'air un peu effarée. C'était probablement la première fois pour elle.
– Je ne te reconnais plus. Ne pouvais-tu pas aller plus loin ?
– Mais elle, ce n'est pas pareil. C'est une princesse. »

Keiko se tourna vers Honda. « La meilleure façon, dit-elle, serait que vous l'emmeniez à Gotemba. Pourquoi ne dites-vous pas que vous organisez une soirée en l'invitant à passer la nuit ? Le plus tard possible. Elle ne peut guère vous refuser puisque vous savez qu'elle a découché d'autres fois ; d'ailleurs, elle doit se racheter pour la réunion où elle vous a fait faux bond. Si elle est seule avec Katsumi, elle se tiendra sur ses gardes, vous devez donc les accompagner. Naturellement, c'est Katsumi qui conduira. Vous pouvez dire que je vous attends à Gotemba. Ce ne sera pas vrai, mais ça ne me gêne pas... Quand vous arriverez à votre villa, elle trouvera drôle qu'il n'y ait personne d'autre. Mais tant pis, une princesse étrangère n'a pas la possibilité de s'échapper, il faut donc s'en remettre à Katsumi. Vous pouvez la lui confier pour la nuit, et vous, attendre que votre *canard à l'orange* soit à point. »

36

À Ninooka, en Gotemba, il était minuit. Après avoir éteint le feu dans la cheminée, Honda prit son parapluie et sortit du salon faire un tour sur la terrasse.

Là, devant lui, la piscine avait déjà pris forme, et la pluie frappait le ciment rugueux. Elle était loin d'être achevée, l'échelle même n'était pas fixée. Sous la lumière venant de la terrasse, le ciment mouillé de pluie était d'un gris liquide. C'était des ouvriers de Tokyo qui construisaient la piscine, et, nécessairement, on n'avançait pas vite.

Même dans l'obscurité nocturne, il était évident que le drainage de la piscine laissait à désirer. Honda résolut d'en parler à l'entrepreneur en rentrant à Tokyo. Au fond du bassin, les nombreuses plaques, criblées par la pluie, formaient des rides qui captaient misérablement les reflets lointains de la terrasse. Un brouillard nocturne se levait de l'extrémité de la vallée, à l'ouest, demeurant suspendue, immobile, au milieu de la pelouse. Il faisait extrêmement froid.

La piscine inachevée commençait à ressembler à un charnier géant, assez grand et davantage pour contenir une légion de squelettes. Au vrai, elle ne *commençait* pas à prendre cette apparence, ce n'avait jamais été autre chose. L'eau jaillissait alentour comme si l'on eût laissé tomber des squelettes par le fond, puis elle s'apaisait et les ossements séchés s'imbibaient d'eau tout aussitôt, acquérant lustre et fraîcheur. Les Japonais de jadis, en atteignant l'âge de Honda, auraient pensé à ériger un monument votif en l'honneur de la longévité. Honda, lui, chose inouïe, construisait une piscine ! Cruel essai de renflouement de sa chair flasque et décrépite dans une abondance d'eau bleue. L'habitude lui était venue de ne dépenser d'argent qu'à des jeux pleins d'intentions malignes. Ah ! comme les monts Hakone et les nuages d'été se reflétant dans l'eau de la piscine allaient égayer ses vieux ans ! Et quelle serait la grimace de Ying Chan si jamais elle découvrait qu'il l'avait construite exprès parce que, l'été, il voulait voir de près son corps nu.

Honda s'en retournait pour aller fermer les portes quand, levant son parapluie, il jeta un regard aux lumières du premier étage. Quatre fenêtres brillaient encore. C'étaient celles des deux chambres d'amis attenantes au bureau près duquel logeait Ying Chan. Katsumi occupait la chambre située au-delà.

CHAPITRE 36

Malgré le parapluie, des gouttes de pluie trempaient son pantalon, semblant pénétrer jusqu'à ses genoux. Dans la nuit, des fleurs douloureuses, minuscules et glacées s'épanouissaient en secret dans toutes ses articulations. Il imaginait que ce devait être quelque chose comme des *higan-bana* miniatures. Les os qui, dans sa jeunesse, s'étaient modestement cachés dans sa chair, jouant jusqu'au bout leur rôle, commençaient, à présent qu'il vieillissait, à réclamer de plus en plus droit à la vie. Ils se mettaient à chanter et à se plaindre, se frayant passage à travers la chair déclinante en tentant d'échapper à l'obscurité têtue du corps. Sans cesse, ils guettaient l'occasion de se ruer dans le monde extérieur où ils pourraient se chauffer au soleil en toute liberté comme les jeunes feuilles, les arbres et les rochers qui, tout le temps, jouissaient de sa lumière. Sans nul doute, ils savaient que le jour n'était pas éloigné où ils allaient pouvoir réaliser leurs rêves.

Observant les lumières au premier, Honda sentit soudain en lui une tiédeur à la pensée de Ying Chan en train de se dévêtir. Était-ce donc que les os absorbaient la chaleur ? Les fleurs rouges de ses articulations étaient-elles en proie à la fièvre des foins ? Honda ferma vite les portes, éteignit les lumières du salon et monta à pas de loup à l'étage. Il entra par la porte de la chambre afin de pouvoir se rendre sans bruit dans le bureau. À tâtons dans l'obscurité, il se dirigea vers les rayons de bibliothèque. Ses mains tremblaient en ôtant l'un après l'autre les épais volumes étrangers. Enfin il appliqua son œil à l'ouverture pratiquée au fond du rayonnage.

Ying Chan entra dans le cercle de lumière amortie, fredonnant une chanson. Jamais il n'avait aussi ardemment souhaité d'instant comme celui-ci. C'était le désir qu'on sentait en attendant que s'épanouît une fleur de calebassier à l'orée d'un soir d'été. Instant où l'éventail lent à s'ouvrir révèle entièrement son image. Il allait voir Ying Chan telle que personne ne l'avait encore vue. C'était ce qu'il voulait plus que rien au monde. En la guettant, déjà il avait détruit cet état de non-vue. N'être vue d'absolument personne et ne pas savoir qu'on est vue sont choses similaires encore que fondamentalement différentes.

Ying Chan avait fait preuve d'un calme surprenant en arrivant à la villa pour y apprendre que la réception n'allait pas se dérouler comme il avait été dit.

Dès le moment de leur arrivée, Honda s'était inquiété de l'explication à donner. Katsumi s'en était remis complètement à lui afin de rester irréprochable en l'occurrence. Cependant, toute explication était superflue. Quand Honda, ayant allumé du feu dans la cheminée, lui tendit un verre, Ying Chan eut un sourire heureux et ne posa point de questions. Peut-être pensait-elle qu'elle n'avait pas bien compris son japonais lorsqu'il l'avait invitée de prime abord. Les invitations faites en langue étrangère entraînent souvent des malentendus, une confusion.

La raison pour laquelle Ying Chan avait renoué connaissance avec Honda à son arrivée au Japon résultait de ce que l'ambassadeur du Japon en Thaïlande, ayant ouï parler des liens qu'il avait eus avec la famille royale thaïe, avait rédigé une lettre d'instruction. Il avait prié Honda de parler autant que possible japonais afin que la princesse pût améliorer sa connaissance de la langue.

En regardant Ying Chan qui ne paraissait aucunement se douter d'un quelconque danger, Honda était empli d'une sorte de pitié. Elle était accroupie près du feu en pays inconnu, involontairement impliquée dans une conspiration de la chair qui était rien moins que tendre. Les flammes se reflétaient sur ses joues de bronze et l'on eût dit que se consumaient ses cheveux. Son sourire immuable et ses belles dents blanches suscitaient en lui un sentiment de pitié indicible.

«Quand votre père était au Japon, il était constamment gelé en hiver. Il lui tardait de voir arriver l'été. Vous aussi devez être comme cela.

– Oui. Je n'aime pas le froid.

– Eh bien, il ne va plus durer longtemps. Dans deux mois, ce ne sera pas très différent ici de l'été à Bangkok. En vous regardant à présent, je me rappelle votre père quand il faisait froid. Et je me rappelle aussi ma jeunesse», dit Honda en s'approchant de la cheminée pour secouer la cendre de son cigare. Il jeta un coup d'œil furtif vers Ying Chan, au-dessous de lui. Sur quoi, ses genoux qui étaient ouverts se refermèrent comme de délicates feuilles de mimosa.

Ils avaient tous trois repoussé les chaises, s'asseyant sur le tapis devant le feu, et Honda apercevait Ying Chan en des postures diverses. Elle pouvait, par exemple, s'asseoir très droite, d'un air noble, dans un fauteuil, ou bien se mettre de côté, à l'aise, ses jolies jambes croisées sur le parquet, prenant des airs séducteurs d'Occidentale.

Parfois, aussi, elle changeait brusquement de style, à l'étonnement de Honda, comme quand elle s'était approchée du feu en premier, les épaules voûtées à cause du froid, le menton en avant, le cou engoncé, l'air malheureux. La façon dont elle parlait avec des gestes de ses menus poignets faisait penser à quelque chose de superficiel,

CHAPITRE 36

à la chinoise. Peu à peu, elle s'était rapprochée, s'asseyant devant le feu comme ces femmes qui vendaient des fruits dans l'ombre vert foncé des marchés tropicaux, l'après-midi, face au flamboiement du soleil. Les deux jambes raidies, les hanches en l'air, elle se penchait tellement en avant que ses seins voluptueux et ses cuisses charnues se pressaient les uns contre les autres. Le centre de gravité se trouvait au point de contact de la cuisse et du sein froissé, et son corps se balançait légèrement autour de façon incroyablement vulgaire. À pareil instant, la force qui tendait sa chair se concentrait dans ses fesses, ses cuisses, son dos, en tous endroits ignobles de son corps, et Honda percevait une odeur forte de lieu sauvage, comme dans la jungle en dégageaient les tas de feuilles mortes.

Katsumi affectait le calme, et le dessin de son gobelet de cristal taillé se reflétait sur sa main blanche, mais à l'évidence, il était nerveux. Honda n'avait que mépris pour sa passion sexuelle.

« Ce soir, cela ira très bien. Je ferai en sorte que votre chambre soit très chaude, dit Honda, devançant la question de savoir si elle passerait la nuit avant qu'elle fût posée. Il y aura deux gros radiateurs électriques. Grâce aux relations de Keiko, on nous a donné une puissance égale à celle des locaux des troupes d'occupation. »

Mais il n'expliqua pas pourquoi cette maison de style occidental ne possédait pas un système de chauffage à l'occidentale ou même de type coréen ou chinois. Certains avaient suggéré un système par les murs, employant du charbon au lieu de mazout si difficile à se procurer. Cette idée plaisait aussi à sa femme, mais Honda n'y avait pas souscrit. Le chauffage par les murs consistait à faire passer l'air chaud entre des doubles parois, et pour lui, il importait essentiellement que les murs n'eussent qu'une épaisseur.

Pour sa femme, il avait prétendu faire seul ce déplacement, prétextant vouloir se livrer à des travaux de recherche sans être dérangé. Ce qu'elle lui dit quand il fut sur le point de partir, paroles ordinaires et prévenantes, lui restait dans l'esprit comme des malédictions : « N'attrape pas froid. C'est glacé à Gotemba. Un jour de pluie comme celui-ci, il fera plus froid que tu ne penses. Fais bien attention à toi. »

Honda appliqua son œil contre la petite ouverture. Ses cils, en se retroussant, lui piquèrent les paupières.

Ying Chan n'avait pas encore changé de vêtements. Le kimono de nuit qu'on avait disposé était encore étendu sur le lit. Assise dans un fauteuil devant la glace, elle s'appliquait à regarder quelque chose. Tout d'abord, il crut que c'était un livre, mais c'était plus petit et plus mince, ressemblant plutôt à une photo. Curieux de savoir la photo de qui c'était, il essaya sous tous les angles, mais il ne put réussir à voir.

Elle se fredonnait une mélodie monotone. Cela paraissait être une chanson thaïe. Honda avait entendu à Bangkok de ces airs populaires qu'on chantait du ton haut perché et criard d'un violon chinois. Soudain il se remémora les joints métalliques qui brillaient aux chaînes des rives le soir ou encore les tapages des marchés sur les canaux, le matin.

Ying Chan rangea la photo dans son sac et fit deux ou trois pas vers le lit, c'est-à-dire vers l'œilleton. Le cœur de Honda fit un bond. Il lui sembla qu'elle allait faire une brèche dans la muraille pour se jeter sur lui. Mais à la place, elle sauta sur le plus éloigné des deux lits, encore recouvert d'un couvre-lit, et de là, sur celui qui était près du mur déjà préparé à son intention. Il ne voyait que ses jambes.

Ying Chan rebondit deux ou trois fois sur le lit, se tournant à chaque saut dans une direction différente. Il voyait que les coutures de ses bas n'étaient pas droites.

Ses jambes magnifiques étaient gainées de nylon brillant; elles avaient des mollets lisses qui allaient s'amincissant vers des chevilles bien fermes. La plante des pieds était encore au contact du matelas, et elle rebondissait en pliant légèrement les genoux, sa jupe flottante mettant à nu un instant des zones situées bien au-dessus du genou. À la partie supérieure des bas, où le tissu était différent et d'un beige plus foncé, on apercevait des boutons de jarretière pareils à des petits pois verts. Plus haut encore, la peau nue et sombre de ses cuisses ressemblait à une aube ombreuse vue à travers une lucarne.

En sautant, Ying Chan sembla perdre l'équilibre et les jambes qui s'offraient à ses yeux se mirent à tomber à droite comme si elles allaient disparaître; mais elle descendit du lit sans accroc. C'était sans doute sa façon enfantine d'essayer un lit qu'elle ne connaissait pas.

Elle examina ensuite en détail le kimono de nuit que Honda avait sorti pour elle. Elle le passa par-dessus sa robe et se regarda sous tous les angles devant la glace. Puis elle l'enleva pour s'installer dans le fauteuil face à celle-ci. Des deux mains, elle saisit l'agrafe du collier d'or dans son cou et la défit avec adresse. Elle leva les doigts devant le miroir et elle commençait à ôter la bague quand elle s'arrêta. Pour Honda qui observait son image dans la glace, les gestes lents de Ying Chan et son expression semblaient se produire sous l'eau ou encore être manœuvrés à distance.

CHAPITRE 36

Au lieu d'ôter le bracelet, elle leva haut la main vers la lumière du plafond. L'anneau d'émeraude masculin, en évidence à son doigt, était d'un vert étincelant et les faces d'or monstrueuses des *yakshas* protecteurs rutilaient.

Finalement, s'aidant des deux mains dans le dos, elle commença à défaire la petite agrafe au-dessous de la fermeture de sa robe. Honda retint son souffle.

Ying Chan s'arrêta dans son geste et tourna la tête à droite vers la porte. On entendit tourner la serrure ; Katsumi était en train de l'ouvrir avec la clé de rechange que Honda lui avait remise. Ce dernier se mordit la lèvre, contrarié par ce contretemps. Si Katsumi était arrivé deux ou trois minutes plus tard, Ying Chan eût été dévêtue.

L'appréhension soudaine de l'innocente jeune fille se transforma, dans le cadre rond et voilé de l'œilleton, en un tableau d'instant critique. Elle ignorait encore qui pouvait arriver par cette porte. Peut-être un grand paon blanc entrerait-il en se pavanant d'importance, emplissant la pièce d'un parfum de lis. Et son battement d'ailes et ses cris, tel un grincement de poulie, transformeraient la chambre tout entière en grande salle paisible au Palais Rosette cet après-midi-là...

Mais ce qui entra dans la chambre était par trop maniéré dans sa médiocrité. Katsumi ne s'excusa même pas d'avoir ouvert la porte sans frapper, se contentant de marmonner gauchement qu'incapable de dormir, il était venu causer avec elle. La jeune fille, se remettant à sourire, lui offrit une chaise et tous deux entamèrent un long entretien. Katsumi se montrait flatteur, parlant anglais, et Ying Chan devint soudainement bavarde. En les épiant par son œilleton, Honda se mit à bâiller.

Katsumi posa la main sur la sienne et, comme elle ne la retira pas, Honda regarda attentivement. Mais il ne pouvait tenir longtemps cette position qui lui fatiguait le cou.

Il s'appuya contre la bibliothèque en essayant de suivre au son ce qui se passait. L'obscurité libérait son imagination, et dans sa pensée, les choses avançaient pas à pas beaucoup plus rationnellement que ce qui en réalité arrivait dans la chambre. À ce qu'il imaginait, le déshabillage de Ying Chan avait déjà commencé et sa nudité éclatante s'était épanouie. Quand elle avait souri en levant le bras gauche, les trois grains de beauté étaient apparus sur son flanc gauche, symboles d'étoiles dans le ciel tropical plein de séduction, symboles aussi de l'interdiction qui le frappait. Il se couvrit les yeux et l'image des étoiles se brisa aussitôt dans le noir.

On entendit un remue-ménage.

Honda se hâta de coller son œil au trou et, ce faisant, il se cogna la tête sur le coin de la bibliothèque. Le bruit l'ennuya davantage que la douleur, mais, de l'autre côté du mur, la situation passait outre à tout souci des menus bruits.

Katsumi tentait de retenir une Ying Chan qui se débattait.

Les deux corps, en luttant, entraient dans le champ circulaire de l'œilleton ou en sortaient. La fermeture éclair de la robe était défaite et l'on apercevait le dos anguleux de la jeune fille, brun, en sueur, ainsi que les bretelles du soutien-gorge. Recouvrant l'usage de sa main droite, elle décocha un coup de poing fermé. L'émeraude verte étincela comme un scarabée volant, et vint racler la joue de Katsumi. Celui-ci recula en portant la main à son visage. Sitôt après, on l'entendit qui ouvrait la porte et quittait la chambre. Ying Chan était hors d'haleine. Regardant alentour, elle traîna une des chaises, probablement pour la caler contre la porte.

Honda fut saisi de panique. Katsumi, tout en prétendant à tant de maturité, était en réalité un enfant gâté, et il n'était pas dit qu'il ne viendrait pas chercher une trousse de secours pour sa joue.

Honda se mit tout de suite au travail. Un par un, il replaça les épais volumes sur le rayon, et avec le soin méticuleux d'un criminel, il vérifia qu'aucun des titres n'avait été remis en place la tête en bas. Il s'assura que la porte du bureau était fermée à clef, éteignit le radiateur, et entra sans bruit dans sa chambre. Il se mit en pyjama, et jetant ses vêtements sur la commode, se glissa dans son lit. Il était prêt à faire celui dont le sommeil est interrompu quand Katsumi viendrait frapper à sa porte.

Ce devint une aventure de la «jeunesse» inconnue de Honda. Vélocité et agilité d'étudiant qui a enfreint la règle et qui, en rentrant au dortoir, se glisse au lit l'air innocent. Bien qu'il reposât tranquillement, son cœur avait des palpitations si rapides que l'oreiller semblait doué de vie et faire des bonds, prenant quelque temps avant de s'apaiser.

Katsumi était probablement en train d'hésiter, savoir s'il viendrait le trouver ou non. Cette longue hésitation devait résulter d'un calcul, pesant avantages et inconvénients d'une visite impromptue. Pendant qu'il attendait sans véritablement compter le voir arriver, Honda s'endormit.

Au matin, la pluie avait cessé et un brocart doré de soleil tombait en cascade par l'échancrure entre les rideaux sur la fenêtre à l'est.

CHAPITRE 36

Honda s'enroula le cou d'une écharpe, et dans son épaisse robe de chambre, il descendit à la cuisine dans l'intention de préparer le petit déjeuner pour les jeunes gens. Il trouva Katsumi déjà assis dans un fauteuil du salon, soigneusement habillé.

«Eh bien, vous êtes levé de bonne heure», s'écria Honda du milieu de l'escalier, en jetant un rapide coup d'œil à ses joues pâles.

Katsumi avait déjà fait du feu dans la cheminée. Il ne semblait pas vraiment qu'il cachât sa joue gauche, et Honda fut déçu de ne pas y voir une grande cicatrice à la lumière du feu. Il portait une légère égratignure qui pouvait s'expliquer de la façon la plus simple.

«Vous ne voulez pas vous asseoir un moment?» et Katsumi désignait un fauteuil comme si l'hôte ce fût lui.

«Bonjour, répéta Honda en l'abordant avant de s'asseoir.

– Il m'a semblé que je devais vous parler en tête à tête. Je me suis levé spécialement plus tôt, dit Katsumi comme s'il avait consenti à Honda une grande faveur.

– Et... comment cela s'est-il passé?

– Bien.

– Que voulez-vous dire, "bien"?

– Juste comme je m'y attendais.» Le jeune homme sourit, comme pour évoquer quelque chose ayant un sens profond. «Elle a l'air d'une enfant, mais ce n'est nullement le cas.

– Cela paraissait-il être la première fois pour elle?

– J'ai été le premier... Mes successeurs en seront verts de jalousie, c'est certain.»

Il semblait inutile de poursuivre sur ce point, et Honda changea de sujet.

«À propos, avez-vous par hasard remarqué, elle porte certaines marques particulières... du côté gauche... trois grains de beauté en ligne, magnifiques au point de paraître artificiels. Ne les avez-vous pas vus?»

Momentanément, un désarroi traversa la mine suffisante de Katsumi.

Maintes réponses étaient possibles, mais il s'agissait aussi de sauver la face. Il conclut prestement qu'il valait mieux sacrifier les mensonges, en vue d'une occasion plus importante. Cela ne manquait pas d'intérêt de spéculer sur les nombreuses réponses possibles qui passaient par l'esprit du jeune homme. Soudain, Katsumi se renversa dans son fauteuil avec un geste de surprise exagérée.

«Vous avez gagné, dit-il d'une voix haut perchée. Vous êtes dur, monsieur Honda! Je vous rends les armes. Son anglais m'a trompé quand elle a paru dire que c'était la première fois. Vous savez à quoi vous en tenir sur son corps!»

Ce fut au tour de Honda de sourire d'un air entendu.

«Je vous demande si vous avez vu les grains de beauté.»

Le jeune homme répondit d'un ton crispé. Sa feinte sérénité était mise à rude épreuve.

«Naturellement, je les ai vus. Ils étaient légèrement humides de sueur, à bouger tous les trois dans la pénombre. Sur sa peau sombre, ils avaient une sorte de beauté mystérieuse inoubliable.»

Honda alla dans la cuisine et prépara le déjeuner, café et croissants. Katsumi offrit ses services, alors que la sollicitude à cet égard n'était à l'ordinaire pas du tout son fait. Comme forcé par un sentiment d'obligation, il disposa les assiettes, demanda à Honda où étaient rangées les cuillères et il les arrangea sur la table. Pour la première fois, Honda ressentit quelque chose qui ressemblait à une amitié voisine de la pitié envers le jeune homme.

Ils disputèrent à qui porterait le petit déjeuner à Ying Chan dans la chambre. Revendiquant la prérogative de l'hôte, Honda plaça les mets sur un plateau, muni duquel il monta lentement l'escalier.

Il frappa à la porte de Ying Chan. N'obtenant pas de réponse, il posa le plateau sur le plancher et ouvrit la porte avec un passe-partout. Coincée par quelque chose à l'intérieur, elle fut difficile à forcer.

Honda regarda autour de la pièce qu'emplissait la lumière du matin. Elle était partie.

37

Ces temps-ci, Mme Tsubakihara rencontrait fréquemment Imanishi.

Elle était complètement aveugle, incapable de se faire une opinion intelligente des hommes. Pas davantage ne pouvait-elle en juger au témoignage de ses yeux et dire quel genre d'individu c'était... porc, loup ou légume. Voilà la femme qui s'efforçait, chose inouïe, d'écrire des poèmes.

CHAPITRE 37

Si la perception des affinités est l'indice d'une noble intrigue amoureuse, nul ne pouvait dissiper l'embarras d'Imanishi autant que cette femme aveugle à toute espèce d'affinités. Elle s'était mise à aimer cet homme de quarante ans comme un fils.

Personne n'était plus éloigné qu'Imanishi de posséder jeunesse du corps, fraîcheur ou courage. Il devait ménager son estomac, sa peau était terne, sans élasticité et il s'enrhumait facilement. Son long corps, démuni de muscles développés, ressemblait à une écharpe longue et flasque et il se dandinait en marchant. Autrement dit, c'était un intellectuel.

Il aurait dû être fort difficile d'aimer pareil individu, mais tout comme Mme Tsubakihara fabriquait de mauvais poèmes avec grande aisance, elle était tombée amoureuse sans la moindre difficulté. À propos de tout et de rien, elle brillait par le manque d'ingéniosité. Sa docilité et son goût d'être critiquée dont elle-même convenait faisaient qu'elle était heureuse d'écouter les rebuffades personnelles incessantes d'Imanishi. En toutes choses, elle épousait ce concept que la critique offre un raccourci vers le progrès.

De fait, Imanishi possédait quelque chose en commun avec elle. Il n'éprouvait aucune gêne de ses airs de petite fille quand elle bavardait des plus sérieusement de littérature et de poésie dans la chambre à coucher, lui-même faisant choix d'un tel cadre pour ses confessions idéologiques. Il y avait un mélange bizarre de profond cynisme et d'immaturité derrière les allures de jeunesse débile qui, de temps à autre, par éclairs, traversaient son visage. Et Mme Tsubakihara était persuadée que s'il aimait à dire des choses qui blessaient les gens, c'était parce qu'il était pur.

Le couple se retrouvait toujours dans une coquette petite auberge qu'on venait de bâtir sur le mont Shibuya, chaque pièce constituant une construction indépendante séparée des autres par un petit ruisseau qui courait à travers le jardin. Les boiseries étaient propres et fraîches, l'entrée des plus discrètes.

Aux alentours de six heures, le 16 juin, leur taxi s'arrêta devant la gare de Shibuya où, contenu par la foule, il ne put avancer davantage. L'auberge n'étant éloignée que de cinq ou six minutes à pied, Imanishi et Mme Tsubakihara quittèrent la voiture.

L'Internationale chantée en chœur, massivement, les submergea. Des bannières flottaient au vent : « À bas la loi sur les activités subversives ! » Une grande banderole était suspendue au pont du chemin de fer de Tamagawa : « *Yankees Go home !* » Les gens qui inondaient la place montraient des visages empourprés, joyeux, se ruant d'un cœur léger vers la destruction.

Effrayée, Mme Tsubakihara se cachait derrière Imanishi que, malgré lui, la crainte et l'angoisse attiraient vers la foule. Un réseau de clarté enserrait les jambes qui se pressaient en foule à travers la place ; le martèlement des pieds grossit telle une averse soudaine et l'on perçut des cris stridents à travers le chœur tandis que croissaient les battements de mains irréguliers – tout cela survenant en même temps dans la nuit tumultueuse qui tombait sur la masse des manifestants. Cela rappela à Imanishi le frisson extraordinaire qu'il ressentait invariablement à la première semonce de ses nombreux rhumes avec la montée simultanée de la fièvre. Chacun éprouvait l'horrible sensation d'être écorché comme un lapin, d'avoir sa chair rouge à vif soudain exposée à l'air.

« Les flics ! Les flics ! »

Le bruit des voix se répandit et la foule se dispersa dans la confusion. Le chœur de *L'Internationale* qui avait été une énorme vague se brisa en fragments attardés çà et là comme des flaques après la pluie. Et ces derniers furent mis en déroute par des cris quand la foule des heures de pointe et les groupes qui chantaient se mêlèrent inextricablement. Survinrent en mugissant les cars blancs de la police qui firent halte auprès de la statue de Hachi, le Chien Fidèle, devant la gare de Shibuya, et des membres des brigades de réserve en casque bleu foncé surgirent des véhicules comme un essaim de sauterelles.

Empoignant la main de Mme Tsubakihara, Imanishi prit ses jambes à son cou avec la foule qui tentait de s'échapper. Atteignant la devanture d'un magasin de l'autre côté de la place et reprenant haleine, il fut étonné de son aptitude inattendue à courir. Lui aussi, il avait été capable de courir ! se dit-il. Sur quoi, il sentit brusquement des palpitations inconnues et il eut mal à la poitrine.

Comparée à la sienne, la frayeur de Mme Tsubakihara, tout comme son chagrin, était tant soit peu stéréotypée. Serrant son sac contre sa poitrine, elle se tenait à ses côtés comme si à tout instant elle allait s'évanouir. On eût dit que les éclairages violets au néon qui se reflétaient sur ses joues poudrées transformaient sa peur en un ouvrage irisé de coquillages. Mais ses yeux ne défaillaient point.

Imanishi se glissa avec précaution le long de la devanture pour regarder de l'autre côté de la place tumultueuse, devant la gare.

CHAPITRE 37

Parmi les clameurs et les hurlements qui s'élevaient, la grande horloge illuminée de la station marquait l'heure avec sérénité.

Il montait une odeur de fin du monde. L'univers tournait au rouge comme les yeux de quelqu'un qui a besoin de sommeil. Il sembla à Imanishi qu'il était à l'écoute des bruits étranges de vers à soie en train d'édifier leur demeure en grignotant avec rage des feuilles de mûrier.

Puis, au loin, des flammes jaillirent d'un fourgon blanc de police. Un cocktail Molotov, probablement. Des langues écarlates acharnées et des cris stridents s'élevèrent parmi la fumée blanche. Imanishi se rendit compte qu'il souriait.

Finalement, tandis qu'ils commençaient à s'éloigner du théâtre de ces événements, Mme Tsubakihara remarqua quelque chose qui pendait de la main d'Imanishi.

« Qu'est-ce que vous avez là ?
– Je viens de le ramasser. »

Tout en marchant, il ouvrit ce qui ressemblait à un chiffon foncé et le lui montra. C'était un soutien-gorge de dentelle noire qui différait nettement de ceux qu'utilisait Mme Tsubakihara. Il avait dû appartenir à une femme exceptionnellement confiante en ses seins. C'était un grand modèle, sans épaulettes, et les baleines insérées dans les bonnets exagéraient encore le volume de ces deux cavités hautaines, sculpturales.

« Mais c'est horrible ! Où avez-vous ramassé cela ?
– Là, il y a une minute, quand j'ai couru vers la boutique. J'ai remarqué quelque chose accroché à mon pied. On a dû marcher dessus. Il est tout couvert de boue.
– Quelle saleté ! Jetez-moi ça !
– Mais il est bizarre ! Tout à fait particulier. » Imanishi jubilait de la curiosité des passants et, sans s'arrêter, il exhibait fièrement le soutien-gorge.

« Comment une chose pareille a-t-elle pu tomber ! Croyez-vous que ce soit possible ? »

Assurément non. Un soutien-gorge, même du genre sans épaulettes, tient solidement par plusieurs crochets. Si bas que fût le décolleté, il était simplement impossible que le soutien-gorge se défît et tombât en dehors. Bousculée dans la foule, la femme l'avait arraché elle-même ou quelqu'un d'autre. Ce dernier cas était peu probable, et plus vraisemblablement, c'était la femme qui l'avait fait volontairement.

Dans quel but, il n'en avait aucune idée. En tout cas, parmi les flammes, l'obscurité, les clameurs, une paire de seins volumineux avaient été détachés. Seule s'était décollée leur coque de satin, mais les moules de dentelle noire attestaient clairement l'abondance élastique et puissante de la chair. Fièrement, cette femme avait voulu rejeter son soutien-gorge. Le halo disparu, maintenant la lune apparaissait quelque part dans l'ombre tumultueuse. Imanishi n'avait ramassé qu'un halo, mais ce faisant, il semblait qu'il eût saisi – davantage que s'il eût ramassé les seins eux-mêmes – leur tiédeur, leur insaisissable rouerie, et des souvenirs voluptueux s'empressèrent comme papillons autour d'une lampe. Imanishi porta distraitement le soutien-gorge à ses narines. Une odeur de parfum bon marché avait imprégné le tissu, forte encore malgré la boue. Il supposa que ce devait être une prostituée spécialisée dans les soldats américains.

« Vous êtes un horrible individu ! »

Mme Tsubakihara était vraiment en colère. Dans les méchancetés qu'il proférait, on percevait toujours quelque intention critique, mais un geste aussi sordide était vil, impardonnable. Aucune critique en cela, bien plutôt une insulte sournoise. D'un coup d'œil, elle avait pris la mesure des bonnets et elle apercevait la commisération implicite d'Imanishi pour ses seins à elle, vieillissants et flétris.

Une fois sortis de la place de la gare, rien n'était changé le long de la route qui va du mont Dogen à Shoto, où de petites boutiques, hâtivement édifiées, s'entassaient à l'étroit dans les ruines des bombardements. Déjà, malgré l'heure peu avancée, on voyait flâner des ivrognes, et des éclairages au néon planaient comme des bancs de poissons rouges au-dessus de leurs têtes.

« Il faut me hâter vers l'anéantissement : sinon, ce sera de nouveau l'enfer », pensa Imanishi. Il n'avait pas sitôt échappé au danger que les épreuves qui l'assaillaient lui empourpraient les joues. Sans que Mme Tsubakihara lui eût plus fait de reproches, il avait déjà laissé le soutien-gorge noir glisser de ses doigts sur la route où l'air stagnait, chaud et moite.

Imanishi était obsédé à l'idée qu'à moins d'être bientôt anéanti, l'enfer de la vie quotidienne aurait tôt fait de le consumer ; si l'anéantissement n'arrivait pas sur l'heure, il lui faudrait, un jour de plus, être sujet aux fantasmes d'un ennemi dévorant. Mieux valait être happé par une soudaine et complète catastrophe que grignoté par le cancer de l'imagination. Peut-être tout ceci n'était-il que peur inconsciente, à moins, sans délai, de mettre lui-même fin à ses jours, de voir révélée son indubitable médiocrité.

CHAPITRE 37

Imanishi apercevait des signes de destruction du monde dans les choses les plus insignifiantes. L'homme trouve toujours des présages à son gré. Il souhaitait que vienne la révolution. De gauche ou de droite, c'était sans importance. Quelle merveille si cela devait mener quelqu'un comme lui, parasite de la compagnie d'assurances paternelle, à la guillotine. Mais il aurait beau, peut-être, proclamer sa propre honte, il ne pouvait savoir avec certitude si les masses allaient le haïr ou non. Que ferait-il si elles voyaient dans sa confession un signe de repentir ? Si l'on édifiait une guillotine sur cette place grouillante devant la gare et que vinssent les jours où le sang coulerait au beau milieu de toute cette mondanité, il se pourrait que par sa mort il devînt « celui dont on se souvient ». Il se vit placé sous le couteau – l'échafaud de bois enveloppé de toile rouge et blanche comme une baraque de foire, ornée d'oriflammes annonçant une vente réclame d'été dans le quartier, une grande étiquette « prix-réclame » collée à la lame. Il eut un frisson.

Mme Tsubakihara le tira par la manche tandis qu'il allait, perdu dans ses songes, pour rappeler à son attention la porte de leur auberge. La servante qui attendait dans le vestibule les conduisit en silence à leur chambre habituelle. Une fois seuls, Imanishi, encore tout agité, eut conscience des murmures du ruisseau.

Ils commandèrent un simple plat de poulet et du saké. D'habitude, pendant la longue attente des préparations culinaires, ils se livraient à quelques ébats corporels. Mais aujourd'hui, Mme Tsubakihara le poussa dans le cabinet de toilette et le fit se laver les mains minutieusement, en laissant couler le robinet tout du long.

« Allez-y, allez-y », disait-elle.

Imanishi ne saisit pas tout d'abord pourquoi on le faisait se laver les mains à plusieurs reprises, mais en voyant son air sérieux, il comprit que c'était à cause du soutien-gorge qu'il avait ramassé.

« Non, il faut vous les laver mieux que ça. » Elle lui savonnait les mains avec frénésie, ouvrant tout grand le robinet, sans égard au bruit et aux éclaboussures sur la cuvette en cuivre. À la fin, Imanishi se sentit les mains tout engourdies.

« Vous ne pensez pas que ça suffit ?

– Mais non, mais non. Que pensez-vous qu'il va arriver si vous vous approchez de moi avec des mains pareilles ? Me toucher, ça veut dire toucher la mémoire de mon fils qui est en moi. Vous profaneriez la mémoire sacrée d'Akio, la mémoire d'un dieu… de vos mains sales… » Se détournant vivement, elle se couvrit les yeux d'un mouchoir.

Tout en se frottant les mains sous l'eau qui jaillissait, Imanishi lui jeta un regard de côté. Si elle se mettait à pleurer, c'était signe que tout était passé, peu importait quoi, et qu'elle était prête à tout accepter.

« Je voudrais pouvoir mourir bientôt, dit Imanishi sentimentalement, tandis qu'ensuite ils étaient assis tous deux à boire du saké.

– Moi aussi », acquiesça Mme Tsubakihara. Sa peau, aussi transparente que du papier de riz, rougissait légèrement aux approches de l'ivresse.

Dans la pièce voisine dont les portes étaient ouvertes, les contours ondulés du couvre-lit de soie bleu clair luisaient comme dans une respiration paisible. Sur la table, des tranches d'ormeaux aux plis nombreux qui se teintaient d'un rose artificiel flottaient dans un bol rempli d'eau ; des mets mijotaient dans une marmite en terre.

Sans rien dire, Imanishi et Mme Tsubakihara savaient qu'ils attendaient tous deux quelque chose – la même chose, probablement.

Le frisson poignant du péché la captivait avec, l'accompagnant, l'attente d'une punition pour ces rendez-vous secrets dans le dos de Makiko. Elle imaginait celle-ci entrant dans la pièce en brandissant le pinceau trempé dans l'encre rouge avec lequel elle corrigeait ses poèmes. « Ce n'est pas de la poésie, cela. Je vais vous regarder. Et maintenant, essayez de créer de la poésie de votre être tout entier. Je suis ici pour vous apprendre, madame Tsubakihara. »

De façon caractéristique, Imanishi avait voulu porter leur aventure à son point culminant juste sous les yeux méprisants de Makiko. Cette première nuit à Ninooka en Gotemba avait marqué pour son rêve un apogée qu'il fallait que son aventure avec Mme Tsubakihara atteignît de nouveau. Au faîte de cette montée, les yeux pénétrants de Makiko s'étaient braqués sur eux comme des étoiles glacées. À tout prix, il lui fallait ce regard impassible de Makiko.

Sans ses yeux, Imanishi ne pouvait se défaire du sentiment d'un faux-semblant dans son union avec Mme Tsubakihara ; leur couple ne pourrait jamais échapper au complexe de son caractère illicite. Ces yeux appartenaient à la plus péremptoire, à la plus imposante des faiseuses de mariages ; yeux d'une déesse perspicace qui brillaient dans un coin ombreux de la chambre, ces yeux les avaient unis et pourtant rejetés, leur avaient pardonné tout en les méprisant. Ces yeux-là commandaient l'assentiment du fait d'une justice mystérieuse et revêche, en réserve quelque part ici-bas. Ces yeux seuls fournissaient, en la justifiant, une base à l'union du couple. Loin d'eux, les amants n'étaient qu'herbe flétrie flottant sur les eaux des phénomènes. Unis, c'était le contact éphémère d'une femme prisonnière d'un passé d'illusions irré-

CHAPITRE 37

cupérable et d'un homme assoiffé d'avenir illusoire qui jamais ne viendrait. C'était comme le choc mat de jetons de go dans leur boîte.
Imanishi eut l'impression que, déjà, Makiko était assise immobile, en train d'attendre, dans la chambre attenante que n'éclairait point la lumière de celle-ci. Le sentiment de sa présence se fit de plus en plus pressant et le besoin lui vint de se le confirmer. Il prit la peine d'aller vérifier, sans que Mme Tsubakihara posât de question, éprouvant sans doute la même sensation que lui. Dans une niche de coin dans la petite pièce de quatre nattes et demie, un bouquet d'iris violacés flottait comme un vol d'hirondelles.

Comme d'habitude, lorsqu'ils eurent fini de faire l'amour, ils s'adonnèrent, comme deux femmes, à des bavardages sans fin en prenant leurs aises. Imanishi, détendu sexuellement, parla de Makiko de son ton le plus dénigrant.
« Makiko se sert de vous. Vous craignez de ne pas pouvoir être poète à part entière, si vous rompez avec elle. De fait, il pouvait y avoir du vrai à cela jusqu'à maintenant, mais vous devez vous rendre compte que vous êtes parvenue à un tournant important. À moins de vous libérer de son influence, vous n'aboutirez jamais à rien.
– Mais si je suis assez prétentieuse pour retrouver mon indépendance, je sais que mes progrès en poésie s'arrêteront du même coup.
– Pourquoi avez-vous décidé cela?
– Je ne l'ai pas décidé, c'est la vérité. La destinée, peut-être bien. »
Imanishi lui aurait volontiers demandé si elle avait jamais réellement fait des progrès en poésie, mais sa bonne éducation ne lui permettait pas cette impertinence. Malgré tout, il n'y avait rien de sincère dans les mots dont il se servait pour la détacher de Makiko. Il eut l'impression qu'en lui répondant, Mme Tsubakihara le comprenait fort bien. À la fin, elle tira le drap et l'ayant serré autour de son cou, elle récita un de ses derniers poèmes, les yeux tournés vers l'ombre du plafond. Imanishi en fit aussitôt la critique.
« C'est gentil, mais je n'aime pas le sentiment de médiocrité satisfaite qu'il donne de s'attacher à des frivolités ; il manque d'universalité. Il est probable que c'est que la dernière expression : "la bleuité du lac profond" manque d'imagination. Trop conceptuel. Cela se situe hors de la vie.
– Oui, vous avez raison, je suppose. Cela me heurte qu'on me critique sitôt après avoir écrit un poème, mais deux ou trois semaines plus tard, je m'aperçois de ses faiblesses. Pourtant, vous savez,

Makiko a dit du bien de celui-ci. Contrairement à vous, elle dit que la dernière partie était bonne, bien qu'elle pense que "la bleuité, *c'est le lac profond*" serait peut-être plus à propos.»

Mme Tsubakihara parlait d'un ton condescendant, comme opposant deux autorités l'une à l'autre. De belle humeur, elle se mit à bavarder en détail de gens qu'ils connaissaient, ce qui plaisait toujours à Imanishi.

«L'autre jour, J'ai vu Keiko. Elle m'a dit quelque chose d'intéressant.

– Quoi donc?» Imanishi fut aussitôt intrigué. Il se retourna de sa position sur le ventre et laissa maladroitement tomber une longue cendre de cigarette sur le drap roulé autour de son sein.

«C'est à propos de M. Honda et de la princesse thaïe, dit Mme Tsubakihara. L'autre jour, il l'a amenée en catimini ainsi que Katsumi, le neveu de Keiko, qui sort avec la princesse, à sa villa de Ninooka.

– Je me demande s'ils ont couché ensemble tous les trois.

– M. Honda ne voudrait jamais faire une chose pareille! C'est le type intellectuel, tranquille. Il voulait probablement jouer au généreux faiseur de mariage pour les deux jeunes amoureux. Chacun sait qu'il adore la princesse, mais ils ne pourraient pas même avoir une conversation sensée avec pareille différence d'âge.

– Et quel était le rôle de Keiko dans cette affaire?

– Elle n'a rien été d'autre qu'un innocent spectateur, en fait. Elle se trouvait être à sa villa de Ninooka. Jack n'était pas de service et y passait la nuit. Tout d'un coup, à trois heures du matin, voilà qu'on frappe à la porte et la princesse entre précipitamment, réveillant Keiko et Jack d'un profond sommeil. Mais ils ont eu beau l'inciter, la princesse s'est absolument refusé à expliquer ce qui se passait. Ils ne savaient que penser. La princesse leur a demandé de lui laisser passer la nuit, ce qu'ils ont fait. Keiko avait l'intention, dit-elle, de se mettre en rapport avec M. Honda dans la matinée.

Étant donné tout cela, elle se leva tard, se dépêchant de renvoyer Jack au camp après une tasse de café. Comme elle l'accompagnait jusqu'à sa jeep, au portail, M. Honda arrivait à la villa, blanc comme un linge. Keiko en riait, disant que c'était la première fois qu'elle l'avait vu dans un état pareil.

Elle savait fort bien qu'il était à la recherche de Ying Chan, et voulant un peu le taquiner, elle lui demanda ce qui l'avait fait se lever si bon matin.

Il dit que Ying Chan s'était perdue, au point que sa voix en tremblait. Au bout d'un moment, alors que M. Honda s'en retournait, ayant abandonné ses recherches, Keiko lui dit que Ying Chan avait passé la nuit chez elle. M. Honda rougit comme un collégien – à son âge, vous pensez! – et dit: "Pas possible!" Il avait l'air si heureux.

Quand Keiko l'eut conduit à la chambre d'amis et qu'il y trouva la princesse encore profondément endormie, il fut sur le point de s'évanouir de soulagement.

Tout ce tohu-bohu n'avait pas réveillé Ying Chan. Elle était enfouie dans ses cheveux noirs, sa bouche mignonne entrouverte et ses longs cils fermés. L'épuisement qui avait si visiblement paru sur son visage quatre ou cinq heures auparavant, quand elle s'était précipitée vers la villa, avait tout à fait disparu, un air d'innocence juvénile était revenu à ses joues, sa respiration était paisible et régulière. Comme en un rêve charmant, elle se tourna nonchalamment dans son lit.»

38

À nouveau, le contact se trouva rompu entre la princesse Ying Chan et Honda. La saison des pluies, sans lune, n'en finissait plus.

Ce matin-là, en voyant le visage endormi de la jeune fille, il n'avait pas voulu la réveiller. Ayant prié Keiko de s'occuper d'elle, il rentra à Tokyo. Honteux, il ne revit pas la princesse et n'en eut plus de nouvelles.

Lorsque débuta cette période apparemment calme et paisible, Rie commença de montrer des signes de jalousie.

«On n'entend plus parler de la princesse thaïe ces temps-ci», lui arrivait-il de remarquer en passant, au cours du repas. Ses paroles n'étaient pas dépourvues d'ironie mais ses yeux cherchaient à savoir.

En une libre association d'idées, Rie s'était mise à brosser un tableau sur la paroi blanche qui ne reflétait rien pour elle.

Honda avait coutume de se laver régulièrement les dents soir et matin. Il remarqua que sa brosse à dents était fréquemment changée, bien avant qu'elle fût usée. Il supposa que Rie, ayant sans doute fait l'emplette d'un lot de brosses de type, de couleur et de dureté semblables, les changeait à son gré. Mais ces changements paraissaient trop fréquents, et bien que cela n'eût guère d'importance, il lui en fit la remarque.

« Quel radin ! Il y a de quoi rire de voir un millionnaire vouloir faire de pareilles économies ! » avait-elle répondu, en en bégayant presque d'irritation. Ne comprenant pas le motif de sa colère, il l'avait laissée tranquille. Mais un peu plus tard, il se rendit compte qu'on changeait la brosse le matin qui suivait ses rentrées tardives. Apparemment, Rie la changeait subrepticement après qu'il se fut couché. Le lendemain, elle examinait soigneusement le pied de chaque soie de l'ancienne brosse pour déterminer si elle portait des traces de rouge à lèvres ou un léger parfum de jeune femme, puis elle la jetait.

Les gencives de Honda saignaient parfois, pour quelque raison ; et bien qu'il n'eût pas encore besoin d'un dentier complet, il lui arrivait de se plaindre de pyorrhée. Comment Rie pouvait-elle interpréter les taches rosées qui quelquefois décoloraient les racines des soies ?

Simple conjecture de sa part, mais il y avait des fois où Rie apparaissait comme une sorte de savant obsédé se consacrant à la création d'un nouveau composé à partir de l'oxygène et de l'azote de l'air. Elle semblait s'ennuyer mortellement pendant ses loisirs, tout en ayant des yeux et des sens aiguisés. Bien qu'elle fût constamment à se plaindre de maux de tête, elle parcourait sans cesse de son pas nerveux les nombreux couloirs de la vieille demeure.

Une fois, la conversation étant tombée sur la villa, Honda observa qu'il l'avait bâtie afin qu'elle pût se remettre de sa maladie des reins.

« Voulez-vous dire que, toute seule, je devrais aller dans ce cimetière ? » avait-elle fait, fondant en larmes dans sa méprise.

Elle avait raison d'avoir compris que Honda était amoureux de Ying Chan, ce qui avait débuté du jour où il était allé seul à Gotemba ; elle était parvenue à cette conclusion du fait de son silence à propos de la jeune fille. Mais elle ne pouvait supposer qu'il ne l'avait pas revue depuis. À tort, elle présumait qu'il la voyait en cachette, et que par conséquent il voulait effacer son nom de son esprit à elle.

Pareille tranquillité n'était pas naturelle. Elle avait la fausse quiétude d'une cachette abritant une passion fugitive de la crainte de ses poursuivants. Rie avait l'intuition qu'on avait organisé secrètement un banquet sélect auquel elle ne serait jamais invitée.

Que se passait-il donc ?

Elle avait également bien jugé en pensant qu'il s'était passé quelque chose, encore que Honda lui-même eût l'impression que tout était fini.

CHAPITRE 38

Rie ayant complètement cessé de sortir, Honda se mit à quitter la maison plus fréquemment que jamais, bien que ce fût sans objet. Il se sentait étouffé par la présence continuelle de son épouse qui restait constamment enfermée sous prétexte qu'elle était malade.

Dès que Honda était parti, Rie soudain reprenait vie. En principe, elle aurait dû s'inquiéter des raisons de ses sorties inexpliquées, mais elle avait fini par s'accommoder de craintes devenues familières. Si bien que la jalousie formait maintenant la base de sa liberté.

C'était même chose que l'amour, elle sentait son cœur entravé, pris au piège. Pour se changer les idées, elle tâta de la calligraphie, mais involontairement, sa main traçait des caractères ayant trait à la lune… «ombres lunaires»… «montagne au clair de lune».

Il lui répugnait qu'une fille aussi jeune que Ying Chan eût les seins aussi développés. Ayant composé par inadvertance des caractères qui signifiaient «montagne au clair de lune», son imagination lui faisait voir un couple de montagnes en forme de seins baignés d'un paisible clair de lune. Ceci se rattachait au souvenir qui lui restait des Deux Collines à Kyoto. Mais si innocent que ce fût, Rie craignait tout ce qui évoquait des souvenirs. Elle avait vu les Deux Collines au cours d'une excursion du collège, et au souvenir de ses petits seins à elle, ballottant en sueur sous la tenue blanche d'été, elle se sentait se hérisser.

Inquiet de la santé fragile de Rie, Honda avait voulu engager plusieurs domestiques. Rie fit valoir que ses soucis seraient multipliés s'il lui fallait surveiller tant de gens, et elle se contentait de deux servantes à la cuisine. Les tâches qu'elle y avait tant aimées pendant des années étaient bien moindres à présent ; d'ailleurs, il n'était pas bon pour ses jambes de se tenir debout très longtemps sur un sol glacé. Elle n'avait d'autre choix que de demeurer dans sa chambre. Elle se mit à la couture. Les tentures du salon étaient râpées et elle passa commande d'un brocart de soie chez Tatsumura à Kyoto. Avec l'étoffe aux motifs imprimés copiés sur ceux de Shoso-in à Nara, elle cousit des rideaux neufs.

Rie doublait avec soin cette étoffe d'une toile noire épaisse pour intercepter la lumière. Honda le remarqua tandis qu'elle était à l'ouvrage.

«On croirait que nous sommes encore en guerre», fit-il pour la taquiner. Cela eut pour résultat qu'elle s'entêta d'autant plus à achever ce qu'elle avait commencé.

Elle ne se souciait pas de la lumière filtrant de l'intérieur, mais du clair de lune qui aurait pu s'infiltrer.

Rie lisait à la dérobée l'agenda journalier de son mari quand il était sorti, furieuse de n'y trouver aucune mention de Ying Chan. Par circonspection, Honda avait pris l'habitude de ne rien écrire de romanesque dans son journal.

Parmi les papiers de son mari, elle trouva un registre extrêmement ancien intitulé «Journal de Rêves». *Kiyoaki Matsugae* figurait sur la couverture. Ce nom lui était familier car Honda l'avait fréquemment mentionné. Mais il n'avait jamais parlé du Journal, et bien entendu, c'était la première fois qu'elle y jetait les yeux.

En le parcourant elle fut stupéfaite des imaginations absurdes qu'il contenait. Elle le remit soigneusement en place. Rie n'avait que faire d'imaginations. La seule chose, croyait-elle, qui pouvait la guérir, c'était la vérité.

Quand, en fermant un tiroir, la manche du kimono s'y trouve prise, les coutures de la manche et du corsage cèdent si l'on s'éloigne. À force d'expériences similaires, les manches du cœur de Rie étaient en lambeaux. Quelque chose la captivait cependant que son cœur était vide et indifférent.

La pluie continuait jour et nuit. De la fenêtre, elle apercevait les hortensias mouillés. Les boules de fleurs violet pastel flottant dans la grisaille des jours lui semblaient être son âme égarée.

Rien n'était plus insupportable que l'idée que la princesse Clair de lune existait en ce monde qui s'écroulait à cause d'elle.

Rie avait vécu toute sa vie sans connaître une fois la terreur des passions. Si bien que la surprit l'éruption en elle du tumulte de la solitude. La femme stérile avait pour la première fois donné naissance, mais à quelque chose de monstrueux.

C'est ainsi que Rie apprit qu'elle aussi était douée d'imagination. Ce qui jamais n'avait servi, qui avait rouillé dans un coin de sa longue et paisible existence, se trouva soudain exhumé par nécessité, poli et aiguisé. De toute manière, tout ce qui naît sous l'empire de la nécessité s'accompagne d'amertume, et son penchant pour les élans de l'imagination était sans douceur.

L'imagination qui se fonde sur une réalité peut fort bien ouvrir l'esprit, le libérer, mais cette tentative pour approcher la vérité d'aussi près que possible la dégradait en l'asséchant. De plus, si cette vérité n'avait pas d'existence réelle, tout devait aussitôt se changer en futilité.

Pourtant, imaginer un crime contenant une part de vérité ne pouvait faire de mal. L'imagination de Rie était une arme à deux tranchants. Elle se persuadait que la vérité était quelque part tout en

CHAPITRE 38

souhaitant qu'elle n'existât pas. Si bien que son imagination jalouse était prise au piège de son abnégation, sans pouvoir tolérer l'existence de celle-ci. Tout comme l'excès d'acidité de l'estomac en dévore peu à peu la paroi, son imagination rongeait la racine de sa propre capacité à imaginer, poussée en même temps par un désir d'être sauvée qui était un appel au secours. La vérité. S'il était telle chose que la vérité, elle serait sauvée ! Le désir qui apparaissait au bout de cette recherche obsédante, unilatérale, finit inévitablement par ressembler au besoin de s'infliger une punition à soi-même. Car, si tant est qu'elle existât, cette vérité l'écraserait.

Mais la punition qu'on obtient après l'avoir cherchée renferme naturellement un sentiment d'injustice. Pourquoi aller punir l'avocat ? Ce serait le monde à l'envers. Si ce qu'elle réclamait finissait par arriver, au lieu du contentement de la chose accomplie, c'est l'insatisfaction et le courroux qui se trouveraient jaillir. Dès à présent, elle sentait la chaleur du bûcher en feu. Il ne lui fallait pas s'exposer à cette douleur d'une atrocité sans pareille. Suffisait déjà la souffrance du doute ; pourquoi y entasser la douleur de savoir ?

Vouloir découvrir la vérité tout en la niant, vouloir nier la vérité tout en y cherchant le salut. Sentiment passionné qui ne cessait de tourner en rond, de même que sur un chemin de montagne, le voyageur égaré, voulant poursuivre sa route, se trouve toujours ramené à son point de départ.

C'était comme d'être enveloppé de brouillard là où, en telle direction, les détails surgissent étrangement distincts. On suit un rai de clarté pour découvrir que la lune n'y est pas, qu'on l'a plutôt dans son dos et que c'est son reflet qu'on voit devant soi.

Pourtant, Rie n'avait pas perdu tout pouvoir de s'examiner en conscience. Dégoûtée d'elle-même parfois, elle aurait voulu, de honte, se couvrir le visage. Elle sentait cependant que ce n'était nullement sa faute si elle était devenue, à cause de son mari, un être de laideur qu'on ne pouvait aimer. Elle sentait que c'était son mari qui l'avait véritablement transformée en objet de mépris parce qu'il n'avait aucun désir de l'aimer. Quand elle fut parvenue à le comprendre, la haine lui gonfla la poitrine telle une source jaillissante.

Mais dans son état, elle avait tendance à écarter cette vérité que, quand bien même la jalousie n'eût pas fait d'elle un être aussi rebutant, il existait d'autres causes qui l'avaient changée en ce qu'elle était à présent et que, n'eût-elle pas changé, elle n'aurait cependant plus été aimée.

Il fallait forcément qu'on méprisât son mari, mais dans le besoin qu'il avait de se détourner de ses charmes, ce dernier ne pouvait empêcher qu'elle devînt quelqu'un qu'on ne pouvait aimer.

Rie s'était mise à se contempler longuement dans son miroir. Des mèches folles soulignaient ses joues sans grâce. Tout en elle semblait artificiel, y compris l'enflure de son visage.

Depuis que, des années auparavant, elle s'était aperçue de ce gonflement, elle avait un peu forcé sur son maquillage. Ce bandeau qu'elle semblait avoir sur les yeux lui déplaisant, elle se poudrait abondamment et se servait d'un crayon foncé pour les sourcils. Lorsqu'ils étaient plus jeunes, Honda l'avait taquinée en l'appelant « Face de lune ». Elle était agacée de s'entendre reprocher ce qui l'affligeait, mais le soir où il l'avait appelée « Face de lune », il s'était montré particulièrement affectueux et, pensant que ce qui la handicapait avait sans doute accru ses sentiments, Rie s'était mise à ressentir de la fierté de son visage. Pourtant, à y réfléchir, la passion sexuelle qu'inspirait son œdème n'était pas dépourvue de quelque subtile cruauté. Certes, ces soirs-là, il lui faisait l'amour avec passion. Mais, étant donné qu'il l'encourageait à demeurer absolument passive, on pouvait penser que son visage enflé lui procurait l'illusion d'un cadavre remontant à plusieurs jours.

L'image que renvoyait le miroir était une ruine vivante. Sous ses cheveux ternis, les muscles soulignaient le mal qui affligeait ses traits lunaires comme les brins d'un éventail circulaire. Peu à peu, son visage n'était plus celui d'une femme, et seule l'enflure conservait quelque rondeur féminine. Même là, c'était la rondeur glacée, ennuyeuse et flétrie de la lune en plein jour.

Y appliquer maintenant des soins de beauté revenait à admettre qu'elle était vaincue. Mais rester laide, c'était aussi être vaincue. Elle avait perdu tout désir de remédier aux défauts du visage qu'elle avait à présent ; restaient bosses les bosses et laideur la laideur, et tout continuait paisiblement comme la houle des dunes. Rie songeait que ce n'était peut-être pas tellement la faute à son mari si elle ne pouvait s'arracher à la jalousie, mais faute à l'énorme ennui qui l'enveloppait comme d'épaisses couvertures. Elle sentait qu'il lui aurait fallu une force effrayante pour les repousser mais, dans son indolence, elle ne faisait aucun effort. Or, si elle était si paresseuse, pourquoi ne pouvait-elle trouver au moins provisoirement la paix ?

Rie se rappela soudain la beauté, l'hiver, du mont Fuji qu'elle avait aperçu du second étage de la maison, peu après son mariage. Sa belle-mère lui ayant dit de descendre le service de table qu'on réservait aux fêtes de Nouvel An, elle était montée, obéissante, au grenier

CHAPITRE 39

au deuxième étage. De là, elle avait aperçu le Fuji. Elle s'était entouré les manches d'une cordelette rouge pour les tenir baissées, à la façon des nouvelles mariées.

Rie remarqua que la pluie avait cessé et que la nuit était limpide. Pensant dissiper ses soucis en regardant le Fuji, elle monta au grenier, au second, pour la première fois depuis bien des années. Elle enjamba la literie de la chambre d'amis et ouvrit la fenêtre aux vitres opaques. Le ciel d'après-guerre brillait, à la différence de celui de naguère, mais un trouble gélatineux était partout répandu. Le mont Fuji n'était pas visible.

39

*H*onda se réveilla avec le besoin d'uriner.

Lambeaux de rêves interrompus : il lui avait semblé se promener dans un petit quartier résidentiel de Tokyo avec ses rangées de jardinets entourés de haies. Les maisons étaient toutes petites, et en façade, on avait disposé des bonsaïs sur des tablettes sur la pelouse ; il y avait parfois des plates-bandes fleuries bordées de coquilles. Les jardins étaient humides, pleins des inévitables escargots. Deux enfants se faisaient face au bord d'une véranda, en train de boire de l'eau tiède sucrée et de se régaler de biscuits dont on voyait les coins cassés. C'était un de ces quartiers de Tokyo dont pareilles scènes avaient à présent complètement disparu. Il était parvenu à une ruelle sans issue entourée de haies, au bout de laquelle était une barrière de bois vermoulu.

Quand il ouvrit la barrière pour entrer, il vit que c'était le superbe jardin de devant d'un hôtel à l'ancienne où se déroulait une garden-party. Le directeur qui portait une moustache à la Ronald Colman s'avança en s'inclinant respectueusement.

Juste à ce moment, un son éclatant, pathétique de clairons parvint de la marquise où se tenait le buffet, le sol s'entrouvrit brusquement, et la princesse Clair de lune vêtue d'habits dorés apparut sur les ailes d'un paon doré. Les gens assemblés applaudirent quand le paon passa en volant au-dessus des têtes en faisant de ses ailes un bruit de cloches.

Chevauchant le paon doré de ses cuisses luisantes et brunes, la princesse Clair de lune montrait ses parties intimes, et à l'instant, elle envoya une ondée d'urine odoriférante sur les visages qui se levaient pour la regarder.

Pourquoi n'était-elle pas allée aux toilettes ? se demanda Honda. Il lui faudrait la gronder pour ces façons incongrues. Il entra dans l'hôtel à la recherche d'une salle de bains.

À l'intérieur l'édifice était parfaitement calme, par contraste avec l'agitation du dehors.

N'étant pas fermée à clef, la porte de chaque chambre était légèrement entrouverte. Honda les ouvrit l'une après l'autre et vit qu'elles étaient toutes vides à l'exception d'un cercueil sur le lit.

Une voix lui dit que c'était là les toilettes qu'il cherchait.

Incapable de se contenir davantage, il entra dans une chambre et essaya d'uriner dans le cercueil, mais il ne put y arriver, crainte de commettre un sacrilège.

C'est à cet instant qu'il s'était réveillé.

Ces rêves étaient seulement les signes pitoyables de la vieillesse où l'on se sent pressé d'uriner à intervalles de plus en plus fréquents. En rentrant des toilettes, complètement éveillé, l'esprit clair, il se mit en devoir de ressaisir les fils rompus de son rêve. Il savait qu'un indéniable bonheur s'y trouvait.

Il désirait ressaisir cette impression de joie rayonnante en la faisant se prolonger. Elle débordait de plaisir sans réserve d'une radieuse pureté. C'était réellement une joie. Si, même en songe, Honda se montrait incapable de penser que c'était réellement une joie de saisir une portion de sa vie qui ne se répéterait pas, quoi d'autre pouvait donc être la réalité ? Lorsqu'il levait les yeux vers le ciel, il apercevait le personnage transformé du Roi Paon de Sagesse dans un cadre entièrement harmonieux d'affinité et d'attirance mutuelle, chevauchant le paon doré dans son vol. Ying Chan était sienne.

Le matin suivant, même au réveil, ce sentiment de joie persistait distinctement, et Honda était plein d'entrain.

Certes, le rêve qu'il avait fait dans son second sommeil était si vague, si informe qu'il lui était impossible de se le rappeler. Il se souvenait seulement qu'il ne s'y trouvait plus rien de la joie du précédent, mais la lumière radieuse de celui-ci, transperçant l'espèce de neige amoncelée du second rêve, était demeurée dans sa mémoire jusqu'au matin.

Tout le jour, il repensa à Ying Chan, se servant de son absence comme d'un levier. Quel n'était pas son étonnement de se rendre

CHAPITRE 39

compte qu'en quelque sorte, la passion du premier amour juvénile qu'il n'avait jamais connue habitait son corps de cinquante-sept ans !

À la réflexion, tomber amoureux n'était pas seulement pour lui extraordinaire, mais un peu comique. Ayant observé de près Kiyoaki Matsugae, il savait à quoi s'en tenir sur le genre d'homme qui devait tomber amoureux.

Tomber amoureux était un privilège spécial accordé à quelqu'un dont le charme extérieur sensuel et l'ignorance de soi-même, le désordre intérieur et le défaut de perception lui permettaient de se laisser aller à des imaginations au sujet des autres. C'était un privilège barbare. Honda n'ignorait nullement que, depuis son enfance, il avait été tout le contraire d'un tel individu.

Il avait souvent remarqué les contradictions de la destinée humaine qui font que tel personnage participe à l'histoire en raison de son ignorance, quand un autre y échoue à cause du désir ardent qu'il en a. Honda n'avait jamais désiré d'argent, et les millions lui étaient venus.

Ainsi s'ordonnaient ses pensées. Son incapacité à jamais rien obtenir ne résultait pas d'une imperfection quelconque ou d'un défaut inné de sa nature, ni davantage de quelque malchance inhérente à sa personne. Il avait coutume de tout réduire à des formules, à des lois de portée universelle. Il n'était donc pas étonnant qu'il se donnât pour tâche de tourner celles-ci. À sa manière, il faisait tout par lui-même, ainsi il pouvait aisément jouer ensemble le rôle du législateur et violer la loi. Autrement dit, il limitait ses désirs à ce qui lui était inaccessible. Si par hasard il atteignait à l'objet de son désir, celui-ci se révélait sans valeur, invariablement. Aussi s'efforçait-il d'assigner toutes sortes d'impossibilités à l'objet convoité, de le situer aussi loin que possible. En d'autres termes, son cœur nourrissait une indifférence passionnée.

En ce qui concernait Ying Chan, enrober de mystère cette rose thaïe aux pétales épais fut une tâche presque entièrement accomplie après l'incident de cette nuit-là à Gotemba. Cela consistait à la reléguer en un lieu hors d'atteinte, où sa perception ne pourrait jamais pénétrer. (En premier lieu, la longueur de son bras et sa perception étaient une seule et même chose.) Le plaisir qu'on éprouve à voir présuppose nécessairement une sphère dissimulée à la vue. Honda avait l'impression d'avoir vu jusqu'aux extrémités du monde au cours de sa randonnée en Inde. Or il voulait connaître ce que ressent l'animal indolent qui lèche sa fourrure tachée de résine et folâtre au grand soleil lorsqu'il expédie sa proie là où les griffes de la perception ne peuvent atteindre. Essayant de copier cet animal, n'était-ce pas tenter d'imiter Dieu ? Il était insupportable à Honda que son désir charnel coïncidât si parfaitement avec son désir de percevoir ; car il savait fort bien que jamais l'amour ne pourrait naître en lui, à moins qu'il ne les séparât l'un de l'autre. Comment une rose pourrait-elle surgir dans la laideur de deux troncs gigantesques entrelacés ? L'amour n'allait pas s'épanouir, telle une orchidée parasite, sur l'une ou l'autre de leurs racines qui pendaient effrontément, ni de par son désir insipide de percevoir, ni de la convoitise nauséabonde d'un homme de cinquante-sept ans. Il fallait que Ying Chan existât par-delà son désir de percevoir, qu'il n'eût affaire qu'à l'impossibilité de son désir.

Pour cela, mieux valait l'absence. À coup sûr, c'était la seule étoffe pure, parfaite de son amour. Sans l'absence, cette bête nocturne qu'était la perception allait immédiatement braquer ses yeux sur lui et bientôt se mettre à tout déchirer de ses griffes acérées. Mordant dans l'inconnu, transformant toutes choses en cadavres familiers pénétrant la morgue de la perception. Ce mal effrayant d'ennui, l'Inde l'avait guéri jadis, n'était-il pas vrai ? Ce que lui avaient enseigné l'Inde et Bénarès, c'était, qu'échappant à la perception ultime, il fallait faire en sorte d'enfermer Ying Chan, telle la rose esseulée, au fond poussiéreux d'un tiroir d'ébène ; il pouvait prétendre déjà connaître cette rose qui échapperait ainsi aux yeux de sa perception. Cela, Honda y avait abouti. Il avait, de ses mains, fermé à clé le placard, et c'était de son plein gré s'il n'allait pas l'ouvrir.

Voilà longtemps, Kiyoaki, fasciné par l'impossible, était passé outre aux bienséances. Honda, lui, créait l'impossible de façon à ne pas enfreindre l'interdit. Car, dès l'instant qu'il tenterait de violer l'interdit, la beauté cesserait d'exister en ce monde.

Il se rappelait la fraîcheur de cette matinée où Ying Chan avait disparu. Une partie de lui-même avait été guidée par la crainte, et pourtant, une autre partie avait joui de la situation. Même sitôt après avoir découvert qu'elle n'était plus dans sa chambre, il ne s'était pas affolé et n'avait pas immédiatement appelé Katsumi, complètement absorbé dans la saveur du parfum qui, alentour, demeurait après elle.

Ç'avait été par un beau matin ensoleillé. Le lit était fripé. Dans les faux plis minuscules du drap, il découvrit un témoignage de l'endroit où son corps enfiévré s'était tourné et retourné dans son chagrin. Il ramassa une mèche de cheveux bouclés cachée sous les replis de la

CHAPITRE 39

couverture, tel un nid où un mignon petit animal avait souffert. Il regarda pour voir s'il y avait trace de la salive limpide de Ying Chan au creux de l'oreiller qui gardait encore des marques innocentes.
C'est alors seulement qu'il était descendu mettre Katsumi au courant. Ce dernier était devenu blême. Honda n'eut aucun mal à dissimuler qu'il n'était aucunement surpris.
Ils décidèrent d'unir leurs forces pour se mettre à sa recherche.
Il serait inexact de nier que Honda avait eu dans l'esprit que Ying Chan était morte. Il ne la croyait pas morte, mais dans cet intermède ensoleillé de la saison des pluies, des effluves de mort se mêlaient même au parfum égaré du café matinal. Un air de tragédie enserrait ce matin-là comme une fine bordure argentée. Preuve de grâce dont il avait rêvé.
Bien qu'il n'en eût absolument pas l'intention, il suggéra à Katsumi qu'ils devraient peut-être avertir la police et il prit plaisir à voir l'air d'inquiétude extrême que cela provoquait.
Honda eut un frisson en imaginant le corps de Ying Chan flottant dans la piscine où se reflétait l'azur du ciel. Il sortit sur la terrasse et jeta un regard aux flaques d'eau dans l'excavation. Il sentit qu'à cet instant le verre qui départageait le réel de l'irréel s'était complètement brisé, lui permettant ainsi de pénétrer aisément dans le monde de l'inconnu. Ce matin-là, l'univers pouvait être n'importe quoi. Tout était possible : mort, meurtre, suicide, jusqu'à la destruction universelle au beau milieu de l'horizon éclatant de fraîcheur.
Tandis qu'il descendait avec Katsumi l'étroit sentier qui, à travers la pelouse détrempée, menait au torrent venu de la montagne, Honda, l'imagination aidant, goûta un présage d'effondrement, en grand fracas, du prestige social considérable dont naguère il avait joui, si le scandale d'un suicide venait à être publié. Mais c'était là exagération ridicule. L'incident s'était produit seulement entre Katsumi et Ying Chan, et personne au monde ne savait rien de son petit œilleton.
Pour la première fois depuis bien des jours, on apercevait le Fuji au-delà du jardin. Déjà, la montagne prenait une allure estivale. Ses jupes de neige étaient remontées plus haut qu'on ne s'y attendait et, au soleil du matin, la terre rutilait, couleur de brique trempée de pluie.
Ils regardèrent dans le torrent, ils fouillèrent le bois de cyprès.
En quittant le parc, Honda suggéra que Katsumi se rende chez Keiko où il pourrait bien tout simplement la trouver. Ce dernier s'y refusa obstinément, s'offrant à la place à aller jeter un coup d'œil en voiture jusqu'à la gare. Il était terrifié à l'idée de rencontrer sa tante.

Honda hésitait lui-même à aller voir Keiko à cette heure matinale, mais en l'occurrence, elle apparut, maquillage achevé, en robe vert émeraude et cardigan.

« Bonjour, fit-elle d'un ton très naturel. Vous cherchez Ying Chan ? Elle est arrivée ici quand il faisait encore noir. En ce moment elle dort dans le lit de Jack. Une chance que Jack n'ait pas été là. Quelle histoire autrement ! Comme elle paraissait tout émue, je lui ai donné un peu de Chartreuse et l'ai laissée dormir. Après cela, j'étais complètement réveillée, si bien que je suis restée debout. Quel horrible individu vous faites ! Mais je n'ai pas cherché à savoir ce qui s'était passé. Voulez-vous voir son joli minois quand elle dort ? »

Honda, faisant toujours preuve d'une patience extrême, refréna son désir de revoir Ying Chan. Ni celle-ci ni même Keiko n'avaient repris contact avec lui.

Il attendait que la folie s'emparât de lui tout à fait.

Un paroxysme d'angoisse menaçait sa raison, et tout comme le vieux renard dans la farce de « La chasse au renard » bondit sur sa proie tout en sachant fort bien qu'il risque d'être pris au piège, Honda attendait le moment où il serait amené à se détruire aveuglément de ses propres mains, nonobstant son expérience et sa science, son talent et son savoir-faire, sa raison et son objectivité – ou plutôt, il attendait le moment où tout cela accumulé l'y conduirait.

Tout comme l'adolescent doit attendre la maturité, il fallait qu'un homme de cinquante-sept ans assistât à son propre épanouissement, mais c'était vers la catastrophe. Quand, dans les fourrés flétris de novembre, tous les arbres ont perdu leurs feuilles, qu'ont jauni les broussailles, quand, au clair soleil d'hiver, ces lieux apparaissent dans la blancheur immaculée du Pays Pur, lui, telle la coloquinte, unique tache écarlate parmi les lianes mortes, il attendait avec ferveur son épanouissement vers la catastrophe.

Que ce qu'il recherchait fût comme enflammé d'un manque de discernement ou que ce fût la mort, à son âge il lui était difficile de le savoir. Quelque part, il ne savait où, quelque chose s'apprêtait avec un soin minutieux. Et désormais, la seule certitude d'avenir était la mort.

Dans ses bureaux du Marunouchi Building, en entendant un jeune clerc recevoir un coup de téléphone personnel, abritant l'appareil pour que ses supérieurs n'en sachent rien, Honda se sentit accablé d'une intense solitude. L'appel émanait à l'évidence d'une

CHAPITRE 39

femme, et le jeune homme, se méfiant de ceux qui l'entouraient, faisait celui qui hésite ; mais de loin, Honda entendait presque la voix claire, attirante de la jeune femme.

Tous deux partageaient probablement quelque langage secret, employant pour communiquer un jargon professionnel. Honda forma brusquement le projet de renvoyer ce jeune homme dont les cheveux éternellement apprêtés, les yeux langoureux et les lèvres insolentes étaient choses fort inconvenantes pour un cabinet juridique.

Le meilleur moment pour atteindre Keiko qui passait ses journées en déjeuners, en cocktails et en dîners de cérémonie, était maintenant, à onze heures du matin. Après avoir surpris la conversation du jeune clerc, il répugnait à Honda d'appeler Keiko de son petit bureau, avec sa grosse voix. Il sortit en annonçant qu'il allait faire des courses.

La galerie commerciale du Marunouchi Building était l'un des rares endroits où subsistait quelque chose du Tokyo d'avant-guerre, et Honda se plaisait à flâner aux vitrines de chemiserie ou à choisir du papier à calligraphie. Des messieurs, du genre rétro de toute évidence, faisaient la chasse aux objets dont l'achat ne ferait pas trop de mal à leur porte-monnaie ; ils marchaient avec précaution pour éviter de glisser sur le parquet de mosaïque que la pluie rendait particulièrement glissant.

Honda appela Keiko d'une cabine.

Comme d'habitude, elle ne répondait pas tout de suite, mais il aurait juré qu'elle était chez elle. Il se représentait son dos magnifique, opulent ; elle devait être en slip, en train de se maquiller après avoir choisi sa toilette pour aller déjeuner et n'avait cure du téléphone.

« Excusez-moi de vous faire attendre, dit-elle de sa voix chaude, aux inflexions traînantes. J'aurais dû penser à prendre de vos nouvelles. Comment va la santé ?

– Très bien, je vous remercie. Je me demandais si nous pourrions déjeuner ensemble un de ces jours.

– Vous êtes trop aimable ! Mais en réalité, c'est Ying Chan que vous voulez voir, et non pas moi. »

Honda, aussitôt, ne sut plus quoi dire et décida d'attendre que Keiko continue :

« Je regrette de vous avoir dérangée. À propos, elle n'a plus fait signe depuis la soirée en question. L'avez-vous revue ?

– Non, pas depuis. Je me demande ce qu'elle peut bien faire. N'a-t-elle pas des examens ou quelque chose comme ça ?

– Je ne crois pas qu'elle étudie beaucoup. »

Honda s'étonnait d'être capable de poursuivre l'entretien d'un ton si calme.
« Quoi qu'il en soit, vous avez envie de la voir », commença Keiko. Puis elle réfléchit un moment. Ce silence n'était ni pesant, ni important. Sans doute de la poudre blanche flottait-elle dans les rayons de lumière qui traversaient les rideaux de sa chambre. Honda savait que ce n'était pas le genre de femme qui feint le mystère, aussi attendit-il, s'en remettant à elle.
« J'y mettrai une condition, réflexion faite, reprit-elle.
– À savoir ?
– Ying Chan est venue se réfugier chez moi, elle me fait entièrement confiance. De sorte que si je lui dis que moi aussi je serai là, elle ne vous refusera pas séance tenante. Est-ce que ça vous convient ?
– Que voulez-vous dire "est-ce que ça me convient" ? C'est précisément ce que j'allais vous demander.
– C'est bien mon intention de vous laisser la voir seule mais pour le moment... Où faut-il appeler pour vous donner la réponse ?
– À mon bureau. J'ai résolu désormais d'y aller tous les matins », répondit Honda avant de raccrocher.
Dès cet instant, le monde fut transformé. Comment pouvait-il supporter d'attendre l'heure suivante, le jour d'après ? Il se fit un petit pari à lui-même : si, quand elle le rencontrerait, Ying Chan portait l'anneau d'émeraude, cela voudrait dire qu'elle lui avait pardonné ; sinon, cela signifierait le contraire.

40

*L*a maison de Keiko était située dans le secteur le plus élevé d'Azabu, tout au bas d'une grande allée privée qui conduisait à l'entrée. Elle comportait une façade semi-circulaire de style Regency bâtie par son père en souvenir de sa jeunesse à Brighton. Par un chaud après-midi de la fin de juin, ayant accepté une invitation à prendre le thé, Honda entra dans cette demeure avec le sentiment de retourner au Japon d'avant-guerre.

CHAPITRE 40

À la suite d'un typhon et d'orages survenus brusquement dans l'été lumineux, de façon inhabituelle, à la saison des pluies, les bois paisibles du parc de devant semblaient emmagasiner les souvenirs d'une période tout entière. Il lui parut retrouver une musique ancienne et nostalgique. Cette sorte de demeure, maintenant presque la seule qui restât parmi les ruines incendiées, était devenue d'autant plus privilégiée, plus lourde de péché et plus mélancolique, du fait de sa solitude. On aurait dit que les souvenirs qui subsistaient du temps passé se manifestaient d'autant plus vivement avec le passage des années.

Il avait reçu une invitation en bonne et due forme annonçant que sa maison ayant été remise à sa disposition par les troupes d'occupation américaines, Keiko donnait un thé pour célébrer l'événement. Aucune allusion à Ying Chan. Honda arriva porteur d'un bouquet de fleurs. Tant que la maison avait été réquisitionnée, Keiko avait vécu avec sa mère dans un bâtiment séparé qui jadis était celui du gardien, et tout ce temps, elle n'avait jamais reçu d'invités à Tokyo.

Un domestique en gants blancs l'accueillit à la porte. Une coupole dominait le vestibule circulaire. Des grues étaient peintes d'un côté sur les portes de cryptoméria, tandis que de l'autre côté, celles-ci donnaient sur un escalier de marbre en colimaçon menant au premier étage. À mi-hauteur de l'escalier, dans une niche sombre, était une Vénus en bronze aux yeux modestement baissés.

Toutes deux entrouvertes, les portes aux grues de style Kano conduisaient au salon. Il n'y trouva personne.

La pièce s'éclairait d'une rangée de petites fenêtres dont les carreaux étaient des plaques de cristal à l'ancienne où se réfractaient des couleurs d'arc-en-ciel. Plus loin, une des parois s'arrondissait en niche. Des nuages dorés étaient peints sur le mur tout entier où pendait un étroit parchemin calligraphié. Un lustre était suspendu au plafond à croisillons de style Momoyama. Toutes les petites tables et les chaises étaient de style Louis XV magnifique, d'époque [7]. La tapisserie de chacune des chaises comportait un dessin différent ; l'ensemble figurait une fête champêtre par Watteau.

Pendant que Honda était à regarder les chaises, un parfum familier lui parvint, et se tournant, il aperçut Keiko debout, en robe d'après-midi à la mode, à double jupe de pongé couleur moutarde foncé.

« Comment les trouvez-vous ? Antédiluviennes, n'est-ce pas ?
– Quelle splendeur d'avoir su mêler ainsi l'Orient et l'Occident !

---

[7]. En français dans le texte. *(N.d.T.)*

– Mon père avait des goûts comme cela un peu pour tout. Mais elles sont bien conservées, n'est-ce pas ? Il n'y avait pas moyen d'éviter la réquisition, mais je me suis démenée, faisant mon possible pour que ça ne soit pas démoli par des *ignoramus*. La maison ayant servi à loger de hauts personnages militaires, on me l'a rendue intacte, comme vous voyez. J'y ai des souvenirs d'enfance dans chaque coin. C'est une chance que des rustres sortis des campagnes de l'Ohio ne soient pas venus tout abîmer. Je voulais que vous voyiez cela aujourd'hui.

– Et où sont vos autres invités ?

– Ils sont tous dans le jardin. Il fait très chaud mais il y a une brise agréable. Vous venez ? »

Keiko ne fit pas allusion à Ying Chan.

Ouvrant une porte dans un coin de la pièce, elle sortit sur la terrasse qui menait au jardin. Des chaises cannées et de petites tables étaient disposées çà et là, à l'ombre des grands arbres. Les nuages étaient admirables et les coloris des toilettes féminines rehaussaient le vert du gazon. On voyait osciller des chapeaux telles des fleurs.

En s'approchant, Honda se rendit compte que le groupe se composait de vieilles dames ; qui plus est, il était le seul invité masculin. Lors des présentations, il ne se sentait pas à sa place. Chaque fois que se tendaient ces mains roses, pleines de taches et de rides, il hésitait avant de donner une poignée de main ; l'accumulation de ces mains le déprimait ; son cœur s'en trouvait assombri comme d'un chargement de fruits secs dans la cale du navire.

Des Occidentales, ayant l'air d'ignorer que la fermeture éclair béait en grand dans leur dos, balançaient leurs larges hanches et caquetaient avec des rires. Leurs yeux enfoncés, aux pupilles brunes ou bleues, fixaient des choses qu'il ne pouvait situer. En prononçant certains mots, elles ouvraient si grandes leurs bouches sombres qu'il apercevait les amygdales, et elles s'adonnaient à la conversation avec une sorte d'enthousiasme vulgaire. L'une d'elles, attrapant deux ou trois sandwiches minces de ses doigts rouges bien soignés, se tourna brusquement vers Honda en annonçant qu'elle avait divorcé trois fois, voulant savoir si les Japonaises divorçaient beaucoup également.

Les invitées, aux vêtements multicolores, allèrent faire un tour dans le bosquet pour échapper à la chaleur et on les distinguait à travers les arbres. Deux ou trois d'entre elles apparurent à l'entrée qui y conduisait. C'était Ying Chan accompagnée de chaque côté par une Occidentale.

CHAPITRE 40

Le cœur de Honda se mit à battre comme si le pied lui avait manqué. C'est cela, cette palpitation importait ; grâce à elle, la vie avait cessé d'être matière solide et morte, elle se transformait en état liquide, voire gazeux. Rien que de la voir lui avait fait du bien. À l'instant même de cette palpitation, les morceaux de sucre fondaient dans le thé, les bâtiments se mettaient tous à vaciller, tous les ponts se pliaient comme faits de confiserie ; la vie s'identifiait à la foudre ou au coquelicot qui ondule dans le vent ou au rideau qui se balance. Un contentement égocentrique à l'extrême et une désagréable timidité s'entremêlaient, comme quand on a trop bu la veille, le projetant d'un coup dans un monde de rêve.

Escortée par deux grandes femmes, vêtue d'une robe sans manches rose saumon, ses cheveux noirs lustrés comme jais retombant sur ses épaules, Ying Chan sortit tout à coup du petit bois dans le plein soleil. Le plaisir de Honda redoubla, ceci lui rappelant le pique-nique de la princesse à Bang Pa In où elle était servie par les vieilles dames.

Sans qu'on la remarquât, Keiko se tenait aux côtés de Honda.

« Qu'en dites-vous ? Est-ce que je ne tiens pas mes promesses ? » lui murmura-t-elle à l'oreille.

Un sentiment enfantin d'insécurité se mit à sourdre en lui et il eut peur de se montrer incapable de tenir son rôle s'il ne se reposait entièrement sur l'assistance de Keiko. Pas à pas, Ying Chan souriante se rapprochait de cette crainte incompréhensible. Il se troublait à l'idée d'avoir à maîtriser son émotion avant que Ying Chan arrivât jusqu'à lui, mais plus elle s'approchait et plus son émotion grandissait. La langue de Honda était muette avant même qu'il essayât de parler.

« Faites comme si rien ne s'était passé. Mieux vaut ne pas même mentionner Gotemba », lui souffla de nouveau Keiko à l'oreille.

Heureusement, Ying Chan fut interrompue dans sa marche au milieu de la pelouse par une autre femme qui l'arrêta pour bavarder. Elle ne semblait pas encore l'avoir remarqué. À dix ou quinze mètres, elle oscillait sur le rameau du temps telle une orange magnifique accessible en quelques secondes, mûre, pleine de jus et de parfum. Honda l'examina tout entière : ses seins, ses jambes, son sourire, ses dents blanches. Rien qui n'eût été nourri dans le soleil brûlant de l'été, encore qu'en elle, son cœur fût à coup sûr d'un froid impénétrable.

Quand Ying Chan rejoignit enfin le groupe assis sur des chaises, on n'aurait pu dire encore si vraiment elle n'avait pas remarqué Honda ou si elle faisait semblant.

« C'est M. Honda, dit Keiko d'un ton encourageant.

– Ah ! » fit Ying Chan en se tournant avec un sourire des plus naturels. À la lumière de l'été, son visage avait repris vie et ses lèvres souriaient, plus détendues. Ses sourcils ondoyaient et dans l'éclat d'ambre de son visage, ses grands yeux noirs s'emplissaient de lumière. C'était la saison qui convenait à son visage. L'été la délassait comme si elle se fût étirée, en se laissant aller, dans un bain spacieux. Elle avait une attitude tout à fait naturelle. En voyant en esprit, sous le soutien-gorge, le creux entre ses seins, en sueur comme dans une chambre chaude, il sentait l'été qu'au plus profond recelait son corps.

Quand elle lui tendit la main, ses yeux n'avaient aucune expression. Honda la prit en tremblant un peu. Elle ne portait pas l'anneau d'émeraude. Bien qu'il eût parié avec lui-même, il se rendait compte à présent qu'il avait voulu perdre, être rejeté froidement. Il s'étonna de noter que ce rejet même lui procurait une sensation agréable sans venir aucunement troubler ses songeries audacieuses.

Ying Chan prit une tasse vide, de sorte que Honda allongea le bras et toucha l'anse de la théière ancienne en argent. La chaleur du métal le fit hésiter. Sans doute était-il mû par la crainte que l'objet de son geste serait interrompu par un brouillard d'insécurité, que sa main allait certainement trembler et qu'il allait peut-être commettre une terrible maladresse. La main gantée de blanc d'un domestique vint immédiatement à son secours, le tirant d'embarras.

« Vous avez bonne mine, maintenant que voici l'été », parvint-il à dire finalement. Sans qu'il s'en doutât le moins du monde, il s'exprimait de façon plus guindée qu'à l'ordinaire.

« Oui, j'aime bien l'été. » Ying Chan répondait comme dans un livre, en souriant doucement.

Les vieilles dames qui l'entouraient, pour témoigner de leur intérêt, le prièrent de traduire la conversation. L'arôme du citron qui était sur la table, l'odeur de ces corps âgés et de leur parfum agaçaient Honda qui traduisit pourtant la conversation. Les vieilles dames se mirent à rire sans motif, en faisant la remarque que le mot japonais pour «été» leur donnait véritablement chaud, se demandant si ce terme pouvait avoir une étymologie tropicale.

Honda sentait intuitivement que Ying Chan s'ennuyait. Jetant les yeux autour de lui, il vit que Keiko était déjà repartie. L'ennui grandissait chez Ying Chan comme un animal en train de se frotter tristement en silence à l'herbe échauffée. Cette intuition qu'il avait constituait son seul lien avec elle. Elle avait des mouvements gracieux tandis que, souriante, elle causait en anglais, mais peu à peu, l'impression lui vint qu'elle voulait peut-être lui parler de son ennui.

CHAPITRE 40

C'était une sorte de musique qu'engendrait la mélancolie estivale accumulée dans sa chair, depuis ses seins lourds jusqu'à ses jambes légères et magnifiques. Musique constamment présente à ses oreilles, sur tous les tons, comme un bourdonnement léger d'insectes papillonnant dans le ciel d'été.

Mais cela ne signifiait pas nécessairement que la garden-party l'ennuyât. Ce pouvait bien être, plutôt, que l'ennui qu'exhalait tout son corps était son état naturel que l'été ranimait. À l'évidence, elle était à l'aise dans cet ennui. Se reculant légèrement dans l'ombre d'un arbre, elle parlait avec vivacité, sa tasse à la main, entourée de vieilles dames qui l'appelaient Votre Altesse Sérénissime. Tout à coup, elle ôta un soulier, et de l'orteil sous le bas, elle se gratta vivement, sans en avoir l'air, le mollet de l'autre jambe tout en conservant l'équilibre délicieux d'un flamant rose, maintenant sa tasse parfaitement immobile sans en renverser une seule goutte dans la soucoupe.

Sur le moment, Honda crut qu'il allait pouvoir se glisser dans le cœur de Ying Chan d'un seul et doux élan, même s'il n'était pas pardonné.

« Voilà qui était une prouesse, dit Honda en japonais au cours d'une pause de la conversation.

– Quoi donc ? »

Ying Chan leva des yeux interrogateurs. Rien de plus charmant que sa bouche qui, quand on lui proposait une énigme, répliquait instantanément « Quoi donc ? » comme une bulle flottant à la surface de l'eau, sans faire aucun effort pour la résoudre. Elle se souciait fort peu de demeurer inintelligible, et il devait, lui aussi, posséder ce même courage. Il avait préparé une note au crayon sur une page arrachée à un petit aide-mémoire.

« Je vous en prie, accordez-moi un tête-à-tête, y disait-il. Dans la journée si vous voulez. Rien qu'une heure. Aujourd'hui, par exemple ? Pouvez-vous venir à cette adresse ? » Il lui tendit le papier portant inscrits l'heure et le lieu.

Ying Chan évita habilement les yeux curieux des dames et jeta un regard au papier à la lumière du soleil. Cet effort momentané pour s'échapper rendit Honda tout heureux.

« Êtes-vous libre ?

– Oui.

– Vous viendrez ?

– Oui. »

Le « oui » de Ying Chan était presque trop distinct, mais il s'accompagnait d'un beau sourire qui adoucissait aussitôt sa réponse. Il était clair qu'elle ne pensait à rien.

Qu'advient-il de l'amour et de la haine ? Où donc disparaissent l'ombre des nuées tropicales et les pluies violentes qui tombent comme des cailloux ? Qu'il dût comprendre l'inutilité de ses souffrances était plus dur que de comprendre l'inutilité de ses bonheurs fortuits.

Keiko avait disparu, mais la voilà qui revenait conduisant deux de ses hôtes dans le jardin au sortir du salon, comme elle avait fait à l'arrivée de Honda. En apercevant les deux silhouettes vêtues de magnifiques kimonos, l'une claire, l'autre en bleu foncé, une vieille femme émit des sons admiratifs de sa langue dure et rauque de perroquet. Honda se tourna pour voir. C'était Makiko, suivie de Mme Tsubakihara.

Honda était en train d'observer, extasié, les cheveux noir de jais de Ying Chan qui, soudain, bouffaient au vent comme une voile, et cette arrivée lui parut particulièrement inopportune. En s'approchant toutes deux abordèrent Honda en premier.

« Vous en avez de la chance aujourd'hui », fit Makiko d'un air glacial, en regardant les vieilles dames alentour. « La seule épine dans un bouquet de roses ! »

Naturellement, les deux femmes furent présentées aux Occidentales et l'on échangea des politesses, mais elles revinrent avec plaisir à Honda avec qui elles causaient en japonais.

Les nuages s'étaient déplacés et les ombres s'épaississaient dans sa chevelure quand Makiko reprit :

« Avez-vous vu cette manifestation, le 25 juin ?

– Non, j'en ai seulement lu le compte rendu dans la presse.

– Moi aussi. Ils ont jeté des cocktails Molotov partout dans Shinkupu, et des guérites de la police ont été incendiées. Ç'a été une émeute épouvantable, paraît-il. À ce rythme, je me demande si les communistes ne vont pas s'emparer du pouvoir.

– Je ne le pense pas.

– Mais les choses semblent empirer de mois en mois ; on voit même apparaître des fusils de fabrication artisanale. J'imagine que les communistes et les Coréens vont bientôt faire de Tokyo tout entier un océan de flammes.

– Nous n'y pouvons pas grand-chose, n'est-ce pas ?

– Vous aurez longue vie parce que vous ne vous faites pas de souci, dit Makiko. Mais en voyant ce qui se passe actuellement dans le monde, je me demande ce qui serait arrivé si Isao avait vécu. J'ai commencé à écrire une série de poèmes intitulée "Vingt-cinq juin". Je voulais faire de la poésie au plus bas niveau, celui où il serait

CHAPITRE 40

impossible de rien créer; j'étais à la recherche d'un sujet avec lequel on ne pourrait jamais faire œuvre poétique, quand finalement, j'ai rencontré celui-ci.

– Vous dites l'avoir rencontré, mais vous n'y êtes pas allée voir vous-même.

– Un poète sait voir de loin, ce n'est pas comme vous autres.»

Il n'était pas dans les habitudes de Makiko de causer de façon aussi familière de sa poésie. Mais son attitude était une espèce d'amorce. Jetant un regard autour d'elle, elle sourit en regardant Honda dans les yeux.

«Il paraît que vous étiez joliment embarrassé l'autre jour, à Gotemba.

– Qui vous l'a dit? s'enquit Honda, sans se troubler.

– Keiko, dit calmement Makiko.

Quand on y pense, poursuivit-elle, il pouvait y avoir urgence, mais Ying Chan n'a pas froid aux yeux de se précipiter chez quelqu'un en pleine nuit et de cogner à la porte de la chambre des amoureux. Jack est vraiment bon garçon de la traiter si gentiment. Certes, voilà un Américain bien élevé et charmant.»

Honda ne savait que penser. Il était certain que, ce matin-là, Keiko avait dit: «Une chance que Jack n'ait pas été là. Quelle histoire autrement.» Et voilà que Makiko parlait comme s'il avait bel et bien passé la nuit. Ou bien Makiko avait mal entendu ou bien Keiko avait menti. De découvrir son petit mensonge inutile lui inculquait un sentiment secret de supériorité qu'il ne tenait pas à partager avec Makiko. Il voulait éviter cette absurdité de se trouver mêlé à des caquets de femmes. D'ailleurs, Makiko n'avait pas hésité à porter faux témoignage en justice. Honda ne mentait jamais, mais il lui arrivait parfois de ne pas tenir compte de quelque pauvre vérité qui glissait sous ses yeux comme des détritus le long d'un petit caniveau. C'était là un travers qui datait du temps où il était magistrat.

Comme il s'efforçait de changer de sujet, Mme Tsubakihara se glissa de côté comme pour rechercher la protection de Makiko. Il fut surpris de lui voir les traits si tirés après le peu de temps écoulé depuis leur dernière rencontre. Il n'était pas jusqu'à son air chagrin qui ne parût épuisé, avec ses yeux creux et ses lèvres, peintes d'un ton orange criard qui lui donnaient un air tout à fait baroque.

Avec des yeux qui souriaient, Makiko souleva tout à coup d'un doigt le menton blanc et arrondi de son disciple pour le montrer à Honda.

«Elle me crée bien du souci, en me menaçant de se suicider.»

Mme Tsubakihara laissa reposer son menton sur le doigt de Makiko comme si elle eût souhaité demeurer à jamais dans cette

position, mais celle-ci le retira aussitôt. Mme Tsubakihara, regardant par-delà la pelouse où commençait à se lever la brise du soir, s'adressa à demi à Honda d'une voix pesante :
« Sans talent, comment continuer à vivre ?
— Si tous les sans-talent devaient mourir, tout le monde serait mort au Japon », répliqua Makiko d'un ton amusé.
En les entendant, Honda fut saisi d'un frisson.

41

*D*eux jours plus tard, à quatre heures, comme convenu, Honda attendait dans l'entrée du Tokyo Kaikan. Si Ying Chan arrivait, il comptait l'emmener au restaurant ouvert durant l'été dans un jardin aménagé sur le toit.

L'entrée était un lieu qui convenait à une attente discrète. Les fauteuils recouverts de cuir étaient disposés commodément et il pouvait étaler le journal gainé devant son visage. Dans une poche intérieure, Honda avait trois havanes Monte-Cristo roulés à la main qu'il avait obtenus après une longue attente. Ying Chan serait là, à coup sûr, avant qu'il ait pu les fumer tous les trois. Il ne s'était pas plutôt assis que les fenêtres s'assombrirent ; son seul souci était qu'il y eût des ondées, les empêchant ainsi de dîner dans le jardin sur le toit.

C'est ainsi qu'un monsieur de cinquante-sept ans fortuné attendait une demoiselle thaïe.

Le fait de s'en rendre compte dissipa ses craintes ; il sentit qu'il avait repris une vie quotidienne normale. Par nature, il était davantage havre que navire. Il avait retrouvé son unique façon de vivre, celle d'attendre Ying Chan. Elle en arrivait presque à façonner son âme.

Vieil homme aux amples moyens qui ne recherchait pas les plaisirs simples des hommes. C'était un être incommode qui prenait aisément la décision d'échanger toute la terre contre son ennui ; pourtant, en surface, il incarnait la réserve, l'esprit qui préfère se tenir dans un espace étroit, évidé. Il observait la même attitude envers l'histoire et ses époques, les miracles, les révolutions. Assis au-dessus d'un gouffre caché comme sur le siège des toilettes, sim-

CHAPITRE 41

plement, il attendait en fumant son cigare. Sa décision dépendait de la volonté de son adversaire, et c'est à cette seule condition que son rêve, pour la première fois, prenait forme distinctement. Alors, bien que seulement à travers un œilleton, il apercevait la forme ambiguë du bonheur ultime. La mort pouvait-elle, en cet état, le conduire au bonheur extrême ? En ce cas, il fallait que Ying Chan fût la mort.

Honda était prêt à jouer les cartes de l'appréhension ou du désespoir qu'il tenait en main. Cette attente anxieuse ressemblait à une laque noire nacrée, d'une infinité de fragments d'incertitude.

Dans l'espèce de cave du Gril Rossini au même niveau, on entendait tinter l'argenterie pendant qu'on préparait les tables pour le dîner. Comme les couteaux et fourchettes encore réunis aux mains des garçons, sentiment et raison s'entremêlaient chez Honda ; aucun plan (cette tendance perverse de la raison) n'était prêt, sa volonté n'avait pas encore pris parti. Le plaisir découvert par lui vers la fin de ses jours impliquait un tel paresseux abandon de la volonté humaine. En y renonçant, la détermination de s'engager dans l'histoire qui l'avait tant obsédé depuis sa jeunesse demeurait, elle aussi, suspendue dans l'espace, et l'histoire restait là-haut, quelque part, détachée.

Acrobate qui s'élançait sur son trapèze par les hauteurs aveuglantes des heures sombres, hors du temps, faisant voltiger le volant de son maillot blanc... Ying Chan.

Au-dehors, l'ombre était venue. Près de Honda, deux hôtes de passage et leurs familles respectives n'en finissaient pas d'échanger des politesses ; cela dura si longtemps qu'il en était tout étourdi. Un jeune couple, des fiancés semblait-il, gardait un silence de pierre comme atteints de dépression mentale. Par la fenêtre, il voyait remuer les branches aux arbres de la rue sans que, semblait-il, la pluie fût tombée. Dans ses mains, la gaine en bois du journal paraissait un tibia démesurément long. Il fuma les trois cigares. Ying Chan n'était pas venue.

Pour finir, il avala un repas à contrecœur puis se dirigea vers le Foyer des étudiants étrangers, contrairement à tout bon sens.

Il entra dans le bâtiment d'Azabu à quatre étages, des plus simples. Dans le vestibule, deux ou trois jeunes gens à peau basanée, aux regards perçants, en chemise écossaise à grands carreaux, à manches courtes, étaient plongés dans des revues mal imprimées d'Asie du Sud-Est. Honda alla au bureau et demanda Ying Chan.

« Elle est sortie », répondit l'employé, machinalement. Sa réponse était trop prompte pour être sincère. Aux deux ou trois questions que posa Honda, les jeunes gens aux regards perçants se mirent tous à le dévisager. Il lui semblait, dans l'air nocturne étouffant, se trouver dans la salle d'attente d'un petit aéroport tropical.

« Pourriez-vous me dire le numéro de sa chambre ?

– C'est contraire au règlement. On ne peut voir les étudiants que dans le vestibule et s'ils y consentent. »

Quand Honda partit en désespoir de cause, les jeunes gens se replongèrent dans leurs magazines. Des chevilles brunes sortaient raides comme des épines de toutes ces paires de jambes croisées.

Il lui était loisible de traverser le jardin de devant, mais personne ne s'y trouvait. D'une fenêtre brillamment éclairée au second étage parvenait le son d'une guitare, fenêtres grandes ouvertes au temps humide. La mélodie, chantée d'une voix douce quoique haut perchée, aux aigres accents de viole chinoise, s'enroulait autour des cordes pincées telle une plante grimpante jaunie. Cette voix mélancolique lui remit en mémoire les nuits inoubliables de Bangkok, avant la guerre.

Si seulement il avait pu se glisser à l'intérieur, il aurait voulu parcourir toutes les chambres, car il ne croyait pas que Ying Chan fût sortie. Elle était partout dans l'ombre humide de cette soirée de la saison des pluies : dans le parfum léger de fleurs que, sans doute, des étudiants étrangers avaient cultivées, dans les glaïeuls jaunes si distincts ou dans le violet pâle des feuilles bronzées de la rogériane qui se mêlaient dans la nuit... Menus éléments de Ying Chan qui flottaient alentour, prenaient forme peu à peu en se combinant, et en se solidifiant, devenaient sa personne même. Il la retrouvait jusque dans le vague ronronnement d'ailes des moustiques.

Peu de fenêtres étaient éclairées. Une seule chambre, au coin du second étage, brillait d'un vif éclat au travers des rideaux de dentelle en mouvement. Par curiosité, Honda y leva les yeux. Il y avait quelqu'un à l'intérieur qui regardait vers le jardin. Le vent fit s'envoler les rideaux et il eut une brusque échappée. C'était Ying Chan vêtue d'un slip. Involontairement, il courut vers la fenêtre, juste sous un réverbère. Ying Chan eut un sursaut en le reconnaissant. La lumière s'éteignit aussitôt et on ferma la fenêtre.

Honda s'appuya contre l'arête du bâtiment dans une longue attente. Les minutes s'écoulaient une à une, le sang palpitait à ses tempes. Le temps s'égouttait comme un filet de sang. Il pressa de sa joue la mousse bleue légère qui couvrait le béton, pour rafraîchir ses vieilles joues brûlantes.

CHAPITRE 41

Au bout d'un moment, on entendit un bruissement, comme d'une langue de serpent, à la fenêtre du second étage. Elle s'ouvrit lentement, puis une chose molle et blanche vint tomber aux pieds de Honda. Il la ramassa et ouvrit un morceau de papier blanc chiffonné. Il contenait un tampon de coton assez grand pour remplir sa main. On avait dû le comprimer en un bloc compact car, en défaisant l'enveloppe extérieure, il s'enfla comme une chose vivante. Honda fourragea entre les couches de coton. À l'intérieur se trouvait l'anneau d'émeraude aux *yakshas* d'or protecteurs.

Il leva de nouveau son regard vers la fenêtre, mais elle était hermétiquement close sans laisser filtrer le moindre filet de lumière.

En quittant le Foyer des étudiants étrangers, ayant repris ses sens, Honda se rendit compte que Keiko habitait à deux pas. D'ordinaire, il n'utilisait pas sa voiture pour ses rendez-vous. Il pouvait appeler un taxi, mais il résolut de se punir en allant à pied malgré la douleur de son dos et de ses hanches. Même si elle n'y était pas, il n'était pas possible qu'il rentrât tout de suite chez lui sans tout d'abord frapper à sa porte.

S'il avait été jeune, il aurait pleuré à chaudes larmes en marchant. S'il avait été jeune! Mais dans sa jeunesse, jamais il n'avait pleuré! Jeune homme d'avenir, il avait cru devoir s'en remettre à la seule raison pour réussir, lui et les autres, au lieu de perdre son temps à verser des pleurs. Quel doux chagrin, quel désespoir lyrique! Il ne se permettait pareils sentiments qu'au passé hypothétique, ce faisant, privant de toute authenticité son actuelle passion. Si seulement une seule de ses années avait connu la douceur romantique. Mais ni maintenant, ni dans sa jeunesse, son tempérament ne lui avait permis la moindre douceur. Son seul recours était de rêver éveillé d'un moi différent dans le passé. Si différent? Il lui avait été tout à fait impossible de devenir un Kiyoaki ou un Isao.

Si l'imagination de Honda, en lui permettant de rêver qu'étant jeune, il aurait pu avoir telle ou telle personnalité, l'avait ainsi protégé, au long des années, à chaque passage sentimental dangereux, son hésitation à admettre sa passion présente résultait sans doute de cette abnégation juvénile. Quoi qu'il en fût, impossible d'éclater en sanglots en marchant, ni dans sa jeunesse, ni à présent. Avec son Burberry et son Borsalino, ce vieux monsieur apparaîtrait à quiconque comme quelqu'un d'un peu bizarre, solitaire, faisant sa promenade du soir.

Si bien qu'en raison même de la gêne déplaisante qui le faisait n'évoquer qu'indirectement tout sentiment, Honda avait pris tant d'assurance qu'il n'avait plus à se sentir gêné. Il pouvait désormais agir par simple impulsion, simple désir, si éhontés fussent-ils. L'analyse de chacun de ses actes aurait pu amener à conclure, de façon erronée, qu'ils étaient impulsifs. Se dépêcher de se rendre chez Keiko, nuitamment, sous la menace constante de fortes averses, c'était là une de ces impulsions stupides. Tout en marchant, il se sentait poussé à se plonger la main dans la gorge, et comme une montre de son gousset, d'en extraire son cœur.

Si peu de chances qu'il y eût que Keiko fût chez elle à cette heure de la soirée, elle s'y trouvait pourtant.
On fit aussitôt entrer Honda dans le salon resplendissant. Avec leurs dossiers droits, les chaises Louis XV ne lui permettaient pas de se détendre et il se sentit sur le point de défaillir d'épuisement.
Les portes de cryptoméria étaient entrouvertes comme l'autre jour. L'éclat écrasant du lustre soulignait la solitude nocturne du salon. Par la fenêtre, il apercevait les lumières de la ville scintiller à travers l'extrémité du bosquet dans le jardin, mais il n'avait pas la force de se lever pour sortir.
Mieux valait supporter la chaleur démoralisante et se désintégrer de sueur.
Il perçut les pas de Keiko qui descendait l'escalier de marbre en spirale conduisant au vestibule. Elle portait un mumu aux vives couleurs, à longue traîne. Elle entra dans le salon, refermant derrière elle la porte aux grands oiseaux. Ses cheveux noirs se dressaient comme pris dans une tempête, voltigeant, se gonflant sans forme, si bien que sous son léger maquillage, son visage paraissait plus menu et plus pâle qu'à l'accoutumée. Elle fit le tour des chaises pour venir s'asseoir en face de Honda, devant la niche au décor mural de nuages dorés. On avait posé du cognac sur la petite table qui les séparait. Sous l'ourlet de sa robe, on voyait poindre ses pieds nus, chaussés de mules ornées de bouquets de fruits tropicaux. La laque rouge des ongles était de même couleur que les grands hibiscus de son mumu noir. Néanmoins, l'abondante chevelure brune dressée sur sa tête devant les nuages dorés renforçait la pénombre, infiniment.

« Veuillez m'excuser. J'ai l'air d'une folle avec mes cheveux. De vous voir arriver subitement, cela a tout dérangé. Malheureusement, je venais de les laver, il y a un moment. Demain, j'allais faire ma mise en plis. Vous autres hommes, vous ne connaissez pas ces tourments. Est-ce que quelque chose ne va pas ? Vous êtes tout pâle. »

CHAPITRE 41

Brièvement, Honda lui fit part de ce qui s'était produit, mais il lui répugnait de s'expliquer en avocat de la défense. Il ne pouvait se défaire de l'habitude de décrire logiquement, en inférant, même dans cette affaire d'une urgente nécessité. Ses paroles n'avaient d'autre utilité que de mettre de l'ordre dans les événements. Son intention avait été, sans rien expliquer, de faire appel à elle en criant au secours, comme un insensé. Du moins, jusqu'au moment d'entrer chez elle.

« La morale de l'histoire, semble-t-il, est de ne rien précipiter, dit Keiko. Je vous avais dit de vous en remettre à moi. Moi non plus, je ne sais quoi faire. Malgré tout, Ying Chan s'est montrée très, très impolie. Je me demande si c'est ainsi dans le pays d'où elle vient. Mais je sais que vous adorez ses caprices. » Elle lui offrit du cognac avant d'ajouter : « Et à votre idée, que dois-je faire ? »

Elle ne paraissait nullement contrariée, montrant seulement l'enthousiasme mélancolique qui la caractérisait.

Honda ne cessait de faire glisser la bague sur son petit doigt.

« Je voudrais que vous rendiez ceci à Ying Chan en la priant de l'accepter. De savoir cet anneau séparé de son corps, j'ai comme l'impression que le lien est rompu pour toujours entre elle et mon passé. »

Keiko gardait le silence et Honda craignit qu'elle ne fût fâchée contre lui. Elle tenait le verre de cognac à hauteur de ses yeux, observant comme le liquide, ridé tout à l'heure, glissait peu à peu au bas de la surface concave du gobelet, en nuages d'une transparence visqueuse. Sous la noire montagne des cheveux, ses grands yeux étaient presque effrayants. Son sérieux était trop naturel pour quelqu'un qui tentait de réprimer un sourire ironique. L'idée vint à Honda que ses yeux ressemblaient à ceux d'un enfant qui a vu écraser une fourmi.

« C'est tout ce que je suis venu vous demander, dit-il pour l'encourager. Rien d'autre. »

Il misait sur cette exagération des plus banales. Où trouver son plaisir sinon dans une sorte de règle morale de ne pas négliger le grotesque ? Il avait été sortir Ying Chan de cette poubelle qu'est le monde, et bien qu'il brûlât de la posséder, il ne l'avait pas même touchée du doigt. Il était en train de chercher à redoubler de sottise jusqu'au point d'intersection de son désir et de l'orbite des étoiles.

« Pourquoi n'oubliez-vous pas cette fille ? dit Keiko à la fin. L'autre jour, on m'a dit l'avoir vue danser joue contre joue avec un vulgaire étudiant à un thé dansant du Mimatsu.

– L'oublier ? Je ne pourrais jamais. La laisser, c'est lui permettre d'arriver à maturité.

— Et vous avez le droit, je suppose, de l'empêcher d'arriver à maturité. Que devient cette idée que vous aviez de ne pas vouloir qu'elle restât vierge ?

— Je pensais que ça la changerait du soir au matin en une femme entièrement différente. Mais cela a échoué, par la faute de votre imbécile de neveu.

— Il est stupide, c'est certain », dit Keiko en éclatant de rire. Elle examina ses ongles si longs à travers son verre, à la lumière du lustre. Ils étaient laqués de rouge et brillaient au travers en embrasant sa convexité tel un menu soleil mystérieux.

« Voilà le soleil qui se lève, regardez ! » fit Keiko en montrant son verre. Elle était ivre.

« Lever de soleil cruel », murmura Honda, avec l'ardent désir qu'un brouillard irrationnel, mesquin, en venant envelopper cette pièce par trop illuminée, l'empêchât d'y rien distinguer.

« Que feriez-vous si je vous disais non ?

— L'avenir pour moi serait complètement noir.

— Quelle exagération ! » Keiko posa son verre sur la table puis se mit à réfléchir. Elle marmonna quelque chose comme d'être toujours en train d'aider les autres. Au bout d'un moment, elle dit :

« Quand on y regarde de près, le véritable problème est toujours enfantin. Pour peu qu'un homme se le soit mis dans la tête, il ira s'embarquer pour une expédition en Afrique rien que pour y chercher un timbre mal imprimé.

— Je crois être amoureux de Ying Chan.

— Ça ! par exemple ! » fit Keiko en éclatant de rire, nullement convaincue.

Quand elle reprit la parole, sa voix avait un ton décidé.

« Je comprends à présent. Ce qu'il vous faut, c'est faire tout de suite quelque chose de parfaitement simple et stupide. Tenez, et elle souleva légèrement le bord de son mumu. Tenez, que diriez-vous d'embrasser mon petit pied cambré ? Ça va vous ragaillardir... d'étudier le pied d'une femme que vous n'aimez absolument pas. N'ayez crainte, je viens de prendre un bain et je suis bien frottée. Vous ne risquez rien.

— Si c'est en échange de ce que je vous ai demandé, je ne demande pas mieux, à l'instant même.

— Parfait, allez-y. Ça vous fera du bien d'essayer une chose comme cela, rien qu'une fois... étant donné votre fierté bien connue. Côté crédit, votre réputation ne pourra qu'y gagner. »

À l'évidence, Keiko se laissait aller à sa passion de précepteur. Elle était juste au-dessous du lustre superbe, ramenant en arrière des

CHAPITRE 42

deux mains son abondante chevelure, en faisant ondoyer les côtés comme des oreilles d'éléphant.

Honda tenta vainement d'esquisser un sourire. Jetant un regard alentour, il se courba lentement. La douleur le poignant soudain dans la hanche, il dut s'accroupir, s'allongeant sur le tapis d'un air de détermination farouche. Dans cette position, les sandales de Keiko ressemblaient à une panoplie liturgique protégeant la cambrure ferme et légèrement musclée de ses pieds. Des fruits secs, marron, havane, violacés et blancs pendaient en grappes au-dessus des ongles vermillon. Au moment où il approchait ses lèvres des pieds dans leurs sandales, ils se retirèrent prestement. Si bien qu'à moins de soulever le bas de la jupe aux hibiscus et d'y plonger la tête, ses lèvres ne pouvaient atteindre le dessous de ses pieds. Passant la tête par-dessous, le mumu lui parut rempli d'une odeur parfumée, tiède et légère. Il se trouva soudain en pays inconnu. Quand il leva les yeux après avoir baisé les pieds de Keiko, une lumière vermillon foncé traversait le tissu fleuri tandis que devant lui, s'élevaient deux superbes et blanches colonnes veinées de pâles motifs. Tout en haut dans le ciel, un petit soleil noir irradiait ses rayons échevelés.

Honda se dégagea en se déhanchant, se mettant debout non sans difficulté.

« Voilà. J'ai accompli ce qui me revenait.

– Et moi je ferai de même », dit Keiko en acceptant la bague avec le sourire serein qui convenait à son âge.

42

« Qu'est-ce que tu fais donc ? s'écria Rie de la maison, appelant son mari qui n'avait pas encore pris son petit déjeuner.

– Je regarde le mont Fuji », répondit-il de la terrasse. Sa voix se dirigeait non pas tant vers la salle à manger que vers la montagne, par-delà la tonnelle du côté ouest du jardin.

Il était six heures par un matin d'été, et le Fuji s'empourprait de la couleur du vin, silhouetté de brume. Comme la poudre passée sur le nez d'un enfant en vue d'une fête estivale, un coup de pinceau neigeux s'apercevait autour du huitième refuge.

Après avoir déjeuné, Honda ressortit, portant seulement un short et une chemisette, et il alla s'étendre près de la piscine, sous le brillant soleil matinal. De sa main, il s'amusa à écoper l'eau.

«Qu'est-ce que tu fais?» cria de nouveau Rie en faisant la vaisselle du petit déjeuner. Cette fois, il ne répondit pas.

De la fenêtre, Rie observait ce signe de folie de son époux presque sexagénaire. Pour commencer, elle n'aimait pas sa façon de s'habiller. Quand on appartenait à une profession juridique, on ne devrait jamais porter de short. Ses jambes en sortaient, blanches, raides, décharnées. Sa chemise ne lui plaisait pas non plus. Comme pour le punir de porter une chemise de polo quoique dépourvu de la pleine virilité de la jeunesse, les manches et le dos retombaient tout flasques. Elle en était arrivée au point où cela l'intéressait de savoir jusqu'où iraient les folies de son mari. Sorte de plaisir pervers, comme d'appuyer sur une dent qui fait mal.

Se rendant compte que derrière lui, sans insister, sa femme s'était retirée dans sa chambre, Honda put contempler à cœur joie la beauté de cette scène matinale que reflétait le bassin.

Les cigales avaient commencé leur chant dans le bosquet de cyprès. Il leva les yeux. Le rougeoiement alcoolique du mont Fuji avait fait place à de riches teintes violacées. Il était huit heures, et dans les verts superposés des premières pentes, flottaient des vagues contours de bois et de hameaux. En regardant le bleu profond du Fuji en été, Honda inventa un petit jeu dont il pouvait jouir en solitaire. Il consistait à évoquer l'hiver en montagne, au fort de l'été. Ayant concentré un moment son regard sur le mont Fuji, il le tournait brusquement de côté sur le ciel bleu; l'image laissée sur la rétine devenait toute blanche, et un instant, il apercevait dans l'azur une montagne d'un blanc pur et laiteux. Ayant découvert le moyen de créer cette illusion, il en vint à croire qu'il y avait deux montagnes. À côté du Fuji de l'été, existait toujours celui de l'hiver, outre l'image réelle, existait aussi l'essence de la montagne, d'un blanc pur. Tournant son regard vers la piscine, il vit que la réflexion de Hakone y tenait une place bien plus grande que celle du Fuji. La masse des montagnes recouverte de verdure était d'une chaleur étouffante. Le vol des oiseaux se réfléchissait dans l'eau, un rossignol familier visitait la mangeoire.

Oui, c'était hier qu'il avait tué un serpent près de la tonnelle. Un serpent rayé, d'environ soixante centimètres, qu'il avait tué en lui écrasant la tête avec un caillou pour qu'il n'aille pas faire peur aux hôtes attendus aujourd'hui. Le petit massacre lui avait pris toute la journée. Ressorts d'acier d'un bleu noir, il avait encore à l'esprit

CHAPITRE 42

cette image du corps lisse du serpent qui se contorsionnait, luttant contre la mort. Savoir qu'il pouvait tuer, lui aussi, lui donnait un morne sentiment de puissance.

Et il y avait la piscine. Honda allongea de nouveau la main, troublant la surface de l'eau. Les nuages d'été qui s'y reflétaient se brisèrent en fragments de verre dépoli. La piscine était terminée depuis six jours sans que personne l'eût encore utilisée. Honda se trouvait ici depuis trois jours avec Rié, mais sous prétexte que l'eau était froide, il n'y était pas entré une seule fois.

Son unique raison de construire la piscine avait été de voir Ying Chan dévêtue ; rien d'autre ne comptait.

Un bruit de marteaux s'entendait au loin. On était en train de transformer la maison de Keiko. Sa demeure de Tokyo ayant été évacuée par les troupes d'occupation, Keiko venait de moins en moins à Gotemba, et ses relations avec Jack s'étaient quelque peu refroidies. La maison neuve de Honda avait stimulé chez elle un sentiment de compétition, et elle s'était mise à remanier la sienne de fond en comble, presque au point d'en bâtir une nouvelle. Elle affirmait qu'elle serait incapable d'y vivre l'été, qu'elle le passerait sans doute à Karuizawa.

Quittant la piscine pour éviter le soleil qui peu à peu prenait de la force, Honda ouvrit non sans peine le parasol fiché au milieu de la table. Il s'assit à l'ombre sur une chaise et de nouveau dirigea son regard sur la surface de l'eau.

Le café matinal provoquait encore en lui comme un engourdissement derrière la tête. Au fond du bassin de dix-huit mètres sur huit, les lignes blanches aperçues à travers la peinture bleue ridée par l'onde lui rappelaient les marques à la chaux et l'odeur mentholée de l'onguent de sarométhyle qui s'associait inextricablement aux compétitions athlétiques de sa lointaine jeunesse. On avait tiré partout une ligne blanche bien nette d'où partait quelque chose et où quelque chose venait finir. Mais sa mémoire était en défaut. Honda ne s'était aucunement mêlé de compétition dans sa jeunesse.

Le trait blanc lui rappelait plutôt la ligne centrale d'une grand-route le soir. Il se souvint soudain du petit bonhomme qui portait toujours une canne lors de ses équipées nocturnes dans le parc. La première fois qu'il l'avait rencontré sur un bas-côté que balayaient les phares éblouissants des autos, le bonhomme marchait en bombant le torse, une canne à poignée d'ivoire au bras. S'il avait marché normalement, la canne aurait traîné sur le sol, mais il tenait son bras fléchi si étonnamment haut qu'il en avait une allure encore plus raide. D'un côté de l'allée, étaient les bois aux senteurs de mai. Le petit bonhomme avait l'air d'un officier en retraite qui aurait soigneusement dissimulé ses décorations, désormais inutiles, dans sa poche intérieure de veston.

La seconde fois qu'il s'était trouvé le rencontrer dans l'ombre des bois, Honda avait observé en détail à quoi servait la canne.

Quand des amoureux se retrouvaient en forêt, l'homme pressait habituellement la femme contre un arbre puis se mettait à la caresser. C'était rarement l'inverse. Ainsi, quand un jeune couple se trouvait dans cette situation, le bonhomme prenait position de l'autre côté du tronc.

Dans l'ombre, non loin de l'endroit où Honda se tenait, ce dernier voyait la poignée d'ivoire en forme de U peu à peu contourner le tronc. Il s'efforçait de percer l'obscurité, les yeux fixés sur cette forme blanche mouvante. En découvrant que la poignée était d'ivoire, il sut aussitôt à qui elle appartenait. Les bras de la femme encerclaient le cou de l'homme dont les bras se rejoignaient dans son dos à elle. Derrière la tête de l'homme, ses cheveux huilés luisaient sous les rayons des phares qui passaient. La poignée blanche errait un moment dans les ténèbres, puis, comme ayant trouvé son chemin, elle allait frôler le bord de la jupe de la femme. Une fois agrippé le vêtement, la canne le soulevait vivement avec adresse jusqu'à la taille d'un seul geste. Les cuisses blanches de la femme étaient à l'air, mais le bonhomme ne commettait pas l'erreur de risquer d'être découvert en les touchant de l'ivoire froid.

Alors la femme murmurait : « Non, non. » Puis, à la fin : « Il fait froid. » Mais l'homme, au septième ciel, ne répondait pas et la femme ne paraissait pas remarquer qu'il avait les bras entièrement occupés à la tenir enlacée.

Ce vilain tour, cynique et dégradant, cette ardeur désintéressée mise à coopérer, amenaient toujours un sourire sur les lèvres de Honda quand il y repensait. Mais en se rappelant l'homme qui lui avait parlé quelque temps auparavant, en plein jour, à l'entrée du PX de Matsuya, la légère note d'humour faisait place à un sentiment glacé de frayeur. Il était scandaleux que son plaisir pût dégoûter les autres, et de ce fait, le soumettre éternellement à leur répulsion, qu'en outre, ce dégoût pût un jour en venir à constituer un élément indispensable du plaisir.

Un dégoût glacé de soi-même se confondait avec les plus douces séductions... Négation même de l'existence qui rejoignait un concept d'immortalité que rien ne saurait guérir. Existence inguérissable qui était une essence unique d'immortalité.

Retournant au bord de la piscine, il se pencha pour prendre l'eau vacillante en ses mains. C'était sentir la richesse acquise à la fin de

CHAPITRE 42

sa vie. Sous le choc des flèches du soleil estival contre son cou penché, il lui semblait être une cible pour l'énorme malignité, la risée des cinquante-sept étés de son existence. Ce n'avait pas été une existence si infortunée. La raison avait tout gouverné en évitant avec adresse les mortels récifs. Prétendre qu'il n'avait pas connu un seul instant de bonheur eût été pure hyperbole. Et pourtant, l'ennui de cette traversée ! Il eût été plus proche de ses vrais sentiments si, dans une exagération audacieuse, il avait affirmé avoir passé sa vie dans une complète obscurité.

Déclarer son existence d'un noir absolu semblait exprimer à son égard comme une empathie aiguë. (Notre association fut sans compensation, sans joie. Encore que je ne t'aie pas sollicitée, tu m'as imposé ton amitié tenace, tu m'as contraint à cet exercice incongru sur la corde raide qui s'appelle vivre. Tu m'as rendu économe de mes toquades, tu m'as donné une abondance de biens ridicule. Tu as transformé la justice en chiffon de papier, la raison en simple mobilier, laissant à la beauté sa forme la plus mesquine.) La vie luttait de toutes ses forces pour bannir le conformisme, mettre l'hérésie à l'hôpital et prendre l'humanité au piège de la bêtise. C'était un entassement de pansements usagés, souillés de couches de sang et de pus. Vivre, c'était changer chaque jour les pansements du cœur qui faisaient hurler de douleur les malades incurables, jeunes et vieux.

Il avait l'impression que quelque part dans l'azur éclatant du ciel au-dessus de ces montagnes se dissimulaient les mains blanches, souples, géantes d'une infirmière sublime, occupées à de menus traitements quotidiens et qui réclamaient de durs travaux. Ces mains le frôlaient doucement, l'encourageant de nouveau à vivre. Les nuages blancs qui flottaient dans le ciel au-dessus du col d'Otome étaient d'un neuf éblouissant, pansements d'une blancheur hygiénique, presque hypocrite, parsemés çà et là.

Honda se savait être assez objectif en ce qui le concernait. Aux yeux d'autrui, il comptait parmi les avocats les plus fortunés, en situation de jouir des loisirs de la vieillesse. C'était sa récompense pour avoir dispensé une justice impartiale, sans corruption aucune qui fût venue déparer sa longue carrière de juge et d'avocat. Ainsi était-il considéré, sinon sans quelque jalousie, du moins sans reproche. C'était une de ces rémunérations tardives que la société accorde parfois aux citoyens persévérants. Parvenu à ce point dans sa vie, si son petit vice devait se révéler, on en sourirait, y voyant une de ces faiblesses humaines innocentes dont nul n'est exempt. Bref, il avait tout ce qui est désirable aux yeux du monde, hormis peut-être des enfants.

Il avait été question que le ménage adoptât un enfant et des gens les y avaient engagés, puis Rie n'avait plus voulu en entendre parler et Honda lui-même s'en était désintéressé après que lui fut échue sa fortune. Il soupçonnait qu'on en voulait seulement à son argent.

On entendait des voix venant de la maison.

Il tendit l'oreille, se demandant si c'était déjà un invité à cette heure matinale. Mais ce n'était que Rie en train de causer avec Matsudo. Peu après, ils arrivèrent tous deux sur la terrasse et se mirent à considérer les ondulations de la pelouse.

« Regardez, dit Rie. La pelouse, là-bas, est très inégale. Quand on regarde le Fuji, cette pente près de la tonnelle se voit plus que tout le reste. Ce sera gênant si le gazon n'est pas bien tondu. C'est qu'un prince va venir, vous savez.

– Bien, madame. Faut-il repasser la tondeuse ?

– Si cela ne vous gêne pas. »

Le chauffeur, d'un an plus âgé que Honda, s'en fut au bout de la terrasse chercher la tondeuse dans le petit appentis où l'on rangeait les outils. Honda l'avait pris à son service non pas tant qu'il lui plût, mais parce qu'il appréciait l'expérience acquise par Matsudo à conduire les voitures officielles durant toute la guerre et même par la suite.

Son air des plus nonchalants, sa façon de parler un peu impertinente, et l'attitude parfaitement calme de quelqu'un dont la vie quotidienne se fonde entièrement sur l'idée de conduire prudemment, tout en lui irritait Honda. (Tu te figures, n'est-ce pas, qu'on peut réussir dans la vie rien qu'à être prudent en tout comme tu l'es au volant ? Eh bien, tu te trompes.) En regardant le vieux chauffeur, il se rendit compte que Matsudo croyait sans doute que son patron était le même genre de personne prudente que lui-même. Honda s'en sentit offensé comme si le chauffeur avait dessiné une charge caricaturale.

« Viens t'asseoir ici. Tu as grandement le temps, cria-t-il à Rie.

– C'est que le chef et les serveurs vont bientôt arriver.

– Ils vont être en retard comme d'habitude. »

Après une légère hésitation, tel un fil se dénouant dans l'eau, Rie rentra dans la maison pour chercher un coussin. Elle craignait que la chaise de fer ne lui donnât froid aux reins.

« Les chefs, les serveurs et... Je ne peux pas supporter tous ces gens qui abîment la maison, fit-elle en s'asseyant sur la chaise voisine de Honda.

– Si j'étais comme Mme Kinkin, si j'aimais l'apparat, voilà le genre de vie qui m'aurait plu !

– Tu vas chercher des histoires si anciennes ! »

CHAPITRE 42

Mme Kinkin était jadis l'épouse du plus fameux avocat japonais, tout au début du siècle. Ancienne geisha, elle était célèbre pour sa beauté et ses prodigalités. Fréquemment, on la voyait monter un cheval blanc. Et les sourcils se fronçaient en la voyant porter de longs kimonos de geisha aux enterrements. À la mort de son mari, elle se suicida, désespérée de ne plus pouvoir mener l'existence luxueuse à laquelle elle était accoutumée.

« Il paraît que Mme Kinkin avait des serpents favoris et qu'elle en emportait toujours un petit dans son sac à main. Oh, j'oubliais. Tu as dit en avoir tué un hier. Ce serait épouvantable si on apercevait un serpent pendant que le prince est ici. » Elle s'écria à l'adresse de Matsudo qui partait avec la tondeuse : « Matsudo ! Si vous trouvez un serpent, il faut nous en débarrasser, mais que je ne le voie pas, je vous prie. »

En regardant le mouvement de son gosier pendant qu'elle s'écriait, là où l'âge était si impitoyablement éclairé par un reflet de la piscine, Honda se rappela tout à coup Tadeshina qu'il avait rencontrée pendant la guerre, dans les ruines de Shibuya. Il se souvint du Sutra du Roi Paon de Sagesse qu'elle lui avait donné.

« Si l'on est mordu par un serpent, il suffit de prononcer cette incantation : *ma yu kitsu ra tei sha ka.*

– Vraiment ? » Sans manifester le moindre intérêt, Rie se renversa sur sa chaise. Le bruit de la tondeuse qui se fit entendre à ce moment les autorisait à préférer le silence.

Honda trouvait tout naturel qu'attachée aux usages, son épouse prît plaisir à la visite princière attendue, mais il était surpris de son calme en apprenant que Ying Chan, elle aussi, allait venir. Pour sa part, Rie avait espoir que c'en serait fini de sa longue peine quand elle verrait Ying Chan aux côtés de son mari.

« Demain Keiko va amener Ying Chan pour l'inauguration de la piscine, elles passeront la nuit chez nous », avait déclaré Honda négligemment, et elle s'était sentie comme émoustillée. Sa jalousie était si profondément empreinte d'incertitude que son chagrin, en se dissipant à chaque seconde, ressemblait à l'attente du tonnerre après l'éclair. L'objet de sa crainte se confondant avec ce qu'elle attendait si anxieusement, elle se réjouissait de savoir que son attente allait s'achever.

Le cœur de Rie était semblable à un fleuve qui coule, paresseux, à travers la vaste plaine désolée, en érodant ses berges. Puis, alors qu'il va pénétrer dans l'inconnu de la mer, il dépose avec joie à l'embouchure la vase de ses sédiments. Ici, il allait cesser d'être eau douce pour se transformer en l'amertume salée de la mer. Si l'on accroît le volume d'un sentiment jusqu'à la limite, sa nature change d'elle-même, la souffrance accumulée qui avait paru la détruire se transformait soudain en force de vie – une force pleine d'amertume et d'austérité à l'excès, mais tout à coup immensément bleue – l'océan.

Honda n'avait pas remarqué que son épouse était devenue une personne dure, amère, méconnaissable. La Rié qui l'avait tant fait souffrir par sa mauvaise humeur et ses interrogations muettes n'était que chrysalide.

En cette matinée éclatante, elle sentait que même ses maux de reins s'étaient considérablement améliorés.

Le ronronnement lointain de la tondeuse faisait vibrer les tympans du couple silencieux. C'était un silence totalement étranger à celui de ce vieux couple pittoresque qui n'avait plus besoin de converser. Non sans exagération, Honda interprétait ainsi la situation : ils étaient deux paquets de nerfs appuyés l'un contre l'autre, évitant tout juste, ce faisant, de se fracasser sur le sol dans un bruit métallique. C'était comme s'ils acceptaient tous deux cette situation, malaisément et en silence. Eût-il commis un crime éclatant, du moins il aurait eu l'impression de voler un peu plus haut que son épouse. Mais il fut profondément blessé dans sa vanité en se rendant compte que les souffrances de celle-ci et sa joie à lui étaient de même nature.

Au premier étage, on avait ouvert pour aérer les fenêtres de la chambre à donner qui se reflétaient à la surface de l'eau et l'on voyait s'agiter les rideaux blancs de dentelle. Ce soir, Ying Chan était attendue derrière cette fenêtre, celle par où, naguère, elle avait grimpé sur le toit au milieu de la nuit puis sauté à terre lestement. Qu'elle l'eût fait l'incitait à croire qu'il fallait que des ailes lui eussent poussé ; ne s'était-elle pas réellement envolée pendant qu'il ne regardait pas ? Comment s'assurer que Ying Chan, chevauchant un paon, ne s'était pas libérée, sans qu'il s'en aperçût, du servage de cette vie, se transformant en un être échappant au temps et à l'espace ? À l'évidence, il s'enchantait que la preuve du contraire fît défaut, qu'il fût impossible de s'assurer que cela n'était pas en son pouvoir. En arrivant à cette conclusion, il comprit la nature mystique de son amour.

Il semblait qu'un pêcheur eût jeté un filet de lumière à la surface de la piscine. Son épouse demeurait silencieuse, ses petites mains gonflées, tellement semblables à celles d'une poupée japonaise, posées au bord de la table que recouvrait à demi l'ombre du parasol.

Honda était à même de se plonger dans ses pensées.

CHAPITRE 42

La Ying Chan véritable était limitée par la Ying Chan qu'il pouvait observer. Avec ses cheveux noirs magnifiques, son sourire immuable et son penchant à ne pas tenir ses promesses, cette fille était malgré tout une jeune femme fort résolue, aux sentiments impénétrables. Certes, la Ying Chan qu'on voyait ne s'arrêtait pas là. Pour Honda, dont l'ardent désir s'appliquait à la Ying Chan qu'il ne voyait pas, l'amour se fondait sur l'inconnu alors que, naturellement, la perception était liée au connu. Si, sous l'aiguillon, ses perceptions allaient insister, se mettre à piller l'inconnu, accroissant de ce fait l'aire du connu, son amour s'en trouverait-il accompli ? Non, cela ne pouvait convenir, car son amour s'efforçait de tenir Ying Chan aussi éloignée que possible des serres de sa perception.

Depuis sa jeunesse, le chien courant de la perception s'était montré, chez Honda, rusé à l'extrême. Aussi, la Ying Chan qu'il connaissait par la vue correspondait-elle à sa faculté de percevoir. Rien ne rendait son existence possible que l'aptitude qu'il avait, lui, de percevoir.

En conséquence, son désir de voir Ying Chan toute nue, une Ying Chan inconnue à quiconque, devenait un désir inaccessible, partagé contradictoirement entre la perception et l'amour. Voir était intérieur à la sphère de la perception, et même si Ying Chan n'en avait pas connaissance, dès l'instant qu'il avait regardé par l'œilleton lumineux au fond de la bibliothèque, elle se trouvait habiter un monde créé par sa perception. Dans son monde à elle, contaminé par le sien dès l'instant qu'il y jetait les yeux, ce qu'il voulait voir véritablement n'apparaîtrait jamais. Son amour ne pouvait s'accomplir. Et pourtant, s'il ne voyait pas, l'amour serait à jamais rendu impossible.

Il voulait voir une Ying Chan prenant son essor, mais, liée par sa perception à lui, elle ne le pouvait. Aussi longtemps qu'elle restait créature de ce qu'il percevait, elle ne pouvait violer les lois physiques qui y présidaient. Peut-être, sinon en rêve, le monde où Ying Chan prenait son essor toute nue sur un paon se situait-il à un pas dans l'au-delà, incapable de se matérialiser du fait que la perception même de Honda, devenant son écran, était défective, obstruction infinitésimale. Alors, que se passerait-il s'il se débarrassait de l'obstruction, modifiant ainsi la situation ? Il s'ensuivrait que Honda serait retranché du monde qu'il partageait avec Ying Chan, en d'autres termes, sa propre mort.

Il s'avérait que le désir ultime de Honda, ce qu'il voulait si véritablement voir, ne pouvait avoir d'existence qu'en un monde où lui n'en aurait pas. Afin de voir selon son vrai désir, il lui fallait mourir. Quand un voyeur connaît qu'il ne peut aboutir à ses fins qu'en éliminant l'action fondamentale d'observer, cela signifie sa mort en tant que tel.

Pour la première fois de sa vie, la signification du suicide pour un homme d'expérience acquit de l'autorité dans l'esprit de Honda.

Si, comme le voulait son amour, il repoussait la perception en tâchant indéfiniment de lui échapper, s'efforçant d'emmener Ying Chan dans un territoire hors de portée de la perception, résister au moyen de cette dernière conduisait fatalement au suicide. Cela devait signifier son départ à lui d'un monde contaminé par la perception, en y laissant Ying Chan. Mais à l'instant même de son départ, elle se tiendrait devant lui, rayonnante ; rien de plus prévisible que ceci. Ce monde-ci était de ceux qu'avaient créés les perceptions de Honda, si bien que Ying Chan l'habitait, elle aussi. Selon les préceptes de l'école yuishiki, c'était un monde créé par la conscience *alaya* de Honda. Mais la raison pour laquelle il ne pouvait encore acquiescer complètement à cette doctrine était qu'il était trop attaché à ses perceptions, incapable d'admettre qu'elles s'enracinaient dans la conscience éternelle *alaya* qui, un instant, délaisse le monde sans regret pour le renouveler l'instant d'après.

Bien plutôt, Honda pensait à la mort comme à un jeu, enivré qu'il était de sa douceur. Poussé par ses perceptions, il rêvait de la félicité suprême à l'instant du suicide, lorsque la Ying Chan que nulle autre personne n'avait vue apparaîtrait dans toute sa nudité éclatante, d'un ambre pur, telle la lune resplendissante à son lever.

N'était-ce pas ce que signifiait précisément «l'accomplissement du Paon»? Selon les *Règles descriptives du Roi de Sagesse Paon, le sammaya-gyo,* ou symbole particulier où s'exprime le vœu principal de la divinité, est décrit comme une demi-lune au-dessus de la queue du Paon avec, par-dessus, la représentation de la pleine lune. Au moment où la demi-lune s'arrondit en lune pleine, alors l'enseignement de la Loi s'accomplit tout entier.

Le désir de Honda pouvait bien être cet accomplissement du Paon. Si tout l'amour du monde était aussi incomplet qu'une demi-lune, comment ne pas rêver de la pleine lune se levant par-dessus la queue du Paon?

Le bruit de la tondeuse s'arrêta et l'on entendit au loin une voix : «Ça va-t-il comme ça?»

Comme une paire de perroquets qui s'ennuient sur leur perchoir, les Honda se détournèrent gauchement pour regarder en direction de la voix. Matsudo se tenait là en salopette kaki et, derrière lui, le Fuji était déjà à demi caché dans les nuages.

CHAPITRE 43

« Dis, tu ne crois pas que cela suffit ? demanda Rie à voix basse à son mari.
— Je pense que si. Il ne faut pas trop en demander à ce brave homme. »
Des deux mains, il forma un grand cercle pour approuver et l'ayant compris, Matsudo rentra lentement la tondeuse. Un bruit de moteur parvint du portail, du côté de Makone, et une camionnette pénétra dans le parc. C'était la voiture qui amenait de Tokyo le chef, trois serveurs et de la nourriture en abondance.

43

*H*onda n'avait pas encore invité les habitants plus anciens du voisinage, bien qu'il fût le dernier arrivé dans le quartier de villas Vue-du-Fuji de Ninooka. Ces anciens habitants s'étaient d'ailleurs tenus à l'écart de leurs résidences, apeurés par le bruit qui courait de mœurs corrompues par l'ouverture de bars pour les militaires américains du secteur de Gotemba. Ces établissements avaient amené dans leur sillage filles à soldats, souteneurs et prostituées de bas étage qui déambulaient alentour des terrains de manœuvre, armées de couvertures de l'intendance. Cet été, les propriétaires avaient commencé à revenir un à un, et Honda en avait invité quelques-uns à l'inauguration de la piscine.

Les plus anciens propriétaires de villas étaient le prince et la princesse Kaori et Mme Kanzaemon Mashiba, veuve âgée du fondateur de la banque Mashiba. Celle-ci avait annoncé qu'elle amènerait ses trois petits-enfants. Il y avait plusieurs autres invités du voisinage. Outre Keiko et Ying Chan, on attendait, venus de Tokyo, Imanishi et Mme Tsubakihara. Très tôt, Makiko avait répondu qu'elle serait en voyage à l'étranger. Normalement, Makiko aurait dû être accompagnée par Mme Tsubakihara au cours de sa randonnée, mais cette fois-ci, elle avait choisi pour compagne une autre disciple.

Honda s'amusait de remarquer qu'une fois une domestique engagée à demeure, Rie la faisait parfois trimer impitoyablement, sans pourtant jamais cesser de sourire gentiment aux serviteurs occasionnels comme le chef et les garçons. Elle leur adressait la parole

poliment, toujours pleine de considération, ayant à cœur de prouver à soi-même et aux autres que tout un chacun l'adorait.
« Madame, que devons-nous faire pour la tonnelle ? Faut-il que là aussi, je prépare des boissons ? s'enquit un des serveurs, déjà revêtu de sa tenue blanche.
– Oui, je vous prie.
– Mais il nous sera difficile, à trois, de faire tant d'allées et venues. Ne serait-ce pas aussi bien si on laissait la glace dans le bac-thermos en priant les invités de se servir eux-mêmes ?
– Bien sûr. De toute manière, s'il y en a qui s'en vont jusqu'à la tonnelle, ce seront probablement de jeunes couples, et sans doute vaut-il mieux ne pas les déranger. Surtout, n'allez pas oublier l'antimoustiques dès qu'il commencera à faire sombre. »

Honda fut vraiment choqué d'entendre sa femme s'exprimer de cette façon. Sa voix prenait un ton perché peu naturel et les mots flottaient en l'air.

La légèreté d'esprit qu'au cours de sa vie elle avait semblé mépriser plus que tout au monde imprégnait tellement sa voix et ses paroles qu'il y soupçonnait de l'ironie.

La vivacité de mouvement des serveurs en tenue blanche semblait avoir doté toute la maisonnée de lignes droites. Leurs vestes bien empesées, leur allure juvénile si efficace, leur déférence apparente et leur vernis professionnel transformaient la maison entière en un monde étrange et rafraîchissant. Les affaires d'ordre privé se trouvaient balayées, toutes dispositions, questions, ordres et commandements s'entrecroisaient comme s'ils eussent été ces papillons en forme de quoi on avait plié les serviettes.

On avait dressé un buffet près de la piscine pour permettre aux invités de manger en costume de bain. L'apparence familière de la maison avait changé instantanément. Recouvert d'une nappe blanche, le bureau de Honda, auquel il tenait tant, servait maintenant de bar en plein air. Bien qu'il eût lui-même prescrit ces changements, une fois en cours, ils prenaient l'aspect d'une transformation brutale.

Reculant devant le soleil qui, peu à peu, prenait de la force, il observait toutes choses avec stupéfaction. Qui avait projeté tout ceci ? Et à quelles fins ? Pour dépenser de l'argent ? Inviter des gens huppés ? Jouer le rôle du bourgeois satisfait ? Se glorifier d'avoir construit cette piscine ? De fait, c'était la première piscine privée de Ninooka avant ou depuis la guerre. Il y a en ce monde bien des gens généreux qui pardonneront à autrui d'être riche si seulement on les invite.

CHAPITRE 43

« Chéri, mets donc cela », dit Rie, en lui apportant des pantalons d'été en flanelle brun foncé, une chemise blanche et un nœud papillon à pois marron minuscules. Elle les posa sur la table sous le parasol.
« Tu veux que je me change ici ?
– Pourquoi pas ? Il n'y a que les serveurs. D'ailleurs je vais leur demander de s'arrêter maintenant pour aller déjeuner de bonne heure. »
Il prit le nœud papillon dont les extrémités ressemblaient à des coloquintes. En tenant un bout entre deux doigts, il s'amusa à l'élever dans la lumière du bassin, pauvre petit bout d'étoffe, complètement flasque. Cela lui rappelait la « procédure sommaire » d'un tribunal de simple police : « Procès-verbal de procédure sommaire et d'opposition de l'inculpé. » Honda était celui qui détestait le plus la réception qui s'annonçait... exception faite du fruit suprême, de l'éblouissement de ce point unique de désespérance.

La vieille Mme Mashiba fut la première à arriver avec ses trois petits-enfants. Ceux-ci se composaient d'une demoiselle et de ses deux frères cadets des plus ordinaires, portant lunettes, à la mine studieuse, étudiants l'un de seconde, l'autre de quatrième année. Tous trois s'en furent aussitôt aux vestiaires où ils se changèrent en costume de bain. La grand-mère, en kimono, demeura sous le parasol.
« Tant que vécut mon mari, spécialement après la guerre, nous avons pris part à toutes les élections. J'ai toujours voté communiste, rien que pour le contrarier. Du reste, j'admirais beaucoup Kyuichi Tokuda. »
La veuve âgée ne cessait d'ajuster les cols de son kimono ou bien de tirer sur ses manches d'un geste nerveux, on eût dit une sauterelle baissant la tête en se frottant les ailes. Elle avait la réputation d'être amusante, tout à fait sans façons. Dissimulés sous des verres mauves, étincelaient des yeux effrontés qui ne se lassaient pas de s'occuper des finances de tout le monde. À subir ce regard glacé, chacun avait l'impression d'être à son service.
Les trois jeunes gens s'en revinrent en tenue de bain ; comme il sied aux bonnes familles, ils possédaient un corps sans éclat, aux membres lisses. L'un après l'autre, ils sautèrent dans l'eau et se mirent à nager d'un air détendu. Honda regretta surtout que Ying Chan n'eût pas été la première à étrenner l'eau de la piscine.
Peu après, Rie sortit de la maison, escortant le prince et la princesse Kaori déjà en maillots de bain. Honda s'excusa, ayant ignoré leur arrivée, de n'être pas allé les saluer. Il fit reproche à Rie de ne

pas l'avoir averti, mais le prince se contenta de lui serrer la main sans y attacher d'importance et se mit à l'eau. Mme Mashiba observait cette scène l'air un peu perdu, comme si c'eussent été des rustres. Après que le prince, ayant fait une fois le tour du bassin, se fut hissé sur le bord, elle s'adressa à lui de sa place, de sa voix haut perchée :

« Mon cher prince, quelle jeunesse, quelle virilité ! Il y a dix ans, je vous aurais lancé un défi.

– Même maintenant, madame, j'arriverais peut-être le second. Rien que de nager cinquante mètres et me voilà à bout de souffle, comme vous voyez. N'importe, c'est merveilleux de pouvoir nager à Gotemba, même si l'eau est un peu froide. »

Il se secoua pour s'égoutter comme dépouillant toute ostentation. Des points noirs criblèrent le ciment.

Le prince, pour sa part, ne remarquait pas qu'on le jugeait parfois d'un tempérament froid, du fait qu'il s'efforçait, en toute occasion, d'affecter l'allure dégagée et la bonne franquette venues après la guerre. Quand il n'était plus nécessaire de soutenir son rang, il s'embrouillait dans les relations de société. Assuré, en raison de sa dignité, qu'il avait plus que quiconque le droit de ne pas aimer la tradition, il était sans égards pour ceux qui, par les temps qui courent, la tiennent en haute estime. Cela aurait pu se concevoir si, quand il observait qu'Untel ne manifestait aucun esprit de progrès, cela n'avait fini par signifier la même chose que lorsqu'il estimait, naguère, que tel ou tel n'était pas assez bien né. Le prince estimait que tous les esprits évolués, tel lui-même, « étaient martyrs de la tradition ». Si bien que, paradoxalement, un pas de plus et il allait se croire d'extraction roturière.

Quand il les avait ôtées avant de se baigner, Honda avait vu pour la première fois le visage princier sans lunettes. Elles étaient pour lui comme une passerelle avec le monde alentour. Ce pont disparu, son visage quelconque était empreint d'une certaine mélancolie, en partie à cause du vague de son regard. Mélancolie où s'estompait, comme excentré, ce qui séparait le ton aristocratique d'autrefois de celui d'aujourd'hui.

Au contraire, la princesse, légèrement replète en costume de bain, était toute grâce naturelle. Quand elle flottait sur le dos, levant le bras et souriante, on eût dit un bel oiseau aquatique, innocent, nageant en ayant à l'arrière-plan le paysage d'Hakone. On ne pouvait s'empêcher d'imaginer qu'elle comptait parmi ceux, si rares, qui connaissent le vrai bonheur.

Honda était un peu agacé par les enfants Mashiba qui, au sortir de l'eau, entourant leur grand-mère, s'entretenaient poliment avec le

CHAPITRE 43

prince et la princesse. Le sujet de conversation de ces jeunes gens était exclusivement l'Amérique. La fille aînée ne parlait que du collège privé élégant où elle avait été élève, et ses jeunes frères, des universités où ils devaient aller une fois diplômés de leurs facultés japonaises respectives. Il n'était question que de l'Amérique. La télévision y était déjà répandue... comme ce serait agréable si on pouvait en dire autant du Japon... mais au rythme actuel, il faudrait sans doute bien dix ans avant qu'on y ait la télévision, et ainsi de suite.

Mme Mashiba n'aimait pas entendre parler de l'avenir. Elle interrompit aussitôt :

« Vous êtes tous à vous moquer de moi, en pensant que je ne serai pas là pour le voir, de toute manière. Eh bien, c'est parfait. Mon fantôme arrivera sur votre écran, tous les soirs, quand vous serez en train de regarder. »

La façon dont la grand-mère dirigeait impitoyablement la conversation des jeunes gens était extraordinaire, de même que la façon dont les jeunes gens se taisaient immédiatement pour l'écouter dès qu'elle prenait la parole. Honda pensa qu'ils avaient l'air de trois lapins savants.

Hôte, il devenait habile à recevoir les invités quand ils apparaissaient l'un après l'autre en costume de bain à l'entrée de la terrasse. De l'autre côté du bassin, flanqués de deux couples des villas du voisinage, Imanishi et Mme Tsubakihara, en vêtements de tous les jours, levèrent la main pour saluer. Imanishi portait une chemise hawaiienne à grand motif imprimé qui ne convenait nullement à son personnage, tandis que Mme Tsubakihara était habillée de son kimono noir habituel en gaze de soie qui avait l'air d'un vêtement de deuil. Elle cherchait des effets, seul cristal noir sinistre serti dans le miroir du bassin. Sans se laisser abuser du tout par elle, Honda conclut qu'Imanishi n'avait endossé sa chemise grotesque que pour se gausser de sa naïve maîtresse, toujours en train de s'essayer à des rôles qui lui allaient si mal.

Restant en arrière des invités en costumes de bain et pleins d'animation, le couple s'avança lentement le long du bord où l'eau faisait balancer leurs reflets en noir et jaune.

Le prince et la princesse connaissaient fort bien Imanishi et Mme Tsubakihara. Assistant fréquemment à des réunions de la prétendue élite culturelle, le prince était sur un pied suffisamment amical avec Imanishi pour causer avec lui sans aucun apprêt.

« Voilà qu'arrive cet amusant personnage », fit-il, s'adressant à Honda.

Dès qu'il fut assis, Imanishi ôta l'emballage froissé d'un carton de cigarettes d'importation, le jeta et sortit un nouveau paquet. Quand

il en eut ôté la cellophane, il en tapota le fond et adroitement, en tira une cigarette :
« Je n'arrive pas à dormir ces nuits-ci, dit-il négligemment en la portant à ses lèvres.
– Y a-t-il quelque chose qui vous ennuie ? demanda le prince en reposant sur la table l'assiette qui lui avait servi.
– Rien de spécial. Mais il faut que j'aie quelqu'un à qui parler en pleine nuit. Nous causons sans arrêt jusqu'au matin, et quand le soleil se lève, il nous vient des idées de suicide. Alors, solennellement, nous prenons des somnifères. Mais nous nous réveillons sans que rien se soit passé. C'est un matin comme tous les autres.
– Quelles sortes de conversations avez-vous, nuit après nuit ?
– Il y a tant de choses à dire quand on sait que ce va être la dernière. Nous parcourons tous les sujets imaginables. Ce que nous avons fait, ce que d'autres ont fait, ce que le monde a connu, ce qu'a subi l'humanité, ou bien les choses dont un continent oublié a rêvé depuis des milliers d'années. N'importe quoi. Les sujets ne manquent pas. Le monde va finir cette nuit. »
Le prince parut des plus intéressés et se remit à interroger :
« Mais si vous êtes encore en vie le lendemain, de quoi parlez-vous alors ? Vous avez tout dit.
– Aucun problème. Il suffit de recommencer. »
Stupéfait de cette réponse, où il semblait qu'Imanishi le fît marcher, le prince ne dit plus rien.
De côté, Honda écoutait. Il ignorait jusqu'à quel point Imanishi était sérieux :
« À propos, qu'est-il arrivé au Pays des Grenades ? demanda-t-il, se rappelant l'étrange récit entendu naguère.
– Ah !... », dit Imanishi, tournant vers lui son regard glacé. Son visage, ces temps-ci, portait plus que jamais des traces de dissipation, en contraste bizarre avec les couleurs voyantes de la chemise hawaiienne et les cigarettes américaines, donnant l'impression, songea Honda, d'un certain genre d'interprète au service des troupes d'occupation.
« Il a été anéanti. Il n'existe plus. »
C'était là sa façon habituelle de parler et en soi, cette déclaration ne causa aucune surprise à Honda. Mais si l'âge d'or du sexe, naguère appelé le Pays des Grenades, avait péri parmi les illusions d'Imanishi, il fallait qu'il disparût aussi dans l'esprit de Honda qui détestait ces fantasmes de l'imagination. Il n'avait plus d'existence. Imanishi était coupable d'avoir exterminé ce caprice et Honda ima-

CHAPITRE 43

ginait combien il avait dû s'enivrer du sang répandu en imagination au moment d'anéantir le royaume de sa création. Il voyait la scène déchirante, cette nuit-là! Il avait créé par les mots, détruit par les mots. Quoique ce royaume n'eût jamais eu de réalité, il s'était pourtant manifesté quelque part, et voilà qu'un caprice cruel l'avait anéanti. À voir Imanishi se passer sur les lèvres sa langue d'un brun jaunasse épaissie par la drogue, Honda perçut intensément des montagnes de cadavres imaginaires et des fleuves de sang.

Comparés aux désirs de cet avorton blafard, ce que lui voulait était tellement plus paisible, plus modéré. Et pourtant, tout aussi impossible à accomplir. En voyant Imanishi qui ne faisait preuve d'aucune trace de sentiment et en l'entendant annoncer, affectant une indifférence typique, l'anéantissement du Pays des Grenades, Honda se sentit pénétré jusqu'au tréfonds du caractère superficiel de tout cela.

Mais il fut subitement interrompu dans ses pensées par Mme Tsubakihara qui lui parlait à l'oreille. Le fait qu'elle murmurait d'une voix particulièrement basse signifiait qu'elle n'avait rien d'important à déclarer :

« Ceci doit rester entre vous et moi. Vous savez, n'est-ce pas, que Makiko est en Europe ?

– C'est ce qu'on m'a dit.

– Je ne parle pas du voyage en lui-même. Je voulais simplement vous dire que, cette fois-ci, elle ne m'a pas invitée à l'accompagner. Elle a emmené une de ses disciples, vulgaire et sans talent. Mais naturellement, ce n'est pas cela que je critique. C'est seulement qu'elle ne m'ait rien dit de son départ. Le croiriez-vous? Je suis allée lui dire au revoir à l'aéroport, mais j'étais tellement bouleversée que je n'ai pu dire un mot.

– Je me demande pourquoi elle n'en a pas parlé. Toutes deux, vous étiez pratiquement des inséparables.

– Nous n'étions pas seulement inséparables, elle était pour moi une déesse. Et ma déesse m'a abandonnée.

C'est une longue histoire, mais quand sa famille se trouva en grande difficulté après la guerre – son père, lui aussi poète, était officier – je vins à son secours avant quiconque. Je lui demandais conseil en tout, sans rien lui cacher. Et je crois avoir vécu et écrit de la poésie juste comme elle le voulait. Le sentiment d'être unie, corps et âme, à une déesse m'a tenue en vie, bien que je ne fusse qu'une ombre après avoir perdu mon fils à la guerre. Mes sentiments ne changèrent nullement, même après qu'elle fut devenue si célèbre ; le seul ennui, c'était qu'il y avait trop d'écart entre son talent et le mien.

Ou plutôt, il est devenu plus que jamais évident pour moi après cet abandon que je n'ai jamais eu un grain de talent.

– Non, ce n'est pas exact, j'en suis sûr, dit par politesse Honda que la lumière du bassin faisait loucher.

– Si, à présent j'en suis convaincue. Il n'y a pas de mal à s'en rendre compte, mais il me paraît évident qu'elle a dû le savoir dès le début. Pouvez-vous concevoir une chose plus cruelle ? Sachant que je ne possédais aucun talent, elle m'a conduite par le bout du nez, m'a fait lui obéir en tout, et il lui arrivait de m'encourager et de me faire faire ses quatre volontés. Et maintenant, la voilà qui me rejette comme un vieux chausson pour s'en aller en Europe avec une autre disciple fortunée, toute à sa dévotion.

– Laissons de côté la question de votre talent. Makiko possède des capacités éminentes et cela, vous le savez, s'accompagne toujours d'une cruauté sans merci.

– Une cruauté de déesse... Mais, monsieur Honda, comment continuer à vivre après qu'une déesse m'a abandonnée ? Sans celle qui connaissait tout ce que je pensais ou faisais, que puis-je faire ?

– Avez-vous pensé à la religion ?

– La religion ! À quoi bon croire en un dieu invisible qui ne risque pas de vous trahir ? C'est inutile si je n'ai pas quelqu'un qui me protège en me disant de faire ceci et pas cela, qui me conduise par la main dans tout ce que je fais et à qui je ne puisse rien cacher, devant qui je me sente purifiée et sans honte.

– Vous serez toujours une enfant... et une mère.

– Oui, monsieur Honda, c'est ça la vérité. »

Déjà, les yeux de Mme Tsubakihara s'emplissaient de larmes.

Les enfants Mashiba et deux nouveaux couples étaient au même instant dans la piscine. Le prince Kaori les rejoignit et ils se mirent à faire aller un gros ballon en caoutchouc aux raies blanches et vertes. Le bruit de l'eau en éclaboussant, les cris et les rires joyeux renforçaient l'éclat de la lumière diffuse du bassin. Ainsi fouettée, la surface bleue ondoyait, se brisant en retombées d'écume. L'eau qui auparavant léchait doucement les angles du bassin était déchirée à présent par les dos musclés et luisants des nageurs qui creusaient des entailles profondes à sa surface étincelante. Celles-ci se reformaient aussitôt pour se transformer en houles frémissantes où s'ensevelissaient les baigneurs. L'embrun, en s'élevant d'entre les cris d'un côté, engendrait sur l'autre bord d'innombrables ronds diaprés de lumière, tous animés de contractions et d'évasements infinis.

CHAPITRE 43

Dès l'instant qu'il volait parmi les nageurs, le ballon rayé vert et blanc apparaissait en clair-obscur. La teinte de l'eau, les coloris des maillots, ceux mêmes qui prenaient part à ce jeu, il n'était rien là qui se rapportât d'aucune façon à un sentiment humain. Et pourtant, toute cette eau en mouvement, ces rires, ces cris qu'on poussait, cela suscitait dans l'esprit de Honda une impression de tragédie. Pourquoi? se demanda-t-il.
Était-ce à cause du soleil? Il leva les yeux vers le ciel où la lumière apparaissait déformée par l'azur profond, et il se prit à éternuer. C'est à ce moment que Mme Tsubakihara s'adressa à lui du ton larmoyant qui lui était familier, amorti par l'inévitable mouchoir qui lui couvrait le visage.
« Comme ils s'amusent! Qui aurait pu imaginer pendant la guerre que cela serait jamais possible. J'aurais tant voulu qu'Akio connût ceci... au moins une fois. »

Il était passé deux heures quand Rie escorta Keiko et Ying Chan en costume de bain jusqu'à la terrasse. Après cette attente impatiente et si longue, l'apparition de Ying Chan parut à Honda chose par trop banale.
Vue de l'autre côté du bassin, en maillot à raies verticales noires et blanches, Keiko respirait la volupté. On avait peine à croire qu'elle eût bientôt cinquante ans. La vie à l'européenne qu'elle avait menée depuis son enfance avait été pour quelque chose dans la grâce de ces longues jambes totalement différentes de celles des autres Japonaises. Elle avait un port excellent, et vue de profil s'entretenant avec Rie, ses lignes s'incurvaient avec une majesté de statue, souveraineté d'une chair abondante qui s'apercevait dans les volumes symétriques des seins et des fesses.
À ses côtés, Ying Chan fournissait un contraste idéal. Vêtue d'un maillot blanc, elle tenait d'une main un bonnet blanc de caoutchouc, de l'autre repoussant ses cheveux d'un air détendu, une jambe posée devant l'autre. De sa façon d'avancer légèrement la jambe, visible de loin, émanait comme une asymétrie tropicale qui excitait la passion. Fortes et fines cependant, les longues cuisses soutenaient un torse bien développé, engendrant une impression de durée incertaine. En cela, elle différait profondément de Keiko. De plus, le maillot blanc faisait ressortir sa peau brune. Les seins dans leur gaine, en une maturité bistrée, rappelaient à Honda la fresque du temple des grottes d'Ajanta où l'on voit la danseuse qui va mourir. Du bord de

la piscine où il se trouvait, quand elle souriait, il voyait clairement luire ses dents plus blanches que son maillot.

À son approche, Honda se leva pour accueillir celle qu'il avait si ardemment attendue.

« Maintenant, tout le monde est là », dit Rie en se hâtant de s'approcher, mais il ne répondit pas.

Keiko salua la princesse et fit un signe au prince qui se baignait.

« Je me sens épuisée après un tel voyage, fit-elle, de sa belle voix nuancée, sans le moindre signe de lassitude. Je suis trop piètre conductrice pour emmener l'auto de Karuizawa à Tokyo, passer prendre Ying Chan et faire tout le trajet de Gotemba jusqu'ici. C'est une chance que nous soyons là. Je me demande bien pourquoi toutes les autos s'écartent quand je conduis. On dirait que je traverse un no man's land.

– C'est sûrement votre dignité qui les impressionne », dit Honda. Pour quelque raison, Rie eut un petit rire nerveux.

Pendant ce temps, Ying Chan, sans faire attention à personne, se tenait de dos contre la table, ses mains jouant avec son bonnet blanc, fascinée par le clapotis de l'eau sous la lumière. On voyait parfois reluire l'intérieur de son bonnet blanc de caoutchouc, comme si elle eût manié une surface huilée. Honda était comme envoûté par ce corps qu'il voyait et ce ne fut qu'après un intervalle considérable qu'il finit par remarquer le vert qui scintillait à l'un de ses doigts. C'était l'anneau d'émeraude avec ses divinités d'or tutélaires.

Honda ne l'eut pas plutôt aperçu que sa joie ne connut plus de bornes. C'était le signe qu'elle lui avait pardonné et que la Ying Chan qui portait cette bague était redevenue la Ying Chan de naguère. Les bruissements de la forêt, dans sa jeunesse au Collège des Paris, les deux princes siamois aux yeux pleins de mélancolie, l'annonce du décès de la princesse Chantrapa survenue dans l'été finissant au jardin de la villa méridionale, le long temps écoulé, l'audience de la jeune princesse Clair de lune à Bangkok, la baignade à Bang Pa In, la bague réapparue à la surface dans le Japon d'après-guerre – le passé tout entier, tissé d'une chaîne d'or, rejoignait son ardent désir des tropiques. C'est seulement quand elle portait cet anneau que Ying Chan formait l'enchaînement de leitmotive brillamment nostalgiques que suscitait sans cesse en lui la complexité du souvenir.

Tout proche, un bourdonnement d'abeilles parvint à ses oreilles, chargé des senteurs de la brise qui lui rappelaient les blés rôtis par la chaleur, arôme indubitable de l'été. Les Honda n'aimant pas tellement les fleurs, leur jardin ne contenait aucune des beautés esti-

CHAPITRE 43

vales des plaines du Fuji, toutes fleuries d'œillets et de gentianes. Dans la brise embaumée, ces parfums champêtres se mêlaient délicatement à la poussière que soulevaient les manœuvres de l'armée américaine, donnant parfois au ciel une teinte jaune.

Aux côtés de Honda, non seulement respirait le corps de Ying Chan, mais ce corps faisait fête à l'été, ultra-sensible, eût-on dit, à sa contagion particulière ; la contagion de l'été la gagnait des pieds à la tête. Le grain de sa peau ressemblait à un fruit étrange, rutilant, du Siam, vendu sur le marché à l'ombre des mimosas. Corps nu que le temps avait mûri jusqu'à pleine maturité, et donc porteur de quelque accomplissement ou promesse.

En y réfléchissant, il se rendit compte que la dernière fois qu'il l'avait vue dévêtue, c'était quand elle avait sept ans, douze années auparavant. Le ventre de petit enfant, légèrement rebondi, dont il conservait le souvenir si vif, était désormais aplati, mais comme par compensation, la petite poitrine plate avait pris un développement voluptueux. Tout occupée des rumeurs de la piscine, elle se tenait le dos tourné vers la table, et Honda fut à même d'observer en détail les cordelettes nouées à la nuque et qui, tombant des deux côtés, se réunissaient aux hanches, la nudité de son dos formant entre elles une admirable ligne droite jusqu'à la coupure des fesses. Juste au-dessus, il voyait la cambrure descendante hésiter un instant au coccyx, tel le bassin tranquille d'une petite cascade. Les fesses que couvrait le maillot avaient la rondeur exquise de la pleine lune à son lever. La fraîcheur des nuits paraissait contenue dans la chair mise à nu tandis que celle qui était cachée semblait irradier de tout son éclat. Le parasol rayait la douceur de sa peau d'ombre et de lumière ; un bras, dans l'ombre, paraissait d'airain tandis que l'autre, au soleil, rappelait la surface unie du bois de cognassier chinois. Pourtant, réfractaire à l'air comme à l'eau, la peau non seulement était douce, mais elle possédait une moiteur de pétales ambrés d'orchidées. Les os que de loin on eût dits délicats étaient solides en vérité et bien proportionnés, en dépit de leur petitesse.

« Bon, on y va ? dit Keiko.

– C'est ça, allons-y. » Pleine d'entrain, Ying Chan jeta un regard en arrière et sourit. Elle n'attendait que cela.

Posant son bonnet blanc de natation sur la table, elle leva les bras pour remonter sa magnifique chevelure noire. Ce geste rapide, comme insouciant, fournit à Honda, bien placé, l'impression de voir, sous son bras, la partie basse de son côté. Le haut du maillot était taillé en tablier et la partie qui recouvrait les seins traversée d'une cordelette qui entourait l'arrière du cou où les deux bouts se nouaient, pris dans des boucles dans le dos. Le devant était coupé assez bas pour qu'on pût voir la naissance des seins, et ses hanches n'étaient cachées que par les extrémités élargies qui, à l'arrière, formaient les boucles des cordelettes. Aussi, bien que le côté inférieur ne cessât pas d'être visible, des portions étroites de tissu se trouvaient déplacées quand elle levait les bras, exposant à plein des parties précédemment dissimulées. Honda vit que la peau si ferme qui s'y montrait ne différait nullement des autres parties. Pas la moindre imperfection, le moindre défaut. Rien ne venait l'interrompre, même au soleil, et l'on n'y discernait pas le plus vague grain de beauté. Il se sentit gonflé de joie.

Ying Chan fit entrer la masse de ses cheveux sous le bonnet et se dirigea avec Keiko vers le bassin. Le temps pour celle-ci, remarquant qu'elle tenait encore sa cigarette, de revenir vers la table, et Ying Chan était déjà dans l'eau. S'assurant que Rie n'était pas alentour, Honda murmura à l'oreille de Keiko qui se penchait pour écraser la cigarette dans le cendrier :

« J'ai vu qu'elle portait la bague. »

Keiko ne répondit pas mais eut un coup d'œil complice. De petites rides, habituellement invisibles, se montrèrent aux coins de ses yeux.

Alors qu'extasié, il observait les deux nageuses, Rie s'en revint s'asseoir auprès de lui. Regardant attentivement Ying Chan sauter comme un marsouin hors de l'eau étincelante, puis s'y replonger, le visage souriant, Rie fit d'une voix qui grinçait : « Avec un corps comme cela, elle est faite pour avoir des enfants. »

44

Ce soir-là, dans la bibliothèque, Honda était incapable de prendre intérêt aux livres habituels.

Dans le tiroir d'un bureau qu'il ouvrait rarement, il trouva un exemplaire de *Décisions judiciaires*. N'ayant rien de mieux à faire, il se mit à lire. Cela se rapportait au jugement prononcé en janvier 1950, lequel le désignait comme légalement propriétaire de ses biens actuels.

Il ouvrit le volumineux dossier lié par un cordonnet noir, le posant sur un petit secrétaire anglais recouvert en maroquin.

CHAPITRE 44

Disposition principale : Est inversée la décision n° 9065 du 15 mars 1902 du ministère de l'Agriculture, du Commerce et des Forêts domaniales, aux termes de laquelle les domaines de l'État ne peuvent donner lieu à indemnisation. Le défendeur fera retour au plaignant des forêts domaniales dont la liste figure d'autre part. Les frais de procédure sont mis à la charge du défendeur.

Rien de plus miraculeux que le fait que les forêts de montagne d'une contrée située dans la préfecture de Fukushima, avec laquelle Honda n'avait pas le moindre lien d'origine, constituât à présent l'essentiel de sa fortune et soutînt la décrépitude de la vieillesse. Encore qu'il se fût trouvé remporter la victoire, cela n'avait guère à voir avec le procès originel intenté en 1990, perdu en 1902, puis poursuivi avec ténacité au long d'un demi-siècle, sans égard aux vicissitudes de l'histoire. Les forêts de cryptomérias que nul ne hante jamais la nuit et leurs fourrés humides avaient, année après année, accompli de nouveau leur cycle naturel pour qu'il eût les moyens de mener le genre de vie qui était le sien aujourd'hui. Qu'aurait pensé un étranger traversant ces forêts, au début du siècle, si, ému par la noblesse de ces cimes se projetant dans l'azur, il avait découvert qu'elles avaient pour unique raison d'être de nourrir les folies d'un homme à cinquante ans de là ?

Honda tendit l'oreille. Rares encore étaient les bruits d'insectes. Sa femme s'était couchée dans la chambre à côté. Dans la maison, se répandait la fraîcheur qui suit tout à coup l'arrivée de la nuit.

La réception d'inauguration de la piscine avait pris fin vers cinq heures, et tous les invités, à l'exception de Keiko et de Ying Chan, devaient rentrer chez eux. Mais Imanishi et Mme Tsubakihara s'étaient obstinément refusés à partir. Ils étaient venus avec l'intention de passer la nuit. En conséquence, il fallut prendre de nouvelles dispositions pour le dîner et le coucher. Mme Tsubakihara n'avait pas idée des embarras qu'elle créait.

Les Honda, Keiko, Ying Chan, Imanishi et Mme Tsubakihara se dirigèrent vers la tonnelle où ils demeurèrent quelque temps.

L'idée première de Honda avait été de donner à Keiko la chambre d'amis la plus éloignée, réservant à Ying Chan la plus proche, attenante au bureau, mais le changement de plan exigeait qu'il attribuât la seconde chambre à Imanishi et logeât Keiko avec Ying Chan. Cela mettait fin au projet d'observer Ying Chan seule dans sa chambre. En compagnie de Keiko, elle se montrerait sûrement plus réservée.

Le vocabulaire et les expressions des documents judiciaires n'avaient pour lui aucune signification :

Sixièmement, eu égard au paragraphe 15 de la circulaire n° 4, l'énoncé suivant : « Tous autres seront reconnus comme propriétaires de facto conformément au règlement administratif de Tokugawa et à celui de chaque fief... » signifie qu'outre les cas de possession reconnue énumérés aux paragraphes 1 à 14, lorsqu'on peut garantir que la possession était généralement reconnue, le domaine peut être rendu au propriétaire reconnu. « Généralement reconnue » doit s'entendre...

Regardant la pendule, il s'aperçut qu'il était déjà minuit cinq ou six. Brusquement, son cœur s'arrêta comme s'il avait buté contre quelque chose dans le noir. Il se mit à ressentir des palpitations, brûlantes, d'une douceur indescriptible.

Elles lui étaient familières. La nuit, quand il était aux aguets dans le parc, quand ce qu'il avait espéré était sur le point de se produire sous ses yeux, son cœur se mettait à palpiter, comme tourmenté par un essaim de fourmis rouges.

Une avalanche. Une sombre avalanche de miel qui, subjuguant toutes choses de sa douceur suffocante, écrasait les colonnes de la raison ; toutes les passions se transformaient en ces palpitations rapides, automatiques. Tout cela se fondait. Inutile de lutter contre.

D'où venait cette avalanche ? Quelque part existait la demeure cloîtrée du désir charnel, et quand, de loin, ce dernier envoie ses commandements, si défectueuse que soit l'antenne, elle frémit de façon sensible ; alors, délaissant tout le reste, la réponse est instantanée. Combien semblables les voix du plaisir et de la mort ! Au moindre appel, toute tâche aussitôt devient sans importance. De même, sur un navire-fantôme abandonné par son équipage, qu'il s'agisse du journal de bord, des aliments auxquels on n'a pas touché, de souliers à demi cirés, du peigne laissé devant la glace, ou même des cordages partiellement noués – tout respire le mystère des hommes disparus, tout demeure en l'état dans la hâte de leur départ.

Ces palpitations annonçaient la montée du désir. Il n'y avait manifestement rien d'autre à attendre que honte et laideur, et pourtant ces palpitations avaient l'opulence et l'éclat de l'arc-en-ciel ; quelque chose jaillissait qu'on ne pouvait distinguer du sublime.

Quelque chose qu'on ne pouvait distinguer du sublime ! Là était la traîtrise. Était-il rien de moins attirant que ce fait que la force responsable des actes les plus nobles ou les plus justes et celle qui inspire le plus obscène plaisir, les plus laids des rêves jaillissent d'une

CHAPITRE 44

même source, s'accompagnent des mêmes palpitations préalables ? À désirs vils il n'est qu'ombres viles, et si la tentation du sublime n'illuminait pas soudain ces palpitations initiales, l'homme pourrait bien conserver de la vie la paisible fierté. Peut-être la racine de la tentation ne réside-t-elle pas dans le désir charnel, mais dans cette prétentieuse illusion d'un sublime argenté, dans cette cime vague et mystérieuse à demi cachée dans les nuages. C'est la glu du « sublime » qui enjôle l'homme en premier, puis le fait soupirer, avec une insupportable impatience, après l'immense clarté.

Incapable d'endurer plus longtemps, Honda se mit debout. Il jeta un coup d'œil dans l'obscurité de la chambre voisine pour s'assurer que son épouse dormait. Il se trouvait de nouveau seul dans le bureau éclairé. Depuis l'aube des temps, il s'était trouvé seul dans ce bureau, et il y serait encore seul quand l'histoire toucherait à sa fin.

Il éteignit la lumière. La lune brillait, conférant aux meubles de vagues contours ; le bureau, fait d'un seul morceau de zelkova, reluisait comme si la surface eût été recouverte d'eau.

Il s'appuya contre la bibliothèque du mur qui séparait le bureau de la pièce adjacente, guettant des signes de mouvements. Il entendait quelque chose, mais il ne semblait pas qu'elles fussent encore debout à causer. Il se pouvait qu'incapables de dormir, elles fussent en train de converser, mais pas un seul mot distinct ne filtrait jusqu'à lui.

Honda ôta une dizaine d'ouvrages occidentaux de l'étagère, libérant l'ouverture de l'œilleton. Le nombre des livres et leurs titres ne changeaient jamais. Invariablement, c'étaient de vieux tomes reliés en cuir aux inscriptions dorées, ouvrages de droit en allemand qu'il tenait de son père. Du doigt, il pouvait les identifier du premier au dernier par l'épaisseur. L'ordre suivant lequel il les ôtait était immuable. Il aurait pu dire le poids exact de chacun, et il savait l'odeur de la poussière accumulée. Palper ces volumes solennels et imposants, leur poids, l'ordre précis où ils se trouvaient, c'étaient formalités indispensables à son plaisir. Il n'était pas de cérémonie plus importante que d'ôter avec révérence cette muraille de concepts et de transformer le plaisir saumâtre qu'il aurait eu à les lire, en sa misérable démence. Avec soin, sans faire de bruit, il posa chaque volume sur le parquet. Chaque livre accentuait les coups qu'il ressentait dans son cœur. Le huitième était un tome particulièrement pesant. En le sortant, sa main fut engourdie par le poids poussiéreux et doré du plaisir qu'il ressentait.

Il arriva au bout impeccablement, puis il appliqua son œil contre la petite ouverture sans se cogner la tête. Ce savoir-faire délicat avait, lui aussi, une grande importance. Comme ces riens semblaient tous importants ! À l'instar d'un rituel, nul détail ne pouvait être omis s'il voulait jeter les yeux sur cet autre monde éclatant. Dans cette obscurité, il demeurait prêtre solitaire. Observant strictement le cérémonial depuis longtemps répété dans sa tête – la croyance le harcelait que, s'il oubliait une portion quelconque du rituel, ce serait l'ensemble qui s'effondrerait – il appliqua soigneusement son œil à l'ouverture.

Une des lampes de chevet paraissait éclairée et une lumière diffuse parsemait la pièce. Il avait bien fait de dire à Matsudo de déplacer le lit du coin, si bien que les deux lits se trouvaient à présent dans son champ d'observation.

Dans la pénombre, des membres inextricablement emmêlés se tordaient sur le lit qui lui faisait face. Un corps blanc rondelet et un autre brun foncé étaient étendus, les têtes dans des directions opposées, épuisant leurs désirs lascifs. C'était une position naturelle quand l'esprit lié à la chair et le cerveau qui engendre l'amour tentent de créer l'équilibre en s'efforçant d'atteindre à l'extrême pour goûter le vin fermenté de cet amour. Deux chevelures noires ondulées pressaient intimement deux monticules noirs pubescents d'ombres également remplis. Les mèches gênantes échevelées épandues sur les joues se changeaient en marques d'amour. Des cuisses brûlantes et lisses reposaient en contact intime avec des joues lisses et brûlantes et les tendres abdomens se soulevaient telles des baies menues sous la lune. Il ne saisissait pas des voix distinctes mais, vibrant au long des torses, il y avait comme des sanglots, ni plaisir ni chagrin. Des seins qu'avait abandonnés la partenaire tournaient à la lumière leurs tétons innocents, tremblant parfois comme par l'effet d'un courant électrique. La profondeur nocturne cachée dans les aréoles des bouts de seins, le lointain du plaisir qui faisait frissonner les seins, portaient témoignage que chaque atome de leurs corps était encore isolé dans une affolante solitude. Elles s'efforçaient fiévreusement de se rapprocher davantage, vers une intimité plus grande, de se fondre l'une dans l'autre, mais sans y parvenir. Là-bas, les orteils laqués de rouge de Keiko se pliaient comme si elle eût dansé sur une plaque de fer brûlant, bien qu'ils ne rencontrassent que le vide du crépuscule.

Honda se rendait compte que la pièce était pleine d'air frais des montagnes, tout en sentant que l'œilleton donnait là-bas sur le foyer d'une fournaise. Une fournaise luisante. Il eut regret que le dos de Ying Chan qu'il avait observé avec tant de soin dans la journée à la piscine, où la sueur coulait doucement le long de la colonne vertébrale, fût tourné vers lui. Bientôt, détournée de ce chenal, la sueur ruissela le long du

CHAPITRE 44

flanc bronzé sur le lit. Il lui sembla qu'il humait le parfum d'un fruit tropical magnifique de maturité et qui venait de s'ouvrir.

Keiko déplaça légèrement son corps pour se trouver dessus et Ying Chan pencha le cou, plongeant sa tête entre ses cuisses luisantes. Naturellement, on put alors apercevoir ses seins. Du bras droit, elle entoura la taille de Keiko, tandis que sa main gauche caressait son ventre doucement. On entendait par intermittence de menus lapements nocturnes venant lécher les rives du port.

Ying Chan était si belle dans sa sincérité aperçue de lui pour la première fois que Honda en oublia d'être surpris d'une conclusion si traîtresse de son amour.

Ses yeux clos se tournaient au plafond, le front à demi enfoui dans les cuisses de Keiko animées de convulsions sporadiques. La chevelure de mimosa de cette dernière recouvrait presque entièrement ses jolies narines paisibles qui n'étaient plus étroites ni glacées. La lèvre supérieure arquée de Ying Chan s'ouvrait, humide, et un mouvement de succion rapide allait de son menton fluet à ses joues luisantes et sombres. Alors, Honda vit une traînée de larmes couler, tel un vivant animal, depuis l'ombre de ses longs cils le long des yeux serrés jusqu'au bas des joues.

Inscrit dans un flot infini de vagues, tout s'orientait vers un sommet encore inconnu. Les deux femmes semblaient tenter désespérément d'atteindre à des limites ultimes dont aucune n'avait jamais eu le rêve ou l'espoir. Il parut à Honda qu'il y avait un sommet inconnu, en suspens, couronne éclatante, dans l'espace ombreux de cette chambre ; sans doute, la pleine lune du diadème thaï suspendu au-dessus des contorsions de ces femmes et dont seuls, ses yeux à lui, avaient la vision globale.

Les deux corps féminins s'allongeaient et se ramassaient tour à tour, pour s'écrouler ensuite, s'abîmant dans les sueurs et les soupirs. La couronne flottait, impartiale, dans l'espace où, à force, atteignaient presque leurs doigts. Quand le faîte entr'aperçu, les confins dorés inconnus furent en évidence, ce fut une scène entièrement transformée, et des deux femmes emmêlées sous ses yeux, il ne put voir que la souffrance et le supplice. Elles étaient meurtries par l'insatisfaction de la chair, la douleur emplissait leurs fronts sourcilleux et leurs membres brûlants paraissaient se tordre comme cherchant à échapper à ce qui les consumait. Mais elles étaient sans ailes. Elles continuaient à se débattre pour s'évader de leurs liens, de leur souffrance ; pourtant, leur chair les retenait captives. Seule, l'extase pouvait amener la délivrance.

Les seins foncés, si beaux, de Ying Chan étaient trempés de sueur, le sein droit écrasé, défiguré sous le corps de Keiko tandis que le sein gauche, vigoureusement soulevé, reposait avec volupté sur son bras gauche dont elle caressait le ventre de Keiko. Sur ce monticule qui tremblait sans cesse, le téton sommeillait et la sueur embrasait cette sphère telle une pluie scintillante.

En cet instant, jalouse peut-être de la liberté d'action de la cuisse de Keiko, Ying Chan leva en l'air le bras gauche, l'étreignant comme pour la proclamer sienne. Elle la pressa sur sa tête comme si elle eût pu se passer de respirer. L'imposante cuisse blanche lui couvrit entièrement le visage.

Tout le flanc de Ying Chan se trouva exposé. À la gauche de son sein nu, une portion que son bras avait précédemment cachée, trois grains de beauté, d'une petitesse extrême, apparurent distinctement, telles les Pléiades dans le ciel sombre de la peau brune qui ressemblait aux feux mourants du soir.

Honda en reçut un coup affreux. On eût dit que ses yeux étaient percés de flèches.

Au moment où, abaissant la tête, il allait quitter la bibliothèque, il sentit un petit coup dans son dos. Se retirant, il aperçut Rié debout en chemise de nuit, le visage d'une pâleur effrayante.

« Qu'es-tu en train de faire ? J'en avais l'intuition. »

Honda ne se sentait pas coupable, tournant vers son épouse un front couvert de sueur. Il venait de voir les grains de beauté.

« Regarde. Regarde les grains de beauté...
– Veux-tu dire qu'il faut que je regarde ?
– Vas-y... C'est bien ce que je pensais. »

Prise entre la dignité et la curiosité, Rié hésita un bon moment. Sans lui prêter attention, Honda alla vers la fenêtre s'asseoir sur la banquette intérieure. Rié mit un œil à l'ouverture. N'ayant pu voir sa propre posture quand il en avait fait autant, Honda ne put supporter d'être témoin de la position dégradante de sa femme. Néanmoins, ils en étaient arrivés à partager la même action.

Il chercha la lune, dissimulée par un nuage, à travers l'écran métallique de la fenêtre. Derrière le nuage, bordée de lumière, la lune émettait des rayons de toutes parts, et des groupes de nuées se perdaient au loin avec une égale majesté. Les étoiles étaient peu nombreuses, il en vit une seule qui brillait d'un vif éclat, effleurant à peine le faîte des cyprès.

CHAPITRE 44

Quand Rie eut cessé d'épier, elle alluma la lampe de la pièce. Son visage rayonnait de joie.
Elle vint s'asseoir sur la banquette. Déjà elle était guérie.
« J'en suis abasourdie... Étais-tu au courant ? dit-elle vivement, à voix basse.
– Non... je viens de le découvrir.
– Mais, tu as dit que c'était bien ce que tu pensais.
– Ce n'est pas cela que je voulais dire, Rie. Je parlais des grains de beauté. Voici quelque temps, tu as fouillé dans mon bureau à Tokyo et tu as lu le Journal de Matsugae, n'est-ce pas ?
– Moi, j'ai été fouiner dans ton bureau ?
– Ça ne fait rien. Je te demande si tu as lu le Journal de Matsugae ?
– Je... Je ne me rappelle pas. Je ne m'intéresse pas à ce qu'écrivent les autres. »
Honda lui ayant demandé d'aller lui chercher un cigare dans la chambre à coucher, elle s'exécuta avec docilité, et même elle l'alluma, l'abritant de la main du vent qui passait à travers le brise-bise.
« La clé de la réincarnation se trouve dans le Journal de Matsugae. Tu les as vus aussi, n'est-ce pas ? Les trois grains de beauté noirs sur son côté gauche ? Matsugae portait ces marques à l'origine. »
Rie, pensant à autre chose, se souciait peu de ce que disait son mari. Sans doute pensait-elle que ce dernier cherchait des excuses. Honda insista, souhaitant qu'ils aient en commun ce souvenir.
« Bon, tu les as bien vus, dis ?
– Je n'en sais rien. Mais c'était une scène affreuse. On ne sait jamais avec les gens, pas vrai ?
– C'est pourquoi je dis que Ying Chan est la réincarnation de Matsugae. »
Rie jeta à son mari un regard de pitié. Il était seulement naturel qu'une femme qui se croyait guérie essayât à son tour d'agir comme telle. Cette femme qui avait si farouchement voulu connaître la réalité était prête à présent à inoculer à son époux cette âpre sensation qui lui brûlait la peau comme de l'eau salée. Rie n'était plus la Rie de jadis. Elle qui, naguère, avait voulu transformer la réalité, sagement, elle avait appris à y croire. Elle avait appris que sans changer elle-même, le monde pouvait être transformé par l'observation. Elle portait un certain mépris au monde de son mari, sans se rendre compte qu'en fait, elle était devenue complice de sa machination en ayant été « voyeur » elle aussi.
« Que veut dire cette histoire de réincarnation ? C'est ridicule ! Je n'ai lu aucun journal. Du moins, j'ai fini par me tranquilliser. Tu as

dû, toi aussi, ouvrir les yeux, mais je souffrais de quelque chose qui n'existait pas. Je me battais avec une illusion. Maintenant que je m'en rends compte, tout d'un coup je me sens lasse. Mais à la fin, tout est pour le mieux. Il n'y a plus aucun souci à se faire.»

Tous deux étaient assis à un bout de la banquette, un cendrier au milieu. Craignant que sa femme ne prît froid, Honda ferma la fenêtre ; la fumée de son cigare tournoyait lentement dans la lumière. Ils se taisaient, mais leur silence ne ressemblait pas à celui qui s'était produit le matin.

Leurs cœurs étaient joints par la scène odieuse qu'ils avaient observée, et un instant, Honda pensa combien il eût été bon de pouvoir être comme tant d'autres couples au monde, de pouvoir arborer leur rectitude impeccable tels de blancs tabliers sur la poitrine, de se mettre à table trois fois par jour et de se rassasier dignement, de pouvoir s'arroger le droit de dédaigner toute autre chose au monde. Mais en réalité, ils s'étaient simplement transformés en un couple de voyeurs.

Pourtant, ils n'avaient pas chacun vu la même chose. Là où Honda avait découvert la réalité, Rie avait découvert ses illusions. Le cheminement suivant lequel ils avaient atteint ce point d'arrivée commune était le même pour tous les deux en cela qu'ils n'avaient pas encore récupéré de leur épuisement et que leur ouvrage s'était avéré inutile. Il ne leur restait plus qu'à se consoler mutuellement.

Au bout d'un moment, Rie bâilla tellement qu'on en voyait jusqu'au fond de sa bouche.

«Ne crois-tu pas qu'il serait temps de penser à adopter un enfant ?» dit-elle fort à propos, en coiffant en arrière ses cheveux dispersés.

La mort avait fui le cœur de Honda dès l'instant qu'il avait vu ensemble Keiko et Ying Chan. Maintenant, il y avait raison de croire qu'il serait peut-être immortel. «Non, dit-il d'un ton résolu, en ôtant de sa lèvre un brin de tabac, mieux vaut que nous vivions seuls tous les deux. Je préfère me passer d'héritier.»

Honda et Rie n'eurent pas plutôt été réveillés par un coup violent frappé sur leur porte qu'ils sentirent la fumée.

«Au feu ! Au feu !» criait une voix de femme. Quand le ménage, se tenant par la main, sortit en courant, le couloir du premier étage s'emplissait déjà de tourbillons de fumée et la personne qui les avait tirés de leur sommeil n'était plus là. Se couvrant la bouche de leurs manches, tous deux descendirent l'escalier, courant et suffoquant.

CHAPITRE 44

La piscine pleine d'eau traversa tout d'un coup l'esprit de Honda. Ils ne seraient en sécurité que s'ils y parvenaient sans délai.
Se précipitant au-dehors sur la terrasse et regardant le bassin, ils aperçurent Keiko qui soutenait Ying Chan et leur criait quelque chose à l'autre bout. De toute évidence, le feu s'était déjà propagé par toute la maison, car bien qu'on n'eût pas de lampes allumées, on voyait clairement le reflet des deux femmes à la surface de l'eau. Honda était stupéfait de la tenue de Keiko et Ying Chan. Leurs cheveux étaient en désordre mais toutes deux portaient les robes de chambre qu'elles avaient apportées. Honda était seulement en pyjama et Rie en kimono de nuit.
« Je me suis éveillée en toussant à cause de la fumée. Cela devait venir de la chambre de M. Imanishi, dit Keiko.
– Qui a frappé à notre porte ?
– C'est moi. J'ai frappé aussi à celle de M. Imanishi, mais il n'est pas descendu. Qu'allons-nous faire ?
– Matsudo ! Matsudo ! cria Honda et l'on vit le chauffeur arriver en courant sur le bord de la piscine.
– M. Imanishi et Mme Tsubakihara sont dans la maison. Ne pouvez-vous pas aller leur porter secours ? »
Levant la tête, ils virent des flammes jaillir aux fenêtres, à l'étage, parmi des nuages épais de fumée blanche.
« Cela est impossible, monsieur Honda, dit le chauffeur en examinant soigneusement la situation. Il est trop tard, maintenant. Pourquoi ne sont-ils pas sortis ?
– Ils ont dû prendre trop de somnifère », observa Keiko. Ying Chan enfouit son visage dans la poitrine de Keiko et se mit à pleurer.
Le toit avait dû s'effondrer car des flammes s'élancèrent dans le ciel plein d'étincelles qui volaient de toutes parts.
« Que pouvons-nous faire de cette eau ? » dit Honda, désemparé, en regardant la piscine tellement rougie par le reflet des flammes et les étincelles qu'on eût dit qu'on allait se brûler la main rien qu'à toucher l'eau.
« Oui, je crois qu'il est trop tard pour éteindre le feu, mais peut-être pourrait-on asperger ce qui a de la valeur dans la salle de séjour. Faut-il apporter un seau ? » demanda Matsudo sans bouger.
Honda pensait déjà à autre chose.
« Et le service d'incendie ? Je me demande quelle heure il peut être. »
Personne n'avait de montre. Toutes étaient restées dans la maison.
« Il est quatre heures trois. Le soleil ne tardera pas à se lever, dit Matsudo.

– Quelle prévoyance d'avoir pensé à vous munir de votre montre », dit Honda ironiquement, reprenant de l'assurance en découvrant qu'il était capable d'ironie même en pareilles circonstances.

« C'est une vieille habitude. Je garde toujours ma montre pour dormir », répondit d'un air placide Matsudo, habillé convenablement.

Rie, interdite, s'était assise sur une chaise près du parasol replié.

Honda vit Ying Chan retirer son visage de la poitrine de Keiko, fouiller hâtivement dans la petite poche de sa robe de chambre et en sortir une photo. Les flammes rehaussaient le lustre de l'image et en y jetant un coup d'œil éperdu, il vit que c'était Keiko, entièrement nue, prenant appui sur une chaise.

« Je suis contente que ceci n'ait pas brûlé », dit Ying Chan en souriant. Levant la tête vers Keiko, on voyait luire ses dents blanches à la lumière de l'incendie. Sa mémoire fonctionnant parmi le fatras des pensées, Honda se souvint de la scène qui avait précédé l'irruption de Katsumi dans la chambre de Ying Chan. C'était là l'image bien-aimée que celle-ci était alors à regarder.

« Quelle enfant ! dit Keiko en lui passant tendrement le bras autour de l'épaule. Qu'avez-vous fait de la bague ?

– La bague ? Oh, je l'ai laissée dans la chambre », Honda l'entendit dire distinctement. La crainte le saisissait que les silhouettes en flammes de ses deux amis pussent apparaître à la fenêtre du bout, au premier étage, hurlant de terreur. Ils étaient à coup sûr en train d'y mourir. Sans doute étaient-ils déjà morts. C'était peut-être bien pourquoi le feu donnait cette impression de calme en dépit des craquements et des rugissements.

La pompe à incendie n'était pas encore arrivée. Honda songea au téléphone de chez Keiko dont la maison était en transformation et il envoya Matsudo courir avertir les pompiers de Gotemba, à Nimaibashi.

Le fléau enveloppait tout le premier étage et la fumée avait envahi le rez-de-chaussée. Le vent se trouvant venir du Fuji en direction nord-ouest, la fumée n'était pas poussée vers le bassin, mais les spectateurs sentaient le frisson de l'aube dans leur dos.

Le feu changeait à chaque instant. Mêlé à ce qui semblait des bruits de pas colossaux au milieu des flammes, on entendait par intermittence le fracas de choses qui éclataient. À chaque coup, Honda associait tel objet en proie au feu : un livre, puis le secrétaire. Il s'en représentait les pages qui se tournaient, se gonflant comme des roses.

Le volume de l'incendie grossissait à proportion de la fumée. On sentait la chaleur jusque de ce côté de la piscine et l'air brûlant s'élevait, charriant escarbilles et étincelles. Durant le bref intervalle avant

CHAPITRE 44

de se changer en cendre, les escarbilles étaient d'or pur, rappelant les battements d'ailes dorées d'oisillons près de quitter leur nid. C'était, eût-on dit, l'adieu des choses. D'un côté du ciel irradié de hautes flammes, se précisait à présent le contour des bancs de nuages cachés par les sombres lueurs de l'aube. Causé probablement par la chute des poutres à l'étage, un rugissement s'éleva de la maison. Puis une portion du mur extérieur se fendit dans les flammes et un encadrement de fenêtre, abîmé dans le feu, vint s'abattre dans le bassin. Subtilement décoratives, les flammes conféraient à cette chose noire qui tombait l'illusion d'être un instant une fenêtre du temple de marbre au Siam. Un grésillement perça l'air quand le cadre fit un plongeon dans l'eau. D'un bond, tous se reculèrent du bassin.

La maison, perdant peu à peu ses murs extérieurs, prit l'apparence d'une cage à oiseaux gigantesque qui brûlait. De délicates flammèches papillonnaient dans chaque crevasse, à chaque fissure. La maison respirait. C'était comme si ces flammes avaient contenu la source d'un souffle de vie profond et vigoureux. De temps à autre, la forme d'un meuble familier, quelque ombre jadis vivante, apparaissait au beau milieu, mais elle s'écroulait aussitôt, dans un décor éclatant, se transformant en flammes qui dansaient joyeusement. Le feu avait des jaillissements, se projetant comme la langue d'un serpent pour disparaître à nouveau dans la fumée, et des visages de flamme tout rouges se montraient soudain entre les épaisses volutes noires. Tout se passait avec une incroyable rapidité, le feu donnait la main au feu, la fumée à la fumée, dans une tentative pour atteindre ensemble un sommet commun. Sens dessus dessous, la maison en feu laissait tomber des mélanges de flammes vers le fond de la piscine, et un ciel d'aurore limpide s'apercevait entre des bouts de doigts de feu.

Le vent changea de direction et la fumée fut poussée vers le bassin, éloignant de l'eau les spectateurs.

Sans pouvoir le déceler avec certitude, et bien que nul n'en fît mention, ils étaient sûrs que la fumée contenait une odeur de chair humaine qui brûlait, et ils se bouchaient les narines des deux mains.

Rié suggéra qu'il vaudrait mieux aller sous la tonnelle parce que la rosée tombait. Tournant le dos à l'incendie, les trois femmes se dirigèrent vers la tonnelle, traversant la pelouse qui venait d'être tondue la veille. Honda demeura seul.

L'idée se faisait insistante qu'il avait déjà vu cela quelque part.

Le reflet des flammes dans l'eau... des cadavres qui brûlaient... Bénarès! Comment aurait-il pu ne pas rêver de ressaisir l'idée suprême aperçue dans cette sainte contrée?

La maison n'était plus que bois d'allumage et la vie se muait en feu. S'était changé en cendre tout ce qui ne comptait pas, or rien ne comptait sinon le plus essentiel et la force géante, cachée, avait tout à coup détourné sa tête des flammes. Rires, cris d'angoisse, sanglots s'absorbaient tous dans la clameur de l'incendie, les grésillements du bois, les carreaux de verre déformés, les craquements des joints – le bruit lui-même s'enrobait d'un calme absolu. Des tuiles calcinées craquaient avant de tomber, un par un tous liens étaient rompus, et la maison se convertissait en une nudité éclatante jusqu'ici inconnue. La section de teinte crème clair du mur extérieur au rez-de-chaussée qui n'avait pas encore brûlé se plissa soudain, virant au brun ; en même temps, le feu s'y élança violemment à travers un clair tourbillon de fumée. Le rythme uniforme où tout cela se transformait en flammes et les zigzags de celles-ci pour trouver par où s'échapper défiaient l'imagination.

Honda balaya des étincelles de ses épaules et de ses manches. La surface de la piscine était couverte de braises et de cendres qui pullulaient comme lentilles d'eau. Mais l'éclat de l'incendie pénétrait toutes choses et les rites de purification du ghât de Mani Karnika se réfléchissaient comme en un miroir, dans cette menue étendue si limitée, dans ce bassin sacré créé pour que Ying Chan pût s'y baigner. En quoi ceci différait-il des bûchers funéraires réfléchis dans le Gange ? Se trouvaient ici également le feu et le bois, et les deux corps humains, lents à se consumer, étaient sans nul doute à se tordre, à se débattre dans les flammes. Ils ne sentaient plus la douleur ; dans sa lutte contre la destruction, la chair ne faisait qu'imiter en les répétant les aspects de la souffrance. Ainsi de ces deux cadavres. C'était ici tout comme ce feu brillant au crépuscule sur le ghât flottant. Toute chose se réduisait rapidement en ses éléments constitutifs. De la fumée s'élevait haut dans le ciel.

Une seule chose manquait, la tête de la vache blanche sacrée qui s'était tournée pour dévisager Honda, de l'autre côté des flammes.

Quand la pompe à incendie arriva, le feu était déjà retombé. Néanmoins, les pompiers arrosèrent consciencieusement la maison. On tenta un sauvetage, mais on trouva les deux cadavres complètement incinérés. La police survint et demanda à Honda de reconnaître le lieu du décès. Mais comme l'escalier s'était effondré, il était difficile d'atteindre l'étage et Honda dut abandonner. En entendant le récit du comportement d'Imanishi et de Mme Tsubakihara, l'inspecteur déclara que l'incendie provenait sans doute de ce qu'ils fumaient au lit. S'ils avaient pris des somnifères vers trois heures,

CHAPITRE 45

l'heure où la drogue avait son effet maximal semblait coïncider avec le début de l'incendie, causé à n'en pas douter par le contact avec la couverture d'une cigarette allumée. Honda ne voulut rien savoir d'un suicide. Quand le policier mentionna un «double suicide», en l'entendant, Keiko qui se tenait à côté, fut prise d'un fou rire.

Lorsque les choses se seraient un peu calmées, Honda devrait se présenter au commissariat pour y faire sa déposition. Pour sûr, il n'allait pas manquer d'occupations aujourd'hui. Il lui fallait envoyer Matsudo chercher des aliments pour le petit déjeuner, mais il se passerait encore quelque temps avant l'ouverture des boutiques.

Comme il n'y avait nulle part ailleurs où aller, ils se rassemblèrent tous sous la tonnelle. Dans son japonais hésitant, Ying Chan parla d'un serpent qu'elle avait vu courant pour s'éloigner du feu. Il était apparu sur la pelouse puis avait filé à une vitesse insolite, le feu lointain luisant sur le brun de ses écailles visqueuses. En l'écoutant, chacun d'eux, surtout les femmes, sentit encore davantage la morsure de l'air glacé.

En cet instant, couleur de tuile rouge à l'aurore, un seul coup de pinceau neigeux près du sommet, le Fuji leur apparut. Même en ces circonstances, les yeux de Honda se portèrent involontairement de la montagne écarlate vers le ciel matinal tout à proximité. C'était une habitude presque inconsciente. Il vit clairement se dessiner l'image hivernale du mont Fuji.

45

*E*n 1967, il se trouva que Honda fut invité à un dîner à l'ambassade américaine à Tokyo. Il y rencontra le directeur du centre culturel américain de Bangkok. Sa femme, qui avait dépassé la trentaine, était siamoise et on la disait princesse. Honda était persuadé que c'était Ying Chan.

Cette dernière était rentrée dans son pays peu après l'incendie de Gotemba en 1952 et depuis, Honda n'avait plus eu de ses nouvelles. Sur le moment, il crut qu'elle était revenue à Tokyo de façon inattendue, quinze ans après son mariage avec un Américain. Ce n'était pas impossible, et cela eût bien été de Ying Chan de prétendre ne pas le reconnaître quand on les avait présentés l'un à l'autre.

Il la regarda plusieurs fois pendant le dîner mais cette femme s'entêtait à ne pas parler japonais. Son anglais était celui d'une Américaine de naissance. Obsédé par son idée, Honda répondit à maintes reprises complètement à côté à la dame qui était sa voisine.

Après le dîner, on servit les liqueurs dans un autre salon. Honda s'approcha de la dame qui portait une robe rose de soie thaïe, ayant pour la première fois l'occasion de l'entretenir en tête à tête.

Il lui demanda si elle connaissait Ying Chan.

« Pardi ! C'était ma sœur jumelle. Mais elle est morte, à présent », dit-elle vivement en anglais. Il ne put s'empêcher de lui demander comment elle était morte, et quand.

La dame répondit qu'après que Ying Chan fut rentrée de son voyage d'études au Japon, son père, trouvant qu'elle avait tiré peu de profit de son séjour, avait tenté de l'envoyer se perfectionner aux États-Unis. Mais elle s'y était refusée, préférant vivre dans sa résidence à Bangkok, environnée de fleurs. Elle était morte subitement au printemps, à l'âge de vingt ans.

Selon la dame d'honneur, Ying Chan se trouvait seule dans le jardin, debout sous un palmier aux fleurs vermillon cendré. Bien qu'il n'y eût là personne d'autre, on l'entendit qui riait. La dame d'honneur pensa qu'il était bizarre qu'elle se prît à rire toute seule. Notes claires, innocentes, montant dans l'azur ensoleillé. Le rire cessa pour se changer presque aussitôt en hurlements aigus. La suivante, se précipitant, trouva Ying Chan à terre, mordue à la cuisse par un cobra.

Le médecin mit une heure à arriver. Dans l'intervalle, les muscles s'étaient détendus et ses organes moteurs n'obéissaient plus. Elle se plaignait de somnolence et d'une vision double. La paralysie cérébro-spinale l'envahit et elle se mit à saliver. Elle respirait au ralenti cependant que son pouls s'accélérait et devenait irrégulier. Prise des dernières convulsions, Ying Chan était morte avant l'arrivée du docteur.

L'ANGE EN DÉCOMPOSITION

À PROPOS DU TITRE

La traduction du titre anglais *The Decay of the Angel* demande une explication, compte tenu de l'ambiguïté relative du mot *decay*.
Ce mot s'entend à deux niveaux :
1° Au sens faible, *decay* signifie « déclin », avec une nuance plus sensorielle, toutefois, que le mot français. C'est le sens qu'on trouve dans le présent ouvrage (p. 1029) où l'on évoque « *the decay of Venice* ».
2° Au sens fort, *decay* n'est plus du tout abstrait et c'est la notion sensorielle qui l'emporte. On évoque ainsi couramment « *the smell of decay* » = « une odeur de pourri(ture) ».
On peut être tenté, par souci esthétique, de dire ici, par exemple : *L'ange au déclin*. Cependant, le texte ne laisse aucun doute. C'est bien de pourriture, de décomposition qu'il s'agit, sous sa forme la plus matérielle : voir au chapitre 8 en entier les signes de décomposition chez les anges, d'où le titre de l'ouvrage.
L'emploi du mot « décomposition » dans un titre n'est pas sans précédent : cf. *Précis de décomposition* de Cioran (Gallimard).

Le traducteur

1

Dans la brume, au large, les navires lointains devenaient noirs. Pourtant, il faisait plus clair qu'hier. Il arrivait à distinguer les crêtes de la péninsule d'Ise. C'était une mer calme de mai. Le soleil était ardent, avec seulement des traînées de nuages, la mer d'azur.

Des vaguelettes minuscules brisaient sur le rivage. Apparaissaient sous elles, avant de briser, des teintes ventrales désagréables de rossignol, comme si toutes les variétés d'algues déplaisantes s'y étaient retrouvées.

Barattage de la mer, jour après jour, répétition quotidienne du barattage de la mer de lait dans la légende indienne. C'est peut-être que le monde ne la laissait pas en repos. Il y avait là quelque chose qui évoquait tout le mal de la nature.

Gonflement de la mer de mai, agitant interminablement ses pointes lumineuses, myriades de piques minuscules.

Trois oiseaux semblèrent n'en plus faire qu'un tout là-haut dans le ciel. Puis, en désordre, ils se séparèrent. Il y avait du prodige dans cette façon de se réunir, puis de se séparer. Cela devait signifier quelque chose, de se rapprocher au point de sentir le vent de l'aile voisine, avant de s'éloigner à nouveau dans l'azur. Il arrive que trois idées se rejoignent dans nos cœurs.

La coque noire d'un cargo, dont la cheminée portait l'emblème d'une montagne au-dessus de trois traits horizontaux vint apporter, à mesure que grossissait sa masse, un sentiment de majesté et de brusque croissance.

À quatorze heures, le soleil se déroba dans un mince cocon de nuages, pareil à la lueur blanchâtre d'un ver.

L'horizon ressemblait à un cerceau d'acier bleu-noir parfaitement adapté à la mer.

Un instant, en un point unique dans les lointains, une vague blanche jaillit comme une aile blanche avant de retomber. Que cela pouvait-il signifier ? Il fallait que ce fût quelque signe grandiose, ou peut-être un grandiose caprice.

L'ANGE EN DÉCOMPOSITION

La marée monta lentement, les vagues se soulevant, la terre en proie à un assaut des plus puissants. Le soleil derrière les nuages, la mer émeraude parut envahie d'une sombre colère. Un long trait blanc s'y étendit d'est en ouest à la façon d'un triangle renversé gigantesque. Il semblait se détacher en se tordant de la surface plane et, au plus proche, vers son sommet, des raies noirâtres allaient se perdre en éventail dans une mer d'un vert profond.

Le soleil reparut. La mer calmée accueillit à nouveau de blanches clartés, puis, commandées par un vent de suroît, des ombres innombrables pareilles à des dos d'otaries la parcoururent nord-est et nord-ouest, en troupeaux de vagues sans fin, à l'écart du rivage. Le flot montant était sous le contrôle étroit de la lune lointaine.

Des nuages pommelés couvraient le ciel à demi, leur frange supérieure découpant doucement le soleil.

Deux barques de pêche mettaient à la mer. Plus au large, on apercevait un cargo. Le vent soufflait plus fort. Un bateau de pêche arrivait de l'ouest, comme pour annoncer l'ouverture d'une cérémonie. C'était un modeste petit bateau et pourtant, sans roues ni pattes, il avançait avec une grâce altière, de l'air majestueux d'une dame en robe de soirée.

Vers quinze heures, les nuages pommelés s'amincirent. Sur le ciel austral, ils s'étalèrent en éventail comme la queue d'une blanche tourterelle, projetant une ombre profonde sur l'océan tout entier.

La mer : mer sans nom, Méditerranée, mer du Japon, cette baie de Suruga qui s'étendait devant lui ; anarchie abondante, anonyme, absolue, chose capturée dans de terribles combats et nommée « mer », en vérité défiant toute appellation.

À mesure que le ciel se couvrait de nuages, la mer tombait dans une contemplation maussade, semée de pointes fines couleur de rossignol. Elle se hérissait de vagues épineuses, telle une branche de rosier. Au témoignage de ces mêmes épines, ce qui devait survenir était sans âpreté. Il y avait une douceur dans ces épines de la mer.

Quinze heures dix. Aucun navire en vue.

N'était-ce pas étrange ? L'immense étendue semblait abandonnée. Pas même d'ailes de mouettes.

Puis, tel un fantôme, un navire apparut, pour disparaître à l'ouest.

La péninsule d'Ise s'ensevelissait dans la brume. Un temps, ce ne fut plus la péninsule d'Ise. C'était le spectre d'une péninsule perdue. Puis elle disparut tout à fait, devenue terre imaginaire sur la carte. Navires et péninsules appartenaient ensemble à « l'absurde de l'existence ».

CHAPITRE 1

Ensemble apparaissant et disparaissant. En quoi différaient-ils ?
Si le visible était la somme de l'être, alors la mer, aussi longtemps qu'elle était perdue dans la brume, existait là. Toute prête à naître à l'existence.
Un seul navire suffit à tout changer.
Toute la composition en était changée. Déchirant l'entier canevas de l'existence, l'horizon accueille un navire. Signature d'une abdication. Rejet de tout un univers. Un navire surgit à la vue, rejetant l'univers qui protégeait son absence.
Changements multiples d'instant en instant dans la couleur de l'océan. Changements dans les nuages. Voilà qu'apparaît un navire. Que se passe-t-il donc ? Et que signifie tout ce qui se passe ?
À chaque instant, quelque chose se passe, d'une portée plus grande que l'explosion du Krakatoa. C'est seulement que nul n'y prend garde. Trop accoutumés que nous sommes à l'absurdité de l'existence. La perte d'un univers ne vaut pas qu'on la prenne au sérieux.
Ce qui se passe, ce sont les signaux d'une reconstruction, d'une remise en ordre sans fin. Les signaux au loin d'une cloche. En un instant, le son s'empare de toutes choses. En mer, les signaux ne cessent pas, la cloche n'en finit pas de sonner.
Un être.
Pas nécessairement un navire. Rien qu'une orange amère, apparue nul ne sait quand. Cela suffit à faire sonner la cloche.
Quinze heures trente. Une seule orange amère représentait l'existence dans la baie de Suruga.
Cachée par une vague puis réapparaissant, flottante puis naufragée, tel un œil clignotant sans fin, le point brillant d'une orange flottait lentement vers l'est à travers les vaguelettes au bord du rivage.
Quinze heures trente-cinq. Sombrement, une coque noire apparut à l'ouest, dans la direction de Nagaya.
Le soleil se cachait derrière les nuages, pareil à du saumon fumé.

Toru Yasunaga se détourna du télescope à grossissement trente.
Nul signe encore du cargo *Tenro-Maru* qui devait accoster à seize heures.
Il retourna à son bureau et parcourut d'un air distrait les mouvements de navires de Shimizu.

L'ANGE EN DÉCOMPOSITION

Arrivées attendues de navires non programmés samedi 2 mai 1970.
Tenro-Maru, Japonais : 16 h 00. Compagnie de navigation Taisho.
Agent maritime : Suzuichi. De Yokohama. Poste 4-5. Quai de Hinode.

2

Shigekuni Honda avait soixante-seize ans. Il voyageait souvent seul, maintenant que sa femme Rie était morte. Il choisissait des endroits aisément accessibles qui ne le fatigueraient pas trop.

Il avait été visiter les contreforts du mont Fuji à Nihondaira, et au retour, s'était arrêté au bois de Mio pour en voir les merveilles, tel le tissu, venu probablement d'Asie centrale qui passe pour être un morceau de la robe de l'ange ; puis, en s'en retournant vers Shizuoka, il eut soudain envie d'être un moment seul sur le rivage. L'express de Kodama passait toutes les vingt minutes. Il n'y aurait pas grand mal à rater son train. Le trajet de retour à Tokyo ne prenait guère plus d'une heure.

Arrêtant le taxi, il parcourut en s'aidant d'une canne la cinquantaine de mètres qui menait à la grève de Komagoe. En jetant les yeux sur l'océan, il se demanda si ce n'était pas la grève de Udo, identifiée par Ichijo Kanera, au XIVe siècle, comme étant le lieu même où l'ange était descendu. Il pensa également à la côte de Kamakura de sa jeunesse. Il fit demi-tour. La plage était paisible. Des enfants y jouaient et il y avait deux ou trois pêcheurs.

Le regard fixé sur la mer, son œil aperçut à présent ce qu'il n'avait pas remarqué jusque-là, le rose agreste d'un volubilis sous le môle. Au long du môle, un tas énorme de détritus était soumis au lessivage des vents du large. Des bouteilles vides de Coca-Cola, des conserves alimentaires, des boîtes de peinture, des sacs en plastique non dégradables, des cartons de détersifs, des briques, des os.

Les rebuts de l'existence y dégringolaient pour se heurter à l'infini. La mer, un infini jamais rencontré auparavant. Les rebuts, pareils à l'homme, incapables de rencontrer leur fin sinon de la façon la plus laide et la plus sale.

Le long des quais, il poussait aux pins clairsemés des fleurs semblables à des étoiles de mer écarlates. Sur la gauche, une parcelle de

CHAPITRE 2

radis se couvrait de pauvres petites fleurs blanches à quatre pétales. De petits pins s'alignaient le long de la route. Ailleurs, on voyait des rangées ininterrompues d'abris en plastique pour fraisiers. Sous leurs abris en plastique, les fruits d'innombrables fraisiers se répandaient sur des terrasses en pierres, parmi du feuillage à foison. Des mouches rampaient le long des arêtes en dents de scie des feuilles. Des abris en plastique d'un blanc désagréable se pressaient les uns contre les autres à perte de vue. Honda aperçut au beau milieu une sorte de tourette qu'il n'avait pas remarquée jusque-là.

Située un peu à l'écart de la route départementale où le taxi s'était arrêté, c'était un baraquement à un étage reposant sur une construction en ciment de hauteur disproportionnée. Trop élevée pour être un abri de guetteur, trop quelconque pour des bureaux. Sur trois côtés, on voyait des fenêtres se touchant presque.

Curieux, il entra dans ce qui paraissait être la cour. Des encadrements de fenêtres blancs s'entassaient pêle-mêle sur le sable. Des fragments de verre reflétaient fidèlement les nuages. Levant les yeux, il aperçut à une fenêtre du premier étage ce qui semblait être les pare-soleil des lentilles d'un télescope. Deux énormes tuyaux de fer, rouge rouille, sortaient de la bâtisse en ciment pour aller s'enfouir dans le sol. D'un pas mal assuré, Honda s'avança, franchit les tuyaux et se mit à gravir les marches en pierres d'un perron délabré.

Au pied de l'escalier en fer qui conduisait au poste de vigie il y avait un écriteau sous auvent.

On lisait en anglais :

POSTE DE SIGNALISATION DE TEIKOKU

et en japonais :

BUREAU DE SHIMIZU
DE LA COMPAGNIE DE SIGNALISATION
ET DE COMMUNICATION DE TEIKOKU

Arrivées, départs et mouillage des navires.
Détection et prévention des accidents de mer.
Communications terre-mer.
Météorologie maritime.
Accueil et expédition des navires.
Tout ce qui concerne la navigation.

Honda prit plaisir à voir la peinture blanche écaillée des caractères avec le nom de la Compagnie en écriture ancienne. L'énumération des tâches et des spécialités sentait bon la mer, irrésistiblement.

Il leva les yeux vers l'escalier. Aucun bruit.

Au-dessous de lui, en arrière, au nord-ouest, par-delà la route départementale et la ville, là où, sur des toitures neuves en tuiles bleues, des flammes ornées de carpes et surmontées de moulinets reflétaient la lumière, s'étendaient les installations du port de Shimizu, entrelacs de grues à terre et de mâts de charge sur les bateaux, les silos blancs des usines et les coques noires, délavées couleur fer par les vents du large, les cheminées aux épaisses peintures, masse immobile sur le rivage, autre masse arrivant de toutes les mers ; c'est là qu'au loin on voyait mis à nu les mécanismes portuaires, s'emboîtant à l'endroit qu'il fallait, rayonnant du fond de l'horizon. Et puis, l'éclat de la mer serpentine démembrée.

Le mont Fuji se dressait de toute sa hauteur au-dessus des collines. On n'en apercevait que le sommet, comme si on avait lancé un gros rocher blanc aux arêtes vives à travers les nuages incertains.

Honda s'arrêta pour regarder.

3

*L*a bâtisse de béton était un château d'eau. L'eau y était pompée d'un puits, et tenue en réserve pour irriguer les fraises. La signalisation de Teikoku avait vu les possibilités qu'offrait cette terrasse en hauteur et y avait érigé un baraquement en bois. Position idéale pour guetter les bateaux arrivant de Nagoya à l'ouest ou de Yokohama à l'est.

D'ordinaire, quatre observateurs se relayaient toutes les huit heures. Cependant, l'un d'entre eux était depuis longtemps malade, et les trois autres se succédaient par période de vingt-quatre heures. Au rez-de-chaussée se trouvait le cabinet du directeur qui y venait de temps à autre des bureaux situés en ville. Les trois observateurs ne disposaient que d'une pièce au sol nu au premier étage, de quatre mètres au carré, avec des fenêtres sur trois côtés.

CHAPITRE 3

Un bureau était arrimé à l'une des fenêtres, ayant vue de trois côtés. Face au sud, il y avait un télescope à grossissement trente, des jumelles qui grossissaient quinze fois étaient orientées vers l'est face aux installations portuaires, et dans le coin sud-est, pour les signaux de nuit, il y avait un faisceau lumineux d'un kilowatt. Deux téléphones sur le bureau dans l'angle sud-ouest, une étagère pour les livres, des cartes, des pavillons de signalisation déposés sur de hauts rayonnages et, au nord-ouest, une cuisine avec placard et couchette complétaient l'ameublement.

Devant la fenêtre est se trouvait un pylône électrique d'acier dont les isolateurs de porcelaine répétaient la couleur des nuages. La ligne descendait en direction de la plage, y rejoignant un second pylône. S'incurvant vers le nord-est, elle en atteignait un troisième, et ainsi de suite tout autour de la côte, arc de tours argentées qui allait en s'amenuisant vers le port de Shimizu. Le troisième pylône, à partir de ce poste d'observation, était un bon repère. Si un bateau entrait dans le port, on savait qu'en dépassant le troisième pylône, il approchait du bassin 3-G qui comprenait les quais.

Aujourd'hui encore, l'identification se faisait à l'œil nu. Aussi longtemps que les caprices des cargos et des courants régleraient le mouvement des navires, ceux-ci continueraient à arriver trop tôt ou trop tard, et un certain romantisme dix-neuvième siècle persisterait chez les équipes d'accueil. Il était besoin d'observations plus précises pour annoncer aux postes de douane et de quarantaine, ainsi qu'aux dockers, aux pilotes, aux buanderies et aux approvisionneurs le moment où ils devaient sortir leurs pavillons d'accueil. Plus grand encore le besoin d'un arbitre impartial pour décider qui devait passer en premier lorsque deux bateaux arrivaient ensemble et se disputaient le dernier mouillage.

C'est à quoi s'employait Toru.

Un assez gros navire venait d'apparaître. L'obscurité baignait déjà l'horizon, et il fallait un œil vif et bien entraîné pour déterminer la provenance d'un bateau. Toru s'approcha du télescope.

Dans la clarté atmosphérique du milieu de l'été ou de l'hiver, il y avait un instant où un bateau franchissait brusquement le seuil élevé de l'horizon ; mais dans les brumes du début de l'été, cette apparition opérait une séparation graduelle d'avec l'informe. L'horizon ressemblait à un long traversin blanc et détrempé.

L'ANGE EN DÉCOMPOSITION

Les dimensions de ce cargo noir semblaient bien celles du *Tenro-Maru* de 4 780 tonneaux, et la passerelle arrière correspondait de même à l'immatriculation dont Toru avait connaissance. Le sillage était blanc et propre, tout comme la passerelle. Il y avait trois mâts de charge. Quel était ce rond rouge sur les cheminées noires ? Toru força son regard. Il distingua le caractère qui signifie « thaï » (grand), cerclé de rouge. La compagnie de navigation Taisho, pas de doute. Tout ce temps, le bateau maintenait une allure de douze nœuds et demi, menaçant de sortir du télescope. On eût dit d'une mouche traversant des persiennes arrondies.

Il ne distinguait pas encore le nom. Il était sûr qu'il y avait trois caractères, et il pressentit que le premier était « ten », le ciel. Il revint à son bureau et téléphona à l'agent maritime.

« Allô ! Ici la signalisation Teikoku. Tenez-vous prêts à accueillir le *Tenro-Maru*. Il va dépasser le pylône. La cargaison ? »

Toru se représenta l'image de la ligne de flottaison qui séparait le navire en rouge et en noir. « À mon sens, il est à moitié plein. Quand les dockers arriveront-ils ? À dix-sept heures ? »

Cela leur donnait une heure. Le nombre d'endroits qu'il fallait prévenir s'était accru.

Toru s'affaira entre le télescope et le bureau, passant une quinzaine de communications.

Le bureau de pilotage. Le remorqueur *Shunyo-Maru*. Le domicile du pilote. Divers approvisionneurs. La patrouille de service du port. La douane. De nouveau, l'agent maritime. Le bureau divisionnaire des autorités portuaires. La section des statistiques pour peser la cargaison. Les bureaux de navigation.

« Le *Tenro-Maru* va arriver. Quatre-cinq Hinode. C'est cela, s'il vous plaît. »

Le *Tenro-Maru* passait déjà le troisième pylône. À mesure que l'image s'avançait avec la terre à l'arrière-plan, elle était déformée par un miroitement de chaleur.

« Allô ! Le *Tenro-Maru* entre dans 3-G.

– Allô ! Ici la signalisation Teikoku. Le *Tenro-Maru* est au 3-G.

– Allô ! le *Tenro-Maru* est au 3-G. Seize heures quinze.

– Allô ! Le *Tenro-Maru* est arrivé il y a cinq minutes. »

Les arrivées, non de l'étranger mais de Nagoya ou de Yokohama, étaient plus fréquentes à la fin qu'au commencement du mois. Yokohama était à cent quinze milles marins, neuf heures et demie à

CHAPITRE 3

la vitesse de douze nœuds. Toru n'avait rien à faire que de se tenir aux aguets une heure environ avant une arrivée prévue. Il n'y avait pas d'autres arrivées aujourd'hui, sauf le *Nitcho-Maru* à vingt et une heures, venant de Keelung.

Toru se sentait toujours un peu déprimé quand il en avait fini de passer des coups de téléphone. Le port se mettait brusquement à vivre. Il allumait une cigarette tout en regardant cette agitation depuis son poste éloigné et solitaire.

À vrai dire, il n'aurait pas dû fumer. Le directeur avait sèchement fait une ou deux remarques la première fois qu'il avait vu ce garçon de seize ans cigarette à la bouche. Par la suite, il n'avait plus rien dit. Sans doute avait-il conclu qu'il valait mieux faire celui qui ne voyait pas.

Le visage de Toru, pâle et bien dessiné, était de glace. On n'y lisait aucune émotion, ni affection ni larmes.

Mais il connaissait le bonheur d'être celui qui guette. La nature le lui avait appris. Nul œil ne pouvait être plus clair ou plus brillant que l'œil qui n'avait rien à créer, rien à faire que de chercher à voir. L'horizon invisible au-delà duquel l'œil inconscient ne pouvait pénétrer était beaucoup plus lointain que l'horizon visible. Et toutes sortes d'entités apparaissaient dans les régions visibles où la conscience avait accès. La mer, des navires, les nuages, des péninsules, la foudre, le soleil, la lune, les myriades d'étoiles. Si voir est le fait de se rencontrer pour l'œil avec un être vivant, ce qui revient à dire l'être et un autre être, alors ce doivent être les miroirs opposés de deux êtres. Mais non, bien davantage. Voir outrepassait l'être, empruntait des ailes d'oiseau. Cela emportait Toru vers un royaume que nul ne pouvait voir. La beauté même y était une robe pourrie, en lambeaux. Il fallait que ce fût une mer que ne souillât aucun être vivant, une mer sur laquelle jamais n'apparût aucun navire. Il fallait qu'il y eût un royaume où, à la limite de toutes les couches de clarté, il fût constant que nulle chose n'apparût, royaume d'indigo massif, sans discontinuité, où voir vous libérait des entraves de la conscience pour engendrer sa propre transparence, où phénomènes et conscience se dissolvaient comme l'oxyde de plomb dans l'acide acétique.

Pour Toru, le bonheur consistait à diriger ses yeux à de pareilles distances. Pour lui, il ne pouvait plus complètement se dépouiller de son moi qu'à voir ainsi. Seuls les yeux procuraient l'oubli – hormis l'image du miroir.

Et de Toru, qu'en était-il ?

L'ANGE EN DÉCOMPOSITION

Un garçon de seize ans tout à fait convaincu qu'il n'appartenait pas à ce monde. Une moitié seulement de lui-même en faisait partie. L'autre se trouvait dans ce royaume d'indigo. Si bien qu'aucune loi ni règle ne pouvait le gouverner. Il faisait seulement semblant d'être astreint aux lois de ce monde. Quelles lois pourraient bien s'appliquer à un ange?

La vie était d'une étrange simplicité. La misère et la destitution, les contradictions de la société et de la politique ne lui causaient nul souci. Il arrivait qu'il laissât un sourire errer sur ses lèvres, mais sans qu'il y entrât aucune compassion. C'était le signe ultime qu'il rejetait l'humanité, l'invisible flèche que décochait l'arc de ses lèvres.

Quand il se lassait de regarder la mer, il prenait une glace sur le bureau et se mirait soi-même. Ce visage pâle, bien modelé, contenait des yeux magnifiques où minuit ruisselait sans cesse. Malgré des sourcils minces mais pleins de fierté, la douceur et la fermeté des lèvres, les yeux en étaient le trait le plus admirable. Il n'était pas sans ironie que ses yeux fussent l'élément le plus beau de son être physique, que l'organe par lequel il pouvait constater sa propre beauté en fût le plus admirable.

Les cils étaient longs, et les yeux, cruels à l'extrême, semblaient à première vue se perdre dans un rêve.

Orphelin, comptant parmi les élus, différent des autres hommes, il avait totalement confiance dans son être immaculé, quelque mal qu'il pût faire. Son père, capitaine d'un navire marchand, ayant péri en mer et sa mère étant morte peu après, il avait été recueilli par un oncle aux maigres ressources. Après un an passé dans un centre d'apprentissage départemental au sortir du collège, il avait obtenu son CAP d'observateur de troisième classe et la signalisation Teikoku l'avait engagé.

Toru ignorait entièrement les callosités qu'engendrent les insultes à la misère, tels des morceaux d'ambre, sève durcie perçant à travers l'écorce blessée. Son écorce à lui avait toujours été coriace. Écorce épaisse et dure du mépris.

La joie de voir, où tout apparaissait comme une évidence offerte, ne se trouvait qu'à l'horizon invisible, loin par-delà la mer. Fallait-il donc se montrer surpris? Malgré le fait que, chaque matin, sans faute, la duperie vous fût livrée, comme le lait.

Il connaissait ses propres mécanismes dans leurs moindres parties. Sa méthode d'inspection ne présentait aucun défaut. Rien qui fût inconscient.

CHAPITRE 3

« Si j'avais jamais parlé ou agi par la moindre impulsion subconsciente, le monde, alors, eût été détruit sans délai. Le monde devrait m'être reconnaissant de cette conscience de moi-même. Rien dont la conscience de soi n'ait à se vanter, sinon de se maîtriser. »

Peut-être, songeait-il parfois, était-il une bombe à hydrogène pourvue d'une conscience de soi. À tout le moins, il était clair qu'il n'était pas un être humain.

Toru était un garçon méticuleux. Tous les jours, il se lavait les mains un nombre infini de fois. Sans cesse frottées, elles étaient blanches et sèches. Pour les gens, il ne paraissait rien d'autre qu'un garçon ordonné et bien propre.

Il se montrait indifférent au désordre en dehors de lui-même. Ce lui semblait être un symptôme de maladie de s'inquiéter des faux plis du pantalon d'autrui. Le pantalon de la politique, plein de faux plis, était un beau gâchis, mais quelle importance cela pouvait-il avoir ?

Il entendit frapper doucement à la porte, en bas. Le directeur ouvrait toujours la porte mal ajustée comme pour écraser une boîte d'allumettes et montait l'escalier en tapant des pieds. Ce ne pouvait être lui.

Toru enfila des sandales et descendit l'escalier de bois. Il s'adressa à la silhouette vaguement rose qui ondulait, proche de la fenêtre, mais sans ouvrir la porte.

« Il est encore trop tôt. Il peut venir jusqu'à six heures. Revenez après dîner.

– Vraiment ? » Immobile, un instant en contemplation, la forme ondoyante s'éloigna. « Bon, je reviendrai. J'ai des tas de choses à vous dire.

– C'est cela. »

Toru s'assujettit derrière l'oreille le bout de crayon que sans raison il avait apporté et il remonta en courant.

Comme oubliant cette visite, il se mit à scruter l'ombre qui s'épaississait.

Le soleil allait se coucher derrière les nuages, mais ce ne serait pas avant dix-huit heures trente-trois, dans plus d'une heure. La mer devenait grisaille, et la péninsule d'Ise, hors de vue un moment, se faisait de nouveau vaguement distincte, comme si on en eût passé les contours à l'encre.

Deux femmes s'acheminaient entre les serres en plastique, le dos chargé de paniers de fraises. Au-delà, il n'y avait que la mer, tel du métal brut. Dans l'alignement du deuxième pylône, un cargo de cinq cents tonneaux avait été à l'ancre tout l'après-midi. Il était parti de bonne heure, sans doute pour économiser sur la redevance, puis il avait jeté l'ancre afin de procéder à loisir à un grand nettoyage. À l'évidence, cette tâche accomplie, il s'apprêtait à lever l'ancre.

Toru entra dans la cuisine qui comportait un petit évier et un réchaud à propane pour y chauffer son dîner. Le téléphone retentit. L'inspection portuaire. On avait reçu un message du *Nitcho-Maru* confirmant qu'il arriverait à vingt et une heures.

Après dîner, il lut le journal du soir. Il eut conscience d'entendre son visiteur.

Dix-neuf heures dix. La mer s'enrobait de nuit. Seul semblait résister le blanc des édifices en plastique, comme une couche de gelée blanche.

On entendit par la fenêtre le martèlement de moteurs légers. La flottille de pêche était sortie de Yaizu sur la droite, mettant le cap sur les bancs de sardines au large d'Okitsu. On vit passer les lumières vertes et rouges par le travers, une vingtaine peut-être, chacune s'efforçant de passer en tête. Le frémissement des lumières sur l'océan offrait la représentation visuelle du battement des anciens moteurs à chapeau.

Cette mer nocturne eut l'air un moment d'une fête villageoise. On eût dit d'une foule confuse se rendant à la fête, d'une bousculade bruyante pour arriver jusqu'au sanctuaire. Toru savait que les bateaux se parlaient d'un bord à l'autre. Dans leur hâte, luttant pour franchir le seuil de la mer, rêvant d'immense capture, pleins de vie, agressifs, les muscles luisants et sentant le poisson, ils devaient s'interpeller à l'aide de porte-voix, là-bas en pleine mer.

Dans le calme, après ce tohu-bohu, on continuait d'entendre, sur la route départementale, le bourdonnement des autos. Toru perçut qu'on frappait à la porte. Ce devait être à nouveau Kinue.

Il descendit ouvrir.

Kinue, en cardigan rose, se tenait dans la lumière. Elle portait dans les cheveux un grand gardénia.

«Entrez», dit Toru, d'un ton viril.

Lui adressant un sourire assez médiocrement empressé, comme aurait pu se le permettre une grande beauté, Kinue entra. Arrivée en haut, elle posa une boîte de chocolats sur le bureau de Toru.

«C'est pour vous.
– Vous me gâtez.»

La pièce s'emplit d'un craquement de cellophane. Toru ouvrit la boîte oblongue dorée, et prenant un chocolat, il sourit à Kinue.

CHAPITRE 3

Il la traitait toujours comme si elle avait été une grande beauté. Elle prit un siège de l'autre côté du signal lumineux. Toru s'assit au bureau. À distance fixe et prudente, ils prenaient position comme pour être prêts à s'enfuir par l'escalier.

Quand il utilisait le télescope, il éteignait toutes les lumières; mais autrement, la pièce s'illuminait des lumières fluorescentes du plafond. Dans les cheveux de Kinue, le gardénia éclatait d'une blancheur lustrée. Au point que la laideur, par en dessous, en resplendissait presque.

C'était une laideur que nul ne pouvait manquer d'apercevoir. Elle défiait la comparaison avec une laideur médiocre qui, à certaines conditions de temps et de lieu, peut passer pour un genre de beauté, ou une laideur qui révèle la beauté de l'esprit. C'était là une laideur pure et simple qu'on ne pouvait décrire comme rien d'autre. C'était un don du ciel, une laideur parfaite, refusée à la plupart des filles.

Mais pour Kinue, c'était sa beauté qui la tourmentait sans cesse.

« Ce qu'il y a de bon en vous, dit-elle, s'inquiétant de ses genoux et tirant sur sa jupe courte, ce qu'il y a de bon en vous, c'est que vous êtes le seul qui ne me fassiez jamais des avances. Bien sûr, vous êtes un homme, et on ne peut jamais savoir. Mais je vous préviens. Si jamais vous me faisiez des avances, je ne reviendrais plus jamais vous voir. Ce serait terminé. Vous promettez que, vous du moins, vous n'agirez jamais ainsi?

– Je le jure solennellement. »

Toru leva la main en signe de serment. Il lui fallait prendre tout cela au sérieux en compagnie de Kinue.

Tous leurs entretiens étaient précédés du serment. Une fois fait, elle changeait d'attitude. Sa gêne disparaissait; assise sur la chaise, sa silhouette se détendait.

Elle porta la main au gardénia de ses cheveux comme s'il pouvait se briser. Dans son ombre, elle sourit puis, brusquement, dans un long soupir, elle se mit à parler:

« J'ai des malheurs à en mourir. Je me demande si je peux jamais m'attendre qu'un homme comprenne ce que c'est pour une femme d'être trop belle. Les hommes n'ont pas de respect pour la beauté. Tous les hommes qui me regardent sont pris des désirs les plus méprisables. Les hommes sont des animaux. Peut-être les respecterais-je davantage si je n'étais pas née aussi belle. Un homme ne m'a pas plutôt regardée que le voilà qui devient un animal. Comment pourrais-je respecter les hommes? La beauté d'une femme se trouve aussitôt liée aux pires laideurs, et pour une femme il n'est pas d'injure plus grave. Je ne veux plus aller en ville. Tous les hommes que je vois, du premier au dernier, me regardent avec des yeux de chien qui implore. Moi, je marche tranquillement dans la rue et tous les hommes, en s'approchant, me jettent des regards comme pour dire : Je la veux, je la veux, je la veux... Tous, ils me regardent d'un air qu'on ne peut rendre que par ces mots. Rien que d'avoir à le supporter quand je suis dehors, j'en suis rompue.

Tout à l'heure, dans l'autobus, quelqu'un m'a fait des avances. C'était horrible. »

Elle sortit un petit mouchoir à fleurs de son cardigan et se tamponna les yeux d'un geste élégant.

« C'était un jeune homme de bonne mine, assis juste à côté de moi. Il était de Tokyo, je pense. Il portait un grand cabas sur les genoux et une casquette à visière. Vu de côté, il ressemblait un peu à... », et elle mentionna un chanteur à succès.

« Il ne cessait de me regarder, si bien que je me dis : Voilà que ça recommence. Son sac était mou et blanc comme un lapin mort. Il passa la main par-dessous pour que personne ne puisse le voir, puis il étendit un doigt et me toucha la jambe. Juste ici. Sur la cuisse, tout en haut. J'ai été surprise, pas besoin de vous dire. Et le pire, c'est qu'il avait l'air d'un gentil garçon. Je me levai d'un coup en poussant un cri. Tous les voyageurs me regardaient, je sentais mon cœur battre, sans pouvoir dire un mot. Une dame aimable s'enquit de ce qui n'allait pas. Je fus pour lui dire que cet homme avait eu un geste déplacé. Mais lui était tout rouge et regardait le plancher, et j'ai un trop bon naturel. Je me sentais incapable de leur dire ce qui s'était passé. Je n'avais pas à l'innocenter, pourtant j'ai dit qu'à mon avis il y avait un clou, et qu'il fallait faire attention en s'asseyant. Tous ont dit que c'était dangereux, l'air très ennuyé en regardant la garniture. Elle était verte. Quelqu'un dit que je devrais adresser une plainte, mais je déclarai que ça n'avait pas d'importance, je descendais au prochain arrêt. Et je suis descendue. Ma place était encore vide quand l'autobus est reparti. Personne ne voulait s'y risquer. Tout ce que j'ai vu, c'est des cheveux noirs brillant sous la casquette à visière. Voilà mon histoire. Je peux me féliciter de n'avoir causé de mal à personne. C'est moi seule qui ai tout supporté, et j'en suis bien contente. Voilà ce qui vous attend quand on est si belle. On n'a qu'à subir toute la laideur du monde, cacher sa blessure et mourir en gardant son secret. J'en ai assez. Ne croyez-vous pas qu'une femme si belle et si bien faite a tout ce qu'il faut pour devenir un ange ? Je vous le dis à vous, à personne d'autre. Vous savez garder un secret.

CHAPITRE 3

Oui, c'est la vérité. Seule une femme réellement belle peut vraiment savoir, en le voyant dans les yeux d'un homme, comme le monde est laid, la façon dont se perd la forme véritable d'un être humain.»

Chaque fois que Kinue employait le mot «belle», on aurait dit qu'elle rassemblait toute sa salive pour la cracher. «C'est la beauté chez une femme qui tient l'enfer à distance. Cela lui vaut toutes ces horreurs de l'autre sexe et la jalousie du sien, tandis qu'en souriant, elle appelle cela son destin. Voilà ce que c'est d'être belle. C'est vraiment honteux. Honteux à un point qu'on ignore. C'est un malheur que seule peut comprendre une autre femme d'égale beauté, car nul ne peut réellement compatir. J'en ai des frémissements quand j'entends dire à telle autre qu'elle envie ma beauté. Ce sont des gens qui n'entendront jamais rien à notre malheur. Jamais. Comment pourraient-ils jamais comprendre la solitude d'une pierre précieuse? Un diamant, lui, ne cesse d'être nettoyé par sale convoitise et moi, je suis constamment nettoyée par de sales idées. Si les gens savaient réellement ce que c'est d'être belle, tous les salons de beauté et les chirurgiens esthétiques feraient faillite. Celles qui croient au bonheur d'être belles sont celles qui ne le sont pas. N'est-ce pas la vérité?»

Toru roulait entre ses doigts un crayon vert hexagonal.

Kinue était la fille d'un très riche propriétaire terrien. Devenue quelque peu bizarre depuis une malheureuse affaire de cœur, elle avait passé six mois dans une clinique psychiatrique. Elle présentait un curieux syndrome dénommé dépression délirante ou folie dépressive ou quelque chose de ce genre. Elle n'avait pas eu d'autre crise grave par la suite, simplement cela avait engendré chez elle la conviction qu'il n'était pas plus belle personne au monde.

Vivant dans cette illusion, elle avait pu, brisant le miroir qui était son tourment, se réfugier dans un univers sans miroir. La réalité y devenait malléable, sélective, elle y apercevait l'objet de ses désirs, rejetant tout le reste. Le principe directeur en eût été, pour la plupart des gens, une corde raide conduisant à coup sûr au désastre, mais pour elle, cela ne présentait aucune complication, aucun sentiment du danger. Ayant jeté à la poubelle le vieux joujou de la conscience de soi, elle s'était fabriqué un nouveau jouet des plus complexes et des plus ingénieux qu'à présent elle faisait servir à tous ses besoins, le faisant fonctionner comme un cœur artificiel. Quand elle avait achevé de le mettre au point, Kinue avait atteint au bonheur parfait ou, comme elle aurait dit, au malheur parfait.

Sans doute cette infortune romanesque avait-elle pris naissance à entendre un homme mentionner sa laideur. À cet instant, Kinue avait entrevu une lumière éclairer la seule route qui s'offrait, l'étroit sentier par où passer. Ne pouvant changer ses propres traits, il lui fallait changer le monde. Elle avait pratiqué en secret sa propre chirurgie esthétique, réussissant un retournement complet, une perle brillante émergeant de la vilaine écaille, couleur de cendre.

Tel un soldat assiégé qui découvre une issue, Kinue décela un lien fondamental quoique fugitif avec le monde. S'en servant comme d'un levier, elle fit basculer le monde sens dessus dessous. Révolution extraordinaire. Habileté suprême à voir le malheur dans ce que dans son cœur elle désirait par-dessus tout.

Tenant sa cigarette d'une façon qui le faisait paraître plus vieux que son âge, Toru se penchait en arrière, étirant ses longues jambes en blue-jean. Rien de ce qu'elle débitait n'était pour lui chose nouvelle, mais il ne laissa aucunement paraître que cela l'assommait. Kinue était très sensible à son auditoire.

Jamais il ne s'en moquait comme on faisait autour d'elle. C'est pourquoi elle venait lui rendre visite. Il sentait chez cette fille laide et folle, de cinq ans son aînée, une compagne en isolement. Il aimait ceux qui refusaient de reconnaître le monde.

Si la dureté de leurs deux cœurs, l'un que protégeait la folie, l'autre la conscience de soi – si leur degré de dureté était à peu près semblable –, alors il n'y avait pas à craindre qu'ils se blessent, quand bien même ils se heurtaient l'un à l'autre. Pas davantage des heurts de la chair.

À ce moment, Kinue n'était plus du tout sur ses gardes. Toru s'étant levé en faisant grincer sa chaise et avancé vers elle à grands pas, elle poussa un cri aigu et s'enfuit vers la porte.

Il se hâtait vers le télescope. L'œil rivé à l'instrument, il agita une main par-derrière.

« J'ai du travail. Rentrez chez vous.
– Excusez-moi. Ce n'est pas ma faute. Je crois réellement que vous n'êtes pas comme les autres, mais vous m'avez surprise tout à coup. Tant de choses horribles me sont arrivées que, quand un homme se lève brusquement, je crois que ça va recommencer. Vous devez comprendre que je vis dans une frayeur constante.
– Ça va bien. Rentrez chez vous. Je suis occupé.
– Je m'en vais. Mais...
– Qu'y a-t-il ? » L'œil encore fixé au télescope, il sentait qu'elle hésitait au haut de l'escalier.

« Je... J'ai beaucoup de respect pour vous. Bon, au revoir.
– Au revoir. »

CHAPITRE 3

On entendit des pas et le bruit d'une porte qu'on fermait. Toru suivait une lumière au télescope.
Tout en écoutant Kinue, il regardait par la fenêtre et avait aperçu un signal. Malgré le temps nuageux, des lumières parsemaient les collines à l'ouest d'Ise ; et quand le signal d'un navire qui s'approchait apparut entre les lumières des bateaux de pêche, on eut l'impression d'un changement faiblard et furtif, étincelle dans les ténèbres.
Le *Nitcho-Maru* ne devait guère arriver avant une heure. Mais il ne faut pas se fier aux horaires des bateaux.
Au loin dans l'obscurité, comprises dans le cercle du télescope, les lumières d'un navire rampaient comme un insecte. D'abord un faisceau, puis deux. Le navire avait changé de cap et les lumières de la proue et de la poupe s'étaient séparées. À en juger par la distance et par les feux de la passerelle, ce ne devait pas être un bateau de pêche de quelques centaines de tonneaux, mais le *Nitcho-Maru*, avec ses quatre mille deux cents tonneaux bien comptés. Toru avait déjà l'œil exercé à juger du tonnage d'un bateau en fonction de sa longueur.
Tandis que le télescope les suivait, ses feux s'éloignaient des lumières lointaines d'Ise et des bateaux de pêche. Sûr de lui, le navire s'avançait sur sa voie océane.
Le voici qui survenait telle une lueur de mort, les feux de la passerelle pénétrant les eaux. Dès l'instant qu'il fut à même de distinguer clairement dans la nuit, esquissée par les lumières de bâbord, de l'arrière et de la passerelle, la silhouette d'un navire, cette silhouette particulière des cargos, semblable à un objet ancien de céramique, Toru s'en fut au signal lumineux. Il le régla à la main. Si ses signaux étaient trop rapides, le bateau aurait du mal à les apercevoir, et s'ils étaient trop lumineux, le pilier sud-est de l'édifice pourrait en cacher une partie. En outre, du fait qu'il n'était pas commode de prévoir le temps mis à repérer le signal et à y répondre, le chronométrage n'était pas chose facile.
Toru émit trois appels. Point – point – point – trait – point. Point – point – point – trait – point. Point – point – point – trait – point.
Ils restèrent sans réponse.
Il refit ses trois signaux.
Il y eut un trait. Une lumière qui semblait percer près de la passerelle. Il avait l'impression de sentir, au loin, la résistance de l'obturateur.
« Votre nom ? »
Point – trait – trait – point, point – trait – point – trait – point, trait – point – point – point – trait, trait – point, trait – point – point – point.
Après ce trait initial, le nom du bateau, spectral.

Trait – point – trait – point, point – trait – trait – point, point – point – trait – point, trait – trait, point – point – trait, trait – point – point – trait, trait – point – trait – trait – point.

C'était le *Nitcho-Maru*, aucun doute.

Ce fut tout un remue-ménage entre les signaux lumineux longs et courts, comme si parmi les faisceaux de lumière ininterrompue, une petite lumière était devenue folle de joie. La voix qui appelait au loin, par-delà la mer enténébrée, ressemblait à la voix d'une folle. Voix métallique qui appelait tristement sans pourtant être triste, dans un transport de joie. Elle ne disait qu'un nom de navire, et pourtant, le trouble infini de cette voix de lumière emportait aussi dans chacun de ses fragments les battements irréguliers d'un pouls qui s'emballe.

Les signaux devaient provenir de la main du lieutenant, qui était de quart. Toru sentait dans ces signaux de la passerelle ce que devait éprouver un lieutenant au moment de rentrer chez lui. Cette pièce au loin, aux odeurs lourdes de peinture blanche, où brillaient les cuivres de la boussole et du gouvernail, devait être pénétrée de la lassitude de la longue traversée et des soleils attardés des pays du Sud. Retour d'un navire, battu des vents et de sa cargaison. Tâches professionnelles aux langueurs viriles. Rompu à faire vite, les yeux rougis par la tension de la rentrée au port. Deux pièces solitaires se faisaient face par-dessus l'obscurité de la mer. Et tandis qu'elles entraient en communication, l'existence d'un autre esprit humain là-bas dans les ténèbres paraissait une lumière spectrale, à même l'océan.

Il allait falloir que le bateau mouille au large, et n'entre au port que le lendemain. Le service de santé fermait à dix-sept heures pour ne rouvrir qu'à sept heures du matin. Toru attendit que le bateau eût passé le troisième pylône. Plus tard, si l'on se renseignait, il lui suffirait de donner l'heure.

« Ceux qui viennent des ports étrangers sont toujours en avance », se dit-il à lui-même. Il lui arrivait de se parler tout haut. Il allait être vingt et une heures. Le vent était tombé, la mer était calme.

Vers vingt-deux heures, il sortit prendre l'air pour lutter contre le sommeil.

Il y avait encore de la circulation sur la route départementale. Autour du port de Shimizu, au nord-est, les lumières clignotaient nerveusement. Le mont Udo qui, par temps clair, engloutissait le soleil couchant, dressait sa masse sombre. Des ivrognes chantaient dans le dortoir des chantiers H.

CHAPITRE 4

Rentrant dans la pièce, il écouta le bulletin météorologique. On annonçait de la pluie, une mer forte et une mauvaise visibilité. Puis ce furent des nouvelles. Les opérations de l'armée américaine au Cambodge avaient anéanti le quartier général, les centres de ravitaillement et des hôpitaux du Front de Libération jusqu'en octobre.
Vingt-deux heures trente.
La visibilité était déjà mauvaise et les lumières d'Ise avaient disparu. Cela valait mieux, pensa Toru à demi assoupi, qu'un brillant clair de lune. Par les nuits qu'éclaire la lune, il n'était pas commode de distinguer les lumières des bateaux dans les reflets de l'eau.
Il mit le réveil à une heure trente avant de s'étendre sur la couchette.

4

Vers la même heure, dans sa maison de Hongo, Honda faisait un rêve.
Il s'était couché tôt et, épuisé par son voyage, il s'était bientôt endormi. Était-ce l'influence du bosquet de pins qu'il avait visité ce jour-là ? Il était question d'anges dans son rêve.
Au-dessus de la pinède de Mio voletait non pas un ange mais une multitude d'anges, mâles et femelles. Son rêve mettait à profit ce que Honda savait des Écritures bouddhiques.
En rêvant, Honda se dit que ces Écritures étaient la vérité. Il était rempli d'un bonheur immaculé.
Il y a les anges des Six Mondes du Désir et les êtres sensibles des divers Mondes de la Forme. Les premiers sont ceux qu'on connaît le mieux. Du fait que, dans le rêve de Honda, les anges se divertissaient, les mâles avec les femelles, il paraissait vraisemblable qu'ils appartinssent aux Mondes du Désir.
Ils portent des lumières de sept couleurs, feu, or, bleu, rouge, blanc, jaune et noir. Tels des colibris aux ailes d'arc-en-ciel voletant de toutes parts.
Ils ont des cheveux bleus, des dents dont l'éclair blanc illumine le sourire. Leurs corps sont toute douceur, toute pureté. Leurs yeux ne flanchent point.

L'ANGE EN DÉCOMPOSITION

Anges mâles et femelles des Mondes du Désir ne cessent de se rapprocher, tandis que les anges du troisième Monde se contentent de se tenir la main, ceux du quatrième d'échanger des regards, du sixième, le plus élevé, d'échanger des paroles.

Cette assemblée devait être telle, se dit Honda en lui-même. Il y avait une jonchée de fleurs, des parfums délicats, une musique. Honda était au comble de la félicité, de connaître ainsi tous ces mondes divers. Il savait que, s'il est vrai que les anges sont des êtres sensibles supérieurs aux humains, ils n'ont pas encore échappé au cycle des naissances et des réincarnations.

On eût dit qu'il faisait nuit, bien que ce fût par un brillant après-midi, on eût dit qu'il faisait jour bien qu'il y eût des étoiles et une lune au croissant renversé. On apercevait une seule silhouette humaine à part Honda lui-même. Il se demanda si ce n'était pas là le pêcheur qui, à Mio, tenta de dérober la robe de l'ange.

Il est écrit dans les textes bouddhiques : « Les anges mâles prennent naissance au genou des archanges mâles, et les anges femelles aux épaules des archanges femelles ; et ils ont connaissance des lieux où antérieurement ils sont nés, et ils boivent au fleuve céleste de la sanctification. »

Prenant leur essor, puis plongeant vers le bas, les anges semblaient se jouer de Honda. Les pieds cambrés, ils approchaient de son nez à le frôler. Il suivait la blancheur de leurs doigts tout fleuris et ceux qui disparaissaient derrière ce visage qui lui souriait – le visage de la princesse thaïe Ying Chan, couronné de fleurs.

Les anges ne remarquaient déjà presque plus Honda. S'approchant des dunes du bord de mer, on les voyait plonger sous les branches inférieures des pins. Honda n'arrivait pas à tout observer. Il était aveuglé par ces tourbillons miroitants. Des fleurs célestes de blancheur tombaient en pluie incessante dans un concert céleste de luth et de flageolet. Et la brise entraînait des chevelures bleues, et un drapé de jupes, de manches et d'écharpes en soie grège qui retombaient des épaules aux bras. Un sein d'une blancheur immaculée s'attarda un instant à ses yeux, la cambrure nette d'un pied s'éloigna dans les lointains. Un bras d'un blanc admirable éclairé d'arc-en-ciel vint effleurer ses yeux comme pour se saisir d'une chose.

Il aperçut, l'espace d'un instant, le creux d'un doigt qui s'ouvrait doucement, et y flottait la lune. Des bras blancs généreux imprégnés d'une senteur céleste s'élançaient, grands ouverts, vers le ciel. On voyait les formes suaves des hanches se détacher sur le ciel d'azur, telles des traînées de nuages. Puis, du plus loin, deux yeux noirs impassibles

CHAPITRE 5

s'abattirent vers lui avant que, inclinant doucement un front blanc qui reflétait les étoiles, la forme s'éloignât d'un coup, chevilles relevées.

Parmi les anges mâles, il aperçut distinctement Kiyoaki et la mine sévère d'Isao. Il tenta de les suivre mais, dans cet assemblage sans cesse changeant aux teintes d'arc-en-ciel, il ne pouvait s'attacher plus d'un instant à aucune forme, si douce fût sa marche.

Regardant vers l'endroit où il avait vu Ying Chan, il se demanda s'il se pouvait que le temps fût plus complexe aux Royaumes du Désir, et si, en changeant de forme dans cette fantasmagorie, il se pouvait que passé et présent occupassent le même espace. Mais le petit drame silencieux s'évanouit à ses yeux comme un songe au moment même où des lieux nouveaux paraissaient se former.

Seuls les pins appartenaient au monde d'ici-bas. On voyait se dessiner le détail des aiguilles, et le tronc du pin rouge où s'adossait Honda était rude et dur au toucher.

Le moment vint où Honda s'irrita de ces mouvements continuels, au point de les trouver insupportables. Il continuait à regarder, comme s'il s'était trouvé sous un déodar géant, dans un parc. Un parc où il se sentait humilié. Des trompes d'autos dans la nuit. Il ne cessait de regarder, réduisant tout à un élément commun, la plus sacrée comme la plus basse des choses. Il faisait tout se ressembler. Toutes choses étaient semblables. Du début à la fin.

En proie à une profonde dépression, Honda ouvrit les yeux et mit son rêve en lambeaux, comme un nageur qui, venant de la haute mer, arracherait les algues collées à lui et les jetterait sur la grève.

Il entendait le petit tic-tac de sa montre dans son étui près de l'oreiller. Il alluma la veilleuse. Une heure et demie.

Il craignit de rester éveillé jusqu'au lever du jour.

5

Tiré de son sommeil par le réveil, Toru alla par habitude vers le lavabo se brosser les mains. Puis il s'approcha du télescope.

Le coussinet de l'œilleton était d'une humidité tiède, désagréable. Il en tint son œil légèrement éloigné. Il ne distinguait rien.

L'ANGE EN DÉCOMPOSITION

Il avait mis le réveil à une heure trente au cas toujours possible où le *Zuiun-Maru*, annoncé pour trois heures, arriverait en avance. De nouveau, il regarda sans rien voir. Vers trois heures la mer s'anima. Des groupes de bateaux de pêche approchèrent par la gauche, on entendait les coups sourds des moteurs et leurs lumières se disputaient pour passer en tête. Un moment, on eût dit de la mer, au-dessous de lui, une fête de quartier. Les bateaux se dépêchaient de rentrer des bancs de sardines d'Okitsu pour le marché du matin à Yaizu.

Il prit un chocolat et alla se faire chauffer un bol de nouilles. Il y eut un appel du poste de signalisation de Yokohama. Le *Zuiun-Maru* avait été retardé et n'arriverait pas avant quatre heures. Il aurait pu rester couché plus longtemps. Il bâilla à plusieurs reprises. Les bâillements semblaient se forcer un passage du plus profond de ses poumons.

Trois heures trente, et toujours pas de nouvelles du bateau. Afin de chasser la somnolence qui l'envahissait, il descendit et sortit respirer longuement dans l'air froid. On aurait dû voir la lune s'élever, mais le ciel était nuageux et sans étoiles. Tout ce qu'il apercevait, c'étaient les rangées de lumières rouges des sorties de secours d'un grand ensemble et, beaucoup plus loin, les lumières étincelantes qui entouraient le port de Shimizu. Une grenouille coassait doucement et le premier coq s'avisa de la venue de l'aube dans l'air froid. Au nord, les couches de nuages blanchissaient légèrement.

Il rentra. Dans cinq minutes, il allait être quatre heures. L'apparition du *Zuiun-Maru* dissipa le sommeil. Dans le demi-jour naissant, les serres en plastique des fraisiers ressemblaient à un paysage de neige. Il n'eut aucun mal à identifier le bateau. Il dirigea le clignotant vers le feu arrière à bâbord et le nom lui revint sans délai. À la lumière de l'aube, le *Zuiun-Maru* glissa doucement vers le bassin 3-G.

À quatre heures trente apparut une très légère rougeur à l'est, au-dessus des nuages. La ligne d'horizon entre terre et mer devint distincte, l'emplacement de l'eau et du reflet des bateaux de pêche se précisa.

Assis au bureau, à peine suffisamment éclairé pour écrire, Toru traça à plusieurs reprises, sans objet : *Zuiun-Maru, Zuiun-Maru, Zuiun-Maru*. La lumière grandissait d'instant en instant. Levant les yeux, il distingua les plis que faisaient les vagues. Le soleil se levait à quatre heures cinquante-quatre. Toru alla à la fenêtre et tira le carreau pour laisser pénétrer la beauté du ciel juste avant le lever du soleil.

CHAPITRE 5

Au-dessus de l'endroit même où le soleil se lèverait, des nuages d'une grande finesse étiraient leurs plis en relief, semblables exactement au plissé d'une jupe, comme si une chaîne de montagnes eût surplombé la mer. Des traînées de nuées roses se superposaient où perçaient çà et là des jours vert cendré. Au-dessus des crêtes montagneuses, des nuages gris clair jaillissaient comme la mer. Le relief des montagnes s'irradiait de lueurs roses jusqu'à sa lisière inférieure. Toru arrivait presque à apercevoir des maisons piquées sur les pentes au loin. Les surmontait comme une rose prête à éclore.

C'est de par-là, songea-t-il, qu'il était venu. De cette contrée du mirage, visible à l'occasion par les ouvertures d'un ciel d'aurore.

La brise matinale était glaciale. Au-dessous de la fenêtre, le bocage reverdissait. Aux pylônes, l'aube venait souligner le blanc des isolateurs. Toujours plus à l'est, s'allongeait l'alignement des pylônes, vers le point éloigné où se levait le soleil ; mais le soleil ne sortit point. Juste à l'instant où il devait se lever, la rose flétrit, s'absorbant dans les nuages bleus. Au lieu de la rose disparue, les nuages se dispersèrent comme des fils de soie ; mais il n'y eut pas de soleil.

Finalement, il fit son apparition à cinq heures cinq. Juste au-dessus du second pylône, par une ouverture dans le gris foncé des nuages à l'horizon, on l'entrevit, soleil carminé, mélancolique, comme allant se coucher et non pas se lever. Un écran nuageux en retranchait le haut et le bas, telles des lèvres brillantes. Le sourire ironique de lèvres minces peintes en rouge carmin erra un instant parmi les nuages. S'amincissant et de plus en plus pâles, il en demeurait un sourire sardonique, à l'existence problématique. Dans les portions supérieures du ciel régnait une lumière, et plus chaude et plus vive.

À six heures, lors de l'arrivée d'un bateau chargé de tôles, le soleil était étonnamment haut, boule lumineuse assez terne pour être regardée à l'œil nu. À sa pâle lumière, la mer, vers l'est, paraissait un drap d'or.

Toru téléphona au remorqueur et chez le pilote.

« Bonjour. Le *Nitcho-Maru* et le *Zuiun-Maru* sont arrivés. Oui, s'il vous plaît.

– Fuji Nord ? le *Nitcho-Maru* et le *Zuiun-Maru* sont arrivés. À quatre heures vingt, le *Zuiun-Maru*, au bassin 3-G. »

6

Le changement d'équipe avait lieu à neuf heures. Toru laissa les chocolats à son successeur. La météo s'était trompée. Il faisait une journée d'une clarté magnifique. En attendant son autobus, le soleil était trop brillant pour des yeux qui n'avaient pas eu leur compte de sommeil.

La rue qui conduisait à la gare de Sakurabashi, du chemin de fer de Shimizu, traversait jadis des rizières, mais on les avait comblées et subdivisées. Les bas-fonds clairs étaient devenus un méli-mélo sans goût de nouveaux magasins, comme la grand-rue d'une bourgade aux États-Unis. À sa descente de l'autobus, Toru tourna à gauche, après avoir franchi un ruisseau. Peu après, se trouvait la maison à étages où il avait un logement.

Il monta un escalier à marquise bleue et ouvrit la porte, au fond du couloir, au premier.

Tout était comme il l'avait laissé, propre et bien rangé, deux pièces-cuisine, de six nattes et quatre nattes et demi, que des persiennes rendaient obscures.

Avant d'ouvrir les persiennes, il alla mettre le chauffage pour son bain. Il avait un bain à lui, bien que de dimensions réduites, chauffé au propane.

Épuisé à force de scruter l'horizon, n'ayant rien d'autre à faire que de regarder, Toru s'appuya au rebord de la fenêtre nord-ouest et observa l'animation dominicale dans les maisons neuves par-delà l'orangeraie. Des chiens aboyaient. Des moineaux voletaient parmi les rameaux d'oranger. Sur les vérandas, au midi, des hommes qui avaient fini par posséder une maison à eux se prélassaient sur des fauteuils de rotin en lisant les journaux. Il entrevoyait à l'intérieur des ménagères en tablier. Les toits de tuiles neuves étaient d'un bleu criard. On entendait des voix d'enfants tels des éclats de verre.

Toru se plaisait à regarder les gens comme au zoo les animaux. Le bain était prêt. Après le travail, il prenait toujours un bon bain, frottant tous les creux de sa personne. Il n'avait besoin de se raser qu'une fois la semaine.

Nu, il s'avança, en le faisant grincer, sur le caillebotis et entra dans le bain sans se laver. Personne n'allait utiliser le bain après lui. Il avait réglé le thermostat et il s'en fallait au plus d'un ou deux degrés

CHAPITRE 7

qu'il soit au point désiré. Réchauffé, il sortit et se lava à loisir. Quand il était las et à court de sommeil, son visage se couvrait d'une sueur froide ainsi que ses aisselles. Il fit mousser le savon et se mit à se frotter minutieusement sous les bras.

La clarté de la fenêtre glissait en tons bleu-blanc sur ses bras levés, rencontrant le mamelon gauche, près de l'aisselle à présent enfouie dans le savon. Il eut un sourire. Il portait de naissance trois grains de beauté en creux, comme les Pléiades. Depuis quand, il n'aurait su dire, ils lui avaient paru être la preuve charnelle qu'il était promis à des munificences sans fin.

7

*H*onda et Keiko Hisamatsu étaient de parfaits compagnons de vieillesse. Quand il sortait se promener avec Keiko, tout le monde les prenait pour un ménage de gens riches, des époux bien assortis. Ils pouvaient se voir tous les deux ou trois jours sans du tout s'ennuyer. Ils s'inquiétaient chacun du taux de cholestérol de l'autre, de ses hémorroïdes et d'éventuelles tumeurs malignes, divertissant beaucoup les médecins. Ils changeaient fréquemment d'hôpital, se méfiant de tous les médecins. Ils arrivaient même à s'accorder sur de petites économies. Ils s'intéressaient assidûment à la psychologie des vieillards, la leur exceptée.

Ils étaient même parvenus à pondérer leurs susceptibilités. Chacun faisait preuve d'une prudente objectivité quand l'autre était en proie à une irritation sans objet, ménageant respectivement leur amour-propre. Ils se passaient leurs pertes de mémoire. Si l'un d'eux oubliait ce qu'il venait de dire ou disait juste le contraire, l'autre sachant que cela aurait pu aussi bien lui arriver, s'abstenait poliment d'en rire.

Ils étaient tous deux un peu imprécis à propos de choses qui s'étaient passées les dix ou vingt dernières années ; mais pour ce qui se rapportait au passé ancien et touchait à la famille et autres sujets semblables, ils rivalisaient de précision comme s'ils avaient lu dans un livre d'or. Et il leur arrivait souvent de se rendre compte que, ne s'écoutant nullement l'un l'autre, ils avaient poursuivi un monologue chacun de son côté :

« Le père de Sugi – c'est lui qui avait fondé les produits chimiques Sugi. Depuis, c'est devenu les produits chimiques Nihon. Sa première femme appartenait à une ancienne famille de sa ville natale, du nom de Honji. Le ménage n'alla pas et elle reprit son nom de jeune fille. Ensuite, elle s'est remariée, avec un petit-cousin. Elle ne valait pas cher et elle acheta une maison tout à côté de la sienne à Kagomachi. Et puis un sorcier dont, à l'époque il était beaucoup question – voyons, comment s'appelait-il ? peu importe –, lui dit que le puits était mal orienté. Toujours est-il qu'elle fit exactement ce qu'il lui avait dit, et elle bâtit un mausolée dont la façade donnait hors du jardin. Les gens y venaient en foule faire leurs dévotions. Ça n'a duré que jusqu'aux raids aériens, mais... » Tel était le genre de monologue où Honda en venait à se complaire.

Tandis que, de son côté, Keiko racontait : « Elle était la fille d'une maîtresse, et par conséquent la demi-sœur, du vicomte Matsudaira. Elle s'éprit d'un chanteur italien d'opéra, se trouva déshéritée, et elle le poursuivit jusqu'à Naples où il la laissa en plan. Elle tenta de se suicider. Cela a été dans tous les journaux. Cousin du baron Shishido par sa femme, le baron Shishido était donc son oncle, en tout cas cette cousine a épousé quelqu'un de la famille Sawado. Elle eut des jumeaux, et peu après leurs vingt ans, ceux-ci trouvèrent la mort l'un après l'autre dans des accidents de la circulation. Ils ont servi de modèles pour *Deux Bourgeons de chagrin,* un ouvrage connu. Peut-être l'avez-vous lu. »

L'auditoire n'accordait aucune attention à ce chapelet de généalogies, mais c'était sans importance. Mieux valait l'inattention que l'ennui profond qu'entraînait l'attention.

Ils avaient en commun une infirmité qu'ils cherchaient à dissimuler à tous les autres : la vieillesse. Chacun tient à parler de ses infirmités, et il était habile de leur part d'avoir su trouver l'auditeur qu'il fallait. Ce en quoi ils différaient un peu de la plupart des couples, c'était que Keiko ne ressentait aucun besoin de dissimuler ou de se donner un air de jeunesse.

Les soucis tatillons, les partis pris, l'hostilité envers la jeunesse, l'attention excessive portée aux détails, la crainte de mourir, la façon de s'irriter à propos de tout, tout cela, Honda et Keiko le trouvaient l'un chez l'autre mais non pas en eux-mêmes. Et pour ce qui était d'entêtement, chacun en avait une provision qui équivalait à celle de l'autre.

CHAPITRE 7

Ils se trouvaient très tolérants à l'égard des jeunes femmes et très intolérants pour les jeunes hommes. Ils adoraient se plaindre des jeunes, et ni le Zengakuren ni les hippies n'échappaient à leurs critiques. Les épidermes trop bien rasés, les chevelures noires opulentes, un regard rêveur, un peu perdu, tout cela leur était anathème comme étant le fait de la jeunesse. C'est péché à un homme d'être jeune, déclarait Keiko, ce qui enchantait Honda.

Si la vieillesse était la réalité la plus déplaisante à admettre et avec laquelle il fallait vivre continuellement, alors Honda et Keiko avaient chacun trouvé chez le partenaire où s'abriter de la réalité. Leur intimité n'était pas une juxtaposition, mais un frôlement rapide dans leur hâte à chercher un refuge. Échange entre eux de maisons vides dont ils se dépêchaient de tirer les verrous derrière eux. Seul au sein de l'autre, chacun d'eux respirait à l'aise.

Son amitié avec Honda apparaissait à Keiko comme le respect scrupuleux des dernières volontés de Rie. Sur son lit de mort, prenant la main de Keiko, Rie l'avait suppliée de veiller sur Honda. De la sorte, elle sauvegardait l'avenir de son époux de la façon la plus judicieuse.

Une des conséquences de leur accord avait été l'année précédente un voyage en Europe. Keiko remplaçait ainsi Rie qui avait obstinément refusé d'y aller. Cette dernière détestait l'idée de voyager à l'étranger, et chaque fois que Honda en avait formé le projet, elle avait demandé à Keiko de partir à sa place. Elle savait parfaitement que son mari n'aimait pas voyager avec elle-même.

Au cours de l'hiver, Honda et Keiko visitèrent Venise et Bologne. Le froid était un peu pénible, mais ils se plurent énormément dans la paix et le déclin de Venise en ces jours d'hiver. Il n'y avait pas de touristes, les gondoliers transis demeuraient inoccupés et les ponts se succédaient comme la cendre de rêves en ruine. Venise, c'était la fin dans toute sa beauté, une beauté que grignotaient mer et usine, la réduisant à l'état de squelette. Honda avait pris froid et une forte fièvre s'était déclarée. La rapidité avec laquelle Keiko trouva un médecin parlant anglais, ses soins si vigilants, firent voir à Honda la nécessité d'un compagnon de vieillesse.

Le matin où sa fièvre tomba, sa gratitude s'était exprimée de l'air gêné d'un adolescent :

« Toute cette gentillesse et cette affection maternelle. Je comprends pourquoi les jeunes filles ont tant d'affection pour vous.

– Ce sont deux choses toutes différentes. » De très bonne humeur, Keiko avait fait semblant de se mettre en colère. « Je ne suis aimable qu'envers mes amis. Pour être appréciée des femmes, il me faut être cruelle. Si la fille que j'aimais le mieux souffrait pareille fièvre, il me faudrait, me débarrassant de tout souci, l'abandonner à son sort. J'aimerais mieux mourir que d'en arriver, comme la plupart, à une sorte de *modus vivendi*, à vivre ensemble comme mari et femme, en prenant soin l'un de l'autre dans leur vieillesse. Il y a des quantités de maisons hantées où des femmes un peu masculines vivent avec des demoiselles sur le retour affreusement fidèles. Il pousse des champignons dans l'air humide et ça leur sert de nourriture, elles filent de douces toiles d'araignée et elles dorment dans les bras l'une de l'autre. La femme garçon manqué est faite pour le travail, alors on les voit joue contre joue, en train de rédiger leur feuille d'impôts. Non merci, ce n'est pas mon idée d'attachement romanesque.»

Grâce à la laideur de la vieillesse chez l'homme, Honda avait tout ce qu'il fallait pour sacrifier à cette résolution intrépide. Ce sont là les bienfaits inattendus de la vieillesse.

Pour se dédommager, peut-être, Keiko se moquait de Honda parce qu'il avait emmené un petit mémorial de bois en mémoire de Rie. Il l'avait gardé secret ; mais quand sa fièvre dépassa 41°, il se mit à laisser ses dernières recommandations, certain qu'il était qu'une pneumonie allait l'emporter. Parmi celles-ci, figurait qu'elle remmenât le mémorial au Japon.

«Pareil attachement est fait pour vous donner la chair de poule, dit Keiko, sans aucun ménagement. Elle n'avait pas voulu venir, si bien que vous l'y forcez contre sa volonté.»

Le matin où il se sentit guéri, Honda trouva de l'agrément dans la clarté du ciel, et un plaisir supplémentaire à cette algarade.

Il ne comprenait pas clairement, même après ces remarques peu aimables de Keiko, ce qu'il avait demandé à Rie. Jusqu'à la fin, elle n'avait cessé de lui être fidèle, de cela il n'avait aucun doute, mais cette fidélité même présentait des épines dans tous les creux, dans chaque coin. La stérilité de Rie prouvait manifestement les réserves que faisait Honda au sujet de l'humanité. Le fait qu'il en fût malheureux avait fait son bonheur à elle, qui voyait aussitôt ce que cachait à l'occasion tel geste aimable ou affectueux. Il n'était pas jusqu'aux paysans qui n'emmenassent leur épouse à l'étranger à notre époque. Étant donné la fortune de Honda, sa proposition était des plus modestes. Le fait qu'elle refusât montrait un entêtement extraordinaire. Il lui arrivait même de hausser le ton :

«Que signifient pour moi Londres, Venise ou Paris? Je suis une vieille femme, alors, que voulez-vous que ça représente pour moi d'être ainsi traînée dans ces endroits-là?»

CHAPITRE 7

Dans sa jeunesse, Honda aurait sans doute été désorienté par une telle brusquerie ; mais, à son âge, il se demandait si, en proposant à sa femme de l'emmener à l'étranger, il avait fait preuve d'une quelconque affectueuse sollicitude à son égard. Rie en était venue à tenir en suspicion tout témoignage d'affection, et Honda, de son côté, avait pris la même habitude. Il se pouvait que ses projets de voyage eussent matérialisé le désir de jouer le rôle du mari vertueux. Prenant le contraire en toutes choses, voyant dans la résistance de sa femme une manifestation féminine de défiance, considérant sa froideur comme une ardeur cachée, il avait recherché un témoignage de sa propre gentillesse. Et il se pouvait qu'il voulût faire de tout ce voyage quelque chose qui célébrât le passage d'un stade quelconque de l'existence. Rie sut immédiatement reconnaître les motifs vulgaires que dissimulait cette amabilité de façade. Elle plaida la maladie, et bientôt la maladie ainsi mise en avant devint réalité. Elle s'ingénia à ressentir une douleur physique. Il n'était plus question de voyager.

Emporter le mémorial rendait un hommage posthume à sa droiture. Si Rie avait vu son mari ranger le mémorial dans sa serviette (la première proposition étant, bien entendu, une contradiction), combien son rire eût été ironique ! Désormais, Honda pouvait se permettre toute espèce d'attachement sentimental. Et c'était la nouvelle Rie qui le lui permettait.

Le soir de leur retour à Rome, comme pour compenser les services rendus à Venise, Keiko amena à leur appartement de l'hôtel Excelsior une jeune beauté sicilienne trouvée sur la Via Veneto, près de l'hôtel. Toutes deux se divertirent la nuit entière en présence de Honda.

Par la suite, Keiko déclara :

« Vos toussotements étaient splendides. Votre rhume n'était pas tout à fait fini. Vous avez toussé toute la nuit d'une toux des plus bizarres. Je ne saurais vous dire quelle merveille c'était d'écouter cette drôle de toux usée alors que, dans l'autre lit, je pouvais jouir de ce corps de marbre. C'était une musique de fond bien supérieure à tout ce que j'aurais pu acheter. Il me semblait que je faisais ceci ou cela, je ne sais trop, au-dedans d'un mausolée superbe.

– Il vous semblait entendre le squelette.

– Exactement. J'étais entre la vie et la mort. Un état intermédiaire. Mais n'allez pas me dire que vous-même n'aviez pas du bon temps. » Keiko s'était parfaitement rendu compte que Honda était venu caresser le pied de la jeune personne.

L'ANGE EN DÉCOMPOSITION

Au cours de leur randonnée, Keiko apprit à Honda à jouer aux cartes. À leur retour, elle l'invita à une partie de canasta. Après déjeuner, on disposa quatre tables au salon.

Outre Honda, il y avait Keiko et deux Russes blanches. L'une d'elles était âgée et l'autre, une personne imposante, avait passé la cinquantaine. C'était un après-midi maussade et pluvieux. Honda ne comprenait pas que Keiko, qui aimait tellement les jeunes demoiselles, n'invitât à ces parties de cartes que des femmes vieilles ou vieillissantes. Il n'y avait que deux hommes à part Honda, un homme d'affaires en retraite et un professeur d'art floral entre deux âges.

Les dames russes résidaient au Japon depuis plusieurs décennies; et Honda trouva surprenant que leur connaissance du japonais se bornât à un vulgaire sabir prononcé d'une voix criarde. Ils commencèrent à jouer aux cartes aussitôt après déjeuner. Les Russes se mirent aussitôt en devoir de se refaire une beauté avec fard et rouge à lèvres.

Depuis la mort de leurs maris, également des Russes blancs, elles avaient continué à diriger une entreprise familiale de fabrication de cosmétiques étrangers. Elles étaient très pingres, mais ne regardaient pas à la dépense pour elles-mêmes. Ayant été en proie à une forte diarrhée lors d'un voyage à Osaka, et voulant s'éviter au retour la gêne d'aller continuellement aux toilettes, elles avaient loué un charter, et en arrivant à Tokyo, on les avait conduites à une clinique où on les connaissait.

La plus âgée se teignait les cheveux en brun; elle portait un pull-over turquoise, un cardigan en lamé, et son collier de perles pesait lourdement. Elle était courbée, mais les doigts qui tenaient le poudrier et le bâton de rouge avaient encore de la force, tellement que sa lèvre inférieure ridée en était tirée de côté. À la table de canasta, elle bataillait furieusement.

Son sujet favori était la mort. C'était là sa dernière partie de canasta, elle en était sûre. Elle serait morte avant la prochaine. Quand elle avait fini cette déclaration, elle attendait qu'on protestât.

Sur la marqueterie italienne, le dessin compliqué des cartes éparses était un éblouissement, tandis qu'à son doigt vigoureux un œil-de-chat ambré s'agitait sur la surface laquée comme le bouchon d'un pêcheur. Elle tapotait nerveusement la table du bout vermillon de ses doigts, et ses mains étaient tachetées comme le ventre d'un requin abandonné plusieurs jours sur une grève.

Déployant gracieusement les cartes en éventail, Keiko battit les deux jeux d'une main experte. Après avoir distribué onze cartes à

CHAPITRE 7

chaque joueur, les jeux furent posés dos en dessus avec, à côté, une seule carte retournée. C'était le trois de carreau, dont le rouge contenait comme une folie de fraîcheur. Honda retint son souffle. Il voyait là trois grains de beauté, tachés de sang.

On entendait les sons propres au jeu de cartes : des rires comme d'une cascade de salon, des soupirs, de petits cris d'étonnement. C'était un lieu où point n'est besoin d'interdits dans le domaine des gloussements, des hésitations, de la gêne ou des ruses de vieillards. On eût dit la nuit dans un zoo d'émotions. Des cris parvenaient de tous les enclos, de toutes les cages.

« À vous de jouer.
– Non, c'est à vous.
– Personne n'a encore de canasta ?
– Mais je vais me faire gronder si ce n'est pas mon tour.
– Elle danse très bien. Le go-go également.
– Je ne suis jamais allé dans une salle de go-go.
– Moi, si. Une seule fois. On dirait un asile d'aliénés. Regardez à l'occasion des danseurs africains. C'est la même chose.
– Moi, ce qui me plaît, c'est de danser le tango.
– J'aime les anciennes danses.
– La valse et le tango.
– Les anciennes danses sont si gracieuses. Les nouvelles, ils ont l'air de revenants. Hommes et femmes habillés pareil. Et ces couleurs ! on dirait un niki – comment dites-vous ?
– Un niki ?
– Vous savez bien. Quand il y a toutes les couleurs dans le ciel.
– Ah, un « niji ». Un arc-en-ciel.
– C'est ça, un « niji », voilà comment c'est. Hommes et femmes de toutes les couleurs.
– Mais l'arc-en-ciel, c'est magnifique.
– Les arcs-en-ciel seront également bientôt des animaux, à cette allure. Des animaux arcs-en-ciel.
– Je n'en ai plus pour longtemps. Je voudrais seulement encore un canasta avant de mourir. Voilà tout ce que je désire, rien de plus. Mon dernier canasta, madame Hisamatsu.
– Ne dites pas cela, Galina. »

Cet étrange entretien fit penser Honda, dont le jeu ne valait autant dire rien, à son réveil matinal.

Depuis qu'il avait passé soixante-dix ans, ce qu'il voyait en premier chaque matin, c'était le visage de la mort. Pressentant l'arrivée de l'aube à la lumière pâle des portes de papier, il était réveillé par une étouffante accumulation de mucosités. Pendant la nuit, les mucosités s'amoncelaient en une masse rouge-noire qui engendrait une raideur hallucinante. Un jour, quelqu'un lui rendrait le service de la saisir entre des baguettes et de l'ôter proprement.

L'amas gluant de mucosités semblable à une méduse avertissait de nouveau Honda, chaque matin, qu'il était encore en vie. Et cette conscience d'exister s'accompagnait de la crainte de mourir.

Il avait coutume de se laisser emporter par des rêves chaque matin. Il ruminait tel un bovidé.

C'étaient des rêves lumineux et scintillants, bien plus remplis du bonheur de vivre que la vie elle-même. Peu à peu, les rêves de son enfance et de sa jeunesse finirent par dominer. Dans un de ces rêves, il se revoyait goûter les beignets que sa mère avait faits, par un matin de neige.

À quoi tenait le retour obstiné d'un menu épisode dépourvu de signification ? À coup sûr, précisément, au fait que c'était un menu épisode sans signification aucune qu'il s'était rappelé des centaines de fois au cours d'un demi-siècle. Lui-même ne pouvait s'expliquer cette emprise sur sa mémoire.

Les dernières traces de la salle où l'on servait le petit déjeuner avaient probablement disparu, tellement la maison de Hongo avait été souvent rebâtie. Élève de seconde au Collège des Pairs, en rentrant à la maison – ce devait être un samedi – Honda était passé avec un camarade à une résidence universitaire, d'où il était revenu chez lui, affamé et sans parapluie.

D'habitude, il entrait par la porte de la cuisine, mais ce jour-là, il avait fait le tour pour voir la neige dans le jardin. Les paillassons qui protégeaient les pins contre l'hiver étaient tachés de blanc. Les lanternes de pierre se coiffaient d'un brocart blanc. Ses souliers crissaient en traversant la neige, et il entrevit la robe de sa mère à la hauteur du genou par la fenêtre de la salle à manger. Il était rendu chez lui.

« Tu dois avoir grand-faim. Arrive, mais fais d'abord tomber la neige. »

Sa mère resserra son kimono. Ôtant son pardessus, Honda se glissa dans le *kotatsu*. Comme essayant de se rappeler quelque chose, sa mère souffla sur la braise. D'un geste, elle releva une mèche de cheveux pour la protéger des cendres.

« Attends une minute, dit-elle entre deux souffles. J'ai quelque chose de bon pour toi. »

Posant une petite casserole sur la braise, elle la frotta d'un papier gras, puis elle versa des ronds de pâte bien nets sur la graisse toute chaude.

CHAPITRE 7

C'était le goût de ces beignets que Honda se rappelait si fréquemment en rêve : le goût du miel et du beurre fondu par cet après-midi neigeux. Il ne se rappelait rien de plus délicieux.
Mais pourquoi ce simple détail était-il devenu le germe d'un souvenir qui l'accompagnerait sa vie durant ? Il n'était pas douteux que cette gentillesse inhabituelle de la part de sa mère si stricte avait ajouté au plaisir. Une étrange tristesse se mêlait à ce souvenir : la silhouette de sa mère tandis qu'elle soufflait sur la braise ; la rougeur qui luisait à ses joues en rallumant, à chaque souffle, des braises auxquelles il n'était pas donné de réchauffer le salon de cette maison économe, qui restait sombre même à la clarté de la neige ; les jeux de la lumière et des ténèbres, les ombres répandues sur les joues de sa mère chaque fois qu'elle prenait son souffle. Et peut-être l'ardeur de ses gestes et ce rare accès de gentillesse dissimulaient-ils une douleur qui, toute sa vie, était demeurée muette. Peut-être, de façon transparente et immédiate, la saveur débordante des beignets et son jeune palais inexpérimenté lui avaient-ils révélé un sentiment d'affection. Il ne pouvait y avoir d'autre explication à cette tristesse.
Soixante ans s'étaient écoulés, comme un seul instant. Quelque chose l'envahit, l'incitant à repousser la conscience de la vieillesse, l'implorant, comme s'il eût caché son visage dans la chaleur du sein maternel. Quelque chose qui avait traversé soixante années dans un goût de beignets par une journée de neige, quelque chose qui ajoutait à ce qu'il savait, et ne dépendait pas du sentiment d'exister, mais plutôt du bonheur lointain d'un moment ; quelque chose qui dissipait les ténèbres de la vie au moins en cet instant, comme une lumière au loin sur une lande obscure dissipe une infinité de ténèbres.
Rien qu'un instant. Honda sentait que rien de rien ne s'était passé dans l'intervalle qui séparait le Honda de sa seizième année du Honda de soixante-seize ans. Rien qu'un instant, le temps pour un enfant, à la marelle, de sauter un fossé.
Il avait vu maintes fois combien le Journal de ses rêves tenu si fidèlement par Kiyoaki s'était révélé vrai. Les témoignages ne lui avaient pas fait défaut, que les rêves l'emportent sur l'état de veille. Mais il n'avait jamais pensé que sa propre existence s'emplirait jamais ainsi de rêves. Le bonheur se répandait dans les rêves qui l'envahissaient telles les eaux sur les champs de riz en pays thaï ; mais il n'était en eux que des nostalgies à l'égard d'un passé révolu ; à la différence des parfums odorants des rêves de Kiyoaki. Jeune homme qui n'avait pas rêvé, Honda était devenu un vieillard qui de temps à autre rêvait, rien de plus. Ses rêves à lui se passaient de symbolisme ou d'imagination.

L'ANGE EN DÉCOMPOSITION

Remâcher ainsi ses rêves dans son lit tous les matins lui venait en partie de sa peur des douleurs arthritiques qui ne manqueraient pas de suivre. Se rappelant la douleur d'hier dans les reins, à peine supportable, elle irait se loger, ce matin, aux épaules et dans les hanches. Jusqu'au sortir du lit, il ne savait pas vraiment où ce serait. Il ne le savait pas tant qu'il restait au lit, sa chair flétrie et ses os craquant parmi les débris gélatineux des rêves, perdu dans les pensées d'une journée qui, à coup sûr, n'apporterait rien d'intéressant.

C'était une corvée rien que d'atteindre le téléphone intérieur qu'il avait fait installer cinq ou six ans plus tôt. Il lui faudrait supporter la voix aigre de la gouvernante et ses salutations matinales.

Il avait logé un étudiant en droit après le décès de Rie, mais bientôt ce jeune homme lui avait paru assommant et il s'en était débarrassé; depuis lors, il n'y avait eu que Honda, deux servantes et une gouvernante dans la vaste demeure. Ces femmes changeaient constamment. Ne pouvant admettre le manque de soin des servantes et les indélicatesses de la gouvernante, Honda finit par se persuader que sa sensibilité n'allait pas de pair avec les nouvelles façons et le vocabulaire des femmes d'aujourd'hui. Elles avaient beau s'évertuer au travail, leurs bizarreries, des expressions comme «c'est marrant» ou «d'ac», le fait d'ouvrir une porte sans aucune cérémonie, d'éclater d'un gros rire sans porter respectueusement la main à la bouche, des erreurs dans l'énoncé des titres, leurs bavardages au sujet d'acteurs de la télé, tout cela déclenchait chez lui une répulsion physique. Lorsque, incapable de le supporter, il se laissait aller à s'en plaindre d'un mot, il pouvait être certain que l'intéressée s'en allait le lendemain. S'il risquait une observation à la masseuse qu'il faisait venir presque chaque soir, il s'ensuivait une tempête domestique. Cette personne s'était mise à la mode en se faisant appeler «Madame», et elle refusait de répondre si on ne s'adressait pas à elle de cette façon; mais Honda ne pouvait se passer de ses soins.

Si souvent qu'il s'en plaignît, il y avait de la poussière sur les étagères du salon et le professeur d'art floral qui venait donner une leçon hebdomadaire en faisait aussi la remarque.

Les servantes invitaient des garçons de course à boire une tasse de thé, et le whisky qu'il prisait tant était bu par Dieu sait qui. Il lui arrivait d'entendre un éclat de rire insensé tout au bout d'un couloir.

L'oreille écorchée par les politesses matinales de la gouvernante, il lui serait pénible d'avoir à commander le petit déjeuner, et le bruit des pieds collant aux nattes dans le couloir quand les servantes ouvraient les volets l'irritait indiciblement. Les robinets d'eau

CHAPITRE 7

chaude étaient toujours bouchés et un tube de dentifrice vide n'était remplacé que quand il en donnait l'ordre.

La gouvernante veillait assez bien à la propreté de son linge, mais il fallait pour qu'il s'en rendît compte qu'une marque de blanchisserie vînt lui gratter le cou. On cirait ses souliers mais en conservant soigneusement le sable à l'intérieur et on ne donnait jamais à réparer l'attache de son parapluie. Tous ces détails lui étaient échappé du temps de Rie.

Au moindre accroc, à la moindre tache, on se débarrassait d'un objet. On assistait à des scènes déplaisantes :

« Vous me dites de le faire réparer, mais il n'y a pas un seul endroit en ville où on le ferait.

– C'est bon, il n'y a qu'à le jeter, en ce cas.

– Ça n'a pas tellement de valeur.

– Que ça ait ou non de la valeur, là n'est pas la question. »

Aussitôt on lisait dans les yeux de celle qui parlait le mépris de sa ladrerie.

Pareils incidents faisaient qu'il dépendait de plus en plus de Keiko.

Cette dernière s'était mise avec énergie à étudier la culture japonaise. C'était son nouvel exotisme. Pour la première fois de sa vie elle commença d'aller au théâtre kabuki, comparant tels acteurs sans talent à de célèbres comédiens français. Elle entreprit l'apprentissage de la musique nô et la tournée des temples, en quête d'art bouddhique.

Elle ne cessait de lui demander de l'accompagner dans des temples propres à satisfaire sa curiosité, et une fois, il avait été sur le point de suggérer d'aller à Gesshuji. Mais ce temple-là n'était pas de ceux qui convenaient à une promenade banale avec Keiko.

Pas une seule fois au cours de ces six décennies, Honda n'avait rendu visite à Satoko, abbesse de Gesshuji. Bien qu'il eût entendu dire qu'elle était encore en vie et bien portante, ils n'avaient pas une seule fois échangé de lettres. Pendant les années de guerre et par la suite, il s'était maintes fois senti pris soudain du désir d'aller la voir en s'excusant de sa négligence ; mais la crainte l'avait toujours emporté, et il avait gardé le silence.

Pas un instant, il n'avait oublié le monastère de Gesshuji. Mais, à mesure que s'écoulaient les années de silence, la réserve qu'il s'imposait devenait plus forte, son sentiment que Gesshuji était par trop précieux, qu'après tout ce temps il ne devait pas laisser envahir son lieu d'asile par des souvenirs, ou l'apercevoir dans sa vieillesse. Il avait appris de Tadeshina, dans les ruines de Shibuya, après le bombardement, que Satoko n'en était que plus belle, telle une source qui devient plus limpide. Et il ne laissait pas d'imaginer la beauté sans âge de la religieuse vieillissante. Il avait entendu un de ses amis d'Osaka la décrire en termes où le respect se mêlait à la crainte. Mais Honda avait peur. Il avait peur d'apercevoir une relique de la beauté passée, et davantage peur de la beauté actuelle. Certes, Satoko devait à présent avoir atteint à un niveau de la connaissance inaccessible à Honda et, devenu vieux, ce dernier allât-il lui rendre visite qu'il ne causerait pas la moindre ride à la surface de cette paix intime. Il la savait parvenue au-delà de l'intimidation du souvenir. Mais l'image de Satoko, à l'abri sous son armure violacée des ricochets de la mémoire, en la voyant par les yeux du défunt Kiyoaki, lui paraissait contenir un autre germe de désespoir.

Et il lui pesait de penser qu'il devrait rendre visite à Satoko comme représentant de Kiyoaki, porteur de souvenirs.

«C'est notre péché à nous, à Kiyo et à moi, à personne d'autre», avait-elle dit au retour de Kamakura.

Soixante années avaient passé, et ces paroles lui restaient dans l'oreille. S'il allait revoir Satoko, sans doute qu'après avoir ri doucement, elle enchaînerait aisément en égrenant des souvenirs. Mais ce voyage était trop long pour lui. Vieux qu'il était, laid et maculé de péché, cela ne semblait qu'accroître les difficultés.

Le monastère de Gesshuji, dans son manteau léger de neige printanière, se faisait, par couches superposées, de plus en plus distant, ainsi que ses souvenirs de Satoko, avec le passage des années. Plus lointain, mais non pas s'éloignant comme dans une retraite du cœur. S'efforçant de se le rappeler, il revoyait Gesshuji perché sur un sommet neigeux tel un temple dans l'Himalaya, sa beauté devenue plus âpre, sa douceur se muant en jour de colère. Clarté ultime, temple lunaire aux confins de la terre, piquant un point unique – la simarre violette d'une abbesse chargée d'ans, d'une beauté toujours plus délicate –, il semblait émettre une lumière glacée, comme debout à la frontière du conscient et de la raison.

Honda savait pouvoir s'y rendre en moins de rien par avion ou par le train express. Pourtant, Gesshuji figurait désormais, non un temple qu'il convenait à un homme de visiter ou de découvrir, mais un rayon de lune filtrant par une déchirure à la lisière de son esprit conscient.

Il lui semblait que si Satoko s'y trouvait, alors elle s'y trouverait à jamais. Si Honda était enchaîné à la vie éternelle par un esprit conscient, c'est qu'elle-même devait être tout là-haut à une distance infinie de son enfer à lui. Nul doute que d'un coup d'aile elle ne s'en

CHAPITRE 7

aperçût. Et il avait le sentiment que l'enfer éternel d'une conscience apeurée, à la gêne, et son immortalité céleste à elle avaient établi l'équilibre. Pour la voir, il pouvait attendre trois siècles, un millénaire.

Il se donna toutes sortes d'excuses, tant qu'à la fin toutes les excuses du monde apparurent comme des excuses pour éviter d'aller à Gesshuji. Semblable à celui qui nierait une beauté dont il était certain qu'elle allait tout détruire. En refusant de se rendre à Gesshuji, il faisait davantage que remettre à plus tard. Il reconnaissait que ce voyage était devenu une impossibilité, la plus étroite peut-être des portes de son existence. S'il allait s'obstiner, qui dit que Gesshuji ne reculerait pas au-devant de lui, jusqu'à disparaître dans une brume de lumière?

Et pourtant, il en venait à penser que, toute question de conscience immortelle mise à part, le grand âge mûrissait le moment d'accomplir ce voyage. Sans doute s'y rendrait-il à la veille de mourir. Satoko avait été celle que Kiyoaki devait rencontrer au péril de sa vie ; et ce jeune Kiyoaki si beau, qui hélait encore Honda, empêchait cette visite à moins que Honda, témoin jadis de la cruelle impossibilité, ne mît en jeu sa propre existence. Il pouvait aller au-devant d'elle, s'il allait aussi au-devant de la mort. Qui sait si, en secret, Satoko, elle aussi, ne connaissait pas ce moment où elle l'attendrait? Un flot de souvenirs d'une douceur ineffable envahit le vieil homme.

Que Keiko y fût à ses côtés n'eût pas laissé d'être déplacé.

Il doutait fortement que Keiko comprît grand-chose à la culture japonaise. Néanmoins, il y avait quelque chose d'admirable dans le dynamisme de son demi-savoir. Elle évitait tout faux-semblant. Elle faisait la tournée des temples de Kyoto et, pareille à des étrangères au tempérament artiste bourrées d'idées fausses après un premier séjour au Japon, elle s'exclamait de plaisir avec des petits cris aigus devant des choses qui n'intéressaient plus la plupart des Japonais, et elle montait ses erreurs en épingle. Le Japon la fascinait à la façon de l'Antarctique. Elle se donnait un mal fou avec la gaucherie d'une étrangère qui ôte ses souliers pour aller voir un jardin de rocaille. Toute sa vie, elle n'avait connu que des chaises occidentales.

Elle était vraiment en proie à une fièvre intellectuelle. Elle prit l'habitude de disserter avec ses notions particulières sur l'art et la littérature japonais, non sans négliger tel ou tel détail.

Elle se plaisait depuis longtemps à inviter à dîner les ambassadeurs à tour de rôle. À présent, ils lui fournissaient un auditoire à ses harangues sur la culture japonaise. Ceux qui l'avaient connue naguère n'auraient pas imaginé que le jour viendrait où Keiko leur ferait l'honneur de discourir devant eux sur les paravents à feuilles d'or.

L'ANGE EN DÉCOMPOSITION

« Mais ce sont des passants dans la nuit qui ne vous en savent pas le moindre gré. » Honda l'avait prévenue qu'elle s'évertuait en pure perte. « Ils rejoindront leur poste suivant sans accorder le moindre souvenir à celui-ci. À quoi bon même les rencontrer ?

– Avec les oiseaux de passage, il n'est pas besoin de se tenir sur ses gardes. On n'a pas à penser dix ans d'avance, et c'est assez drôle d'avoir de nouveaux auditeurs tous les soirs. »

Mais elle se prenait au sérieux, se félicitant elle-même de façon naïve de promouvoir les échanges culturels internationaux. Apprenant une nouvelle danse, elle en dévoilait aussitôt les pas devant ses hôtes diplomatiques. Cela lui donnait du courage de savoir qu'il était peu probable que son public s'aperçut des imperfections.

Pourtant, Keiko avait beau raffiner sur ses connaissances, celles-ci n'étaient pas propres à sonder les ténèbres où les Japonais s'enracinent en profondeur.

Les sources sombres et sanglantes qui avaient animé Isao Iinuma étaient des plus lointaines. Honda disait de la provision de culture japonaise de Keiko que c'était un réfrigérateur rempli de légumes.

Dans les ambassades, on avait fini par voir en Honda l'ami de Keiko et on l'invitait toujours avec elle à dîner.

Il s'indignait de ce que dans l'une des ambassades, les valets fussent vêtus cérémonieusement à la japonaise :

« C'est pour afficher les indigènes, rien d'autre. C'est injurieux.

– Je n'y vois pas cela du tout. Au Japon, les hommes ont davantage d'allure en vêtements japonais. Votre smoking ne me met nullement en valeur. »

Quand, lors d'un dîner de diplomates en smoking, les invités se mettaient en devoir de s'acheminer vers la salle à manger, les dames en tête, et les fleurs de la table allongeant leurs ombres sous une forêt de candélabres, et qu'au-dehors, on entendait une petite pluie d'été, toute cette morosité distinguée allait fort bien à Keiko. Elle ne laissait rien paraître du sourire accueillant si coutumier aux Japonaises. La silhouette, en s'éloignant, resplendissait dans la grande tradition. Il y avait en elle jusqu'aux accents voilés de mélancolie de la vieille aristocratie nippone. En compagnie d'ambassadeurs dont la lassitude perçait sous les dorures et de conseillers impassibles dont chacun avait ses manies, Keiko, elle, était pleine de vie.

Avant qu'ils ne se séparassent à table, Keiko lui parlait à voix basse dans le cortège :

CHAPITRE 8

« J'ai apporté *Robe de plumes*. Mais je ne suis jamais allée à Mio. Il faut que vous m'y emmeniez sans tarder. Il y a tant d'endroits où je ne suis jamais allée.
– Quand vous voudrez. Je rentre tout juste des monts Nihondaira, mais je ne demande pas mieux que d'y retourner. Je vous y accompagnerai volontiers. »
La raideur de sa chemise lui raclait sans arrêt le menton.

8

Au commencement de *Robe de plumes,* deux pêcheurs, dont l'un donne la réplique, tiennent une conversation : « Les bateliers poussent des cris en remontant la passe aux tempêtes de Mio. » Suit une description du voyage. « Brusquement, à mille lieues de là, les collines amies s'ensevelissent dans les nuages. » Une belle robe longue en soie est suspendue au pin du milieu, à l'arrière. Hakuryo s'en empare et s'éloigne, pensant la garder. Entre le personnage principal, l'ange. Hakuryo méconnaît sa requête de replacer la robe. L'ange se désespère, ne pouvant plus prendre de nouveau son vol vers les cieux.

« Hakuryo étreint la robe. L'ange est désemparé. Il éclate en sanglots, ses larmes en une rosée dans les bijoux de ses cheveux. Les fleurs se fanent, les cinq signes apparaissent de l'ange en décomposition. »

Dans le rapide qu'ils avaient pris à Tokyo, Keiko fredonnait le prologue :

« Et quels sont donc, s'enquit-elle soudain l'air sérieux, les cinq signes de décomposition de l'ange ? »

Honda était des mieux informés. Après son rêve, il s'était renseigné au sujet des anges. Les cinq signes sont les présages qu'un ange va mourir. Il y a des variantes, selon la source de référence.

Voici ce qu'en dit le vingt-quatrième fascicule de l'*Ekottaraagama* : « Il y a trente-trois anges et un archange, et les signes de mort sont pour eux au nombre de cinq. Leurs couronnes fleuries se flétrissent, leurs robes sont salies, l'odeur de leurs aisselles est fétide, ils perdent toute conscience d'eux-mêmes et les vierges aux bijoux les abandonnent. »

L'ANGE EN DÉCOMPOSITION

Et voici *La Vie du Bouddha*, cinquième fascicule : « Il y a cinq signes que le temps prescrit est révolu. Les fleurs des cheveux se fanent, les aisselles exhalent une sueur fétide, les robes se salissent, le corps cesse d'être lumineux, il perd la conscience de soi. »

Et au dernier fascicule du *Mahamaya Sutra* : « Et en ce temps-là, Maha répandit dans les cieux cinq signes de sa décomposition. Sa couronne de fleurs se flétrit, une sueur s'écoula de sous ses bras, ses yeux se mirent à clignoter sans arrêt, il ne trouva plus aucun plaisir à occuper la place à lui assignée. »

Jusque-là, les similitudes sont plus frappantes que les différences.

L'*Abhidharma-Mahavibhasa-sastra* décrit les cinq signes majeurs et les cinq signes mineurs dans le plus grand détail. Les cinq signes mineurs viennent en premier.

Quand un ange s'envole en tournoyant, il émet d'ordinaire une musique d'une telle beauté que nul musicien, nul orchestre ni chœur ne peuvent l'imiter ; mais, aux approches de la mort, la musique s'évanouit et la voix devient tendue et fluette.

En temps normal, de jour, de nuit, l'ange déborde d'une lumière qui ne connaît pas d'ombre ; mais aux approches de la mort, la lumière dépérit d'un coup et le corps s'enveloppe d'ombres pâles.

Une peau d'ange est lisse et ointe à souhait, si bien qu'en se plongeant dans un lac d'ambroisie, elle repousse le liquide comme une feuille de lotus ; mais aux approches de la mort, l'eau y adhère pour ne plus en partir.

La plupart du temps, telle une roue de feu qui tournoie, un ange ni ne s'arrête ni ne peut être perçu en un endroit précis, on le croit ici, il est là, il s'échappe, se meut et s'esquive ; mais aux approches de la mort, il s'attarde en un lieu sans pouvoir s'échapper.

Un ange exhale une force qui ne vacille pas, mais aux approches de la mort, sa force le quitte et il n'arrête de vaciller.

Voici les cinq signes majeurs : les robes jadis immaculées se salissent, les fleurs de la couronne fleurie se fanent et tombent, les aisselles sécrètent une sueur, le corps s'empreint d'une senteur fétide, l'ange n'est plus heureux à sa place assignée.

On a pu voir que les autres sources énumèrent les signes majeurs. Tant que seuls sont en cause les signes mineurs, il peut encore être sursis à la mort, mais lors de l'apparition des signes majeurs, l'issue ne peut faire de doute.

Dans *Robe de plumes*, l'un des signes majeurs est déjà apparu, pourtant l'ange peut guérir si la robe est rendue. On peut imaginer

CHAPITRE 8

que Zeami s'est permis une allusion poétique à la décomposition et au déclin sans s'inquiéter de respecter la lettre de la loi.

Honda conservait ce souvenir d'une fraîcheur extraordinaire des cinq marques de décomposition du parchemin de Kitano, trésor national qu'il avait vu longtemps auparavant au sanctuaire de Kitano. Il en possédait une reproduction photographique qui évoquait quelque chose, chant d'horrible présage, qui sait, auquel, jusque-là, il était demeuré sourd.

Dans un jardin qu'enserrent les magnifiques soubassements d'un pavillon chinois, des anges en foule pincent des cithares, battent du tambour. Mais on n'y distingue nul signe d'une quelconque vitalité, la musique y fait entendre un lourd bourdonnement de mouche par un après-midi d'été. On a beau les pincer ou les battre, cordes et peaux sont flasques, lasses et se décomposent. À l'avant du jardin on aperçoit des fleurs parmi lesquelles, affligé, un chérubin porte ses manches à ses yeux.

La mort est venue, trop soudaine. L'incrédulité s'inscrit sur la blancheur des visages si beaux des anges, sans nulle autre expression.

À l'intérieur du pavillon, les postures des anges font voir leur désarroi. Il en est qui, sans y réussir, cherchent à tracer des courbes gracieuses de leurs manches, d'autres se tordent en contorsions. Ils étendent sans y atteindre des mains langoureuses par-dessus des espaces finis, leurs robes sont d'une saleté insensée, de leur corps émane l'ordure.

Que s'est-il donc passé? L'apparition des cinq signes. Les anges sont semblables à des princesses prisonnières que la peste a surprises dans un jardin tropical enclos.

Les fleurs de leurs cheveux retombent, leurs espaces intérieurs se gonflent d'eau brusquement, jusqu'à la gorge. Ce groupe de personnages plein de douceur et de grâce, à un moment quelconque, a été pénétré d'une décomposition transparente, et il n'est pas jusqu'à l'air qu'ils respirent qui déjà ne contienne une senteur de mort.

Ces êtres sensibles qui, du seul fait de leur existence, attiraient les hommes, aux royaumes de beauté et de chimères, apparaissent par force désemparés alors qu'en un instant, telle la feuille d'or qui s'écaille, ils sont dépouillés de leur charme enchanteur qu'emporte la brise du soir. L'exquis jardin classique est en plan incliné. La poussière d'or, qui était beauté toute-puissante et plaisir, tombe. La liberté absolue qui prenait son essor dans le vide est arrachée comme chair qu'on déchire. Voici que l'ombre s'épaissit et que meurt la clarté. Le doux pouvoir s'écoule goutte à goutte de ces doigts admirables. Le feu vacille aux profondeurs de la chair, c'est l'esprit qui s'en va.

Dans le pavillon, le damier brillant du parquet, les balustrades vermillon n'ont rien perdu de leur couleur. Reliques de la grandeur passée, ils seront encore là une fois les anges partis.

Sous les chevelures étincelantes, des narines admirables se tournent vers le haut. Les anges semblent subodorer l'odeur prémonitoire de la décomposition. Courbure des pétales au-delà des nuées, azur qui colore le ciel en se décomposant, tous plaisirs des yeux et de l'esprit, toute joyeuse immensité de l'univers, tout cela est parti.

« Bien, bien. » Keiko fit entendre comme un point final. « Quelle érudition ! »

Abaissant brusquement son visage, elle mit à ses oreilles une touche de parfum Estée Lauder. Elle portait un ample pantalon orné de serpents et un corsage de même étoffe, une ceinture chamois repliée à la taille et un chapeau andalou de confection espagnole.

Honda avait quelque peu sursauté à première vue en l'apercevant dans cet ensemble, à la gare de Tokyo, mais il s'était gardé de tout commentaire sur son chic.

Encore cinq ou six minutes et ils arriveraient à Shizuoka. Il repensa à ce dernier signe, la perte de la conscience du lieu. Lui qui, dès le début, n'avait jamais eu pareille conscience, continuait à vivre. Mais il n'était pas un ange.

En rêvassant, il se souvint d'une pensée qu'il avait eue dans le taxi qui l'amenait à la gare. Il avait demandé au chauffeur de se presser, et ils avaient emprunté l'autoroute à partir de Kanda Ouest. Il était tombé une bruine de début d'été, il n'aurait su dire combien de temps. Ils s'étaient frayé un chemin à quatre-vingts kilomètres à l'heure entre des alignements de banques et d'agences boursières. Énormes, massifs, les bâtiments étendaient leurs grandes ailes d'acier et de verre. Honda s'était dit en lui-même : « Dès l'instant de ma mort, tout cela s'en ira. »

Cette pensée lui procura comme un contentement, une sorte de vengeance. Cela ne créerait aucune difficulté, de démanteler ce monde par ses racines, de le renvoyer au néant. Il lui suffisait de mourir. Il nourrit une certaine fierté mineure à la pensée qu'un vieil homme qui serait oublié détenait encore par sa mort cette arme de destruction incomparable. Pour lui, les cinq signes de décomposition n'étaient point à craindre.

CHAPITRE 9

9

Il y avait une chose qui pesait à l'esprit de Honda en accompagnant Keiko au bois de pins de Mio. Il craignait de gâcher sa belle humeur en lui montrant l'atroce vulgarité où se trouvait réduite cette magnifique attraction naturelle du Japon.

C'était un jour pluvieux de semaine, mais le parc de stationnement regorgeait de voitures, et la cellophane salie des boutiques à souvenirs reflétait un ciel couleur cendre. Keiko ne semblait pas s'en soucier le moins du monde.

« Magnifique. Absolument superbe. Vous sentez l'air frais et salé ? On est si près de la mer. »

En réalité, l'air était étouffant de vapeurs d'essence et les pins sur le point d'être asphyxiés. Honda se sentit rasséréné. Il avait visité les lieux quelques jours auparavant et il savait ce qui attendait Keiko.

Bénarès, c'était l'ordure sacrée. L'ordure même y était sacrée. C'était cela, l'Inde.

Tandis qu'au Japon, ni beauté, ni tradition, ni poésie n'avaient, l'une ou l'autre, été touchées par la main souillée de la sainteté. Ceux-là qui y touchaient, en les étouffant finalement, étaient fort dépourvus de sainteté. Ils avaient tous des mains qui se ressemblaient et qu'ils frottaient vigoureusement au savon.

Même dans le bois de pins de Mio, les anges dans le crâne vide de la poésie répondaient aux exigences indicibles des hommes et étaient contraints à des myriades et des myriades de pirouettes et de contorsions, comme des acrobates de cirque. Leurs danses sillonnaient le ciel rempli de nuages comme les mailles de fils d'argent à haute tension. Ce n'est qu'en rêve que les hommes aperçoivent les signes de décomposition chez les anges.

Il était trois heures passées. « Bois de pins de Mio – Parc départemental de Nihondaira. » L'écorce rugueuse de l'arbre était ensevelie sous la mousse. Par-dessus un perron de quelques marches en pierre, les pins lançaient à travers le ciel des ébauches d'éclairs. Les fleurs, voiles de fumée verte qui s'échappent même des rameaux de pins, cachaient à la vue une mer inerte.

« La mer ! » s'écria joyeusement Keiko.

Honda se méfiait de pareille joie. On y sentait un peu de ses façons mondaines, se répandant en compliments sur la villa où on l'avait invitée. Cela dit, l'exagération peut mettre du plaisir là où il n'y a rien. Du moins n'étaient-ils pas solitaires tous les deux.

À l'extérieur de deux boutiques accolées dont les étagères à consoles débordaient de caisses rouges de Coca-Cola et de souvenirs, étaient plantés les deux mannequins d'un photographe avec des ouvertures pour passer deux têtes : Jirocho, le patron du port de Shimizu, dans un bois de pins délavé, et Ocho, sa bonne amie. Jirocho avait son nom sur le triangle du parapluie niché sous son bras. Il était en costume de voyage, avec une canne, des gants, des jambières bleu clair et un kimono à rayures bleues et blanches remonté à la taille. Ocho portait un chignon droit ainsi qu'un kimono de satin noir avec un obi de tartan jaune Hachijo.

Honda pressait Keiko d'avancer vers le bois, mais elle était médusée par les mannequins. Elle se répéta plusieurs fois le nom de Jirocho. Elle ne savait rien de lui que son nom, pas même le fait élémentaire de sa passion pour le jeu ; et ce que lui en débita Honda ne fit qu'accroître son ravissement.

Ces teintes mélancoliques, cette vulgarité crue, échevelée, l'emballaient tout à fait. Elle avait beau sonder sa propre existence si riche, au long des années, de moissons charnelles, elle n'y rencontrait rien qui eût pareillement ce ton de vulgarité brutale et nostalgique. Keiko possédait cette grande vertu de n'avoir aucun préjugé. Ce qu'elle n'avait jamais vu ou dont elle n'avait jamais entendu parler devait être, d'un bout à l'autre, «japonais».

D'un ton presque irrité, Honda essaya de mettre fin à son affaire de cœur avec le mannequin.

«Allons, ça suffit. Vous allez vous rendre ridicule.
– Vous pensez donc que tous les deux nous pouvons encore nous payer le luxe d'être ridicules ?»

Ses jambes, où s'enroulaient des serpents, bien écartées, les mains sur les hanches, Keiko était campée comme une mère occidentale en train de gronder son enfant. Ses yeux étaient courroucés. Il lui avait détruit toute la poésie.

Honda mit bas les armes. Ils commençaient à attirer des badauds. Le photographe accourut avec un trépied et une étoffe de velours rouge. Au moment où Honda fit un mouvement pour se dissimuler aux curieux derrière le mannequin, son visage apparut dans l'ouverture. Les badauds se mirent à rire, le petit photographe se mit à rire et, bien qu'il ne parût pas tout à fait convenable que Jirocho rît lui aussi, Honda se mit à rire. Keiko le tira par la manche et prit sa place. Jirocho avait changé de sexe, de même Ocho. La gaieté ne

CHAPITRE 9

connut plus de bornes. Honda était comme pris d'ébriété. Il savait ce qu'était regarder par un trou, mais il lui avait manqué de jouer au guillotiné pour la plus grande joie de la foule en goguette.

Le photographe prit son temps pour régler l'objectif, peut-être parce qu'il était désormais le point de mire.

«Silence, s'il vous plaît.» La foule fit silence.

Le visage austère de Honda faisait saillie par l'ouverture basse, au-dessus du tartan jaune. Le dos courbé, ses hanches déjetées, sa pose était la même que quand il regardait par l'œilleton à Ninooka. Derrière ces bouffonneries humiliantes, un changement rapide et subtil se fit jour car, indifférent aux rires, Honda montra bien que tout son univers tenait au fait d'observer les autres. Il était dans son rôle et ce fut au tour de ceux qui regardaient d'être regardés.

Était là une mer, était là un grand pin dont une corde protégeait le tronc : le pin de la robe céleste. Les pentes douces, sablonneuses qui y menaient étaient remplies de spectateurs. Sous le ciel nuageux, les couleurs variées de leurs vêtements étaient uniformément sombres et le vent, en passant dans les cheveux, les faisait ressembler à un pin pourrissant, sens dessus dessous. On voyait des groupes, et des couples isolés, tandis que, sur eux, s'appesantissait le grand œil blanc du ciel. Dans le mur qui en constituait la première rangée, le rire était proscrit. Ils observaient Honda d'un regard d'inertie.

Des femmes en kimono, tenant des sacs à provisions, des hommes d'un certain âge en complets mal taillés, des garçons en chemises à carreaux verts, et des filles aux jambes potelées en minijupes bleues, des enfants, des vieillards, Honda les voyait tous qui observaient leur propre mort. Ils attendaient quelque chose, quelque événement si amusant que cela lui conférait comme une majesté. On voyait des sourires bon enfant, les lèvres détendues. Les yeux étincelaient d'une bestialité fruste.

«Ne bougeons plus!» Le photographe leva la main.

Keiko sortit vivement la tête du trou. Debout, devant cette multitude, elle avait toute la dignité d'un commandeur. Secouant son visage féminin, Jirocho était devenu un personnage en pantalon orné de serpents et en noir sombrero. La foule applaudit. Keiko écrivit posément son adresse pour la donner au photographe. Plusieurs jeunes gens, convaincus qu'en d'autres temps ç'avait été une célèbre actrice, vinrent lui demander son autographe.

L'ANGE EN DÉCOMPOSITION

En arrivant au pin, Honda était épuisé.

C'était un pin géant sur le point de mourir, qui étendait ses bras dans toutes les directions comme une pieuvre. On avait coulé du ciment dans les crevasses du tronc. Les gens folâtraient autour d'un arbre dont les aiguilles n'étaient pas même en quantité suffisante.

«Penses-tu que l'ange ait été en costume de bain?

– Est-ce que c'est un pin mâle? Est-ce pour cela que la femme l'a choisi?

– Elle n'a pas su grimper jusqu'au sommet.

– Il n'est pas si fameux pour un pin, quand on y regarde de près.

– Mais ce n'est déjà pas mal d'avoir réussi à le conserver. Tu sens la brise de mer.»

Il faut dire que le pin penchait vers l'océan d'un air plus décidé qu'il seyait à un pin du bord de mer; sur son tronc, les cicatrices dues à la mer étaient aussi nombreuses que sur la coque d'une épave ensablée. De l'enclos de marbre, on voyait pointée vers le large une paire de jumelles perchée comme un oiseau des tropiques sur un trépied fraîchement peint en rouge vif. À l'horizon perçait, blanchâtre, la péninsule d'Ise. Un grand cargo suivait sa route. On eût dit que la mer déballait ses marchandises, à voir la ligne arquée de bois flottant, de bouteilles vides et de goémon qui délimitait la marée haute.

«Eh bien, vous y êtes; voici l'endroit où l'ange dansa la danse céleste pour récupérer sa robe de plumes. Les voilà tous qui se font de nouveau photographier. C'est bien ça. Inutile de regarder le pin, faites-vous donc tirer le portrait. D'après vous, est-ce que, pour eux, ça fait une telle différence de se trouver à un endroit où une chose remarquable s'est produite et d'y rester assez longtemps pour s'y offrir le déclic d'un appareil de photo?

– Vous prenez ça trop au sérieux.» Keiko s'assit sur un banc de pierre et alluma une cigarette. «C'est magnifique. Je ne suis pas déçue le moins du monde. C'est peut-être sale, et l'arbre va peut-être mourir, mais il y a comme une magie. Si tout était aussi joli, aussi romantique que dans la pièce, alors ce serait un mensonge. Au naturel, c'est très japonais. Je suis contente que nous soyons venus.» De la sorte, Keiko donnait le ton.

Tout lui faisait plaisir. Telle était sa prérogative de reine.

Dans cette vulgarité, aussi pesante, aussi pénétrante qu'un vent chargé de sable qui vous accable au cours des pluies d'été, elle voyait tout ce qu'il y avait à voir, d'un air de gaieté satisfaite, emmenant Honda. En s'en retournant, ils visitèrent le sanctuaire de Mio. Au bord du toit, une planche grossièrement encadrée portait la

CHAPITRE 10

peinture votive en bas-relief d'un bateau de voyageurs nouvellement construit. Avec son sillage qui se détachait sur une mer émeraude, il convenait parfaitement à ce sanctuaire de cité portuaire. Adossé au mur du fond était un grand tableau en éventail où on avait gravé les rôles d'un spectacle nô donné six ans auparavant dans le Pavillon de Danse.

«Une matinée pour dames. *Kamiuta, Takasago, Yashima,* et pour finir, *Robe de plumes.*» Keiko fut fort impressionnée.

Conséquence de son émoi, elle avala une cerise ramassée sous l'un des arbres au long du sentier.

«Regardez ce que je fais. C'est inviter la mort.»

Marchant d'un pas mal assuré, Honda commença à regretter de n'avoir pas, par fierté, emporté sa canne. Haletant et soufflant, il avait pris du retard quand Keiko lui cria de prendre garde.

Au bas de la corde reliant les troncs des arbres, des avertissements identiques en grand nombre ondulaient dans la brise.

«Danger. Insecticides empoisonnés. Ne rien cueillir ou avaler.»

Les branches, chargées de fruits du rose au rouge sang, étaient parsemées de petits papiers noués portant prières et suppliques. Les oiseaux, en les picorant, avaient mangé les cerises jusqu'au noyau. Honda avait idée que ces avertissements constituaient une vaine menace. Convaincu, d'ailleurs, qu'une petite dose de poison ne suffirait pas à emporter Keiko.

10

N'y avait-il rien d'autre à voir, n'y avait-il rien d'autre à voir? s'enquérait Keiko. Quoique exténué, Honda demanda au chauffeur de regagner Shizuoka en passant par le mont Kuno. Ils firent halte devant la station de signalisation que Honda avait vue quelques jours auparavant.

«Vous ne trouvez pas que ce bâtiment est assez intéressant?» Honda leva les yeux par-dessus la masse des pourpiers vers le soubassement en pierre.

«Il me semble apercevoir des jumelles. C'est pour quoi faire?

– C'est pour observer le mouvement des navires. Si nous jetions un coup d'œil à l'intérieur ?»

Malgré leur curiosité, ils n'eurent ni l'un ni l'autre tout à fait le courage de frapper.

Ils avaient monté les marches de pierre qui entouraient le soubassement et se trouvaient au pied de l'escalier en fer quand une fille passa en trombe, au point de les frôler, dans un bruit de ferraille, si près de tomber que l'un d'eux lui cria de prendre garde. Elle fila si rapidement dans le tourbillon jaune de sa jupe qu'ils ne purent voir son visage ; elle laissait néanmoins une impression fugace de laideur concentrée.

Non qu'elle eût un œil borgne ou une cicatrice déplaisante. Simplement, une excroissance de laideur obstruait la vue un instant, à l'encontre de l'ordre délicat, méticuleux des choses, qu'on dénomme beauté. On eût dit d'obscurs souvenirs charnels raclant le cœur. Mais à supposer qu'on jetât sur elle un regard plus banal, point besoin n'était de voir là autre chose qu'une timide jouvencelle quittant un rendez-vous.

Ils grimpèrent les marches, s'arrêtant à la porte pour reprendre haleine. Elle était entrouverte. Honda la poussa pour entrer. La pièce paraissait vide. Il appela vers le haut de l'escalier étroit qui menait à l'étage. À chaque appel, il était pris d'une violente quinte de toux.

On entendit craquer en haut de l'escalier.

« Oui ? » Un jeune homme en tricot de corps regardait vers le bas.

Tout étonné, Honda remarqua la fleur bleue qui pendait à son front. Un hortensia, aurait-on dit. En abaissant les yeux, la fleur tomba et vint rouler aux pieds de Honda. Le garçon tressaillit. Il avait oublié la fleur. Elle était roussie, rongée des vers et passablement fanée.

Keiko, le sombrero sur la tête, observait la scène par-dessus l'épaule de Honda.

Si sombre que fût l'escalier, on distinguait le beau visage clair de ce garçon. D'une clarté presque troublante, semblait-il, en dépit du fait que la lumière l'éclairait par l'arrière. Prenant pour excuse d'avoir à lui rendre la fleur, Honda monta les marches raides prudemment mais d'un air décidé, s'appuyant au mur d'une main. Le jeune homme descendit à mi-chemin saisir la fleur.

Leurs yeux se rencontrèrent. Honda sut que les engrenages d'une même machine les entraînaient l'un et l'autre, du même mouvement délicat, précisément à la même vitesse. Il y avait là, dans le moindre détail, et même jusque dans l'absence d'un but quelconque, le double de Honda, mis à nu dans un néant limpide. Identiques aux siens par

CHAPITRE 10

la dureté et la transparence malgré leur différence d'âge, les mécanismes délicats qui animaient ce garçon correspondaient à des mécanismes logés à l'intérieur de Honda, dans la terreur qu'on vînt les détruire, terreur dissimulée jusqu'au tréfonds le plus intime. En cet instant, Honda eut la vision d'une usine vide d'ouvriers, d'une tristesse raffinée jusqu'à la perfection, forme juvénile de cette conscience de soi à l'état mûr que Honda portait en lui-même. Une usine sans consommateurs qui produisait interminablement, jetant sans arrêt ses fabrications, d'une affreuse propreté, bien réglée pour la chaleur et pour l'humidité, bruissante à jamais, tel un flot de satin.

Cependant, il restait possible que ce garçon, si semblable à Honda qu'il fût, se méprît sur ces mécanismes. En raison même de sa jeunesse. L'usine de Honda était humaine en raison même de son défaut d'humanité. Si ce garçon se refusait à penser que la sienne était humaine, alors tout allait bien. Honda se reposait sur la confiance que bien qu'il eût compris totalement ce garçon, ce dernier ne pouvait pas l'avoir, lui, totalement compris. Les élans lyriques de ses jeunes années l'avaient incliné à penser que ces mécanismes exprimaient le comble de la laideur; mais ce n'était dû qu'au fait qu'une erreur de calcul dans sa jeunesse avait confondu la laideur charnelle avec la laideur des mécanismes qu'il portait en lui.

Laideur atroce des mécanismes, débordants de jeunesse, d'exagération, de romanesque, d'outrecuidance. Mais c'était bien ainsi. Honda en jugeait de cette façon aujourd'hui avec un sourire d'où toute passion était absente. Précisément comme il jugeait d'une migraine ou d'une douleur du diaphragme. Il appréciait que des mécanismes aussi laids eussent un visage d'une telle beauté.

Bien entendu, le jeune homme ignorait tout à fait ce qui venait de se passer en cet instant.

Au milieu de l'escalier, il prit la fleur et il écrasa dans sa main la source de son embarras.

« Petite peste, fit-il, se parlant à lui-même. J'avais complètement oublié ça. »

Chez la plupart des jeunes gens, une rougeur serait apparue. Honda trouva intéressant qu'aucun changement n'altérât la blancheur de celui-ci.

Le garçon changea de sujet :
« Puis-je faire quelque chose pour vous ?
– Ma foi, non. Nous sommes des touristes, et nous nous demandions si nous aurions pu jeter un coup d'œil pour nous instruire.
– Je vous en prie. Entrez donc. »

L'ANGE EN DÉCOMPOSITION

Le jeune homme fit rapidement une courbette et disposa des sandales à leur intention.

Il y avait des nuages, mais l'extérieur désolé semblait les pousser brusquement d'un grenier ténébreux vers une lande à découvert. À une cinquantaine de mètres au midi, on apercevait la plage de Komagoe et la mer toute sale. Honda et Keiko avaient appris que l'âge et la richesse dissipent le manque d'audace. Bientôt, ils se trouvèrent occuper, comme chez eux sur la véranda, les chaises qu'on leur avançait. Ce furent cependant des paroles très cérémonieuses qui accompagnèrent le jeune homme à son bureau :

« Continuez à travailler, je vous prie, sans faire attention à nous. Cela vous ennuierait-il, dites-moi, si nous regardions par la longue-vue ?

– Je vous en prie. Je ne m'en sers pas en ce moment. » Le garçon jeta la fleur dans la corbeille. Après s'être lavé les mains à grand bruit, on aperçut son beau profil penché sur le cahier du bureau comme si de rien n'était, mais Honda voyait la curiosité lui enfler la joue comme une prune.

Il invita Keiko à jeter un coup d'œil par la lunette avant de regarder lui-même. On n'apercevait aucun bateau, rien que des vagues amoncelées, telle une culture de bactéries vert-noir se tortillant intentionnellement sous un microscope.

Tous deux n'étaient que des enfants qui bientôt se lassent d'un jouet. La mer ne présentait pour eux aucun attrait particulier. Ils n'avaient désiré rien d'autre que d'empiéter un moment sur la vie et le travail d'un étranger.

Ils jetèrent un regard alentour, aux différents instruments où se répercutait le remue-ménage du port, en un écho lointain et triste, mais fidèle, sur les chantiers Shimizu et le nom de chaque chantier en grandes lettres noires, au vaste tableau où étaient portés les navires présents au port, aux ouvrages rangés sur l'étagère : le *Code de la navigation*, le *Registre de la marine marchande japonaise*, les *Codes internationaux*, le *Registre des armateurs de Lloyds* pour 1968-1969, aux numéros de téléphone au mur, ceux de l'agent maritime, du pilote, de la douane, du service de santé, du ravitaillement, et ainsi de suite.

Incontestablement, tous ces éléments respiraient l'odeur de la mer, la clarté du port, au loin, à quatre ou cinq kilomètres. Quelle que soit la distance, un port fait entendre son tumulte languissant dans la mélancolie de ses timbres métalliques. Cithare gigantesque et fantasque qu'étale l'océan et dont l'image ondulante annonce une œuvre de destruction en lui faisant temporairement écho sur les

CHAPITRE 10

sept cordes géantes de ses chantiers. Se mettant à la place du garçon, Honda se prit à rêver de la mer.

Lenteur à entrer au port, lenteur à s'amarrer, lenteur à décharger – compromis sans fin, accouplement comme en extase entre l'océan et la terre. Ils s'unissaient en une trahison réciproque, le navire remuant la queue d'un air séducteur puis s'éloignant subrepticement dans le bêlement d'un sifflet menaçant, quittant le port pour y revenir. Mécanismes mis à nu et changeants !

De la fenêtre, à l'est, il apercevait les embarras du port, gelés sous une brume de fumée, mais un port où rien ne luit ne saurait être un port – car un port n'est-il pas une rangée de dents dont la blancheur se découvre avec force devant la clarté marine ? Les dents des môles que ronge l'océan. Tout le brillant d'un cabinet dentaire avec l'odeur de métal, d'eau et d'antiseptique, dans cette cruauté de la poussée des derricks au-dessus des têtes, des antiseptiques qui plongeaient les bateaux dans un sommeil inerte, avec peut-être, de temps à autre, une trace de sang.

Ce port et ce petit bureau de signalisation. L'image du port ainsi prise et confisquée comme péage, jusqu'à presque imaginer que c'était un navire échoué en haut des rochers. On notait maintes ressemblances avec un cabinet dentaire : simplicité et efficacité des instruments bien rangés, fraîcheur des blancs et des couleurs primaires, degré de préparation en vue d'une crise qui, à tout moment, pouvait survenir, châssis de fenêtres rongés par les vents de mer. Puis, la veillée solitaire dans ce champ de plastique blanc, ayant avec la mer des rapports quasi sexuels, de jour et de nuit, intimidé par le port et par le bateau jusqu'à ce que guetter devînt pure folie. Blancheur, abandon de soi-même, incertitude et isolement qui étaient eux-mêmes un navire. Il eut l'impression qu'on ne pouvait le supporter longtemps sans ivresse.

Le garçon faisait semblant d'être absorbé par son travail. Pourtant, Honda savait qu'en réalité il n'avait rien à faire quand aucun bateau ne se montrait.

« Quand est annoncé le prochain navire ?
– Vers neuf heures du soir. Aujourd'hui, c'est une journée tranquille. »

Sa réponse avait un ton d'aimable efficacité ; contrariété et curiosité perçaient comme des fraises à travers des parois en plastique.

Peut-être était-ce par orgueil que le jeune homme n'y mettait pas plus de façons – en tout cas, il n'enfila rien par-dessus son tricot. Du fait de la chaleur de l'air, même la fenêtre ouverte, il n'y avait rien que de naturel dans son habillement. Sur la blancheur de son corps, sans rondeur mais plutôt d'une sveltesse botanique, la chemise immaculée se déployait en deux cercles à partir des épaules et de là, enveloppait le buste étoffé qu'on voyait se pencher. On sentait en ce corps une fermeté calme, sans la moindre mollesse. Le profil – sourcils, nez et lèvres aristocratiques – était bien modelé, comme une pièce d'argent ayant quelque peu servi ; les yeux, avec leurs longs cils, étaient magnifiques.

Honda comprenait ce que le garçon était en train de penser.

Il ressentait encore la gêne de cette fleur dans ses cheveux. Il n'avait eu nulle peine à dissimuler son embarras en recevant ses hôtes, mais il y était emmêlé comme dans un écheveau de fils écarlates. Et comme, bien entendu, ils avaient pu entrevoir la laideur de la demoiselle, il lui fallait également se résigner au malentendu et aux sourires de sollicitude qu'on dissimulait. La cause de tout ceci résidait dans sa propre magnanimité. Son orgueil s'en trouvait affligé d'une blessure inguérissable.

Bien entendu. On ne pouvait guère croire que ce laideron fût sa bonne amie. Ils allaient vraiment trop mal ensemble. Il n'y avait qu'à regarder ces lobes si frêles, tel du verre des plus finement travaillés, et la blancheur flexible du cou pour connaître que ce garçon n'était pas amoureux. L'amour lui était chose étrangère. Il s'était lavé les mains méticuleusement après avoir broyé la fleur, il avait une serviette blanche sur le bureau, il ne cessait de s'essuyer dans le cou et sous les bras. Posées sur le registre, les mains fraîchement lavées étaient pareilles à des végétaux stérilisés. Pareilles à de jeunes rameaux à la surface d'un lac. Connaissant leur propre élégance, les doigts avaient une courbe hautaine d'essence surnaturelle. Ils ne semblaient faits pour saisir rien de matériel, mais seulement le vide. Ils paraissaient caresser l'invisible, mais sans qu'ils s'humilient ou implorent. S'il est des mains qu'il ne faut employer qu'à l'égard de l'infini et de l'univers, ce sont des mains masturbatrices. Rien en lui qui ne soit caché, pensa Honda.

Des mains admirables faites pour effleurer la lune, les étoiles, l'océan, impropres à aucune tâche matérielle. Il aurait voulu voir le visage de ceux qui prétendaient les prendre à leur service. Quand ils engageaient quelqu'un, ne leur apprenaient rien tels détails assommants comme famille, amis, opinions, copie des diplômes et état de santé. C'est de ce garçon même qu'ils avaient loué les services, sans rien savoir de toutes ces choses ; et il était le mal à l'état pur.

Qu'on veuille bien y réfléchir. Le mal à l'état pur. La raison en était simple. En son for intérieur, c'était Honda lui-même que reproduisait trait pour trait ce garçon.

CHAPITRE 10

Le coude appuyé sur la table au bord de la fenêtre, tout en ayant l'air de regarder la mer fixement, la morosité des vieillards lui faisant un abri naturel, Honda jetait de temps à autre un coup d'œil au profil du garçon, ayant l'impression que ce regard lui révélait sa propre existence.

Le mal qui avait envahi sa vie avait été la conscience de soi. Une conscience de soi qui ignorait tout de l'amour, qui pouvait massacrer sans lever la main, qui trouvait plaisir à la mort tout en rédigeant de nobles condoléances, qui invitait le monde à se détruire tout en cherchant le dernier moment possible pour soi-même. Cependant, il y avait un rai de lumière par la fenêtre vide. L'Inde. L'Inde qu'il avait rencontrée alors qu'il prenait connaissance du mal et cherchait à le fuir, fût-ce un seul instant. L'Inde, qui enseignait qu'il fallait qu'existât, en réponse à la nécessité morale, le monde dont la négation lui avait tant tenu à cœur, et qui abritait une lumière et un parfum auxquels il ne lui était pas loisible de porter atteinte.

Mais tout au long de sa longue existence, il s'était senti enclin à refaçonner le monde en un vide absolu, à conduire les hommes au néant – avec la destruction complète pour finalité. Il n'y avait point réussi; et alors que s'achevait sa vie, aux approches de sa propre finalité individuelle, il se trouvait découvrir un garçon dont émanaient des pousses de mal identiques.

Peut-être n'avait-ce été qu'illusion. Encore qu'après faux pas et échecs, il pouvait se féliciter d'être en mesure de déceler les faux-semblants. Tant que le désir n'y faisait pas obstacle, il conservait son pouvoir d'analyse. Tout spécialement pour ce qui ne s'accordait pas à ses tendances profondes.

Il arrivait que le mal prît une forme paisible, botanique. En cristallisant, le mal acquérait la beauté d'une poudre blanche et nette. Beauté de ce garçon. Peut-être Honda avait-il été éveillé, ensorcelé par la beauté de sa propre connaissance de soi, laquelle avait prétendu ne rien connaître de son moi ou de celui des autres.

L'ennui la gagnant, Keiko se mettait du rouge aux lèvres. «Peut-être devrions-nous partir?»

Devant les tergiversations de son vieil ami, profitant du mimétisme de ses vêtements, elle se mit à se glisser autour de la pièce comme un grand serpent tropical indolent. Elle découvrit que l'étagère la plus proche du toit se divisait en une quarantaine de compartiments dont chacun contenait un petit pavillon poussiéreux.

Attirée par les verts, les jaunes et les rouges vifs des drapeaux mal roulés, elle les contempla d'en bas un moment, les bras croisés. Puis, soudain, elle posa la main sur l'arête d'ivoire luisant de l'épaule nue du jeune homme.

« À quoi servent ces drapeaux ? »

Il recula, tout surpris.

« Nous ne les utilisons pas pour le moment. Ce sont des panneaux de signalisation. Nous n'employons que le feu clignotant. La nuit. »

Il indiqua le feu de signalisation dans un coin de la pièce avant de se hâter de regarder de nouveau le bureau. Keiko observait par-dessus son épaule des croquis de cheminées de bateau. Il n'y faisait pas attention.

« Pourrais-je en voir un ?

– Je vous en prie. »

Assis au bureau, il avait le cou complètement rentré dans les épaules. Il se leva, se dirigeant vers l'étagère en évitant Keiko comme il eût fait de fourrés brûlants dans la jungle. Passant devant Honda, il se dressa sur la pointe des pieds pour prendre un des pavillons sur l'étagère.

Jusque-là, Honda s'était perdu dans ses pensées. Il se mit à regarder le garçon, debout à côté de lui, ses bras tendus. Une légère et douce odeur pénétra ses narines. Il y avait trois grains de beauté sur le côté gauche de la poitrine, mais plus blancs que celle-ci, et que le tricot avait recouverts jusqu'à maintenant.

« Vous êtes gaucher », dit Keiko, toujours très directe.

Le jeune homme lui jeta un regard furieux tout en prenant le drapeau.

Honda voulait être sûr. Il s'approcha du garçon. Le bras était à nouveau replié, comme une aile blanche ; mais à chaque mouvement, deux grains de beauté étaient cachés dans l'ombre, derrière l'ourlet du tricot, tandis qu'en apparaissait un troisième. Le cœur de Honda se mit à battre.

« Quel splendide motif ! Qu'est-ce que c'est ? » Keiko étala un pavillon à carreaux jaunes et noirs. « Ça me plairait d'avoir une robe comme cela. Quelle étoffe est-ce ? De la toile ?

– Je ne saurais dire quelle étoffe, répondit le garçon d'un ton bourru, mais c'est un A.

– A. Comme "amour". »

Le jeune homme retourna au bureau, visiblement furieux.

CHAPITRE 10

« Ne vous pressez pas, marmonna-t-il, comme se parlant à lui-même. Il y a tout le temps.
— Alors, ceci est un A. Ce n'est pas du tout comme ça que je verrais un A. Réfléchissons. A devrait être d'un vert ténébreux. Des carreaux noirs et jaunes, ce n'est pas ça du tout. Trop lourd et trop robuste, comme un tournoi de chevaliers. Peut-être bien un G ?
— G, c'est des raies verticales jaunes et bleues, dit le garçon, presque à bout.
— Des raies verticales jaunes et bleues ? Pas du tout ça. G, c'est tout à l'opposé de raies verticales.
— Je crains que nous ne vous empêchions de travailler. Nous vous remercions beaucoup. J'espère que vous ne verrez pas d'inconvénient à ce que je vous envoie de Tokyo des bonbons, ou quelque chose ? Avez-vous une carte de visite ? »

Étonnée de cette politesse un peu exagérée, Keiko posa le pavillon sur le bureau pour aller prendre son sombrero pendu aux petites jumelles de la fenêtre est.

Honda plaça poliment sa carte devant le jeune homme. Ce dernier en sortit une à lui qui portait l'adresse du bureau de signalisation. « Cabinet juridique Honda », gravé sur la carte posée devant lui, cela parut dissiper ses soupçons.

« Il semble que vous avez de lourdes responsabilités, reprit Honda, d'un air détaché. Et vous y arrivez tout seul ? Quel âge cela peut-il vous faire ?
— Seize ans. » La réponse, énoncée d'un ton alerte et professionnel, laissait Keiko de côté.

« C'est un travail des plus utiles. Restez-y. » Prononçant chaque syllabe d'une voix sérieuse et précise à travers ses fausses dents, Honda dirigea Keiko vers la porte d'un air enjoué et se mit à enfiler ses souliers. Le garçon les accompagna jusqu'en bas.

De retour à la voiture, Honda se sentait trop las pour lever les yeux. Il demanda au chauffeur de les conduire à Nihondaira, à un hôtel où il avait loué des chambres pour la nuit.

« J'ai besoin d'un bain rapide et d'un massage. » Puis, comme en passant, il ajouta une chose qui laissa Keiko bouche bée : « Je m'en vais adopter ce garçon. »

L'ANGE EN DÉCOMPOSITION

11

Toru ressentait de l'irritation, une inquiétude. Il n'était pas rare qu'il vînt des promeneurs. Ce bâtiment semblait engendrer la curiosité. La plupart avaient des enfants qui les poussaient à entrer. Toru soulevait ceux-ci à la hauteur du télescope et ça n'allait pas plus loin. Ces deux-là, c'était autre chose. Ils étaient venus comme pour essayer de fureter et, en s'en allant, on aurait dit qu'ils avaient volé quelque chose. Quelque chose dont Toru lui-même n'avait pas eu connaissance.

Il était cinq heures de l'après-midi. La pluie menaçait et la nuit tombait rapidement.

Le long trait indigo en travers de la mer ressemblait à un grand crêpe de deuil. Cela répandait comme un air de sérénité. Un seul cargo était visible, tout à droite.

On appela au téléphone de Yokohama pour annoncer un départ. Il n'y eut pas d'autres appels.

C'était l'heure du dîner, mais il n'avait pas faim.

Il alluma la lampe de bureau et feuilleta un recueil de cheminées de bateaux. C'était très bon pour chasser l'ennui.

Il y avait ses préférées qui le faisaient rêver. Il aimait le motif de la ligne suédoise d'Extrême-Orient, trois couronnes jaunes sur cercle blanc, de même lui plaisait l'éléphant des chantiers d'Osaka. En moyenne une fois par mois, un navire arborant cet éléphant abordait à Shimizu. L'éléphant blanc dominant un croissant jaune sur fond noir s'apercevait du plus loin. Il aimait cet éléphant blanc qui arrivait de la mer en chevauchant la lune.

Il aimait la ligne londonienne Prince, une petite couronne portant trois plumes désinvoltes. Quand arrivait un bâtiment canadien, il lui semblait que ce bateau blanc était un cadeau et son motif une carte de vœux pleine d'entrain.

Aucune de ces marques ne formait en lui de dessin continu. En parvenant à portée de longue-vue, ils occupaient son esprit pour la première fois. Tels des bristols brillants disséminés de par le monde, ils faisaient partie d'un jeu auquel il ne participait pas.

Il ne s'attachait qu'aux images lointaines qui n'étaient pas des reflets de lui-même. À supposer, c'est-à-dire, qu'il s'attachât à quoi que ce fût.

CHAPITRE 11

Qui pouvait être ce bonhomme et quel genre d'individu ?
Ici, dans ce bureau, il était apparu seulement comme quelqu'un dont prenait soin cette femme gâtée et trop bien mise ; mais à présent, subsistait une présence individuelle, celle d'un vieil homme paisible.

Des yeux chargés d'ans, de lassitude, d'érudition, d'intelligence, une voix si basse que Toru avait eu peine à la saisir, une courtoisie qui semblait friser le ridicule. Qu'avait-il donc à supporter ?

Jamais auparavant, Toru n'avait rencontré quiconque qui lui ressemblât tout à fait. Jamais encore, il n'avait vu la volonté de dominer prendre une forme si tranquille.

Tout cela aurait dû être une histoire ancienne ; et cependant, il y avait chez ce vieil homme quelque chose qui occupait un coin de la conscience de Toru, comme un écueil, sans vouloir lâcher prise. Que pouvait-ce bien être ?

Mais, bientôt, sa froide insolence reparut, et il cessa de supputer. Le bonhomme était un homme de loi à la retraite. Cela suffisait. Ces politesses étaient une attitude professionnelle, rien d'autre. Toru avait honte d'une tendance qu'il décelait en lui-même à faire preuve de circonspection un peu fruste.

Se levant pour faire chauffer son dîner, il jeta une liasse de papiers à la corbeille et aperçut l'hortensia fané.

« Aujourd'hui, c'était un hortensia. Elle me l'a piqué dans les cheveux en partant. Hier, des bleuets. La fois d'avant, un gardénia. Divagations d'un esprit déséquilibré ? Ou bien ont-elles un sens ? Peut-être n'est-ce pas uniquement son idée à elle. Il se peut que quelqu'un lui mette tous les jours une fleur dans les cheveux et que, sans le savoir, elle porte une sorte de signal ? C'est toujours elle qui parle, mais, la prochaine fois, il faut que je lui demande. »

Il se pouvait qu'il n'y eût rien d'accidentel ou de dû au hasard dans ce qui se passait à l'entour de Toru. Brusquement, il sembla qu'une parfaite ébauche du mal prît forme autour de lui.

12

Honda ne dit mot durant tout le dîner, et Keiko était trop bouleversée pour causer.
« Est-ce vous qui me rejoindrez dans ma chambre ? demanda-t-elle quand ils se levèrent de table. Ou bien, est-ce moi qui dois aller chez vous ? »
Toujours, quand ils voyageaient ensemble, ils se retrouvaient après dîner dans la chambre de l'un ou de l'autre et ils causaient en prenant un whisky. Si l'un d'eux se disait las, l'autre comprenait.
« Je ne me sens plus aussi fatigué. Je serai chez vous dans mettons une demi-heure. » Il prit son poignet pour regarder le numéro de sa clé. Elle ne cessait de s'amuser de la vanité qu'il retirait de cette petite exhibition publique d'intimité. Il pouvait se montrer très plaisamment intime à certains moments, puis l'instant d'après, d'un rigorisme à faire peur.
Elle changea de vêtements. Elle allait se moquer de lui. Mais elle réfléchit. Elle se rendait compte qu'elle pouvait se moquer de lui sans se gêner quand il s'agissait de choses sérieuses ; mais ce leur était une loi : ce qui était sans importance devait être traité sérieusement.
Ils s'assirent à une petite table près de la fenêtre. Honda commanda comme à l'habitude une bouteille de Cutty Sark. Keiko regardait les tourbillons de brume au dehors. Cigarette à la main, ses traits apparaissaient plus sévères, plus tendus que d'ordinaire. Depuis longtemps, elle avait renoncé à faire mine, comme une étrangère, d'attendre qu'il lui présentât une allumette. Il n'avait jamais aimé cela.
Brusquement, elle se mit à parler :
« Je n'en reviens pas, absolument pas. Cette idée d'accueillir un garçon dont vous ignorez tout ! Je ne puis songer qu'à une seule explication. Vous m'avez caché vos penchants. N'ai-je pas été aveugle ! Voilà dix-huit ans que nous nous connaissons et je ne m'en suis jamais doutée. À présent, je comprends. Cela ne fait plus aucun doute. Nous n'avons pas cessé de ressentir les mêmes impulsions, et ce sont elles qui sans cesse nous ont rapprochés, en sorte que nous nous sentions ainsi protégés, camarades et alliés. Ying Chan était tout juste un accessoire. Vous étiez au courant de ce qui existait entre elle et moi, et vous jouiez un rôle. On ne prend jamais trop de précautions.

CHAPITRE 12

– Ce n'est pas cela du tout. Elle et ce garçon sont une seule et même chose.» Il s'exprimait avec une grande fermeté.

«Pourquoi? demanda-t-elle à plusieurs reprises. En quoi étaient-ils une seule et même chose?

– Je vais vous le dire quand on nous aura apporté le whisky.»

Ce dernier arriva. Elle n'avait d'autre choix que d'attendre ce qu'il allait dire. L'initiative ne lui appartenait plus.

Honda lui raconta tout.

Il lui plaisait qu'elle l'écoutât si attentivement. Elle se garda de lui répondre en termes trop généraux comme elle en avait l'habitude:

«Vous avez eu la sagesse de n'en rien dire ni écrire.»

Le whisky donnait à sa voix un ton d'aimable charité et de bienveillance.

«On vous aurait cru fou. La confiance que vous avez su créer autour de vous se serait effondrée.

– La confiance, cela ne signifie plus rien pour moi.

– Ce n'est pas de cela qu'il s'agit. Une autre chose que vous m'avez dissimulée, c'est votre sagesse. N'est-ce pas? Un secret aussi terrible que le poison le plus terrible, capable d'engendrer les pires horreurs, un secret qui réduit à rien, semble-t-il, un quelconque secret mondain. Si vous m'aviez dit qu'on comptait trois aliénés parmi vos proches, que vous aviez des tendances sexuelles aberrantes, si vous m'aviez dit des choses telles que la plupart des gens auraient honte de me les révéler, ç'aurait été là un secret mondain, rien du tout. Une fois qu'on connaît la vérité, le meurtre, le suicide, le viol ou la fabrication de fausse monnaie, ce sont des saletés quelconques. Et quelle ironie d'avoir affaire à un magistrat! Voilà que vous vous trouvez pris dans un cercle plus grand que le ciel, et tout le reste n'est que banalité. Vous avez découvert qu'on ne nous a libérés que pour nous mener au pré. Comme des animaux ignorants dont on a allongé la chaîne.» Keiko soupira. «Votre histoire m'a guérie. Il me semble que j'ai assez bien combattu, mais le combat n'était pas nécessaire. Nous sommes tous des poissons pris au même filet.

– Mais, pour une femme, c'est le coup final. Chez quelqu'un qui sait ce que vous savez, il n'est plus de beauté possible. Si, à votre âge, vous vouliez encore être empreinte de beauté, alors il vous aurait fallu vous voiler la face jusqu'aux oreilles.

Sur le visage de celui qui sait, il est des signes de lèpre invisibles. Si une lèpre des nerfs et une lèpre des articulations sont une lèpre visible, disons que c'est une lèpre transparente. Sitôt parvenu au

L'ANGE EN DÉCOMPOSITION

bout de la connaissance, apparaît la lèpre. Dès l'instant que j'eus mis le pied en Inde, je devins un lépreux spirituel. Je l'étais bien entendu depuis des dizaines d'années mais sans le savoir.

À présent, vous aussi le savez. Vous avez beau entasser des couches de maquillage, quelqu'un d'autre qui sait voit au travers jusqu'à l'épiderme. Je vais vous dire ce qu'il peut voir. Une peau par trop transparente ; un esprit qui gît inerte ; le dégoût d'une chair par trop charnelle, dépouillée de toute beauté de la chair ; une voix éraillée ; un corps épilé, dont, comme les feuilles, le poil tout entier est tombé. Bientôt l'on pourra voir en vous tous les symptômes. Les cinq signes de décomposition pour celui qui voit.

Même si vous n'évitez pas les gens, vous vous rendrez compte, progressivement, qu'on vous évite. Sans qu'ils en sachent rien, ceux qui savent répandent une odeur déplaisante, comme un présage.

Beauté de la chair, beauté de l'esprit, tout ce qui relève de la beauté naît de l'ignorance, des ténèbres et de rien d'autre. *Il n'est pas permis de savoir, et ce faisant, de conserver la beauté.* Si ignorance et ténèbres sont identiques, c'est donc qu'un conflit entre l'esprit qui ne peut du tout les cacher et la chair qui les cache derrière sa propre et éblouissante beauté n'est nul conflit en vérité. Beauté ne saurait être que beauté de la chair.

– Oui, cela est vrai. C'était vrai de Ying Chan, dit Keiko, ses yeux s'illuminant au souvenir tandis qu'elle observait la brume. Et voilà, je suppose, pourquoi vous n'avez rien dit à Isao II ou à Ying Chan III.

– Sollicitude cruelle de ma part, je suppose, par crainte de mettre obstacle au destin. Cela m'a empêché de parler. Mais avec Kiyoaki, c'était différent. À ce moment, moi-même j'ignorais la vérité.

– Vous voulez dire qu'il y avait aussi de la beauté en vous. » Elle lui jetait un regard ironique de la tête aux pieds.

« Non. Je m'appliquais à fourbir le matériel d'apprentissage de la connaissance.

– Je comprends. Il va falloir que je garde le secret absolu vis-à-vis de ce garçon jusqu'à ce qu'il ait vingt ans et soit prêt à mourir.

– C'est exact. Vous n'avez que quatre ans à attendre.

– Êtes-vous si sûr de ne pas mourir le premier ?

– Je n'y avais pas pensé.

– Il va falloir que nous prenions à nouveau rendez-vous à l'Institut de recherche du cancer. »

Jetant un coup d'œil à sa montre, Keiko sortit une petite boîte remplie de pilules multicolores. Elle en choisit vivement trois du bout de ses ongles et les avala dans une gorgée de whisky.

CHAPITRE 12

Il y avait une chose que Honda n'avait pas dite à Keiko. C'était que le garçon qu'ils avaient rencontré aujourd'hui différait à l'évidence de ses prédécesseurs. Les mécanismes de sa connaissance de soi apparaissaient aussi clairement que s'ils s'étaient trouvés derrière une fenêtre. Il n'avait rien vu de semblable chez les trois autres. Il lui semblait que le fonctionnement interne de ce garçon et le sien se ressemblaient comme deux gouttes d'eau. Il était impossible que tel fût le cas – et pourtant, se pouvait-il que ce garçon représentât cette chose rare, celui qui sait et dont le fait de savoir accentue la beauté? Non, c'était impossible. Mais alors, si c'était impossible, bien qu'il fût porteur de tous les signes, qu'il eût l'âge qu'il fallait et les trois grains de beauté, se pouvait-il que ce garçon fût le premier exemple d'une habile contrefaçon proposée aux yeux de Honda?

Le sommeil les gagnait. La conversation se porta sur les rêves.

« Je rêve rarement, dit Keiko. Même maintenant, néanmoins, il m'arrive de rêver que je passe un examen.

– On dit que l'on continue à rêver d'examens pendant toute sa vie. Ça ne m'est pas arrivé depuis plus de dix ans.

– C'est parce que vous étiez bon élève. »

Mais il ne paraissait guère indiqué de causer de rêves avec Keiko. Autant parler de tricot à un banquier.

Ils finirent par rentrer dans leurs chambres. Honda fit la sorte de rêve qu'il avait nié jamais avoir, il rêva qu'il passait un examen.

Au premier étage d'une école à charpente en bois, qui balançait si violemment qu'on l'eût crue suspendue à une branche, Honda, encore adolescent, attrapait les feuilles de solutions que l'on faisait prestement passer entre les pupitres. Il savait que Kiyoaki devait être assis à deux ou trois rangs derrière lui. En jetant les yeux sur des questions écrites au tableau sur les feuilles, Honda se sentait très sûr de lui. Il tailla ses crayons en pointes fines. Il connaissait aussitôt les réponses. Nul besoin de se presser. Au-dehors, les peupliers oscillaient dans le vent.

Il se réveilla dans la nuit et chaque détail de son rêve lui revint à l'esprit.

Il n'y avait aucun doute, il avait rêvé d'examen, sans que, pourtant, il eût ressenti les tourments qui accompagnent ce genre de rêves. Qu'est-ce qui l'avait incité à rêver?

Du fait que seuls lui-même et Keiko étaient au courant de leur conversation et que ce n'était pas Keiko, il fallait que ce fût Honda en personne. Mais il n'avait pas eu le moindre désir de rêver. Il n'aurait pas voulu se mettre à rêver sans consulter ses propres vœux en la matière.

Bien entendu, Honda avait lu de nombreux ouvrages viennois relatifs à la psychanalyse ; sans pour autant pouvoir admettre le principe que l'on pouvait désirer se trahir soi-même. Non, il était plus naturel de croire que, du dehors, quelqu'un montait la garde, et n'hésitait pas à intervenir.

En état de veille, Honda disposait de volonté, et bon gré mal gré, participait à l'histoire ; mais quelque part dans les ténèbres était un personnage, peut-être historique ou peut-être pas, qui l'opposait à ses rêves.

Il semblait que la brume se fût dissipée, laissant apparaître la lune. La fenêtre, un peu plus haute que le rideau, brillait au bord inférieur, d'un pâle bleu argenté, telle l'ombre de la péninsule géante allongée au-delà des eaux.

13

10 août.

Prenant la relève à neuf heures du matin, Toru, une fois seul, ouvrit le journal comme à l'habitude. Aucun bateau ne devait arriver avant l'après-midi.

Le journal s'emplissait de récits des déchets industriels que le flot avait rejetés sur le rivage à Tago. Il y avait là une cinquantaine de papeteries tandis que Shimizu n'en possédait qu'une et de faible importance. En outre, les principaux courants se dirigeaient vers l'est, si bien qu'il n'arrivait guère de déchets industriels dans le port de Shimizu.

Il semblait que le mouvement Zengakuren avait participé en nombre à des manifestations contre la pollution. Ces dernières se situaient bien au-delà de la portée fût-ce du télescope de grossissement trente. Les choses situées hors de portée du télescope ne présentaient aucun intérêt pour Toru.

C'était un été frais.

Rares les journées d'été où la péninsule d'Ise se détachait nettement, les nuées orageuses bouillonnant dans le ciel clair. La péninsule s'enrobait de brume, dans un soleil indistinct. Il avait vu des images prises

CHAPITRE 13

récemment par un satellite météorologique. La baie de Suruga paraissait toujours à moitié ensevelie dans un brouillard épais.

Kinue passa dans la matinée, à une heure inhabituelle. Elle demanda si cela ne gênerait pas qu'elle entrât.

« Je suis seul. Le directeur est parti au bureau central de Yokohama. »

Il y avait de l'effroi dans ses yeux.

Durant la période pluvieuse du début de l'été, il l'avait fortement tancée pour l'habitude qu'elle avait d'apporter des fleurs à lui mettre dans les cheveux, et pendant un temps, elle avait cessé de venir. À présent, elle revenait fréquemment. Elle avait cessé d'apporter des fleurs, mais l'effroi et le danger qui servaient de prétexte à ses visites étaient de plus en plus outranciers.

« C'est la deuxième fois. La deuxième fois, et un homme différent à chaque fois. »

Elle se mit à débiter son histoire aussitôt assise. Elle avait la respiration lourde.

« Que s'est-il passé ? »

– Il y a quelqu'un qui s'intéresse à vous. Quand je viens vous voir, je m'assure toujours que personne ne me voit. Sinon, je pourrais causer des complications. Si l'on allait vous tuer, ce serait par ma faute et je n'aurais plus qu'à me tuer moi-même.

– Qu'est-ce que vous racontez là ?

– C'est la deuxième fois, je vous dis. C'est ce qui fait que je suis tellement ennuyée. Je vous ai raconté, la première fois. Vous vous rappelez ? La même chose cette fois-ci, bien qu'un peu différent. Ce matin, je suis allée me promener sur la plage de Komagoe. J'ai ramassé des lis de mer, puis je me suis approchée de l'eau et je regardais vers le large sans trop penser à rien.

Il n'y a pas beaucoup de gens sur la plage de Komagoe, et ça finit par m'ennuyer que les gens me regardent fixement. J'adore regarder au large. Cela me procure un tel repos. Il m'arrive de penser qu'en mettant ma beauté à moi d'un côté de la balance et la mer de l'autre côté, elles se feraient parfaitement équilibre. C'est comme si j'avais confié ma beauté à la mer, n'en ayant plus souci.

Il n'y avait personne. À part deux ou trois pêcheurs. Peut-être parce qu'il n'attrapait rien, l'un d'entre eux, ne cessait de me considérer. Je faisais semblant de ne pas m'en apercevoir, mais ce regard collait à ma joue comme une mouche.

Je doute que vous puissiez comprendre comme c'est pénible. Voilà encore que ça arrive, me disais-je. Ma beauté qui s'envole en me dérobant ma liberté. On dirait quelque chose qui ne m'appartient

L'ANGE EN DÉCOMPOSITION

pas, à quoi je ne puis rien. Je suis là, ne faisant de mal à personne, voulant seulement qu'on me laisse en paix et la voilà qui s'en va causer des ennuis. C'est un signe de beauté véritable, je sais. Mais la beauté est le pire des ennemis quand elle n'en fait qu'à sa tête.

Elle a encore émoustillé un individu, me disais-je. À peine ai-je eu le temps de songer combien c'est affreux, et la voilà, une fois de plus, qui s'empare d'un individu. De spectateur innocent qu'il était, le voilà qui devient brusquement une sale bête.

J'ai cessé de vous apporter des fleurs, mais j'aime bien me mettre des fleurs dans les cheveux quand je suis toute seule. J'étais en train de chanter, un lis rose dans les cheveux.

Je ne me souviens pas de ce que je chantais. Bizarre, n'est-ce pas, étant donné qu'il y a si peu de temps ? Il me semble que ce devait être quelque chose de vaguement mélancolique, ce qui convient à ma voix si belle. C'est assommant. La chanson la plus stupide devient magnifique quand c'est moi qui la chante.

À la fin, cet homme s'est approché. Il était jeune et si poli que ça me donnait envie de rire. Mais on voyait comme de la saleté dans son regard. Il ne pouvait pas le dissimuler. Ses yeux, on aurait dit de la colle sur ma robe. Il s'est mis à parler de toutes sortes de choses. Mais je me sentais à même de me protéger. Inutile de vous faire du souci. J'étais à même de me protéger. C'est pour vous que je me fais du souci.

Il a essayé de me faire perdre le fil en causant de toutes sortes d'autres choses, mais pour en revenir toujours à vous. Il a demandé quel genre de personne vous étiez, et si vous travaillez sérieusement, et si vous êtes aimable avec les gens. Je le lui ai dit, naturellement. Je lui ai dit qu'il n'y a personne au monde de plus aimable, de plus diligent. Il y a une chose qui a paru le surprendre. Quand j'ai dit que vous étiez un surhomme.

Je le savais d'instinct. C'était la seconde fois, vous vous rappelez ? Presque la même chose s'est produite, il y a huit ou dix jours. Il y a quelqu'un qui se doute de quelque chose entre nous deux. Un affreux individu qui ne s'est pas montré a entendu parler de moi ou m'a peut-être vue de loin, et il a perdu le sens à cause de moi, et il a dû engager quelqu'un pour m'espionner, et pour faire disparaître un homme dont il pense qu'il peut avoir des sentiments pour moi. Un amour démentiel s'approche, plus près, toujours plus. Je suis épouvantée. Que vais-je faire s'il vous arrive du mal sans que vous y soyez pour rien, simplement à cause de ma beauté ? Il y a une espèce de complot, je vois bien. Un complot engendré par un amour sans espoir. Cet homme-là est si riche et si puissant que c'en est terrifiant

CHAPITRE 13

et, laid comme un crapaud, il se tient à l'affût de ma personne, et c'est à vous qu'il en veut. »
Sans prendre le temps de respirer, elle tremblait comme une feuille.
En pantalon de toile bleue, les jambes croisées, Toru fumait une cigarette. Il se demandait ce que tout cela pouvait bien signifier. Mis à part l'imagination dramatique de Kinue, il avait la certitude que quelqu'un cherchait à se renseigner à son propos. Qui cela pouvait-il être ? Et pourquoi ? La police ? Mais il n'avait commis aucun délit plus sérieux que de fumer bien que n'étant pas majeur.
Il allait y réfléchir une fois seul ; dans l'intervalle, il prêterait à ces imaginations en leur donnant une tournure logique.
Il prit un ton solennel : « C'est sans doute comme vous dites ; mais je n'aurais nul regret si je devais être assassiné pour l'amour d'une jolie femme. Il y a quelque part un homme laid, riche et puissant qui attend comme un tigre de fondre sur une personne de pure beauté. Et son œil s'est posé sur nous deux.
Quand on se mesure à un tel être, il faut savoir ce que l'on fait. Il étend partout ses filets. La chose à faire, c'est avoir l'air de ne pas résister, de prendre tout son temps en cherchant ses points faibles. Il s'agit de rassembler ses forces et de frapper une fois qu'on connaît ses points faibles.
Vous ne devez jamais oublier un seul instant que la beauté immaculée est l'ennemie du genre humain. Son grand avantage à lui est d'avoir tout le genre humain pour lui. Il ne lâchera pas une minute qu'il ne nous ait mis à genoux et fait admettre que, nous aussi, nous sommes des êtres humains. De sorte que, le moment venu, nous devons nous soumettre et invoquer ses dieux. Sauf à les invoquer avec frénésie, il voudra notre mort. Si nous agissons comme je dis, alors il se calmera et nous laissera voir ses points faibles. Il nous faut tenir bon jusqu'à ce que cela arrive, tout en conservant jusqu'au bout notre amour-propre.
– Je comprends à la perfection. Je ferai juste comme vous dites. Mais il faut que vous m'aidiez. Cette beauté vénéneuse qui est en moi fait que j'ai toujours peur de tomber en faisant un faux pas. Si nous allions tous deux, main dans la main, alors, nous pourrions ôter sa saleté à tout le genre humain. Alors, le monde serait un paradis, et nous n'aurions plus rien à y redouter.
– Exactement. Tout va bien, par conséquent.
– Je vous aime plus qu'aucune autre personne au monde. » Elle laissa échapper ces paroles tout en franchissant la porte à reculons.

L'ANGE EN DÉCOMPOSITION

Toru goûtait toujours qu'elle fût absente. Quand pareille laideur se manifestait par l'absence, en quoi différait-elle de la beauté ? Du fait que la beauté qui avait introduit tout cet entretien était elle-même absente, le parfum de Kinue persistait après son départ.
Il lui semblait parfois entendre au loin les pleurs de la beauté. Juste par-delà l'horizon, peut-être. Elle criait d'une voix haut perchée, telle une grue. L'appel se renouvelait en écho avant de disparaître. S'il prenait une forme humaine, ce n'était que pour un instant. Seule Kinue avait pu capturer la grue au piège de sa laideur. Et depuis longtemps, elle la nourrissait de sa conscience de soi.

Le *Koyo-Maru* arriva dans l'après-midi, à trois heures dix-huit. Aucun autre bateau n'était attendu avant sept heures. En y comprenant neuf navires prêts à mouiller, on comptait vingt bateaux dans le port de Shimizu.
Au large, dans la troisième zone, se trouvaient le *Nikkei-Maru II*, le *Mikasa-Maru*, le *Camellia*, le *Ryuwa-Maru*, le *Lianga Bay*, le *Umiyama-Maru*, le *Yokai-Maru*, le *Denmark-Maru* et le *Koyo-Maru*.
À la jetée d'Hinode, le *Kamishima-Maru* et le *Karakasu-Maru*.
Au môle de Fujimi, le *Taiei-Maru*, le *Howa-Maru*, le *Yamataka-Maru* et l'*Aristonikos*.
Amarrés à des bouées à Orito, port de commerce du bois, le *Santen-Maru*, le *Donna Rossana* et le *Eastern Mary*.
En raison du danger, un seul pétrolier, l'*Okitama-Maru*, était amarré à un pipe-line dans la zone des Dauphins, réservée aux pétroliers. Il était sur le point d'appareiller.
Les gros pétroliers qui amenaient du brut du golfe Persique jetaient l'ancre dans la zone des Dauphins, les pétroliers plus petits chargés de pétrole raffiné étaient admis dans le bassin Sodeski, où se trouvait un unique bateau, le *Nissho-Maru*.
Un embranchement ferroviaire quittait la gare de Shimizu, passant devant nombre de mouillages et de magasins de douane isolés, déviant la lumière estivale intense, avant de s'enfoncer parmi les herbes de l'été où, jaillie entre les entrepôts, la luminosité de la mer semblait se moquer de cet achèvement des terres. Puis il poursuivait sa route comme s'il avait eu pour but d'envoyer par le fond les vieilles locomotives à vapeur. Alors, brusquement, la voie rouillée, toute tordue, débouchait sur la mer éclatante, au terminus dénommé le bassin du chemin de fer. Lequel n'abritait aucun navire.

CHAPITRE 13

Toru venait de noter dans la main courante l'entrée du *Koyo-Maru* dans la troisième zone.
Il était mouillé au large, et les opérations de chargement ne pourraient se dérouler que le lendemain. Il n'était pas urgent d'annoncer son arrivée. Vers quatre heures, on téléphona pour demander s'il était bien arrivé.
À quatre heures, un pilote appela au téléphone. Il y avait huit pilotes qui se relayaient et cet appel avait pour but de l'informer des affectations du lendemain.

Le temps lui pesant, Toru se mit à contempler la mer à travers le télescope.
Mais, ce faisant, les incertitudes et le spectre du mal qui avaient accompagné Kinue lui revinrent à l'esprit. On eût dit qu'un filtre sombre avait été glissé sur l'objectif.
Au vrai, il semblait qu'un filtre sombre avait recouvert cet été tout entier. De façon subtile, le mal avait recouvert la lumière, ternissant l'éclat et amincissant les ombres vigoureuses de l'été. Les nuages avaient perdu la précision de leur silhouette, la mer était un néant, et la péninsule d'Ise se faisait invisible sur le fond d'acier bleu-noir de l'horizon. L'océan était d'un vert quelconque, monotone. Lentement, la marée montait.
Toru abaissa la lunette vers les vagues sur la grève.
En se brisant, elles laissaient glisser de leur échine une écume pareille à la lie de l'océan, et les pyramides vert foncé, en s'élevant, s'enflaient et tournaient en blancheur tourmentée. La mer perdait sa sérénité.
Tout en s'élevant, elle se brisait à sa frange, et des taches blanches déchiquetées se détachaient des hauteurs de son ventre, cri de chagrin inouï, devenant un mur de verre uni bien qu'infiniment craquelé, telle une immense écume. Tandis qu'elle se brisait en se soulevant, les mèches frontales étaient peignées en blancheur admirable, puis, à la retombée, on apercevait le déploiement d'un blanc bleuâtre de la crête, et les traînées blanches se formaient en tapis blanc compact; alors, elle retombait, telle une tête tranchée.
La dispersion et puis la retombée de l'écume. Petites traînées d'écume cheminant vers l'océan en rangs d'insectes aquatiques.
Écume qui cheminait sur le sable comme la sueur le long du dos d'un athlète à la fin de ses exercices.

L'ANGE EN DÉCOMPOSITION

Quelles transformations délicates à la surface du monolithe blanc de la mer tandis qu'elle parvenait au rivage pour s'y briser! La myriade confuse des vaguelettes et les mille éclatements d'écume devenaient un infini désespérant de traits vomis sur l'océan comme par des vers à soie. Subtilité du mal qui l'emportait ainsi par force brutale tout en s'imprégnant de ce blanc délicat.

Seize heures quinze.

Dans ses hauteurs, le ciel était d'azur. D'un azur maniéré et hautain. Il avait vu un bleu semblable à la bibliothèque, dans une collection de l'école de Fontainebleau. Composition lyrique avec tout juste un soupçon de nuages, ce n'était là aucunement un ciel d'été. On l'avait étalé avec une hypocrisie saccharinée.

L'objectif, délaissant le rivage, s'était tourné vers le ciel, l'horizon, l'océan.

Il saisit un banc d'écume qui semblait se lancer contre les cieux mêmes. À quoi pouvait-elle prétendre, cette tache unique d'écume qui s'élançait au-dessus du reste? Pourquoi l'avait-on choisie?

La nature était un cycle, du tout vers le fragment, puis retournant du fragment au tout. Comparé à la propreté éphémère du fragment, le tout était sombre et maussade.

Et le mal, ressortissait-il au tout?

Ou au fragment?

Seize heures quarante-cinq. Pas un bateau en vue.

La plage était solitaire. Aucun baigneur, rien que deux ou trois pêcheurs. Sans navires, la mer se désintéressait absolument du dévouement et de l'entraide. La baie de Suruga reposait dans un calme parfait, sans amour et sans joie. Il fallait qu'il y eût des bateaux se glissant pour entrer ou sortir, découpant au rasoir des lignes blanches à travers cette perfection paresseuse, immaculée. Le navire représentait l'arme du froid mépris, à l'encontre de la perfection, se coulant sur l'épiderme frêle et tendu de la mer et y causant une blessure. Encore qu'il n'allât pas plus profond qu'en surface.

Dix-sept heures.

Le blanc des vagues prit un instant la couleur d'une rose jaune, annonçant l'approche du soir.

Il aperçut deux pétroliers noirs, un grand et un petit, qui gagnaient le large sur la gauche. L'*Okitama-Maru*, de quinze cents tonnes, qui était parti de Shimizu à seize heures vingt, et le *Nissho-Maru*, de trois cents tonnes, à seize heures vingt-trois.

On les eût dit mirages dans la brume. On ne voyait même pas distinctement leurs sillages.

CHAPITRE 13

Il abaissa la lunette vers le rivage.
À mesure qu'elles se teintaient des couleurs du soir, les vagues devenaient plus sévères et plus âpres. La lumière prenait de plus en plus la couleur du mal, le ventre des vagues enlaidissait.
C'est cela. En se brisant, les vagues offraient manifestement une vision de mort. Il lui sembla qu'elles devaient être ainsi. Elles étaient des bouches béantes à l'instant de mourir.
Dans un dernier râle, elles traînaient des fils de salive innombrables. Au crépuscule, le violacé de la terre devenait une bouche livide.
Dans cette bouche béante de l'océan, la mort plongeait. Exposant la mort nue sans arrêt, la mer ressemblait à une morgue. Elle faisait promptement disparaître les corps, les soustrayant aux yeux du public.
Le télescope de Toru découvrit ce qu'il n'aurait pas dû surprendre.
Toru ressentit brusquement qu'un monde différent était extirpé de ces mâchoires béantes. Du fait qu'il n'était pas de ceux qui s'adonnent aux fantasmes, il ne pouvait y avoir de doute que cela existât. Mais il ignorait ce que c'était. Peut-être quelque motif dessiné dans la mer par des micro-organismes. Un monde différent se révélait dans l'éblouissement surgi des sombres profondeurs, et il savait qu'il avait vu cet endroit-là. Peut-être cela se rapportait-il aux souvenirs de lointains incommensurables. S'il existait telle chose qu'une vie antérieure, peut-être alors était-ce cela. Et quels devaient être ses rapports avec le monde que Toru ne cessait de chercher, un pas au-delà du brillant horizon? Si c'était la danse des algues prisonnières sous le ventre des vagues qui déferlaient, peut-être le monde dont l'image apparaissait en cet instant représentait-il dès lors, en miniature, les mucosités roses, les plissements et les cavités violacés des grands fonds nauséeux.
Mais étaient apparus des rayons et des éclairs soudains – était-ce d'un océan que traversait la foudre? Ce n'était guère probable dans cette mer paisible au crépuscule. Rien n'exigeait que ce monde-là et ce monde-ci fussent contemporains. Le monde qu'il avait entr'aperçu appartenait-il à des temps différents? Appartenait-il à un temps autre que celui que mesurait sa montre?
Il hocha la tête. En désertant ce déplaisant spectacle, le télescope se faisait non moins déplaisant. Il se dirigea vers les jumelles à grossissement quinze dans un autre coin de la pièce. Il suivit du regard la grande coque du navire en train de quitter le port.
C'était le *Yamataka-Maru* de la Y.S. Line, 9 183 tonnes, en route pour Yokohama.
« Un bateau de Yamashita vient de partir, se dirigeant vers vous. Le *Yamataka, Yamataka*. Il est maintenant dix-sept heures vingt. »

L'ANGE EN DÉCOMPOSITION

Après avoir téléphoné ce message au bureau central de Yokohama, il se remit aux jumelles et suivit de nouveau le *Yamataka-Maru* dont les mâts se perdaient à présent dans la brume.

Sa marque était un unique trait noir tout en haut, sur un fond couleur de plaqueminier. En grandes lettres noires sur la coque : Y.S. LINE. Passerelle blanche, grues rouges. Le navire tentait une fuite désespérée hors du cercle du télescope. Dans le tracé des lignes blanches de sa proue, il gagna la haute mer.

Il était parti.

On apercevait des feux de joie dans ce qui avait été des plates-bandes de fraisiers sous la fenêtre.

On avait ôté tous les abris en plastique qui, jusqu'à la fin des pluies d'été, avaient occupé en entier cette étendue. La saison des fraises était passée. On avait transporté à la cinquième station de Fuji les boutures de culture forcée pour y bénéficier d'un hiver artificiel. Elles en reviendraient fin octobre, afin d'être prêtes pour les ventes de Noël.

On voyait des gens travailler parmi les soubassements, et sur de noirs champs de riz dont on avait enlevé jusqu'aux bâtis.

Toru s'en fut préparer son dîner.

Il dîna légèrement sur le bureau. La nuit était venue.

Dix-sept heures quarante.

Une demi-lune sortit des nuages, haute dans la partie méridionale du ciel. L'instant d'après, tel un peigne d'ivoire tombé dans le firmament, la demi-lune ne se distinguait en rien d'un nuage.

Au long de la plage, les pins alignaient leur noirceur. Il faisait déjà assez sombre pour qu'on pût distinguer les feux arrière des autos de pêcheurs parquées sur la grève.

Des enfants envahissaient la route par les champs de fraisiers. Étranges enfants du soir. Enfants du mystère, sortis de nulle part dans le crépuscule et dont les folles cabrioles traversaient les champs.

Plus loin, les feux de joie projetaient des flammes.

Dix-sept heures cinquante.

Toru leva les yeux. Il aperçut la marque d'un bateau complètement indiscernable ordinairement à l'œil nu, et il empoigna le téléphone. Il était sûr de lui que sa main se saisit de l'appareil avant même d'avoir identifié la marque.

L'agent maritime lui répondit.

« Allô ! Ici le poste de signalisation de Teikoku. Le *Daichu*. Je viens de l'apercevoir. »

CHAPITRE 13

On eût dit d'une salissure laissée par un doigt maculé dans le rose pâle de l'horizon sud-ouest. Comme s'il eût examiné une empreinte digitale à la loupe, il l'encadra pour l'identifier.

Le registre lui apprit que le *Daichu-Maru*, de 3 850 tonneaux, était un transporteur de bois de lauan, de cent mètres de long, d'une vitesse de 12,4 nœuds. Seuls les transports internationaux pouvaient dépasser vingt nœuds. Les transports de bois étaient plus lents.

Il ressentait une affinité particulière pour le *Daichu-Maru*. Ce dernier avait été lancé, le printemps dernier, des chantiers Kanazashi, ici à Shimizu.

Dix-huit heures.

Au large, à l'horizon rosé, la silhouette indistincte du *Daichu-Maru* passait toute proche de l'*Okitama-Maru* qui venait de quitter le port. Étrange moment que celui où une image surgit insensiblement d'un rêve dans la vie quotidienne, abstraction devenue réalité, poème qui prend corps, objet tiré de l'imaginaire. Si telle chose dénuée de sens, encore qu'inquiétante est, de quelque façon, absorbée par le cœur, naît alors dans le cœur un vif désir de la voir prendre forme, si bien que cette chose est appelée à l'existence. Peut-être le *Daichu-Maru* était-il né dans le cœur de Toru. Une image aussi indistincte qu'un coup de pinceau se trouvait devenue une coque géante de quelque quatre mille tonnes. Et pareille chose ne cessait d'arriver, en quelque lieu du monde.

Dix-huit heures dix.

Vu en raccourci sous son angle d'approche, il levait ses deux mâts de charge comme les cornes d'un grand scarabée noir.

Dix-huit heures quinze.

À présent, on le distinguait clairement à l'œil nu, mais il hésitait, noir sur l'horizon tel un objet oublié sur une étagère. Il paraissait ne plus pouvoir quitter ces lointains en accordéon, noir scarabée abandonné sur l'étagère de l'horizon.

Dix-huit heures trente.

L'objectif lui permettait d'apercevoir, en diagonale, le signe distinctif sur la cheminée, un N rouge entouré d'un cercle sur fond blanc. Il distinguait des entassements de lauan.

Dix-huit heures cinquante.

Vu maintenant de côté dans le chenal, le *Daichu-Maru* offrait les feux rouges de ses mâts détachés sur le ciel nuageux du crépuscule désormais sans lune. Il dépassa lentement l'*Okitama* qui se dirigeait vers le large comme dans un mirage. Les deux navires étaient fort éloignés l'un de l'autre, mais on en voyait les lumières dans le rac-

L'ANGE EN DÉCOMPOSITION

courci de la perspective ; on eût dit qu'au loin, dans l'obscurité de la mer, deux cigarettes allumées se rapprochaient avant de se séparer.

En provenance d'un port étranger, le *Daichu-Maru* était muni de deux grandes rampes de fer le long du pont pour empêcher le bois de lauan de tomber dans la mer. Il y en avait une telle quantité qu'on n'apercevait pas la ligne de flottaison ; de gros troncs brûlés par le soleil des tropiques s'amoncelaient les uns sur les autres, comme les cadavres entassés d'esclaves bruns, gigantesques et vigoureux.

Toru pensa aux nouveaux règlements pour les lignes de flottaison, une jungle de détails. Les lignes de flottaison des vaisseaux transporteurs de bois comprenaient six catégories, été, hiver, hiver Atlantique nord, tropical, eau douce d'été et eau douce tropicale. La catégorie tropicale comportait deux subdivisions selon la zone ou la saison. Le *Daichu-Maru* appartenait à la première et se voyait appliquer la « réglementation spéciale pour le transport des bois à ciel ouvert ».

Toru s'était passionné à retenir la définition de la zone tropicale :

« À partir de la côte est de l'Amérique du Nord en suivant le treizième parallèle jusqu'à soixante degrés de longitude ouest ; puis directement à dix degrés nord par cinquante-huit degrés ouest ; de là, le long du dixième parallèle jusqu'à vingt degrés ouest ; puis le long du vingtième méridien jusqu'à trente degrés nord ; de là jusqu'à la côte occidentale d'Afrique... puis à la côte occidentale de l'Inde... à la côte orientale de l'Inde... à la côte sud-est de l'Asie jusqu'au dixième parallèle sur la côte du Vietnam... de Santos... la côte orientale d'Afrique à la côte ouest de Madagascar... le canal de Suez... la mer Rouge, Aden, le golfe Persique. »

Un trait invisible reliait continent à continent, océan à océan, et ce qui se trouvait à l'intérieur était dénommé « tropical », si bien que, brusquement, une zone « tropicale » faisait apparition, avec ses cocotiers, ses récifs, ses mers de cobalt, ses nuées orageuses, ses grains, ses cris de perroquets multicolores.

Troncs de lauan, éclaboussés des taches écarlates, dorées et vertes des tropiques. Bûches de lauan entassées : elles avaient été mouillées des pluies tropicales, elles avaient réfléchi la chaleur de cieux semés d'étoiles, elles avaient subi l'attaque des flots et la morsure des luisants insectes marins ; comment auraient-elles pu songer qu'à la fin de cette traversée, elles étaient destinées à l'ennui du quotidien.

Dix-neuf heures.

Le *Daichu-Maru* dépassait le second pylône. Les lumières du port s'embrasaient.

CHAPITRE 14

Arrivant à cette heure inhabituelle, l'inspection sanitaire et le déchargement devraient attendre au lendemain matin. Malgré tout, Toru téléphona comme à l'ordinaire : aux pilotes, à la police, à la direction du port, à l'agent maritime, aux approvisionneurs, au service de blanchissage.
« Le *Daichu-Maru* entre au 3-G.
Allô ! Ici le poste de Teikoku. Le *Daichu* entre au 3-G. Le chargement ? On voit à peine la ligne de flottaison.
Le ravitaillement de Shimizu ? Ici le poste de Teikoku. Je vous remercie bien. Le *Daichu* vient d'entrer au 3-G. Il passe en ce moment au large du phare de Mio.
Le commissariat de Shizuoka ? Le *Daichu* va entrer dans le port. Demain à sept heures, s'il vous plaît, c'est cela.
Le *Daichu*. *D-a-i-c-h-u*. C'est cela, s'il vous plaît. »

14

Vers la fin d'août, un soir qu'il n'était pas de service, Toru se trouva avoir fini de dîner et pris son bain. Il sortit prendre le frais au vent du sud sous l'auvent bleu de la véranda, qui retenait encore la chaleur du jour. Des portes donnaient tout au long de cette véranda très quelconque où le conduisait un escalier de fer.

Juste au sud se trouvait un chantier de bois de plus de cent mètres au carré dont le vaste profil paraissait sombre à la lumière. Il semblait parfois à Toru que le bois était un grand animal silencieux.

Au-delà, dans un bosquet, il y avait un crématoire. Toru aurait aimé voir une flamme dans la fumée sortant de cette énorme cheminée. Cela ne s'était jamais produit.

Le sommet de la montagne sombre située au midi était Nihondaira. Il apercevait les files de phares d'automobiles sur la route qui y montait. Il y avait des grappes d'hôtels éclairés et les lumières rouges de tours de télévision.

Toru n'avait jamais fréquenté ces hôtels. Il ne savait rien d'une vie d'opulence. Il savait bien que richesse et vertu sont incompatibles, mais cela ne l'intéressait pas de rendre le monde vertueux. Il fallait laisser la révolution à d'autres. Aucun concept ne lui déplaisait davantage que l'égalité.

Il se disposait à rentrer quand une Corona s'arrêta au bas des marches. Il n'en distinguait pas les détails, mais il était certain de l'avoir vue auparavant. Il fut tout étonné d'en voir sortir son directeur.

Tenant à la main une grande enveloppe, le directeur monta l'escalier d'un pas mal assuré, comme c'était son habitude quand il venait au poste d'observation.

«Yasunaga, n'est-ce pas? Bonsoir. Je suis bien content de vous trouver à la maison. J'ai amené quelque chose à boire. Prenons un verre en bavardant.» Cela ne le gênait pas qu'on pût l'entendre.

Ébahi de cette visite insolite, Toru allongea la main vers la porte, derrière lui.

«C'est très propre chez vous.» Le directeur s'assit sur le coussin que Toru désignait, regardant autour de lui en s'épongeant le front.

Ce bâtiment n'avait été achevé que l'année précédente. Il semblait qu'on n'eût pas permis à la poussière de s'amasser. On voyait un motif à feuille d'érable sur le verre dépoli des fenêtres à cadre d'aluminium situées de part et d'autre des portes en papier. Les parois étaient couleur lavande, le bois du plafond d'un grain presque trop fin, à hauteur de la taille, la porte comportait une vitre dépolie à motif de bambou, et de même, les portes entre les chambres étaient décorées de façon originale. Les goûts du locataire exigeaient tout ce qu'il y avait de plus récent.

Le loyer mensuel se montait à douze mille cinq cents yens auxquels s'ajoutaient deux cent cinquante yens pour l'entretien des parties communes. Toru remercia le directeur de ce que la moitié du loyer était versée par la société.

«Mais ne sentez-vous pas un peu la solitude, à vivre seul, comme cela?

– J'y suis habitué. Je suis également seul au poste.

– Certes, c'est la vérité.»

Le directeur sortit une bouteille de whisky – du Suntory Square – de sa serviette, ainsi que des accompagnements, des miettes de seiche et des biscuits de crevette. Si Toru n'avait pas de verres, dit-il, des tasses feraient l'affaire.

Il se passait quelque chose d'inhabituel. Il n'était pas coutume que le directeur rendît visite à des subordonnés, muni de telles provisions. Cette visite n'augurait rien de bon. N'ayant rien à faire avec les comptes, il était peu probable que Toru pût être accusé d'irrégularités fiscales; mais il avait dû commettre une erreur grossière sans que lui-

CHAPITRE 14

même s'en rendît compte. Et voilà que le directeur l'invitait à trinquer alors qu'il l'avait réprimandé de son goût pour le tabac. Toru était fait à l'idée d'un renvoi ; mais il n'ignorait nullement que, même sans appartenir à un syndicat, c'était un monde où les jeunes gens capables méritaient quelques égards, fussent-ils simples observateurs de troisième classe. Les situations ne manquaient pas, il suffisait de chercher. Retrouvant sa sérénité, il regarda le directeur d'un œil quelque peu apitoyé. Il était certain de pouvoir faire preuve de dignité quoi qu'il advînt, fût-ce l'annonce de son renvoi. Quoi que pût en penser son antagoniste, il se savait être une perle comme on en rencontre rarement.

Refusant le whisky que lui offrait le directeur, Toru s'assit dans un coin à l'abri de l'air, ses beaux yeux irradiés de lumière.

Il pouvait bien être seul au monde, mais il vivait dans sa tour d'ivoire, entièrement dépourvu de l'ambition, de l'envie et des convoitises qui font commettre tant de faux pas. Détestant se comparer aux autres, il ne ressentait ni envie ni jalousie. Ayant, dès le départ, laissé de côté la voie des réussites mondaines, il n'avait maille à partir avec personne. Il laissait les gens le considérer comme un gentil petit bonhomme sans malice. Perdre une place n'avait vraiment aucune importance.

« J'ai reçu un coup de téléphone de la direction générale, l'autre jour. Le directeur buvait pour se donner du courage. Je me demandais ce que cela pouvait bien vouloir dire, quand il se trouva que c'était une convocation du président en personne. Inutile de vous dire mon étonnement. En entrant dans son bureau, je me demandais ce qui allait arriver, et il me fallut bien admettre que je ne pouvais pas m'empêcher de trembler. Voilà-t-il pas qu'il était tout sourire. Prenez un siège, me dit-il.

Ça ne pouvait donc pas être de mauvaises nouvelles mais il apparut également que ça n'était ni bon ni mauvais, du moins en ce qui me concernait. Qu'est-ce que vous pensez que c'était ? Eh bien, c'était de vous qu'il s'agissait. »

Toru ne le quittait pas des yeux. La nouvelle dépassait toute imagination. Rien à voir avec un renvoi quelconque.

« Jugez de ma surprise, malgré tout. L'affaire a été suscitée par un vieux monsieur qui a rendu de grands services au président. Il y a une personne qui veut vous adopter. Et il me revient d'obtenir votre accord, de gré ou de force. Ce n'est pas une mince responsabilité, venant du président lui-même. Quelqu'un qui s'intéresse à vous y met le prix. À moins que ce ne soit quelqu'un qui sait reconnaître les mérites à l'occasion. »

Toru eut un pressentiment. Cela devait être le vieil homme de loi qui lui avait laissé sa carte de visite.

« J'ai l'impression qu'il doit s'appeler Honda.

– C'est exact. Comment le savez-vous? Le directeur était tout étonné.

– Il est venu une fois voir le poste de signalisation. Mais il paraît étrange qu'il veuille m'adopter rien qu'après cette unique fois.

– Il semble qu'il ait procédé à deux ou trois enquêtes très minutieuses. »

Toru fronça les sourcils. Il se rappelait ce qu'avait raconté Kinue. « Ce n'est pas une chose très aimable à faire à quelqu'un. »

Le directeur poursuivit, un peu embarrassé : « Mais tout va bien. Il a découvert que vous étiez un modèle de jeune homme. Rien à dire contre vous. »

Ce n'était pas tant au vieil avocat que pensait Toru. C'était à la vieille femme comblée, occidentalisée, qui appartenait à un monde totalement étranger à Toru, et qui répandait ses grains de poudre comme un papillon multicolore.

Le directeur tint Toru éveillé jusqu'à onze heures et demie. Il arrivait que, serrant ses genoux entre ses bras, Toru se laissât aller à un demi-sommeil; mais le directeur, à présent éméché, le secouait et continuait à bavarder.

Le personnage en question était un veuf âgé, très riche et fort connu. Il avait conscience que cela servirait mieux les intérêts de la famille Honda et du Japon d'adopter un jeune homme véritablement doué et entreprenant que d'aller prendre un niais de bonne famille. Dès que les formalités d'adoption seraient achevées, il engagerait des répétiteurs afin de faciliter l'entrée de Toru au meilleur collège et à l'Université. Le père putatif avait l'espoir que Toru se déciderait pour le droit ou les affaires, mais le choix final lui appartiendrait, naturellement, et son père ne ménagerait son assistance d'aucune façon. Il ne lui restait pas longtemps à vivre, mais il n'y avait pas de complications familiales et toutes ses possessions iraient à Toru. Quelle proposition pouvait présenter plus d'attraits?

Mais pourquoi? Cette question chatouillait l'amour-propre de Toru.

Cette personne avait sauté par-dessus quelque chose. Par une coïncidence merveilleuse, cela correspondait à quelque chose par-dessus quoi Toru lui-même avait sauté. Il semblait à cette personne et à Toru lui-même que cette histoire si peu rationnelle était toute naturelle; ceux qui se trouvaient trompés étaient les intermédiaires doués de sens commun, le président et les autres.

CHAPITRE 14

Toru apprit cette nouvelle comme une chose dont il ne fallait pas se montrer du tout surpris. Il s'était attendu à un dénouement curieux dès sa rencontre avec ce vieil homme si tranquille. Il était persuadé que personne n'arriverait à découvrir ses sentiments, mais cette capacité à ne pas se laisser surprendre faisait qu'il était enclin à juger favorablement des erreurs éhontées commises à son propos et à en avaler les conséquences. Si, au bout du compte, ce devait n'être que sottise, ce serait l'effet d'une erreur magnifique. Si une confusion relativement à la conscience du monde allait constituer une prémisse allant de soi, ma foi, la suite pouvait bien être n'importe quoi. L'opinion que toute la malveillance et toute la bienveillance dont il était l'objet se fondaient sur une erreur aboutissait à aveugler son amour-propre, et à faire de l'abnégation de soi-même le mot de la fin du cynisme.

Toru n'avait que mépris pour le caractère inévitable des choses, et pour lui, l'acte volontaire ne signifiait rien. S'il s'imaginait prisonnier d'une comédie des erreurs à l'ancienne, il avait cent fois raison. Sans nul doute, rien de plus ridicule que le courroux d'un individu incapable de volonté et qui pensait qu'on piétinait cette volonté même. S'il se comportait d'une façon froidement rationnelle, il s'ensuivait que dire qu'il ne ressentait aucun désir particulier de devenir fils adoptif revenait en somme à dire qu'il était prêt à devenir fils adoptif.

La plupart des gens auraient immédiatement tenu en suspicion l'insuffisance des motifs avancés. Mais c'était là peser l'appréciation d'un autre individu par comparaison avec son amour-propre, voie que Toru n'entendait nullement emprunter. Il ne se comparait à quiconque. À vrai dire, dans la mesure où cette proposition était un jeu d'enfant auquel faisait défaut tout caractère inévitable, devenant tout simplement un caprice de vieillard, l'élément inévitable s'amenuisait, la rendant plus acceptable à Toru. Un être sans destin ni fatalité n'est nullement lié par l'inévitable.

Cette proposition revenait, en somme, à donner à l'aumône l'apparence d'une entreprise éducative.

Un garçon plein d'ardeur, empreint de fierté banale aurait pu répondre: «Je ne demande rien à personne.»

Mais ce genre de protestation avait un parfum de magazine pour la jeunesse. Toru possédait l'arme plus énigmatique du sourire. Il acceptait en s'en défendant.

À la vérité, le jeu des lumières, quand il interrogeait son sourire énigmatique dans une glace, le faisait parfois ressembler à un sourire de très jeune fille. Peut-être qu'une jeune fille, dans quelque contrée lointaine, parlant une langue incompréhensible, avait ce même sourire énigmatique comme seul moyen de communiquer. Il n'aurait pas voulu qu'on comprît qu'il disait que son sourire était d'une fillette. Pourtant, ce n'était pas un sourire viril. On eût dit, à le voir, d'un oiseau attendant au nid l'instant le plus délicat, sans afféterie ou timidité, pris entre l'hésitation et la décision, s'apprêtant, à cause d'un adversaire, à une épreuve, comme d'emprunter un chemin dans l'obscurité. Entre les ombres du soir et l'aube, on ne distinguait ni la route ni la colline, et à chaque pas, on risquait la noyade. Il semblait parfois à Toru que c'était un sourire qu'il n'avait hérité d'aucun de ses parents, mais acquis plutôt d'une jeune fille, une inconnue, rencontrée dans sa lointaine jeunesse.

Ce n'était pas davantage l'orgueil qui l'incitait à penser ainsi. Il s'examinait des pieds à la tête, et son assurance que l'individu le plus perspicace ne pouvait le voir comme il se voyait lui-même servait de base à son amour-propre. Étant entendu qu'elle concernait le Toru que voyaient les autres, cette aumône qu'on lui offrait s'adressait à une ombre du Toru véritable, fort incapable de blesser son amour-propre. Toru était parfaitement à l'aise.

Et puis, les motifs de cet homme étaient-ils si incompréhensibles ? Il n'y avait en eux rien qui fût le moins du monde incompréhensible. Toru comprenait à la perfection. Une victime de l'ennui est bien capable de vendre le monde entier à un chiffonnier.

Enserrant ses genoux, Toru dodelinait de sommeil. Il avait pris sa décision. Mais les bonnes manières exigeaient qu'il ne fît pas connaître son consentement avant que le directeur pût se féliciter un peu plus de la sueur qu'il lui en avait coûté.

Il était plus satisfait que jamais de son aptitude à ne pas rêver. Il avait allumé de l'antimoustique au bénéfice du directeur, mais les moustiques le démangeaient aux pieds et chevilles, illuminant sa somnolence comme un clair de lune. Il pensa vaguement qu'il lui faudrait relaver ses mains qu'il se grattait.

« Bon, j'ai l'impression que vous avez sommeil. Et c'est tout naturel. La soirée sera bientôt finie. Mon Dieu ! déjà onze heures et demie. Je suis resté bien trop longtemps. Alors, cette affaire vous satisfait ? Vous êtes d'accord ? » En se levant pour prendre congé, le directeur plaça une main persuasive sur l'épaule de Toru.

Faisant semblant de seulement s'éveiller, Toru dit :

CHAPITRE 15

« Oui. Je suis d'accord.
– Vous êtes d'accord ?
– Je suis d'accord.
– Merci, merci. Je m'occuperai de tout le reste. Considérez-moi comme votre père. Cela vous va ?
– Oui ; je vous en serai reconnaissant.
– Mais ça va être une perte pour le poste, de laisser partir un garçon de votre qualité. »

Il avait beaucoup trop bu pour conduire. Toru se mit en quête d'un taxi et le raccompagna.

15

*L*e lendemain, Toru n'était pas de service. Il passa la journée au cinéma et à regarder les bateaux dans le port. Le matin suivant, il prit son service à neuf heures.

Après nombre de typhons, le ciel de l'été finissant montrait pour la première fois des nuages d'été. Toru leur prêta plus d'attention que d'habitude, à l'idée que ce devait être son dernier été au poste d'observation.

Ce soir-là, le ciel était magnifique. Des traînées de nuages planaient sur l'océan tel le dieu des tempêtes en personne.

Mais la grandiose forêt de nuages, aux teintes orangées, était décapitée par une autre couche nuageuse. Çà et là, les muscles puissants des nuées orageuses s'enluminaient, craintives, et le ciel bleu s'y déversait en avalanche d'azur, couche assombrie dont l'arc étincelait.

C'était la couche de nuages la plus proche et la plus haute. Dans l'exagération de la perspective, les couches qui traînaient à la suite semblaient descendre par degrés au-delà du ciel clair. Peut-être, pensa Toru, était-ce un tour que jouaient les nuages. Peut-être que ces derniers, parodiant une perspective, cherchaient à le tromper.

Parmi ces nuées semblables à d'antiques figurines en argile de guerriers, il y en avait qui suggéraient des dragons s'élançant furieux dans les ténèbres. Certains, devenant informes, se teintaient de rose.

Bientôt, ils se scindaient en nuances suaves de rouges, de jaunes et de violets, et ils perdaient leur puissance tempétueuse. La face blanche et luisante du dieu avait pris la teinte cendrée de la mort.

16

Surpris d'apprendre que la naissance de Toru, le 20 mars 1954, s'était produite avant la mort de Ying Chan, Honda prescrivit de continuer les recherches. Il n'en poursuivit pas moins la procédure d'adoption.

Il regrettait d'avoir seulement appris par la sœur de cette dernière que son décès était survenu au printemps sans qu'il eût cherché à obtenir des informations plus précises. S'étant renseigné à l'ambassade américaine sur le lieu où résidait cette sœur de Ying Chan, rentrée aux États-Unis, il envoya deux ou trois questionnaires, sans recevoir en réponse la moindre parcelle d'information. Il demanda à un de ses amis au ministère des Affaires étrangères de se renseigner par l'entremise de l'ambassade du Japon à Bangkok, mais on répondit seulement qu'une enquête était en cours. Puis plus rien.

Il lui vint à l'esprit toutes sortes de moyens à mettre en œuvre à condition de ne pas regarder à la dépense ; mais, avec un sens de l'économie mal placé et l'impatience des vieillards, il négligea de considérer cette question du décès de la princesse alors même qu'il pressait les formalités d'adoption. Cela semblait trop d'embarras.

Le Honda de 1944, bien que connaissant mal les principes monétaires classiques, avait encore les nerfs assez souples et résistants pour faire face à la situation. Aujourd'hui, alors que le classique bon sens n'avait plus cours, Honda s'y accrochait avec entêtement, d'où résultait un différend avec un conseiller financier qui était son cadet de quinze ans.

Malgré tout, au cours du dernier quart de siècle, il avait amassé une fortune qui pouvait se monter à deux millions de dollars. Il avait réparti le million qui lui était échu en 1948 en trois parts distinctes qu'il avait placées en actions, en terrains et en argent disponible. La valeur des terrains s'était multipliée par dix, celle des actions par trois, quant à l'argent, il avait diminué.

CHAPITRE 16

Il n'échappait pas au goût des valeurs industrielles que préféraient les vieux messieurs à col cassé qui jouaient au billard dans des clubs de style anglais. Il partageait les préférences d'une époque où cela vous classait dans la société de posséder des valeurs «de père de famille, bien cotées», comme Incendie et Marine de Tokyo, la Compagnie d'électricité de Tokyo, le Gaz de Tokyo et la Compagnie électrique du Kansai, et de tenir la spéculation en mépris. Pourtant, les actions dénuées d'intérêt qui composaient exclusivement son portefeuille avaient triplé de valeur. Compte tenu du 15 % de déduction des taxes relatives aux dividendes, c'est à peine s'il payait des impôts sur le revenu de ces derniers.

Le goût des actions ressemblait à celui des cravates. Les modèles criards, de large coupe, à la mode, ne convenaient pas à un vieux monsieur. S'il ne récoltait pas les bénéfices de goûts audacieux, il n'en encourait pas non plus les risques.

Au cours de la décennie écoulée depuis 1960, on avait pu, comme en Amérique, deviner l'âge de quelqu'un d'après les actions qu'il possédait. De jour en jour, les actions vedettes devenaient plus vulgaires, de jour en jour prenant l'aspect du *vulgum pecus*. Au point qu'étaient par trop communs les fabricants de pièces détachées de transistors qui annonçaient des ventes annuelles de dix milliards de yens et dont les actions, qui en avaient valu cinquante, approchaient maintenant de quatorze cents yens.

Tandis qu'il restait attaché à son penchant pour les actions, Honda demeurait tout à fait insensible à l'engouement pour les terrains.

Il avait retiré des profits substantiels des maisons qu'il avait édifiées en 1953 pour les soldats américains, à proximité de la base de Sagamihara. À cette époque, cela demandait plus d'argent de construire les maisons que d'acheter le terrain. Sur le conseil de son consultant financier, Honda se désintéressa tout d'abord des maisons pour acquérir environ cinq hectares de terrain de qualité inférieure à une centaine de yens le mètre carré. Chaque mètre carré valait peut-être actuellement vingt mille yens. Des terrains qu'il avait payés trois millions de yens en valaient peut-être à présent sept cent cinquante millions.

Naturellement, c'était une aubaine. Il avait eu beaucoup de chance avec une partie de ses terrains, plutôt moins de chance avec d'autres, mais aucun n'avait perdu de sa valeur. Maintenant, il regrettait de n'avoir pas laissé ce million de dollars de terrains forestiers dans l'état où ils étaient.

L'ANGE EN DÉCOMPOSITION

La façon dont il s'était enrichi avait été bizarre. S'il avait fait preuve de plus d'audace, il est certain qu'il aurait pu faire dix fois mieux ; mais il ne pouvait s'empêcher de penser qu'il avait choisi la bonne voie. Sa prudence l'avait garanti contre les pertes. Il subsistait malgré tout quelques minces regrets et sentiments d'insatisfaction. Au total, cela se ramenait à être insatisfait de son tempérament ; il en résultait inévitablement un certain romantisme morbide.

Honda s'était garanti la sécurité en s'accrochant à ses principes démodés, bien qu'il comprît clairement les sacrifices qu'ils imposaient. Il restait fidèle à la trinité du capitalisme classique. Il y avait là quelque chose de sacré, l'harmonie de l'économie libérale. C'était un symbole, on y trouvait l'insolence paisible et étudiée, ce sens de l'équilibre que les messieurs de la métropole avaient envers des colonies encore en proie à l'insécurité primitive de la monoculture.

Pareilles choses survivaient-elles donc au Japon ? Aussi longtemps que la législation fiscale resterait inchangée, que les entreprises continueraient à dépendre de ressources financières autres que leur propre capital, et aussi longtemps que les banques continueraient à exiger de la terre en garantie d'emprunts, ce gage gigantesque qu'on appelle la terre du Japon n'aurait aucune part aux principes classiques, et le prix des terrains continuerait à monter. L'inflation ne cesserait qu'en même temps que la croissance économique ou qu'avec un gouvernement communiste.

Tout en se rendant parfaitement compte de ces faits, Honda demeurait fidèle à l'illusion ancienne. Il souscrivit une assurance sur la vie et se fit le défenseur presque absurde d'un système monétaire qui tombait en ruine jour après jour. Honda conservait peut-être le mirage lointain de l'époque de l'étalon-or, où Isao menait une existence si passionnée.

Il y avait longtemps que s'était fané le rêve admirable d'harmonie si cher aux économistes libéraux, et que la dialectique inévitable des marxistes, elle aussi, avait pris un tour particulier. Ce que l'on supposait devoir périr s'était accru et multiplié, et ce qui était supposé croître (et qui, certes, avait crû) s'était changé en quelque chose de très différent. Plus de place pour la pure doctrine.

C'était chose aisée de croire à un monde en route vers sa ruine, et s'il avait encore eu vingt ans, Honda lui-même y aurait peut-être cru ; le refus même de s'écrouler tenait sans cesse en alerte celui qui devait parcourir la vie en glissant comme un patineur pour, finalement, aboutir à la mort. Qui serait assez fou pour y patiner s'il savait que la glace craquait ? Et s'il était sûr que la glace tiendrait bon, alors

CHAPITRE 16

on se voyait refuser le plaisir de voir tomber les autres. La seule question était de savoir si la glace craquerait ou non tandis qu'on y patinait ; or il ne restait plus grand temps à Honda pour patiner.

Cependant, son avoir s'augmentait de ses revenus et de profits variés. Du moins les gens pensaient-ils que leur avoir augmentait. Certes, s'ils devançaient l'inflation, ce dernier augmentait. Mais quelque chose qui augmentait en fonction de lois fondamentalement contraires aux lois de la vie ne pouvait exister qu'en rongeant ce qui était du côté de la vie. L'accroissement des profits signifiait des incursions des fourmis blanches du temps. À chaque petit accroissement, çà et là, correspondait un léger bruissement rongeur.

Puis on s'avisait du fait que le temps du profit et le temps de la vie étaient de nature différente.

C'étaient là des pensées qui traversaient inévitablement l'esprit de Honda dans l'attente que le jour se lève, pas trop éveillé qu'il était, se livrant au jeu de la chasse aux pensées.

Le profit se répand comme mousse sur la vaste plaine du temps. Mais il ne nous est pas donné de continuer sans fin à le poursuivre, du fait que le temps qui nous est imparti nous entraîne sans répit vers le bas, au bord d'une falaise.

Jeune encore, Honda avait cru que la conscience de soi relevait entièrement de la personnalité même. Jeune encore, il avait dénommé «conscience de soi» la conscience d'une réalité pareille à une plante marine sombre et épineuse flottant dans le baril transparent du moi. «Tel un torrent impétueux, toujours coulant, toujours changeant.» Il avait compris ce principe intellectuellement lors de son séjour en Inde, mais il avait mis trente ans à en faire une composante de lui-même.

En vieillissant, la conscience de soi devint la conscience du temps. Il en vint peu à peu à distinguer le bruit des fourmis blanches. De moment en moment, de seconde en seconde, avec quelle conscience sans profondeur les hommes glissaient à travers un temps sans retour ! L'âge seul enseignait la richesse, voire l'ivresse contenue dans chaque goutte de la beauté du temps, telles les gouttes d'un vin rare et généreux. Et le temps s'égouttait comme du sang. Les vieillards se desséchaient puis trépassaient, payant ainsi d'avoir négligé d'arrêter le temps à l'instant glorieux où le sang généreux, à l'insu de celui-là même qu'il habite, apportait une généreuse ivresse.

Assurément, vieillesse savait les ivresses du temps. Mais quand survenait ce savoir, il ne restait plus assez de liqueur. Oh, pourquoi n'avoir pas arrêté le temps ?

Bien qu'il s'en voulût, Honda ne pensait pas que ce fût par indolence ou lâcheté qu'il n'avait pas arrêté le temps lorsque c'était en son pouvoir.

Pressentant l'approche du jour à travers ses paupières, il s'abandonna à un monologue.

«Non, il n'y eut jamais aucun moment où j'eus à faire cela, arrêter le temps. S'il est en moi une chose qu'on puisse appeler mon destin, ce fut cette incapacité d'arrêter le temps.

Il n'y a jamais eu pour moi ce qu'on aurait pu appeler l'apogée de ma jeunesse, et par conséquent aucun moment pour l'arrêter. C'est à l'apogée qu'il faudrait s'arrêter. Je n'en ai discerné aucune. Chose étrange, je n'en ai nul regret.

Mais non, il est encore temps après que la jeunesse est un peu passée. Survient l'apogée, c'est alors le moment. Mais si l'œil qui distingue l'apogée doit s'appeler l'œil de la connaissance, il me faut soulever une petite objection. Je doute que quiconque se soit montré plus diligent que moi à mettre en œuvre l'œil de la connaissance, plus inflexible à le tenir ouvert. Cela ne suffit pas pour discerner l'apogée. Il y faut encore l'assistance du destin. Or je connais clairement qu'il en est peu qui aient reçu de cette assistance une si faible portion.

Il est facile de dire que c'est la force de la volonté qui m'a retenu. Était-ce bien le cas? La volonté n'est-elle pas les laissés-pour-compte du destin? Entre la volonté et la détermination, n'y a-t-il pas des différences innées, comme, en Inde, entre les castes? Et la plus pauvre n'est-elle pas la volonté?

Je ne pensais pas ainsi quand j'étais jeune. Je pensais que le vouloir des hommes tendait à faire l'histoire. Et où l'histoire se dirigeait-elle? cette vieille mendiante qui trébuche.

Néanmoins, il en est qui sont doués de la faculté d'abréger le temps à leur apogée. Je sais que cela est vrai, pour en avoir vu de mes yeux des exemples.

Quelle puissance, quelle poésie, quelle félicité! Pouvoir abréger le temps, au moment même où l'on aperçoit la blancheur étincelante de l'apogée. On en a la prescience dans la fièvre délicieuse de la montée, le décor changeant de la flore alpine, l'approche de la ligne de crête.

Encore un tout petit peu et le temps sera à la cime, puis, sans faire halte, il amorcera sa descente. La plupart trompent la pente descendante en rentrant la moisson. À quoi bon? Les pistes et les eaux ne plongent que vers le bas.

CHAPITRE 16

Beauté physique infinie. Voilà le privilège particulier de ceux qui abrègent le temps. Juste avant l'apogée où il faut abréger le temps se trouve l'apogée de la beauté physique.

Beauté claire et brillante, sachant que la blancheur étincelante de l'apogée est juste là, au-devant. Pureté de malheur. En cet instant, beauté d'homme et beauté de gazelle se correspondent merveilleusement. Alors que pleine de fierté, elle dresse ses cornes, levant le sabot léger d'une jambe tachetée de blanc à la face du refus. Repue d'orgueil de son adieu, couronnée de la neige blanche des monts.

Cela n'eût point été mon fait de lever une main en signe d'adieu vers ceux qui se trouvaient en bas, là où le temps se déroulait encore. Eussé-je, pour dire adieu, levé la main soudain. À un carrefour, j'aurais tout au plus arrêté un taxi.

Peut-être qu'incapable d'arrêter le temps, il me fallait me contenter d'arrêter des taxis successifs. Sans autre but que de vouloir avec fermeté me faire conduire en un autre lieu, là où le temps ne s'arrêtait pas. Et sans poésie ni félicité.

Sans nulle poésie, sans nulle félicité! Voilà ce qui importe. Quand je sais qu'elles seules renferment les raisons de vivre.

Même si l'on arrête le temps, la vie se réincarne. Cela aussi, je le sais.

Et il me faut refuser à Toru la poésie et la félicité effroyables. Telle doit être ma politique.»

Honda était tout à fait réveillé à présent. Çà et là, des douleurs confuses, sa gorge pleine de mucus lui indiquaient le commencement d'un nouveau jour et il se trouva prisonnier de la nécessité de rajuster des choses qui s'étaient désunies pendant son sommeil. Comme ouvrant un vieux fauteuil pliant, il se tira du lit. Il avait coutume d'annoncer son réveil par l'interphone, mais aujourd'hui, il préféra y renoncer. À la place, il prit une boîte laquée sur l'étagère et en tira le rapport sur Toru que lui avait fourni l'agence de détectives privés:

Rapport au sujet de l'adoption envisagée
Numéro M – 2582
Réf. du client: 1493 – M. Shigekuni Honda 20 août 1970
Agence de police privée Dainichi
Toru Yasunaga, né le 20 mars 1954 – âgé de 16 ans –
  Résidence permanente: 6-152 Yui, Ihara-Gun, Département de Shizuoka.
  Domicile actuel: Meiwaso, 2-10 Funabava-cho – Shimizu – Département de Shizuoka.

L'ANGE EN DÉCOMPOSITION

Caractère et comportement :
L'intéressé est doué d'une intelligence supérieure, de coefficient intellectuel inhabituel 159. Alors que 47 % des sujets ont un quotient de 100, 6 % seulement dépassent 140.
On peut regretter qu'un garçon si bien doué, demeuré orphelin de bonne heure et élevé par un oncle dans la gêne, ait dû arrêter ses études au niveau de la troisième. Connaissant ses capacités, il n'en a pour autant tiré aucune vanité. Il s'acquitte de ses tâches relativement simples et routinières avec beaucoup de soin et une grande conscience, de sorte que sa modestie et son amabilité lui ont gagné l'estime de ses collègues et de ses supérieurs.
N'ayant que seize ans, il serait prématuré d'analyser à fond son comportement, mais il apparaît que la sollicitude dont il fait preuve envers une jeune personne nommée Kinue, dont le dérangement mental est la fable du voisinage, n'a rien à voir avec le sexe, témoignant seulement de dispositions humanitaires et charitables. Elle considère ce garçon plus jeune qu'elle-même comme un dieu.
Intérêts et distractions :
Il ne semble pas avoir d'intérêts prononcés. Les jours de congé, il se rend à la bibliothèque ou au cinéma, ou observe les bateaux dans le port. Généralement seul durant ces occupations, il paraît avoir un penchant pour la solitude. Peut-être faut-il voir dans son goût pour le tabac, bien qu'il soit encore mineur, la conséquence de l'isolement et du caractère routinier de son travail. Il ne semble pas que le fait de fumer ait nui à sa santé.
Situation conjugale :
Est célibataire, bien entendu.
Tendances et affiliations idéologiques :
Peut-être en raison de sa jeunesse, il n'a montré aucun intérêt pour les formations politiques extrémistes. Il semble au contraire se détourner de la politique et des mouvements politiques. Sa société n'a pas de syndicat et il n'a participé à aucune tentative d'organisation syndicale. C'est un lecteur vorace en dépit de sa jeunesse et il paraît s'intéresser à des sujets multiples. Il ne possède guère de livres mais il fréquente assidûment les bibliothèques et il fait appel à ses dons de mémoire remarquables pour assimiler ce qu'il lit. Rien ne témoigne que ses goûts le portent vers des ouvrages extrémistes de droite ou de gauche, mais plutôt vers l'acquisition de connaissances générales variées. Il rencontre de temps à autre des camarades d'école sans pour autant avoir d'amis intimes.
Croyances religieuses et autres :

CHAPITRE 17

La famille est bouddhiste, mais l'intéressé lui-même ne semble guère porter d'intérêt à la religion. Il n'appartient à aucune des sectes récentes et a résisté à de fortes pressions de leurs adhérents.
Antécédents familiaux :
Des recherches poursuivies jusqu'à la troisième génération des deux côtés de la famille n'ont apporté aucun témoignage de dérangement mental.

17

Honda fit choix d'un jour de la fin d'octobre pour donner à Toru sa première leçon de savoir-vivre occidental à table. Le petit salon était disposé pour un banquet à la française, y compris traiteur et maître d'hôtel, et Toru portait un complet neuf bleu marine. Il apprit qu'il devait se tenir bien calé sur sa chaise, approcher celle-ci de la table, qu'il ne devait pas y poser les coudes ou trop se pencher sur son potage et qu'il devait écarter les bras le moins possible du corps. Suivirent des instructions sur la façon de disposer sa serviette et de prendre le potage, en penchant la cuillère vers la bouche afin d'éviter le bruit. Toru observa soigneusement toutes les instructions, répétant à maintes reprises les parties qui se révélaient d'acquisition plus difficile.

« Les façons étrangères de se tenir à table peuvent paraître un peu sottes, dit Honda, mais quand on les pratique de façon courante et naturelle, elles donnent un sentiment de sécurité. Faire preuve de bonne éducation confère à quelqu'un une certaine dignité, et au Japon, nous entendons par bonne éducation une certaine familiarité avec les façons de vivre occidentales. On ne rencontre les mœurs japonaises sans mélange que dans les taudis ou dans la pègre et, avec le temps, on peut s'attendre à les voir de plus en plus étroitement confinées. Le poison qu'on appelle le Japonais à l'état pur se dilue progressivement et devient une potion acceptable par tout le monde. »

Il n'est guère douteux qu'en parlant, Honda pensait à Isao. Ce dernier ignorait tout des façons occidentales de se tenir à table. Ces raffinements accessoires n'avaient aucune part à la majesté du monde qu'il habitait. Aussi, dès sa seizième année, fallait-il enseigner à Toru les façons occidentales de se tenir à table.

On servait la nourriture par la gauche et la boisson par la droite. On prenait couteaux et fourchettes dans cet ordre. Toru regardait ses mains comme s'il eût été englouti par un torrent.

La leçon se poursuivait : « Il vous faut également converser poliment tout en mangeant. Cela met à l'aise votre voisin de table. Vous devez veiller à régler vos bouchées, compte tenu du risque, si vous parlez la bouche pleine, d'en cracher une partie. Voyons à présent. Père – Honda se désignait lui-même "Père" – va vous dire quelque chose, et il faut que vous répondiez. Il vous faut penser à moi, non pas comme à votre père, mais comme à un monsieur très important qui pourrait vous être d'un grand secours si vous lui plaisez. Nous sommes en train de jouer une pièce. Voyons cela : "Vous travaillez beaucoup, d'après ce que je comprends, et vos trois répétiteurs en sont muets d'admiration ; mais il paraît un peu étrange que vous n'ayez pas d'amis véritablement."

– Je n'en ressens pas vraiment le besoin.

– Cela n'est pas une réponse. Si vous répondez de la sorte, les gens vous trouveront bizarre. Voyons. Répondez-moi comme il faut. »

Toru resta muet.

« Ça ne va pas. Il ne vous servira à rien d'étudier si vous ne faites pas preuve de bon sens. Voici le genre de réponse que vous devez faire, d'un ton aussi aimable que possible : "Je travaille tellement que, pour le moment, je n'ai réellement pas de temps à consacrer aux amis, mais je suis sûr que j'en aurai dès que je serai entré au lycée."

– Je travaille tellement que, pour le moment, je n'ai réellement pas de temps à consacrer aux amis, mais je suis sûr que j'en aurai dès que je serai entré au lycée.

– Parfait, parfait. C'est tout à fait cela. Et voilà que soudain la conversation tombe sur l'art. "Quel est votre artiste italien préféré ?" »

Cela demeura sans réponse.

« Quel est votre artiste italien préféré ?

– Mantegna.

– Mais non. Vous êtes beaucoup trop jeune pour Mantegna. Il est probable que votre voisin de table n'a jamais entendu parler de Mantegna, et vous le mettrez mal à l'aise tout en donnant une impression désagréable de précocité. Voici ce que vous devez répondre : "Je trouve que la Renaissance, c'est tout simplement merveilleux."

– Je trouve que la Renaissance, c'est tout simplement merveilleux.

CHAPITRE 17

« – Parfait, parfait. Vous donnez à votre voisin de table un sentiment de supériorité et vous avez l'air gentil et charmant. Et vous lui donnez l'occasion de se lancer dans un exposé de choses qu'il ne comprend qu'à moitié. Vous devez l'écouter en rayonnant de curiosité et d'admiration, même si presque tout ce qu'il raconte est faux et le reste du rabâchage. Ce que les gens demandent aux jeunes, c'est d'être tout oreilles, rien de plus. Vous avez gagné si vous laissez parler les autres. N'oubliez jamais cela un seul instant.

Le monde ne demande pas à un jeune homme de se montrer brillant, mais en même temps, trop de sérieux engendre la suspicion. Il est bon que vous ayez un ou deux petits côtés excentriques innocents, afin de susciter son intérêt. Il vous faut des petites manies, qui ne coûtent pas trop cher et sans rapport avec la politique. Des choses très abstraites, très banales. Comme de vous intéresser à la mécanique, ou au base-ball ou à la trompette. Une fois qu'ils savent à quoi s'en tenir, les gens se sentent à l'aise. Ils savent où vous pouvez déployer votre énergie. Aucun mal même, si cela vous chante, que vous ayez l'air de sacrifier à vos manies.

Il est bon que vous vous intéressiez aux sports, sans pourtant les laisser contrarier vos études, et ce doivent être des sports qui soulignent votre bonne santé. Cela a l'avantage de vous donner l'air un peu niais. Nulles vertus ne sont plus respectées au Japon que l'indifférence à la politique et le loyalisme envers l'équipe.

Rien n'empêche que vous sortiez diplômé parmi les premiers, mais il vous faut garder un air un peu niais qui met les gens à l'aise. Tel un cerf-volant gonflé de vent.

Je vous parlerai d'argent une fois que vous serez en classe préparatoire. Pour l'instant, vous vous trouvez dans l'heureuse situation où vous n'avez pas à vous en soucier. »

Pendant cet exposé à Toru attentif, Honda ressentait qu'en vérité ces instructions s'adressaient à Kiyoaki, Isao et Ying Chan.

Bien sûr, il aurait dû leur parler. Il aurait dû les prémunir de ces connaissances qui les auraient empêchés de se ruer vers leurs destins, qui leur auraient coupé les ailes, qui auraient arrêté leur essor, les auraient contraints à emboîter le pas à la foule. Prendre son vol n'a pas l'approbation de la foule. Les ailes sont des armes dangereuses. C'est une invitation à se détruire avant de pouvoir les utiliser. S'il avait amené Isao à composer avec les sots, alors il aurait pu prétendre ne rien savoir des ailes.

Il eût suffi de dire aux gens : « Ses ailes sont un accessoire. Inutile d'y prêter attention. Tenez-lui donc compagnie quelque temps, et

vous verrez que c'est un garçon comme les autres, sur qui on peut compter. »
Pareille annonce aurait pu se montrer remarquablement efficace. Kiyoaki, Isao et Ying Chan avaient dû s'en passer, et ils avaient été punis de leur dédain et de leur impertinence, trop présomptueux qu'ils s'étaient montrés jusque dans leurs souffrances.

18

Les répétiteurs de Toru étaient tous trois des étudiants les mieux doués de l'université de Tokyo. L'un lui enseignait la sociologie et la littérature, un autre les sciences et les mathématiques, le troisième l'anglais. On savait qu'en 1971, l'examen d'entrée des classes préparatoires comporterait davantage de questions appelant de petits développements et moins de réponses laconiques, qu'on donnerait aussi plus d'importance à la dictée en anglais et à la dissertation japonaise. Toru dut soudain se mettre à l'écoute des bulletins d'information en anglais. Il les enregistrait sur bande magnétique et les répétait tant et plus.
Voici une question de géographie sur les mouvements des corps célestes :

> *Quelle est la position de Vénus la plus favorable pour l'observer le matin ? Montrez sur la carte. Quelle forme prend Vénus vue dans cette position ? Veuillez indiquer, parmi les suivantes, la réponse qui vous paraît correcte :*
> *1. La moitié est éclairée.*
> *2. La moitié ouest est éclairée.*
> *3. Un croissant mince et brillant, semblable à la lune.*
> *4. Elle est ronde.*
> *Quelle est la position de Mars quand elle est visible au sud, le soir, dans le ciel ? Veuillez montrer sur la carte.*
> *Quelle est la position de Mars quand elle est visible, à minuit, dans le ciel austral ? Veuillez montrer sur la carte.*

CHAPITRE 18

Toru entoura immédiatement «B» d'un cercle sur la carte, répondant ainsi comme il fallait à la première question. Il choisit la troisième hypothèse pour la seconde question, entoura d'un cercle «L» pour la troisième, et trouvant un point «G» où le Soleil, la Terre et Mars étaient en ligne, il l'entoura d'un cercle.
«Avez-vous déjà eu cette question?
– Non.
– D'où vient que vous ayez répondu si rapidement?
– C'est que je regarde Mars et Vénus tous les jours.»
Les réponses de Toru étaient d'un enfant qui décrit les façons d'animaux favoris. De fait, Mars et Vénus ressemblaient aux souris qu'on trouvait au poste de signalisation. Il n'ignorait rien de leurs mœurs.

Non pas, cependant, qu'il ressentît la nostalgie de la nature ou regrettât d'avoir perdu son télescope. Il se faisait une idée à lui de ces tâches extraordinairement faciles, et le monde situé au-delà de l'horizon lui était une source de bonheur, sans toutefois qu'il se sentît privé de cette perte. Il lui incombait à présent, jusqu'aux alentours de sa vingtième année, d'explorer une caverne en compagnie d'un vieillard.

Honda s'était donné le mal de choisir comme répétiteurs des jeunes gens ouverts, agréables et bien doués en qui Toru pouvait voir comme des modèles à imiter. Il fit une légère erreur de calcul dans le cas de Furusawa, chargé d'enseigner la littérature. Très satisfait des dispositions et de l'intelligence que manifestait Toru, Furusawa l'emmenait dans des cafés du voisinage quand ils étaient fatigués de la leçon, et il leur arrivait de faire ensemble de longues promenades. Honda qui lui savait gré de ce genre de services appréciait l'entrain de Furusawa.

Ce dernier ne se gênait pas pour dire des choses désagréables à propos de Honda. Toru s'en amusait tout en veillant à ne pas trop se laisser aller à les approuver d'un signe de tête.

Un jour, tous deux descendirent la Rampe de Masago, au-delà de la mairie d'arrondissement, prenant sur la gauche en direction de Suidobashi. La rue était éventrée pour y construire une nouvelle ligne de métro et le parc de Korakuen disparaissait derrière les tours du chantier. Le crépuscule de fin novembre apparaissait par la charpente de montagnes russes comme à travers un panier vide.

Dépassant des boutiques d'emblèmes commémoratifs, des magasins de sports et des snack-bars, ils finirent par atteindre le portail de Korakuen. Deux rangées de lumières flamboyaient de gauche à droite au-dessus du portail rouge: «Le parc ne sera plus ouvert le soir après le 23 novembre.» Ainsi, ce serait bientôt la fin de ces soirées illuminées.

«Qu'est-ce que vous en dites? demanda Furusawa. Si on allait se secouer les puces dans un manège de tasses à thé?

– Eh bien...» Toru se vit dans une tasse à thé rose sale, qu'on voyait presque solitaire et fort peu fréquentée dans le clignotement de ses petites lumières. Il s'y vit secoué, tourné et trimbalé au point que les objets deviendraient des rais de lumière.

«Alors, cela vous dit ou pas? Il ne reste que quatre-vingt-douze jours avant l'examen, mais je suis sûr que vous n'avez nul souci à vous faire.

– J'aimerais mieux une tasse de café.

– Quelle dissipation!»

Furusawa descendit le premier les marches d'un café appelé Le Renoir, situé de l'autre côté de la rue par rapport à la ligne médiane du terrain de base-ball, semblable à une coupe immense vomissant des ténèbres.

Le Renoir était plus spacieux que Toru ne s'y serait attendu de l'extérieur. Les tables étaient généreusement disposées autour d'un bar. Il régnait une lumière douce, le tapis était de couleur beige, la clientèle peu nombreuse.

«Je n'avais pas idée qu'il y eût pareil endroit si près de chez nous.

– Ça ne m'étonne pas d'une jeune personne cloîtrée comme vous.»

Furusawa commanda deux cafés. Il offrit une cigarette à Toru, ce qui fit bondir ce dernier.

«Il n'est pas commode de fumer sans qu'on me voie.

– M. Honda est beaucoup trop sévère. Ce n'est pas comme si vous étiez un lycéen ordinaire. Vous, vous avez vu le monde. Il voudrait vous voir redevenir un enfant. Mais il vous suffit d'attendre d'avoir vingt ans. Une fois à l'université, vous pourrez déployer vos ailes.

– C'est précisément ce que je pense. Mais je dois le garder pour moi.»

Furusawa fronça les sourcils et fit entendre un rire de commisération. Il sembla à Toru qu'il essayait d'être plus âgé que ses vingt et un ans.

Furusawa portait des lunettes, mais son visage bon enfant était des plus amènes quand il souriait et que son nez se plissait de rides. Les branches de ses lunettes étaient recourbées et il ne cessait de les remonter sur son nez, d'un geste de l'index comme pour se réprimander. Il avait de grandes mains, de grands pieds et était d'une taille très supérieure à celle de Toru. Fils bien doué d'un cheminot, se dissimulait en lui un esprit tortueux.

CHAPITRE 18

Toru n'était pas tenaillé du désir de détruire l'image que Furusawa se faisait de lui, celle d'un autre enfant de miséreux, tenant bon l'aubaine qui lui était échue. Les autres, du premier au dernier, se faisaient de lui une image à leur gré, comme c'était leur droit. Ce qui lui appartenait en propre, c'était son mépris.

«Je ne prétends pas savoir ce que M. Honda a dans la tête, mais il me semble que vous lui servez de cobaye. Mais il n'y a rien à dire. Il a du bien au soleil et vous n'avez pas à vous salir les mains comme les autres pour vous frayer un chemin en grattant, jusqu'au haut du tas d'ordures. Mais il faut que vous vous accrochiez à votre amour-propre. Même si vous devez y laisser la vie.

– C'est ça», se contenta de répondre Toru qui s'abstint de déclarer qu'il disposait d'amour-propre à revendre.

Il avait l'habitude de tâter le goût de ses réponses.

Si elles lui paraissaient sentimentales, il se mordait les lèvres et restait muet.

Honda était parti dîner avec des hommes de loi de ses collègues. Toru devait manger quelque chose avec Furusawa avant de rentrer. Il lui était demandé, en tout état de cause, de dîner avec Honda à sept heures chaque soir quand ce dernier restait à la maison. Parfois, il y avait d'autres invités. C'étaient les soirées où Keiko se trouvait là qui lui pesaient le plus.

Il avait un regard paisible et clair, une fois fini son café, mais il n'y avait rien à voir. Il observa le demi-cercle de marc de café. Le fond de sa tasse, rond comme l'objectif d'un télescope, gênait la vue. Le fond de ce monde-ci présentait une face d'un blanc net de porcelaine.

Se détournant à demi, Furusawa se mit brusquement à parler comme jetant ses paroles dans le cendrier tel un mégot :

«Avez-vous jamais songé au suicide ?

– Non.» Toru était tout surpris.

«Ne me regardez pas comme cela. Moi-même, je n'y ai pas pensé tellement sérieusement. Je n'aime pas le genre de personnes, faibles ou malades, qui se suicident. Il n'y en a qu'une catégorie que je conçoive. Ce sont ceux qui se suicident pour démontrer leur personnalité.

– De quel genre de suicide s'agit-il ?

– Ça vous intéresse ?

– Un peu, peut-être.

– Eh bien, je vais vous dire.

Supposez une souris qui se prend pour un chat. Comment, je n'en sais rien, mais c'est son cas. Elle a fait toutes sortes d'expériences d'où elle a conclu qu'elle est un chat. Elle ne voit pas les autres sou-

ris du même œil. Elles sont ce dont elle se nourrit, simplement, tout en se disant que si elle ne les mange pas, c'est pour qu'on ne voie pas qu'elle est un chat.
– C'est une souris de bonne taille, j'imagine.
– Ça n'a pas d'importance. Ce n'est pas une question de taille, mais de confiance en soi. Ce qui est certain, c'est que le concept de "chat" a pris une apparence de "souris", rien d'autre. Elle croit au concept et non à la représentation charnelle. C'est l'idée qui compte, le corps importe peu. Ce mépris du corps n'en rend que plus heureux.

Or voilà qu'un jour – Furusawa remonta ses lunettes et traça un trait propre à convaincre le long de son nez – or voilà qu'un jour, notre souris rencontre un vrai chat.
– Je vais te manger, dit le chat.
– Tu ne peux pas, réplique la souris.
– Et pourquoi donc?
– Chat ne mange pas chat. C'est impossible, à la fois par instinct et par principe. Je suis moi-même un chat, quoi qu'en disent les apparences.

Le chat rit à en rouler sur le dos. Il rit si fort qu'il bat l'air de ses griffes et que son ventre blanc et duveteux en tressaute. Puis, se remettant sur pattes, il commence à manger la souris. Celle-ci proteste:
– Pourquoi veux-tu me manger?
– Parce que tu es une souris.
– Je te dis que je suis un chat. Chat ne mange pas chat.
– Tu es une souris.
– Non, un chat.
– Alors, prouve-le.

Alors, la souris saute dans le baquet de lessive, tout blanc d'eau de savon, et se noie. Le chat mouille un bout de patte et le lèche. Le savon a un goût affreux. Si bien qu'il laisse là ce corps qui flotte. Nous savons tous pourquoi le chat s'en va sans manger la souris. C'est parce qu'un chat ne mange pas ces choses-là.

C'est ça que je veux dire. La souris se suicide pour démontrer sa personnalité. Naturellement, cela n'arrive pas à persuader le chat qu'elle est un chat, et elle ne s'y attendait pas en se tuant. Mais elle était courageuse, pleine de discernement et d'amour-propre. Elle comprend que d'être souris peut s'entendre de deux façons. La première, c'est qu'elle est souris d'un bout à l'autre, physiquement. La seconde, c'est que pour un chat, elle vaut d'être mangée. Voilà les deux façons. Pour ce qui est de la première, elle sait depuis longtemps qu'il n'y a rien à faire, mais du second point de vue, il y a encore de l'espoir. Elle meurt

CHAPITRE 18

au nez du chat sans être mangée et ainsi, elle montre qu'elle est quelque chose que les chats ne mangent pas. Des deux points de vue, elle a prouvé n'être point souris. C'est déjà quelque chose. Prouver par ailleurs qu'elle est chat est la simplicité même. Si une chose qui avait l'apparence d'une souris n'était pas une souris, alors ce peut être n'importe quoi. De sorte que son suicide est une réussite. La souris a démontré sa personnalité. Qu'est-ce que vous en dites?»

Toru pesait le pour et le contre de la fable. Il ne doutait pas que Furusawa l'eût fourbie en se la disant et redisant à lui-même. Il connaissait depuis longtemps le hiatus qui existait entre son air bonasse et son for intérieur.

S'il ne s'agissait que de Furusawa lui-même, inutile de se faire du souci; mais s'il avait décelé en Toru de quoi se moquer, alors ce dernier devait se tenir sur ses gardes. Toru tâtonna mentalement. Il ne découvrit rien qui fût dangereux. Tout en parlant, Furusawa avait plongé de plus en plus profondément en lui-même; à cette distance de la surface il ne pouvait plus rien voir au-dehors.

«Et cette mort de la souris a-t-elle ébranlé le monde?» Furusawa n'accordait plus d'attention à son public. Toru se rendit compte qu'il n'avait rien d'autre à écouter qu'une sorte de monologue. C'était une voix comme dolente, tapissée de mousse, telle qu'il ne l'avait pas encore entendue chez Furusawa. «L'idée que le monde se faisait de la souris en vint-elle à changer? Cette pure vérité se répandit-elle qu'existait une chose qui avait l'apparence d'une souris bien qu'elle n'en fût pas une? La confiance des chats en eux-mêmes en reçut-elle une fêlure? Les chats s'estimèrent-ils suffisamment mis en cause pour s'opposer à ce que cette vérité se répandît?

Ne soyez nullement surpris. Le chat ne fit rien du tout. Il avait oublié. Il faisait sa toilette en se préparant à un petit somme. Il était chat jusqu'au bout des ongles, sans même s'en rendre compte. Et dans la torpeur de son somme, il devint, sans le moindre effort, ce que la souris avait si désespérément voulu devenir, quelque chose d'autre que soi. Il pouvait devenir n'importe quoi, par inertie, par contentement de soi-même, en l'absence de toute idée. L'azur du ciel recouvrait le chat endormi, des nuages magnifiques passaient. Le vent répandait de par le monde des senteurs de chat, ses ronflements sonores étaient une musique.

– Voilà que vous évoquez l'idée d'autorité.» Toru se sentait obligé de faire celui qui prête une oreille attentive.

Le visage de Furusawa s'éclaira d'un bon sourire:

«C'est cela même. Vous saisissez très vite.»

L'ANGE EN DÉCOMPOSITION

Toru était déçu. Au bout du compte, c'était l'espèce mélancolique de fable politique que les jeunes aiment tant.

« Un jour, vous-même vous comprendrez. » Bien qu'il n'y eût aucun danger qu'on les entendît, Furusawa baissa la voix, approchant son visage de celui de Toru. Ce dernier se rappela l'odeur de son haleine, oubliée pour un temps.

Pourquoi l'avait-il oubliée ? Au cours de leurs leçons, il n'avait pas manqué de sentir l'haleine de Furusawa. Il n'en avait pas été particulièrement rebuté ; mais à présent, si.

Il n'y avait eu aucune méchanceté dans cette histoire, et pourtant, Toru en avait conçu quelque irritation. Il préféra néanmoins ne pas rabrouer Furusawa, craignant, en le faisant, s'abaisser seulement lui-même. Il lui fallait un autre motif, qui convînt tout à fait, de le trouver antipathique au point de s'irriter contre lui. Aussi, son haleine lui devint-elle insupportable.

N'ayant aucune idée de ce qui se passait, Furusawa poursuivit :

« Vous comprendrez un de ces jours. Étant une duperie au point de départ, l'autorité ne peut se soutenir qu'en disséminant la duperie. C'est comme une culture microbienne. Plus nous résistons, plus grand est son pouvoir de durer et de se propager. Et avant même de nous en rendre compte, nous sommes porteurs de germes. »

Ils quittèrent Le Renoir et mangèrent un bol de nouilles non loin de là. Toru le trouva bien plus appétissant qu'un dîner en compagnie de son père, avec tous ces plats qu'on servait.

Tout en mangeant, la buée rapetissant ses yeux, Toru mesurait les risques que comportait la fréquentation de l'étudiant. Il ne pouvait douter qu'il y eût entre eux une certaine sympathie. Pourtant, cette harmonie était étouffée en quelque façon. Il se pouvait que Honda eût engagé Furusawa pour mettre Toru à l'épreuve. Il savait qu'après une de ces sorties, Furusawa présentait un rapport sur les endroits où ils s'étaient rendus, ainsi qu'un état de frais. Naturellement, c'était Honda qui l'en avait requis.

Ils repassèrent devant le Korakuen au retour, et de nouveau Furusawa proposa de faire un tour dans les tasses à thé. Toru y consentit, sachant que Furusawa en avait envie. Les tasses à thé se trouvaient juste de l'autre côté de l'entrée. Il n'arriva pas d'autres clients, et bientôt, à contrecœur, l'employé mit le contact pour eux deux seulement.

Toru monta dans une tasse verte, tandis que Furusawa en choisissait une rose fort éloignée. Elles s'ornaient de motifs floraux des plus quelconques, qui rappelaient les tasses à thé vendues en solde dans

CHAPITRE 19

quelque boutique de banlieue d'articles de table, à la devanture trop brillamment éclairée.

La tasse se mit en branle. Furusawa se trouva soudain tout proche, puis, retroussant ses lunettes sur son visage souriant, il repartit de plus belle. Le froid que Toru avait ressenti au fond de son pantalon tourna en courant d'air glacial. Il poussa la manette. Il aimait que la vitesse l'empêchât de rien sentir ou de rien voir.

Quand la tasse s'arrêta finalement, Toru se mit debout, avec un léger tremblement dû à l'inertie, telle une bouée flottante. Étourdi, il dut se rasseoir.

« Qu'est-ce qui ne va pas ? » Un Furusawa souriant s'approcha de lui sur une plate-forme qui paraissait encore en mouvement.

Lui renvoyant son sourire, Toru demeurait assis. Il lui déplaisait que le monde qui n'avait été que brouillard vînt importunément aligner ses détails sordides, les affiches géantes écaillées et l'envers d'enseignes de Coca-Cola, semblables à de grands réchauds électriques écarlates.

19

« *F*urusawa m'a emmené au Korakuen, dit Toru le lendemain matin, au petit déjeuner. Nous avons fait un tour dans les tasses à thé, et nous avons dîné de nouilles à la chinoise.

– C'est très bien », dit Honda, en découvrant ses fausses dents. Cela aurait dû être le bon vieux sourire sans signification qui va avec les fausses dents ; mais Honda semblait véritablement satisfait. Toru en fut froissé.

Depuis qu'il était venu habiter chez Honda, Toru avait connu tous les matins le plaisir raffiné de racler l'intérieur d'un pamplemousse importé, découpé en morceaux par un couteau courbe et mince. Il sentait contre ses gencives encore paresseuses au réveil la tiédeur du jus naturel abondant, accompagnant la légère amertume de l'intérieur blanc lustré du fruit mûr à en éclater.

« Furusawa a mauvaise haleine. J'ai peine à l'endurer pendant nos leçons. » Toru eut un sourire équivoque.

« Je me demande pourquoi. Croyez-vous qu'il ait mal à l'estomac ? Mais vous y attachez trop d'importance. Vous pouvez bien supporter cela. Il est peu probable que vous trouviez de répétiteur plus capable.
— C'est fort probable. » Battant un peu en retraite, Toru acheva son pamplemousse. En l'examinant soigneusement, à la lumière de ce matin de novembre, une tranche de pain grillé brillait de l'éclat d'un cuir bien tanné. Toru vit le beurre qui y fondait, et prit une petite bouchée, attentif à suivre les instructions reçues de Honda.
« C'est vrai, Furusawa est très bon, dit-il après la première bouchée. Mais avez-vous cherché à connaître ses opinions ? »
Il eut plaisir à voir un embarras du genre le plus vulgaire se peindre sur le visage de Honda.
« Est-ce qu'il vous a dit quelque chose ?
— Rien de particulier. Mais je ne puis m'empêcher de penser qu'il a été ou qu'il est encore mêlé à quelque mouvement politique. »
Honda eut un haut-le-corps. Il avait foi en Furusawa et il était certain que ce dernier plaisait à Toru. Du point de vue de Honda, l'avertissement de Toru se fondait sur la confiance et la compréhension ; mais du point de vue de Furusawa, c'était à coup sûr le rapport d'un dénonciateur. Toru s'amusait de voir la façon dont Honda résoudrait ce problème de morale délicat.

Honda se rendit compte qu'il ne devait pas en juger à la légère, comme à son ordinaire du bien et du mal. Vue à la lumière de l'humanité en général à laquelle Honda aimait à réfléchir, le comportement de Toru était plutôt mesquin ; mais selon l'image que Honda se faisait de Toru lui-même, cela pouvait se concevoir. Honda fut sur le point d'avouer que ce qu'il attendait de Toru, c'était une certaine mesquinerie.

Afin de mettre Honda à l'aise en lui fournissant l'occasion de lui adresser un léger reproche, Toru mordit dans son pain grillé comme un enfant, en éparpillant plein de miettes sur ses genoux. Honda n'y prêta pas attention.

Cela n'irait pas de rabrouer Toru à cause de ce côté un peu bas de la première remarque qu'il faisait en confiance. D'autre part, le vieux sentiment de moralité de Honda exigeait qu'il fît savoir à Toru qu'il était inconvenant de se faire dénonciateur, quel qu'en fût le motif ; si bien qu'un élément assez médiocre risquait d'apparaître dans cet heureux tableau du petit déjeuner.

En cherchant ensemble à attraper le sucrier, leurs mains se heurtèrent maladroitement.

CHAPITRE 20

Sucrier brillant de trahison en ce matin ensoleillé. Sentiment de culpabilité d'avoir cherché à le prendre simultanément. Honda se sentit froissé de penser que ç'avait été le premier signe d'un lien de parenté. Toru se réjouissait d'autre chose encore que de cet embarras évident. Il était témoin d'une hésitation chez Honda qui devait renoncer à prêcher la leçon qui s'imposait : à savoir qu'on doit faire preuve de plus de confiance et de respect envers quelqu'un qu'on appelle professeur, fût-ce en pointillé. Pour la première fois, la contradiction présente chez Honda et le mal que dissimulaient ses théories sur l'éducation se manifestèrent. Toru eut l'impression d'être l'enfant qui prend la liberté de cracher une graine de pastèque.

« Bon, je vais voir ça. Pour vous, continuez comme à l'habitude. Ne vous souciez de rien que de vos études. Tout le reste, je m'en charge. Le principal, c'est de passer votre examen.

– Vous avez parfaitement raison. » Toru eut un magnifique sourire.

Honda se donna une journée pour réfléchir. Le lendemain, il demanda à quelqu'un qu'il connaissait à la direction de la Sécurité publique de la police métropolitaine de faire une enquête. Le rapport arriva quelques jours plus tard. Furusawa avait appartenu à un groupe extrémiste d'étudiants. Honda trouva un prétexte banal pour lui donner congé.

20

Toru écrivait de temps à autre à Kinue, recevant d'elle de longues réponses. Il lui fallait les ouvrir avec précaution, chacune contenant une fleur pressée saisonnière. Parfois, elle s'excusait d'envoyer une fleur de serre, faute de plantes sauvages fleuries.

Dans son enveloppe de papier, la fleur ressemblait à un papillon mort. Le pollen représentait la poussière des ailes, et l'on pouvait imaginer que quand il était en vie, il avait volé. Ailes mortes, pétales morts, c'est tout pareil. Souvenir de couleur qui volait dans l'azur, et souvenir de couleur immobile et résignée.

Ce n'est qu'après avoir lu la lettre qu'il reconnut un fragment, sec et brun telle la peau d'un Indien, des filaments rouges, robustes,

L'ANGE EN DÉCOMPOSITION

arrachés et déchiquetés par la pression, comme un pétale de tulipe rouge de serre.

Ces lettres reproduisaient la confession sans fin qu'elle venait faire au poste d'observation. Elle ne cessait de se répandre en détails, disant combien elle regrettait Toru et désirait aller à Tokyo. Il lui répondait qu'il fallait faire preuve de patience, cela dût-il durer plusieurs années. Il trouverait bien l'occasion de la faire venir.

Il lui arrivait de penser, l'ayant quittée depuis si longtemps, qu'elle était toute beauté. Puis aussitôt, il se mettait à rire. Mais il commençait à se rendre compte de ce que cette pauvre folle avait signifié pour lui.

Il lui fallait cette folie pour estomper la clarté de ses propres idées. Il lui fallait quelqu'un auprès de lui pour voir de façon entièrement différente toutes ces choses qu'il voyait si clairement, les nuages ou les bateaux ou le vieux vestibule sombre de la maison de Honda, ou le tableau d'ensemble de ses leçons affiché au mur de sa chambre.

Toru rêvait parfois de libération. La direction à suivre ne faisait aucun doute. Il fallait que ce fût en direction d'une chose incertaine, du royaume situé derrière ce monde-ci, dans sa précision, royaume dont les phénomènes coulaient au-dessus d'une cascade.

Kinué jouait inconsciemment le rôle de l'aimable invitée qui introduisait la liberté dans la cage.

Et ce n'était pas tout.

Elle mettait du baume sur ce qui, parfois, le démangeait. Il lui démangeait de faire mal à quelqu'un. On eût dit que son cœur était une vrille affilée dépassant d'un sac et brûlant de percer quelqu'un. Ayant réglé le sort de Furusawa, il cherchait quelqu'un d'autre. Sa netteté, sans la moindre tache de rouille, devait tôt ou tard tourner à la sauvagerie. Toru se rendait compte qu'il pouvait faire autre chose que d'observer. En prendre conscience causait en lui des tensions que les lettres de Kinué venaient calmer. Sa folie la préservait du mal qu'il aurait pu lui faire.

Le lien le plus solide qu'il y eût entre eux était la certitude qu'il avait que lui-même ne pouvait être blessé.

On trouva un successeur à Furusawa, un étudiant des plus ordinaires, du genre raisonnable. Toru espérait qu'au cours des deux mois suivants, il pourrait se débarrasser également des autres répétiteurs, ne voulant pas sembler leur être redevable quand il aurait passé son examen.

Mais la prudence le retenait. Honda commencerait à avoir des doutes si Toru se mettait à gaspiller son énergie sur des personnages

CHAPITRE 21

aussi secondaires. Il se pourrait que, ne tenant plus compte de ses plaintes et acceptant les imperfections auxquelles celles-ci se rapporteraient, il trouvât à redire aux plaintes elles-mêmes, vouant à disparaître son secret plaisir. Toru en conclut qu'il lui fallait se montrer patient, attendre jusqu'à ce qu'apparût quelqu'un qui méritât bien davantage le mal qu'il lui ferait.

Qui que ce fût, cela fournirait un moyen, encore qu'indirect, de blesser la personne même de Honda. Moyen qui ne laisserait place à aucun ressentiment. Un moyen propre, immaculé, juste à la manière de Toru, qui ne laisserait à Honda que lui-même à blâmer, personne d'autre.

Qui donc arriverait dans sa vie, tel un navire à l'horizon lointain ? Tout comme les bateaux avaient en premier pris une forme précise dans l'esprit de Toru, de même sa victime apparaîtrait un jour, ombre qui ne serait navire ni mirage, qui ne soupçonnerait rien, vulnérable, aux ordres de la vrille qu'il portait dans son cœur. Toru en vint presque à reprendre espoir.

21

Toru entra dans la classe préparatoire de son choix. Alors qu'il était en seconde année parvint une proposition par l'organe d'un intermédiaire approprié. Certaine personne avait une fille en âge de se marier qui, pensait-il, pouvait intéresser Toru. Ce dernier avait atteint l'âge légal du consentement, mais il n'avait encore que dix-huit ans. Honda rejeta cette proposition en riant. Cependant, l'autre personne était tenace, et la proposition fut présentée par un autre intermédiaire. Ce deuxième personnage occupant une situation éminente dans le monde juridique, Honda ne pouvait pas l'éconduire sans autre forme de procès.

Honda avait un désir très précis : une jeune épouse qui serait dévorée de chagrin de voir disparaître son mari de vingt ans. Pour elle, les teintes pâles, si belles du tragique ; de sorte que sans qu'il lui en coûtât rien, Honda se trouverait rencontrer de nouveau une pure cristallisation de la beauté.

Ce rêve ne s'accordait guère à ses vues sur l'éducation. Pourtant, s'il n'eût existé aucune marge pour le rêve, et s'il n'y avait pas eu l'impression d'une crise, Honda ne se serait sûrement pas soucié des moyens de ménager à Toru une longue vie sans beauté. Ce que craignait Honda était cela même qui fondait son espérance et ce qu'il espérait était ce qui alimentait ses craintes.

Cette proposition fut réitérée à intervalles convenables, comme une eau qui s'égoutte à travers un plancher. Honda trouvait divertissant de recevoir la visite de cet éminent personnage et de l'entendre plaider avec acharnement. Il estimait qu'il était trop tôt pour en parler à Toru.

Honda était émerveillé par la photographie apportée par le vieux monsieur. Âgée de dix-huit ans, la demoiselle était très jolie, son visage fin et délicat n'ayant rien du vernis contemporain. La beauté transparaissait dans la légère impression d'étonnement irrité qui émanait d'elle, face au photographe.

« C'est vrai, c'est une beauté. Et est-elle robuste physiquement ? » s'enquit Honda, sa question visant à l'opposé de ce que son ami devait supposer.

« Je puis vous assurer que je la connais très bien. Elle est beaucoup plus forte que ce portrait ne pourrait vous faire croire. Elle n'a eu aucune maladie sérieuse. La santé est naturellement ce qui compte le plus. C'est son père qui a choisi cette photo, et il me semble qu'il l'a choisie un peu vieillotte. »

– Est-elle gaie de caractère, d'après vous ?

– Non, je présume, si cette expression veut évoquer un semblant de frivolité. »

La réponse était équivoque. Honda exprima le désir de rencontrer la jeune fille.

Il était clair que cette proposition de mariage avait pris en considération la fortune de Honda. Cela seul pouvait expliquer pareil empressement à trouver un époux âgé de dix-huit ans, si bien doué qu'il fût. Cet objet tentant devait être enlevé avant que quelqu'un d'autre vît les chances qu'il offrait.

Honda était parfaitement conscient de tout cela. S'il devait jamais accepter cette proposition, ce devrait être à l'évidence afin de discipliner les impulsions d'un garçon de dix-huit ans peu commode. Mais ce Toru qu'il avait devant lui semblait déjà tout à fait discipliné. De sorte que les intérêts des deux parties divergeaient de plus en plus, et Honda

CHAPITRE 21

ne voyait aucune raison de poursuivre les entretiens. Il ressentait une certaine curiosité du contraste entre les parents et la beauté de cette soupirante. Il voulait voir céder cet amour-propre dans sa cupidité. La famille d'où émanait cette proposition était des plus éminentes, mais Honda ne se souciait plus de telles considérations.

On émit l'idée d'un dîner auquel assisteraient Toru et la demoiselle. Honda déclina cette invitation. À la place, lui-même et la personne qui avait servi d'intermédiaire furent invités à dîner avec la famille de la jeune fille.

Pendant deux ou trois semaines, cet homme de soixante-dix-huit ans fut en proie à la tentation. Il avait vu la jeune fille au dîner, échangeant avec elle de brèves observations. On lui avait adressé plusieurs autres photographies. D'où sa tentation.

Il n'avait pas donné de réponse favorable, ni encore pris de décision ; mais son cœur vieillissant était victime d'élans qui échappaient à sa raison. Il était démangé de l'entêtement des vieillards. Il brûlait de montrer les photos à Toru pour voir sa réaction.

Honda lui-même n'aurait pu dire ce qui le possédait, mais il y avait du bonheur et de l'orgueil dans cette tentation. Il savait que s'il mettait réellement Toru au courant de cette proposition, il aurait dépassé le point de non-retour. Mais entêtement ne connaît pas raison.

Il brûlait du désir de voir toutes les conséquences de ce mariage, de les pousser dans les bras l'un de l'autre, une boule de billard blanche et une rouge. Il vaudrait mieux que Toru se sentît attiré par cette fille et que celle-ci se sentît attirée par lui. Elle en concevrait du chagrin quand il mourrait ; lui serait provoqué par sa cupidité à elle et pourrait juger l'humanité à sa valeur. De façon et d'autre, Honda tirerait de l'agrément du résultat. Autant dire une fête.

Honda était bien trop vieux pour se faire des idées solennelles quant à la nature de la vie humaine. À son âge, il trouvait une justification aux jeux mauvais. Si mauvaise que fût l'intention, la mort était proche pour réparer. Il avait atteint un âge où la jeunesse est un jouet, l'humanité une collection de poupées d'argile, un âge où, remettant toute cérémonie là où elle était de mise, il pouvait faire de la droiture et de la sincérité un jeu dans le ciel du couchant.

Autrui n'étant autant dire rien, succomber à de telles tentations devenait une sorte de destinée.

Sur le tard, un soir, Honda vit venir Toru dans son bureau. Embué par les pluies d'été, c'était le bureau de style anglais qu'il avait hérité de son père. Honda n'aimait pas l'air conditionné, et une légère sueur perlait à la poitrine blanche de Toru. Il semblait à Honda voir en fleur devant lui un hortensia blanc en perdition.

«Voici les grandes vacances qui approchent.

– Oui, mais d'abord les examens.» Toru mordilla le chocolat à la menthe que Honda lui avait offert.

«Vous mangez comme un écureuil.» Honda eut un sourire.

«Par exemple!» Toru sourit à son tour, du sourire de quelqu'un que rien ne peut atteindre.

Observant ce visage pâle, Honda se dit que cet été, le soleil viendrait le rôtir à point. Ce visage-là ne devait pas redouter les boutons. D'un geste à dessein machinal, il ouvrit un tiroir et posa une photographie sur la table devant Toru.

Toru eut un comportement admirable. Honda n'en laissa échapper aucun détail. Toru considéra tout d'abord la photo de l'air solennel d'un contrôleur qui examine un laissez-passer. Il leva les yeux vers Honda comme pour l'interroger avant de regarder de nouveau le portrait. Puis ce fut une curiosité d'adolescent qui le fit rougir jusqu'aux oreilles. Reposant la photo sur la table, il se mit brusquement un doigt dans le creux de l'oreille.

«Elle est très belle», dit-il, d'une voix où l'on sentait comme une irritation.

Admirable, c'est admirable, pensa Honda. Il y avait de la poésie dans cette réaction juvénile (et ç'avait été dans un moment critique). Honda en oublia que Toru avait réagi comme il avait voulu qu'il réagît.

C'était un amalgame compliqué, comme si la conscience qu'avait Honda de soi-même avait elle aussi, un instant, joué un rôle adolescent, dissimulant sa confusion sous une certaine brusquerie.

«Cela vous dirait-il de la rencontrer?» demanda Honda d'un ton tranquille.

Il eut une toux presque nerveuse, espérant que la réponse, là aussi, serait celle qu'il fallait. Toru se mit prestement debout et, s'approchant de Honda, lui donna une légère tape dans le dos.

«Oui.»

Ce mot avait été presque grondé. Profitant du fait que son père ne pouvait le voir, il se dit à lui-même, les yeux embrasés : «L'attente n'a pas été vaine. Voilà quelqu'un qui vaut qu'on lui fasse mal.»

Mais au-delà, de l'autre côté de la fenêtre, il pleuvait. Une pluie triste, esseulée, semblable à un liquide noir qui donnait une lueur embuée à l'écorce des arbres dans la lumière des fenêtres. Le soir,

CHAPITRE 22

le métro qui, ici, était aérien, faisait trépider le sol. L'éclairage lumineux de ses glaces, au moment où le train redevenait souterrain, faisait à nouveau rêver Toru, encore à tapoter le dos de son père. Ce soir, il n'apparaissait aucun signe de navire.

22

« Peut-être pourriez-vous lui tenir compagnie un moment. Si elle ne vous plaît pas, il vous suffira de le dire. Il n'y a aucun engagement. »
Toru fut invité à dîner un soir au début des vacances d'été. Après dîner, sa mère ayant suggéré qu'il serait aimable de lui montrer sa chambre, Momoko Hamanaka l'y conduisit. C'était une grande pièce à l'occidentale, où partout on respirait un air « jeune fille »; Toru n'avait auparavant jamais connu cette atmosphère de féminité adolescente. Le rose surabondait. Le ton « jeune fille » imprégnait chaque détail du papier, des poupées, des accessoires. Ces derniers respiraient la séduction des jeunes années. Toru s'installa dans un fauteuil dont l'épais coussin multicolore rendait difficile de s'y asseoir.
Momoko avait l'air d'une personne posée, et pourtant, il n'était pas douteux que chacun de ces détails eût été choisi par elle. Son teint pâle paisible, un peu blême, s'accordait à ces choses un peu vieillottes, sans grand relief. L'air sérieux qui la distinguait faisait d'elle l'unique contraste avec cette atmosphère séduisante. Sa beauté avait une perfection par trop formelle; tout comme la perfection formelle d'une cocotte en papier, on y sentait comme un présage inquiétant.
Après avoir apporté le thé, sa mère se retira. Ils s'étaient tous les deux déjà rencontrés à plusieurs reprises, mais c'était la première fois qu'ils se trouvaient seuls. Ce fait n'engendra pas d'autre nervosité. Momoko ne craignait rien, sachant qu'elle avait obéi aux instructions reçues. Il fallait qu'il l'éveillât au sentiment du danger, pensa Toru.
Il en avait été distrait pendant le dîner par toutes les attentions cérémonieuses. Mais ces désagréments étaient sur le point de s'effacer. On était en train d'arranger un mariage. La délicatesse d'un amour se trouvait saisie entre des pinces, puis passée à la couleur.

L'ANGE EN DÉCOMPOSITION

Déjà la friandise se trouvait mise au four. Pour Toru, cela ne faisait aucune différence qu'il y fût entré de son plein gré ou qu'on l'y eût placé. Il n'avait aucune raison d'être mécontent de soi-même.

La première chose que fit Momoko, quand ils furent seuls, fut de prendre un album parmi quatre ou cinq qui étaient numérotés et de le tendre à Toru. Il put ainsi se rendre compte de sa médiocrité fondamentale. L'ouvrant sur ses genoux, il aperçut un bébé avec son bavoir, les jambes écartées, des culottes gonflées de couches, tel un chevalier des Flandres. Le rose sombre d'une bouche que les dents n'emplissaient pas encore. Toru demanda qui ce bébé pouvait bien être.

La consternation de Momoko tenait du prodige. Ayant jeté un coup d'œil à l'album, elle posa une main sur le portrait et lui reprit vivement l'album. Le serrant contre sa poitrine, elle se tourna vers le mur. Elle respirait lourdement.

« C'est parfaitement affreux. Ils ont été mal numérotés. Je ne voulais pas que vous voyiez celui-ci. Qu'est-ce que je peux bien faire ?
– Faut-il donc garder secret que vous ayez été un bébé ?
– Vous avez un sang-froid ! On dirait un docteur. »

Reprenant elle-même son calme, Momoko remit l'album en place. Toru était sûr, d'après ce faux pas, que l'album suivant lui montrerait Momoko à dix-sept ans.

Mais l'album suivant était des plus ordinaires, plein de photos d'une randonnée récente. Chacune faisait voir la popularité de Momoko. C'était le dossier d'un bonheur ennuyeux. Bien davantage que par ces images d'un voyage récent à Hawaii, Toru fut attiré par celle de Momoko auprès d'un feu de joie, un soir de l'automne précédent. Le feu, dans sa sensualité, débordait de vermillon. Accroupie à côté, Momoko avait la splendeur d'une sorcière.

« Vous aimez les feux ? » demanda-t-il.

Il aperçut une hésitation dans ses yeux. Il avait l'étrange conviction qu'à l'époque où ainsi elle regardait le feu, elle avait eu ses règles. Et à présent ?

Qu'aurait été une méchanceté purement abstraite qui n'eût participé de l'attrait du sexe ! Il se rendait compte que ce nouveau défi allait être moins commode que le renvoi de son répétiteur. Mais il se fiait à son sang-froid, quel que dût être l'amour qu'il inspirait. Cela reposait dans le royaume indigo qui était en lui.

CHAPITRE 23

23

Ne voulant pas laisser Toru tout seul, Honda l'emmena pendant l'été à Hokkaido, selon un programme fort simple qui consistait à ne pas se fatiguer. Comme il était devenu difficile à Keiko de voyager avec Honda, elle partit seule pour Genève, l'ambassadeur du Japon en Suisse étant de ses parents. Les Hamanaka souhaitaient passer deux ou trois jours avec les Honda, de sorte que les deux familles retinrent des chambres à Shimoda. Supportant mal la chaleur estivale, Honda ne quittait guère sa chambre à air conditionné.

Il était convenu qu'ils dîneraient ensemble chaque soir. Les Hamanaka étaient venus chercher Honda. Où était Momoko? demandèrent-ils. Elle était arrivée un peu auparavant, dit Honda, et elle était sortie dans le jardin avec Toru. De sorte que les Hamanaka s'assirent pour attendre le retour du jeune couple.

Honda se tenait debout près de la fenêtre, une canne à la main.

Tout cela était stupide. Il n'avait pas faim, et le menu n'était pas appétissant. Il savait, sans aller dans la salle à manger, quelle gaieté familiale vulgaire l'y attendait. La conversation des Hamanaka à table était l'ennui personnifié.

Les gens âgés s'intéressent par force à la politique. Malgré les douleurs ressenties dans toutes ses articulations, à soixante-dix-huit ans un homme est tenu de dissimuler son indifférence sous le couvert de l'esprit et de la bonne humeur. Ce défaut d'intérêt avait tout de même son importance. C'était la seule façon de l'emporter sur la sottise de ce monde. Détachement comme d'une grève où arrivent jour après jour les vagues et les bois flottants.

Honda s'est dit que, pourvu de biens matériels et de gens à son service, il restait encore un peu de vie en lui, un esprit assez vif pour faire obstacle en ces jours au matérialisme et à ses laquais; mais sa vivacité l'avait fui. Tout ce qu'il avait, c'était le sentiment accablant de la sottise, d'une vulgarité qui se diluait en monotonie. Les manifestations de vulgarité étaient légion. Vulgarité de l'élégance, vulgarité de l'ivoire, vulgarité de la sainteté, vulgarité de la dernière mode, vulgarité érudite, vulgarité des théories prétentieuses, vulgarité aguichante, vulgarité du chat persan, vulgarité des monarques et des mendiants, des fous, des papillons, des insectes piqueurs. La réincarnation était la punition de la vulgarité. Or, la principale, à vrai dire l'unique source de tout cela, était le désir de vivre. Honda lui-même y participait sans nul doute. Il ne se distinguait que par son sens de l'odorat particulièrement aiguisé.

Il jeta un coup d'œil de côté à ce couple de gens âgés qui étaient là. Pourquoi ces deux-là étaient-ils arrivés dans sa vie ? Le caractère superflu de leur présence heurtait son sentiment de l'ordre. Mais on ne pouvait l'empêcher à présent. Ils étaient là, à sourire sur son canapé, prêts, semblait-il, à attendre dix ans et plus.

Shigehisa Hamanaka, âgé de cinquante-cinq ans, avait été chef d'un clan féodal du nord-est du pays. Cherchant à recouvrir d'un ton bohème l'orgueil familial désormais vidé de son contenu, il avait même écrit un livre d'essais, *Le Chef*, qui avait obtenu un modeste succès. Il était à la tête d'un organisme bancaire qui avait son siège principal dans son ancien fief, et il s'était fait un nom dans les quartiers de plaisir comme homme de goût à l'ancienne mode. Le visage en amande et les lunettes cerclées d'or étaient encore surmontés d'une abondante chevelure noire, mais l'impression dominante était l'insipidité. Se fiant à ses talents de diseur de bons mots, il ménageait toujours la pause qu'il fallait, avant la chute spirituelle. Causeur habile qui avait grand soin de sauter par-dessus les préliminaires, ironiste aimable qui n'oubliait jamais le respect dû aux gens âgés, il ne lui serait jamais venu à l'idée qu'il était un raseur.

Son épouse Taeko était issue, elle aussi, de l'aristocratie militaire. Personne grassouillette, aux traits sans finesse, fort heureusement la fille ressemblait au père. La famille était le seul sujet de conversation de Taeko. N'allant ni au cinéma, ni au théâtre, elle passait sa vie devant un appareil de télévision. Ils se montraient très fiers de ce que leurs trois autres enfants étaient mariés et indépendants, et que seule restait Momoko.

Ainsi la distinction de jadis était-elle devenue chose superficielle. C'était plus que Honda pouvait supporter d'entendre Shigehisa parler avec complaisance de la révolution sexuelle, puis les répliques scandalisées de Taeko. Pour Shigehisa, les réactions passées de mode de sa femme faisaient partie de sa mise en scène.

Honda se demandait pourquoi il ne pouvait pas se montrer plus tolérant. Il savait, à mesure qu'il devenait de plus en plus pesant de faire de nouvelles connaissances, combien il était difficile d'esquisser un sourire. Certes, le dédain était le premier sentiment qui venait à l'idée, encore que cela même fût des plus gênants de nos jours. Il avait l'impression qu'il serait bien plus facile de réagir d'un jet de salive qu'avec des mots, alors même que les mots lui venaient

CHAPITRE 23

aux lèvres, et c'étaient les mots qui restaient la tâche à accomplir. Avec des mots, un vieillard pouvait tordre le monde comme s'il écrasait un treillis de saule.

« Vous avez l'air si jeune, à vous voir ainsi debout, dit Taeko. On dirait un soldat.

– Comparaison qui ne convient guère, ma chère amie. Vous ne devriez pas comparer un magistrat à un soldat. Jamais je n'ai oublié un dompteur d'animaux que j'ai vu un jour dans un cirque en Allemagne. Voilà à quoi ressemble M. Honda.

– Comparaison qui convient encore moins, à mon sens, mon cher ami. » Taeko s'amusait terriblement.

« Je ne suis pas en train de poser, veuillez me croire. Je suis debout ici afin de voir le coucher du soleil et nos jeunes gens dans le jardin.

– Vous les voyez ? »

Taeko s'approcha, se tenant debout à côté de Honda et Shigehisa, lui aussi, quitta dignement son fauteuil.

Le jardin s'étendait sous la fenêtre du second étage. Il était de forme circulaire, bordé par une allée qui menait à la mer, et l'on apercevait deux ou trois bancs entre les arbustes. Quelques familles remontaient, serviettes sur l'épaule, de la piscine située au niveau inférieur. Leurs ombres s'allongeaient au soir sur la pelouse.

Momoko et Toru étaient rendus, main dans la main, à moitié de la circonférence. Leurs ombres s'étiraient loin vers l'est. On eût dit que deux requins géants leur mordaient les pieds.

La chemise de Toru se gonflait sous la brise du soir et l'on voyait s'envoler les cheveux de Momoko. Garçon et fille des plus ordinaires, pour Honda ils n'avaient pas plus de substance qu'une gaze légère de moustiquaire. C'étaient leurs ombres qui possédaient la substance. Eux avaient été dévorés par leurs ombres, par la profonde mélancolie d'un concept. La vie, ce n'était pas cela, pensa Honda. C'était chose moins facile à excuser. Et le fait épouvantable était que, probablement, Toru le savait.

Si l'ombre était la substance, c'est qu'alors la chose par trop transparente qui s'y accolait devait être des ailes. Ah ! voler ! Voler par-dessus toutes choses vulgaires ! Les membres et la tête étaient superflus, trop concrets. Si le dédain qu'il ressentait eût été seulement un peu plus robuste, Toru aurait pu prendre son vol, tenant par la main cette fille ; mais Honda l'avait défendu. De toute la force de son impuissance sénile, Honda aurait tant voulu mettre en œuvre son envie et leur donner des ailes à tous les deux ; mais l'envie même ne brûlait plus très ardente en lui. C'est seulement maintenant qu'il comprenait au juste ce qu'elle était, le sentiment le plus fondamental qu'il avait ressenti à l'égard de Kiyoaki et d'Isao, la source de tout lyrisme des idées chez un homme, l'envie. Eh bien, soit. À supposer qu'il voie en Toru et Momoko les plus vils échantillons, les moins appétissants, de la jeunesse. Ils joueraient leur partie tombant dans les bras l'un de l'autre, comme un couple de marionnettes. Il lui suffisait de remuer le petit doigt. Il remua deux ou trois doigts sur sa canne. Sur la pelouse, le couple avançait le long du sentier de la falaise.

« Regardez-les, dites. Pendant que nous sommes à les attendre, on dirait qu'ils veulent s'éloigner. »

Taeko était debout, la main sur le coude de son mari. Elle avait comme une griserie dans la voix.

Face à l'océan, le jeune couple traversa le massif d'arbustes et s'assit sur l'un des bancs rustiques en bois. À la façon dont leurs têtes s'inclinaient, Honda voyait qu'ils regardaient le coucher du soleil. Une masse noire sortit de dessous le banc. Honda ne put distinguer si c'était un chat ou un chien. Momoko se leva d'étonnement. Se mettant debout auprès d'elle, Toru la prit dans ses bras.

« Eh bien, eh bien. » La voix des parents qui observaient à travers la fenêtre flotta doucement en l'air comme un duvet de bouton-d'or.

Honda ne regardait pas. Le témoin n'était pas en observation derrière son trou de visée. Dans les reflets de la fenêtre, il répétait à demi dans son cœur les mouvements qu'avait ordonnés sa conscience, leur commandant de toute la force de ses facultés.

« Vous êtes jeunes, et vous devez rendre témoignage d'une vitalité bien plus stupide. Vais-je mettre en vous la foudre? Un éclair soudain? Allons-nous susciter quelque étrange phénomène électrique: peut-être faire que des flammes s'élancent des cheveux de Momoko? »

Un arbre, telle une araignée, étendait sa ramure vers l'océan. Ils se mirent à y grimper. Honda sentait à ses côtés la tension d'esprit des époux.

« Je n'aurais pas dû la laisser porter de pantalon. » Taeko semblait au bord des larmes. « La coquine. »

Leurs jambes entrelacées autour des branches se balançaient de haut en bas. Des feuilles voletaient vers le sol. Il semblait qu'un arbre parmi les autres fût pris d'un accès de folie. On eût dit que tous les deux étaient une paire de grands oiseaux détachés sur le ciel du soir.

Momoko fut la première à sauter à bas de l'arbre. Mais elle ne sauta pas assez loin et ses cheveux s'emmêlèrent dans une des branches inférieures. Toru suivit et tenta de les démêler.

« Ils s'aiment. » Taeko ne cessait d'approuver de la tête.

CHAPITRE 24

Mais Toru prenait trop son temps. Honda comprit aussitôt qu'il faisait exprès d'emmêler encore davantage les cheveux. Ces efforts trop minutieusement calculés causèrent un tiraillement de crainte. Se fiant au soin qu'il prenait, Momoko tenta de se dégager de la branche. Elle sentit une vive douleur. Faisant semblant, plus il se donnait de mal, de n'être pour rien dans le fait que c'était pire, Toru enfourcha la branche comme un jockey. Momoko tira sur les longues tresses de ses cheveux, lui tournant le dos. Elle était en larmes, se couvrant le visage de ses mains.

Vu de la fenêtre du second étage, par-delà le grand jardin, on eût dit un tableau en cire, une paisible petite pantomime. Sa majesté résidait dans l'éclairage du soir, avalanche qui s'éboulait en direction de la mer, dans l'embrasement de lumière qui rejaillissait des nuages vers l'océan, reliques des averses de soleil de l'après-midi. Dans la lumière, les arbres et les îlots de la baie se rapprochaient à mesure, étalant la couleur en traits durs et minces. Il régnait une clarté atroce.

«Ils s'aiment», dit encore une fois Taeko.

Un arc-en-ciel lumineux encerclait l'océan, affleurement ensoleillé dans le cœur de Honda face à la sottise de toutes choses.

24

EXTRAITS DU JOURNAL DE TORU HONDA

Je n'ai pas d'excuses pour les multiples erreurs que je commets au sujet de Momoko. Cela provient de ce qu'on doit poser la rigueur au départ; or, si l'on se trompe le moindrement dans ses calculs, il en résulte une étrange fantaisie et l'étrangeté engendre la beauté.

Je n'ai jamais rendu un culte à la beauté au point de croire que la beauté engendre l'étrangeté et l'étrangeté les faux calculs. Dans mes débuts au poste de signalisation, il m'arrivait de me tromper en identifiant un bateau. Surtout le soir, où il est difficile de calculer la distance entre les feux de la mâture, il m'arrivait de prendre un malheureux bateau de pêche pour un cargo transatlantique et d'émettre un signal lui demandant de s'identifier. Peu

habitué à tant de cérémonie, parfois le bateau de pêche me renvoyait le nom d'une vedette de cinéma, néanmoins, ce n'était pas là chose de grande beauté.
    Certes, Momoko est très belle selon tous les critères objectifs. Son amour m'est une nécessité et il me faut lui fournir la lame dont elle se blessera. Un coupe-papier n'y suffira pas.
    Je sais fort bien que les exigences les plus impérieuses proviennent, non de la raison ou de la volonté, mais du désir sexuel. On croit parfois à tort que les exigences particulières du sexe sont d'ordre logique. Je pense que, crainte de confondre les deux choses, il me faut une autre femme pour les besoins sexuels. En raison de ce que le mal, dans ses désirs les plus subtils et les plus raffinés, cherche à blesser, non le corps mais l'esprit. Je connais assez la nature du mal qui est en moi. Elle réside dans les exigences impérieuses de la conscience même, conscience qui se transforme en désir. Ou, pour dire les choses différemment, cela a été la rigueur sous sa forme la plus parfaite en train de jouer son rôle au tréfonds des ténèbres.
    Il m'arrive de penser qu'il vaudrait mieux pour moi être mort. Car mon projet peut se réaliser de l'autre côté de la mort. Car là je puis trouver la perspective véritable. Parvenir tant que l'on vit encore est plus difficile que toute autre difficulté. Et surtout à dix-huit ans seulement !

    J'ai peine à comprendre les Hamanaka. Il n'est pas douteux qu'ils veuillent que nos fiançailles durent cinq ou six ans, puis par la suite ils lèveront l'option en nous unissant tous les deux, membres à part entière de la société, par les liens sacrés du mariage. Mais quelle garantie en ont-ils ? Devraient-ils tant se fier à la beauté de leur fille ? Ou serait-ce qu'ils fondent des espérances sur une indemnité pour rupture de fiançailles ?
    Mais non, je doute qu'ils se soient réellement livrés à ces calculs. Ils regardent les relations entre un homme et une femme du point de vue le plus grossier, le plus banal. À en juger par leur air béat d'admiration en apprenant mon quotient d'intelligence, j'ai tout lieu de penser qu'ils consacrent toute leur énergie à rechercher les capacités, principalement quand celles-ci s'accompagnent d'argent.
    Momoko a téléphoné de Karuizawa le jour de mon retour de Hokkaido. Elle voulait me voir et me demandait de venir à Karuizawa. Je ne doute pas que c'étaient ses parents qui l'y avaient incitée. On sentait quelque chose d'artificiel dans sa voix, si bien

CHAPITRE 24

que je m'enhardis à être cruel. Je répliquai qu'étant plongé dans la préparation des examens d'entrée à l'université, je n'étais pas à même d'accepter son aimable invitation. En raccrochant, je ressentis un tiraillement de tristesse tout à fait inattendu. Refuser est en soi comme une concession, et il est tout naturel que cette concession couvre l'amour-propre d'une ombre de tristesse. Je n'en ai nulle crainte.

L'été tire à sa fin. J'en ai la perception très nette. Aussi fortement qu'on peut l'exprimer par des mots. Aujourd'hui, le ciel se pommelait de cumulus et le fond de l'air était assez vif.

L'amour devrait aller du même pas, mais mes sentiments n'ont à emboîter le pas à quoi que ce soit.

Le petit cadeau que Momoko m'a offert à Shimoda est là sur mon bureau. C'est un morceau de corail blanc sous verre. Au dos, dans deux cœurs transpercés, il porte l'inscription : «Momoko à Toru.» Je ne comprends pas comment elle peut encore succomber à ces goûts puérils. L'intérieur est plein de petits grains de papier d'étain qui flottent comme du sable de mer blanc quand on l'agite, et le verre est à demi givré d'indigo. La baie de Suruga que je connais bien se trouve comprimée dans un carré de quinze centimètres, devenue un poème miniature qu'une demoiselle me force à accepter. Mais si petit qu'il soit, ce corail possède sa belle et froide cruauté, ma propre conscience inviolable au cœur de ce poème qu'elle m'a donné.

À quoi tiennent donc les difficultés que je ressens à être? Ou, pour m'exprimer d'autre façon, l'aisance tout unie, lourde de menaces, de mon être?

Je pense parfois que toute facilité provient du fait que mon être est une impossibilité logique.

Non que je pose des questions ardues à mon être. Je vis et j'agis sans être mû par aucun pouvoir, ce qui constitue autant une impossibilité que le mouvement perpétuel. Pas davantage n'est-ce là ma destinée. Comment l'impossible pourrait-il être une destinée?

Dès l'instant de ma naissance sur cette terre, dirait-on, mon être connaissait qu'il se heurtait à la raison. En naissant, je ne présentais aucun défaut. Je suis né, être humain d'une perfection impossible, négatif parfait d'un film. Or ce monde est rempli de positifs imparfaits. Ce serait pour eux chose terrible de me développer, de me transformer en image positive. Voilà pourquoi ils ont tellement peur de moi.

L'ANGE EN DÉCOMPOSITION

Ma plus grande source d'amusement a été cette injonction solennelle de veiller à être fidèle à moi-même. C'est là une impossibilité. Eussé-je tenté d'y souscrire qu'immédiatement c'eût été ma mort. Cela n'aurait pu rien signifier d'autre que de contraindre à l'unité l'absurdité de mon existence.

Il y aurait eu des moyens, n'eût été mon amour-propre. Il aurait été facile, sans amour-propre, de faire en sorte que les autres, et moi-même pareillement, accueillissent toutes sortes d'images déformées. Mais est-il tellement humain d'être si désespérément monstrueux? Encore que, naturellement, le monde se sente en sécurité quand le monstrueux se fait réalité.

Je suis fort circonspect, mais l'instinct de conservation me fait singulièrement défaut. Il me fait défaut de façon si éclatante que le vent m'étourdit parfois en s'engouffrant par cette échancrure. Le danger étant chose ordinaire, il n'y a pas de crise. C'est chose excellente de posséder un sens de l'équilibre, puisque je ne puis vivre sans une sorte d'équilibre miraculeux; pourtant, cela se tourne brusquement en rêve brûlant où tout se déséquilibre et s'effondre. Plus rigoureuse la discipline, et plus porté je suis à la violence, plus je me sens las d'appuyer sur le bouton régulateur. Il ne me faut pas croire à la docilité de mon tempérament. Nul ne peut savoir quel sacrifice c'est pour moi d'être doux et docile.

Je n'ai pourtant vécu que pour le devoir. J'ai été semblable au gabier maladroit. Mal de mer et nausée m'ont seuls fait échapper au devoir. Nausée qui correspondait à l'amour selon le monde.

Dieu sait pourquoi, Momoko répugne à venir chez moi. Après la classe, nous restons à bavarder pendant une heure ou deux au Renoir. Quelquefois, nous nous livrons à des jeux innocents dans le parc, en faisant un tour dans les montagnes russes. Les Hamanaka ne s'inquiètent pas trop de voir leur fille rentrer tard, si ce n'est pas la nuit tombée. Naturellement, quand je l'emmène parfois au cinéma, je dois les prévenir que nous serons plus tard. Ces rendez-vous au vu et au su de tous ne présentent guère d'agrément, aussi faisons-nous en sorte de nous voir autrement, pour de brèves rencontres.

Momoko est encore venue au Renoir aujourd'hui. Bien qu'elle paraisse un peu vieux jeu, elle ressemble à n'importe quelle autre quand elle raconte des choses désagréables sur ses professeurs, en bavardant de ses amis, ou en causant, le tout dissimulé sous un

CHAPITRE 24

masque d'indifférence; de même en parlant de la conduite scandaleuse des vedettes de cinéma. Je m'y prête un peu, faisant preuve d'une tolérance virile.

Je n'ai pas le courage d'en écrire davantage, du fait que mes réserves apparentes ne semblent différer en rien des réserves inconscientes des autres jeunes gens de mon âge. En dépit de mon instinct pervers, Momoko ne le ressent pas pour ce qu'il est. Si bien que je donne libre cours à mes sentiments. Sans le vouloir, je deviens véridique et sincère. Mais si je l'étais vraiment, alors les contradictions morales de mon moi devraient se trouver exposées comme des fonds de vase à marée basse; mais les fonds qui causent du souci, ce sont ceux qui n'ont pas encore été exposés. À mesure du retrait des flots, ils dépassent le point où mes déboires ne diffèrent en rien des déboires de tout autre adolescent, et la mélancolie qui ride mon front trace un trait qui ne diffère en rien de celui qui se marque au front de tout autre. Il ne faudrait pas que Momoko allât me surprendre à cet endroit.

J'ai eu tort de penser que les femmes se tourmentent de savoir si on les aime vraiment. Je désirais plonger Momoko dans le doute, mais ce petit animal a prestement échappé au piège. Il ne servirait à rien de bon de lui déclarer que je ne l'aime pas. Elle croirait que je lui mens. Le seul remède est de laisser venir et de la rendre jalouse.

Je me demande parfois si je n'ai pas été transformé en quelque sorte du fait que ma délicatesse de sentiments se volatilisait à accueillir tous ces navires. Il fallait que j'en ressentisse quelque effet. Les navires prenaient naissance dans mon esprit conscient puis acquéraient une taille gigantesque en prenant des noms. Ce n'est que jusque-là qu'ils étaient mon affaire. Une fois au port, ils appartenaient à un monde différent. J'étais trop occupé à recevoir d'autres bateaux. Je ne possédais pas l'art de devenir à tour de rôle navire et port. C'est cela que voudraient les femmes. Le concept de femme, devenu une réalité sensible, refuserait au bout du compte de quitter le port.

J'ai connu un orgueil et un plaisir secrets à voir le concept apparu à l'horizon peu à peu prendre forme. J'ai avancé la main de par-delà le monde et créé une chose, et je n'ai pas goûté la sensation d'être amené dans le monde. Je n'ai pas senti qu'on me rentrait tel du linge qu'on rentre avant l'ondée. Nulle pluie n'est tombée pour me donner la vie au sein du monde. Au bord de la noyade intellectuelle, ma clarté d'esprit savait que les sens viendraient à temps à son secours. Car le navire toujours est passé.

L'ANGE EN DÉCOMPOSITION

Rien n'est venu l'arrêter. Les vents marins ont tout changé en marbre tacheté, le soleil a fait du cœur un cristal.

J'ai compté sur moi-même jusqu'à la mélancolie. Je me demande à quel moment j'ai pris l'habitude de me laver les mains après chaque frôlement d'humanité, de peur d'être contaminé. On a vu dans cette habitude peu commune une délicatesse exagérée.
Il est clair que mon infortune tire son origine d'une méconnaissance de la nature. Il est naturel que je n'aie pas reconnu la nature car, contenant toutes règles, la nature devrait être une alliée, or ma nature à moi ne l'a point été. J'ai empreint de douceur cette méconnaissance. Je n'ai pas été gâté ni dorloté. Ayant toujours senti l'ombre de ceux qui prétendaient me faire du mal, j'ai pris soin de ne point trop me répandre en douceurs qui, assurément, eussent fait du mal à autrui. On peut voir dans ce soin une sorte de sollicitude des plus humaines. Mais s'emmêlant à ce mot même, «sollicitude», on aperçoit de vilains brins de lassitude.
J'ai cru qu'en comparaison avec la nature de mon être à moi, les affaires du monde, problèmes internationaux et autres, délicats et complexes, ne constituaient aucunement des problèmes. La politique, l'art, les idéologies sont autant de croûtes de pastèques. Rien que croûtes de pastèques sur la laisse de mer, toutes blanches sauf une teinte rose pâle au lever du soleil. Car tout en haïssant la vulgarité des personnes, je reconnais qu'elles ont vocation à la vie éternelle.
Erreur et incompréhension m'ont paru valoir mieux que sonder sans répit le tréfonds de moi-même. Cela entraînerait insolence et impolitesse indicibles, impossibles à atteindre sans faire preuve d'abominable agressivité. Quand donc aucun navire m'a-t-il jamais compris? Il suffisait que, moi, je le comprisse. Sans entrain, minutieusement, il me donnait son nom puis, sans rien ajouter, il glissait dans le port. Heureusement pour les bateaux, nul d'entre eux n'a compris ce qui était en cause. Un seul d'entre eux eût-il exprimé le moindre doute, à l'instant même la conscience que j'en avais eût causé sa disparition.
J'ai assemblé des mécanismes délicats pour ressentir ce qui se passerait si je devais sentir en être humain. L'Anglais naturalisé est, dit-on, plus anglais qu'un Anglais de naissance; et moi je suis devenu plus expert en humanité qu'un être humain. Davantage, en tout cas, qu'un garçon de dix-huit ans. Imagination et logique constituent mes armes, plus précises que nature, instinct ou expérience, des plus

CHAPITRE 24

imperméables pour connaître la probabilité et s'y adapter. Je suis devenu expert en humanité, comme un entomologiste peut se spécialiser dans les insectes d'Amérique du Sud. Muni de fleurs inodores, j'ai exploré la façon dont les êtres humains tombent captifs de l'odeur de certaines fleurs, pris au piège de certains sentiments.

C'est cela, voir. Du poste de signalisation, j'ai vu la façon dont un cargo international règle ses instruments à une certaine distance au large, puis met le cap sur le rivage à douze nœuds et demi, rêvant de rentrer au port au plus vite. C'était là seulement voir ce qui se passait, en réalité mon œil se tournait vers un royaume invisible, loin au-delà de l'horizon. Qu'est-ce donc qu'apercevoir l'invisible? C'est la vision ultime, le refus au bout de tout ce qu'on peut voir, l'œil se refusant lui-même.

Mais je crains quelquefois que toutes ces pensées, tous ces plans qui me viennent trouvent en moi leur commencement et leur fin. Il en était ainsi, du moins, au poste d'observation. Toutes les images, projetées dans ce petit local comme des fragments de verre, illuminaient les murs et le plafond sans plus laisser de trace. N'en va-t-il pas de même, également, d'autres mondes?

Il faut me soutenir moi-même et continuer de vivre. Parce que, toujours, je flotte dans l'air, résistant à la gravité, à la lisière de l'impossible.

Hier, en classe, un de nos professeurs à l'évidence l'un des plus érudits, nous a appris un extrait de poème grec:

Ceux qui sont nés dans les bienfaits des dieux
Ont devoir de mourir tant qu'ils possèdent la beauté,
Sans dissiper de tels bienfaits.

Pour moi, pour qui est devoir la vie tout entière, ce devoir-là n'existe pas. N'ayant connaissance d'avoir reçu aucun bienfait.

Sourire est devenu un pesant fardeau, si bien que j'ai pris sur moi, pendant quelque temps, d'être de mauvaise humeur envers Momoko. Tout en laissant entrevoir le monstre, je ménage l'opinion des plus ordinaires, à savoir que je suis un garçon grincheux et désabusé. Du fait que c'est du chiqué d'un bout à l'autre, que c'est d'une stupidité sans nom, il faut que moi aussi je feigne en quelque sorte la passion. J'ai cherché un motif et j'ai trouvé le plus plausible. C'est l'amour qui est né en moi.

L'ANGE EN DÉCOMPOSITION

J'ai failli éclater de rire. Car je me suis souvenu de ce que signifiait cette hypothèse si évidente que justement, c'est l'amour qui fait défaut. Qu'on était libre d'aimer n'importe comment, à tout propos. Comme un conducteur de camion qui, l'été, fait un somme à l'ombre, certain qu'à son réveil il peut repartir à l'instant. Si la liberté est, non pas l'essence de l'amour, mais son adversaire, c'est qu'alors j'ai en main en même temps ami et adversaire.

Mon humeur morose a paru convaincante. Rien de plus naturel, car c'est la forme que prend l'amour en liberté, demander tout en refusant.

Momoko en a perdu bientôt l'appétit. Elle me regardait d'un air inquiet, comme si elle eût regardé un oiseau favori. Elle partageait l'opinion commune que chacun a droit à sa part de bonheur, comme si c'était un grand pain de fantaisie. Elle ne comprend pas le principe mathématique que ce qui fait le bonheur de l'un fait forcément le malheur de l'autre.

« Est-il arrivé quelque chose ? » Question mal venue sur ces lèvres charmantes, sur ce visage qu'ombrait un drame paisible.

Je me mis à rire d'un air absent, sans répondre.

Ce fut la seule fois où elle posa une telle question. Bientôt, elle se perdit dans son propre bavardage. Il appartenait à celui qui l'écoutait fidèlement de rester silencieux.

Elle remarqua le médius de ma main droite auquel je m'étais fait mal ce jour-là sur le cheval d'arçon en classe de gymnastique. Je la vis soulagée dès qu'elle eut aperçu le bandage. Elle crut avoir trouvé la cause de ma mauvaise humeur.

En s'excusant de ne pas l'avoir remarqué plus tôt, elle dit, ayant l'air de s'y intéresser vivement, que cela devait me faire très mal. Je répondis d'un ton bourru que je le sentais à peine.

En fait, c'était le cas. Je n'arrivais pas à l'excuser d'avoir trouvé une explication aussi simple. Et cela me déplaisait qu'en dépit de ce que je m'étais efforcé de lui dissimuler le bandage, elle eût mis si longtemps à l'apercevoir.

Je détournais ses expressions de sympathie en l'assurant de plus en plus fortement que cela ne me faisait pas du tout mal. L'expression de son visage signifiant qu'elle n'était pas dupe de cette affectation et de ce prétendu courage, elle renouvelait de plus en plus ses marques de sympathie, s'étant convaincue qu'elle devait m'amener à lui donner raison.

Elle insista pour que nous allions sans attendre dans une pharmacie renouveler le pansement. Le précédent était déjà tout gris de saleté

CHAPITRE 24

et dangereux. Plus je niais avoir mal et plus elle y voyait le signe de mon intrépidité. À la fin, nous y allâmes ensemble et la bande fut changée par une dame en qui l'on reconnaissait une ancienne infirmière. Momoko détournait la tête de frayeur, si bien que je pus dissimuler le fait que cette blessure était une simple égratignure.

«*Comment cela se présentait-il maintenant ? demanda-t-elle d'un air sérieux.*
– *On aperçoit l'os.*
– *Ah ! c'est horrible.*
– *Il n'y a pas de quoi se faire du souci*», *dis-je d'un ton renfrogné.*

Elle fut terrifiée quand je mentionnai, l'air dégagé, qu'il faudrait peut-être m'amputer du doigt. Ce sentiment d'horreur exagéré ne montrait que trop son égocentrisme sensuel, mais cela ne me déplut nullement.

Nous bavardions en marchant. Comme d'habitude, la conversation portait surtout sur elle. Elle était fort satisfaite du confort, du brillant et de l'allure convenable de leur foyer. Cela m'agaçait qu'elle ne doutât pas le moins du monde de ses parents.

«*J'imagine que votre mère a passé des nuits plaisantes avec tel ou tel. Elle a l'expérience de la vie.*
– *Mais absolument pas.*
– *Qu'en savez-vous ? Il s'est passé bien des choses avant votre naissance. Demandez à vos frères.*
– *Ce n'est pas vrai du tout.*
– *Et je suppose que votre père a une gentille petite amie quelque part.*
– *Non, mais non. Absolument pas.*
– *Vous en avez la preuve ?*
– *Vous êtes abominable. Personne ne m'a jamais dit pareilles abominations.*»

Nous fûmes sur le point de nous disputer, mais je n'aime pas les disputes. Nous nous réfugiâmes dans un silence maussade.

Nous étions sur le trottoir au-dessous de la pièce d'eau du parc Korakuen. Comme toujours, il fourmillait de gens en quête d'amusements à bon compte. Peu de ces jeunes gens pouvaient être dits bien habillés. Ils avaient les chemises de prêt-à-porter et les chandails tricotés à la machine des milieux provinciaux à la mode. Un enfant s'accroupit brusquement au milieu de la rue et se mit à ramasser des capsules de bière. Il se fit gronder par sa mère.

«*Pourquoi êtes-vous si méchant ?*» *Momoko paraissait prête à fondre en larmes.*

L'ANGE EN DÉCOMPOSITION

Je n'étais pas méchant. C'était de la bonté de ma part de ne pas tolérer la suffisance. Je pense parfois que je suis un animal terriblement moral.

Nous avions tourné en nous promenant et nous nous trouvions à l'entrée des jardins Korakuen de la famille Mito Tokugawa. «L'homme bien né prend souci de l'état du monde; c'est ensuite seulement qu'il trouve son plaisir» – d'où le nom de Korakuen: «Jardins d'Après-plaisir.» Si proche qu'ils fussent, je ne les avais jamais visités. La pancarte nous informait que les jardins fermaient à quatre heures et demie et que la vente des billets cessait à quatre heures. J'y fis entrer Momoko.

Alors que nous passions la grille, le soleil était juste au-dessus de nous. On entendait le chant des insectes du début d'octobre.

Nous croisâmes un groupe d'une vingtaine de personnes qui se dirigeaient vers la sortie. Autrement, les allées étaient désertes. Momoko voulait me tenir par la main, mais je lui montrai le pansement.

Comment, remplis de sentiments précaires, pouvions-nous nous promener en amoureux en cette fin d'après-midi, par ces paisibles allées des vieux jardins? Bien sûr, je portais dans mon cœur l'image de notre absence de bonheur. Une scène de grande beauté est une menace pour le cœur qu'à la fois elle glace et enfièvre. Eût-elle possédé assez de sensibilité, j'eusse aimé l'entendre divaguer comme en délire. J'eusse aimé voir ses lèvres parcheminées d'horreur d'avoir rencontré l'insondable.

En quête de complète solitude, je descendis au-delà de la cascade de l'Éveil. Elle était asséchée, et trouble l'eau du bassin. En surface, des insectes aquatiques dessinaient un réseau semblable à un lacis de fils. Assis sur un rocher, nous observions la pièce d'eau en dessous.

Je voyais qu'elle finissait par voir une menace dans mon silence. J'étais sûr qu'elle ignorait d'où il provenait. J'avais provoqué un sentiment expérimental et j'étais fasciné de le voir engendrer le doute chez autrui. En l'absence de sentiment, nous pouvons nous relier les uns aux autres d'innombrables façons.

La surface de la pièce d'eau – ou plutôt du marais – était masquée par le feuillage et les rameaux, mais çà et là y jouaient les rayons du soleil au couchant. Dommage que cet éclairage fît ressortir l'entassement des feuilles sur le haut-fond comme un mauvais rêve.

«Regardez cela. Si vous y projetiez la lumière, nos cœurs apparaîtraient aussi sales et sans profondeur.

– Pas le mien. Le mien est propre et profond. Je voudrais pouvoir vous le montrer.

CHAPITRE 24

– *Comment pouvez-vous déclarer être une exception? Donnez-m'en la preuve.* »

Étant moi-même une exception, je m'irritais des prétentions d'autrui à être une exception. Je ne comprenais pas, en tout cas, comment la médiocrité pouvait prétendre être une exception. «*Je le sais, c'est tout.*»

Je me rendais assez bien compte de l'enfer où elle était tombée. Pas une fois, elle n'avait ressenti le besoin de s'affirmer. Baignant dans une félicité d'où dégouttait la tristesse, elle avait tout laissé se dissoudre, depuis les fanfreluches de la fillette jusqu'à l'amour même, dans le liquide obscur. Elle était plongée jusqu'au cou dans l'eau de son bain. Position pleine de danger, mais elle n'était pas résolue à réclamer de l'aide, et même elle refusait une main secourable. Lui causer une blessure, il fallait pour cela la tirer dehors. Sinon la lame manquerait son but, déviée par le liquide.

Les cigales, en cette soirée d'automne, hantaient les bosquets, et l'on entendait le fracas du métro à travers les appels d'oiseaux. Suspendue à une toile d'araignée du marais, une feuille jaune s'illuminait divinement chaque fois qu'elle pivotait. On eût dit qu'une minuscule porte à tambour flottait au firmament.

Nous observions la feuille sans rien dire. Je demandais quel monde devait s'ouvrir par-delà cet or sombre chaque fois qu'elle tournoyait. Peut-être, en pivotant dans l'air agité, allait-elle me faire entrevoir là-haut, l'animation d'une rue miniature dans tout l'éclat d'une cité minuscule des airs.

Le rocher était froid. Nous dûmes nous hâter. Il ne restait qu'une demi-heure avant la fermeture.

Cette promenade était agaçante comme une démangeaison. La calme beauté du jardin baignait dans la turbulence du couchant. Les oiseaux du marais s'ébrouaient, le rose du trèfle sauvage proche de l'iris flétri avait perdu son éclat.

La fermeture servait de prétexte pour nous presser, mais ce n'était pas notre seule raison. Nous craignions l'âme automnale du jardin qui se couchait dans nos cœurs; et nous voulions qu'en se hâtant, nos pas suscitent en nous des voix plus stridentes, tel un disque qui tourne trop vite.

Nous fîmes halte sur un pont le long de l'allée circulaire. Il n'y avait personne en vue. Nos ombres s'étendaient au-dessus des carpes ondoyantes, avec l'ombre du pont. Nous nous détournâmes *de la pièce d'eau, rebutés par l'énorme placard publicitaire qu'on apercevait au-delà. Nous faisions face à un petit tertre rond artificiel où s'enchevêtraient les bambous nains, et, plus loin, le filet que le soleil couchant jetait sur les bosquets. Je me sentis comme le dernier poisson qui se débat contre la violente lumière et le filet où on cherche à le prendre.*

Peut-être rêvais-je alors à un autre monde. J'eus l'impression qu'un instant de mort nous avait frôlés tous deux sur ce pont, grands écoliers en chandail clair. La plénitude sexuelle du suicide des amants me traversa le cœur. Bien que peu enclin à crier au secours, si, pensai-je, une aide devait survenir, ce ne serait qu'avec la fin de l'esprit conscient. Il y aurait joie à sentir pourrir l'esprit conscient, là, dans la clarté du soir.

Le petit bassin à l'ouest disparaissait sous les lotus.

Telles des méduses sous la brise nocturne, les feuilles de lotus retenaient l'eau. Sous la poudre qui les couvrait, le cuir des feuilles vertes enterrait le vallon au-dessous du coteau. Les feuilles atténuaient brusquement la lumière, reflétant des plantes voisines ou l'ombre délicate d'un rameau d'érable. Elles oscillaient, indécises, se disputant la lumière du soir. Il me semblait entendre le concert de leurs voix menues.

Je vis toute la complexité de leurs mouvements. Le vent pouvait bien venir d'un côté, elles ne s'inclinaient pas vers l'autre, obéissantes. Tel endroit ne cessait de bouger, tel autre s'obstinait, immobile. Telle feuille se montrait par-dessous, sans que les autres l'imitassent. Les lotus se courbaient, paresseux, à grand-peine, et à droite, et à gauche. Le vent qui frôlait la surface, et le vent qui errait entre les tiges, causaient d'immenses désordres. Je commençais à sentir le froid vif de la brise du soir.

Pour la plupart, les feuilles étaient fraîches au milieu quoique leurs bords fussent rongés de rouille. Le pourrissement paraissait gagner à partir des taches de rouille. Depuis deux jours, il n'avait pas plu et l'on voyait des taches d'eau brunir leurs centres concaves. Ou des feuilles mortes d'érable.

Le soleil brillait encore mais, de quelque part, l'ombre accourait. Nous échangeâmes de brèves observations. Bien que nos visages fussent rapprochés, on eût dit que nous nous appelions à grands cris des lointains d'un enfer.

« Qu'est-ce que c'est ? » Comme effrayée, Momoko tendait le doigt vers un paquet au pied du tertre, un réseau de fils écarlates.

C'était une touffe de lis araignés brillants, d'un rouge éclatant.

CHAPITRE 24

« *On va fermer*, dit le vieux gardien. *Pressons-nous, s'il vous plaît.* »

Notre après-midi au Korakuen m'amena à prendre une décision. Une décision banale. Si je voulais causer à Momoko une blessure, non de la chair mais de l'esprit, il me fallait dès lors me procurer une autre femme.

Déclarer Momoko tabou présentait à la fois une responsabilité et une logique contradictoire. Et si l'intérêt charnel que je lui portais était la source cachée de mon intérêt rationnel, mon honneur ne reposait finalement sur rien. La blessure que je lui causerais réclamait le sceptre brillant de « *l'amour en liberté* ».

Se procurer une autre femme ne semblait offrir aucune difficulté. Je me rendis dans un établissement de go-go au retour du lycée. Il me suffisait de danser comme je l'avais appris chez des camarades, avec ou sans talent, c'était sans importance. Plusieurs de mes camarades avaient une excellente habitude. Tous les jours, au sortir de l'école, ils passaient, seuls, une heure ou deux dans une salle de go-go avant de se mettre, après dîner, à préparer leur examen d'entrée. J'accompagnai l'un d'eux et restai à boire du Coca-Cola après que l'heure fut passée. Une fille aux allures provinciales, copieusement fardée, m'adressa la parole et je dansai avec elle. Cependant, elle n'était pas celle que je cherchais.

J'avais appris de mon camarade qu'en pareil endroit, on était sûr de trouver des « *virginophages* ». On imaginerait des femmes plutôt mûres, mais tel n'est pas toujours le cas. Même quand elles sont jeunes, les femmes prennent parfois un intérêt éducatif. Il y en a un nombre étonnant qui sont bien de leur personne. Elles mettent leur point d'honneur à refuser de se soumettre à un virtuose du sexe. Elles préfèrent donner des leçons et laisser une impression durable sur des cœurs juvéniles. L'intérêt qu'elles prennent à la pureté chez un jeune mâle provient du plaisir de l'induire en tentation ; et pourtant, du fait qu'il est parfaitement clair que ces femmes ne se sentent elles-mêmes nullement coupables, il faut que leur plaisir provienne de ce qu'elles laissent à l'homme un sentiment de culpabilité qui a été soigneusement alimenté par ailleurs. Il en est qui sont d'humeur enjouée et satisfaite, d'autres portées à la mélancolie. Il n'y a pas de règle, mais toutes sont comme des poules qui réchauffent les œufs du péché. Elles prennent moins d'intérêt à couver les œufs qu'à briser le crâne des jeunes coquelets.

L'ANGE EN DÉCOMPOSITION

Au cours d'une soirée, je fis connaissance de l'une d'elles, une fille assez bien mise de vingt-cinq ou vingt-six ans. Elle me dit de l'appeler Nagisa, «Mademoiselle Danger», sans me donner son vrai nom. Elle avait de grands yeux qui vous mettaient presque mal à l'aise et des lèvres minces, mauvaises. Il y avait pourtant un rayonnement dans son visage comme d'une orange champêtre. Sa poitrine était d'une blancheur étonnante et ses jambes bien faites.

«Pas possible!» Telle était son expression favorite. Elle-même prenait grand plaisir à poser des questions, mais en revanche, elle renvoyait toute question qu'on lui posait avec un «Pas possible!».

Ayant dit à mon père que je serais de retour à neuf heures, il n'y avait que le temps de dîner. Elle fit un croquis et me donna un numéro de téléphone en disant qu'habitant seule, il n'était pas besoin de se gêner.

Je veux être aussi précis que possible au sujet de ce qui se passa quand, quelques jours plus tard, je lui rendis visite. L'événement lui-même est si rempli de sensualité exagérée, d'imaginations et de déceptions, les choses sont tellement déformées qu'on s'écarte de la vérité alors même qu'on s'efforce de rester de sang-froid et objectif; et si l'on tente de décrire cette ivresse, on se met aussitôt à se faire des idées. Je veux les considérer tous les trois, le plaisir sexuel, la curiosité frémissante d'une expérience nouvelle et l'absence étouffante d'harmonie qui peut être soit sensuelle, soit rationnelle. Je veux les séparer nettement, sans permettre que l'un empiète sur l'autre, propres à être transplantés en parfait état, n'ayant subi aucun dommage. Ce ne sera pas tâche facile.

Elle parut d'abord avoir surestimé mon embarras. À maintes reprises, il fallut la convaincre que c'était «tout nouveau pour moi». Je ne voulais pas apparaître sous un jour mensonger, mais, d'un autre côté, je ne voulais pas être de ces jeunes gens qui cherchent à attirer un certain genre de femme par leur défaut d'expérience – ce qui, après tout, n'est pas un trait des plus attirants. Si bien que je me donnai une allure gentiment désinvolte qui n'était autre qu'un embarras revêtu du manteau de la vanité.

Cette femme semblait écartelée entre le désir de me mettre à l'aise et celui de m'exciter; mais en fait, c'est à elle-même qu'elle pensait. Elle savait d'expérience que donner des conseils trop passionnés peut faire trébucher un jeune homme. C'est là pourquoi elle se tenait sur une aimable réserve. C'était le parfum dont elle s'était humectée avec soin. Je voyais son regard trembloter en cherchant la juste mesure.

CHAPITRE 24

Comme il était des plus évidents qu'elle mettait à profit mon désir et ma curiosité pour éveiller ses sens, je voulais me soustraire à son regard. Non que je me sentisse particulièrement gêné ; mais, en frôlant ses yeux de la main, les obligeant à se fermer, j'eus l'air d'exiger qu'on y mît quelque timidité. J'imagine que quand elle roule ainsi dans les abîmes, une femme ne ressent rien d'autre que la roue qui l'écrase.

Il va sans dire que ma sensation d'un plaisir finit aussitôt qu'elle eut commencé. Je me sentais fort soulagé. Ce n'est qu'à la troisième tentative que j'éprouvai vraiment comme qui dirait un plaisir.

Ainsi compris-je que le plaisir contient dès l'origine un élément intellectuel.

Ce qui veut dire que s'instaure un certain éloignement, que s'instaure le jeu du plaisir et de la conscience qu'on en a, du calcul et de la somme définitive, et ainsi, tant qu'on n'est pas à même de considérer son plaisir du dehors, de même qu'une femme considère ses seins, il n'est point de plaisir. Assurément, mon plaisir à moi prenait un aspect plutôt épineux.

Cependant, il ne convenait pas à mon orgueil de savoir que la forme d'une chose obtenue après un très long apprentissage se dissimulait sous la brève satisfaction initiale dépourvue de substance. Ce tout premier quelque chose n'était nullement de l'essence du désir, mais bien de l'essence de l'imagination abstraite, si longue à se réaliser. Et qu'advient-il, par la suite, des œuvres intellectuelles du plaisir ?

Se peut-il qu'elles fassent de l'écroulement ralenti (ou à pic) de l'imagination un tout petit barrage, utilisant la force électrique pour enrichir pièce à pièce le désir ? En ce cas, le cheminement intellectuel vers l'animal est des plus longs.

« Vous êtes épatant, dit ensuite la femme. Vous avez de véritables dispositions. »

Combien de navires avait-elle salué de semblables compliments, quand ils quittaient le port ?

Je suis pris dans une avalanche.

Pourtant, je n'ai rien à voir avec l'effondrement et la destruction de mon moi. Cette avalanche, qui cause la ruine volontaire de la famille, du foyer, qui blesse, où l'on perçoit des hurlements d'enfer, est une chose que le ciel d'hiver a fait tomber sur moi doucement, sans qu'elle intéresse du tout ma nature essentielle. Mais à l'instant où se déclenche l'avalanche, la douceur de la neige et la dureté de la roche permutent. Le désastre est causé par la neige et non par le moi. Par la douceur, et non point la dureté.

Pendant longtemps, en vérité depuis qu'a commencé l'histoire naturelle, un cœur comme le mien, un cœur dur mais irresponsable, s'est tenu prêt sous l'apparence des plus communes d'une pierre, sous l'apparence la plus pure entre toutes d'un diamant.

Mais un soleil d'hiver trop lumineux pénètre jusqu'à la transparence de mon cœur. C'est à de pareils moments que je me vois muni d'ailes qui ne connaissent pas d'obstacles et qu'aussi j'aperçois que je ne ferai rien qui vaille de ma vie.

Sans doute atteindrai-je à la liberté, mais une liberté parente de la mort. Aucune des choses dont j'ai rêvé ne sera mienne en ce monde.

Telle une vue d'hiver depuis le poste d'observation de la baie de Suruga, alors que je distinguais jusqu'aux reflets des autos sur la péninsule d'Ise, je vois de ces yeux tous les détails de l'avenir.

À coup sûr, j'aurai des amis. Ceux qui seront doués d'esprit me trahiront, ne restant que les sots. Il est étrange qu'un individu comme moi connaisse la trahison. J'imagine que chacun, confronté à ma clarté de jugement, éprouve le désir de trahir. Quelle plus grande victoire pour la trahison que de trahir un jugement si clair. Sans doute tous ceux qui ne sont pas aimés de moi sont-ils persuadés que je les aime. Ceux qui sont aimés de moi observeront sans doute un silence plein de beauté.

Le monde entier voudra ma mort; et chacun, s'efforçant de faire mieux que les autres, essaiera de l'empêcher.

Ma pureté ira tantôt errer par-delà l'horizon vers cet invisible royaume. Sans doute qu'à la fin d'une douleur insupportable, je m'efforcerai d'être un dieu. Ô douleur! Je la connaîtrai tout entière, douleur du silence absolu, d'un monde de néant. J'irai m'accroupir en tremblant dans un coin, tel un chien malade. Et une ronde d'esprits heureux chantera autour de moi.

À cela, point de remède. Ni d'hôpital. On le verra écrit en lettres d'or minuscules, quelque part dans l'histoire de la race: que j'étais le mal.

J'en fais serment: lorsque j'aurai vingt ans, je précipiterai mon père dans l'enfer. Il faut que je commence à y songer.

CHAPITRE 24

Cela n'aurait présenté aucune difficulté de me rendre bras dessus, bras dessous avec Nagisa là où j'étais convenu de rencontrer Momoko. Mais je ne souhaitais pas de solution si prompte, non plus de voir Nagisa s'infatuer sottement de sa victoire.

Cette dernière m'avait fait cadeau d'une chaîne en argent et d'une médaille portant son initiale, «N». Cela ne pouvait convenir au lycée ou à la maison, mais je la portais autour du cou quand j'avais rendez-vous avec Momoko. L'épisode du pansement m'avait montré qu'il n'était pas commode d'attirer l'attention de Momoko. Malgré le froid, je mis une chemise ouverte et un chandail à col en V, m'assurant que mon soulier était mal attaché. Il était donc certain qu'en renouant les lacets, la médaille sortirait au reflet du soleil.

Je fus terriblement déçu qu'ayant pourtant renoué mon soulier à trois reprises, Momoko n'eût pas remarqué la médaille. Ce manque d'attention venait de ce qu'elle s'intéressait uniquement à son propre bien-être. De mon côté, je ne pouvais pas y mettre trop d'ostentation.

De désespoir, j'emmenai Momoko à la piscine chauffée d'un grand centre sportif de Nakano. Elle était tout heureuse de ce petit rappel de nos bonnes journées d'été à Shimoda.

«Vous êtes un homme, n'est-ce pas?

– Oui, ce me semble.»

On pouvait entendre ce dialogue classique entre homme et femme, çà et là au bord de la piscine, où, parmi les nudités, on semblait poser pour un tableau d'Harunobu, les deux sexes indiscernables l'un et l'autre. Certains hommes à cheveux longs pouvaient être pris pour des femmes. Façon de parler, je sais pouvoir m'élever au-dessus du sexe, sans avoir jamais ressenti le désir de me fondre dans l'autre sexe. Je n'éprouve nulle envie d'être une femme. La femme est ainsi faite qu'elle s'oppose à la clarté du jugement.

Je venais de nager et j'étais assis au bord de la piscine. Momoko se penchait vers moi. La médaille n'était pas à plus de huit ou dix centimètres.

À la fin, elle l'aperçut.

Elle la prit dans sa main.

«Que veut dire "N"?» Elle finit par poser la question.

«Devinez.

– Vos initiales sont T. H. Qu'est-ce que ça peut être, je me demande.

– Réfléchissez un instant.

– Je sais. Cela veut dire "Nippon".»

L'ANGE EN DÉCOMPOSITION

Je me sentis tout penaud. Je me mis en fâcheuse posture en posant à mon tour des questions.
« C'est un cadeau. De qui, croyez-vous ?
– "N". J'ai des cousines qui s'appellent Noda et Nakamura.
– Et pourquoi irais-je recevoir des cadeaux de vos cousines ?
– Je sais. Ça veut dire "Nord". J'ai remarqué que le motif du bord ressemble à une boussole. C'est une compagnie de navigation ou autre qui vous l'a donnée. À l'occasion d'un lancement. "Nord", un baleinier, c'est ça ? J'ai raison ? c'est un baleinier qui l'a envoyée à votre poste d'observation. Il n'y a pas de doute. »

Je ne saurais dire si Momoko le croyait véritablement ou si elle essayait de se rassurer, ou encore tentait de dissimuler sa gêne en prétendant la naïveté. En tout cas, je n'avais plus envie de lui dire qu'elle se trompait.

Si bien que je me retournai vers Nagisa. Elle avait une réelle égalité d'humeur et je pouvais faire fond sur son affable et innocente curiosité. Si elle en avait le loisir, lui dis-je, il lui plairait peut-être d'apercevoir de loin ma jeune fiancée. Elle accepta tout aussitôt. Elle me demanda à maintes reprises si j'avais couché avec Momoko. Elle paraissait fort s'intéresser à l'application pratique qu'avait faite son élève de ses leçons. Je lui dis à quel moment je devais retrouver Momoko au Renoir, lui faisant promettre de se comporter comme une étrangère. Je savais qu'il ne fallait pas compter sur elle pour tenir une promesse.

Je me rendis compte que, nous suivant de peu, Nagisa était arrivée et s'était assise derrière nous, de l'autre côté d'une fontaine ornementale. Observant un silence paresseux, comme un chat, elle semblait nous jeter un regard de temps à autre. Du fait que Momoko était la partie innocente, la connivence entre Nagisa et moi-même se fit soudain plus étroite, et l'on eût dit que la plupart de mes remarques lui étaient adressées. La sotte expression « lien physique » prit son sens.

J'étais sûr qu'elle pouvait nous entendre à travers le murmure de la fontaine. Sachant qu'on m'entendrait, mes paroles prenaient une certaine apparence de sincérité. Momoko était toute réjouie de me voir de si bonne humeur. Je la sentais se féliciter de notre bonne entente, bien qu'elle n'eût su dire pourquoi.

Las de bavarder, je sortis la médaille de mon col et me mis à la mordiller. Loin de me faire des reproches, Momoko rit de bon cœur.

CHAPITRE 24

Je sentis le goût de l'argent qui, sur ma langue, ressemblait à un cachet indissoluble. La chaîne me frôlait la lèvre et le menton. C'était agréable néanmoins. Je me faisais l'effet d'un chien qui s'ennuie.
Du coin de l'œil, j'aperçus que Nagisa s'était levée. À voir les yeux écarquillés de Momoko, je sus qu'elle se tenait près de nous.
Brusquement, on vit une main aux ongles rouges tirer sur la médaille.
« Je vous défends de manger ma médaille. »
Je me levai et fis les présentations.
« Désolée de vous avoir interrompus. » Nagisa s'éloigna. « À bientôt le plaisir de vous revoir. »
Momoko était blême et toute tremblante.

Il neigeait. Je passai à la maison un après-midi de samedi assommant. Il y a une fenêtre sur le palier de l'escalier ouest. C'est de là seulement qu'on peut bien voir la rue. À genoux, le menton sur le rebord, je regardais tomber la neige. Même les jours ordinaires, c'était une rue paisible, et aujourd'hui les traces des autos s'effaçaient.
La neige renvoyait une lumière pâle. Malgré le ciel sombre, ce reflet neigeux marquait une heure étrange, différente de l'heure du jour. Derrière la maison située de l'autre côté de la rue, elle s'installait dans des creux, entre les montants d'une palissade en béton.
Un vieil homme sans parapluie, portant une veste marron et un béret noir, s'approchait sur la droite. Il y avait une grosse bosse vers le bas de son veston. Il l'entourait de ses bras. Il semblait porter comme un paquet qu'il voulait garder au sec. J'apercevais un visage hâve, creusé, sous le béret, contrastant avec l'allure décidée.
Il s'arrêta à notre portail. Il y avait une petite porte sous la porte principale. Je pensais que ce devait être un visiteur particulièrement démuni qui avait quelque chose à demander à mon père. Cependant, il regarda autour de lui, sans chercher à faire tomber la neige de son veston devenu tout blanc, et sans avoir l'air de vouloir entrer.
La bosse avait disparu. Un paquet tomba sur le sol, comme s'il avait pondu un gros œuf. Je l'examinai de loin sans pouvoir distinguer tout d'abord ce que ce pouvait être. Un objet sphérique brillait d'un éclat sombre dans la neige. Je vis que c'étaient des déchets de fruits et de légumes enveloppés de plastique. L'enveloppe était gonflée de morceaux de pommes rouges, de carottes oranges, de choux vert pâle. S'il était sorti pour s'en débarrasser, ce devait être un complet

végétarien qui habitait seul. En pareille quantité, ils revêtaient la neige d'un étrange spectre de couleurs vives. Les déchets de choux, verts eux-mêmes, paraissaient palpiter d'une respiration étranglée.

S'attachant à ce paquet, j'avais perdu de vue le vieil homme qui s'en allait. Il faisait de tout petits pas dans la neige. Je le voyais de dos. Même en tenant compte des épaules voûtées, le veston était sans forme, bizarre. Il y avait encore une bosse, bien que moins grosse qu'auparavant.

Il s'éloigna. Sans doute sans que lui-même s'en aperçût, à cinq ou six mètres du portail, quelque chose tomba de son veston comme une grande tache d'encre.

C'était un oiseau mort, un corbeau semblait-il. Ou peut-être une dinde. Il me sembla même que j'entendais le battement des ailes contre la neige; mais le vieil homme continuait son chemin.

Cet oiseau était une énigme. Il était à une distance considérable, caché par les arbres du jardin et en outre assombri par la neige, et il y avait une limite à ce que je pouvais apercevoir. Je songeai à aller chercher des jumelles ou à sortir pour regarder, mais une inertie invincible me retint.

Quelle espèce d'oiseau pouvait-ce être? Tandis que je regardais, pendant presque trop longtemps, il prit l'apparence, non d'un oiseau, mais d'une chevelure de femme.

Les souffrances de Momoko avaient débuté, tel un incendie dû à une cigarette. Une fille des plus ordinaires et un grand philosophe ont en commun que, pour tous les deux, la plus mince banalité peut se muer en une vision qui oblitère le monde.

Selon ce que j'avais envisagé, je me fis demandeur. Je tentai de l'amadouer, et suivant son exemple, je déclarai les choses les plus horribles sur Nagisa. Elle pleura en me disant qu'il fallait mettre fin à cette liaison. Je répondis que je ne demanderais pas mieux, mais que j'avais besoin de son aide. Non sans exagération, je dis que j'aurais besoin de son assistance en vue de rompre avec cette femme diabolique.

Elle consentit à m'aider, mais à une condition: je devais me débarrasser du collier et elle devait en être témoin. N'y étant nullement attaché, j'acquiesçai. Nous nous rendîmes tous les deux sur le pont situé face à la gare de Suidobashi. J'ôtai le collier et le lui tendis, en lui disant de le jeter de sa propre main dans le canal. Elle l'envoya au loin, lui faisant décrire un grand arc de cercle dans le soir d'hiver ensoleillé. Il alla frapper l'eau puante où une barque était juste en train de passer. Momoko tomba sur moi, en

CHAPITRE 24

respirant lourdement, comme si elle venait de commettre un meurtre. Des passants nous regardaient avec curiosité.
Il était temps de me rendre à mes cours du soir. Je la quittai, en promettant de nous retrouver le samedi après-midi.

Je demandai à Momoko d'écrire à Nagisa une lettre que j'avais dictée.
Je ne sais combien de fois j'employai le mot « amour » cet après-midi de samedi. Je déclarai que si j'aimais Momoko et si Momoko m'aimait, alors il nous fallait échafauder quelque chose de concert pour détourner une catastrophe, nous devions écrire une lettre propre à l'égarer.
Nous nous retrouvâmes dans un jeu de boules proche des jardins Meiji. Après avoir dépassé quelques pâtés d'immeubles, nous partîmes, main dans la main, par cette chaude après-midi d'hiver, parmi les ombres des arbres ginkgo dénudés, et entrâmes dans un nouveau café de l'avenue Aoyama. J'avais apporté du papier, un timbre et une enveloppe.
Administrant l'anesthésique, je murmurai des mots d'amour tout en marchant. Au bout d'un moment, j'avais fait d'elle une personne qui ne différait en rien de cette folle de Kinue. Elle respirait à l'aise mais seulement parce qu'elle imaginait que notre amour demeurait inchangé.
En voilà deux qui ont en commun de nier la réalité, Kinue convaincue de sa beauté, Momoko de mon amour pour elle. Cependant, tandis que Momoko a besoin qu'on l'aide à s'abuser, Kinue ne réclame aucune parole extérieure. Si seulement je pouvais élever Momoko à ce niveau ! Du fait que ce désir comportait un souci pédagogique – l'amour, pour ainsi dire – nos protestations amoureuses n'étaient pas entièrement dépourvues de substance. Mais n'était-ce pas une contradiction méthodologique que de faire d'une personne attachée à la réalité comme Momoko quelqu'un qui la niait ? Ce ne serait pas facile de l'amener, comme Kinue, à se mesurer avec le monde entier.
Mais en lisant la formule sacrée « Je vous aime » à maintes reprises, à l'infini, un changement s'opère dans le cœur de celui qui lit. Il me semblait presque être amoureux, qu'un coin de mon cœur s'enivrait d'un brusque abandon, en libérant ce mot banni. Le tentateur ressemble en tout point à l'instructeur d'aviation qui doit accompagner le débutant en vol !

L'ANGE EN DÉCOMPOSITION

Ce que Momoko réclamait en outre, et qui convenait tout à fait à cette jeune personne plutôt vieux jeu, c'était simplement une conviction purement « spirituelle », et il suffisait d'un mot ou deux pour y satisfaire. Des mots, projetant au passage une ombre claire sur la terre, ne pouvait-ce être là mon moi essentiel ? J'avais été mis au monde pour employer les mots de cette façon. S'il en est ainsi (bien entendu, ces façons de dire sentimentales me causent un grand embarras), c'est peut-être que la langue maternelle fondamentale que j'ai tenue cachée est, après tout, langage d'amour.

Tandis que le malade lui-même ignore la vérité, sa famille lui répète que sa guérison est certaine. Aussi, le plus gravement du monde, je murmurais à Momoko des propos d'amour, dans l'admirable lacis d'ombres hivernales que projetaient les arbres.

Une fois installés à l'aise au café, je lui parlai du tempérament de Nagisa, comme pour lui demander son avis en vue de m'y ranger. Je décrivis grosso modo certains stratagèmes qui auraient chance de réussir. Il va de soi que je fabriquai mon personnage de Nagisa en toute liberté.

Du fait que Momoko était ma fiancée et amoureuse de moi, Nagisa n'était pas femme à se laisser toucher parce qu'on l'adjurerait de ne plus me revoir. Une telle prière ne ferait qu'exciter son mépris, lui faisant adopter une attitude encore plus fâcheuse. C'était une femme qui livrait bataille au mot « amour », essayant de l'abattre en lui donnant assaut par l'arrière. Elle avait résolu d'imprimer sa marque sur des garçons qui, un jour, feraient de bons maris, de bons pères de famille, se raillant ainsi, tapie dans l'ombre, du mariage même. Néanmoins, il y avait en elle d'aimables défauts. Elle ne cédait aucun terrain dans sa haine de l'amour, tout en ressentant certaine étrange sympathie envers celle qui luttait pour se frayer sa voie. Je l'avais entendue dépeindre plusieurs représentantes de l'espèce. L'argument qui, sans doute, la toucherait le plus, était qu'elle se mettait en travers, non de l'amour, mais de l'argent et de la sécurité.

« Alors que devons-nous faire ?

– Dites que je suis une personne qui, sans être amoureuse, a besoin de vous à cause de votre argent.

– Très juste. »

Cette idée exaltait tout à fait Momoko. « On s'amuse bien », dit-elle d'un air rêveur.

L'exaltation qui avait remplacé son chagrin se montrait par trop vive. Cela me mit mal à l'aise.

CHAPITRE 24

Elle poursuivit : « Et, au fond, il y a du vrai là-dedans. Mes parents le tiennent en grand secret, et moi-même je n'en ai jamais rien dit ; mais nous ne sommes pas si riches que cela. Il y a eu des histoires à la banque, mon père a endossé la responsabilité et tous nos biens sont hypothéqués. Mon père a si bon cœur. Ce fut lui la victime. »

Elle manifestait autant d'enthousiasme à s'efforcer d'apparaître comme une personne vile et sans caractère (certaine que ce n'était pas possible) qu'une jeune pensionnaire à jouer son rôle dans une pièce au collège. Voici la lettre qu'à ces fins, je composai pour elle au café :

Chère Nagisa,

Ayant une demande à vous adresser, soyez assez aimable pour lire ma lettre jusqu'au bout. La vérité, c'est que je voudrais que vous cessiez de rencontrer Toru.

Je vais vous en donner les raisons aussi honnêtement que possible. Nous avons l'air d'être comme fiancés, Toru et moi, mais nous ne sommes pas amoureux. Je considère que nous sommes bons amis, sans que mes sentiments aillent plus loin. Ce que je veux en réalité, c'est avoir mes aises et ma liberté, mariée à un époux intelligent qui ne présente aucun problème difficile dans sa famille. En cela, je suis les désirs de mon père. Le père de Toru n'en a plus pour bien longtemps à vivre et, à sa mort, Toru héritera de tout ce qu'il possède. Mon père a intérêt à cette affaire. Il y a eu des difficultés à la banque, dont nous ne parlons pas, et financièrement nous sommes un peu gênés ; nous avons besoin de l'assistance du père de Toru et de Toru lui-même quand son père sera mort. J'aime tant mon père et ma mère, et si l'affection de Toru devait se tourner ailleurs, cela signifierait la fin de tous mes plans et de mes espérances. Si bien que, pour dire les choses crûment, ce mariage revêt une très grande importance pour des raisons financières. J'en suis venue à penser qu'il n'existe rien de plus important en ce monde que l'argent. Je ne vois là rien de malpropre, et je trouve que parler d'« amour » et d'« affection » sans tenir compte de l'argent ne rime à rien. Ce qui peut être pour vous une distraction d'un moment est une affaire de très grande importance pour toute ma famille. Je ne dis pas que c'est parce que j'aime Toru que vous devez rompre avec lui. Je parle en personne plus mûre et plus calculatrice que peut-être vous ne pensez.

Tel étant le cas, vous commettriez une erreur en pensant que vous pourrez continuer à voir Toru en secret. Le secret ne man-

quérait pas de se savoir et il ne faudrait pas que Toru voie en moi une femme prête à fermer les yeux sur tout par amour de l'argent. C'est précisément par amour de l'argent que je dois le protéger et préserver ma dignité.
    Vous ne devez pas montrer cette lettre à Toru. J'ai dû rassembler tout mon courage pour l'écrire. S'il y a en vous de la méchanceté, alors montrez-la-lui, en l'employant comme arme pour le détacher de moi ; mais alors vous vivrez toute votre vie, sachant que vous avez dépouillé une autre femme non pas de son amour, mais de son existence même. Il nous faut traiter cette chose-là à tête reposée, puisqu'elle ne met en jeu les sentiments ni de l'une ni de l'autre. Je me sens parfaitement capable de vous tuer si vous lui montrez cette lettre ; et il y a des chances que ce serait un genre de meurtre peu ordinaire.
    Bien à vous

Momoko

    « La fin est bonne. » Momoko était encore tout exaltée.
    « Si on me la montrait, il faudrait s'attendre à tout. » J'eus un sourire.
    « Je ne me fais aucun souci. » Elle se pencha vers moi.
    Je lui fis écrire l'adresse sur l'enveloppe et y apposer un timbre « Par exprès », puis, la main dans la main, nous allâmes la mettre à la poste.

Aujourd'hui, je suis allé chez Nagisa et y ai vu la lettre. Tremblant de colère, je la lui ai arrachée avant de m'enfuir. Le soir même, je suis entré dans le bureau de mon père et, d'un cœur navré, je la lui ai montrée.

25

*T*oru était entré en classe terminale à dix-sept ans, deux ans plus tard que la plupart des élèves, si bien qu'il s'inscrirait à l'université à vingt ans, en 1974, l'année de sa majorité légale. Durant sa

CHAPITRE 25

troisième année de classes préparatoires, il consacra tous ses loisirs à préparer l'examen d'admission à l'université. Honda le mit en garde contre le surmenage.

Un jour d'automne de cette troisième année, malgré les protestations de Toru, Honda l'entraîna passer le week-end au grand air. Toru ne voulait pas trop s'éloigner de la maison, si bien que, se rangeant à ses désirs, ils se firent conduire à Yokohama pour jeter un coup d'œil aux bateaux, le premier depuis fort longtemps. Il était question d'aller dîner dans le quartier chinois de Yokohama.

Malheureusement, en ce début d'octobre, le ciel était tout couvert de nuages, ce ciel de Yokohama si haut et si vaste. Ils descendirent au môle sud. Le ciel se pommelait de nuages en désordre, avec seulement une tache de blanc, çà et là. Telle une cloche qui tinte encore après coup, il y avait un soupçon de bleu par-delà la jetée centrale. Il semblait sur le point de disparaître.

« Si nous avions une voiture à nous, je pourrais vous conduire. Un chauffeur est une dépense inutile.

– Pas encore. Je vous en achèterai une, c'est promis, quand vous serez à l'université. Il n'y a plus longtemps à attendre. »

Envoyant Toru acheter des billets d'entrée dans les installations du terminus, Honda s'appuya sur sa canne, regardant d'un air las les escaliers qu'il lui faudrait grimper. Il savait que Toru ne demanderait pas mieux que de l'y aider, mais il préférait ne pas le lui demander.

Toru se sentit tout heureux dès qu'ils eurent pénétré dans le port. Il s'y était attendu. Non seulement Shimizu, mais n'importe quel port agissait à la façon d'un remède limpide, opérant aussitôt en lui la guérison.

Il était deux heures de l'après-midi. On avait affiché le tableau des entrées à neuf heures du matin : le *Chung Lien II,* panaméen, 2 167 tonnes ; un navire soviétique ; le *Hai-i,* chinois, 2 767 tonnes ; le *Mindanao,* philippin, 3 357 tonnes. Le *Khabarovsk,* navire soviétique amenant de Nahodka de nombreux passagers japonais, était attendu à quatorze heures trente. On avait une bonne vue des bateaux au premier étage des bâtiments du terminus, légèrement surélevé par rapport aux ponts des navires.

Leurs yeux se portèrent sur la proue du *Chung Lien* et le tohubohu du port, un peu plus loin.

À mesure que passaient les saisons, il n'était pas inhabituel qu'ils se tinssent ainsi, tous deux, face à un spectacle grandiose. Peut-être, en vérité, était-ce la meilleure position pour les Honda, père et fils. À supposer que le « lien qui les unissait » consistât en ce que la nature servait de médiatrice entre leurs deux consciences distinctes, sachant qu'il ne résultait que du mal d'un contact direct, c'est qu'alors la nature leur servait de filtre géant pour transformer en eau potable l'eau océane.

Au-dessous de la proue du *Chung Lien* se trouvait le mouillage des embarcations, ballottées comme un amas de bois flottant. Sur la jetée, des inscriptions et des signes d'interdiction pour les autos semblaient indiquer qu'on y avait joué à la marelle. Des traînées sales de fumée arrivaient de quelque part et l'on entendait un halètement incessant de machines.

La peinture s'écaillait sur la coque sombre du *Chung Lien*. Le rouge vif de l'antirouille dessinait autour de la proue comme une carte aérienne des installations portuaires. L'ancre sans jas, rouillée, collait au manchon d'écubier tel un crabe géant.

« Quelle est cette cargaison, bien arrimée en longs paquets ? On dirait des treuils. » Honda observait déjà les dockers au travail sur le *Chung Lien*.

« Des sortes de caisses, j'ai idée. »

Assuré que son fils n'en savait pas plus que lui, Honda prêta attention aux cris des dockers et à des tâches telles que, de sa vie, il n'en avait connues.

La chose étonnante, c'était que la chair, les muscles, les organes (cerveau mis à part) donnés à un être humain eussent, tout au long d'une vie nonchalante, joui d'une bonne santé et d'argent plus qu'il n'en fallait. Ce n'est pas non plus que Honda eût fait preuve de beaucoup de créativité ou d'imagination. Il n'avait eu qu'un esprit de froide analyse et un jugement tenace. Grâce à eux, il avait ramassé pas mal d'argent. Sa conscience ne lui reprochait rien, à voir les dockers en sueur au travail ou sur des photos, mais il ressentait comme une sourde irritation. Cette scène, ces objets et ces gestes qui se déroulaient devant lui, ne figuraient pas l'aspect réel des choses dont il avait eu à s'occuper, en en tirant profit. Ils constituaient une barrière, une muraille opaque se moquant des uns comme des autres, des deux côtés, toute barbouillée de peinture malodorante, qui s'élevait entre lui, irréalité invisible, et les êtres inconnus qui en tiraient profit. Et les personnages qui se détachaient sur cette paroi étaient tenus eux-mêmes en étroite servitude, aux ordres de quelqu'un d'autre. Honda n'avait jamais admis pour soi un esclavage aussi obscur, mais il ne doutait nullement qu'ils étaient ceux qui s'ancraient tels des navires, au plus profond de la vie et de l'être. La société ne récompensait que le sacrifice. Le salaire de l'intelligence était à proportion du sacrifice de l'être et de la vie.

CHAPITRE 25

Mais point n'était besoin de se faire du souci à cette heure tardive. Il n'avait plus rien d'autre à faire qu'à jouir de ce spectacle. Il pensa aux navires qui arriveraient dans le port après sa mort, puis le quitteraient pour des terres ensoleillées. Le monde débordait d'espérances auxquelles il n'avait nulle part. Si lui-même eût été un port, quand bien même port sans espoir, il aurait dû donner abri à quantité d'espérances. Mais en l'état des choses, il pouvait bien faire connaître au monde, à l'océan qu'il était, quant à lui, entièrement superflu.

À supposer qu'il fût un port?

Il jeta un coup d'œil à l'unique petit bateau du port de Honda, ce Toru debout à ses côtés, accaparé par les opérations de déchargement. Bateau qui ressemblait en tout point au port, en train de pourrir avec lui, à jamais se refusant à partir. Honda, à tout le moins, savait cela. Le navire était cimenté au quai. Père et fils exemplaires.

Les grandes cales sombres du *Chung Lien* laissaient déborder la cargaison par leurs gueules béantes. Les silhouettes des dockers en chandail marron n'apparaissaient qu'à demi parmi les montagnes de marchandises, leurs casques jaunes s'agitant quand ils donnaient de la voix vers le haut des grues. Les innombrables câbles métalliques des mâts de déchargement criaient eux-mêmes à en trembler, et la charge oscillait dangereusement, masquant puis dévoilant à nouveau le nom en lettres d'or du navire amarré à la jetée centrale.

Un officier à casquette blanche contrôlait les opérations. Il souriait. Il semblait qu'il vînt de proférer une grosse plaisanterie pour encourager les dockers.

Las de contempler le déchargement, père et fils se dirigèrent vers un endroit d'où ils pourraient comparer l'arrière du *Chung Lien* et la proue du navire soviétique.

Cette proue grouillait de vie tandis qu'était déserte la plage arrière basse. Des orifices ocre s'orientaient en directions variées. Il y avait des déchets en tas désordonnés, de vieux tonneaux cerclés de fer rouillé. Des gilets de sauvetage sur des rayonnages blancs. Des gréements. Des rouleaux de cordages. Les plis blancs et menus des canots de sauvetage sous des housses ocrées. Une lanterne ancienne brûlait encore sous le pavillon panaméen.

Calme de nature morte hollandaise, tout empreint de tristesse océane. On eût dit de quelqu'un qui, durant les longues heures d'ennui, à bord, eût fait un somme, ses parties intimes exposées au regard défendu des terriens.

L'ANGE EN DÉCOMPOSITION

La proue noire du bateau soviétique, là-haut, s'appesantissait, portant ses treize grues argentées. La rouille de l'ancre accolée au manchon d'écubier rayait la coque de toiles rouges d'araignée.
Les cordes qui les liaient à la terre délimitaient de grandes perspectives, trois cordes croisées chacune avec leur barbe de chanvre de Manille. Entre les écrans de fer fixes se déployait l'activité incessante du port. À chaque fois que passait un petit remorqueur portant de vieux pneus noirs le long de ses flancs ou un bateau-pilote blanc et fuselé, il laissait dans son sillage une traînée unie, apaisant pour un temps l'atmosphère sombre et irritée.
Toru repensa à Shimizu tel qu'il l'avait observé, seul, les jours de congés. On arrachait quelque chose de son cœur à chaque fois, il ressentait comme un soupir que poussaient les vastes poumons du port, et s'il se couvrait les oreilles pour les protéger des cris, des mugissements et des grincements, il goûtait en même temps une sensation d'oppression et de libération, s'emplissant d'un néant de douceur. Il en allait de même en ce jour, en dépit de l'effet paralysant de son père.
«Je pense que nous avons bien fait, dit Honda, de rompre avec cette demoiselle Hamanaka au début du printemps. Je puis vous en parler à présent que vous vous en êtes remis et que vous paraissez tellement perdu dans vos études.
– Cela n'a pas d'importance.» Contrarié, Toru mit quelque élégance et mélancolie juvéniles dans sa réponse. Il en fallait davantage pour arrêter Honda. La véritable intention de ce dernier n'était pas de chercher des excuses mais de poser la question qu'il avait depuis longtemps dans l'esprit.
«À propos, cette lettre. Vous ne la trouvez pas complètement stupide? N'était-ce pas aller un peu loin pour cette jeune personne de parler ouvertement de ce que nous savions parfaitement, tout en fermant les yeux? Ses parents se sont répandus en excuses, et la personne qui s'était entremise en premier ne sut quoi dire quand elle eut vu la lettre.»
Il déplut à Toru que Honda qui, jusqu'à présent, n'avait pas fait allusion à cette affaire, en parlât de façon si banale, presque trop banale. Il eut l'impression que Honda avait pris autant de plaisir à rompre les fiançailles qu'à les agencer.
«Mais ne pensez-vous pas que toutes les propositions qui nous arrivent sont semblables?» Les coudes sur le parapet, Toru ne levait pas la tête. «Momoko était une honnête fille, de sorte que nous avons été à même d'agir promptement.

CHAPITRE 25

– J'en conviens. Mais il n'y a pas lieu de renoncer. Nous finirons par trouver la personne qu'il faut. Pour en revenir à cette lettre...
– À quoi bon vous en soucier comme cela à présent ? »
Honda poussa Toru légèrement du coude. Ce dernier eut l'impression d'un coup sec donné par un os. « C'est vous qui la lui avez fait écrire ? »
Toru s'était attendu à la question : « Mettons que ce soit moi. Que feriez-vous ?
– Rien du tout. La seule chose, c'est la façon que vous avez trouvée de passer votre existence. Disons que c'est une façon plutôt sombre, entièrement dépourvue de gentillesse. »
Toru se sentit insulté dans son amour-propre : « Je ne tiens nullement à ce qu'on me trouve gentil.
– Mais vous étiez très gentil tout le temps que ça a duré.
– J'agissais selon vos désirs, j'imagine.
– C'est exact. »
Toru eut un frémissement à voir le vieil homme découvrir ses dents dans la brise marine. Ils étaient parvenus à se mettre d'accord, en somme, et cela engendrait chez Toru des pensées meurtrières. Il pouvait aisément y donner suite, il n'avait qu'à pousser Honda par-dessus bord ; mais il craignait que celui-ci ne fût au courant de cette tentation même. Elle le quitta. Cette vie qu'il devait mener était plus noire que le noir le plus morne. Devoir apercevoir jour après jour un homme qui s'ingéniait à comprendre, et y parvenait, ce qui était au plus profond chez lui.

Il leur restait peu à dire. Après avoir fait le tour des bâtiments, ils restèrent un moment à regarder tout au bout le bateau philippin.

Juste en face d'eux, une porte s'ouvrait sur le poste d'équipage. Ils apercevaient le linoléum plein de balafres, ses reflets sombres et, dans un recoin, la rampe de fer d'un escalier de descente. Le couloir vide et si court du quotidien, d'une existence humaine figée, qui pas un instant ne laissait de répit aux êtres, jusque sur les mers les plus lointaines. Sur ce grand navire de passage, cet endroit même était à l'image du couloir sombre, vespéral que contient toute maison. Y compris la vaste demeure inhabitée où vivaient seulement un vieil homme et un adolescent.

Honda baissa vivement la tête. Toru venait brusquement de faire un geste. Honda entrevit le mot « Carnet » sur le rouleau de papier que Toru avait sorti de sa serviette, le projetant au-delà de l'arrière du bateau philippin.

« Qu'est-ce que vous faites ?

– Des notes dont je n'ai plus besoin. Des gribouillis.
– Si l'on vous prend, on vous dressera contravention. »
Mais il n'y avait personne sur la jetée, et sur le bateau rien qu'un marin philippin qui, de surprise, abaissa son regard sur la mer. Le bloc à reliure de caoutchouc flotta un instant avant de sombrer.

Un navire soviétique blanc, portant l'étoile rouge sur la poupe et le nom *Khabarovsk* en lettres d'or, était amené à quai par un remorqueur aux mâts couleur de homard grillé. Un groupe de gens venus l'attendre s'appuyait contre le parapet, cheveux au vent. Certains se haussaient sur la pointe des pieds. Des enfants juchés sur les épaules de grandes personnes criaient déjà en agitant les bras.

26

C'est d'un ton vraiment indigné que Keiko demanda à Honda comment Toru envisageait de passer le Noël de 1974. Depuis l'affaire de septembre, Honda, octogénaire, s'effrayait de tout. Son air tranchant l'avait entièrement quitté. Il semblait se faire tout petit, trembler perpétuellement, être en proie à une inquiétude sans répit.

Cet état de choses ne s'expliquait pas seulement par l'affaire de septembre. Cela faisait maintenant la quatrième année qu'il avait adopté Toru. Presque tout au long de ces années, ce dernier avait paru tranquille et soumis, sans que s'opérassent en lui de grands changements ; mais au printemps dernier, il avait atteint la maturité, était entré à l'université de Tokyo, et tout s'était trouvé transformé. Tout d'un coup, il en était venu à traiter son père en adversaire. Il était prompt à briser tout signe de résistance. Après que Toru l'eut frappé sur le front avec un tisonnier, Honda passa quelque jours en clinique pour traiter la blessure – racontant aux médecins qu'il avait fait une mauvaise chute. Par la suite, il prit grand soin de déceler les désirs de Toru et d'y accéder. Ce dernier s'ingéniait à se montrer insolent envers Keiko, en qui il voyait une alliée de Honda.

Du fait des longues années passées à éviter des cousins qui auraient pu en vouloir à son argent, Honda n'avait pas d'alliés prêts à se ranger à ses côtés. Ceux qui s'étaient montrés opposés à l'adop-

CHAPITRE 26

tion étalaient leur satisfaction. Tout était arrivé comme il fallait s'y attendre. Ils ne faisaient aucun cas des récriminations de Honda. Celui-ci ne cherchait qu'à éveiller leur commisération. C'était plutôt à Toru qu'allait leur compassion. Ses yeux admirables, son comportement impeccable, son profond sentiment du devoir filial – ils pouvaient seulement en conclure que celui-ci se trouvait en butte aux médisances d'un vieillard soupçonneux. Et de fait, les façons de Toru étaient au-dessus de tout reproche.

« Il semble qu'on ait affaire à des faiseurs d'embarras. Qui a pu vous raconter une histoire aussi sotte ? C'est Mme Hisamatsu, j'en suis sûr. Elle est très gentille, mais elle croit tout ce que mon père lui raconte. Je crains qu'il perde quelquefois la tête. Il se fait des idées. C'est, j'imagine, ce qui se produit quand, pendant des années, on se fait du souci pour l'argent ; mais même moi, alors que nous logeons sous le même toit, il me traite comme un voleur. Après tout, je suis jeune, et quand je lui réponds, il se met à raconter que je lui manque d'égards. La fois qu'il est tombé dans le jardin et s'est cogné la tête contre la racine du prunier – vous vous rappelez ? – il est allé dire à Mme Hisamatsu que je l'avais frappé avec un tisonnier. Elle l'a cru véritablement, du premier au dernier mot, si bien qu'on ne sait trop quoi dire pour se défendre. »

Durant l'été, il avait fait venir de Shimizu la folle Kinue, l'installant dans la loge du jardin.

« Elle ? Oh, c'est une bien triste situation. Du temps que j'étais à Shimizu, elle me rendait de petits services. Elle voulait venir à Tokyo parce que, chez elle, tout le monde se moquait d'elle et que les enfants étaient toujours à lui courir et crier après. De sorte que j'ai persuadé ses parents de me la confier. S'ils la mettaient dans un asile, elle en mourrait. Bien sûr, elle a l'esprit dérangé, il n'y a pas de doute, mais elle est inoffensive. »

À l'occasion d'une visite, les membres de la famille les plus anciens se sentaient très attirés par Toru, tout en étant poliment et habilement éconduits s'ils cherchaient à pénétrer dans son existence. Ils étaient enclins à regretter qu'un homme jadis aussi avisé, aussi intelligent que Honda fût si irrémédiablement victime d'imaginations séniles. Ils avaient la mémoire longue, se souvenant de tout cet argent qui lui était tombé, il y avait plus de vingt ans. L'envie se donnait carrière.

Une journée dans la vie de Toru.
Il n'était plus besoin de regarder la mer dans l'attente de navires.

L'ANGE EN DÉCOMPOSITION

Non plus que d'assister aux cours, mais Toru y allait pour inspirer confiance. Il s'y rendait en auto, bien que l'université fût à dix minutes à pied.

L'habitude de se lever de bon matin ne l'avait pas quitté. Jugeant à la lumière qui filtrait par les rideaux qu'il tombait une petite pluie d'été, il repassait en esprit l'ordonnance du monde qui était le sien. Mal et insolence fonctionnaient-ils comme une mécanique bien huilée? Nul encore ne se rendait-il compte de ce que le monde était entièrement dominé par le mal? L'ordre était-il protégé, toutes choses se déroulant selon un code de lois, sans qu'on pût déceler nulle part la moindre trace d'amour? Était-on heureux sous son hégémonie? L'évidence du mal, en forme de poème, s'étalait-elle au-dessus des têtes? Le «facteur humain» avait-il été soigneusement balayé? Avait-on pris soin que tout vestige chaleureux fût en butte aux moqueries? L'esprit était-il bien mort?

Toru était certain que si seulement il y posait sa belle main blanche, le monde succomberait à un mal de beauté. Combien il était naturel qu'il s'attendît qu'une autre aubaine succédât à l'aubaine inattendue. Pour des raisons inconnues de lui, un observateur sans ressources avait été choisi pour beau-fils par un vieil homme riche, un vieil homme qui avait un pied dans la tombe. Un de ces jours, un roi allait venir d'un pays ou de l'autre, en demandant de l'adopter.

Même l'hiver, il courait dans la salle de douches qu'il avait fait aménager à proximité de sa chambre et prenait une douche froide. Rien de tel pour vous réveiller.

L'eau froide lui activait le pouls, lui fouaillait le torse de son fouet transparent, des milliers d'aiguilles argentées lui perçaient la peau. Il la recevait sur le dos un moment, puis se tournait pour faire face à nouveau. Son cœur ne s'y était pas encore tout à fait accoutumé. Il semblait qu'une feuille de métal vînt frapper sa poitrine, comme si sa chair s'emboîtait dans une étroite armure. Il tournait et virait, tel un cadavre suspendu à une corde aquatique. À la fin, sa chair se réveillait. Un épiderme juvénile se tenait là, l'air royal, détournant les gouttes d'eau. À cet instant, Toru leva le bras gauche et abaissa son regard sur ses trois grains de beauté, pareils à trois cailloux noirs luisants sous une cascade. Ils étaient marque d'élite, invisible à tous, cachée sous l'aile repliée.

Il se sécha, puis respira profondément. Son corps était tout empourpré.

C'était la tâche de Tsune, une femme de chambre, de lui apporter son petit déjeuner dès qu'il le réclamait. Tsune était une fille qu'il

CHAPITRE 26

avait été chercher dans un café de Kanda. Elle lui obéissait au doigt et à l'œil.

Il n'y avait que deux ans qu'il avait connu une femme pour la première fois, mais il avait tôt fait d'apprendre ce qui fait qu'une femme se soumet à un homme qui ne l'aime pas. Et il savait distinguer instantanément une femme qui agirait selon son commandement. Il avait renvoyé toutes les servantes susceptibles de se conformer aux désirs de Honda, engageant des femmes de son choix avec lesquelles il couchait, leur donnant le titre de *maid* (femme de chambre) en employant le mot anglais. Tsune était la plus stupide d'entre elles, et celle qui avait les seins les plus opulents.

Quand le déjeuner fut sur la table, il lui tâta un sein en guise de bonjour.

« Il est joliment ferme.

– Mais oui, juste comme il faut », répondit Tsune, respectueusement, quoique d'une voix neutre. La chair, lourde et foncée, était elle-même tout respect. Le nombril se montrait spécialement déférent, d'une profondeur de puits. Des jambes superbes juraient, en quelque sorte, chez Tsune, avec le reste. Elle le savait bien, Toru l'avait vue, quand elle servait le café, passer sur le parquet inégal du bar qui l'employait, en frôlant du mollet les rameaux inférieurs du caoutchouc anémique, tel un chat se frottant à un buisson.

Toru eut une idée. S'approchant de la fenêtre, il jeta un coup d'œil dans le jardin, le haut de son peignoir ouvert à la brise du matin. Même à présent, Honda respectait scrupuleusement l'heure de sa promenade matinale, aussitôt levé.

Avançant d'un pas mal assuré, appuyé sur sa canne entre les rais d'un soleil de novembre, Honda fit un sourire et comme un bonjour que Toru entendit à peine. Toru sourit et fit un geste : « Sacrenom ! Le bonhomme est encore en vie. » Ce fut là son bonjour.

En souriant encore, Honda contournait le danger. Il ne savait pas ce qui pourrait bien lui tomber dessus s'il avait l'imprudence d'en dire davantage. Il lui suffisait d'endurer cet instant humiliant. Toru serait hors de la maison au moins jusqu'au soir.

« Les vieillards sentent mauvais. Allez-vous-en. » Honda avait commis la faute de s'approcher trop près.

Sa joue frémit de colère, mais il n'avait aucun recours. Si Toru le lui avait crié, il aurait pu lui répondre en criant, et il l'aurait fait. Mais Toru avait parlé sans hausser la voix ni s'énerver, en fixant Honda de ses yeux clairs, admirables, un sourire sur son visage pâle.

L'ANGE EN DÉCOMPOSITION

L'aversion que ressentait Toru envers Honda semblait avoir grandi au cours des quatre années passées ensemble. Tout lui déplaisait, la laideur de cette chair impuissante, les bavardages inutiles qui masquaient l'impuissance, le radotage lassant, cinq ou six fois de suite, l'automatisme dont le radotage même faisait un tourment, la suffisance et la poltronnerie, la cupidité et l'égocentrisme, cette lâcheté d'une frayeur constante de la mort, cette licence totale, ces mains ridées, cette démarche de chenille arpenteuse, ce mélange d'insolence et d'obséquiosité sur le visage. Dire que le Japon fourmillait de vieilles gens.

De retour à la table du petit déjeuner, il fit rester Tsune pour lui servir du café. Il lui fit mettre du sucre. Il trouva à redire au pain grillé.

C'était comme une superstition que le succès d'une journée dépendait d'un début sans histoire. Le matin doit être un cristal sans défaut. S'il avait pu supporter l'ennui de l'existence au poste d'observation, c'est que guetter n'entamait pas l'amour-propre.

Tsune avait déclaré une fois : « Le patron du café m'appelait "L'asperge". Parce que, à ce qu'il disait, j'étais longue et blanche. »

Toru répliqua en lui appliquant sa cigarette allumée sur le dos de la main. Aussi bête qu'elle fût, Tsune, après cela, retint sa langue, surtout en lui servant son petit déjeuner. Les quatre *maids* étaient de service à tour de rôle. Trois d'entre elles s'occupaient de Toru, Honda et Kinue, tandis que la quatrième était libre. Celle qui servait le petit déjeuner à Toru était celle que, le soir, il recevait dans son lit. Quand il en avait assez, il la renvoyait, personne n'étant admis à passer la nuit auprès de lui. Ainsi, elles jouissaient de ses faveurs tous les quatre jours et avaient la permission de sortir une fois la semaine. Dans son quant-à-soi, Honda admirait ce contrôle très strict et l'absence de zizanie. Les servantes suivaient les ordres de Toru comme si cela fût dans la nature des choses.

À toutes, il avait appris à appeler Honda « le vieux maître », et par ailleurs il les formait impeccablement. Les visiteurs occasionnels assuraient que nulle part ailleurs, à notre époque, ils n'observaient de servantes si polies, si bien stylées. Quand même il l'humiliait, Toru ne laissait Honda manquer de rien.

Après s'être apprêté pour ses cours, Toru ne manquait jamais de passer à la loge, dans le jardin. Fardée avec soin, vêtue d'un négligé, Kinue le recevait, toujours étendue sur sa chaise longue de la véranda. Sa nouvelle coquetterie consistait à être souffrante.

Toru s'asseyait sous la véranda, face à cette femme si laide, mettant beaucoup de chaleur, de sincérité dans sa gentillesse.

« Bonjour. Alors, comment vous sentez-vous ce matin ?

CHAPITRE 26

– Pas trop mal, je vous remercie. Je doute qu'il y ait rien de plus beau en ce monde que l'instant où une belle personne qui n'a que juste assez de force pour se maquiller, qui est toute faiblesse sur son lit de repos, reçoit une visite et profère à grand-peine : « Pas trop mal, je vous remercie. » Toute cette beauté qui oscille comme une fleur trop lourde, se posant sur ses paupières quand elle ferme les yeux. N'est-il pas vrai ? C'est, ce me semble, la seule chose que je puisse faire pour toutes vos bontés. Mais je vous suis très reconnaissante. Vous êtes le seul homme prévenant au monde, qui me donne tout sans rien demander en retour. Et maintenant que je suis ici, je vous vois tous les jours sans avoir besoin de sortir. Si seulement votre père n'était pas là.

– Ne vous faites pas de soucis à son sujet. Un de ces jours, il finira bien par lâcher pied et mourir. On s'est occupé de l'histoire de septembre et tout va pour le mieux. Je pense que l'an prochain, peut-être, je serai à même de vous payer une bague de diamants.

– C'est merveilleux ! C'est cela qui va me tenir en vie, rien que d'y penser. Mais pour aujourd'hui, je devrai me contenter de fleurs. Le chrysanthème blanc dans le jardin va être ma fleur du jour. Voulez-vous me la cueillir ? Comme c'est gentil ! Non, pas celle-là. Celle qui est dans le pot. C'est ça. La grosse fleur blanche aux pétales qui retombent comme des fils. »

Négligemment, Toru coupa le chrysanthème blanc dont Honda prenait tant de soin. Telle une beauté maladive, Kinué la roula entre ses doigts, l'air languissant. Puis, avec un sourire des plus éphémères, elle se la piqua dans les cheveux.

« Allez-vous-en. Vous allez être en retard à vos leçons. Pensez à moi entre les cours. » Elle lui fit adieu de la main.

Toru s'en fut au garage. Il mit en marche la voiture de sport Mustang qu'il avait demandé à Honda de lui acheter au printemps, lors de son entrée à l'université. Si les machines inertes, romantiques d'un navire sont capables de fendre les flots si nettement, de susciter pareil sillage, pourquoi donc les six cylindres si finement nerveux de la Mustang ne pourraient-ils pas disperser les foules stupides, trancher parmi ces masses de chair, tout éclabousser de rouge comme l'autre éclabousse de blancheur ?

Mais on la maintenait docile au commandement. Caresses et cajoleries la faisaient paraître si obéissante. On l'admirait comme on fait d'une lame acérée et luisante. Son capot magnifique provoquait le sourire, tant ses reflets, en scintillant, assuraient à chacun qu'il n'y avait aucun danger.

L'ANGE EN DÉCOMPOSITION

Capable d'atteindre deux cents kilomètres à l'heure, elle s'abaissait à observer la limite des quarante kilomètres tandis qu'elle se frayait un chemin dans Hongo, parmi la cohue matinale.

Septembre connut un troisième incident.
Cela débuta par une prise de bec le matin entre Toru et Honda.
Durant tout l'été, Toru avait eu le plaisir d'être débarrassé de Honda qui était allé s'abriter de la chaleur à Hakone. Renonçant à rebâtir, après l'incendie de sa villa de Gotemba, Honda avait laissé le domaine à l'abandon et, toujours sensible à la grande chaleur, il passait l'été dans une auberge de Hakone. Toru préférait rester à Tokyo, allant en voiture avec des amis à droite ou à gauche, à la montagne ou à la mer. Honda rentra à Tokyo dans la soirée du 2 septembre. Il revoyait Toru pour la première fois depuis plusieurs semaines. La colère vibrait dans les yeux qui l'accueillirent, dans ce visage que le soleil avait noirci. Honda en fut effrayé.
Où donc était la pervenche grimpante, se demanda-t-il tout surpris quand il sortit dans le jardin, le matin du 3 septembre. La vieille pervenche près de la loge du jardin avait été coupée à la racine.
Kinue qui logeait dans la maison s'était installée dans la loge au début de juillet. C'était par crainte de Toru après l'affaire du tisonnier que Honda l'avait alors prise à la maison.
Toru sortit. Sa main gauche tenait le tisonnier. Sa chambre était un petit salon rénové qui contenait la seule cheminée de la maison. Même en été, il y avait un tisonnier accroché tout auprès à un clou.
Naturellement, Toru savait que rien qu'à le voir, Honda se mettrait à trembler comme un chien battu...
« Qu'est-ce que vous faites avec ça ? Cette fois-ci, j'appellerai la police. La dernière fois, je n'ai rien dit parce que je ne voulais pas de publicité, mais cette fois, vous ne vous en tirerez pas aussi facilement. » Les épaules de Honda lui en tremblaient, et il avait dû rassembler tout son courage pour parler.
« Vous avez une canne, n'est-ce pas ? Eh bien, défendez-vous. »
Honda avait espéré voir la pervenche grimpante épanouie, ses fleurs brillantes se détachant sur un tronc lisse comme la peau blanchie d'un lépreux. Mais elle n'était plus là. Il savait que dans l'Alaya, la « Resserre », le jardin était devenu un jardin différent. Les jardins, eux aussi, sont soumis au changement. Mais au moment même où lui venait ce sentiment, une colère irrésistible jaillit en lui d'une autre source. Il se mit à crier, et ses cris mêmes lui firent peur.

CHAPITRE 26

Les pluies d'été avaient pris fin et la chaleur leur avait succédé après que Kinue se fut installée dans la loge. La pervenche était en fleur. Elle ne l'aimait pas, disait-elle. Cela lui donnait la migraine. Elle se mit à prétendre que Honda l'avait plantée là pour la rendre folle ; si bien que Toru l'avait coupée après le départ de Honda pour Hakone. Ce n'était pas plus difficile que cela.

Kinue elle-même était invisible, loin à l'arrière, dans les sombres recoins de la loge. Toru ne chercha pas à s'expliquer. À quoi bon ?

« Je suppose que c'est vous qui l'avez coupée, dit Honda d'un ton adouci.

– Parfaitement, répondit Toru l'air joyeux.

– Pourquoi ?

– Elle était vieille et inutile. » Toru souriait d'un sourire admirable.

En semblables circonstances, Toru abaissait une épaisse porte en verre sur son regard. Du verre venu du ciel. Du verre de cette matière même dont était fait le firmament limpide du matin. Honda savait que nul cri, nulle parole n'atteindrait aux oreilles de Toru. Ce dernier verrait seulement de fausses molaires. Déjà, les dents de Honda étaient sans vie. Déjà, la mort faisait son œuvre.

« Je comprends. Aucune importance. »

Toute la journée, Honda se tint sans bouger dans sa chambre. À peine toucha-t-il à la nourriture que la *maid* lui apporta. Il savait qu'elle ferait son rapport à Toru : « Le bonhomme continue à faire la tête. »

Il se pouvait que les souffrances du vieillard ne fussent rien d'autre, en effet, qu'une bouderie. Honda y voyait une sottise indéfendable. Tout cela était sa faute et non celle de Toru. Rien ne servait de s'étonner du changement survenu chez Toru. Au premier coup d'œil, Honda avait aperçu le « mal » chez ce garçon.

Mais, en cet instant, il voulait mesurer la profondeur de la blessure infligée à son amour-propre par ce qu'il avait été chercher.

Honda n'aimait pas l'air conditionné et, à son âge, il appréhendait d'avoir à monter. Il occupait une grande chambre de douze nattes au rez-de-chaussée, qui donnait sur la loge au-delà du jardin. Construite en style médiéval *shoin*, c'était la plus ancienne et la plus triste de la maison. Honda alignait quatre coussins de toile à la suite. Il s'allongeait puis s'asseyait sur les talons. Toutes les portes à glissière fermées, il laissait s'accumuler la chaleur. Quelquefois, il rampait vers la table pour y prendre un verre d'eau. Il faisait aussi chaud qu'en plein soleil.

Le temps s'écoulait au long du trait indéfinissable qui sépare l'état de veille et le sommeil, tel un somme tout au bout d'un accès de colère ou de mélancolie. Il n'est pas jusqu'à sa douleur dans la hanche qui ne fût venue le distraire, mais aujourd'hui, il ne ressentait rien. Simplement, il était à bout.

Une catastrophe insondable semblait fondre sur lui, aggravée seulement du fait qu'elle approchait doucement, avec précision, par degrés et, comme une potion habilement composée, entraînant l'effet attendu. À son âge, Honda n'aurait dû rien connaître de vanité, ambition, honneur, prestige, raison, et par-dessus tout, nulle passion. Mais la gaieté faisait défaut. Bien que, depuis longtemps, il eût dû oublier toute espèce de sentiment, une sombre irritation, un noir courroux continuaient à couver comme un lit de braises. En les remuant, s'en échappait une fumée nauséabonde.

L'automne se montrait aux portes de papier ensoleillées, mais il n'était, dans son isolement, nul indice de mouvement, d'un changement en quelque chose d'autre, analogue au changement des saisons. Tout était immobile. Il les apercevait clairement en lui-même, le courroux et la mélancolie qui n'auraient pas dû être là, telles des flaques après la pluie. Le sentiment apparu ce matin semblait une litière de feuilles vieilles de dix ans, et neuves à tout instant. Tous les souvenirs déplaisants se déversaient en lui, et cependant, il ne pouvait pas, comme un jeune homme, dire de sa vie qu'elle était malheureuse.

Quand la lumière, par la fenêtre, lui annonça que le soir était proche, un désir sexuel s'éveilla chez Honda accroupi. Ce n'était pas un accès soudain de désir, plutôt quelque chose de tiède qui avait été en gestation parmi les heures mélancoliques et irritées et qui s'était lové comme un ver rouge autour de sa cervelle.

Le chauffeur qu'il avait eu à son service pendant des années avait pris sa retraite, et son successeur s'était rendu coupable de certaines indiscrétions. De sorte que Honda avait vendu sa voiture, utilisant désormais des autos de louage. À dix heures du soir, il appela une servante par l'interphone et la pria de commander un taxi. Il sortit un complet d'été noir et une chemise de sport grise.

Toru était sorti. Les servantes regardèrent avec curiosité le départ nocturne de l'octogénaire. Quand la voiture s'engagea dans les jardins Meiji, le désir de Honda s'était mué en une sorte de légère nausée. Voilà qu'il s'y était remis, après ces vingt années.

Mais ce n'était pas un désir sexuel qui brûlait en lui au long de cette course.

Les mains sur sa canne, se tenant plus droit que de coutume, il se murmurait: «Je n'ai plus à supporter tout cela que six mois. Six mois, pas davantage. Si, à son égard, il n'y a pas d'erreur.»

CHAPITRE 26

Ce « si » le faisait frémir. Si Toru devait mourir dans les six mois précédant son vingt et unième anniversaire, tout pouvait se pardonner. Seule, la conscience qu'il avait de cet anniversaire avait permis à Honda de subir tant d'insolence. Mais si, chez Toru, on se trouvait devant une imposture ?

La pensée que Toru devait mourir lui avait été une grande consolation. Dans son humiliation, il s'était raccroché à la mort de Toru ; dans son cœur, il l'avait déjà tué. En son cœur apaisé sourdait le bonheur, son nez se tortillait d'indulgence et de pitié en apercevant la mort, tel le soleil à travers un mica, par-delà ces violences et ces cruautés. Il s'enivrait de cette franche cruauté qu'on nomme charité. Peut-être était-ce là ce que lui avait découvert la lumière inondant les plaines immenses de l'Inde.

Il n'avait pas encore décelé en lui-même des symptômes de maladie mortelle. Rien d'alarmant dans sa tension ou l'état de son cœur. Il était sûr que s'il durait encore une demi-année, il survivrait à Toru, fût-ce de quelques jours. Quelles larmes de paix il pourrait alors répandre en toute sécurité ! Au regard de ce monde stupide, il jouerait le rôle du père tragique privé du fils qui lui était échu, si tard dans la vie. Il ne pouvait nier qu'il trouvait plaisir à évoquer la mort de Toru, à l'envisager avec l'amour paisible, sécrétant un doux poison, de celui qui sait à quoi s'en tenir. Les violences de Toru apparaissaient séduisantes et pleines d'attraits, vues à travers l'avenir comme à travers une aile d'éphémère. Les gens n'aiment pas que leurs animaux favoris leur survivent. Une brève existence conditionne l'amour.

Peut-être Toru s'irritait-il de cette perspective comme d'un navire étrange, inconnu, surgi à l'horizon qu'il scrutait depuis des jours. Peut-être qu'un avant-goût de mort le poussait, l'exaspérait. Cette possibilité versait en Honda une mansuétude infinie. Il se sentait capable d'aimer non seulement Toru mais tout le genre humain. Il savait la nature de l'amour humain.

Mais si Toru était un imposteur ? S'il allait continuer de vivre, tandis que Honda, incapable de plus tenir tête, allait dépérir ?

Le désir intérieur qui l'étranglait prenait racine dans l'incertitude. S'il devait mourir le premier, alors il ne pouvait repousser les désirs les plus vils. Il se pouvait que, tout du long, il eût été promis à la mort dans l'humiliation et l'erreur de calcul. L'erreur de calcul au sujet de Toru pouvait fort bien avoir été le piège qu'à Honda tendait son destin. À supposer qu'un être comme Honda eût un destin.

Le fait que la conscience de soi chez Toru ressemblait par trop à la sienne avait depuis longtemps semé en Honda l'inquiétude. Peut-

être Toru avait-il tout compris. Peut-être ce dernier se savait-il promis à une longue vie et, comprenant la méchanceté insigne de l'éducation pratique que lui donnait ce vieil homme en espérant sa propre mort prochaine, avait-il combiné sa vengeance.
Peut-être l'octogénaire et ce jeune homme de vingt ans se trouvaient-ils aux prises dans un combat à la vie à la mort.

La nuit dans les jardins Meiji, la première fois depuis vingt ans. L'auto avait pris à gauche après avoir franchi la porte de Gondawara, empruntant la voie circulaire.
« Continuez, continuez. » À chaque fois qu'il répétait ses ordres, Honda les accompagnait d'une petite toux, tel un accessoire importun.
On voyait apparaître puis disparaître des chemises couleur d'œuf dans la nuit, entre les arbres. Pour la première fois depuis bien longtemps Honda ressentit dans sa poitrine cette palpitation si particulière. De vieux désirs s'entassaient encore sous les arbres comme les feuilles de l'an passé.
« Continuez, continuez. »
La voiture tourna à droite derrière le musée d'art, là où les bosquets étaient les plus épais. Il y avait deux ou trois couples. L'éclairage ne s'était pas amélioré. Brusquement, il y eut un faisceau de lumières éblouissantes sur la gauche. Au milieu du parc, l'entrée de l'autoroute s'ouvrait, béante, avec une multitude de lumières, comme un parc d'attractions désert.
À droite devait se trouver le bosquet situé sur la gauche du musée. Dans la nuit, les arbres offusquaient le dôme, et leurs rameaux serrés avançaient au-dessus de l'allée piétonnière, lacis de sapins, de bananiers, de pins. Même de la voiture, il entendait les insectes dans le taillis d'agaves. Comme si ç'eût été hier, il se rappelait les moustiques féroces dans les fourrés et les claquements secs sur la peau nue.
Il renvoya l'auto au stationnement proche du musée. Le chauffeur lui jeta un coup d'œil de sous un front étroit. C'était le genre de coup d'œil qui peut parfois tout faire avorter. « Je n'ai plus besoin de vous », répéta Honda, d'un ton plus ferme. Projetant sa canne en avant dans l'allée, il descendit de voiture.
Le stationnement était fermé la nuit. Un écriteau en interdisait l'entrée et une barrière était placée en travers. On ne voyait aucune lumière dans la guérite du gardien, aucun signe de vie.
Tout en regardant partir la voiture, Honda prit par l'allée qui longeait les agaves. Ces derniers perçaient les ténèbres du vert pâle de

CHAPITRE 26

leur feuillage rêche, tel un bouquet de méchanceté. Il n'y avait que de rares passants, rien qu'un homme et une femme dans l'allée d'en face.

S'étant avancé jusque devant la façade du musée, Honda s'arrêta pour regarder le vaste ensemble désert où il se trouvait. Le dôme et les deux ailes se dressaient avec force dans la nuit sans lune. On apercevait le bassin rectangulaire et le gravier blanc de l'esplanade ; les longues traînées de lumière des lampes électriques découpaient la blancheur indécise du gravier comme la laisse de haute mer. Sur la gauche, apparaissait, indistincte, la muraille arrondie du stade olympique dont les projecteurs éteints s'élevaient vers le ciel. Bien au-dessous, telle une brume, des lampes atteignaient jusqu'aux branches les plus avancées des arbres.

Sur le parvis symétrique qui ne comportait pas l'ombre d'un désir, Honda se sentit comme au cœur du mandala de la Fécondité.

Le mandala de la Fécondité, un des deux mondes élémentaires, est jumelé avec le mandala du Diamant. Il a pour symbole le lotus, et ses bouddhas expriment la vertu de charité.

La Fécondité signifie également la totalité. Tout comme les entrailles de la pauvresse abritaient l'embryon du Seigneur de Lumière, de même le cœur fangeux des hommes abrite à l'ordinaire la sagesse et la pitié de tous les bouddhas.

La symétrie parfaite du mandala luisant contient en son centre la Cour du Lotus aux huit pétales, demeure du Seigneur de grande Lumière. Douze cours s'en écartent dans les quatre directions, et les demeures des divers bouddhas sont définies en une symétrie au dessin délicat.

Si l'on prenait comme cour centrale le dôme du musée qui se dressait dans la nuit sans lune, alors l'avenue où se trouvait Honda et qui en était séparée par le bassin, pouvait figurer la demeure du Seigneur Paon, à l'occident de la Cour du Néant.

Eût-on disposé dans les bosquets sombres du parvis symétrique les bouddhas alignés géométriquement sur le mandala d'Or, que l'étendue de gravier et le vide de l'allée se fussent soudain remplis, des visages cléments se fussent répandus alentour, du grand jour éblouis. Plus de deux centaines de faces saintes, et plus de deux centaines aussi du mandala de Diamant eussent brillé dans les bosquets, et le sol eût resplendi de lumière.

La vision s'évanouit quand il reprit sa marche. La nuit s'emplissait de chants d'insectes, la voix des cigales perçait les ténèbres comme des aiguilles.

L'ANGE EN DÉCOMPOSITION

Le sentier familier était encore là parmi les bosquets, à droite du musée. Il se souvint avec une ardente nostalgie que l'odeur nocturne de l'herbe et des arbres avait été un élément indispensable du désir. Il sentit le retour d'un sentiment aigu de plaisir, comme s'il eût traversé une laisse de mer, les pieds parmi les œuvres des poissons, des coquillages, des étoiles de mer, des crustacés et des hippocampes, comme à la nuit sur un récif de corail, l'eau tiède venant lécher la plante de ses pieds, au risque, à chaque pas, de se couper aux rochers pointus. Le plaisir fonçait au-devant de lui, son corps incapable de suivre. Partout, des indices, des signes. Tandis que ses yeux s'accoutumaient aux ténèbres, il aperçut des chemises blanches éparses dans les bosquets, comme au lendemain d'un massacre.

Il y avait déjà un visiteur dans l'ombre où Honda se cacha. Honda reconnut, rien qu'à sa chemise foncée, que c'était un vieil habitué. Il était si petit, ne lui arrivant qu'aux épaules, que Honda le prit d'abord pour un jeune garçon. Quand il eut distingué la tête grisonnante, cette respiration moite si proche lui parut empreinte de lourdeur et de stupidité.

Bientôt, les yeux de cet homme se détournèrent de ce qu'ils fixaient pour examiner Honda de profil. Honda s'efforça de regarder ailleurs, non sans se rendre compte que ces cheveux gris coupés court, hérissés sur les tempes devaient se rapporter à un souvenir troublant. Il fit effort pour se le remémorer. Son toussotement habituel lui vint à la gorge sans pouvoir le contenir.

À la respiration de cet homme, on le sentit comme mis en confiance. Se redressant de toute sa hauteur, il murmura à l'oreille de Honda:
« Comme on se retrouve! Alors, vous venez encore, hein? Vous n'avez pas oublié? »

Honda se tourna et fixa ces yeux de rongeur. Un souvenir lui revint, vieux de vingt-deux années. C'était là l'homme qui l'avait arrêté devant le PX de Ginza.

Et il se rappela avec effroi comme il l'avait reçu froidement, prétendant qu'il se trompait de personne.

« Soyez sans inquiétude. Les choses sont comme elles sont. Le passé, c'est le passé. » Cette façon d'aller au-devant de ce qui préoccupait Honda ajoutait au malaise. « Mais il faudrait que vous cessiez de tousser. » Il se retourna pour se mettre aux aguets, regardant au-delà du tronc des arbres.

Respirant plus à l'aise quand l'homme se fut un peu écarté, Honda plongea son regard dans les herbes, de l'autre côté de l'arbre. Mais son émoi l'avait quitté, faisant place à une impression de gêne qui

CHAPITRE 26

était aussi irritation et tristesse. Tandis qu'il s'y abandonnait, tout sentiment d'oubli de soi-même disparut. Bien que l'endroit se prêtât à observer l'homme et la femme couchés dans l'herbe, il y avait en eux quelque chose de faux, comme si, se sachant observés, ils avaient joué un rôle. Les scruter n'offrait aucune joie, ni l'aimable invite surgie des profondeurs du guet, ni l'ivresse de la claire vision.

Quoiqu'ils ne fussent éloignés que d'un mètre ou deux, la lumière était trop imprécise pour qu'il pût distinguer les détails ou les expressions des visages. Il ne semblait y avoir aucun écran entre eux et lui et il ne pouvait s'approcher davantage. Il avait espoir qu'en persistant à regarder, l'ancienne palpitation ferait retour. Appuyé d'une main sur le tronc, de l'autre sur sa canne, il abaissait son regard sur le couple.

Bien que le petit bonhomme ne fît rien pour lui gâcher son plaisir, Honda continua à se rappeler des choses qu'il n'aurait pas dû ; sa canne à lui n'étant pas courbe, il ne pouvait espérer imiter la virtuosité de ce vieux bonhomme qui se servait de la sienne pour soulever les jupes. À l'époque, cet individu était âgé, nul doute qu'à présent il fût mort. Nul doute qu'un assez grand nombre de gens âgés qui composaient le «public» étaient décédés au cours de ces vingt années. Et ils ne devaient pas être rares ceux qui, parmi les jeunes «acteurs» avaient pris femme et étaient partis, ou qui étaient morts dans des accidents de la circulation ou d'un cancer, à la fleur de l'âge ou par suite d'hypertension, de maladies cardiaques ou rénales. Du fait du va-et-vient beaucoup plus prononcé parmi les «acteurs» que dans le «public», certains devaient habiter de grands ensembles dans des villes-dortoirs, à une heure ou deux de Tokyo, s'adonnant aux joies de la télévision sans prêter aucune attention à femme ou enfants. Et le jour n'était pas loin où certains d'entre eux rejoindraient le «public».

Quelque chose d'onctueux vint frôler sa main droite. Un gros escargot cheminait vers le bas de l'arbre.

Il retira lentement sa main. La chair et à sa suite, la coquille, comme le porte-savon en celluloïd après l'eau savonneuse et gluante, opérait une révulsion. C'est une semblable impression tactile qui pourrait faire se dissoudre le monde, tel un cadavre dans une cuve d'acide sulfurique.

Honda abaissa à nouveau son regard sur cet homme et cette femme. Il y avait presque une supplication dans ses yeux : «Donnez-moi l'ivresse, sans plus attendre. Jeunes êtres de ce monde, ignorants et silencieux, faites que je m'enivre à cœur joie des images de votre passion où les vieux n'ont plus leur place.»

L'ANGE EN DÉCOMPOSITION

Allongée sous les chants d'insectes, la femme se souleva et enlaça le cou de l'homme. Celui-ci, qui portait un béret noir, avait plongé sa main par-dessous la jupe. Elle tapotait des doigts avec énergie les plis de sa chemise à lui. Elle s'enroulait à sa poitrine, comme un escalier en spirale. Haletante, elle souleva la tête pour l'embrasser, comme en avalant un remède.

Tandis qu'il les observait fixement, si intensément que les yeux lui faisaient mal, Honda se sentit envahi du désir, comme les premiers rayons du soleil matinal, surgi des profondeurs où régnait le vide.

L'homme porta la main à sa poche arrière. L'idée qu'en plein milieu de son désir, il craignait qu'on ne le vole, glaça soudain le désir de Honda lui-même. L'instant d'après, il ne pouvait en croire ses yeux.

L'objet que l'homme sortit de sa poche était un couteau à cran d'arrêt. De l'index, il fit une pression et on perçut un bruit comme d'une langue râpeuse de serpent. Dans l'ombre, on vit luire la lame. Honda n'aurait pu certifier où la femme avait été poignardée, mais on entendit un grand cri. L'homme se dressa debout et regarda autour de lui. Son béret avait glissé en arrière. Pour la première fois, Honda aperçut visage et cheveux. Ceux-ci étaient entièrement blancs, et le visage émacié était d'un sexagénaire, ridé dans tous les coins.

Au passage, l'homme frôla Honda, qui était en proie à une commotion, et il s'enfuit à une vitesse qui démentait son âge.

« Sortons d'ici, murmura le petit bonhomme à face de rat à l'oreille de Honda. Ça va être une sale histoire.

– Je n'arriverais pas à courir même si je voulais, répliqua Honda d'un ton faible.

– Pas de chance. On va vous soupçonner si vous ne filez pas. » L'homme se mordit un ongle. « Peut-être que vous feriez mieux de rester et de vous porter témoin. »

On entendit un coup de sifflet, des pas précipités, et un remuement de gens qui se mettaient debout. On vit le faisceau d'un projecteur étonnamment proche, dans les bouquets d'arbustes. Des policiers entouraient la femme, discutant le problème à voix haute :

« Où l'a-t-il frappée ?

– À la cuisse.

– La coupure n'est pas profonde.

– Quel genre d'homme était-ce ? Dites-nous quel genre d'homme c'était. »

Le policier qui s'était accroupi auprès de la femme, éclairant son visage de sa torche électrique, se remit debout.

« Un homme âgé, dit-elle. Il n'a pas pu aller bien loin. »

CHAPITRE 26

Tout tremblant, Honda appuya son visage contre l'arbre. Il fermait les yeux. L'écorce était humide. C'était comme si un escargot lui avait rampé sur le visage.
Il entrouvrit à peine les yeux. Il sentit le faisceau de la lampe électrique. Quelqu'un le poussa, de si bas qu'il fallait que ce fût le petit bonhomme. Bousculé, Honda ne fut plus à l'abri du gros arbre. Il heurta presque du visage l'un des policiers. Ce dernier lui saisit le poignet.

Il se trouva que le reporter d'un hebdomadaire à sensation était au commissariat. Il se frottait les mains de cette nouvelle du coup de couteau dans les jardins Meiji.
On demanda à la femme, qui portait un gros pansement à la jambe, d'identifier Honda. Il fallut trois heures pour établir son innocence.
«Je suis absolument sûre que ce n'était pas ce vieux monsieur, dit la femme. J'ai rencontré l'autre il y a environ deux heures dans un tramway. C'était un homme âgé, mais il s'habillait très jeune, et il se liait facilement en causant, si vous voyez ce que je veux dire. Je n'aurais jamais imaginé qu'il aurait pu faire une chose pareille. C'est comme je vous dis. Je ne pourrais rien vous dire à son sujet, ni son nom, ni où il habite, ni ce qu'il fait, rien de rien.»
Avant d'être mis en présence de la femme, on retint Honda qui dut décliner son identité, contraint de révéler les circonstances qui avaient conduit quelqu'un comme lui dans le parc à pareille heure. C'était un cauchemar qu'il vécût, précisément aujourd'hui, l'histoire insensée que lui avait racontée son vieux collègue de la magistrature, plus de vingt ans auparavant. Tout cela semblait avoir une netteté de cauchemar, sans rapport avec la réalité, le minable commissariat, les murs sales de la pièce où on les interrogeait, la lumière étrangement vive, le crâne chauve de l'inspecteur.
On lui permit de rentrer chez lui à trois heures du matin. Une servante dut se lever et venir lui ouvrir, l'air soupçonneux. Il gagna sa chambre; il fut hanté de mauvais rêves.
Quand il descendit, le lendemain, il avait un rhume dont il fut une semaine à se remettre.
Le matin où il commença à se sentir un peu mieux, Toru lui fit une visite inopinée. En souriant, il posa un hebdomadaire sur l'oreiller. Ce dernier portait en manchette «Un magistrat-voyeur bien ennuyé : Son Excellence faussement accusée d'avoir joué du couteau.»
Honda prit ses lunettes. Son cœur lui battait de façon déplaisante dans la poitrine. L'article était d'une précision étonnante, mention-

nant jusqu'à son nom véritable. La phrase cruciale en était : « La présence de ce voyeur octogénaire semblerait indiquer que le Japon est une gérontocratie, jusques et y compris le domaine des anormaux. » L'assertion que son penchant n'était pas chose nouvelle, mais que depuis une vingtaine d'années, il fréquentait volontiers les voyeurs, révélait à Honda qui était à l'origine de cette information. C'était la police elle-même qui avait dû mettre le journaliste en rapport avec le petit bonhomme. Un procès en diffamation ne ferait qu'ajouter à l'embarras.

C'était un incident vulgaire qui aurait mérité qu'on en rie ; mais Honda qui avait entretenu l'espoir de n'avoir plus à perdre ni honneur, ni prestige, comprit en les perdant qu'en fait ils existaient encore.

Nul doute, semblait-il, que pendant bien longtemps, son nom serait associé dans l'esprit des gens, non avec ses qualités de l'âme ou de l'esprit, mais avec ce scandale. Les gens n'oubliaient pas vite les scandales. Non que ce fût l'indignation morale qui les fît s'en souvenir. Pas de contenant plus simple et plus commode qu'un scandale pour ficeler quelqu'un.

Son rhume opiniâtre lui disait assez sa décrépitude physique. Avoir été un suspect était une expérience qui, en l'absence de toute dignité intellectuelle, semblait causer la ruine de la chair et des os. Savoir, érudition, pensée n'y pouvaient rien. À quoi aurait-il pu servir de révéler à l'inspecteur dans tous leurs détails les concepts qu'il avait acquis en Inde ?

Désormais, quand Honda sortirait sa carte de visite :

« Shigekuni Honda »
Avocat,

les gens caseraient une ligne dans l'entre-deux étroit :

Shigekuni Honda
Voyeur octogénaire
Avocat.

Si bien que sa carrière pourrait se ramener à une seule ligne : « Ancien magistrat, voyeur octogénaire. »

Ainsi, l'édifice invisible que la conscience de Honda avait érigé tout au long de son existence venait de s'effondrer en un instant, portant sur son soubassement une seule ligne gravée. Aussi concise que lame chauffée à blanc. Et c'était pure vérité.

CHAPITRE 27

Après l'affaire de septembre, Toru ne mit plus de gants pour en faire à sa tête.
Il prit comme conseil un vieil avocat avec lequel Honda avait été à couteaux tirés et il lui demanda s'il était possible de faire déclarer Honda juridiquement inhabile. Il y aurait lieu de procéder à un examen en vue d'établir la débilité mentale, mais l'avocat semblait avoir confiance dans son issue.
À la vérité, il était clair qu'un changement s'opérait chez Honda. Après l'incident où il s'était trouvé mêlé, il renonça à sortir, paraissant s'effrayer de tout. Il devrait être assez facile de faire apparaître des symptômes d'imaginations séniles. Toru n'aurait qu'à comparaître devant un tribunal pour affaires de famille et faire déclarer Honda inhabile, l'avocat étant constitué son tuteur.
L'avocat prit l'avis d'un psychiatre avec qui il était en bons termes. À l'arrière-plan des écarts de conduite de Honda publiés à la ronde, le psychiatre traça une image d'affection sénile. Deux maladies en ressortaient : « des désirs sexuels subsidiaires », obsession semblable au reflet d'un feu dans une glace, qu'il ne faut pas minimiser, et « une incontinence sexuelle à base de sénilité ».
Pour le reste, disait l'avocat, on pouvait s'en remettre au système juridique. Il ajoutait qu'il serait bon que Honda se mît à faire des dépenses inconsidérées, de telle manière qu'on pût craindre que ses biens se trouvassent en danger. Mais, malheureusement, il n'y eut aucune tendance de ce genre. De toute manière, Toru se souciait moins d'argent que de puissance.

27

Vers la fin novembre, Toru reçut une superbe invitation gravée, en anglais, de la part de Keiko. Une lettre l'accompagnait.

Cher Toru,

J'aurais dû donner plus tôt de mes nouvelles.
Tout le monde paraît avoir pris des dispositions pour la veillée de Noël, si bien que je vais au-devant en réunissant quelques amis

le 20 décembre. Jusqu'à présent, j'ai toujours invité votre père, mais son grand âge m'amène à penser que l'inviter cette année ne serait peut-être pas lui rendre service, si bien que c'est vous que j'invite à la place. Il me semble qu'il est préférable qu'il ne sache rien. C'est pourquoi j'ai adressé l'invitation à votre nom.

Tout en craignant de me découvrir un peu trop, la vérité m'oblige à dire que depuis l'affaire de septembre, il m'a été difficile d'inviter votre père, par égard pour les autres hôtes. Sans doute vais-je vous apparaître comme une mauvaise amie, mais dans le monde où nous vivons, c'est la fin de tout quand les affaires privées deviennent publiques. Je dois prendre beaucoup de précautions.

Ma véritable raison en vous invitant, c'est que, par votre intermédiaire, je tiens à continuer d'entretenir des relations avec la famille Honda. Si vous voulez bien accepter cette invitation, j'en serais très heureuse.

Veuillez donc me faire l'honneur de venir seul. Parmi les autres invités, il y aura plusieurs ambassadeurs avec leurs épouses et leurs filles, le ministre des Affaires étrangères et sa femme, le président de la Fédération des organismes économiques et sa femme, et nombre d'autres jolies femmes. Vous verrez d'après l'invitation que c'est en smoking. Je vous serais obligée de bien vouloir me faire savoir le plus tôt possible si vous comptez ou non être des nôtres.

Bien à vous,

Keiko Hisamatsu

Il était certes permis de voir là une lettre discourtoise et hautaine, mais Toru sourit en pensant à la perplexité de Keiko après l'histoire de septembre. Il pouvait lire entre les lignes. Keiko, si fière de sa propre immoralité, et qui faisait retraite en tremblant derrière son portail cadenassé face au scandale.

Mais il y avait quelque chose dans cette lettre qui mit le subtil Toru sur ses gardes. Que Keiko, qui prenait si vigoureusement parti pour son père, lui envoyât à lui une invitation, n'était-ce pas raillerie? N'entrait-il pas dans ses intentions, en le présentant à tous ces hôtes haut placés comme étant le fils de Shigekuni Honda, d'exciter leur curiosité et par là, de gêner, non pas Honda, mais Toru lui-même? C'était cela. On ne pouvait guère en douter.

L'instinct combatif de Toru s'éveilla. Il irait à cette soirée comme fils de Honda le mal famé. Bien entendu, personne n'en dirait le moindre mot. Mais il aurait le lustre du fils qui ne s'excuse pas d'avoir un père scandaleux.

CHAPITRE 27

Ainsi, un esprit ultra-sensible serait de la partie, en silence, aux lèvres un léger sourire d'une beauté un peu mélancolique, ayant, alignés à ses côtés, les squelettes des scandales familiaux (ces vilaines petites histoires) où il n'était pour rien. Toru en apercevait toute la poésie famélique. L'ingérence et le mépris des grandes personnes feraient que les demoiselles se sentiraient attirées irrésistiblement vers Toru. Ce serait la preuve que Keiko s'était trompée dans ses calculs.

Ne possédant pas de smoking, Toru dut en commander un sans délai. Il l'enfila dès qu'on l'eut livré, le 19 décembre, et il alla le montrer à Kinue.

« Comme cela vous va bien ! Superbe. Je sais combien vous auriez voulu m'emmener danser ainsi habillé. C'est bien dommage que je sois toujours si malade. C'est vraiment dommage. Et voilà pourquoi vous êtes venu me le montrer. Comme c'est gentil. Voilà pourquoi vous me plaisez. »

C'était l'obésité qui immobilisait Kinue. Elle se portait comme un charme, mais ne prenant aucun exercice, depuis six mois elle avait engraissé à n'y pas croire. Sa lourdeur et son immobilité ne faisaient qu'accentuer ses maux. Elle ne cessait de prendre des pilules pour le foie et, de sa chaise longue, à travers les arbres, elle contemplait le ciel que bientôt elle ne verrait plus. Son refrain perpétuel était qu'elle n'en avait plus pour longtemps ici-bas, causant beaucoup de souci aux servantes à qui Toru avait enjoint de ne rire sous aucun prétexte.

Ce qui faisait l'admiration de Toru, c'était l'astuce avec laquelle, dans des circonstances données, elle savait manœuvrer de façon à dresser des défenses qui lui donnaient l'avantage, renforçant le sentiment de sa beauté en y ajoutant, peut-être, un soupçon de tragique. Elle avait aussitôt senti que Toru n'avait aucune intention de sortir avec elle. En sorte qu'elle faisait servir sa maladie à la mettre à la hauteur de la situation. Toru estimait avoir à apprendre de cette vanité si entêtée à se protéger. Elle était devenue son mentor.

« Tournez-vous. Oh, il est très joliment taillé. Les épaules tombent à ravir. Tout vous va à merveille. Exactement comme moi. Bah, demain soir, il faudra m'oublier et passer une bonne soirée. Mais quand vous serez complètement lancé, pensez rien qu'un instant à la pauvre malade que vous avez laissée à la maison. Rien qu'un instant. Il vous faut une fleur à la boutonnière. Si seulement j'en avais la force, j'irais vous la cueillir moi-même. Tsune, s'il vous plaît. La rose d'hiver, la rouge, je vous prie. »

L'ANGE EN DÉCOMPOSITION

Elle fit cueillir par la servante un petit bouton cramoisi qui commençait à s'épanouir, et elle le mit elle-même à sa boutonnière. « Là. » De ses doigts menus et languissants, elle enfonça la tige. Elle tapota la soie lustrée du revers : « Sortez dans le jardin que je vous donne encore un coup d'œil. »
La silhouette corpulente semblait rendre son dernier soupir.

À l'heure dite, sept heures du soir, Toru arrêta la Mustang, comme il était marqué sur le plan, dans une large allée de gravier blanc d'Azabu. Aucune autre voiture n'était encore arrivée.
Toru fut tout surpris de voir l'allure ancienne de la demeure de Keiko. Les lampadaires, sous les arbres, faisaient ressortir la façade Régence. Il y avait en tout cela comme quelque chose d'irréel, dont l'effet s'accroissait sous le lierre rouge qu'enténébrait la nuit.
Toru fut accueilli par un maître d'hôtel ganté de blanc et au bout d'un vestibule à dôme circulaire, on le fit entrer dans un salon de style Momoyama flamboyant, et s'asseoir sur une chaise Louis XV. Il était un peu gêné de se trouver arrivé le premier. La maison était brillamment éclairée mais silencieuse. Il y avait un grand arbre de Noël dans un des coins. Il semblait déplacé. Resté seul une fois que le maître d'hôtel eut pris note de son apéritif, il s'appuya contre la fenêtre aux carreaux anciens, regardant, à travers les arbres, les lumières de la ville et un coin de ciel qui s'empourprait de néon.
Une porte s'ouvrit, livrant passage à Keiko.
L'éclat de la robe habillée que portait la septuagénaire qui s'avançait vers lui le laissa bouche bée. Les manches lui tombant jusqu'à l'ourlet de la jupe, sa robe du soir était entièrement recouverte de perles. Les coloris et le motif des perles du col jusqu'au bas de la jupe étaient un éblouissement pour l'œil. Sur la poitrine, on voyait le vert d'ailes de paon sur fond doré, des ondulations violacées sur les manches, un dessin lie-de-vin continu alentour de la taille, la jupe couverte d'ondulations violettes et de nuages dorés, les divers empiècements soulignés en or. Le blanc du fond d'organdi se rehaussait des trois plis d'un motif à l'occidentale en tulle argenté. La jupe laissait passer l'extrémité de mules en satin violet, tandis que le cou toujours orgueilleux s'entourait d'une étole en crêpe georgette, drapée sur les épaules et retombant jusqu'au parquet. Sous les cheveux, portés plus courts et plus serrés qu'à l'ordinaire, pendaient des boucles en or. Son visage avait l'air glacé de celui qui plus d'une fois a eu recours à la chirurgie esthétique, mais les parties auxquelles elle

CHAPITRE 27

commandait encore ne semblaient s'en affirmer que de façon plus hautaine. Ses yeux en imposaient, son nez était plein de majesté. Les lèvres, tels des fragments rouge-noir de pomme trop mûre, se tourmentaient en un rouge encore plus luisant.

«Je suis désolée de vous avoir fait attendre», dit-elle d'un ton enjoué. Le visage au sourire sculpté vint à lui.

«Ma parole, quelle élégance!

– Vous êtes bien aimable.» Rapidement, l'air distrait, à l'occidentale, elle lui fit voir ses narines si bien faites.

On servit l'apéritif.

«Nous devrions peut-être atténuer l'éclairage.»

Le maître d'hôtel tourna le bouton du grand lustre. Dans le clignotement de l'arbre de Noël, les yeux de Keiko clignotaient eux aussi, tout comme les perles de sa robe. Toru commença à se sentir mal à l'aise:

«Les autres sont en retard. Ou est-ce moi qui étais de bonne heure?

– Les autres? Ce soir, vous êtes mon seul invité.

– Comment, vous avez menti à propos des autres?

– Ah, je suis désolée. J'ai changé d'avis. J'ai voulu fêter Noël en tête à tête avec vous.

– En ce cas, je crois devoir vous prier de m'excuser.

– Pourquoi donc?» Tranquillement assise, Keiko ne fit aucun geste pour l'arrêter.

«C'est une sorte de complot. Ou un piège. En tout cas, c'est quelque chose dont vous avez parlé avec mon père. J'en ai assez qu'on se moque de moi.» Cette vieille femme lui avait déplu dès leur première entrevue.

Keiko ne bougeait pas: «Si c'était quelque chose dont je m'étais entretenue avec M. Honda, je ne me serais pas donné tant de mal. Je vous ai invité parce que j'avais beaucoup de choses à vous dire, rien qu'entre nous. C'est vrai que je vous ai menti, car je savais que vous ne viendriez pas si vous vous saviez seul invité. Mais un dîner de Noël en tête à tête, c'est encore un dîner de Noël. Voyez, nous voilà tous les deux en tenue de soirée.

– Je suppose que vous avez l'intention de bien me sermonner.» Toru s'en voulait de l'avoir laissée donner des explications.

«Pas le moins du monde. Je voudrais seulement vous entretenir tranquillement de certaines choses qui feraient M. Honda m'étrangler si jamais il l'apprenait. Ce sont des secrets connus seulement de M. Honda et de moi-même. Si vous ne voulez pas écouter, eh bien, c'est tant pis.

– Des secrets?

L'ANGE EN DÉCOMPOSITION

– Restez donc assis tranquillement, je vous prie. » Un charmant sourire ironique aux lèvres, elle lui désigna une scène de jardin de Watteau, un peu usagée, qui ornait la chaise que Toru venait de quitter.

Le maître d'hôtel vint annoncer que le dîner était servi. Ouvrant des portes que Toru avait prises pour un mur, il les fit entrer dans la pièce voisine où la table était mise, éclairée de chandelles rouges. On entendait le bruissement de la robe de Keiko.

Peu doué pour faire aller la conversation, Toru mangeait en silence. À la pensée que son adresse à manier couteau et fourchette était due aux soins assidus de Honda, il enrageait de nouveau. C'était grâce à de tels soins que les gens le croyaient enclin à une couardise qui n'était sienne que depuis qu'il avait rencontré Honda et Keiko.

Les doigts de Keiko maniant couteau et fourchette, derrière le lourd chandelier de style baroque, d'un air placide et diligent, sans y penser, rappelaient ceux d'une vieille femme à son tricot, doigts de jeune fille au seuil de la vieillesse.

La dinde congelée n'avait aucun goût, telle la peau sèche d'un vieillard. La farce aux marrons et la gelée d'airelles avaient pour Toru un goût aigre saccariné d'hypocrisie.

« Savez-vous pourquoi on est si soudain allé vous chercher pour devenir l'héritier de la maison Honda ?

– Comment le saurais-je ?

– Vous n'êtes pas curieux. Cela ne vous intéresserait pas de savoir ? »

Toru ne répondit pas. Laissant couteau et fourchette, Keiko tendit le doigt vers son plastron de smoking, à travers la fumée.

« Rien de plus simple. C'est parce que vous portez trois grains de beauté à gauche sur la poitrine. »

Toru ne put réprimer un mouvement de surprise. Keiko connaissait l'existence de ces trois grains de beauté, où son orgueil prenait racine, et qui tout au long de son existence n'auraient dû attirer d'autre attention que la sienne. L'instant d'après, il avait repris possession de lui-même. Son étonnement venait de ce que, par hasard, le symbole de son propre orgueil avait coïncidé avec un symbole qui signifiait quelque chose pour quelqu'un d'autre. Bien que les grains de beauté aient pu déclencher ce quelque chose, cela ne signifiait pas nécessairement qu'on l'avait, lui, percé à jour. Mais Toru avait sous-estimé les intuitions des vieillards.

La surprise qui se marquait si nettement sur son visage sembla inspirer à Keiko une plus grande confiance. Elle se mit à parler d'abondance.

CHAPITRE 27

« Vous comprenez ? Vous ne pouvez pas y croire. C'était par trop stupide, trop absurde dès l'origine. Vous vous êtes persuadé avoir tout mené de sang-froid, en réaliste, et pourtant vous avez gobé d'un coup l'absurdité du point de départ. Qui serait assez sot pour vouloir adopter un parfait inconnu après l'avoir vu une seule fois, simplement pour l'avoir trouvé agréable ? Qu'avez-vous pensé quand nous vous avons fait cette proposition, la première fois ? Il va de soi que nous avons fait valoir toutes sortes de raisons, pour vous-même et pour vos supérieurs. Mais qu'avez-vous pensé réellement ? Vous étiez bouffi d'orgueil, je suppose. Les gens se plaisent à penser qu'ils ont toutes sortes de qualités. Vous avez pensé que vos rêves juvéniles et notre suggestion s'accordaient admirablement ? Que cette confiance puérile et étrange que vous aviez se trouvait justifiée ? Voilà ce que vous avez pensé, n'est-ce pas ? »

Pour la première fois, Toru eut peur de Keiko. Ce n'était pas le moins du monde la classe qui le subjuguait, mais il est des gens qui ont un flair particulier pour reconnaître la valeur chez les autres. Ce sont ceux-là qui causent la mort des anges.

Le dessert interrompit la conversation. Toru avait laissé passer l'occasion d'une réponse. Il savait avoir sous-estimé son adversaire.

« Croyez-vous que vos espoirs et ceux de quelqu'un d'autre peuvent coïncider, que vos espérances peuvent se trouver gentiment réalisées par quelqu'un d'autre ? Les gens vivent pour eux-mêmes et ne pensent qu'à eux-mêmes. Vous qui, plus que la plupart, ne pensez qu'à vous-même, vous êtes allé trop loin, vous vous êtes laissé aveugler.

Vous avez pensé que l'histoire comporte des exceptions. Il n'y en a pas. Vous pensiez que la race a les siennes. Elle n'en a pas.

Il n'existe pas de droit particulier au bonheur, ni davantage au malheur. Il n'y a pas de tragédie, et il n'est point de génie. Votre assurance et vos rêves ne se fondent sur rien. S'il est sur cette terre quelque chose d'exceptionnel, telle beauté particulière ou tel exemple singulier du mal, la nature sait le découvrir et le déraciner. Nous devrions tous, à cette heure, avoir appris cette dure leçon, qu'il n'est point d'"élus".

Vous pensiez, n'est-ce pas, être un génie échappant à toute contingence. Vous croyiez être, n'est-ce pas, un petit nuage du mal de toute beauté qui flottait au-dessus de l'humanité ?

M. Honda a vu tout cela dès qu'il eut aperçu vos grains de beauté. À l'instant même, il résolut de vous prendre avec lui, pour vous sauver du danger. Il crut que s'il vous laissait à vous-même, s'il vous abandonnait à votre "destin", la nature vous tuerait à vingt ans.

L'ANGE EN DÉCOMPOSITION

Il tenta de vous sauver en vous adoptant, en écrasant chez vous un orgueil de "jeune dieu", en vous inculquant les règles de culture et de bonheur de la commune humanité, en faisant de toute votre personne un jeune homme parfaitement ordinaire. Vous n'avez pas voulu admettre qu'au départ, vous étiez comme nous tous. Le signe que vous refusiez de l'admettre, c'étaient ces trois grains de beauté. C'est par affection qu'il a tenu à vous adopter sans vous dire pourquoi il voulait vous sauver. L'affection, bien entendu, d'un homme qui n'avait que trop l'expérience de ce monde.»

Toru se sentait de plus en plus mal à l'aise. «Pourquoi dites-vous que je vais mourir à vingt ans?

– Je crois que le danger est sans doute passé. Allons causer de cela dans l'autre pièce.»

On avait allumé dans la cheminée un feu qui brûlait d'un vif éclat. Sous le manteau était pratiquée une niche ornée de nuées d'or en style japonais avec une tapisserie Kotatsu et s'ouvraient deux petites portes dorées, découvrant la cheminée. Toru et Keiko s'assirent devant la flamme, de part et d'autre d'une petite table. Keiko redit la longue histoire des naissances et des réincarnations que lui avait contée Honda.

Toru écoutait, fixant le feu du regard. Il tressaillit quand une bûche s'écroula avec un bruit léger.

Sa fumée la tenant collée à la bûche, la flamme vrillait en grandissant, puis elle réapparaissait dans l'ombre entre les bûches, jaillie d'un lit éclatant et paisible de sérénité. Tel un logis, le sol menu où tourbillonnaient les rouges et les vermillons était plongé dans le calme, limité par l'entassement confus des bûches.

Il arrivait que la fumée qui surgissait entre les bûches assombries rappelât un feu de prairie au loin, la nuit, dans la plaine. On y découvrait de vastes horizons, et les ombres qui pénétraient les profondeurs de la cheminée reproduisaient, en miniature, les flammes d'un chambardement politique dessinant des ombres dans le firmament.

Quand les flammes s'apaisaient à l'une des bûches, une zone unie et calme de vermillon apparaissait par-dessous un léger lit de cendres couleur d'écaille, qui frémissait comme un amas de duvet blanc. Les bûches fortement serrées s'écroulaient à la base. Alors, préservant un équilibre précaire, elles flambaient en l'air tel un roc incandescent.

C'était un flux incessant, un perpétuel mouvement. L'enchaînement paisible de la fumée, si permanente, se brisait sans arrêt. L'écroulement d'une bûche qui avait achevé sa tâche amenait comme un répit.

CHAPITRE 27

« Très intéressant, dit Toru, d'un ton presque acerbe, quand il eut entendu toute l'histoire. Mais où en est la preuve ?
– Une preuve ? Keiko hésitait. Faut-il une preuve à la vérité ?
– Quand vous dites "vérité", cela sonne faux.
– Si vous exigez des preuves, je suppose que M. Honda a conservé, au long de ces années, le Journal de Kiyoaki Matsugae. Vous pourriez demander à le voir. Il ne racontait que ses rêves, et M. Honda prétend qu'ils se sont tous vérifiés. Mais il se peut que ça n'ait pas d'importance. Il se peut que rien de ce que j'ai dit ne se rapporte aucunement à vous. Vous êtes né le 20 mars et Ying Chan mourut au printemps, or vous portez ces trois marques, si bien qu'il semblerait que vous êtes sa réincarnation. Mais nous n'avons pu trouver exactement quand elle est décédée. Sa sœur jumelle a seulement dit que c'était au printemps, incapable, semble-t-il, de se rappeler le jour exact. M. Honda a fait des recherches de multiples façons, mais sans succès. Si elle fut mordue par un serpent et mourut après le 21 mars, vous pouvez être tranquille. L'esprit erre alentour pendant au moins une semaine. De sorte qu'il faut que vous soyez né une semaine après son décès.
– En fait, je ne connais même pas la date où je suis né. Mon père naviguait et il n'y avait personne pour se soucier des détails, alors on a inscrit la date de la déclaration comme étant celle de ma naissance. Mais je suis né avant le 20 mars.
– Plus tôt cela s'est produit et plus réduite la possibilité, repartit Keiko d'un ton froid. Mais peut-être cela n'a-t-il pas d'importance, de toute manière.
– Pas d'importance ? » Toru se montrait irrité.
Sans même se préoccuper qu'il crût ou non l'effrayant récit qu'on venait de lui faire, s'entendre déclarer que cela n'avait pas d'importance lui semblait une négation pure et simple de ses raisons de vivre. Keiko avait le talent de vous faire paraître un insecte. Un talent que dissimulait une gaieté immuable.
À la lueur du feu, la robe multicolore émettait des teintes profondes et richement nuancées. Ses courbes l'enlaçaient tel un arc-en-ciel nocturne.
« Peut-être cela n'a-t-il pas d'importance. Il se peut que dès l'origine, on ait eu affaire à une imposture. De fait, pour ma part, je suis à peu près certaine que, dans votre cas, c'est une imposture. »
Il la regarda de profil. Elle venait de parler en fixant le feu, comme on présente une supplique. Rien n'aurait pu décrire ce profil splendide que le feu empourprait. La flamme que reflétaient ces yeux

L'ANGE EN DÉCOMPOSITION

rehaussait l'arête orgueilleuse du nez. Auprès de cela, personne qui ne sentît une irritation puérile. Cela dominait impitoyablement.

Toru se sentit envahi de pensées meurtrières. Comment ébranler cette femme, la réduire à supplier qu'on lui laisse la vie sauve ? S'il allait l'étrangler, lui pousser la tête dans les flammes, elle le regarderait encore, il en était certain, la fierté répandue sur son visage brûlé, environné d'une noble crinière de feu. L'amour-propre de Toru lui faisait mal, il redoutait ce qu'elle allait dire encore et qui, sans doute, ferait jaillir le sang. Ce qu'il craignait le plus, c'était le sang que répandrait une blessure grande ouverte dans son amour-propre. L'hémophilie empêcherait d'arrêter l'écoulement. Il est vrai que, jusqu'à présent, il s'était servi de tout mouvement d'émotion pour tirer un trait entre passion et amour-propre, et, évitant les risques de l'amour, il s'était armé d'épines innombrables.

Keiko semblait résolue, en toute sérénité, en y mettant les formes, à dire ce qu'il fallait.

« Nous serons assurés que, dans votre cas, c'est une imposture, si vous ne mourez pas dans les prochains six mois. Nous saurons alors que vous n'êtes pas le surgeon de cette graine de beauté que recherchait M. Honda, que vous êtes ce qu'un botaniste appellerait une fausse pousse. Pour ma part, je doute que nous devions attendre une année. Je n'ai pas l'impression que vous êtes condamné à mourir avant six mois. Il n'y a en vous rien d'inévitable, nulle chose que quelqu'un voudrait conserver à tout prix. Il n'y a rien en vous qui puisse conduire quiconque à imaginer que votre mort signifierait qu'une ombre s'est abattue sur le monde.

Vous êtes un petit provincial rusé de rien du tout, comme on en voit pulluler partout. Vous voulez mettre la main sur l'argent de votre père, et alors vous vous arrangerez pour qu'il soit déclaré incapable. Ça vous surprend, n'est-ce pas ? Je suis au courant de tout. Et quand vous posséderez argent et pouvoir, que comptez-vous rechercher ensuite ? La réussite ? Vos idées ne dépassent pas d'un pouce celles de tout autre garçon aussi médiocre. La seule erreur qu'a commise M. Honda dans votre éducation, c'est qu'elle n'a rien fait d'autre que souligner l'essentiel de votre tempérament.

Il n'y a rien de singulier en vous. Je vous garantis longue vie. Vous n'avez pas été choisi des dieux, vous ne serez jamais en harmonie avec vos actes, vous n'avez pas en vous le feu vert qui vous autorise à passer en éclair juvénile, à la vitesse des dieux, en vous détruisant vous-même. Il n'y a rien d'autre en vous qu'une certaine sénilité précoce. Votre existence paraît faite pour aller toucher des coupons. Rien de plus.

CHAPITRE 27

Vous êtes incapable de tuer M. Honda ou moi-même. Le mal qu'il y a en vous est d'ordre juridique. Tout bouffi d'illusions nées de conceptions abstraites, vous vous pavanez comme si vous étiez maître du destin, quoiqu'il n'y ait en vous rien de ce qu'il faudrait. Vous croyez avoir visité les confins de la terre, alors que, pas une fois, on ne vous a convié au-delà de l'horizon. Vous n'avez rien à voir avec la lumière ou l'illumination, rien qui participe vraiment de l'esprit dans la chair ou le cœur. Au moins, chez Ying Chan, l'esprit résidait dans la beauté radieuse de son corps. Pour vous, la nature ne vous a pas accordé un regard, pas même la moindre lueur d'hostilité. L'être que cherche M. Honda doit être tel qu'il fasse la nature se montrer jalouse qu'on l'ait créé.

Vous êtes un garçon bien doué, rien de plus. S'il se trouve quelqu'un pour régler la note, vous passez en douceur les examens d'entrée et à l'autre bout, une bonne situation vous attend. Un étudiant modèle pour le budget de l'Éducation. Du matériel de propagande pour les bonnes âmes qui affirment que si l'on veille aux besoins matériels, on verra surgir toutes sortes de trésors cachés. M. Honda a été trop indulgent, il vous a trop donné confiance en vous-même. La dose qu'il a prescrite était erronée, voilà tout. Que l'on vous donne la dose convenable, et vous serez remis en piste. Devenez secrétaire d'un quelconque politicien, cela vous réveillera. Je suis prête à vous présenter à l'un d'entre eux, quand vous voudrez, si ça vous dit.

Vous ferez bien de vous rappeler ce que je vous ai dit. D'avoir vu quelque chose vous fait croire que vous avez tout vu, quand cela ne dépasse pas la petite circonférence d'un télescope qui grossit trente fois. Vous auriez été plus heureux, je suppose, si nous vous avions laissé continuer à croire que c'était l'univers.

– C'est vous qui m'avez tiré de là.

– Et ce qui vous a fait venir de si bon cœur fut la conviction de n'être pas comme les autres. Kiyoaki Matsugae fut pris au piège d'un amour imprévisible, Isao Iinuma de la destinée, Ying Chan de la chair. Et vous ? De l'impression injustifiée que vous n'êtes pas comme les autres, peut-être ?

Si la destinée est chose qui, du dehors, s'empare d'un être pour l'attirer à sa suite, alors les trois autres eurent un destin. Et vous, qu'est-ce qui s'est emparé de vous ? Seulement nous, M. Honda et moi. » Laissant le paon vert et or de sa poitrine refléter le feu à son gré, Keiko se mit à rire : « Nous sommes deux vieilles gens impassibles et cyniques, que rien n'intéresse plus. Votre orgueil vous permet-il vraiment de nous appeler la destinée ? Un vilain bonhomme et une vilaine bonne femme ? Un vieux voyeur et une vieille lesbienne ?

Peut-être croyez-vous que le monde n'a pas de secrets pour vous. Or ce sont ceux qui sont venus faire signe au garçon que vous étiez qui connaissent le monde pour ce qu'il est. Il se trouve que celui qui attire à lui l'orgueilleux champion de la conscience est lui-même passé maître à ce jeu. Personne d'autre ne serait venu frapper à votre porte, soyez-en persuadé. Vous auriez traversé l'existence sans entendre frapper, et le résultat eût été semblable. Parce que vous n'avez pas de destinée. Une mort de beauté n'était pas votre lot. Ce n'était pas votre lot de ressembler aux trois autres. Le lot de l'héritier banal et insipide, voilà le rôle qui vous est dévolu. Je vous ai invité ce soir pour que vous n'en ignoriez rien. »

La main de Toru tremblait, ses yeux fixés sur le tisonnier près du foyer. Il eût été facile de s'en saisir, comme pour remuer le feu. Il n'éveillerait aucune curiosité, et il suffisait alors de le brandir. Il en sentait le poids dans sa main, il voyait déjà le sang gicler sur la chaise et les portières dorées. Mais il n'étendit pas le bras. Il avait terriblement soif, et pourtant il ne demanda pas d'eau. La colère qui enflammait ses joues lui semblait être la première passion qu'il eût connue. Il la retint en lui, prisonnière.

28

Chose rare, Toru vint demander quelque chose à Honda. Il voulait emprunter le Journal de Kiyoaki.

Honda ne tenait guère à le lui prêter, mais encore moins à le lui refuser.

Il le confia à Toru pour deux ou trois jours. Cela devint une semaine. Le matin du 28, alors qu'il était résolu à le récupérer, de grands cris poussés par les servantes le firent sursauter. Dans sa chambre, Toru avait pris du poison.

En ces derniers jours de l'année, le médecin de famille s'était absenté. Honda dut affronter la publicité et appeler une ambulance. Des curieux faisaient la haie quand l'ambulance arriva avec des

CHAPITRE 28

grincements. De cette maison qui avait déjà connu le scandale, ils ne demandaient qu'à en apprendre un autre.

Toru demeurait dans le coma, en proie à des convulsions, mais sa vie n'était pas en danger. Pourtant, quand il reprit connaissance, il ressentait de cruelles douleurs oculaires. Des complications se déclarèrent dans chacun des yeux et il perdit complètement la vue. Le poison avait attaqué la rétine dont la dégénérescence interdisait toute guérison.

Le poison était de l'alcool de bois, dérobé, à la faveur du désordre de fin d'année, dans une usine dont le propriétaire était apparenté à une des servantes. Cette dernière, entièrement aux ordres de Toru, fondit en sanglots, répétant qu'elle n'aurait pu imaginer qu'il allait l'avaler.

Toru, désormais aveugle, ne dit presque rien. Au début de l'année nouvelle, Honda s'enquit auprès de lui du Journal qu'il avait emprunté.

«Je l'ai brûlé juste avant d'absorber le poison», répondit brièvement ce dernier.

Quand on lui demanda de s'expliquer, sa réponse ne manquait pas d'à-propos :

«Parce que je ne rêve jamais.»

Honda fit appel à Keiko à maintes reprises au cours de tous ces événements. Il y avait en elle quelque chose d'étrange. On eût dit que, seule, elle connaissait la raison de cette tentative de suicide.

«Il est deux fois plus orgueilleux que la plupart des garçons. À mon idée, il a fait cela pour prouver son génie.»

Pressée de questions, elle dut admettre qu'elle avait tout dévoilé lors du dîner chez elle, à Noël. Elle dit l'avoir fait par amitié, à quoi Honda répliqua qu'il ne voulait plus la revoir. Il mit fin de cette façon à leur belle amitié datant de plus de vingt années.

La déclaration d'incapacité juridique fut rapportée ; à présent, c'était Toru qui, devenu aveugle, avait besoin d'un tuteur. Honda rédigea devant notaire un testament où il désignait le tuteur le plus sûr auquel il pût penser.

Toru quitta l'université, s'enfermant dans la maison et ne parlant à personne sauf à Kinue. On renvoya les servantes, et Honda engagea une personne qui avait été infirmière. Toru passait la plus grande partie du temps dans la loge avec Kinue. Toute la journée, on entendait à travers la porte la voix égale de cette dernière. Toru ne semblait pas se lasser de lui répondre.

L'ANGE EN DÉCOMPOSITION

Son anniversaire franchit la date du 20 mars, sans qu'il parût devoir mourir. Il apprit à lire en Braille. Quand il était seul, il écoutait des disques. Il reconnaissait les oiseaux à leur chant. Un jour, après être resté longtemps silencieux, il demanda à Honda de lui permettre d'épouser Kinue. Bien qu'il sût que le dérangement d'esprit de celle-ci était héréditaire, Honda donna aussitôt l'autorisation.

Les signes de son propre déclin s'accentuaient, la fin s'annonçait doucement. Tels des poils qui lui chatouillaient le cou quand il rentrait de chez le coiffeur, la mort, oubliée la plupart du temps, revenait le chatouiller quand il s'en souvenait. Il lui semblait étrange, alors que tout était prêt pour la recevoir, que la mort ne vînt pas.

Durant ces jours agités, Honda avait ressenti une certaine lourdeur du côté de son estomac mais, contrairement à ce que, jadis, on eût attendu chez lui, il ne se précipita pas chez un médecin. Il y vit un symptôme d'indigestion. Après le Nouvel An, il continua de se sentir peu d'appétit. Il n'était pas dans sa nature d'attribuer cela rien qu'à ses ennuis, ni non plus de considérer que son amaigrissement résultait d'une angoisse psychologique.

Mais il semblait désormais qu'on ne pût distinguer entre la douleur mentale et la douleur corporelle. Où était la différence entre l'humiliation et l'enflure de la prostate ? Entre l'angoisse du chagrin et d'une pneumonie ? La sénilité affligeait pareillement l'esprit et le corps, et le fait que c'était un mal incurable signifiait que l'existence était un mal incurable. C'était une maladie sans rapport avec les théories existentialistes, car c'était la chair même qui était la maladie, une mort latente.

Si la décomposition trouvait son origine dans la maladie, c'est donc que la cause fondamentale, la chair, était maladie elle aussi. L'essence de la chair était la décomposition. Un temps survenait où la chair portait témoignage de destruction et de décomposition.

Pourquoi ne s'avisait-on de cette chose-là qu'une fois la vieillesse venue ? Pourquoi, quand la chose bourdonnait à l'oreille, dans le bref midi de la chair, ne le remarquait-on que pour tout aussitôt l'oublier ? Pourquoi le jeune athlète, plein de santé sous la douche au sortir de l'effort, en regardant les gouttes d'eau cribler sa chair luisante comme une grêle, ne voyait-il pas que cette plénitude de vie elle-même était le plus cruel des maux, une masse couleur d'ambre ?

Pour Honda, à présent, la vie c'était le vieillissement, et le vieillissement, la vie. Il était faux que ces deux synonymes fussent à jamais adversaires l'un de l'autre. C'était maintenant seulement, quatre-vingt-une années après qu'il fut tombé ici-bas, que Honda avait

CHAPITRE 28

connaissance de ce qui gît essentiellement, obstinément, au cœur de tous les plaisirs.

Apparaissant tantôt d'un côté, tantôt de l'autre du vouloir des hommes, il s'en échappe une buée opaque, défense de la volonté contre le terrible et cruel énoncé que vie et vieillissement sont synonymes. L'histoire connaît la vérité. L'histoire, ce produit le plus inhumain de l'humanité. Elle met la main sur l'entière volonté humaine, puis telle, à Calcutta, la déesse Kâli, elle vous la mord, vous la croque, d'une bouche d'où dégoutte le sang.

Nous sommes fourrage à garnir un gésier. À sa façon frivole, celui-là qui était mort dans l'incendie, Imanishi, l'avait compris. Pour les dieux et pour le destin, pour l'histoire qui est le seul effort où l'humanité les imite, il sied de laisser l'homme ignorer cette chose jusqu'à l'entrée de la vieillesse.

Et quel fourrage que Honda? Quel fourrage poussiéreux, sans goût ni valeur alimentaire! Refusant d'instinct de plaire au palais, voici qu'au bout du rouleau, il voulait poignarder la bouche qui le dévorait avec l'os insipide de sa connaissance: mais son échec était certain.

Toru, tentant de se suicider, s'était rendu aveugle. Survint et passa son vingt et unième anniversaire. Honda ne souhaitait plus désormais rechercher les traces qu'avait peut-être laissées l'être inconnu, mort à vingt ans, en qui avait eu lieu la véritable réincarnation. Si une telle personne avait existé, parfait. Honda n'avait plus assez d'énergie pour sauver l'existence de cet individu et il n'eût pas été séant qu'il s'y efforçât. Les mouvements des corps célestes l'avaient laissé de côté. Par une légère erreur de calcul, ils avaient conduit Honda et la réincarnation de Ying Chan dans des secteurs séparés de l'univers. Trois réincarnations avaient occupé l'existence de Honda puis, l'ayant traversée de leur sentier lumineux (cela aussi avait été un accident des plus improbables), elles s'étaient enfuies, dans un nouvel éclair, vers un coin ignoré des cieux. Peut-être quelque jour, quelque part, Honda rencontrerait-il la centième, la dix millième, la cent millionième réincarnation.

Rien d'urgent.

À quoi bon se presser? Il ne savait pas même où le menait sa propre ornière. Ainsi concluait Honda, un homme qui ne s'était pas montré pressé de mourir. Ce qu'il avait vu à Bénarès, c'était l'indestructibilité de l'homme en tant qu'essence fondamentale de l'univers. L'autre monde n'était pas situé, tout frémissant, au-delà du temps, pas davantage il ne se trouvait, radieux, au-delà de l'espace. Si mourir signifiait retourner aux quatre éléments, se dissoudre dans l'entité indivisible, alors nulle loi n'imposait que le lieu des naissances successives dût être ici nécessairement. C'était pur accident, un accident dépourvu de toute signification, si Kiyoaki, Isao et Ying Chan étaient apparus tous trois aux côtés de Honda. S'il était chez Honda tel élément qui fût qualitativement identique à tel autre situé au bord opposé de l'univers, aucun processus d'échange ne permettait, une fois perdu le caractère individuel, que ces deux éléments se rapprochassent à dessein l'un de l'autre à travers le temps et l'espace. Cette particule-ci et cette particule-là ont précisément la même signification. Rien qui pût empêcher le Honda du monde à venir de se trouver à l'autre bout de l'univers. Lorsque, la cordelette une fois coupée et les perles éparpillées sur la table, on les enfile à nouveau dans un autre ordre, l'unique règle infrangible, pourvu qu'aucune perle ne soit tombée sous la table, c'est que leur nombre reste le même qu'auparavant.

L'éternité n'est pas engendrée du fait que je pense que j'existe à présent: la doctrine bouddhiste paraissait à Honda posséder une solidité mathématique. Le moi était l'ordre des perles que le moi déterminait, sans nulle valeur par conséquent.

Ces réflexions et le déclin presque imperceptible de la chair allaient de pair comme les roues d'un chariot. Il était juste, voire agréable, de présenter ainsi les choses.

En mai, ou vers ce temps-là, il commença à ressentir des douleurs abdominales. Elles étaient persistantes, s'étendant parfois jusqu'au dos. Du temps qu'il voyait encore Keiko, les maux dont ils souffraient venaient inévitablement dans la conversation. Il mentionnait en passant quelque malaise sérieux et, en grand émoi, Keiko l'étalait sur la planche à découper. Une sorte de bonté assassine le disputant à une aimable tendance à exagérer, elle y accolait les termes médicaux les plus chargés de malignité auxquels elle pût songer, sur quoi il se précipitait à l'hôpital un peu comme par plaisanterie. Maintenant qu'il avait cessé de voir Keiko, il avait perdu à un point étonnant cette espèce d'inquiétude enthousiaste. Il abandonnait les douleurs qu'il pouvait supporter aux soins de sa masseuse. La pensée même du médecin lui était importune.

À la vérité, un affaiblissement généralisé et des accès de douleur sporadiques engendraient de nouvelles facultés de réflexion. En vieillissant, son cerveau avait perdu toute aptitude à se concentrer, mais voilà que celle-ci lui revenait et même, la douleur s'en emparait, faisait éclore certaines facultés vitales autres que purement rationnelles. À l'âge de quatre-vingt un ans, Honda parvenait à un

CHAPITRE 28

royaume de mystère prodigieux qui jusque-là lui était demeuré interdit. Il savait désormais qu'on pouvait atteindre à une vision plus globale du monde par débilité physique que grâce à l'intelligence, par une douleur sourde dans les entrailles que par la raison, du fait d'un défaut d'appétit plutôt que par l'analyse. Il suffisait d'ajouter quelque vague douleur dans le dos à un monde dont l'œil clair de la raison avait vu tous les détails d'architecture, pour que des lézardes apparussent dans les colonnes et les voûtes, pour que ce qui avait paru de la roche dure se révélât être du liège mou, pour que ce qui avait semblé la solidité même tournât en gelée primordiale.

Honda était de lui-même parvenu à cet affûtage des sens auquel si peu atteignent en ce monde, vivant la mort de l'intérieur. Jetant un regard en arrière sur sa vie, du bord éloigné de cette dernière où elle apparaît tout autre qu'un voyage en plat pays, espérant que ce qui avait dépéri allait revivre, cherchant à croire que la douleur était éphémère, s'accrochant évidemment au bonheur comme à une chose d'un instant, pensant que la mauvaise fortune suit nécessairement la bonne, voyant dans les hauts et les bas, dans les montées et les retombées l'itinéraire de sa marche en avant – alors il estimait que tout était à sa place, bien ajusté et que la fin s'apprêtait en bon ordre. La frontière disparaissait entre hommes et choses. La durée des dix étages du sombre édifice de style américain et des frêles créatures humaines qui marchaient en dessous dépendait de ce qu'ils devaient survivre à Honda, mais aussi de la condition non moins importante qu'un jour ils tomberaient, telle la fleur grimpante si brutalement tranchée. Honda n'avait plus motif de compatir, et il avait perdu l'imagination qui engendre la compassion. Perte d'autant plus aisée que l'imagination lui avait toujours fait tant soit peu défaut.

La raison était encore à l'ouvrage, mais elle était glacée. La beauté était devenue fantôme.

Et il avait perdu cette affliction majeure de l'esprit, vouloir et faire des projets. En un sens, en cela consistait la grande libération que procurait la douleur.

Honda entendait les bavardages qui enveloppent le monde comme de la poudre d'or. Propos en l'air qui prétendent à grand bruit s'installer à demeure :

« Il faudra aller faire une cure, grand-père, quand vous vous sentirez mieux. Que diriez-vous de Yumoto, ou plutôt peut-être Ikaho ?

– Allons prendre un verre après la signature du contrat.

– C'est entendu.

– Est-il exact que ce soit le bon moment pour acheter à la Bourse ?

L'ANGE EN DÉCOMPOSITION

« – Quand je serai grand, est-ce que je pourrai manger un carton de choux à la crème à moi tout seul ?
– Allons faire un tour en Europe, l'an prochain.
– Dans trois ans, sur mes économies, je pourrai m'acheter un bateau.
– Je ne voudrais pas mourir avant qu'il ait grandi.
– Je prendrai ma retraite, nous achèterons une maison de rapport et nous aurons une vieillesse tranquille.
– Après-demain quinze heures ? Je ne sais pas si je pourrai y être ou non. Non, croyez-moi, je ne sais vraiment pas. Disons, si vous voulez, que vous viendrez si le cœur vous en dit.
– L'an prochain, il faudra que nous achetions un nouveau climatiseur.
– C'est un vrai problème. Ne pouvons-nous pas, du moins l'an prochain, économiser sur les distractions ?
– Il paraît qu'on peut fumer et boire autant qu'on veut quand on a vingt ans.
– Merci bien. Vous êtes fort aimable. Mardi prochain à dix-huit heures.
– Précisément. Il est comme ça. Attendez deux ou trois jours, et il arrivera en s'excusant, l'oreille basse.
– Au revoir, à demain. »
Tous autant de renards, suivant la piste des renards. Le chasseur n'a qu'à attendre dans les fourrés.
Il semblait à Honda être un renard aux yeux de chasseur, trottinant sur la piste des renards tout en sachant qu'il serait pris.
L'été et la maturité approchaient.
C'était la mi-juillet quand Honda finit par se décider à prendre rendez-vous à l'Institut de recherche du cancer.
La veille du rendez-vous, chose rare, il regarda la télévision. C'était un après-midi ensoleillé, tout juste après les pluies d'été. On montrait des images d'une piscine. Dans le bleu désagréablement artificiel de l'eau, des jeunes gens s'ébattaient, sautaient, nageaient.
Parfum léger et fugace des chairs admirables.
Nier la chair, ne voir là que des squelettes folâtrant dans un bain au soleil d'été, c'était quelconque, banal, à la portée du premier venu. Le premier venu peut nier la vie, apercevoir les os sous la surface juvénile. Le plus médiocre des individus en est capable.
Quelle vengeance pouvait-ce être là ? Honda verrait son existence s'achever sans avoir connu ce que ressentait le possesseur d'une chair magnifique. Si, un seul mois, il pouvait en être revêtu ! Il aurait dû s'y essayer. Comment cela devait-il être de porter pareil vêtement admi-

CHAPITRE 28

rable, de voir les gens se prosterner devant? Lorsque l'admiration outrepassait une charmante docilité pour se transformer en adoration insensée, cela devait devenir un tourment pour le possesseur. Délire et tourment qui étaient gages de sainteté. Ce à côté de quoi était passé Honda, ç'avait été l'étroit et sombre sentier qui, par la chair, mène à la sainteté. Bien sûr, l'emprunter était le privilège du petit nombre.

Demain, on allait l'examiner à fond. Il ne savait quels seraient les résultats. Il lui fallait du moins être propre. Il se fit préparer un bain avant le dîner.

La gouvernante d'un certain âge, une ancienne infirmière, qu'il avait engagée sans consulter Toru, n'avait pas eu de chance dans la vie; deux fois veuve, c'était un modèle de gentillesse et de dévouement. Il était venu à l'idée de Honda de l'avantager dans son testament. Elle allait jusqu'à l'accompagner à la baignoire de peur qu'il ne tombe, et les traces de sa sollicitude s'apercevaient dans le cabinet de toilette comme des toiles d'araignée. Honda n'aimait pas être vu tout nu par une femme. Il ôta son peignoir devant la glace embuée et se regarda. Ses côtes faisaient durement saillie, son estomac s'affaissait, et dans son ombre était suspendue une fève blanche ridée ; jusqu'aux tibias qui semblaient dépouillés de leur chair. Les genoux étaient comme des bosses. Combien d'années faudrait-il passer à se tromper soi-même pour trouver le moyen de rajeunir dans cette laideur? Mais il était à même de se consoler avec un grand sourire de commisération, à la pensée que ç'eût été bien pire si, tout d'abord, son corps eût connu la beauté.

Les examens prirent une semaine. Il alla s'enquérir des résultats à l'hôpital.

« Il vous faut venir immédiatement. Plus tôt vous entrerez, mieux ce sera. » Ainsi, c'était arrivé. « Nous n'en avions pas trouvé trace toutes ces autres fois, et ça paraît injuste de voir cela vous sauter dessus sans prévenir. On ne prend jamais trop de précautions. » Le médecin arborait un sourire angélique, comme s'il avait reproché à Honda quelque négligence. « Cela dit, il semble qu'il n'y ait qu'une tumeur bénigne sur le pancréas. Tout ce qu'il faut, c'est que nous nous en débarrassions.

– Ce n'était pas l'estomac?

– Le pancréas. Si j'ai les images gastroscopiques, je vous les montrerai. »

Le diagnostic coïncidait avec celui qu'il avait imaginé. Il demanda un sursis d'une semaine.

L'ANGE EN DÉCOMPOSITION

Il écrivit une longue lettre qu'il envoya par exprès. C'était pour avertir le monastère de Gesshu de sa visite, le 22 juillet. La lettre devant arriver le 20, lendemain du jour où on l'envoyait, ou le 21, il disait son espoir que madame l'Abbesse voulût bien consentir à le recevoir. Il décrivit sa carrière au cours de ces soixante années et pria qu'on l'excuse de n'avoir pas attendu une invitation. L'affaire, expliqua-t-il, était assez urgente.

Le 21, au matin de son départ, il se rendit à la loge du jardin.

La gouvernante avait insisté pour qu'il la laissât l'accompagner à Nara, mais il répondit qu'il devait faire seul ce voyage. Elle lui fit des recommandations détaillées. Elle emplit sa valise de vêtements chauds pour le protéger de l'air conditionné. La valise pesait presque plus lourd que ne pouvait soulever un vieillard.

Elle entra aussi dans le détail, en vue de sa visite à la loge. Il semblait à Honda qu'elle avait l'air de s'excuser d'omissions qu'elle aurait pu commettre.

«Il faut que je vous dise que M. Toru porte ce kimono blanc comme un oiseau son plumage. Mlle Kinue en raffole, et quand j'ai essayé de l'ôter pour le laver, elle m'a mordu le doigt, de sorte qu'il l'a encore sur lui. M. Toru, vous savez bien, est facile à contenter, et on dirait que ça ne le gêne nullement de porter le même kimono jour et nuit. Il faut vous y attendre. Et puis, je ne sais trop comment dire, la servante qui s'occupe de la loge assure que Mlle Kinue vomit beaucoup et a de drôles de façons de manger. On dirait qu'elle prend plaisir à se rendre réellement malade. Je me demande. Quoi qu'il en soit, il faut que vous sachiez ce qui vous attend.»

Sans doute ne vit-elle pas briller les yeux de Honda à entendre cet oracle lui déclarer qu'au regard de la raison, de ce côté-là, la ligne était en dérangement.

Poussant sa canne, Honda s'assit sur la véranda. La porte était ouverte. Du jardin, il avait pu voir l'intérieur de la loge.

«Tiens, père, dit Kinue. Bonjour.

– Bonjour. Je m'en vais à Kyoto et à Nara pour quelques jours, et je voulais vous demander de vous occuper de la maison.

– Vous partez en voyage? Vous en avez de la chance.» N'y accordant aucun intérêt, elle reprit son travail.

«Qu'est-ce que vous êtes en train de faire?

– En train de préparer le mariage. Ça vous plaît? Pas seulement pour moi, pour Toru également. Les gens disent qu'ils n'ont jamais vu de couple plus admirable.»

CHAPITRE 28

Toru, portant des lunettes noires, était assis, silencieux, entre eux deux.
Honda ignorait tout de la vie intérieure de Toru depuis qu'il avait perdu la vue, et il ne se laissait pas aller à ses facultés imaginatives, toujours limitées. Toru continuait à vivre. Mais rien ne pouvait davantage donner à Honda un sentiment d'abattement que ce bloc de silence désormais inoffensif.
Sous les lunettes noires, les joues étaient plus pâles, les lèvres plus rouges. Toru avait toujours beaucoup transpiré. Des gouttes de sueur perlaient au col ouvert du kimono. Il était assis, jambes croisées, s'en remettant pour tout à Kinue, mais on se rendait compte qu'il faisait effort pour se désintéresser de Honda rien qu'à le voir se gratter la jambe d'un geste nerveux ou s'essuyer la poitrine. Ces mouvements étaient sans force. On aurait dit qu'il était mû par des ficelles accrochées au plafond.
Bien qu'il parût avoir l'ouïe très fine, rien en lui ne donnait l'impression que le monde extérieur atteignît ses oreilles. N'importe qui, assurément, à l'exception de Kinue, en aurait jugé pareillement, mais quand bien même le visiteur s'approchait en confiance, il n'était pour Toru qu'un déchet du monde extérieur, un bidon rouillé envahi par les herbes estivales.
Il n'émanait de lui aucun mépris, nulle résistance. Il demeurait assis en silence.
Bien qu'on les sût mensongers, ses yeux et son sourire admirables lui avaient valu les timides égards de la société. On aurait pu trouver quelque consolation à voir du regret ou du chagrin, mais il dissimulait ses sentiments à tout un chacun, hormis Kinue, et elle ne révélait rien de ce qu'elle apercevait.
Dès le matin, on avait entendu le bruit des cigales. Au travers des branches du jardin négligé, le ciel luisait comme une enfilade de perles d'azur. La loge en paraissait plus sombre qu'à l'ordinaire.
Le jardin de thé se reflétait dans les cercles de lunettes noires qui, en tout état de cause, se seraient détournées du monde extérieur. Il n'y avait plus d'arbres à fleurs depuis que la pervenche grimpante avait disparu du bassin de pierre. Les verres renvoyaient l'image d'arbustes entre des pierres qui ne parvenaient pas tout à fait à composer un paysage et de la lumière à travers les arbres.
Les yeux de Toru n'absorbaient plus le monde extérieur. Le tableau du dehors, sans plus de lien avec la vision ou la conscience, emplissait les verres noirs de ses mille détails. Honda trouvait étrange de n'y voir que sa propre image et le petit jardin derrière lui.

L'ANGE EN DÉCOMPOSITION

Si l'océan et les bateaux que Toru avait observés à longueur de jour, avec leurs emblèmes qui ressortaient sur leurs cheminées, faisaient partie de sa conscience intime, c'était donc que, derrière les verres et les yeux dont la blancheur bougeait de temps à autre, ces images demeuraient à jamais encloses. Si, pour Honda et pour tout un chacun, les pensées intérieures de Toru étaient devenues pour toujours un mystère, il n'y avait pas lieu de se montrer surpris qu'océan, navires et aussi inscriptions des cheminées y fussent enfermés.

Pourtant, si elles appartenaient à un monde extérieur à Toru, sans rapport avec lui, il convenait que leurs détails fussent esquissés sur les lunettes. Se pouvait-il que Toru confondît entièrement le monde extérieur et son monde intérieur? Un papillon blanc voleta à travers l'écran sombre des lunettes.

Les talons de Toru dépassaient au bas de son Kimono. Ils étaient blancs et ridés comme ceux d'un noyé, parsemés de taches de saleté pareilles à des fragments de tain. Le kimono était tout flasque. La sueur dessinait au col des groupes jaunasses de nuages.

Honda ressentait comme une odeur bizarre. Il vit que la crasse et la graisse du kimono mêlées à la sueur exhalaient cette odeur qui, l'été, émane des jeunes hommes, comme d'un canal nauséabond. Toru avait cessé de se montrer délicat.

D'ailleurs on ne respirait aucun parfum de fleurs. La pièce en était jonchée, mais elles n'avaient nulle odeur. Il y avait partout des roses trémières rouges et blanches, commandées à un fleuriste très certainement, mais elles dataient de plusieurs jours, sèches et flétries.

Kinue portait dans les cheveux une guirlande blanche de roses trémières, non pas fixées dans la chevelure mais penchant de tous côtés, tenues en place à la diable par des bracelets de caoutchouc. Quand elle hochait la tête, on entendait leur bruissement sec.

Elle se levait puis se rasseyait, ornant de roses rouges la chevelure encore opulente de Toru. Il portait un bandeau autour de la tête. Elle y plantait trois ou quatre roses rouges desséchées puis, comme à une leçon de confection de bouquets, elle se reculait pour juger de l'effet. Les fleurs qui lui tombaient sur les oreilles et les joues auraient dû l'agacer, mais Toru avait abdiqué toute autorité dans les contrées situées au-dessus de son cou.

Au bout d'un moment, Honda partit se mettre en tenue de voyage.

CHAPITRE 29

29

Ayant appris que la route de Nara était maintenant excellente, Honda prit une chambre à Kyoto. Il descendit à l'hôtel Miyako et retint une voiture pour le 22 à midi. Les nuages semblaient hors de propos par cette chaleur. Sans doute tombait-il des averses sur les hauteurs.

Il se trouvait donc là, et cette pensée remplit Honda de contentement. Les impressions atteignaient son corps et son cœur lassés, comme à travers des écrans, sous une toile écrue à l'ancienne. Il avait emporté une couverture pour se protéger de l'air conditionné. Le crissement des cigales, à proximité de l'hôtel, dans le district de Keage, s'engloutissait par les fenêtres.

Il prit une ferme résolution au départ de l'auto. « Aujourd'hui, je ne vais pas aller apercevoir des squelettes sous la chair. Ce ne sont que simple façon de concevoir. Je vais voir et me rappeler les choses telles qu'elles sont. Ce sera mon ultime plaisir, mon dernier effort. La dernière fois où je regarderai vraiment. Il faut que j'observe tout, d'un cœur dispos. »

La voiture dépassa la pagode Samboin à Daigo. Au pont du temple de Kajuji, elle prit la route nationale de Nara, puis à partir du parc de Nara, la route de Tenri. En une heure, il était à Obitoke.

Honda avait remarqué à Kyoto nombre de femmes portant des ombrelles, chose rare à Tokyo. Par-dessous, certains visages brillaient, d'autres – à cause, peut-être, du dessin des ombrelles – étaient sombres; certains avaient une beauté brillante, d'autres une sombre beauté.

En se détournant des faubourgs sud de Yamashina, ils se trouvèrent parmi des espaces de banlieue, zone de petites usines brûlées du soleil d'été. Parmi un groupe de femmes et d'enfants qui attendaient l'autobus, on apercevait une femme enceinte, chaudement vêtue d'une indienne à motif occidental. Les visages étaient comme empreints d'inertie, telles des feuilles de thé flottant sur les torrents de la vie. Plus loin, s'étendaient des cultures poussiéreuses de tomates.

Le district de Daigo offrait un assemblage de tous les piètres éléments des constructions nouvelles qu'on peut voir par tout le Japon : matériaux de construction et toits de tuile bleue, tours de télévision

L'ANGE EN DÉCOMPOSITION

et lignes à haute tension, réclames de Coca-Cola et comptoirs pour conducteurs pressés.

Sous les falaises où les pâquerettes piquaient le ciel, parmi les moellons, on voyait des dépotoirs d'automobiles, bleues, jaunes et noires, empilées en équilibre instable, leurs couleurs criardes fondant au soleil. Devant ces mornes entassements que la voiture cachait la plupart du temps, Honda songea à un récit d'aventures qu'il avait lu dans son enfance, et aux amas d'ivoire du marécage où les éléphants s'en vont mourir. Peut-être, sentant venir la mort, les automobiles, elles aussi, se rassemblaient-elles dans leurs cimetières. Quoi qu'il en fût, cette exubérance, cet étalage sans vergogne reflétaient bien, à ses yeux, l'ère de l'automobile.

À partir d'Uji, les coteaux se couvraient de verdure pour la première fois. Une réclame vantait de «Délicieux bonbons glacés». Des feuillages de bambous enjambaient la route.

Traversant le pont de la Lune à Uji, ils s'engagèrent sur la vieille route de Nara. Ils passèrent Fushimi et Yamashiro. Un panneau les informa qu'ils se trouvaient à trente-deux kilomètres de Nara. Le temps passait. À chaque panneau, Honda pensait à l'expression «... jalonnant la voie du tombeau». Il lui paraissait inconcevable qu'il pût s'en revenir par la même route. Panneau après panneau, la route qu'il devait suivre était clairement signalée. Nara : 30 km. Deux kilomètres plus près du tombeau. Il abaissa une glace, dérobant trois centimètres d'air non conditionné, tandis que les cigales chantaient à ses oreilles, comme si le monde entier eût résonné dans la solitude sous le soleil d'été.

Encore une station d'essence. Encore le Coca-Cola. Les bords d'un vert admirable du fleuve Kizu s'étendaient à perte de vue sur la droite. Ils étaient déserts, des nuages tourmentés venant souligner leurs splendides bosquets. Des taches d'azur illuminaient le ciel.

Et que pouvait-ce donc être? rêvassa Honda. Le plateau de verdure ressemblait à un étalage de poupées. Dans le tumulte des nuages, on aurait dit qu'après avoir aligné des poupées, on en avait perdu. Ou bien, des rangées transparentes de poupées s'y trouvaient-elles peut-être encore. Se pouvait-il que ce fussent là des images d'une morgue? Peut-être des images de ténèbres dispersées par une tempête de lumière laissaient-elles encore des traces au firmament; voilà pourquoi les rives du fleuve offraient tant de majesté, une révérence si solennelle. Ils soulevaient jusqu'au ciel la lumière qu'avaient laissée des rangées de poupées. Ou bien encore, peut-être la lumière qu'il lui semblait voir était-elle le négatif de ténèbres sans fond.

CHAPITRE 29

Il eut conscience que ses yeux, une nouvelle fois, cherchaient à voir derrière les objets. Précisément ce qu'il avait proscrit au départ de l'hôtel.
S'il les laissait faire, le monde concret s'effondrerait une fois encore comme une digue, à cause de l'orifice percé par son regard. Il lui fallait tenir bon un petit peu. Il fallait maintenant tenir un peu plus longtemps cet ouvrage de verre si frêle, prêt à se briser.
Le Kizu resta quelque temps à main droite, étalant ses hauts-fonds au-dessous d'eux. Une ligne à haute tension s'affaissait par-dessus, comme fondue et courbée par la chaleur.
Bientôt, la route tourna pour traverser le Kizu sur un pont d'acier et un panneau leur indiqua que Nara n'était plus qu'à huit kilomètres. Ils franchirent nombre de sentiers blancs campagnards, bordés d'herbe de la pampa dont les plumets ne perçaient pas encore. On voyait d'épais fourrés de bambous. Les jeunes feuilles de bambou que la lumière emplissait comme une eau tiède soulignaient de leur lustre doux et doré, comme la fourrure des renardeaux, le noir silencieux des pinèdes.
Nara apparut.
Accompagnant leur descente à travers les pins au flanc des collines, c'était là Nara, élevant le vaste toit protecteur du Todaiji et ses pignons dorés en queue de milan.
La voiture avançait par des rues paisibles, devant des boutiques d'autrefois qu'ombraient leurs bannes, et qui offraient, suspendus, des gants blancs et autres marchandises. Ils parvinrent au parc de Nara. Le soleil était plus fort, les appels de cigales qui retentissaient dans le dos de Honda se faisaient plus intenses. Des taches blanches sur la robe d'été d'un daim flottaient là-haut à travers un soleil moucheté.
Empruntant la route de Tenri, ils traversèrent des champs étincelants. À droite, à partir d'un petit pont banal, un chemin conduisait à Obitoke et à la gare d'Obitoke; à gauche, un autre menait aux collines au pied desquelles était situé le Gesshuji. Longeant les champs de riz, il était passé à présent et l'accès au portail d'en bas ne présentait aucune difficulté.

L'ANGE EN DÉCOMPOSITION

30

Ils auraient parfaitement pu aller en voiture jusqu'à l'entrée située dans la montagne, bien trop loin pour qu'un vieillard y aille à pied, dit le chauffeur en levant son regard vers le soleil qui se faisait plus ardent dans le ciel sans nuage; mais Honda refusa, lui disant d'attendre au portail d'en bas. Il lui fallait connaître à son tour les souffrances que Kiyoaki avait endurées soixante ans auparavant.

Appuyé sur sa canne devant la porte, il abaissa son regard, tournant le dos à l'ombre qui lui faisait signe.

L'air s'emplissait des chants de cigales et de grillons. Sur cette quiétude venaient se tisser des rugissements d'autos sur la nationale de Tenri, au-delà des champs cultivés. Il n'y avait pas de voitures sur la route où il allait s'engager. Du gravier blanc en soulignait délicatement les bas-côtés.

Rien n'était venu troubler la sérénité de la plaine de Yamato. Son étendue plate était le monde des hommes. Obitoke luisait dans les lointains, avec ses toits pareils à des coquillages. Des traces de fumée y étaient suspendues. Peut-être, maintenant, y trouvait-on de petites usines. L'auberge où Kiyoaki, malade, avait séjourné, était au pied d'une colline dallée, et sans doute s'en rencontrait-il encore de semblables aujourd'hui; mais Honda jugea qu'il serait inutile de rechercher l'auberge elle-même.

Un ciel bleu infini enjambait le village et la plaine. Des nuages arrachaient des lambeaux de satin blanc, semblables à des mirages, aux collines embrumées tout au loin. L'horizon supérieur découpait le firmament avec une beauté claire de statue.

Honda s'accroupit, accablé de chaleur et de lassitude. Il avait l'impression que l'éclat mauvais des brins coupants d'herbe estivale venait lui piquer les yeux. Il eut la sensation qu'une mouche qui lui frôlait le nez avait dû sentir l'odeur de décomposition.

Des yeux, il fit des remontrances au chauffeur qui était descendu de voiture et, soucieux, venait à sa rencontre.

Il commençait à douter de pouvoir réellement atteindre l'entrée dans la montagne. Son dos et son estomac lui faisaient mal. Il fit signe au chauffeur de s'éloigner et franchit le portail, résolu à conserver ses forces tant que cet homme pourrait l'observer. À court d'haleine, s'aidant des tournants, il monta le long de la route caillou-

CHAPITRE 30

teuse, apercevant du coin de l'œil, à gauche, le jaune brillant de la mousse, comme une vomissure, sur le tronc d'un plaqueminier, et, sur la droite, les cimes couleur lavande des campanules dont étaient tombés la plupart des pétales.

Les ombres qui, en avant, barraient la route, possédaient une sorte de quiétude mystique. Le chemin raboteux, qui, par la pluie, devait être un lit de ruisseau, luisait, là où le soleil le frappait, comme des affleurements minéraux, dans le frais murmure de ses ombres. Ces dernières provenaient certes de quelque part, mais Honda avait peine à croire que ce pût être des arbres.

Il se demanda ainsi qu'à sa canne sous laquelle de ces ombres il pourrait se reposer. La quatrième ombre, déjà invisible de l'automobile, l'invitait doucement. En l'atteignant, il s'assit, presque effondré, sur les racines d'un châtaignier.

« Au commencement, pensa-t-il, comme si ce fût chose indiscutable, il fut décidé qu'en ce jour, à cet instant, je me reposerais à l'ombre de cet arbre. »

La sueur et des chants d'insectes, oubliés en marchant, surgirent dès qu'il fut assis. Il s'appuya le front contre sa canne. La pression du pommeau d'argent noya la douleur qui lui battait dans l'estomac et le dos.

Le médecin avait dit qu'il avait une tumeur du pancréas. Tout souriant, il l'avait déclarée bénigne. *Souriant, bénigne.* Accrocher l'espoir à ce genre de mots, c'était piétiner la fierté d'un homme qui avait vécu au long de quatre-vingt un ans. Honda se demanda s'il n'allait pas refuser qu'on l'opère à son retour à Tokyo. Pourtant, ce faisant, il était certain que le docteur ferait pression sur « de proches parents ». Déjà, il était tombé dans ce piège. Il était tombé dans ce piège lors de sa naissance à ce monde, et il ne faudrait pas qu'un autre piège l'attendît au bout du chemin. Il lui fallait en rire, pensa-t-il. Il devait faire semblant d'espérer. En Inde, l'agneau du sacrifice avait lutté encore si longtemps après que sa tête fut tombée.

L'œil embarrassant du surveillant n'étant plus dirigé sur lui, Honda s'appuya sur sa canne, titubant affreusement en reprenant la montée. L'impression lui vint qu'il était en train d'amuser la galerie. La douleur le quitta et il marcha d'un pas plus assuré.

L'air s'emplissait de l'odeur des herbes d'été. Les pins s'épaississaient le long de la route. Appuyé sur sa canne, il leva les yeux vers le ciel. Sous l'éclairage ardent, chaque écaille des pommes de pin se dessinait entre les branches. Il parvint à un champ de thé à l'abandon sur la gauche, tapissé de toiles d'araignée et de végétation traçante.

En avant, il y avait des raies d'ombre. Les plus proches ressemblaient aux lamelles d'un store endommagé, les plus éloignées, d'un noir profond, par groupes de trois ou quatre, paraissaient des ceintures de vêtements de deuil.

Une grosse pomme de pin était tombée sur le chemin. Sous prétexte de la ramasser, il s'assit sur une racine de pin géante. Il ressentait une douleur d'estomac, lourde et cuisante. L'épuisement, sans pouvoir trouver d'issue, se recourbait comme un fil de fer rouillé. En jouant avec la pomme de pin, grande ouverte et desséchée, les écailles couleur de thé offraient à ses doigts une résistance vigoureuse. Des fleurs-de-rosée ponctuaient le chemin, leurs corolles flétries au soleil, des traces fluettes d'un vert lavande nuançant les feuilles comme des ailes de jeunes hirondelles. Le grand pin auquel il s'appuyait, l'émail clair, là-haut, du firmament, les nuages pareils à des balayures – rien qui ne fût d'un sec sinistre et menaçant.

Honda ne parvenait pas à identifier les chants d'insectes alentour. C'était comme un bourdon général d'insectes, un grincement de dents de cauchemar, un bruit d'écho sans but contre les côtes.

Il se remit debout, et de nouveau se demanda s'il atteindrait l'entrée dans la montagne. Tout en marchant, il réussissait seulement à compter combien d'ombres se trouvaient par-devant. Combien d'autres ombres pourrait-il encore dépasser par cette chaleur intense, parmi les tourments de la montée ? Or il en avait déjà passé trois depuis qu'il avait commencé à compter. Une ombre s'étendait sur une moitié de la route. Fallait-il la compter comme une ombre entière ou seulement pour une moitié ?

À un endroit où le chemin inclinait doucement vers la gauche poussaient des massifs de bambous. On aurait dit des colonies dans le monde des hommes. Les jeunes pousses délicates se pressaient, épaisses, les unes contre les autres, certaines fines comme des asperges, d'autres noires de méchanceté puissante et perverse.

En s'asseyant pour étancher de nouveau sa transpiration, il vit un papillon, le premier. De loin, il n'en distinguait que la silhouette mais, comme il s'approchait, il aperçut que la teinte roussâtre des ailes s'ornait de cobalt.

Il parvint à un marécage. Il se reposa sous le feuillage vert vif d'un châtaignier de son bord. Aucun souffle d'air. Un pin mort formait comme un pont en travers d'un coin du marécage jaune-vert, dont la surface n'était troublée que par le sillage des insectes aquatiques. De minuscules vaguelettes miroitaient tout autour, dérangeant le reflet bleu mat du ciel. L'arbre mort était d'un brun rougeâtre jus-

CHAPITRE 30

qu'à l'extrémité de ses aiguilles. Calé, semblait-il, par des branches sur le fond du marécage, le tronc émergeait, rouge rouille dans un océan de vert, sa forme originale encore intacte. À coup sûr, il était bien encore un pin.

Il se remit en route, comme s'il eût suivi le papillon argenté qui jaillissait, joyeux, d'entre les herbes de la pampa et les queues-de-renard encore dégarnies de plumets. Le vert terni du bosquet de cyprès sur l'autre rive du marais gagnait ce côté-ci. Peu à peu, les ombres se faisaient plus épaisses.

Il sentait la sueur traverser sa chemise et tremper le dos de son veston. Il n'était pas sûr si c'était une bonne sueur due à la chaleur ou une sueur froide et visqueuse. En tout cas, il n'avait pas transpiré si abondamment depuis l'entrée de la vieillesse.

À l'endroit où le bois de cyprès faisait place à un bosquet de cryptomérias, se dressait un arbre isolé, un *nemou*. Les feuilles amassées entre les aiguilles dures des cryptomérias avaient l'air d'apparitions tel un sommeil d'après-dîner. Cela lui rappelait la Thaïlande. Un papillon blanc échappé du nemou lui traça son chemin.

La pente s'accentuait. La porte de la montagne devait être proche. Les cryptomérias croissaient en épaisseur et il en sortait une brise fraîche. Il était aisé de marcher à présent. Jusque-là, les bandes en travers du chemin avaient été les ombres des arbres. C'étaient désormais des raies ensoleillées.

Le papillon allait, de-ci de-là, dans l'obscurité du bosquet de cryptomérias. Il fila très bas au travers de fougères à l'éclat transparent, avant de franchir le noir portail. Pour quelque raison, pensa Honda, par ici tous les papillons volaient à ras de terre.

Il passa le portail noir. La porte de la montagne était située plus avant. Ainsi donc, il se trouvait finalement à Gesshuji. Il n'avait vécu ces soixante années que pour y revenir.

Considérant le pin en forme de proue qui marquait l'arrêt des voitures, Honda avait peine à croire qu'il se trouvait en cet endroit. Il se sentait étrangement dispos, regrettant même d'être parvenu à destination. Il se tenait près d'un pilier de la porte de la montagne, flanquée de deux autres portes plus petites et plus basses. Des chrysanthèmes à seize pétales étaient frappés sur les tuiles de crête. Le pilier de gauche portait un texte élégant qui identifiait ce monastère comme étant celui de Gesshuji, placé sous la protection de la Maison impériale. Sur le pilier de droite, on lisait une inscription en relief, à demi effacée : « Paix sur terre. Cette maison abrite le Texte Impérial de Prière du *Prajnaparamita Sutra*. Gardienne de la Loi de Sa Gracieuse Majesté. »

L'ANGE EN DÉCOMPOSITION

Cinq chevrons sur le mur de terre couleur d'œuf indiquaient le rang élevé du monastère. Bordé de gravier jaunâtre, un pose-pieds dallé en damier conduisait à la porte. Honda en compta les pierres du bout de sa canne, et quand il fut rendu à quatre-vingt-dix, il était à la clôture. Dans le renfoncement de la poignée d'appel, sa main sentit un chrysanthème et des nuages découpés dans du papier blanc.
Le coin le plus distant du réduit lui revint à l'esprit. Il resta sans bouger, oubliant de s'annoncer. Il y avait soixante ans, le jeune Honda s'était tenu sur ce même seuil devant cette même porte. On avait dû changer le papier cent fois au cours de ces années, mais un espace net de blancheur barrait le chemin aujourd'hui tout comme par cette froide journée de printemps. Bien que le grain du bois fût peut-être un peu plus apparent, neiges et vents y avaient passé sans guère l'user. Il ne s'était passé qu'un instant.
En proie à la maladie à l'auberge d'Obitoke, Kiyoaki avait tout misé sur ce voyage au Gesshuji. Rongé de fièvre, il devait être encore à attendre le retour d'Honda ; et qu'allait-il penser de voir qu'en cet instant Honda s'était mué en un vieil homme immobile et courbé ?

Un intendant, qui pouvait avoir la soixantaine, portant une chemise à col ouvert, vint l'accueillir. Il eut besoin d'aide pour franchir la dernière marche surélevée. Le conduisant, à travers des pièces en enfilade, de huit et six nattes, dans le grand vestibule, cet homme déclara courtoisement qu'on avait bien reçu sa lettre et pris connaissance du contenu, puis il lui désigna un coussin disposé avec une précision géométrique sur une natte décorée sur les bords, noir sur blanc. Il ne se rappelait pas ces pièces après ces six décennies.
Sur le rouleau de parchemin, de style Sesshu, dans la niche, un dragon se tordait en tous sens parmi des nuées d'orage. Au-dessous, était placé un frais petit bouquet d'œillets sauvages. Une vieille religieuse en kimono blanc de crépon avec un obi blanc apporta des friandises rouges et blanches et du thé froid servis sur un plateau à bord relevé. Par des portes ouvertes pénétraient des senteurs de verdure. On apercevait un massif épais d'érables et de thuyas, puis, au-delà, un balcon blanc ; rien d'autre.
L'intendant parlait de choses et d'autres, et le temps passait. Honda était assis tranquille dans l'air frais. Il ne ressentait plus transpiration ni douleur. Il sentit qu'était venue la délivrance.
Il se trouvait dans une pièce du Gesshuji où, avait-il pensé, il ne lui serait pas possible de se rendre. L'approche de la mort avait faci-

CHAPITRE 30

lité cette visite, libérant le poids qui le maintenait dans les profondeurs de l'être. C'était même une consolation de songer, grâce au soulagement que lui avait procuré le douloureux effort de la montée, que Kiyoaki, luttant pour gravir ce même chemin, avait reçu des ailes pour s'envoler, de par le refus qui l'attendait.

Il avait encore à l'oreille le cri strident des cigales, comme l'écho mourant d'une cloche, mais ici, la pénombre était toute fraîcheur. Le vieil homme continuait à parler, sans plus se référer à la lettre. Honda n'osait prendre sur lui de demander s'il rencontrerait l'abbesse.

Il se mit à craindre que l'heure qui passait à vide fût une façon précautionneuse de lui faire savoir que l'abbesse ne pouvait le recevoir. Peut-être le vieil intendant avait-il vu l'article dans l'hebdomadaire. Peut-être lui avait-il conseillé de plaider une indisposition.

Honda n'avait pas crainte de la revoir, si coupable qu'il fût. S'il ne s'était senti criminel, coupable et guetté par la mort, il n'aurait pas eu le courage de gravir ce chemin. Il voyait à présent que c'était ce scandale qui lui avait donné sa première et sombre impulsion. La tentative de suicide de Toru, sa cécité, sa propre maladie, la grossesse de Kinue, tout cela avait pointé dans la même direction. C'était la vérité : tout cela s'était aggloméré en un bloc glacé qui l'avait contraint à monter cette route brûlante. Sinon, il n'aurait pu que lever les yeux vers la splendeur du Gesshuji sur un lointain sommet.

Si, après tant de choses, l'abbesse allait refuser de le voir à cause de cette affaire, il pouvait appeler cela le destin. Il ne la verrait donc pas dans cette vie. Néanmoins, il était sûr qu'il la reverrait un jour, quand bien même on lui refusait un entretien en cette dernière destination, à cette heure dernière en ce monde.

Un calme paisible remplaçait l'irritation, une résignation le chagrin, rendant supportable le passage du temps.

La vieille religieuse reparut et murmura quelque chose à l'oreille de l'intendant.

« Sa Révérende nous informe qu'elle est prête à vous recevoir, dit-il, avec l'intonation de ce pays d'Ouest. Veuillez me suivre, je vous prie. »

Honda n'en croyait pas ses oreilles.

Le vert de la lumière était trop intense dans le jardin au nord, si bien qu'il fut un moment avant de s'y reconnaître ; c'était pourtant ici que, soixante ans auparavant, l'abbesse précédente l'avait reçu.

Il se rappelait l'image lumineuse des quatre saisons sur le paravent, en ce temps-là. On l'avait remplacé par un paravent tout uni en roseaux tressés. Plus loin que la véranda, on apercevait le vert ardent d'un petit jardin de thé, grouillant de cigales. Au-delà d'une profusion d'érables, de pruniers, d'arbres à thé, pointaient les bourgeons rouges d'un laurier-rose. La lumière estivale donnait à plein sur les tiges blanches de bambou nain parmi les pose-pieds, reflétant la lumière blanche du ciel par-dessus les collines boisées.

Il sembla presque qu'un battement d'ailes vînt frapper la muraille. Le vol d'une hirondelle venue du balcon entra et ressortit, son ombre mouvante profilée sur la blancheur du mur.

La porte des appartements intérieurs coulissa pour s'ouvrir. Devant Honda qui avait rapproché les genoux dans une attitude cérémonieuse, la vieille abbesse apparut, conduite par une novice vêtue de blanc. La pâle silhouette en kimono blanc et en manteau violet foncé devait être Satoko, âgée aujourd'hui de quatre-vingt-trois ans.

Honda se sentit venir les larmes aux yeux. Les forces lui manquaient pour lever son regard sur elle.

Elle lui faisait face de l'autre côté de la table. Le nez était le nez si joliment ciselé de jadis, les yeux, les mêmes yeux admirables. Satoko avait changé du tout au tout et cependant, il connut d'un coup d'œil que c'était Satoko. La fleur de jeunesse avait, d'un saut, franchi soixante années pour devenir l'extrémité de l'âge ; Satoko avait échappé au voyage parmi ce monde de misère. Lorsque, traversant le pont d'un jardin, quelqu'un passe de l'ombre au soleil, il peut sembler changer de visage. Si le beau visage de la jeunesse était celui situé dans l'ombre, pareil, sans plus, était le changement survenu dans ce beau visage de vieillesse qu'éclairait à présent le soleil.

Il se rappela comment, à Kyoto, en quittant l'hôtel, les visages lui avaient paru ou lumineux ou sombres, sous les ombrelles, et comme on pouvait juger de la valeur de la beauté par la lumière ou son absence.

Pour Honda, cela avait fait soixante années. Pour Satoko, n'avait-ce donc été que le temps qu'il fallait à traverser le pont d'un jardin, passant de l'ombre à la lumière ensoleillée ?

Pour elle, les années s'étaient hâtées, non vers la décomposition mais bien vers la purification. La peau semblait luire d'un éclat serein ; la beauté de ses yeux était plus claire, brillant comme à travers une patine. L'âge l'avait cristallisée en un bijou parfait. Sa froideur n'en était pas moins diaphane, sa grande douceur empreinte de dureté et les lèvres encore humectées. On y voyait des rides, profondes et innombrables, mais brillantes comme si on les eût soi-

CHAPITRE 30

gneusement lavées une à une. Il y avait une vivacité vigoureuse dans cette silhouette menue, un peu courbée.
Dissimulant ses larmes, Honda leva les yeux.
«C'est très gentil à vous d'être venu, dit l'abbesse d'un ton affable.
– Il est discourtois de me présenter impromptu, et c'est fort aimable à vous de me recevoir quand même.» Dans son désir d'éviter surtout aucune familiarité, Honda se voyait proférer les compliments les plus guindés. Il eut honte de sa vieille voix tout enrouée. Il dut se forcer: «Je me suis adressé à votre intendant. Je ne sais s'il a bien voulu vous montrer ma lettre.
– Oui, je l'ai vue.»
Il y eut une pause. La novice en profita pour se retirer.
«Comme les souvenirs reparaissent! Comme vous voyez, je suis si vieux que je ne suis pas certain de passer la nuit.» Il prit courage en apprenant qu'elle avait lu sa lettre. Les mots venaient plus aisément.
L'abbesse se mit à rire et parut avoir un léger balancement. «Votre lettre si intéressante avait un air presque trop sérieux.» Comme l'intendant, elle parlait le dialecte de l'Ouest. «Je pensais qu'il devait y avoir entre nous comme un lien sacré.»
Les dernières gouttes de jeunesse jaillirent au-dedans de Honda. Il était revenu à ce jour, soixante années auparavant, où il avait plaidé l'ardente jeunesse auprès de la précédente abbesse. Il quitta son attitude réservée.
«Sa Révérende l'abbesse qui vous a précédée ne voulut pas me laisser vous voir quand je vins lui rapporter l'ultime prière de Kiyoaki. Il fallait qu'il en fût ainsi, mais j'étais irrité. Après tout, Kiyoaki Matsugae était mon ami le plus cher.
– Kiyoaki Matsugae. Qui donc cela pouvait-il être?»
Honda la regarda d'un air stupéfait.
Si dure d'oreille qu'elle pût être, elle n'avait pu manquer de l'entendre. Pourtant, ce qu'elle disait était si loin du compte qu'il pouvait seulement croire qu'il avait été mal compris.
«Je vous demande pardon?» Il voulait la faire répéter.
Nulle trace en elle de dissimulation tandis qu'elle redisait ces paroles. Il y avait plutôt comme une curiosité d'adolescente dans ses yeux qui surmontaient un sourire paisible.
«Qui pouvait-ce bien être?»
Honda comprit qu'elle voulait qu'il lui parlât de Kiyoaki. D'une politesse scrupuleuse, il raconta ses souvenirs de l'amour de Kiyoaki et de son aboutissement mélancolique.

L'ANGE EN DÉCOMPOSITION

L'abbesse se tint assise sans bouger durant la longue histoire, un sourire ne quittant pas ses lèvres. À l'occasion, elle hochait la tête. Elle écouta attentivement, même en prenant gracieusement sa part des rafraîchissements froids apportés par la vieille religieuse.

Calmement, sans ombre d'émotion, elle déclara : « Voilà une bien intéressante histoire, mais malheureusement, je n'ai pas connu M. Matsugae. Je crains que vous ne m'ayez confondue avec quelqu'un d'autre.

– Mais je crois que vous vous appelez bien Satoko Ayakura ? » Il toussa, tant les mots se pressaient.

« Tel était mon nom dans le monde.

– Alors, vous avez dû connaître Kiyoaki. » Il était courroucé.

Il fallait que ce fût non pas l'oubli, mais un cynisme effronté. Il savait que l'abbesse avait des raisons de feindre l'ignorance : mais qu'une femme fort éloignée du vulgaire, dans sa condition vénérable, mentît si ouvertement, motivait qu'on mît en doute la profondeur de ses convictions. Si elle portait encore en elle toute l'hypocrisie du monde extérieur, c'est qu'alors on pouvait douter de la valeur de sa conversion lors de son entrée dans celui-ci. Les rêves de soixante années semblaient trahis en cet instant.

Son insistance à lui dépassait la limite raisonnable, mais elle ne semblait pas lui en vouloir. Malgré la chaleur, le manteau violet dont elle était revêtue n'était que fraîcheur.

Ses yeux et sa voix toujours si belle disaient sa sérénité.

« Non, monsieur Honda. Je n'ai oublié aucune des bénédictions qui furent miennes dans ce monde d'où vous venez. Mais je crains de n'avoir jamais entendu le nom Kiyoaki Matsugae. Ne croyez-vous pas, monsieur Honda, qu'il n'a jamais dû y avoir semblable personne ? Vous paraissez convaincu qu'elle a existé ; pourtant, ne vous semble-t-il pas que pareille personne n'a jamais dû exister, dès l'origine, nulle part ? Je ne pouvais pas m'empêcher de le penser en vous écoutant.

– Mais alors, pourquoi nous connaissons-nous ? Et les Ayakura et les Matsugae doivent encore avoir des papiers de famille.

– Oui, pareils documents pourraient résoudre des problèmes dans cet autre monde. Mais avez-vous véritablement connu une personne appelée Kiyoaki ? Et pouvez-vous dire avec certitude que, tous les deux, nous nous sommes déjà rencontrés ?

– Je suis venu ici il y a soixante ans.

– La mémoire est comme un miroir fantôme. Il arrive qu'elle montre des choses trop lointaines pour qu'on les voie, et elle les montre parfois comme si elles étaient présentes.

CHAPITRE 30

– Mais si, dès le commencement, il n'y avait pas Kiyoaki…» Honda tâtonnait à travers un brouillard. Cet entretien ici, avec l'abbesse, semblait à moitié un rêve. Il parlait à haute voix, comme pour recouvrer le moi qui s'éloignait comme les traces d'une haleine à la surface d'un plateau de laque. «S'il n'y avait pas Kiyoaki, il n'y a pas eu non plus Isao. Il n'y eut pas Ying Chan, et – qui sait – peut-être n'y a-t-il pas eu moi.»

Pour la première fois, il y avait de la force dans les yeux de l'abbesse.

«Cela aussi est tel que dans le cœur de chacun.»

Un long silence s'ensuivit. L'abbesse frappa doucement dans ses mains. La novice parut, faisant une génuflexion sur le seuil.

«M. Honda a été assez aimable pour venir de si loin. Je pense que nous devrions lui montrer le jardin du midi. Je vais l'y conduire.»

La novice la prit par la main. Honda se leva comme mû par des ficelles et les suivit par les pièces assombries.

La novice fit glisser une porte et le mena sur la véranda.

Devant lui s'étendait le jardin du midi.

Sur l'arrière-plan des collines, la pelouse s'embrasait au soleil d'été.

«On entend le coucou depuis ce matin», dit la novice.

Dans le bosquet, au-delà de la pelouse, les érables dominaient. Une porte en roseaux donnait sur les hauteurs. Quelques-uns des érables étaient rouges, en plein été, jetant des flammes parmi la verdure. Des pose-pieds s'égaillaient au hasard sur la pelouse et, parmi, des œillets sauvages fleurissaient timidement. À gauche, dans un coin, il y avait un puits avec son tourniquet. Un tabouret émaillé sur la pelouse semblait si chaud au soleil qu'il aurait brûlé à coup sûr quiconque aurait tenté de s'y asseoir. Les nuages de l'été alignaient leurs escarpements vertigineux par-dessus les vertes collines.

C'était un clair et paisible jardin, sans rien de bien particulier. Tel un rosaire qu'on roule entre les doigts. Y régnait le cri strident des cigales.

Pas d'autre bruit. Le jardin était vide. Il était venu, pensa Honda, en un lieu de nul souvenir, de néant.

Le plein soleil d'été s'épandait sur la paix du jardin.

FIN

La Mer de la fertilité

25 novembre 1970

TABLE DES MATIÈRES

Préface de Marguerite Yourcenar   9

NEIGE DE PRINTEMPS   33-368

CHEVAUX ÉCHAPPÉS   369-728

LE TEMPLE DE L'AUBE   729-1000

L'ANGE EN DÉCOMPOSITION   1001-1193

DOCUMENT DE COUVERTURE
Kuniyoshi (vers 1797-1861), *Femme assise sous une cascade*
Avec l'aimable autorisation de : Drexel University,
W. W. Hagerty Library, Archives and Special Collections

DOCUMENT DOS DE COUVERTURE ET FRONTISPICE
Yukio Mishima
© Photo André Bonin/Archives Gallimard

MAQUETTE
Cécile Meissonnier • Bertrand Mirande-Iriberry

ÉDITION
Françoise Cibiel • Antoine Jaccottet •
Brigitte de la Broise • Cécile Meissonnier •
Bertrand Mirande-Iriberry • Jean-Louis Panné

DANS LA MÊME COLLECTION

Louis Aragon   *Henri Matisse, Roman.*
1998, 868 p., 551 doc.

Hannah Arendt   *Les Origines du totalitarisme • Eichmann à Jérusalem*
2002, 1624 p., 32 doc.
Traductions entièrement révisées. Préface de Pierre Bouretz, édition établie sous sa direction. Dossiers, choix de lettres. Vie et œuvre illustré. Index des personnes et index thématique.

Marcel Aymé   *Nouvelles complètes*
2002, 1372 p., 106 doc.
Contes illustrés d'après les albums originaux. Vie et œuvre illustré.

Henri Bertaud du Chazaud   *Dictionnaire de synonymes et mots de sens voisin*
2003, 1876 p.

Nicolas Bouvier   *Œuvres*
2004, 1428 p., 252 doc.
Premiers écrits • L'Usage du monde • L'Inde • Chronique japonaise • Le Poisson-Scorpion • Le Dehors et le Dedans • Voyage dans les Lowlands • Journal d'Aran et d'autres lieux • L'Art populaire en Suisse • Histoires d'une image • Le Hibou et la Baleine • Routes et déroutes
Publiées sous la direction d'Éliane Bouvier, avec la collaboration de Pierre Starobinski. Préface de Christine Jordis. Vie et œuvre illustré.

René Char   *Dans l'atelier du poète*
1996, 1064 p., 350 doc.
Œuvres poétiques, écrits sur l'art, correspondances. Édition de M.-C. Char.

André Chastel   *Renaissance italienne 1460-1500*
1999, 952 p., 320 doc.
Renaissance méridionale • Le Grand Atelier d'Italie

Chateaubriand *Mémoires d'outre-tombe*
1997, 2 vol., 3696 p., 386 doc.
Avant-propos de Jean d'Ormesson. Édition de Jean-Paul Clément.

Cioran *Œuvres*
1995, 1820 p., 87 doc.
Sur les cimes du désespoir • *Le Livre des leurres* • *Des larmes et des saints* • *Le Crépuscule des pensées* • *Bréviaire des vaincus* • *Précis de décomposition* • *Syllogismes de l'amertume* • *La Tentation d'exister* • *Histoire et utopie* • *La Chute dans le temps* • *Le Mauvais Démiurge* • *De l'inconvénient d'être né* • *Écartèlement* • *Exercices d'admiration* • *Aveux et anathèmes*

Joseph Conrad *Nouvelles complètes*
2003, 1512 p., 39 doc.
Histoires inquiètes • *Jeunesse et deux autres récits (Cœur des Ténèbres, Au bout du rouleau)* • *Typhon et autres récits* • *Gaspar Ruiz et autres histoires* • *Entre terre et mer* • *En marge des marées* • *La Ligne d'ombre* • *Derniers contes*
Édition établie et présentée par Jacques Darras. Vie et œuvre illustré. Bibliographie, filmographie, glossaire.

Robert Desnos *Œuvres*
1999, 1400 p., 226 doc.
Édition établie et présentée par Marie-Claire Dumas. Vie et œuvre.

John Dos Passos *U.S.A.*
2002, 1344 p., 21 doc.
Le 42e Parallèle • *1919* • *La Grosse Galette*
Traductions entièrement révisées. Préface de Philippe Roger. Chronologie des États-Unis de 1898 à 1929. Dictionnaire *U.S.A.* Vie et œuvre illustré.

Georges Duby *Féodalité*
1996, 1568 p.
Guerriers et paysans • *L'An mil* • *Les Trois Ordres ou L'Imaginaire du féodalisme* • *Le Dimanche de Bouvines* • *Guillaume le Maréchal* • *Le chevalier, la femme et le prêtre* • *« Que sait-on de l'amour en France au XIIe siècle ? »* • *« À propos de l'amour que l'on dit courtois »* • *« Le Roman de la rose »* • *Des sociétés médiévales*
Introduction par Jacques Dalarun.

Georges Duby *L'art et la société. Moyen Âge. XXe siècle*
2002, 1316 p., 171 doc.
Art et société au Moyen Âge • Saint Bernard. L'art cistercien • Le Temps des cathédrales • Articles, conférences, préfaces
Édition établie sous la direction de Guy Lobrichon.

Alexandre Dumas *La San Felice*
1996, 1736 p.

Les Mohicans de Paris
1998, 2 vol., 2856 p., 72 doc.

Olympe de Clèves
2000, 924 p.
Éditions de Claude Schopp. Dictionnaires des personnages.

Georges Dumézil *Mythe et épopée I, II, III*
1995, 1484 p.
Préface de Joël H. Grisward.

Esquisses de mythologie
2003, 1204 p.
Apollon sonore • La Courtisane et les seigneurs colorés • L'Oubli de l'homme et l'honneur des dieux • Le Roman des jumeaux
Préface de Joël H. Grisward.

Marguerite Duras *Romans, cinéma, théâtre, un parcours, 1943-1993*
1997, 1764 p., 200 doc.
La Vie tranquille • Un barrage contre le Pacifique • Le Boa • Madame Dodin • Les Chantiers • Le Square • Hiroshima mon amour • Dix heures et demie du soir en été • Le Ravissement de Lol V. Stein • Le Vice-Consul • Les Eaux et Forêts • La Musica • Des journées entières dans les arbres • India Song • Le Navire Night • Césarée • Les Mains négatives • La Douleur • L'Amant de la Chine du Nord

Michel Foucault *Dits et écrits I, 1954-1975 • II, 1976-1988*
2001, 2 vol., 3444 p.
Éditions établies par Daniel Defert et François Ewald.

Witold Gombrowicz — *Moi et mon double*
1996, 1400 p., 187 doc.
Souvenirs de Pologne (extraits) • *Bakakaï* • *Ferdydurke* • *Les Envoûtés* • *Trans-Atlantique* • *La Pornographie* • *Cosmos*
Vie et œuvre illustré.

Ernest Hemingway — *Nouvelles complètes*
1999, 1232 p., 36 doc.
Organisées selon sa volonté. Choix de lettres. Vie et œuvre.

Victor Hugo — *Choses vues*
Souvenirs, journaux, cahiers, 1830-1885
2002, 1428 p., 44 doc.
Révision du texte établi par Hubert Juin. Vie et œuvre illustré.

Inventaire Voltaire
Dictionnaire dirigé par Jean M. Goulemot, André Magnan, Didier Masseau : 1368 articles originaux classés de A à Z.
1995, 1484 p., 84 doc.

Journal de la France et des Français — *Chronologie politique, culturelle et religieuse de Clovis à 2000*
2001, coffret de 2 vol., 3472 p. • *Journal*, 2408 p. • *Index*, 1064 p.
Journal rédigé par Guy Lobrichon, Élie Barnavi, Hélène Duccini, François Lebrun, Yann Fauchois, Patrice Gueniffey, Jean-Louis Panné, Frédéric Gugelot, Jean Loignon.

Ernst Kantorowicz — *Œuvres*
2000, 1372 p., 95 doc.
L'Empereur Frédéric II • *Les Deux Corps du Roi*
Postface par Alain Boureau. Bibliographie, index, cartes.

Jack Kerouac — *Sur la route et autres romans*
2003, 1428 p., 24 doc.
Sur la route • *Visions de Cody (I)* • *Les Souterrains* • *Tristessa* • *Les Clochards célestes* • *L'Écrit de l'éternité d'or* • *Big Sur* • *Vanité de Duluoz*
Édition établie et préfacée par Yves Buin. Vie et œuvre illustré.

D. H. Lawrence — *Femmes amoureuses I et II*
2002, 1372 p., 25 doc.
Traductions révisées. Choix de lettres. Vie et œuvre illustré.

Jacques Le Goff   *Un Autre Moyen Âge*
1999, 1400 p.
Pour un autre Moyen Âge • *« L'Occident médiéval et le temps »* •
L'Imaginaire médiéval • *La Naissance du Purgatoire* • *« Les limbes »*
• *La Bourse et la vie* • *« Le rire dans la société médiévale »*

Héros du Moyen Âge, le Saint et le Roi
2004, 1344 p.
Saint François d'Assise • *Saint Louis* • *« Reims, ville du sacre »* • *Articles*
Introduction inédite de Jacques Le Goff. Index.

Michel Leiris   *Miroir de l'Afrique*
1995, 1484 p., 363 doc.
L'Afrique fantôme • *Message de l'Afrique* • *La Possession et ses aspects théâtraux chez les Éthiopiens de Gondar, précédée de La Croyance aux génies* zar *en Éthiopie du Nord* • *Encens pour Berhané* • *Préambule à une histoire des arts plastiques de l'Afrique noire* • *Afrique noire : la création plastique*
Lettres, textes, documents inédits. Édition de Jean Jamin.
1997, 3 vol., 4760 p., 189 doc.

Les Lieux de Mémoire   *La République* • *La Nation* • *Les France*
Édition intégrale sous la direction de Pierre Nora.

Si les lions   *Essais sur la condition animale*
pouvaient parler   Sous la direction de Boris Cyrulnik.
1998, 1540 p., 80 doc.

Joanot Martorell   *Tirant le Blanc*
1997, 644 p.
Traduction et adaptation en français par le comte de Caylus (1737).
Préface de Mario Vargas Llosa. Postface de Marc Fumaroli.
Édition de Jean-Marie Barberà.

Margaret Mitchell   *Autant en emporte le vent*
2003, 1232 p., 56 doc.
Roman illustré des photos tirées du film. Vie et œuvre illustré.

Alain Peyrefitte   *C'était de Gaulle I, II, III*
2002, 1960 p.
Index.

Luigi Pirandello *Nouvelles complètes*
Nouvelles pour une année • «Appendice»
2000, 2240 p., 36 doc.
Préface de Giovanni Macchia. Postface de Georges Piroué. Vie et œuvre illustré.

Plutarque *Vies parallèles*
2001, 2296 p.
Volume dirigé et préfacé par François Hartog. Traduction nouvelle d'Anne-Marie Ozanam annotée par Claude Mossé, Jean-Marie Pailler et Robert Sablayrolles. «Dictionnaire Plutarque» dirigé par Pascal Payen. Bibliographie, chronologie, cartographie, index.

Polybe *Histoire*
2003, 1512 p.
Volume dirigé et préfacé par François Hartog. Traduction de Denis Roussel. Index.

Marcel Proust *À la recherche du temps perdu*
1999, 2408 p.
Texte intégral en un volume établi sous la direction de Jean-Yves Tadié.

Jean Santeuil
2001, 924 p.
Édition de Pierre Clarac et Yves Sandre. Préface et compléments de Jean-Yves Tadié. Index des personnages.

George Sand *Histoire de ma vie*
2004, 1680 p., 104 doc.
Texte intégral. Édition établie, présentée et annotée par Martine Reid. Vie et œuvre illustré.

Jean Tardieu *Œuvres*
2003, 1596 p., 297 doc.
Édition établie sous la direction de Jean-Yves Debreuille, avec la collaboration d'Alix Turolla-Tardieu et de Delphine Hautois. Préface de Gérard Macé. Vie et œuvre. Bibliographie.

Alexis de Tocqueville *Lettres choisies (1814-1859)* • *Souvenirs*
2003, 1428 p., 44 doc.
Édition établie sous la direction de Françoise Mélonio et Laurence Guellec. Vie et œuvre illustré. Index.

Simone Weil *Œuvres*
1999, 1288 p., 36 doc.
Impressions d'Allemagne 1932 • *Réflexions sur les causes de la liberté et de l'oppression sociale* • *Expérience de la vie d'usine* • *Méditation sur l'obéissance et la liberté* • *Lettre à Georges Bernanos* • *Réflexions sur la barbarie* • *Quelques réflexions sur les origines de l'hitlérisme* • *L'Iliade ou le poème de la force* • *Réflexions à propos de la théorie des quanta* • *L'Amour de Dieu et le malheur* • *Autobiographie spirituelle* • *Cahier de Marseille* • *Cahier de New York* • *Lettre à un religieux* • *L'Enracinement*
Édition établie par Florence de Lussy. Vie et œuvre illustré.

*Achevé d'imprimer sur Timson
par Normandie Roto Impression s.a.s.
61250 Lonrai en décembre 2018
Dépôt légal : décembre 2018
Premier dépôt légal : juin 2004
Numéro d'imprimeur : 1805186
ISBN 978-2-07-076843-1* / Imprimé en France

346920